표도르 도스토옙스키
Fyodor Dostoevskii

1821년 모스크바에서 태어났다. 어린 시절부터 버림받은 가난한 사람들과 대화하기를 즐겼고, 그때의 경험과 배움이 도스토옙스키의 평생의 문학적 자산이 되었다. 1846년 첫 작품 《가난한 사람들》을 발표했고 비평계의 거물 벨린스키에게 '새로운 고골'이라는 평가를 받았다. 이어서 《분신》《백야》《네트치카 네즈바노바》 등을 집필하면서 혁명가들과 교유했다. 1849년 봄, 페트라솁스키 사건에 연루되어 사형 선고를 받았으나 총살 직전 황제의 특사로 목숨을 건졌다. 1859년 페테르부르크로 귀환해 잡지 〈시대〉를 창간, 사회 정치적 문제에 대한 관심을 이어갔다. 1861년 《학대받은 사람들》로 문단에 복귀했고 이어서 《지하생활자의 수기》《죄와 벌》《백치》《악령》《미성년》《카라마조프가의 형제들》 등을 발표했다. 러시아뿐 아니라 세계문학과 사상에 지대한 영향을 끼쳤고 니체에서 현대의 실존주의에 이르기까지 그 사상적 계보가 이어지고 있다.

카라마조프가의 형제들

카라마조프가의 형제들

표도르 도스토옙스키 지음 | 장한 옮김

더클래식

차례

주요 등장인물

표도르 파블로비치

카라마조프가의 아버지. 떠돌이에서 소지주로 성장하여 육체적 쾌락과 돈을 늘리는 것만을 인생의 목적으로 하는 호색한. 결국 비극적인 죽음을 맞는다.

아젤라이다 이바노브나

표도르의 첫 번째 아내. 윤택한 집안의 딸이었으나 표도르를 잘못 파악하여 그와 결혼함. 아들을 하나 낳았으나 계속되는 남편의 파렴치한 행각에 질려 결국 다른 남자와 가출을 감행한다.

소피아 이바노브나

표도르의 두 번째 아내. 아들 둘을 세상에 남기고 죽는다.

드미트리 표도로비치(미차)

표도르의 맏아들. 퇴역 장교 출신으로 충동적이고 반항적인 기질을 가진 청년. 방종한 생활에 빠졌으나 내면적으로는 공명정대한 성품을 지녔다. 28세.

이반 표도로비치

표도르의 둘째 아들. 드미트리의 이복동생으로 뛰어난 지성과 천재적인 두뇌를 지닌 철저한 무신론자이다. 24세.

알렉세이 표도로비치(알료샤)

표도르의 셋째 아들. 이반의 친동생으로 천사와 같이 순진무구한 청년. 학업까지 중단하고 수도원에 들어간다. 21세.

스메르자코프

표도르의 사생아. 카라마조프가에서 요리사로 일한다. 간질병을 앓고 있으며 비열하고 오만한 성격을 가졌다.

조시마 장로

알료샤의 스승이자 정신적 지주. 러시아 수도사의 이상형을 대변하는 인물이다.

라키친

신학교를 나온 학생. 자신의 재능을 과신하여 자만에 빠진 세속적 청년. 알료샤와 같은 수도원에 거주한다.

카체리나 이바노브나(카차)

중령의 딸. 미차와 약혼했으나 후에 이반을 사랑하고 있음을 깨닫게 된다.

그루센카(아그라페나 알렉산드로브나)

첫사랑이었던 남자에게 버림받고 늙은 상인의 아내가 되었다. 자유분방한 성격으로 뒤에 미차와 사랑에 빠지게 된다.

무샤로비치

비열한 성격의 폴란드인으로 그루센카의 첫사랑이다.

호흘라코바 부인

부유한 지주의 미망인이다.

리즈

호흘라코바 부인의 딸. 알료샤의 어린 시절 친구로 서로 사랑하는 사이다.

그리고리

카라마조프가의 하인. 표도르의 세 아들을 맡아 기른다.

안나 그리고리예브나 도스토옙스카야에게 바친다.

내가 진실로 너희에게 말하노니,
밀알 하나가 땅에 떨어져 죽지 않으면
한 알 그대로 남아 있고
죽으면 수많은 열매를 맺느니라.
_〈요한복음〉12장 24절

지 은 이 로 부 터

　나는 이 작품의 주인공 알렉세이 표도로비치 카라마조프의 전기를 쓰기 시작하면서 다소의 의혹을 떨쳐버리지 못하고 있다. 다름 아니라 그것은 내가 알렉세이 표도로비치를 이 책의 주인공이라고 부르기는 하지만 그가 조금도 뛰어난 인물이 아니라는 것을 나 스스로도 잘 알고 있기 때문이다. 따라서 독자들로부터 다음과 같은 질문이 빗발칠 것을 예견할 수 있다.

　"당신은 소설의 주인공으로 알렉세이 표도로비치를 선택했는데, 도대체 그가 어떤 점에서 뛰어나단 말이오? 그가 남긴 훌륭한 업적은 무엇이고, 그가 누구에게 무엇으로 이름이 널리 알려졌단 말이오? 그리고 무슨 이유로 우리가 그의 생애를 연구하느라고 시간을 할애해야 한단 말이오?"

그중에서도 마지막 질문은 가장 치명적인 한 방을 날린다. 왜냐하면 나는 이 질문에 대해서 그저 "소설을 읽어보시면 자연히 알게 될 겁니다"라고밖에 대답할 수 없기 때문이다. 그런데 혹시라도 이 소설을 다 읽고 나서도 독자가 여전히 알렉세이 표도로비치의 뛰어난 점을 인정할 수도 없고 그것에 동의할 수도 없다고 한다면 어떻게 해야 할 것인가? 솔직히 말하면 바로 이와 같은 일이 생기리라는 것을 빤히 예상하기 때문에 나는 이런 말을 늘어놓고 있는 것이다. 그는 내게 분명히 뛰어난 인물이기는 하지만 과연 이 점을 독자에게 증명할 수 있을지는 아직 자신이 없다. 문제는 그가 분명히 주인공이기는 한데 어딘가 애매하기 그지없는 인물이라는 것이다.

요즈음 같은 시대에 작품 속 인물에게 분명함을 요구하는 것 자체가 오히려 이상한 일일지도 모른다. 다만 한 가지 자신 있게 말할 수 있는 것은 그가 몹시 이상한 데다 괴짜라고까지 할 수 있는 사람이라는 것이다. 그러나 이상하다느니 괴짜니 하는 것은 세상의 주목을 받기보다 해를 입는 일이 많다. 특히 요즘처럼 부분적인 것을 통일하여 어떤 보편적인 의의를 발견하려고 노력하는 시대에는 더욱 그렇다. 본래 괴짜란 대부분의 경우 사회의 일부이면서도 고립된 존재이다. 그렇지 않은가?

그런데 만일 독자가 이 마지막 명제에 이의를 제기하면서 "그렇지 않다"든지 "항상 그렇다고 할 수는 없다"고 답한다면, 아마 나는 나의 주인공 알렉세이의 가치에 대해 확신을 가질 수도 있을 것이다. 왜냐하면 괴짜라고 해서 '반드시' 특수한 존재로 한 부분에만 국한되지 않고 오히려 전체의 핵심을 형성하고 있기 때문이다. 그리고 그와 동시대의 다른 사람들은 어떤 이유인지는 몰라도 세찬 바람에 휩쓸려 일시적으로 그에게서 떨어져나간 것에 지나지 않다……

그건 그렇다 치고 이렇게 따분하고 막연한 설명을 늘어놓을 것이 아니라 머리말은 빼고 바로 본론으로 들어가는 편이 더 나았을지도 모른다. 이 책이 마음에 드는 독자라면 끝까지 다 읽어줄 테니까. 그러나 한 가지 곤란한 점은 내가 쓰려는 전기는 하나인데 글은 두 부분으로 나뉘어 있다는 사실이다. 그리고 중요한 부분이 바로 두 번째 부분에 속해 있는데, 내 주인공은 우리가 살아가는 바로 이 시대의 행동, 즉 다시 말해 지금 우리가 경험하고 있는 현대의 모습을 그리고 있다.

반면 첫 번째 이야기는 이미 13년 전의 사건이라서 소설이라기보다는 차라리 주인공의 젊은 시절의 한순간을 그린 것에 지나지 않는다. 그렇지만 이 첫 번째 부분이 없으면 두 번째 이야기에서 이해할 수 없는 부분이 많이 나오기 때문에 빼놓고 넘어갈 수가 없다. 하여 초반 이야기에서부터 더더욱 복잡성을 피할 수가 없다. 만약에 전기 작가인 내가 그처럼 평범하고 대수롭지 않은 인물을 위해 한 가지 이야기만으로도 충분하다고 생각한다면, 두 번째 이야기를 꾸며냈을 때는 과연 어떤 결과가 나올 것인가? 또 나의 이런 오만불손한 태도를 과연 무엇이라 설명해야 할 것인가?

일단 나는 모든 문제를 해결하려고 여러모로 고심했으나 끝내는 답을 생략하고 그대로 넘어가기로 결정했다. 물론 명민한 독자라면 애초부터 내가 이렇게 나오리라는 것을 이미 오래전에 알아차리고, 무엇 때문에 별것 아닌 이야기로 시간을 낭비했느냐고 나를 질책할 것이다. 하지만 나는 이것에 대해 분명히 대답하련다. 내가 이런 쓸데없는 말을 늘어놓으면서 귀중한 시간을 낭비하는 것은, 첫째는 독자에 대한 예의 때문이고 둘째는 '그래도 역시 독자에게 어떤 선입견을 남길 수 있지 않을까?' 하는 교활한 의도에서 비롯되었다. 그러나 나는 이 소설이 '전체적으로 완전한 통일을 유지하면서' 자연스럽게 두 개의 이야기로 나누어진 것을 오히려 기쁘게 생각한다. 첫 번째 이야기를 다 읽고 나면, 이미 독자는 두 번째 이야기가 과연 읽을 만한 가치가 있는지 스스로 판단할 수 있으리라. 물론 누구에게 어떤 속박을 받는 것도 아니니까 첫 번째 이야기를 두어 쪽쯤 읽다가 책을 팽개쳐버리고 다시는 들춰보지 않아도 상관없다.

　그러나 세상에는 공정한 판단을 그르치지 않기 위해서 반드시 끝까지 책을 읽는 세심한 독자도 있을 것이다. 이를테면 우리 러시아의 모든 비평가들이 대개 그러하다. 이런 독자들에 대해서는 아무튼 마음이 한결 가볍다. 왜냐하면 이런 사람들이 성실하고도 진지한 태도를 유지하고는 있지만 나는 이 소설의 첫 이야기에서 책을 내던져버릴 수 있는 합당한 구실을 그들에게 제공하고 있기 때문이다. 자, 여기까지가 나의 머리말이다. 나는 이런 머리말이 정말 불필요하다는 데 전적으로 동의하지만 이미 여기까지 쓴 것이니 그대로 두기로 한다.

자, 그럼 이제 본문으로 들어가기로 하자.

제1부

제1편 | 어느 집안의 역사

1. 표도르 파블로비치 카라마조프

알렉세이 카라마조프는 우리 고장의 지주 표도르 카라마조프의 셋째 아들이다. 그의 아버지 표도르는 지금으로부터 13년 전에 기괴하고도 비극적인 죽음을 당하여 그 당시에는 이름이 꽤 알려진 인물이었다(하긴 그의 이야기는 지금도 가끔 우리 고장에서 회자되고는 한다). 그러나 이 사건에 대해서는 나중에 다시 이야기하기로 하고, 지금은 다만 이 '지주'(그는 평생 자기 영지에서 산 적이 거의 없었지만 어쨌든 우리 고장에서는 그를 이렇게 부른다)가 우리 주변에서 쉽게 찾아볼 수 있는 아주 괴팍한 유형의 인간이었다는 것만 짚고 넘어가기로 하자. 다시 말해 비굴하고도 음탕한 난봉꾼에다가 말도 통하지 않는 우둔한 인간이었다. 그나마 재주가 하나 있다면 자기 영지에 대한 금전적인 일만은 철저하게 처리할 줄 아는 위인이었던 것이다. 표도르는 명색이 지주라고는 하지만, 사실 거의 무일푼으로 시작하여 남의 집 식사 때를 부지런히 찾아다니며 부잣집 식객노릇이나 하면서 살아왔다. 그래도 정작 죽을 때는 현금으로 무려 10만 루블이나 가지고 있었다. 그런데도 그는 여전히 우리 마을 일대에서 가장 분별없고 몰상식한 인물로 살아왔다. 다시 한번 말하지만 그는 결코 바보는 아니다. 오히려 이런 비상식적인 사람들 대다수가 제법 영리하고 치밀한 자들로 그들이 분별심이 없어 보이는 이유는 러시아적인 그 어떤 특유의 기질 때문이다.

그는 두 번 결혼해서 아들 셋을 두었다. 맏아들 드미트리 표도로비치는 전처소생이고 나머지 두 아들인 이반과 알렉세이는 후처에게서 얻었다. 표도르의 전처는 우리 마을에서 상당한 자산가이자 명문 귀족인 미우소프 가문 출신이었다. 딸린 지참금이 상당했고 미인에다가 똑똑하기까지 했다. 그런 아가씨가 (요즘에는 이런 처녀들이 꽤 많아졌지만 그 당시에는 찾아보기 힘들었다) 그때만 해도 '건달'로 불리던 보잘것없는 사내와 어쩌다가 결혼까지 하게 되었는지는 이 자리에서 굳이 설명하지 않겠다.

나는 지난 시절인 '낭만주의적 기풍이 잔존하던 시대'에 태어난 한 처녀를 알고 있다. 이 처녀는 몇 년 동안 어떤 남자에게 수수께끼 같은 사랑을 품어와서 어느 때라도 마음만 먹으면 결혼식을 올릴 수 있었는데도 결국 자기 스스로 넘을 수 없는 장벽을 생각해내서는 어느 폭풍우가 몰아치던 밤, 절벽과 같이 높은 강 언덕에서 꽤 깊은 급류 속으로 몸을 던져 죽고 말았다. 이것은 어디까지나 그녀의 변덕스러운 기분, 그저 셰익스피어의 오필리아를 닮고 싶은 충동 때문이었다. 만일 그녀가 그전부터 점찍어두었던 그 절벽이 그림처럼 아름답지 못하고 평범하고 평탄한 언덕이었다면 자살 소동 같은 것은 결코 일어나지 않았을 것이다. 그러나 이것은 어디까지나 거짓 없는 실화이다. 그리고 러시아의 생활 속에서 최근 두서너 세대 사이에 이와 유사한, 아니면 비슷한 성질의 사건들이 적지 않게 발생해왔다.

이와 마찬가지로 아젤라이다 이바노브나 미우소바의 행동도 의심할 여지 없이 남의 사상에 대한 맹목적인 추종이자, 다른 사람들을 사로잡은 매혹적인 사상의 결과라 할 수 있다. 아마도 그녀는 여자의 자립을 선언하고 사회의 모든 구속과 제약 그리고 자기 친척과 가족의 강압에 대항하여 반기를 들고 싶었을 것이다. 그래서 희망이 넘치는 공상의 포로가 되어서 남의 집 식객에 불과한 표도르를 발전을 향해 나아가는 과도기적 인간이자 가장 용감하고 냉소적인 인간 중 하나라고 한순간이나마 확신했는지도 모른다. 그러나 실제로 그는 음흉한 광대 그 이상도 이하도 아니었다. 게다가 이 결혼의 흥미를 더욱 돋운 것은 '뺑소니 결혼'이라는 데 있었다. 바로 이것이 아젤라이다의 마음을 완전히 사로잡고 만 것이다. 한편 표도르는 본래 수단과 방법을 가리지 않는 사람이었고 당시의 사회적 지위로 보아 이런 돌발적인 사건쯤은 오히려 기다렸다는 듯이 냉큼 붙잡고도 남았다. 그는 방법이야 어떻든 출세하기만을 열망하고 있었다. 때문에 명문가와 인연을 맺고 결혼 지참금까지 손에 넣을 수 있다니 구미가 당길 수밖에 없었다.

두 사람 사이에 애정이라고는 전혀 없었던 것 같다. 여자 쪽에서도 없었고, 표도르 역시 아젤라이다가 뛰어난 미인이었는데도 그랬던 모양이다. 여자라면 눈짓 한 번에도 금방 넘어가는 호색한이었던 그의 삶에서 단 한 번밖에 없는 특수한 경우였다. 이상하게도 아젤라이다는 그에게 성적인 면에서 어떠한 충동도 일으키지 못한 유일한 여자였다.

아젤라이다는 '뺑소니 결혼' 후 자신에게 남편을 경멸하는 감정 외에 다른 감정이라고는 아무것도 없다는 것을 깨달았다. 그리하여 두 사람의 결혼 생활은 너무나도 이례적인 속도로 본색을 드러내고야 말았다. 여자 집안에서는 제법 빨리 이 결혼을 받아들이고 집을 나간 딸자식에게 재산까지 나눠주었지만 부부 사이에는 건잡을 수 없는 무질서한 생활과 끊임없는 싸움이 시작되었다. 사람들 이야기로는, 그때 젊은 아내는 남편 표도르보다 훨씬 품위 있고 고결하게 행동했다고 한다.

지금은 모두가 다 아는 이야기지만, 표도르는 아젤라이다가 처가의 재산을 받기 무섭게 2만 5000루블을 송두리째 가로채버렸다. 아젤라이다 입장에서 이것은 그 많은 돈을 시궁창에 던져버린 것이나 다름없었다. 또한 그녀의 지참금 속에는 조그만 영지와 시내에 있는 제법 근사한 집 한 채가 포함되어 있었는데, 표도르는 문서를 위조하여 그 건물을 자신의 소유로 등기하려고 많은 시간을 기를 쓰고 달려들었다. 사실 그는 끊임없이 뻔뻔스럽게 강요하고 협박하면서 아내로 하여금 오로지 남편을 떠나고 싶게끔 만들었고, 그 한 가지만으로도 그는 충분히 목적을 달성했다고 볼 수 있다. 그러나 다행히도 아젤라이다의 친정에서 개입하여 이 강탈을 막아낼 수 있었다. 이들 부부 사이에 폭력 사태가 자주 있었고 이는 널리 알려진 사실이었다. 하지만 소문에 따르면 주먹질을 한 것은 남편이 아니라 아내 쪽이었다는 것이다. 그녀는 까무잡잡한 피부에 성질이 급하고 대담했는데 힘 또한 장사였다.

마침내 그녀는 세 살 난 아들 미챠*를 남편에게 맡기고 신학교를 겨우 졸업한 어느 가난뱅이 선생과 떠나버렸다. 그러자 표도르는 곧 자기 집에 온갖 추잡한 여인네들을 끌어들여 주색으로 방탕하게 세월을 보내는 한편, 온 마을을 돌아다니며 만나는 사람마다 붙잡고는 자기를 버린 아내에 대해 눈물로 하소연했다. 그뿐만 아니라 남편으로서 입에 담기조차 부끄러운 부부 생활의 은밀한 내막까지 뻔뻔스럽게 전하고 돌아다녔다. 많은 사람들 앞에서 바람난 아내를 둔 남편이라는 우스꽝스러운 역할을 연출하면서 자신의 불행에 대해 갖가지 수식어를 동원하여 상세히 묘사했고, 이를 자못 유쾌해했을 뿐만 아니라 무슨 자랑거리처럼 여겼다.

빈정대기 좋아하는 이들은 "이봐, 표도르, 온갖 힘든 일을 겪었으면서도 엄청 기뻐하는 게 무슨 벼슬이라도 한 거 같군그래" 하고 말했다. 게다가 많은 사람들의 말에 따르면 그는 자신의 어릿광

---

* 드미트리의 애칭이다.

대짓을 좀 더 새롭게 꾸며서 나타나기를 즐거워했고, 그 효과를 더욱 극대화하기 위해 일부러 자신의 희극적인 상태를 미처 깨닫지 못한 것처럼 행동하곤 했다. 어쩌면 그는 그저 순진했을 뿐인지도 모른다. 마침내 그는 가출한 아내의 행방을 알아내는 데 성공했다. 아내는 신학교 출신 선생과 함께 페테르부르크로 가서 아무런 구속도 없는 완전히 자유분방한 생활을 즐기고 있었다. 표도르는 황급히 페테르부르크로 떠날 준비를 했다. 하지만 무엇 때문에 페테르부르크로 가려고 하는지 자신도 알지 못했다.

사실 그때 그는 당장에라도 떠날 기세였다. 그런데 정작 떠날 결심을 하고 나니 출발하기 전에 기운을 차리려고 다시 한번 실컷 곤드레만드레 술을 마시는 것도 그리 나쁘지 않을 거라는 생각이 들었다. 바로 그때, 아젤라이다가 페테르부르크에서 사망했다는 소식이 아내의 친정으로 날아들었다. 정확한 이유는 알 수 없지만 다락방에서 갑자기 죽음을 맞이한 모양으로, 어떤 이는 장티푸스 때문이라고도 하고 또 어떤 이는 굶어 죽은 것 같다고도 했다. 표도르 파블로비치는 얼큰하게 취해 있다가 아내의 사망 소식을 접하고는 갑자기 한길로 달려 나가 두 손을 하늘로 치켜들고 기쁨에 겨운 목소리로 외쳤다.

"주님, 이제야 해방이군요!"

그러나 또 다른 이들의 말에 따르면 철없는 어린애처럼 엉엉 울어대는 모습이 평소에 그를 몹시 혐오하던 사람들마저 측은해할 정도였다고 한다. 어쩌면 양쪽의 이야기가 모두 사실일지도 모른다. 다시 말해 자신이 해방된 것을 기뻐하면서 동시에 해방시켜준 아내를 서러워하며 우는 것은, 사실 똑같은 일이었던 것이다. 대부분의 경우, 인간은 아무리 악당이라도 우리가 일반적으로 알고 있는 것보다 훨씬 더 순진하고 소박한 마음을 가지고 있다. 우리 자신이 그런 것처럼.

2. 맏아들을 내쫓다

물론 이러한 인간이 아버지로서, 양육자로서 어떤 모습이었을지 상상하기는 어렵지 않다. 결국 모두가 짐작한 대로였다. 아젤라이다의 소생인 자기 자식을 완전히 내쫓아버린 것이다. 그러나 그 것은 아들에 대한 증오나 바람난 부인에 대한 악감정 때문이 아니라 그저 자기 자식의 존재를 완전히 잊어버려서였다. 그가 눈물로 호소하며 만나는 사람마다 귀찮게 하면서 자기 집을 음탕한 소굴로 만들고 있는 동안, 세 살짜리 미차를 맡아서 키워준 것은 이 집의 충직한 하인 그리고리였다. 만일 그때 그리고리마저 그 아이를 돌보지 않았다면, 아마 아이의 속옷을 갈아입혀줄 사람조차 없었을 것이다. 게다가 있을 수 없는 일이지만 처음 한동안은 외가 쪽에서도 아이의 존재를 아주 잊고 있는 듯했다. 아젤라이다의 아버지인 미우소프 씨, 즉 아이의 외할아버지는 이미 세상을 떠났고 외할머니도 모스크바로 이사 간 후 병상에 누워 있었다. 이모들 역시 모두 시집을 갔기 때문에 미차는 거의 만 1년 동안을 하인 그리고리의 문간방에서 지내야 했다. 그러나 혹 아버지가 미차를 떠올렸다 해도(표도르도 자기 자식의 존재를 완전히 잊고 있었을 리는 없다), 그가 먼저 아이를 하인 방으로 내쫓았을 것이다. 방탕한 생활을 하는 데 아무래도 어린애는 방해가 될 테니까.

그런데 갑자기 죽은 아젤라이다의 사촌 오빠인 표트르 미우소프가 파리에서 돌아왔다. 그는 여러 해 동안 외국에서 살았는데 귀국 당시만 해도 무척 젊은 나이였다. 그러나 외국이나 도시에서 교육받은 교양인으로 마치 자신이 유럽 사람인 것처럼 행동했고, 나이가 들어서는 1840~1850년대의 자유주의 인사로 사람들에게 알려지는 등 미우소프 가문에서도 제법 특이한 인물이었다.

미우소프는 일생 동안 국내외를 가리지 않고 자유주의자들과 많은 교류를 했고 프루동*이나 바쿠닌**과도 친분을 쌓았다. 그리고 이런 방랑이 끝나갈 무렵, 1848년 파리 2월 혁명에 대한 추억을 이야기하기 좋아해서 자신도 시가전에 참여할 뻔했다고 은근히 자랑하고는 했다. 그 이야기는 그의 젊은 시절 가장 즐거운 추

* 프랑스의 무정부주의 사상가이자 사회주의자이다. 《재산이란 무엇인가》에서 자본가의 사적 소유를 부정하며 힘 대신 정의를 가치의 척도로 삼아야 한다고 주장하였다. 그의 사상은 제1인터내셔널 조직, 파리코뮌에 큰 영향을 끼쳤다
** 러시아의 무정부주의자로 프루동의 영향을 받아 무정부주의를 주장했다. 1868년 제1인터내셔널에 참가하여 마르크스파와 대립하다가 제명당했다.

억 중 하나였다. 농노 해방 전으로 따지면 그에게도 농노 1000명 쯤에 달하는 재산이 있었다. 그가 가진 비옥한 영지는 바로 우리 읍내 길목에 있었고 유명한 수도원의 땅과 맞닿아 있었다. 당시 젊은 나이였던 미우소프는 이 토지를 상속받는 즉시 하천 어업권이나 산림 벌채권과 같은, 나로서는 잘 알 수 없는 권리 문제로 수도원과 끝나지 않는 긴 소송을 벌였다. 그는 교회 권력과 싸우는 것이 시민이자 지성인의 당연한 의무라고 생각했다.

그는 자신이 잘 기억하고 있는, 한때 특별히 관심을 가졌던 사촌 누이 아젤라이다에 대해 모두 전해 들었고 드미트리라는 아이도 있다는 것을 알게 되었다. 그는 표도르 파블로비치를 경멸하고 있었지만 청년의 기개와 분노로 이 문제를 해결하기로 마음먹었다. 그리고 표도르를 만나 자신이 아이를 기르겠다고 선언하기에 이르렀다. 그가 처음 표도르에게 미차에 대한 이야기를 하자, 아이 아버지는 어떤 아이에 대한 이야기인지, 자기에게 그런 아들이 있었는지도 몰랐다는 듯이 어리둥절하게 바라보았다고 한다. 이것은 표트르가 후에 표도르의 성격을 단적으로 말하기 위해 이야기한 것으로, 물론 다소 과장이 섞여 있었겠지만 어느 정도는 사실이었을 것이다. 표도르는 실제로 평생을 사람들을 놀라게 하려고 연극을 했고, 자신에게 불리하거나 그럴 필요가 없는데도 자주 그런 짓을 해왔다. 그러나 이런 성향은 표도르뿐만 아니라 그와 전혀 딴판인 대다수의 많은 사람들과 현명한 사람들에게서도 흔히 나타나는 모습이다. 미우소프는 열심히 일을 진척시켜서 (표도르도 함께) 어린아이의 후견인이 되었다. 아이에게는 어머니가 죽으면서 남긴 작은 영지와 집 한 채가 있었기 때문이다.

드미트리는 이렇게 외당숙의 집에서 살게 되었다. 그러나 미우소프는 가족이 없었고 영지의 수입을 안전하게 정리하고 난 뒤 다시 파리로 떠났기 때문에, 아이는 미우소프의 누이들 중 모스크바에 살고 있던 한 누님에게 맡겨졌다. 미우소프는 파리에 살면서 아이는 잊어버렸다. 그의 평생에 가장 깊은 인상을 남긴 파리 2월 혁명이 일어난 것도 이때였다. 미차는 돌봐주던 미우소프의 누님이 죽자, 그녀의 결혼한 딸네 집으로 옮겨야 했고 그 뒤에도 한 번 더 다른 곳으로 옮겼다고 한다. 그러나 그 내용은 길게 다루지 않겠다. 이 표도르의 맏아들에 대해서는 앞으로 자세히 다루게 될 것이고, 지금은 다만 이 소설을 시작하는 데 필요한 필수적인 정보만 다루겠다.

먼저 드미트리는 표도르 카라마조프의 세 아들 중에서 유일하게 재산이 조금 있어서 어른이 되면 독립할 수 있을 거라고 생각하고 있었다. 그의 청소년 시기는 무질서했다. 드미트리는 중학교를 그만두고 군사 학교에 진학했다. 그 뒤 장교가 되어서 카프카스 지방에서 근무를 했는데 싸움을 벌여서 강등되었다가 다시 장교로 복직하기도 했다. 그러는 동안 신분에 걸맞지 않게 방탕한 생활을 일삼아서 많은 돈을 탕진했다. 표도르로부터 돈을 받은 것은 성인이 된 다음부터라서 그때까지 빚이 꽤 있었다. 그는 성인이 된 다음 표도르의 존재를 알고 자신의 재산 문제를 마무리하려고 우리 고장에 찾아왔다. 그와 표도르가 만난 것은 이때가 처음이었다. 그는 아버지가 마음에 들지 않아서 오래 지체하지도 않았고, 자신의 영지에서 생기는 수입에 대해 아버지와 마무리를 지은 다음 얼마간의 돈을 받고 서둘러 떠났다. 그런데 주목할 것은 그가 자신의 영지에서 나오는 수입이 얼마이고 시세가 어느 정도인지는 알아내지 못했다는 것이다.

기억해둘 것은, 표도르는 처음 만났을 때부터 그의 아들 드미트리가 자신의 재산에 대해 과장된 생각을 가지고 있음을 알았다. 그는 나름의 꿍꿍이가 있어서 그런 생각을 오히려 흡족하게 여겼다. 그는 아들이 경솔하고 난폭한 데다 무모하며 여자와 술을 좋아하고 성미가 급하다고 생각해서 돈을 조금씩 보내주면 아무 문제도 없을 거라고 생각했다. 바로 이 점을 표도르는 이용하기 시작했다. 아들이 보챌 때마다 돈을 조금씩 보내주면서 속인 것이다. 결국 새로운 사건이 터졌다. 4년 후, 드미트리가 더는 참지 못하고 재산 문제를 완전히 해결하기 위해 이 고장을 다시 찾아온 것이다. 그런데 남은 재산이 하나도 없고 계산도 하기 힘든 상황이라는 것을 알게 되었다. 이제 돈을 더 달라고 할 수도 없었고 그동안 자신의 재산을 현금으로 받아서 써왔기 때문에 어쩌면 오히려 빚이 있을지도 몰랐다. 이 모든 것은 그동안 자신이 아버지와 맺은 이런저런 협상의 결과였다.

그는 이것이 거짓말이나 속임수는 아닌지 의심을 하다가 엄청난 분노에 휩싸였다. 바로 이런 상황이 내 소설의 도입에 해당하는 첫 번째 이야기의 주제를, 더 정확히 말하면 소설의 뼈대이자 비극적 결말의 시작이다. 하지만 이 소설로 넘어가기 전에 표도르 카라마조프의 두 아들인 드미트리의 이복동생들에 대해서도 설명해둘 필요가 있다.

3. 재혼과 두 아들

표도르는 네 살짜리 미차를 남의 손에 넘겨주고 곧바로 재혼했다. 이 두 번째 결혼은 8년 동안 지속되었다. 그는 다른 지방 출신인 나이 어린 소피아 이바노브나와 결혼했는데, 사업상의 사소한 일을 처리하기 위해 유대인과 그곳에 갔다가 만나게 되었다.

표도르는 방탕을 일삼고 온갖 나쁜 짓은 다했지만 재산을 다루는 일만은 부지런을 떨었다. 물론 떳떳하지 못한 방법을 썼지만 그래도 사업 솜씨는 꽤 훌륭했다. 소피아 이바노브나는 보좌 신부의 딸로 태어나서 부모가 죽고 고아가 된 뒤 부유한 미망인의 집에서 성장했다. 장군의 미망인이었던 보르호프 부인은 그녀에게는 은인이었고 보호자였지만 학대를 일삼기도 했다. 자세한 사정은 모르지만, 이 착하고 온순하고 얌전한 처녀가 헛간에 들어가 목을 매는 것을 사람들이 구한 적이 있다고 들었다. 보르호프 부인은 천성이 나쁜 사람은 아니었지만 따분하고 안일한 생활을 하면서 심술궂은 고집쟁이로 변했다. 죽음을 선택할 만큼 이 처녀는 노파의 변덕과 잔소리를 견뎌낼 수 없었던 것이다.

표도르가 이 처녀에게 청혼을 하자, 미망인은 뒷조사를 한 다음 거절했다. 그러자 그는 첫 결혼 때처럼 이 고아 처녀에게 함께 도망가자고 제안했다. 만약 소피아가 표도르를 조금만 더 잘 알았어도 분명 그를 따라나서지 않았을 것이다. 그러나 표도르의 집은 다른 지방이었고, 장군 부인의 집에 있느니 강물에 뛰어드는 편이 낫다고 생각하던 시기였다. 열여섯 살짜리 소녀가 이 험한 세상을 어찌 알 수 있었겠는가! 그래서 이 불쌍한 처녀는 자선가 노파에게서 벗어나 가난한 남자를 선택했다.

장군 부인은 이 사실을 알고 화가 나서 지참금도 주지 않고 악담과 저주를 퍼부었다. 그래서 표도르는 결혼했지만 한 푼도 받을 수 없었다. 하지만 그는 재산을 탐낸 것이 아니라 처녀의 아름다움에 반한 것이었고, 더 중요한 것은 문란한 여자들만 상대하던 음탕한 호색한이 이 처녀의 청순함에 완전히 반해버렸다는 것이다.

"영롱하고 순수한 두 눈망울이 마치 면도칼처럼 내 영혼을 베어버렸다네."

후에 그는 천박하게 킬킬대면서 이렇게 말하곤 했다. 하지만 음탕한 사람에게는 이것마저도 성적인 매력이었을 것이다. 표도르는 그녀가 아무것도 가져오지 않았기 때문에 업신여겼다. 아내는

'죄인'이며 자신은 '구원자'라고 생각했기 때문에 그녀가 수줍어 하며 얌전한 것을 이용해서 부부간의 예의조차 아예 지키지 않았 다. 다시 말하면 그녀가 집 안에 있어도 고약한 여자들을 불러들여 서 지저분한 술자리를 벌였던 것이다.

여기서 우울하고 우직하며 고집이 센 하인 그리고리의 태도도 주목해야 한다. 그는 전 마님이었던 아젤라이다는 미워했지만 이 번에는 새 마님인 소피아의 편에 섰다. 그녀를 보호하기 위해 하인 으로서는 건방지게도 표도르에게 대들었고, 술판을 벌이는 계집 들을 강제로 쫓아내기까지 했다. 이런 가운데 평생 겁을 먹고 살았 던 이 불행한 젊은 여인은 마침내 '소리 지르는 병'이라고 불리는 신경병에 걸리고 말았다. 이 병은 농촌 여인들에게서 흔히 볼 수 있는 신경증이었는데, 이 병에 걸리면 히스테리 발작과 함께 정신 을 잃기도 했다.

그렇지만 그녀는 표도르의 두 아들인 이반과 알렉세이를 낳았 다. 첫아들인 이반은 결혼하고 1년 만에 낳았고 3년 뒤에 둘째 알 렉세이를 낳았다. 알렉세이가 겨우 네 살 되던 해, 그녀가 죽었는 데 알렉세이는 평생 꿈에서 어머니를 기억하고 있었다고 한다. 어 머니가 죽은 뒤 두 아들은 이복형인 드미트리가 겪은 것과 같은 운명을 거쳤다. 그들도 아버지에게 버림받고 잊힌 채, 하인 그리고 리에 의해 문간방으로 옮겨졌다. 어머니의 은인이며 보호자였던 장군 부인이 이 아이들을 처음 발견한 곳도 이 하인의 집에서였다. 장군 부인은 그때까지도 건강했고, 양녀에게서 받은 모멸감을 8년 동안 잊지 않은 채 소피아에 대한 정보를 정확하게 듣고 있었다. 소피아가 병에 걸리고 비참하게 지낸다는 소문을 들을 때마다 손님들에게 여러 번 큰 소리로 이렇게 말했다.

"그년은 혼나야 해. 배은망덕해서 천벌을 받은 거야!"

소피아가 죽고 석 달이 지난 뒤 장군 부인이 갑자기 우리 읍내에 나타났다. 그녀는 표도르의 집에 찾아가서 30분 만에 많은 일을 해결했다. 저녁 무렵, 8년 동안 한 번도 모습을 보이지 않았던 표도르가 술에 취해 부인 앞에 나타났다. 소문에 따르면 부인은 그의 뺨을 두어 번 때리고 머리카락을 잡고 서너 번 넘어뜨렸다고 한다. 그런 뒤 입을 다물고 두 아이가 있는 하인 집으로 향했다. 부인은 씻지 않아서 더러운 얼굴에 꾀죄죄한 옷을 입은 아이들을 보고 그리고리의 뺨을 때린 뒤 두 아이를 데리고 가겠다고 선언했다. 그리고 두 아이를 그대로 담요에 말아서 마차에 싣고 데려가버렸다.

그리고리는 충실한 하인답게 그 봉변을 당하고도 불평하지 않았다. 오히려 부인을 마차까지 모셔다드리고, 허리 굽혀 인사하며 감격스러운 듯 말했다.

"고아들을 거두셨으니 신의 은총이 있을 겁니다."

"아무튼 넌 바보야!"

장군 부인은 마차 안에서 이렇게 외쳤다.

표도르는 깊이 생각한 뒤 오히려 잘된 일이라고 여겼다. 얼마 뒤 부인이 아이들의 양육에 대한 동의서를 보내자, 부인의 조건을 모두 수락했다. 그리고 온 읍내에 따귀를 맞은 일을 떠들어댔다.

얼마 후 장군 부인이 갑자기 세상을 떠났는데 유언장에는 두 아이의 교육비로 각각 1000루블씩 주라고 되어 있었다. '반드시 두 아이를 위해 쓸 것, 이 아이들에겐 이 돈이면 충분하니까. 성인이 될 때까지 이 돈으로 쓸 것. 하지만 누군가 독지가가 나타나면, 이 아이들에게 자선을 베풀어주길 바란다.' 이런 내용도 있었다. 나는 직접 읽지 못했지만, 들리는 소문에 이 유언장은 어딘가 기이한 내용에 꽤 특이한 문체로 쓰여 있었다고 한다. 부인의 재산 대부분을 받은 상속자는 정직한 사람으로 소문난 그 지방의 귀족회장 예픰 폴레노프였다. 그는 표도르와 편지를 몇 번 주고받은 뒤, 아이들의 양육비를 받을 수 없을 거라는 것을 깨달았다(표도르는 노골적으로 거절하지는 않았지만 늘 질질 끌면서 우는 소리를 늘어놓았다). 그래서 폴레노프는 이 아이들을 몹시 불쌍히 여겼고, 특히 알렉세이를 귀여워해서 한동안 자기 집에서 키우기까지 했다.

나는 독자들이 처음부터 이 점에 주목하기를 부탁드린다. 만일 지금은 청년이 된 이 아이들이 양육과 교육에 대해 고마워해야 할 사람이 있다면, 세상에서 찾기 힘들 정도로 점잖고 인정 많은 예픰 폴레노프라는 것이다. 그는 장군 부인이 아이들 각각에게 남긴 1000루블의 돈에는 손도 대지 않고 모두 저축했다. 그래서 아이들이 성년이 되었을 때는 이자가 붙어서 돈이 두 배가 되었다. 또 폴레노프는 자기 돈으로 아이들의 양육비를 부담했는데 한 아이만 따져도 1000루블보다 훨씬 더 많이 쓴 것은 당연하다.

나는 그들의 유소년기에 대해서는 잠시 미뤄두고 가장 중요한 몇 가지를 얘기하겠다. 형인 이반에 대해서는 반드시 언급하고 넘어가야 할 것이 있다. 이반은 겁쟁이는 아니지만 신경질적이고 내성적인 소년이었다. 열 살 무렵부터 자신과 동생이 남의 집에 얹혀 사는 것과 아버지가 어디다 얘기하기 부끄러운 사람이라는 것을 깨달았다. 이 아이는 아주 어린 시절부터 (소문에 따르면) 공부를 잘했다. 정확히는 모르지만 열세 살 무렵에 모스크바의 어느 중학교에 입학했고, 폴레노프의 옛 친구이자 꽤 이름이 알려진 어느 교육자가 운영하는 기숙사에 들어갔다. 후에 이반은 이러한 모든 일은 천재는 천재에게 교육을 받아야 한다는 폴레노프의 '선행에 대한 열의' 때문이었다고 말했다고 한다.

그러나 이반이 대학교에 입학했을 때는, 폴레노프와 천재적인 교육자도 죽고 없었다. 고집쟁이였던 장군 부인이 아이들에게 남겨둔 돈은 이자가 붙어서 2000루블씩이 되었다. 하지만 폴레노프가 미숙하게 처리한 데다가 형식적인 절차상의 문제로 그 돈을 타기까지는 오랜 시간이 걸렸다. 그래서 이반은 대학교에 입학하고 2년 동안 학비를 버느라 고생을 해야만 했다. 하지만 어려운 상황에서도 아버지에게 한 번도 편지를 보내지 않았다는 사실은 눈여겨볼 만하다. 아마도 자존심과 아버지에 대한 모멸감도 이유겠지만, 냉정하게 생각해봤을 때 아버지에게서 아무런 도움을 받을 수 없다는 것을 깨달았기 때문이다.

이반은 절망하지 않고 일자리를 찾았다. 20코페이카를 받고 가정교사를 했고, 갖가지 사건을 소재로 한 '목격자'라는 열 줄의 기사도 신문사에 보냈다. 소문에 따르면 그의 기사는 호기심을 불러일으키고 흥미로워서 신문이 금방 매진되었다고 한다. 이것만으로도 이반이 같은 처지의 가난한 학생들보다 실생활이나 지성 면에서 훨씬 뛰어나다는 것을 알 수 있다. 페테르부르크나 모스크바의 학생들은 신문사나 잡지사를 찾아다니면서 프랑스어 번역이나 원고 정서(政書)를 부탁하는 게 고작이었다.

이반은 편집인들과 안면을 트고 난 후 대학을 졸업할 때까지 그들과 관계를 지속하면서 여러 분야의 평론을 발표해서 나중에는 문단에까지 이름을 알렸다. 그러다가 최근 우연한 기회로 광범위한 독자층의 관심을 받고 많은 사람들로부터 인정을 받을 만한 일이 생겼다. 이것은 매우 흥미로운 일이었다. 이반은 대학을 졸업한 뒤 2000루블의 돈으로 외국 여행을 준비 중이었는데, 그 무렵 어느 유명한 신문에 기발한 논문을 발표했다. 이과를 졸업한 그와는 거리가 먼 주제로 그 논문 때문에 전문가들과 독자의 관심까지 받게 되었다. 그 논문은 그 무렵 화제가 되던 교회 재판에 대한 것이었다. 그는 이 문제에 대한 기존의 몇몇 입장들을 꼼꼼히 분석한 뒤 자기 나름의 독자적 입장을 펼쳤다. 그런데 그가 말한 전체의 논조와 결론이 놀라울 정도로 의외였다. 이 논문이 신문에 연재되는 동안 교회 관계자들은 필자가 자신들을 옹호한다고 믿었다. 그런데 이번에는 민권론자뿐 아니라 무신론자들까지 필자에게 박수를 보냈다. 결국 통찰력 있는 사람들은 이 논문이 모욕적이고 냉소적인 조롱이라고 단정을 지었다.

내가 이 사건을 지금 언급하는 것은, 당시 말이 많았던 교회 재판 문제에 관심을 기울이던 우리 고장의 유명한 수도원에서도 이 논문을 입수하여 큰 파문이 일었기 때문이다. 사람들은 논문에 나온 이름을 보고 그가 우리 고장 출신이고 '바로 그' 표도르의 아들이라는 것에 더 큰 관심을 보였다. 바로 그때, 당사자인 필자가 우리 마을에 불현듯 모습을 드러냈다.

나는 이반이 왜 이곳으로 돌아왔는지 불안감 속에서 혼자 곰곰이 생각했던 것을 지금도 기억한다. 많은 사건의 실마리가 된 이 운명적인 귀향은 나에게 오랫동안 불투명한 문제로 남아 있었다. 교양 있고 자존심 세며 신중한 이 청년이 추악한 집안의 그런 아버지 앞에 갑자기 나타난 것은 무척 기묘한 일이었다. 그 아버지는 아들을 생각하기는커녕, 아들에 대해 아는 것도 없었고 기억하는 것도 없었다. 또한 아들이 아무리 애원해도 어떤 이유나 경우를 막론하고 돈을 보내지 않을 사람이었다. 오히려 이반과 알렉세이가 돈을 내놓으라고 할까 봐 겁을 먹고 있었다. 그런데 이반은 그런 아버지 집에 온 지 두 달이 넘도록 아버지와 사이좋게 지냈다. 그래서 나뿐만 아니라 모든 사람들이 놀랐다.

그런데 누구보다 놀라워했던 사람은 표트르 미우소프였던 것으로 기억한다. 이미 언급한 바 있는 표도르의 먼 친척 미우소프는 오랫동안 파리에서 살다가 돌아와서 교외에 있는 자신의 영지에서 살고 있었다. 그는 전부터 관심이 있었던 이 청년과 만나 토론을 벌이면서 자신의 배움이 그보다 짧다고 확신했다.

그는 우리에게 이런 말을 한 적이 있었다.

"자부심이 대단한 청년이야. 돈도 벌 수 있고, 외국에 갈 돈도 있는데 도대체 여긴 왜 왔을까? 아버지에게 돈을 받으러 온 게 아니라는 건 모두 알 거야. 그 작자는 절대로 돈을 내주지 않을 테니까. 근데 그 청년은 주색을 좋아하지도 않는데, 그 노인은 아들과 사이가 좋거든!"

이 말은 진짜였다. 청년은 노인에게 눈에 보이는 영향력을 행사하고 있었다. 표도르는 심술궂고 제멋대로였지만 때로 아들의 말에 복종했고 행동도 전에 비해 훨씬 점잖아졌다.

형 드미트리의 부탁으로 이반이 우리 고장에 왔다는 것은 나중에 밝혀진 사실이다. 이반은 형 드미트리가 관련된 중요한 일로 고향에 오기 전부터 모스크바에서 형과 편지를 주고받기는 했지만 형을 보는 것은 처음이었다. 중요한 일이 무엇인지는 앞으로 때가 되면 독자들도 자세히 알게 될 것이다. 후에 내가 그 특별한 상황을 알고 난 뒤에도 이반은 여전히 수수께끼 같은 사람이었고, 그가 고향에 왜 돌아왔는지도 명확하게 밝혀지지 않았다. 그 무렵 드미트리는 아버지와 결판을 짓기 위해 정식 소송 준비를 하고 있었는데, 이반이 두 사람 사이에서 중재자나 조정자처럼 보이기도 했다.

다시 말하지만, 이 카라마조프 가족은 이번에 처음으로 한자리에 모였고 처음 얼굴을 보게 된 식구들도 있었다. 막내 알렉세이만 형제들 중에서 제일 먼저 고향에 돌아와 1년 전부터 이곳에 살고 있었다. 소설의 무대에 알렉세이를 본격적으로 등장시키기 전에 그에 대해 설명하는 것은 굉장히 어려운 일이다. 하지만 그에 대한 서문을 통해 그에게 있는 한 가지 기이한 점에 대해 미리 설명해두겠다. 소설의 처음부터 주인공에게 수도사의 수도복을 입혀서 독자들에게 소개해야 하기 때문이다. 그렇다, 그는 수도원에서 1년 정도 살았고 앞으로도 평생 수행할 각오를 하고 있는 것 같았다.

4. 셋째 아들 알료샤

그때 그는 고작 스무 살(작은형 이반은 스물네 살, 큰형 드미트리는 스물여덟 살)이었다. 먼저 밝혀둘 것은, 알료샤*는 광신도가 아니며 내 생각에는 신비주의자도 아니라는 것이다. 미리 내 의견을 말해두자면, 그는 나이 어린 박애주의자에 지나지 않았다. 그가 수도원에 들어간 것은 단지 그 길에 깊이 빠져 있었기 때문이었다. 속세의 악의에 찬 어둠으로부터 사랑의 빛 속으로 벗어나려고 애쓰는 그에게는 그것이 이상적인 출구였다. 그에게 그런 놀라움을 안겨준 것은 당시 그가 가장 뛰어나다고 생각하던 유명한 조시마 장로를 만나서였는데, 그는 첫사랑처럼 자신의 마음을 통째로 그

---

* 알렉세이의 애칭이다.

장로에게 빼앗기고 말았다.

그 무렵의 그는, 또는 더 어릴 때부터 몹시 특별한 아이였다는 것에는 이의가 없다. 이미 말한 대로 겨우 네 살 때, 어머니를 여의고 평생 어머니의 얼굴과 사랑을 '어머니가 눈앞에 있는 것처럼' 선명하게 기억하고 있었다. 아주 어릴 적부터, 예를 들어 겨우 두어 살 무렵부터 이런 기억을 간직할 수 있는데(모두가 다 알다시피), 이런 기억은 마치 어둠 속에 비치는 몇 가닥의 빛처럼, 또는 낡고 남루한 커다란 화폭에 선명하게 남아 있는 일부분처럼 평생 동안 마음속에서 지워지지 않는다.

알료샤의 경우도 이와 같았다. 그는 어느 조용한 여름날 저녁에 있었던 일을 분명히 기억하고 있었다. 열린 창문으로 비치는 저녁 햇살(저녁 햇살을 가장 선명하게 기억했다)과 방 한쪽에 있던 성상, 성상 앞의 등불 그리고 두 팔로 그를 안고 성상 앞에 무릎 꿇은 채 히스테리라도 부리듯이 날카롭게 소리 지르며 흐느끼던 어머니, 어머니는 그를 으스러질 정도로 껴안고, 아들을 위해 성모 마리아에게 기도하기도 하고, 때로는 성모님께 아이를 안은 두 팔을 내밀기도 했다. 그러면 유모가 뛰어 들어와 놀란 얼굴을 한 어머니 품에서 아이를 낚아챘다. 바로 이런 광경이다.

알료샤는 그때의 어머니 얼굴도 분명히 기억하고 있었다. 그의 기억 속에서 어머니의 얼굴은 광기에 사로잡혀 있었지만 무척 아름다웠다고 한다. 그러나 그는 이런 추억을 말하려고 하지 않았다. 그는 어린 시절과 소년 시절에도 감정을 토로하는 일이 없었고 말

수가 적었다. 이것은 인간에 대한 불신, 수줍은 태도, 사람들과 사귀기 싫어하는 우울한 성격 때문이 아니었다. 그것과는 반대로 그에게는 남들과 아무런 상관없이 자신의 내면에 숨은 중대한 문제들이 있었고, 그것에 대한 걱정이 가장 중요해서 남에게는 자연스럽게 관심을 가질 수가 없었던 것이다.

하지만 그는 사람들을 사랑했다. 그는 평생 동안 사람들을 믿었지만 그렇다고 사람들이 그를 바보로 여기거나 유치하다고 생각하지 않았다. 그는 남을 판단하거나 잘잘못을 따져 묻거나 하는 성격이 아니었다(평생 그랬지만). 그는 가끔 어떤 일에는 깊이 슬퍼했지만 남을 원망하지 않고 모든 것을 용서하는 듯했다. 그뿐 아니라 아주 어릴 때부터 어느 누구도 그를 놀라게 하거나 동요시킬 수 없었다. 그가 스무 살이 되었을 무렵 음탕한 아버지의 집에 돌아와서도 이것은 변하지 않았다. 깨끗하고 순결한 그는 차마 눈뜨고 볼 수 없는 풍경 앞에서도 그저 묵묵히 자리를 피할 뿐이었다. 결코 누구를 비난하거나 경멸하지 않았다.

남의 눈치를 많이 보고 살아왔던 아버지는 모욕과 멸시에 민감해서 처음에는 아들을 믿지 않았다. 그래서 "속으로는 별의별 생각을 다하면서 겉으로는 내색을 하지 않는단 말이지" 하면서 투덜댔다. 하지만 2주일이 채 못 되어 아들을 끌어안고 입을 맞추게 되었다. 물론 술에 취해서 한 행동이기는 했지만 눈물을 흘리며 다른 사람에게서는 느끼지 못했던 따스하고 진실한 애정을 비로소 아들에게서 깊이 느끼게 된 것 같았다.

이 청년은 어디를 가든 누구에게든 사랑받았다. 어린 시절에도 은인인 예핌 폴레노프의 집에서 모든 가족에게서 친자식처럼 사랑을 받았다. 매우 어렸을 때였으므로 그가 남에게 귀여움을 받기 위해 계산하거나 간사하게 꾀를 부렸다거나 억지로 자신을 사랑하게 만드는 능력을 가지고 있었던 것은 결코 아니다. 그는 선천적으로 모든 사람에게 사랑을 받을 수 있는 재능과 본성을 타고났던 것이다.

학창 시절에도 마찬가지였다. 언뜻 알료샤는 친구들에게 불신과 비웃음, 증오를 불러일으키는 아이처럼 보였다. 그는 자주 생각에 빠져 자기만의 세계에 고립되는 성향이 있었고 아주 어릴 때부터 방에서 혼자 책 읽는 것을 즐겼다. 그렇지만 그는 학교를 다니면서 모든 학생들의 절대적인 믿음과 사랑을 받았다. 요란하게 장난을 치고 친구들과 재미있게 노는 일은 별로 없었지만, 그를 한번 보면 누구든 그가 우울하고 무뚝뚝한 사람이 아니라 따뜻하고 해맑은 심성을 가진 아이라는 것을 알 수 있었다.

그는 친구들 사이에서 결코 으스대거나 자기를 내세우려고 하지 않았다. 이러한 성격 때문에 지금껏 그 누구도 두려워해본 적이 없었지만 자기를 과시하려고도 하지 않았다. 하지만 친구들은 그가 자신을 지나치게 믿어서 조용한 것이 아니고 자신이 대담한 사람인지 전혀 모르고 있기 때문이라는 것을 곧 알게 되었다. 그는 누가 자신을 모욕해도 반발심을 갖지 않고 1시간이 지나면 자기를 모욕한 그 학생과 태연스레 얘기를 나누었고, 스스로 먼저 말을 걸 때도 있었다. 자신이 모욕당한 것을 잊어버린 것도 아니고 상대를 용서해준 것도 아니었으며 그저 모욕을 조금도 느끼지 않는 태도였다. 때문에 친구들은 그에게 완전히 굴복하고 말았다.

하지만 그에게는 한 가지 이상한 특징이 있었다. 학교에 입학하여 졸업할 때까지 다른 아이들의 놀림감이 될 수밖에 없는 독특한 점이 있었다. (그래봐야 그것도 악의가 있어서가 아니라 단순히 재미에서 비롯된 놀림이었다. 알료샤의 독특한 점은 바로 지나치다 싶을 정도의 수치심과 결벽증이었다). 예를 들어, 그는 여자에 대해 안 좋은 이야기나 대화를 듣는 것마저 괴로워했다. 하지만 불행히도 '안 좋은 이야기나 대화'는 어떤 학교에서든 없앨 수가 없다. 정신적으로나 육체적으로 어린아이처럼 순진하기만 한 소년들은 때로 군인들도 입에 잘 담지 않는 '특정' 모습이나 행위를 교실에서 소곤대거나 떠들어댔다. 군인들도 잘 모르는 그런 분야에 대해 상류 지식 계급의 어린 자식들이 벌써 자세히 알고 있는 경우도 많았다. 하지만 이런 소년들에게 정신적 타락이나 타락한 내면의 냉소 같은 것은 없었다. 있다 하더라도 껍데기에 불과하고 이들에게 냉소는 일종의 품위 있고 세련된, 또는 남자다운 것이어서 흉내 내고 싶은 충동을 느끼게 했다.

아이들은 그런 이야기를 할 때마다 '알료샤 도련님'이 급하게 귀를 막는 것을 보고, 가끔 그의 두 손을 억지로 떼고는 신이 나서 더러운 얘기를 마구 지껄여댔다. 그는 아무런 비난도 하지 않고 입술을 다문 채 아이들을 뿌리치고 교실 바닥을 뒹굴면서 얼굴을 감싸고 견뎌냈다. 결국 악동들도 더는 그를 귀찮게 하지 않았고 '계집애'라고도 놀리지 않았으며, 한편으론 동정을 느끼기까지 했다. 덧붙이자면 그는 늘 우등생이었지만 1등을 한 적은 없었다.

폴레노프 씨가 죽은 뒤에도 알료샤는 2년 더 이 중학교에 다녔다. 폴레노프의 미망인은 남편이 죽자 상심에 빠져서, 장례식이 끝나고 여자만 남은 가족을 모두 데리고 이탈리아로 여행을 떠났다. 당분간 돌아오지 않을 작정이었다. 그래서 알료샤는 폴레노프의 먼 친척이지만 한 번도 본 적이 없는 두 부인 집으로 가서 살게 되었다. 하지만 무슨 이유 때문에 그렇게 되었는지는 정확히 알 수 없었다. 누구의 돈으로 살고 있는지 전혀 관심이 없었던 것도 특이한 점 중 하나였다. 이런 점은 그의 형 이반이 2년 동안 대학에 다니면서 여러 가지 고생을 한 일이나, 어린 시절부터 남에게 신세를 져야 했던 자기 상황을 항상 처절하게 의식한 것과는 아주 상반된 것이었다.

그러나 알료샤에 대해 조금이라도 아는 사람이라면 그의 이런 특이한 성격을 비난할 수 없을 것이다. 알료샤는 유로지비* 같다고 누구나 생각했기 때문이다. 막대한 재산이 그에게 생긴다고 해도 누군가 손을 내밀면 주저하지 않고 몽땅 주거나, 그게 아니면 자선 사업을 벌이거나 상대가 사기꾼이라고 하더라도 순순히 큰돈을 내주었을 것이다. 물론 비유적인 의미겠지만 그는 돈의 가치를 전

---

* 바보 같은 행동이나 기괴한 행위를 하면서 광인처럼 돌아다니며 예언을 하고 신의 뜻을 전하는 성자들을 가리킨다.

혀 알지 못했다. 자신이 먼저 용돈을 달라고 한 것도 아닌데 누가 돈을 주면 어디에 쓸지 몰라서 몇 주일씩 가지고 있거나, 엄청나게 낭비해버려서 금방 돈을 다 써버릴 때도 있었다.

표트르 미우소프는 평상시 돈과 시민의 공덕심에 대하여 몹시 예민했지만 언젠가 알료샤를 본 뒤 이런 명언을 했다.

"저런 사람은 세상에 없을 거야. 인구가 100만쯤 되는 도시에 돈 한 푼 없이 버려져도 굶어 죽거나 얼어 죽지 않을 사람이야. 누군가 그에게 곧 먹을 것과 잠자리를 마련해줄 테니까 말이야. 잠자리를 제공하는 사람이 없어도 스스로 잘 곳을 찾겠지. 그에게는 그런 일들이 힘들거나 굴욕적인 일이 아니니까. 그리고 그를 돌봐주는 사람도 귀찮아하지 않고 기쁘게 생각할 거야."

그는 중학교를 졸업하지 못했다. 졸업하기 1년 전 어느 날, 알료샤는 불현듯 어떤 생각에 사로잡혀 돌봐주던 부인들에게 말하길 지금 곧장 아버지에게 가봐야 한다고 했다. 부인들은 무척 서운해하며 그를 보내려고 하지 않았다. 여비가 많이 필요하지 않아서 그는 폴레노프 씨 가족이 외국 여행을 떠날 때 선물한 시계를 전당포에 맡기려고 했다. 하지만 부인들이 말렸고 넉넉하게 여비도 주고 새 옷과 속옷까지 사주었다. 그러나 그는 기어이 삼등차로 가겠다고 하면서 받은 돈의 절반을 다시 부인들에게 돌려주었다.

그가 우리 읍에 도착한 뒤 아버지가 "왜 학교를 안 마치고 온 거냐?"라고 묻자, 대답을 하지 않고 평소보다 더 깊이 생각에 빠진 듯했다고 한다. 얼마 후에 그가 어머니의 무덤을 찾고 있는 것이 밝혀졌다. 알료샤도 그때 자신이 여기 온 이유는 오직 그것 때문이라고 말했다. 그러나 정말 그것 때문에 고향에 왔는지는 도무지 알 수 없었다. 분명한 것은 그의 영혼 속에서 무엇이 떠올라서 그를 신비로운 운명의 길로 이끌었는지 그때는 자신도 몰랐고 설명할 수도 없었을 것이다. 표도르는 자신의 두 번째 아내가 어디에 묻혔는지 아들에게 가르쳐줄 수 없었다. 그는 아내의 관에 흙을 뿌린 뒤로 그 무덤에 한 번도 찾아가지 않았고 시간이 흐르면서 그곳을 완전히 잊어버렸기 때문이다.

표도르 얘기로 넘어가면 그는 그때까지 오랜 기간 우리 마을을 떠나 있었다. 두 번째 아내가 죽고 3, 4년이 지난 뒤에 그는 러시아 남부로 떠났고 그 뒤에는 오데사에서 몇 년을 살았다. 그의 말을 빌리면 처음에 그는 '남녀노소, 노인에서 꼬맹이까지 수상한 유대인'들과 상종했지만 그 후에는 이 수상한 유대인들뿐만 아니라 '정상적인 히브리인 가정'에도 드나들게 되었다. 그가 돈을 모으는 데 특별한 재능을 얻게 된 것도 아마 오데사에서 지냈던 시절이었을 것이다. 그가 이 고장에 다시 돌아온 것은 알료샤가 오기 3년 전이었다. 옛 친척들은 그가 무척 늙었다고 생각했지만 실제로는 그다지 나이를 먹은 것은 아니었다. 그는 전에 비해 점잖아졌지만 어딘가 거만한 구석이 있었다. 예를 들면 예전에는 혼자서 어릿광대짓을 하며 좋아했는데, 이제는 뻔뻔하게 어릿광대짓을 다른 사람에게 시키려 들었다. 추잡한 여자 버릇은 예전과 다름없는 게 아니라 오히려 더 구역질이 날 정도가 되었다.

얼마 후 그는 우리 군 여러 곳에 새 술집을 열었다. 그는 10만 루블이나 아니면 그보다 적은 돈을 가지고 있는 것 같았다. 우리 고장의 많은 사람들이 마치 기다린 것처럼 그에게 돈을 빌렸는데, 그러기 위해서는 물론 확실한 저당이 있어야 했다. 그러나 최근 들어 그는 후줄근해져서 냉정함을 잃고 경솔한 실수를 저지르기까지 했다. 일을 시작해도 제대로 마무리하지 못했고 그러면서도 여러 가지 일에 손을 댔다. 날이 갈수록 취하는 일이 잦아졌는데 이제는 나이가 꽤 든 하인 그리고리가 가정교사처럼 한결같이 쫓아다니며 돌보지 않았다면, 그는 모든 일을 엉망으로 만들고 돌아다녔을 것이다.

알료샤의 귀향은 정신적인 측면에서도 아버지에게 영향을 미친 게 분명했다. 나이보다 훨씬 늙은 이 남자의 영혼 속에 오랫동안 잠들어 있던 무언가가 깨어난 것 같았다.

그는 알료샤를 바라보면서 가끔씩 이렇게 말했다.

"얘야, 네가 그 미친 여자를 닮은 걸 알고 있느냐?"

그는 알료샤의 어머니이자 죽은 자신의 아내를 이렇게 불렀다.

결국 알료샤에게 '미친 여자'의 무덤을 알려준 사람은 하인 그리고리였다. 그는 알료샤를 우리 읍 공동묘지로 데려가 구석에 있는 싸구려지만 주철로 만들어져 제법 단정한 묘비를 보여주었다. 거기에는 죽은 어머니의 이름, 나이, 신분, 사망한 날짜가 쓰여 있었다. 그 아래에는 중류 계급의 무덤에서 흔히 볼 수 있는 네 줄 정도의 추도시도 새겨져 있었다. 이 묘비를 세운 사람은 놀랍게도 그리고리였다. 그리고리는 주인 표도르에게 죽은 마님의 무덤을 잘 돌봐달라고 귀찮을 정도로 몇 번씩이나 당부했지만, 표도르는 모두 버려둔 채 오데사로 떠나버렸다. 그래서 결국 자신의 돈으로 이 불쌍한 '미친 여자'의 무덤 앞에 묘비를 세웠던 것이다.

알료샤는 어머니의 무덤 앞에서 특별히 감정을 드러내지는 않았다. 그는 묘비가 세워진 배경에 대해 그리고리가 엄숙하게 설명하는 것을 머리를 숙인 채 조용히 듣다가 아무런 말도 없이 무덤을 떠났다. 그 후 거의 1년 동안 그는 어머니의 무덤에 가지 않았다. 하지만 이 작은 에피소드는 아버지 표도르에게 어떤 영향을, 그것도 아주 독특한 영향을 미쳤다. 갑자기 표도르가 죽은 아내의 영혼을 위로하려고 1000루블을 들고 수도원을 찾아간 것이다. 다만 알료샤의 어머니인 두 번째 아내 '미친 여자'를 위해서가 아니라 자기를 구박했던 전처 아젤라이다를 위한 것이었다. 그는 그날 저녁 술에 취해 알료샤 앞에서 수도사들에게 욕설을 내뱉었다. 그는 신앙과는 거리가 멀었다. 단 5코페이카짜리 양초도 바친 적이 없을 것이다. 그러나 때로는 이런 인간들에게서도 즉흥적인 감성과 충동이 밖으로 터져 나올 때가 있다.

앞에서 나는 이미 표도르가 후줄근해졌다고 말했다. 그의 외모는 요즘 들어서 지금까지 그가 살아온 인생의 특징과 본성을 뚜렷이 보여주고 있었다. 늘 거만하고 사람을 의심하는 듯한 작은 눈밑에는 기다란 살들이 흐물흐물하게 늘어졌고, 작고 살찐 얼굴에는 주름살이 깊게 파였다. 뾰족한 턱 밑으로는 돈주머니처럼 생긴 길쭉하고 큰 살이 늘어져 있었는데, 바로 이 부분이 흉측하고 음탕한 인상을 주었다. 뿐만 아니라 탐욕에 가득 찬 큰 입의 호색적인 두꺼운 입술이 옆으로 찢어져 있었고 그 입술 사이로 거의 썩은 까만 이들이 보였는데, 그가 말을 할 때마다 침이 사방으로 튀었다. 그는 자신의 얼굴 생김을 두고 농담하는 것을 즐겼는데 자신의 용모를 싫어하는 것 같지는 않았다. 그는 크지는 않지만 매우 높고 특이하게 꼬부라진 매부리코를 가리키며 이렇게 말했다.

"이게 진짜 로마인의 코란 말이지. 이 코가 내 목덜미에 난 혹하고 한 쌍으로 어울리거든. 몰락한 고대 로마 귀족의 코가 꼭 이렇게 생겼다니까."

그는 자신의 코를 자랑스러워하는 것 같았다.

어머니의 무덤에 다녀온 얼마 뒤에 알료샤는 갑자기 수도원에 들어가고 싶다고 하면서 수도원에서도 견습 수사로 받아들여주기로 했다고 아버지에게 알렸다. 그리고 간절하게 소망하니 아버지도 기쁜 마음으로 보내주었으면 좋겠다고 말했다. 노인은 이미 그 수도원의 조시마 장로가 '얌전한 아이'인 자신의 아들에게 깊은 인상을 남겼다는 것을 알고 있었다.

"그 장로는 누구보다 성실한 수도사지."

그는 생각에 잠긴 표정으로 조용히 알료샤의 말을 듣고 난 뒤 이렇게 말했다.

"흠, 이제 우리 '얌전한 아이'가 거길 들어가고 싶단 말이지!"

그는 술에 취해 갑자기 웃기 시작했다. 주정뱅이처럼 느슨하면서도 어딘가 비열하고 능청스러운 웃음이었다.

"흠, 결국은 네가 이렇게 될 거라고 짐작했다. 너는 안 믿을지 모르지만 내가 생각했던 길을 넌 가려고 하는 거야. 아무렴 어떠냐. 너는 2000루블이 있으니 그걸 지참금으로 가져가면 될 거다. 하지만 나도 사랑하는 아들을 그냥 그렇게 보낼 수는 없지. 거기서 뭘 요구하면 돈이라도 기부하마. 하지만 요구하지 않으면 내가 먼저 기부할 필요는 없겠지, 안 그래? 게다가 너는 돈을 새가 먹는 모이 정도로 쓰니까, 겨우 일주일에 낟알 두 개쯤이면 될 거야……. 음, 그런데 어느 수도원 근처 산기슭에 마을이 하나 있는 건 알고 있냐? 모두가 아는 거지만, 거기는 '수도원의 마누라'들만 살고 있지. 대략 30명 정도 될 거다. 나도 거기 한 번 가본 적이 있는데, 나름대로의 재미가 있었지. 다양한 여자들이 있었단 말이야. 그런데 그놈의 국수주의가 흠이야. 프랑스 여인네가 하나도 없거든. 수사들은 돈이 많으니까 프랑스 여자쯤은 쉽게 부를 수 있을 텐데. 소문이 나면 금세 모일걸. 하지만 여기 수도원에는 아무것도 없다! 수사 마누라는 아직 한 명도 없어. 그런데 수사들은 200명쯤 있으니 그들은 참 깨끗한 사람들이야. 금욕주의자들이지. 그건 나도…….

음, 그래, 네가 수도원에 들어가겠다는 거지? 하지만 알료샤, 나는 서운할 것 같구나. 넌 믿지 않겠지만 그래도 난 너를 사랑한단다……. 하여간 좋은 기회야. 넌 우리 같은 죄인들을 위해 기도도 할 테지? 우린 정말 이 세상에서 죄를 많이 지었으니. 언젠가는 누가 나를 위해 기도해줄까? 이 세상에 그렇게 해줄 사람이 있을까?

난 늘 생각해왔지. 얘야, 난 이런 쪽으로는 아무것도 모른단다. 믿기지 않는 거냐? 하지만 진짜야. 내가 아무리 천치라도 생각하는 건 있단다. 물론 밤낮으로 생각한 건 아니니까, 가끔 생각한다는 게 더 맞겠지만. 어쨌든 내가 죽으면 악마들이 나를 갈고리로 꿰어 지옥불로 끌고 갈 거야.

그래서 궁금한데 악마들은 어디서 갈고리를 구했을까? 뭘로 만들었지? 쇠로 만든 건가? 그럼 어디서 그것을 만들었을까? 지옥에도 대장간이 있는 건가? 수도원의 수도사들은 지옥에도 천장 같은 게 있다고 믿는 모양이야. 하지만 난 지옥이 있다는 것은 믿지만 천장은 없는 게 낫다고 생각한단다. 천장이 없는 편이 더 우아하고 지적이니까. 그러니까 루터파 같은 느낌이 들잖아. 천장이 있으나 없으나 뭐가 다르냐고? 하지만 바로 그 점이 문제지! 천장이 없으면 갈고리도 없을 테니까. 그리고 갈고리도 없다면 모든 게 엉망진창이 되지. 그렇게 되면 누가 나를 갈고리에 꿰어 지옥으로 끌고 가겠니? 나를 지옥으로 끌고 가지 않으면 진실은 어디에 있는 거냐? 갈고리를 만들어내야 해(Il faudrait les inventer).* 나를 위해서라도 특별히 만들어야 해. 단지 나를 위해서 말이야. 알료샤, 넌 잘 모르겠지만 난 구원받을 수 없는 인간이다!"

"하지만 지옥에 갈고리는 없어요."

알료샤는 아버지를 바라보며 조용하고 진지하게 말했다.

---

* 볼테르가 한 말을 아이러니하게 인용하고 있다.

"암, 물론이지. 오직 갈고리의 그림자만 있겠지. 나도 잘 안다. 어떤 프랑스 사람이 지옥을 이렇게 묘사했지. '나는 솔 그림자로 마차의 그림자를 청소하는 마부의 그림자를 보았다(J'ai vu l' ombre d'un cocher, qui avec l'ombre d'une brosse frottait l'ombre d' une carrosse)'라고 말이야. 그런데 애야, 너는 갈고리가 없다는 걸 어떻게 알지? 수도사들과 같이 살게 되면 너도 달리 생각하게 될 거다. 어쨌든 빨리 그곳에 가서 진리를 찾아봐라! 그리고 나에게 얘기를 해다오. 저세상이 어떤 곳인지 자세히 알게 되면 그곳에 가는 것도 수월해질 게 아니냐. 그리고 여기서 주정뱅이 아버지나 못된 여자들과 있는 것보다 수도원에서 지내는 게 너한테도 더 좋을 거다⋯⋯. 하긴 순결하고 천사 같은 너를 유혹할 수도 없겠지. 거기서도 너는 건드리지 못할 거다. 그래서 나도 마음 놓고 허락하마. 아직까지 너의 영혼이 악마한테 잡아먹히지 않았고, 잠시 들떠 있다가 열기가 식으면 다시 본래의 너로 돌아오겠지. 그러면 집으로 다시 오너라. 나는 너를 기다리겠다. 이 세상에서 나를 비난하지 않은 사람은 오직 너뿐이다. 귀여운 나의 아들, 난 정말 그렇게 생각해. 어떻게 내가 그걸 느끼지 못할 수가 있겠니!"

말을 마친 표도르는 흐느끼며 울음을 터뜨렸다. 그는 어느덧 감상에 빠져 있었다. 그는 말은 험했지만 감상적인 면이 있었다.

5. 장로들

독자들은 알료샤가 병적이고, 광신적이며, 발육이 미약한 몽상가에 보잘것없이 허약한 남자라고 생각할지도 모른다. 그러나 그렇지 않았다. 알료샤는 늘씬한 몸에 붉은 뺨과 눈동자가 맑은, 건강한 열아홉 살의 청년이었다. 꽤 잘생긴 얼굴, 적당한 키에 균형 잡힌 몸, 갈색 머리카락과 갸름한 계란형 얼굴, 간격이 먼 두 눈은 짙은 잿빛으로 반짝이고 있어서 무척 생각이 깊고 온화해 보였다. 어떤 사람들은 그의 뺨이 붉은 것이 광신도나 신비주의자가 아니냐며 반문할 수도 있지만 나는 오히려 알료샤는 누구보다 현실주의자였다고 생각한다. 물론 그가 수도원에 들어간 뒤 종교적 기적을 믿었지만 본디 현실주의자는 기적에 현혹되지 않는다는 게 나의 생각이다.

현실주의자가 신앙이 깊어지는 것은 기적 때문이 아니다. 진실로 현실주의자면서 종교를 믿지 않는 사람은, 자신에게 기적을 믿지 않는 힘과 능력이 있다고 여긴다. 그래서 현실주의자는 실제로 기적이 눈앞에 부정하지 못할 현실로 나타나도 그것을 인정하지 않고 자신의 눈부터 의심한다. 설사 그 사실을 인정하더라도 그는 자신이 아직 모르던 자연계의 한 현상이라고 믿을 뿐이다. 현실주의자에게는 기적에서 신앙이 나오는 것이 아니라 신앙에서 기적이 나온다. 현실주의자가 일단 믿음을 갖게 되면 현실주의 때문에 눈앞에서 일어나는 기적을 부정하지 못한다. 사도 도마도 제 눈으로 보기 전에는 그리스도의 부활을 믿지 않았지만 예수를 직접 보고 나서는 감격에 겨워 "주여, 오오 하느님!" 하고 울부짖었다. 그를 믿게 한 것은 기적이었는가? 아니, 기적이 아니다. 스스로 원해서 믿음을 갖게 된 것이다. "제 눈으로 보기 전에는 믿지 않겠다"고 말했을 때, 이미 마음속에서는 부활을 믿고 있었을지도 모른다.

혹여 어떤 사람들은 알료샤가 덜 떨어지고 성장이 늦은 청년이고, 중학교도 마치지 못했다고 험담할지도 모른다. 그가 중학교를 졸업하지 못한 것은 맞지만, 우둔하다고 말하는 것은 그를 잘 모르고 하는 소리일 뿐이다. 다만 나는 앞에서 한 말을 다시 되풀이할 뿐이다. 그가 수도의 세계에 들어선 것은 그 길이 그의 마음에 깊은 감동을 주어서이며, 암흑에서 빛으로 탈출을 원하는 그의 영혼에 그것은 이상적인 결과였기 때문이다. 한 가지 덧붙이면 그는 어떤 면으로는 우리나라의 근대적 청년, 즉 부정을 싫어하고 진실이 존재한다고 믿으며 그 진실을 추구하는 청년이었고, 진실을 믿기만 하면 마음을 다해 그 진리를 섬기고 그것을 실천하려고 자신의 모든 것, 마침내 생명까지 바치겠다는 소망을 가진 청년이라는 것이다. 하지만 불행히도 이런 청년들은 생명을 버리는 것이 대체로 다른 어떤 희생보다 쉽다는 것을 이해하지 못한다. 예를 들어 그들이 자신의 목표인 진리와 그것을 실천하기 위해 스스로 선택한 것이기는 하지만(설사 그것으로 자신의 능력을 열 배 이상 늘린다 하더라도), 패기 넘치는 청년 시절의 5~6년을 어렵고 지루한 공부나 연구에 바치는 것은 대부분의 청년들에게는 감당하기 힘든 희생이라는 것을 모르고 있는 것이다.

알료샤도 다른 청년들처럼 자신의 진리를 빨리 성취하고 싶은 열망을 가지고 있었지만, 그는 모든 사람들과는 반대되는 길을 택했다. 그는 진중하고 깊이 있는 사색으로 불멸과 신이 존재한다는 확신을 얻자마자 본능적으로 자신에게 말했다.

"나는 불멸을 위해 살고 싶다. 어중간하게 타협하는 일은 없을 것이다!"

이와 마찬가지로 만약 그가 불멸과 신이 없다고 판단했다면, 그는 곧 무신론자나 사회주의자가 되었을 것이다(사회주의는 단순하게 노동 문제나 제4계급의 문제뿐만 아니라, 무신론의 현대적 해석에 대한 문제이고 땅에서 하늘에 다다르기 위해서가 아닌 하늘을 땅으로 끌어내리기 위해 쌓은 바벨탑의 문제이기 때문이다).

알료샤는 이제 예전처럼 사는 게 낯설었고 불가능하다고 생각했다. 성경에 이르길 '네가 완전한 사람이 되려거든, 너희가 가진 모든 것을 가난한 자에게 나누어주고 나를 따르라'*라고 했다. 알료샤는 속으로 이렇게 생각했다.

'나는 모든 것 대신에 달랑 2루블만 내고, 예수도 따르지 않은 채 미사에만 참석하며 살아가는 삶을 살 수는 없다.'

아마 그가 어린 시절을 추억해보면 가끔 어머니가 그를 미사에 데리고 갔던 이곳 수도원에 대한 기억이 희미하게 남아 있을 것이다. 또 병든 어머니가 소리를 지르며 두 손으로 그를 안아서 성상 앞으로 내밀던 그때, 그를 비추던 저녁 햇살이 영향을 주었을 수도 있다. 사려 깊은 그가 그 당시 우리 고장으로 돌아온 것은 '전부인가, 아니면 결국 2루블인가'를 확인하고 싶었던 것일 수도 있다. 그리고 그는 이 수도원에서 그 장로를 만나게 되었다······.

앞에서 내가 말한 조시마 장로가 바로 그 장로다. 나는 우리나라 수도원에서 '장로'가 어떤 의미인지 간략하게 설명하려 한다. 유감스럽게도 나는 이 방면으로는 조예가 깊지 않지만 피상적으로나마 간단하게 설명해보겠다.

우선 전문가들과 학자들의 주장에 따르면 우리나라 수도원에 장로와 장로 제도가 나타난 것은 비교적 최근의 일로 아직 100년이 안 되었다. 하지만 동방의 정교국가들 중 특히 시나이와 아토스에서는 벌써 1000여 년 전부터 내려온 제도였다. 고대 러시아

---

* 〈마태복음〉 19:21, 〈마가복음〉 10:21, 〈루카복음〉 18:22

에도 장로 제도가 있었다고 보고 있다. 다만 타타르족의 침공이나 16~17세기의 내란, 콘스탄티노플 함락 뒤 동방과의 교류 단절로 이 제도가 사라지고 장로도 사라졌다는 주장이 있다.

이 제도는 위대한 고행자로 불린 파이시 벨리치코프스키와 그의 제자들이 노력해서 18세기 말에 우리나라에서 다시 부활했다. 그러나 100년이 지난 오늘에도 장로 제도는 소수의 수도원에서만 존재하고 가끔은 러시아에 전례가 없는 제도라는 이유로 박해를 받기도 했다. 러시아에서 이 제도가 특히 번성했던 것은 유명한 코젤리스카야 오프치나 수도원에서였다. 우리 마을의 수도원에는 언제, 누가 이 제도를 들여왔는지 확실히 알 수 없지만 이젠 장로가 이미 3대째나 이어져서 조시마 장로가 가장 마지막 장로였다. 하지만 그도 이미 늙어서 죽음이 코앞이었는데 그를 이을 만한 사람은 마땅히 나타나지 않았다.

수도원에서 이것은 매우 중요한 문제였다. 그 무렵 이 수도원에는 내세울 게 없었기 때문이다. 성자의 유체나 기적을 일으키는 성상도 없었고 찬란한 역사도 없었다. 또 역사적인 위업도, 조국에 대한 공훈을 세운 일도 없었다. 이 수도원이 러시아에서 유명해진 것은 오직 이 장로들 덕분이었다. 그들을 만나고 설교를 듣기 위해서 러시아의 방방곡곡에서 수많은 순례자들이 무리를 지어 몰려들었던 것이다.

그렇다면 장로란 무엇인가? 장로는 다른 사람의 영혼과 의지를 자신의 영혼과 의지 안에 받아들이는 사람이다. 일단 장로를 선출하면 사람들은 자신의 의지는 버리고 그것을 장로에게 바치고, 장로의 가르침에 절대적으로 복종하고 모든 사심을 버려야 한다. 이 길에 들어선 사람은 극기와 자아를 정복하는 긴 시련의 과정을 거쳐서 이런 고행과 인생 수업을 스스로 받아들여야 하며, 복종하는 생활에서 결과적으로는 완전한 자유, 즉 자신으로부터 놓여날 수 있는 진정한 자유를 얻을 수 있다. 이렇게 하면 자신의 참모습을 발견하지 못하고 일생을 허비하는 수많은 다른 사람들과 다른 운명을 살게 되는 것이다.

이러한 장로 제도는 이론으로부터 출발한 것이 아니고 이미 1000년 이상 시험을 거치며 동방정교회에서 만들어졌다. 장로에 대한 의무도 러시아 수도원에서 늘 보던 일반적인 '복종'과는 다르다. 이는 장로에게 복종하는 사람의 끝없는 참회이며 명령하는 자와 복종하는 자 사이에는 끊을 수 없는 유대가 형성된다.

예를 들어보자. 기독교 초기, 어느 견습 수사가 장로의 명령을 어긴 채 시리아의 수도원에서 이집트로 떠났다. 그곳에서 그는 오랫동안 여러 가지 고난을 겪고 혹독한 고문 끝에 순교자로 죽었다. 교회에서는 곧 그를 성자로 받들어 장례식을 치렀는데, 장례식에서 보좌 신부가 '믿지 않는 자는 물러갈 것이다!'*라고 외치자 순교자의 관이 굴러떨어져서 교회 밖으로 튕겨져 나갔다. 이런 일은 세 번이나 반복되었다. 마침내 사람들은 순교자가 복종의 서약을 깨

---

* 정식으로 세례를 받지 못한 사람은 나가야 한다.

고 장로를 떠났기 때문에 그 장로가 용서하지 않는 한 위대한 공적을 쌓더라도 죄는 용서받을 수 없음을 깨달았다. 그래서 그 장로를 불러서 복종의 서약을 풀어주자 장례식을 계속할 수 있었다는 것이다.

물론 이 이야기는 전설일 뿐이다. 하지만 최근에도 이런 일이 있었다. 우리 시대를 살고 있는 한 수도사가 아토스에서 수행을 하고 있었다. 그는 그곳을 성지이며 조용한 은신처로 생각하고 마음 깊이 사랑했다. 그런데 그의 장로가 갑자기 아토스를 떠나서 예루살렘으로 성지 순례를 갔다가 다시 러시아로 돌아와서 북쪽에 있는 시베리아로 가라고 했다. '네가 있을 곳은 여기가 아닌 그곳'이라고 했다. 슬픔에 잠겼던 그 수도사는 콘스탄티노플의 대주교에게 달려가 그 명령을 취소시켜주기를 애원했다. 그러나 대주교는 장로가 그런 책무를 부여했다면 자신은 물론이고 이 세상에서 그것을 취소해줄 수 있는 사람은 오직 그 장로뿐이라고, 명령에서 제자를 풀어줄 수 있는 힘이 있는 사람은 이 세상에 단 한 사람, 그것을 명령한 장로뿐이라고 말했다.

이렇게 장로에게는 때로 상상을 초월하는 무한한 힘이 부여된다. 바로 이런 이유 때문에 우리나라의 많은 수도원에서 장로 제도가 처음에 박해를 받았던 것이다. 한편으로 장로들은 민중들에게 대단한 존경을 받았다. 예를 들어 평민이든 유명 인사든 모든 수도원의 장로에게 몰려가서 그 발 앞에 엎드려 마음속 의구심과 고민을 털어놓거나 죄를 참회하고 충고와 교훈의 말을 절절히 구했다.

장로 제도를 반대하는 사람들은 이것을 보고 장로들이 고해성사를 마음대로 더럽히고 있다고 비난을 퍼부었다. 하지만 수도사나 일반 신자가 장로에게 있는 그대로 마음을 털어놓는 것이 꼭 고해성사는 아니었다. 결국 장로 제도는 그대로 이어져서 러시아의 수도원에 뿌리를 내렸다. 하지만 이 제도는 노예 상태에서의 자유와 도덕적 자기완성을 위해 정신적으로 인간을 다시 태어나게 하는 수단으로 사용되었고, 이미 1000여 년 동안 시험을 거치면서 때에 따라 양날의 칼이 되기도 했다. 그리하여 누군가는 완전한 인내와 겸허가 아닌 가장 고약한 악마의 오만에 이끌려, 그 자신이 자유가 아닌 속박의 몸이 되는 경우도 있는 것이다.

조시마 장로는 예순다섯 살이었다. 그는 지주 집안에서 태어나 젊은 시절에는 군대에 들어가 카프카스에서 초급 장교로 지낸 적도 있었다. 그의 영혼이 지니고 있는 어떤 특별함이 알료샤에게 깊은 감동을 준 것은 분명한 일이다. 장로는 알료샤를 몹시 아껴서 자신의 암자에서 지낼 수 있게 해주었다. 그러나 알료샤가 수도원에서 지낸다고 해서 자유롭지 못한 것은 아니었음을 밝혀두어야겠다. 알료샤는 마음만 먹으면 어디든 나갈 수 있었고, 수도원에 며칠 돌아가지 않아도 괜찮았다. 그는 수도원에서 다른 옷을 입고 있는 것이 싫어서 자발적으로 수도복을 입었다. 물론 그 옷을 좋아했기 때문이기도 했다.

알료샤의 젊은 상상력에 강한 자극을 준 것은 장로의 주위에 감돌고 있는 힘과 영광이었다. 지난 몇 년 동안 자신의 심정을 고백하고, 위로와 충고를 들으려고 조시마 장로를 찾아온 사람은 수없이 많았다고 한다. 오랜 세월 동안 이런 사람들의 하소연을 낮이고 밤이고 들어왔기 때문에 장로는 이제 처음 찾아오는 사람일지라도 얼굴만 보면 그 사람이 무슨 일로 찾아왔고, 필요한 것이 무엇인지, 어떤 고뇌와 죄책감에 시달리는지 알 수 있을 정도로 예리한 통찰력을 가지게 되었다. 찾아온 사람이 미처 말을 시작하기도 전에 마음속 비밀을 말해서 상대방을 놀라게 하고 당혹스럽게 하여 두려움까지 느끼게 했다. 알료샤가 늘 느끼는 것이었지만 장로와 은밀하게 이야기를 나누려고 찾아오는 사람들은 처음에는 두려움과 불안감을 가지고 장로의 방으로 들어가지만, 다시 나올 때는 밝고 기쁜 표정으로 바뀌어 행복한 얼굴이었다. 장로가 엄숙한 표정을 하지 않고 늘 언제나 유쾌하게 사람들을 대하는 것에도 알료샤는 깊은 인상을 받았다.

수도사들이 전하는 말에 따르면 장로는 죄를 많이 지은 사람 중에서도 가장 죄가 많은 사람을 누구보다 사랑하고 진심으로 돌보았다. 장로가 나이가 든 뒤에도 그를 증오하고 시기하는 수도사들이 있었다. 그러나 지금은 그런 사람도 많이 줄어들었고 장로를 비난하는 목소리도 들리지 않았다. 하지만 장로를 싫어하는 그 소수의 사람들 중에는 수도원에서 제법 영향력을 가진 사람들, 예를 들면 최고령 수도사로서 곡기를 끊고 몸소 고행의 길을 걷고 있는 분도 있었다. 그러나 대부분은 조시마 장로를 지지했고 온 마음을 다해 진심으로 그를 사랑했다. 그중에는 거의 광신적으로 장로에게 매달리는 사람도 있었다. 이런 이들은 대놓고 말하지는 않았지만 장로가 성인이라고 단정 짓고 곧 장로가 세상을 뜨면 기적이 일어나 수도원에 위대한 영광이 깃들 거라며 기대감에 차 있었다.

알료샤도 옛날 순교자의 관이 교회에서 튕겨 나갔다는 이야기를 굳게 믿는 것처럼 장로가 기적을 일으킬 수 있는 능력이 있다고 굳게 믿고 있었다. 그는 수많은 사람들이 장로에게 찾아와서 병든 자식과 친척들에게 안수 기도를 해달라고 애원하는 것을 보았다. 그들은 곧 (어떤 이는 바로 그다음 날) 다시 찾아와 엎드려 눈물을 흘리며 장로가 병을 고쳐준 것에 대해 감사했다. 알료샤는 장로가 진정 병을 고쳐준 것인지, 병이 자연적으로 나은 것인지 의문을 품지 않았다. 그는 스승의 영적인 힘을 무조건적으로 신뢰했다. 그는 스승의 명예가 곧 자신의 승리라고 여겼다. 알료샤는 마음이 설레고 온몸에서 빛이 나는 것 같은 느낌을 이런 상황에서 경험했다. 장로에게 축복을 받기 위해 전국에서 몰려든 순례자들이 암자 앞에서 무리지어 기다리고 있는데 장로가 나타나면 순례자들은 장로 앞에 몸을 던지고 눈물을 흘리며 장로의 발과 땅에 입을 맞추고 울부짖었다. 여인들은 자식을 그의 앞에 내밀었고 귀신 들린 병자를 끌고 다가오기도 했다. 장로는 그들과 이야기를 나눴고 기도를 간단하게 해주고 축복을 내린 뒤 돌려보냈다.

최근 들어 장로의 병이 악화되어 암자 밖으로 나오기 힘들 정도로 몸이 쇠약해질 때가 이따금 있었다. 그럴 때면 순례자들은 그가 밖으로 나올 때까지 며칠이고 수도원 안에서 기다리곤 했다. 무엇이 그들에게 장로를 그토록 사랑하게 하는지, 도대체 그 무엇이 그들에게 장로를 보자마자 기쁨의 눈물을 흘리며 그 앞에 엎드리게 만드는지 알료샤는 조금도 알려고 하지 않았다. 오, 그는 너무도 잘 이해하고 있었다. 노고와 슬픔, 변함없는 부정, 자신뿐만 아니라 온 인류의 끝없는 죄과에 고통 받는 영혼의 평화를 위해서 성인이나 성물의 모습을 직접 보고 그 앞에 엎드려 경배하는 것보다 더 큰 희망과 위안이 없다는 것을 말이다.

'설령 우리가 죄악과 거짓과 유혹에 괴로워할지라도 어디엔가 우리 곁에는 거룩하고 성스러운 분이 계신다. 바로 그분에게는 진리가 있고, 그분은 진리가 무엇인지 알고 계실 것이다. 그렇다면 진리는 세상에서 사라져가는 것이 아니라 언젠가는 우리에게도 찾아와서 하느님의 말씀대로 온 땅에 퍼지게 될 날이 반드시 올 것이다.'

알료샤는 민중이 이렇게 느끼고 믿는 것을 알았다. 그리고 조시마 장로는 그들이 생각하는 그 성인이며, 하느님의 진리의 수호자라고 굳게 믿었다. 감격해서 눈물을 흘리는 농부들이나 자식을 장로 앞으로 내미는 병든 여인들의 믿음과 같은 신앙이었다.

알료샤는 장로가 세상을 떠날 때 이 수도원에 큰 영광이 찾아오리라고 확신했다. 그러한 생각은 수도원의 다른 누구보다 더 강했을지 모른다. 최근 들어 그 어떤 심오하고 강렬한 환희의 예감이 더 강하게 그의 마음속에서 타올랐다. 장로도 결국 한낱 인간에 불과하다는 사실도 알료샤의 마음을 흔들지 못했다.

'그 누가 뭐래도 이분은 성인이야! 이분의 마음속에는 모든 사람을 갱생시킬 수 있는 비법이, 그리고 세상에 진리를 주는 힘이 깃들어 있어. 결국 누구나 성스러워져서 서로 사랑하게 될 것이고 부유한 사람도, 가난한 사람도, 높은 사람도, 낮은 사람도 모두 똑같은 하느님의 아이들이 될 것이니 결국 이 세상에 진정한 그리스도의 왕국이 세워지게 될 거야……'

이런 꿈의 세계를 알료샤는 마음속으로 바라고 있었다.

그때까지 서로 전혀 모르고 있던 두 형의 귀향은 알료샤에게 강렬한 인상을 준 것 같다. 큰형 드미트리는 둘째 형 이반보다 늦게 돌아왔지만 그는 이복형인 드미트리와 먼저 친해졌다. 그는 둘째 형 이반이 어떤 사람인지 궁금했지만 이반이 돌아온 지 두 달 동안 여러 번 만났어도 어떤 이유인지 두 사람은 좀처럼 친해지지 않았다. 알료샤는 원래 말수가 적었고 뭔가 관심을 보이는 듯하면서도 수줍어하는 편이었다. 이반도 처음에는 알료샤의 얼굴을 흥미롭게 바라보았지만 그 이후에는 관심을 주지 않았다.

그러한 형의 태도에 알료샤는 당황했지만 나이차와 두 사람이 받은 교육 때문에 형이 차갑게 군다고 생각했다. 하지만 다른 한편으로 형이 호기심이나 흥미를 표현하지 않는 것은 어쩌면 알지 못하는 다른 이유가 있을 거라고 생각했다. 즉, 이반이 어떤 마음속 중요한 문제에 몰두했거나 아니면 어려운 목표를 향해 모든 정력을 쏟고 있어서 자신을 거들떠보지 않는 것이라고, 아마 그것이 자신을 무덤덤하게 대하는 유일한 원인이라고 생각했다. 또 알료샤는 형의 그런 태도는 자신처럼 아둔한 견습 수사에 대한 유식한 무신론자의 경멸이 내재되어 있지는 않은지 생각했다. 그는 이반이 무신론자라는 사실을 잘 알고 있었다. 그렇다고 해도 알료샤가 화를 내지는 않았지만 그는 막연하게나마 불안감을 느끼며 형이 자기에게 다가와주기를 기다렸다.

큰형 드미트리는 이반을 깊이 존경해서 이반에 대해서는 언제나 특별한 감동을 담은 목소리로 이야기했다. 알료샤는 드미트리를 통해 최근 두 형이 끈끈하게 친해지게 된 중대한 일에 대해 빠짐없이 들었다. 알료샤는 드미트리가 이반에 대해 열광적으로 평가하는 것을 특이하게 여겼는데, 여기에는 다른 이유도 있었다. 드미트리가 이반에 비해 거의 교육을 받지 못한 것도 있지만, 두 사람은 인품이나 성격이 그렇게 닮지 않은 경우도 찾아보기 힘들 정도로 극단적인 대조를 이루었기 때문이다.

알료샤는 바로 이런 시기에 조시마 장로의 암자에서 이 들쑥날쑥한 가족의 모임, 정확히 말하자면 가족회의가 열려서 정신적으로 큰 영향을 받게 되었다. 그러나 이 가족회의의 목적은 사실 무척 수상쩍은 데가 있었다. 그 무렵 재산 정리와 상속 문제에 대한 드미트리와 표도르 간의 불화는 이미 한계에 달해 있었다. 두 사람의 관계는 악화될 대로 악화된 상태였고, 그래서 먼저 표도르가 농담처럼 조시마 장로의 암자에서 같이 모이자고 말을 꺼냈다. 물론 장로에게 직접 중재를 부탁한 것은 아니었지만 좀 더 확실하게 타협점을 찾을 수도 있고, 또 장로의 지위와 품격이 화해 분위기를 만드는 데 효과가 있을 거라는 희망 때문이었다. 드미트리는 그때까지 장로를 만나거나 얼굴을 본 적이 없어서 아버지가 분명히 장로를 앞세워 자신을 위협하려는 음모를 꾸미고 있다고 생각했다. 하지만 그는 요즘 아버지에게 지나치게 과격한 언행을 한 것이 마음에 걸려서 아버지의 제안을 그냥 받아들였다. 미리 말해두자면, 그는 이반처럼 아버지의 집에서 사는 것이 아니라 우리 읍내의 반대쪽 끝에서 따로 살고 있었다.

그런데 그 무렵 우리 고장에 와 있던 표트르 미우소프가 이런 제안에 특별한 흥미를 보였다. 1840~50년대의 자유주의자이자 자유사상가였고 무신론자인 그는 일상생활이 따분해서인지, 심심풀이를 위해서인지 갑자기 이 일에 개입했던 것이다. 그는 갑자기 수도원과 '성인'을 보고 싶은 강렬한 마음이 들었다. 그는 아직까지 이 수도원과 소유지 경계선, 벌목권, 어업권 문제 등을 둘러싸고 오랜 시간 소송을 계속해오고 있기 때문에 이 싸움을 원만하게 해결할 방법은 없을지 직접 수도원장을 만나서 얘기하겠다는 평계를 가지고 서둘러 이 모임에 참석하려고 했던 것이다. 물론 수도원 측에서도 그런 좋은 뜻을 가진 방문자라면 단순한 구경꾼보다는 훨씬 더 기쁘게 맞아줄 것이다. 이런 것들을 고려하여 최근 병이 들어서 일반 방문객의 면회를 사절하고 암자에서 나오지 않는 장로에게 수도원에서 무언의 압력을 주었을 수도 있다. 결국 장로도 만남을 허락했고 날짜도 결정되었다.

"누가 나를 그 사람들의 재판관으로 만든 거지?"

그는 알료샤에게 미소를 지으며 이렇게 말했다.

이 모임에 대한 사실을 알고 알료샤는 무척 당황했다. 알료샤는 이런 더러운 재산 싸움에 관련된 사람들 중에서 이번 모임을 진지하게 생각하는 사람은 만형 드미트리뿐이고, 다른 사람들은 모두 장로를 재미삼아 모욕하겠다는 천박한 생각을 가지고 있을지 모른다고 생각했다. 작은형 이반과 미우소프는 무례한 구경꾼의 호기심을 가지고 이 모임에 참석할 것이고, 아버지는 어릿광대짓을 늘어놓을 심산인 게 확실했다. 알료샤는 아직 그런 말을 한 적은 없었지만 아버지의 성격을 너무 잘 파악하고 있었던 것이다. 다시 한번 반복하자면, 그는 남들이 생각하는 것처럼 단순하고 소박한 청년이 아니었다. 그는 무거운 마음으로 약속의 날을 기다렸다. 그는 가족 간의 갈등을 잠재울 묘안은 없을까 하고 계속 고민에 빠져 있었다.

하지만 그보다 장로에 대한 걱정이 더 앞섰다. 특히나 장로의 명예에 모욕을 주는 일이 생기지나 않을지 무척 걱정했다. 미우소프가 무례하게 조롱하거나, 유식한 이반이 멸시하는 태도로 중간에 이야기를 막는 일들이 눈앞에 생생하게 떠올랐다. 그는 장로에게 수도원에 오게 될 사람들에 대해 미리 경고할까 생각했지만, 이내 아무런 말을 하지 않는 것으로 마음을 바꾸었다. 이들이 만나기로 한 전날 만형 드미트리에게 사람을 보내 자신은 형을 진정 사랑하고 있으며 약속한 일이 지켜지기를 바란다고만 전했다. 드미트리는 동생과 약속을 한 적이 없어서 의아해했지만 어쨌든 자신은 비열한 짓을 보게 되더라도 자신을 억누르는 데 최선을 다할 것이며, 장로와 이반을 깊이 존경하지만 이 모임은 자신에 대한 함정이나 나쁜 의도를 가진 어릿광대극이 분명하다고 답장을 보냈다.

하지만 나는 차라리 입을 다물어서 네가 존경하는 그 성스러운 분에게 무례한 짓은 하지 않겠다고 약속하겠다.

드미트리는 이렇게 편지를 끝맺었다. 그러나 이 편지도 알료샤를 안심시킬 수는 없었다.

제1부

제2편 | 부적절한 모임

1. 수도원에 도착하다

따뜻하고 화창한 날씨가 아름다운 8월 말이었다. 장로와의 만남은 늦은 미사가 끝난 11시 반쯤으로 정해져 있었다. 그러나 이날 모이기로 한 사람들은 미사에는 참석하지 않고 미사가 다 끝날 시간이 되어서야 도착했다. 그들은 두 대의 마차에 나누어 타고 왔는데, 첫 번째 마차를 타고 먼저 표트르 미우소프가 도착했다. 그는 두 마리의 비싼 말이 끄는 멋진 마차를 타고 먼 친척인 표트르 칼가노프라는 스무 살 정도의 청년을 데려왔다. 이 청년은 대학교에 들어갈 준비 중이었는데, 사정이 생겨서 잠시 미우소프의 집에 머물고 있었다. 미우소프는 대학에 갈 마음이 있다면 자신과 함께 취리히나 예나로 가서 대학 과정을 마치라고 권유했다. 하지만 청년은 아직 결정을 내리지 못하고 있었다.

그는 깊은 생각에 빠질 때가 많았는데 어딘지 멍해 보였다. 산뜻한 용모에 체격이 좋은 편이었고 키도 컸는데, 가끔 이상하리만큼 오랫동안 한 군데를 바라볼 때가 있었다. 멍한 사람은 흔히 그렇게 하곤 하지만, 그는 다른 사람의 얼굴을 한참 바라보면서도 실제는 그 어느 것도 보지 않았다. 그는 말수가 적은 편이었고 사람을 대하는 것이 서툴렀지만 누군가와 단둘이 있으며 갑자기 말이 많아지고 흥분하기도 해서 이유 없이 크게 웃었다. 그러나 이런 활기찬 태도는 갑자기 나타났던 것처럼 순식간에 사라져버리곤 했다. 그는 멋쟁이로 불릴 만큼 항상 옷차림이 단정했다. 이미 상당한 재산을 보유하고 있었고 앞으로는 그보다 훨씬 더 많은 유산을 상속받을 터였다. 그는 알료샤와 친구였다.

표도르 카라마조프는 아들 이반과 함께 늙은 두 마리 적갈색 말이 끄는 낡아빠진 커다란 짐마차를 타고 미우소프의 마차보다 훨씬 뒤에 처져서 나타났다. 드미트리는 전날 밤에 미리 시간을 알려주었음에도 아직 오지 않고 있었다. 방문객들은 수도원 울타리 옆의 여관집 빈터에 마차를 세우고 수도원 정문으로 걸어서 들어갔다. 표도르를 뺀 나머지 세 사람은 한 번도 수도원을 구경해본 적이 없었다. 특히 미우소프는 거의 30년 동안을 교회에 가지 않았다. 그는 거침없는 태도로 호기심을 가지고 주변을 둘러보았다. 하지만 수도원 안은 평범한 성당 건물과 그 부속 건물 외에는 볼 것이 없어서 관찰력이 좋은 그를 자극하지 못했다. 마지막으로 성당을 나온 신자 무리가 모자를 벗고 성호를 그으며 그들 곁을 스쳐

갔다. 이 사람들 중에는 다른 고장에서 온 상류층 부인 두어 명과 나이 든 장군 한 명이 있었는데, 이들은 모두 여관에 묵고 있었다.

곧 방문자들을 거지들이 둘러쌌지만 아무도 돈을 주지 않았다. 칼가노프만 10코페이카 은화 한 닢을 꺼냈지만, 무엇 때문인지 갑자기 허둥대면서 서둘러 한 여자에게 돈을 주며 급하게 말했다.

"똑같이 나누어 가져요."

방문객들은 돈을 주는 칼가노프의 행동에 대해 아무런 말도 하지 않았으므로 그가 당황할 이유는 없었다. 하지만 그는 자기 혼자 당황했다는 사실에 더 당황스러워했다.

그런데 이상한 일이었다. 사실 수도원 측에서 그들을 마중 나와서 어느 정도의 예의를 표해야만 했다. 왜냐하면 이들 중 한 사람이 얼마 전에 1000루블이나 되는 돈을 기부하기도 했고, 또 한 사람은 꽤 부유한 데다 교양까지 갖춘 지주였기 때문에 하천 어업권에 관한 소송 결과가 나오면 수도원에 있는 사람들은 그가 원하는 대로 따를 수밖에 없었기 때문이다. 그렇지만 그들을 정식으로 마중 나온 사람은 아무도 없었다. 미우소프는 성당 주변의 묘석을 바라보다가 "이런 성스러운 곳에 묻히려고 사람들이 바친 권리금이 꽤 될걸" 하고 말하고 싶었지만 입을 다물었다. 자유주의자인 그의 마음속에서는 냉소가 분노로 변하고 있었다.

"젠장, 누구한테 물어야 할지 도무지 모르겠네. 이러다 시간만 가겠어."

그는 혼잣말처럼 내뱉었다.

이때 갑자기 나이 든 대머리 남자가 헐렁한 여름 외투를 걸치고 눈웃음을 지으며 다가왔다. 그는 모자를 약간 위로 올리는 시늉을 하며 달짝지근하게 자신이 툴라현에서 온 막시모프라는 지주라고 모두에게 소개했다. 그리고 일행을 돕겠다고 나섰다.

"조시마 장로께서는 암자에서 조용히 지내십니다. 저기 작은 숲을 지나서…… 그 숲을 지나면……."

"숲을 지나는 건 나도 압니다. 그냥 길을 정확히 모르는 거뿐입니다. 여기 다녀간 지가 꽤 오래돼서."

표도르가 대답했다.

"저 문으로 나가서 숲을 가로지르면 됩니다. 바로 저 숲입니다. 전 사실은…… 괜찮다면 제가 안내해드리겠습니다……. 여기로 오세요, 여기로……."

그들은 문을 지나서 숲속을 걸어갔다. 막시모프는 나이가 예순 전후로 보였고, 호기심 어린 눈으로 일행을 관찰하면서 그들 옆에서 종종걸음을 치고 있었다. 그의 두 눈은 왠지 툭 튀어나온 통방울 같았다.

"우리는 개인적인 일로 장로를 찾아가는 겁니다. 우리는 '면회'를 허락받았습니다. 길을 안내해주시는 건 감사하지만 우리와 함께 들어갈 수는 없습니다."

미우소프가 위엄 있게 말했다.

"아닙니다. 전 벌써 다녀왔습니다. 이미 다녀왔다고요. '정말 완벽한 기사(Un chevalier parfait)!'였어요."

그는 그렇게 말하고 허공으로 손가락을 튕겨 보였다.

"누굴 말하는 겁니까?"

미우소프가 물었다.

"장로님, 그 성스러운 장로님 말입니다……. 그분은 이 수도원의 명예와 영광입니다. 조시마 장로님……. 이 장로님은 그러니까……."

그들을 뒤따라온 젊은 수도사 때문에 그의 횡설수설은 중단되었다. 수도사는 두건을 쓰고 있었고 얼굴이 몹시 여위고 창백해 보였으며 키가 작았다. 표도르와 미우소프는 가던 길을 멈추었다. 수도사는 허리를 깊숙이 숙여 정중하게 인사를 하고 이렇게 말했다.

"암자에서 장로님을 뵌 뒤, 원장님께서 점심 식사에 여러분을 초대하신다고 하셨습니다. 늦어도 1시까지는 원장님이 계신 곳으로 오시면 됩니다. 그리고 막시모프 씨도 함께……."

그는 막시모프를 돌아보았다.

"네, 가고말고요!"

초대받은 것을 기뻐하며 표도르가 외쳤다.

"꼭 가겠습니다. 우린 점잖게 행동하기로 약속했습니다……. 그런데 미우소프 씨, 가실 건가요?"

"왜 안 가겠습니까? 수도원의 모든 관습을 보려고 여기에 온 건데. 그런데 카라마조프 씨, 당신 같은 사람과 같이 다니니 곤란하군요."

"그런데 드미트리가 아직 안 왔네."

"그가 안 온다면 참 고마운 일일 거요. 이런 어색한 연극은 질색이오. 거기다 당신까지 함께라면. 어쨌든 점심 초대는 흔쾌히 응한다고 원장님께 전해주세요."

미우소프는 수도사를 돌아보며 말했다.

"아닙니다, 저에게 여러분을 장로님께 안내해드리라고 말씀하셨습니다."

수도사가 대답했다.

"그럼, 나는 원장님께 가보겠어요. 지금 바로 원장님께."

막시모프가 혀 짧은 소리로 말했다.

"원장님께서는 지금 바쁘십니다. 그렇지만 원한다면 그리하십시오."

수도사가 주저하며 말했다.

"정신 사나운 사람이군."

미우소프는 막시모프가 수도원 쪽으로 황급히 가는 것을 보고 큰 소리로 말했다.

"폰 존* 같은 사람이야."

갑자기 표도르가 말했다.

"겨우 한다는 말이 그거요? 저 사람이 어떻게 폰 존을 닮았다는 거요? 폰 존을 실제로 보기나 하고 하는 소리요?"

"사진을 봤어요. 얼굴이 닮은 건 아니고, 딱히 설명하긴 힘들지

---

* 창녀들에게 살해된 희생자이다.

만……. 분명히 폰 존 같소. 나는 얼굴만 보면 금방 알 수 있소."

"그렇기도 하겠지. 당신은 그런 쪽으로 전문가니까……. 그런데 카라마조프 씨, 방금 점잖게 행동하기로 약속했다고 한 말을 잊으면 안 되오. 다시 말하지만 부디 처신에 신중하시오. 이곳에서 당신이 그 광대짓을 한다고 해도 난 맞춰주지 않을 거니까……."

그는 수도사를 바라보며 덧붙였다.

"참 곤란한 사람이라오. 난 이 사람과 함께 점잖은 분들을 뵙기가 정말 민망합니다."

창백하고 핏기 없는 수도사의 입술에 잠시 의미 있는 교활한 미소가 지나갔다. 하지만 그는 아무런 대답도 하지 않았다. 아무런 말도 하지 않는 것은 자신의 위엄을 지키기 위해서라는 게 너무나 분명했다. 미우소프는 더욱 인상을 썼다.

'빌어먹을 놈들 같으니! 몇백 년을 갈고닦은 낯짝이라 멀쩡하구만. 속으론 위선과 거짓으로 가득 찬 꼴이라니…….'

이런 생각이 그의 머릿속에 떠올랐다.

"아, 드디어 암자다. 이제 다 왔어요!"

표도르가 외쳤다.

"그런데 울타리도 있고 문은 닫혔어."

그는 문 위와 문 옆에 그려진 성상을 향해 성호를 긋기 시작했다.

"로마에 가면 로마법을 따르는 법이지. 여기 암자에서는 25명의 성자들이 서로의 얼굴만 보면서 양배추만 먹는다고 들었소. 여자는 단 한 명도 이 문을 들어온 적이 없다고 하고. 생각해볼 문제요.

이건 사실인 것 같으니……. 그런데 들리는 얘기에 장로님은 부인들도 만난다고 하던데요."

그는 갑자기 수도사를 돌아보았다.

"평민 여성들은 저기 복도 옆에 누워서 기다리고 있습니다. 그리고 상류층 부인들을 위해서 담장 밖이기는 하지만 복도 옆으로 작은 방을 두 개 지었지요. 저기 보이는 것이 바로 그 창문들입니다. 장로님께서는 건강하실 때 암자에서 저 방으로 통하는 복도를 통해 부인들을 만나십니다. 즉, 면회는 담 너머로 하는 겁니다. 지금도 하리코프현의 지주 부인 호흘라코바 부인이 몸이 허약한 따님을 데리고 와서 기다리고 있습니다. 아마 장로님께서 만나겠다는 약속을 하셨겠지요. 하지만 장로님도 요즘 허약해지셔서 사람들 만나는 게 힘드신 상태입니다."

"암자에서 부인들 방으로 가는 비밀통로가 있다는 얘기군요. 신부님, 내가 나쁜 뜻으로 한 말은 아닙니다. 하지만 아토스산의 수도원에서는 여자는 고사하고 닭이나 칠면조, 송아지라도 여자, 즉 암컷 말입니다, 들은 적이 있는지 모르겠지만 암컷은 근처에도 못 오게 되어 있다고 들었는데요……."

"이보세요, 카라마조프 씨, 계속 이러면 당신을 두고 난 가겠소! 미리 말하지만 내가 없다면 당신은 여기서 당장 쫓겨날걸."

"내가 당신을 방해한 건 없잖소, 미우소프 씨. 저기 좀 보시구려."

표도르는 암자의 담장 안으로 들어가면서 외치며 말을 이었다.

"정말 여기 사람들은 장미꽃 동산에서 살고 있군요."

장미꽃이 필 시기는 아니었지만 아름다운 가을꽃들이 피어날 자리만 있으면 어디든 가득히 소담하게 피어 있었다. 솜씨가 뛰어난 사람이 꽃들을 가꾼 것처럼 보였다. 꽃밭은 교회 담장 안쪽과 무덤 사이에 가꾸어져 있었다. 장로가 사는, 정면에 복도가 있는 작은 단층 목조 건물 역시 가을꽃으로 둘러싸여 있었다.

"예전 바르소노피 장로님이 계실 때에도 이런 꽃밭들이 있었나요? 그분은 아름다운 것을 좋아하지 않았다고 들어서요. 심지어 부인들을 지팡이로 후려갈겼다는 얘기도 돌았으니까요……."

표도르는 현관 앞 계단을 오르며 떠들어댔다.

"바르소노피 장로님은 가끔 유로지비처럼 보이기도 했지만 터무니없는 이야기도 많습니다. 그분이 누구를 때리다니, 그게 있을 수 있는 일입니까."

수도사가 대답했다.

"그럼 여러분, 여기서 잠시 기다려주세요! 안에 가서 말씀드리고 오겠습니다."

"카라마조프 씨, 마지막이니 잘 들으시오. 제발 좀 점잖게 굽시다. 계속 그런다면 나도 다 생각이 있소."

미우소프는 그사이에 틈을 내어 다시 한번 중얼거렸다.

"도대체 이렇게 걱정하는 이유를 모르겠군요."

표도르가 빈정거리며 말했다.

"혹시 죄를 많이 지어서 무서워졌나요? 장로님은 한눈에 무슨 일로 왔는지 안다고들 하니까……. 그런데 당신 같은 진보파 파리 신사가 바보 같은 사람들의 말을 믿는다니 정말 놀랍군요!"

하지만 미우소프는 이 빈정거림에 대답할 겨를이 없었다. 곧 들어오라는 말이 들렸기 때문이었다. 그는 약간 화가 난 상태로 안으로 들어갔다.

'정말 계속 이러면 또 짜증을 내고 싸우게 될지도 모르겠군……. 사람들 시선도 신경 안 쓰면서 흥분하다가는 결국 망신만 당하게 될 거야.'

그의 머릿속에 이런 생각이 떠올랐다.

2. 늙은 어릿광대

    그들은 장로가 침실에서 나온 것과 거의 동시에 방 안으로 들어섰다. 암자에는 이미 두 수사 신부가 그들보다 먼저 와서 장로를 기다리고 있었다. 한 사람은 도서를 담당하는 신부였고, 또 한 사람은 매우 박식하다고 소문이 난 파이시 신부였는데 그는 늙지는 않았지만 건강이 좋지 않았다. 이 밖에도 스물두 살쯤 된 사복을 입은 청년 한 명이 구석에 서서(그는 계속 그렇게 서 있었다) 장로를 기다리고 있었는데, 신학자 지망생인 그가 수도원과 수도사들의 극진한 보호를 받는 이유는 무엇 때문인지 알 수 없었다. 그는 키가 꽤 크고 광대뼈가 튀어나와 있는 시원한 얼굴에 총명하고 진중한 갈색의 가는 눈을 가지고 있었다. 극히 공손하지만 아부라고는 찾을 수 없는 단정한 표정이었다. 그는 방 안으로 들어오는 손님에게 고개 숙여 인사도 하지 않았는데, 자신은 이곳에 종속된 입장이며 여기 온 다른 손님들과는 동등하게 어울리면 안 된다고 생각하는 것 같았다.

조시마 장로는 알료샤와 또 다른 견습 수사를 데리고 나타났다. 두 수사 신부는 빨리 일어나서 코가 땅에 닿을 정도로 인사를 하고 성호를 그은 뒤 장로의 손에 입을 맞추었다. 장로는 그들을 축복한 뒤 방금 그들처럼 경건하게 허리를 굽혀 답례를 하고 그들에게 자신을 위한 축복을 청했다. 이런 격식은 일상적인 관례가 아니라 감동이 느껴질 만큼 엄숙했다. 그러나 미우소프는 이런 짓들이 모두 엄숙한 척하려는 수작이라고 생각했다.

그는 일행 중에서도 가장 앞에 서 있었다. 그는 장로를 만나면 어떻게 해야 하는지 어제저녁에 미리 생각했었다. 자신의 생각이나 주의가 어떠하든지 단순하게 예절을 지키는 의미로(모두 그렇게 하는 것이 관습이므로) 장로에게 축복을 청하거나 장로의 손에 입을 맞출 것까지는 없지만, 성호를 긋는 것은 해야 한다고 생각했다. 그러나 수사 신부들이 절을 하고 입을 맞추는 것을 보고 난 뒤에 생각이 달라져버렸다. 그래서 그는 엄숙하고 진중한 표정으로 속세에서 하는 것처럼 정중하게 고개 숙여 인사하고 의자 있는 곳으로 물러났다.

표도르는 원숭이처럼 미우소프의 행동을 그대로 따라했다. 이반은 무척 정중하고 공손하게 절을 했지만 두 손을 바지 옆에 붙이는 정도일 뿐이었고 칼가노프는 많이 당황해서 그 절마저도 정식으로 하지 못했다. 장로는 축복을 하려고 위로 들었던 손을 내리고 다시 한번 절을 한 뒤에 모두에게 자리에 앉으라고 권했다. 알료샤는 수치스러워서 얼굴이 달아올랐다. 그의 불길한 예감대로 되어가고 있었던 것이다.

조시마 장로는 가죽을 씌운 구식 마호가니 소파에 앉았고 두 신부를 제외한 나머지 손님들을 맞은편 벽 쪽에 놓인 가죽이 닳은 네 개의 마호가니 의자에 나란히 앉도록 했다. 두 신부 중에 한 사람은 문 옆에, 나머지 한 사람은 창문 옆에 앉았다. 신학생과 알료샤, 견습 수사는 여전히 서 있었다. 암자 안은 몹시 좁았고 어딘지 초라해 보였다. 가구며 집기도 모두 낡고 값싼 것들인데 그마저도 꼭 있어야 할 것들만 있었다. 창문턱에는 두 개의 화분이 있었고 방 한쪽 벽에는 여러 폭의 성화가 걸려 있었다. 그중 하나는 정교회가 분리되기 훨씬 이전에 그려진 그림으로 보이는 커다란 성모상이었다. 성상 앞에는 작은 등불이 켜 있었다. 성모상 주위에는 번쩍번쩍 빛나는 금빛 성상화가 두 개 있었고 또 그 옆에는 누군가 만든 천사상과 사기로 만들어진 달걀, 가톨릭 십자가를 안은 비탄의 성모(Mater dolorosa)상 그리고 지난 수세기 동안 이탈리아 옛 거장들이 그린 몇 개의 판화가 장식되어 있었다. 세련되고 값비싼 판화의 옆에는 지극히 서민적인 러시아 석판화가 눈길을 끌었다. 성도나 순교자, 성인 등을 그린 판화였는데 단돈 몇 푼이면 어디서나 금방 살 수 있는 것들이었다. 그 외에도 맞은쪽에는 과거와 현대 러시아 대주교들의 초상화가 그려진 석판화가 나란히 걸려 있었다.

미우소프는 이 모든 형식적 장식물들을 빠르게 훑어본 뒤 장로를 바라보았다. 그는 자신의 관찰력을 지나치게 믿는 약점이 있었다. 하지만 그가 이미 쉰 살이 넘은 것을 감안하면 그리 탓할 바는 아니었다. 사실 그만한 나이가 되고 분명한 생활 기반이 있는 속세의 명민한 신사들은 가끔 자기도 모르게 자신을 높이 평가하곤 하기 때문이다.

그는 조시마 장로를 처음 본 순간부터 마음에 들지 않았다. 미우소프를 제외한 다른 사람들에게도 장로의 얼굴은 호감이 가는 점이 별로 없었다. 장로는 키가 작았고 등은 굽었으며, 특히 두 다리에는 힘이 없어서 나이가 예순다섯이었지만 10년은 더 들어 보였다. 여윈 얼굴에는 그물 같은 잔주름이 퍼져 있었고, 눈가는 특히 심했다. 눈은 크지 않고 밝은 색이었는데 마치 구슬처럼 생기발랄하게 반짝이고 있었다. 머리카락은 희게 셌는데 관자놀이 옆에 조금 남아 있고 턱에는 수염이 세모꼴을 이루며 듬성듬성하게 나 있었다. 때로 미소를 엷게 짓는 두 입술은 마치 가는 두 개의 끈처럼 얇았다. 코는 높지 않았지만 끝이 새처럼 뾰족했다.

미우소프는 머릿속으로 문득 생각했다.

'여러 가지로 볼 때 고약하고 얄팍하며 오만한 늙은이가 틀림없어!'

대체로 그는 이 모든 것이 마음에 들지 않았다.

벽에 걸린 괘종시계가 울려서 이야기가 시작되었다. 작고 값싼

벽시계는 촐랑대듯 '땡땡땡' 열두 번 정확하게 울렸다.

"약속한 시간이에요."

표도르가 갑자기 말했다.

"그런데 아들 녀석인 드미트리가 아직 도착하지 않았네요. 거룩하신 장로님(알료샤는 이 '거룩하신 장로님'이란 말에 온몸이 오싹해졌다), 제가 아들을 대신해서 사과드리겠습니다! 저는 항상 시계처럼 정확한 편이어서 1분 1초도 어긴 적이 없습니다. 저는 시간을 지키는 것이 왕이 갖춰야 할 예의라고 생각합니다……."

"설마 당신이 제왕이라는 건 아니겠지!"

견디다 못한 미우소프가 얼른 말을 잘랐다.

"당연하죠. 난 왕이 아닙니다. 미우소프 씨, 당신이 그렇게 말 안 해도 그 정도는 나도 알고 있어요. 장로님, 전 늘 이런 엉뚱한 소리를 하는 버릇이 있습니다!"

그는 갑자기 감정이 치솟는 듯 외쳤다.

"전 진짜 어릿광대입니다. 저는 늘 이런 식으로 저를 소개합니다. 정말 한심한 버릇이죠! 하지만 이런 바보 같은 짓을 하는 것도 제 딴에는 목적이 있어서랍니다. 제 목적은 닥치는 대로 사람들을 웃게 만들어서 호감을 얻는 것입니다. 사람이 즐거워야 하지 않을까요? 안 그렇습니까?

한 7년 전쯤에 장사꾼 몇 명과 먼 곳의 작은 도시에 갔었습니다. 사업 때문이었습니다. 우리는 그곳의 경찰서장을 찾아갔습니다. 부탁할 일이 있었고 한턱내려고 했습니다. 그런데 그 경찰서장은 뚱뚱하고 머리털이 노란 것이 깐깐하고 거칠어 보이더군요. 이런 류가 가장 위험한 남자입니다. 하나같이 신경질적이거든요. 그래서 세상 풍파 다 겪은 사람답게 허물없이 이렇게 말했습니다.

'서장님, 저희에게 나프라브니크가 되어주십시오.'

'나프라브니크가 무슨 말이오?'

그가 이렇게 물었습니다. 엄격한 표정으로 우리를 쳐다보는 걸보고 '일이 잘되긴 틀렸구나' 하고 생각했습니다.

'전 그냥 분위기가 좋아지라고 농담을 한 겁니다. 전국에 유명한 오케스트라 지휘자인 나프라브니크 말입니다. 우리의 사업이 잘되기 위해서는 그런 지휘자가 필요하다는 말씀을 드리려고 한 얘기입니다.'

이렇게 설명을 하고 살살 달래려고 했습니다. 괜찮지 않습니까? 그런데 서장은 '미안하지만 나는 이스프라브니크*일 뿐이오. 경찰서장의 관직명을 웃음거리에 사용하는 건 싫습니다!' 하더니 돌아서 나가버렸습니다. 저는 뒤를 쫓으며 외쳤습니다. '그래요, 그래! 당신은 나프라브니크가 아닌 이스프라브니크예요!'라고 말하자 '아닙니다, 당신이 그렇게 말한 이상 난 나프라브니크요' 하고 고집하더군요. 그래서 우리의 일은 엉망이 되고 말았습니다. 저는 늘 이런 꼴이랍니다. 잘 보이려다가 항상 손해를 본다니까요. 꽤 오래된 얘기이지만 제법 힘 있는 인물에게 '사모님께서 간지러움을 잘

* 러시아어로 '경찰서장'을 뜻한다.

타시는 편이지요?'라고 말해버렸습니다. 말하자면 저는 정조 관념에 대한 것을 말한 건데, 도덕적으로 예민하다는 말의 다른 표현이었습니다. 그런데 그분은 갑자기 이렇게 말했습니다. '그럼 자네가 우리 마누라를 간질여본 적이 있단 말이오?'라고 하더군요. 저는 놀려주고 싶어서 거기서 그만두지 못하고 '네, 그랬습니다'라고 했더니, 그분이 저를 간질이더군요……. 정말 오래전의 일이어서 지금은 창피한 것도 없어졌지만, 전 늘 이런 어리석은 짓을 저지르곤 합니다!"

"당신은 지금도 그러고 있소."

미우소프가 화를 내듯 중얼거렸다.

"그런 것 같군요! 그런데 미우소프 씨, 나도 알고 있습니다. 말을 한 순간 느꼈습니다. 그리고 당신이 끼어들 거라는 것도 알고 있었습니다. 그런데 장로님, 저는 제 농담이 별로 효과가 없다는 것이 느껴지면 양쪽 뺨이 바싹 마르고 잇몸에 달라붙어서 경련이 일 것 같습니다. 젊었을 때, 귀족 댁에서 눈칫밥을 먹을 때 생긴 버릇입니다. 저는 태어나면서부터 늘 어릿광대였습니다. 유로지비와 비슷합니다. 장로님, 제 몸에는 마귀가 들어 있는 것 같습니다. 하지만 그리 대단한 마귀는 아닌 것 같습니다. 대단한 마귀라면 저한테 오지는 않았을 테니까요. 미우소프 씨, 내 생각에 당신도 마귀가 들어와 있을 만큼 대단한 사람은 아닌 것 같소. 하지만 장로님, 저는 믿고 있습니다, 하느님을 믿고 있어요! 조금 전까지 의심했지만 지금은 조용히 앉아서 위대한 말씀을 기다립니다.

장로님, 저는 프랑스 철학자 디드로와 같습니다. 성스러운 장로님은 예카테리나 여왕 폐하 시대에 디드로가 플라톤 대주교를 찾아간 일화를 알고 계시죠? 그는 '하느님은 없다'고 선언했습니다. 그의 말을 들은 대주교는 손가락으로 하늘을 가리키며 말했습니다.

'미친 사람이 마음속에 하느님이 없다고 한다!'

디드로는 대주교의 발 앞에 엎드려 말했습니다.

'믿습니다, 세례도 받겠습니다!'

그래서 그는 바로 세례를 받았습니다. 그때 다쉬코바 공작부인이 대모였고, 포툠킨이 대부였는데……."

"카라마조프 씨, 거짓말 좀 그만하세요! 당신이 허튼짓을 벌이고 있고, 지금 하는 말이 엉터리에 거짓말이라는 건 당신이 더 잘 알 텐데, 왜 그런 바보 같은 짓을 하는 거요?"

미우소프가 흥분해서 떨리는 목소리로 이렇게 말했다.

"저도 엉터리라는 건 알고 있습니다!"

표도르는 흥분해서 외쳤다.

"그러나 여러분, 이번엔 진실을 말씀드리겠습니다. 위대하신 장로님, 저의 거짓말을 용서해주십시오. 마지막에 디드로가 세례를 받은 건 머릿속에 없던 얘기였는데 방금 꾸며냈습니다. 재미있는 이야기를 하려고 그렇게 되었습니다. 미우소프 씨, 내가 바보 같은 짓을 하는 건 잘 보이고 싶기 때문입니다. 하지만 잘 모르고 그러는 경우도 있긴 해요. 하지만 디드로 얘기에 나오는 '미친 사람이 마음속에······' 이 부분은 젊은 시절에 여기저기 떠돌 때 여러 지주들한테 수십 번도 더 들은 얘기입니다. 미우소프 씨, 당신의 숙모인 마브라 포미쉬나도 어떤 얘기를 하다가 이렇게 말했습니다. 그들은 모두 무신론자 디드로가 플라톤 대주교를 찾아가서 하느님이 존재하는지에 대해 논쟁을 벌였다고 지금도 믿습니다."

미우소프는 더는 견딜 수가 없어서 자신도 모르게 벌떡 일어났다. 그는 화가 난 자신이 우스꽝스럽다는 것을 알고 있었다. 하지만 지금 일어나는 일은 이 암자에서는 있을 수 없는 일이었다. 40~50년 동안 대대로 이어지며 많은 방문객이 날마다 몰려들었지만 그들은 모두 신앙심이 깊고 경건한 사람들이었다. 장로와 면담을 하게 된 사람들은 늘 자신이 큰 은혜를 입은 것에 대해 무릎을 꿇고 앉아서 일어나지를 않았다. 왕후 귀족들, 학자 그리고 단순히 호기심으로 또는 어떤 목적으로 찾아오는 자유사상가들도 (여러 명이 한꺼번에 만나든지 홀로 만나든) 장로에 대한 깊은 존경과 예의를 갖추는 것을 무엇보다 중요하게 생각하고 있었다. 게다가 이곳에서는 돈을 받지 않았고, 한쪽에는 사랑과 자비가, 한쪽에서는 회개가 그리고 영혼의 어려운 문제나 인생의 난관을 극복하려는 간절한 갈망이 있을 뿐이었다. 그러한 까닭에 지금 상황 판단을 못하고 무의식적으로 표도르가 지껄인 농지거리 광대짓은 그곳에 있는 일부 사람들에게는 충격과 경악을 주기에 충분했다. 두 신부는 표정도 바뀌지 않고 장로의 말을 기다리고 있었지만 미우소프처럼 당장 자리에서 일어나고 싶은 기색이었다.

알료샤는 금방이라도 울음이 터질 것 같은 얼굴로 고개를 숙이고 서 있었다. 그는 무엇보다 형 이반의 태도를 이해할 수 없었다. 이반이 아버지를 말릴 수 있는 영향력을 가진 유일한 사람이어서, 알료샤는 형이 아버지의 어릿광대짓을 말려줄 거라고 기대했다. 그러나 이반은 눈을 아래로 깔고 움직이지 않은 채 의자에 앉아서 자신과는 아무런 상관도 없는 것처럼, 오히려 흥미를 느끼며 사태를 관조하고 있었다. 알료샤는 친구처럼 친하게 지내는 라키친(신학생)까지 볼 엄두가 나지 않았다. 이 수도원에서 라키친의 속마음을 잘 아는 사람은 알료샤뿐이었다.

"죄송합니다."

미우소프가 장로에게 말했다.

"장로님께서는 이 수치스러운 연극을 벌인 것에 제가 동조했다고 생각하실지 모르지만, 카라마조프 씨 같은 사람이 이런 위대한 분을 방문할 때는 최소한의 예의를 알고 있을 거라고 믿었던 것이 제 잘못입니다. 정말 이런 사람과 함께 찾아온 것을 사과드리게 되리라곤 생각도 못했습니다."

미우소프는 말을 끝맺지 못한 채 어쩔 줄 몰라 하며 밖으로 나가려고 했다.

"걱정 마세요."

허약한 다리로 몸을 일으키며 장로는 미우소프의 두 손을 잡고 다시 의자에 앉혔다.

"진정하세요. 특히 당신께 내 손님이 되어주길 부탁드립니다."

그는 고개를 숙이고 다시 자신의 자리에 앉았다.

"위대한 장로님, 말씀해주세요. 제가 지나치게 흥분해서 기분을 상하게 해드렸나요?"

표도르는 의자의 양쪽 손잡이를 잡은 채 대답에 따라서 나갈 것처럼 갑자기 외쳤다.

"당신도 마음을 가라앉히시고 어렵게 생각하지 않으셨으면 합니다."

장로는 그를 달래는 것처럼 말했다.

"어렵게 생각하지 마시고 내 집처럼 편안하게 생각하세요. 가장 중요한 것은 자신을 부끄럽게 여기지 않는 것입니다. 수치심은 모든 것의 원인입니다."

"내 집처럼요? 그럼 제 원래 모습으로 돌아가라는 뜻인가요? 그건 정말 황송한 말씀입니다. 하지만 정 그러시면 기꺼이 따르겠습니다. 하지만 장로님, 저에게 본모습으로 돌아가라고 하지는 말아주세요, 위험합니다! 저는 절대로 그럴 수 없습니다. 장로님의 안전이 걱정돼서 그럽니다. 다른 사람들이 저를 아무리 욕해도 사실 어떻게 될지 아무도 아직은 모르니까요. 미우소프 씨, 바로 당신에게 하는 말입니다. 장로님, 주제넘지만, 저는 장로님께 환희를 느낄 뿐입니다."

그는 일어나서 두 손을 위로 들고 이렇게 외쳤다.

"'그대를 밴 배에 복이 있도다. 특히 그 젖꼭지는 복되도다. 모든 원인이 다 그 때문이다'라고 저에게 말씀하셨지만, 그 말씀은 저의 뱃속을 꿰뚫어보신 말씀입니다. 바로 그렇습니다. 저는 사람들과 어울리면 항상 제가 저속하고, 모든 사람이 저를 어릿광대로 취급한다는 생각을 합니다. 그래서 저는 그럼 정말 어릿광대가 되어야겠다고, 두렵지 않다고, 너희는 나보다 더 저속하니까! 하고 생각해왔습니다. 그래서 저는 진짜 어릿광대가 되었습니다. 장로님, 저는 수치심에서 태어난 어릿광대입니다. 제가 이렇게 말을 거칠게 하는 것도 모두 의심이 많기 때문입니다. 지금이라도 사람들이 저를 친절하고 명석한 사람으로 생각한다면, 그걸 제가 믿을 수 있다면, 아아, 그땐 저도 선량한 사람이 될 수 있을 텐데! 아아, 스승님."

그는 갑자기 무릎을 꿇었다.

"영생을 얻으려면 저는 어떻게 해야 할까요?"

그가 연극을 하고 있는 것인지, 정말 감동을 느껴서 그렇게 말하는지 알 수 없었다.

장로가 그를 올려다보며 미소를 짓더니 말했다.

"예전부터 어떻게 해야 하는지 스스로 알고 있었을 텐데요. 당신에게 그 정도 지혜는 있습니다. 술에 취하지 않고, 언행을 조심하세요. 음탕에 빠지지 말고, 특히 돈을 숭배하지 마십시오. 일단 당신의 술집부터 닫으세요. 모두 닫지 못하겠으면 일단 서너 곳이라도 닫아야 합니다. 하지만 가장 중요한 것은 절대 거짓말을 하지 않는 것이지요."

"디드로 얘기 말씀이십니까?"

"디드로 얘기를 하는 게 아닙니다. 자신에게 거짓말을 하지 않는 게 중요합니다. 자신에게 거짓말을 하면 자신의 거짓말을 듣는 자신도, 다른 사람도 진실을 구별할 수 없습니다. 결국 자신에게도, 남에게도 존중심을 잃게 됩니다. 아무도 존경하지 않으면 사랑을 잃어버리게 되고, 사랑이 없어지면 자신을 기쁘게 하고 기분을 달래기 위해서 쾌락과 음욕에 빠지게 됩니다. 마침내 짐승 같은 못된 짓을 하게 되지요. 이 모든 원인은 자신과 남들에게 거짓말을 하기 때문입니다. 자신에게 거짓말을 하는 사람은 화를 잘 냅니다. 화를 내는 것은 어떨 때는 유쾌하니까요. 그렇지요? 그런 사람은 누군가 자신을 모욕하는 것이 아닌데 스스로 모욕을 생각해내고, 그런 생각을 합리화하려고 거짓말을 하고 또 과장한다는 걸 이미 알고 있습니다. 상대에게 트집을 잡고, 작은 일을 크게 과장하기도 합니다. 하지만 자신이 버럭 화를 내지요. 마음이 시원해질 때까지, 더 큰 만족을 느낄 때까지 화를 냅니다. 그러다가 이윽고 상대에게 적개심을 가지게 됩니다. 자, 일어나 앉으세요. 그것 역시 거짓된 몸짓이니까."

"오오, 성스러운 분이시여! 제발 손에 입 맞출 수 있도록 허락해 주세요."

표도르는 일어나서 장로의 여원 손등에 재빨리 입을 맞추었다.

"정말 옳은 말씀입니다. 화를 내면 확실히 기분이 좋아집니다. 정말 맞는 말씀입니다. 저는 아직까지 그런 얘기를 들어본 적이 없어서요. 저는 정말 평생 화내는 것을 재미있어 했습니다. 이를테면 겉모습을 위해 화를 냈던 것입니다. 화를 내면 기분이 좋아지고 때로는 멋있기까지 합니다! 장로님께서도 '멋있다'는 건 잊으셨더군요. 이건 제 수첩에 써야겠습니다! 저는 정말 거짓말만 했습니다. 지금까지 날이면 날마다 한시도 거짓말을 안 한 적이 없습니다. 진실로 거짓은 거짓의 아버지로다! 아니, '거짓의 아버지'는 아니었던 것 같기도 합니다. 전 늘 성경 구절이 헷갈려서……. 거짓의 아들이라고 해서 이상할 건 없지만요. 천사님, 디드로 얘기는 용서해줄 수 있으시겠지요? 디드로는 그리 나쁘지 않으니까요. 하지만 다른 거짓말은 모두 나쁜 것이겠지요. 거룩하신 장로님, 깜빡 잊었는데 한 가지 여쭙겠습니다. 재작년부터 꼭 묻고 싶었던 것이 있습니다. 미우소프 씨, 이번엔 가만히 있어요! 저 사람을 말려주세요. 위대하신 장로님, 그럼 말씀드릴게요. 《순교자 열전》*에 이런 이야기가 있나요? 어떤 성자가 신앙을 지키려고 갖은 박해를 받고 결국 목이 잘렸는데, 그때 그 성자가 벌떡 일어나서 머리를 주워 들고 '경건하게 입 맞췄다'고 합니다. 두 손으로 안고 오래 걸으면서 말입니다. '경건하게 입을 맞췄다'는 것이 사실일까요? 장로님 생각은 어떠십니까?"

"아니요, 그건 사실이 아닙니다."

장로가 대답했다.

"《순교자 열전》에는 그런 이야기가 없습니다. 혹시 어느 성인 이

---

* 성자들과 순례자들의 생애가 담긴 일종의 달력이다.

야기에서 그런 내용이 나오는지 아시나요?"

도서를 맡고 있는 신부가 물었다.

"저도 모르겠습니다. 정말 모르겠습니다. 저도 꼼짝없이 속은 얘기입니다! 이건 다른 사람에게 들은 얘기입니다. 도대체 누가 그런 말을 했는지 아십니까? 여기 미우소프 씨가 한 얘기입니다. 아까 디드로 얘기에 그렇게 화를 냈던 이분이 바로 그 얘기를 한 장본인입니다!"

"나는 당신한테 그런 얘길 한 적이 없소. 나는 당신하고 이야기를 나눠본 적이 없잖소."

"정확하게 나에게 그 이야기를 한 건 아닙니다. 하지만 당신이 여러 사람에게 그 얘기를 할 때 나도 거기 있었어요. 4년이 좀 안되었을 겁니다. 내가 이 말을 꺼낸 건 당신이 한 그 맹랑한 이야기 때문에 내 신앙이 송두리째 흔들렸기 때문입니다. 미우소프 씨는 몰랐겠지만, 나는 그 얘기를 듣고 큰 충격에 빠져 집으로 왔어요. 그 뒤로 나는 신앙에 의심을 품었어요. 맞아요, 미우소프 씨, 당신이 나를 이렇게 타락하게 만든 장본인입니다. 그런 것에 비하면 디드로 얘기는 아무것도 아닙니다!"

표도르는 씩씩거리며 비장한 표정을 지었지만 누가 봐도 그의 광대짓이 다시 시작된 것 같았다. 미우소프는 기분이 몹시 상했다.

"가당치 않은 소리……. 말 같지 않은 소리……."

그는 중얼거렸다.

"내가 어쩌다 그런 소리를 했는지는 모르지만……. 어쨌든 내가 당신에게 한 얘기는 아니오. 나도 들은 얘기란 말이오. 파리에서 어느 프랑스 사람에게 들었는데, 러시아에서는 《순교자 열전》의 그 부분을 낭독한다고 들었다는 거요. 그는 유명한 학자이고 러시아에 대한 여러 통계 연구 전문가이며 러시아에서도 오랫동안 살았다고 했소. 나는 《순교자 열전》를 읽은 적이 없습니다. 또 읽을 생각도 없지만 어쨌든 식사할 때 그런 시시콜콜한 이야기를 잠시할 수도 있는 거 아닙니까? 그때 우린 식사 중이었으니까……."

"흥, 당신은 그때 식사 중이었는지 몰라도 난 그 때문에 신앙을 잃었습니다!"

표도르가 조롱하는 것처럼 말했다.

"당신 신앙이 나한테 무슨 상관이란 말이오."

미우소프는 이렇게 소리치다가 문득 자신을 억누르며 경멸하듯이 덧붙였다.

"당신은 아무나 걸리는 대로 시비를 걸고 있는 거요."

장로가 갑자기 자리에서 일어났다.

"여러분, 잠시 실례하겠습니다."

그는 모두를 바라보았다.

"여러분보다 먼저 오신 손님들에게 잠시 나갔다 오겠습니다. 그런데 카라마조프 씨는 거짓말을 하지 마세요."

장로는 웃으면서 표도르를 향해 말했다.

그는 밖으로 나갔고 알료샤와 신학생이 그를 부축하려고 뒤쫓아 나갔다. 알료샤는 숨을 몰아쉬고 있었다. 그는 그 자리를 벗어나게 된 것이 기뻤고, 장로가 언짢아하지 않고 유쾌한 것도 기뻤다. 장로는 자신을 기다리는 사람들을 축복하기 위해 복도로 걸어나갔다. 그러나 암자 문턱에 이르자 표도르가 그를 멈추게 했다.

"성스러운 분이시여!"

그는 감동에 겨운 목소리로 외쳤다.

"장로님의 손에 다시 입을 맞출 수 있도록 해주세요! 아닙니다, 장로님과는 이야기를 더 나눌 수 있고, 같이 지낼 수도 있을 것 같습니다! 장로님께서는 제가 항상 거짓말만 하고 우스꽝스러운 짓만 한다고 생각하세요? 아닙니다. 조금 전에는 장로님을 시험하기 위해서 일부러 그랬습니다. 장로님과 친해질 방법이 없을까 하고요! 장로님의 자존심 옆에 저의 이 겸손한 마음이 자리할 여유가 있으신가요? 당신이 모든 사람과 이야기를 나눌 수 있는 분이라는 증명서를 드리겠습니다! 그리고 이젠 입을 다물겠습니다. 끝까지 입을 다물고 있겠습니다. 제자리에 앉아서 조용히 있겠습니다. 미우소프 씨, 이제 당신이 말해보세요! 이제 당신이 주인공입니다. 단 10분 동안입니다."

3. 믿음이 깊은 시골 아낙네들

    수도원을 둘러싼 바깥쪽 벽에 붙어 있는 회랑 계단 아래쪽에는 대략 20명의 시골 아낙네들이 몰려와 있었다. 곧 장로가 나온다는 소식을 듣고 두근거리는 마음으로 기다리고 있었다. 여지주 호흘라코바 부인 일행도 상류 부인들만 사용하는 별채에서 장로를 기다리고 있다가 회랑으로 나와 있었다. 그들은 모녀 두 사람뿐이었는데, 어머니인 호흘라코바 부인은 아직 젊었고 부유해서 항상 옷차림이 우아했다. 약간 창백한 얼굴은 사랑스러워 보였고, 까만 눈동자는 생기 있게 반짝였다. 이제 겨우 서른세 살 정도 되었지만 5년 전쯤 과부가 되었다. 딸은 열네 살이었는데 안타깝게도 소아마비에 걸려서 반 년 동안 걷지 못하고 바퀴 달린 좁고 긴 의자를 타고 여기저기 실려 다녔다. 얼굴은 귀엽게 생겼고 병 때문에 약간 창백했지만 무척 쾌활한 표정이었으며, 속눈썹이 긴 큰 눈은 까만 눈동자가 장난꾸러기처럼 반짝거리며 빛났다.

어머니는 봄부터 딸을 외국으로 데리고 휴양을 갈 계획이었지만 영지가 정리되지 않아서 한여름이 지나도 출발하지 못했다. 이 고장에 이 모녀가 온 것은 벌써 일주일이나 되었는데 처음에는 순례를 하러 온 것이 아니라 다른 볼 일이 있어서 여기에 온 것이었다. 그들은 사흘 전에 장로를 만났지만 이날 또 갑자기 찾아왔다. 장로가 아무것도 바꿀 수 없다는 것을 알지만 불쑥 찾아와 다시 한번 '거룩하신 치유자를 뵐 수 있는 영광'을 베풀어주기를 애원했다. 어머니는 장로가 나오기를 기다리면서 딸의 바퀴 달린 의자 옆에 놓인 의자에 앉아 있었다. 그녀에게서 두어 걸음 떨어진 곳에는 늙은 수도사가 서 있었다. 그는 수도원에 있는 사람이 아니고 먼 북방의 이름이 알려지지 않은 수도원에서 찾아온 수도사였다. 그 역시 조시마 장로에게 축복을 받기 위해 찾아온 길이었다.

하지만 장로는 밖으로 나와서 이 별채를 그대로 지나더니 곧바로 시골 아낙네들이 기다리는 회랑 쪽으로 나갔다. 아낙네들은 회랑에서 마당으로 내려가는 낮은 계단 아래쪽으로 몰려들었다. 계단 꼭대기에서 걸음을 멈춘 장로는 어깨에 영대(領帶)를 걸친 채 여인들을 축복했다. 한 미친 여자가 사람들에게 두 손을 붙들린 채 앞으로 끌려나왔다. 이 여자는 장로를 보자마자 갑자기 발작을 일으키는 것처럼 딸꾹질을 하고 온몸을 비틀며 괴상한 비명을 질렀다. 장로가 여인의 머리 위에 영대 자락을 얹고 몸을 구부려서 간단한 기도문을 외우자 여자는 금세 조용해졌다.

　요즘같은 세상에서는 잘 모르겠지만, 내가 어린 시절에는 마을
이나 수도원에서 이따금 미친 여인을 보거나 그런 사람들이 있다
는 이야기를 듣고는 했다. 미사 때 그녀들을 데리고 오면 처음에는
교회가 떠나가라고 시끄러운 비명을 지르거나 개처럼 울부짖었으
나, 성체가 오고 빵과 포도주가 있는 곳에 끌려나오면 금세 발작은
멎고 병자는 잠시 평온을 찾곤 했다. 이러한 풍경은 어린 시절의
나에게 감동과 놀라움을 주었다. 그러나 이미 그 시절 내가 이 문
제를 물어보자, 마을의 지주나 특히 학교 선생님들은 그것이 꾀병
같은 것이라고 했다. 즉, 시골 아낙네들이 일을 하기 싫으면 곧잘
그런 흉내를 내곤 하는데 적절하게 엄격한 조치를 취하면 당장 고
칠 수 있다고 확신하며 그런 사례들을 이야기해주었다.

　그러나 나는 그 뒤에 의학자들에게 그것이 꾀병이 아니라 러시
아에서만 볼 수 있는 무서운 부인병이라는 얘기를 듣고 놀라움을
금치 못했다. 이것은 러시아 시골 여성들의 처참한 운명을 그대로
보여주는 것으로, 의료 혜택을 받지 못하고 잘못된 방법으로 아이
를 낳은 산모가 쉬지 못하고 과격하고 힘든 노동에 시달리게 되면
생기는 병이었다. 이 외에도 연약한 여자가 견디기 힘든 일반적인
것들, 즉 어디 얘기하지도 못할 슬픔과 폭력으로 인해 이 병에 걸
리기도 했다.

　소리를 치고 날뛰는 병자를 신부가 있는 곳으로 끌고 가면 미친
짓이 가라앉는 신비로운 일도(꾀병이 아니면 '교권파'들이 지어낸

속임수라고 설명해준 사람들도 있지만) 자연스럽게 일어나는 현상이라고 보는 것이 타당하다. 신부 앞으로 병자를 끌고 가는 아낙네들은 물론 그 환자도 이렇게 성체성사(聖體聖事)를 받으러 나가서 성체 앞에 몸을 숙이면 병자를 사로잡는 마귀는 도저히 견딜 수가 없어서 도망친다고 확고한 진리처럼 굳게 믿어왔던 것이다. 그래서 병이 나을 것이라는 신념과 기적이 일어날 것이라는 기대감이, 성체 앞에 몸을 숙이는 순간, 그 환자의 몸 여기저기에서 경련 같은 작용을 일으키고(당연히 일어났을 것이다), 이렇게 기적은 순식간에 일어나게 되는 것이다. 지금 이곳에도 기적은, 장로가 환자의 머리에 영대 자락을 얹는 순간에 일어났던 것이다.

장로 앞에 몰려든 여인들 중 대부분은 한순간의 효과가 불러온 감동과 기쁨으로 눈물을 흘렸다. 또 어떤 여자들은 장로의 옷에 입을 맞추려고 서로 다투며 앞으로 나가고, 다른 여인들은 울면서 넋두리를 늘어놓았다. 장로는 이 모든 여인들을 축복해주고 그중 몇 사람과는 이야기를 나누었다. 장로는 미친 여자를 예전부터 알고 있었다. 수도원에서 6km 정도 떨어진 마을에 살고 있는 여자로 예전에도 이곳에 온 적이 한 번 있었다.

"저기 먼 곳에서 온 사람이 있군!"

장로가 어떤 중년 여인을 가리켰다. 많이 늙지는 않았지만 마르고, 햇볕에 그을린 게 아니라 얼굴이 검게 타버린 여자였다. 그 여인은 무릎을 꿇고 움직이지 않은 채 장로를 바라보고 있었다. 그녀의 시선에는 뭔가 황홀함이 담겨 있었다.

"네, 멀리서 왔습니다, 장로님, 멀리서요. 300km나 떨어진 곳이랍니다. 장로님, 정말 멀리서 왔답니다."

여인은 한 손으로 턱을 괴고 머리를 흔들면서 노래하는 것처럼 큰 목소리로 대답했다. 마치 눈물로 하소연하는 것 같았다.

민중에게는 말없이 끝까지 참는 슬픔이 있다. 그러나 밖으로 터져 나오는 슬픔도 있어서 이 슬픔이 눈물과 함께 밖으로 터져 나오면 금세 통곡으로 변한다. 특히 이것은 여자들에게 그렇다. 하지만 이 괴로움이 말없는 슬픔보다 견디기 쉬운 것은 아니다. 통곡으로 치유받을 수 있는 것은 더 큰 고통으로 가슴이 찢어지는 슬픔을 느낄 때다. 이런 슬픔은 더 이상 위로를 바라지 않고, 치유될 수 없다는 생각에서 생긴다. 통곡은 마음의 상처를 끊임없이 찌르고자 하는 욕망에 불과한 것이다.

"상인 출신인가요?"

장로가 여인을 살펴보는 눈길로 바라보았다.

"예, 읍내에 삽니다. 처음엔 농사를 지었는데 읍내로 이사를 갔습니다. 장로님, 소문을 듣고 장로님을 뵙기 위해 이곳까지 왔습니다. 어린 아들이 죽고 순례길에 올랐습니다. 세 군데의 수도원을 가봤지만 모두 '나스타샤, 그곳에 가도록 해요' 이렇게 말하더군요. 이곳의 장로님에게 말이에요. 어제는 여관에서 자고 그래서 오늘 이렇게 찾아왔습니다."

"왜 울고 있나요?"

"죽은 아들이 불쌍합니다, 장로님. 그 아이는 세 살 된 사내아이입니다, 세 살에서 석 달이 모자라는. 그 아이 때문에 괴롭습니다. 장로님, 바로 그 아이 때문에 말이에요. 그 아이는 한 명 남은 아들이었습니다. 저와 니키타 사이에는 아이가 넷 있었는데 모두 걸음마를 떼기 전에 죽었습니다. 장로님, 이제 아무도 없습니다. 세 아이를 묻을 때는 그렇게 불쌍하지 않았는데 막내를 묻은 뒤에는 잊을 수가 없습니다. 전 아직도 그 애가 제 앞에서 놀고 있는 것 같습니다. 한시도 그 아이가 제 마음을 떠나지 않아요. 그 애가 입던 속옷을 봐도, 윗옷을 봐도, 신발을 봐도 금세 눈물이 납니다. 저는 그 애가 남긴 물건들을 늘어놓고 한바탕 통곡한답니다. 그래서 제 남편 니키타에게 순례를 떠나게 해달라고 했어요. 남편은 마부이지만 저희는 그리 가난하지 않답니다. 마차가 저희 거니까요. 말과 마차 모두 우리 것입니다. 그렇지만 그게 다 무슨 소용인가요? 니키타는 제가 없으면 술을 마십니다. 전부터 그랬어요. 지금도 아마 마시고 있을 거예요. 제가 한눈을 팔면 그 사람은 금방 무너집니다. 하지만 남편이 어찌 되든 지금은 신경 쓰지 않아요. 벌써 집을 떠난 지 석 달째거든요. 이젠 모든 걸 다 잊었습니다, 생각하기도 싫습니다. 그 사람하고 같이 사는 것이 무슨 의미가 있겠습니까? 이제 저는 남편과 끝났습니다, 모든 것과 인연을 끊었습니다. 전 우리 집과 재산도 생각하기 싫습니다. 제 마음속엔 이제 아무것도 남지 않았어요!"

"그런데, 아기 엄마."

장로가 말했다.

"옛날에 어느 위대한 성자께서 당신처럼 아들 때문에 성당에 와서 우는 한 어머니를 보았어요. 그 어머니 역시 하느님이 데려가신 아들 생각에 슬퍼서 울었지요. 성자께서는 여인에게 말씀하셨어요. '너는 아이들이 하느님 앞에서 얼마나 귀엽게 노는지 아느냐? 하늘나라에서는 어린아이들만큼 대담한 사람도 없느니라. 아이들은 하느님께 이런 말까지 한단다. '하느님께서 우리에게 삶을 주시고 우리가 세상을 구경도 하기 전에 다시 부르셨으니, 우리가 천사가 되게 하옵소서' 이렇게 떼를 써서 그들은 천사가 되었느니라. 그러니 울지 말고 기뻐하라. 그대의 아들도 지금 하느님 곁에서 수많은 천사들과 함께할 테니.' 성자께서는 이렇게 슬퍼하는 어머니를 달래셨다오. 그분은 위대한 성자시니까 거짓말은 결코 하지 않으셨을 거요. 그러므로 당신의 아이도 지금 하느님 앞에서 즐겁게 뛰놀며 어머니를 위한 기도를 하고 있을 거요. 자, 이제 기쁨의 눈물을 흘려야 할 때요."

여인은 한 손으로 턱을 괴고 고개를 숙인 채 장로의 말을 들었다. 그녀는 한숨을 깊이 내쉬었다.

"니키타도 똑같은 말을 하면서 저를 위로했어요. '바보처럼 왜 울어! 그 애는 지금 하느님 옆에서 천사들과 노래를 부르고 있을 거야.' 하지만 남편도 이렇게 말하면서 저처럼 울고 있었어요. 제가 우는 것과 똑같이 말이에요. '여보, 나도 그건 알아요. 하느님 옆이 아니면 또 어디에 있겠어요? 하지만 지금 우리 곁에 그 아이는 없잖아요? 전에는 우리 옆에 그 아이가 있었잖아요!' 저는 이렇게 말했습니다. 그 애를 한 번이라도, 단 한 번만이라도 볼 수 있다면! 아니, 옆에서 보지 않아도 좋아요. 구석에 숨어서, 아무 말도 하지 않고, 그저 얼굴만 잠시 볼 수 있다면 여한이 없을 거예요. 마당에서 놀다가 그 가녀린 목소리로 '엄마, 어디 있어?' 하던 그 목소리를 꼭 한 번 다시 듣고 싶습니다, 그저 단 한 번만. 정말 단 한 번만 그 작고 귀여운 발로 통통 뛰어다니는 걸 들을 수 있으면 좋겠습니다. 그전에는 달려 들어와 엄마를 놀라게 하고 깔깔대며 웃곤 했습니다. 발소리라도 한번 들을 수 있다면. 정말 듣고 싶어서 미칠 것 같습니다. 하지만 장로님, 그 애는 갔습니다. 이제는 없어요, 이제 영원히 그 애의 목소리를 들을 수 없습니다! 이 허리띠만 남았고 소중한 그 아이는 이제 없어요. 앞으로도 그 아이를 결코 볼 수도, 들을 수도 없답니다."

여인은 품에서 아이가 쓰던 술 장식이 달린 작은 허리띠를 꺼냈다. 그리고 그 허리띠를 보고 손으로 얼굴을 가리고 떨면서 흐느꼈다. 손가락 사이로 샘처럼 눈물이 흘러내렸다.

장로는 다시 말했다.

"그렇지만, 옛날에 '라헬이 그 자식들 생각에 슬프게 울었지만 결국 위안을 얻지 못했으니 이는 오직 그들이 죽고 없음이니라'라고 한 것과 같소. 어머니가 이 세상에서 겪어야 하는 시련입니다. 그러니 위안을 얻으려고 해서는 안 되고 위안을 얻어서도 안 됩니다. 위안을 얻으려 하지 말고 그냥 우시오. 그리고 울면서 아들이 하느님의 천사가 되어 당신을 보고 있다고 생각하시오. 당신의 눈물을 보고 기뻐하며 하느님께 그것을 손가락으로 가리킬 것이오. 앞으로 오랫동안 어머니로서의 슬픔을 느끼겠지만 결국 이것이 고요한 기쁨이 될 것이오. 그때는 쓴 눈물도 마음을 깨끗이 하고 죄를 씻는 고요한 감동과 정화의 눈물로 바뀔 것이오. 아들의 영혼을 위해 기도하겠소. 이름이 무엇이오?"

"알렉세이입니다, 장로님."

"귀여운 이름이오. 하느님의 사도 알렉세이 님의 이름에서 따온 것이오?"

"네, 장로님, 하느님의 사도 알렉세이 님에게서 따왔습니다."

"귀한 아이군요! 기도하겠소. 그리고 기도를 할 때마다 당신이 슬퍼한다는 말도 잊지 않으리다. 남편의 건강을 위해서도 기도하겠소. 단, 당신이 남편을 홀로 두는 건 좋지 않소. 집으로 돌아가서 남편을 위로하시오. 당신 아들도 당신이 아버지를 떠난 줄 알면 아주 슬퍼할 것이오. 당신은 왜 아들의 행복을 망치려고 합니까? 그 애는 살아 있습니다. 영혼은 영원히 살아 숨 쉽니다. 집에는 없지만 눈에 보이지 않지만 항상 당신 옆에 있습니다. 그런데 당신이 집을 나와 있으면 그 애가 집에 찾아올 이유가 없잖소? 아버지, 어머니가 같이 살지 않으면 그 애는 누구를 찾아가야 한단 말이오? 당신은 지금 아들 때문에 괴로워하지만, 집으로 돌아가면 아이가 안식의 꿈을 보낼 것이오. 남편에게 가세요. 바로 지금 가세요."

"가겠습니다, 장로님. 지금 당장 가겠어요. 장로님은 제 마음을 완전히 이해하셨습니다. 아아, 니키타, 당신은 지금도 나를 기다리고 있겠죠!"

여인은 다시 하소연을 하려고 했지만 장로는 이미 순례자의 차림이 아닌 평상복을 입은 한 노파에게 다가가고 있었다. 노파의 눈을 보면 고민이 있어서 왔다는 것을 알 수 있었다. 하사관의 과부이며 읍내 가까운 곳에 살고 있는 노파였다. 노파의 아들 바센카는 육군 병참 부대 소속으로 시베리아의 이르쿠츠크로 전출되어 간 뒤 편지가 두 번 왔고, 그 후 1년이 지나도록 소식이 끊어졌다고 했다. 노파는 아들의 소식을 수소문하고 싶었지만 어디서, 어떻게 해야 할지 몰랐다.

"얼마 전에 부유한 상인의 부인인 스테파니다 베드랴기나가 이렇게 말했어요. '프로호로브나 할머니, 차라리 아들 이름을 써서 성당에서 기도를 드려요. 그러면 아들의 영혼이 고향을 그리워하다가 편지가 올 거예요. 여러 번 이런 일이 있었으니 분명히 효과가 있을 거예요.' 하지만 어쩐지 저는 석연치 않아서……. 장로님, 정말일까요, 거짓일까요? 그렇게 하는 게 좋을까요?"

"당치 않은 소리요. 그런 걸 물어보는 것조차 부끄러워해야 하오. 살아 있는 사람의 영혼에 그 어머니가 기도를 드린다니, 있을 법한 얘긴가! 그것은 미신을 섬기는 것처럼 큰 죄에 속하오! 하지만 몰라서 그런 생각을 했다면 용서받을 수는 있어요. 우리를 항상 돌보시고 보호해주시는 성모님께 아들을 위해 기도하시오. 그리고 당신의 어리석음을 용서해달라고 함께 비시오. 프로호로브나 할머니, 아들은 곧 돌아오거나 소식을 전해올 것이오. 그렇게 알고 이제 안심하고 돌아가시오. 당신의 아들은 살아 있어요, 틀림없이."

"친절하신 장로님, 당신에게 신의 축복이 내리기를! 우리를 위해 우리가 지은 죄를 위해 기도하시는 우리의 은인이신 장로님!"

그러나 장로는 사람들 틈에서 자신을 바라보는 젊은 여인을 보았다. 결핵이라도 앓고 있는 듯 완전히 병든 모습으로 여인은 무언가를 바라는 듯한 눈빛으로 장로를 말없이 바라보고 있었지만, 막상 장로 앞에 나서기는 두려운 듯했다.

"무슨 일로 왔나요?"

"장로님, 제 영혼을 구원해주세요."

젊은 여인은 침착하고 낮은 목소리로 말했고 장로의 발 아래에 무릎을 꿇고 엎드렸다.

"저는 죄인입니다, 장로님, 제 죄가 무섭습니다."

장로가 층계 가장 아래 계단에 앉자, 여인은 무릎을 꿇고 장로 앞으로 다가섰다.

"3년 전에 저는 과부가 되었습니다."

여인은 떨리는 목소리로 속삭였다.

"결혼 생활은 힘들었습니다. 남편은 늙었는데 저를 몹시 구박했습니다. 그러다 남편이 병이 나서 몸져눕자, 갑자기 저 사람이 병이 나아서 일어나면 어떡하지, 하는 생각이 들었습니다. 그때 제 마음에 끔찍한 생각이 떠올랐어요."

"잠깐!"

장로는 그녀의 말을 멈추고 여인의 입에 귀를 가져다댔다. 여인이 작게 말해서 거의 알아들을 수가 없었기 때문이다. 이야기는 금세 끝났다.

"3년 되었다고?"

"네, 3년째입니다. 처음엔 잘 몰랐는데 병이 든 후부터 자꾸 그 생각이 나서 괴롭습니다."

"멀리서 왔나요?"

"여기서 500km 떨어진 곳에서 왔습니다."

"참회에서 이야기했나요?"

"네, 두 번이나 했습니다."

"성체성사는 받았지요?"

"네, 받았어요. 무서워요. 전 죽는 게 무섭습니다."

"아무것도 무서워하지 마세요. 두려워하지 말고 상심하지도 마세요. 속죄하는 마음을 잃지 않으면 하느님은 전부 용서해주십니다. 진심을 다해 회개하는데 용서받지 못할 죄는 이 세상에 없습니다. 끝이 없는 하느님의 사랑을 마르게 할 만큼 큰 죄를 인간이 짓게 하실 리가 없습니다. 하느님의 사랑을 뛰어넘는 죄가 과연 있을까요? 그러니 두려워하지 말고 쉼 없이 회개하는 데 마음을 쓰세요. 믿으세요. 하느님께서는 상상하지 못할 만큼 당신을 사랑하십니다. 당신이 죄에 물들고 죄악에 빠지더라도 하느님은 사랑해주십니다. 예로부터 10명의 올바른 사람보다 1명의 회개하는 죄인을 천국에서는 반긴다는 말이 있잖소. 두려움은 내려놓고 돌아가시오. 사람들의 말로 상처받지 말고 모욕을 느껴도 참으시오. 죽은 남편이 당신을 학대한 것을 진심으로 용서하고 그 사람과 화해하시오. 진심으로 회개하면 사랑이 생기고, 사랑이 생기면 당신은 이미 하느님의 자녀라오. 모든 것을 감싸고 구원하는 것이 바로 사랑이오. 당신과 똑같은 죄인인 나도 당신에게 감동하고 당신을 가여이 여기는데 하느님께서는 어떠시겠소? 끝없이 값지고 이 세상 전부를 살 수 있는 것이 사랑이오. 자신의 죄뿐만 아니라 다른 사람의 죄까지 보상할 수 있는 게 사랑이오. 그러니 이제 두려워 말고 돌아가시오."

장로는 여인에게 세 번 성호를 긋고 자신의 목에 걸렸던 작은 성상을 여인의 목에 걸어주었다. 여인은 조용히 머리가 땅에 닿을 정도로 절을 했다. 장로는 가볍게 자리에서 일어나서 아기를 안은 어떤 건강한 아낙네를 기쁘게 바라보았다.

"브이셰고리예에서 왔습니다, 장로님."

"여기서 6km가 넘는 곳이죠? 아기를 데리고 오느라 고생했소. 무슨 일로 왔지요?"

"장로님을 뵙고 싶어서요. 전에도 몇 번 왔는데 기억하세요? 저를 잊으셨으면 기억력이 좋지 않으신 거예요. 장로님께서 아프시다고 하셔서 직접 뵈러 왔어요. 하지만 직접 뵈니 20년은 더 사실 것 같아요, 진심입니다. 부디 건강하세요. 장로님을 위해 기도하는 사람들이 많은데 장로님이 편찮으시면 되나요?"

"고마운 말이오."

"그런데 부탁이 있습니다. 60코페이카가 있는데 장로님께서 이 돈을 저보다 가난한 사람에게 전해주세요. 이 돈이 필요한 사람을 장로님께서 알고 계실 테니 부탁드려야겠다고 생각했어요."

"고맙고 기특하구려. 친절하고 좋은 분입니다. 당신을 사랑합니다. 원하는 대로 하겠소. 그런데 아기는 딸인가요?"

"네, 딸입니다. 리자베타라고 부릅니다."

"하느님께서 모녀를, 당신과 어린 딸 리자베타를 함께 축복하시길 빌겠소. 당신은 내게 기쁨을 줬어요. 여러분, 모두 안녕히 가세요. 사랑하는 형제들, 안녕히 가십시오!"

4. 믿음이 약한 귀부인

　이곳에 찾아온 여지주는 장로와 평민의 대화와 장로가 축복하는 모습을 조용히 지켜보다가 소리 없이 눈물을 흘리며 손수건으로 눈물을 닦았다. 감상적인 사람인 데다가 여러 가지 점에서 진실로 선량한 성격을 가진 상류층의 부인이었다. 장로가 드디어 부인 쪽으로 돌아서자 귀부인은 감격에 겨워 그를 맞았다.

　"방금 전의 그 감동적인 광경을 보고 도저히 감정을 억누를 수 없어서……."

　흥분한 그녀는 말을 다 끝맺지 못했다.

　"아아, 사람들이 장로님을 얼마나 사랑하는지 이제야 알 것 같아요. 저 또한 그들을 사랑하고 있고, 사랑하고 싶습니다. 그래요, 사랑하지 않을 수 없어요. 이처럼 순박하고 믿음이 깊은 우리 러시아 사람들을 어떻게 사랑하지 않을 수 있나요!"

"따님은 건강한가요? 다시 한번 나와 이야기를 나누고 싶다면서요?"

"네, 집요하게 부탁하고 떼를 썼답니다. 장로님께서 만나주실 때까지 며칠이고 창문 아래에 무릎을 꿇고 기다릴 각오가 되어 있었어요. 하지만 오늘은 장로님께 무한한 감사를 드리러 온 거랍니다. 리자의 병을 완전히 고쳐주셨어요. 지난주 목요일 장로님께서 저 아이의 머리에 손을 얹고 기도해주신 뒤, 병이 완전히 나았어요. 그래서 저희는 장로님의 손에 입 맞추고 감사를 드리기 위해서 이렇게 달려왔습니다."

"병이 나았다고요? 따님은 의자에 누워 있지 않습니까?"

"하지만 밤에 경련이 나는 것은 완전히 나았습니다. 벌써 이틀째입니다."

귀부인은 들떠서 빨리 말했다.

"뿐만 아니라 다리도 튼튼해졌어요. 오늘 아침에 일어났을 때는 아주 상쾌해 보였어요. 밤에 잠을 푹 잤기 때문이지요. 저 붉은 뺨과 빛나는 눈을 보세요! 언제나 투정만 부리던 애가 지금은 행복하게 웃고 있지요? 오늘 아침에는 일어나게 해달라고 졸라대서 혼났지요. 혼자서 1분간 아무것도 잡지 않고 서 있었어요! 보름 뒤에는 카드리유*를 출 거라고 저에게 내기를 걸었습니다. 정말 신기해

---

* 프랑스의 사교댄스로 18세기 후반과 19세기에 유행했다.

서 읍내 의사인 게르첸슈투베 선생께 갔더니 그분은 어깨를 으쓱하면서 이렇게 말했어요. '정말 놀라워요. 믿어지지 않는군요.' 이런 상황인데도 장로님은 저희의 감사 인사가 귀찮으신가요? 리즈*야, 어서 감사 인사를 드려야지!"

장난스러운 귀여운 얼굴의 리즈는 갑자기 정색을 하더니 의자에서 할 수 있는 한 몸을 일으켜 세우고 장로를 향해 손을 모았다. 그러나 견딜 수 없다는 듯 갑자기 크게 웃기 시작했다.

"저 사람 때문이에요, 저 사람!"

리즈는 웃는 이유에 대해 자못 어린아이다운 표정을 지으며 장로 뒤에 서 있는 알료샤를 지목했다. 이때 알료샤의 얼굴을 본 사람이라면 그의 얼굴이 붉어진 것을 모두 알았을 것이다. 그의 두 눈이 반짝이며 빛났지만 그는 바로 눈을 아래로 떨궜다.

"이 아이가 당신에게 편지를 전하고 싶다네요, 알렉세이 카라마조프 씨. 요즘은 어떻게 지내시나요?"

화려한 장갑을 낀 손을 앞으로 내밀며 부인이 말했다. 장로는 몸을 돌리고 알료샤의 얼굴을 유심히 바라보았다. 알료샤는 리즈에게 가까이 다가가서 어딘가 모르게 어색하게 웃으면서 손을 내밀었다.

리즈는 갑자기 새침해져서 말했다.

"카체리나 씨가 이걸 전해달라고 하셨어요."

---

* '리자'의 프랑스식 발음이다.

아이는 그에게 작은 쪽지를 내밀었다.

"가능하면 빨리 와달라고 하셨어요, 꼭 들러달라고요."

"내가 가야 한다고? 그분이 나를 왜……. 도대체 무슨 일이지?"

알료샤는 어리둥절한 표정으로 중얼거렸다. 그는 근심 어린 표정이었다.

"드미트리 씨와 관련 있는 일일 거예요. 요즘 일어난 여러 가지 일들 말이에요."

어머니가 빠르게 말을 이어받았다.

"카체리나는 중요한 결심을 한 것 같아요. 그런데 그전에 먼저 당신을 만나보고 싶어 해요. 왜 그러냐고요? 왜인지는 나도 잘 모르겠어요. 하지만 빨리 당신을 만나고 싶어 하는 건 알지요. 물론 가시겠지요? 이건 기독교적 신앙이 내리는 명령이니까요."

"저는 그분을 한번 만났을 뿐입니다."

여전히 당황한 표정으로 알료샤가 말했다.

"누구와도 견줄 수 없이 고결한 성품을 지닌 여인입니다! 그 사람이 겪은 고통을 보면……. 그 여자가 지금까지 얼마나 많은 고통을 겪었는지, 그리고 얼마나 큰 고통을 견디고 있는지 생각해보세요! 그리고 앞으로 그 여자를 기다리고 있는 게 무엇인지 생각해보세요. 정말 생각만으로도 끔찍하고 무서운 일이에요."

"좋아요. 제가 가보겠습니다."

알료샤는 수수께끼처럼 짧은 편지를 읽고 난 뒤 말했다. 편지에는 그저 꼭 와달라는 간절한 부탁 외에는 다른 내용이 없었다.

"오, 정말 훌륭하고 친절하세요!"

리즈는 갑자기 생기를 띠며 외쳤다.

"난 엄마에게 당신이 수도 중이니 절대로 그곳에 가지 않을 것 같다고 말했거든요. 당신은 정말 훌륭해요! 전부터 당신이 훌륭하다는 건 알았지만 이렇게 직접 확신하게 되니 정말 기쁘네요!"

"리즈야."

어머니는 꾸중하듯이 딸을 불렀지만 곧 미소를 지었다.

"카라마조프 씨, 당신은 우릴 아주 잊었군요. 요즘엔 우리 집에 전혀 오지 않으시는군요. 하지만 리즈는 당신하고 함께 있을 때가 가장 즐겁다고 두 번이나 말했답니다."

눈을 내리깔고 있던 알료샤는 고개를 들고 얼굴을 붉히며 갑자기 자신도 모르는 미소를 희미하게 지었다. 그러나 장로는 이미 그를 보지 않고 있었다. 앞서 말한 대로 리즈 옆에서 기다리던 다른 지방의 수도사와 이야기를 시작했던 것이다. 그는 평범한 수사, 즉 평민 출신의 수도자로 단순하고 분명한 세계관을 지녔으되 고집스러운 신자처럼 보였다. 그는 먼 북방 오브도르스크 지방의 성 실베스트르 수도원에서 왔다. 그 수도원은 수도사가 9명뿐이었다. 장로는 그를 축복해준 뒤 언제든지 암자에 와도 좋다고 했다.

"장로님께서는 어떻게 그런 일을 행하시는 겁니까?"

수도사는 리즈를 가리키며 질책을 하는 것처럼 엄숙하고 위엄 있는 태도로 물었다. 그것은 리즈의 치료에 대한 말이었다.

"그 일에 대해 말하기는 아직 이릅니다. 병세가 조금 좋아진 것이 완쾌한 것은 아니니까요. 다른 원인이 있는지 알아봐야 하지 않습니까? 조금 병이 호전되었다면 오직 하느님의 뜻일 뿐 어느 누구의 힘도 아닙니다. 하느님께서 모든 일을 행하시니까요. 그럼 또 오세요, 신부님."

그는 수도사에게 덧붙였다.

"하지만 늘 앓고 있어서 손님들을 전부 만날 수는 없습니다. 이젠 제 수명도 다해가고 있으니까요."

"오, 아니에요, 절대 아니에요. 하느님께선 우리에게서 결코 장로님을 빼앗지 않으실 거예요. 장로님은 오래 사실 거예요."

소녀의 어머니가 말했다.

"어디가 아프다는 거죠? 이렇게 건강하고 행복해 보이시는데!"

"실은 오늘은 무척 기분이 좋지만 이것도 잠시뿐입니다. 나는 내 병에 대해 잘 압니다. 내가 만약 행복해 보인다면 그것보다 기쁜 것은 없습니다. 사람은 행복하려고 태어난 존재이니까요. 그리고 진실로 행복하다면 '나는 하느님의 뜻대로 살았다'고 떳떳하게 말할 수 있습니다. 역사에 나오는 모든 의인, 성자, 순교자들은 모두 행복했지요."

"정말 훌륭한 말씀이세요! 얼마나 용감하고 귀한 말씀이신지!"

부인은 외쳤다.

"장로님의 말씀은 마치 폐부를 찌르는 것 같아요. 그런데 그 행복은 대체 어디에 있나요? 그리고 자신이 행복하다고 말할 수 있는 사람이 있을까요? 아, 장로님께서는 정말 친절하게도 우리를

다시 만나주셨어요. 그래서 지난번에는 용기가 없어서 차마 말씀
드리지 못했던 걸 오늘 얘기하고 싶어요. 제 괴로움을 모두 들어주
세요. 오랫동안 심각하게 고민하는 일이 있어요. 용서하세요, 저의
고민은……."

그녀는 말하면서 격한 감정에 휩싸여 두 손을 모아 장로에게 합
장했다.

"어떤 고민이지요?"

"저의 고민은 불신(不信)입니다."

"하느님에 대한 불신입니까?"

"그건 아닙니다. 그런 건 감히 생각도 못했습니다. 제가 믿을 수
없는 건 내세입니다. 이 수수께끼에 대해 정확하게 대답해주는 사
람이 없어요. 장로님, 들어보세요. 장로님께서는 병을 고치시고,
사람의 영혼을 잘 아시긴 하지만 제 말을 믿어달라고 하진 않겠습
니다. 하지만 제가 지금 경솔하게 이런 말씀을 드리는 건 알아주세
요. 솔직하게 저는 지금 내세에 대한 생각으로 공포에 빠져 있어
요. 지금까지는 누구에게 이런 생각을 털어놔야겠다고 생각조차
못했어요. 겨우 이제 용기 내어 장로님께 여쭙습니다. 저는 걱정이
됩니다. 앞으로 저를 어떻게 생각할지요."

그녀는 찰싹 소리가 날 정도로 손뼉을 쳤다.

"내가 당신을 어떻게 생각하는지 걱정하지 마세요. 당신의 고민
이 진실하다고 믿습니다."

"고마운 분! 저는 가끔 눈을 감고 이런 생각을 합니다. 인간의

신앙심은 과연 어디서 온 것일까 하는 생각을요. 어떤 이들은 신앙이 무서운 자연현상에 대한 공포에서 비롯된 것이라서 내세가 없다고 주장하지요. 저는 이런 생각이 들어요. 평생 믿음을 가지고 살았지만 죽으면 다 끝이 아닐까? 죽는 순간 모든 것이 전부 무(無)로 돌아가고 제가 어디선가 읽은 것처럼 '묘지에 잡초만 우거져 있는' 상태가 된다면 어떻게 해야 할까 하고요. 정말 무서워요. 믿음을 되찾으려면 어떻게 해야 할까요? 어린 시절 저는 멋모르고 기계적으로 믿었습니다. 그러니 무엇으로 그것을 확신할 수 있을까요? 저는 장로님 발밑에 엎드려 이 문제를 여쭈려고 왔습니다. 만일 이번 기회를 놓친다면 저는 죽을 때까지 답을 얻지 못할 거예요. 내세를 증명하려면 어떻게 해야 할까요? 확신을 가지려면 어떻게 해야 할까요? 아, 저는 몹시 불행해요. 주변을 둘러봐도 이런 문제로 괴로워하는 사람은 없습니다. 그런데 저만 이런 생각을 하면서 죽을 것처럼 괴롭다니요. 정말 괴로워요, 죽을 것처럼요!"

"물론 괴로우실 겁니다. 내세는 증명하지 못하니까요. 하지만 신념을 얻을 수는 있습니다."

"어떻게요? 어떤 방법으로요?"

"사랑을 실천에 옮기면서 얻을 수 있습니다. 당신의 이웃에게 사랑을 베풀도록 계속 노력하세요. 그러면 그 사랑의 노력이 열매를 맺어서 신이 존재하는 것도, 영혼이 불멸할 거라는 확신도 얻게 될 것입니다. 게다가 사람들을 사랑하면서 자신을 온전하게 희생할 수 있게 된다면 그때는 정말 확고한 믿음이 생겨서 어떤 의혹에도 흔들리지 않게 됩니다. 이것은 경험으로 이미 증명되었습니다."

"사랑을 실천하라고요? 그건 또 어려운 문제네요. 너무 어려워요. 저는 때로 재산을 전부 버리고 간호사가 되어볼까 생각합니다. 내 딸 리즈까지 버리고 말이에요. 그 정도로 저는 인류애에 휩싸여 있어요. 눈을 감고 그런 공상을 하면 억누를 수 없는 새로운 기운을 느낍니다. 끔찍한 상처나 종기도 두렵지 않아요. 저는 기꺼이 제 손으로 고름을 닦아내고 붕대를 갈아줄 거예요. 그리고 고통 속에서 신음하는 사람들 옆에서 그들을 정성껏 간호할 거예요. 그들의 상처에 얼마든지 입 맞출 준비가 되어 있어요."

"이미 당신이 그런 공상을 하는 것만으로도 충분히 훌륭합니다. 그러다 보면 진짜 참된 선행을 실천할 기회가 오게 되지요."

"그런데 제가 그런 생활을 얼마나 견뎌낼 수 있을지요?"

부인은 감정에 들떠 자신을 잊은 듯 말을 이었다.

"여기에 가장 큰 문제가 있어요. 이 문제가 여러 가지 생각 중에서도 저를 몹시 괴롭혀요. 눈을 감고 저는 저에게 이렇게 물어봅니다. 너는 과연 그런 생활을 오래 견뎌낼 수 있느냐? 네가 상처를 치료해준 그 환자가 감사해하지 않고 오히려 인류애에서 나온 너의 봉사 활동을 무시하면서 짜증을 내고 욕을 하고, 그것도 모자라서 더 많은 요구를 하고 너에 대한 불평들을 다른 사람에게 말한다면(많이 아픈 사람들은 때로 그럴 수 있으므로), 그럼 너는 어떻게 할 것인가? 그런 상황에서도 너의 사랑은 계속될 수 있을까? 그리고 결국 저는 온몸에 전율을 느끼며 결론에 도달했습니다. 만약 인류에 대한 저의 실천적인 열정을 싸늘하게 식혀버리는 것이 있다면 그것은 오직 배은망덕뿐입니다. 저는 보수를 바라고 일하는 노동자들과 마찬가지입니다. 저는 당장 보답을 바라고, 찬사와 사랑을 요구하고 있어요. 그러한 보답이 없다면 누구도 사랑할 수 없어요."

부인은 자신을 자책하며 말을 마치고 단호한 표정으로 장로를 바라보았다.

"어떤 의사가 그와 똑같은 얘기를 한 적이 있습니다. 꽤 오래전의 일이지요."

장로가 말했다.

"그는 이미 나이가 지긋한 누가 봐도 현명한 사람이었지만 지금과 비슷한 얘기를 솔직히 한 적이 있습니다. 농담으로 한 말이었지만 그냥 넘겨버릴 수 없는 얘기였지요. 그는 '나는 인류애에 사로잡혀 있지만 놀랍게도 인류를 사랑할수록 인간에 대한 사랑은 점점 더 사라져갔다. 공상 속에서는 열정을 다해 인류에 대한 봉사를 꿈꾸고, 또 필요하다면 인류를 위해 십자가에 못 박힐 수도 있을 것 같은데, 그러면서도 나는 그 어떤 사람과도 이틀 동안 같은 방에서 지낼 수 없다. 이건 실제로도 그랬는데 누군가 내 근처에 있으면 그 사람의 개성이 내 자존심을 짓누르고 자유를 속박한다. 나는 아무리 좋은 사람이어도 하루를 같이 보내면 그를 미워할 것 같다. 그의 식사 시간이 길다든가, 감기에 걸려서 코를 훌쩍거린다든가 하는 등의 사소한 이유 때문에'라고 말입니다. 또 이런 말도

131

했습니다. '누가 나를 조금이라도 건드리면 그 사람과 적이 된다. 하지만 인간을 미워하면 할수록 인류 전체에 대한 사랑은 더욱 뜨거워진다'는 이런 의미의 이야기였습니다."

"그럼 어떻게 해야 할까요? 그런 경우에는 어떻게 해야 하는 걸까요? 이제 절망에 빠질 수밖에 없는 건가요?"

"그렇지 않습니다. 그런 이유 때문에 당신이 가슴 아파한다는 사실만으로도 충분합니다. 단지 당신이 할 수 있는 일을 하면 됩니다. 그러면 보답이 돌아올 것입니다. 당신이 그만큼 진지하게 자신을 깨달은 것만으로도 이미 많은 일을 한 것과 같습니다. 하지만 지금 자신의 성실함에 대해 칭찬을 받으려고 말한 거라면 실천적인 사랑에 아무런 결과도 얻지 못할 수 있습니다. 당신의 사랑은 공상 속에서 살아 숨쉬기 때문에 인생이 마치 환상처럼 스쳐가겠지요. 그러면 내세에 대한 생각을 잊은 채 결국 자신도 모르게 스스로에게 만족하게 되겠지요."

"장로님은 제게 깨달음을 주셨어요. 장로님의 말씀을 듣는 순간, 제가 배은망덕은 견딜 수 없다고 한 말이 장로님의 말씀대로 오직 성실함을 내세우려고 한 말이라는 걸 알았습니다. 장로님은 제가 어떤 사람인지 일깨워주셨습니다. 저를 통찰하시고 저의 본질을 깨닫게 하셨어요!"

"진심인가요? 당신의 말이 진심이라면 나도 당신이 성실하고 선량한 사람이라는 걸 믿겠습니다. 당신은 진지하고 선량한 사람입니다. 당장은 행복하지 않더라도 언제나 자신이 옳은 길을 걷고 있다고 생각하며 일탈하지 않도록 신경 쓰십시오. 거짓을 피하는 것이 중요합니다. 모든 거짓 중에서도, 특히 자신에 대한 거짓을 저지르지 말아야 합니다. 자신이 지금 거짓을 행하는 것은 아닌지 매시간, 아니 1분마다 반성하십시오. 또 한 가지 주의해야 할 것은 증오심입니다. 자신에 대해서나 남에 대해서나 그것이 무엇이든 미워하지 마십시오. 스스로 추하다고 느껴져도 그것을 느끼는 것 자체만으로 정화가 되니까요. 두려움도 피해야 합니다. 물론 두려움은 온갖 거짓의 결과이긴 합니다.

그리고 사랑을 실천할 때 자신의 소심함을 탓하지 마세요. 비록 잘못한 게 있더라도 두려워할 건 없습니다. 위로를 해드리지 못해서 유감이지만 실천적인 사랑이란 사실 공상 속의 사랑과는 달라서 무척 잔혹하고 무서우니까요. 공상적인 사랑은 모든 이들의 칭찬을 받으려고 그 자리에서 만족스러운 결과가 나오기를 바라므로 조금이라도 빨리 성취하여 마치 무대 위의 연극처럼 사람들에게 관심을 끌려고 하는 것입니다. 그래서 남들의 주목과 찬사를 받고 싶다는 생각에 생명까지 내던지게 되는 거죠.

하지만 실천적인 사랑은 이와 다릅니다. 묵묵하게 일하고 말없이 견딜 뿐이며 어떤 사람들에게는 훌륭한 학문일 수도 있습니다. 미리 말하지만 실천적인 사랑이란 아무리 노력해도 좀처럼 목표에 이를 수 없고 반대로 목표에서 더 멀어지는 듯한 느낌도 주지요. 하지만 그런 사실을 깨닫고 놀라서 자신을 돌아보는 순간, 바로 그 순간, 다시 한번 말하지만 우리는 이미 목표에 도달한 자신을 발견하게 될 것입니다. 그때는 마침내 우리를 사랑하시고 남몰래 이끄신 하느님의 기적과 같은 힘을 자신 안에서 분명하게 알 수 있게 됩니다. 죄송합니다. 안에서 기다리는 분들이 계셔서 이야기할 시간이 더는 없군요. 조심해서 돌아가세요."

부인은 울고 있었다.

"리즈, 리즈, 제발 우리 리즈를 축복해주세요! 이 아이를 축복해주세요!"

그녀는 일어났다.

"이 아이는 축복받을 수 없어요. 아까부터 계속 장난만 했으니까요."

장로가 농담하듯 말했다.

"왜 계속 알렉세이를 놀려댔지?"

실제로 리즈는 장난에 몰두해 있었다. 그녀는 예전부터, 즉 지난번에 만났을 때부터 알료샤가 자신을 보고 당황하면서 눈을 마주치지 않으려고 애쓰는 것을 알고 있었다. 그녀는 다른 곳을 보는 척하다가 재빨리 그를 보기도 하고, 일부러 그의 얼굴을 바라보면서 기다렸다. 결국 알료샤가 그녀의 끈질긴 눈빛을 견디지 못하고 극복할 수 없는 힘에 굴복해서 그녀를 바라보면 리즈는 마치 승리한 것처럼 미소를 띠며 그를 똑바로 바라보았다. 알료샤는 더욱 당황해서 화가 났다. 결국 그녀에게서 얼굴을 돌리고 장로의 등 뒤에 숨었다. 하지만 이내 참을 수 없는 호기심 때문에 아직도 그녀가 자신을 보고 있는지 어떤지 다시 얼굴을 보았다. 그는 리즈가 의자

134

에서 몸을 앞으로 내밀고 자신이 다시 쳐다보기만 기다리고 있는 것을 보았다. 리즈는 그와 시선이 마주치자 그만 큰 소리로 웃어댔다. 그래서 장로도 이번만큼은 그냥 지나칠 수 없었다.

"왜 이 사람을 부끄럽게 하는 거지, 응? 장난꾸러기 아가씨야!"

예상 밖으로 리즈는 얼굴이 붉어졌다. 눈을 빛내더니 갑자기 심각하고 진지한 표정을 지었다. 그녀는 화난 것처럼 신경질을 부리며 불평을 했다.

"저분은 왜 모든 걸 잊은 거죠? 내가 어렸을 때는 나를 안아주고 함께 놀기도 했잖아요. 우리 집에 와서 나에게 책을 어떻게 읽는지 가르쳐준 적도 있는데, 장로님은 그거 알고 계세요? 2년 전에 여기 올 때만 해도 나를 언제까지나 잊지 않겠다고, 우리는 영원한 친구라고 했단 말이에요! 그런데 지금은 나를 저렇게 무서워하니 내가 자길 잡아먹는 줄 아나 보죠? 왜 나에게 가까이 오지 않는 거죠? 왜 나와 말도 안 하려고 하는 걸까요? 왜 우리 집에 놀러 오지 않는 걸까요? 장로님이 외출을 못하게 해서 그러는 건가요? 하지만 외출을 하는 걸 난 벌써 알고 있어요. 우리가 저분을 부르는 건 실례니까 먼저 찾아와야 하지 않나요? 우리를 아주 잊은 게 아니라면 말이에요. 아, 지금은 수도 생활 중이군요! 그런데 장로님은 왜 저 사람에게 긴 옷을 입히셨나요? 달려가다가 그냥 넘어지겠어요!"

그러면서 리즈는 참지 못하고 손으로 얼굴을 가리며 발작하듯 웃기 시작했다. 한동안 숨도 쉬지 않으며 경련이라도 일어난 듯 온

몸을 흔들면서 제대로 소리조차 내지 못하는 그런 웃음이었다. 장로는 리즈의 말을 다 듣고 나서 미소를 지은 채 인자하게 그녀를 축복해주었다. 그런데 장로의 손에 입을 맞추던 리즈가 갑자기 장로의 손에 얼굴을 파묻으며 울기 시작했다.

"제발 화내지 마세요! 전 정말 어리석고 하찮은 계집애예요. 알료샤가 옳아요. 저처럼 별 볼 일 없는 아이한테 오기 싫은 건 당연한걸요. 당연한 일 맞아요!"

"내가 꼭 들르라고 전하마."

장로가 단호하게 말했다.

5. 아멘, 아멘!

장로는 약 25분 동안 암자를 비운 셈이었다. 12시 반은 이미 지났지만 이 모임이 만들어지게 한 장본인인 드미트리는 아직 나타나지 않은 상태였다. 하지만 그에 대해서는 모두 잊었는지 장로가 다시 암자에 들어서자 매우 활기찬 대화가 오가고 있었다. 이반 카라마조프와 2명의 수사 신부가 대화를 주도했다. 미우소프도 이 대화에 끼어들기 위해 열심이었지만 그는 이번에도 운이 나빴다. 어느새 그는 대화에서 밀려나버렸고, 그의 말에 제대로 대꾸해주는 사람도 없는 형편이어서 이런 분위기는 그의 가슴속에 쌓인 울분을 더욱 부채질할 뿐이었다. 예전에도 그는 이반과 지식을 겨뤄봤지만 이반이 자신을 얕보는 듯이 대하는 것을 보자 아무래도 참을 수 없었던 것이다.

'나는 최소한 지금까지 유럽의 모든 진보적인 활동의 중심에 있었다. 그런데 이 새 세대의 신참이 감히 나를 무시하다니!'

그는 속으로 이렇게 생각했다.

한편 표도르는 조용히 있겠다고 약속한 것처럼 한동안은 가만히 있었다. 하지만 그는 미우소프가 안절부절못하자 무척 재미있다는 듯 입가에 드러난 비웃음을 숨기지 않은 채 관찰 중이었다. 그는 아까부터 미우소프에게 복수할 기회를 노리고 있었고 이런 기회를 놓치고 싶지 않았다. 결국 그는 참지 못하고 미우소프에게 얼굴을 가까이 가져가서 귓속말로 약을 올렸다.

"당신이 아까 그 예의 바른 작별을 하고 나서 돌아가지 않고 여기 이렇게 버릇없는 친구들과 함께 남은 이유는 뭘까요? 그건 당신이 아까 처참해졌다는 걸 스스로 인정했기 때문에 이들의 콧대를 어떻게 해서든지 한번 꺾으려고 하는 거 아닙니까? 이제는 당신의 뛰어난 지혜를 뽐내기 전에는 돌아가지 못하는 거지요."

"왜 또 이러는 거요? 농담하지 마시오. 난 금방 돌아갈 거니까."

"다른 사람이 다 가버린 뒤에 돌아간다는 말인가요?"

표도르는 다시 한번 급소를 찔렀다. 그 순간 장로가 돌아왔다.

논쟁은 잠시 중단되었다. 그러나 장로는 자리로 돌아가 앉더니 계속하라는 것처럼 너그러운 표정으로 사람들을 둘러보았다. 알료샤는 장로의 표정을 모두 알고 있었기 때문에 장로가 지금 피곤하지만 겨우 버티고 있다는 것을 분명하게 느꼈다. 최근 들어서 병 때문에 몸이 많이 쇠약해져서 기절을 할 때도 있었는데 지금 장로의 얼굴은 기절하기 직전처럼 창백했고 입술도 파리했다. 하지만 이 모임을 끝내고 싶지 않은 것은 분명했다. 오히려 어떤 목적이 있는 것처럼 보였다. 그 목적은 대체 무엇일까? 알료샤는 장로를 유심히 지켜보았다.

"이분이 쓰신 흥미로운 논문에 관해 얘기하고 있었습니다."

도서를 담당하는 이오시프 신부가 이반을 가리키면서 말했다.

"여러 가지 새로운 견해가 많지만 아무래도 애매한 점도 많습니다. 이분은 어느 성직자가 쓴 교회의 사회 재판과 그 권한의 범위에 대한 책에 대하여 잡지에 논문을 기고하여 반론을 펼쳤지요."

"유감스럽게도 그 논문을 읽지 못했지만 이야기는 들은 적이 있습니다."

장로는 이반을 노려보면서 대답했다.

"이분은 흥미로운 관점을 취하고 있습니다. 교회의 사회 재판에 대한 문제를, 교회를 국가로부터 분리하는 것을 완전히 부정하고 있는 듯합니다."

이오시프 신부가 말했다.

"흥미롭군요. 어떤 의미에서 그렇게 생각하는지요?"

장로가 이반에게 물었다.

장로의 질문에 이반은 대답을 했으나, 그의 태도는 알료샤가 어제저녁부터 걱정한 것처럼 상대를 무시하는 듯한 어조가 아니라 겸손하고 조심스럽게 상대를 배려하는 것이어서 다른 뜻이 있는 것처럼 보이지 않았다.

"저는 교회와 국가라는 다른 요소의 결합이 계속해서 이어질 것이라는 불합리한 주장에 반대하는 입장에서 출발했습니다. 이와 같은 결합은 이루어진다고 해도 정상적일 수 없고 만족스러운 상태로도 이끌 수가 없기 때문에 불가능합니다. 왜냐하면 그 밑바닥에는 허위가 숨어 있으니까요. 예를 들어, 제 생각에는 재판에서 국가와 교회의 타협이란 그 완벽하고 순수한 본질에서 보면 전혀 불가능합니다. 제가 반론을 제기한 그 성직자는 교회는 국가 안에서 확고한 지위를 가지고 있다고 주장했지만 저는 그 반대로 교회가 그 자체로 국가 전체를 포함해야 한다고 생각합니다. 즉, 교회가 국가의 일부분을 차지하는 게 아니라 스스로 국가 안에 뛰어들어 전체가 되어야 하는 거죠. 지금은 그것이 불가능해 보일지라도 본질적인 면에서 국가는 기독교 사회의 발전을 위한 직접적이고도 가장 중요한 목적이 되어야 한다고 반론을 펼쳤습니다."

"참 옳은 말씀입니다!"

박식하고 말이 별로 없는 편인 파이시 신부가 신경질적인 어조로 말했다.

"그건 교황 절대권론이군요!"

미우소프가 지루하다는 듯이 다리를 바꿔 꼬면서 끼어들었다.

"아니, 우리나라에는 교황이 없는걸요?"

이오시프 신부는 이렇게 말하고 다시 장로를 보며 말을 이었다.

"그런데 이분은 자신의 논적(論敵)인 성직자가 말하는 '기본적이고 본질적인 명제'에 대해 다음과 같이 대답하고 있음을 유의해야 합니다. 그 명제는 첫째, 사회의 그 어떤 단체의 구성원도 시민적, 정치적 권리가 없으며 있어서도 안 된다. 둘째, 형법과 민법상의 재판권은 교회에 속해서는 안 되는데, 이는 신의 장소 혹은 종교적 목적을 가진 인간 단체로서 교회의 본질과 조화를 이룰 수 없다. 셋째, 교회는 이 세상에 세워진 왕국이 아니다……."

"성직자 입장에서는 절대 수용하기 힘든 궤변입니다."

파이시 신부가 참지 못하고 이야기를 끊더니 이반을 돌아보며 말했다.

"당신이 논박한 그 책은 읽었습니다. '교회는 이 세상에 세워진 왕국이 아니다'라는 성직자의 말에 정말 깜짝 놀랐습니다. 만약 교회가 이 세상에 세워진 왕국이 아니라면 결국 지상에는 교회가 존재할 수 없다는 것입니까? 성경에 나오는 '이 세상 것이 아니다'라는 말은 그런 의미가 아닙니다. 정말 말도 안 되는 궤변이지요. 예수 그리스도께서는 바로 이 지상에 교회를 세우려고 오셨습니다. '이 세상의 것'이 아니라면 하늘을 가리키는 것이고 하늘에 임하기 위해서는 지상에 세워진 교회를 통할 수밖에 없습니다. 교회는 이 세상에 군림하기 위한 지상의 왕국이며, 또한 마지막에는 온 세계의 왕국으로 군림해야 합니다. 이것이 바로 하느님과의 약속입니다……."

그는 여기까지 말하고 스스로를 억누르는 듯 입을 다물었다. 이반은 겸손하게 그의 말을 끝까지 다 듣고 침착하고 솔직하게 장로에게 말했다.

"제 논문의 핵심은 이렇습니다. 고대, 즉 기독교 초창기 이후 3세기 동안 기독교는 이 지상에서 그저 하나의 교회로 나타났으며 그저 단순한 교회일 뿐이었습니다. 그러나 이교 국가인 로마 제국이 기독교 국가가 되기를 원하자, 이런 일이 일어날 수밖에 없었던 것입니다. 다시 말하면 로마는 비록 기독교 국가가 되었지만 그 국가 속에 교회를 포함시켰을 뿐, 국가는 여전히 이교도적으로 남아 있었습니다. 반드시 그렇게 될 수밖에 없었지요. 로마의 국가 목적이나 기초를 생각해보면, 로마에는 정말 많은 이교적인 문명과 학문의 유물이 그대로 남아 있었습니다. 한편 교회는 국가에 속하면서 자신의 기반을 양보할 수 없었습니다. 오로지 하느님에 의해 제시되고 지시받은 확고한 목적만을 추구했습니다. 그 목적 중에서도 가장 중요한 것은 고대 이교 국가들을 포함한 전 세계를 교회로 바꾸는 것이었습니다. 그렇다면 미래의 목적도 같은 것이어야 하겠지요? 즉, 제가 반박을 한 그 성직자의 말처럼 교회는 모든 사회단체나 종교적인 목적을 가진 사람들이 만든 단체로서 국가 안에서 지위를 가질 것이 아니라 반대로 지상의 모든 국가가 시간이 흐른 뒤 모두 교회로 바뀌어야 하고, 교회 자체로 바뀜으로써 결국은 교회와 일치하지 않는 목적들은 물리쳐야 합니다. 이 모든 것은 위대한 국가의 명예나 영광을 뺏는 것도 아니고, 국가의 위엄을 훼손시키는 것도 아닙니다. 국가를 이교적인 허위의 길에서 끌어내어 영원하고 바른 길로 인도하는 것입니다. 그렇기 때문에 《교회의 사회 재판 원리》를 쓴 저자가 이 원리를 탐구하고 제안하면서 지금처럼 불안하고 죄를 많이 짓는 시대에는 그것이 일시적인 타협이고, 그 이상의 것은 아니라고 했다면 타당했을 것입니다. 그러나 국가와 교회의 결합이 영원한 것이라는 원칙을 만든 그 저자가 이오시프 신부께서 말한 그런 명제를 확고하게 원칙이라고 주장한다면, 그것은 교회에 반기를 들고 교회의 확고하고 불변하는 거룩한 사명을 부정하는 것입니다. 이상이 제 논문의 핵심입니다."

"즉, 간추려 말하자면."

파이시 신부가 말 한 마디 한 마디에 힘을 주면서 다시 말했다.

"19세기에 들어 분명해진 다른 이론에 따르면 하등한 것이 고등한 것으로 진화하듯이 교회는 국가로 변질되어 마침내 그 안에서 사라지면서 과학이나 시대정신, 또는 문명에 자리를 내주어야 한다는 것입니다. 만일 교회가 그것을 거부하면 국가는 그 일부분의 땅을 교회에 떼어줄 수도 있지만 반드시 감시가 따르게 된다는 것이지요. 지금 유럽 어디서나 볼 수 있는 일입니다. 그러나 러시아 사람은 하등한 것이 고등한 것으로 진화하는 것처럼 교회가 국가로 변질해야 하는 것은 아니라고 기대합니다. 반대로 국가가 교회로 바뀌어야 한다고 생각하지요. 아멘, 아멘!"

"솔직히 그 말씀을 들으니 저도 안심이 되는군요."

미우소프가 다리를 다시 꼬면서 미소를 지었다.

"그건 먼 훗날 예를 들어 그리스도가 이 땅에 재림하실 무렵에 이루어질 공상 같군요. 하지만 아무려면 어떻습니까. 어쨌든 전쟁, 외교관, 은행, 이런 것들이 세상에서 없어질 날을 꿈꾸는 아름다운 공상입니다. 유토피아를 꿈꾸는 것은 사회주의와 비슷하지만, 제가 너무 진지하게 받아들여 이제부터 교회가 형사 사건의 재판권을 맡아서 태형이나 유형은 물론 사형까지 선고하는 건 아닌가 생각했어요."

"하지만 교회가 사회 재판을 맡는다고 해서 사형이나 유형을 선고하지는 않을 겁니다. 왜냐하면 범죄에 대한 생각이 바뀌게 될 테니까요. 물론 바로 변하는 것은 아니지만 조금씩 변해간다는 겁니다. 하지만 그리 오래 걸리지는 않겠지요."

이반이 눈도 깜빡이지 않고 침착하게 말했다.

"그거 진담입니까?"

미우소프는 이반을 유심히 바라보았다.

"만일 모든 것이 교회가 되어버린다면, 교회는 범죄자나 반항적인 자들을 파문하겠지만 목을 자르지는 않을 겁니다. 그런데 파문을 당한 사람들은 어디로 가야 할까요? 그 사람은 오늘날과 마찬가지로 인간 세계에서 버려질 뿐 아니라, 그리스도에게서도 떠나야 하는 것 아니겠습니까? 그들이 죄를 저지름으로써 인간 사회뿐 아니라 교회에도 반기를 든 것과 같지요. 물론 현재도 엄격한 의미에서는 그렇습니다만 아직 명백하게 밝혀진 사실은 아닙니다. 그래서 오늘날 범죄자들의 양심은 쉽게 자신과 타협합니다. 그들은 '내가 물건을 훔친 건 사실이지만 교회를 반대하거나 그리스도의 적이 된 건 아니지', 이렇게 생각합니다. 하지만 교회가 국가를 대신한다면 그때는 이 지상의 모든 교회를 부정하지 않는 한 결코 그런 말은 할 수 없게 되겠지요. '이 세상 사람들은 모두 악당이야, 전부 잘못된 길을 가고 있고 모든 교회는 가짜다. 살인자이자 도둑인 나만이 올바른 기독교 교회다', 이런 식으로 쉽게 말하지 못할 것입니다. 이건 특별한 상황이나 무슨 특별한 조건이 있어야만 말할 수 있을 테니까요. 다른 한편으로 범죄에 대한 교회 자체의 견해도 지금처럼 이교적인 태도를 버려야 하지 않을까요? 오늘날 사회를 보호하려고 취하는 방법들, 그러니까 병든 사람을 기계적으로 잘라내고 있는데 이는 한 치의 거짓도 없이 다시 한번 인간의 재생, 부활, 구원에 대한 숭고한 이상을 실현시킬 방향으로 바꾸어야 하지 않을까요?"

"그게 대체 무슨 말이오? 도무지 이해할 수 없군요."

미우소프가 끼어들며 말했다.

"무슨 꿈같은 이야기만 늘어놓으니 당최 이해가 되지를 않소. 파문이라니, 그래서 파문이 어떻게 되었다는 건가요? 카라마조프 씨, 내 생각에 당신은 지금 농담을 하고 있는 것만 같소이다."

"지금도 마찬가지라고 생각합니다."

갑자기 장로가 말했다. 모든 사람들이 전부 장로를 바라보았다.

"만약 지금 기독교가 없다면 범죄자들의 범행을 막을 수 없고 죄인에게 주는 형벌도 사라지게 됩니다. 방금 이분이 말씀한 대로 대부분 인간의 공포심만 자극할 뿐 효과도 없는 기계적인 형벌을 말하는 것은 아닙니다. 내가 말하는 것은 진정한 형벌입니다. 즉, 효과가 있을뿐더러 범죄자에게 두려움과 뉘우침을 줘서 양심을 일깨우는 그런 형벌을 말하는 겁니다."

"죄송하지만 그게 무슨 말이지요? 좀 더 설명해주시겠습니까?"

호기심을 누르지 못하고 미우소프가 이렇게 물었다.

"설명하면 이렇습니다."

장로가 설명을 시작했다.

"전에는 징역형이 채찍을 때리는 것이었지만 그런 방법을 써서
는 누구도 올바른 길로 이끌지 못합니다. 이런 방법은 범죄자를 두
렵게 만들지 못해서 범죄자를 더욱 늘리는 결과만 초래합니다. 무
엇보다 중요한 사실은, 아마 당신도 이 점에는 동의할 수밖에 없을
겁니다. 사회에 해를 끼치는 자를 기계적으로 분리하여 멀리 보낸
다고 해도 다른 범죄자가, 두 배가 넘는 새로운 범죄자가 다시 나
타나게 됩니다. 그래서 이런 방법으로는 사회를 보호할 수 없는 것
이지요. 만일 현대에도 사회를 보호하고 범죄자를 교화하여 새로
운 인간으로 태어나게 할 수 있는 것이 있다면 그것은 죄인의 양
심 안에 살아 있는 그리스도의 계율뿐입니다. 범죄자는 자신이 기
독교 사회의 아들이며 교회의 자식임을 깨달을 때 비로소 사회와
교회에 대한 자신의 죄를 알게 될 것입니다. 그래서 현대의 범죄자
는 오직 교회에 대해서만 자신의 죄를 알 수 있지 자신에게 형벌
을 내린 국가에 대해 죄책감을 느끼지 않습니다.

그런데 만일 기독교 사회에 재판의 권한이 교회에 있다면 국가
가 어떤 사람을 풀어주고 어떤 사람을 교회가 받아들여야 할지 분
명히 잘 알고 있을 것입니다. 하지만 지금 교회는 어떤 재판권도

가지고 있지 않으며 도의적으로 비판을 가할 권리만 가지고 있으므로 범죄자에게 효력이 있는 징벌로부터 스스로 멀어져 있는 형국입니다. 교회는 그들을 파문하지 않고 설교를 할 뿐이며 단순하게 감시할 뿐이니까요. 더불어 죄를 저지른 사람에게는 기독교와의 관계를 끊지 않도록 노력할 뿐입니다. 범죄자를 교회의 의식이나 성찬식 같은 데 참석할 수 있도록 하며, 희사금과 물품도 나눠 주면서 죄인보다는 포로로 취급하고 있습니다.

기독교 사회인 교회마저 그들을 밀어내고 외면한다면 그들은 과연 어떻게 될까요? 생각만으로도 끔찍한 일입니다. 만약 우리 교회가 법에 따라서 죄인이 벌을 받을 때마다 그에게 즉시 파문을 선고한다면 그는 어떻게 될까요? 적어도 러시아의 죄인에게 그보다 큰 절망은 없을 것입니다. 러시아의 죄인들은 신앙을 간직하고 있을 테니까요. 그런데도 교회가 그들을 파문한다면 그땐 무슨 일이 생길지 아무도 알 수 없습니다. 마지막 희망마저 잃어버린 죄인의 마음에서 신앙이 아주 없어질지도 모릅니다. 그러면 어떻게 하는 것이 좋을까요? 그렇지만 다행스럽게도 교회는 너그러운 어머니처럼 효력이 있는 형벌을 회피하고 있습니다. 법에 따라 죄인은 이미 가혹한 벌을 받았으니까요. 죄인이라 하더라도 의지할 구석이 한 군데는 있어야 하지 않을까요? 교회가 처벌을 하지 않는 것은 바로 교회의 심판이야말로 진실을 담은 유일한 재판이자 최후의 재판이기 때문이지요. 비록 잠시의 타협이라도 그 결과는 본질적, 정신적으로 다른 재판과도 도저히 결합할 수 없습니다. 다른 나라의 범죄자들은 잘못을 뉘우치는 경우가 드물다고 들었는데, 범죄를 범죄라고 가르치지 않고 부당한 압박에 대한 항거라는 생각을 강조한 게 원인이라고 생각합니다.

사회는 절대 권력으로 범죄자를 기계적으로 사회 밖으로 추방합니다. 그리고 추방하면서 증오까지 더합니다(유럽에서는 모두 그렇게 말합니다). 동포였던 사람에게 증오와 무관심을 주고 망각이 뒤따릅니다. 그러므로 결국 모든 과정이 교회로부터 동정도 받지 못하고 이뤄집니다. 유럽에 참된 교회는 남아 있지 않고 성직자와 웅장한 교회 건물만 남아 있기 때문입니다. 교회 자체가 이미 오래전부터 교회라는 하등한 것에서 고등한 것으로 변해서 그 속에서 완전히 사라져버리려고 노력하는 것 같습니다. 적어도 루터파 교회에서는 그렇습니다. 이미 로마는 1000여 년 이상 교회보다 국가를 더 높이 내세웠기 때문에 범죄자들도 교회의 자식이란 생각이 없었고, 그래서 추방당하면 절망에 빠지고 맙니다. 사회에 복귀하더라도 대부분 증오만 가득한 채 돌아오기 때문에 사회로부터 멀어질 수밖에 없습니다. 그 결과가 무엇일지 우리는 쉽게 짐작할 수 있습니다.

우리나라도 마찬가지라고 사람들은 생각할지 모르지만 문제가 바로 이것입니다. 러시아에는 재판 제도 외에 교회가 있고 교회는 범죄자를 자식으로 생각해서 무슨 일이 있어도 그들과의 관계를 끊지 않습니다. 더불어 아직은 단순한 생각에 불과할 뿐이라 실행한 것이 없지만 비록 마음속에서나마 이상적인 미래의 교회 재판이라는 관념이 훌륭하게 이어지고 있고, 범죄자들도 영혼이 이끄는 대로 분명하게 알고 있습니다. 여러분이 지금까지 한 말도 틀리지 않습니다. 만일 교회 재판이 정말 이루어져서 능력을 발휘하게 된다면, 즉 사회가 교회만 바라보게 될 때가 오면 교회 재판이 범죄자를 회개시키는 것은 예전과 비교되지 않을 정도로 큰 힘을 얻게 될 것이고 범죄의 수도 줄어들지 모릅니다. 또 교회도 범죄의 미래나 미래의 범죄에 대해 지금과는 다른 생각을 갖게 될 것이 확실합니다. 추방된 자는 다시 불러오고 나쁜 생각을 하는 자에게 미리 경고하고, 타락한 자는 다시 새 삶을 살 수 있도록 이끌 수 있을 것입니다."

장로는 가벼운 미소를 지었다.

"현재 기독교 사회는 아직 준비를 하지 못해서 정의로운 일곱 사람들 위에 서 있을 뿐입니다. 그러나 아주 쇠락한 것은 아니라 아직도 이교적인 집단인 사회가 전 세계를 통치하는 유일한 교회로 변할 거라는 기대를 가지고 굳건하게 존재하는 것입니다. 이것은 반드시 이루어지도록 정해져 있으므로 비록 종말이 오더라도 반드시 실현될 것입니다. 오오, 그렇게 될지어다. 아멘! 그리고 그것이 이루어지는 시간이나 기한에 대해서는 걱정하지 않아도 됩니다. 시간이나 기한의 비밀은 하느님의 예지, 선견, 사랑 속에 숨어 있습니다. 인간의 생각으로는 먼 훗날의 일이 될지도 모르지만 하느님이 정하신 대로라면 이루어지는 코앞에 와 있을 수도 있습니다. 오오, 그렇게 될지어다. 아멘, 아멘!"

"아멘, 아멘!"

엄숙하고 경건하게 파이시 신부가 따라서 말했다.

"기이하군, 정말 기이해!"

미우소프는 흥분한 기색은 아니었지만 분노를 억누르지 못하는 듯 중얼거렸다.

"뭐가 기이하다는 건가요?"

이오시프 신부가 조심스럽게 물었다.

"하지만 이건 도대체 뭐죠?"

미우소프가 폭발하는 것처럼 외쳤다.

"이 땅의 국가를 제외하고 교회가 국가의 위치에 선다니 이건 교황 절대권론이 아니라 초(超) 교황 절대권론이잖습니까? 교황 그리고리 7세조차도 생각하지 못한 일일 겁니다."

"당신은 반대로 이해하고 있군요!"

파이시 신부가 엄한 목소리로 대답했다.

"교회가 국가가 되는 것이 아닙니다. 이 점을 명심하세요. 그것은 로마이고 로마의 꿈입니다. 이것이 바로 악마의 세 번째 유혹입니다. 국가가 교회로 변해야 한다는 것입니다. 정반대의 뜻입니다. 국가가 교회의 위치에 올라서 온 세계의 교회가 되는 것이지요. 그래서 교황 절대권론도, 로마도, 당신의 해석도 정반대 것이고, 이것은 이 땅의 러시아 정교의 거룩한 사명입니다. 그리고 이 별은 동방에서부터 빛날 것입니다."

미우소프는 당당하게 침묵을 지켰다. 자존심이 넘치는 듯했고,

상대를 얕보는 듯한 미소를 짓고 있었다. 알료샤는 심장이 크게 뛰는 것을 느끼며 이 광경을 지켜보았다. 그들의 대화에 완전히 동요되었던 것이다. 그는 갑자기 라키친을 바라보았다. 라키친은 아직도 방문 옆에 서서 움직이지 않으며 눈을 아래로 내리깔고 주의 깊게 관찰하며 귀를 기울이는 중이었다. 하지만 두 뺨이 발개진 것으로 볼 때 그도 몹시 흥분해 있다는 것을 알 수 있었다. 그가 왜 흥분했는지 알료샤는 잘 알고 있었다.

"죄송하지만 여러분께 작은 일화를 소개하고 싶습니다."

갑자기 엄숙하고 의미심장하게 미우소프가 말했다.

"12월 혁명 이후 파리에서 있었던 일입니다. 어느 날 저는 중요한 위치에 있는 정치가인 친척에게 갔습니다. 그곳에서 우연히 매우 재미있는 사람을 만나게 되었지요. 그는 경찰이었는데 그냥 하급 형사가 아니라 비밀경찰의 수장으로 높은 지위에 있는 사람이었습니다. 저는 호기심이 생겨서 기회를 보다가 그 사람과 이야기를 나누었습니다. 그런데 그는 그 집에 손님으로 온 것이 아니었고 보고를 드리러 온 것이었습니다. 정치가 저를 대하는 걸 보더니 호감을 가지고 진솔하게 저를 상대해주었습니다(물론 어느 정도였습니다). 예의 바르다고 하는 게 더 맞겠군요. 프랑스 사람들은 워낙 친절하고 더구나 제가 외국인이라는 걸 알고 더 그렇게 대한 것이겠지요. 하지만 저는 그의 말을 아주 잘 이해했습니다. 그 당시 경찰의 박해를 받던 사회주의 혁명가들에 대한 이야기를 나눌 때 갑자기 그가 재미있는 말을 했습니다. 가장 흥미 있는 부분만 말씀드리겠습니다. 그는 이렇게 말했습니다. '사실 우리는 사회주의적 무정부주의자나 무신론자나 혁명가 같은 사람들을 대수롭지 않게 생각합니다. 우리는 그들을 줄곧 감시하고 있어서 그들이 무엇을 하는지 전부 알고 있습니다. 그런데 그들 중에 비록 소수이지만 조금 특이한 사람이 있습니다. 그것은 기독교도이면서 사회주의를 믿는 사람들입니다. 우리가 가장 경계하는 것이 바로 이런 사람들입니다. 그들은 정말 무섭습니다. 기독교를 믿는 사회주의자는 무신론자 사회주의자보다 훨씬 더 무서운 사람입니다.' 저는 그때 이 말을 듣고 충격을 받았는데 지금 여러분이 하는 말씀을 들으니 그때 생각이 났습니다."

"결국 당신은 그들을 우리와 연결시켜서 우리가 사회주의자라는 건가요?"

파이시 신부가 단도직입적으로 말했다. 그런데 미우소프가 대답하려는 사이에 갑자기 방문이 열렸고 엄청나게 늦은 드미트리 표도로비치가 들어왔다. 사람들은 그를 잊고 있었으므로 그의 갑작스러운 등장에 놀랐다.

6. 어떻게 저런 사람이 있을 수 있을까!

 드미트리 카라마조프는 보통 키에 호감이 가는 외모를 지니고
있었다. 그는 스물여덟 살이었지만 나이보다 훨씬 늙어 보였다. 그
는 한눈에 보기에도 근육질이었지만 얼굴에는 어딘지 모를 병마
의 기운이 감돌았다. 얼굴은 야위었고 두 뺨이 움푹하게 들어가 있
었으며 안색도 누런빛이라 좋지 않았다. 약간 튀어나온 크고 검은
두 눈은 강철처럼 완고하게 보였으나 침착한 구석은 없었다. 흥분
해서 열띤 어조로 이야기할 때도 그의 시선은 마음과 달리 그 순
간에 어울리지 않는 이상한 표정이었다.

 "그는 도대체 무슨 생각을 하고 있는지 모르겠어."

 그와 대화를 나눈 사람들은 이따금 이렇게 말하곤 했다. 그의 눈
은 어딘가에 골몰해 있는 것처럼 음울한 기운이 어리다가 별안간

큰 소리로 웃음을 터트렸고 그럴 때면 사람들은 흠칫 놀라곤 했다. 그 웃음은 그의 눈이 가장 우울해 보이는 순간에도 머릿속에서는 재미있고 장난스러운 생각을 하고 있다는 것을 말해주었다.

그러나 그의 약간 병적인 기운은 그의 방탕한 생활을 알면 이해할 수 있다. 사실 그를 불안하게 만드는 무절제한 생활은 모든 사람이 직접 보거나 들은 바가 있어서 잘 알고 있었고, 최근 들어서는 그런 생활에 더 푹 빠져 있었다. 또한 아버지와 재산 문제로 싸우기 시작한 후부터 그가 자주 화를 내는 것도 모두 알고 있어서 그에 대한 소문이 마을에 퍼져 있었다. 타고나기를 신경질적이고 성급한 편이어서 우리 지역의 치안판사인 세몬 카찰니코프가 어떤 모임에서 평가한 것처럼 그는 '즉흥적이고 비뚤어진 머리'를 가진 자였다.

방 안에 들어선 그는 단정하게 단추를 채운 프록코트를 입고 검은 장갑을 낀 채 손에는 실크 모자를 든 완벽하고 깔끔한 복장이었다. 전역한 지 얼마 되지 않는 군인이어서 콧수염만 기른 채 턱수염은 깨끗하게 면도된 상태였다. 갈색 머리카락은 짧게 깎았고 관자놀이 주변은 정돈되어 있었으며 군대식으로 걷는 걸음은 무척 절도 있어 보였다. 그는 문턱에 들어서자 걸음을 멈추고 사람들을 모두 돌아본 뒤 장로 앞으로 걸어갔다. 그리고 장로에게 허리를 굽혀서 인사하고 나서 축복을 청했다. 장로는 자리에서 일어나 그를 축복해주었다. 드미트리는 엄숙하게 입을 맞춘 뒤 몹시 흥분해서 초조함을 감추지 않은 채 말했다.

"오래 기다리시게 해서 죄송합니다. 아버지가 저에게 보낸 하인 스메르자코프가 1시라고 말해서⋯⋯. 두 번이나 확인했지만 1시라고 분명하게 말하기에 그만 늦었습니다. 이제야 늦은 걸 알았습니다."

"걱정하지 마세요."

장로가 그의 말을 가로막았다.

"조금 늦었으니 괜찮습니다."

"정말 고맙습니다. 짐작한 대로 친절하시군요."

드미트리는 퉁명스럽게 말한 뒤 다시 한번 허리를 굽혔다. 그리고 몸을 돌려서 아버지를 향해 장로에게 한 것처럼 공손하게 허리를 굽혔다. 그는 여러 가지로 생각해본 뒤 선량한 의도와 존경심을 드러낼 필요가 있다고 생각하여 인사한 것이 틀림없어 보였다. 표도르는 아들의 갑작스러운 행동에 잠시 당황하는 듯했으나 곧 자신도 의자에서 일어나서 아들과 같이 정중하게 인사했다. 표도르의 얼굴이 갑자기 엄숙해지고 뭔가를 생각하는 듯한 표정으로 변했지만 또 한편으로는 적대감을 품은 모습이 되었다. 드미트리는 다른 사람들에게도 눈인사를 보낸 뒤에 성큼성큼 창가로 걸어가서 파이시 신부 옆에 남아 있는 빈 의자에 앉았다. 그리고 의자에서 몸을 내밀며 자신의 등장으로 중단된 이야기를 들을 준비를 했다.

드미트리의 등장으로 소요된 시간은 채 2분이 되지 않았으므로 이야기는 다시 이어져야 했지만, 미우소프는 파이시 신부의 집요한 질문에 대답할 필요성을 느끼지 못했다.

"그 문제는 이제 그만 얘기해도 좋을 것 같습니다."

미우소프는 약간 거만하면서 능수능란하게 말했다.

"꽤 미묘한 문제입니다. 이반이 이쪽을 보며 웃는데, 좋은 의견이 있는 것 같으니 이야기를 들어보는 게 어떨까요?"

"특별한 건 없고 짧게 말씀드리겠습니다."

이반이 재빨리 대답했다.

"유럽의 자유주의, 심지어 러시아의 자유주의적 딜레탕티즘만 해도 오래전부터 사회주의의 최종 결론과 기독교의 그것을 자주 혼동해왔습니다. 물론 이런 괴상한 결론이 그 특징을 명백하게 보여주고 있지요. 그런데 지금 얘기를 듣고 보니 사회주의와 기독교를 헷갈리는 사람은 자유주의자나 딜레탕트뿐만 아니라 헌병도 그런 것 같네요. 외국의 헌병들에 한하는 얘기지만요. 미우소프 씨가 말씀하신 파리에서의 일화는 흥미로웠습니다."

"다시 한번 이 주제는 여기서 그만 얘기했으면 좋겠습니다."

미우소프가 반복해서 말했다.

"제가 이반에 대한 매우 흥미롭고 의미 있는 이야기를 한 가지 소개해드리려고 합니다. 바로 닷새쯤 전에 있었던 일입니다. 주로 이 고장 부인들이 모인 곳에서 이반이 당당하게 이런 말을 했지요. 이 세상에서 인간에 대한 사랑을 강요하는 것은 아무것도 없고 '사람이 사람을 사랑해야 한다'는 자연계의 규칙이 있는 것도 아니며, 만일 이 땅에 사랑이 존재해왔다면 그것은 자연계의 규칙에 의해서가 아니라 사람이 영생을 믿었기 때문이라고 말입니다.

또 이반은 덧붙여 말했는데 바로 여기에 자연의 모든 법칙이 있으며, 그래서 인류가 이 영생에 대한 신앙을 버리면 이 세상에서 사랑은 없어질 뿐만 아니라 이 세상을 살아가는 데 필요한 모든 생명력조차 사라진다고 했습니다. 또 그렇게 되면 부도덕이란 개념 자체가 사라져서 악행이 일어나고 심지어 사람을 잡아먹는 일까지 허용된다고 했습니다. 이것으로도 모자라 이반은 현대의 신앙심이 없는 사람들은 이미 신이나 영생을 믿지 않으므로 자연의 도덕률은 지금까지의 종교적인 규범과는 정반대로 즉각 바꿔야 한다고 결론을 내렸습니다. 악행을 저지르는 이기주의는 인간에게 허용될 뿐 아니라 그 입장에서는 가장 필요하고도 합리적인 그리고 가장 이상적인 결론으로 인정받아야 한다는 것입니다. 여러분, 이제까지의 역설로 볼 때 우리의 친애하는 역설가인 이반이 주장하는, 또한 앞으로 하려는 주장들이 어떤 것들인지 예상할 수 있으시겠지요."

"잠시만요!"

예상 밖으로 드미트리가 큰 목소리로 끼어들었다.

"제가 잘못 들었나 해서 묻습니다만 '모든 무신론자들의 입장에서 악행은 허용되어야 하며, 가장 필요하고 합리적인 행위로 인정받아야 한다!'는 것인가요? 그런 뜻 맞습니까?"

"바로 그렇습니다."

파이시 신부가 대답했다.

"잘 알겠습니다."

이렇게 말한 드미트리는 입을 다물었다. 방금 대화에 끼어들 때처럼 예상치 못한 반응이어서 모두 호기심 어린 눈빛으로 그를 바라보았다.

"당신은 정말 인간이 영생에 대한 믿음을 잃게 되면 그런 결과가 올 거라고 생각하나요?"

장로가 갑자기 이반에게 물었다.

"네, 저는 그렇게 주장했습니다. 영생이 없어지면 선도 사라질 것입니다."

"그렇게 믿는다면 당신은 정말 행복하거나 아니면 아주 불행할 거요!"

"왜 불행하다는 것인지요?"

이반은 슬며시 미소를 지으며 물었다.

"당신은 영혼의 불멸은 물론 자신이 쓴 교회 문제에 대한 주장도 아마 전혀 믿지 않기 때문입니다."

"장로님 말씀이 옳을지도 모릅니다! 하지만 저는 처음부터 농담은 아니었습니다."

이반은 얼굴을 붉히며 이상한 고백을 했다.

"물론 농담이 아니라는 것은 진심이겠지요. 아직 당신이 그 사상에 대해 해결하지 못했으니까요. 그러나 재난을 겪은 사람은 크게 절망한 나머지 가끔은 그 절망에 위안을 느낄 때가 있습니다. 지금 당신도 마찬가지입니다. 자신의 변증법을 스스로 믿지 못하고 절망한 나머지 잡지에 논문을 쓰고 사교계에 나가 토론을 하면서 그것으로 위안을 삼는 거지요. 당신의 마음속에서 이 문제를 해결하지 못한 것이 바로 당신의 큰 비극입니다. 이 문제가 끝없이 해결을 강요하며 당신을 괴롭힐 테니까요."

"그러나 과연 제 마음속에서 그 문제를 해결할 수 있을까요? 그것도 긍정적인 쪽으로요."

이반은 야릇한 미소를 지은 채 장로를 바라보며 기이한 질문을 계속했다.

"긍정적으로 해결할 수 없으면 부정적인 쪽으로도 해결되지 않을 겁니다! 당신의 마음이 이런 속성을 지녔다는 건 스스로 잘 알겠지요. 당신의 고뇌가 바로 거기에 있지요. 그러나 이런 고뇌를 할 수 있는 고귀한 영혼을 주신 신께 감사해야 할 거요. '높은 것에 마음을 두고 높은 것을 원하라. 우리의 모든 것은 하늘 위에 있을 지어다.' 당신이 이 세상에 있는 동안 마음속 고뇌를 해결할 수 있도록 하느님께서 당신에게 축복을 내려주시기를!"

장로는 한 손을 들어 이반을 향해 성호를 그으려고 했다. 하지만 이반이 먼저 일어나서 장로 앞으로 가서 축복을 받았다. 그리고 그 손에 입을 맞춘 뒤 아무런 말없이 다시 자신의 자리로 돌아갔다. 이반의 얼굴은 단호하고 진지했다. 그의 이런 행동과 이반의 예상이 빗나간 장로와의 대화는 신비스러우면서도 엄숙한 그 무언가가 있어서 모든 사람에게 큰 놀라움을 주었고 모두 한동안 조용히 입을 다물었다. 알료샤는 거의 두려움에 가까운 표정을 지었다. 미우소프는 불현듯 어깨를 움찔거렸고 동시에 표도르가 갑자기 의자에서 일어났다.

"가장 거룩하고 거룩하신 장로님!"

그는 이반을 가리키며 외쳤다.

"이 아이는 제 아들입니다. 제 피와 살을 나눈 아들이자 가장 사랑하는 제 육신이지요! 이 아이는 제가 가장 존경하는 카를 모어라고 할 수 있습니다. 그리고 드미트리는 장로님께 공정한 판결을 의뢰하기도 했지만 가장 존경할 수 없는 인물인 프란츠 모어입니다! 두 사람 다 실러의 《군도(群盜)》에 나오는 인물이지만, 이렇게 되니 저는 자연스럽게 영주인 모르 백작이 되겠네요. 잘 생각하셔서 우릴 구원해주세요. 우리에겐 기도뿐만 아니라 장로님의 예언도 필요합니다!"

"어리석은 소리는 하지 마세요. 자신의 가족을 모욕하는 건 안됩니다."

장로는 기운이 없는 듯 희미하게 말했다. 그는 시간이 흐름에 따라서 더 큰 피로를 느끼고 눈에 보일 정도로 기운을 잃어가고 있었다.

"가당치 않은 어릿광대 놀음입니다! 이곳에 오기 전부터 이럴 거라고 예상했지요!"

드미트리는 이렇게 외치며 자리에서 일어났다.

"장로님, 용서하세요. 저는 제대로 된 교육을 받지 못해서 당신을 어떻게 불러야 할지도 모르지만, 어쨌든 당신은 속으셨습니다. 이곳에 우리가 모이도록 허락해주시다니 정말 너무나 선한 분이

시군요. 아버지에게 필요한 것은 추문뿐입니다. 아마 자신만이 무엇을 위한 추문인지 알겠지요. 아버지는 나름대로 속셈이 있으니까요. 하지만 이번에는 저도 그 속셈을 대충 알 것 같습니다."

드미트리가 장로를 보며 말했다.

"모두가 하나같이 나만 나쁜 사람을 만들고 있군. 전부!"

표도르가 질 수 없다는 듯 외쳤다.

"이 미우소프 씨도 마찬가지입니다. 그도 나를 비난했어요! 미우소프 씨, 당신도 나를 비난했지요?"

표도르는 갑자기 끼어들 생각도 하지 않는 미우소프에게 말했다.

"당신은 내가 아이들의 돈을 장화에 감추고 가로챘다고 욕하지만, 뭐 여기엔 재판소도 없는 줄 아시오? 재판소에 가면 드미트리가 쓴 영수증, 편지, 계약서 등을 조사해서 원금이 얼마였는지, 그가 돈을 얼마나 썼는지, 그래서 얼마나 남았는지 분명하게 계산해 줄 것이오! 그런데 미우소프 씨는 그러고 다니면서도 재판은 싫어하거든요. 왜 그러는지 아십니까? 그건 미우소프 씨가 드미트리와 친척이기 때문입니다. 그래서 모두 한통속이 되어 나한테 덤비지만 모든 것을 따지면 오히려 드미트리가 나한테 빚진 겁니다. 적은 돈도 아니고 수천 루블이나 되는 엄청난 금액이지요. 난 모든 증거 서류를 가지고 있습니다! 저 녀석은 온 동네에 방탕하다고 소문이 났지요. 전에 일하던 고장에서는 어떤 참한 아가씨를 꼬셔내느라 일이천 루블을 아무렇지도 않게 쓴 적도 있고요. 드미트리, 난 네가 비밀로 하려는 일을 전부 알고 있어! 증거도 준비되어 있고. 거

룩하신 장로님, 믿지 않으실지도 모르지만 저 녀석이 반했던 여자
는 지체 높고, 재산도 많은 양가집 아가씨였습니다. 그녀는 여러
해 군대에서 공훈을 세우고 성(聖) 안나 십자훈장까지 받은 대령
의 딸로서, 저 녀석은 자기 상관의 딸인 그 아가씨에게 청혼을 해
서 명예를 더럽혔습니다. 그 아가씨는 후에 고아가 돼서 결국은 저
녀석과 약혼하고 지금은 여기에 와서 삽니다. 그런데 저 녀석은 그
런 과분한 약혼녀가 있는데도 이 고장의 어떤 매력적인 여자를 쫓
아다니는 중입니다. 그 여자는 어느 높은 분과 내연 관계에 있는데
실은 부인이나 다름없습니다. 독립심이 매우 강해서 누가 꼬드긴
다 해도 넘어가지 않는, 지조 있는 여자입니다. 암, 그렇고말고요!
신부님들, 그 여잔 정말 지조 있는 여자예요. 그런데 드미트리가
이 지조 있는 여자를 황금 열쇠로 열어보려고 내게 돈을 빼앗으려
고 애쓰는 거랍니다. 그동안 저 녀석이 그 여자에게 가져다준 돈만
해도 수천 루블이지요. 그 때문에 계속 빚을 지고 있는데 저 녀석
이 누구에게서 그 돈을 얻는지 아십니까? 드미트리, 어떠냐, 말해
도 되냐?"

"가만히 계세요!"

드미트리가 소리를 질렀다.

"내가 여기서 나갈 때까지 기다리세요. 내 앞에서 그 성스러운
아가씨를 더럽히지 마세요. 아버지 같은 사람이 그 아가씨를 입에
올린 것만 해도 씻을 수 없는 모욕입니다. 난 절대 용서하지 않을
거예요!"

그는 숨을 헐떡였다.

"미차, 미차야!"

표도르는 억지로 눈물을 빼면서 가냘프게 외쳤다.

"널 낳아준 아버지가 너를 축복해주는 것도 안 되느냐? 내가 만일 너를 저주한다면 그땐 어떻겠니?"

"뻔뻔한 위선자!"

드미트리가 미친 듯이 울부짖었다.

"이놈이 애비한테, 애비한테 저런 말을 합니다! 그러니 내가 아버지가 아니었다면 무슨 짓을 당했을지 모릅니다! 여러분, 제 이야기를 들어보세요. 비록 가난하지만 존경을 받아야 하는 퇴역 대위가 있습니다. 사고를 당해서 군에서 물러났지만 군법회의 같은 곳에 회부된 적도 없는, 명예를 지켜온 사람입니다. 지금은 부양가족이 많아서 고생을 많이 하기는 하지만요. 그런데 바로 이 드미트리가 3주일 전, 어느 술집에서 이 사람의 턱수염을 잡아당겨서 길에 넘어뜨리고 사람들이 보는 데서 두들겨 팼지요. 그 사람이 어떤 사소한 사건으로 비밀스럽게 내 대리인 노릇을 했기 때문입니다."

"거짓말이에요! 사실인 것도 있지만 대부분 다 거짓말입니다!"

드미트리는 분노가 끓어올라서 온몸을 떨었다.

"아버지, 내가 한 짓에 대해 변명은 안 하겠습니다. 여기 계신 분들 앞에서 모두 말하겠습니다. 내가 그때 그 대위에게 짐승 같은 행동을 한 것은 맞지만 지금은 후회가 됩니다. 왜 내가 야수처럼 분노를 표출했는지 몹시 유감스럽습니다. 그러나 그 대위는 아버지의 대리인으로 아버지가 매력 있는 여자라고 말한 그 여인을 찾아가서 당신이 부탁했다며 이런 말을 했습니다. 내가 앞으로 재산을 가지고 계속 문제를 일으키면 아버지에게 쓴 어음을 그 여자한테 넘겨줄 테니 소송을 벌여서 나를 감옥에 보내라고 말입니다. 아버지는 내가 그 여자에게 반했다고 비난했지만 실은 바로 아버지가 그 여자에게 나를 유혹하라고 한 거 아닙니까! 그 여자가 내게 직접 그 얘기를 해줬습니다. 아버지를 비웃으면서. 왜 아버지가 아들을 감옥에 보내려고 할까요? 모두 질투 때문입니다. 자신이 그 여자에게 흑심을 품었으니까요. 저는 전부 알고 있습니다. 그 여자가 웃으면서 모두 얘기해주었습니다, 아시겠어요? 아버지를 비웃으면서 그 얘기를 했습니다.

　신부님들, 어떠세요? 이것이 방탕한 아들을 질책하는 아버지의 본모습입니다! 여러분, 제가 방금 화낸 것은 용서해주십시오. 저는 저 사악한 노인이 여러분을 이 자리에 부른 것이 추문을 일으키려고 한 의도임을 예측하고 있었습니다. 하지만 저는 혹여 아버지가 제게 용서를 빌지도 모른다는 생각으로 이곳에 왔습니다. 아버지가 만일 그렇게 하면 저도 모두 포기하고 깨끗이 용서를 빌어야겠다는 마음이었어요. 하지만 아버지는 나뿐만 아니라 내가 너무나 존경해서 감히 입에 올리지조차 못하는 숭고한 아가씨까지 모욕했습니다. 그래서 저는 아버지라고 할지라도 그 교활한 짓을 폭로하기로 결심했습니다."

　드미트리는 더 말을 하지 못했다. 두 눈은 불타올랐고 숨 쉬는 것도 힘들어 보였다. 그 자리에 모인 사람들은 모두 동요하기 시작했다. 장로를 제외하고 모두가 불안해하면서 자리에서 일어났다. 두 신부는 준엄한 눈으로 쳐다보며 장로가 말을 꺼내기를 기다렸다. 장로는 이미 창백해진 채로 앉아 있었는데 흥분해서가 아니라 병 때문에 쇠약해진 탓이었다. 애원하는 듯한 미소가 그의 입가에 걸려 있었다. 그는 때로 분노하는 사람들을 만류하려는 듯이 한쪽 손을 들어올렸다. 물론 이런 손짓 하나만으로도 소란을 가라앉히기는 충분했다. 하지만 장로는 스스로 아직 납득이 가지 않는 것이 있는 듯이, 무언가를 기다리는 것처럼 가만히 한곳을 바라보았다. 결국 미우소프는 자신이 모욕당하고 무시받았다고 느끼는 듯했다.

"이런 사태가 일어난 것은 우리 모두의 책임입니다!"

그는 다소 들뜬 목소리로 말했다.

"저는 사실 이곳에 오면서 이 정도일 줄은 몰랐지요. 물론 저와 같이 온 사람이 어떤 사람들인지는 잘 알고 있었지만요. 어쨌든 이런 일은 당장 끝내야 합니다! 장로님, 제가 지금 이 사건에 대해 자세히 모르고 있었음을 믿어주세요. 저는 정말 그런 소문은 믿고 싶지 않습니다. 지금 여기에서 처음 알게 됐습니다. 아버지가 더러운 여자 때문에 아들을 질투하고, 또 그런 여자와 어울려 아들을 감옥에 넣으려 했다니, 저는 정말 이런 내용도 모르는 채 따라왔습니다. 저는 속았습니다. 여기서 여러분께 확실히 말하지만, 저 역시 여러분처럼 속았습니다!"

"드미트리!"

갑자기 표도르는 자신의 목소리답지 않은 소리로 외쳤다.

"만약 네가 내 아들만 아니라면 나는 당장 이 자리에서 결투를 신청했을 것이다! 권총을 가지고 세 걸음 떨어져서, 눈은 손수건으로 가리고…… 눈을 가린 채 하는 결투 말이다!"

그는 두 발을 구르면서 외쳤다. 평생을 어릿광대로 지낸 늙은 거짓말쟁이에게도 흥분하면 몸이 떨리고 분노한 채 눈물을 흘리는 참된 순간이 있다. 물론 그 순간마저(아니면 고작 1초 뒤에) 속으로 이런 말을 되뇔지도 모른다. '이 거짓으로 뭉친 치사한 늙은이, 넌 또 거짓말을 하고 있어. 네가 거룩한 분노나 거룩한 분노의 순간을 지껄여도 너는 여전히 광대짓을 하고 있는 거잖아.'

드미트리는 경멸이 담긴 눈으로 아버지를 노려보면서 얼굴을 찌푸리고 침착하게 낮은 목소리로 말했다.

"나는, 그러니까 나는, 천사 같은 약혼녀와 같이 고향으로 돌아와서 아버지를 모시려고 했습니다. 그러나 돌아오니 아버지는 방탕한 호색가에 야비한 희극배우였어요!"

"결투다, 결투!"

노인은 또 숨을 몰아쉬며, 말을 할 때마다 침을 튀겨가며 소리를 질러댔다.

"이보시오 미우소프 씨, 내 말 잘 들으시오. 당신이 지금 대범하게 창녀라고 부른 그 여자보다 더 고상하고 품격 있는, 듣고 있소? 그보다 더 거룩하고 신성한 여자는 당신네 가문을 아무리 뒤져도 없을 거요. 예전에도 없었지만 지금도 역시 없을 것이오! 그리고 드미트리, 네놈이 약혼녀에게서 그 '창녀'한테 간 걸 보니, 약혼녀가 그 여자 발가락의 때만도 못하다고 인정한 게 아니냐! 그러고 보면 그 창녀도 여간 매력이 큰 게 아닌가 보구나, 안 그래?"

"창피한 줄 아시오!"

갑자기 이오시프 신부가 고함을 질렀다.

"부끄럽고 치욕스럽소!"

지금까지 한 마디도 하지 않았던 칼가노프까지 얼굴이 벌개져서 소년처럼 떨리는 목소리로 소리쳤다.

"어떻게 저런 사람이 있을 수 있을까!"

드미트리는 분노를 이기지 못해서 어깨를 추켜올리고 등은 구부린 채 허탈하게 중얼거렸다.

"저 사람이 이렇게 대지를 더럽히는 말을 해도 되는지 말씀해주세요."

그는 노인을 가리키며 모두를 바라보았다. 느리지만 분명한 말투였다.

"보셨습니까? 신부님들, 저 말 들으셨습니까? 아버지를 죽이려고 하는 저놈의 말을?"

표도르는 이오시프 신부에게 달려들었다.

"이것이 바로 창피한 줄 알라는 당신의 말에 대한 대답입니다! 뭐가 부끄럽단 말입니까? 그 창녀는, 그 더러운 여자는 여기 있는 수도사들보다 더 성스러운 사람일지도 모릅니다! 물론 그 여자가 어린 시절에 환경 때문에 잠시 타락했을 수도 있지만, 대신 '많은

사람'을 사랑했습니다. 많은 사람을 사랑한 사람은 그리스도께서
도 용서했습니다."

"그리스도께서 용서하신 건 그런 사랑 때문이 아닙니다!"

온화하기로 정평이 난 이오시프 신부도 더는 참지 못하고 외쳤다.

"천만에요! 그런 사랑 때문에 용서하신 겁니다. 바로 그런 사랑!
신부님들, 그리스도께서는 그런 사랑을 기특하게 여기셨습니다.
당신들이 날마다 양배추만 먹으면서 도를 닦으니 스스로 바른 인
간이라는 생각이 들겠지요! 하루에 겨우 민물고기 한 마리 정도밖
에 안 먹으면서 그 민물고기로 하느님을 매수할 수 있다고 생각하
는 겁니까!"

"망측한 말을! 어떻게 하느님을 매수한다는 말을 하는 건지!"

암자의 이곳저곳에서 동시에 이런 소리가 들려왔다. 하지만 추
악한 연극으로 치달은 이 연극은 전혀 예상 밖의 일로 중단되었다.
갑자기 장로가 자리에서 일어난 것이다. 알료샤는 장로의 건강을
걱정하면서 사람들에 대한 공포감 때문에 정신이 나갈 지경이었
다가 무의식중에 장로의 손을 잡고 간신히 부축했다. 장로는 드미
트리 쪽으로 걷다가 그 앞에 다다르자 갑자기 무릎을 꿇고 엎드렸
다. 알료샤는 장로가 기운이 없어서 쓰러진 거라고 생각했지만 그
런 것이 아니었다. 장로는 무릎을 꿇더니 드미트리의 발을 향해서
공손하게 절을 했다. 그것은 이마가 방바닥에 닿을 정도로 예의 바
르고 정중한 절이었다. 알료샤는 너무 놀라 장로가 다시 몸을 일으
킬 때 그를 부축할 생각도 못했다. 장로의 입가에는 희미한 미소가

보일 듯 말 듯 걸려 있었다.

"용서하십시오. 전부 용서하십시오!"

그는 거듭 이렇게 말하면서 주위의 모든 손님에게 절을 했다. 드미트리는 세게 머리를 얻어맞은 것처럼 한동안 움직이지 않고 서 있었다. 자신의 발 앞에 장로가 절을 하다니 무슨 일일까? 갑자기 그는 "오, 하느님!" 하고 소리를 지르며 두 손으로 얼굴을 가린 채 밖으로 달려 나갔다. 남은 손님들도 당황하여 주인에게 인사하는 것도 잊은 듯 드미트리의 뒤를 쫓아서 한꺼번에 나가버렸다. 다시 장로에게 다가간 사람은 축복을 받으려는 두 수사 신부뿐이었다.

"도대체 왜 발에 절을 했을까요? 분명히 깊은 뜻이 있을 것 같은데."

갑자기 얌전해진 표도르는 다시 이야기를 꺼냈지만 누군가에게 말을 걸 엄두는 나지 않았다. 그 순간 그들은 암자 울타리를 벗어나고 있었다.

"나는 정신병원이나 정신병자들에 대해서는 할 말이 없소."

미우소프가 갑자기 화를 내며 말했다.

"난 당신을 상대하지 않을 테니 그리 아시오. 카라마조프 씨, 앞으로 영원히! 그런데 아까 그 수도사는 어디 있소?"

수도원장의 점심 초대를 알려주었던 그 수도사는 사람들을 기다리게 하지 않았다. 암자 앞 계단으로 그들이 내려서자 그 수도사가 계속 그 자리에서 기다리고 있었던 것처럼 그들 앞에 모습을 드러냈다.

"수사님, 죄송하지만 원장님께 부름에 응하지 못하겠다고 전해
주시겠습니까? 갑자기 예기치 못한 사정이 생겼지 뭡니까. 더불어
서 이 미우소프를 대신해서 원장님께 깊이 존경한다고도 전해주
십시오. 물론 저는 초대에 가고 싶은 생각이 간절하지만……."

미우소프는 어쩔 줄 몰라 하며 수도사에게 말했다.

"그 예기치 못한 사정이 바로 접니다."

표도르가 재빨리 그의 말을 가로챘다.

"수사님, 들어보세요. 미우소프 씨는 나와 같이 있지 않으려고
저렇게 말하는 거랍니다. 내가 없다면 흔쾌히 초대에 응했을 거예
요. 그렇지만 미우소프 씨, 그럴 필요 없으니 빨리 가보도록 하세
요. 원장님에게 가서 배불리 얻어먹으라니까요. 정말 거절해야 할
사람은 당신이 아니라 나요. 난 돌아가겠소. 빨리 사라져드리지요.
집에서 식사하겠소. 나도 여기서는 별 볼 일 없을 테니까. 맞지요?
내 정다운 친척 미우소프 씨?"

"나는 당신 친척도 아니고 지금까지 당신을 친척이라고 생각한
적도 없소. 비열한 인간!"

"당신이 친척이라는 말을 가장 싫어하니까 약 올리려고 일부러
한 말이오. 하지만 당신이 아무리 아니라고 해도 당신은 분명히 내
친척인데 어쩌겠소? 교회의 달력을 펼쳐놓고 언제 어디서 어떻게
당신이 내 친척이 되었는지 확인해드려야 하오? 그런데 이반, 원
한다면 너도 남아도 된다. 내가 나중에 마차를 보내주마. 하지만
미우소프 씨, 다른 사람은 몰라도 당신은 원장님께 가는 게 예의라

고 생각합니다. 아까 나와 소란을 피운 것을 사과해야 하니까요."

"아니, 정말로 돌아가는 거요? 거짓말은 아니겠죠?"

"미우소프 씨, 내가 방금 그런 짓을 저지르고 무슨 염치가 있어서 식사를 할 수 있겠소? 너무 흥분해서 실수했습니다. 여러분, 용서하세요, 많이 흥분해서 일어난 일입니다. 저도 충격입니다, 많이 창피합니다. 이 세상에는 마케도니아의 알렉산드로스 대왕 같은 마음을 지닌 사람도 있고 반대로 피델코의 강아지 같은 심장을 가진 사람도 있습니다. 많이 겁먹어서 아주 작아졌습니다. 내가 소동을 벌이고 어떻게 수도원의 음식을 먹을 수 있겠습니까? 부끄러워서 차마 그럴 수 없습니다. 자, 이제 난 실례하겠습니다."

'지겨운 놈! 또 속임수를 쓰는 건 아니겠지?'

미우소프는 멀어지는 어릿광대의 뒷모습을 의심의 눈초리로 보면서 곰곰이 생각에 잠겨 걸음을 멈추었다. 표도르가 뒤돌아보고 미우소프가 자신을 바라보고 있는 것을 알아채고는 손으로 키스를 보냈다.

"자네도 원장에게 갈 건가?"

미우소프가 더듬거리며 이반에게 물었다.

"왜 안 가겠어요? 나는 어제 원장님께 특별히 와달라는 초대를 받았습니다."

"유감스럽지만 나도 어쩔 수 없이 그 지겨운 오찬에 참석해야 한다네."

미우소프는 수도사가 옆에서 듣고 있는데도 상관하지 않고 씁쓸하게 투덜대며 말을 이었다.

"우선 우리가 소동을 벌인 것에 대해 용서를 구하고, 우리가 그 소동을 벌인 것이 아니란 것을 설명해야 하지 않을까?"

"맞아요, 우리가 한 짓이 아니라고 해명해야 해요. 이제 아버지도 안 계시니까……."

"아버지 얘기는 왜 또 꺼내는 건가? 그자가 오면 만찬은 엉망이 될걸!"

그들은 만찬에 참석하기 위해 계속 걸었다. 수도사는 조용히 이야기를 듣고 있었다. 그저 작은 숲속을 거의 지나오자 원장님이 오래전부터 기다렸고 이미 30분이나 늦었다고만 말했다. 이 말에는 아무도 대답하지 않았다. 미우소프는 이반의 얼굴을 증오스럽다는 듯 노려보았다.

"아무 일 없었다는 듯이 천연덕스럽게 식사를 하러 간다고?"

그는 생각했다.

"뻔뻔한 철면피가 과연 카라마조프 양심답군."

7. 야심이 강한 신학생

알료샤는 장로를 부축해서 침실의 침대 위에 앉혔다. 그곳은 꼭 필요한 가구만 있는 작은 방이었고, 좁은 철제 침대 위에는 이불대신 모포 한 장이 깔려 있었다. 방 한쪽의 구석 성상화 앞에 있는 독경대 위에는 십자가와 성경책이 있었다. 장로는 기운 없이 침대에 앉았는데 눈은 빛났지만 몹시 숨차 보였다. 그는 무엇인가 깊게 생각하는 것처럼 알료샤를 바라보았다.

"이제 그만 가보거라. 내 옆에는 포르피리만 있으면 되니까 어서 그리 가보거라. 너는 거기에 있어야 한다. 원장님에게 가서 식사가 끝날 때까지 시중을 들거라."

"여기 있게 허락해주세요."

알료샤는 애원하는 듯 말했다.

"너는 그곳에서 더 필요한 사람이란다. 그곳에는 평화가 없거든. 시중을 들다 보면 도움이 될 거야. 소동이 일어나면 기도문을 외우거라. 아들아(장로는 그를 이렇게 부르기를 좋아했다), 앞으로도 네가 있어야 할 곳은 이곳이 아니란다. 이 점을 잘 기억해두어라. 내가 하느님의 부름을 받으면 너는 곧 이 수도원을 떠나거라. 영원히 떠나야 한다."

알료샤는 깜짝 놀랐다.

"왜 그러느냐? 여기는 결코 네가 있을 곳이 아니다. 세속에서 큰 수행을 할 수 있도록 축복을 내리겠다. 너는 앞으로 경험을 많이 해야 하고, 아마 결혼도 해야 할 것이다. 네가 다시 이곳으로 돌아오기까지는 많은 고난을 겪어야 하고, 할 일도 많을 것이다. 나는 너를 믿기 때문에 속세로 보내는 것이다. 너는 언제나 그리스도와 함께 있으니 네가 그리스도를 지키면 그리스도께서도 너를 지켜주실 것이다. 물론 큰 슬픔을 겪게 될 때도 있겠지만 그 슬픔 안에서 너는 행복해질 것이다. 슬픔 속에서 행복을 찾아라. 이것이 너에게 주는 나의 마지막 유언이다. 열심히 일하고, 내가 한 말을 마음속 깊이 새기거라. 앞으로 이야기를 나눌 기회가 또 있겠지만 내 생명이 며칠은커녕 몇 시간도 견디지 못할 것 같구나."

알료샤의 얼굴에는 다시 동요가 일었다. 입 근처가 떨렸다.

"왜 그러느냐?"

장로는 인자하게 미소를 지었다.

"세속의 사람들은 눈물을 흘리며 죽은 자를 보내지만 이곳에 있는 우리는 하느님의 부름을 받은 사람을 기뻐하며 보내야 하느니라. 기쁨의 기도를 드려야 한다. 자, 이제 그만 혼자 있고 싶구나. 기도를 드리려고 하니, 가보아라. 형님들 곁에 있거라. 한쪽에만 있지 말고 두 형님 모두에게 붙어 있거라."

장로는 알료샤에게 성호를 그었다. 알료샤는 그곳에 남아 있고 싶었지만 장로의 말을 거역할 수 없었다. 왜 드미트리 앞에 무릎을 꿇고 절을 했는지 장로에게 물어보고 싶었지만(그 말을 입 밖에 꺼낼 뻔했지만) 감히 물을 용기가 생기지 않았다. 만일 장로가 이야기할 것이라면 그가 묻기 전에 설명해주었으리라는 것을 잘 알고 있었다. 하지만 그러지 않았기 때문에 장로는 말해줄 뜻이 없는 것 같았다. 장로가 절을 한 것은 알료샤에게 무섭도록 충격적인 일이었다. 그는 장로의 절에 뭔가 신비롭고 무서운 뜻이 담겨 있을 것이라고 믿었다.

알료샤는 수도원장의 오찬에 늦지 않으려고(시중을 들러 가는 것이지만) 급하게 암자 울타리까지 달려 나오다가 문득 가슴이 조이는 듯한 통증을 느끼고 그 자리에 멈출 수밖에 없었다. 갑자기 장로가 자신의 죽음을 예언하던 것이 다시 그의 귓가에 들려오는 것만 같았다. 장로가 예언했으니, 특히나 정확하게 말한 예언은 반드시 일어날 것이라고 알료샤는 굳건히 믿고 있었다. 장로님이 돌아가시면 자신은 어떻게 될 것인가? 이제 그분의 얼굴을 보지 못하고 그분의 목소리도 들을 수 없다면 어떻게 해야 한단 말인가? 장로는 울지 말고 수도원을 떠나라고 하시지 않았는가? 알료샤는 일찍이 이런 슬픈 우수를 느껴보지 못했다. 그는 수도원과 암자 사이의 작은 숲길을 급히 가로질러가면서도 무서운 생각들이 떠올라서 가슴이 터질 것 같았다.

그는 길 양쪽에 우거진 수백 년 된 소나무 숲을 바라보았다. 숲속에 난 길은 짧아서 겨우 500걸음 정도였다. 이 시간에는 길에서 사람을 마주치는 경우가 거의 없었다. 그런데 길모퉁이를 돌자 갑자기 라키친이 나타났다. 그는 누군가를 기다리고 있었다.

"나를 기다리고 있었나?"

알료샤가 그와 나란히 걸으며 물었다.

"그래 맞아."

라키친은 쑥스러운 듯이 웃었다.

"원장님께 가는 길이지? 원장님이 손님들에게 점심을 대접한다는 걸 이미 알고 있었어. 대주교님과 파하토프 장군 일행이 다녀가신 뒤로 이처럼 성대한 오찬은 처음일 거야. 나는 그곳에 가지 않지만 자네는 가서 소스라도 부어드리게. 알렉세이, 한 가지만 말해주게. 아까 그 예언은 무슨 뜻인가? 난 그게 궁금했네."

"어떤 예언?"

"자네 형인 드미트리에게 절하신 거 말이야. 이마가 마루에 부딪쳤잖은가!"

"조시마 장로님 말하는 건가?"

"그래, 장로님 말이야."

"이마를 부딪쳤다고?"

"아, 내가 말실수를 했군. 하지만 뭐 큰일이야 나진 않겠지. 그런데 예언은 대체 무슨 뜻인가?"

"미샤,* 나도 잘 모르겠네."

"자네에게도 설명을 해주지 않으셨군. 내가 그럴 줄 알았다니까! 하나도 이상할 건 없네. 평소처럼 하던 허세 같은 거였네. 그것도 장로님이 꾸민 연극인 거야! 두고 보게, 이제 읍내의 광신자들이 이러쿵저러쿵 떠들어대기 시작할 거야. 곧 읍내에 소문이 날 거야. '그건 무슨 뜻일까?' 하고 말이야. 하지만 내가 생각해도 장로님은 정말 사물을 꿰뚫어본다네. 범죄의 냄새를 맡는다네. 자네 집안에선 냄새가 난단 말이야."

"범죄라고?"

라키친은 전부 말하고 싶은 기색이었다.

"앞으로 자네 집안에 생길 범죄 말이야. 형들과 부자인 아버지 사이에서 반드시 생길 걸세. 그래서 조시마 장로는 그런 일이 생길까 봐 바닥에 이마를 부딪친 거야. 나중에 정말 무슨 일이 생기면 사람들은 '위대하신 장로님이 예언한 일이 일어났구나' 하고 놀라게 하려고. 사실 이마를 마루에 부딪치는 것이 무슨 예언인가! 그래도 사람들은 상징이나 비유가 숨어 있다면서 떠들어댈 뿐 아니라, 범죄를 미리 알았고 범인도 사전에 지목했다고 요란하게 장로를 숭배하며 기억할 거라고 미리 계획한 거지. 유로지비들이 하는

---

* 라키친의 애칭이다.

짓들이 다 그 모양이야. 예를 들어 술집을 향해 성호를 긋고 성당에 돌을 던지는 짓들처럼 장로도 신앙심이 깊은 사람에게는 몽둥이를 휘두르고, 범죄자들에게는 절을 하는 거지."

"범죄? 살인자? 도대체 누구에게 하는 말인가? 무슨 소리야?"

알료샤가 못 박힌 것처럼 멈춰 서자 라키친도 걸음을 멈추었다.

"누구에게 하는 말이냐고? 정말 모르나? 내기를 걸어도 좋지만 자네도 알지 않나. 점점 재미있는 얘기가 되는군. 알료샤, 자넨 태도가 분명하지 않지만 거짓말은 하지 않는 사람이니까 한 가지만 묻겠네. 자네는 그런 생각을 하지 않았나?"

"생각해봤지."

알료샤가 조그맣게 대답했다. 이 말에 라키친도 당황했다.

"세상에! 자네 정말로 그런 생각을 했었나?"

라키친이 외쳤다.

"내가 꼭 그런 생각을 했다는 건 아니고."

알료샤가 중얼거렸다.

"지금 자네가 이상한 얘기를 하니까 나도 그런 생각을 했던 것처럼 느꼈을 뿐이네."

"그것 보게, 내가 얘기하지 않았나! 자넨 정말 분명히 말했네. 오늘 아버지와 미차를 보고 범죄를 생각한 거지? 그럼 내가 잘못 본 건 아닌가 보군."

"잠깐 기다려보게."

알료샤는 불안해하며 말을 가로챘다.

"그런데 자네는 무슨 근거로 그런 생각을 하는 건가? 아니, 자네가 왜 여기에 이렇게 관심이 많은지 그것부터 말해주게."

"서로 상관없어 보이긴 하지만 그 두 가지는 당연히 물어볼 수 있는 질문이군. 하나하나 대답해주겠네. 우선 내가 무슨 근거로 그런 생각을 하게 되었느냐면, 오늘 자네의 형인 드미트리를 보고 한눈에 이해할 수 있었네. 딱 한 가지만 보고도 드미트리를 알 수 있더군. 자네 형처럼 그렇게 순결하면서도 여자를 좋아하는 남자는 넘어서는 안 되는 선이 있는 법이야. 만약 그렇지 않으면 아버지도 칼로 찌를 수 있거든. 자네의 아버지도 주정뱅이에 방탕한 사람이어서 자제할 줄 모르잖나. 그런데 이 두 사람이 자신을 억누르지 못한다면 시궁창에 빠져버리고 만다네."

"아니야, 미샤, 아니야. 단지 그런 이유라면 안심이 되네. 그렇게 되지는 않을 거야."

"그렇다면 왜 그렇게 몸을 떨고 있나? 자넨 이런 사실을 알고 있었던 건가? 그는 정직하지만, 미챠 말이야(그는 멍청하지만 정직한 사람이지), 호색한이기도 하잖아. 그에 대한 정의이자 그의 본질이기도 하지. 아버지로부터 비열하고 음탕한 성격을 그대로 이어받았네. 알료샤, 난 자네에게 정말 놀랐네. 자네는 어쩌면 그다지 순진한가? 자네도 카라마조프 집안사람이 분명한데! 자네 집안에는 호색이 염증처럼 퍼져 있잖나. 그 호색한 세 사람은 지금 서로 뒤를 쫓는 것 같네. 서로 장화 속에 칼을 숨긴 채로. 즉 세 사람이 서로 이마를 맞대고 화를 내기 시작했네. 어쩌면 네 번째는 자네가 될지도 모르네."

"그 여자에 대해서 자네는 잘못 알고 있군. 드미트리는 그 여자를 경멸해."

"그루센카 말인가? 아니야, 경멸하지 않는다네. 그가 약혼녀를 버리고 그 여자에게 가버린 걸 보면 경멸하는 게 아니라네. 지금 자네는 이해할 수 없는 그 무언가가 있단 말이야. 사내란, 어떤 아름다움이나 여자의 육체, 그 육체의 일부분에 반하면(호색한이라면 안다네), 그렇게 빠져버리면 그땐 부모나 자식도 버리고 결국 나라도 팔아먹게 된다네. 정직한 사람도 도둑질을 하게 되고, 온순한 사람도 살인을 하고, 성실한 사람도 배신을 하게 되는 걸세. 그래서 시인 푸시킨도 여자의 귀여운 발을 찬양하는 시를 썼네. 물론 찬양하지 않는 자들도 아름다운 발을 보게 되면 순식간에 온몸이 짜릿해지지. 사실 발만 그런 건 아니지만. 어쨌든 드미트리가 그루센카를 경멸한다고 해도 소용없는 일이야. 경멸하면서도 절대 그 여자를 떠날 수 없을지도 모르니까 말이야."

"나도 아네."

알료샤가 문득 중얼거렸다.

"안다고? 털어놓는 걸 보니 뭘 좀 아는 것 같군."

라키친은 장난스럽게 비아냥거렸다.

"무심코 중얼거린 말이기 때문에 더욱 진실한 거야. 그래서 그 고백은 더 가치가 있지. 자네는 그런 얘기를 이미 알고 있었고 그런 일을 생각해본 적이 있다는 거지? 정욕에 대해서 말이야. 난 그것도 모르고 자네를 그저 순수한 청년이라고 생각했군! 알료샤, 자네는 얌전하고 앞으로 성인군자가 될 거라고 생각하네. 하지만 점잖게 굴면서도 뭐든지 다 생각하고, 다 알고 있었군! 순진하면서도 그런 쪽에 조예가 깊단 말인가? 난 예전부터 자네를 지켜봤지만 자네는 역시 카라마조프, 완전한 카라마조프야. 혈통이나 유전을 결코 무시할 수가 없는 거지. 호색적인 성격은 아버지로부터, 유로지비의 소질은 어머니로부터 물려받았으니까. 그런데 왜 떨고 있나? 내가 정곡을 찔렀나? 그런데 그루센카가 나에게 어떤 부탁을 했는지 아나? '그 사람을 (즉, 자네를) 꼭 좀 데려와주세요. 내가 그의 답답한 법복을 벗길 테니까.' 이렇게 자네를 데려오라고 신신당부를 했다네. 그래서 생각해보았네. 그 여자가 왜 자네에게 그렇게 흥미를 느끼는 걸까? 어쨌든 그 여자도 예사롭지 않아."

"난 가지 않는다고 분명히 전해주게. 미샤, 하던 얘기를 계속해주게. 내 생각은 나중에 말하겠네."

알료샤는 쓴웃음을 가볍게 지으며 말했다.

"뻔한 얘긴데 하고 말 게 어디 있나. 만약 자네에게 호색한의 피가 흐른다면 같은 뱃속에서 나온 형 이반은 어떨까? 그 사람도 카라마조프의 아들 아닌가. 호색과 물욕과 유로지비로부터 카라마조프 집안의 모든 문제가 시작되거든. 이반은 무신론자이면서도 도저히 이해할 수 없는 멍청한 이유로 잡지에 신학에 대한 논문을 쓰고 있지. 그것이 야비한 짓이라는 것을 이반 자신이 누구보다 잘 알고 있어. 바로 자네 형인 이반 말일세. 또 형 드미트리의 약혼녀를 뺏으려고 하는데 아마 잘될 거야. 드미트리가 이걸 부추기고 있으니까 말이야. 드미트리는 하루라도 빨리 그루셴카에게 가고 싶어서 자기 약혼녀를 이반에게 넘기려는 생각이지. 그런데 그 모든 게 자신의 고귀하고 욕심 없는 인품 때문이라고 하다니! 그래, 모두 파멸의 운명을 가진 인간들이네!

이런 상황이니 도무지 알 수 없네. 더 들어보게. 드미트리에게 훼방을 놓는 게 바로 그 영감, 자네의 아버지인데 그 영감은 요즘 그루셴카에게 반해서 침을 흘리고 있다네! 아까 암자에서 추태를 보인 것도 사실은 그 여자 때문이지. 미우소프가 창녀라고 하면서 성질을 건드렸으니까. 하여간 발정난 수고양이 같아! 그루셴카는 전에 그 영감이 운영하던 술집에서 돈을 받고 이런저런 수상한 일을 도와주기도 했는데, 이제 와서야 갑자기 그 외모에 반해 영감이 애간장을 태우고 있다네. 물론 말도 안 되는 일이지만 결국에는 아버지와 아들이 같은 길에서 부딪칠 수밖에 없는 거지.

그런데 그루셴카는 분명하게 대답하지 않고 양쪽에 다 꼬리를 흔들어댄다네. 어느 쪽이 더 유리한지 아직은 지켜보고 있는 거지. 영감에게서 돈은 뜯어낼 수 있겠지만 본부인이 될 수는 없고, 또 앞으로는 구두쇠가 되어 돈을 주지 않을 수도 있으니까 말이야. 그렇게 생각하면 무일푼인 드미트리가 낫기도 하지. 비록 돈은 없지만 결혼을 정식으로 할 수 있으니 말이네. 결혼할 수 있고말고! 돈 많은 귀족인 데다가 대령의 딸인 카체리나를 버리고, 비열하고 방탕한 늙은 상인인 삼소노프의 첩이었던 그루셴카와 정식으로 결혼을 하겠다니! 이런 여러 가지 상황으로 볼 때 범죄를 만들어낼 만한 충돌이 생길 수 있는 거지. 이반은 아마 이걸 기다리고 있을 걸세. 모든 게 뜻대로 되면 자신이 좋아하는 카체리나뿐 아니라 6만 루블이나 되는 그녀의 지참금도 챙길 수 있으니 무일푼인 처지에 이런 횡재가 어디 있겠나!

그런데 그런 일은 드미트리에게 모욕을 주는 게 아니라 큰 은혜를 베푸는 거라는 것에 주목해야 하네. 분명한 사실은 지난주에 드미트리가 어떤 술집에서 술에 취해 여자들에게 말하길, 자신은 카체리나를 아내로 맞을 자격이 없지만 이반은 자격이 있다고 대놓고 말했다는 거야. 물론 카체리나도 매력 있는 이반을 끝까지 거절하지는 못하겠지. 이미 두 형제 사이에서 고민하고 있으니까. 그런데 이반이 도대체 자네 식구들에게 어떻게 했기에 모두가 그를 그렇게 떠받드는 건가? 하지만 그는 자네들을 비웃는다네. '그래, 어서 딸기를 사와라, 난 가만히 먹기만 할 테니까' 하고 말이야."

"자네는 그 모든 걸 어떻게 안 건가? 무슨 근거로 그렇게 자신 있게 말하는 건가?"

알료샤가 인상을 찌푸리며 신경질적으로 물었다.

"그럼 자네는 왜 그렇게 묻는 건가? 또 내가 대답도 안 했는데 두려워하는 이유는 뭔가? 그건 내 말이 맞다는 걸 증명하는 거 아닌가?"

"자네는 이반이 마음에 안 들겠지만 이반은 돈에 관심 있는 사람이 결코 아니네."

"그래? 하지만 카체리나의 아름다움은 어떤가? 6만 루블이나 되는 지참금이 크긴 하지만 꼭 돈이 중요한 것도 아니지."

"이반은 고귀한 뜻이 있어. 돈이 아무리 많아도 결코 그를 유혹할 수 없어. 이반이 원하는 것은 돈이나 평안이 아니라 고뇌 같아."

"또 무슨 꿈 같은 소리를 하는 건가? 정말 자네 식구들은…… 무슨 귀족같이 구는군!"

"미샤, 이반은 폭풍 같은 영혼을 지녔고 이성은 어떤 문제에 홀려 있어. 비록 아직 부족하지만 그의 사상은 위대하다네. 이반은 돈을 얻기보다는 사상의 완성을 추구하는 사람들 중 한 명이라네."

"그건 문학적 표절이야. 자네는 장로의 말을 그대로 인용하고 있어. 아무튼 이반이 자네들에게 큰 수수께끼를 준 건 사실이네!"

라키친은 악의를 품은 채 소리쳤다. 그의 얼굴은 창백했고 입술은 일그러져 있었다.

"하지만 수수께끼도 차분히 생각하면 더 생각할 것도 없다는 걸 알게 되네. 그가 쓴 논문도 하찮은 거라네. 최근에 그가 발표한 어리석은 이론은 들어보았나? 아까 그 사람이 '영생이 없다면 선도 없으므로, 어떤 것이든 다 허용된다'고 하더군. 그때 드미트리가 '잘 기억해두겠다'고 외쳤지. 야비한 사람에게는 귀가 솔깃해지는 이론이네. 내 말이 지나쳤네. 야비한 사람이 아니라 멍청한 사람, 즉 '설명할 길 없는 심각한 사상'에 빠진 떠버리 풋내기라고나 할까. 한마디로 허풍을 떤다는 거야. 하지만 그 본바탕은 마침내 한편으론 그것을 인정하지 않을 수 없고 다른 한편으로도 인정할 수밖에 없는 거지. 그러니까 그 이론은 '야비'라는 단어가 핵심이야! 인류는 영생을 믿지 않는다 해도 결국 선을 위해 살아갈 힘을 자신 안에서 스스로 발견하고 말 테니까! 자유, 평등 그리고 형제에 대한 사랑 안에서!"

라키친은 지나치게 흥분해서 자제심을 잃을 정도로 들떠 보였다. 그러나 다음에는 무슨 생각을 한 것인지 입을 다물었다.

"이제 이런 얘긴 그만하지."

그는 더욱 일그러진 미소를 지으며 말했다.

"아니, 그런데 자네는 왜 웃지? 날 속물이라고 비웃는 건가?"

"아니야. 나는 자네를 속물이라고 생각한 적 없어. 자네는 머리가 영리해, 그렇지만⋯⋯. 아니네. 그만하기로 하지. 그저 난 무심코 웃은 것뿐이야. 미샤, 자네가 왜 그렇게 흥분하는지 나도 안다네. 자네 얘기를 들으면서 자네가 카체리나에게 마음이 있다고 생각했어. 실은 예전부터 혹시 그런 게 아닐까 생각했었네. 그래서 자네가 이반을 싫어한다고 생각했어. 자네는 그를 질투하는 게 아닌가?"

"왜 지참금에도 질투하고 있다고 하지 그러나?"

"아니, 난 돈 얘기를 한 게 아니야. 자네를 모욕할 생각은 없네."

"자네의 말이니 그대로 믿어보겠네. 하지만 자네나 자네의 형 이반이 어떻게 되더라도 난 관심 없네! 자네들은 모를 거야. 카체리나 문제뿐만 아니라 난 이반을 좋아할 수 없네. 내가 이반을 어떻게 좋아하겠나? 나는 그런 사람은 질색이네! 이반이 먼저 나를 욕하니까 나도 그를 욕할 권리가 있네."

"난 형이 자네에 대해 얘기하는 걸 들어본 적이 없네. 좋은 일도 나쁜 일도 자네에 대해서는 얘기한 적이 없어."

"하지만 내가 듣자니 그가 엊그제 카체리나의 집에서 나를 실컷 흉봤다고 하던데? 그래서 그의 말대로 하인 근성이 몸에 밴 나에게 관심이 많다는 걸 알 수 있었네. 도대체 누가 질투를 한단 말인가! 나에 대한 그의 생각 또한 기가 막힌다네. 만약 내가 곧 이 수도원 원장이 되겠다는 꿈을 버리고 수도사를 포기하면, 그때는 페테르부르크에 가서 큰 잡지사에 취직할 거라고 했다네. 한 10년 정도 평론을 쓰다가 결국 그 잡지사를 내가 가질 거라고 하더군. 그 뒤에는 잡지 발행인이 될 거고, 거기서 나오는 잡지는 분명히 자유주의에 무신론이 섞인 성격이 될 거라고 했다네. 어리석은 대중을 유혹하려고 사회주의적 성격을 가진 잡지를 만들되 그 대신 귀는 곤추세우고 적이나 자기편을 가리지 않고 늘 경계 태세일 거라는 거야. 그러니까 내 출세의 마지막은 자네 형이 예언한 대로라면 다음과 같네. 잡지 신청금을 받아서 내 은행 계좌에 입금하고, 유대인이나 누군가의 지도를 받아서 그것을 능력껏 굴려서 재산을 늘린다는 거야. 그렇게 하는 건 잡지가 가진 사회주의적 성격과는 상관없을 테니까. 그래서 페테르부르크에 큰 건물을 짓고, 편집부를 거기로 옮긴 뒤에 나머지 방은 모두 세를 놓을 거라고 했네. 그 건물이 어디에 있을지도 예언했는데 현재 도시 계획 중인 네바 강 새 다리를 가로질러서 리테이나야 거리와 비보르그스카야 거

186

리를 잇는 노브이 카멘느이 다리 바로 옆이라고 했네."

"아! 미샤, 그건 정말 그대로 실현될 거야."

알료샤는 유쾌함을 억누르지 못하고 웃으며 말했다.

"알렉세이, 이제 자네까지 나를 놀리나?"

"아니, 농담이네. 용서해주게. 나는 전혀 다른 생각을 하고 있었어. 도대체 누가 자네에게 그렇게 자세하게 말해줬는지 말이야. 누구에게 그런 소리를 들었나? 이반이 그런 말을 할 때 자네가 그 자리에 있었던 것도 아니잖나."

"나는 없었지만 드미트리가 있었네. 드미트리가 그 얘기를 들었으니 그가 나에게 얘기해준 것과 같아. 다른 사람에게 말하는 걸 우연히 엿들은 거긴 하지만 말이야. 실은 그루센카 집에 갔다가 드미트리가 찾아와 옆방에서 얘기하는 걸 전부 듣게 됐다네. 그동안 난 그 여자의 침실에 숨어 있었네."

"아, 그랬군! 자네가 그루센카의 친척인 걸 잊고 있었네."

"친척? 그루센카와 내가 친척이라고?"

라키친은 갑자기 얼굴이 빨개지면서 소리를 질렀다.

"이봐, 자네 제정신인가? 머리가 어떻게 되지 않고서야 어떻게 그런 말을 하는가?"

"아닌가? 친척이 아니었나? 난 그렇게 들었네."

"누가 그런 소릴 했나? 이런, 카라마조프 집 사람들은 자기네 집안이 전통 있는 귀족의 자손이나 되는 것처럼 굴지만, 자네 아버지는 다른 집 부엌에서 찬밥을 얻어먹으려고 어릿광대짓을 한 사람이 아닌가! 자네 같은 귀족들 생각에 사제의 아들인 나는 아주 하찮은 존재겠지만, 재미로 사람을 놀리는 건 그만하게. 알렉세이, 나에게도 명예가 있어! 내가 그루센카와 친척이라니, 내가 그런 창녀하고 친척 같은가? 사람을 너무 무시하지 말게!"

라키친은 몹시 화가 난 것 같았다.

"용서해주게. 난 자네가 이렇게 화를 낼 줄 몰랐네. 그런데 왜 그 여자가 창녀인가? 정말 그런 여자인가?"

알료샤는 갑자기 얼굴이 붉어졌다.

"또 얘길 꺼내서 미안한데 난 자네가 그 여자의 친척이라고 들었네. 또 자네는 그루센카 집에 자주 가지만 연애는 하지 않았다고 했잖은가? 나는 자네가 그 여자를 그렇게 혐오하는 줄은 정말 몰랐네! 그루센카가 정말 그런 여자란 말인가?"

"내가 그 여자에게 갈 때는 이유가 있었네. 하지만 자네에게 더 얘기하고 싶지 않군. 친척이라면 자네 아버지나 형이 그 여자와 자네를 친척으로 만들어주겠지. 내가 아니고 자네 말이야. 자, 이제 도착했군. 자네는 식당 쪽으로 들어가는 게 좋겠네. 이런! 무슨 일이지? 우리가 너무 늦었나? 오찬이 이렇게 일찍 끝날 리가 없는데? 카라마조프네 사람들이 또 소동을 피운 건 아닐까? 분명히 그럴 거야. 저기 자네 아버지 아니신가. 그 뒤를 이반이 따르는군. 수도원장님과 함께 있다가 뛰어나오는 것 같군. 계단 위에서 이오시프 신부가 외치고 있네. 자네 아버지도 손을 휘저으며 맞받아치고 있고. 아마 욕지거리 하는 것 같군. 저런, 미우소프도 마차를 타고

가는군. 보이는가? 마차의 속도가 빨라지고 있네. 막시모프 지주도 뛰어가고 있군. 분명히 소동이 벌어진 거네! 식사도 못했을 것 같고, 수도원장님을 때린 건 아니겠지? 아니면 저 사람들이 맞았나? 그게 더 그럴듯하군!"

라키친이 수선을 피울 만했다. 정말 본 적도 없고 들은 적도 없는 추태가 벌어진 것이다. 어떤 '영감(靈感)'이 이 모든 것의 발단이었다.

8. 추문

미우소프가 이반 카라마조프와 함께 수도원장의 방에 들어선 순간, 원래 성실하고 섬세한 편인 미우소프는 내면에서 갑자기 감정이 미묘하게 바뀌면서 자신이 화를 낸 게 창피해졌다. 장로의 암자에서 표도르 같은 인간 말종과 똑같이 화를 내고 이성을 잃다니 몹시 후회스러웠다.

'신부들은 아무런 잘못이 없지. 만약 여기 있는 수도사들도 점잖다면 나도 그들에게 다정하고 친절하고 예의 바르게 행동하는 게 좋지 않을까? 게다가 수도원장인 니콜라이 신부는 귀족 출신이니까. 논쟁은 이제 그만두고 맞장구를 쳐주며 넘어가야겠다. 그리고 마지막에는 내가 그 이솝 영감의 어릿광대인 피에로와 한패가 아니라는 사실을, 나 역시 재수 없게 그에게 걸려들었다는 걸 알려줘

야지.'

그는 수도원장이 있는 건물의 계단을 오르며 갑자기 이렇게 생각했다. 현재 소송 중인 벌목권과 어업권(그 자신도 그게 어디에 있는지 모르지만)을 지금 이 순간부터 깨끗하게 포기해야겠다고 생각했다. 그리고 사실 아무런 소득도 없는 이런 권리 때문에 수도원을 상대로 제기했던 소송 전부를 취하하기로 결심했다. 이런 대견한 결심은 그들이 수도원장의 식당 안으로 들어섰을 때 더 굳건해졌다. 건물 안에는 방이 두 개뿐이었으므로 식당이라고 부를 만한 것이 없었다. 장로의 암자와 비교하면 넓고 편리했지만 접대용 가구도 마호가니 나무에 가죽을 씌운 1820년대에 유행했던 오래된 것들이었다. 바닥은 칠이 되어 있지 않았는데 청결해서 은은하게 윤이 났고 창가에는 희귀한 꽃들이 한 다발 꽂혀 있었다. 물론 가장 화려한 것은 방 한가운데 차려진 호화로운 식탁이었다. 이런 경우에 상대적으로 그렇다는 얘기다. 식탁과 그릇은 모두 깨끗했고 반짝이며 빛났다. 세 가지 빵은 잘 구워져 있었고 포도주 두 병, 수도원에서 만드는 맛있는 꿀 두 병 그리고 이 수도원의 유명한 특산품인 크바스*를 담은 커다란 유리병이 놓여 있었다. 하지만 보드카는 없었다.

라키친이 나중에 말한 것에 따르면 이날 오찬에는 다섯 가지의 요리가 준비되어 있었다. 철갑상어 수프에 생선을 곁들인 피로시

---

* 호밀, 보리 등으로 만들어 시큼한 맛이 나는 러시아식 발효 음료이다.

키,* 특별한 조리법으로 만든 생선찜, 연어 너비 튀김, 과일이 들어
간 아이스크림과 설탕에 절인 과일, 블랑망제 등이었다. 궁금증을
참지 못한 라키친이 얼굴을 아는 수도원장의 요리사에게서 직접
물어봐서 알게 된 내용이었다. 그는 도처에 아는 사람이 많아 정보
를 잘 얻어냈다. 하지만 질투가 많고 침착하지 못했다. 재능이 뛰
어난 것을 자신도 알고 있었지만 자만심 때문에 그것을 신경질적
으로 드러내는 경향이 있었다. 그는 자신이 나중에 경영자가 될 거
라는 것을 잘 알고 있었지만 정직하지 않았다. 친한 친구인 알료샤
는 그가 그 점을 전혀 인식하지 못하는 것이 괴로웠다. 라키친은
책상 위에 놓인 돈을 훔치지 않는 것만으로도 자신이 아주 정직하
다고 생각했다. 알료샤뿐만 아니라 그 누구도 그런 그에게 속수무
책이었다.

　신분이 낮은 라키친은 끼어들 수 없었지만 오찬에는 수도원 측
에서도 이오시프 신부, 파이시 신부 그리고 또 한 명의 수사 신부
가 초대되었다. 그들은 미우소프와 칼가노프, 이반이 방으로 들어
왔을 때 이미 수도원장의 식당에 먼저 도착해 기다리는 중이었다.
그 외에도 암자로 가는 길을 안내해주었던 지주 막시모프도 한쪽
구석에 있었다. 손님을 맞기 위해 수도원장이 방 한가운데로 걸어
나왔는데 그는 키가 컸고 말랐으면서도 아직 건강한 노인이었다.
그의 머리는 검었지만 흰머리가 섞여 있었고, 긴 얼굴은 우울하지

---

* 만두의 일종이다.

만 위엄이 가득했다. 그가 손님에게 일일이 머리를 숙이며 조용하게 인사를 건네자, 손님들은 축복을 받기 위해 그의 앞으로 다가섰다. 미우소프는 손에 입을 맞추려다가 원장이 손을 거두어들이는 바람에 실패했지만, 이반과 칼가노프는 서민들처럼 소박하게 손에 입을 맞춰서 축복을 받을 수 있었다.

"신부님, 먼저 깊은 사죄를 드리겠습니다."

미우소프는 하얀 이를 드러내며 친절하게 말문을 열었지만 어딘가 거만함이 배어 있는 정중한 어조였다.

"초대받은 표도르 카라마조프 씨와 함께 오지 못해서 몹시 유감입니다. 표도르 씨는 사정이 생겨서 원장님의 초대에 응할 수가 없었습니다. 사실은 좀 전에 조시마 장로님의 암자에서 자신의 아들과 집안싸움을 벌이고 그만 흥분해서 그곳에서는 해서는 안 되는…… 한마디로 점잖지 못한 말을 입 밖에 내버렸습니다. 그 일은 원장님께서도 이미(그는 두 신부를 슬며시 바라보았다) 들으신 줄로 압니다. 당사자는 자신의 잘못을 인정하고 뉘우치며 부끄러워했습니다. 진심으로 사죄드리며 유감과 참회의 뜻을 원장님께 전해달라고 저와 자신의 아들인 이반에게 부탁했습니다. 간단하게 설명하면 그 사람은 모든 것을 보상할 각오가 되어 있고, 원장님의 축복을 구하지만 그 사건에 대해서는 잊어주시길 바라고 있습니다."

미우소프는 입을 다물었다. 이 길고 긴 인사를 끝내자 그는 스스로 만족해서 조금 전까지 가슴속에 쌓인 울분이 모두 사라졌다. 그는 다시 진심으로 사람에 대한 사랑을 느꼈다. 수도원장은 위엄 있게 그의 말을 들은 뒤 고개를 숙이며 대답했다.

"이곳에 오지 못한 분에 대해서는 진심으로 유감입니다. 식사를 함께 나누면 우리가 그분을 사랑하듯이 그분도 우리를 사랑하게 될지도 모르는데 말입니다. 자, 여러분, 이제 식사를 시작합시다."

수도원장은 성상 앞에서 감사의 기도를 드렸다. 모두 엄숙하게 고개를 숙였다. 막시모프는 특별히 경건한 마음으로 두 손을 모으고 다른 사람보다 더 몸을 내밀었다.

마지막 어릿광대 극을 펼치기 위해서 표도르가 나타난 것은 바로 그 순간이었다. 미리 말해두자면, 그는 정말 집에 돌아갈 생각을 하고 있었다. 장로의 암자에서 그가 추악하게 소동을 벌인 이상 아무 일도 없었던 것처럼 수도원장의 오찬에 참석할 수 없다고 생각했기 때문이다. 그러나 그것은 자신의 행동을 창피하게 생각하고 진심으로 뉘우쳤기 때문이 아니었다. 아니, 심지어 정반대였을지도 모른다. 어쨌든 그는 오찬에 참석하는 것은 예의에 어긋난다고 생각해서 집으로 가려고 했다. 그러나 그의 오래된 마차가 여관 현관 앞에 도착하고 그 마차에 오르려고 하는 순간, 그는 갑자기 걸음을 멈췄다. 자신이 장로에게 했던 말이 갑자기 생각났기 때문이었다.

'사람들 앞에 나설 때 저는 제 자신을 야비하다고 생각합니다. 모두가 저를 어릿광대로 생각하지요. 그래서 저는 그래, 그렇다면 정말 어릿광대가 되겠다, 너희 생각 따위는 무섭지 않다. 모두가

나보다 더 야비하니까.'

　문득 그는 자신의 추태에 대해 반대로 그들에게 복수해야겠다고 생각했다. 언젠가 누군가 그에게 왜 그렇게 사람을 미워하는지 묻던 것도 떠올랐다. 그때 그는 어릿광대다운 파렴치한 태도로 이렇게 대답했다.

　"사실 그는 내게 나쁜 짓을 하지 않았지. 오히려 내가 그에게 야비한 짓을 했지."

　그때의 일이 떠오르자 표도르는 잠시 생각에 잠겨 짓궂게 웃었다. 그의 눈이 갑자기 빛나고 입술까지 파르르 떨렸다.

　'이왕 이렇게 된 거 갈 데까지 가보자!'

　그는 결심했다. 이 순간, 그의 마음속에 깊이 감춰져 있던 감정은 아마 이렇게 표현할 수 있을 것이다.

　'어차피 내 명예를 회복하기는 틀렸어. 그렇다면 저들의 얼굴에 침이나 실컷 뱉어야지. 그자들이 뭐라고 하든 내 알바 아니거든!'

　그는 마부에게 기다리라고 말한 뒤 서둘러 수도원으로 되돌아가서 수도원장이 있는 건물로 달렸다. 자신이 무슨 짓을 하려는 것인지 그 자신도 몰랐지만 중요한 건 누구도 자신을 말릴 수 없으며, 누가 조금이라도 건드리면 당장 최악의 상황을 만들어서 마지막 선을 넘어버릴 것을 스스로 잘 알고 있었다. 그렇지만 단지 추악한 행동일 뿐이고 법적인 처벌을 받을 수 있는 범죄는 아니었다. 그는 최악의 경우에는 언제나 적당한 순간에 스스로 억눌렀고 이따금 그런 자신을 보며 감탄하기까지 했다.

수도원장의 기도가 끝나고 사람들이 식탁에 앉으려고 하던 그 순간, 그가 나타났다. 그는 문지방에 서서 사람들을 둘러보더니 뻔 뻔하고 징그러운 웃음소리를 길게 내며 한 사람 한 사람의 눈을 노려보았다.

"모두 내가 떠난 걸로 알았겠지만, 난 여기 있소!"

그는 식당이 떠나갈 정도로 외쳤다. 한동안 사람들은 넋을 잃고 멍하니 그의 얼굴만 바라보았다. 그러나 금세 이제부터 추악한 사건이 벌어질 것이라는 것을 직감했다. 미우소프의 온화한 기분은 흉악하게 바뀌었다. 그의 가슴속에서 사라졌던 모든 것이 한꺼번에 되살아나기 시작했던 것이다.

"아니, 이건 정말 못 참겠군! 도저히 참을 수 없어! 절대로!"

미우소프가 외쳤다. 온몸의 피가 머리로 치솟는 듯했다. 혀가 마비되는 듯했으나 신경 쓰지 않았다. 그는 모자를 그러쥐었다.

"대체 뭐가 안 된다고 그러는 거요? 도저히 안 되는 건 무엇이고, 절대로 참을 수 없는 것은 무엇인가? 그런데 원장님, 들어가도 될까요? 저를 손님으로 맞으시겠습니까?"

표도르가 외쳤다.

"진심을 다해 환영합니다."

수도원장은 표도르에게 대답하고 이렇게 덧붙였다.

"여러분, 진심으로 말씀드립니다. 순간적인 감정은 잊고 준비한 건 별로 없지만 이 오찬을 함께 들면서 하느님께 기도해서 사랑과 가족 같은 즐거운 분위기 속에 하나가 되기를⋯⋯."

"아니, 안 됩니다. 그건 절대 불가능합니다."

미우소프가 정신 나간 듯이 외쳤다.

"미우소프 씨가 불가능하다면 저 역시 불가능하니 전 가야겠습니다. 이제부터는 미우소프 씨를 그림자처럼 따라다니려고요. 미우소프 씨, 돌아가십시다. 나도 돌아가겠소. 만일 당신이 여기 있으면 나도 여기 있겠소. 원장님, 가족 같은 화목한 분위기라고 말씀하시니 저 사람이 찔리는 구석이 있나 봅니다. 저 사람은 본디 나를 친척으로 인정하지 않으니까요! 안 그렇소, 폰 존? 저기 서 있는 사람이 바로 폰 존입니다, 안녕하시오, 폰 존?"

"그건, 저에게 하는 말씀이신가요?"

어리둥절한 지주 막시모프가 말했다.

"물론이오! 당신이 아니면 대체 누구란 말이오? 설마 원장님께서 폰 존이겠소."

"하지만 저도 폰 존이 아닙니다. 막시모프입니다."

"아니, 당신은 폰 존이오. 신부님, 폰 존이 누구인지 아십니까? 살인 사건의 주인공인데 그 사람이 살해된 것은 어떤 타락한 곳이었습니다. 이곳에서는 그렇게 부르더군요. 어쨌든 그는 나이도 꽤 들었는데 그런 곳에서 돈도 빼앗기고 살해되어 상자 속에 담겨 페테르부르크에서 모스크바까지 화물 열차로 운송되었습니다. 그런데 상자에 못을 박을 때 방탕한 여자들이 노래를 부르고 구슬리*

---

* 러시아 악기이다.

도 연주했답니다. 바로 그 폰 존이 여기 이 사람입니다. 죽은 사람이 다시 살아난 거지요. 안 그렇습니까, 폰 존?"

"저게 도대체 무슨 말인 건지? 왜 저런 말을 하는 거지?"

신부들 사이에서 이런 소리가 들렸다.

"갑시다!"

미우소프가 칼가노프에게 외쳤다.

"잠시 기다리시오."

표도르는 방으로 들어가서 쉿소리가 섞인 목소리로 미우소프를 말렸다.

"할 말은 하고 가겠소. 암자에서는 내가 민물고기 얘기를 꺼내서 모두 나를 예의 없다고 질책하더군요. 내 친척인 미우소프 씨는 말할 때 '진실함보다 고상함(plus de noblesse que de sincérité)'을 더 좋아하는 것 같은데 난 반대로 '고상함보다는 진실함'이 있는 말을 더 좋아하니까 고상함(noblesse)은 개나 주라고 하시오! 그렇지요, 폰 존?

죄송하지만 원장님, 나는 어릿광대로서 광대놀음을 좋아하지만 그래도 명예를 존중하는 남자로서 확실하게 말씀드리겠습니다. 맞습니다. 명예를 존중하는 남자이지만, 미우소프 씨는 마음속에 억눌린 자존심밖에 없는 사람입니다. 어쨌든 내가 오늘 이곳에 온 것도 상황을 보고 한마디 하기 위해서였는지 모릅니다. 내 아들인 알렉세이가 이곳에서 지내고 있는데 아버지 되는 사람으로 아들의 미래가 무척 걱정됩니다. 걱정하는 것이 당연하지요!

내가 이곳에서 내내 광대 짓을 하며 조용히 살펴보았지만 이제부터는 내 광대 짓의 마지막 장면을 보여드릴까 합니다. 지금 우리나라의 사정은 어떠합니까? 망가질 것은 이미 전부 망가졌습니다. 한번 망가진 것은 영원히 다시 일어설 수 없습니다. 정말 한심한 상황이지요. 나는 다시 일어날 겁니다. 신부님들, 나는 여러분에게 분노합니다. 고해는 절대 비밀을 지켜야 하는 것임에도—그렇다면 나도 거룩하게 엎드려 감사드릴 것이지만—아까 암자에서 살펴보니 모두 무릎을 꿇고 자신의 죄를 크게 말하는 상황이니 도대체 이게 뭡니까! 그렇게 큰 소리로 고해를 하는 것이 과연 맞습니까? 고해는 귓속말로 하라고 옛 성인들이 정해주지 않았습니까. 그렇게 해야만 비밀을 지킬 수 있습니다. 예전부터 고해는 그런 방법으로 이어졌습니다. 그런데 어떻게 많은 사람들 앞에서 자신이 지은 죄를 말하는 겁니까? 아시겠지만, 이따금 부끄럽기 때문에 소리 내지 못할 말도 있는 법입니다. 이것이 추문이 아니고 무엇입니까! 이곳에서 신부님들과 같이 지내면 난 분명히 편신교도(鞭身教徒)*가 될 것입니다. 나는 기회가 오면 언제든지 종무원(宗務院)에 이를 고발하고 내 아들 알렉세이를 데려가겠습니다."

여기서 지적해둘 것이 있다. 표도르는 세상의 소문을 누구보다 먼저 알고 있었다. 언젠가 장로에 대한(이 수도원뿐만 아니라 장로제도를 선택한 다른 수도원도 마찬가지로) 나쁜 소문이 퍼져서 대

---

* 편신교는 신비주의적이고 종말론적 성격을 띠는 신비 종교로, 여기에서는 광신적인 고행자를 가리킨다.

주교까지 알게 된 일이 있었다. 장로가 지나친 존경을 받아서 수도 원장의 위엄이 떨어졌으며 특히 장로들이 고해의 기밀을 악용하고 있다는 등의 내용이었다. 그러나 이런 소문들은 전혀 근거가 없어서 결국 이 고장을 비롯해서 다른 고장에서도 모두 사라졌다. 그런데 악마가 흥분한 표도르를 더러운 구렁텅이 속으로 끌고 들어가려고 이 오래된 소문을 그에게 속삭인 것이다. 표도르는 이 비난의 의미를 이해할 수도 없었고 그것을 논리적으로 표현하는 것도 불가능했다. 거기다 오늘 장로의 암자에서 크게 참회를 한 사람이 없었기 때문에 표도르가 그런 장면을 보는 건 불가능했다. 그는 옛날 소문이 기억나서 그저 아무렇게나 떠들어댄 것이었으므로 이야기를 끝내고 자신도 터무니없는 헛소리를 늘어놓았다는 사실을 잘 알고 있었다. 그러나 그는 자신의 말이 결코 엉터리가 아니라는 것을 상대보다 자신에게 보여주고 싶어 했다.

그는 말을 하면 할수록 이미 말한 헛소리에 다른 헛소리가 덧붙여질 뿐이라는 것을 훤히 알았지만, 이미 자제할 수 없는 지경이어서 마침내 절벽으로 뛰어내린 것이다.

"어찌 저런 망나니가 있을까!"

미우소프가 크게 소리를 질렀다.

"죄송합니다만."

수도원장이 갑자기 말했다.

"예전부터 이런 말이 전해오고 있습니다. '사람들이 나를 비난하고 나중에는 험한 악담까지 하는지라, 내가 이를 듣고 나 자신에게 말하기를, 이것은 허영에 들뜬 내 영혼을 치료하기 위해 그리스 도께서 보내신 선물이도다.' 이처럼 지금 우리도 소중한 손님이신 당신에게 감사를 드리겠습니다!"

그는 표도르에게 공손하게 허리를 숙였다.

"쯧쯧쯧, 이미 알고 있었지. 위선적이고 고리타분해요! 고리타 분한 문구에 고리타분한 몸짓! 냄새나는 거짓말에 형식적인 절이 나 하다니! 그런 절은 나도 할 줄 안답니다! 실러의《군도》에서 '입 술에는 입맞춤을, 심장에는 칼을'이라는 말이 나오지요. 신부님 들, 나는 거짓말이 정말 싫소. 나는 진실을 원한다오. 하지만 진실 은 민물고기를 먹는 곳에만 있지 않지요. 아까 암자에서도 분명히 밝혔습니다. 무엇을 위해 신부님들은 수행에 정진하십니까? 왜 정 진을 하며 천국에서 보상을 바라는 건가요? 정말 보상이 있다면 나도 단식일에 수행을 하겠습니다. 그러면 안 됩니다, 안 돼요! 신 부님들, 수도원에 처박혀서 남들이 주는 빵으로 배를 불리며 천당 에 갈 궁리나 하지 말고, 세상에 나가서 착한 일을 하고 사회에 도 움이 되는 일을 하셔야 합니다. 그러는 편이 훨씬 더 어렵지만 말 입니다. 원장님, 어떠신가요? 나도 말을 꽤 잘하지요? 그런데 무슨 요리가 나왔을까나?"

표도르가 식탁으로 다가가며 말했다.

"오래된 포트와인에 옐리세예프 형제 가게에서 만든 벌꿀 술이 군. 신부님들도 굉장한 미식가이시군! 민물고기만 드시는 줄 알았 더니 아니었네요! 신부님들이 식탁에 술병을 올리다니, 하하하!

그런데 이런 걸 여기 가져다준 사람은 누구인가요? 러시아의 성실한 노동자와 농민들이 못이 박힌 손으로 일해서 얼마 되지 않는 돈을, 자신의 가족이나 나라의 요구는 뒤로 한 채 이곳에 가져왔습니다. 신부님들은 백성의 피를 빨아먹고 있어요!"

"그건 너무 지나친 말씀이오!"

이오시프 신부가 말했다. 파이시 신부는 굳은 표정으로 침묵하고 있었다. 미우소프는 방에서 나갔고 칼가노프가 뒤를 이었다.

"그럼 신부님들, 나도 미우소프 씨의 뒤를 따르겠습니다. 앞으로 이곳에 절대로 오지 않겠습니다. 제발 와달라고 애원을 해도 안 오겠습니다! 내가 1000루블을 기부했으니 돈을 또 주지 않을까 하고 눈에 불을 켜고 기다리겠지만, 하하하, 헛수고입니다. 이제는 한 푼도 주지 않겠소! 지나간 청춘과 내가 지금까지 받은 모든 굴욕에 대한 복수입니다!"

그는 스스로 꾸민 감정의 발작을 이기지 못하고 주먹으로 식탁을 쾅! 내리쳤다.

"내 평생에 이 수도원은 의미 있는 곳이오! 이 수도원 때문에 쓰디쓴 눈물도 많이 흘렸소! 마누라가 하느님에게 미쳐서 나를 돌보지 않게 된 것도 모두 당신들 탓이오. 일곱 번이나 교회 회의에서 나를 저주하고 나쁜 소문을 퍼뜨린 것도 당신들이었지. 신부님들, 이제 그만하시오! 지금은 자유주의 시대고, 증기선과 철도의 세기라오. 앞으로는 1000루블은 고사하고, 100루블, 아니 100코페이카도 주지 않을 거요!"

또 한 가지 사실을 지적해두겠다. 그의 평생에 이 수도원이 특별한 의미를 준 적은 한 번도 없었고, 그가 수도원 때문에 눈물을 흘린 적도 없었다. 그러나 그는 스스로 쥐어짠 눈물에 감동해서 스스로 사실인 것처럼 느꼈고, 실제로 감격해서 눈물을 흘릴 뻔했다. 그러나 그와 동시에 그는 이제 물러날 때가 되었음을 느꼈다. 수도원장은 그의 악의적인 거짓말을 듣고 머리를 숙였고 다시 훈계하듯 말했다.

"이런 말씀이 있습니다. '그대에게 가해지는 모욕을 기쁘게 참고, 그대를 모욕하는 자를 미워하지 말 것이며, 또한 헛된 증오에 사로잡히지 말지어다.' 그래서 우리도 그렇게 실천하고 있습니다."

"쯧쯧쯧, 또 형식적인 소리를 하는구려! 그건 다 헛소리요! 신부님들, 위선자인 나는 갈 테니까. 그리고 내 아들 알렉세이는 아버지의 권한으로 영원히 데려가겠소. 존경하는 아들 이반아, 너도 같이 돌아갈 거지? 그리고 폰 존, 그대도 여기 있을 필요 없소! 읍내에 있는 우리 집으로 당장 오시오. 우리 집이 더 재미있다오. 1km도 떨어지지 않은 곳이니까. 곰팡이 냄새 나는 수도원의 기름 대신 양념이 발라진 새끼 돼지를 대접할 것이니 같이 식사합시다. 코냑도 주고, 리큐어도 주겠소, 아껴둔 딸기술 말이오. 이보게, 폰 존, 이런 행운을 놓칠 건가?"

그는 요란하게 몸을 움직이며 큰 소리로 떠들면서 밖으로 나왔다. 그때 라키친이 표도르를 발견하고 알료샤에게 알려준 것이었다.

"알렉세이!"

자신의 아들을 본 아버지는 멀리서 외쳐 불렀다.

"오늘 중으로 집에 당장 오거라. 베개와 이불을 몽땅 가지고 와! 이곳에 냄새를 조금이라도 남겨두면 안 된다!"

못 박힌 것처럼 알료샤는 그 자리에 서서 가만히 이 장면을 바라보았다. 결국 표도르는 마차를 탔고, 이반도 알료샤를 본척만척하며 말없이 마차에 타려고 했다. 그러나 이날의 사건에 종지부를 찍는 거의 믿지 못할 촌극은 또 생겼다. 어느새 마차의 발판 앞으로 지주 막시모프가 헐레벌떡 달려온 것이다. 그는 표도르를 놓치지 않기 위해 숨을 헐떡이며 달려온 모양이었다. 라키친과 알료샤는 그가 달려가는 것을 바라보았다. 그는 발판 앞에 도착하자 마차가 떠날까 봐 안절부절못하며 이반이 아직 한쪽 발을 걸치고 있는 발판 위에 자기 발을 올려놓았다. 금방이라도 마차 안으로 뛰어들 태세였다.

"나도 태워주시오!"

막시모프가 마차에 훌쩍 뛰어들면서 외쳤다. 밝게 웃으며 기쁜 표정이 가득한 그의 얼굴에는 행복감에 젖어 무슨 일이 있어도 따라가겠다는 결의가 드러나 있었다.

"그러니까 내가 아까 뭐라고 했소?"

표도르가 의기양양하게 외쳤다.

"폰 존! 당신은 무덤에서 부활한 진짜 폰 존이야! 그런데 어떻게 빠져나온 거요? 폰 존다운 솜씨를 어떻게 발휘했는지 모르겠지만,

차려진 음식을 두고 나오다니 당신도 여간 뻔뻔한 게 아니군! 내 얼굴도 꽤 두껍지만 당신에게는 도저히 못 당하겠어! 자, 안으로 들어오시오. 어서 들어오시오! 이반, 태워드려라, 재미있을 거다. 발밑에 쪼그리고 앉으라고 해. 그래도 되지요, 폰 존? 그게 싫으면 마부 옆자리에 타시오. 좋소, 마부석에 오르시오, 폰 존!"

그러나 이미 마차 안에 앉아 있던 이반이 갑자기 손으로 막시모프의 가슴을 힘껏 밀쳐냈다. 막시모프는 비틀거리며 2m가량 뒤로 튕겨져 나갔고, 넘어지지 않은 것이 다행이었다.

"가자."

이반이 지겹다는 듯이 마부에게 외쳤다.

"왜 그러니? 왜 저 사람을 밀친 거냐?"

표도르가 외쳤지만 마차는 이미 출발한 뒤였다. 이반은 대답하지 않았다.

"괴상한 녀석!"

표도르는 2분 정도 조용히 있다가 아들을 흘끔거리며 다시 말했다.

"오늘 수도원에 모이자고 계획한 것도 너고, 다른 사람을 부추겨서 동의를 얻어낸 것도 넌데 왜, 무엇 때문에 화를 내는 거냐?"

"실없는 소리 그만하세요. 이제 좀 쉬세요."

이반이 쏘아붙였다.

표도르는 다시 2분쯤 입을 다물었다.

"이럴 때는 코냑을 마시는 게 좋지."

그는 점잖게 말했다. 그러나 이반은 대꾸가 없었다.

"집에 가면 너도 한잔해라."

이반은 여전히 대답하지 않았다.

표도르는 다시 2분가량 기다렸다.

"그나저나 알료샤를 수도원에서 데려와야겠어. 너에게는 그리 유쾌하지 않겠지만. 존경해 마지않는 카를 폰 모어군!"

이반은 경멸하는 것처럼 어깨를 으쓱하더니 시선을 돌려 창밖을 바라보았다. 그렇게, 집에 도착할 때까지 두 사람은 아무 말도 하지 않았다.

제1부

제3편 | 음탕한 사람들

1. 하인 방에서

표도르 카라마조프의 집은 읍내에서 꽤 멀리 떨어진 편이었지만 변두리는 아니었다. 건물은 낡았어도 산뜻한 느낌의 단층집으로 다락방이 있었다. 벽은 전부 회색이었고 함석지붕은 빨간색으로 칠해져 있었다. 아주 오래전에 지어졌지만 아직도 튼튼하고 아늑한 느낌의 집이었다. 집 안에는 광과 벽장이 있었고 계단이 예기치 못한 곳에 여기저기 있었다. 쥐도 꽤 많았다. 그러나 표도르는 별로 개의치 않았다. '밤에 혼자 있을 때 심심하지 않아서 좋다'고 했다. 실제로 그는 밤에 꼭 하인들을 바깥채로 보내고 혼자서 지내는 버릇이 있었다. 마당 건너에 있는 바깥채는 아주 튼튼하고 큰 건물이었다. 그런데 표도르는 안채에도 부엌이 있었지만 음식만큼은 바깥채에서 만들도록 했다. 그는 음식 만드는 냄새를 싫어해서 언제나 마당을 통해 음식을 안채로 운반해야 했다. 본래 이 집은 대가족이 살도록 설계되었기 때문에 안채나 바깥채 모두 지금보다 다섯 배가 많은 사람들이 살아도 충분할 만큼 넓었다. 그런데 이 이야기의 무대가 되었던 그 당시에는 표도르, 이반 그리고 바깥채에 3명의 하인이 살았을 뿐이었다. 하인들은 그리고리 영감과 그의 부인 마르파 할멈 그리고 젊은 스메르자코프라는 요리사였는데, 이 세 사람에 대해서는 자세히 소개하기로 하겠다.

그리고리 쿠투조프 영감에 대해서는 앞서 설명해두었다. 그는 자신이 옳다고 생각한 것은(무턱대고 논리적이지 않을 때도 있지만) 무슨 일이 있어도 끝까지 해치우는 고집불통이었는데, 예를 들어 돈으로는 살 수 없는 매우 정직한 하인이었다. 그의 부인인 마르파 이그나치예브나도 평생 남편의 뜻을 따른 순박한 노파였지만 잔소리가 심했고 남편에게 바가지를 긁곤 했다. 농노 해방 때, 마르파는 카라마조프댁 하인을 그만두고 모스크바에 가서 작은 가게를 차리자고 남편을 무척 졸랐다(그들에게는 저축한 돈이 조금 있었다). 그러나 그리고리는 즉시 거절했다. '여자들은 부끄러움을 모르는 족속'들이라서 언제나 거짓말을 하기 때문이고, 하인은 주인이 어떻든지 간에 절대로 그 곁을 떠나지 않는 것이 '의무'라고 했다.

"자네는 '의무'가 무엇인지는 알아?"

그는 마르파에게 물었다.

"나도 안다우, 하지만 영감, 이 집에 남는 것이 왜 우리의 의무인 거유?"

마르파 할멈도 지지 않았다.

"아무것도 모르면 조용히 해."

결국 이렇게 그들은 주인 곁에 남았다. 표도르는 이들에게 급료를 조금씩 지불했으나 그리고리는 급료보다 자신이 주인에게 영향력을 가진 사람이라는 것에 스스로 만족했다. 엄격하고 교활한 어릿광대인 주인 표도르는 자신의 말대로 인생의 '어느 면'에서는 확고한 의지가 있었지만 '다른 면'으로는 스스로 놀랄 정도로 우유부단했다. 그는 이 다른 면에 대해 잘 알고 있었고, 그래서 두려운 마음을 갖기도 했다. 이런 일은 엄밀한 경계가 필요한 법이므로 누구라도 충실한 사람이 옆에 붙어 있지 않으면 마음을 놓을 수가 없었다. 그런 점에서 그리고리는 더할 나위 없이 충직한 하인이었다. 표도르는 지금까지 살아오면서 남에게 맞은 적이 수없이 많았고 이따금씩 맞아죽을 뻔한 적도 여러 번이었다. 그럴 때마다 그를 위기에서 구해준 것은 그리고리였다. 물론 표도르를 구해준 다음에는 매번 장황하게 설교를 하기는 했지만 말이다.

단순히 얻어맞기만 했다면 표도르도 두려워하지는 않았을 것이다. 때로는 맞는 것 이외에도 섬세하고 숭고하며 그보다 복잡한 상황이 일어났고 그럴 때마다 표도르는 내심 자신의 주변에 충직한 사람이 있었으면 좋겠다고 생각해왔다. 이러한 마음은 거의 병적이어서, 바닥까지 타락하고 독벌레 같은 색욕을 지닌 표도르도 만취했을 때는 마음속 깊숙한 곳에서 생리적으로 전해지는 영적인 공포와 도덕적인 불안함을 강하게 느꼈다.

그는 때로 "그런 때는 내 영혼이 목구멍 속에서 파르르 떠는 것 같아"라고 말했다. 바로 그 순간, 그는 자신의 옆에 충직하고 믿을 수 있는 사람이, 같은 공간이 아니라 바깥채라도 좋으니 가까운 곳에 있어주었으면 하고 원했다. 자신과는 다르게 타락하지 않은 사람, 자신의 온갖 추잡함과 비밀을 보고도 충성심으로 인자하게 묵인할 수 있는 사람, 또 자신을 비판하거나 매도하거나 협박하지 않고 필요하다면 자신을 보호해줄 수 있는 사람. 그렇다면 대체 누구한테서? 누구인지 알 수 없지만 무섭고 위험한 인간으로부터일 것이다. 쉽게 말하면 자신과 다른 인간이면서도 친근하게 대할 수 있는 오래된 친구가 필요했다. 견딜 수 없이 마음이 괴로울 때면 그 친구를 만나서 얼굴을 보거나 실없는 농담을 하는 것만으로도 충분할 것 같았다. 그가 자신에게 화를 내지 않으면 마음이 가벼워지고, 그가 화를 낸다면 그때는 실망하면 될 것이다.

굉장히 드물기는 했지만 표도르는 한밤중에 바깥채로 나가서 그리고리를 깨우고 안으로 들어오라고 할 때도 몇 번 있었다. 그리고리가 안채에 들어오면 그는 허튼짓을 잠깐 하거나 엉뚱한 야유나 농담을 하고 돌려보냈다. 늙은 하인이 돌아가면 그는 침을 퉤 뱉고는 잠자리에 들었다. 그리고 눕자마자 마치 성자처럼 조용하고도 깊은 잠에 빠져들었다.

알료샤가 집으로 돌아온 이후에도 표도르에게는 이와 비슷한 일이 일어났다. 같이 살기 때문에 알료샤는 모든 것을 보았지만

'비난하지 않는다'는 점이 그에게 깊은 감명을 주었다. 더욱이 알료샤는 자신이 그동안 누구에게도 받아보지 못했던 정다움을 주었다. 알료샤는 이 노인을 경멸하지 않았을 뿐 아니라 아버지의 자격이 없는 그에게 늘 친절하고 자연스럽게 소박한 애정을 표현했다. 이런 알료샤의 태도는 지금까지 가정다운 가정생활을 해본 적이 없는 늙은 한량이자 '추악한 것'만 좋아한 표도르에게 뜻밖의 선물과 같았다. 그래서 알료샤가 수도원으로 들어가자 그는 지금까지 관심도 없었던 것들을 이제야 조금은 이해하게 되었다고 인정했다.

이미 첫머리에서 늙은 하인 그리고리가 주인의 전처이며 드미트리의 생모인 아델라이다는 미워했지만 후처인 '미친 여자' 소피아는 끝까지 보호해주려고 했다고 언급했다. 그는 소피아에 대해 나쁘거나 경솔하게 말하는 사람들을 혼내주었고 표도르와 이 문제로 여러 번 싸우기도 했다. 그는 불행한 마님에게 동정심을 느꼈고 세월이 흘러서 20년이 지난 지금도 누군가 소피아에 대해 욕을 하면 당장 무안을 주었다. 그리고리는 무척 냉철하고 의젓하며 진중한 사람이었다. 그가 가끔 입을 열 때는 말 한 마디마다 무게감이 있었고 신중했다. 그래서 그가 순종적이고 얌전한 자신의 아내를 어떻게 생각하는지 겉으로는 알기 힘들었다. 그러나 그는 아내를 진심으로 사랑했고 아내도 물론 이 점을 잘 알고 있었다.

그의 아내인 마르파는 어리석지 않았을 뿐만 아니라 남편보다 현명했을 수도 있다. 그에 비하면 살림 솜씨가 무척 실속 있었다.

그녀는 그와 부부가 된 이후 불평이나 말대꾸를 하지 않고 남편이 정신적으로 자신보다 뛰어남을 인정하고 복종하며 존경했다. 그러나 이 부부는 일생을 함께하면서 피할 수 없는 일상을 빼고는 서로 대화를 나눈 일이 매우 드물었다. 그리고리는 자신의 일이나 걱정거리에 대해 늘 엄격하게 혼자서만 생각하는 성격이었고, 마르파는 남편이 충고나 간섭을 원하지 않는 것을 일찍 깨달았다. 그녀는 자신이 말을 하지 않으면 남편이 오히려 자신을 영리하게 생각한다는 것도 잘 알았다. 그리고리는 아내를 평생 때리지 않았지만 딱 한 번 가볍게 손을 댄 적이 있었다. 표도르가 아델라이다와 결혼하던 해에 그 시절 아직 농노였던 마을 처녀들과 부인들이 이 지주 댁에 불려 와서 노래를 부르고 춤을 춘 적이 있었다. '푸른 초원에서'라는 노래가 시작되자, 그때만 해도 새색시였던 마르파가 노래하는 여자들 앞으로 나가서 색다른 동작으로 '러시아 춤'을 추었다. 보통 아낙네들이 추는 시골 춤이 아니었고, 그녀가 미우소프 댁에 하녀로 있었을 무렵 모스크바에서 온 무용 선생에게 배운, 그 집의 사설 극장 무대에서 추었던 세련된 춤이었다. 그리고리는 아내가 춤을 추는 동안 말없이 바라보았다. 그러나 1시간쯤 뒤 아내가 집에 돌아오자 머리카락을 가볍게 잡아당기며 혼을 냈다. 그가 아내에게 손찌검을 한 것은 그것이 처음이자 마지막이었고 마르파는 그 이후 춤을 출 생각조차 하지 않았다.

그들은 자식이 없었다. 아기가 한 번 생겼지만 곧 죽고 말았다. 그리고리는 어린애를 몹시 좋아했고 자신의 그런 점을 감추려 들

214

지 않았다. 즉, 자기 입으로 그렇게 말했다. 아델라이다가 집을 나가자, 그는 세 살짜리 드미트리를 맡아서 코도 닦아주고 머리도 빗겨주면서 1년이 넘도록 돌봤다. 그 뒤에도 이반과 알료샤를 맡아서 길렀는데 이것 때문에 빰을 맞은 것도 앞서 밝혔다. 본인 자식을 통해 즐거움을 느낀 것은 아내의 뱃속에 들어 있을 때뿐이었다. 막상 아이가 태어나자 그의 기대는 놀라움과 슬픔으로 변했다. 아들이었지만 육손이었기 때문이다. 그리고리는 실망해서 아기가 세례를 받을 때까지 말도 하지 않고 정원에만 머물렀다. 봄이어서 사흘 내내 말없이 정원의 채소밭을 일구기만 했다. 사흘째 되던 날 아기는 세례를 받을 예정이었고 그리고리는 속으로 결심한 것처럼 보였다. 신부가 세례 준비를 마치고 손님들도 모여서 마침내 대부가 될 표도르까지 나타났을 때, 그리고리는 갑자기 "이 아이에게는 세례가 필요 없다"고 말했다. 물론 소리친 것은 아니고 더듬거리며 겨우 말하고 나서 희미한 시선으로 신부를 물끄러미 쳐다보았다.

"왜 그러시오?"

신부가 놀라워하며 물었다.

"이 아이는 이무기니까요."

그리고리가 중얼거리듯이 말했다.

"이무기? 이무기가 도대체 뭐요?"

그리고리는 잠시 말이 없었다.

"천지신명의 실수로 나온 것입니다."

그는 몹시 모호한 말을 단호하게 중얼거린 뒤 이 일에 대해서는 더 말하고 싶어 하지 않았다. 모두 실컷 웃었지만 불쌍한 아기의 세례는 원래대로 진행되었다. 그리고리는 성수반(聖水盤) 옆에 서서 열심히 기도했다. 끝내 그는 아기에 대한 생각을 바꾸지 않았지만 다른 사람을 막으려고 하지도 않았다. 이 불완전한 아기는 2주일을 더 살았는데 그동안 그는 아기를 한 번도 들여다보지 않았고 내내 밖에 있었다. 하지만 보름 후 아기가 아구창으로 죽자 그제야 아기를 관 속에 누이고 몹시 슬퍼하며 그 관을 바라보았다. 얕은 흙구덩이에 관을 묻은 뒤, 무릎을 꿇은 채 아기의 무덤을 향해 머리가 땅에 닿을 정도로 절했다. 그 뒤로 세월이 많이 흐르는 동안 그는 죽은 아기에 대해 이야기를 꺼내지 않았다. 마르파도 남편에게 아기 이야기를 꺼내지 않았고 가끔 남편이 없을 때 '갓난아기'에 대한 말을 하려면 귓속말로 소곤거렸다. 마르파가 말하길 그리고리는 아기를 묻고 난 뒤 종교에 몰두해서 《순교자 열전》을 읽었다고 한다. 그는 크고 둥근 은테 안경을 쓰고 눈으로만 읽었는데, 사순절을 제외하고는 소리 내어 읽지 않았다. 그는 구약 성경의 〈욥기〉를 주로 읽었고, 어딘가에서 '하느님의 성스러운 사제'인 성 이삭 시린의 잠언집과 설교집 등을 구해서 여러 해 동안 꾸준히 읽었다. 하지만 내용은 제대로 이해하지 못했다. 그러나 이해하지 못했기 때문에 더욱 그 책을 소중하게 생각하고 사랑했는지도 모른다. 최근 들어서 편신교의 교리에 관심을 두고 심한 충격을 받은 것 같았지만 구태여 새로운 종교로 전향할 생각은 하지 않았다.

216

열심히 종교 서적을 읽어서 지식을 쌓은 덕분인지 그는 전보다 더 엄숙해 보였다.

그리고리에게는 아마도 본디 신비주의 경향이 있었을 것이다. 그런데 마치 주문을 외운 것처럼 육손이 아기의 출생 그리고 죽음과 동시에 해괴한 사건이 생기는 바람에 그가 훗날 말한 대로 그의 마음에 깊은 '자국'이 생긴 것이다. 그것은 육손이 아기를 묻은 바로 그날 밤에 생겼다. 깊은 밤, 마르파는 갓난쟁이의 울음소리를 듣고 문득 잠에서 일어났다. 그녀는 깜짝 놀라서 남편을 깨웠다. 그리고리는 오랫동안 가만히 들어보더니 갓난아기의 우는 소리가 아니라 사람의 신음소리, 그것도 '여자'의 신음소리 같다고 말했다. 그는 일어나서 옷을 입었다. 꽤 따뜻한 5월의 어느 밤이었다. 현관의 층계로 나와서 귀를 기울이니 신음소리는 분명히 정원에서 들려왔다. 밤이 되면 정원은 안에서 자물쇠를 채우지만 정원 둘레에는 높고 튼튼한 울타리가 둘러져 있어서 그 문을 열지 않으면 정원 안으로 들어갈 수 없게 되어 있었다. 그리고리는 일단 방으로 돌아온 뒤 초롱에 불을 켜고 정원을 열 수 있는 열쇠를 손에 쥐었다. 그리고 마르파가 겁에 질려서는 죽은 아기가 울면서 자신을 부르는 것 같다며 히스테리를 부려도 아랑곳하지 않고 말없이 정원으로 나갔다. 샛문 가까운 정원 한구석의 목욕탕에서 신음소리가 들렸고 그것은 분명히 여자의 신음소리였다. 목욕탕 문을 열자, 그리고리는 눈앞의 광경을 보고 말뚝처럼 그 자리에 서버렸다. 읍내를 돌아다니는, 리자베타 스메르자시차야*라고 불리는 백치 아가씨가 목욕탕에서 아기를 낳았기 때문이었다. 어머니 옆에 아기가 누워 있었고 산모는 아기 옆에서 죽어가고 있었다. 그녀는 아무런 말도 하지 못했다. 본디 말을 할 수 없었기 때문이다. 하지만 이 사건은 특별한 설명이 필요할 것이다.

---

* '악취가 나는 여자'라는 의미이다.

2. 리자베타 스메르자시차야

이 사건에는 그리고리를 깊숙하게 흔드는 특별한 사정이 있었다. 예전부터 그가 품고 있던 불쾌하고 추악한 의혹이 분명한 사실이라는 것을 확인시켜주었기 때문이다. 리자베타 스메르자시차야는 키가 몹시 작아서 그녀가 죽은 뒤에 이 읍내의 신앙심 깊은 노파들은 "키가 140cm도 안 되는 꼬마였어!" 하고 안쓰럽게 소곤거렸다. 그녀는 이제 스무 살이 되었고 얼굴빛도 좋았지만 항상 넋나간 표정이었다. 눈동자는 온순했지만 늘 한곳만 바라보고 있어서 어딘지 모르게 불쾌감이 들었다.

리자베타 스메르자시차야는 여름이나 겨울이나 언제나 삼베옷을 걸치고 밤이나 낮이나 맨발로 나다녔다. 그녀의 새카만 머리카락은 양털처럼 곱슬거렸는데 마치 큰 모자를 쓴 것처럼 보였고 언제나 진흙탕이나 맨땅 위에서 자는 바람에 가랑잎, 대팻밥, 나뭇가지, 검불 같은 것들이 붙어 있었다. 그녀의 아버지는 일리야라는 사람이었는데 재산을 탕진하고 병이 든 채 집도 없이 품팔이를 하며 돌아다녔다. 그는 몇 년 전부터 읍내의 부자 상인 집에 얹혀살았다. 그녀의 어머니는 오래전에 죽었고, 병 때문에 신경질적이던 일리야는 딸이 집에 돌아오면 막무가내로 때려서 쫓아냈다.

하지만 그녀는 유로지비였고 어디를 가든 대접을 받았기 때문에 아버지에게 거의 들르지 않았다. 일리야의 주인과 아버지 일리야를 포함하여 읍내의 정 많은 상인과 부인들은 늘 속옷만 입은 리자베타에게 점잖은 옷을 입혀주려고 겨울이 오면 양털 외투를 입혀주고 장화도 신겨주었다. 그러나 리자베타는 그들이 입혀줄 때는 가만히 있다가 혼자 있게 되면 성당 문 앞 같은 곳에서 얻어 입은 모자와 외투, 치마, 장화 등을 전부 벗어던지고 전처럼 속옷만 입고 맨발로 가버렸다. 언젠가 현에 새로 부임한 지사가 순찰차 읍에 왔다가 우연히 리자베타를 보고 크게 불쾌해했다. 지사는 보고를 받고 그녀가 유로지비라는 것을 알았으나 젊은 아가씨가 속옷 차림으로 거리를 돌아다니는 것은 풍기문란이므로 앞으로는 이런 일이 없도록 하라고 지시했다. 그러나 지사가 돌아가자 리자베타는 다시 전처럼 방치되었다.

리자베타의 아버지가 죽자 사람들은 고아가 된 그녀를 더욱 친절히 대했다. 모든 사람이 그녀를 사랑하고 있었기 때문에 사내아이들이나 특히 장난꾸러기 초등학생들도 그녀를 못살게 굴지는 않았다. 그녀가 모르는 집에 불쑥 들어가도 아무도 내쫓지 않았고, 오히려 모두 귀여워하며 그녀에게 동전을 건네고는 했다. 그러나 그녀는 돈을 얻으면 성당이나 교도소에 가져가서 자선함에 넣었다. 시장에서 둥근 빵이나 흰 빵을 얻게 되어도 그냥 가지고 다니다가 처음 만나는 어린애에게 주거나 부잣집 부인에게 주어버렸다. 그러면 그들도 기뻐하며 그것을 받았다. 정작 리자베타 본인은 맹물에 검은 빵만 먹었다. 그녀는 거리낌 없이 큰 상점에 들어가 한참 앉아 있곤 했는데, 주인은 값비싼 상품과 돈이 있어도 그녀를 경계하지 않았다. 그녀 앞에 몇천 루블이 쌓여 있어도 단 1코페이카도 없어지지 않았기 때문이다. 교회는 거의 가지 않았고, 밤이면 성당 현관이나 남의 집 울타리를 넘어가서 채소밭에서 잤다(읍내에는 아직도 담장보다 생나무로 된 울타리를 두른 집이 많다). 그래도 겨울이 되면 일주일에 한 번 가던 자신의 집(더 정확하게 말하면 아버지의 주인집이지만)에 매일 밤늦게 들어가서 현관이나 마구간에서 잠을 자고 아침이면 또 사라졌다.

리자베타 스메르자시차야가 이런 생활을 탈 없이 해내는 것을 보고 사람들은 놀랐지만 그녀에게는 이미 습관이 되어서 아무렇지 않았다. 그녀는 키가 작았지만 몸은 굉장히 튼튼했다. 고장의 유지들 중 어떤 사람은 그녀가 자존심 때문에 이런 생활을 하는 것이라고 잘라 말하기도 했지만 그런 생각은 앞뒤가 맞지 않았다. 말도 제대로 못하고 가끔 혀를 굴리며 웅얼거리는 소리를 낼 뿐인 그녀에게 자존심이 있을 것 같지는 않았다.

꽤 오래전에는 이런 일도 있었다. 9월의 어느 날 보름달이 뜬 따뜻한 밤이었다. 너무 늦은 시간에 술집에서 만취한 사내 대여섯 명이 '뒷길'을 통해 집에 가고 있었다. 골목의 양 옆은 생나무 울타리로 이어졌고 울타리 너머에는 채소밭이 있었다. 그 골목길을 계속 걸어 나가면 시궁창 위에 있는 다리로 곧장 연결되었다. 그들은 그 생나무 울타리 옆의 쐐기풀과 우엉이 울창하게 자란 곳에서 리자베타가 잠든 것을 보았다. 술에 취한 이 사내들은 음담패설을 늘어놓았다. 그리고 갑자기 한 사람의 머릿속에 해괴한 생각이 떠올랐다.

"누가 이 짐승 같은 백치를 여자로 만들 수 있을까? 지금 이곳에서 당장."

꽤 이름난 놈팡이 사내들도 이 말을 듣고 모두 얼굴을 찌푸리고 고개를 저으며 불가능하다고 답했다. 그런데 일행 중에 끼어 있던 표도르가 앞으로 나오더니 얼마든지 가능하며 남다른 재미도 있을 거라고 말했다. 이 시절의 표도르는 어릿광대처럼 사람들을 웃기는 일을 취미로 즐기고 있었다. 겉으로 보기에는 이들과 잘 어울리는 것 같았지만 실상은 일종의 하인 같은 존재였다. 게다가 이 일이 있었던 때는 첫 번째 아내였던 아델라이다가 페테르부르크에서 사망했다는 소식이 들려왔을 무렵이었다. 표도르는 모자에 상장(喪章)을 달고 온갖 추태를 부렸기 때문에 그 지방의 이름난 난봉꾼들도 고개를 저을 정도였다.

표도르가 예기치 않은 주장을 펼치자 그들은 모두 크게 웃었다.

어떤 사람은 표도르에게 지금 당장 그것을 증명해 보이라고 부추겼다. 물론 다른 사람들은 생각만 해도 더러운 듯이 침을 뱉었지만 여전히 흥겨운 분위기였다. 오랫동안 그렇게 시시껄렁한 농담을 주고받다가 그들은 결국 각자의 집으로 돌아갔다. 표도르도 맹세코 나중에 그들과 함께 분명히 그곳을 떠났다고 성호까지 그었다. 표도르의 말이 사실일 수도 있지만, 그 일에 대해 정확하게 알고 있는 사람이 없었기 때문에 검증할 방법은 없었다. 대여섯 달이 흐른 뒤, 마을 사람들은 리자베타의 배가 불렀다며 격분하여 수군댔다. 범인을 찾아내려고도 했지만 누구인지 알아내지는 못했다. 그런데 별안간 리자베타의 배가 부르게 한 장본인이 표도르라는 소문이 떠돌았다. 도대체 이런 소문이 어디로부터 날아들었을까?

 그날 밤 함께 있었던 난봉꾼 가운데 읍내에 살고 있는 사람은 단 하나로, 그는 다 자란 딸들을 둔 가장이었고 오등관(五等官)이라는 사회적으로도 높은 지위에 있었기 때문에 그런 일이 있었다 해도 함부로 말할 사람은 아니었다. 그 외에 5명은 이미 오래전에 다른 지방으로 이사한 뒤였다. 소문은 곧바로 표도르를 향했고, 아직도 그에 대한 의심이 남아 있는 상태였다. 또한 표도르도 이런 소문에 대해 거세게 항의하지 않았다. 하찮은 장사꾼이나 마을 사람들에게 미주알고주알 변명할 필요를 못 느꼈기 때문이었다. 그 무렵의 그는 몹시 거드름을 피웠고 어릿광대짓을 하더라도 관리나 귀족들만을 대상으로 하고 있었다.

 그때 그리고리가 주인을 위해 온 힘을 다해 편을 들었다. 그는 그저 비난으로부터 주인을 보호하려고 했을 뿐만 아니라 그 소문을 없애기 위해 싸움과 언쟁을 벌였다.

"그 난쟁이 여자가 잘못한 거야."

그는 자신만만하게 말했다. 그가 말하는 범인은 '집게손 카르프'였다. '집게손 카르프'는 이 고장에서는 모두 다 아는 흉악범이었고 감옥에서 탈출해서 숨어 지내던 사람이었다. 그의 추리는 꽤 그럴듯했다. 사람들은 그해 초가을 그날 밤 무렵, 카르프가 밤중에 행인 3명을 공격하고 강도짓을 벌인 것을 알고 있었다.

어쨌든 이런 일들은 불쌍한 유로지비에 대한 사람들의 동정심을 앗아가지 않았고 오히려 전보다 더욱 그녀를 보살피고 감싸주게 하였다. 부유한 상인의 미망인인 콘드라치예브나는 4월 말에 리자베타를 자신의 집으로 데려와서 아이를 낳을 때까지 밖에 나가지 못하게 했다. 그 집 사람들이 리자베타를 감시했지만, 아이를 낳기 바로 전날 밤에 리자베타는 콘드라치예브나의 집을 몰래 빠져나와서 표도르의 집에 나타났다. 그녀가 만삭으로 어떻게 높고 튼튼한 울타리를 넘었는지는 아직도 수수께끼였다. 누군가는 어떤 이가 그곳으로 '옮겼을' 거라고 했고 또 누군가는 '악마가 그곳으로 데려다주었을 것'이라고 주장했다. 어떻게 된 일인지 알 수 없는 것은 마찬가지이지만 가장 그럴 듯한 추측은 자연스럽게 그렇게 되었을 것이라는 주장이었다. 리자베타는 평소에도 채소밭에서 잠을 자려고 울타리를 잘 넘어 다녔으므로, 그날 밤에도 있는 힘을 다해 울타리로 올라가서 뛰어내렸으리라는 거였다.

그리고리는 마르파에게 가서 리자베타를 돌봐주라고 한 뒤 근방에 사는 늙은 산파를 부르러 달려갔다. 갓난아기는 목숨을 건졌으나 리자베타는 새벽에 결국 숨을 거두었다. 그리고리는 갓난아기를 안고 집으로 돌아와 아내의 무릎에 내려놓았다.

"고아는 하느님의 자식이기 때문에 누구에게나 친척이오. 우리 부부에게는 더욱 그렇소. 이 아기는 마귀와 천사 같은 어미 사이에서 태어났지만 죽은 우리 아기가 자신을 대신하여 보내준 거요. 그러니까 이 아기를 기르고 앞으로는 울지 마시구려."

그래서 마르파는 아기를 길렀다. 이름은 파벨이었는데 세례도 받고 누가 정한 것도 아닌데 자연스럽게 표도로비치라고 불렀다. 표도르는 리자베타의 일은 부정하면서도 아기에 대해서는 자못 재미있게 여기는 듯했다. 표도르가 어린애를 맡게 된 것을 사람들도 만족스럽게 여겼다. 후에 표도르는 어머니의 별명인 스메르자시차야에서 가져온 스메르자코프라는 성도 붙여주었다. 이 이야기의 시작 부분에 그리고리 부부와 별채에서 살고 있던 표도르의 두 번째 하인이 바로 그 스메르자코프였다. 그는 이 집의 요리사였다. 이 스메르자코프에 대해서 특별히 짚고 넘어갈 것이 있지만, 하찮은 하인들의 이야기로 독자를 괴롭히는 것은 미안한 일이므로 그에 대해서는 이야기 전개에 따라서 자연스럽게 언급하기로 하고 지금은 일단 다음의 이야기로 넘어가겠다.

3. 뜨거운 마음의 고백, 시의 형식으로

알료샤는 아버지가 수도원을 떠나며 마차에서 큰 소리로 자신에게 한 말을 듣고 어리둥절한 표정으로 잠시 서 있었다. 그러나 마냥 그렇게 서 있을 수도 없어서 그는 불안한 마음을 억누르며 수도원장의 부엌으로 달려가서 아버지가 식당에서 무슨 일을 저질렀는지 알아보았다. 그런 뒤 지금까지 자신을 괴롭힌 문제들을 해결할 수 있을지 모른다는 막연한 기대를 가지고 읍내 쪽으로 걸어갔다. 미리 말해두자면, 그는 '베개와 이불을 몽땅 가지고 오라'는 아버지의 명령을 신경 쓰지 않고 있었다. 아버지가 그렇게 크게 외치며 명령을 한 것은 순간적인 '감정'일 뿐으로, 무대 효과를 더 극적으로 연출하기 위해서라는 것을 그는 잘 알고 있었다. 비슷한 사례로 이 고장의 상인이 자신의 명명일 잔치에서 만취하여 보드카를 더 가져오지 않는다고 손님들이 있는 곳에서 물건을 마구 깨고 아내의 옷을 찢어버리고 유리창까지 깬 일이 있었다. 이런 일도 아버지의 사건처럼 과장된 연기였다. 다음 날 술에서 깬 상인이 깨진 접시와 찻잔을 몹시 아까워한 것은 당연한 일이다. 알료샤는 그래서 아버지도 내일이나 오늘 안으로 자신에게 다시 수도원으로 가라고 할 수도 있다고 생각했다. 알료샤는 아버지가 다른 사람도 아닌 자신을 모욕할 리가 없다고 굳게 믿었다. 그는 이 세상에서 자신을 모욕하려는 사람은 없으며, 그런 마음조차 가질 수 없다고 믿었다. 그에게 이것은 증명이 필요하지 않은 확실한 공리(公理)였고, 그는 이런 면에서는 목표를 향해 흔들리지 않고 나아갈 수 있었다.

그렇지만 그때 그의 마음에는 전혀 다른 공포가 서렸으며, 그것이 무엇인지 스스로 설명할 수 없었기 때문에 더욱 두려웠다. 그것은 여자에 대한 두려움, 즉 호흘라코바 부인 편에 편지를 보내 이유는 모르지만 반드시 자신에게 와달라고 한 카체리나에 대한 공포심이었다. 그녀의 요구와 반드시 가야 한다는 상황이 그의 마음에는 엄청난 부담으로 다가왔다. 수도원과 수도원장의 식당에서 일어난 여러 가지 소동이 있었지만 아침 내내 두려움이 되어 그를 괴롭히고 시간이 지나면서 더욱 심하게 그를 조여 왔다. 그가 두려움을 느끼는 것은 그녀가 무슨 말을 할지, 또 자신이 어떻게 대답해야 할지 몰라서도 아니고, 그녀가 여자라서 그런 것도 아니었다. 그는 수도원에 들어오기 전까지 여자들 사이에서 자랐기 때문에 여자에 대해 무지하기는 했지만 여자를 무서워하지는 않았다. 그는 여자가 아니라 카체리나가 두려웠다. 처음 본 순간부터 그녀가 무서웠다. 그녀를 본 것은 한두 번으로 많아도 세 번이었고, 우연하게 몇 마디 대화를 나눈 것이 전부였다.

카체리나는 그의 기억 속에서 무척 미인이고 자존심이 아주 강하며 위압적이었다. 하지만 그를 괴롭힌 것은 그녀의 아름다움이 아닌 다른 무엇이었다. 그래서 자신의 두려움을 설명할 수 없기 때문에 그가 느끼는 공포감은 더욱 커져만 갔다. 알료샤는 그녀의 목적이 더할 나위 없이 고귀하다는 것을 잘 알고 있었다. 그녀의 목적은 그녀의 정의감으로 자신에게 죄를 지은 드미트리를 구원하는 것이었다. 알료샤는 그녀의 아름답고 넓은 마음을 인정해야 한다고 생각하면서도 그녀의 집이 가까워지자 점점 더 공포 때문에 서늘해졌다. 알료샤는 카체리나와 가깝게 지내는 둘째 형 이반이 그녀의 집에 와 있지는 않을 거라고 생각했다. 이반은 아마 아버지와 함께 집에 있을 것이다. 그리고 드미트리도 분명히 거기에 없을 거라고 예상했다. 그렇다면 그와 카체리나 단 두 사람만 이야기를 나누게 될 것이다. 그는 이 운명적인 만남이 이뤄지기 전에 우선 큰형 드미트리를 잠시라도 만나고 싶었다. 그녀가 보낸 편지를 보여주지 않아도 짧게 이야기를 나누고 싶었다. 그러나 드미트리는 읍내의 저쪽 끝에 살고 있었고 지금은 집에도 없을 것 같았다. 그는 약 1분 정도 그 자리에서 망설이다가 마침내 결심하고, 습관처럼 빠르게 성호를 긋고 웃음을 머금은 채 당당한 태도로 무서운 그녀의 집으로 걸어갔다.

알료샤는 카체리나의 집을 잘 알고 있었다. 볼쇼이 거리를 지나 광장을 거쳐서 가면 꽤 멀리 돌아가게 된다. 작은 읍내였지만 집들이 떨어져 있어서 잘못하면 아주 멀리 돌아가게 될지도 몰랐다. 또 아버지는 아까 한 말을 기억하면서 자신을 기다리고 있을지도 몰랐다. 아버지를 기다리게 하지 않으려면 가능한 한 빨리 다녀와야 했다. 알료샤는 고민을 하다가 결국 뒷길을 통해 질러가는 방법을 택했다. 그는 읍내의 지름길은 손바닥 보듯 훤히 꿰고 있었다. 그러나 뒷길이라고 해도 거의 길은 없고, 낡은 울타리를 따라 걷다가 이따금 남의 집 담을 넘고 마당을 가로질러야 했는데, 남의 집이기는 해도 모두 알고 있는 사람들이라 서로 인사를 나누는 사이였다.

하여튼 이 지름길을 선택해서 볼쇼이 거리로 나오는 시간이 절반으로 줄어들었다. 하지만 중간에 아버지의 집 바로 옆을 지나야 하는 곳이 있었다. 아버지네 바로 옆집 정원이었는데 그 집은 창문이 네 개 있는 기울어가는 작은 집이었다. 그 집의 주인은 알료샤가 알기로는 읍내 사람이었고 다리가 불편한 노파로 딸과 둘이 살고 있었다. 노파의 딸은 페테르부르크에서 장군 댁 같은 곳에서 최근까지 하녀로 지낸 탓에 세련됐는데, 1년 전부터 어머니의 병간호 때문에 고향에 돌아왔고 세련된 옷차림을 한 멋쟁이였다. 그런데 이 모녀는 형편이 안 좋아져서 카라마조프네 집으로 날마다 수프와 빵을 얻으러 왔고, 마르파도 싫어하지 않고 이들에게 먹을 것을 나누어주었다. 하지만 딸은 음식을 얻으러 다니면서도 자신의 옷은 팔지 않았는데, 그녀의 옷 중에는 귀부인의 야회복처럼 치마가 긴 옷도 있었다. 물론 이 마지막 내용은 읍내에 관련된 것이면 훤히 알고 있는 라키친에게서 우연히 들은 것이다. 알료샤는 그 말을 듣고 곧 잊었지만 지금 그 집 정원에 오자 문득 그 긴 치마가 떠올라서 깊은 생각에 잠겼다가 머리를 갑자기 들었다. 그는 그곳에서 뜻하지 않았던 사람과 갑자기 마주쳤다.

맏형 드미트리가 옆집 정원의 울타리 안에서 무언가에 올라선 채 몸을 앞으로 내밀고 알료샤에게 필사적으로 손짓을 하고 있었다. 혹여 누가 들을세라 소리는커녕 말하는 것조차 두려워하는 눈치였다. 알료샤는 곧장 울타리 근처로 달려갔다.

"네가 마침 봐서 다행이다. 하마터면 소리내 부를 뻔했네."

드미트리가 반가워하며 빠르게 소곤거렸다.

"이쪽으로 넘어와! 빨리! 아, 난 네가 와서 무척 기쁘다. 방금 네 생각을 하던 참이었지."

알료샤도 마찬가지로 반가웠지만 울타리를 어떻게 넘을지 몰라서 잠시 망설였다. 그러자 미차가 굳센 팔로 알료샤의 팔꿈치를 잡았고 알료샤는 긴 수도복을 걷은 채 마을의 장난꾸러기들처럼 잽싸게 울타리를 뛰어넘었다.

"자, 됐다! 이제 가자!"

입가에 흡족한 미소를 띤 채 미차는 속삭였다.

"어디를요?"

주위를 둘러보며 알료샤도 속삭였다. 두 사람 이외에는 텅 빈 정원에 아무도 없었다. 정원은 무척 작았지만 그들이 있는 곳에서 노파의 집까지는 50보 이상 떨어져 있었다.

"아무도 없는데 왜 속삭이는 거예요?"

"왜 속삭이느냐고? 내가 그랬어? 빌어먹을."

드미트리가 갑자기 크게 외쳤다.

"그래, 속삭였느냔 말이지? 그런데 너도 알다시피 사람은 가끔 자신도 모르게 이상해질 때가 있지. 난 지금 여기 숨어서 다른 사람의 비밀을 감시 중이야. 나중에 자세한 건 말하겠지만 비밀이라는 생각을 하다 보니 바보 같은 짓을 하고 말았구나. 목소리를 죽일 필요까지는 없었는데. 이제, 저쪽으로 가자! 그때까지는 조용히 해라. 너에게 입이라도 맞추고 싶구나!

무한히 높은 곳에 영광,
내 마음 높은 곳에 영광!

네가 오기 전까지 여기에 앉아서 이 구절을 되풀이해서 읊고 있었지."

1헥타르 정도의 정원은 사과나무, 떡갈나무, 보리수, 자작나무 등의 나무들이 울타리를 따라 사방에 둘러져 있었다. 텅 빈 풀밭은 가운데에 있었는데, 여름에는 이 풀밭에서 200kg 정도의 건초를 얻을 수 있었다. 봄이 오면 노파는 이 정원을 몇 루블만 받고 남에게 빌려주었는데 자두나무, 살구나무, 딸기밭은 모두 울타리 옆에 있고 최근에 만든 채소밭만 주인집 옆에 있었다. 그 집에서 가장 멀리 떨어진 으슥한 곳으로 드미트리는 동생을 데려갔다. 그곳에는 울창한 보리수, 자두나무, 말오줌나무, 까치밥나무, 라일락 등의 고목이 있었고, 지붕은 기울어지고 녹색 칠도 검게 변한 부서진 낡은 정자도 보였다. 그 정자는 사방의 벽에 격자창이 있었고 지붕은 비를 겨우 막을 수 있을 정도였으며 검게 그을린 상태였다. 소문에 따르면 언제 정자가 세워졌는지는 알 수 없지만 약 50년 전에 알렉산드르 폰 슈미트라는 퇴역한 중령이 지었다고 했다. 하지만 지금은 마루는 썩어서 판자가 흔들리고 기둥에서는 곰팡이 냄새가 나는 등 건물 전체가 완전히 낡아 있었다. 정자의 바닥에는 고정된 녹색 나무 탁자가 한 개 있었고 사람이 앉을 만한 녹색 의자도 몇 개 있었다. 알료샤는 형이 몹시 들뜬 상태라는 것을 알고 있었는데 역시나 정자에 들어가니, 탁자 위에 반쯤 마시다 만 코냑과 유리잔이 있었다.

"코냑이야!"

미차가 소리 내어 웃었다.

"'또 술이야?' 하는 표정이구나. 하지만 환영을 믿지 마라.

허황되고 거짓된 무리를 믿지 말지어다,

그리고 마음속 의심을 버려야 할지어니……*

---

* 1800년대 러시아의 시인 네크라소프의 시이다.

232

나는 술타령을 하는 게 아니라 네 친구인 돼지 같은 라키친의 말처럼 술을 그저 '즐기는' 거란다. 그놈은 훗날 오등관이 되면 술을 즐기느니 어쩌니 하면서 떠들어댈 거다. 알료샤, 앉거라. 나는 너를 내 가슴에 안고 싶구나. 으스러질 정도로 내가 이 세상에서…… 정말…… 진심으로…… 잘 들어라, 알았니? 내가 정말 사랑하는 사람은 너뿐이야!"

드미트리는 마지막에는 정신을 잃은 것처럼 말했다.

"너 하나만…… 아니 한 명 더 있구나, 나는 '더러운 여자'한테 반했어. 그래서 신세를 망쳤지. 하지만 반한다는 게 꼭 사랑한다는 걸 의미하는 건 아니야. 미워하면서도 반할 수는 있으니까. 잘 들으렴! 이제 잠깐 즐겁게 얘기를 나누자. 어서 탁자 앞에 앉거라. 나는 네 옆에 앉아서 너를 바라보며 전부 얘기해주고 싶구나. 넌 그냥 가만히 앉아서 듣기만 하면 돼. 너에게 전부 얘기해줄 때가 되었지. 하지만 내 생각에 이곳에서는 작게 얘기해야 할 것 같다. 왜냐하면 이곳은…… 이곳은…… 혹시 누가 엿들을지도 모르니까. 어쨌든 모든 것을 전부 설명할게. 이제 일어날 일까지 전부 말이야. 그런데 너를 왜 이렇게 만나고 싶어 했는지 알고 있니? 내가 이곳에 닻을 내린 지 벌써 닷새나 되었어. 내가 그동안 너를 마냥 기다렸던 것은 무엇 때문일까? 왜냐하면 오직 너에게만 전부 털어놓으려고 했기 때문이야. 그래야 하니까, 네가 필요했으니까 말이야. 난 내일 구름 위에서 떨어져서 지금까지의 인생에 작별을 고하고 동시에 새로운 인생을 시작하게 될 거야. 혹시 너는 꿈에서 산꼭

대기 분화구 안으로 떨어진 적이 있었니? 그런데 나는 지금 꿈속이 아니라 현실에서 생생하게 떨어지고 있단다. 하지만 난 두렵지 않으니 너도 두려워하지 마라. 아니, 두렵지만 그게 나에게는 기분 좋은 일이니까, 아니 기분 좋은 건 아니지. 이건 환희야…… 젠장, 어쨌든 마찬가지야. 강하거나, 약하거나, 여자 같거나, 그 정신은 같아! 그런데 자연을 정말 찬양해야겠다. 햇빛은 밝고, 하늘은 맑고, 나뭇잎들은 푸르고, 한여름 같은 이 조용한 날 오후 3시의 고요함이 어떠냐! 그런데 너는 지금 어디로 가던 참이냐?"

"아버지에게요. 하지만 그전에 카체리나 씨의 집에 먼저 갈 생각이었어요."

"아버지와 그 여자에게? 왜 너를 이곳에 불렀을 것 같니? 내가 너를 만나고 싶어 한 이유는 무엇 때문이겠냐? 지푸라기라도 잡는 마음으로 너를 원하고 너를 갈망했던 것은 너를 아버지와 카체리나에게 보내서 그 두 사람과 모두 인연을 끊으려고 했던 거야. 천사를 보내는 거지. 아무나 보내도 되지만 이런 일에는 천사가 적역이니까. 그런데 그 천사가 그 두 사람에게 가는 길이었다는 거지?"

"정말 나를 보내려고 했나요?"

갑자기 알료샤가 고통스러운 표정을 지었다.

"가만있으렴. 넌 벌써부터 그걸 알고 있었어. 너는 단박에 모든 걸 이해해버린 것처럼 보이는구나. 어쨌든 잠시만 입을 조용히 다물어라. 실망할 것도 없고 눈물을 흘릴 것도 없어!"

드미트리는 자리에서 일어나서 손가락을 이마에 짚고 잠시 생각에 잠겼다.

"그 여자가 너를 불렀구나! 편지가 와서 지금 그 여자에게 가는 거지? 네가 먼저 그 여자 집으로 갈 이유는 없을 테니까."

"여기 편지가 있어요."

알료샤가 주머니에서 편지를 꺼내자 미차는 재빨리 그 편지를 읽었다.

"그래서 너는 뒷길로 온 거였군! 오, 하느님! 동생을 뒷길로 향하게 해서 나를 만나게 해주신 것에 감사드립니다! 이건 흡사 늙고 멍청한 어부에게 황금 물고기가 걸린 옛날이야기와 비슷하구나. 알료샤, 이제 알겠다. 내가 너에게 전부 얘기할 테니 잘 들어라. 누구에게는 어차피 해야 할 얘기야. 하늘에 있는 천사에게는 미리 다 말했지만 땅 위의 천사에게도 얘기해야지. 이 땅에서 천사는 바로 너니까. 그러니까 내 얘기를 잘 듣고, 잘 생각한 다음에 나를 용서해라……. 나는 가장 고결한 사람에게 용서를 받고 싶다. 그런데 알료샤, 만약 어떤 두 사람이 갑자기 이 세상의 모든 것을 저버리고 전혀 모르는 미지의 세계로 가버린다면……. 아니면 최소한 그중에 한 사람이 아주 날아가거나 죽기 전에 다른 한 사람에게 자신을 위해 어떤 일을 해달라고, 임종 전에나 하는 부탁을 한다면, 그 사람은 그 부탁을 들어줄까? 그들이 만약에 친구나 형제라면 말이다."

"나라면 들어줄 것 같아요. 하지만 그게 무엇인지 빨리 말해요."

알료샤가 말했다.

"빨리 말하라고? 음……, 그런데 알료샤, 서두르지 마라. 넌 지금 몹시 초조하고 불안하구나. 하지만 서두를 필요가 없단다. 이제 세상은 새 궤도에 접어들었어. 알료샤야, 이 황홀한 경지를 네가 못 느끼는 것이 유감스럽구나! 그런데 나는 동생에게 무슨 바보 같은 소리를 하는 건지! 너에게 아무것도 못 느낀다고 말하다니, 왜 이런 바보 같은 소리를 하는지 나도 모르겠다.

인간이여, 고결할지어다!*

이건 누구의 시였지?"

알료샤는 더 기다리기로 마음먹었다. 자신의 의무는 여기에 있는지도 모른다고 생각했기 때문이다. 미차는 탁자 위에 팔을 올리고 손으로 턱을 괸 채 잠시 생각에 빠졌다. 두 사람 모두 말을 하지 않았다.

"알료샤. 너는 비웃지 않을 거야! 나는 내 참회를…… 실러의 《환희의 송가》로 시작하려고 했어……. '환희에 부치는 노래' 말이야! 하지만 난 그냥 '환희에 부치는 노래'만 알 뿐 독일어는 몰라. 내가 지금 취해서 술주정을 한다고 생각하지는 말아다오. 나는 멀쩡하니까. 코냑이 있긴 하지만 취하려면 두 병은 마셔야 하잖니…….

---

* 괴테의 시이다.

붉은 얼굴의 실레노스*는,

비틀거리는 나귀를 타고…….

하지만 난 반의 반 병도 안 마셨고 실레노스도 아니다. 실레노스
가 아니라 아마 실론**이 맞을 거야. 내가 중요한 결정을 했으니까.
지금 헛소리는 용서하거라. 너는 오늘 헛소리뿐만 아니라 더 많은
것을 용서해줘야 할 테니까. 근데 너무 걱정하지는 마라. 난 실없
는 말을 하려는 게 아니고 중요한 얘기를 하려고 하니까. 이제 곧
본론을 얘기하마. 빨리 시작해야지. 잠깐, 그런데 그 시는 어떻게
이어지지……?"

그는 고개를 들고 잠시 생각에 잠기더니 맹렬하게 시를 읊었다.

동굴에 사는 벌거벗은 야만인은

겁에 질려 바위 굴 안에 숨고

광야를 떠도는 유목민은

풍성한 들판을 황폐하게 만들더니

창과 활을 든 수많은 사냥꾼이

숲을 휩쓰는구나……

슬프구나, 파도에 여기저기 밀려서

쓸쓸한 바닷가에 버려진 죽음이여……!

---

* 술의 신 바커스의 양부이다.
** 굳건하고 강한 사람이라는 의미이다.

올림포스의 산정에서
어머니 데메테르가 땅으로 내려와
잃어버린 딸 페르세포네를 찾으려고 헤맬 때
험한 세상에는 반겨주는 이가 없고
여신은 갈 곳을 몰랐네
신들을 경배하는 신전은 없고
어디에도 성소를 지키는 이가 없구나

들판의 과일인 달콤한 포도도
잔치에 없고
피 묻은 제단에서
희생된 고깃덩이만이 연기처럼 사라지니
어디를 가고 어디를 봐도
여신의 슬픈 눈이 바라보는 곳에는
치욕에 빠진
죄 많은 인간의 참혹함뿐이라!

갑자기 미차는 가슴 깊이 흐느꼈다. 그는 알료샤의 손을 세게 잡
았다.

"동생아, 들었느냐. 치욕, 끝없는 구렁텅이다. 난 지금 치욕의 진
흙탕에 빠져 있어. 인간은 이 세상에서 수없이 많은 고통과 재앙을
겪어야 하지. 하지만 내가 장교 견장을 단 채 코냑을 마시고 방탕

함에 빠져 수치심도 잊은 천한 놈이라고 생각하지는 말아라! 나는 요즘 늘 치욕에 빠진 인간에 대해 생각한단다. 내가 지금 거짓말을 하고 있지 않다면 말이야. 이제야 거짓말을 하거나 허풍을 치는 게 아니라면 말이다. 내가 치욕에 빠진 인간을 생각하는 이유는 내가 바로 그런 인간이기 때문이야.

치욕의 구렁텅이에서
굳건하게 일어나려면
고대의 어머니인 대지와
영원히 하나로 결합할지어다.

하지만 문제는 내가 어떻게 해야 대지가 하나가 될 수 있느냐는 거지. 나는 대지에 입을 맞추지도 않고 대지의 가슴을 두드리지도 않아. 내가 어떻게 하면 농부나 목동이 될 수 있을까? 나는 내가 악취나 오욕 속에 들어가고 있는 건 아닌지, 광명과 환희를 향해 가고 있는 게 맞는지, 이렇게 살면서도 도무지 모르겠어. 바로 이것이 나의 불행이야. 나에게는 이 세상 전부가 수수께끼라니까! 나는 예전에 방탕하게 살면서 깊숙하게 치욕에 빠져 있을 때(물론 평생을 그렇게 살았지만) 늘 데메테르 여신과 인간을 노래한 이 시를 읽었지. 그렇다면 그 시가 나를 개과천선하게 해주었을까? 전혀! 그런 일은 절대 없었어. 왜냐하면 나는 카라마조프니까. 어차피 나락으로 떨어진다면 똑바로 떨어지는 것이 낫지. 또 창피하게 살면

서 어떤 만족을 느끼기도 하고, 더 나아가 이런 삶이 아름답다고
느끼기도 했지.

바로 그런 치욕 속에서 갑자기 하느님을 찬양하기 시작했어
……. '저는 저주받아 마땅한 야비한 놈이지만 하느님의 옷에 입
맞출 수 있게 허락해주세요, 제가 악마를 뒤따르고 있지만 그래도
하느님의 아들입니다, 저는 하느님을 사랑합니다, 이런 환희도 없
으면 그때는 세상이 성립되지 못하고 존재하지도 못합니다……'
라고 말이야.

하느님의 어린 양들의 영혼을
적시는 영원한 환희여!
그대는 신비스러운 발효의 힘으로
생명의 술잔을 불태운다
풀잎도 빛을 향하고
어둡던 카오스도 태양으로 키워서
점성가들도 알 수 없는
끝없는 우주에 가득 채우셨도다

풍요로운 자연의 품속에서, 환희여!
살아 숨 쉬는 모든 만물은 그대를 마시고
모든 창조물, 모든 사람들은
이끄는 그대의 뒤를 따른다

불행에 빠졌을 때 그대는 친구들을 주고
포도주와 꽃다발을 주었나니
벌레들에게는 정욕을 주고⋯⋯
이윽고 천사는 하느님 앞에 서리라

하지만 시는 이제 지겹구나! 자꾸 눈물이 나는구나, 나를 그냥
울게 두렴, 이런 멍청한 짓을 하면 모두 나를 놀리겠지만 너는 그
러지 않겠지. 그런데 너도 눈이 빨갛게 되었구나. 어쨌든 이제 시
는 그만하자. 이제부터는 '벌레'에 대한 얘기를 하자. 하느님께서
정욕을 보내주신 그 벌레에 대한 얘기 말이야.

벌레들에게는 정욕을!

동생아, 알겠느냐? 내가 바로 벌레란다. 이 시는 특별히 나를 얘
기한 거야. 그리고 카라마조프 집안사람들은 모두 이런 벌레야. 너
같은 천사의 마음속에도 벌레가 살 테고 그 벌레가 너의 피 안에
서 폭풍우를 일으키는 거야. 그건 폭풍우야, 왜 그러냐고? 폭풍 같
은 정욕이기 때문이지! 아니 폭풍보다 더하단다⋯⋯. 아름다움은
진실로 무섭다! 무엇이라고 정의내릴 수 없기 때문에 무섭고, 정
의를 내릴 수 없는 건 하느님이 던진 수수께끼이기 때문이다.
아름다움에는 반대의 것들이 하나로 뭉쳐져서 모든 모순이 한
덩어리가 된단다. 알료샤, 나는 배운 건 전혀 없지만 이 문제에 대

해서는 다양하고 깊게 생각해봤지. 이 세상에는 셀 수 없는 많은 신비와 수수께끼가 널려 있어서 늘 우리를 괴롭힌단다. 이 수수께끼를 풀어보라는 건 흡사 옷을 젖게 하지 않고 물에 들어갔다가 나오는 것과 똑같지. 아름다움! 또 내가 참을 수 없는 건, 드높은 고귀한 마음과 위대한 지성을 지닌 인간이 마돈나의 이상을 가지고 출발했다가 끝내 소돔의 이상으로 끝나는 거야. 그러나 더 무서운 게 있어. 그건 이미 소돔의 마음을 품은 남자가 마음속에서는 마돈나의 이상을 부정하지 못한 채 순진한 개구쟁이였던 때처럼 그 이상에 마음을 불태우고 있는 거야. 아, 인간의 마음은 넓고 넓구나. 그래서 난 좁혔으면 좋겠다고 생각한다. 이래서야 뭐가 뭔지 도무지 모르겠으니까! 맞아, 이성으로 보면 치욕적인 것이라도 마음의 눈으로 보면 지극한 아름다움으로 보이니 말이다.

소돔에도 아름다움이 있을까? 한번 믿어보렴. 소돔에 아름다움이 있다고 대부분의 인간은 생각하지. 이 비밀을 너는 알았니? 무서운 건 아름다움은 단지 무서울 뿐만 아니라 신비롭기까지 하다는 거야. 아름다움 안에서 악마와 신이 싸우고 그 싸움터는 바로 인간의 마음이야. 그렇지만 사람은 언제나 자신의 상처를 얘기하게 마련이지. 자, 이제 본론을 얘기하마.

4. 뜨거운 마음의 고백, 일화의 형식으로

"난 그곳에서 지낼 때 무척 방탕하게 살았어. 아버지는 내가 처녀들을 꼬드기려고 수천 루블을 썼다고 말했지만 그건 돼지 같은 망상이고, 나는 그런 적이 없어. 또 그렇다고 해도 '그런 일'을 위해서라면 한 푼도 필요 없지. 돈은 내게 장신구이고 영혼의 기운이며, 소도구일 뿐이니까. 오늘은 귀족의 딸이 애인이었지만 내일이 되면 거리의 천한 여자가 그 자리를 대신할 테지. 나는 양쪽 여자들 모두를 만족시켜줬어. 노래, 춤, 집시 처녀들에게 마구잡이로 돈을 썼어. 필요할 때는 돈을 주기도 했지. 돈을 받는 여자들이었으니까, 이건 진실이다. 여자들은 돈을 받으면 아주 좋아하고 감사함을 느낀단다. 나와 놀았던 여자들 중에는 귀부인들도 있었는데, 모두가 그런 건 아니지만 가끔은 그런 일들이 있었지.

하지만 내가 언제나 좋아한 것은 뒷골목이었다. 큰길 뒤에 있는 좁고, 꼬불거리고, 어둡고, 지저분한 곳 말이야. 그곳에는 늘 모험이 있었고, 예상 밖의 일들이 있었어. 그야말로 진흙탕 속에 있는 천연광(天然鑛)이었지. 이건 비유야, 알료샤. 내가 살던 그 읍내에는 진짜 '그런' 뒷골목이 있었던 건 아니고 도덕적인 뜻으로서의 뒷골목이 있었을 뿐이야. 하지만 네가 나와 같다면 그 뒷골목이 무엇을 뜻하는지 이해할 수 있겠지.

나는 방탕을 사랑하고, 방탕의 치욕을 사랑하고, 방탕의 잔인성마저 사랑했다. 이런데도 내가 빈대가 아니란 말이냐. 더러운 벌레가 아니란 말이냐. 아무래도 나는 카라마조프가 아니냐! 이런 적도 있었다. 어느 겨울 온 읍내 사람들이 마차 일곱 대에 나눠 타고 소풍을 갔었지. 나는 어두운 마차 안에서 옆에 앉은 처녀의 손을 잡고 강제로 입을 맞추었다. 아주 귀엽고 온순하고 가녀린 어떤 관리의 딸이었지. 그 아가씨는 내가 어둠 속에서 별짓을 다 하는데도 얌전히 있더구나. 아마 그다음 날이라도 당장 내가 집으로 찾아와서 청혼이라도 할 줄 알았던 모양이야. 나는 모두가 인정하는 좋은 신랑감이었으니까.

하지만 나는 그 뒤로 다섯 달이 지나도록 그 아가씨에게 말을 붙이기는커녕 아무것도 하지 않았어. 무도회에 가면—그곳에서는 무도회가 자주 열렸지—그 아가씨는 홀의 구석에서 나를 유심히 살펴보곤 했어. 그녀의 눈동자에는 조용한 분노가 끓어오르고 있었지. 이런 장난질은 내 안에 살고 있는 벌레의 더러운 욕정을 어느 정도 해결해줄 뿐이었어. 다섯 달 뒤에 그 아가씨는 어떤 관리와 결혼해서 그곳을 떠났어. 나를 원망하면서도 나를 사랑했던 것이 분명해. 지금 두 사람은 행복하게 잘 살고 있는 것 같더라.

여기서 분명히 말해두고 싶은 건 나는 그 아가씨에 대해서는 아무에게도 얘기하지 않았고 그 아가씨의 명예를 더럽힐 만한 소문도 낸 적이 없어. 야비한 욕망에 사로잡혔고 그 야비함을 사랑했지만 나는 결코 파렴치하진 않다. 그런데 너는 또 얼굴이 빨개졌구나? 눈빛도 이상하고? 너에게 이런 더러운 얘기는 그만해야겠다. 하찮은 얘기에 불과하니까. 폴 드 콕*의 서론에 불과할 뿐인 이야기 아니냐. 그런데 그 잔인한 벌레가 더 크게 자라서 내 마음을 완전히 지배하고 말았단다.

그때의 추억을 모으면 아마 멋진 사진첩이 될 거야. 오, 하느님, 그 귀여운 아가씨들을 축복하소서! 나는 여자들과 헤어질 때도 결코 다투지 않았다. 그 아가씨들의 비밀을 감싸고 이상한 소문도 전혀 내지 않았어. 맞아, 맞아, 이젠 이런 얘긴 그만하자. 내가 너에게 이런 쓸데없는 이야기를 하려고 너를 이리로 데려온 것은 아니니까! 그럼, 아니고말고! 이제부터는 더 진지한 이야기를 하마. 하지만 내가 이런 얘기를 하면서 부끄러워하기는커녕 오히려 신나는 표정을 짓는다고 이상하게 생각할 건 없다."

"내가 얼굴이 빨개져서 그러는 건가요?"

---

* 프랑스의 소설가로, 파리 하층민의 정욕 세계를 묘사하였다.

알료샤가 대답했다.

"형님이 그런 얘기를 하거나 과거가 그랬기 때문에 그랬던 건 아니에요. 나 역시 형님과 같은 사람이라고 느껴서 그런 거예요."

"네가? 그건 좀 지나친 표현이구나."

"아니요, 과장이 아니에요."

알료샤가 강하게 말했다. 그는 예전부터 그런 생각을 해온 것처럼 보였다.

"우리는 같은 계단 위에 서 있어요. 내가 가장 아래 계단에 서 있다면 형님은 더 위에 있는, 한 열세 계단 정도에 있는 게 다른 거죠. 나는 그냥 그렇게 생각해요. 결국은 모두 같다고……. 맨 아래에 있는 계단에 발을 놓으면 언젠가는 반드시 가장 위에 있는 계단까지 올라갈 수 있을 테니까요."

"그럼 처음부터 발을 내딛지 않으면 되겠네?"

"할 수 있으면요."

"그럼 너는 내딛지 않겠구나?"

"그럴 수는 없을 것 같아요."

"그만, 그만, 동생아, 아무 말도 하지 마라! 아, 난 지금 너의 손에 입을 맞추고 싶구나! 예를 들면 감격의 입맞춤 말이다. 그런데 악당 같은 그루센카는 사람을 제법 볼 줄 알아. 언젠가 나한테 너를 잡아먹겠다고 한 적이 있다. 자, 이제는 그만하자. 파리가 모이는 더러운 들판에서 나의 비극으로 무대를 옮기자. 이쪽 무대도 파리가 들끓고 온갖 더러운 것들이 모여 있긴 하지만, 어쨌든 얘기는 이렇다. 아까 아버지가 내가 순진한 아가씨를 꼬드겼다고 이러쿵 저러쿵했지만 사실 나의 비극에는 그 비슷한 일이 있긴 했지. 하지만 단 한 번뿐이었고 제대로 되지도 않았다. 그 늙은이는 내 비밀에 대해 잘 알지도 못하면서 그저 짐작만으로 대충 얘기할 뿐이니까. 나는 한 번도 누구에게 이 얘기를 한 적이 없다. 지금 처음으로 너에게 말하는 거야. 이반을 빼고 말이다. 이반은 전부 알고 있어. 벌써 예전부터 알고 있지. 하지만 이반은 마치 무덤 같으니까."

"이반 형이 무덤이라고요?"

"응, 입이 무겁다는 뜻이야."

알료샤는 온 힘을 다해 듣고 있었다.

"그때 나는 포병 대대의 주력 부대에서 근무 중이었어. 신참 소위였지만 장교 취급을 못 받고 마치 유형수처럼 항상 감시를 받고 있었지. 하지만 그 고장 사람들은 나를 반갑게 맞아주었지. 내가 돈을 흥청망청 쓰니까 아마 나를 부잣집 아들로 생각했던 것 같아. 하긴 나도 내가 부자라고 생각하고 있었지만 말이야. 하지만 돈 이외에도 내가 사람들에게 호감을 사는 무언가가 있었을 거야. 모두 나에게 고개를 내저으면서도 실제로는 나를 좋아했으니까.

그런데 우리 대대장이었던 늙은 중령은 웬일인지 나를 마음에 들어 하지 않았어. 그래서 사사건건 나를 혼내주려고 했지만, 나는 뒷줄이 든든했고 그 고장 사람들이 모두 내 편을 들고 있었으니 함부로 하지 못했지. 나도 잘못한 점이 있긴 해. 당연히 해야 하는 존경의 표시조차 하지 않았으니까. 지나치게 오만하게 굴었던 거야.

그런데 이 완고한 늙은이가 나쁜 사람은 아니고 무척 사람이 좋아서 손님을 대접하는 걸 즐겼었지. 그는 두 번이나 결혼을 했다가 두 번 다 홀아비가 된 재수가 옴팡지게 없는 노인이었어. 평민 출신이었던 전처가 낳은 딸이 하나 있었지. 딸도 서민적이었는데 내가 있을 그 당시에 스물네댓 살이나 되었으면서 시집을 못 갔던지라, 죽은 어머니의 동생과 함께 아버지 집에서 살았어. 그 여자의 이모는 순박했고 말이 없는 편이었는데, 중령의 큰딸도 소박한 것 같았지만 성격은 무척 활발했어.

내가 추억에 대해서는 대부분 아름답게 말하긴 하지만 사실 그 아가씨만큼 성격이 좋은 사람은 아직까지 본 적이 없어. 이름은 아가피야 이바노브나였고 평범한 외모지만 러시아 여인의 얼굴에 키도 크고 통통했어. 무엇보다 눈이 아주 예뻤지. 혼담이 두어 번 들어왔지만 잘 안 돼서 노처녀가 되었지만 명랑한 건 여전했지. 나는 이 아가씨와 아주 가깝게 지냈는데 절대로 이상한 관계는 아니었어. 친구 사이로 지내면서 깨끗하게 만났으니까. 나는 가끔 여자들과 친구처럼 지내며 깨끗하게 만났거든. 내가 이 아가씨한테 지금 생각해도 후회될 만큼 노골적인 이야기를 했는데 이 아가씨는 그런 얘기를 듣고도 그저 크게 웃었어.

대부분 여자들은 그런 이야기를 즐기기도 하지만 아가피야는 진짜 숫처녀였으니 더욱 흥미로웠겠지. 그 여자의 흠은 좋은 집안에서 자란 규수 같은 느낌을 찾기 힘들다는 거였지. 아가피야는 이모와 함께 아버지 집에 살았지만 자신을 항상 낮추었고 사교계에 나가서 사람들을 사귀려고도 하지 않았어. 바느질을 잘해서 사람들에게 칭찬도 많이 받고 늘 일거리 부탁이 들어왔는데도 말이야. 재능이 뛰어났지만 부탁을 받아서 일을 하면서도 상대가 돈을 주지 않으면 굳이 대가를 달라고도 하지 않았어.

하지만 아버지인 중령은 딸과 전혀 달랐어. 그는 그곳에서 유명한 유력 인사였기 때문에 사치스러운 생활을 했고, 자주 만찬회나 무도회를 열어서 사람들을 초대했어. 내가 그곳에 도착해서 대대에 배속되었을 때, 마을 사람 모두가 만나기만 하면 중령의 둘째 딸이 곧 페테르부르크에서 돌아온다고 떠들어대더군. 굉장히 아름다운 아가씨로, 수도의 어느 귀족 여학교를 졸업하고 오는 거라고 했지. 이 둘째 딸이 카체리나 이바노브나였는데, 후처에게서 태어났지. 그 후처는 이미 죽었지만 어느 유명한 장군의 딸이었다고 들었어. 믿을 만한 사람한테 들은 바로는 중령과 결혼할 때 지참금은 전혀 가져오지 않았고, 명문가 출신이라는 것 외에는 아무것도 없었다고 하더군. 후에 유산을 상속받을 수도 있지만 시집을 올 때는 아무것도 가진 것이 없었다고 해. 그런데 그 여학교 출신의 아가씨가 돌아오자—실제로는 완전히 돌아온 것이 아니라 그저 잠깐 다니러 온 것뿐이지만—온 마을이 시끄러워져서 마치 죽음에서 부활한 것 같았어. 그 고장의 유명한 귀부인들—고작 장군 부인 둘에 대령 부인 하나였지만—을 비롯해서 모든 사교계 사람들이 이 아가씨에게 엄청난 관심을 가지고 떠받들었지. 무도회나 야유회가 열릴 때마다 아가씨를 환영한다는 의미로 여왕처럼 받들고, 가련한 여자 가정교사를 돕는다는 핑계를 만들어서 그녀를 연극 무대에 초대하는 등 요란법석이었지.

그 무렵 나는 그런 건 신경도 안 썼고 그저 방탕하게 지내면서 마을이 들썩일 정도로 큰 소동을 벌였어. 그래서 포병 대대장 집에서 모임이 있을 때 이 아가씨가 나를 무슨 감정이라도 하듯 유심히 쳐다본 적이 있었지. 나는 관심 없는 척하면서 그녀를 거들떠도 보지 않았고 다가가지도 않았어. 얼마 뒤, 어떤 파티에서 내가 아가씨에게 다가가서 슬며시 말을 걸었더니 입술을 깨물고 나를 쳐다보지도 않은 채 여간 무시하는 게 아니더군. 그래서 나는 '그래, 어디 한번 두고 봐라!' 하고 결심했어.

그때의 나는 누구도 말리지 못하는 망나니였고, 내가 그렇다는 건 나도 잘 알고 있었지. 하지만 여기서 중요한 것은 '카차'라는 이 아가씨가 순진한 여학교 출신이라는 것이 아니고 뚜렷한 개성과 자존심을 가진, 그래서 지성과 교양을 겸비한 여성인데 반해 나는 그런 것을 하나도 갖추지 못했다는 걸 나 스스로 절감한 거야. 내가 그 아가씨에게 청혼할 생각을 했을 것 같아? 전혀, 어림없는 소리지. 내가 두고 보자고 한 것은 나처럼 훌륭한 남자를 알아주지 않는 것에 대한 복수심이었지. 그렇지만 한동안은 여전히 술과 유흥을 즐겼고 결국 중령이 사흘 동안 나를 영창에 가두었어.

그 무렵 아버지가 6000루블을 보내주었어. 내가 정식으로 권리 포기증을 쓰겠다고, 앞으로 단 한 푼도 요구하지 않을 테니 모든 것을 청산하자고 했기 때문이야. 그때 나는 정말 아무것도 몰랐어.

알료샤, 알겠어? 난 이곳에 올 때까지도, 바로 며칠 전까지만 해도, 아니 오늘까지도 아버지와의 금전 관계에 대해서는 아는 게 없었다. 하지만 그런 문제는 상관없으니 나중에 다시 얘기하자.

그 6000루블을 받은 뒤, 나는 한 친구가 보낸 편지에서 아주 흥미로운 사실을 우연히 알았어. 우리 대대장인 중령이 공금을 횡령한 혐의로 상부의 감찰을 받는다는 거였지. 반대파 사람들이 중령을 해치려고 꾸민 계획이었는데, 사단장이 직접 검열까지 나와서 그를 심하게 압박했고 결국 제대 명령이 떨어졌어. 아주 당연한 얘기지만 그에게 적이 있었던 거지. 그런 일이 있고 난 뒤 중령과 그의 가족을 대하는 마을 사람들의 태도가 차갑게 변했고, 썰물이 빠져나간 것처럼 아무도 가까이하려고 하지 않았어.

바로 이때 나는 움직였지. 나는 친하게 지내던 아가피야에게 이런 말을 했어.

'아버님이 관리하던 공금 4500루블이 없어졌다고 하던데 사실인가요?'

'무슨 말씀인가요? 지난번에 장군님이 오셨을 때 전부 그대로였는데……'

'그때는 그랬지만 지금은 그렇지 않다는 말이지요.'

내 얘기를 들은 아가피야는 깜짝 놀랐어.

'사람을 놀라게 하시는군요. 누구에게 그런 얘기를 들었나요?'

'걱정 마세요! 아직 아무도 모르니 나만 입을 다물면 아무 일 없을 거예요. 당신도 알다시피 나는 이런 문제에 대해서는 입이 무거워요. 하지만 만일 상황이 나빠지면 군법 회의에 회부될 겁니다. 당신 아버지가 4500루블을 갚지 못하면 그 나이에 병졸로 강등될 수밖에 없다는 말이지요. 그러니 여학교를 졸업한 동생을 몰래 나에게 보내세요. 집에서 부쳐준 돈이 있어서 4000루블가량은 빌려줄 수 있어요. 신께 맹세하는데 비밀을 지켜드릴게요.'

'아, 당신은 정말 야비하군요!—정말 이렇게 말했어—야비하고 추잡한 악당이에요! 감히 어떻게 그런 말을!'

그녀는 엄청나게 화를 내며 가버렸어. 나는 짓궂게 그 뒤를 쫓아가서 비밀은 지켜준다고 다시 한번 외쳤지. 미리 말해두면 아가피야와 그 이모는 이 문제에 대해서는 천사처럼 순수했어. 그 두 여자는 자존심 강한 카차를 진심을 다해 사랑해서 하녀처럼 자신을 낮추면서까지 아끼고 보살폈는데, 아가피야는 우리가 나눈 이야기를 곧 동생에게 말했어. 나중에서야 나는 이런 사정을 알았는데 아가피야는 숨김없이 다 말했던 것 같아. 내가 노린 게 바로 그 점이었다는 건 말 안 해도 알겠지.

그런데 갑자기 신임 대대장인 소령이 부임해서 인수인계가 시작됐어. 늙은 중령은 갑자기 쓰러져서 꼼짝도 못했기 때문에 이틀을 집에서 나오지도 않고 공금을 인계할 생각도 하지 않았지. 군의관인 크라프첸코까지 분명히 병에 걸렸다고 증언했어. 하지만 나는 그전부터 모든 걸 다 알고 있었지. 사령관의 검열이 끝나면 그 돈은 4년에 걸쳐서 계속 얼마씩 사라졌지. 중령이 믿을 만한 상인에게 이 돈을 빌려주고 이자를 받았던 거지. 상인은 우리 고장에 사는 트리포노프라는 홀아비 노인이었어. 금테 안경을 쓰고 수염이 난 이 노인은 중령이 빌려준 돈으로 장날에 장사를 하고 돌아와서 돈을 꼭 돌려주었는데 그 돈에는 물론 이자와 선물이 붙었지.

그런데 이번에는 이 상인이 장사가 끝났는데도 돈을 돌려주지 않았던 거야. 이건 트리포노프의 상속인인 망나니 아들에게서 우연히 들어서 알게 되었지. 아무튼 그래서 중령이 부리나케 달려가니까 돌아온 대답은 '당신에게서 받은 게 아무것도 없고, 받을 이유도 없습니다'였지. 닭 잡아먹고 오리발 내민다는 말이 딱 어울릴 거야. 그래서 중령은 드러눕게 된 거지. 어느 날, 여자 3명이 얼음찜질을 한다고 요란을 떨었는데 갑자기 연락병이 장부와 명령서를 가지고 들이닥쳤던 거야. 명령서에는 '귀관은 2시간 안에 반드시 공금을 반납할 것'이라고 쓰여 있었어. 그는 서명을 하고—나도 장부에 서명한 것을 나중에 봤어—군복을 입으려고 자기 방으로 가서, 2연발 엽총에 화약을 채우고 군용 총알을 채운 뒤, 오른쪽 장화를 벗고 가슴에 총구를 댄 채 방아쇠를 발가락으로 더듬거렸어. 그런데 때마침, 내가 말한 대로 아버지를 유심히 살피던 아가피야가 아버지의 침실에 갔다가 절묘하게 그걸 본 거야. 그녀는 재빨리 달려들어서 아버지를 뒤에서 힘껏 껴안았어. 천장을 향해서 총이 발사되었기 때문에 아무도 다치지 않았지만, 곧 사람들이 와서 중령에게서 총을 빼앗고 움직이지 못하게 하려고 두 손을 묶으려 하는 등 크게 소동을 벌였지. 하지만 이건 나중에 전부 알게 된 일이고, 나는 그때 집에서 외출 준비 중이었어. 해질 무렵이

어서 옷을 갈아입고, 머리를 빗고, 목도리를 두른 뒤, 코트를 들고 집을 막 나서려는데 갑자기 문이 열리고 내 앞에 카체리나가 나타난 거야!

세상에는 이상한 일도 있는 법이잖아. 내 집으로 그 아가씨가 들어오는 걸 이상하게도 아무도 못 보았어. 그래서 마을에서는 이 일을 아무도 몰랐지. 나는 미망인 둘이 운영하는 집에서 하숙을 했는데 둘 다 늙은 노파라서 내게 잘 대해주었어. 이 점잖은 할머니들은 내 말이라면 무엇이든 다 들어주기 때문에 이 일에 대해서도 내가 한 부탁을 지키기 위해서 입을 꾹 다물었어. 물론 나는 카체리나가 왜 찾아왔는지 단박에 알 수 있었어. 방 안에 들어서자마자 나를 똑바로 바라보았는데 그 까만 눈동자에는 대담하고 결연한 기운이 서려 있었어. 하지만 입술과 입가에는 망설이는 기색이 역력했지.

'내가 스스로 당신을 찾아오면 4500루블을 주실 거라고 언니한테 들었어요. 그래서 왔어요. 돈을 주세요!'

힘들었는지 간신히 그렇게 말하고 목이 메어 입을 다물었는데 겁을 먹은 것처럼 입술 부근이 희미하게 떨렸어. 알료샤, 듣고 있니, 아니면 잠이 든 거니?"

"미차, 형이 지금 진실을 말한다는 건 알고 있어요."

알료샤는 흥분한 어조로 말했다.

"그럼, 진실이지. 진실을 말해야 한다면 있는 그대로 말해야 하니까 나를 감싸는 말은 하지 않겠다. 그런데 역시 카라마조프다운 생각이 머릿속에 떠올랐어. 알료샤, 난 예전에 지네에게 물려서 보름간 열이 나고 앓았었는데, 그때도 그 지네가 갑자기 내 심장을 물어뜯는 것 같은 느낌이 들었어. 알료샤, 넌 무시무시한 독충인 지네를 알아? 이제 내가 그 아가씨를 전부 훑어볼 차례였지. 너도 그 여자를 보았겠지만 정말 미인이야. 그렇지만 그때 그 여자가 가진 아름다움은 지금과는 달랐어. 그때 그토록 그녀가 아름다워 보였던 이유는 바로 이런 거였다.

그 아가씨는 지극히 고귀한 존재인데 나는 비열한 남자였어. 그 아가씨는 아버지를 위해서 자신을 희생하려는 너그러운 정신을 가지고 있는데, 나는 빈대나 다름없었지. 그런데 그 순간, 그 여자의 '모든 것'이, 정신과 육체, 이 모든 것이 비열한 빈대의 손아귀에 들어 있었어. 그녀의 몸매가 분명하게 눈에 보였어. 너에게는 전부 말하마. 그 비열하고 독충 같은 생각이 내 심장을 아프고 괴롭게 해서 심장이 금방이라도 터질 것 같았어. 갈등이나 동정심 같은 건 내던지고 빈대나 독거미가 된 것처럼 잔인하게 깨물어버리면 모든 게 끝난다는 생각에 숨이 콱 막히는 기분이 들었어. 그렇지만 나는 이 일을 공정하게 처리하고 비밀을 지키기 위해 그다음 날 청혼하러 가면 되었어. 나는 추악한 욕정에 사로잡혔지만 바탕은 성실한 사람이었으니까 말이야.

바로 그때, 누군가 내 귀에 갑자기 이렇게 속삭였어.

'네가 내일 청혼을 하러 간다고 해도 저런 여자는 분명히 나타나지도 않고 하인을 시켜서 너를 내쫓아버릴 거야. 소문을 얼마든지 내거라, 너 같은 걸 누가 겁낼 줄 아느냐' 하는 식으로 말이야.

나는 슬며시 아가씨를 바라보았어.

'마음은 거짓말을 하지 않는다. 분명히 그렇게 할 테지. 먹살이나 잡혀서 내쫓길 게 뻔해.'

눈앞의 얼굴을 보자니 그런 생각이 문득 떠오르더군. 그러자 마음속에서 독기에 가득찬 복수심이 끓어올라서 짐승보다 못한 장사꾼처럼 야비하게 장난치고 싶다는 생각이 치밀어올랐어. 나는 코웃음을 치면서 아가씨가 눈앞에 서 있는 동안 장사치 같은 말투로 아가씨를 가지고 놀고 싶은 충동이 솟아올랐어.

'4000루블요? 난 농담을 한 건데 그걸 그대로 믿었군요? 아가씨, 짐작을 잘못한 것 같은데, 단지 100루블이나 200루블이면 모르겠지만 4000루블 같은 거금을 이런 일에 내놓을 줄로 아셨다면 단단히 잘못 생각하신거요. 헛걸음하신 거라구요!'

이렇게 말하면 나는 당연히 모든 것을 잃고 말겠지. 아가씨는 분명히 도망칠 테니까. 하지만 그 대신 나는 속이 시원하게 복수를 할 수 있고, 내가 당한 모욕감에서 시원하게 벗어날 수 있지. 어찌 되었든 나는 평생을 가슴을 치며 후회한다 해도 그 순간에는 이 말을 하고 싶어서 참을 수가 없었어! 믿지 않겠지만 나는 상대가 어떤 여자라도 증오하는 눈빛으로 바라본 적이 없었는데, 그때는 그 여자를 3초, 아니 한 5초 정도 증오의 눈빛으로 쏘아보았어. 맹세할 수 있다.

그렇지만 증오는 사랑, 그 미칠 듯한 사랑과 실오라기 하나 정도의 차이잖니! 나는 창문에 다가가서 언 유리창에 이마를 붙였어. 그때 불덩어리 같던 이마가 지금도 기억나는구나. 그렇지만 오랫동안 아가씨를 데리고 있었던 것은 아니니까 걱정할 건 없다. 나는 이내 몸을 돌려서 책상으로 다가가 5부 이자가 딸린 액면가 5000 루블짜리 무기명 채권을 꺼내들었지. 프랑스어 사전 안에 넣어두었거든. 그리고 조용히 채권을 아가씨에게 보여준 뒤 반으로 접어서 주고, 현관문을 직접 열어서 한 걸음 뒤로 물러나서 지극히 정중하게 허리를 굽혔어. 진짜로 그렇게 했어!

아가씨는 멈칫하더니 백지장처럼 하얗게 질려서 나를 뚫어져라 바라보더군. 그리고 조용히, 발작이 아니라 아주 조용하고 부드럽게 갑자기 허리를 깊숙이 숙이더니 그대로 내 발 앞에 무릎을 꿇고 이마가 바닥에 닿을 정도로 절을 했어. 여학생이 하는 절이 아니라 순러시아식 절 말이야! 그러고는 재빨리 일어나서 뛰어나갔어.

아가씨가 방을 나간 뒤, 나는 허리에 찬 군도(軍刀)를 뽑아들었어. 당장 자살을 하려고 했는데 내가 왜 그랬는지는 나도 모르겠어. 물론 그것은 어리석은 짓이었지만 어쨌든 나는 무척 기뻤어. 너는 사람이 감격하면 자살까지 할 수 있다는 걸 이해할 수 있니? 하지만 나는 자살하지 않았지. 그냥 칼날에 입을 맞추고 군도를 다시 칼집에 넣었어. 이런 얘기까지 너에게 할 필요는 없었는데 말이야. 내 마음속의 갈등을 이야기하면서 스스로를 미화시킨 대목도 있었으니 말이야. 그렇지만 뭐 어떠냐? 인간의 마음속에 있는 이런 사악한 무리들은 귀신이 전부 잡아가야 해! 지금까지 얘기한 것들이 나와 카체리나 사이에 있던 '사건'의 전부야. 이제 이 사실을 아는 사람은 이반과 너, 두 사람밖에 없어!"

갑자기 드미트리는 일어나서 흥분한 것처럼 두어 걸음을 걸었다. 그리고 손수건으로 이마의 땀을 닦은 뒤, 지금까지 앉았던 곳이 아니라 그 맞은편 벽 쪽에 있는 벤치에 다시 앉았다. 그 때문에 알료샤는 방향을 반대로 돌려서 앉아야 했다.

5. 뜨거운 마음의 고백, 나락으로 떨어지다

"이제 사건의 전반부를 알게 됐네요."

알료샤가 말했다.

"너도 이제 전반부는 알게 된 거네. 이건 하나의 드라마고 무대는 저쪽이었지. 그리고 후반부는 비극이고, 그 무대는 바로 여기야."

"하지만 그 후반부에 대해 나는 아는 게 아무것도 없어요."

"나는 어떨 것 같니? 나는 알고 있단 말이냐?"

"잠깐, 드미트리 형, 여기서 짚고 넘어갈 게 하나 있어요. 대답해 줘요. 형님은 정말 약혼한 건가요? 지금도 약혼 중인 게 맞나요?"

"그 일이 있고 난 직후 약혼한 게 아니라 석 달 뒤에 약혼했어. 그 일이 있은 다음 날, 사건은 깔끔하게 마무리되었고 더는 뒷이야 기가 없을 거라고 확신했지. 나는 청혼을 하러 가는 건 저열한 짓이라고 생각했어. 그녀도 한 달 반이 넘게 그 도시에 살았지만 나에 대해서 어떤 말도 하지 않았지.

그런데 이런 일이 있었어. 그 여자가 나를 찾아왔던 그다음 날, 중령네 하녀가 아무도 모르게 나를 찾아와서 별다른 말없이 봉투를 주고 갔어. 겉봉투에는 누구에게 보낸다고 되어 있고 주소도 써 있었어. 열어보니 전날 가져간 5000루블짜리 채권의 거스름돈이 있었어. 그녀가 4500루블을 필요로 했으나 수수료로 200 몇십 루블을 쓴 것인지 내게 돌아온 거스름돈은 아마 260루블쯤 되었을 거야. 기억이 확실하진 않지만 그 정도 금액이었지. 봉투에 들어 있는 거라곤 돈뿐이었고 편지나 설명도 없었어. 난 혹시 연필 흔적이라도 있을까 해서 봉투를 전부 뒤졌지만 끝내 아무것도 없었어. 그래서 그 돈으로 술 마시고 여자와 실컷 놀아버렸지. 그랬더니 신임 대대장인 소령도 결국 나에게 견책 처분을 내렸어.

그리고 중령이 공금을 모두 내자 모두 깜짝 놀랐어. 중령에게 그 돈이 전부 남아 있을 거라고는 아무도 예상하지 못했으니까. 그런데 그는 돈을 고스란히 반납했지만 곧 병에 걸려서 20일쯤 앓다가 뇌출혈로 닷새 만에 죽었어. 정식 제대 신고도 하기 전의 일이라서 장례식은 부대장(部隊葬)으로 치러졌는데 카체리나는 이모와 언니와 함께 장례식이 끝나고 닷새 뒤에 모스크바로 떠났지. 그녀가 떠나기 직전에, 그러니까 출발하는 날에 작은 하늘색 봉투를 받았는데, 나는 그때까지 그들과 만난 적도 없었고 또 배웅할 생각도 안 하고 있었어. 그런데 봉투 안에는 얇은 종이가 있었고 '편지를 쓸 테니 기다려주세요. K'라고 연필로 단 한 줄이 씌어 있었어. 그게 전부였지.

그다음 일어난 일은 간단히 설명할게. 《아라비안나이트》에 나오는 이야기처럼 모스크바에서 그녀들의 생활은 갑자기 꿈처럼 변했어. 그녀의 힘 있는 친척인 장군 부인이 가장 가까운 상속인인 두 조카딸을 한 번에 모두 잃어버린 거야. 천연두에 걸려서 일주일 동안 차례로 죽었다고 하더군. 그 일로 부인은 크게 상심했는데 마침 카체리나가 돌아오자 구세주를 만난 것처럼, 친딸을 만난 것처럼 반가워하며 유언장을 카차에게 유리하게 고쳐 쓰도록 했어. 이건 나중의 일이고 우선은 유언장에 적힌 유산 상속액과는 별도로 결혼 지참금으로 8만 루블을 주고 마음대로 쓰라고 했어. 내가 나중에 모스크바에 가서 만나보니 그 장군 부인은 히스테리가 심한 여자더군.

여하튼 나는 갑자기 4500루블을 받고 뭐에 홀린 기분이 들었어. 나는 사정을 전혀 알지 못했으니까. 그리고 사흘 뒤에 약속대로 편지가 왔어. 지금도 그 편지는 보관하고 있지만 내가 죽을 때도 관에 함께 가지고 갈 거야. 어때, 보고 싶니? 꼭 읽어봐. 청혼하는 편지야. 그녀가 내게 먼저 청혼을 하다니!

당신을 죽도록 사랑해요. 당신이 저를 사랑하지 않아도 괜찮아요. 제 남편이 되어주신다면 저는 더 바랄 게 없어요. 당신이 어떤 행동을 해도 속박하지 않을 테니 겁내지 마세요. 당신의 가구(家

具)가 되고 싶어요. 당신이 밟을 양탄자가 되겠어요! 당신을 영원히 사랑할게요. 또 당신을 당신으로부터 구해드릴게요.

아, 알료샤, 나의 이 남루하고 저열한 언어로는 그 편지를 그대로 옮길 수가 없구나! 이 천박한 말투를 고치기 힘드니까. 그 편지는 지금도 내 마음에 비수처럼 박혀 있어. 그러니 내가 지금 마음이 어떻게 편하겠니? 너는 내 마음이 지금 편할 거라고 생각해? 나는 당장 답장을 보냈어. 그때 나는 모스크바로 바로 달려갈 수 없었거든. 나는 줄곧 눈물을 흘리며 편지를 썼지. 나는 한 가지 일이 창피하다고. 당신은 많은 지참금이 있는 부자 아가씨이지만 나는 가난뱅이 장교에 불과하다는 돈 이야기를 쓴 거야! 그런 얘기는 안 해도 되는데 그런 얘기를 써버리고 만 거야. 그래서 모스크바의 이반에게 여섯 장이나 편지를 써서 상황을 설명하고 카차를 찾아가달라고 부탁했어.

그런데 알료샤, 왜 내 얼굴을 빤히 보는 거야? 그래서 이반은 그녀에게 반하고 말았지. 지금도 반해 있고. 나는 그걸 알아. 너처럼 보통 사람들에게는 내가 아주 멍청한 짓을 한 것처럼 보이겠지만, 이제 지금은 그 멍청함이 우리 모두를 구할 수 있을 거야! 너는 그녀가 이반을 얼마나 존경하는지, 얼마나 우러러 보는지 모르는 거냐? 누구든 이반과 나를 비교해보면 절대 나를 사랑하지 않을 테니까. 게다가 내가 여기에 온 뒤, 불미스러운 일까지 있었으니"

"하지만 그 여자가 사랑하는 사람은 형님이지 이반 형은 아닐 거예요."

"그녀는 날 사랑하는 게 아니라 자기 선행을 사랑하는 거야."

드미트리가 갑자기 내뱉은 말에는 증오가 느껴질 정도였다. 그는 곧 소리 내어 웃었지만 그 뒤, 그의 눈은 갑자기 이상하게 빛났다. 그는 얼굴이 붉어지며 주먹으로 탁자를 내리쳤다.

"알료샤, 이건 진실이야!"

그는 자신에 대해 지나치게 진지해져서 분노에 휩싸여 외쳤다.

"네가 믿든 믿지 않든 나는 거룩하신 하느님의 이름으로, 주 예수 그리스도의 이름으로 진실을 말한 것뿐이야. 나는 카차의 고결한 마음을 조롱했지만 실은 내가 카차보다 수백만 배는 하찮은 사람이라는 걸 잘 알아! 카차의 훌륭한 마음은 천사처럼 성실하지. 그런데 비극은 내가 이걸 분명히 깨닫고 있는 데 있어. 내가 연설하는 것처럼 얘기해도 괜찮겠지? 내 말투가 연설조 같아서 말이야. 하지만 나는 지금 진지해. 매우 진지해!

이반이 얼마나 저주스럽게 나를 보는지 나는 잘 알아! 그런 지성을 가진 남자라면 당연하지. 그렇지만 실제로 선택된 사람이 누구지? 바로 이 쓰레기 같은 인간, 이미 약혼했으면서도 모두 앞에서 더러운 짓을 하는 인간이 선택된 거잖니? 약혼녀가 보는데도 짐승 같은 짓을 저지르는 바로 이놈 말이다. 그럼에도 불구하고 나는 선택받았고 이반은 선택받지 못했지. 왜일 거 같냐? 그건 그녀가 단지 감사하는 마음으로 자신의 인생과 운명을 엉뚱하게 바꾸려고 했기 때문이야! 정말 멍청한 짓이지! 물론 나는 지금까지 이런 얘기를 이반에게 한 번도 한 적이 없고 이반도 내게 이런 이야기는커녕 암시도 주지 않았지만, 결국은 자격 있는 자가 제자리를 찾고 자격 없는 자는 영원히 뒷골목으로 사라지는 것이 세상의 법칙 아니겠어? 더러운 뒷골목, 남자가 좋아하고 남자에게 어울리는 뒷골목 말이야. 그런 진흙탕과 악취 속의 뒷골목에서 쾌락을 즐기다가 스스로 파멸하는 거지. 내가 너무 지루한 얘기만 늘어놓았군. 거짓말 같은 얘기만 늘어놓아서 허풍처럼 들릴지도 모르겠지만, 정말 내가 말한 대로 이루어질 거야. 즉, 나는 뒷골목으로 사라지고 그녀는 이반과 결혼하게 될 거야."

"형님, 잠깐."

알료샤는 굉장히 불안한 얼굴로 다시 말을 막았다.

"아직도 중요한 걸 말하지 않았어요. 형님은 분명히 약혼을 했죠? 두 사람이 약혼한 것은 분명한 사실이잖아요? 그렇다면 상대가 원하지 않는데 한쪽에서 일방적으로 파혼해버릴 수는 없는 거 아닌가요?"

"물론 나는 정식으로 축복받은 약혼자야. 그 뒤 내가 모스크바에 갔을 때 성상 앞에서 제대로 된 약혼식을 엄숙하고 진지하게 치뤘으니까. 장군 부인은 우리 둘을 축복해주었지. 그리고 카체리나에게도 축하를 건네더군. '너는 참 좋은 신랑을 얻었구나, 난 이 사람이 좋은 사람이란 걸 한눈에 알 수 있어' 하고 말했지. 그런데 이반은 장군 부인의 마음에 들지 않았던 것 같아. 그래서 이반에게는 축하를 건네지 않았어. 나는 모스크바에서 카체리나와 대화를 많이 나누었어. 나에 대한 전부를 모두 고백했지. 솔직하게 있는 그대로, 점잖게. 카체리나는 내 얘기를 끝까지 경청해주었어.

　귀여운 당혹함이 얼굴에 보였네,
　그러나 입에는 부드러운 위로가……

　맞아, 좀 강하게 말하기도 했어. 그녀는 곧 내게 앞으로는 행동을 고쳤으면 좋겠다고 어려운 약속을 강요했거든. 나는 약속했지. 그런데……."

"그런데요?"

"그런데 나는 이렇게 너를 여기로 데려왔지. 바로 오늘을 잘 기억해라. 오늘 나는 너를 카체리나에게 보낼 거야……."

"왜요?"

"앞으로 내가 절대로 그 집에 가지 않겠다고 전해주렴."

"어떻게 그런 말을?"

"그래서 너를 대신 보내는 거 아니냐? 내가 간다고 해도 어떻게 내가 직접 그런 말을 할 수 있겠어?"

"그럼, 형님은 어디로 갈 건가요?"

"뒷골목이지."

"그루셴카 집에?"

알료샤는 손뼉을 치며 슬픈 기색으로 말했다.

"이야기를 들으니 라키친의 말이 사실이었네요? 나는 형님이 그저 두어 번 찾다가 이제는 안 가는 줄 알고 있었는데."

"약혼하고도 그곳에 다녔는지 묻는 거냐? 그게 가능할 수 있다고 생각해? 게다가 카체리나와 같은 약혼녀가 있는데 모두가 보는 앞에서 나도 자존심이 있단 말이다. 내가 그루센카를 만나러 갔다면 그때부터는 누구의 약혼자도 아니고, 자존심도 없는 인간이지. 그건 나도 잘 알아. 그런데 왜 나를 그렇게 바라보는 거냐? 사실 처음에는 그 여자를 한 대 때리려고 갔었어. 아버지의 대리인인 그이등 대위가 내 어음을 그루센카에게 주고는 나를 고소하라고 시켰다고 해서 간 거야. 나를 겁먹게 만들어 유산 문제에서 물러나게 하려는 속셈이었던 거지. 나중에야 그게 근거 있는 소문이라는 걸 확인했지만, 하여튼 나를 협박하겠다는 게 아니고 뭐냐?

그래서 나는 그루센카를 때리려고 살기를 품은 채 달려갔어. 전에도 몇 번 그 여자를 봤지만 그때는 그냥 지나쳐버리고 말았거든. 나이 든 상인과 산 얘기도 이미 알고 있었지. 요즘엔 병이 들었지만 그루센카에게 돈을 꽤 많이 남겨줄 거 같아. 그녀가 돈을 버는 재미를 알아서 고리대금을 하는 것도, 돈에 대해서는 사정을 봐주지 않는 악질이란 것도 알고 있고. 그래서 한번 손을 봐줘야할 것 같아서 갔던 거야. 그런데 나는 결국 그 여자 집에 주저앉고 말았어. 벼락을 맞은 것처럼, 페스트에 걸린 것처럼, 그때 갑자기 걸린 병이 아직도 낫질 않았지. 물론 나도 이젠 모든 것이 끝났다는 걸 잘 알아. 되돌리기에는 너무 늦었어. 운명의 바퀴가 휘익 돌아버린 거지.

이것이 내 사건의 자초지종이야. 그런데 그때, 거지나 다름없었던 나에게 3000루블이 갑자기 생긴 거야. 그래서 나는 그루센카를 이곳에서 25km 정도 떨어진 모크로예로 데려갔어. 그곳에서 집시들을 부르고 농부들에게 샴페인을 나눠주었지. 마을 농부들, 아낙네들, 여자아이들 모두를 실컷 먹여주고 수천 루블을 흥청망청 써 버렸어. 사흘도 못 되어서 나는 다시 거지가 되었지만 그때 나는 마치 매가 된 것 같았어. 그래서 그 매가 얻은 게 뭐냐고? 전혀, 아무것도 주려고 하지 않았지! 너는 곡선미를 알아? 사기꾼 그루센카의 곡선미는 기가 막혔지. 그 여자의 다리에도, 발등에도, 왼쪽 새끼발가락에도 곡선이 있었어. 새끼발가락의 곡선을 보고 난 그곳에 입을 맞추었어. 그뿐이야. 정말 그것뿐이었어! 그 여자는 '당신은 빈털터리예요. 하지만 당신이 원하면 결혼할게요. 무슨 일이 있어도 나를 때리지 않고 내가 무슨 짓을 해도 상관하지 않는다고 맹세하면 결혼할게요' 하고 크게 웃었어. 지금도 웃고 있어!"

드미트리는 갑자기 흥분하여 자리에서 벌떡 일어났다. 그는 마치 술에 취한 것 같았다. 그의 눈에는 빨간 핏발이 섰다.

"그럼 형님은 정말 그 여자와 결혼할 건가요?"

"그녀가 원하면 당장이라도 할 수 있어. 하지만 원하지 않는다면 그냥 있을 거야. 나는 그 집의 문지기라도 할 테다. 그런데, 알료샤."

그는 갑자기 멈춰서 알료샤의 어깨를 잡고 흔들어댔다.

"순결한 네가 알 턱이 있겠냐만 이 모든 건 잠꼬대야, 상상도 못할 잠꼬대야. 바로 이것이 가장 큰 비극이야! 하지만 알료샤, 나는 저열하고 헛된 욕망에 빠진 인간이지만, 이 드미트리 카라마조프는 좀도둑이나 날치기나 사기꾼으로 타락하진 않을 거야. 내가 저지른 짓을 보면 그렇게 말할 수도 있겠지만. 나는 지금 역시 좀도둑이자 날치기이자 사기꾼이니까!

그루셴카를 때리려고 찾아갔던 그날 아침에 말이야, 카체리나가 나를 부르더니 비밀을 지켜달라고, 지금 현청 소재지에 가서 모스크바의 이복 언니(아가피야)에게 3000루블을 보내달라고 부탁했어. 잘 모르지만 무슨 사정이 있었을 거야. 그렇게 멀리까지 가서 돈을 전달해주라는 건 아마 여기 사람들에게 알리고 싶지 않아서였겠지.

그런데 나는 3000루블을 가지고 그루셴카를 먼저 찾아갔고 모크로예로 가버린 거야. 카체리나에게는 나중에 부탁대로 한 것처럼 말했지만 영수증은 보여주지 않았지. 돈은 분명히 보냈는데 영수증은 나중에 보여준다고 어영부영하고서는 아직도 안 보여줬어. 깜빡 잊은, 잠시 잊은 것처럼 말이야. 너는 어떻게 생각하니? 오늘 네가 카체리나를 찾아가서 이렇게 말해봐. '형님이 안부를 전하라고 했어요.' 그러면 그녀는 '돈은 어떻게 됐나요?' 하고 물을 거야. 그러면 이렇게 대답해라. '형은 형편없는 호색한이고 감정을 조절하지 못하는 저열한 인간입니다. 형은 그때 당신의 돈을 전부 써버렸답니다. 야비한 동물이라 자신을 억제하지 못한 거죠'라고 말해. 또 이렇게 덧붙이거라. '하지만 형은 결코 도둑이 아닙니다. 당신의 3000루블이 여기 있습니다. 다시 돌려드린다고 했어요. 그러니 아가피아에게 직접 보내세요. 형이 내게 대신 사과해달라고 했어요'라고 해보렴. 아, 그 여자는 '그럼, 돈은 지금 어디에 있나요?' 하고 물어볼 거야!"

"형님, 형님은 정말 불행하군요. 하지만 형이 생각하는 것처럼 큰 불행은 아닐 거예요. 절망에 지지 마세요. 지면 안 돼요!"

"너는 내가 3000루블을 못 구해서 당장 권총으로 죽을 거라고 생각하니? 문제는 거기에 있어. 나는 자살하지 않아. 언젠가는 할 수도 있지만 지금은 아니야. 이제 그루센카에게 가봐야 해……. 일이 이렇게 된 이상 갈 데까지 가볼 거야!"

"그녀에게 가서 뭘 어떻게 하려고요?"

"그녀의 남편이 될 거야. 그래서 남편 역할을 할 거야. 애인이 찾아오면 다른 방으로 피해줄 거야. 남자 친구들 구두에 묻은 흙도 털고, 사모바르에 물도 끓이고 심부름도 하고……."

"카체리나는 모든 걸 이해할 거예요."

알료샤는 갑자기 엄숙하게 말했다.

"그녀는 형님의 불행을 모두 이해하고 모든 것을 용서할 거예요. 그녀는 뛰어난 지성을 가지고 있으니 이 세상에서 형님보다 불행한 사람이 없다는 것도 알 거예요."

"아니야, 용서해주지 않을 거야."

드미트리는 이를 보이며 웃었다.

"아무리 너그러운 여자라고 해도 도저히 용서할 수 없는 일이라는 게 있어. 그래서 어떻게 하는 게 가장 좋을 것 같니?"

"뭘 말이에요?"

"3000루블을 갚는 문제 말이야."

"돈을 어떻게 구하죠? 아, 이렇게 하면 어떨까요. 내게 2000루블이 있고, 이반 형도 1000루블은 줄 수 있을 테니 이렇게 돈을 갚으면 될 거예요."

"하지만 그 돈을 언제 구하니? 게다가 너는 아직 성인이 아니잖아. 여하튼, 오늘 너는 꼭 카체리나에게 나 대신 작별 인사를 전해주렴. 돈을 갚든 빈손으로 가든 말이야. 이젠 이 문제를 더는 지체할 수 없어. 사정이 급해졌어. 내일은 너무 늦어, 늦는다고. 그래서 나는 먼저 너를 아버지에게 보내려고 해."

"아버지에게?"

"그래, 카체리나에게 가기 전에 먼저 아버지에게 가서 3000루블을 달라고 말해봐."

"하지만 형님, 아버지는 돈을 주지 않을 거예요."

"물론 주지 않을 거야. 하지만 알렉세이, 넌 절망이 뭔지 아니?"

"알아요."

"그래서 말인데, 아버지는 법적으로 나에게 빚진 게 없어. 내가 찾아서 모두 쓴 것으로 되어 있으니까. 나도 그건 잘 알아. 하지만 도덕적인 면에서 아버지는 내게 빚진 게 있어. 어머니의 돈 2만 8000루블을 종자돈으로 10만 루블 이상을 벌었잖아. 그러니까 그 본전 2만 8000루블에서 3000루블쯤은 나에게 줘도 상관없지 않을까? 3000루블이잖아. 큰아들을 지옥에서 구할 수 있고 자신이 저지른 죄도 함께 용서받을 수 있는 기회! 약속하는데 만약 그 3000루블만 준다면 나는 그걸로 모든 걸 청산하고 아버지에게 더는 나에 대한 말이 들리지 않게 할 거야. 그리고 마지막으로 아버지에게 아버지 역할을 할 수 있는 기회를 주는 거지. 그러니까 아버지에게 가서 하느님이 주시는 기회라고 확실하게 말해라."

"형님, 아버지는 절대 돈을 주지 않을 거예요."

"그렇겠지. 주지 않을 게 분명해. 게다가 지금은 더욱 그럴 테지. 나는 알지. 아버지는 최근, 아니 어제였나, 그루센카가 농담이 아니고 정말 나와 결혼할 수도 있다는 사실을 확실하게—'확실하게'란 말에 주목해라—알게 되었거든. 아버지도 이 암고양이 같은 여자의 성격을 잘 아니까 말이야. 게다가 아버지는 그녀에게 미칠 것처럼 열을 올리고 있는 판에 나한테 돈을 줘서 불에 기름을 끼얹는 짓을 할 리가 없겠지? 그리고 그것보다 더 굉장한 일이 있다. 벌써 4~5일 전부터 아버지가 3000루블을 은행에서 찾아서 100루블 뭉치로 바꾼 다음 큰 봉투에 넣어 봉인을 다섯 군데나 하고 그 위에 빨간 끈을 십자로 묶어서 가지고 있는 걸 알고 있어. 이 정도면 나도 꽤 자세하게 알고 있지 않냐? 봉투 위에는 '나의 천사 같은 그루센카에게, 내게 찾아올 마음이 있다면'이라고 적어놨더군. 하인 스메르자코프 말고는 아버지가 혼자 몰래 글을 쓴 것과 그런 돈이 아버지 방에 감춰져 있다는 걸 아무도 몰라. 그 녀석의 정직함에 대해 아버지는 자신만큼이나 굳게 믿고 있어. 아버지는 벌써 사나흘째 그루센카가 돈을 받으러 오지나 않을까 하고 기다리고 있어. 그루센카에게 그 봉투 이야기를 슬며시 했더니 '갈 수도 있을 것 같다'는 회답이 왔거든. 만약에 그루센카가 아버지를 찾아가면 나는 그녀와 결혼을 못하게 되겠지? 그러니 이제 너도 내가 왜 이런 곳에 진을 쳤는지, 또 무엇을 감시하는지 알겠니, 애야?"

"그루센카를 지키고 있었군요."

"맞아. 포마라고 이 집 주인인 창녀들에게 세들어 사는 자가 있어. 그는 본디 이 고장 출신으로 예전에 내가 병졸로 근무할 때 알던 사이야. 그는 낮에는 주로 메추리를 사냥하고 밤에는 이 집의 보초를 서며 생계를 꾸려가고 있지. 나는 그의 방에 숨어 있는데 이 친구나 집주인은 아무것도 몰라. 내가 여기서 무엇을 감시하고 있는지 전혀 몰라."

"스메르자코프 말고는 이 일에 대해 아는 사람이 없는 거네요?"

"맞아. 그는 만일 그루센카가 영감을 찾아오면 내게 알려준다고 했어."

"스메르자코프가 돈 봉투에 대해서도 알려준 건가요?"

"그래. 하지만 이건 비밀을 꼭 지켜줘. 이반도 돈에 대해서나 그 외의 일에 대해서는 전혀 몰라. 영감은 지금 이반을 3, 4일간 체르마쉬냐에 보내려고 해. 그곳에 있는 영감의 숲을 8000루블쯤에 벌채하겠다는 사람이 나타났거든. 그래서 영감은 이반에게 '날 돕는다 생각하고 나 대신 다녀오거라' 하면서 열심히 설득하고 있어. 이반이 없는 그 2~3일 동안 그루센카를 집으로 데려오려고 수작을 부리는 거지."

"그렇다면 오늘도 아버지는 그루센카를 기다리고 있나요?"

"그렇지는 않아. 오늘은 아마 오지 않을 테니까. 짐작 가는 데가 있어. 오늘은 오지 않는 게 분명해!"

드미트리는 갑자기 크게 말했다.

"스메르자코프도 나와 생각이 같아. 지금 식당에서 아버지는 이반하고 술을 마시고 있어. 알료샤, 지금 거기로 가서 아버지에게 3000루블을 달라고 부탁하렴."

"형님, 흥분을 가라앉히세요."

알료샤는 극도의 흥분 상태인 드미트리를 바라보면서 자리에서 일어나 외쳤다. 갑자기 형이 미쳐버린 것은 아닌지 싶었던 것이다.

"왜 그래? 나 안 미쳤어."

드미트리는 차분하고 조용하게 동생을 바라보며 말했다.

"겁내지 마. 그저 너를 아버지에게 보내려는 거고, 내가 무슨 말을 하고 있는지도 잘 알고 있으니. 나는 단지 기적을 믿을 뿐이야."

"기적요?"

"그래, 하느님의 섭리 말이야. 하느님은 지금 내 마음을 잘 알고 계시고, 절망에 빠져 허우적거리는 나를 다 알고 계시거든. 그러니까 하느님께서 상황이 나빠질 때까지 그냥 바라만 보실 리는 없잖아? 알료샤, 나는 기적을 믿는다. 이제 어서 다녀오렴!"

"그럼 다녀올게요. 형님은 여기서 기다릴 건가요?"

"그럼, 기다려야지. 이야기를 나누다 보면 시간이 좀 걸릴 거야. 들어가자마자 돈 얘기부터 할 수는 없을 테니까, 게다가 아버지는 지금 술에 취해 있을 거고. 기다릴게, 3시간이든, 4시간이든, 5시간이든, 아니 6시간, 7시간이라도 기다릴게! 하지만 이것만은 기억해두거라. 어떤 일이 있더라도 오늘 내에, 자정이라도 괜찮으니 카체리나에게 꼭 가야 해. 돈을 가지고 가든 빈손으로 가든 그녀에게 가야 한다. 그리고 '당신에게 작별 인사를 전하라고 했어요' 하고 말해야 한다. 네가 분명히 '형님이 당신에게 작별 인사를 전하라고 했어요'라고 해야 해."

"하지만 형님, 그루센카 씨가 오늘 갑자기 나타나면 어떻게 해야 할까요? 오늘이 아니더라도 내일이나 모레 사이에 갑자기 여기 나타날 수도 있잖아요."

"그녀가? 그렇다면 훼방을 놓을 거야."

"그렇지만 만일……."

"만약 그렇다면 그냥 죽여야지. 내가 그 꼴을 보고 참을 수 있을 것 같냐?"

"누구를 죽인다는 거예요?"

"영감 말이야. 여자는 죽이지 않을 거야."

"형님, 무슨 말을 그렇게!"

"어떻게 될지는 나도 잘 모르겠다. 죽일 수도 있고, 안 죽일 수도 있겠지. 내가 두려워하는 건 바로 그때, 아버지가 갑자기 구역질 나게 보일 것 같다는 거야. 툭 튀어나온 울대, 코, 눈, 수치를 못 느끼는 웃음을 보게 되면 구역질을 못 참을 것 같아. 인간적인 혐오를 느끼게 될 거야. 나는 그게 무서워. 그건 도무지 참을 수가 없을 거야."

"어쨌든 다녀올게요, 형님. 하느님께서 그런 일이 일어나지 않
도록 잘 보살펴주실 거예요."

"나는 이곳에 앉아서 기적이 일어나길 기다리고 있을게. 그러나
기적이 일어나지 않으면 그때는……."

알료샤는 슬픈 표정으로 아버지의 집으로 향했다.

6. 스메르자코프

알료샤가 집에 들어가자마자 마주친 것은 식탁에 앉아 있는 그의 아버지였다. 집에는 식당이 따로 있었지만 응접실에 식탁을 놓고 음식을 차렸다. 응접실은 이 집에서 가장 큰 공간이었고, 언뜻 보면 고가구로 꾸며져 있는 것처럼 보였다. 매우 낡은 흰색의 가구에는 붉은 비단을 씌워놓았고, 창문 사이의 벽에 걸려 있는 거울도 흰색과 금박으로 테두리를 장식하고 구식 조각들이 새겨져 있었다. 하얀 벽에는 여러 군데 벽지가 찢어져 있었는데 초상화 두 점이 눈길을 끌었다. 초상화 중 하나는 30년 전 이 지방 출신이었던 장군으로 현지사(縣知事)를 지낸 어떤 공작을 그린 것이었고, 또 하나는 오래전에 죽은 대주교의 초상화였다.

방문의 맞은편 구석에는 성상화가 몇 개 있었고, 날이 어두워지면 등불을 켰는데 신앙심 때문에 그러는 것이 아니라 단지 방을 밝히기 위해서였다. 표도르는 새벽 3~4시에 잠자리에 들었는데 잠들기 전까지 방 안을 서성이거나 안락의자에 앉아서 사색하는 것이 습관이었다. 하인들이 바깥채로 나가면 가끔 혼자 안채에서 잘 때도 있었지만, 대개는 스메르자코프가 그와 함께 방에 있었다. 스메르자코프는 현관에 놓인 큰 궤짝 위에서 잠을 잤다.

알료샤가 갔을 때는 저녁 식사가 끝났고 커피와 잼이 차려져 있었다. 표도르는 식사를 마친 뒤에 코냑을 마시면서 안주로 단것을 먹는 것을 즐겼다. 이반도 식탁에서 커피를 마시는 중이었다. 그리고리와 스메르자코프가 시중을 들었는데 주인들과 하인들 모두 전과 다르게 활기차 보였다. 표도르는 큰 소리로 웃으며 농담을 하고 있었다. 알료샤는 현관에서 귀에 익숙한 그 쇳소리 같은 웃음소리를 들었고, 아버지가 약간 취했을 뿐 만취 상태는 아니라는 것을 알 수 있었다.

"왔구나! 기다리는 중이었다."

표도르는 알료샤를 보고 웃으며 외쳤다.

"자, 이리 와서 같이 커피라도 들자꾸나. 우유는 안 넣으니까 괜찮을 거야. 따뜻한 게 아주 맛있다. 넌 수도 중이니 코냑은 권하지 않으마. 그렇지만 조금 맛보겠니? 아니다, 너에게는 리큐어가 낫겠어. 아주 괜찮은 리큐어가 있지. 스메르자코프, 찬장에 가서 가져오거라. 두 번째 선반의 오른쪽에 있다. 열쇠를 줄 테니 어서 빨리 가져와!"

알료샤는 리큐어를 거절하려고 했다.

"괜찮다, 네가 마시지 않으면 우리가 마시면 되니까. 그런데 너 저녁은 먹은 거냐?"

표도르는 활짝 웃으며 말했다.

"네, 먹었어요."

알료샤는 이렇게 대답했지만 사실은 수도원장의 주방에서 빵 한 조각과 크바스 한 잔을 마신 게 전부였다.

"하지만 따뜻한 커피는 마시고 싶어요."

"그래, 좋은 생각이다! 커피라도 마시겠다니 다행이구나. 어디 보자, 안 데워도 될까? 아직 끓는 중이군. 이건 참 고급 커피야. 스메르자코프 커피라고 부르지. 커피와 파이는 스메르자코프 솜씨가 최고지. 그리고 생선 수프도. 진짜란다. 너도 언제 와서 생선 수프를 먹어봐야 해. 하지만 미리 기별은 주고 와야 해. 그런데 오전에 내가 이불과 베개를 전부 가지고 오라고 했었는데 가지고 온 거냐? 하하하……."

"아니에요. 안 가져왔어요."

알료샤도 웃으며 대답했다.

"아깐 놀랐지? 놀랐을 거다. 알료샤, 내가 어떻게 너를 모욕할 수 있겠니? 그런데 이반, 얘가 내 눈을 바라보며 웃으면 도저히 그냥 앉아 있을 수가 없어. 속에서 웃음이 터져 나와서 정말 못 참겠어! 귀여운 녀석! 알료샤, 너에게 아비로서 축복을 내리마."

알료샤가 일어섰지만 표도르는 금세 마음이 변했다.

"아니야, 됐어, 지금은 그냥 성호를 긋기로 하자. 자, 그냥 앉아라. 그런데 네게 할 말이 있어. 네가 들으면 딱 좋아할 얘기야. 맘껏 웃어보렴. 다름이 아니라 우리 발람의 나귀*가 갑자기 입을 열었다! 더구나 말도 얼마나 잘하는지!"

발람의 나귀란 스메르자코프를 칭하는 것이었다. 그는 스물네댓 살이었지만 사교성은 전혀 없었고 입이 워낙 무거웠다. 본디 내성적이거나 수줍음 때문이 아니라 오히려 그와 반대로 오만한 성격 때문이었으며 사람을 멸시하는 성격이었다. 스메르자코프에 대해 여기에서 설명해두고 넘어가겠다. 스메르자코프는 마르파와 그리고리 부부가 키웠지만, 그리고리의 말대로 '은혜는 전혀 모르고' 사람을 싫어했으며 구석진 곳에서 혼자 숨어서 세상을 엿보는 소년으로 자랐다. 어린 시절에는 고양이의 목을 졸라서 죽인 뒤에 장례식 놀이를 즐겼다. 그는 침대 시트를 상복으로 걸치고 향로와 비슷한 것을 골라서 고양이 시체 위에서 휘두르며 노래를 불렀다. 이런 짓을 할 때는 아무도 모르게 혼자 숨어서 했는데 그리고리에게 한번 들켜서 채찍으로 호되게 혼난 적도 있었다. 그는 그리고리에게 혼난 뒤에 방에서 나오지 않고 일주일 정도 눈을 흘겼다.

"저 녀석은 우리를 안 좋아해, 저 괴물 녀석 말이야."

그리고리가 마르파에게 말했다.

"세상 사람을 전부 미워하는 게 틀림없어. 너도 사람이 맞냐?"

---

* 구약성서의 〈민수기〉 22장에 나오는 내용으로, 발람의 불행을 사람의 말로 미리 알려주었다는 당나귀이다.

이번에는 직접 스메르자코프에게 말했다.

"너는 사람의 자식이 아니야, 목욕탕 수증기 속에서 잘못 만들어진…… 그런 애야."

나중에 밝혀졌지만 스메르자코프는 그리고리가 한 말을 잊지 않고 있었다. 그리고리는 그에게 글을 가르쳤고 열두 살 무렵부터 성경도 가르치려고 했지만 실패하고 말았다. 두 번째인지 세 번째 공부를 하던 중에 소년이 갑자기 히죽거렸던 것이다.

"왜 웃는 거냐?"

그리고리는 안경 너머로 그를 노려보며 물었다.

"아무것도 아니에요. 하느님은 첫째 날에 세상을 만드시고, 넷째 날에야 해와 달과 별을 만드셨다고 하는데, 그렇다면 도대체 첫째 날에는 어디에서 빛이 비춘 걸까 해서요."

그리고리는 어이가 없어 말문이 막혔다. 소년은 선생을 비웃으며 바라보았고 눈길에는 오만함이 담겨 있었다. 그리고리는 더 이상 참지 못하고 별안간 "바로 여기서다"라고 외치며 소년의 뺨을 때렸다. 소년은 말없이 뺨을 맞았지만 다시 며칠간 방에 처박혔다. 그러고 나서 일주일 뒤, 간질병이 처음 그에게 나타났는데 평생 그 병이 그를 따라다니게 되었다.

표도르는 이 소식을 전해 듣고 소년을 완전히 다르게 대했다. 표도르는 그전까지 소년에게 욕을 한 적도 없고 만날 때마다 1코페이카 동전을 주기도 하고, 기분이 좋으면 식탁 위의 사탕을 보내주기도 했지만 대부분은 소년에게 관심이 없었다. 그러던 표도르가 소년에게 간질병이 생겼다는 소식을 듣자마자 갑자기 부모라도 된 것처럼 의사까지 불러서 치료를 받게 했다. 하지만 완치가 될 수 없는 병이었다. 발작은 보통 한 달에 한 번 정도 일어났지만 불규칙하게 발생했다. 발작의 강도도 불규칙해서 가볍게 일어날 때도 있었고, 몹시 심하게 일어날 때도 있었다. 표도르는 그리고리에게 아이를 절대로 때리지 말라고 엄하게 일렀고, 소년에게 안채의 자기 방에 드나들 수 있도록 허락했다. 그리고 공부를 하는 것도 당분간 중단시켰다.

소년이 열다섯 살이 되던 어느 날, 표도르는 그가 책장 앞을 오가며 유리창을 통해 책들의 제목을 읽고 있는 것을 보았다. 표도르에게는 100여 권이 넘는 제법 많은 책이 있었지만 책을 읽는 것을 아무도 보지 못했다. 그는 스메르자코프에게 책장 열쇠를 주고 "네 마음껏 읽어라. 뜰을 배회하는 것보다 책을 관리하며 독서를 하는 게 좋지. 일단 이걸 읽거라"라고 말하며 고골리의 《지카니카 근교 야화》를 추천해주었다. 그 책을 읽는 동안 소년은 불만이 생겼는지 전혀 웃지 않았고, 다 읽은 뒤에는 얼굴을 찌푸리기까지 했다.

"책이 재미없니?"

표도르가 물었다. 스메르자코프는 대답이 없었다.

"바보같이 굴지 말고 빨리 대답해!"

"이 책은 거짓말뿐인걸요."

스메르자코프는 미소를 지으며 중얼거렸다.

"맘대로 해! 그게 하인 근성인 거다. 가만있어 보자, 그러면 이건 어때? 스마라그도프의《세계사》다. 여기에는 전부 사실만 적혀 있으니 읽어보거라."

하지만 스메르자코프는 10쪽도 읽지 못했다. 도무지 재미를 느끼지 못했기 때문이었다. 마침내 책장문은 다시 닫혔다. 얼마 뒤, 마르파와 그리고리는 스메르자코프가 점점 결벽증이 심해지고 있다고 표도르에게 말했다. 수프를 먹을 때도 수프 안에 무엇이 있는 것처럼 숟가락으로 휘젓고, 등을 구부린 채 한참 들여다보는가 하면 한 수저 떠서 불빛에 비춰본다는 것이었다.

"바퀴벌레라도 있니?"

그리고리가 재차 물었다.

"아마도 파리일 거예요."

마르파가 한마디 했다.

갑자기 결벽증이 생긴 청년은 한 번도 대답하지 않았지만 빵이나 고기를 먹을 때나 그 외의 무슨 음식을 먹을 때도 그런 행동을 반복했다. 포크로 빵을 집은 뒤 마치 현미경이라도 들여다보듯 불빛에 비춰보며 자세히 살펴보다가 한동안 망설인 뒤에 결심을 하고 비로소 음식을 먹는 것이었다.

"쳇, 귀족집의 도련님보다 더 심하군."

그리고리는 곧잘 이렇게 불평했다. 표도르는 스메르자코프에게 이런 버릇이 생긴 것을 안 뒤 그가 요리사가 되면 좋겠다고 생각해서 모스크바로 유학을 보냈다. 그는 몇 해 동안 요리를 배웠고,

다시 돌아왔을 때는 사람이 완전히 달라져 있었다. 어떻게 된 일인지 지나치게 늙어 보였고, 나이에 어울리지 않게 주름살이 많았으며 안색까지 누래져서, 마치 강제로 거세당한 사내처럼보였다. 그러나 성격은 모스크바에 가기 전과 달라지지 않아서 여전히 사람을 싫어하고 누가 됐든 전혀 사람을 사귀려고 하지 않았다. 나중에 듣기에는 모스크바에 있을 때도 역시 말을 하지 않았다고 했다. 모스크바도 그에게는 그다지 흥미가 없었는지 모스크바에 대해서도 별로 알지 못했다. 자신과 직접적인 관련이 없는 것에는 전혀 관심을 갖지 않았던 것이다. 단 한 번 극장에 간 적이 있었는데 그때도 말을 전혀 하지 않고 불만스러운 표정으로 돌아왔다고 했다. 하지만 모스크바에서 돌아왔을 때, 그는 꽤 훌륭한 옷차림이었다. 하얀 셔츠에 말끔한 프록코트를 입고 하루에 두 번씩 정성스럽게 옷에 솔질도 했다. 멋진 구두는 송아지 가죽으로 만든 것이었는데 영국산 고급 구두약으로 닦아서 거울처럼 빛났다.

요리사로서 그의 솜씨는 나무랄 데가 없었다. 그는 표도르에게 받은 봉급을 전부 옷차림과 포마드, 향수를 사는 데 썼다. 그런데도 그는 남성뿐만 아니라 여성도 경멸했고, 여성을 대할 때 예의를 갖추어 상대가 접근하지 못하게 했다. 표도르는 다른 시각으로 그를 바라보았다. 다름이 아니라 그의 간질병 발작이 심해지면 마르파가 대신 식사를 준비했는데 그것이 표도르의 입맛에는 전혀 맞지 않았기 때문이었다.

"발작이 왜 점점 심해지는 거지?"

그는 새 요리사를 곁눈으로 흘겨보며 말했다.

"결혼을 하면 좀 나아질 텐데, 내가 중매를 서는 건 어떤가?"

그러나 스메르자코프는 화난 듯이 안색이 창백해져서 대답도 하지 않았다. 표도르도 할 수 없이 손을 한 번 내젓고 그에게서 물러났다.

하지만 중요한 것은 표도르가 그의 정직함을 믿고 무엇을 가로채거나 훔치지 않는다고 굳게 믿고 있었다는 것이다. 표도르가 언젠가는 만취해서 무지개 색깔의 100루블 지폐 3장을 정원 바닥에 떨어뜨린 적이 있었다. 다음 날, 그 사실을 알고 당황해서 호주머니를 전부 뒤지다가 책상 위를 살피니 잃어버린 돈이 고스란히 놓여 있었다. 대체 어떻게 된 일일까? 스메르자코프가 주워서 가져다놓았던 것이다.

"정말 나는 너처럼 정직한 놈은 본 적이 없어."

표도르는 이렇게 말하며 그에게 10루블을 건넸다.

그런데 여기서 주목해야 할 것은 표도르가 이 청년의 정직성을 믿었을 뿐만 아니라 무슨 이유에서인지는 모르지만 그를 사랑했다는 것이다. 하지만 풋내기인 이 청년은 다른 사람에게 하는 것과 마찬가지로 표도르를 곁눈질하면서 먼저 말을 걸지 않았다. 그럴 때 만약 누가 그의 얼굴을 바라보며 대체 이 청년은 무엇에 흥미를 느끼고, 무슨 생각을 하는지 알아내려고 해도 도저히 알 수 없을 것이다.

스메르자코프는 집 안에서든 뜰에서든 이따금은 길에서든 가끔씩 걸음을 멈춘 채 생각에 잠겨 10분 정도 서 있을 때가 있었다. 만약 관상가가 그의 얼굴을 자세히 본다면 그가 무슨 생각에 빠진 것이 아니라 명상에 잠겨 있다고 말했을 것이다.

화가 크람스코이가 그린 작품 중에서 〈명상하는 사람〉이라는 명작이 있다. 겨울 숲을 그린 그림인데 어떤 숲길에 다 해진 외투를 입고 짚신을 신은 농부 한 명이 외롭게 서 있다. 한적한 숲에서 길을 잃고 혼자 멍하니 서서 생각에 빠진 것처럼 보이지만 실제로는 아무것도 생각하지 않고 '명상'에 빠져 있는 것이다. 만약 그를 누가 건드린다면 그는 깜짝 놀라서 꿈에서 깬 것처럼 어리둥절하게 상대를 바라볼 것이다. 곧 제정신으로 돌아오겠지만, 혼자 서서 무슨 생각을 했는지 물어도 아마 기억해내는 게 없을 것이다. 그렇지만 그가 명상 중에 받은 인상은 그의 가슴속에 깊이 기억되어 그에게는 매우 소중한 것이 되고 자신도 알지 못하는 사이 마음속에 몰래 쌓아두게 될 것이다.

무엇을 하려는지, 무엇 때문에 그러는지 본인도 알 수 없는 중에……. 이렇게 오랫동안 그러한 인상들이 쌓이다가 갑자기 모두 내던지고 방랑과 수행을 하려고 예루살렘으로 떠날 수도 있고, 가끔은 별안간 고향 마을에 불을 지를 수도 있다. 어쩌면 그런 일들을 모두 한꺼번에 할 수도 있다. 사람들 가운데는 이런 식의 '명상하는 사람'이 많은데 스메르자코프도 분명히 이런 '명상가' 중의 한 명이었을 것이다. 그래서 자신도 무엇 때문인지 영문을 모른 채로 그러한 인상들을 게걸스럽게 모았을 것이 확실하다.

7. 논쟁

그런데 이 발람의 나귀가 갑자기 말을 하기 시작했다. 그 화제도 기이했다. 그리고리가 이른 아침 루키야노프의 가게에 물건을 사러 갔다가 어떤 러시아 병사에 대한 얘기를 듣고 왔는데, 그 이야기에 따르면 그 러시아 병사는 어딘지 모르는 먼 국경에서 아시아인들에게 포로로 잡혀서 기독교를 버리고 이슬람교로 개종하지 않으면 당장 죽이겠다는 소리를 들었다고 한다. 하지만 그는 자신의 신앙을 지키고 수난을 택했고 산 채로 가죽이 벗겨지면서도 그리스도를 찬미하며 죽었다는 것이다. 이 대단한 이야기는 그날 온 신문에도 실렸는데 식사 시간에 그리고리가 그 얘기를 했던 것이다. 표도르는 식사 후에 디저트를 먹을 때는 상대가 그리고리뿐이더라도 잠깐 재미난 이야기를 나누는 것을 즐겼다. 게다가 이날은 전에 없이 즐겁고 편안한 기분이었다. 코냑을 마시며 이야기를 들은 그는, 그런 병사는 성인으로 추앙해야 하며 거룩한 가죽은 수도원에 보내야 한다면서 이렇게 덧붙였다.

"그렇게 하면 참배자들이 몰려들어서 많은 기부금을 모을 수 있을 거야."

그리고리는 표도르가 러시아 병사의 얘기에 감동을 받기는커녕 평소처럼 벌 받아 마땅한 말을 하는 것을 듣고 인상을 찡그렸다. 그런데 바로 그때, 문 옆에 서 있던 스메르자코프가 무슨 생각을 했는지 히죽거렸다. 예전에도 그는 식사를 마칠 무렵에는 식탁 가까이에서 시중을 들었지만 이반이 이 고장에 온 뒤에는 점심 식사 때는 거의 매일 와서 시중을 들었다.

"너는 무엇 때문에 그리 웃는 거냐?"

표도르는 스메르자코프가 웃는 것을 보고 이렇게 물었다. 표도르는 스메르자코프의 웃음이 그리고리를 향한 거라고 생각했다.

"지금 그 이야기 말이에요."

스메르자코프는 갑자기 큰 소리로 이렇게 말했다.

"그 병사는 칭찬을 받는 게 당연하고 훌륭하지만, 그렇게 위급한 경우에는 그리스도의 이름과 자기의 세례를 부정해도 죄는 아닐 거라고 생각합니다. 그리스도를 부정해서 자신의 목숨을 구할 수 있다면 앞으로 착한 일도 할 수 있을 테고, 또 그런 선행을 지속하면 비겁했던 과거에 대해 보상할 수도 있으니까요."

"왜 죄가 아니라는 거냐? 헛소리 그만해. 괜히 그런 소리를 했다가 지옥에 끌려가서 불타는 고기가 되고 말 거다."

표도르가 얼른 대답했다.

이때 알료샤가 방에 들어왔다. 앞서 말한 것처럼 표도르는 알료샤를 보고 무척 반겼다.

"너에게 딱 맞는 이야기를 하고 있었다!"

그는 재미있는 것처럼 키득거리며 이야기를 전해주려고 알료샤를 자리에 앉게 했다.

"지옥불에 타는 고기라니요, 절대 그렇지 않습니다. 그런 말을 했다고 지옥에서 그런 벌을 받지는 않아요. 정말 공정하게 생각해 본다면 말이지요."

스메르자코프는 진지하게 대답했다.

"공정하게 생각한다는 건 또 무슨 소리냐?"

표도르는 무릎으로 알료샤를 툭툭 치며 더욱 유쾌하게 외쳤다.

"비겁한 놈! 저놈은 원래 저렇게 생겨먹은 놈입지요!"

별안간 그리고리가 내뱉었다. 그는 화가 난 듯이 스메르자코프를 노려보았다.

"비겁한 놈이란 말은 나중에 하시지요, 그리고리 씨."

스메르자코프가 침착하게 말했다.

"무엇보다 당신 스스로 생각해보는 게 어떨지요. 만약 내가 기독교를 핍박하는 자들에게 붙잡혀서 하느님을 저주하고 세례를 부정하도록 강요받았다고 해도 내게는 이성에 따라 스스로 결정할 수 있는 권리가 있어요. 그렇게 하는 게 죄가 되지는 않습니다."

"그건 방금 한 말이잖아? 쓸데없는 소리는 그만하고 이유나 설명해보거라!"

표도르가 외쳤다.

"쳇, 부엌데기 주제에!"

그리고리가 경멸하듯이 속삭였다.

"부엌데기란 말도 나중에 하시지요. 욕만 하실 게 아니라 생각을 해보세요, 그리고리 씨. 내가 기독교를 핍박하는 자들에게 '맞습니다. 나는 기독교도가 아닙니다. 나는 신을 저주합니다' 이렇게 말하면, 나는 곧 하느님의 재판에 의해 특별히 저주받은 파문자(破門者)가 되어 이교도처럼 교회에서 아주 쫓겨나는 것이 아닙니까? 그런 말을 하는 순간, 또는 그리스도를 부정하려고 마음먹은 그때, 4분의 1초도 되지 않는 찰나에 나는 이미 파문을 당하는 것이지요. 안 그렇습니까, 그리고리 씨!"

그는 그리고리를 보며 만족스러운 표정으로 말했다. 사실 그도 자신의 말이 표도르의 질문에 대한 대답인 것을 잘 알고 있었지만 마치 그리고리가 그런 질문을 던진 것처럼 굴었다.

"이반!"

별안간 표도르가 말했다.

"네 귀를 좀 빌려주렴. 저놈이 너에게 칭찬을 받고 싶어서 저렇게 말하는 것 같으니 네가 칭찬을 좀 해주거라."

이반은 아버지의 유쾌한 귓속말을 심각한 표정을 지으며 들었다.

"조용히 해, 스메르자코프, 넌 잠시 조용히 해."

표도르가 다시 외쳤다.

"이반, 너의 귀를 한 번만 더 빌려주렴."

이반은 다시 심각한 표정으로 아버지에게 몸을 구부렸다.

"나는 알료샤와 마찬가지로 너도 사랑한단다. 내가 너를 미워한다고 생각하지 마라. 코냑 한 잔 더 마시겠니?"

"네, 주세요."

'이 양반, 벌써 많이 취했군.'

이반은 이렇게 생각하며 아버지의 얼굴을 빤히 바라보았다. 그와 동시에 그는 굉장한 호기심을 느끼며 스메르자코프를 유심히 쳐다보았다.

"너는 지금도 저주받은 파문자야. 그런데 네가 감히 그런 말도 안 되는 소리를 지껄인단 말이냐! 만일 네가……."

갑자기 그리고리가 소리를 질렀다.

"그만하게. 그리고리, 욕은 하지 마!"

표도르가 저지했다.

"잠시 기다려주세요, 그리고리 씨. 아직 제 말이 안 끝났으니 조금 더 들어보세요. 내가 하느님께 저주를 받는 순간, 바로 그 최고의 순간에 나는 이미 이교도가 되기 때문에 세례도 소용없어지고 그래서 아무런 책임도 없어지는 거예요. 이건 아시겠어요?"

"빨리 결론을 말하라니까, 결론!"

표도르가 이렇게 재촉하며 술잔을 맛있게 비웠다.

"그래서 내가 기독교도가 아니라고 하면 '너는 기독교인이냐,

아니냐'라고 핍박하는 자들이 협박할 때 내가 '아니다'라고 말해도 나는 거짓말을 한 것이 아닙니다. 왜냐하면 내가 말하기 전에, '아니다'라고 대답을 해야겠다는 생각을 한 순간 이미 하느님에게 기독교인의 자격을 빼앗겼기 때문이지요. 그래서 내가 이미 그 자격을 빼앗겼다면 저승에서 내가 그리스도를 저버린 것을 어떤 근거를 가지고, 무슨 정의에 의해 문책할 수 있습니까? 이미 기독교도가 아닌 나를요. 신앙을 버리기 전에 그렇게 생각한 것만으로 이미 세례 받은 것이 소용없어지는데 말입니다. 만일 내가 기독교도가 아니라면 나는 그리스도를 배신할 수도 없습니다. 나에게는 이미 배반할 것이 없으니까요. 그리고리 씨, 타타르인 같은 이교도가 만약에 천국에 가도 왜 너는 기독교도로 태어나지 못했냐고 문책당할 리는 없겠지요? 소 한 마리에서 두 장의 가죽을 얻지 못한다는 것은 천국에서도 알고 있을 텐데, 그런 이유 때문에 타타르인에게 벌을 주지는 않을 겁니다. 위대하신 하느님도 그 타타르인이 죽어서 심판을 받게 될 때, 이교도인 부모에게서 이교도인 자식이 태어나는 것은 당연하기 때문에 태어난 자식에게는 잘못이 없다는 점을 고려할 겁니다. 전혀 벌을 주지 않을 수는 없겠지만 벌을 주더라도 가벼운 벌을 주게 될 겁니다. 그리고 하느님이라 하더라도 타타르인에게 기독교도였다고 말하지는 못하겠지요? 그렇게 하면 거룩하신 하느님께서 거짓말쟁이가 되니까요. 우주를 지배하시는 하느님은 단 한 마디의 거짓말도 못하는 거 아닌가요?"

그리고리는 크게 놀라서 눈을 크게 뜨고 이 웅변가를 바라보았다. 그는 스메르자코프의 이야기들을 잘 이해할 수는 없었지만, 그래도 이 헛소리 중에서 무언가 짐작 가는 것이 있었던지 이마를 벽에 부딪친 듯한 표정을 지으며 그 자리에 멍하니 서 있었다. 표도르는 술잔을 비우고 크게 소리를 내며 웃었다.

"알료샤, 알료샤야, 들은 거니? 엄청난 궤변가가 아니냐? 이반, 저 녀석은 예수회 수도사들과 어울렸나 보구나? 이런, 젖비린내 나는 예수회 놈아, 도대체 넌 누구에게서 그런 말을 배운 거냐? 아무리 들어도 네가 하는 말은 전부 헛소리야! 이 궤변가야, 전부 헛소리다, 헛소리! 그리고리, 자네가 그렇게 의기소침할 건 없네. 저놈의 말도 안 되는 이론 따위는 우리가 금방 부셔버릴 테니까. 이제 어디 대답해보렴, 이 나귀 녀석아. 만약 네가 기독교를 핍박하는 자들에게 한 태도가 올바르다고 해도 너는 역시 속으로 신앙을 부정한 순간 파문자가 된다고 했지? 네가 파문자가 되면 지옥에서 네가 파문당한 것을 위로해주고 쓰다듬어줄 거라고 생각하나? 그런 거야? 거룩하신 예수회 양반!"

"마음속으로 신앙을 부정한 것은 사실이지만 그렇다고 해서 그런 행동이 죄가 되지는 않습니다. 혹여 죄가 된다고 해도 아주 평범하고 사소한 죄겠지요."

"뭐, 사소한 죄?"

"헛소리 그만해, 이 저주받을 놈아!"

그리고리가 씩씩대며 외쳤다.

"그리고리 씨, 자꾸 화만 내지 말고 생각해보세요."

292

스메르자코프는 자신이 승리했음을 확신하고 패배한 상대방을 불쌍하게 여기는 것처럼 차분하고 정중하게 말을 이었다.

"잘 생각해보세요, 그리고리 씨, 성경에도 나와 있습니다. 만일 사람이 조금, 겨자씨만 한 믿음이라도 있을 때 산을 향해 바다로 들어가라고 명령하면 산은 그 명령이 떨어지자마자 주저하지 않고 바다로 들어갈 것이라고요. 그리고리 씨, 나는 믿음이 없지만 당신이 쉬지 않고 나를 비난할 정도로 그렇게 훌륭한 믿음을 가졌다면, 어디 시험 삼아서 산에게 바다로 들어가라고 명령해보시지요. 이곳에서 바다는 멀리 있으니 바다는 아니더라도 우리 집 정원 뒤에 흐르는 냄새가 지독한 개천이라도요. 당신이 아무리 소리질러도 아무것도 움직이지 않고 제자리에 있을 거라는 걸 당신도 금방 깨닫게 될 겁니다. 이거야말로 당신이 진정한 신앙도 없으면서 상대방에게 욕만 하고 있다는 증거입니다. 생각해보면 비단 당신뿐만이 아니지요. 세상에서 가장 훌륭한 사람과 쓰레기 같은 미천한 농부를 모두 포함해서 산을 바다로 옮길 수 있는 사람은 없습니다. 이 드넓은 세상에 단 한 사람, 아니 두 사람을 빼고 말이죠, 그렇지만 그 사람도 분명히 이집트 같은 사막에서 도를 닦고 있을 테니까 그 두 사람을 찾는 건 불가능한 일입니다. 만약 그 한두 사람을 제외하고는 모두 믿음이 없다고 가정한다면 지극히 자애로운 하느님께서 사막에 숨어 사는 한두 사람을 제외한 나머지 사람들, 즉 인류 전체를 저주하며 한 사람도 빠뜨리지 않고 용서하지 않을 수 있을지 말입니다. 하느님을 한 번 의심한 적이 있어도 회개의 눈물을 흘리면 용서받을 수 있을 거라고 나는 믿습니다."

"잠시만."

표도르가 감격에 겨워 날카롭게 외쳤다.

"너는 그러니까 산을 바다로 움직일 수 있는 사람이 두 사람 정
도 있다고 생각하는 거지? 이반, 잘 기억하고 있다가 기록해두어
라. 이곳에 진정한 러시아인이 있다고 말이야!"

"네, 좋은 말씀입니다. 이것은 러시아적 특성을 가진 신앙 이야
기네요."

이반이 만족스럽게 웃으며 동의를 표했다.

"동감이란 거냐? 네가 동감이라면 틀림없구나! 알료샤, 너는 어
때, 안 그래? 완전한 러시아적 신앙인 거지?"

"아니요, 스메르쟈코프의 신앙은 러시아적인 게 절대 아닙니다."

알료샤는 정색을 하고 진지하게 말했다.

"나는 저놈의 신앙을 말하는 게 아니다. 그 특징 말이다, 그 두
사람의 은둔자가 있다는 걸 말하는 거야. 어때, 그건 틀림없이 러
시아적이지? 맞지?"

"예, 그건 완전히 러시아적입니다."

알료샤는 빙그레 웃으면서 말했다.

"이봐, 나귀 녀석. 너의 말은 금화 한 닢을 받을 만한 가치가 있
으니 당장 오늘 중으로 주겠다. 하지만 그 외의 말은 전부 헛소리
야. 결국 헛소리란 말이다. 잘 들어라, 이 바보야. 이 세상에서 인간
이 믿음을 갖지 못하는 건 경솔해서인데 그건 우리에게 그럴 만한

여유가 없어서야. 우선 할 일이 너무 많지. 둘째로, 하느님께서는 시간을 적게 주셨어. 하루가 24시간이니 회개할 시간은커녕 잠잘 시간도 모자라. 하지만 네가 기독교를 핍박하는 자들 앞에서 하느님을 부정한 것은 신앙 말고는 아무것도 생각할 것이 없었을 때이고, 그때는 자신의 신앙을 보란 듯이 보여주어야 할 때였잖아! 난 그렇게 생각하는데 어떠냐?"

"사실 그렇기도 하지만, 그래도 잘 좀 생각해보세요. 그리고리씨, 그래야 이쪽도 마음이 편해지니까요. 만일 그때 내가 인간으로서 당연히 가질 참된 신앙이 있으면서도 신앙을 위한 고통을 못 받아들이고 이교도인 이슬람교로 쉽게 개종한다면 분명히 죄가 되지요. 하지만 수난을 당하지는 않을 거예요. 왜냐하면 바로 그때 산이 움직여서 핍박하던 자들을 뭉개달라고 기도하면, 산은 즉시 움직여서 벌레를 짓밟는 것처럼 그 자들을 깔아뭉갤 것이고, 그러면 나는 아무렇지도 않게 하느님을 찬양하며 무사히 돌아올 수 있을 겁니다. 하지만 만약 그때 모든 것을 시도한 끝에 눈앞의 산을 향해서 핍박하는 자들을 짓밟아주십사 외치고 또 외쳤는데도 산이 움직이지 않으면 내가 어떻게 의심하지 않을 수 있을까요? 게다가 생명이 위태로운 그런 절체절명의 순간에 말이지요. 안 그래도 천국에 가는 게 힘들다는 걸 알고 있는 마당에—내 뜻대로 산이 움직이지 않으면 천국에서는 내 믿음을 제대로 믿지 않는다는 뜻이고 그러면 저승에서도 내게 보상을 해줄 것 같지 않으니—나에게 아무런 이익도 없는데 왜 내가 내 가죽까지 벗겨주어야 하느냐는 것이지요. 이미 등의 가죽이 절반이나 벗겨지고, 아무리 외쳐도 산은 움직이지 않습니다. 당신은 의심을 하는 게 아니라 공포 때문에 이성까지 마비될 거예요. 그러면 무엇인가를 생각하고 판단하는 게 불가능해지겠지요. 그렇게 되면 이승에서도 저승에서도 자신에게 별로 이롭지도 않고, 보상도 못 받는다는 걸 알게 된 후에는 자신의 가죽이라도 소중히 여겨야겠다고 생각하는 게 그렇게 큰 죄가 될까요? 그래서 나는 하느님의 자비로움을 믿고 하느님은 분명히 모든 것을 용서하실 거라는 희망을 가질 수밖에 없다는 것입니다……."

8. 코냑을 마시며

논쟁은 끝이 났다. 하지만 이상하게도 그토록 기분이 좋던 표도르는 논쟁이 끝날 무렵이 되자 갑자기 잔뜩 찌푸린 얼굴로 코냑 잔을 비워버렸다. 이제 완전히 과음 상태가 된 것이다.

"이봐, 너희들은 다 나가버려. 예수회 놈들 같으니!"

그가 하인들에게 소리쳤다.

"나가봐, 스메르자코프, 오늘 중으로 약속한 금화는 보내줄 테니어서 물러가 있어. 그리고리, 자네도 울지 말고 마르파한테나 가 있으라구. 자넬 잘 위로해주고 잠도 재워줄 테니. 버르장머리 없는 놈들 같으니라구. 식후에 좀 조용히 앉아 있을 수도 없다니까."

하인들이 물러나자 그는 입맛이 쓴 듯 갑자기 이렇게 이반에게 내뱉었다.

"스메르자코프가 요즘 식사 때마다 여기 나타나곤 하는데 너한
테 상당히 관심이 있는 모양이야. 그 녀석을 어떻게 꼬드긴 거냐?"

"뭐 아무것도 한 것이 없습니다. 괜히 저 혼자 나를 존경하고 싶
은가 보죠. 뭐 그 녀석은 어디까지나 천박한 하인 놈에 지나지 않
아요. 하지만 때가 되면 선두에 나설 놈이지요."

"뭐, 선두라니?"

"때가 되면 좀 더 훌륭한 사람들도 나오겠지만 저런 친구들도
나옵니다. 먼저 저런 위인들이 나온 뒤에 좀 더 훌륭한 사람들이
뒤따라 나타나겠지요."

"그래, 그런 때는 언제쯤일까."

"봉화가 오를 때가 바로 그때입니다. 그러나 그 봉화는 어쩌면
다 타지 못하고 꺼질지도 모릅니다. 현재 민중은 저런 무식한 놈들
이 하는 말에 그다지 귀 기울이려 하지 않으니까요."

"그야 그렇겠지. 하지만 저 발람의 나귀 같은 놈이 늘 골똘히 생
각한다는 건 여간 놀라운 일이 아니야. 대체 무슨 생각을 어떻게
하는 것인지는 모르겠다만."

"사상을 축적하고 있는 거겠죠."

이반이 히죽 웃었다.

"그런데 그 녀석은 누구한테나 다 그렇지만 특히 나를 싫어하는
것 같단 말이다. 너는 그 녀석이 널 존경하고 싶어 하는 것처럼 말
하고 있지만 너 역시 싫어하는 건 마찬가지야. 알료샤는 더욱 심
하지. 그 녀석은 알료샤를 멸시하고 있어. 하지만 녀석의 손버릇이

나쁘지 않아 다행이야. 입도 무거워서 집 안에서 벌어진 일을 밖에
나가 떠벌리는 법이 없거든. 파이 굽는 솜씨는 정말 보통이 아니
지. 하지만 아무래도 좋아. 이야기할 만한 가치도 없는 놈 아니냐."

"물론 그럴 가치 자체가 없죠."

"그리고 그 자식이 하는 생각이 뭐 별거 있겠니? 아무튼 러시아
농민들은 두들겨 패야 해. 나도 언제나 그렇게 주장하지만 말이다.
우리나라의 농민들이라는 것들은 죄다 사기꾼이어서 전혀 동정할
가치가 없거든. 요즘도 가끔 매질을 하는 주인이 있는 건 다행이
야. 러시아의 땅이 단단한 것은 자작나무 숲이 있기 때문인데, 만
약 그 숲을 마구 베어버리면 러시아의 땅은 사라지고 말 거야. 나
는 현명한 인간들을 지지한단다. 우리는 너무 현명해서 농민들을
매질하는 것을 그만뒀지만 그놈들은 여전히 저희들끼리 매질을
하고 있어. 하긴 잘하는 짓이지. '네가 헤아리는 것처럼 너도 헤아
림을 받으리라.' 아니, 뭐라고 말해야 좋을까. 한 마디로 말해서 인
과응보라는 것이지. 내가 러시아를 얼마나 증오하는지 너는 짐작
도 못할 게다. 아니, 러시아 그 자체가 아니라 러시아의 모든 악덕
을 싫어한다는 말이야. 하지만 뭐 그것이 바로 러시아 전체인 셈이
지만 말이야. '그건 모두 부패에서 비롯되는 거야(Tout cela c'est de
la cochonnerie).' 넌 내가 무엇을 좋아하는 줄 알고 있니? 나는 영
리한 재치를 좋아한단다."

"또 한잔하셨군요. 이젠 그만하시죠."

"좀 기다려. 나는 또 한 잔, 그리고 나서 한 잔만 더 하면 되니까.

넌 내 말을 가로채지 말고 가만 있거라. 언젠가 내가 모크로예 마을을 지나는 길에 어느 노인에게 그 문제를 물어본 일이 있었지. 그랬더니 노인이 말하길 '우린 계집애들을 매질해주는 게 무엇보다도 재미있습니다. 매질하는 것은 젊은 총각들에게 맡기지요. 그런데 오늘 때려준 계집애한테 그다음 날이면 그 젊은 총각이 장가를 간답니다. 그래서 계집애들도 오히려 그런 벌을 좋아하는 형편이랍니다' 하는 거야. 어떠냐? 이것이야말로 사드 후작도 울고 갈 일이지 뭐냐? 어때, 재치가 넘쳐흐르지 않니? 어디 우리도 한번 구경 가볼까? 아니, 알료샤, 너 얼굴이 빨개졌구나. 애야, 부끄러워할 건 없다. 아까 수도원장의 오찬 자리에서 모크로예 마을의 계집애들 이야기를 해주지 않은 게 유감이구나. 알료샤, 아까는 내가 너희 수도원장에게 모욕적인 말을 마구 지껄여댔지만 그렇다고 너무 화를 내지는 말아라. 한번 화가 나면 참을 수가 없어서 그런 거다. 만약에 하느님이 있다면, 정말로 존재한다면, 그야 물론 내가 나쁘니까 어떤 벌이라도 달게 받겠지만, 반면에 하느님이 전혀 존재하지 않는다면 그자들을 그대로 내버려둘 수는 없지. 너희 그 신부들은 목을 자르는 정도로는 부족하단 말이다. 그자들은 진보를 방해하고 있는 거야. 아니, 너는 내 말을 믿지 않아. 그 눈에 다 나타나니까. 알료샤, 너도 사람들의 말을 믿고 나를 어릿광대로만 생각하고 있어. 알료샤, 너도 나를 어릿광대라고 생각하는 게냐?"

"아니요. 전 그렇게 생각하지 않습니다."

"네가 진심으로 그렇게 생각하고 있다는 건 나도 믿는다. 나를 보는 눈이 진지하고 말하는 품이 성실하니까 말이야. 그런데 이반은 달라. 이반은 거만하지. 그렇더라도 어쨌든 너희 그 수도원과는 아예 결판을 지어버렸으면 좋겠다. 러시아 전체에 퍼져 있는 그 신비주의 소굴들을 싹 쓸어버리고 싶어. 모든 어리석은 자들을 각성시키기 위해 그런 것들은 죄다 없애버리고 수도원을 폐쇄하고 싶다니까. 그렇게 하면 굉장히 많은 금과 은이 조폐국으로 쏟아져 들어갈 게다."

"아니, 구태여 없애버릴 것까진 없지 않겠습니까."

이반이 물었다.

"조금이라도 빨리 진리가 세상을 환하게 비추도록 하기 위해서, 바로 그것 때문이야."

"그렇지만 진리가 빛을 발할 경우에는 무엇보다도 먼저 아버지부터 알몸뚱이가 되고 수도원은 그다음에 없애게 되겠죠."

"아니, 뭐! 내가 한 대 얻어맞았군. 어쩌면 네 말이 옳을지도 모르지. 아, 결국 나야말로 나귀에 지나지 않는구나!"

표도르는 자신의 이마를 가볍게 툭 치고서 갑자기 큰 소리로 외쳤다.

"그렇다면 알료샤, 너희 수도원은 그냥 놔두기로 하자. 우리처럼 영리한 사람들은 따스한 방 안에 앉아서 그저 유쾌하게 코냑이나 마시면 되는 거야. 애, 이반, 이건 하느님께서 일부러 그렇게 되도록 마련해놓은 게 아닐까? 이반, 어디 말해봐라. 하느님은 있는 거냐, 없는 거냐? 아니, 가만있어 봐라. 확실하게, 그리고 진지하게 대답을 해! 뭐가 우스워서 또 웃는 거냐!"

"제가 웃는 것은, 산을 움직일 수 있는 은둔자가 한두 사람은 있을 거라고 말한 스메르자코프의 종교관에 대해서 아까 아버지가 꽤 재치 있는 비판을 가했기 때문입니다."

"그럼 내가 지금 한 말도 그것과 비슷하다 그 말이냐."

"매우 비슷하지요."

"그러고 보면 나도 역시 러시아인이고, 러시아적인 뭔가를 가지고 있는 셈이군. 그러나 너 같은 철학자한테도 그것과 비슷한 특질을 지적할 수 있어. 원한다면 내가 찾아봐주마. 내 장담하지. 내일이라도 지적할 수 있으니까. 그건 그렇고 어서 대답해봐. 하느님은 있는 거냐, 없는 거냐? 단, 진지하게 대답해야 한다. 나는 지금 진지하게 묻고 있는 거니까."

"없습니다. 하느님은 없습니다."

"알료샤, 너는 어떠냐, 하느님은 있니?"

"하느님은 계십니다."

"이반, 그렇다면 불멸은 있는 거냐? 그 어떤 것이든 아주 하찮고 사소한 것이라도 좋으니 말이다."

"불멸이라는 것도 없습니다."

"전혀?"

"네, 전혀 없습니다."

"아니, 그렇다면 절대로 없다는 거냐. 아니면 무엇인가가 있기는 있다는 거냐? 그래도 무언가는 조금은 있지 않을까. 설마 아무것도 없을 리는 없지 않느냐 말이다."

"절대로 없습니다."

"알료샤, 불멸이 있다고 생각하니?"

"있습니다."

"하느님도, 불멸도 다 있다는 거지?"

"하느님도, 불멸도 다 있습니다. 바로 하느님 안에 불멸이 있습니다."

"흥! 아무래도 이반의 말이 옳은 것 같군. 아아! 인간이 이러한 공상에 얼마나 많은 신앙을 바쳤고 얼마나 많은 정력을 헛되이 소비했는지, 생각만 해도 끔찍하구나. 더구나 그런 걸 수천 년 동안이나 반복하고 있으니 말이다. 도대체 누가 인간을 이처럼 조롱하는 걸까? 이반, 다시 한번 마지막으로 확실히 말해다오. 하느님은 있는 거냐? 마지막으로 묻는 거다!"

"마지막으로 말씀드리지만 없습니다."

"그럼 누가 인간을 조롱하는 거냐, 이반?"

"아마 악마겠죠."

이반은 피식 웃었다.

"그렇다면 악마가 있다는 거냐?"

"아니요, 악마도 없습니다."

"그거 참 유감이군. 제기랄! 그렇다면 하느님을 처음으로 고안해낸 작자는 어쩌면 좋지? 백양나무에 목을 매달아도 부족할 그놈을 말이야."

"하느님이라는 존재를 고안해내지 않았다면 문명이라는 것도 전혀 없었을 겁니다."

"없었을 거라고? 그러니까 하느님이 없었다면?"

"예, 그리고 코냑도 없었겠죠. 어쨌든 코냑은 이제 그만 드셔야 할 것 같아요."

"아니, 기다려. 한 잔만 더 하고 끝낼 테니까. 내가 알료샤의 기분을 상하게 했구나. 하지만 너 화난 건 아니겠지? 내 귀여운 알료샤, 그렇지?"

"아니요. 화를 내다니요. 아버지 마음을 잘 이해해요. 아버지는 머리보다 마음씨가 훨씬 더 좋은걸요."

"머리보다 마음이 더 좋다구? 아아, 너 말고 누가 나에게 이런 말을 해주겠니? 이반, 너도 알료샤를 좋아하니?"

"그렇습니다."

"그래야지(표도르는 몹시 취해 있었다). 애야, 알료샤, 나는 오늘 너희 장로한테 실례를 범했어. 하지만 정말로 난 흥분해 있었단다. 그런데 이반, 넌 어떻게 생각하니, 그 장로에겐 재치라는 것이 있더구나."

"아마 그럴지도 모르죠."

"아니, 틀림없이 있어. 그자 속엔 피롱*의 모습이 있어(Il y a du Piron là-dedans). 그자는 예수회, 그것도 러시아식 예수회야. 고상

---

* 프랑스의 극작가이다.

한 사람이란 으레 그렇지만 억지로 성인 시늉을 내면서 마음에도 없는 연극을 해야 하기 때문에 가끔 자기 자신 속에 남모르는 울화가 치미는 거지."

"하지만 장로님은 하느님을 믿고 계십니다."

"조금도 믿고 있지 않아. 아니, 너는 그걸 눈치채지 못하겠니? 그 자는 스스로 모든 사람에게 그렇게 말하고 있어. 하긴 모든 사람이 아니라 자신을 찾아오는 현명한 사람들에게 하는 말이지만. 현지사인 슐리츠에게는 '믿고 있습니다(credo), 그러나 무엇을 믿고 있는지 나 자신은 모르겠습니다' 하고 노골적으로 말했다는 거야."

"설마 그럴 리가 있나요."

"정말 사실이라니까. 그래도 나는 그자를 존경해. 그에게는 뭔가 메피스토펠레스다운 데가 있거든. 아니 그보다는《현대의 영웅》*에 나오는 아르베닌**이라고나 할까. 아무튼 그자는 호색한이야. 만일 내 딸이나 마누라가 그에게 고해를 하러 간다면 나는 근심스러워 못 견딜걸. 그자가 어떻게 말을 풀어가는지 아니? 3년 전인가 그자가 우릴 리큐어를 곁들인 다과회에 초대한 적이 있어(리큐어는 부인네들이 보내주지). 그때 그자가 옛날이야기를 시작했는데, 어찌나 웃기던지 우리 모두 배꼽이 빠지도록 웃어댔단다. 특히 그중에서도 재미있었던 것은 그자가 몸이 약한 어떤 여자를 고쳐

---

* 레르몬토프의 마지막 소설이다. 주인공 이름은 페초린이다.
** 레르몬토프의 희곡 〈가면무도회〉의 주인공으로, 표도르가《현대의 영웅》의 주인공으로 착각하고 있다.

주었다는 얘기였어. '내가 다리만 아프지 않다면 당신들한테 춤을 한번 보여드릴 텐데' 이런 말도 했지. 자, 어떠냐? '나도 젊었을 땐 꽤 몹쓸 짓을 많이 했지요'라는 것이었어. 그리고 그자는 데미토프라는 상인한테서 6만 루블을 슬쩍 가로챈 적도 있지."

"아니, 도둑질을 했다는 건가요?"

"그 상인은 그자를 믿을 만한 사람이라고 생각해서, '내일 가택 수색이 있으니 이걸 좀 맡아주십시오'라고 부탁했지. 그래서 그자는 그 돈을 맡게 되었는데 나중에 가서 한다는 말이, '그 돈은 우리 교회에 기부하신 것이 아닙니까?'라고 잡아떼더라는 거야. 그래서 나는 그자에게 비열한 악당이라고 말해줬더니 '나는 악당이 아니라 도량이 넓은 인간이오'라고 대답하더군. 아니, 그건 그자 얘기가 아닌 것 같은데. 그건 딴 사람 이야기야. 그만 다른 놈과 혼동을 하고 있구나. 내가 정신이 없구나. 자, 그럼 한 잔만 더 하고 그만 두마. 이반, 술병을 치워라. 내가 허튼소리를 지껄이는데도 어째서 넌 말리지 않느냐. '그건 거짓말입니다'라고 왜 말해주지 않느냔 말이다."

"내가 말리지 않아도 아버지 스스로 그만둘 줄 아니까요."

"거짓말 마라. 너는 내가 싫어서, 그저 밉기 때문에 말리지 않은 거야. 너는 나를 경멸하잖니. 너는 나한테 와서 내 집에 얹혀살고 있으면서도 나를 멸시하고 있어."

"그러니까 곧 떠나도록 하겠습니다. 아버지는 지금 취하셨어요."

"체르마쉬냐에 하루나 이틀쯤 다녀오라고 말했는데 너는 아예

가볼 마음도 없는 거지, 응!"

"정 그렇게 말씀하신다면 내일이라도 당장 떠나겠습니다."

"가기는 뭘 가. 너는 나를 꼼짝 못하게 하려고 여기서 날 지키고 있는 거잖아. 못된 놈. 그래서 가지 않는 거야!"

노인은 좀처럼 진정할 줄 몰랐다. 그는 이제 완전히 취해버렸다. 이제까지 얌전하던 술꾼이라고 해도 갑자기 벌컥 화를 내고 한바탕 기염을 토하지 않고는 못 배길 만큼 취기가 올라 있었던 것이다.

"넌 왜 나를 노려보니, 그런 눈초리로? 네 눈은 나를 노려보며, '저 주정뱅이 상판 좀 보라니까'라고 말하고 있어. 네 눈은 믿을 수가 없어. 사람을 경멸하는 눈이야. 너는 속셈이 있어서 온 거지. 봐라, 알료샤도 너를 보고 있다만 저 눈은 얼마나 맑으냐? 알료샤는 나를 멸시하고 있지도 않아. 얘, 알렉세이, 이반을 좋아해선 안 된다."

"형한테 화내지 마세요. 형을 더 이상 모욕하지 말아주세요."

갑자기 알료샤가 애원하는 듯한 어조로 말했다.

"그래, 알았다. 그만하자. 아아, 골치가 아프구나. 이반, 코냑을 치워라. 벌써 세 번씩이나 말하지 않았니."

표도르는 잠시 생각하더니 갑자기 능글맞게 웃어대면서 말했다.

"얘, 이반. 폐인이 다 된 늙은이한테 화를 내진 말아다오. 나는 본래 누군가의 호감을 사기는 그른 놈 아니냐. 하지만 체르마쉬냐에는 제발 좀 다녀와다오. 나도 뒤따라 선물을 갖고 갈 테니. 거기서 예전부터 점찍어둔 참한 계집애를 하나 보여주마. 아직은 맨발로 다니고 있겠지만, 뭐 맨발이라고 멸시해선 안 돼. 그야말로 흙 속의 진주와 다름없으니까!"

표도르는 이렇게 말하고는 자기 손에 가볍게 키스했다.

"나한테는" 하고 그는 대번에 술이 깨기라도 한 것처럼 갑자기 활기를 띠고는 가장 좋아하는 화제로 옮겨갔다.

"나한테는 말이다……. 이런 말을 해도 너희들 젖비린내 나는 애송이들은 잘 알아듣지 못하겠지만 나한테는 말이야……. 한평생 못생긴 여자는 단 한 사람도 없었지. 이게 바로 내 원칙이야! 이게 무슨 말인지 알아듣겠니? 아니, 어림도 없을 거다. 너희 몸속에는 피 대신 젖이 흐르고 있거든. 아직 솜털도 벗지 못했어! 내 원칙에 따르면 다른 여자에게선 찾아볼 수 없는 지극히 재미있는 점을 어떤 여자에게서든 반드시 발견할 수 있다는 거지. 그러나 그것을 찾아내는 방법을 아는 게 문제야. 이게 중요해! 바로 이게 재능에 속하는 문제야! 나한테는 못생긴 여자란 존재하지 않아. 여자라는 그 사실만으로도 벌써 매력의 반은 있는 거니까……. 아니, 이건 너희들이 알 리 없지! 아무리 관심을 못 받는 늙은 여자라 해도 세상 남자들이 오죽 눈이 멀었으면 저런 여자를 여태껏 몰라보고 저렇게 늙도록 내버려두었을까 하고 의아하게 생각되는 그 무언가를 끄집어내는 요령이 있거든. 맨발로 다니는 계집애나 못생긴 계집애는 아예 처음부터 깜짝 놀라게 해야 해. 바로 이게 그런 여자들에게 접근하는 비결이지.

아마, 너희는 이런 걸 몰랐겠지. 그런 것들은 깜짝 놀라게 해서 '이렇게 훌륭한 어른이 나 같은 비천한 계집애를 사랑해주시다니' 할 정도로 마음을 흔들어놓아야 하는 거야. 언제나 하인에게는 주인이 있듯이, 어떤 비천한 계집에게도 항상 주인이 있게 마련이지. 세상사가 다 그렇지. 인생의 행복을 위해 필요한 건 바로 그것밖에 없다니까! 얘, 알료샤, 나도 죽은 네 어미를 언제나 깜짝 놀라게 해주곤 했단다. 하긴 좀 색다른 방법이긴 했지만. 여느 때는 다정한 말 한 마디 건네지 않다가도 적당한 때가 오면 갑자기 있는 애정을 다 쏟곤 했지. 무릎을 꿇고 엉금엉금 기어 다니기도 하고 발에 키스를 하기도 해서 언제나 나중에는(그때 일이 바로 어제처럼 눈에 선하구나) 네 어미를 웃기고 말았지. 그 웃음소리는 또 얼마나 독특하던지, 가늘고도 신경질적으로 울리는 독특한 소리였지. 그렇게 웃는 사람은 네 어미 말고는 없었지. 그러나 그럴 때엔 언제나 병이 고개를 쳐들어서, 다음 날엔 반드시 히스테리 발작을 일으켜 고래고래 소리를 질러댔어. 그러니까 그 짤막한 웃음소리도 결코 기쁨의 표현은 아니었던 셈이지. 나중엔 내가 속았다는 걸 알게 됐지만 아무튼 그 순간만은 거짓으로나마 기뻐하는 것처럼 보였어. 어떤 여자에게서 그 나름의 매력을 발견하는 재능이란 바로 이런 걸 두고 하는 말이야!

한번은 벨랍스키라는 돈 많은 미남이 네 어미 꽁무니를 쫓아다니며 우리 집에 자주 드나들곤 했는데, 그놈이 느닷없이 내 뺨을 철썩 때렸단 말이야. 글쎄 네 어미가 보는 앞에서 말이야. 그러자 여느 때는 양처럼 순하던 네 어미가 나를 때리기라도 할 것처럼 맹렬한 기세로 악을 쓰며 나한테 대드는 거야. '당신은 지금 언어 맞았어요. 얻어맞았죠. 저 사람한테 맞았잖아요! 당신은 저 사내한 테 나를 팔아버린 거나 다름없어요…… 내 눈 앞에서 감히 당신에 게 손찌검을 하다니! 이제 다시는 나한테 오지도 마세요. 빨리 따라가서 결투를 청하세요!' 그래서 할 수 없이 나는 네 어미의 마음을 진정시키려고 수도원으로 데려가서 신부들한테 기도를 청했지. 그렇지만 알료샤, 맹세컨대 난 히스테리에 걸린 네 어미를 모욕한 적이 한 번도 없었다. 아니, 딱 한 번, 정말 단 한 번뿐이었다.

그건 결혼 첫해였는데, 그때 네 어미는 기도를 너무 열심히 해서 성모 마리아 축일 같은 때는 나더러 방해하지 말라며 서재로 쫓아냈지. 그래서 나는 네 어미의 미신을 타파해야겠다고 생각했지. '자기, 여길 봐, 여기 당신의 성상이 있지. 내가 이걸 꺼내서 어떻게 하나 똑똑히 보란 말이야. 당신은 이것이 기적을 만들어낸다고 생각하고 있지만, 나는 지금 당신이 보는 앞에서 여기다 침을 뱉을 테니 두고 보라구. 그래도 나한테 아무 일 없을 테니!' 네 어미가 나를 노려보는 모습이 당장에라도 나를 죽일 것만 같았지. 그러나 네 어미는 그저 벌떡 일어나 손뼉을 치더니 갑자기 두 손으로 얼굴을 가리고는 몸을 부들부들 떨다가 마룻바닥에 쓰러져……, 그대로 졸도를 해버리더구나……. 아니, 알료샤, 알료샤! 왜 그러니, 너 어떻게 된 거냐?"

늙은이는 깜짝 놀라며 튀어 일어났다. 알료샤는 아버지가 그의 어머니 얘기를 시작했을 때부터 조금씩 얼굴빛이 변하기 시작했다. 얼굴은 빨갛게 달아오르고 두 눈은 번쩍이고 입술은 경련을 일으킨 듯이 떨고 있었다. 술에 취한 늙은이는 아무것도 눈치채지 못하고 연방 침을 튀기며 떠들어대고 있는 중에 갑자기 알료샤의 몸에는 기이한 현상이 일어났다. 즉, 방금 아버지가 얘기한 '미치광이 여자'와 같은 현상이 알료샤에게도 일어난 것이다. 그는 식탁에서 벌떡 일어나더니 자기 어머니와 마찬가지로 손뼉을 치고 두 손으로 얼굴을 가리고서 밑동이 잘린 짚단처럼 맥없이 의자 위로 쓰러져버렸다. 그리고 갑자기 눈물을 쏟으며 히스테리 발작으로 온몸을 부들부들 떨기 시작했다. 이 모든 행동이 그의 어머니와 너무나 똑같아 노인은 화들짝 놀랐다.

"이반, 이반! 빨리 물을 떠오너라. 제 어미와 아주 똑같구나. 정말 똑같아. 그때도 꼭 저랬다니까! 얘, 입으로 물을 뿜어줘라. 나도 늘 그래주곤 했어. 이 애는, 제 어미 때문에, 제 어미 때문에 그만……."

표도르는 이반에게 횡설수설 중얼거렸다.

"하지만 알료샤의 어머니와 제 어머니는 같은 분이 아닙니까? 안 그래요?"

이반은 울컥 치미는 분노와 모멸감을 참지 못해 불쑥 이렇게 말했다. 노인은 이반의 광채 나는 두 눈을 보고 흠칫 몸을 떨었다. 그러나 이때 비록 짧은 순간이나마 아주 괴이한 착각이 일어났다. 알료샤의 어머니가 곧 이반의 어머니라는 것을 표도르는 까맣게 잊고 있었던 모양이다.

"뭐, 네 어미가 어쨌다고?"

그는 뭐가 뭔지도 알 수가 없다는 투로 중얼거렸다.

"도대체 지금 무슨 소릴 지껄이는 거냐? 그래 이 애 어미가……, 이런 제기랄! 그렇구나. 이 애 어미가 네 녀석의 어미도 되는구나! 이런, 염병할, 내 정신 좀 봐. 그전엔 이렇게 정신이 흐려본 적이 없었는데……. 용서해라. 이반, 나는 그저……, 헤헤헤!"

노인은 거기서 입을 다물었다. 술에 취한 듯한, 흐릿하고 길게 끄는 듯한 뜻 없는 웃음만 얼굴에 퍼졌다. 그러나 바로, 이 순간, 현관에서 우당탕탕 하는 요란한 소음과 함께 사나운 외침 소리가 들리더니 방문이 확 열리며 홀 안으로 드미트리가 뛰어 들어왔다. 노인은 공포에 질려 이반에게 달려갔다.

"날 죽인다, 날 죽여! 날 살려다오, 제발 날 살려다오."

그는 이반의 옷자락에 매달리며 이렇게 소리를 쳤다.

9. 음탕한 사람들

　드미트리 표도로비치를 뒤따라 그리고리 노인과 스메르자코프도 방으로 뛰어 들어왔다. 두 하인은 드미트리를 방 안에 들여보내지 않으려고 현관에서 한바탕 실랑이를 한 것이다(그들은 이미 며칠 전부터 주인한테서 그런 지시를 받았었다). 드미트리가 방 안에 뛰어들어 잠시 머뭇거리는 사이에 그리고리는 식탁 쪽으로 돌아가 안으로 통하는 입구 맞은편 방문을 닫아버렸다. 그리고리는 마지막 피 한 방울까지 바칠 각오가 되어 있다는 듯 두 팔을 벌리고 그 앞을 막아섰다. 이것을 본 드미트리는 고함 소리라기보다 오히려 절규에 가까운 소리를 지르면서 그리고리에게 달려들었다.

　"그년이 거기 있단 말이지! 그년을 저기다 숨겨두었어! 비켜. 이 죽일 놈 같으니라구."

그는 그리고리를 떠밀려고 했으나 오히려 늙은 하인에게 떠밀려버렸다. 머리끝까지 격분한 나머지 제정신이 아닌 드미트리는 주먹을 번쩍 들더니 그리고리를 내리쳤다. 노인은 맥없이 쓰러져버렸다. 드미트리는 그 위를 넘어 방문을 박차고 안으로 달려 들어갔다. 스메르자코프는 홀의 맞은편 구석에 얼굴이 새파랗게 질린 채 부들부들 떨면서 표도르 옆으로 바싹 다가섰다.

"그년은 분명 여기 있어."

드미트리가 소리쳤다.

"방금 이 집 쪽으로 돌아가는 걸 내 눈으로 똑똑히 봤어. 따라가 붙잡질 못했을 뿐이야. 그년 어디 있어? 어디 있느냐 말이야."

"그년 여기 있어!"라는 외침 소리는 표도르에게 말할 수 없이 강렬한 충격을 주었는지 그 순간 그토록 무섭던 공포심도 순식간에 사라져버렸다.

"저놈을 잡아라, 저놈을 잡아!"

그는 이렇게 외치며 드미트리를 뒤쫓아 달려갔다. 그러는 사이 그리고리는 방바닥에서 일어나 앉았으나 아직도 제정신이 아닌 것 같았다. 이반과 알료샤는 아버지의 뒤를 쫓아 안으로 달려 들어갔다. 방 안에서는 갑자기 어떤 물건이 마룻바닥에 떨어져 산산이 깨지는 소리가 들렸다. 대리석 받침 위에 두었던 커다란 유리 꽃병(그리 비싼 것은 아니었다)을 드미트리가 옆으로 지나가다 건드려서 깨뜨린 것이었다.

"저놈을 잡아라!"

314

노인은 비명을 질렀다.

"누구 없느냐?"

그제야 겨우 노인을 따라잡은 이반과 알료샤가 억지로 노인을 홀로 끌고 돌아왔다.

"어쩌자고 형을 쫓아가는 거예요! 정말 형의 손에서 죽고 싶어 그러시는 거예요?"

이반은 아버지에게 화를 내며 소리쳤다.

"이반, 알료샤! 그루센카는 여기 와 있어. 여기 와 있단 말이야. 이리로 들어오는 것을 저놈이 제 눈으로 보았다잖니……."

그는 숨이 차서 제대로 말이 나오지 않는 모양이었다. 오늘 그루센카가 찾아오리라고는 전혀 생각지 못했으므로 그녀가 여기 와 있다는 예기치 못한 소식에 그는 순식간에 미친 사람처럼 되어버렸다. 흡사 실성한 사람처럼 온몸을 부들부들 떨고 있었다.

"하지만 그 여자가 오지 않았다는 건 아버지 자신도 잘 알고 있지 않습니까?"

이반이 소리쳤다.

"하지만 저 뒷문이 있잖니, 저리 들어왔을 거야!"

"그 문은 잠겨 있어요. 아버지가 열쇠까지 갖고 계시면서……."

갑자기 드미트리가 다시 거실에 나타났다. 그는 지금 뒷문이 잠겨 있는 것을 보고 온 것이다. 그리고 실제로 열쇠는 표도르의 호주머니 속에 들어 있었다. 모든 방의 창문도 잠겨 있었기 때문에 그루센카가 들어오거나 빠져나갈 길도 없었다.

"저놈을 잡아라!"

드미트리를 보자 표도르는 다시 날카로운 쇳소리를 질렀다.

"저놈은 내 침실에서 돈을 훔쳤어!"

그는 이반의 손을 뿌리치고 드미트리한테 달려들었다. 그러나 드미트리는 두 손을 들어 노인의 관자놀이에 조금 남아 있는 터럭을 덥석 움켜잡고 쿵 하는 소리가 날 정도로 방바닥에 내동댕이쳤다. 그리고 나서도 그는 마루에 쓰러져 있는 아버지의 얼굴을 구둣발로 두어 번이나 걷어찼다. 노인은 숨이 넘어갈 듯이 비명을 질렀다. 이반은 자기 형처럼 완력은 없었으나 두 손으로 형을 끌어안고 사력을 다해 아버지에게서 떼어놓았다. 알료샤도 그 허약한 몸으로 앞에서 큰형을 붙잡고 있는 힘을 다해 말렸다.

"정신 나갔소? 아버지를 죽일 작정이오!"

이반이 소리쳤다.

"이 영감쟁이는 뜨거운 맛을 좀 봐야 해!"

드미트리가 숨을 헐떡이며 말했다.

"만약 죽지 않았다면 다시 와서 죽이고 말 테다. 나를 말릴 사람은 아무도 없어!"

"형님, 당장 여기서 나가주세요!"

알료샤가 위엄 있는 목소리로 말했다.

"알렉세이! 좀 알려다오, 너밖엔 믿을 사람이 없으니. 조금 전에 그년이 여기 왔니, 안 왔니? 그년이 골목길에서 울타리 옆을 따라 얼른 이쪽으로 기어드는 걸 내 눈으로 똑똑히 보았단 말이야. 내가 부르니까 도망치고 말았어……."

"정말로 여기 안 왔어요. 게다가 누구 하나 그 여자가 오리라고 기대한 사람도 없구요!"

"그렇지만 분명히 내 눈으로 봤는데……. 그렇다면 그년이 어디 있는지 내가 곧 찾아내고 말 테니……. 잘 있거라, 알렉세이! 일이 이렇게 됐으니 이 이솝 영감한테 돈 얘긴 꺼내지도 말아라. 그러나 카체리나 이바노브나한테는 지금 곧 가서 '형이 인사말을 전하라고 해서 왔습니다'라고 말해다오! 간곡히 인사를 전하더라고 꼭 말해야 한다. 그리고 여기서 일어난 장면도 자세히 설명해줘라!"

그러는 사이에 이반과 그리고리는 노인을 일으켜 안락의자에 앉혔다. 그는 얼굴이 피투성이가 되었지만 정신만은 말똥말똥해서 드미트리의 고함 소리에 열심히 귀를 기울이고 있었다. 그는 아직도 그루셴카가 정말 이 집 어느 구석에 숨어 있는 것처럼 생각한 것이다. 드미트리는 밖으로 나가면서 그를 증오에 찬 눈초리로 노려보았다.

"당신 같은 영감쟁이가 피를 흘려도 난 조금도 후회하지 않소!"

드미트리가 소리쳤다.

"영감, 꿈을 잘 간직하시오, 나에게도 꿈은 있으니까! 나는 당신을 저주해주겠어. 그리고 어차피 부자간의 인연은 내 쪽에서 먼저 끊어버릴 테니 그리 아시오……."

그는 방에서 휙 나가버렸다.

"그루셴카는 여기 있어. 틀림없이 여기 와 있어! 스메르자코프,

애, 스메르자코프!"

노인은 손가락으로 하인을 가리키며 들릴 듯 말 듯한 목소리로
말했다.

"여기 없다니까요, 없어요! 정말 머리가 어찌 된 모양이군."

화가 난 어조로 이반이 쏘아붙였다.

"아니, 기절해버렸잖아. 빨리 물을 가져와. 수건도! 빨리 해, 스
메르자코프."

스메르자코프는 물을 가지러 달려갔다. 노인의 옷을 벗기고 침
실로 옮겨 침대에 눕혔다. 그들은 노인의 머리 위에 물수건을 얹어
주었다. 코냑을 과음한 데다 마음의 충격 그리고 얼굴의 타박상 때
문에 노인은 기진맥진한 상태로 베개에 머리를 얹자마자 곧 눈을
감고 의식을 잃어버렸다. 이반과 알료샤는 홀로 돌아왔다. 스메르
자코프는 깨진 꽃병을 치웠고 그리고리는 침울한 표정으로 눈을
내리깐 채 우두커니 식탁 옆에 서 있었다.

"영감도 어서 가서 머리에 냉수찜질이라도 하는 게 좋을 것 같
군. 침대에 가서 눕도록 해요."

알료샤는 그리고리에게 말했다.

"우리 둘이, 여기 남아서 아버지를 간호해드릴 테니. 형이 꽤 세
게 때린 것 같던데…… 그것도 머리를."

"어찌, 그리 나한테 그러는지!"

그리고리는 침울한 어조로 느릿느릿 말했다.

"그 사람은 아버지한테도 '그런 짓'을 했으니 거기에 비하면 할

318

아범에게 한 짓은 약과야."

이반이 입술을 일그러뜨리며 말했다.

"어릴 때 내 손으로 목욕까지 시켜드렸는데……. 나에게 그렇게까지 하다니!"

그리고리는 거듭 중얼거렸다.

"쳇, 내가 형을 떼어놓지만 않았어도 정말 그 자리에서 죽여버렸을지도 몰라. 그까짓 이숍 영감 하나쯤 해치우는 게 형한테 문제가 되겠나?"

이반은 알료샤에게 속삭였다.

"아니, 무슨 말을 그렇게 하세요!"

알료샤는 소리쳤다.

"왜, 못할 말도 아니고."

이반은 여전히 음성을 낮추어 증오에 찬 얼굴을 찌푸린 채 말을 이었다.

"독사가 독사를 물어 죽이는 형국이야. 결국 둘 다 그렇게 될 수밖에 없는 거니까."

알료샤는 부르르 몸을 떨었다.

"그렇지만 물론 나는 절대로 살인이 일어나도록 방관하지는 않을 거야. 방금도 그대로 내버려두지 않았던 것처럼. 알료샤, 넌 여기 좀 남아 있어라. 난 뜰에 나가 산책을 좀 하고 올 테니. 머리가 좀 쑤시는구나."

알료샤는 아버지 침실로 가서 1시간 남짓 침대 맡 병풍 밑에 앉아 있었다. 노인은 갑자기 눈을 뜨더니, 무엇인가를 골똘히 생각해 내기라도 하려는 듯이 오랫동안 말없이 알료샤의 얼굴을 바라보고 있었다. 별안간 그의 얼굴에 형용할 수 없는 흥분의 빛이 떠올랐다.

"알료샤,"

노인은 걱정스럽게 물었다.

"이반은 어디 있니?"

"골치가 아프다고 뜰에 나가 있습니다. 거기서 우리를 지켜주고 있는 거예요."

"거울 좀 다오. 저쪽에 있는 거울 말이다."

알료샤는 장롱 위에 놓여 있는 접이식 둥근 거울을 집어 들었다. 노인은 거울을 자세히 들여다보았다. 코가 꽤 부어오르고 왼쪽 눈썹 위 이마에는 시퍼런 멍이 들어 있었다.

"이반은 뭐라고 하더냐? 하나밖에 없는 내 아들 알료샤야, 나는 이반이 무섭구나. 난 드미트리보다 이반이 더 무섭단다. 무섭지 않은 건 너 하나뿐이야."

"이반 형을 무서워하실 필요 없어요. 화를 내기는 했지만 그래도 아버지를 지켜드릴 겁니다."

"알료샤, 그런데 그 녀석은 어떻게 됐니? 곧장 그루셴카에게 달려갔겠지! 내 귀여운 아들아, 제발 바른 대로 말해다오. 아까 그루셴카가 왔었니, 안 왔었니?"

"그 여자가 온 걸 본 사람은 아무도 없는걸요. 그건 착각이었을 거예요. 아무튼 절대로 온 적이 없어요."

"그렇지만 드미트리 녀석은 그루센카와 꼭 결혼할 생각인 거야, 결혼 말이야!"

"그 여자는 형님에게 가지 않을 겁니다."

"암, 그렇고말고. 당연히 그렇고말고. 그 여자가 결혼할 리가 있나. 절대로 하지 않을 거야. 절대로."

지금 이 순간 이보다 더 기쁜 말은 없다는 듯이 노인은 온몸을 떨며 기뻐했다. 그는 기쁨에 넘친 나머지 알료샤의 손을 덥석 잡아 자기 가슴에 꼭 가져다댔다. 뿐만 아니라 눈물까지 글썽였다.

"아까 네게 말한 성모 마리아 상을 줄 테니 가지고 가거라. 수도원으로 돌아가는 것도 허락해주마……. 아침에 한 말은 모두 농담이니 화내지 말아다오. 아, 머리가 아프구나. 알료샤…… 알료샤, 제발 내 마음이 진정되게 진실을 말해다오."

"그 여자가 왔느냐, 안 왔느냐를 또 물으시는 겁니까?"

알료샤는 슬픈 표정으로 말했다.

"아니, 그게 아니다. 그건 네 말을 믿는다. 내가 말하려는 건 다른 문제야. 네가 그루센카한테 직접 찾아가든지 아니면 어떻게 해서라도 그년이 나와 그놈 중에 도대체 누굴 택할 셈인지 빨리 알아오라는 말이다. 되도록 빨리 말이다. 네가 직접 그 눈치를 확인해야 된다. 어때? 할 수 있겠니, 없겠니?"

"그 여자를 만나게 되면 물어볼게요……."

알료샤는 난처하다는 듯이 중얼거렸다.

"아니야. 그년이 너한테 바른 대로 말해줄 리가 없어."

노인은 말을 가로챘다.

"그년은 변덕쟁이니까 아마 너를 붙잡고 키스를 퍼부으면서 너한테 시집가고 싶다고 말할 게 뻔해. 그년은 거짓말쟁이에다 파렴치한 계집이야. 넌 안 돼. 네가 거기 가선 안 돼. 암, 안 되고말고!"

"어쨌든 제가 거기 가는 것이 좋은 일도 아닙니다. 아버지, 절대로 좋은 일이 아니에요."

"아까 그 녀석이 너보고 어디를 갔다 오라고 했지? 아까 달아나면서 '다녀오라'고 소리치던 것 같던데."

"카체리나 이바노브나한테요."

"돈 때문이겠지. 돈을 구걸하려구?"

"아닙니다. 돈 때문이 아니에요."

"그 녀석은 돈이 없어. 동전 한 닢도 없어. 그런데 알료샤, 나는 오늘 밤 자면서 곰곰이 생각해볼 테니, 너도 이젠 가봐도 좋다. 어쩌면 그루센카가 올지도 모르니까…… 하지만 내일 아침엔 꼭 나한테 들러다오. 꼭 와야 한다. 내일 너한테 할 말이 있어. 꼭 와주겠지?"

"오겠습니다."

"내일 올 때는 내가 오라고 했단 말은 아무에게도 하지 말고 그냥 네 스스로 문병 오는 것처럼 하고 오너라. 특히 이반한테는 더욱 말해선 안 돼."

"알겠습니다."

"그럼, 잘 가거라. 너는 아까 내 편을 들어주었지. 그건 내가 죽어도 잊지 않겠다. 내일은 꼭 해야 할 말이 있어. 지금은 좀 더 생각을 해야겠다."

"지금 기분은 좀 어떠세요?"

"내일이면 일어날 게다. 내일은. 일어나서 걸을 수 있을 거야. 아무렇지도 않을 거야."

알료샤는 뜰을 지나다가 대문 옆 벤치에 앉아 있는 이반을 만났다. 이반은 수첩에다 무언가를 적고 있었다. 알료샤는 아버지가 의식을 회복했다는 것과 자기에게 수도원으로 돌아가도록 허락해주었다는 말을 했다.

"알료샤, 내일 아침에 너를 좀 보았으면 하는데."

이반은 일어서며 상냥하게 말했다. 이처럼 상냥한 태도는 알료샤에게는 참으로 뜻밖이었다.

"나는 내일 호흘라코바 부인에게 가봐야 하고……."

알료샤는 대답했다.

"그리고 오늘 카체리나 이바노브나를 만나지 못하면 내일이라도 거길 가봐야 할지도 모릅니다."

"그럼 너 지금 카체리나한테 가는 길이구나! '인사와 안부'를 전하기 위해서?"

갑자기 이반이 히죽 웃으며 말하자 알료샤는 기분이 상했다.

"나도 이제 아까 드미트리 형이 고함을 지르던 것과 지금까지 있었던 일들로 봐서 어느 정도 알 수 있을 것 같구나. 드미트리 형이 너를 거기 보내는 것은 필시 그 여자에게……. 아마 '마지막 인사'를 전하기 위한 것이겠지?"

"형님, 아버지와 큰형 사이의 이 무서운 사건은 도대체 어떻게 결말이 날까요?"

알료샤는 큰 소리로 물었다.

"확실히 말하기는 어렵지만 별다른 일 없이 흐지부지될 수도 있지. 그 계집은 짐승과 다름없어. 아무튼 늙은이를 집에 꼭 붙잡아 두고 드미트리를 절대로 집에 들이지 말아야 해."

"형님, 실례지만 한 가지 물어보고 싶은 게 있는데요. 한 인간이 세상 사람에 대해서 너는 살 자격이 있고 너는 그렇지 않다고 제멋대로 결정할 권리가 있을까요?"

"무엇 때문에 너는 이 문제에 자격의 결정이니 뭐니 하는 소리를 끄집어내는 거냐? 그런 경우는 자격 같은 걸 기초로 하는 것이 아니라 보다 자연스러운 다른 이유에 의해 사람의 마음속에서 결정되는 법이지. 하지만 권리 그 자체로 말하자면 희망의 권리를 가지고 있지 않은 사람이 어디 있겠니?"

"그렇다고 다른 사람의 죽음을 바라는 희망 같은 걸 뜻하진 않겠죠?"

"다른 사람의 죽음을 희망한다고 해도 할 수 없는 일이지. 게다가 모두가 그렇게 살고 있는데, 그 밖의 다른 방법이란 있을 수 없는데 구태여 자기 자신에게 거짓말을 할 필요가 어디 있겠니. 네가 그런 말을 하는 건 아까 내가 두 마리의 독사가 서로 물어 죽이려 하고 있다고 말했기 때문이지? 그렇다면 나도 너한테 한번 물어보

자. 너는 나도 드미트리 형처럼 이숍 노인의 피를 흘리게 할 수 있는, 다시 말해 죽일 수 있다고 생각하니?"

"무슨 말을 하는 거예요. 형님! 그런 건 꿈에도 생각해본 적이 없어요! 그리고 드리트리 형도 그런 짓을 못할 거예요."

"그렇게 생각해주는 것만으로도 고맙다."

이반은 문득 미소를 지었다.

"알겠니? 나는 언제나 아버지를 보호해드릴 거야. 그렇지만 이런 경우 나 자신의 희망 속에는 충분한 여유를 남겨두고 싶어. 그럼 잘 가거라. 내일 다시 만나자. 제발 나를 책망하지 말고 나를 악당으로 생각하지 말아다오."

그는 미소를 띠며 덧붙였다. 두 형제는 전에 없이 굳게 악수를 나누었다. 알료샤는 형 쪽에서 먼저 자기에게 한 걸음 다가온 것을 느꼈고 여기에는 반드시 무슨 의도가 있을 거라고 생각했다.

10. 두 여자가 한자리에

　알료샤는 아까 아버지 집에 들어갈 때보다 더욱 마음이 허탈하고 괴로운 심정으로 그 집을 나섰다. 머릿속의 이성은 산산이 부서져 흩어져버린 것 같았다. 그와 동시에 그는 흩어진 조각들을 다시 주워 모아 오늘 하루 동안 겪은 갖가지 고통과 모순 속에서 하나의 일관된 결론을 내는 것조차 두려웠다. 그것은 알료샤가 일찍이 경험해보지 못한 절망의 한계 같은 것이었다. 가장 중요하고도 숙명적으로 해결할 수 없는 의문이 모든 것을 내려다보는 것처럼 가로막고 있었다.

　그 무서운 여인을 둘러싼 아버지와 드미트리 형의 싸움은 도대체 어떻게 끝장을 볼 것인지 이제 알료샤 자신이 그 목격자가 된 것이다. 그는 직접 두 사람이 맞붙어 싸우는 것을 똑똑히 보지 않있는가. 정말로 불행한 사람은 형 드미트리였다. 그 앞에는 의심할 여지도 없는 무서운 재난이 기다리고 있었다. 게다가 알료샤의 예상보다 훨씬 더 많은 사람들이 이 일에 연관을 맺고 있는 것 같았다. 어쩐지 수수께끼 같은 느낌마저 들었다. 이반 형은 알료샤가 원했던 대로 자기 쪽으로 한 걸음 다가왔다. 그러나 어째선지 이 접근에 알료샤는 불안함이 느껴졌다.

그렇다면 두 여자들은 어떤가? 이상한 일이지만, 알료샤는 아까 카체리나의 집을 향해 걸을 때는 마음의 혼란이 느껴졌는데 지금은 아무런 동요도 느껴지지 않았다. 오히려 그녀한테서 무슨 적절한 해결책이라도 나올 것 같은 기대를 품고 그녀의 집을 향해 발길을 서두르고 있었다. 그렇지만 드미트리가 부탁한 말을 그녀에게 전해야 한다는 것은 아까보다 더욱 힘들게 생각되었다. 3000루블을 해결할 길이 거의 사라진 드미트리는 지금 자신을 파렴치한 인간으로 낙인찍고 절망한 나머지 어떠한 타락의 구렁텅이 앞에서도 주저하지 않을 것임에 틀림없다. 게다가 그는 방금 일어난 사건을 카체리나에게 상세히 전해달라고 부탁하지 않았던가.

알료샤가 카체리나의 집에 갔을 때는 벌써 저녁 7시여서 어둠이 사방에 내리기 시작하고 있었다. 그녀는 볼쇼이 거리에 위치한, 무척 넓고 살기 편한 집을 빌려 쓰고 있었다. 그녀가 두 이모와 함께 살고 있다는 것을 알료샤는 알고 있었다. 그중 하나는 그녀의 이복 언니인 아가피야의 이모인데, 그녀는 카체리나가 여학교를 졸업하고 아버지에게 돌아왔을 때 시중을 들어주었던 말수 적은 부인이었다. 또 한 이모는 가난한 집안 출신이면서도 제법 격식을 따지는 모스크바의 귀부인이었다. 그러나 들리는 말에 따르면 둘 다 카체리나의 말이라면 무엇이든지 순순히 복종하고 있어서, 세상에 대한 체면 때문에 시중꾼 삼아 조카딸 옆에 붙어 있는 데 지나지 않은 듯했다. 카체리나가 어려워하는 유일한 사람은 지금 몸이 아파 모스크바에 남아 있는 그녀의 은인인 장군 부인뿐이었다. 이 부인에게는 매주 두 통씩 편지를 보내서 자기의 근황을 상세히 알려주어야만 했다.

알료샤가 현관에 들어가서 문을 열어준 하녀에게 자기의 방문을 알려달라고 부탁했을 때, 벌써 안에서도 그의 방문을 알고 있는 것 같았다(어쩌면 창문에서 보았는지도 모른다). 갑자기 황급히 뛰어다니는 여자들의 소리며 옷자락 스치는 소리 같은 것이 언뜻 들려왔다. 아마도 2~3명의 여자가 다른 방으로 급히 달려가는 듯했다. 알료샤는 자신의 방문이 이 같은 소동을 일으키게 될 줄 몰랐기 때문에 적잖게 놀라지 않을 수 없었다. 이윽고 그는 집 안으로 안내되었다.

시골티가 전혀 나지 않는 우아한 가구들을 많이 갖추어놓은 큰 방이었다. 여러 개의 소파와 안락의자, 크고 작은 탁자 등이 놓여 있었다. 사면에는 벽마다 그림이 걸려 있고 탁자 위에는 몇 개의 꽃병과 램프가 놓여 있었는데 꽃도 많이 꽂혀 있었다. 그리고 창가에는 물고기가 든 커다란 어항까지 놓여 있었다. 해질 무렵이라 방 안은 다소 어두웠으나 알료샤는 조금 전까지 사람이 앉아 있었던 것으로 보이는 소파 위에 부인용 비단 코트가 걸쳐져 있는 것을 알아볼 수 있었다. 소파 앞 탁자 위에는 먹다 남은 코코아 두 잔과 비스킷 그리고 푸른 건포도를 담은 유리 접시 등이 놓여 있었다. 누군가를 접대하고 있었던 것이 분명했다. 알료샤는 자기가 방해가 된 것을 깨닫고 미간을 찌푸렸다. 그러나 바로 그때 방문에 드리운 커튼이 젖혀지더니 카체리나가 바쁜 걸음으로 들어섰다. 그녀는 기쁨에 넘치는 미소를 지으며 다가와 알료샤에게 두 손을 내밀었다. 그 뒤를 따라서 하녀가 불을 켠 촛대를 두 개 들고 들어와 탁자 위에 놓았다.

"당신도 드디어 와주셨군요. 정말 고마워요! 나는 온종일 당신만을 위해 하느님께 기도를 드리고 있었답니다. 자, 앉으세요."

카체리나의 아름다운 외모는 전에 만났을 때에도 알료샤에게 깊은 인상을 남긴 적이 있었다. 그것은 약 3주 전 그녀 자신의 열렬한 희망에 따라 드미트리가 처음으로 동생을 여기에 데리고 와서 소개해주었을 때의 일이었다. 그러나 첫 대면에서 두 사람 사이에 대화가 이루어지지 않았었다. 알료샤가 무척 수줍어하는 것을 알아챈 카체리나가 그를 배려하여 줄곧 드미트리하고만 이야기를 했기 때문이다. 알료샤는 입을 다물고 있었지만 그사이에 매우 많은 것을 자세히 살펴볼 수 있었다.

그때 그는 남을 지배하는 듯한 그녀의 고압적인 태도와 소탈하면서도 어딘지 모르게 느껴지는 오만함 그리고 자신만만한 태도에 놀라움을 느꼈다. 그가 받은 이러한 인상은 어디를 보아도 의심의 여지가 없었다. 더구나 알료샤 자신이 과장되게 생각한다고는 느끼지 않았다. 그 크고 정열적인 검은 눈이 무척 아름답다는 것 그리고 그 눈이 노르스름한 빛조차 띠고 있는 창백하고 갸름한 얼굴과 멋진 조화를 이룬다는 것을 발견했다. 그녀의 두 눈과 우아한 곡선을 그리고 있는 그 입술에 그의 형이 매혹당했으리라는 것은 충분히 짐작할 수 있었으나, 동시에 그 속에는 다른 사람을 오랫동안 사랑할 수 없는 그 무언가가 있었다. 이 방문이 있은 후 드미트리가 자기의 약혼녀를 보고 어떤 인상을 받았느냐고 끈질기게 물었을 때, 알료샤는 자기가 받은 인상을 솔직하게 털어놓았다.

"그 아가씨와 함께라면 형님은 무척 행복하게 지낼 테지만, 그러나 그 행복은 평온하지만은 않을 겁니다."

"그래, 맞았어. 바로 그거야. 저런 여자는 언제나 제멋대로 하면서 운명에 맞서려고 하니까. 그래서 너는 내가 그 여자를 영원히 사랑할 수는 없다는 거지?"

"아니, 어쩌면 영원히 사랑할지도 모르죠. 그러나 영원히 행복할 수만은 없을 거예요."

알료샤는 그때 얼굴을 붉히면서 자신의 의견을 내놓았다. 그리고 형의 무리한 간청이었기는 해도 그런 '어리석은' 말을 입 밖에 낸 자기 자신이 원망스러웠다. 그런 말을 입 밖에 내자마자 자기 자신도 그것이 말할 수 없이 어리석은 의견이라는 것을 느꼈기 때문이다. 더구나 여자에 관해 자신의 생각을 드러냈다는 그 자체가 몹시 수치스러웠다.

이런 일이 있었기에 지금 자신에게 달려 나온 카체리나를 본 순간 그의 놀라움은 배가 되었다. 혹시 그때는 이 여자를 잘못 보지나 않았나 하는 생각이 들었을 정도였다. 지금 눈앞에 있는 그녀의 얼굴은 아무 꾸밈도 없는, 소박한 선량함과 솔직하고도 선한 표정으로 빛나고 있었다. 그때 그토록 알료샤를 놀라게 한 '자신만만함과 오만함'은 온데간데없고 지금은 그저 용감하고도 고결한 에너지와 명랑하고도 굳센 신념이 엿보일 뿐이었다. 사랑하는 남자와의 관계에서 생겨난 자신의 비극적 위치는 그녀에게 있어 아무런 비밀도 아니었다. 어쩌면 그녀는 이미 모든 사실을 전부 다 알고 있을지도 모르는 일이었다.

알료샤는 그녀의 얼굴을 보는 순간, 그리고 그녀의 입에서 나오는 몇 마디 말을 듣는 순간 이런 느낌을 받았다. 그러나 그럼에도 불구하고 그녀의 얼굴에는 미래에 대한 신념과 기대가 흘러넘치고 있었다. 알료샤는 갑자기 자기 자신이 그녀에게 일부러 크나큰 죄를 저지르고 있는 게 아닌가 걱정스러웠다. 그는 순식간에 그녀에게 압도되고 매료되어버렸다. 더구나 그녀의 몇 마디 말을 듣자마자, 그녀가 그 어떤 강렬한 흥분, 그녀로서는 좀처럼 있을 수 없는 거의 환희와도 비슷한 흥분 상태에 놓여 있다는 것을 깨달았다.

"제가 그토록 당신을 기다린 것은 지금 나에게 모든 진실을 숨김없이 말해줄 사람이라곤 오직 당신밖에 없기 때문이에요. 정말이지, 당신 말고는 아무도 없답니다."

"제가 온 것은⋯⋯" 하고 알료샤는 머뭇거리며 이야기를 시작했다.

"형의 심부름으로……."

"아, 그분이 보내셨군요. 나도 그럴 거라고 예상은 하고 있었어요. 이젠 나도 모든 걸 다 알고 있어요. 모두."

카체리나는 갑자기 눈을 빛내며 소리쳤다.

"잠깐만 기다리세요. 알렉세이. 내가 왜 그토록 당신을 기다렸는지 그것부터 먼저 말씀드릴게요. 어쩌면 나는 당신보다 훨씬 많은 것을 알고 있는지도 몰라요. 그래서 나는 당신한테서 새로운 정보를 얻고 싶은 게 아니에요. 나는 그저 당신 자신이 그이에게서 어떤 인상을 받았는지 알고 싶을 뿐이에요. 그러니까 제발 꾸밈없이 솔직하게 그분의 근황을 알려주세요. 무례한 이야기라도 괜찮아요(네, 아무리 무례하다고 해도요). 당신은 지금 그이의 마음이 어떤 상태인지 아시겠죠? 내가 그분에게 직접 설명을 듣는 것보다는 이렇게 당신한테 물어보는 것이 좋을 것 같아요. 그이는 나한테 오고 싶어 하지 않으니까요. 내가 당신한테 원하는 게 무엇인지 이젠 아셨죠? 그리고 우선 그이가 무슨 일로 당신을 이리로 보냈는지 단순하고 쉽게 말씀해주세요. 난 틀림없이 그이가 당신을 보낼 거라고 짐작하고 있었어요."

"형은 당신한테……, 인사를 전해달라고 하더군요. 이젠 두 번 다시 여기 오지 않겠다고 하면서……, 당신한테 작별 인사를 전해달라고 했습니다."

"작별 인사라고요? 그이가 그렇게 말을 하던가요? 정말 그런 식으로 말하던가요?"

"그렇습니다."

"아무 생각 없이 무심코 한 말일지도 모르지요. 무슨 말을 해야 할지 생각이 안 나서 그랬을 수도 있지요."

"아닙니다. 형은 당신에게 '작별 인사'를 꼭 전해달라고 말했습니다. 게다가 잊지 말라고 세 번씩이나 강조했어요."

카체리나의 얼굴이 울그락불그락해졌다.

"알렉세이, 그렇다면 제발 나를 도와주세요. 지금이야말로 당신의 도움이 필요해요. 내 생각을 당신에게 말씀드릴 테니 그걸 들으시고 내 판단이 옳은지 말씀해주세요. 아시겠지요? 만일 그분이 그저 지나가는 말로 작별 인사를 전해달라고 했다면, 그것으로 모두 끝나는 거예요. 그러나 만일 그분이 그것을 꼭 전하라고 강조했다면 그이는 몹시 흥분한 상태로 제정신이 아니었을지도 몰라요. 그런 결심을 하고서도 자신의 그 결심이 무서워진 것이 틀림없어요. 단호한 걸음으로 내 곁을 떠난 것이 아니라 가파른 내리막길을 그저 내닫는 대로 달려 내려간 데 불과해요. 그 말을 특히 강조했다는 것이 벌써 허세를 뜻하는 거예요!"

"맞습니다. 바로 그렇습니다."

알료샤는 갑자기 열을 내며 그녀의 말에 동의했다.

"저도 지금 그렇게 생각됩니다."

"만일 그렇다면 그이는 아직 가망이 없는 것이 아니에요. 그저 절망에 빠져 자포자기하고 있을 뿐이니까. 나는 지금이라도 그이를 구할 수가 있을 거예요. 그런데 참 그분은 당신한테 돈 이야기를, 3000루블 얘기를 하지 않던가요?"

"물론이지요, 했어요. 아마 형을 가장 괴롭히고 있는 문제가 바로 그 돈이니까요. 형은 이제 명예까지 상실한 이상 어떻게 되든 상관없다고 말하더군요."

알료샤는 열띤 어조로 대답했다. 그는 자기 마음속에 한 가닥 희망이 솟구쳐 오르는 것을 느끼고 어쩌면 자신이 형을 구원할 수도 있을지 모른다고 생각했다.

"그렇다면 당신은 그 돈에 대해 알고 있었던 겁니까?"

알료샤는 그렇게 말하고는 갑자기 입을 다물어버렸다.

"벌써부터 알고 있었어요. 잘 알고 있었지요. 모스크바에 전보를 보내서 돈이 도착하지 않았다는 걸 이미 오래전에 알았지요. 그분은 돈을 부치지 않은 거예요. 그렇지만 난 아무런 내색도 하지 않았어요. 지난주에야 비로소 나는 그분에게 돈이 필요하다는 것과 지금도 돈 때문에 몹시 고통 받고 있다는 사실을 알게 되었지요. 나는 그래서 한 가지 목표를 세웠어요. 즉, 그분이 결국 누구에게 돌아가야 하는지, 자신의 진실한 벗은 과연 누구인지 스스로 깨닫게 하자는 거죠. 그런데 그분은 내가 자기에게 가장 충실한 친구라는 사실을 믿어주지 않는 거예요. 내가 어떤 사람인지 알려고도 하지 않고 그냥 한 여자에 불과하다고 생각하고 있죠. 그분이 그 3000루블을 써버린 일을 수치로 여기지 않게 하려면 도대체 어떻게 하면 좋을까 하고 지난 한 주일 내내 애를 태우며 걱정했어요.

세상 사람이나 자기 자신에게 수치를 느끼는 것은 몰라도, 나에게 만은 그런 일로 수치심을 느끼지 않도록 하고 싶었어요. 그이는 하느님에게는 부끄럼 없이 모든 것을 고백할 거예요. 그런데 어째서 그이는 내가 자기를 위해서라면 무슨 일이라도 감내할 수 있다는 걸 몰라주는 걸까요? 그이는 어째서 내 마음을 알아주려 하지 않는 걸까요? 나는 어떻게 해서라도 그이의 영혼을 구해주고 싶어요. 나를 약혼녀로 생각하지 않아도 좋아요. 그런데도 그분은 내 앞에서 자신의 명예만 근심하고 있으니! 알렉세이, 당신한테만큼은 모든 것을 토로했을 테죠? 그런데 왜 나는 지금까지 그만한 대우도 받지 못하는 걸까요?"

카체리나의 마지막 말은 거의 울음소리 같았다. 그녀의 눈에서는 마침내 눈물이 흘러내렸다.

"저도 당신에게 꼭 전해야 할 얘기가 있습니다."

알료샤는 떨리는 목소리로 입을 열었다.

"바로 조금 전에 아버지와 형 사이에 벌어진 사건입니다."

그는 오늘 아버지 집에서 일어난 사건을 처음부터 끝까지 모두 얘기해주었다. 돈 때문에 아버지에게 갔던 일이며, 거기에 형이 나타나서 아버지에게 폭행을 가한 일, 그다음에 형이 자기한테 '작별 인사'를 전하러 가달라고 거듭 강조한 일 등을 모조리 들려주었다.

"그런 다음 형은 그 여자에게 갔습니다."

알료샤는 낮은 목소리로 덧붙였다.

"당신은 내가 그 여자를 미워한다고 생각하시는군요. 아니 형님도 내가 그 여자를 미워한다고 알고 있겠지요. 그렇지만 결국 그분은 그 여자하고 결혼하지 않을 거예요."

갑자기 카체리나는 신경질적으로 웃음을 터뜨렸다.

"그런 정욕이 카라마조프의 집안에서 영원히 불탈 수는 없을 거예요. 그건 정욕이지 사랑은 아니니까요. 형님은 결혼하지 않아요. 무엇보다 우선 여자 쪽에서 형님하고 결혼하려 들지 않을 테니까요."

카체리나는 한 번 더 기묘한 미소를 지었다.

"아마 형님은 결혼할 겁니다."

알료샤는 눈을 아래로 내리깔면서 슬픈 듯이 중얼거렸다.

"절대로 결혼하지 않을 거라고 내가 지금 말하잖아요! 그 처녀는 천사와 같은 사람이에요. 당신은 그걸 알고 계시나요?"

갑자기 그녀는 이상하리만큼 열에 들뜬 목소리로 소리쳤다.

"그 여자만큼 개성 있는 여자는 세상에 둘도 없을 거예요. 나는 그 처녀가 얼마나 매력적인지 알고 있지만 또한 그녀가 얼마나 선량하고 의지가 굳고 고상한 성품을 지녔는지도 잘 알고 있어요. 왜 그런 눈으로 나를 바라보나요? 알렉세이 표도로비치? 내 말에 놀라신 모양이군요. 아마 내 말이 믿어지지 않는가 보죠? 아그라페나 알렉산드로브나!"*

---

* 그루센카의 정식 이름이다.

그녀는 갑자기 옆방을 향해 누군가를 불렀다.

"이리 나오세요. 여기 계시는 분은 알료샤예요. 우리에 대해 모든 것을 알고 계시니 나와서 인사하세요."

"커튼 뒤에서 당신이 불러주시기만을 기다리고 있었어요."

상냥하면서도 감미로운 여자의 목소리가 들렸다. 커튼이 들리더니 다름 아닌 그루센카가 기쁜 듯이 웃으며 탁자 옆으로 다가왔다. 알료샤의 몸속에서 뭔가 경련이 이는 듯했다. 그는 그루센카에게서 눈을 떼지 못한 채 못 박힌 듯 움직이지 않았다. 이 여자가 바로 작은형이 '짐승'이라고 했던 바로 그 무서운 여자다. 그러나 지금 알료샤의 눈앞에 보이는 여자는 지극히 평범하고 소박해 보였으며 선량하고 사랑스러운 모습을 하고 있었다. 그녀는 물론 아름답기는 했으나 세상의 아름다운 여성들과 별로 다를 것이 없는 평범함이었다. 어쨌든 그녀가 무척 아름다운 것만큼은 사실이었다. 많은 사내들로부터 열렬한 사랑을 받을 수 있는 러시아적인 아름다움이었다. 키도 꽤 큰 편이었으나 카체리나보다는 조금 작았다. 카체리나가 유난히 키가 컸다. 토실토실한 몸집과 부드럽고 감미로운 몸동작은 그 목소리가 그렇듯이 나긋나긋했다. 그녀는 카체리나의 힘차고 성큼성큼 걷는 걸음걸이와 달리 소리 없이 사뿐사뿐 다가왔다. 발이 마룻바닥에 닿아도 전혀 소리가 나지 않았다. 그녀는 호화로운 검정 비단옷을 사각사각 스치면서 가벼운 몸짓으로 안락의자에 앉더니 고가의 검은 모직 숄로 우유처럼 희고 풍만한 목과 넓은 어깨를 살포시 감쌌다. 그녀의 나이는 스물둘이었다. 그리고 그 얼굴은 나이에 딱 어울려 보였다. 얼굴은 말할 수 없이 희지만 그 볼에는 발그레한 홍조가 감돌고 있었다. 얼굴 윤곽은 좀 큰 듯하고 아래턱이 약간 나와 있었으며 윗입술은 무척 얇았지만 도톰하게 나온 아랫입술은 두 배가량이나 두꺼워서 흡사 부어오른 것처럼 보였다. 그러나 아름답고 풍성하게 물결치는 밤색 머리칼과 검은담비처럼 새까만 두 눈썹, 기다란 속눈썹과 매혹적인 잿빛 눈동자는 아무리 혼잡한 인파 속을 무심히 거닐다가도 그녀에게 자연히 시선이 이끌려 우두커니 서게 만들 만했다. 그리고 누구든 그 예쁜 모습을 오랫동안 마음에 새겨둘 수밖에 없을 것 같았다. 그 얼굴에서 무엇보다도 알료샤를 강하게 사로잡은 것은 그녀의 어린애처럼 티 없이 맑고 순진한 표정이었다. 그녀는 어린애 같은 시선으로 무엇이 우스운지 천진난만하게 웃고 있었다.

사실 그녀는 기쁜 듯이 탁자 앞으로 다가왔지만, 그 얼굴은 마치 호기심에 가득 찬 어린애가 뭔가 재미있는 일이 있나 하며 기대하는 표정이었다. 그녀의 눈초리에는 무언가 사람의 마음을 들뜨게 하는 것이 있었다. 알료샤도 그것을 느낄 수 있었다. 그 밖에도 그녀에게는 무언가 자신이 이해하지 못하는, 이해하려고 해도 이해할 수 없는 뭔가가 있었다. 그것은 다름 아니라 부드럽고 나긋나긋한 몸놀림과 고양이처럼 조용한 움직임에서 비롯되는 것이었다. 그녀의 육체는 풍만하고도 활력이 넘쳐흘렀다. 숄 밑으로 싱싱하게 높이 솟아오른 젖가슴이 느껴졌다. 그녀의 육체는 그야말로 밀로의 〈비너스상〉을 재현한 듯한 모습이었다.

지금도 다소 과장된 느낌을 주는 그 균형 속에서 이미 그것을 예측할 수 없는 것은 아니지만 러시아의 여성미를 연구한 사람이라면 그루셴카를 보고 틀림없이 자신 있게 예언할 수 있을 것이다. 젊음이 넘치는 이 싱싱한 육체의 아름다움도 서른 살이 되면 이미 곧 조화를 잃어 뚱뚱해지고, 피부는 늘어지고 눈가와 이마에는 잔주름이 생기고 얼굴빛은 윤기를 잃은 채 불그스름하게 변해버릴지도 모른다고. 그녀의 아름다움은 단적으로 말해 러시아 여성들에게서 흔히 볼 수 있는 이른바 찰나적인 아름다움, 소위 덧없는 아름다움인 것이다. 물론 알료샤가 그 순간에 그런 것을 생각하고 있지는 않았다. 오히려 그녀에게 매력을 느낀 것도 사실이지만, 내심 어딘가 불쾌하고도 유감스러운 기분이 들었고 어째서 이 여자는 자연스럽게 말을 하지 못하고 저렇게 자꾸만 말꼬리를 길게 늘이는 것일까, 하고 자기 자신에게 물어보는 중이었다. 보아하니 이렇게 낱말과 음절을 길게 끌며 달콤하게 이야기하는 것을 그녀는 무슨 매력으로 여기는 것 같았다. 그러나 그것은 그녀의 낮은 교육 수준과 어릴 때부터 몸에 밴 저속한 예절 습관을 드러내주는 증거에 지나지 않았다. 그녀의 이러한 발음이나 억양은 어린애처럼 순진한 얼굴 표정이라든가 고요하고도 온화한 눈빛과는 거의 어울리지 않을 정도로 어색하기 그지없었다.

카체리나는 그녀를 알료샤 맞은편 안락의자에 앉게 하고는 그 웃음 띤 입술에 여러 번 열렬한 키스를 퍼부었다. 마치 그녀에게 홀딱 반하기라도 한 것 같았다.

"알렉세이 표도로비치, 우린 오늘 처음으로 만났어요."

그녀는 기쁨에 들뜬 어조로 말문을 열었다.

"나는 이분을 만나서 어떤 사람인지 알고 싶었답니다. 그래서 내가 먼저 찾아가려던 참인데 이분이 내 초청을 받아들여 스스로 찾아주신 거예요. 이분과 함께라면 어떤 문제라도 다 해결할 수 있을 거라고 난 확신했어요. 어쩐지 그런 예감이 들더군요. 내가 이렇게 결정했을 때 모두들 그렇게 되지 않을 거라 했지만, 나는 그 결과를 예감하고 있었죠. 결과적으로 내 예감은 틀리지 않은 셈이죠. 그루센카는 모든 것을 설명해주었어요. 자기의 미래 계획까지도요. 이분은 착한 천사처럼 이 집에 날아와서 우리에게 위안과 기쁨을 안겨주었답니다."

"당신은 나 같은 여자도 결코 경멸하지 않으셨어요. 정말 훌륭하신 분이에요."

여전히 아양을 떠는 듯한 기쁜 미소를 지으며 그루센카는 노래하듯 말끝을 길게 늘였다.

"내 앞에서 농담으로라도 그런 말은 하지 마세요. 당신처럼 아름답고 매력적인 여자를 어떻게 경멸할 수 있겠어요! 자, 당신의 그 아랫입술에 입 맞추게 해주세요. 당신 입술은 통통하게 부어오른 것 같으니 이왕이면 더 부어오르게 해야겠어요. 한 번 더, 한 번 더……. 알렉세이 표도로비치, 저 웃는 모습을 좀 보세요. 저 천사 같은 얼굴을 보면 저절로 마음이 즐거워진다니까요."

알료샤는 얼굴이 빨개져 눈에 띄지 않을 정도로 가늘게 몸을 떨고 있었다.

"아가씨는 그토록 나를 귀여워해주시지만 어쩌면 나는 그만한 자격이 없는 여자인지도 몰라요."

"자격이 없기는요! 이분에게 그럴 자격이 없다니!"

카체리나는 여전히 들뜬 어조로 소리쳤다.

"알렉세이 씨, 이분은 현실에서 벗어나 있지만 그 대신 고상하고 자유분방한 마음을 가지고 있어요. 알렉세이 표도로비치, 이분이 얼마나 고결하고 관대한 분인지 몰라요. 이분은 그저 한때 불행했을 뿐이에요. 너무나도 일찍 보잘것없는 경박한 남자 때문에 너무 일찍이 모든 희생을 감수했을 뿐이에요. 훨씬 전, 한 5년 전쯤의 이야기예요. 이분에게는 한 남자가 있었답니다. 그도 역시 장교였는데, 이분은 그를 사랑하게 되어 모든 것을 바치고 말았지요. 그런데 그 남자는 이분을 저버리고 다른 여자와 결혼을 하고 말았답니다. 최근에 와서야 아내가 죽었으니 다시 이 고장으로 오겠다는 편지를 보냈답니다. 그런데 아시겠어요. 이분은 여태까지 그 사람만을 사랑해왔고 지금도 오직 그 사람만을 사랑하고 있답니다. 그 사람이 돌아오면 그루센카도 다시 행복해질 수 있겠지만 지난 5년 동안은 그저 불행의 연속이었어요. 하지만 도대체 누가 이분을 나무랄 수 있겠어요? 또 누가 이분의 관대한 마음씨를 칭찬할 수 있을까요? 그것은 지금 병석에 누워 있는 저 늙은 상인 말고 또 누가 있을까요! 하지만 그 사람은 이분의 아버지나 친구나 혹은 보호자라고 하는 편이 나을 거예요. 그 노인은 애인한테 버림받고 절망과 고뇌에 빠져 있을 때 구세주처럼 나타나서 이분을 구해준 거예요! 그러니까 그 노인은 이분을 구해준 거라구요!"

"아가씨, 아가씨는 지금 저를 너무 감싸주시려고 애쓰시지만 모든 면에서 너무 서두르시는 것 같아요."

그루센카는 또다시 말꼬리를 길게 늘이면서 말했다.

"당신을 감싸다니요. 어떻게 내가 감히 그런 짓을 할 수 있겠어요? 천사 같은 그루센카. 당신의 손을 이리주세요. 알렉세이 표도로비치, 이 작고 토실토실한 매력적인 손 좀 보세요. 자, 이 손이 바로 나에게 행복을 가져다주고 나를 소생케 해주었답니다. 자, 지금 이 손에 키스할 테니 보세요. 손등에도 손바닥에도 입 맞추는 걸 봐주세요. 자, 이렇게, 그리고 또 이렇게!"

카체리나는 기쁨에 들뜬 것처럼 매력적인 그루센카의 손에 세 번이나 키스를 했다. 그루센카는 자기 손을 내맡긴 채 낭랑하게 울려 퍼지는 간드러진 웃음소리를 내면서 이 친절한 아가씨의 거동을 지켜보고 있었다. 그녀는 이렇게 자기 손에 입을 맞추는 것을 무척 좋아하는 눈치였다.

'아무래도 자기 기분에 너무 도취된 것 같아' 하는 생각이 문득 알료샤의 머릿속을 스치고 지나갔다. 그는 얼굴을 붉혔다. 왠지 모르게 엄습하는 불안감 때문에 마음이 편치 못했다.

"아가씨, 알렉세이 표도로비치 앞에서 이렇게 키스를 하시면 내가 부끄러워져요."

"내가 뭐 당신을 부끄럽게 하려고 이러는 줄 아세요?"

카체리나는 다소 의외라는 듯이 말했다.

"아아, 당신은 내 심정을 이해하지 못하시는군요!"

"아니에요. 오히려 아가씨가 제 마음을 모르실 수도 있어요. 나는 당신이 생각하는 것보다 훨씬 나쁜 여자일지도 모르니까요. 나는 마음이 삐뚤어진 데다가 또 고집쟁이예요. 저 가엾은 드미트리 씨만 해도 그저 한번 장난삼아 유혹해본 것에 지나지 않으니까요."

"하지만 지금 당신은 스스로 그이를 구해주려 하고 있지 않나요? 당신이 그렇게 약속하셨지요. 당신은 오래전부터 다른 사람을 사랑해왔는데 지금 그 사람이 당신에게 구혼하고 있다는 것을 솔직하게 알려서 드미트리의 눈을 뜨게 해주겠다고요……."

"저런, 그렇지 않아요! 난 그런 약속을 한 적은 없어요. 그건 아가씨 혼자서 하신 말씀이지 내가 약속한 게 아니에요."

"그럼 내가 잘못 알았단 말인가요?"

카체리나는 얼굴빛이 창백해져 낮은 목소리로 중얼거렸다.

"당신은 분명히 그렇게 약속했는데……."

"천만에요. 아가씨, 나는 아무것도 약속하지 않았어요."

그루센카는 여전히 명랑하고도 순진한 표정으로 거침없이 말을 이었다.

"이젠 아셨죠. 아가씨. 당신에 비해 내가 얼마나 비열한 심술쟁이인가를……. 나는 마음만 내키면 무엇이든 당장 해치우고 마는 성미니까요. 아까는 내가 정말 무슨 약속을 했는지도 모르지만……. 다시 생각해보니 갑자기 그이가 다시 좋아질 것 같군요,

그 미차가 말이에요. 전에도 한 번 그분이 무척 마음에 들었다니까
요. 지금이라도 돌아가서 당장 오늘부터 우리 집에서 함께 살자고
말할지도 모르겠어요……. 나는 원래가 이렇게 변덕이 심한 계집
이랍니다."

"아까 당신이 한 말은……, 그와는 전혀 다른 말이었는데……."

카체리나가 간신히 이렇게 중얼거렸다.

"아, 아까는 정말! 나는 마음이 무척 약한 어리석은 여자예요. 그
분이 나 때문에 얼마나 많이 괴로워했을까 생각하기만 해도 그만!
이제 집에 돌아가서 갑자기 그이가 불쌍하다는 생각이 들면 그때
는 나도 어떻게 할지 몰라요."

"정말 뜻밖이군요……."

"아가씨는 정말 나 같은 여자에 비하면 너무나도 친절하고 훌
륭하신 분이에요. 그러니 이제 나같이 변덕 많고 못돼먹은 계집에
겐 싫증이 나셨을 테죠. 아가씨, 이번엔 아가씨의 손을 이리 좀 주
세요."

그루센카는 다정한 어조로 말하면서 카체리나의 손을 공손하게
잡았다.

"자, 아가씨, 이번에는 아가씨 손을 잡고 아까 내게 해주신 것처
럼 키스를 하겠어요. 당신은 세 번 해주셨지만 나는 300번은 해야
할 거예요. 그게 당연한 일이죠. 다음엔 하느님의 뜻대로 완전히
당신의 노예가 되어 무슨 일이든 당신이 원하시는 대로 봉사하고
싶어질지도 모르지요. 우리가 무슨 약속이니 협약이니 하는 걸 하

지 않아도 하느님께서 정해주신 대로 될 테니까요. 아, 이 손, 어쩌면 이렇게도 예쁠까! 귀여운 아가씨, 당신은 너무나도 아름다우세요!"

그루셴카는 정말 키스에 '보답한다'는 기이한 목적으로 그녀의 손을 살그머니 자기 입으로 가져갔다. 카체리나는 그 손을 뿌리치지 않았다. 그녀는 매우 이상한 표현이긴 하지만 노예처럼 봉사하겠다는 그루셴카의 마지막 약속을 듣고, 아직도 한 가닥의 희망을 놓지 못하고 있었던 것이다. '어쩌면 이 여자는 지나칠 정도로 순진해서 그럴지도 몰라!' 이런 희망이 카체리나의 가슴속을 스치고 지나갔다. 한편 그루셴카는 '아가씨의 예쁜 손'에 반하기라도 한 듯 천천히 그 손을 자기 입술로 가져갔다. 그러나 바로 입술에 닿으려는 바로 그 순간 갑자기 무언가를 생각하는 듯 그 손을 2, 3초가량 그대로 붙잡고 있었다.

"그런데요, 아가씨."

그루셴카는 더욱 달콤하고 부드러운 목소리로 말꼬리를 끌며 말했다.

"모처럼 당신 손을 잡긴 했지만 키스는 그만두는 게 좋겠네요."

그러고는 재미있어 죽겠다는 듯이 키득키득 웃어댔다.

"원하는 대로 하세요……. 근데 대체 뭣 때문에 이러는 거죠?"

카체리나는 흠칫 몸을 떨었다.

"어쨌든 이것만은 잘 기억해두셨으면 좋겠네요. 당신은 내 손에 키스를 하셨지만 나는 결코 아가씨 손에 입을 맞추지 않았다는 걸 말이에요."

갑자기 그루센카의 눈이 번쩍거렸다. 그녀는 카체리나의 얼굴을 뚫어지게 쳐다보았다.

"건방진 것 같으니!"

순간 뭔가를 깨달은 듯이 카체리나는 이렇게 뇌까리고는 얼굴이 새빨갛게 되어 자리에서 벌떡 일어났다. 그루센카도 천천히 몸을 일으켰다.

"곧 미차한테 가서 얘기해줘야겠군요. 아가씨는 내 손에 키스를 했지만 나는 한 번도 하지 않았다고요. 아마 그이는 굉장히 재미있다고 하면서 웃어댈 거예요!"

"더러운 계집 같으니, 어서 나가버려!"

"저런, 부끄럽지 않으세요, 아가씨! 당신 같은 분께서 그런 상스러운 말을 입에 올리시다니, 전혀 어울리지 않는군요."

"빨리 꺼져버려, 이 창녀 같은 년!"

카체리나는 악을 썼다. 흉하게 일그러진 그녀의 얼굴은 경련이라도 일으킨 듯 바르르 떨고 있었다.

"네, 창녀라도 좋아요. 하지만 그런 소리를 하는 아가씨 역시 처녀의 몸으로 돈이 탐나서 늦은 저녁에 젊은 사내를 찾아가지 않았느냔 말예요. 그 예쁜 얼굴을 팔러 간 거죠! 난 모두 알고 있어요."

카체리나가 악을 쓰면서 그루센카에게 달려들려 했으나 알료샤가 있는 힘을 다해 그녀를 붙들었다.

"가만 계세요! 한 마디도 대꾸하지 말고 상대하지 마십시오! 저 여자는 곧 돌아갈 겁니다. 지금 당장요."

바로 이때, 카체리나의 이모들과 하녀가 고함 소리를 듣고 방 안으로 달려 들어왔다.

"네, 그럼 이만 돌아가지요."

그루센카는 소파에서 코트를 집어 들며 말했다.

"알료샤, 날 좀 데려다줘요."

"가세요, 빨리 돌아가주세요!"

알료샤는 간청하듯 그루센카에게 두 손을 모으면서 말했다.

"귀여운 알료샤, 그러지 말고 좀 데려다줘요! 가는 길에 아주 재미있는 얘기를 하나 들려드리겠어요! 지금은 그저 당신을 위해 한바탕 연극을 해보인 것뿐이에요. 자, 나를 좀 데려다줘요. 그러면 반드시 잘했다고 여길 거예요."

알료샤는 두 손을 불끈 쥐고 얼굴을 옆으로 돌려버렸다. 그루센카는 깔깔 웃어대면서 집에서 뛰어나갔다. 카체리나는 미친 듯이 흥분하여 발작을 일으켰다. 그녀는 흐느껴 울고 있었다. 그리고 경련 때문에 숨이 막히는 것 같았다. 모두 갈피를 못 잡고 어찌해야 좋을지 몰라 허둥지둥했다.

"그래, 내가 뭐라고 했니!"

나이 많은 이모가 입을 열었다.

"그래선 안 된다고 내가 그만두라고 했는데도……, 너는 너무 성미가 급해서 탈이란 말이야……. 그런 쓸모없는 짓을 왜 하는지! 너는 그런 부류의 여자들이 어떤지 잘 모를 거다. 사람들 말에

347

따르면 그 여자는 아주 몹쓸 년이라는구나. 너는 너무 고집이 세서 탈이야!"

"호랑이 같은 년!"

카체리나가 소리를 꽥 질렀다.

"알렉세이, 왜 당신은 나를 붙잡았나요? 당신만 아니었으면 그 년을 마구 때려줬을 텐데!"

카체리나는 알료샤 앞에서도 자기 자신을 자제하지 못했다. 아니, 어쩌면 자제심을 발휘하고 싶지 않았는지도 모른다.

"그런 년은 교수대에 올려놓고 망나니들을 시켜 실컷 채찍질을 해야 해요. 사람들이 모두 지켜보는 앞에서!"

알료샤는 자신도 모르게 방문 쪽으로 뒷걸음질쳤다.

"그렇지만 아, 아!"

카체리나는 손바닥을 찰싹 때리며 외쳐댔다.

"그이가, 그이가 그렇게까지 양심이 없는 사람이라니, 어떻게 그렇게까지 몰인정할 수 있어요! 그이가 그 창녀에게 모든 이야기를 했을 줄은 정말 몰랐어요. 그 저주할, 영원히 저주할 숙명적인 그날의 일을! '아가씨, 당신도 그 예쁜 얼굴을 팔러 가지 않았던가요?' 그년은 모든 걸 알고 있어요. 알렉세이, 당신 형님은 정말 비열한 사람이에요!"

알료샤는 뭐라고 말하고 싶었으나 한 마디도 입 밖으로 낼 수가 없었다. 그는 가슴이 죄어오는 것 같은 통증을 느꼈다.

"그만 돌아가주세요, 알렉세이 표도로비치! 나는 부끄럽고 또 무서워요! 내일……, 제발 내일 한 번 더 와주세요. 제발 부탁할게요. 나를 너무 나쁘게 생각하지 말아주세요. 이제부터 어떻게 해야 할지, 나도 잘 모르겠어요!"

알료샤는 비틀거리는 걸음으로 그 집을 나서 거리로 들어섰다. 그녀와 마찬가지로 그도 역시 울고 싶은 심정이었다. 이때 갑자기 카체리나의 하녀가 뒤쫓아 나왔다.

"아가씨께서 이걸 전하시는 걸 잊으셨답니다. 호흘라코바 부인께서 부탁하신 편지인데, 아까 점심때부터 맡겨두었던 거예요."

알료샤는 조그만 장밋빛 봉투를 기계적으로 받아서 호주머니 속에 찔러 넣었다.

11. 또 하나의 짓밟힌 명예

마을에서 수도원까지는 기껏해야 1km 남짓한 거리였다. 이 시각이면 지나는 사람 하나 없는 밤길을 알료샤는 바쁜 듯이 걸어갔다. 이미 캄캄한 밤이라 30보 앞도 분간하기 어려웠다. 중간쯤 되는 곳에 사거리가 하나 있었다. 그 갈림길에 한 그루 외로이 서 있는 버드나무 아래 사람의 그림자 같은 것이 언뜻 보였다. 알료샤가 거기 다다르자마자 그 그림자가 확 덤벼들면서 벼락같이 소리를 질렀다.

"목숨이 아깝거든 돈을 내놔라!"

"아니, 형님 아니세요!"

알료샤는 질겁하고 놀라다가 겨우 정신을 차리고 이렇게 말했다.

"하하하! 놀랐지? 너를 어디서 기다릴까 생각해보았지. 그 여자의 집 앞에서 기다릴까 하는 생각도 했지만 거기는 세 갈래로 길이 갈라지니까 너를 놓칠 수도 있어서 여기서 기다리기로 했지. 수도원으로 가는 길은 이 길밖에 없으니까 반드시 여길 지날 거라 생각했지. 자, 어서 그 집에서 있었던 얘길 해다오, 내 체면이 바퀴벌레처럼 납작해져도 좋으니……. 어서 솔직하게 말해봐. 아니, 너 왜 그러니?"

"아무것도 아닙니다. 형님……. 하도 놀라서 그만……. 하지만 형님! 아까 아버지의 피를 보고서도……."

알료샤는 울음을 터뜨렸다. 실은 아까부터 목구멍까지 치밀어 올라와 있던 울음이 형을 보자 갑자기 터져 나오고 만 것이다.

"하마터면 아버지를 죽일 뻔하고서도……, 아버지한테 저주를 퍼붓고도 지금……, 여기서 목숨이 아깝거든 지갑을 내놓으라고, 그런 장난을 하시다니!"

"그래, 그게 어쨌다는 거냐? 무례하단 말이냐? 지금의 내 처지에 도저히 맞지 않는 일을 저질렀단 말이지?"

"아니요, 그런 것이 아니라 나는 다만……."

"잠깐만 기다려봐. 자, 이 밤의 경치를 좀 살펴보렴. 얼마나 음산한 밤이냐! 저 짙은 구름, 게다가 몰려오는 바람까지! 나는 여기 이 버드나무 밑에 숨어서 너를 기다리다가 문득 이런 생각을 했단다. 이렇게 된 이상 무엇을 우물쭈물 기다리느냐! 여기 버드나무도 있고, 손수건도 있고 셔츠도 있으니 당장 꼬아서 노끈을 만들 수 있다. 게다가 바지에는 멜빵까지 달려 있으니 나 같은 구차한 인간이 더 이상 대지를 더럽힐 필요가 어디 있느냐! 바로 그때 네가 걸어오는 발소리가 들려온 거야. 그러자 갑자기 내 머리 위로 뭔가가 날아 내린 것 같은 느낌이 들었어. 그래, 나에게도 가장 사랑하는 사람이 있다. 저게 바로 그 사람이다. 세상에서 가장 사랑하는 동생이 있지 않느냐! 이렇게 생각한 순간 나는 네가 더욱 사랑스럽게 여겨져서 당장 너를 꼭 껴안아주고 싶어졌어. 그런데 다음 순간 바보 같은 생각이 떠올랐어. '저 녀석을 한번 놀라게 해줘야지, 그것도 재미있을 거야.' 그래서 다짜고짜 강도 흉내를 냈던 거야. 어리석은 짓을 해서 미안하다. 용서해다오. 하지만 그건 어디까지나 장난이고 내 마음속은 정말 심각하거든. 하지만 그런 건 아무래도 상관없다. 그보다도 거기 갔던 얘기나 들려다오. 내가 놀라 자빠질 정도로 그녀가 화를 냈겠지, 그렇지?"

"아니요, 그렇지 않았어요······. 그런 일은 절대로 없었어요. 형님, 거기서 나는······, 두 여자를 모두 만났어요."

"두 여자라니, 누구 말이냐?"

"카체리나와 그루센카 말이에요."

드미트리는 장승처럼 멍하니 얼어붙었다.

"그럴 리가 있나! 너 무슨 꿈을 꾸고 있니? 그루센카가 그 집에 가다니, 어떻게 그런 일이!"

드미트리가 소리쳤다.

알료샤는 카체리나 집에 들어간 순간부터 자기가 보고 들은 것을 모조리 이야기했다. 유창하고 조리 있게 설명하지는 못했지만 중요한 말이나 동작을 정확히 짚어가며, 때로는 자기가 받은 인상과 느낌을 요령 있게 섞어가면서 모든 것을 전달했다. 그의 이야기는 거의 10분이나 지속되었다. 드미트리는 꼼짝도 하지 않은 채 묵묵히 귀를 기울이면서 동생의 얼굴을 뚫어지게 바라보고 있었다. 알료샤는 형이 모든 것을 알아채고 모든 사실의 진의를 정확하게 파악했다는 것을 짐작할 수 있었다. 이야기가 진행됨에 따라 드미트리의 얼굴은 점점 침울해졌을 뿐만 아니라 나중에는 무서울 만큼 험악한 형상으로 변하고 있었다. 그는 눈살을 찌푸리고 이를 악문 채 이야기를 듣고 있었다. 움직임 없는 그의 시선은 더욱 무서운 느낌을 주었다. 그런데 별안간 놀랍게도 그처럼 무서운 표정을 짓고 있던 그의 얼굴이 순식간에 변하더니 굳게 다물었던 입술이 벌어지며 갑자기 폭소를 터뜨렸다. 그것은 말 그대로 참을 수가 없어서 배꼽을 잡고 웃어대는 형상이었다. 그는 웃음 때문에 한참 동안 말을 제대로 하지 못했다.

"그래, 그 손에 끝내 입을 맞추지 않았단 말이지! 결국 키스를 하지 않고 그냥 달아나버렸단 말이지!"

그는 마치 어떤 병적인 쾌감을 느끼면서 이렇게 소리쳤다. 그 기쁨이 그토록 솔직하고 자랑스럽지가 않았다면 그것은 오만한 쾌감이라고 할 수도 있었을지도 모른다.

"그래, 그 여자가 호랑이라고 고함을 쳤다고? 하긴 틀림없는 사실이지. 교수대에 올려야 한다고? 그럼 당연하지. 나도 동감해. 벌써 오래전부터 그렇게 해야만 했어. 그건 그렇고 알료샤, 교수대도 좋지만 우선 마음의 병부터 고칠 필요가 있지 않을까? 어쨌든 수치심을 모르는 여자의 마음은 나도 이해할 만해. 그 여자의 정체는 바로 그 손에 드러나 있는 거야. 방탕한 여자의 본성 말이야. 그 여자는 모든 방탕한 여자들의 여왕과 같다고. 그래서 방탕한 기쁨을 느끼는 거야! 그래, 그년은 곧장 제집으로 돌아갔니? 그럼 나도 당장 그리로 가봐야겠다. 알료샤, 제발 나를 비난하지 말아다오. 그년은 목을 졸라 죽여도 시원치 않을 년이라는 점에서 나도 동감하는 바니까."

"하지만 카체리나 이바노브나는!"

알료샤는 슬픈 목소리로 소리쳤다.

"그녀의 심정도 잘 알겠다. 속속들이 알게 되었어. 이제야 그 여자를 잘 알게 된 건 이번이 처음이야. 이건 신대륙 발견과도 같은 거야. 아니, 사대주가 아니라 오대주였던가? 어쨌든 놀라운 일이야. 이것은 다름 아닌 그때의 카체리나의 이야기야. 아버지를 구하려는 고결한 이상 때문에 무서운 모욕의 위험을 무릅쓰고 추잡한 난봉꾼 장교에게 달려갔던 그때의 여학생 바로 그대로거든! 아, 그 무서운 자존심, 모험에 대한 욕구, 운명에 대한 도전, 지칠 줄 모르는 끝없는 도전! 그 이모가 말렸다고 했어. 그래도 그 이모라는 여자가 모스크바에 있는 장군 부인의 친동생인데 고집이 여간 아닐 텐데. 자기 언니보다 더 콧대가 쎈 여자였지만 남편이 공금 횡령죄로 토지고 재산이고 모두 몰수당한 뒤 그처럼 거만하던 그 여자의 콧대가 꺾였지. 그때 이후 비굴한 생활을 하고 있는 거야.

그래 그 이모가 말렸는데도 카체리나는 듣지 않았었지. '내가 정복할 수 없는 건 이 세상에 아무것도 없어요. 모든 것을 내 마음대로 할 수 있어요. 그러니까 내가 하려고만 한다면 그루셴카쯤은 얼마든지 꼼짝 못하게 할 수 있다니까요' 하며 허세를 부려본 거야. 그러고는 자신의 힘을 믿고 자기 자신에게 배짱을 부린 거겠지. 그러니 누구를 원망하겠어. 그 여자가 그루셴카의 손에 먼저 입을 맞춘 데는 무슨 속셈이 있어서라고 생각하니? 천만의 말씀. 그 여자는 정말 마음속으로부터 그루셴카한테 반해버린 거야. 아니, 그루셴카가 아니라 자신의 꿈과 공상에 반해버린 거지. 왜냐하면 그루셴카의 꿈과 공상을 자신의 것으로 알았으니까. 그러니 반하지 않을 수 없지. 그런데 알료샤, 넌 용케도 그 여자들한테 도망쳐 나올 수 있었구나. 그곳을 어떻게 도망쳐 나왔니? 그 수도복 자락을 치켜들고 도망쳐온 거니. 하하하!"

"형님은 카체리나 아가씨한테 얼마나 큰 잘못을 했는지 모르시는 것 같군요. 형님은 그날 일을 그루셴카에게 모두 이야기했죠! 그루셴카는 아까 카체리나 씨에게 대놓고 이렇게 말했어요. '당신도 그 예쁜 얼굴을 팔러 밤중에 젊은 사내를 찾아가지 않았던가요?' 형님, 이보다 더 큰 모욕이 어디 있겠어요?"

알료샤가 무엇보다 가슴 아프게 생각한 것은 카체리나가 받은 모욕을 형이 오히려 기뻐하고 있는 것처럼 보인다는 점이었다.

"아참, 그렇구나!"

갑자기 드미트리는 잔뜩 얼굴을 찡그리며 손바닥으로 이마를 딱 때렸다. 그는 조금 전에 알료샤한테 이 모욕에 대한 이야기를 듣고 카체리나가 '당신 형은 비열한 사람이에요'라고 외쳤다는 사실을 이제야 비로소 깨달았던 것이다.

"그래, 난 분명히 그 '저주받을 운명의 날'에 있었던 일을 그루센카한테 얘기했어. 그래, 얘기했어. 이제야 생각나는군! 그건 바로 그때 모크로예 마을에 갔을 때였어. 완전히 술에 취해버렸고 집시들은 노래를 부르고 있었지. 그때 난 울고 있었어. 흐느껴 울면서 카체리나에게 속죄의 기도를 했단다. 그루센카도 나를 이해해주더군. 지금도 생각나지만 그때 그년은 모든 걸 다 이해하고 자기도 함께 눈물을 흘려주었어. 그런데, 젠장! 이제 와서 이런 말을 한들 무슨 소용이 있겠니! 그때는 눈물을 흘리던 계집이 이제 와서 가슴에 비수를 꽂다니! 계집이란 언제나 그런 동물이야."

그는 시선을 내리깔고 잠시 생각에 잠겼다.

"그래, 난 비열한 인간이야! 암, 어디를 봐도 비열한 인간이지!"

그는 갑자기 침울한 목소리로 입을 열었다.

"그때 내가 울었건, 울지 않았건 모두 마찬가지야. 어차피 비열한 인간인 것은 변함없으니까. 카체리나에게 가거든 이렇게 전해다오. 만일 그걸로 화가 풀린다면 나는 얼마든지 비열한 놈이란 말을 듣겠노라고. 자, 이제 얘기는 그만두기로 하자. 더 이상 말해봐야 소용이 없으니까. 자, 그럼 너는 네 갈 길을 가고 나는 내 갈 길을 가는 거야. 이제 마지막 순간이 올 때까지 더 이상 만날 일이 없을 거다. 그럼 잘 가거라, 동생아!"

드미트리는 알료샤의 손을 꼭 쥐더니, 여전히 눈을 내리깔고 고개를 숙인 채 억지로 그 자리를 뿌리치기라도 하듯이 몸을 돌려 읍내 쪽으로 황급히 걸어갔다. 알료샤는 형이 갑작스레 떠나버린 것이 믿어지지 않는 것처럼 멍하니 그의 뒷모습을 바라보았다.

　"잠깐만, 알렉세이! 너에게 고백할 일이 한 가지 더 있다."

　갑자기 드미트리가 되돌아와서 말했다.

　"나를 좀 봐라, 나를 자세히 봐. 바로 여기서 무서운 파렴치한 행위가 일어나고 있는 거야(바로 여기라고 할 때 드미트리는 아주 야릇한 표정으로 자기 가슴을 쳐 보였다. 마치 그 파렴치한 행위가 가슴팍 어디에, 호주머니 속이나 아니면 목에 건 주머니 안에 들어 있는 것 같은 표정이었다). 너도 이제 알다시피 나는 세상이 다 아는 비열한이야! 그러나 이것만은 분명히 기억해다오. 내가 과거에 무슨 짓을 했고, 앞으로 무슨 짓을 벌이든 지금 이 순간 이 가슴속에 품고 있는 파렴치와 비교한다면 그것들은 문제도 되지 않아. 그 파렴치는 지금 막 일어나려고 하고 있지만 이것을 중지하느냐 실천하느냐 하는 건 오직 내 마음에 달려 있어. 알겠니? 이 점을 명심해달라는 거야. 그렇지만 결국 나는 그걸 해치우게 될 거라고 생각한단다. 이것도 역시 명심해다오. 아까 나는 모든 걸 죄다 털어놓았지만 차마 이것만은 말할 수가 없단다. 아무리 나라고 해도 그렇게 뻔뻔스럽지는 않으니까! 나는 아직 그것을 멈출 수는 있어. 만일 그렇게 한다면 나는 당장 내일이라도 상실한 명예의 절반쯤은 되찾을 수 있겠지. 하지만 나는 결코 멈추지 않을 거야. 그리고 그 비열한 계획을 그대로 실천해나가게 될 거야. 자, 네가 그 증인이 되어다오. 나는 그걸 미리 알고 너한테 이야기하는 거야! 파멸과 암흑! 뭐 그런 거지! 때가 되면 자연히 알게 될 테니까 지금은 입을 다물겠어. 악취가 풍기는 뒷골목과 세상에 둘도 없는 방탕한 여자라! 그럼, 잘 가거라. 나를 위해 기도할 건 없어. 난 그만한 가치도 없는 놈인 데다 그럴 필요도 없으니까. 암, 없고말고……. 그럼, 어서 가봐라!"

드미트리는 이렇게 말하고는 정말로 가버렸다. 알료샤는 수도원을 향해 걷기 시작했다. '도대체 형이 한 말은 무슨 뜻일까, 앞으로 다시는 형을 만날 수 없다는 것은 대체 무슨 뜻일까?' 알료샤는 자꾸만 이상한 생각이 들었다. '내일은 꼭 형님을 만나서 기어코 무슨 뜻인지를 알아내야겠다!' 그는 수도원 옆을 돌아 솔밭을 가로질러 곧장 암자로 걸어갔다. 이렇게 늦은 시각에는 아무도 암자에 들어가지 못하는 게 규칙이었지만 그만은 예외였기에 문이 열렸다. 장로의 방에 들어서자 그는 갑자기 가슴이 두근거리기 시작했다. '무엇 때문에, 아까 나는 이 방을 떠났던가? 무엇 때문에 장로님은 나를 속세에 내보냈을까? 여기는 정적과 거룩함으로 가득 차 있지만 거기는 혼란과 암흑만 있어서 발을 들여놓으면 곧 길을 잃고 방황할 수밖에 없는데……'

장로의 방에는 견습 수사인 포르피리와 파이시 신부가 와 있었다. 파이시 신부는 오늘 하루 종일 조시마 장로의 병세를 알아보려고 1시간마다 드나들었지만 그의 병세는 점점 더 악화되어갈 뿐이었다. 이 말을 듣고 알료샤는 가슴이 덜컥 내려앉는 것만 같았다. 매일 하게 되어 있는, 수사들을 위한 저녁 간담회마저 오늘은 중지되었다는 것이다. 보통 때 같으면 저녁 예배를 마친 뒤 취침하기 전에 암자의 수사들이 장로의 방에 모여서 그날 하루 동안 범한 죄과며 죄스러운 공상, 사상, 유혹, 심지어 동료 사이에 있었던 말다툼까지 죄다 큰 소리로 장로한테 고백하는 것이 일과였다. 그중에는 무릎을 꿇고 고백하는 자도 있었다. 장로는 그것을 하나하나 해결하고 화해시키고 훈계를 내리기도 하며 일일이 축복을 내려 돌려보내곤 했다. 이러한 수사들의 '참회'에 대하여 장로 제도 반대자들은 그것을 성스러운 비밀 의식인 고해성사의 세속화라고 맹렬히 비난의 화살을 퍼부었고, 심지어는 그것을 신성모독과 다를 것이 없다고 부당한 주장을 했었다. 뿐만 아니라 이러한 참회는 결코 좋은 결과를 가져올 수 없으며 오히려 이 때문에 사람들을 죄악과 유혹으로 이끌게 된다고 교구장(敎區長)에게 진정서까지 제출하기도 했었다.

사실 수도사들 대부분은 장로의 암자에 저녁마다 모이는 것을 부담으로 여겼다. 그들은 남들이 모두 가니까 자기도 할 수 없이 간다는 수동적 태도로, 또는 자신만이 오만하고 반항적인 인간이라는 소리를 듣는 것이 두려워서 어쩔 수 없이 모이는 것이었다. 또 소문에 따르면 수도사들 중에는 그날 저녁에 모이기 전에 미리 '나는 오늘 자네한테 화를 냈다고 할 테니 자네도 적당히 맞장구를 쳐주게' 하는 식으로 서로 이야깃거리를 만들어 적당히 자기 순서를 떼우는 자들도 있었다. 알료샤는 간혹 이런 류의 사람들이 있다는 것을 실제로 잘 알고 있었다. 그는 또 장로가 수도사들에게 온 편지를 먼저 뜯어보는 관습에 대해 몹시 불만을 가지고 있다는 것도 알고 있었다. 물론 이 모든 것은 자발적인 복종과 지도를 받으려는 바람 아래서 자유롭고도 성실하게 이루어져야 한다는 것을 전제로 하고 있지만, 실제로는 매우 불성실하게 혹은 거짓되게 위선적으로 행해진 일도 있었다. 그렇지만 수도사들 중에서 나이 많고 경험 많은 이들은 '진심으로 영혼의 구원을 위해 이 수도원 담 안으로 들어온 사람들에게 이러한 복종과 고행이 유익한 구제의 힘을 갖고 있다는 사실은 의심할 여지가 없다. 그러나 반대로 그것을 고통으로 여기는 사람들은 수도사라고 할 수 없으니까 수도원에 들어온 것부터가 무의미하다. 따라서 그들이 있어야 할 곳은 수도원이 아니라 속세이다. 그리고 악마나 죄악으로부터 자신을 보호하는 것은 속세에서만이 아니라 수도원 안에서도 역시 마찬가지로 어렵기 때문에 죄악에 대해서는 전혀 묵인할 필요가 없다'는 견해를 고집하고 있었다.

"이젠 지나치게 쇠약해져서 혼수상태에 빠져 계신다."

파이시 신부는 알료샤를 축복해주고 나서 이렇게 속삭였다.

"깨워드리기조차 곤란할 정도야. 그럴 필요도 없기는 하지만 말이다. 아까 5분가량 눈을 뜨시고 모든 수도사에게 축복을 전해달라고 부탁하셨어. 그리고 모두에겐 저녁 예배 때 자기를 위해 기도해달라고 당부하고 내일 한 번 더 성찬을 받고 싶다고 말씀하시더구나. 그리고 알렉세이, 네 얘기도 물으시면서 이젠 아주 이곳을 떠난 거냐고 물으시기에 잠시 읍내에 나갔다고 대답했어. 그랬더니 '그래서 나도 그 애를 축복해주었던 거야. 알료샤가 있을 곳은 속세니까 당분간 여기 머물지 않는 게 좋아' 하고 말씀하시더라. 참으로 사랑과 배려가 넘치는 어조였단다. 너는 네가 받은 영광이 어떤 건지 알 수 있겠니? 그런데 장로님께서 너더러 당분간 속세에 나가서 지내라고 판단하신 것은 대체 무엇 때문일까? 그건 너의 운명에 대해서 무언가를 예감하셨기 때문일 거야. 그러나 알렉세이, 네가 속세로 돌아간다 하더라도 그것은 어디까지나 장로님께서 네게 내린 복종의 의무로 생각해야 한다. 결코 헛되이 경솔한 행동을 취하거나 속세의 향락을 취하라는 뜻이 아니라는 점을 명심해둬야 해."

파이시 신부는 밖으로 나갔다. 장로가 비록 하루 이틀쯤 더 살지라도 이제 곧 세상을 떠나리라는 것은 알료샤에게도 의심할 여지가 없는 사실이었다. 그는 아버지를 비롯하여 호흘라코바 모녀와 카체리나 그리고 형을 만나기로 이미 약속은 했지만 장로가 돌아가실 때까지 그 옆에 가까이 있어야겠다고 굳게 다짐했다. 그의 가슴은 조시마 장로에 대한 뜨거운 애정으로 불타올랐다. 그리고 이 세상에서 누구보다도 깊이 존경하고 있는 분을, 더욱이 임종의 자리에 남겨둔 채 읍내로 나가 잠시 동안이기는 했지만 그분의 일을 까맣게 잊을 수 있었던 자기 자신에 대한 책망에 사로잡혔다. 그는 장로의 침실로 들어가서 무릎을 꿇고 잠들어 있는 장로를 향해 이마가 마루에 닿도록 공손히 절을 했다. 장로는 아주 낮은 숨소리를 내면서 조용히 잠들어 있었다. 장로의 얼굴은 평온했다.

옆방으로 물러난 알료샤는 구두만 벗은 채 옷도 제대로 갈아입지 않고 딱딱하고 좁은 가죽 소파 위에 누웠다. 그것은 오늘 아침 장로가 손님들을 맞아들였던 방으로, 알료샤는 벌써 오래전부터 베개만을 들고 와서 밤마다 이 소파를 잠자리로 사용하고 있었다. 아까 아버지가 집으로 가져오라고 소리쳤던 그 이불은 이미 오래전부터 사용하지 않고 있었다.

그는 법의를 벗어 담요 대신 덮었다. 그러나 잠을 자기 전에 무릎을 꿇고 오랫동안 기도를 드렸다. 진실되고 열렬한 기도 속에서 그가 하느님께 청한 것은 결코 자기 마음의 의혹을 풀어달라는 것이 아니었다. 다만 하느님을 찬양하고 난 다음에 언제나 찾아들던 기쁨에 찬 환희와 감동을 다시 되찾기를 갈망했을 뿐이다. 잠자리에 들기 전의 기도는 언제나 하느님에 대한 찬양으로 충만했었다. 그리고 이러한 환희의 감동은 언제나 그에게 상쾌하고 평온한 꿈을 가져다주고는 했다. 그는 지금도 그런 식으로 기도를 하고 있는데 문득 호주머니 속에서 뭔가 감촉이 느껴졌다. 그것은 아까 카체리나의 하녀가 뒤쫓아와서 그에게 전해준 조그만 장밋빛 봉투였다. 그는 마음이 산란해진 가운데서도 끝까지 기도를 마쳤다. 이윽고 그는 잠시 머뭇거리다가 봉투를 뜯었다. 봉투 속에는 프랑스어로 '리즈'라고 서명한 편지가 들어 있었다. 리즈란 바로 오늘 아침 장로 앞에서 그토록 알료샤를 놀려주었던 호흘라코바 부인의 어린 딸이었다.

알렉세이 표도로비치, 저는 아무도 모르게 어머니한테도 숨겨가
면서 이 편지를 쓰고 있어요. 물론 이것이 얼마나 나쁜 짓인지 잘
알지만 제 마음속에 생긴 이것을 당신에게 말하지 않고서는 단
하루도 못 살 것만 같아요. 그러니까 이 일은 우리 두 사람 이외
에 그 누구도 알아서는 안 돼요. 그렇지만 제가 말하고 싶은 것을
어떻게 당신에게 전해야 좋을까요? 종이는 얼굴을 붉히지 않는
다고 하지만 그건 거짓말이에요. 종이는 지금 저와 같이 새빨갛
게 되어 있으니 말이에요.

그리운 알료샤, 저는 당신을 사랑하고 있어요. 제가 아주 어렸을
때부터, 당신이 지금과는 전혀 달랐던 모스크바 시절부터 저는 당
신을 사랑해왔어요. 그리고 앞으로도 한평생 당신을 사랑할 거예
요. 저는 당신과 한몸이 되어서 늙어가며 이 세상을 떠나겠다고
결정했어요. 물론 여기에는 당신이 수도원을 반드시 떠나야 한다
는 조건이 있어요. 우리들의 나이가 아직 어리다면 법률로 정한
나이가 될 때까지 기다리기로 해요. 반드시 그렇게 될 거예요.

이만하면 제가 얼마나 신중하게 생각했는지 아시겠죠. 그렇지만
꼭 한 가지는 아무래도 알 수가 없어요. 이 편지를 읽고 당신이
저를 어떻게 생각하실까 하는 점이에요. 저는 밤낮으로 웃거나
장난치기를 좋아해서 오늘 아침만 해도 당신을 화나게 만들었어
요. 그렇지만 저는 펜을 잡기 전에 성모 마리아께 진심으로 기도

를 드렸죠. 지금도 울고 싶은 심정으로 기도를 드리고 있어요.

이제 저의 비밀은 당신의 손에 있어요. 내일 당신이 오시면 나는 정말 당신을 어떻게 대해야 할지 모르겠어요. 아아, 알렉세이 표도로비치, 제가 만약 당신의 얼굴을 보고 있다가 또 오늘 아침처럼 참지 못하고 바보처럼 웃어버리면 어떡하죠? 당신은 아마 제가 남을 놀릴 줄밖에 모르는 개구쟁이니까 이 편지도 혹시 장난이 아닐까 의심하실 거예요. 그러니까 부탁드리고 싶어요. 제발 우리 집에 오시면 저를 똑바로 바라보지 말아주세요. 당신과 눈이 마주치면 저는 틀림없이 웃음을 터뜨리게 될 테니까요. 더구나 당신은 그 기다란 사제복을 걸치고 계시니까요. 지금도 그 생각만 하면 오싹하게 소름이 끼쳐요. 그러니까 방에 들어오시거든 얼마간은 저를 보지 마시고 어머니나 창문 쪽을 보도록 하세요.

드디어 저는 당신에게 이렇게 사랑 고백 편지를 쓰고 말았군요. 아아, 제가 무슨 짓을 하고 있는 걸까요. 알료샤, 제가 이런 짓을 한다고 제발 경멸하지는 마세요. 만일 저의 행위가 몹시 어리석은 짓이어서 당신을 괴롭혀드렸다면 제발 용서하시기 바랍니다. 이제 이 편지로 저의 명예는 당신의 수중에 들어 있습니다. 어쩌면 저의 명예는 영영 파멸되어버렸는지도 모르겠네요.

저는 오늘 틀림없이 울고 말 거예요. 그럼 '두려운' 우리의 재회까지 안녕!

리즈

추신 : 알료샤, 무슨 일이 있어도 내일 꼭 와주셔야 해요!

알료샤는 놀라움 속에서 편지를 읽었다. 그리고 다시 한번 끝까
지 읽어보고는 잠시 생각에 잠겼다가 갑자기 조용하고도 감미로
운 미소를 입가에 지었다. 그러다가 갑자기 흠칫 몸을 떨었다. 지
금의 미소가 죄악처럼 여겨졌기 때문이다. 그러나 잠시 후 또다시
고요하고도 행복한 미소를 지었다. 그는 천천히 편지를 봉투 속에
넣고는 성호를 그은 다음 자리에 누웠다. 그러자 마음속의 동요는
씻은 듯이 사라져버렸다.

'하느님, 오늘 제가 만나고 온 모든 사람들을 불쌍히 여기시어
마음의 평안을 잃은 그 불행한 이들을 구원해주시옵소서. 그리고
그들의 마음을 올바른 길로 인도해주시옵소서. 모든 길은 주님의
손 안에 있음을 믿사오니 주님의 길로 그들을 인도해주시옵소서!
주님의 사랑으로 모든 이들에게 기쁨을 내려주옵소서!'

알료샤는 이렇게 중얼거리며 다시 성호를 긋고 포근하게 잠이
들었다.

제2부

제4편 | 착란

1. 페라폰트 신부

이른 아침, 아직 날이 완전히 새기도 전에 알료샤는 일어나야 했다. 장로가 잠에서 깨어난 것이다. 그는 기력이 없으면서도 침대에서 일어나 안락의자에 앉고 싶다고 했다. 의식만은 아주 또렷해서 얼굴에는 피로의 빛이 짙게 드리워져 있었지만 표정은 밝아서 눈빛이 맑고 명랑해 보였다.

"어쩌면 오늘 하루를 넘길 것 같지 않구나."

장로가 알료샤에게 말했다. 그러고 나서 그는 곧 고해를 하고 성찬을 받고 싶다고 했다. 장로의 고해성사는 언제나 파이시 신부가 담당하고 있었다. 이 두 개의 의식이 끝난 뒤 병자성사(病者聖事)가 거행되었다. 수도사들이 모여들었고 암자는 곧 수도사들로 가득 찼다. 그러는 사이 해가 떠오르기 시작했다. 식이 끝나자 장로는 모든 사람들과 이별을 하고 싶다면서 한 사람 한 사람에게 입을 맞춰주었다. 장소가 좁아서 먼저 온 사람은 밖으로 나가 뒤에 온 사람에게 자리를 내주었다. 장로는 힘이 다할 때까지 설교를 계속했다. 그의 음성은 비록 약하긴 했으나 아주 단호했다.

"나는 여러 해 동안 여러분에게 설교를 해왔습니다. 너무 오랫동안 말을 해왔고 설교를 하는 것이 그만 습관처럼 굳어져버렸어요. 그래서 지금처럼 기운이 없을 때에도 입을 다물고 있는 것이 말을 하는 것보다 힘들 지경입니다."

그는 자기 주위에 있는 사람들을 정답게 둘러보면서 이렇게 농담조로 말했다.

이때 장로가 한 말 중의 어떤 것은 알료샤도 조금은 기억에 남았다. 어조도 정확하고 음성도 꽤 또렷했으나 이야기의 내용은 그렇게 논리적이지 않았다. 장로는 여러 가지 이야기를 했다. 생전에 못 다한 말을 임종을 앞두고 다시 한번 마음껏 얘기해두고 싶은 모양이었다. 그것도 단순히 교훈만을 위한 것이 아니라 자기의 환희와 법열을 모든 사람에게 나누고 살아 있는 동안 한 번 더 자기의 진정을 토로하고 싶었던 것 같았다.

"여러분, 서로 사랑하십시오."

장로는 설교를 시작했다(이 내용은 알료사가 나중에 기억한 것이다).

"그리고 하느님의 백성들을 사랑하십시오. 우리가 여기, 이 울타리 안에 은둔해 있다고 해서 그것만으로 속세에 있는 사람들보

370

다 더 신성하다고 할 수 없습니다. 아니, 오히려 여기 온 사람은 누구나 여기 왔다는 그것만으로도 자기가 속세의 누구보다도, 또 지구상의 누구보다도 못한 존재라는 것을 자각한 사람들이라고 볼 수 있습니다……. 그러니까 이 안에 있는 사람들은 이 울타리 안에서 오래 살면 살수록 이것을 더욱더 뼈저리게 자각해야 합니다. 그렇지 않다면 구태여 이런 곳에 올 필요가 어디 있겠습니까. 자기가 속세의 누구보다도 못하다는 것뿐 아니라 자기는 모든 사람들에 대해 책임이 있다는 것을 자각했을 때, 그제야 우리는 은둔 생활의 목적을 달성하는 것입니다. 왜냐하면 우리들 한 사람 한 사람은 이 지상에 사는 모든 사람에 대해 분명 죄가 있기 때문입니다. 그것은 보편적인 만큼 공통의 죄만이 아니라 우리들 각 개인이 이 지상에 사는 모든 사람에게 개인적인 죄를 짓고 있기 때문입니다. 이런 자각이야말로 수행을 하는 사람뿐만 아니라 지상의 모든 사람에게 있어 나아가야 할 길의 종착점이라 할 수 있습니다. 수도사라고 해서 무슨 특수한 존재가 아니라 다만 지상의 모든 사람이 당연히 그래야 하는 인간의 모습에 지나지 않는 것입니다. 그렇게 되어야만 비로소 우리의 마음은 싫증을 느낄 줄 모르는 우주처럼 넓은 사랑으로 충만하게 될 것입니다. 그때 비로소 우리 한 사람 한 사람은 사랑으로써 전 세계를 자기 것으로 얻을 수도 있을 것이고, 또한 그 눈물로써 세상의 죄악을 모두 씻어버릴 수도 있을 겁니다…….

우리는 누구나 항상 자기의 마음을 감시하고 스스로 참회하기를 게을리해서는 안 됩니다. 자기의 죄를 두려워해서는 안 됩니다.

일단 죄를 자각했다면 다만 그것을 회개하기만 하면 되는 것이지, 결코 하느님 앞에 약속 같은 것을 해서는 안 됩니다. 다시 한번 말하거니와 반드시 교만을 버리시기 바랍니다. 작은 것에 대해서나 큰 것에 대해서나 오만하지 마십시오. 우리를 배척하는 자, 우리를 비방하는 자, 모욕하는 자 그리고 우리를 중상하는 자들을 미워해서는 안 됩니다. 무신론자, 악의 전도자, 유물론자들도 결코 증오해서는 안 됩니다. 특히 오늘과 같은 시대에는 그런 사람들 중에도 선량한 사람이 많이 있으니까요.

그런 사람들을 위해서는 이렇게 기도하십시오. '주여, 아무도 기도해줄 사람이 없는 모든 이들을 구해주옵소서. 주께 기도하기를 원하지 않는 이들도 모두 구원해주시옵소서.' 또 이렇게 기도하십시오. '주여, 제가 이런 기도를 드리는 것은 결코 교만해서가 아닙니다. 왜냐하면 저는 이 세상의 누구보다도 더러운 자이기 때문입니다'라고. 하느님의 백성인 사람들을 사랑하십시오. 순진한 그 양들을 침입자한테 빼앗겨서는 안 됩니다. 나태와 오만과 특히 정욕에 빠져 졸고 있다가는 순식간에 사방에서 이리 떼가 몰려와 양떼를 가로채갈 것입니다. 아무쪼록 게으름을 피우지 말고 하느님의 복음을 민중에서 전하십시오. 결코 사람들에게서 재물을 빼앗지 마십시오. 금은보화를 사랑하여 그것을 모아두어서도 안 됩니다……. 오로지 하느님을 믿고, 신앙의 깃발을 꼭 붙잡고 그것을 높이 치켜드십시오…….'

그러나 장로의 말은 여기에 적은 것보다, 즉 알료샤가 나중에 기록한 것보다는 훨씬 단편적인 것이었다. 장로는 때때로 기운을 모으기 위해 말을 멈추고 가쁘게 숨을 몰아쉬곤 했지만 그래도 깊은 환희에 젖은 듯 보였다. 사람들은 모두 감격에 휩싸여 그의 말에 귀 기울이고 있었으나, 사람들 중에는 장로의 말에 놀란 표정을 짓는 사람이 적지 않았고 무슨 말인지 알아듣지 못하는 사람들도 있었다. 그리고 모두가 장로의 말뜻을 되새겨보게 된 것은 훨씬 뒤의 일이었다.

알료샤가 볼일이 있어서 잠깐 암자 밖으로 나왔을 때, 그는 암자 안팎에 모여 있는 수도사들이 누구나 흥분과 기대로 충만해 있는 것을 보고 깜짝 놀랐다. 그 기대는 어떤 이들에게는 거의 불안에 가까운 것이었으나 몇몇 이들에게는 지극히 엄숙한 것이었다. 이런 기대는 어떤 면에서 보면 경박한 생각에 가까웠지만 가장 엄격한 늙은 수도사까지도 그런 생각에서 벗어나지 못하고 있었으며 그중에서도 가장 엄숙한 얼굴을 하고 있는 것은 파이시 신부였다. 알료샤가 암자 밖으로 나온 것은 방금 시내에서 돌아온 라키친이 어느 수도사를 통해 그를 몰래 불러냈기 때문이었다. 라키친은 알료샤 앞으로 보내는 호흘라코바 부인의 이상한 편지를 가지고 왔다. 호흘라코바 부인은 알료샤에게 이런 경우에 꼭 들어맞는 흥미진진한 소식을 전해왔다. 그건 다름 아니라 어제 장로한테 축복을 받으러 왔던 신앙심 깊은 평민 여자들 가운데 하나이자 이 고을에 사는 하사관의 미망인에 대한 것이었다. 그 노파는 장로에게 자기 아들 바센카가 일 관계로 멀리 시베리아의 이르쿠츠크로 전속되어갔는데 벌써 1년 동안이나 소식이 없다며, 죽은 것으로 생각하고 교회에서 명복을 빌면 어떻겠느냐고 물었다. 그러자 장로가 엄격한 어조로 그런 건 미신과도 같은 짓이니 절대로 안 될 일이라고 대답했다. 그리고 노파가 그런 말을 한 것은 아무것도 몰라서 그런 것이니 더는 나무라지 않았고, 호흘라코바 부인의 편지에 따르면 '마치 미래의 일을 예견한 것처럼' 다음과 같은 말로 노파에게 위안의 말을 덧붙였다는 것이다.

"당신의 아들은 틀림없이 살아 있으니 곧 돌아오든지 편지라도 써 보낼 테니 걱정 말고 집에 돌아가 기다려보시오."
그런데 어떻게 됐는지 아세요? 예언은 말 그대로, 아니 그 이상으로 실현되었어요!

호흘라코바 부인은 몹시 감격한 투로 쓰고 있었다.
편지에 따르면 노파가 집으로 돌아가니 기다리고 기다리던 아들의 편지가 시베리아에서 와 있었다. 뿐만 아니라 자기가 지금 어떤 관리와 동행하여 러시아로 돌아가는 길이며, 여행 도중 예카테린부르크에서 이 편지를 어머니한테 보내고 있는데 편지가 도착한 뒤 3주일 정도 후면 '어머니를 껴안아드릴 수 있을 겁니다'라고 써 있었다. 호흘라코바 부인은 알료샤에게 이렇게 나타난 '예언의 기적'을 한시라도 빨리 수도원장을 비롯한 모든 이에게 전해달라고 간곡히 부탁하면서 '이건 모든 분이, 누구나가 다 알아야 하는 일이에요!'라는 감격의 말로 편지를 마쳤다. 그러나 알료샤는 수도사들에게 알릴 필요가 없었다. 이미 그 얘기를 모두 알고 있었기 때문이다.

라키친은 알료샤를 불러내달라고 부탁한 수도사에게 또 한 가지 이런 부탁을 했다.

"파이시 신부님께 제가 좀 전할 말이 있다고 해주세요. 이건 매우 중요한 일이어서 한시도 지체할 수가 없어요. 그리고 저의 이러한 무례한 청에 대해 거듭 용서를 빈다고도 전해주세요."

그런데 그 수도사는 알료샤를 불러내기 전에 먼저 파이시 신부에게 라키친의 말을 전했기 때문에 알료샤는 다시 방으로 돌아가 파이시 신부에게 편지가 왔노라고 보고하는 일이 남아 있었다. 그러나 좀처럼 남의 말을 믿지 않는 이 존엄한 신부도 미간을 찌푸리고 그 '기적'의 보고를 읽을 때, 자기 마음속에 솟구치는 그 어떤 감정을 억제할 수가 없었다. 그의 두 눈은 번쩍이고 입술에는 갑자기 엄숙하고도 의미심장한 미소가 떠올랐다.

"우리가 볼 기적이 이게 전부일 리는 없어."

갑자기 그의 입에서 이런 말이 터져 나왔다.

"그렇습니다. 우리는 그보다 더 큰 기적을 보게 될 겁니다."

주위에 둘러서 있던 수도사들도 맞장구를 쳤다. 그러나 파이시 신부는 다시 미간을 모으고 어쨌든 좀 더 확인될 때까지 이 일에 대해서 아무 말도 말아달라고 당부했다.

"왜냐하면 세상에는 무책임한 소문이 많은 데다 이 일은 그저

하나의 우연일지도 모르니까요."

이렇게 그는 마치 자기의 양심에 대해 변명이라도 하는 듯 덧붙였다. 그러나 사실 그 자신조차 이러한 변명을 거의 믿지 않는다는 것을 옆에서 듣고 있는 사람들도 뻔히 알고 있었다. 이 '기적'은 삽시간에 온 수도원에 퍼졌고 미사에 참여하려고 수도원에 온 많은 이들에게도 알려졌다. 그런데 이 기적의 실현에 누구보다도 충격을 받은 것은 어제 먼 북방 오브도르스크의 '성 실리베스트르 수도원'에서 온 수도사였다. 이 사람은 어제 호흘라코바 부인 옆에서 장로에게 인사를 드리고는 장로가 '병을 고쳐준' 부인의 딸을 가리키며, "어떻게 감히 그런 일을 하십니까?" 하고 장로에게 따지듯이 물었던 바로 그 수도사였다.

지금 그 수도사는 의혹에 빠져서 도대체 무엇을 믿어야 할지를 자기 자신도 알 수 없게 된 것이다. 어제저녁 그는 양봉장 뒤에 외따로 떨어진 암자로 페라폰트 신부를 방문하여 강한 인상을 받았다. 사실 이 만남은 그의 마음에 더할 나위 없는 강한 인상을 주었다. 이 수도원에서 가장 나이가 많은 페라폰트 신부는 금욕과 침묵의 위대한 수행자였다. 그는 앞에서도 말한 바와 같이 조시마 장로와 장로 제도의 반대자였는데, 그는 장로 제도가 유해하고도 경박한 제도라는 견해를 고집하고 있었다. 그는 침묵의 고행자였기에 거의 누구에게도 말을 하는 일이 없었으나 장로 제도의 반대자 중에서는 지극히 위험한 인물이었다. 그가 위험한 이유는 수도원을 방문하는 일반인들 중에 그의 동조자가 꽤 많았기 때문이다.

그들은 그가 이른바 '광신자'임에 틀림없다는 것을 인정하면서도 그를 위대한 의인으로서, 위대한 고행자로서 깊이 존경했다.

페라폰트 신부는 조시마 장로의 암자를 찾아간 적이 한 번도 없었다. 그는 같은 경내에 살고 있었지만 이곳의 규칙 같은 것에는 별로 구애받지 않았다. 왜냐하면 꼭 유로지비처럼 생활해왔기 때문이다. 그는 일흔다섯쯤 되어 보였는데, 수도원 양봉장 뒤쪽에 있는 허물어져가는 낡은 목조 암자에 기거하고 있었다. 그 암자는 먼 옛날, 다시 말해서 앞 세기에 백다섯 살까지 장수했다는, 역시 위대한 금욕과 침묵의 고행자였던 이오나 신부를 위해 만든 것이었다. 이오나 신부의 행적에 대해서는 아직까지도 이 수도원이나 인근 지방에 여러 가지 재미있는 일화들로 많이 전해지고 있었다.

페라폰트 신부가 오랫동안 염원하던 이 호젓한 암자에 들게 된 것은 약 7년 전이었다. 암자는 흔히 볼 수 있는 시골 오두막집과 다를 것이 없었지만, 그래도 어딘가 모르게 조그마한 예배당과 비슷한 데가 있었다. 그 안에는 신도들이 기증한 성상들이 즐비하게 안치되어 있었고, 그 앞에는 누군가 기증한 제단용 등불이 항상 꺼지지 않고 켜져 있었다. 그러니까 페라폰트 신부는 성상과 등불을 돌보는 지킴이로 임명된 셈이었다. 소문에 의하면(그것은 사실이었지만) 그는 사흘에 약 800g 정도의 빵밖에 먹지 않는다고 했다. 가까운 양봉장이가 사흘에 한 번씩 날라다주곤 했는데 그런 심부름을 하는 꿀벌지기들한테도 페라폰트 신부는 좀처럼 말을 하는 일이 없었다. 이렇게 날라다주는 빵과 일요일마다 저녁 미사 후에 수도원장이 규칙적으로 내주는 성찬용 떡만이 그가 일주일 동안 먹는 양식의 전부였다. 그러나 항아리에 물은 날마다 새롭게 갈아주고는 했다. 그는 기도식에도 거의 나가지 않았고, 때때로 방문객들은 그가 무릎을 꿇고 옆은 거들떠도 보지 않은 채 온종일 기도만 드리는 것을 보기도 했다. 어쩌다 방문객과 말을 주고받는 일이 있어도 그의 말은 매우 간단하고 단편적인 데다 기묘하고 매우 무뚝뚝하기까지 했다. 극히 드문 일이기는 했는데 방문객들과 오랫동안 이야기를 한 적도 가끔 있었다. 그러나 그런 경우에는 으레 상대방에게 수수께끼 같은 이상한 말을 한 마디씩 던지곤 했다. 그리고 나중에 아무리 간청을 해도 절대 그 뜻을 설명해주지 않았다. 그는 아무 직위도 없는 보통의 수도사에 지나지 않았다. 이것은 극히 무식한 사람들 사이에서만 통하는 소문이었지만, 참으로 기괴한 소문이 돌고 있었다. 다름 아니라 페라폰트 신부는 하늘의 정령과 소통하고 있기 때문에 지상의 인간들에게는 말을 하지 않는다는 것이었다.

　오브도르스크에서 온 수도사는 양봉장에 도착한 뒤 역시 입이 무겁고 까다로운 성격의 꿀벌지기 수사한테 길을 알아내어 페라폰트 신부가 있는 암자의 담 모퉁이로 걸음을 옮겼다.

　"어쩌면 먼 곳에서 오신 분이라 말을 하실지도 모르지만, 또 한마디도 하지 않으실 수도 있습니다."

　꿀벌지기 수사는 그에게 미리 일러주었다. 후에 이 수도사가 전한 바에 따르면 자신은 굉장한 공포를 느끼며 조심조심 암자로 다가갔다고 한다. 이미 꽤 늦은 시간이었다. 페라폰트 신부는 마침 그때 암자 문 앞의 낮은 의자에 걸터앉아 있었다. 머리 위에는 커다란 느릅나무 고목이 가볍게 흔들리고 싸늘한 밤의 냉기가 감돌고 있었다. 오브도르스크의 수도사는 고행자의 발밑에 엎드려 축복을 청했다.

"자네는 나도 같이 엎드려 절하기를 바라는 건가?"

페라폰트 신부가 말했다.

"일어나게!"

수도사는 일어났다.

"서로 인사를 나누고 축복했으니 이리 와서 앉게. 그래, 어디서 왔는가?"

이 가련한 수도사를 무엇보다도 놀라게 한 것은 페라폰트 신부가 무척 고령에다 엄격한 금욕 생활 중인데도 겉보기에는 아직도 원기 왕성한 노인으로 보인다는 점이었다. 키도 크고 허리도 전혀 굽지 않았으며 여위기는 했으나 얼굴도 생기 있고 건강해 보였다. 그의 몸이 아직도 매우 건강하다는 것은 의심할 여지가 없었다. 체격 역시 장사처럼 늠름했다. 나이가 그토록 많은데도 머리카락은 아직 백발이 되지 않았고 여전히 그의 머리와 턱을 풍성하게 뒤덮고 있었다. 또한 커다란 잿빛 눈은 광채를 발하며 앞으로 툭 튀어나왔고 모음 'O'를 강하게 말하는 습관이 있었다. 예전에 죄수 옷감이라 통하던 올이 성긴 천으로 지은 길고 불그죽죽한 농부의 두루마기를 걸치고 굵은 새끼줄을 허리띠처럼 두르고 있었으며, 목과 가슴은 그대로 노출되어 있었는데 몇 달째 갈아입지 않아서 새까맣게 때 묻은 두툼한 삼베 속옷이 두루마기 사이로 보였다. 소문에 따르면, 그는 두루마기 밑에 12km나 되는 쇳덩어리를 차고 있다고 했다. 발에는 낡을 대로 낡아 형체를 알 수 없는 신발을 걸치고 있었다.

"오브도르스크의 실리베스트르라는 작은 수도원에서 왔습니다."

수도사는 약간 겁먹은 듯한 그러나 호기심 어린 조그만 눈을 빛내며 은둔자의 모습을 살피면서 공손히 대답했다.

"나도 실리베스트르의 수도원에 가본 적이 있지. 얼마 동안 거기서 신세를 지기도 했으니까. 그래 실리베스트르는 잘 있나?"

수도사는 잠시 머뭇거렸다.

"내 말을 알아듣지 못하겠나! 그런데 단식일은 어떻게들 지키고 있지?"

"저희들의 식사는 옛날부터 내려오는 수도원의 관습을 그대로 지키고 있습니다. 사순절에는 월요일과 수요일, 금요일에는 전혀 식사를 하지 않습니다. 화요일과 목요일에는 흰 빵에 꿀을 바른 과일 절임, 산딸기, 배추 절임 그리고 귀리죽을 먹습니다! 토요일엔 흰 배춧국과 완두콩이 들어 있는 국수, 거기에 죽이 나오는데, 모두 식물성 기름이 들어 있습니다. 그리고 주일날에는 마른 생선과 죽이 곁들여 나옵니다. 신성주간(神聖週間)이 되면 월요일에서 토요일 밤까지 엿새 동안 물과 빵 그리고 채소 외에는 아무것도 먹을 수 없습니다. 제1주에 대해서 말씀드린 것처럼 그것도 제한이 있어서 날마다 먹을 수는 없습니다. 성금요일에는 단식을 하다가 오후 2시가 지난 다음에 비로소 약간의 물과 빵을 먹고 포도주를 한 잔 마십니다. 성목요일에는 기름을 쓰지 않은 요리에 포도주 한 잔, 이따금 마른 음식을 먹을 수 있습니다. 왜냐하면 라오디케아 종교 회의에서 '사순절 마지막 목요일을 성실히 지키지 아니하면 사순절 재계를 전혀 지키지 아니한 것과 같다'고 결정하셨기 때문이지요. 이것이 저희들의 방법입니다. 그렇지만 신부님, 당신과 비교하면 이런 것쯤은 아무것도 아닙니다."

수도사는 조금씩 원기를 되찾아 이렇게 덧붙였다.

"왜냐하면 신부님은 1년 내내, 심지어 부활절에도 빵과 물밖에 드시지 않으니까요. 게다가 저희들의 이틀분 빵은 당신의 일주일 양식이니 말입니다. 정말로 놀랍고 위대한 고행을 하고 계십니다."

"그러면 버섯은?"

페라폰트 신부가 갑자기 물었다. 그는 '버'의 발음을 마치 '허'처럼 말했다.

"버섯 말씀이십니까?"

수도사는 놀라서 다시 물었다.

"그래, 버섯 말일세. 나한테 빵 같은 건 조금도 필요 없네. 그런 건 모두 외면해버리고 숲속에라도 들어가 버섯이나 산딸기를 먹고 연명할 수 있는데도 여기 있는 자들은 아직도 빵에 미련을 가지고 있어. 말하자면 악마에게서 손을 떼지 못하고 있는 게지. 요즘은 더러운 녀석들이 나타나서 그렇게까지 금식을 할 필요가 없

다고 주둥이를 놀리고 있지만 그런 자들의 생각이야말로 오만불
손한 사고방식이 아닐 수 없네."

"예, 정말 옳으신 말씀입니다."

수도사는 맞장구를 치며 탄식했다.

"그자들한테서 마귀를 보았나?"

페라폰트 신부가 물었다.

"그자들이라니 누구 말씀이신지요?"

수도사가 겁에 질린 어조로 되물었다.

"나는 작년 오순절에 수도원장에게 간 이후 한 번도 가지 않았
네. 그때 나는 마귀를 보았지. 어떤 놈은 가슴팍에 들러붙어 법의
속에 숨어서 뿔만 내밀고 있는가 하면, 또 어떤 놈은 호주머니 속
에서 살그머니 내다보고 있더군. 그 녀석들은 나를 무서워하며 재
빨리 눈치를 보고 있지 않겠나. 어떤 놈은 그 더러운 뱃속에 아주
자리를 잡고 또 어떤 놈은 목을 휘감고 대롱대롱 매달려 있는데,
본인만 그걸 모르고 있더란 말일세."

"신부님 눈에는 그게 보이십니까?"

수도사가 물었다.

"보인다지 않나! 내 눈은 죄다 꿰뚫어볼 수 있지. 내가 원장실에
서 나오니까 마귀 한 마리가 나를 피해 얼른 문 뒤로 숨는 것이 보
이더군! 키가 1m는 족히 될 만큼 큼직한 놈이었어. 굵고 기다란
갈색 꼬리가 매달려 있었는데 마침 그 꼬리 끝이 문틈으로 삐죽
나와 있지 않겠나. 나도 그리 우둔한 인간은 아닌지라 갑자기 방문

을 콱 닫아 그놈의 꼬리를 문틈에 끼워버렸지. 그러자 캥캥 비명을 지르며 빠져나가려고 버둥거리는데, 내가 십자가로 세 번 성호를 그으니까 당장 그 자리에서 짓밟힌 거미 새끼처럼 납작하게 죽어 버리더군. 지금쯤 한쪽 구석에서 썩어 악취를 풍기고 있겠지만, 그 자들은 그걸 보지도 못하고 냄새도 맡지 못하더군. 그 후 1년이 넘도록 가지 않고 있다네. 자네가 멀리서 왔다고 하니까 자네한테만 하는 말일세."

"정말 무서운 말씀이십니다! 그건 그렇고 위대하신 신부님."

수도사는 점차 대담해져서 말했다.

"당신에 대한 놀라운 소문이 먼 지방까지 퍼져 있던데, 과연 그게 사실입니까? 당신은 언제나 정령과 소통을 하고 계신다던데요."

"날아온다네, 이따금."

"날아온다니요, 어떤 모습입니까?"

"새의 모습이지."

"정령은 비둘기 모습입니까?"

"정령이 날아올 때도 있고 천사가 올 때도 있지. 천사일 경우에는 다른 새의 모습으로 날아올 때도 있네. 어떤 때는 제비, 때로는 방울새의 모습으로."

"그 새를 보고 어떻게 천사인 줄 아십니까?"

"말을 전하니까."

"어떤 말을, 어떤 식으로 전하나요?"

"물론 사람의 말을 하지."

"그래 무슨 말을 하던가요?"

"오늘은 이런 말을 전해주더군. 이제 곧 어리석은 녀석이 찾아와서 어리석은 질문을 할 것이라고 말이야. 자네는 정말 많은 것을 알려고 하는군."

"위대하신 신부님, 실로 무서운 말씀이십니다."

수도사는 고개를 흔들었으나 그 겁먹은 눈에는 불신의 표정이 엿보였다.

"그건 그렇고 자네에겐 저 나무가 보이나?"

잠시 말을 멈췄다가 페라폰트 신부가 물었다.

"예, 보입니다. 신부님."

"자네 눈에는 느릅나무로 보일 테지만, 내 눈엔 전혀 다른 것으로 보인다네."

"그게 무엇입니까?"

수도사는 별 기대를 하지 않고 입을 다물고 기다렸다.

"이런 일은 대개 밤에 일어나지. 자, 저기 나뭇가지 두 개가 보이지. 밤이 되면 저 가지가 마치 그리스도께서 손을 벌리시고 그 손으로 나를 찾고 계신 것처럼 보인단 말일세. 어찌나 똑똑히 보이는지 몸이 후들후들 떨릴 지경이야. 두려워, 참으로 두려워."

"그게 정말이라면 두려워할 건 조금도 없지 않겠습니까?"

"나를 붙잡아 하늘로 데리고 가실 텐데도."

"산 채로 말입니까?"

"영혼과 엘리야의 영광 속에, 자네 그런 말을 들어본 적이 없나?

나를 팔에 껴안으시고 그대로 데리고 가실 텐데……."

오브도르스크의 수도사는 이런 이야기를 나누고 난 뒤 자기에게 지정된 방으로 돌아왔다. 그는 적잖은 의혹이 들기는 했지만 그래도 조시마 장로보다는 페라폰트 신부에게 마음이 더 기울어져 있었다. 오브도르스크의 수도사는 무엇보다도 금식이라는 것을 중요하게 생각하는 사람이었으므로, 페라폰트 신부와 같은 위대한 고행자가 '기적'을 직접 목격한다고 해도 특별하게 이상한 일로 여기지 않을 것이라고 생각했다. 신부의 말은 물론 터무니없이 여겨지긴 했지만 그래도 그 속에 어떤 오묘한 뜻이 숨어 있는지도 모를 일이었다. 게다가 신자들은 모두 그보다 훨씬 더 괴상한 언행을 하고 있지 않은가. 문에 꼬리가 끼인 악마 얘기 같은 것은 단순한 비유로서가 아니라 사실 그대로 오롯이 믿고 싶은 심정이었다. 뿐만 아니라 그는 이 수도원에 오기 훨씬 전부터 말로밖에 듣지 못했던 장로 제도에 대해 많은 편견을 품고 있었고 다른 사람들의 견해를 좇아 장로 제도의 폐지를 이로운 개혁이라고 단정하고 있었다. 이 수도원에서 하루를 머무는 동안 장로 제도를 반대하는 몇몇 경솔한 수도사들이 뒤에서 수군거리는 불평불만을 재빨리 알아챘던 것이다. 더욱이 그는 원래 모든 일에 호기심이 강해서 수도사이면서도 무슨 일에나 얼굴을 들이미는 성격이었다. 이런 연유로 조시마 장로가 새로운 '기적'을 행했다는 놀라운 소식에 그의 마음속에 격렬한 의혹이 일었다.

훗날 알료샤는 호기심 많은 오브도르스크의 수도사가 암자 주위에 모여든 수도사들 사이를 왔다 갔다 하며 여기저기 머리를 들이밀고 사람들이 하는 이야기에 귀를 기울이는가 하면 아무에게나 꼬치꼬치 질문을 하던 일이 생각났다. 그러나 당시에는 그런 수도사 따위에게 별로 관심을 기울일 여유가 없었다. 조시마 장로는 다시 피로를 느껴 침대에 돌아가 누웠으나 눈을 감으려다가 갑자기 생각난 듯 알료샤를 불러달라고 했다. 알료샤는 급히 달려갔다. 이때 장로 옆에는 파이시 신부와 이오시프 신부 그리고 견습 수도사인 포르피리밖에 없었다. 장로는 피로한 눈을 뜨고 물끄러미 알료샤의 얼굴을 바라보다가 불쑥 이렇게 물었다.

"가족들이 널 기다리고 있지?"

알료샤는 머뭇거렸다.

"가봐야 하지 않니? 오늘 가겠다고 약속을 했지?"

"약속했습니다. 아버지하고 형님들하고…… 그리고 또 다른 사람들과도."

"그것 봐라. 어서 가봐라. 슬퍼할 건 없단다. 알겠니, 알료샤? 나는 네가 있는 자리에서 이 세상에서의 마지막 말을 하고 난 후에야 죽어도 죽을 테니까. 나는 그 말을 너한테 하려는 거야, 내 유언을 너한테 남겨주려는 거다. 왜냐하면 너는 나를 그토록 사랑해주었으니까. 그렇지만 지금은 어서 약속한 사람들에게 다녀오너라."

그 자리를 떠나기가 괴로웠지만 알료샤는 곧 스승의 말에 복종했다. 장로가 이 세상에서의 마지막 말, 더욱이 자기에게 유언을 들려주겠다고 한 약속은 그의 마음을 환희에 떨게 했다. 알료샤는 시내에 나가 용무를 빨리 마치고 돌아와야겠다는 생각에 외출 준비를 서둘렀다. 그런데 바로 그때, 파이시 신부도 그에게 축복의 말을 해주었다. 그리고 그 말은 뜻하지 않게 알료샤에게 강렬한 감명을 주었다. 그것은 두 사람이 장로의 방을 나왔을 때였다.

"알료샤, 네가 깊이 명심해야 할 일이 있다."

파이시 신부는 바로 서두를 꺼냈다.

"꼭 명심해라. 속세의 과학은 커다란 세력으로 성장하여 현 세기에 이르러 성서에 약속된 모든 것을 재검토했다. 특히 속세의 학자들이 무자비하게 분석한 결과, 지금까지 신성불가침으로 여기던 모든 것이 그림자도 없이 소멸되고 말았어. 그러나 우리는 부분만을 검토하는 데 골몰하여 중요한 전체를 보지 못하고 말았다. 그 맹점은 그야말로 놀라지 않을 수 없어. 그런데 그 전체로서의 완전한 모습은 과거와 마찬가지로 현재도 엄연히 버티고 있는 지옥의 문, 즉 죽음의 힘도 정복할 수 없는 거야. 과연 1900년이라는 오랜 세월 동안 존재해오지 않았을까. 그것은 과연 사람들의 정신 속에, 대중의 생활 속에 존재해오지 않았단 말인가. 아니야, 그것은 모든 것을 파괴하는 무신론자들의 마음속에 예나 지금이나 존재하고 있어. 왜냐하면 기독교를 부정하고 종교에 반기를 쳐든 사람들조차 그 본질에서는 자기 자신도 그리스도의 모습을 그대로 지니고 있기 때문이지. 그리고 그들은 지금도 역시 똑같은 모습을 그대로 보이고 있어. 그 증거로는 그들의 지혜도, 그들의 정열도, 일찍이 그리스도에 의해 제시된 이상을 제외하고는 인간과 그 덕성에 어울리는 최고의 모습을 창조하지 못했다는 거지. 비록 그런 시도가 있었다 해도 그 결과는 언제나 기형적인 모습에 지나지 않았어. 알료샤, 특히 넌 이 점을 잘 기억해두어야 한다. 너는 이제 곧 승천하시게 될 장로님의 분부에 따라 속세로 나가야 할 몸이니까 말이다. 앞으로 이 위대한 날을 떠올릴 때면 너를 떠나보내며 내가 너에게 마음으로부터 준 이 말을 기억해주리라 믿는다. 내가 이런 말을 하는 것은 너는 아직도 어린데 세상의 유혹은 너무나 강해서 네 힘만으로는 감당해내기 어렵지 않을까 근심스러워 그런단다. 자, 그럼, 알료샤, 잘 다녀오너라."

이렇게 말하며 파이시 신부는 알료샤를 축복했다. 수도원 문을 나서며 알료샤는 이 뜻하지 않은 축복을 다시 생각하며, 지금까지 자기에게 그처럼 냉정하고 엄격했던 이 신부가 실은 자기를 열렬히 사랑해주는 새로운 친구, 새로운 지도자라는 것을 문득 깨달았다. 혹시 조시마 장로가 죽음을 앞두고 이 사람에게 유언으로 자기를 부탁하지 않았나 하는 생각까지 들었다.

'어쩌면 두 분 사이에 그런 일이 있었을지도 모르지.'

알료샤는 문득 그렇게 생각했다. 방금 자기가 들은 뜻하지 않은 학문적 고찰, 바로 그 말이야말로 자기에 대한 파이시 신부의 뜨거운 애정을 증명하는 것이다. 그는 되도록 빨리 알료샤의 젊은 지성을 세상의 유혹과 싸울 수 있도록 무장시키고 장로의 유언에 따라 그에게 맡겨진 이 젊은 영혼을 위해 더 할 수 없이 견고한 방벽(防壁)을 둘러쳐주려는 것이 틀림없었다.

2. 아버지의 집에서

알료샤는 맨 먼저 아버지의 집으로 갔다. 집 근처에 왔을 때, 어제 아버지가 이반 모르게 살그머니 들어오라고 부탁한 말이 떠올랐다. '왜 그러셨을까?' 하고 알료샤는 이제야 갑자기 이상하다는 생각을 했다.

'아버지가 나한테만 하실 말씀이 있다고 해도 내가 몰래 들어가야 할 필요는 없을 텐데. 어제 무슨 다른 말을 하시려다가 너무 흥분해서 미처 못한 게 분명해.'

알료샤는 이렇게 단정했다. 그러나 마르파가 대문을 열어주며, (그리고리는 몸이 좋지 않아 별채에 누워 있었다) 이반 표도로비치는 벌써 2시간 전에 외출했다고 말하자 다행이라는 생각이 들었다.

"그럼, 아버지는?"

"일어나서 커피를 드시고 계십니다."

웬일인지 마르파가 딱딱한 어조로 대답했다.

알료샤는 안으로 들어갔다. 노인은 낡은 가운에 슬리퍼를 신고 혼자 식탁에 앉아서 별로 내키지 않는 얼굴로 무슨 장부를 들여다보고 있었다. 그 넓은 집에는 표도르 혼자뿐이었고 (스메르자코프도 점심 장을 보러 나가고 없었다) 장부에 집중하고 있지도 않았다. 그는 아침 일찍 침대에서 일어나 기력을 차렸지만 그래도 피곤에 지친 쇠약한 기색을 보였다. 이마에는 지난밤 사이에 생긴 커다란 자줏빛 멍이 들어 있었고 그곳에 붉은 천을 감고 있었다. 콧등 역시 하룻밤 사이에 무섭게 부어올라 그리 눈에 띌 만큼 과한 것은 아니었지만 조그마한 반점처럼 멍이 여기저기 들어 있었다. 그리고 그 멍들이 얼굴 전체에 무언가 심술궂고도 짜증스러운 표정을 만들어내고 있었다. 노인 자신도 이것을 알고 있었고 방으로 들어오는 알료샤를 못마땅한 눈초리로 흘끗 바라보았다.

"커피가 식었군. 그러나 너한테 굳이 권하지는 않겠다. 나는 오늘 금식을 하려고 생선 수프 한 가지만 먹기로 했어. 그래서 아무도 초대하지 않은 거야. 무슨 일로 왔니?"

노인이 퉁명스러운 목소리로 말했다.

"잠깐 아버지가 어떠신지 문안드리려고요."

알료샤가 대답했다.

"그래, 참, 어제 내가 너한테 집으로 오라고 했지. 그러나 그건 그냥 실없는 소리였어. 공연히 마음을 쓰게 했구나. 하긴 나도 네

390

가 곧 찾아오리라고 생각하고 있었다만."

그는 노골적으로 못마땅하다는 표정을 지으며 말하더니, 이윽고 자리에서 일어나 거울에 비친 자기의 코를 들여다보았다(아침부터 벌써 마흔 번쯤은 살펴보았을 것이다). 그러고는 이마에 두른 붉은 천도 보기 좋게 고쳐맸다.

"붉은 게 좋아. 하얀색은 병원 냄새가 나거든."

그는 약간 설교하는 말투로 이야기했다.

"그래 수도원은 별일 없니? 너희 장로는 좀 어떠냐?"

"아주 위독하세요. 어쩌면 오늘 운명하실지도 모르겠어요."

알료샤가 이렇게 대답했지만 아버지는 별로 귀담아듣지 않았다. 아니, 그뿐 아니라 자기가 물어본 것조차 금방 잊어버린 것 같았다.

"이반은 외출했다."

그는 불쑥 이렇게 말했다.

"그 녀석은 지금 있는 힘을 다해서 미차의 색시를 가로채보려고 애쓰고 있어. 그 녀석이 여기에 머무는 것도 사실은 그 때문이지."

그는 심통 사납게 이렇게 말하고는 입을 실룩거리며 알료샤의 얼굴을 바라보았다.

"이반 형이 그렇게 말하던가요?"

알료샤가 물었다.

"암, 벌써 오래전에 그렇게 말했지. 너는 어떻게 생각하니? 그런 말을 한 지가 벌써 3주일은 되었어. 설마 나를 몰래 죽이려고 그

녀석이 여기 이 집에 온 건 아니겠지? 그렇다면 대체 무엇 하러 왔을까?"

"아버지, 무슨 말씀을 그렇게 하세요."

알료샤는 몹시 당황했다.

"그 녀석은 나한테 돈을 달라고는 하지 않아. 어차피 나한테서 동전 한 닢도 긁어내지 못할 테니까. 난 말이다, 알료샤, 나는 되도록 오래오래 살고 싶단다. 이 점은 너도 명심해다오. 그래서 내게는 동전 한 푼이라도 소중한 거야. 오래 살면 살수록 돈이 중요하니까."

그는 누런 삼베로 만든 헐렁한 가운 호주머니에 두 손을 넣고, 방 안을 이리저리 다니며 말을 이어갔다.

"난 이제 쉰다섯밖에 안 되었으니까 아직 사내구실을 할 수 있어. 앞으로 20년은 남자로 우뚝 서 있고 싶은 거야. 하지만 나이를 먹으면 점점 꼬락서니가 초라해져서 계집들이 자진해서 달라붙지 않거든. 그때 필요한 게 바로 돈이야. 그래서 지금 되도록 많은 돈을 거둬 모으려고 하는 거야. 그러나 알료샤, 이건 어디까지나 나혼자만을 위한 일이야. 알겠니? 왜냐하면 나는 끝까지 추악한 세계에서 살고 싶단 말이다. 이 점은 잘 기억해두는 게 좋을 거다. 추악하게 사는 편이 더 달콤하거든. 모두가 추악한 행동을 욕하고 있지만 실은 누구나 다 그 속에서 살고 있지 않느냐 말이다. 다만 딴 놈들은 몰래 그 짓을 하지만 나는 드러내놓고 한다는 게 다를 뿐이야. 그런데도 나의 이 솔직한 생활 태도에 대해서 그 더러운 놈

392

들은 나를 공격하고 있지. 얘, 알료샤, 나는 천국 같은 건 가고 싶지도 않아. 이 점도 잘 기억해주렴. 그리고 설령 천국이 있다고 해도 의젓한 신사가 그런 데 간다는 건 격에 맞지 않지. 내 생각에는 일단 눈을 감으면 영원히 잠들어버리는 거야. 그것 이외에는 아무것도 없어. 내가 죽은 뒤 기어이 하고 싶다면 내 명복을 빌어줘도 좋아. 그러나 마음이 내키지 않는다면 안 해줘도 상관없어. 이것이 바로 내 인생관이야. 이반 녀석은 그저 콧대만 높을 뿐이지, 뭐 이렇다 할 학식이 있는 건 아니야. 그리고 특별히 교육을 받은 것도 아니고 그저 말없이 남의 얼굴을 바라보며 비웃고만 있지. 그게 바로 그 녀석의 수법이야."

알료샤는 말없이 듣고만 있었다.

"왜 그 녀석은 나하고는 말하려 들지 않을까? 어쩌다 말을 한다 해도 공연히 거드름만 피우거든. 비굴한 녀석 같으니라구! 나는 하려고만 하면 지금 당장에라도 그루센카하고 결혼할 수 있어. 돈만 가지고 있으면 무엇이든 원하는 것을 가질 수 있으니까. 이반 녀석은 그게 두려워서 내가 결혼하지 못하도록 감시하고 있고 미차를 부추겨서 그루센카와 결혼을 시키려고 하지. 그런 식으로 그루센카를 나한테서 멀리 떼어놓으려는 속셈인 거야. 내가 그루센카와 결혼하지 않으면 자기한테 돈이라도 남겨줄 것으로 아는 모양이지. 그리고 또 미차가 그루센카와 결혼하면 돈 많은 형의 약혼녀를 자기가 차지하려는 속셈이야. 그놈이 노리는 것은 바로 그거란다. 이반은 네 형이지만 정말 비열하다니까."

"지금 아주 흥분하셨어요. 아마 어제 일 때문이겠죠. 가서 좀 누우시는 게 좋겠어요."

알료샤가 말했다.

"그래, 그런 말을 네가 하면 화가 나지 않는데 만약 이반이 했다면 틀림없이 괘씸하게 여겼을 게다. 내가 마음이 가라앉는 것은 너하고 함께 있을 때뿐이란다. 다른 때는 영락없이 구제불능의 불한당이 되어버리지."

이제야 비로소 떠오르기라도 한 것처럼 노인이 갑자기 이렇게 말했다.

"아버지는 못된 인간이 아닙니다. 그저 좀 비뚤어진 거죠."

알료샤가 살갑게 웃었다.

"헌데 알료샤, 나는 오늘 그 강도 놈, 미차 녀석을 감옥에 처넣어버릴까 생각을 했지만 아직 결정을 못 내렸단다. 그야말로 유행을 따라가는 요즘 세상에 부모 같은 것이야 미신 나부랭이로 여긴다고 하지만, 아무리 세상이 개화되었다고 해도 늙은 아비의 머리를 움켜쥐고 구둣발로 얼굴을 걷어차는 건 아니지. 그것도 다른 데가 아니라 지 아비의 집에서 말이다. 그러고도 다시 와서 아주 숨통을 끊어버리겠다고 모두가 지켜보는 앞에서 호언장담을 하니 기가 막힐 노릇이지. 내가 마음만 먹으면, 어제 일만 가지고도 당장 그 놈을 감옥에 처넣을 수 있다구."

"그럼 형을 고발하실 생각은 없단 말씀이군요. 그렇죠?"

"이반이 말리더구나. 하긴 이반의 설교 같은 건 아무것도 아니지만, 실은 내게도 생각이 있어서……."

그는 알료샤에게 몸을 숙이고 무슨 비밀 이야기라도 하듯 속삭였다.

"만일 내가 그놈을 감옥에 처 넣겠다고 하면 소식을 들은 그 계집이 틀림없이 그놈에게 달려갈 거야. 그러나 그놈이 약한 노인을 마구 때려서 반쯤 죽여놓았다는 말을 들으면 아마 그년은 오늘이라도 나를 위로하러 오겠지. 인간은 누구나 다 뭐든지 반대로 하려는 성질이 있게 마련이거든. 코냑이라도 좀 마시지 않겠니? 차가운 커피에 코냑을 조금 타면 아주 별미거든."

"아니요, 괜찮습니다. 저는 이 빵이나 가져가겠습니다."

알료샤는 이렇게 말하고는 3코페이카짜리 프랑스빵을 집어 사제복 호주머니에 집어넣었다.

"아버지도 이제 술을 그만 드시는 게 좋을 텐데요."

알료샤는 노인의 얼굴을 들여다보면서 걱정스러운 어조로 충고했다.

"네 말이 맞다. 공연히 화만 나지 마음이 가라앉지 않는구나. 그래도 딱 한 잔만 하련다."

그는 열쇠로 찬장을 열더니 유리잔에 술을 따라 단숨에 들이켜고는 다시 찬장문을 잠그고 열쇠를 호주머니 속에 집어넣었다.

"이거면 됐어. 한 잔 했다고 해서 죽지는 않을 테니까."

"전보다 훨씬 마음이 편해 보이세요."

알료샤가 미소를 지었다.

"음! 나는 코냑을 안 마셔도 네가 좋단다. 그렇지만 상대방이 악당일 때는 나도 악당으로 변하지. 이반은 체르마쉬냐에 가려고 하지 않는데, 왜 그런지 아니? 그루센카가 여기 오면 내가 돈을 많이 내어줄까 봐 그걸 감시하려는 거야. 하나같이 모두가 악당이라니까! 정말이지 나는 그 녀석을 알 수가 없어. 도대체 어디서 그런 악당 놈들만 나왔을까! 그 녀석은 우리하고는 전혀 딴판이야. 그런데도 내가 무슨 유산이라도 남겨줄 줄 아는 모양이지. 나는 그런 유언 같은 건 아예 남기지 않을 작정이다. 너희 모두가 이 점을 알아두는 게 좋을 게다. 미차 같은 놈은 바퀴벌레처럼 밟아버려야해! 나는 밤마다 곧잘 슬리퍼로 검은 바퀴벌레를 짓밟아 죽이곤 하는데, 발을 대기만 하면 부지직 소리를 내며 터져버리거든. 네형 미차도 곧 그런 소리를 낼 게다. 내가 지금 네 형이라고 한 것도 그나마 네가 그놈을 사랑하기 때문이야. 하지만 네가 그놈을 사랑한다 해도 나는 조금도 두렵지 않다. 대신 이반이 그놈을 사랑한다면 약간 불안하기는 하지만 이반은 누구도 사랑할 놈이 아니야. 우리하고 다른 놈이니까. 이반은 우리와는 다른 종류의, 말하자면 허공에 떠다니는 먼지야. 바람이 불면 사라져버리는 티끌 말이다. 실은 어제 내가 너더러 오늘 꼭 와달라고 한 건 바로 그때 문득 바보 같은 생각이 떠올랐기 때문이란다. 너를 통해 미차의 생각을 정탐하려 했던 거야. 만일 지금 그놈한테 1000이나 2000루블 정도를 주면 그 거지같이 염치없는 놈이 여기서 완전히 꺼져주지 않을까? 적어도 5년쯤, 아니 15년쯤이면 더 좋고……. 물론 그루센카는 두고 가야지. 그 계집과는 깨끗이 헤어져야 해. 어떠냐? 그놈이 들어줄 것 같니?"

"글쎄요. 제가 형한테 한번 물어보죠……. 3000루블을 주신다면 아마 형도……."

알료샤는 중얼거리듯 말했다.

"집어치워라. 이제 와서 그런 건 물어볼 필요도 없지. 물어보지마! 이젠 나도 생각이 달라졌어. 어제 잠깐 그런 어리석은 생각이떠올랐다는 것뿐이야. 그놈한테는 한 푼도 줄 수 없어. 돈은 내가더 필요하다구."

노인은 손을 내저었다.

"어찌 됐든 나는 그놈을 벌레처럼 짓밟아주고 말 테니까. 그놈한텐 아무 말도 하지 마라. 괜히 말했다가 또 행여나 기대할지 모르니까. 그리고 너도 이제 여기 있어봐야 아무것도 할 일이 없으니어서 가봐라. 그런데 그놈의 약혼녀 카체리나 말이다. 그놈은 어떻게든 그 아가씨를 나한테 숨기려고 드는데 그 여자는 미차하고 결혼할 생각일까, 아닐까? 어제 너는 그 집에 갔다 오지 않았니?"

"그분은 절대로 형을 포기하지 않을 거예요."

"대체로 얌전한 아가씨들은 그 녀석 같은 건달 놈팡이를 좋아하지! 얼굴이 창백한 그런 종류의 아가씨들이란 모두 보잘것없는 존재야. 암, 그렇고말고. 에잇, 제기랄! 내가 만일 그놈만큼 젊고 그놈나이 때의 내 얼굴이 있다면 (내가 스물여덟 살이었을 때는 훨씬 미남이었거든) 나도 그놈 못지않게 계집들을 울려줄 텐데. 망할 놈 같으니라구. 아무튼 그루셴카에겐 절대로 손을 대지 못하게 할 테니까. 암, 절대로 안 되지. 안 돼. 내 그놈을 그냥 놔두진 않을 거야!"

이 마지막 말과 함께 그는 미친 사람처럼 격분하기 시작했다.

"너도 이제 가봐라. 오늘은 여기 있어봐야 아무 소용도 없으니."

노인은 퉁명스럽게 말했다.

알료샤는 작별 인사를 하려고 다가가서 아버지의 어깨에 입을 맞췄다.

"왜 이런 짓을 하는 거냐?"

노인은 조금 놀라는 기색이었다.

"이제 곧 만날 텐데. 아니면 다신 못 만날 것 같아서 그러느냐?"

"아니요, 그래서가 아니라 저도 모르게······."

"나도 별 뜻 없이 한 말이다. 나도 그만······."

노인은 물끄러미 알료샤를 바라보았다.

"얘, 알료샤!"

그는 아들의 등에 대고 소리쳤다.

"곧 다시 한번 오너라! 생선 수프를 먹으러. 오늘 먹은 것 같은 게 아니라 특별한 생선 수프 말이야. 꼭 와야 한다. 옳지, 내일이 좋겠구나. 꼭 오도록 해라!"

알료샤가 밖으로 나가자마자 그는 다시 찬장으로 달려가 코냑을 반쯤 따라 단숨에 마셨다.

"이제 그만해야겠군!"

노인은 이렇게 중얼거리며 꿀꺽 군침을 삼키고는 다시 찬장을 잠그고 열쇠를 호주머니 속에 넣었다. 그는 침실로 가서 맥없이 침대에 쓰러졌다. 그리고 바로 잠이 들었다.

3. 초등학생들과 함께

'아버지가 그루센카 이야기를 묻지 않으신 게 천만다행이었어.'

알료샤는 아버지의 집을 나와 호흘라코바 부인 집을 향해 걸어
가면서 마음을 쓸어내렸다.

'물으셨다면 어제 그루센카와 만난 얘기를 어쩔 수 없이 해야
했을 텐데.'

알료샤는 두 사람의 적수가 밤새 새로 기운을 차려 날이 새자마
자 또다시 돌처럼 마음이 굳어버린 게 가슴 아팠다.

'아버지는 짜증을 내며 적개심에 불타고 계셔. 뭔가에 사로잡혀
서 그것에 골똘히 빠져 있는 게 분명해. 그러면 큰형은? 형도 역시
밤사이에 완전히 기력을 되찾아 증오심에 가득 차 있겠지. 그리고
속으로 뭔가를 생각하고 있겠지…… 아아, 무슨 일이 있어도 오늘

은 형님을 찾아내야만 하는데……'

　그러나 알료샤는 이런 생각에 오래 골몰할 수 없었다. 가는 도중에 뜻하지 않은 사건이 일어났기 때문이다. 겉보기에는 별로 대수롭지 않은 일이었지만 그에게 큰 충격이었다. 작은 개울을 사이에 두고 큰 거리와 평행으로 나 있는 미하일로프 거리로 나가려고 광장을 지나 골목길로 들어섰을 때, 그는 조그만 다리 앞에서 무리지어 모여 있는 초등학교 학생들을 발견했다. 모두가 아홉 살에서 열두 살 정도로 보이는 어린애들로, 마침 학교에서 돌아오는 길이어서 등에 배낭 형태의 책가방을 멘 아이도 있고 가죽 가방을 어깨에 둘러맨 아이도 있었다. 짧은 재킷을 입은 아이도 있고 외투를 입은 아이도 있었으며, 무릎까지 오는 긴 장화를 신은 아이도 있었다. 이 한 무리의 아이들은 무엇을 논의하는지 열심히 재잘거리고 있었다.

　알료샤는 언제나 어린아이들을 무심히 지나쳐버리지 못하는 성격이었다. 그것은 모스크바에 있을 때부터 그랬다. 그중에서도 특히 서너 살짜리 어린애를 제일 좋아했지만 열 살이나 열한 살짜리 아이들도 무척 좋아했다. 그래서 알료샤는 이번에도 여러 가지 걱정거리가 있었지만 아이들에게 다가가 그들과 이야기하고 싶었다. 가까이 가서 생기발랄한 장밋빛 얼굴을 들여다보다가 문득 아이들이 모두 돌을 하나씩 손에 쥐고 있는 것을 발견했다. 개중에는 두 개씩 들고 있는 아이들도 있었다. 작은 개울 뒤편에, 아이들이 있는 곳에서 30보가량 떨어진 울타리 옆에는 사내아이가 하나 서 있었다. 그 역시 책가방을 어깨에 멘 초등학생이었다. 키를 보아 열 살이 될까 말까 했는데, 병든 것처럼 창백한 얼굴에 새까만 눈동자만 이상하게 반짝거리고 있었다. 알료샤가 주의 깊게 살펴보니, 그들은 모두 같은 반 학생들로 방금 교문을 함께 나왔지만 지금은 서로 으르렁거리고 있는 모양이었다. 알료샤는 검은 재킷을 입은 혈색이 좋은 아이한테 다가가서 말을 걸어보았다. 곱슬곱슬한 금발의 소년이었다.

"내가 너희들처럼 그런 책가방을 메고 다닐 때는 모두 왼쪽에 메고 다녔지. 오른손으로 금방 책을 꺼낼 수 있도록 말이야. 그런데 너는 오른쪽에 가방을 맸는데 불편하지 않니?"

알료샤는 미리 생각해둔 말로 기교를 부리지 않고 일상적 화제를 불쑥 꺼내며 말을 걸었다. 하기는 어린애, 특히 여러 명의 어린이 모두에게 신뢰를 얻으려면 이런 방법 이외에 다른 도리가 없었다. 진지한 태도로 어디까지나 대등한 입장에서 시작하는 것이 무엇보다 필요했다. 알료샤는 본능적으로 그것을 이해하고 있었다.

"저 앤 왼손잡이예요."

활발하고 건강해 보이는, 열한 살쯤 되어 보이는 다른 애가 얼른 이렇게 대답했다. 나머지 아이들도 알료샤를 뚫어지게 바라보고 있었다.

"저 애는 돌을 던질 때도 왼손으로 던져요."

또 다른 소년이 덧붙였다. 바로 그때 돌멩이 하나가 날아와서 왼손잡이 소년을 살짝 스치며 옆으로 빗나갔다. 그러나 던지는 솜씨가 제법 능숙하고 힘이 있었다. 돌멩이는 개울 뒤쪽에 있는 소년이 던진 것이었다.

"애, 스무로프, 한 대 맞혀. 패줘!"

소년들이 소리쳤다. 그러나 스무로프라고 불린 왼손잡이 소년은 그런 말을 듣기도 전에 벌써 응수를 한 뒤였다. 그는 개울 뒤쪽에 있는 소년을 겨누고 돌을 던졌으나 돌은 빗나가서 땅에 떨어졌다. 그러자 건너편 소년이 다시 이쪽을 향해 돌을 던졌다. 이번에는 꽤 아프게 알료샤의 어깨에 명중했다. 개울 건너편 소년의 호주머니에는 준비해둔 돌이 가득 있는 것 같았다. 외투 주머니가 불룩한 것이 30보가량 떨어진 이곳에서도 금방 알아볼 수 있었다.

"저 자식은 아저씨한테 던진 거예요. 일부러 아저씨를 겨누고 던진 거예요. 아저씨는 카라마조프니까요, 카라마조프!"

아이들이 깔깔거리면서 소리쳤다.

"자, 이번에는 한꺼번에 사격이다. 던져라!"

돌멩이 여섯 개가 한꺼번에 날아갔다. 그중 한 개가 저쪽 소년의 머리에 맞았다. 소년은 쓰러졌지만 곧 다시 벌떡 일어나서 열심히 돌을 던지기 시작했다. 양쪽에서 쉴 새 없이 돌팔매질이 계속 이어졌다. 이쪽에도 호주머니에 돌을 채워둔 아이가 많았다.

"애들아, 이게 무슨 짓이냐! 부끄럽지도 않니! 여섯이서 하나와 싸우다니! 그러다간 저 애가 죽고 말겠다!"

알료샤가 고함을 치며 앞으로 달려 나가 날아오는 돌을 향해 방패처럼 막아섰다. 3~4명의 아이가 잠시 손을 멈췄다.

"저 녀석이 먼저 싸움을 시작했는데요!"

빨간 셔츠를 입은 소년이 흥분하여 외쳤다.

"저 자식은 아주 비겁한 놈이에요. 아까 크라소트킨을 칼로 찔러 피까지 나게 했어요. 크라소트킨은 선생님한테 고자질하기가 싫어서 그냥 뒀지만, 저런 놈은 단단히 혼을 내줘야 해요."

"이유가 뭔데? 너희들이 먼저 저 애를 놀린 모양이구나."

"저것 봐, 저 녀석이 또 아저씨 등에 돌을 던졌어요! 저 자식은 아저씨가 누군지 아는 거예요."

아이들이 소리쳤다.

"저 자식은 우리들이 아니라 아저씨한테 돌을 던지고 있어요. 하지만 아무래도 상관없어. 자, 다시 한번 공격하자. 스무로프, 이번엔 명중시켜야 해."

다시금 돌팔매질이 시작되었고 이번에는 싸움이 굉장히 거칠었다. 그러는 사이에 돌 하나가 저쪽 소년의 가슴팍에 명중했다. 소년은 비명을 지르고 울부짖으며 미하일로프 거리 쪽 언덕길을 달리기 시작했다. 그걸 보고 이쪽 아이들은 욕설을 퍼부었다.

"아아, 겁이 나서 도망가는구나. 병신 같은 자식!"

"카라마조프 아저씨, 저 자식이 얼마나 비겁한지 아저씨는 몰라요. 죽여도 시원찮을 거예요."

재킷을 입은 소년이 눈을 번쩍이며 말했다. 가장 나이가 많아 보이는 아이였다.

"도대체 어떤 아이길래!"

알료샤가 물었다.

"고자질이라도 한다는 거냐?"

소년들은 비웃기라도 하는 듯이 서로의 얼굴을 살폈다.

"아저씨도 미하일로프 거리 쪽으로 가는 길이죠? 그럼 어서 저 자식을 쫓아가보세요. 저것 봐, 저기 서서 기다리며 아저씨를 바라보고 있잖아요."

그 소년이 다시 말했다.

"그래, 아저씨를 보고 있어요."

다른 아이들도 맞장구를 쳤다.

"가서 저 자식한테 물어보세요. '너는 너덜너덜한 목욕탕 수세미를 좋아하니' 하고 말이에요. 그렇게 물어보세요. 꼭 그렇게 해야 해요."

아이들이 또 한바탕 폭소를 터뜨렸다. 알료샤는 아이들의 얼굴을 바라보고 아이들은 알료샤의 얼굴을 바라보았다.

"가지 마세요. 얻어맞을지도 몰라요."

스무로프가 경고하듯 말했다.

"얘들아, 나는 수세미에 대해선 묻지 않을 거다. 너희들이 그걸 가지고 저 애를 놀려주는 모양이니까. 그 대신 왜 너희들이 저 애를 그렇게 미워하는지 저 애한테 직접 알아봐야겠다."

"알아보세요. 알아보세요."

아이들이 또 웃어댔다. 알료샤는 다리를 건너 울타리 옆 언덕길을 따라 외톨이가 된 소년을 향해 곧장 걸어 올라갔다.

"조심하세요."

등 뒤에서 아이들이 경고했다.

"그 자식이 당신이라고 무서워할 줄 아세요! 몰래 칼을 꺼내 갑자기 공격할지도 몰라요. 크라소트킨에게 그런 것처럼."

소년은 그 자리에 꼼짝 않고 서서 알료샤가 가까이 오기를 기다리고 있었다. 가까이 다가가보니 겨우 아홉 살 정도밖에 안 된, 키가 작고 허약한 소년이었다. 여월 대로 여윈 갸름한 그 아이의 얼굴은 창백했다. 크고 검은 눈은 증오로 가득 차서 알료샤 쪽을 노려보고 있었다. 아이는 다 낡아빠진 매우 오래된 외투를 입고 있었는데 그 외투마저 몸에 맞지 않아서 이상한 모습이었다. 양쪽 소매 밑으로는 빨간 팔목이 드러났고 바지 오른쪽 무릎 위에는 커다란 헝겊조각을 덧대어 기워놓았다. 그리고 장화는 오른쪽 엄지발가락 근처에 구멍이 뚫려서 잉크로 칠한 흔적이 보였다. 불룩한 외투 양쪽 호주머니에는 돌이 가득 들어 있었다. 알료샤는 두어 걸음쯤 앞에 멈춰 서서 뭔가 묻고 싶은 얼굴로 소년을 바라보았다. 소년은 알료샤가 자기를 때리려는 게 아니라는 것을 눈치채고 조금 누그러진 태도로 먼저 입을 열었다.

"나는 혼자고 저 자식들은 여섯이나 되지만……, 나는 혼자서도 다 해치울 수 있어."

소년은 갑자기 눈을 번쩍이며 말했다.

"그렇지만 지금 세게 한 대 맞지 않았니? 몹시 아팠을 텐데."

알료샤가 말했다.

"나도 스무로프의 머리를 맞혔어요."

소년이 외쳤다.

"저 애들 말이, 네가 나를 알아보고 뭔가 이유가 있어서 나한테 일부러 돌을 던졌다고 하던데?"

소년은 가라앉은 표정으로 알료샤의 얼굴을 쳐다보았다.

"나는 너를 모르겠는데, 너는 정말 나를 알고 있니?"

알료샤가 다시 물었다.

"귀찮게 하지 마요!"

소년이 발끈 성을 내며 소리쳤다. 그러면서도 소년은 여전히 무언가를 기다리는 듯 그 자리에서 움직이지 않고 서서 다시금 적의에 찬 눈을 번득였다.

"그럼, 난 가마. 하지만 나는 네가 누군지도 모르고, 또 너를 놀리려는 것도 아니야. 저 애들은 너를 곯려주려고 하는 것 같던데, 난 조금도 그럴 생각이 없으니까, 그럼 잘 있거라!"

알료샤가 말했다.

"수도사라면서 비단 바지나 입고!"

소년은 여전히 적대적인 태도로 알료샤를 보면서 이렇게 외치고는 이번에는 틀림없이 알료샤가 달려들 거라고 생각했는지 얼른 방어 자세를 취했다. 그러나 알료샤는 몸을 돌려 소년 쪽을 한 번 바라보고는 그냥 앞으로 발걸음을 돌렸다. 그러나 세 걸음을 채 내딛기도 전에 소년이 던진 돌이 그의 등을 세차게 때렸다. 소년의 호주머니 속에 있는 돌 중에서 가장 큰 것이었다.

"뒤에서 이러는 법이 어디 있니? 저쪽 애들이 너를 보고 언제나 뒤에서 달려든다고 하더니, 그 말이 사실인가 보구나?"

알료샤가 뒤를 돌아보며 말했다. 그러나 소년은 악에 받쳐 또다시 돌을 던졌다. 이번에는 정통으로 얼굴을 겨누었으나 알료샤가 재빨리 피해서 팔꿈치에 맞았다.

"아니, 부끄럽지도 않니. 내가 너한테 무슨 잘못을 했다는 거니?"

알료샤가 큰 소리로 외쳤다. 소년은 이번에야말로 알료샤가 틀림없이 자기에게 덤벼들겠거니 생각하고 말없이 몸을 도사리고 있었다. 그러나 이번에도 알료샤가 달려들지 않자, 소년은 야수처럼 울분을 터뜨리며 자기 쪽에서 먼저 알료샤에게 달려들었다. 알료샤가 미처 몸을 피할 사이도 없이 두 손으로 알료샤의 왼손을 붙잡더니 가운뎃손가락을 으스러지게 깨문 채 10초 정도 놓아주지 않았다. 알료샤는 있는 힘을 다해 손가락을 빼려고 했지만 너무 아파서 그만 비명을 지르고 말았다. 마침내 소년은 손가락을 놓아주고 뒤로 물러나서 아까와 같은 간격을 두고 마주 섰다. 알료샤의 손가락은 손톱 바로 밑의 뼈가 이에 닿을 정도로 깊이 찍혀서 피가 줄줄 흘러내렸다. 알료샤는 손수건을 꺼내 상처를 꼭 동여맸다. 그러는 동안 거의 1분 가까이 지났지만 소년은 꼼짝도 하지 않고 서서 지켜만 봤다. 이윽고 알료샤는 부드러운 눈길로 시선을 들었다.

"자, 이제 됐다. 봐라, 지독하게 물었구나. 이젠 성이 좀 풀렸니? 그럼, 말해다오. 내가 너한테 무슨 짓을 했다는 거냐?"

알료샤는 말했다.

소년은 놀란 눈으로 알료샤를 올려다보았다.

"나는 네가 누군지도 모르고, 너를 만난 것도 오늘이 처음이야."

여전히 침착한 어조로 알료샤는 말을 계속했다.

"내가 아무래도 너한테 뭔가를 잘못했나 보구나. 그렇지 않고서야 이렇게 할 리가 없지. 그러니까 내가 무슨 짓을 했는지, 너한테 무슨 잘못을 저질렀는지 좀 알려다오."

대답 대신 소년은 별안간 큰 소리로 울음을 터뜨리더니 갑자기 알료샤에게서 도망쳐 달아났다. 알료샤는 그 뒤를 쫓아 미하일로프 거리 쪽으로 천천히 걸음을 옮겼다. 그리고 뒤도 돌아보지 않고 여전히 빠른 걸음으로 멀리 도망치고 있는 소년의 뒷모습을 오랫동안 지켜보았다. 아마 소년은 여전히 소리 내어 울고 있는 것 같았다. 알료샤는 반드시 시간이 나는 대로 소년을 찾아내서, 이 이상한 수수께끼를 꼭 풀어야겠다고 다짐했다. 그러나 지금은 그럴 시간이 없었다.

4. 호흘라코바 부인의 집에서

알료샤는 곧 호흘라코바 부인의 집에 다다랐다. 그 집은 부인의 소유로 이 지방에서도 호화주택에 속하는 아름다운 2층 석조 가옥이었다. 호흘라코바 부인은 다른 현에 있는 자기 영지와 모스크바의 본가에서 주로 살고 있었지만 이 지방에도 대대로 내려오는 자기 집을 가지고 있었다. 그런데 이 지방에 있는 영지가 세 군데의 영지 중에서 제일 컸지만 부인이 이곳을 찾아오는 것은 극히 드문 일이었다. 호흘라코바 부인은 문간방까지 달려 나와 알료샤를 맞아주었다.

"받으셨지요? 새로운 기적에 대해서 적어 보낸 내 편지 말이에요. 받으신 거죠?"

부인이 호들갑스럽게 말했다.

"예, 받았습니다!"

"모든 사람에게 알리고 모든 사람에게 보여주었나요? 장로님께서 어머니한테 아들을 돌려보내주셨어요!"

"장로님께서는 오늘 중으로 운명하실 겁니다."

알료샤가 말했다.

"네, 나도 들어서 알고 있어요. 아아, 나는 당신과 얼마나 얘기하고 싶었는지 몰라요. 당신이 아니면 누구에게라도 이 이야기는 꼭 하고 싶었어요. 아니, 당신하고 해야 해요. 꼭 당신하고요. 그런데 다시는 장로님을 뵐 수 없으니 정말 유감이에요. 온 마을이 흥분에 들떠 기적이 나타나기를 기다리고 있답니다. 그런데 지금……. 카체리나 이바노브나가 지금 여기 와 있는 걸 아세요?"

"마침 잘됐군요."

알료샤가 소리쳤다.

"그럼 댁에서 그분을 만나봐야겠습니다. 그분이 오늘 꼭 와달라고 어제 저한테 간곡하게 부탁했거든요."

"그건 나도 알고 있어요. 죄다 알고 있죠. 어제 그 집에서 일어난 일도 자세히 들었어요. 그리고 그 더러운 계집의 간사한 행동도 다 들었죠. 정말 비극이에요(C'est tragique)! 만약 내가 그런 꼴을 당했다면 정말이지 무슨 일을 저질렀을지도 몰라요! 하지만 당신 형님이 정말 너무했더군요! 어머나! 알렉세이 표도로비치, 내가 제정신이 아니군요. 지금 저 방에는 당신 형님이, 어제의 그 무서운 형님이 아니라 둘째 형님이 카체리나 이바노브나와 얘기를 하고

411

있어요. 그런데 무척 심각한 대화거든요. 지금 두 사람 사이에는 굉장한 일이 일어나고 있어요. 정말 무서운 일이에요. 그야말로 제 정신이라고 할 수가 없어요. 절대로 믿을 수 없는 무서운 이야기라고 할까, 두 사람이 다 이유도 모른 채 스스로 파멸로 치닫고 있어요. 그들 자신도 그것을 잘 알고 있고 오히려 즐기고 있어요. 나는 당신을 얼마나 기다렸는지 몰라요. 정말 애타게 기다렸지요. 우선 무엇보다 나는 그런 일을 그냥 보아 넘길 수가 없거든요. 여기에 대해서는 나중에 자세히 말씀드리겠지만 지금은 다른 얘기부터 해야겠어요. 그것이 가장 중요한 얘기예요. 아아, 내 정신 좀 봐, 가장 중요한 얘기라는 것조차 깜빡 잊고 있으니! 좀 말씀해주세요. 도대체 무엇 때문에 우리 리즈는 히스테리만 부리는 걸까요? 당신이 오셨다는 말을 듣자마자 히스테리부터 부렸어요!"

"엄마, 지금 히스테리를 부리는 건 엄마지 내가 아니에요."

갑자기 옆방으로 통하는 문틈으로 리즈의 지저귀는 듯한 목소리가 들려왔다. 문틈은 아주 좁았으나 억지로 억누르는 듯한 목소리는 금방이라도 웃음이 터져 나오려는 것을 필사적으로 참고 있는 듯한 느낌이었다. 알료샤도 곧 그 문틈의 존재를 알아챘다. 리즈가 틀림없이 그 바퀴 달린 안락의자에서 몸을 내밀고 문틈으로 이쪽을 내다보고 있으리라 생각했지만 그것까지는 그도 확인할 방법이 없었다.

"당연한 거 아니겠니, 리즈야. 네가 그렇게 변덕을 부리는데 난들 어떻게 히스테리를 안 부릴 수 있겠니! 그렇지만 알렉세이 씨,

저 애는 또 몸이 좋지 않은가 봐요. 간밤에 내내 열이 높아서 환자처럼 신음을 하지 않겠어요. 빨리 날이 밝아 게르첸슈트베 선생이 와주기를 얼마나 기다렸는지 모른답니다. 그런데 그 의사가 말하기를 아직 원인을 알 수 없다면서 좀 더 경과를 두고 봐야겠다는 거예요. 그 의사 선생은 우리 집에 올 때마다 항상 진단을 내릴 수 없다고만 하죠. 글쎄 당신이 우리 집으로 가까이 다가오자마자 저 애가 막 고함을 지르며 발작을 일으키더군요. 그리고 전에 자기가 쓰던 저 방으로 의자를 옮겨달라고 그렇게 졸라댔어요."

"엄마, 난 알렉세이 씨가 우리 집에 올 거라는 건 전혀 모르고 있었어요. 내가 이 방으로 오고 싶어 한 건 그것과는 아무 관계가 없어요."

"또 거짓말을 하는구나, 리즈야. 율리야가 달려와서 이분이 이리 오고 있다고 너한테 알리지 않았니! 그 애를 감시인으로 세워둔 건 바로 너잖니."

"엄마는 왜 그런 실없는 소리만 하세요? 명예를 회복하기 위해서 뭐 좀 현명한 말을 하고 싶으시면 엄마, 지금 여기 계신 알렉세이 씨한테 이렇게 말하세요. '어제 그런 일이 있으신 후 모든 이의 조롱거리가 되신 후에도 아무렇지 않게 우리 집을 방문하기로 결심한 것만으로도 당신이 얼마나 생각 없이 사는 사람인지 알겠군요'라고요."

"리즈야, 말이 너무 지나치구나. 미리 말해두지만, 너 그러다가 혼날 줄 알아라. 대체 누가 이분을 조롱한다는 거냐? 나는 이분이

와주셔서 얼마나 기쁜지 모르겠다. 나한테는 이분이 필요해. 절대 없어서는 안 될 분이야. 아아, 알렉세이 씨, 나는 정말 불행한 여자예요!"

"엄마, 갑자기 그건 무슨 말씀이세요?"

"아아, 리즈야, 너의 변명과 그 들뜬 마음, 너의 질병과 밤새도록 계속된 그 무서운 고열 그리고 언제나 진단을 내리지 못하는 게르첸슈트베. 가장 견딜 수 없는 것은 아무리 해도 끝이 없다는 거야. 언제 끝날지 알 수가 없어. 게다가 또 모든 것이……. 그리고 마지막으로 그런 기적까지 일어났으니 말이야! 알렉세이 표도로비치, 그 기적이 얼마나 나를 놀라게 하고 감동시켰는지 모른답니다! 게다가 지금 저쪽 객실에서는 차마 눈 뜨고 볼 수 없는 비극이 생기고 있어요. 당신한테 미리 말씀드리지만, 나는 도저히 그것을 감당해낼 수가 없어요. 그러나 어쩌면 비극이 아니라 희극이 될지도 모르지요. 그건 그렇고 조시마 장로님은 내일까지 버티실 수 있을까요? 아아, 내가 정말 왜 이럴까요. 이렇게 눈만 감으면 모든 게 다 무의미하게 생각되니 말이에요."

"제게 한 가지 부탁이 있습니다만, 손가락을 싸맬 깨끗한 헝겊을 좀 주시면 고맙겠습니다. 손가락을 다쳤는데 자꾸 아파오네요."

갑자기 알료샤는 부인의 말을 가로채며 말했다. 알료샤는 아까 소년한테 물린 손가락을 끌러 보였다. 손수건에는 검붉은 피가 잔뜩 배어 있었다. 호흘라코바 부인은 비명을 지르며 눈을 질끈 내리감았다.

"어머, 이게 어디서 난 상처예요? 끔찍해라!"

그때 문틈으로 엿보고 있던 리즈가 알료샤의 손가락을 보자마자 문을 휘익 열어젖혔다.

"들어오세요. 이리 들어오세요."

리즈가 명령하는 듯한 어조로 소리쳤다.

"지금은 그런 쓸데없는 소리나 주고받을 때가 아니에요. 어머나! 아니, 이렇게 다치고서도 왜 아무 말도 않고 가만히 계셨어요. 하마터면 피를 많이 흘려 죽을 뻔했잖아요. 도대체 어디서 이런 상처를 입으셨어요? 그보다 먼저 물이 있어야겠어요. 물, 물을 가져와요! 상처를 싸매야 하니까. 아니, 그것보다 냉수에 가만히 손을 담그고 있는 편이 낫겠어요. 그렇게 하고 있으면 아픔이 가실 거예요. 엄마, 빨리 물을 가져다줘요. 엄마, 양치질용 컵에다 빨리 물을 가져다달라니까요."

리즈가 신경질적으로 외쳤다. 그녀는 공포에 질려 있었다. 알료샤의 상처에 몹시 충격을 받은 것이다.

"게르첸슈트베 선생을 부를까?"

호흘라코바 부인이 말했다.

"엄마는 나를 죽이려고 그러세요? 게르첸슈트베 선생이 온들 잘 모르겠다는 말밖에 더하겠어요. 그보다도 물, 물이 필요해요! 엄마, 제발 좀 가서 율리야를 재촉해주세요. 그 앤 언제나 꾸물거려서 빨리 오는 법이 없다니까요. 빨리요, 엄마! 그렇잖으면 난 죽어요……."

"아니에요. 별로 대수로운 상처가 아닙니다!"

알료샤는 두 모녀의 호들갑에 무척 당황하며 이렇게 소리쳤다. 율리야가 물을 떠가지고 뛰어왔다. 알료샤는 그 물에 손가락을 담갔다.

"엄마, 미안하지만 붕대 좀 가져다주세요. 그리고 상처에 바르는 그 걸쭉한 물약, 뭐라고 하더라? 냄새가 지독한 그 물약 말이에요. 아무튼 우리 집에 그 약이 있잖아요. 엄마는 그 약이 어디 있는지 아시죠? 엄마 침실 오른쪽 찬장, 거기에 그 약병과 붕대가 있어요."

"곧 가져올 테니 리즈야, 좀 진정해라. 그렇게까지 걱정할 건 없어. 알렉세이 씨는 저렇게 다치고도 꿈쩍 않고 참고 있지 않니? 그런데 어디서 이렇게 심하게 다쳤어요?"

호흘라코바 부인이 황급히 나갔다. 리즈는 그 순간만을 노리고 있었다.

"우선 이것부터 대답해주세요. 어디서 이렇게 다치셨죠? 그걸 먼저 들어야 당신한테 다른 얘기를 할 수 있을 거 같아요. 자, 어서요."

리즈는 재빨리 알료샤에게 말했다. 알료샤는 부인이 돌아올 때까지의 시간이 리즈에게 얼마나 귀중한지 본능적으로 알았다. 그래서 불필요한 얘기는 생략하고 아까 그 초등학생과의 수수께끼 같은 만남을 급히 서둘러 말했다. 얘기를 다 듣고 난 리즈는 손뼉을 딱 쳤다.

"아니, 그런 옷을 입고 있으면서 코흘리개 아이들과 어울려도 괜찮단 말이에요?"

리즈는 자기가 마치 알료사에 대해 무슨 권리라도 가지고 있는 것처럼 성난 목소리로 외쳤다.

"그런 짓을 하는 걸 보니 당신도 역시 어린애군요. 어쩌면 세상에서 가장 철없는 어린애일지도 몰라요! 그렇지만 그 괘씸한 꼬마 녀석은 무슨 일이 있어도 찾아내서 나한테 죄다 말해주셔야 해요. 거기엔 분명히 무슨 사정이 있을 테니까요. 자, 그럼 다음 얘기로 넘어가겠는데 그전에 하나 물어볼 말이 있어요. 알렉세이 표도로비치, 당신 상처가 아프셔도 나하고 이야기를 좀 나눌 수 있으시죠? 비록 쓸데없는 이야기로 들릴지 모르겠지만 나한테는 정말 중요한 이야기거든요."

"할 수 있고말고요. 지금은 그리 아픈 것 같지도 않습니다."

"그건 손가락을 찬물에 담그고 있어서 그래요. 이젠 물을 갈아야겠군요. 곧 미지근해지니까요. 율리야, 빨리 지하실에 가서 얼음을 꺼내서 다른 잔에 물과 함께 담아와. 이젠 저 애도 나가버렸으니 용건을 말씀드리죠. 알렉세이 표도로비치, 어제 내가 당신한테 보낸 그 편지를 지금 당장 돌려주세요. 빨리요. 엄마가 돌아오기 전에. 난……."

"지금은 그 편지를 가지고 있지 않은데요."

"거짓말 마세요. 가지고 계실 거예요. 나도 당신이 그렇게 대답하실 줄 알았어요. 그 호주머니 속에 가지고 계시죠? 어째서 그런 바보짓을 했을까 밤새도록 후회했어요. 자, 돌려주세요, 빨리 돌려

달라니까요."

"그 편지는 수도원에 두고 왔습니다."

"아마 당신은 그런 어리석은 편지를 읽고 나를 철없는 계집애라고, 아주 철없는 애라고 생각했을 거예요. 그런 바보짓을 한 건 당신에게 미안하지만 편지만은 꼭 돌려주셔야 해요. 정말 지금 안 가지고 계시면, 오늘 중으로 꼭 가져다주세요. 꼭 가져다주셔야 해요, 꼭!"

"오늘 중으로는 안 되겠는데요. 난 이제 수도원으로 돌아가면 앞으로 2~3일, 아니 나흘은 여기에 올 수 없을 겁니다. 조시마 장로님께서……."

"나흘이라니? 그걸 말이라고 하세요! 당신은 나를 무척 비웃으셨겠죠?"

"아니, 조금도 비웃지 않았습니다."

"그건 어째서죠?"

"당신의 말을 그대로 믿었기 때문입니다."

"나를 모욕하시는군요."

"천만에요. 나는 그 편지를 읽자마자 반드시 그렇게 되리라고 생각했습니다. 왜냐하면 조시마 장로님께서 운명하시면 나는 곧 수도원에서 나와야 하니까요. 거기서 나오면 나는 다시 공부를 계속하고 시험을 치를 계획입니다. 그리고 법정 연령이 되면 우리는 결혼하는 겁니다. 나는 언제까지나 당신을 사랑할 거예요. 아직 충분히 생각할 여유는 없었지만 나는 당신보다 더 좋은 아내를 얻을 수 있다고 여기지 않습니다. 그리고 조시마 장로님께서도 결혼하라고 분부하셨고…….”

“그렇지만 나는 불구자예요. 의자에 앉아 이리저리 끌려 다니는 몸이란 말이죠.”

리즈는 두 볼을 붉히며 웃었다.

“내 손으로 당신 의자를 밀고 다니겠습니다. 하지만 그때까지는 틀림없이 완쾌하리라 믿습니다.”

“당신 머리가 어떻게 된 모양이군요.”

리즈가 신경질적으로 말했다.

“그런 농담을 진심으로 알고, 그런 얼토당토않는 소리를 하니 말이에요! 아, 마침 엄마가 오시네요. 엄마는 언제나 왜 이렇게 동작이 느려요. 이렇게 꾸물거리면 어떡해요. 율리야는 벌써 얼음을 저렇게 가져오는데.”

“얘, 리즈야, 제발 소리 좀 지르지 마라, 제발. 네 소리를 들으면 나는…… 어떻게 늦지 않을 수 있겠니? 네가 엉뚱한 데다 붕대를 넣어두었는데. 그걸 찾아내느라 얼마나 힘들었는 줄 아니? 아무래도 네가 일부러 숨겨둔 것 같구나.”

“그렇지만 이분이 손가락을 물려서 오리라곤 전혀 몰랐죠. 하긴 그걸 미리 알았더라면 정말 일부러 그랬을지도 모르지만 말이에요. 엄마도 이젠 말솜씨가 보통이 아니군요.”

“그래, 내 말솜씨가 보통이 아니라고 해두자. 그러나 리즈야, 알렉세이 씨의 손가락이나 다른 모든 일에 대해서나 너는 도대체 왜

419

그렇게 어쩔 줄 모르고 흥분하는 거니, 아아, 알렉세이 표도로비치, 나를 괴롭히는 것은 정말이지 한두 가지가 아니에요. 게르첸 슈트베니 뭐니 하는 문제가 아니라 이것저것 모든 게 한꺼번에 합쳐져서, 모든 것이 함께 나를 괴롭히고 있어요. 정말 참을 수가 없어요!"

"그만하세요. 엄마, 그 의사 이야기는 듣기도 싫다니까요."

리즈가 명랑하게 웃었다.

"자, 빨리 붕대를 건네주세요. 물약도 같이요. 알렉세이 표도로비치, 이건 보통 초연수예요. 이제야 이름이 기억나네요. 그러나 아주 잘 듣는 약이에요. 그런데 엄마, 이분은 여기 오는 길에 어린애와 싸움을 하다가 손가락을 깨물렸대요. 그러니 이분도 똑같은 어린애인 게 맞죠. 그러면서도 결혼을 생각하고 있어요. 엄마, 한 번 생각해보세요. 이분이 남편 노릇을 하는 모습을요. 우습잖아요? 아니, 얼마나 끔찍하겠어요!"

리즈는 장난스러운 눈으로 알료샤를 바라보며 발작적으로 웃어댔다.

"아니, 결혼이라니, 리즈야. 왜 그런 엉뚱한 소리를 하는 거냐! 그런 소리는 이 자리에 어울리지 않아……. 어쩌면 그 아이가 광견병에 걸렸을 수도 있잖니?"

"원 엄마두! 광견병에 걸린 아이가 어디 있어요?"

"왜 없다는 거니? 넌 내 말을 우습게 여기는구나! 만일 그 애가 미친개한테 물려 광견병에 걸렸다면 옆에 있는 사람을 닥치는 대로 물 게 아니니? 그건 그렇고, 알렉세이 표도로비치, 우리 리즈가 붕대를 감아드렸군요. 나도 그렇게 모양 있게 감아드리진 못할 거예요. 아직도 통증이 있나요?"

"이젠 그리 아프지 않습니다."

"혹시 물을 두려워하지 않으세요?"

리즈가 물었다.

"얘, 리즈야, 그만해두렴. 내가 엉겁결에 광견병 이야기를 했더니 너도 대뜸 그걸 가지고 수다를 떨고 있구나. 그보다 알렉세이 표도로비치, 카체리나 이바노브나는 당신이 여기 올 거라는 말을 듣자마자 나한테 와서 좀 전부터 당신을 기다리고 있어요."

"엄마도 참! 그 방에 가시려면 엄마 혼자 가세요. 이분은 지금 갈 수 없어요. 이렇게 손이 아픈데 어떻게 가겠어요."

"이젠 괜찮습니다. 지금이라도 갈 수 있어요."

알료샤가 말했다.

"어머, 가신다구요? 그럼 당신은?"

"왜 그러시죠? 거기서 볼일을 마치고 다시 이리로 돌아올 테니까 그때는 당신하고 얼마든지 얘기를 할 수 있을 겁니다. 나는 지금 카체리나 아가씨를 만나봐야 합니다. 오늘은 무슨 일이 있어서 수도원으로 돌아가야 하니까요."

"엄마, 빨리 이분을 데리고 가세요. 알렉세이 씨, 카체리나를 만난 후 나한테 일부러 올 필요 없어요. 곧바로 수도원으로 돌아가세요. 당신이 속한 곳은 거기니까요. 그것이 당신의 길이에요! 나는 잠을 좀 자야겠어요. 간밤에 한잠도 못 자서.”

“얘, 리즈, 농담은 그만하려무나. 그건 그렇고 잠을 자는 게 좋겠다!”

호흘라코바 부인이 이렇게 외쳤다.

“어떻게 해야 할지 모르겠군요. 내가 뭘 잘못한 건지, 그럼 3분만 여기 더 있겠습니다. 아니 5분도 괜찮아요.”

알료샤가 중얼거리듯 말했다.

“5분이라구요! 엄마, 빨리 이분을 데리고 가시라니까요. 이분은 악마예요. 악마!”

“리즈, 너 미친 거 아니니? 자, 갑시다, 알렉세이 표도로비치. 저 애가 오늘은 너무 변덕이 심하군요. 저 애의 신경을 자극할까 봐 무서워요. 신경과민의 여자를 상대하는 것은 정말 어려운 일이에요. 하지만 저 애는 당신하고 함께 있는 중에 정말로 졸음이 왔는지도 모르죠. 어쨌든 빨리 저 애를 졸리게 해줘서 고마울 뿐이에요.”

“엄마도 이젠 제법 애교 있는 말을 하네요. 그런 뜻에서 엄마한테 키스를 해드리죠.”

“그럼, 나도 너한테 키스를 해주마. 리즈야. 그런데 알렉세이 표도로비치.”

알료샤와 함께 방을 나오며 부인은 무슨 대단한 비밀이라도 전하듯 빠른 소리로 소곤거렸다.

“나는 당신에게 암시를 주거나 내 손으로 비밀의 막을 올려서 보여주고 싶지는 않아요. 거기에 들어가시면 어떤 일이 벌어지고 있는지 당신 눈으로 직접 확인하실 수 있을 거예요. 정말 무서운 일이에요. 그야말로 어처구니없는 희극이죠. 그 아가씨는 당신의 둘째 형을 사랑하고 있으면서도 큰형 드미트리를 사랑하고 있다고 끝까지 우기고 있다니까요. 이건 보통일이 아니에요. 나도 당신과 함께 들어가서 쫓겨나지 않는 한 끝까지 지켜보겠어요."

5. 객실에서의 파국

그러나 객실에서의 대화는 거의 끝나가고 있었다. 카체리나는 결의에 찬 표정이었지만 몹시 흥분한 상태였다. 알료샤와 호흘라 코바 부인이 들어갔을 때, 이반은 막 돌아가려고 자리에서 일어서는 중이었다. 그의 얼굴은 좀 창백해 보였다. 알료샤는 불안한 눈길로 그를 바라보았다. 지금 알료샤에게는 한 가지 의혹이, 언제부터인가 그를 괴롭혀온 한 가지 불안한 수수께끼가 풀리려 하고 있기 때문이었다. 알료샤는 한 달 전부터 여러 사람들로부터 둘째 형 이반이 카체리나한테 반해서 드미트리로부터 그녀를 '가로채려고' 한다는 소문을 여러 번 듣고 있었다. 그러나 바로 최근까지만 해도 알료샤에게 이 소문은 도저히 있을 수 없는 허무맹랑한 것이었다. 그러나 몹시 불안했던 것은 사실이다. 알료샤는 두 형을 모두 사랑했으므로 두 사람 사이의 이런 연적 관계가 견딜 수 없이 두려웠다.

그런데 어제 갑자기 드미트리가 자기는 오히려 이반의 경쟁을 기쁘게 생각하고, 그것이 여러 가지 면에서 본인에게 도움이 된다고 말했다. 어째서 도움이 된다는 걸까? 그루셴카와 결혼하는 데? 그러나 그것은 자포자기에서 오는 최후의 자학이라고밖에 생각되지 않았다. 뿐만 아니라 알료샤는 어젯밤까지만 해도 카체리나 역시 열정적이고 끈기 있게 큰형 드미트리를 사랑하고 있다고 굳게 믿고 있었다. 하기는 이런 신념도 어제저녁까지밖에 지속되지 않았지만 어찌되었든 그녀가 이반 같은 인물을 사랑할 리가 없다, 그녀가 드미트리를 사랑하는 것만은 틀림없다고 생각했던 것이다. 그랬던 것이 어제 그루셴카와의 장면을 목격하자 문득 다른 생각이 그의 마음속에 떠오르는 것이었다.

방금 호흘라코바 부인의 입에서 나온 '일종의 착란'이란 말은 그를 거의 전율케 했다. 바로 오늘 아침 새벽에 그는 저도 모르게 "착란이다! 착란!" 하고 소리 질렀던 것이다. 아마도 그는 꿈을 꾸면서 밤새도록 카체리나 집에서 벌어졌던 그 소동을 모두 다시 보았던 것이다. 그래서 지금 호흘라코바 부인이 자신 있게 딱 잘라서 한 말, 카체리나는 이반을 사랑하고 있으면서도 어떤 감정의 '착란' 때문에 일부러 자기 자신을 기만하고 있으며, 아버지의 명예를 구해준 데 대한 고마운 마음을 표명하려는 염원에서 형을 사랑하고 있는 듯이 가장하면서 스스로를 괴롭히고 있다는 말에 알료

425

샤는 크게 놀랐다.

'그렇다, 어쩌면 그 말 속에 모든 진실이 포함되어 있는지도 모른다.'

알료샤는 이렇게 생각했다.

그러나 만일 그렇다면 이반의 처지는 어떻게 되는 것일까. 알료샤는 일종의 본능에 의해, 카체리나와 같은 성격의 여성은 상대방인 남성을 지배하지 않고는 못 배기며, 그러나 그녀가 지배할 수 있는 것은 드미트리와 같은 남성이지 결코 이반과 같은 부류의 남자는 아니라고 직감하고 있었다. 왜냐하면 (비록 오랜 시간이 소요될지라도) 드미트리 같으면 결국 여자에게 굴복해서 그것이 자신의 행복이라고 여길 수 있겠지만(이것이 알료샤가 원하는 바이기도 하지만), 이반의 경우 결코 그녀 앞에 굴복할 수도 없거니와 설사 굴복한다 하더라도 결코 행복하지 않을 것이다. 어째서인지 알료샤는 저도 모르게 이반에 대하여 이런 고정관념을 가지고 있었다. 그래서 지금 객실에 발을 들여놓은 순간, 이 모든 마음의 동요와 상상이 퍼뜩 그의 뇌리를 스치고 지나갔다. 그리고 또 한 가지 다른 생각이 억제할 수 없는 힘으로 그의 머리에 떠올랐다.

'만일 이 여자가 두 형 가운데 어느 쪽도 사랑하고 있지 않다면 어떻게 되는 걸까?'

여기서 한 가지 지적해두지만, 알료샤는 자신의 이런 생각을 부끄럽게 여기고 지난 한 달 동안 이런 상념이 떠오를 때마다 자신을 꾸짖어왔다.

'나 같은 것이 사랑이니 여성이니 하는 것에 대해 어떻게 안단 말인가? 어떻게 내가 감히 이런 결론을 내릴 수 있겠는가?'

이렇게 알료샤는 이와 유사한 생각이나 추측을 하고 난 뒤에는 반드시 자기 자신을 책망하곤 했다. 하지만 그렇다고 해서 그 문제를 전혀 생각하지 않을 수도 없는 것이 지금의 심정이었다. 이제 두 형의 운명에서 이 연적관계는 너무나 중요한 문제여서, 그 해결 여하에 따라 너무나 많은 일이 달라진다는 것을 그는 본능적으로 알고 있었다.

"두 마리의 독사가 서로 잡아먹으려고 하는 거야."

어제 이반은 아버지와 드미트리를 두고 홧김에 이런 말까지 했다. 그러고 보면 이반의 눈으로 볼 때 드미트리는 독사였고 어쩌면 벌써 오래전부터 독사였는지도 모른다. 그것은 이반이 카체리나를 처음 알게 된 때부터가 아닐까? 물론 그것은 이반이 무심코 입 밖에 낸 것이겠지만 무심코 나온 말이기에 더욱 중대한 뜻을 지니고 있었다. 만일 그렇다면 이 경우, 평화란 존재할 수 없지 않은가! 오히려 한 집안에서 증오와 적대감의 새 불씨만 생기는 것이 아닌가!

그러나 알료샤에게 가장 절실한 것은 두 사람 중 도대체 누구를 동정해야 하는가, 두 형의 어떤 점들을 각각 동정해야 할 것인가의 문제였다. 그는 두 형을 똑같이 사랑하고 있었다. 그러나 이 무서운 모순 속에서 그들 각 개인을 위해 무엇을 바라는 게 좋단 말인가? 이러한 혼돈 속에 빠지면 누구든지 어찌할 바를 모르게 된다. 알료샤는 아무래도 이 어리둥절한 상태를 그냥 참고 견딜 수가 없었다. 그의 사랑은 항상 실천적인 성격을 띠고 있었기 때문이다. 그에게 소극적인 사랑은 불가능했다. 일단 누구를 사랑하게 되면 그는 지체 없이 구원의 손길을 내밀어야만 했다. 그러기 위해서는 확고부동한 목표를 설정하고 그들 각자에게 무엇이 옳은가를 정확히 알아야 했다. 그리하여 그 목표가 확실하다는 것에 자신이 생기면 비로소 어느 한쪽을 도와주어야 하는 것이다. 그런데 지금은 어떠한가? 확실한 목표는 고사하고 모든 것이 불확실하고 애매할 뿐이었다. 게다가 방금 '착란'이란 말이 나왔지만, 대체 이 말을 어떻게 이해하면 좋단 말인가. 이 혼돈의 미궁 속에서 그는 이 중요한 한 마디조차 이해할 수가 없었다.

카체리나는 알료샤가 들어온 것을 보자, 떠나려고 준비하며 자리에서 일어선 이반에게 기쁜 듯이 재빨리 말을 걸었다.

"잠깐만! 잠깐만 기다려주세요. 나는 진심으로 신뢰하고 있는 이분의 의견을 듣고 싶어요. 그리고 부인께서도 여기 그냥 남아 계세요."

그녀는 호흘라코바 부인을 향해 말했다. 그리고 알료샤를 자기 옆에 앉게 하였다. 호흘라코바 부인은 그 맞은편에 이반과 나란히 앉았다.

"이 자리에 계시는 분들은 모두 이 세상에 둘도 없는 나의 친구들입니다."

카체리나는 열띤 어조로 입을 열었다. 그녀의 목소리에서 성실한 고뇌의 눈물이 느껴졌기 때문에 알료샤의 마음은 또다시 그녀

쪽으로 쏠리지 않을 수 없었다.

"알렉세이 표도로비치, 당신은 어제 그 무서운 장면을 직접 목격하셨습니다. 그리고 그때의 내 처지에 대해서도 잘 알고 계실 거예요. 이반 표도로비치, 당신은 그걸 보지 못했지만 이분은 모두 다 보셨어요. 이분은 어제의 나를 어떻게 생각했는지 모르지만 다만 한 가지 분명한 것은 만약 오늘 지금 이 자리에서 그러한 일이 다시 되풀이된다 해도 나는 당연히 어제와 똑같은 행동을 했을 거라는 거예요. 당신은 내가 어제 취한 행동을 기억하시겠죠. 알렉세이 씨. 당신은 어제 나의 행동 중 하나를 극구 말리셨으니까요."

이렇게 말하면서 그녀는 얼굴을 붉히고 다시 두 눈은 눈물로 반짝거리기 시작했다.

"분명히 말씀드리지만 나는 무엇과도 타협할 수가 없어요. 알렉세이 씨, 나는 이렇게 된 지금 내가 그이를 정말 사랑하는지 어떤지, 그것조차 알 수가 없어요. 나는 그이가 불쌍해요. 이건 사랑의 증거로 좋지 않은 거겠지요……. 내가 그이를 사랑하고 있다면, 계속 사랑해왔다면 지금 그이를 불쌍히 여기기보다는 오히려 증오해야 할 테니까요."

그녀의 목소리가 떨리며, 속눈썹에서 눈물 한 방울이 스며 나오기 시작했다. 알료샤는 마음속으로 생각했다.

'이 아가씨는 정직하고 진실해. 그러나 이제 드미트리 형을 사랑하지 않는구나.'

"그래요! 바로 그거예요!"

호흘라코바 부인이 큰 소리로 말했다.

"잠깐만 기다려주세요. 부인. 나는 아직 중요한 것을 말하지 않았어요. 간밤에 결심한 것을 아직 다 말하지 못했어요. 어쩌면 나의 결심은 내게는 무서운 것일지도 모르지만 나는 무슨 일이 있어도 평생 이 결심만은 절대 바꾸지 않고 밀고 나갈 거예요. 이반 표도로비치는 친절하고 관대하고 언제나 변함없는 나의 친구이지만, 이분도 나의 생각에 전적으로 찬성하고 내 결심을 칭찬해주셨어요. 이분도 그걸 다 알고 계세요."

"그렇습니다. 나는 찬성합니다."

낮으면서도 확고한 목소리로 이반이 말했다.

"그렇지만 나는 알료샤한테도, 어머, 용서하세요. 알렉세이 표도로비치. 알료샤라고 막 불러서 죄송해요. 알렉세이 씨한테도 지금 나의 두 친구가 있는 자리에서 내 생각이 어떤지 그 의견을 듣고 싶어요. 이건 나의 본능적인 예감이지만 나의 사랑하는 동생 알료샤, 당신은 내 귀여운 동생인걸요."

그녀는 뜨겁게 달아오른 손으로 그의 싸늘한 손을 잡고 감격에 찬 어조로 말을 이었다.

"나는 이렇게 괴로워하고 있지만 당신의 결정과 당신의 동의만 있다면 내 마음도 풀릴 것 같은 예감이 드네요. 당신의 말을 듣고 있노라면 내 마음도 가라앉아서 그대로 따르게 될 거예요. 나는 그런 예감이 들어요."

"나한테 무슨 말을 바라시는지 잘 모르겠습니다만."

알료샤는 얼굴을 붉히며 말했다. 그리고 무엇 때문인지 황급히 이렇게 덧붙였다.

"내가 당신을 사랑하고 있다는 것, 그리고 지금 이 순간, 나 자신보다 당신의 행복을 더 열망하고 있다는 것만은 나도 잘 알고 있습니다! 그렇지만 그런 문제에 대해서는 아무것도 모르기 때문에⋯⋯."

"이 문제에서는요, 알렉세이 표도로비치, 이런 문제에서 지금 무엇보다도 중요한 것은 명예와 의무예요. 거기다 또 하나 뭐라고 말하면 좋을까요. 그래요, 더 고상한 것, 어쩌면 의무 그 자체보다도 좀 더 고상한 그 무엇이에요. 내 마음 자체가 그러한 억제할 수 없는 감정이 있다는 것을 속삭이고 그 감정이 나를 자꾸자꾸 끌고 가는 거예요. 그러나 이 모든 건 한두 마디로 요약할 수 있어요. 나는 이미 결심했으니까요. 비록 그이가 그 여자와⋯⋯, 내 입장에서는 절대 용서할 수 없는 그 여자와 결혼하더라도 나는 여전히 그이를 버리지 않을 거예요! 오늘 이 순간부터 절대로 버리지 않을 생각이에요. 절대로!"

그녀는 이유는 알 수 없지만 착란을 일으킨 듯, 마지못해 기쁜 것처럼 창백한 표정으로 말했다.

"그렇다고 해서 그이를 쫓아다니면서 주변을 끊임없이 얼씬거리며 괴롭힐 마음은 없습니다. 천만에요. 그이가 원한다면 나는 어디든 다른 도시로 떠나겠습니다. 그 대신 한평생 죽는 날까지 그이를 주시할 거예요. 그리고 만일 그이가 그 여자하고 불행해진다면,

물론 내일이라도 당장 그렇게 되리라 믿지만, 그때는 나한테 오면 되는 거예요. 그때는 내가 정다운 친구, 진정한 누이동생으로 그이를 맞이할 테니까요……. 물론 그때는 어디까지나 그이의 누이동생에 지나지 않을 테지만, 그것은 영원히 변치 않을 거예요. 그러면 그이도 마침내는 그 누이동생이 진심으로 자신을 사랑하고 있다는 것을, 자기를 위해 평생을 희생한 사람이 바로 누이동생이라는 것을 깨닫게 되겠죠. 나는 반드시 이렇게 되도록 할 거예요. 그리하여 그이가 나의 인간됨을 인정하고 부끄럼 없이 모든 것을 나에게 드러내도록 만들겠어요!"

그녀는 극도로 흥분하여 소리쳤다.

"나는 그이의 신이 될 것이고, 그이는 나한테 기도를 드리게 될 거예요. 이것은 나에 대한 그이의 최소한의 대가니까요. 그이가 나를 배반했고 그래서 내가 어제 같은 일을 겪어야 했으니까요. 나는 그이에게 맹세한 이상 어디까지나 그 말을 지키며 한평생 충실히 그 약속을 이행하겠다고 마음먹고 있는데도, 그이는 신의를 외면하고 배신행위를 한 거예요. 나는 이 사실을 그이로 하여금 똑똑히 지켜보도록 할 작정이에요. 나는……, 그이의 행복의 수(아니, 뭐라고 하면 좋을까요), 어쨌든 그이의 행복의 도구가 되고 싶어요. 기계가 되겠어요. 죽을 때까지 한평생 이것은 변하지 않을 거예요. 나는 이것을 그이에게 평생을 통해 증명하고 싶어요! 이것이 내 결심의 전부입니다! 이반 표도로비치도 나의 이 결심에 적극 찬성해주셨습니다."

카체리나는 숨이 차 헐떡였다. 그녀로서는 좀 더 품위 있게, 좀 더 능숙하고 자연스럽게 자기 생각을 표현하려 했던 모양이지만, 결과는 너무 성급하고 너무나 노골적인 얘기가 되고 말았다. 젊은 혈기 때문에 감정에 치우친 느낌도 많았고, 어제의 분노가 아직도 엿보이는 듯한 느낌도, 그리고 자존심을 유지하고 싶다는 바람도 많아 보였다. 그녀 자신도 그 점을 느끼고 있었다. 그녀의 얼굴이 갑자기 어두워지고 눈빛도 험악해졌다. 알료샤는 이 모든 것을 쉽게 알 수 있었다. 그러자 그의 마음속에는 그녀에 대한 동정이 뭉클 솟아올랐다. 바로 그때 그의 형 이반이 옆에서 불쑥 말을 시작했다.

"나는 내 생각을 이야기했을 뿐입니다. 다른 여성이 그렇게 말했다면 억지로 짜낸 병적인 것이 되고 말겠지만, 당신의 경우는 그렇지 않습니다. 다른 여자라면 거짓말이 되겠지만 당신의 경우는 정당한 것입니다. 그것을 어떻게 설명해야 좋을지 모르겠지만, 다만 당신이 어디까지나 매우 진지하다는 것, 따라서 정당하다는 것만은 나도 알고 있습니다."

그는 말했다.

"그렇지만 그것은 이 한순간만의 이야기가 아닐까요? 그렇다면 지금 이 순간이란 대체 무엇인가요? 모든 것은 어제의 모욕과 관련이 있어요. 이 순간은 바로 어제의 그 모욕이나 다름없어요!"

호흘라코바 부인이 참지 못하고 갑자기 끼어들었다. 그녀는 될 수 있는 대로 이 대화에 끼어들지 않기로 결심하고 있었던 모양이었으나, 끝내 참아낼 수가 없었던지 자기 나름대로 지극히 정당한 견해를 불쑥 나타낸 것이다.

"그렇습니다. 옳은 말씀이세요."

이반은 자기 말을 가로챈 데 기분이 상했는지 갑자기 퉁명스러운 어조로 부인의 말을 막았다.

"물론 다른 여자였다면 이 순간은 어제의 인상에 대한 연속이겠지만, 카체리나 씨와 같은 성격의 여성에게는 이 순간이 평생토록 계속될 겁니다. 즉, 다른 사람에게는 단순한 약속에 지나지 않는 것도 카체리나 이바노브나에게는, 비록 참을 수 없이 고통스러운 의무라 하더라도 영원불변의 의무가 되는 것입니다. 그리고 이분은 평생 그 의무를 다했다는 마음에서 만족을 느끼며 살아가겠지요. 카체리나 씨, 한동안은 자기의 감정, 자기의 헌신적인 행위, 자신의 비애에 대한 괴로운 의식의 연속이겠지만, 시간이 흐르면 그 고통도 가벼워지고 긍지 높은 확고한 목적을 영원히 달성했다는 감미로운 자각으로 변해갈 겁니다. 사실 그 목적이라는 것은 어떤 의미에서는 오만이라고 말할 수 있겠지요. 절망감에서 나온 것만은 틀림없습니다만, 그러나 당신은 그것을 정복했기 때문에 그러한 자각은 결국 당신에게 더는 바랄 수 없는 만족을 주어 그 밖의 모든 고통을 잊게 할 겁니다."

이반은 무언가에 오기를 품은 듯이 딱 잘라 단언했다. 어쩌면 그는 자신의 의도, 즉 일부러 냉소적인 의도로 말을 하려는 기분을 감출 생각을 하지 않았는지도 모른다.

"오, 그렇지 않아요. 그건 당치도 않아요!"

호흘라코바 부인이 또다시 큰 소리로 외쳤다.

"알렉세이 씨, 당신은 어떻게 생각하세요! 당신이 어떻게 말씀하실지 궁금하군요!"

카체리나는 이렇게 외치더니 갑자기 눈물을 주르륵 흘리기 시작했다. 알료샤는 소파에서 일어났다.

"아니, 아무것도 아니에요. 아무것도 아니에요."

울먹이는 소리로 그녀는 말을 이어갔다.

"어젯밤 일 때문에 머리가 좀 이상해졌나 봐요. 그렇지만 당신이나 당신의 형님 같은 이런 다정한 친구가 곁에 있어주시니 한결 마음이 든든하네요. 당신들 두 분은 결코 나를 저버리지 않으리라는 걸 나는 잘 알고 있답니다."

"유감스럽게도 나는 내일이라도 모스크바로 출발해야 할 것 같습니다. 당분간 당신을 뵙지 못할 것 같군요. 정말 유감스럽지만 이것은 바꿀 수 없기 때문에……."

갑자기 이반이 이렇게 말했다.

"아니, 내일 모스크바로 떠나신다고요?"

별안간 카체리나의 얼굴이 일그러졌다.

"하지만…… 마침 잘됐군요!"

순식간에 그녀는 완전히 달라진 목소리로 말했다. 그리고 어느새 눈물을 닦아버렸는지 그 얼굴에서 눈물이 흔적도 없이 사라졌다. 결국 눈 깜짝할 사이에 무서운 변화가 일어나 알료샤를 깜짝 놀라게 했다. 조금 전까지도 그 어떤 감정의 발작에 울고 있던 보기에도 가련한 소녀가 별안간 자기 자신을 회복하고, 마치 무슨 좋은 일이라도 생긴 듯 기뻐하는 여인으로 변한 것이다.

"아아, 당신과 헤어지는 것이 잘됐다는 건 아니에요. 물론 그런 뜻이 아니란 걸 잘 아시겠지만."

카체리나는 갑자기 사교적인 상냥한 미소를 띠고 자기 말을 정정하듯 이렇게 말했다.

"당신처럼 이해심 많은 친구가 그렇게 생각하실 리는 없겠지요. 그와 반대로 당신과 헤어지는 것은 나에게 더없는 불행이니까요."

그녀는 느닷없이 이반에게 달려들어 그의 손을 열정적으로 움켜쥐었다.

"내가 잘됐다고 한 것은 당신이 모스크바에 가시면 지금의 내 처지를, 이 불행한 처지를 우리 이모와 아가피야 언니에게 직접 전해주실 수 있을 것 같아서랍니다. 아가피야 언니에게는 사실 그대로 숨김없이 전해주시고, 이모님에게는 당신의 재량에 따라서 적당히 가감해주세요. 이 무서운 편지를 어떻게 써 보내야 하나 어젯밤부터 오늘 아침까지 얼마나 괴로웠는지 아마 당신은 상상도 못 할 거예요. 원래 이런 건 편지로 써서 전할 수 있는 일이 아니거든요. 하지만 이제는 마음 놓고 쓸 수 있을 것 같아요. 당신이 그쪽에 가셔서 이모님과 언니에게 직접 설명해주실 테니까요. 정말 잘됐어요! 그렇지만 이건 어디까지나 지금 말한 그런 뜻에서 잘됐다는 것뿐이에요. 거듭 말씀드리지만 당신은 내게 누구와도 바꿀 수 없는 소중한 분이랍니다. 그럼, 난 이제 달려가서 편지를 써야 겠어요."

그녀는 갑자기 이렇게 말을 마치고 방에서 나가려고 발걸음을 옮겼다.

"그럼, 알료샤는요? 당신이 꼭 듣고 싶다던 알렉세이 표도로비 치의 의견은 듣지도 않았어요!"

호흘라코바 부인이 큰 소리로 외쳤다. 그녀의 말투에는 어딘지 정곡을 찌르는 듯한 분노의 어조가 서려 있었다.

"그걸 잊은 게 아니에요."

카체리나가 갑자기 걸음을 멈췄다.

"그런데 부인께선 이런 때에 왜 그렇게 가시 돋친 듯이 말하시 는 거죠?"

카체리나는 비통하고도 열띤 어조로 나무라듯이 쏘아붙였다.

"나는 내 입으로 말한 것은 반드시 지킵니다. 내게는 이분의 의 견이 매우 중요해요. 아니, 그뿐만 아니라 이분이 말하는 대로 할 거예요. 내가 당신의 말을 얼마나 듣고 싶어 하는지 알고 계시죠. 그런데 알렉세이 씨, 왜 그러시죠?"

"나는 이런 건 한 번도 생각해보지 못했습니다. 상상도 할 수 없 는 일이에요!"

갑자기 알료샤가 비통한 어조로 말했다.

"뭐가요? 도대체 무슨 말씀이시죠?"

"형님이 모스크바로 간다고 하시자 당신은 큰 소리로 잘됐다고 말했습니다. 그러나 당신은 일부러 그렇게 말을 한 겁니다! 그래서 곧 당신은 변명을 하셨지요. 친구를 잃는다는 것은 오히려 불행한 일이라고. 하지만 그건 당신이 일부러 연극을 하신 거예요…….
마치 무대에서 배우가 연극을 하는 것처럼요!"

"연극이라고요? 어째서요? 도대체 무슨 뜻이죠?"

카체리나는 얼굴을 붉히고 몹시 놀란 듯이 이렇게 소리쳤다.

"형님 같은 친구를 잃는 것은 유감이라고 말하면서도, 역시 형님이 이곳을 떠나서 기쁘다고 자신에게 주장하고 있어요."

알료샤는 숨을 헐떡이다시피 하며 이렇게 말했다. 그는 탁자 옆에 선 채 앉으려고 하지 않았다.

"무슨 말씀이신지 나는 도무지 모르겠군요."

"하긴 나 자신도 잘 모르겠습니다만……, 어쨌든 갑자기 머릿속이 환히 밝아진 것 같은 느낌이 드네요. 잘 표현할 수 있을지 잘 모르겠지만 그래도 해야 할 말은 하겠습니다."

알료샤는 여전히 떨리는 목소리로 띄엄띄엄 말을 이었다.

"나는 지금 머릿속이 환히 밝아진 것 같다고 말했습니다만, 그건 다름이 아니라, 당신은 드미트리 형님을…… 처음부터…… 전혀 사랑하지 않았는지도 모르고…… 또 형님 역시 당신을 사랑했던 것이 아니라, 그저 존경하고 있었을 뿐이라는 점을 똑똑히 깨달았기 때문입니다. 제가 지금 어떻게 감히 이런 대담한 말을 할 수 있는지 정말, 나 스스로도 이상할 지경입니다만, 그래도 누구든 한 사람쯤은 진실을 말해야 하지 않겠습니까. 왜냐하면 이곳에서는 아무도 진실을 말하려는 사람이 없으니까요."

"진실이라니, 그건 무슨 뜻이죠?"

카체리나는 소리쳤다. 그 목소리에는 히스테릭한 경련이 묻어 나왔다.

"그럼 말씀드리죠."

알료샤는 마치 지붕 위에서 뛰어내리는 심정으로 입을 열었다.

"지금 드미트리 형님을 불러주십시오. 아니, 내가 찾아내겠습니다. 그리고 형님이 여기 오면, 우선 당신의 손을 잡게 하고, 그다음엔 이반 형의 손을 잡게 해서 서로 손을 맞잡게 하는 겁니다. 왜냐하면 당신은 이반 형님을 사랑하고 있으면서도 오히려 그에게 고통을 주고 있기 때문입니다. 드미트리 형에 대한 당신의 사랑은 일종의 착란입니다. 그것은 진정한 사랑이 아닙니다. 그래서 이반 형은 괴로워하는 겁니다. 당신은 억지로 당신을 설득하려 하기 때문에……."

알료샤는 여기서 말을 끊고 입을 다물었다.

"당신은…… 뭐랄까…… 그래요, 햇병아리 유로지비로군요. 그 이상의 아무것도 아니에요."

카체리나는 파랗게 질린 얼굴로 분노 때문에 입술을 일그러뜨린 채 말했다. 그때 이반이 갑자기 커다란 소리로 웃으며 자리에서 일어났다. 그의 손에는 모자가 쥐어져 있었다.

"틀렸어. 알료샤. 너는 잘못 생각하고 있어."

그는 지금까지 알료샤가 한 번도 본 적 없는 표정으로 말했다.

그것은 젊은이다운 성실함과 억제할 수 없는 강렬한 감정을 토로하는 것이었다.

"카체리나 이바노브나는 나를 한 번도 사랑한 일이 없어. 물론 내가 입 밖으로 내본 적은 한 번도 없지만 내가 사랑하고 있다는 것은 처음부터 잘 알고 있었지. 그걸 알고 있으면서도 나를 사랑할 수는 없었어. 아니, 도대체 나는 이 사람의 친구였던 적도 없었어. 자존심 강한 여성에게 나 같은 놈의 우정이 필요할 리가 없지. 이 사람이 나를 옆에 잡아두고 있었던 건 순전히 복수를 하기 위해서야. 이분은 드미트리 형과 처음 만났던 때부터 끊임없이 받아온 굴욕에 대한 모종의 분풀이를 나한테 하고 있는 거지. 사실 드미트리와 처음 만났다는 것 자체가 이분의 가슴속엔 모욕으로 남아 있으니까. 이분은 바로 그런 마음을 가진 사람이야. 나는 지금까지 형에 대한 사랑 얘기밖에는 아무것도 들은 것이 없었으니까. 카체리나 이바노브나, 나는 이곳을 떠나겠습니다. 당신이 정말 사랑하고 있는 것은 드미트리 형뿐입니다. 제발 이 점을 잊지 말아주십시오. 당신의 사랑은 형의 모욕이 심하면 심할수록 뜨거워질 뿐입니다. 바로 여기에 당신의 착란이 있어요. 당신은 지금 그대로의 형을 사랑하는 것이고 당신을 모욕하는 형을 사랑하고 있는 겁니다. 만일 형의 행실이 좋게 변한다면 당신의 애정은 바로 식어 형을 버리고 말 테죠. 당신에게 형이 필요한 것은, 당신이 항상 자신의 헌신적인 행위를 끊임없이 확인하고 형의 불성실을 책망하기 위해서입니다. 그리고 이것은 모두 당신의 자존심에서 생기는 겁니다. 물론 거기에는 많은 굴욕과 모욕 등 여러 가지가 있겠지만 어쨌든 이 모든 것은 자존심에서 나오는 것입니다.

나는 너무나 젊었고 또 너무도 당신을 사랑했습니다. 하긴 이런 말을 할 필요도 없이 그저 말없이 당신 곁을 떠나는 게 나의 품위도 보존하고 당신한테도 모욕을 주지 않게 된다는 것을 잘 알고 있습니다. 나는 멀리 떠나서 다시는 돌아오지 않을 생각입니다. 이것으로 당신과 영원히 이별하게 되겠지요. 나는 그러한 착란을 옆에서 보고 싶지 않습니다. 자, 이제 할 말은 다 했습니다. 그럼, 안녕히 계십시오. 카체리나 씨. 나는 당신보다 백 배 이상 혹독한 벌을 받았으니까 나한테 화를 내서는 안 됩니다. 당신을 만날 수 없다는 것만으로도 나에게는 가혹한 벌입니다. 안녕히 계십시오. 내겐 악수도 필요 없습니다. 당신은 너무나 의식적으로 나를 괴롭혔기 때문에 지금은 당신을 용서할 수가 없군요. 앞으로 용서할지는 몰라도 지금은 악수를 청하고 싶지 않습니다. 고맙습니다, 부인. 하지만 나는 아무런 감사를 바라지 않습니다!(Den Dank, Dame, begehr ich nicht)."

이반은 일그러진 미소를 지으면서 이렇게 덧붙였다. 이반은 그 한마디로 자신이 실러의 시를 암송할 정도로 책을 많이 읽었다는 뜻밖의 사실을 입증했다. 전 같으면 알료샤는 이반의 말을 절대 믿지 않았을 것이다. 하지만 이반은 집주인인 호흘라코바 부인한테조차 아무런 인사도 하지 않은 채 방에서 나가버렸다. 알료샤는 놀란 듯 두 손을 탁 쳤다.

"형님!"

그는 망연자실한 채 이반에게 소리쳤다.

"돌아와요, 형님! 아아, 안 돼, 형은 절대로 돌아오지 않을 거야."

그는 또다시 비통한 슬픔에 잠겨 소리쳤다.

"이건 내 잘못이야. 내가 공연한 얘길 해서……, 이반 형은 홧김에 그런 말을 한 거예요. 틀린 말이고 적절하지 못한 말이랍니다. 형은 다시 이리 돌아올 의무가 있습니다."

알료샤는 거의 반미치광이처럼 부르짖었다. 카체리나는 갑자기 옆방으로 나가버렸다.

"당신에겐 아무 잘못도 없어요. 당신은 천사처럼 훌륭한 행동을 하셨을 뿐이에요."

호흘라코바 부인이 슬픔에 잠긴 알료샤에게 빠르게 속삭였다.

"내가 어떻게 해서든지 이반 씨가 모스크바로 떠나지 않도록 해볼게요."

부인의 얼굴에 기쁜 표정이 넘치는 것을 보고 알료샤는 더욱 슬퍼졌다. 바로 그때 카체리나가 황급히 돌아왔다. 그녀의 손에는 무지갯빛 100루블짜리 지폐가 두 장 쥐어져 있었다.

"실은 당신한테 좀 어려운 부탁이 있어요. 알렉세이 씨."

그녀는 알료샤를 마주 보며 말했다. 마치 아무 일도 없었던 것처럼 침착한 어조였다.

"일주일쯤 전에, 아마 일주일이 되었을 거예요. 드미트리 표도로비치가 흥분한 끝에 아주 부당한 일을 저질렀답니다. 이 읍내엔 좋지 못한 술집이 한 군데 있는데, 거기서 그이가 어느 퇴역 장교를 만났다는 거예요. 언젠가 당신 아버님께서 무슨 사건과 관련해서 대리인으로 세웠던 그 퇴역 대위 말이에요. 그런데 무슨 이유에선지 그 이등 대위한테 화를 내며 많은 사람들이 보는 앞에서 그 사람의 턱수염을 움켜쥐고 한길로 끌고 나와 한참이나 그런 모욕적인 방법으로 끌고 다녔답니다. 그런데 소문을 들으니 그 대위에게는 이곳 초등학교에 다니는 어린 아들이 있는데, 이 애가 그 소동을 보고 아버지 곁에서 엉엉 울면서 대신 용서를 빌기도 하고, 주위 사람에게 아버지를 도와달라고 애걸하기도 했답니다. 그렇지만 모두 웃기만 하고 상대도 해주지 않았다고 해요. 미안한 일이지만 나는 그이가 저지른 추악한 행동을 생각할 때마다 분노가 치밀어요. 사실 그런 짓은 드미트리가 미칠 듯이 격분하지 않고서는 엄두도 낼 수 없는 잔인한 행동이지요. 나는 그에게 이런 얘기를 할 용기가 없어요. 말을 하려고 해도 적당한 말을 생각해낼 수가 없군요. 그래서 봉변을 당한 사람에 대해 알아봤더니 무척 가난한 사내더군요. 스네기료프라고 하는데 군대에서 무슨 잘못을 저질러 파면된 모양이지만 자세한 것은 나도 잘 모르겠어요. 어쨌든 그 사람은 지금 병든 아이들과 실성한 아내를 데리고 말할 수 없는 빈곤 속에서 허덕이고 있어요. 이 마을에 오래 살아서 어느 관청의 서기 일을 한 적도 있었다는데 요즘은 수입이 딱 끊어져버렸다는 거예요.

알렉세이 표도로비치, 그래서 나는 당신 생각을 떠올렸어요. 내가 생각하기에 당신은 친절한 분이니까, 그 사람을 찾아가서, 뭔가 적당한 이유를 대고 그 집에 들어가서 말이에요, 아, 내가 왜 이렇게 횡설수설하는 걸까요. 들어가면 상대의 기분을 상하지 않고 상냥하게—이건 당신이 아니면 안 되는 일이지만(이 말에 알료샤는 얼굴을 붉혔다)—이 돈을 그 사람에게 전해주면 좋겠어요. 여기 200루블이 있어요. 아마 받아줄 거라고 생각해요. 아니, 꼭 받도록 당신이 설득해주셔야 해요. 그래도 역시 받지 않는다면 어쩌면 좋을까요. 그렇지만 이건 고소를 하지 말라는 위로금은 아니에요. 그 사람은 고소를 제기할 모양이니까요. 그저 조그마한 성의 표시로 내가, 드미트리의 약혼녀인 내가 보내는 걸로 해주세요. 드미트리가 보내는 것은 아니니까요. 아무튼 당신은 이 일을 원만히 해낼 수 있을 거예요. 그 사람은 오조르나야 거리에 있는 칼므이코바라는 여자의 집에 세 들어 있다고 해요. 알렉세이 씨, 제발 부탁이니 나를 위해 이 일을 해주세요. 난 지금, 나는 지금…… 너무 피곤해서…… 그만 실례하겠어요.”

카체리나는 몸을 홱 돌려 재빨리 커튼 뒤로 사라져버렸기 때문에 알료샤는 하고 싶던 말을 결국 한 마디도 할 수가 없었다. 그는 자신을 꾸짖든 용서를 빌든, 가슴에 가득 찬 것을 몇 마디라도 하지 않으면 못 견딜 것만 같아서 그 방을 나가고 싶지 않았다. 그러나 호흘라코바 부인이 그의 손을 잡고 문밖으로 이끌었다. 현관으로 나오자 부인은 아까처럼 그를 다시 멈춰 세우고, “자존심이 강한 여자가 지금 자기 자신과 싸우고 있는 거예요. 그렇지만 친절하고 아름답고 너그러운 여자예요"하고 반쯤 속삭이는 듯한 어조로 탄성의 말을 했다.

"나는 정말 저 아가씨가 좋아요. 어떨 땐 견딜 수 없을 만큼 좋다니까요. 나는 지금 모든 것이 기뻐요! 알렉세이 표도로비치, 당신은 모르시겠지만, 실은 우리 모두, 즉 나와 저 아가씨의 두 이모, 심지어 우리 리즈까지 모두가 지난 한 달 동안 오직 한 가지 일만을 빌어왔어요. 저 아가씨가 당신의 형 드미트리 씨와 헤어지고 교양 있고 훌륭한 청년 신사인 이반 씨와 결혼하게 되기를 말이지요. 아시다시피 드미트리는 그녀를 털끝만큼도 사랑하고 있지 않지만, 이반은 이 세상의 누구보다도 카체리나를 사랑하고 있으니 말이에요. 우린 거기에 대해 완전히 생각이 같아요. 내가 계속 여기에 머무는 것도 실은 그 때문인지도 모르죠."

"그렇지만 카체리나 씨는 또다시 모욕을 받고 눈물을 흘리기까지 했는데요!"

"여자의 눈물 같은 것은 믿지 마세요. 알렉세이 씨. 이런 경우 난 언제나 여자의 적이에요. 남자 편을 들기로 했어요."

"엄마, 그분에게 나쁜 것을 가르쳐서 타락시키려는군요!"

리즈의 가냘픈 목소리가 방문 뒤에서 들려왔다.

"아닙니다. 모든 원인은 내게 있습니다. 내가 정말 무서운 잘못을 저지른 거예요!"

알료샤는 자기 행동에 수치심을 느끼며 두 손으로 얼굴을 가리고 처량한 표정으로 이렇게 되풀이했다.

"아니요. 천만에요. 당신은 천사처럼 행동하셨어요. 그야말로 천사였어요. 나는 몇천 번, 몇만 번이라도 이 말을 되풀이할 용의가 있어요."

"엄마, 그분의 행동이 뭐가 천사와 같다는 거죠?"

리즈의 목소리가 또다시 들려왔다.

"나는 그 모든 것을 보고 어째선지 이런 생각이 들었습니다."

리즈의 목소리 따위는 귀에 들리지도 않는다는 듯이 호흘라코바 부인은 자기 말을 계속했다.

"그 아가씨는 이반을 사랑하고 있다고 말입니다. 그래서 그만 그런 어리석은 말을 했던 겁니다. 그렇지만 대체 앞으로 어떻게 될까요?"

"아니, 그건 누구 예기예요, 누구 말씀이냔 말이에요. 엄마, 엄마는 날 말려 죽일 생각이세요? 아무리 물어도 대답을 안 하니……."

리즈가 외쳤다.

이때 하녀가 달려왔다.

"카체리나 아가씨가 편찮으신가 봐요……. 울고 계세요……. 히스테리 발작처럼 마구 몸부림을 치면서요."

"뭐라고?"

리즈는 몹시 걱정스러운 목소리로 이렇게 외쳤다.

"엄마, 히스테리는 그 여자가 아니라 내가 일으킬 것 같아요."

"리즈야, 제발 그렇게 소리 지르지 마라. 그 소리에 내가 먼저 저 세상 사람이 될지도 모르겠구나. 너는 아직 어리니까 어른들의 일을 다 알 필요는 없어. 이제 곧 가서 네가 알아야 할 일들을 모두 이야기해줄 테니까. 아아, 정말 골치덩어리군! 그래, 간다, 가! 하지만 히스테리를 일으켰다는 건 좋은 징조예요. 알렉세이 표도로비치, 저 아가씨에게 히스테리가 일어난 건 참 다행한 일이에요. 꼭 그래야 하는 거니까요. 나는 이런 경우에 언제나 여성에게 반대의 입장을 취하죠. 그따위 히스테리니, 여자의 눈물이니 하는 건 질색이거든요. 애, 율리야, 얼른 가서 내가 곧 간다고 전해라. 그건 그렇고 이반 씨가 아까 그런 식으로 나가버린 것은 카체리나 아가씨에게 잘못이 있어요. 그렇지만 이반 씨는 떠나지 않을 거예요. 리즈야, 제발 소리 좀 지르지 마라! 아니, 소리를 지른 건 네가 아니라 나였구나. 엄마를 용서하렴. 하지만 나는 너무 기뻐서 어쩌면 좋을지 모르겠구나. 알렉세이 표도로비치, 당신도 느끼셨는지 모르겠지만, 아까 이반 씨가 여기서 나갈 때 그 패기 넘치던 늠름한 태도, 모든 것을 다 고백하고 주저 없이 나가버린 그 태도는 정말 훌륭했어요. 나는 그저 유식한 학자라고만 생각했는데, 뜻밖에도 그처럼 열정적이고 솔직하고, 순진할 정도로 젊은이답게 행동하더군요! 그리고 독일 시 한 구절을 암송할 땐 정말 당신과 흡사했어요. 이젠 나도 가봐야겠어요. 서둘러야겠어요. 알렉세이 씨, 당신도 지금 부탁받은 일을 빨리 하시고 다시 곧 이리로 돌아오세요. 애, 리즈야, 너 무슨 할 말 없니? 제발, 알렉세이 씨를 오래 붙잡지 마라. 1분도 지체해서는 안 돼. 이제 곧 돌아오실 테니까."

　호흘라코바 부인은 그제야 겨우 카체리나에게 달려갔다. 알료샤는 떠나기 전에 리즈의 방문을 열려고 했다.

"절대 안 돼요! 지금은 절대로 안 돼요. 문밖에서 그냥 말하세요. 그런데 어떻게 했기에 당신은 천사란 말을 듣게 되었죠? 내가 알고 싶은 건 그것뿐이에요."

리즈가 소리쳤다.

"아주 바보 같은 짓을 했기 때문이죠. 그럼 안녕히 계십시오."

"그렇게 가시는 법이 어디 있어요!" 하고 리즈가 외쳤다.

"리즈, 지금 죽고 싶을 만큼 슬픈 일이 있어요! 곧 돌아오겠습니다만, 내게는 정말 슬픈 일이에요."

이렇게 말하고 알료샤는 밖으로 달려 나갔다.

6. 오두막에서의 착란

사실 알료샤는 지금까지 느껴보지 못한 큰 슬픔을 느끼고 있었다. 쓸데없는 말을 꺼내서 '어리석은 짓'을 저지르고 만 것이다. 게다가 그것은 남녀 간의 사랑에 대한 문제가 아니었던가!

'도대체 내가 그 문제에 대해 무엇을 알고 있단 말인가?'

그는 얼굴을 붉히면서 마음속으로 백 번이나 되풀이하는 것이었다.

'부끄러운 것쯤은 문제가 아니다. 그건 당연한 벌이니까. 문제는 나 때문에 새로운 불행이 일어날 것이라는 점이다. 장로님이 나를 내보내신 것은 우리 집안을 화해시키고 결합시키기 위한 것이었는데, 과연 이런 식의 결합이 어디 있겠는가?'

여기서 문득 그는 자기가 두 사람의 손을 맞잡게 하려던 일을 떠올렸다. 또다시 부끄러운 생각이 들어 참을 수가 없었다.

'나로서는 이 모든 것을 진심으로 한 일이기는 하지만, 앞으로는 좀 더 현명하게 행동해야겠다.'

알료샤는 갑자기 그렇게 결심했다. 그러나 그 결심에 대해서도 만족의 미소를 지을 수가 없었다.

카체리나에게 부탁받은 곳은 오조르나야 거리였는데, 사실은 큰형 드미트리의 집도 그 근처에 있었다. 알료샤는 이등 대위의 집에 가기 전에 먼저 형한테 들러야겠다고 생각했으나, 어쩐지 형이 집에 없을 것 같은 예감이 들었다. 뿐만 아니라 어쩌면 형이 일부러 자리를 피할지도 모른다는 우려도 있었다. 그러나 무슨 일이 있어도 형을 찾아내야만 했다. 시간이 얼마 남지 않았다. 더욱이 임종을 앞둔 장로에 대한 걱정이 수도원을 나섰을 때부터 한시도 머리에서 떠나지 않고 있었다.

카체리나의 부탁 중 알료샤가 특별히 관심을 갖는 부분이 한 가지 있었다. 그것은 이등 대위의 아들인 초등학교 학생이 울부짖으며 자기 아버지 옆을 뛰어다녔다는 얘기였는데, 알료샤의 머리에 퍼뜩 어떤 생각이 떠올랐다. 그것은 다름 아니라 '내가 너한테 무슨 짓을 했다는 거냐'고 따져 물었을 때 갑자기 자기의 손가락을 깨문 아이가 바로 그 대위의 아들이 아닐까 하는 생각이었다. 어째서인지는 알 수 없어도 그 아이가 틀림없다는 확신이 들었다. 이렇게 딴 생각에 젖어 있으니 한결 마음이 가벼워졌다. 그래서 그는 방금 저지른 '잘못'만 뉘우치며 스스로를 괴롭히고 있을 게 아니라 자기가 할 일만 하면 그만이라고 생각했다. 이렇게 생각하니 훨씬 기운이 나기 시작했다. 드미트리 형이 사는 뒷길로 접어들었을 때, 갑자기 허기가 느껴져 알료샤는 아까 아버지한테서 얻어온 빵을 호주머니에서 꺼내 먹으며 걸었다. 뱃속에서 기운이 솟아나는 것 같았다.

드미트리는 집에 없었다. 그 집 사람들, 즉 늙은 목수 부부와 그 아들이 이상한 눈초리로 알료샤를 훑어보았다.

"벌써 집을 비운 지 사흘쯤 됩니다. 어디로 갔는지 모른다오."

노인은 알료샤의 끈덕진 질문에 이렇게 대답했다. 알료샤는 노인이 이미 지시받은 대로 대답하고 있다는 것을 알아챘다.

"그럼, 그루첸카한테 간 게 아닐까요? 아니면 또 포마 씨 집에 숨어 있을지도 모르겠군요?"

일부러 알료샤가 직접적으로 물어보자, 이 집 사람들은 놀란 표정으로 알료샤를 바라보았다.

'그러고 보니 이 사람들도 형님을 좋아해서 형님 편을 들어주는 모양이군. 어쨌든 그건 좋은 일이야.'

알료샤는 생각했다.

마침내 그는 오조르나야에 있는 칼므이코바의 집을 찾아냈다. 그것은 한길 쪽으로 창문이 세 개밖에 없는, 다 쓰러져가는 오막살이집으로, 지저분한 뜰 한가운데 암소 한 마리가 쓸쓸히 서 있었다. 입구는 마당에서 현관으로 들어가는 구조로 되어 있었다. 현관으로 들어가면 왼쪽에는 주인 노파와 딸이 살고 있었는데, 딸 역시 이미 할머니가 다 된 여자였는데, 둘 다 귀가 멀어 소리를 못 듣는 것 같았다. 이등 대위에 대해 몇 번이나 되풀이해서 물었더니 한참 만에 그중 하나가 세 들어 사는 사람을 찾는가 보다고 눈치채고 현관 건너편의 초라한 문을 가리켰다. 실제로 이등 대위의 셋방도 그 오두막과 다를 바 없었다. 알료샤가 문을 열려고 쇠로 된 손잡이를 잡으려 했으나 이상하리만큼 고요한 방 안의 정적이 그를 놀라게 했다. 그는 카체리나의 말을 통해서 이등 대위가 처자를 거느리고 있다는 것을 알고 있었다.

'모두 자고 있는 걸까? 아니면 내가 온 소리를 듣고 문을 열기를 기다리고 있는지도 모르지. 어쨌든 우선 문을 두드리는 게 좋겠다.'

이렇게 생각하고 그는 문을 두드렸다. 안에서 한참 만에 대답하는 소리가 들렸다. 그것은 한 10초가량 지나서였다.

"거, 누구요!"

누군지는 모르지만 몹시 화난 듯한 소리가 들렸다. 알료샤는 문을 열고 안으로 들어섰다. 그가 들어간 곳은 생각보다 넓기는 했지만 너저분한 가재도구며 사람들로 꽉 차 있었다. 왼쪽에 커다란 페치카가 있고 그 페치카에서 왼쪽 창문까지 방 안을 가로질러 빨랫줄이 매여 있는데 그 줄에는 가지각색의 누더기가 걸려 있었다. 왼쪽과 오른쪽 벽 쪽에는 침대가 하나씩 놓여 있고 털실로 짠 이불이 덮여 있었다. 왼쪽 침대에는 옥양목을 씌운 베개 네 개가 크기에 따라 가지런히 놓여 있었으나, 오른쪽 침대에는 아주 조그만 베개가 한 개 놓여 있을 뿐이었다. 그리고 맞은편 구석에는 역시 엇

452

비슷이 매어놓은 줄에 커튼인지 홑이불인지 모를 천 자락으로 칸막이를 해놓은 곳이 있었다. 이 칸막이 뒤에도 벤치를 이어 붙여 만든 침대가 살짝 눈에 들어왔다. 아무 장식도 없는 볼품없는 네모난 나무 식탁은 원래 맞은편 구석에 있던 것을 창문 옆으로 옮겨놓은 것 같았다. 곰팡이가 슨 듯이 푸르스름한 유리를 넉 장씩 끼운 창문은 셋 다 뿌옇게 흐려 있는 데다 꽉 닫혀 있었기 때문에 방 안은 숨이 막힐 듯했고 그다지 밝지도 않았다. 식탁 위에는 먹다 남은 달걀부침이 들어 있는 프라이팬이며 먹다 만 빵조각이며 '지상의 행복'* 병까지 널려 있었다.

왼쪽 침대 옆 의자에는 포플린 원피스를 입은 어딘지 의젓해 보이는 부인이 앉아 있었다. 그 얼굴은 몹시 여위고 누렇게 떠 있었다. 이상하게도 푹 팬 두 볼은 첫눈에 그녀가 환자라는 것을 말해주고 있었다. 그러나 무엇보다도 알료샤의 마음에 충격을 준 것은 이 가련한 부인의 눈빛이었다. 그것은 무언가를 묻고 싶어 하면서도 거만하기 짝이 없는 교만한 모습이었다. 알료샤가 주인과 이야기하고 있을 동안 부인은 자기 쪽에서는 말을 시작하지 않은 채 두 사람을 그저 번갈아가며 바라보고 있었다. 이 부인 옆 왼쪽 창가에는 머리털이 불그죽죽하고 얼굴이 좀 못생긴 처녀가 있었는데 매우 가난해 보이기는 했으나 제법 깨끗한 옷차림을 하고 있었다. 그녀는 방 안에 들어선 알료샤를 비꼬는 듯한 눈길로 바라보았다. 오

---

* 보드카 상표이다.

른쪽에는 역시 침대 옆에 또 다른 여자가 앉아 있었다. 이 여자 또한 스무 살 안팎의 젊은 처녀로, 얼핏 보기에도 비참한 모습이었는데 후에 알료샤가 들은 바에 의하면 곱사등이에다 다리마저 못 쓰는 앉은뱅이라고 했다. 방 한쪽 구석, 침대와 벽 사이에 그녀의 목발이 세워져 있었다. 이 가엾은 처녀의 놀랄 정도로 아름답고 선량한 눈은 차분하고도 상냥한 빛을 띠고 알료샤를 바라보고 있었다. 그리고 마흔 대여섯가량 된 남자가 식탁에 앉아서 달걀부침을 먹고 있었다. 작은 키에 깡마르고 허약한 체격의 사내였는데 머리털도 붉고 턱수염도 붉은색이었으며 특히 숱이 적은 턱수염은 닳아 빠진 수세미를 연상시켰다. 나중에 깨달은 거지만 알료샤는 그 사내를 보자 수세미라는 말이 떠올랐다. 방 안에는 이 사람 말고는 남자가 없는 것으로 보아 방금 "거 누구요?"라고 소리친 것은 바로 그 사람이 분명했다. 그러나 알료샤가 방 안에 들어서자 그는 앉았던 자리에서 벌떡 튀어 일어나, 구멍투성이의 냅킨으로 황급히 입술을 닦으면서 알료샤 앞으로 달려 나왔다.

"수도사가 동냥하러 왔나 봐요. 번지수를 잘못 알았군요."

왼쪽 구석에 있던 처녀가 큰 소리로 말했다.

그러나 알료샤한테 달려 나온 남자는 그녀 쪽으로 홱 돌아서며 이상스레 흥분한 기색으로 말했다.

"아니야, 바르바라. 그건 네가 잘못 안 거야. 저, 제가 한마디 여쭈어보겠습니다만⋯⋯."

그는 다시 알료샤한테 몸을 돌렸다.

"대관절 무슨 일 때문에 오셨습니까, 이런 누추하기 짝이 없는 곳에?"

알료샤는 주의 깊게 상대를 바라보았다. 처음으로 보는 사람이었다. 그에게는 어딘지 딱딱하고 성급하고 신경질적인 데가 있었다. 방금 술을 한 잔 마신 것은 틀림없으나 그렇다고 취해 있지는 않았다. 그 얼굴에는 어딘지 모르게 매우 뻔뻔스러우면서도 동시에(매우 기묘한 일이기는 했지만) 어딘지 겁먹은 듯한 표정이 서려 있었다. 이를테면 오랫동안 참고 견디며 복종만 해온 남자가 지금 갑자기 일어서서 자기의 존재감을 과시하려는 것만 같았다. 아니, 좀 더 적절히 표현하자만 상대를 실컷 패주고 싶지만 도리어 얻어 맞지나 않을까 하고 몹시 전전긍긍하고 있는 사람처럼 보이기도 했다. 그가 하는 말투나 제법 날카로운 그 억양에서는 어딘가 미치광이 같은 유머가 느껴지긴 했지만, 그것이 때로는 심술궂고 때로는 겁먹은 듯이 어조가 자꾸만 바뀌곤 해서 도무지 갈피를 잡을 수가 없었다. '누추한 곳' 운운할 때도 그는 이상하게 몸을 떨며 알료샤에게 바싹 다가서는 바람에 알료샤는 무의식중에 한 걸음 뒤로 물러서지 않을 수 없었다. 그는 낡아빠진 검은 무명옷을 걸치고 있었는데, 더덕더덕 기운 데가 여기저기 얼룩져 있었다. 바지는 무척 밝은 색깔의 체크무늬 천으로 만든 것으로, 오래전에 유행하던 것이라 아마 요즘 세상에 그런 옷을 입고 다니는 사람은 아무도 없을 것이다. 게다가 바짓가랑이가 형편없이 구겨져 위로 끝이 말려 올라가서 어린애처럼 다리가 드러나 있었다.

"나는……, 알렉세이 카라마조프란 사람입니다……."

알료샤는 이렇게 말했다.

"그건 잘 알고 있습니다."

그는 새삼스레 그런 말은 필요 없다는 식으로 얼른 알료샤의 말을 가로챘다.

"저는 스네기료프 대위라고 합니다만, 그건 그렇고 제가 알고 싶은 것은 대체 무슨 일로 여기에 오셨는지……."

"그저 잠깐 들렀을 뿐입니다. 실은 당신에게 한 가지 드릴 말씀이 있는데……, 만약 괜찮으시다면……."

"그러시면 여기 의자가 있으니 자리를 잡으시기 바랍니다. 이건 옛날 희극에 자주 나오는 대사지요. '자리를 잡으시지요'라고 말입니다."

이렇게 말하며 이등 대위는 재빨리 빈 의자를 집어 들어(곁에 아무것도 씌우지 않은 딱딱한 나무 의자였다) 방 한가운데다 옮겨놓았다. 그러고 나서 자기 의자도 가져다놓고 알료샤와 마주 앉았는데, 이번에도 조금 전과 마찬가지로 너무 바싹 붙어 있었기에 무릎이 맞닿을 정도였다.

"니콜라이 스네기료프올시다. 러시아 보병 이등 대위, 비록 처신을 잘못해서 명예를 더럽히긴 했지만 이등 대위인 것만은 확실합니다. 그러나 스네기료프라기보다는 이등 대위 슬로보예르소프라고 하는 편이 더 적절할지도 모르지요. 왜냐하면 인생의 후반기에 접어들면서 나는 언제나 슬로보예르스*를 붙여 말하게 되었으니까요. 이것은 비굴한 자들이 자주 쓰는 표현입지요."

"그렇겠군요."

알료샤는 쓴웃음을 지었다.

"그런데 그것은 무의식중에 그렇게 되는 겁니까, 아니면 의식적으로 그러는 겁니까?"

"솔직히 말씀드려서 무의식중에 그렇게 되는 겁니다. 한평생 슬로보예르스를 붙여서 말해본 일은 한 번도 없지만, 갑자기 몰락했다가 일어났더니 어느새 슬로보예르스가 입에 붙어버리더군요. 이건 인간의 힘으론 어쩔 수 없는 모양입니다. 보아하니 당신은 현재의 여러 문제에 관심이 많은가 보군요. 하지만 어떻게 저 같은 사람한테까지 관심을 두게 되셨지요? 손님 접대마저도 불가능한 환경에서 살고 있는 저 같은 놈에게 말입니다."

"다름 아니라, 나는……, 바로 그 일 때문에 찾아왔습니다."

"그 일 때문이라니요?"

이등 대위는 성급하게 말을 가로챘다.

"내 형인 드미트리와 당신이 만났던 일 말입니다."

알료샤가 민망한 표정으로 말했다.

"만났던 일이라니, 대체 무슨 말씀이신지, 그럼 그 사건을 두고 하시는 말씀인가요? 다시 말해서 그 수세미 사건, 목욕탕 수세미 사건 말인가요?"

---

* 러시아에서 경의를 표시하는 접미사 's'를 말한다. 그리고 슬로보예르소프는 '비굴한 사람'이라는 뜻이다.

그가 갑자기 앞으로 몸을 내미는 바람에 이번에는 실제로 무릎이 마주치고 말았다. 그러자 그의 입술이 한일자로 꼭 다물어졌다.

"아니, 수세미라니 무슨 말입니까?"

알료샤가 중얼거리듯이 물었다.

"아빠, 저 사람은 나를 일러바치려고 온 거예요!"

알료샤에게 이미 귀에 익은 아까 그 소년의 목소리가 칸막이 커튼 뒤에서 들려왔다.

"아까, 내가 저 사람의 손가락을 물어주었거든요!"

커튼이 걷혔다. 성상이 있는 방 한쪽 구석에 의자를 맞붙여 만든 침대 위에 그 소년이 누워 있었다. 소년은 아까 입었던 허름한 외투 위에 다시 낡은 솜이불을 덮고 누워 있었다. 그 충혈된 눈빛으로 보아 몹시 열이 높아 보였다. 아까와 달리 소년은 두려워하는 기색 없이 알료샤를 노려보았다. '여긴 우리 집이니 아무것도 두렵지 않다'는 태도였다.

"네가 손가락을 깨물었다고?"

이등 대위는 엉거주춤 의자에서 일어나며 말했다.

"그래, 저 애가 당신의 손가락을 깨물었습니까?"

"예, 그렇습니다. 아까 저 애가 한길에서 다른 아이들에게 돌을 던지고 있더군요. 상대는 여섯이고 저 애는 혼자였습니다. 그래서 내가 저 애한테 가까이 다가갔더니, 글쎄 나에게도 돌을 던지지 않겠습니까. 두 번째 돌은 제 머리에 맞았습니다. 그래서 내가 너한테 무슨 잘못을 했기에 그러느냐고 물어보았지요. 그랬더니 느닷없이 달려들어 내 손가락을 사정없이 깨물더군요. 나는 아직도 그 이유를 모르겠습니다."

"지금 곧 벌을 주겠습니다! 지금 당장!"

이등 대위는 벌떡 일어났다.

"아니에요. 나는 그걸 일러바치려고 온 것이 아닙니다. 그저 그런 일이 있었다는 걸 얘기했을 뿐입니다. 저 애가 그 일로 벌을 받는다면 내 마음이 편치 않을 거예요. 게다가 저 애는 몹시 아픈 것 같은데……"

"아니, 그럼 당신은 정말로 내가 저 애를 혼낼 줄 아셨습니까? 내가 저 아이를 당장 끌어내다가 당신 앞에서 당신을 만족시키기 위해 두들겨 팰 줄 아셨나요? 지금 당장 그렇게 하라는 말씀이십니까?"

갑자기 대위는 알료샤 쪽으로 몸을 돌리고 달려들기라도 할 듯이 소리쳤다.

"그야 물론 당신의 손가락에 대해서는 유감스럽게 생각합니다. 그러나 우리 아이를 패주기 전에 지금 당장 당신의 눈앞에서 당신이 충분히 만족하실 수 있도록 내 손가락 네 개를 몽땅 잘라버리면 어떻겠습니까. 여기 있는 이 칼로 말입니다. 손가락 네 개면 당신의 복수심도 충분히 만족하리라고 생각합니다만, 설마 마지막 남은 손가락까지 요구하지는 않겠지요?"

갑자기 그는 숨이 막히기라도 한 듯이 말을 끊고 헐떡거렸다. 그 얼굴은 근육 하나하나가 꿈틀거리며 경련을 일으키고 두 눈에는 도발의 기운이 엿보였다. 그는 극도의 흥분 상태인 것 같았다.

"이제야 모든 걸 알겠군요."

알료샤는 여전히 자리에 앉은 채 슬픔에 찬 조용한 어조로 답했다.

"결국 저 애는 착한 마음씨를 가지고 있군요. 아버지를 사랑하기에 아버지를 모욕한 원수의 동생이라며 나한테 달려들었던 겁니다. 이제야 비로소 알았습니다."

그는 생각에 잠기며 그렇게 되풀이해서 말했다.

"그러나 우리 형 드미트리는 자신이 저지른 일을 후회하고 있습니다. 나는 압니다. 형이 당신을 찾아올 수 있도록 허락해주신다면, 아니 그보다도 그때 그 장소에서 다시 당신을 만난다면, 형님은 모든 사람이 보는 앞에서 당신에게 용서를 빌 겁니다. 만일 당신이 그것을 원하신다면 말입니다."

"아니, 그러니까 남의 수염을 잡고 마구 끌고 다녔으면서도 나중에 용서만 빌면……, 그것으로 모든 것이 끝나고 상대의 마음도 풀릴 거라는 말씀인가요?"

"오, 천만의 말씀입니다. 그와는 반대로 형님은 당신이 원하신다면 무슨 일이든 다 할 겁니다!"

"그렇다면 내가 당신의 형님한테 바로 그 술집, '수도'라는 이름의 술집입니다만, 그곳에서든지 아니면 어느 광장에서 내 앞에서 무릎을 꿇으라고 하면 과연 그렇게 할까요?"

"예, 물론 그렇게 할 겁니다."

"오오, 감동했습니다. 너무 감동해서 눈물이 날 것 같군요. 이제는 당신 형님의 관대한 마음을 이해할 수 있을 것 같군요. 그러면 내 가족을 소개해드리겠습니다. 여기 있는 이들이 우리 가족입니다. 딸이 둘, 아들이 하나, 모두가 한 배에서 난 내 자식들입니다. 내가 죽으면 대체 누가 저 애들을 사랑해주겠습니까? 내가 살아 있는 동안 저 애들 말고 대체 누가 나 같은 너절한 인간을 사랑해주겠습니까. 사실 이것은 나 같은 인간들을 위해 하느님께서 정해주신 위대한 은총입니다. 사실 나 같은 인간도 누구 한 사람한테쯤은 사랑을 받아야 하니까요……."

"오오, 그야말로 옳은 말씀이십니다!"

알료샤가 말했다.

"이젠 제발 어릿광대짓은 그만하세요. 어디서 바보 같은 인간이 찾아오기만 하면 아버지는 저렇게 창피한 짓만 한다니까!"

갑자기 창가에 있던 처녀가 아버지한테 얼굴을 찡그리며 경멸의 표정으로 소리쳤다.

"잠깐만 기다려다오, 바르바라. 말을 이왕 시작했으니 마무리를 해야 할 게 아니냐?"

아버지가 소리쳤다. 비록 그것은 명령조이긴 했으나, 그 시선은 딸의 말이 옳다는 것을 시인하고 있었다.

"저 애는 원래 저런 성격이랍니다."

이렇게 말하고 그는 다시 알료샤 쪽으로 몸을 돌렸다.

이 세상 그 어느 것도

그의 눈에 든 것은 아무것도 없더라

"아니, 이건 주어를 여성형으로 고쳐야겠군요. 그녀의 눈에 든 것은 아무것도 없더라구요. 그건 그렇고 이번에는 나의 아내를 소개하게 해주십시오. 여기는 내 아내 아리나 페트로브나인데 올해 마흔세 살로 다리가 불편합니다. 아니, 걷기는 좀 걷습니다만 조금밖에 못 걸어요. 원래는 천민 출신이랍니다. 아리나 페트로브나, 자 얼굴을 좀 펴는 게 어때. 이분은 알렉세이 카라마조프 씨. 일어나십시오. 알렉세이 씨."

그는 갑자기 알료샤의 팔을 잡더니 어디서 그런 힘이 솟아나는지 뜻밖일 정도로 강한 힘으로 그를 일으켜 세웠다.

"당신은 부인을 소개받고 계시니까 일어나는 게 당연합니다. 이분은 말이야, 여보, 나한테……, 그런 짓을 한, 그 카라마조프가 아니라, 그분의 동생이 되는 분인데 아주 얌전하고 훌륭한 분이지. 그보다도 아리나, 우선 당신의 손에 입을 맞추게 해주구료."

그는 자못 경건하고 다정한 태도로 아내의 손에 입을 맞췄다. 창가의 처녀는 화가 나서 등을 돌리고 말았다. 오만하고 무언가 미심쩍어하던 부인의 얼굴에 갑자기 상냥한 표정이 떠올랐다.

"잘 오셨습니다. 체르노마조프* 씨, 앉으세요!"

---

* '얼굴빛이 검다'는 뜻이다.

그녀가 말했다.

"여보, 카라마조프라니까, 카라마조프라구! 저희는 본래 천민 출신이라서."

그는 또다시 속삭였다.

"카라마조프건 뭐건 아무려면 어떤가요. 아무튼 저는 체르노마 조프라고 하겠어요. 자, 앉으세요. 저 양반은 또 뭣 때문에 당신을 일으켜 세웠을까요? 저보고 다리를 못 쓰는 장애인이라고 했지만, 제 다리는 분명히 움직인답니다. 그저 다리가 술통처럼 퉁퉁 부어 오르고, 그 대신 몸은 빼빼 말랐을 뿐이지요. 그래도 전에는 살이 꽤 쪘었는데 지금은 보시다시피 바늘이라도 삼킨 사람처럼 이렇 게 말라버렸어요."

"우리는 천민 출신입니다. 천민 출신."

대위는 또다시 속삭였다.

"아빠, 아빠는 정말!"

지금까지 잠자코 의자에 앉아 있던 곱사등이 처녀가 이렇게 외 치며 손수건으로 얼굴을 가렸다.

"어릿광대!"

창가의 처녀가 내뱉듯 말했다.

"보십시오. 저희 집 상태는 이렇답니다."

어머니가 두 딸을 가리키며 질렸다는 듯이 말했다.

"마치 구름이 움직이는 것과 다름이 없어요. 구름이 지나가버리 면 또다시 입씨름이 시작되니까요. 전에 저이가 군인 생활을 할 때는 훌륭한 손님들이 많이 방문해주셨지요. 그렇다고 해서 지금과 비교하려는 것은 아닙니다만, 남한테서 사랑을 받으면 이쪽도 남을 사랑해야 하거든요. 그 당시 보제(補際)의 부인이 찾아와서 이런 말을 하더군요. '알렉산드르 알렉산드로비치는 아주 마음씨가 착한 분이지만, 나스타샤 페트로브나는 보기만 해도 역겹다니까' 그래서 저는 이렇게 대꾸했지요. '그야 사람마다 서로 좋아하는 사람이 다르게 마련이지만, 당신은 언제나 썩은 냄새를 풍기고 다니잖아요.' 그랬더니 '너 같은 여자는 꼼짝 못하게 버릇을 가르쳐줘야 해'라고 하질 않겠어요. '무슨 소리야, 이 악마 같은 년아, 넌 누굴 설교하러 왔느냐' 하고 저도 대들었어요. 그랬더니 이번에는 '나는 깨끗한 공기를 마시고 있지만, 너는 불결한 공기를 마시고 있지 않느냐?'라는 거예요. 그래서 저는 이렇게 응수했지요. '그럼 어느 장교건 붙잡고 물어봐, 내 몸 안에 불결한 공기가 들어 있는지, 아닌지.' 그 후부터 왜 그런지 그 생각이 마음에 걸려 견딜 수가 없었어요. 그런데 얼마 전에 제가 지금처럼 여기 앉아 있으니까, 진짜 장군께서 찾아오시지 않겠어요. 그래서 저는 '각하, 어엿한 귀부인이 바깥 공기를 마셔도 괜찮을까요?' 하고 물어보았지요. 그랬더니 '그렇소. 창문이나 방문을 좀 열어놓든지 해야겠군요. 댁의 공기가 신선한 것 같지 않으니까'라고 대답하시더군요. 글쎄 누구나 다 똑같은 대답이라니까요! 어째서 모두들 저희 집 공기에 신경을 쓰는 걸까요? 송장 냄새보다 더 지독하다는 거예요. 그래서 저는 항상 이렇게 말하지요. '당신네들의 공기를 더 이상 더럽

히고 싶지 않으니까, 신발을 맞춰 신고 어디 먼 데로 가버리겠다'
고요. 얘들아, 제발 이 어미를 나무라지 말아다오. 니콜라이 일리
치, 당신은 내가 마음에 들지 않나요? 하지만 저한텐 일류셴카라
는 아들이 있어요. 이 아이가 학교에서 돌아와서 위로해주는 것이
제 유일한 기쁨이랍니다. 어제도 사과를 하나 가져다주더군요. 얘
들아, 이 어미를 용서해다오. 이 외롭고 쓸쓸한 어미를 용서해다
오. 그런데 왜 모두들 내 공기를 그처럼 싫어하게 되었을까요!"

가련한 부인은 갑자기 소리 내어 울기 시작했다. 눈물이 끝도 없
이 쏟아져 내렸다. 이등 대위는 황급히 아내 쪽으로 달려갔다.

"여보, 마누라, 이제 그만해둬요, 그만 울라니까. 당신은 혼자가
아니야. 모두 당신을 사랑하고 있어. 그리고 존경하고 있다니까!"

그는 또다시 아내의 손에 입을 맞추고는 손바닥으로 부드럽게
아내의 얼굴을 쓰다듬어주었다. 그러고 나서 냅킨을 집어 눈물을
닦아주었다. 알료샤가 보기에 이등 대위의 눈에서도 눈물이 반짝
이는 것 같았다.

"자, 어떻습니까? 잘 보셨습니까? 잘 들으셨지요?"

그는 불쌍하게 실성한 여인을 가리키며 격분한 표정으로 알료
샤에게 몸을 돌렸다.

"보았습니다. 그리고 들었습니다."

알료샤는 중얼거렸다.

"아빠, 저런 사람은 상대하지 마세요!"

소년이 침대 위에서 벌떡 일어나 앉아서 타는 듯한 눈초리로 아

버지를 쏘아보며 소리쳤다.

"아빠, 그런 광대짓은 그만하시라고요. 그런 어리석은 짓은 아무 소용도 없어요."

화가 머리끝까지 치민 바르바라는 여전히 한쪽 구석에서 발을 구르며 외쳐댔다.

"그래, 바르바라, 네가 그렇게 성을 내는 건 당연한 일이다. 그럼, 곧 네 말대로 따르마. 자, 알렉세이 표도로비치, 당신도 모자를 쓰십시오. 저도 이렇게 모자를 쓰고…… 우리 밖으로 나갑시다. 당신한테 꼭 드릴 말씀이 있는데 여기서는 안 되겠군요. 아참, 여기 앉아 있는 아이가 우리 딸 니나입니다. 소개하는 걸 깜빡했군요. 이 애는 인간 세계에 내려온……, 인간의 모습을 한 천사입니다. 내 말뜻을 이해하실지는 모르겠습니다만……."

"보세요. 갑자기 경련이라도 일으키는 것처럼 온몸을 떨고 있잖아요."

바르바라가 여전히 성난 어조로 소리쳤다.

"그리고 바로 이 애, 방금 발을 구르며 나더러 어릿광대라고 쏘아붙인 저 애도 역시 인간의 모습을 한 천사입니다. 그러니 나더러 어릿광대라 부르는 것도 당연한 일이지요. 자, 이제 나갑시다. 어쨌든 결론을 내야 하니까요."

7. 신선한 공기 속에서

"공기가 신선하군요. 우리 집 안의 공기는 어느 의미로 보아서
건 공기가 신선하다고 할 수 없지요? 천천히 걷기로 하지요. 실은
당신에게 한 가지 흥미로운 얘기를 들려드리고 싶은데!"

"나도 한 가지 중요한 용건이 있습니다만……. 하지만 어떻게
얘기를 시작해야 할지 모르겠군요."

알료샤가 말을 받아 말했다.

"나한테 용건이 있다는 건 잘 알고 있습니다. 용건이 없다면야
무슨 일로 우리 집 같은 데를 들르시겠습니까? 그보다 정말로 우
리 아이의 일 때문에 오신 건 아닙니까? 아무래도 그런 것 같지는
않군요. 그건 그렇고 말이 나온 김에 그 애 얘기를 좀 하지요. 집에
서는 모든 것을 설명할 수가 없었지만, 여기서는 그때의 광경을 자

세히 말씀드릴 수 있습니다. 보십시오. 사실 이 수세미는 하루 전만 해도 숱이 많았습니다. 제 수염에는 수세미란 별명이 붙어 있습니다만, 주로 초등학생들이 그렇게 움켜쥐고 끌고 다녔던 겁니다. 제게 잘못이 있다면 당신 형님이 격분해 있는 그 순간에 재수 없게도 내가 나타났다는 것뿐입니다. 내가 수염을 잡혀 술집 바깥으로 끌려 나갔을 때, 마침 초등학생들이 학교에서 돌아오고 있었지요. 그 무리에 우리 일류샤가 있었어요. 제가 그런 꼴을 당하고 있는 것을 보자, 그 애는 저한테 달려와서 '아빠, 아빠!' 하고 울부짖으며 저를 부둥켜안고는 어떻게 해서든 저를 떼어놓으려고 몸부림을 쳤어요. 그러면서 제 수염을 잡고 있는 형님에게 소리쳤습니다. '놓아주세요! 놓아주세요! 이분은 제 아버지예요. 용서해주세요!'라고 외쳤습니다. 정말입니다. 그 애는 분명히 '용서해주세요'라고 소리쳤어요. 그리고 당신 형님에게 매달려 그 조그만 손으로 당신 형님 손을 잡고 입을 맞추지 않았겠습니까. 그 순간 그 애가 어떤 얼굴을 하고 있었는지 지금도 눈에 선합니다. 잊을 수가 없어요. 앞으로도 영원히 잊지 못할 겁니다."

"나는 맹세합니다."

알료샤는 외쳤다.

"형님은 진심으로 성의를 다해서 당신한테 잘못을 뉘우칠 것입니다. 바로 그 광장에서 무릎을 꿇는 것조차…… 내가 꼭 그렇게 하도록 하겠습니다. 그렇게 하지 않는다면 더 이상 나도 형이라고 생각하지 않을 테니까요!"

"아하! 그렇다면 그것은 아직 그럴 계획이라는 것이군요. 즉, 그분의 생각이 아니라 당신의 그 고결하고도 착한 마음에서 우러나온 생각이라 그 말씀이군요. 그럼 그렇다고 처음부터 말씀해주시질 않고, 아니, 그러시다면 나도 당신 형님의 기사도적이고 장교다운 성격을 말씀드려야겠군요. 당신 형님은 그날 그 성격을 유감없이 발휘하셨습니다. 수염을 잡고 실컷 끌고 다닌 다음에 놓아주면서 '너도 장교라고 하니 적당한 증인을 구하면 결투를 신청하든지. 비록 상대가 더러운 놈이라도 반드시 상대해줄 테니'라고 말씀하시더군요. 이것이야말로 기사도 정신이 아니고 무엇입니까! 저는 일류샤를 데리고 그 자리를 떠나왔습니다만, 저희 집 족보에 기록될 만한 그 광경은 영원히 일류샤의 가슴속에 깊이 새겨지고 말았습니다. 사실 이런 꼴을 하고서 어떻게 저희가 귀족 행세를 할 수 있겠습니까! 그리고 생각해보십시오. 당신은 방금 저희 집에 오셔서 무엇을 보셨습니까? 세 여자가 있었지만 하나는 다리를 못 쓰고, 하나는 앉은뱅이에 곱사등이 그리고 또 하나는 다리도 멀쩡하고 지나칠 만큼 영리하지만 아직은 여학생에 지나지 않습니다. 그 애는 다시 페테르부르크로 가겠다고 야단이에요. 네바 강변에서 러시아 여성의 권리를 찾는 운동에 참여하겠다고요. 일류샤에 대해서는 말하지 않겠습니다. 이제 겨우 아홉 살밖에 안 된, 친구하나 없는 아이니까요. 그런데 만일 당신 형님한테 결투를 신청했다가 그 자리에서 내가 죽는다면 우리 가족들은 어떻게 되겠습니까? 나는 꼭 이걸 당신한테 묻고 싶습니다. 이런 상태에서 내가 아주 죽어버리지도 못하고 장애만 입는다면 그것도 큰일입니다. 일은 하지도 못하면서 여전히 먹을 입만 남게 되니까요. 그렇게 되면 도대체 누가 나를 먹여 살리겠습니까? 또 누가 우리 아이들을 먹여 살리겠습니까? 결국 일류샤는 학교에도 가지 못하고 날마다 구걸이나 해야겠지요. 당신 형님한테 결투를 신청하는 것은 바로 이런 의미입니다. 도대체가 어리석은 일이 아닐 수 없지요."

"반드시 형님은 당신한테 사과를 할 겁니다. 광장 한가운데서 당신의 발밑에 무릎을 꿇고 머리를 숙일 겁니다."

알료샤는 다시 한번 눈을 빛내며 소리쳤다.

"그 사람을 고소할까 하는 생각도 해보았습니다만."

이등 대위는 말을 이었다.

"러시아의 법전을 한번 펼쳐보십시오. 내가 받은 개인적인 모욕에 대해 가해자로부터 만족할 만한 보상을 받게 되어 있는지……. 게다가 그때 아그라페나(그루셴카)가 나를 불러서는 '아예 그런 생각은 하지 말아요. 만일 그이를 고발하면 당신이 사기를 쳤기 때문에 얻어맞은 거라고 세상 사람들에게 폭로하고 말겠어요. 그렇게 되면 오히려 당신이 재판소에 끌려가게 될걸요'라고 말하더군요. 그렇지만 대체 누구 때문에 그런 사기 행위를 했으며, 또 누구의 명령으로 나 같은 소인배가 그따위 비겁한 짓을 했는지 하느님만은 잘 알고 계십니다. 모든 것은 그 여자와 표도로 파블로비치가 시킨 일이 아니냐 그 말입니다. 그 여자는 또 이런 말까지 하더군요. '나는 당신 같은 건 영원히 쫓아버려서, 앞으로 한 푼도 벌지 못하게 할 수 있어요. 그리고 우리 상인한테도 그렇게 말해서 (그 여자는 삼소노프 노인을 '우리 상인'이라고 부르더군요) 당신을 고용하지 말라고 하겠어요.' 그래서 저도 생각해보았지요. 만일 그 상인까지 나를 써주지 않는다면 도대체 누구한테 가서 빌어먹나 하고 말입니다. 실상 내가 의존할 사람이라고는 그 두 사람밖에 없으니까요. 당신 아버지 표도르 씨는 어떤 다른 이유에서 나를 신용하지 않고 있을뿐더러 내가 서명한 영수증을 손에 넣어 가지고 오히려 나를 재판소로 끌고 가려는 눈치니까요. 이런 모든 것 때문에 나도 울며 겨자 먹기로 그만 풀이 죽고 말았지요. 당신도 우리 집안 사정을 다 보게 된 거지요. 그건 그렇고 다시 묻겠습니다만, 그 애는, 일류샤 놈은 아까 당신의 손가락을 심하게 물어뜯었나요? 아까 집에서는 그 애가 있어서 자세히 물어볼 수가 없었습니다만……."

"네, 굉장히 아프게 물더군요. 그 애도 몹시 화가 났으니까요. 같은 카라마조프라고 해서 나한테 복수를 한 거겠죠. 이젠 나도 그 사정을 잘 알겠습니다. 하지만 그 애가 학교 동무들하고 돌팔매질을 하고 있는 것을 당신이 보셨다면! 정말 위험했습니다. 철없는 아이들이라 그러다가 돌에 맞아 죽을 수도 있으니까요. 돌에 맞아 머리가 깨질지도 모르니까요."

"예, 벌써 맞긴 맞았지요. 머리는 아니지만 가슴에 한 대 맞았습니다. 오늘도 가슴 위를 돌로 한 대 맞았다면서 시퍼렇게 멍이 들어 돌아와서는 울면서 씩씩거리다 저렇게 앓아누워 있답니다."

"그런데 그 애가 먼저 다른 애들에게 덤볐단 말입니다. 당신 일로 그 애는 화풀이를 한 모양입니다. 아이들의 말에 의하면, 오늘 그 애가 크라소트킨인가 하는 아이의 옆구리를 칼로 찔렀다더군요."

"그 얘기도 들었습니다만 정말 위험한 짓입니다. 그 크라소트킨 이라는 아이의 아버지는 이곳 관리니까, 어쩌면 또 시끄러운 문제 가 일어날지도 모르겠습니다."

"당신한테 충고해드리지만, 당분간 그 애의 마음이 가라앉을 때 까지 학교에 보내지 않는 편이 좋을 것 같습니다. 그렇게 되면 가 슴속 분노도 사라지겠지요."

알료샤는 열심히 말했다.

"분노라구요!"

이등 대위는 알료샤의 말을 되뇌었다.

"맞습니다. 분노지요! 조그만 애의 가슴에도 위대한 분노가 끓 어오르는 법입니다. 당신은 그 자초지종을 잘 모르실 겁니다. 그 럼, 그 얘기를 자세히 설명해드리지요. 실은 그 사건이 있은 후부 터 학교 동무들 모두가 그 애를 수세미라고 놀려대기 시작했나 봅 니다. 학교에 다니는 아이들은 간혹 무자비할 때가 있으니까요. 하 나하나 떼어놓고 보면 모두 천사 같지만 한데 모이면, 특히 학교 같은 곳에서는 잔인해질 때가 있습니다. 그렇게 모두가 놀려대니 까 일류샤의 가슴속에 고귀한 정신이 고개를 쳐들고 일어난 겁니 다. 보통 아이 같으면 그만 기가 죽어 오히려 자기 아버지를 부끄 럽게 여겼을 테지만, 그 애는 아버지를 위해 혼자서 모든 아이들을 상대로 분연히 일어섰습니다. 아버지를 위해, 정의를 위해, 진리를 위해 일어선 것이지요. 사실 그때 당신의 형님 손에 입을 맞추며 '아버지를 용서해주세요, 아버지를 용서해주세요'라고 애원했을 때, 그 애 마음이 얼마나 고통스러웠을지 그것을 아는 것은 하느님하고 나밖에 없습니다. 사실 우리 집 아이들은—당신네 아이가 아니라 우리 아이들 말입니다—끊임없이 멸시를 받고는 있지만 고귀한 기백을 잃지 않는 우리 천민의 아이들은 겨우 아홉 살밖에 안 된 나이에 벌써 이 세상의 진실을 알게 된 겁니다. 부잣집 아이들은 그야말로 평생이 걸려도 그런 인생의 깊이는 도저히 알 수 없습니다. 그렇지만 우리 일류샤는 그 광장에서 당신 형님의 손에 입을 맞추는 바로 그 순간에 세상의 모든 진리를 깨우친 겁니다. 그리고 그 진리가 그 애의 내부로 파고들어가 영원히 회복할 수 없는 깊은 상처를 남겨주었단 말입니다."

이등 대위는 다시금 극도의 흥분 상태가 되어 열에 들뜬 음성으로 이렇게 말하고, 그 '진리'가 어떻게 일류샤의 마음을 짓부수었는지를 똑똑히 보여주려는 듯이 오른손 주먹으로 왼쪽 손바닥을 힘껏 내리쳤다.

"바로 그날 그 애는 무섭게 열이 나서 밤새껏 헛소리를 하더군요. 그날은 온종일 나하고 말도 하지 않고 입을 다문 채로 한쪽 구석에서 저를 힐끔힐끔 쳐다보고 있었답니다. 물론 창문 쪽으로 엎드려 공부하는 체를 하고 있었습니다만, 공부 같은 건 염두에도 없다는 것을 저도 잘 알 수 있었습니다. 그다음 날은 술을 한잔 마셨기 때문에 별로 기억이 나지 않습니다. 슬픔을 잊으려고 마시기는 했지만 생각해보면 나도 죄 많은 놈입니다. 마누라도 울음을 터뜨리고 말더군요. 나는 아내를 무척 사랑한답니다. 나는 슬픔을 잊으려고 주머니를 털어 술을 마셔버렸지요. 이런 나를 너무 경멸하지는 마십시오. 우리 러시아에서는 술꾼만이 제일가는 호인입니다. 그리고 우리나라에서 제일가는 호인은 예외 없이 모두 술꾼이지요. 아무튼 나는 그날 술을 마시고 하루 종일 누워 있었기 때문에 일류샤에 대해서는 별로 기억에 남은 것이 없지만 바로 그날 아침부터 학교 아이들이 그 애를 놀려대기 시작한 겁니다. '야, 수세미 자식아, 너희 아버지는 수세미를 잡혀 술집에서 끌려 나왔는데 넌 그 앞을 따라가면서 용서해달라고 빌었다면서' 이러면서 놀려댄 겁니다. 사흘째 되는 날 그 애가 학교에서 돌아오는 걸 보니 얼굴이 새파랗게 질려 있어서 이유를 물어보았지만 아무 대꾸가 없었습니다. 게다가 집에선 마누라와 딸들이 자꾸만 끼어들어서 얘기를 하려 해도 할 수가 없었습니다. 게다가 딸들은 사건 첫날부터 모든 걸 다 알아버렸거든요. 바르바라는 '저렇게 언제나 광대짓만 하다니, 아버지가 도대체 제대로 하는 일이 뭐가 있어요' 하고 불평을 했습니다. '그래, 네 말이 맞다. 우리 집에 한 번쯤 제대로 된 일이 생기면 좋을 텐데…….' 그때 나는 이렇게 대답했지요.

그날 저녁 나는 그 애를 데리고 산책을 나갔습니다. 한 가지 말씀드립니다만, 전에도 그 애를 데리고 저녁마다 지금 당신과 함께 거닐고 있는 이 길을 산책하곤 했습니다. 우리 집 대문에서 저기 울타리 길가에 외로이 놓여 있는 저 커다란 바윗돌까지가 우리의 산책 코스입니다. 저기부터 목장이 시작되는데 아주 한적하고 아름다운 곳이지요. 나는 언제나처럼 일류샤의 손을 잡고 걷고 있었습니다. 그 애의 손은 아주 조그마한데, 그 가느다란 손가락은 매우 차가웠습니다. 그 애는 가슴이 고통 받고 있었죠. 그런데 갑자기 그 애가 '아빠, 아빠' 하고 부르지 않겠어요. '왜 그러니?' 하고 그 애를 보니까 두 눈이 반짝이고 있더군요. '아빠, 어떻게 그놈이 감히 아빠한테 그럴 수 있어요?' '할 수 없잖니, 일류샤야' 하고 나는 말했습니다. '그놈하고 화해하면 안 돼요, 아빠, 절대 화해해선 안 돼요! 학교 아이들이 그러는데, 그 일 때문에 아빠가 10루블을 받았다는 거예요.' '아니다. 일류샤야, 그럴 리가 있겠니. 이렇게된 이상 난 절대로 그놈의 돈을 받지 않겠다.' 그랬더니 그 애가 갑자기 온몸을 떨며 내 손을 꼭 잡고 입을 맞추더군요. '아빠, 그놈한테 결투를 신청하세요. 학교에선 모두 아빠가 겁쟁이라서 결투도 신청하지 못하고 오히려 그놈한테 10루블을 받고 물러섰다고 막 놀려댄단 말이에요.' '일류샤야, 나는 그놈한테 결투를 신청할 입장이 못 돼.' 나는 이렇게 대답하고, 좀 전에 당신한테 말씀드린 것 같은 사정을 대략 설명해주었습니다. 그 애는 유심히 듣고 나더니 '아빠, 그렇다고 그놈하고 절대 화해는 하지 말아요. 내가 어른이 되면 그놈한테 결투를 신청해서 죽여버릴 테야!'라고 말하더군요. 그 애의 눈에는 뜨거운 불길이 타오르고 있었습니다.

그렇지만 나로서는 아버지의 입장에서 바른말을 해주어야 하겠기에 이렇게 말했습니다. '아무리 결투라 해도 사람을 죽이는 건 죄가 되는 거야.' 그랬더니 '아빠, 그럼 난 어른이 돼서 그놈을 때려눕힐 테야. 내 칼로 그놈의 칼을 쳐서 떨어뜨린 다음 그놈의 머리 위에 칼을 겨누고 이렇게 말해줄 테야. 당장 네놈을 죽일 수도 있지만 목숨만은 살려줄 테니 고맙게 생각해라!' 이렇게 말하더군요. 어떻습니까? 지난 이틀 동안 그 조그만 머릿속으로 복수할 궁리만 해서 밤마다 그런 잠꼬대를 한 모양입니다. 그렇지만 그 애가 학교에서 호되게 얻어맞고 집으로 돌아왔다는 사실을 나는 그저께야 알게 되었습니다. 당신 말대로 앞으로는 무슨 일이 있어도 그 애를 학교에 보내지 않을 생각입니다. 그 애가 반 학생 전부를 상대로 하여 마치 심장에 불이 붙은 듯이 닥치는 대로 싸움을 걸고 있다니, 나는 그 애가 걱정되어 견딜 수가 없습니다.

어쨌든 우리는 계속 산책을 나갔습니다. 그러자 이번엔 이렇게 묻더군요. '아빠, 부자가 이 세상에서 가장 힘이 세요?' '그렇단다. 일류샤야. 이 세상에서 가장 힘이 센 건 부자란다.' '아빠, 그럼 나는 부자가 될 거야. 장교가 되어 적을 모조리 쳐부수면 황제님이 많은 상금을 주실 테니까. 그걸 가지고 돌아오면 그때는 아무도 우리를 깔보지 못할 거야.' 그러고는 잠시 입을 다물고 있더니 또 이런 말을 했습니다. 그 조그만 입술은 여전히 떨리고 있었습니다. '아빠, 이 고장은 나쁜 곳이에요!' '그래, 일류샤, 그다지 좋은 곳은 아니지.' '그럼 아빠, 우리 다른 데로 이사 가요. 네? 아무도 모르는 곳으로 딴 곳으로 이사를 가요!' '그래, 우리 이사 가자. 일류샤야,

476

하지만 돈을 좀 벌 때까지는 기다려야 해.' 나는 아이가 괴로운 생각에서 벗어난 것을 기뻐하면서 말하며 마차를 사가지고 다른 곳으로 이사 가는 광경을 그 애와 함께 상상하기 시작했습니다. '엄마와 누나들은 마차에 태우고 그 위에다 지붕을 쳐주자꾸나. 너하고 나는 마차와 나란히 걸어가는 거야. 이따금 너는 태워줄게. 그렇지만 아빠는 말을 아껴야 하니까 끝까지 걸어가겠다. 어차피 우리 식구가 다 탈 수는 없거든. 그렇게 우린 이사를 가는 거야.' 이 말을 듣자 일류샤는 열광적으로 즐거워했습니다. 무엇보다 기쁜 것은 자기 집에 말이 있어서 그걸 타고 간다는 게 신기했던 모양입니다. 아시다시피 우리 러시아의 아이들은 말과 함께 세상에 태어난다 해도 과언이 아니니까요. 우리는 오랫동안 이런 얘기를 했답니다. 나는 이것으로 그 애의 마음을 풀어주고 달래줄 수 있어서 참으로 다행이라고 생각했지요.

이건 그저께 저녁에 있었던 일이었고요. 어젯밤부터는 상황이 완전히 달라졌습니다. 그 애는 평소대로 아침에 학교에 갔는데 돌아왔을 때 얼굴이 침울하더군요. 무서울 만큼 침울한 모습이었습니다. 저녁에 그 애 손을 잡고 산책하러 나갔습니다만, 아이는 입을 다문 채 전혀 말을 하지 않았습니다. 그러는 사이 산들바람도 불기 시작하고 해도 져서 어딘지 모르게 가을빛이 완연했습니다. 게다가 주위도 점점 어두워져서, 함께 걸으면서도 서글픈 마음만 들더군요. '애, 일류샤야, 이사 갈 준비는 어떻게 하면 좋을까' 하고 내가 물었습니다. 전날의 화제로 다시 끌어들이려는 생각에서였지요. 그러나 그 애는 대답하지 않았습니다. 다만 그 애의 가느다란 손가락이 내 손 안에서 가늘게 떨고 있는 걸 느낄 수 있었습니다. '음, 또 무슨 새로운 일이 있었던 모양이군.' 나는 생각했습니다. 그러다가 우리는 지금처럼 이 바위에까지 와서 돌 위에 걸터앉았습니다. 하늘에는 연이 가득 날며 펄럭펄럭 소리를 내고 있었습니다. 아마 서른 개가량은 되었을 겁니다. 요즘은 연을 띄우는 계절이니까요. 나는 그 애한테 이렇게 말했지요. '애, 일류샤야, 우리도 작년에 산 연을 날려볼까. 아빠가 고쳐줄게. 그 연은 어디에 감춰두었니?' 그래도 그 애는 여전히 나를 외면한 채로 아무 대꾸가 없었습니다. 바로 그때 돌풍이 일어 뽀얗게 먼지를 일으켰습니다. 그러자 그 애가 갑자기 나한테 달려들어 그 조그만 손으로 제 목을 감고 꼭 껴안지 않겠습니까!

말이 없고 자존심이 강한 아이들은 오랫동안 눈물을 꾹 참고 있지만 그러다 보면 슬픔이 쌓이고 쌓여서 한꺼번에 폭발하기 때문에, 그때는 눈물이 흐르는 정도가 아니라 폭포처럼 콸콸 쏟아지는 법입니다. 그 애의 뜨거운 눈물에 내 얼굴은 금세 흠뻑 젖고 말았습니다. 그 애는 마치 경련을 일으키듯이 온몸을 떨었고 흑흑 흐느껴 울면서 나를 꼭 껴안았어요. '아빠! 아빠!' 하고 그 애는 외쳤습니다. '어떻게 그놈이 아빠에게 그런 모욕을 줄 수가 있어요.' 그러자 나도 그만 참지 못하고 울음이 터지고 말았습니다. 우리는 서로 껴안은 채 부들부들 떨고 있었지요. '아빠! 아빠!' 하고 그 애가 부르면, '일류샤야, 일류샤야!' 하고 내가 대답했습니다. 그때 우리를 본 사람은 아무도 없었지만 하느님만은 보시고 내 기록부에 적어 주셨겠지요. 알렉세이 표도로비치, 당신의 형님에게 감사의 말씀을 전해주십시오. 그렇지만 당신의 마음을 풀어드리려고 그 애를 때릴 수는 없습니다. 그건 어림도 없는 일이지요."

그는 또다시 아까처럼 악의에 찬 어릿광대와 같은 어조로 이렇게 말을 맺었다. 그러나 알료샤는 그가 이미 자기를 신뢰하고 있음을 알았다. 그는 다른 사람에게 결코 이렇게 긴 이야기를 하지 않았을 것이고, 또 지금 자기에게 말한 것 같은 사정을 고백하지도 않았을 거라고 느꼈다. 이런 생각이 들자 알료샤는 마음이 고무되기는 했으나, 그 가슴에는 눈물이 흐르고 있었다.

"아아, 어떻게 해서든지 그 애와 꼭 화해를 하고 싶군요!"

알료샤가 외쳤다.

"당신이 좀 힘을 써주신다면……"

"예, 물론 그래야지요."

대위는 중얼거렸다.

"그러나 이제부터 전혀 다른 말씀을 드려야 할 것 같군요."

알료샤가 외치듯이 말을 이었다.

"잘 들어주십시오! 실은 나는 부탁을 받고 당신을 찾아왔습니다. 형 드미트리는 자기 약혼녀에게까지 모욕을 주었습니다. 당신도 아시겠지만 그분은 더할 수 없이 고결한 아가씨입니다. 나는 그분이 받은 모욕을 당신한테 말할 권한을 갖고 있습니다. 아니, 그렇게 해야 할 의무가 있다고 하는 편이 정확하겠군요. 왜냐하면 그분은 당신이 모욕당했다는 것을 알고, 즉 당신의 불행한 처지를 알고 방금…… 아니, 조금 전에…… 그 아가씨의 이름으로 이 위로금을 전해달라고 나한테 부탁하셨기 때문입니다. 그렇지만 이건 어디까지나 그분 혼자서 하는 일이지 그분을 버린 드미트리 형이 시킨 일은 절대 아닙니다. 맹세해도 좋습니다. 또 동생인 내가 드리는 것도 아니고 어느 딴 사람이 드리는 것도 아니라, 어디까지나 그분의 마음에서 우러난 행동입니다. 그분은 자기 도움의 손길을 당신이 꼭 받아들이시길 간절히 바라고 있습니다. 그분은 당신과 동일한 사람으로부터 모욕을 받았습니다. 나의 형한테서 당신과 똑같은 심한 모욕(모욕의 정도는 다르지만)을 당했기 때문에, 그때 비로소 그분은 당신을 떠올린 것입니다. 그러니까 이건 누이가 오빠를 도우려는 행동으로 생각하시면 되는 겁니다. 그분은 당신의 어려운 처지를 알고 있기 때문에, 누이동생이 주는 것이라 생각하고 이 200루블을 받도록 당신을 설득해달라고 나한테 부탁한 겁니다. 여기에 대해선 아무도 모르니까 쓸데없는 소문이 날 염려는 조금도 없습니다. 자, 이것이 그 200루블이니, 꼭 받아주셔야만 합니다……. 만일 거절하신다면, 거절한다면 세상 모든 사람들이 원수지간이 되지 않을 수 없겠지요……! 그러나 세상에는 형제로 지내는 사람들도 있습니다……. 당신은 착한 마음을 지니신 분입니다……. 당신은 이것을 이해해주시리라 믿습니다. 반드시 이해하셔야 합니다!"

이렇게 말하고 알료샤는 무지갯빛 100루블짜리 새 지폐 두 장을 그에게 내밀었다. 이때 두 사람은 바로 울타리 가까이에 있는 바위 옆에 있었으므로 주위에는 아무도 없었다. 그 돈은 이등 대위에게 무시무시한 충격을 준 것 같았다. 그는 흠칫 몸을 떨었으나 처음에는 단지 놀란 모양이었다. 그는 이런 일을 생각해본 적도 없거니와, 이런 결과가 오리라고도 전혀 예상치 못했던 것이다. 그리고 누구에게건 이런 거액의 원조를, 그것도 이렇게 막대한 돈을 받게 되리라고는 정말 꿈도 꾸지 못했던 것 같았다. 그는 돈을 받아들긴 했으나 잠시 동안 말을 제대로 하지 못했다. 뭔가 전혀 지금까지와는 다른 표정이 그의 얼굴을 스치고 지나갔다.

"이건 나한테 주시는 겁니까! 이런 큰돈을! 200루블을! 이건 꿈이 아닌가요? 이렇게 큰돈은 지난 4년 동안 구경도 하지 못했습니다. 게다가 누이동생이 주는 것으로 생각하고 받으라구요……. 이게 사실입니까, 그렇습니까?"

"맹세코 제가 지금 말한 것은 모두 사실입니다."

알료샤가 외치자 이등 대위는 얼굴을 붉혔다.

"저, 그렇지만 내 얘기를 들어보십시오. 제가 만일 이걸 받으면 비열한 놈이 되는 게 아닐까요? 당신의 눈으로 봤을 때 말입니다. 알렉세이 씨, 내가 과연 비열한 놈이 되는 건 아닐까요? 아니, 알렉세이 씨, 제발 끝까지 들어주십시오."

그는 두 손으로 계속 알료샤의 몸을 만지면서 어쩔 줄 모르는 기색으로 급히 말을 이었다.

"당신은 지금 누이동생의 위로금이라고 하면서 나를 설득하고 있지만, 사실 마음속으로는 나를 비굴한 놈이라고 생각하는 건 아닙니까? 만일 내가 이걸 받는다면 말입니다."

"천만에요. 절대로 그렇지 않습니다. 하느님께 맹세하지요. 절대 그렇지 않습니다. 그리고 우리 말고는, 나와 당신과 그 아가씨 그리고 또 한 사람, 그 아가씨와 절친한 어떤 부인밖에는 누구도 모릅니다."

"부인 같은 건 문제가 아닙니다. 이거 보세요. 알렉세이 표도로비치, 끝까지 내 얘기를 들어주십시오. 이제 내 얘기를 모두 들어주셔야 할 때가 온 것 같습니다. 왜냐하면 이 200루블이라는 돈이 지금 나한테 어떤 의미인지 당신은 아마 이해하지 못할 겁니다."

불행한 대위는 점점 이성을 잃고 야만적이라 할 수 있는 기쁨에 둘러싸여 있었다. 그는 몹시 당황하여 할 말을 다 못하지나 않을까 조바심을 내며 급히 말을 이어갔다.

"이 돈이 그토록 거룩하고 존경할 만한 '누이동생'이 보내온 지극히 결백한 것이라는 점은 제쳐놓고라도, 당장 이 돈으로 마누라와 니나를, 곱사등이 천사인 제 딸을 치료해줄 수 있다는 걸 당신은 아십니까? 사실은 요전에도 게르첸슈트베라는 의사 선생님이 친절하게도 저희 집까지 와서 두 사람을 1시간 동안이나 진찰해주셨지만 '도무지 알 수가 없군요' 하고 말씀하셨습니다. 그러나 이곳 약국에서 파는 광천수가 반드시 효과가 있을 거라면서 처방을 내주셨어요. 그리고 다리를 찜질하는 데 쓰는 약도 처방해주셨습니다. 광천수는 30코페이카씩 하는데 우선 40병은 먹어야 효과가 있다고 하더군요. 그래서 저는 그 처방을 받아서 성상 아래 선반에 놓아둔 채 지금까지 그대로 모셔두고만 있는 형편입니다. 그리고 니나한테는 무슨 약을 탄 뜨거운 물로 목욕을 시키라고 하셨지만 날마다 아침저녁으로 두 번씩이나 해야 한다니 어디 우리 집 형편에 엄두나 낼 수 있겠습니까. 하인도 없고, 거들어줄 사람도 없거니와 목욕을 시킬 그릇도 물도 없는 집에서 말입니다!

게다가 니나는 지독한 류머티즘을 앓고 있습니다. 아직 말씀드리지 않았습니다만 밤마다 오른쪽 몸의 통증으로 몹시 고통스러워하고 있습니다. 그런데도 그 천사 같은 아이는 우리한테 걱정을 끼치지 않으려고 꾹 참고, 우리를 깨울까 봐 신음 한 번 내지 않는답니다. 식사를 할 때도 식구들은 닥치는 대로 마구 집어 먹지만 그 애는 그중에서도 제일 맛없는, 그야말로 개한테나 던져줄 것만을 골라 먹거든요. '나 같은 건 좋은 걸 먹을 자격이 없어요. 그러면 다른 식구들 것을 가로채는 거나 마찬가지예요. 그렇잖아도 집안 식구들의 짐이 되고 있는걸요.' 그 애의 천사 같은 눈은 이렇게 말하고 있는 것 같습니다. 우리의 시중을 받는 것을 그 애는 얼마나 괴로워하는지 모릅니다. '나는 그럴 자격이 없어요. 아무 쓸모도 없는 장애인인걸요.' 이런 생각으로 가득 차 있는 것 같습니다. 그런데 그럴 자격이 없다고 누가 감히 말할 수 있겠습니까. 그 애는 천사와 같은 아름다운 마음으로 우리 가족을 위해 하느님께 기도해주고 있습니다. 그 애가 없으면, 그 애의 상냥한 말이 없으면 우리 집은 지옥이 될 겁니다. 그 애는 바르바라의 마음까지도 누그

483

러뜨려주었습니다. 그러나 바르바라도 나쁘게 생각하지 말아주십시오. 그 애도 역시 천사랍니다. 모욕 받은 천사라고나 할까요. 그 애는 지난여름에 집에 돌아왔습니다만, 그때는 가정교사를 해서 번 돈 16루블을 가지고 있었습니다. 그 돈은 9월에, 즉 지금쯤 페테르부르크로 다시 돌아갈 여비로 쓰려고 따로 떼어놓은 거였습니다. 그러나 저희들이 그 돈을 생활비로 써버렸기 때문에 그 애는 지금 돌아갈 여비조차 없는 형편입니다. 게다가 지금 우리 집에서 죄수처럼 일을 하고 있으니 더욱 돌아갈 형편도 못 되는 거지요. 마치 여윈 말에게 마구와 안장을 얹어 혹사시키고 있는 거나 다를 바 없습니다. 집안 식구들의 시중을 들어주고 빨래를 하고 걸레질을 하고 어머니를 자리에 눕히고……. 게다가 그 어머니라는 사람은 변덕이 심한 데다 걸핏하면 눈물을 쥐어짜는 정신병자니까요……. 하지만 이제는 이 200루블로 하녀를 둘 수도 있습니다. 알렉세이 씨, 이 돈으로 사랑하는 식구들을 치료해줄 수도 있고, 학생인 딸애를 페테르부르크로 돌려보낼 수도 있습니다. 고기를 살 수도 있고, 새로운 식이요법도 시도할 수 있습니다. 아아, 이건 정말 꿈같은 얘기입니다!"

알료샤는 이등 대위에게 이런 행복을 가져다줄 수 있고 또한 이 불행한 인간도 그 행복을 받아들이는 데 동의한 것에 한없이 기뻤다.

"잠깐만 기다려주십시오. 알렉세이 표도로비치."

이등 대위는 갑자기 머릿속에 떠오른 새로운 공상을 놓칠까 봐 또다시 재빠른 어조로 말을 이었다.

"어쩌면 저와 일류샤의 공상은 지금이라도 당장 실현될 수 있을지 모릅니다. 조그만 말 한 필과 포장마차를 사가지고—말은 검정말이어야 합니다. 그 애가 꼭 검정말을 원하니까요—그저께 계획한 대로 이 고장을 떠나는 겁니다. K현에는 어릴 적부터 친구인 변호사가 하나 있는데, 믿을 만한 사람을 통해 그 친구가 전한 얘기로는 내가 가면 자기 사무실에서 서기로 써줄 수 있다는 겁니다. 어쩌면 정말 써줄지도 모릅니다……. 자, 그러니까, 마누라와 니나를 마차에 태우고, 일류샤는 마부 자리에 앉히고 나는 걸어서 집안 식구들을 모두 데리고 가겠습니다……. 아아, 내가 받을 빚을 한 군데서나마 돌려받을 수만 있다면, 이런 것쯤은 다 하고도 돈이 남을 텐데……."

"문제없습니다. 문제없어요."

알료샤가 소리쳤다.

"카체리나 아가씨가 또 얼마든지 필요한 만큼 지원해줄 것입니다. 그리고 나도 돈을 좀 갖고 있으니 형제나 친구라 생각하시고 필요한 대로 써주십시오. 나중에 돌려주시면 되니까요……. (당신은 돈을 번 겁니다. 정말이에요) 당신이 다른 현으로 이사를 가겠다는 건 참으로 좋은 생각입니다. 그렇게 되면 당신도 살 수 있고, 특히 그 애를 위해서도 그 이상 좋은 일이 없을 겁니다. 그러니까 되도록 빨리, 겨울 추위가 닥쳐오기 전에 떠나도록 하십시오. 그리고 거기 가시면 편지를 보내주십시오. 우리는 언제까지나 형제처럼 지낼 수 있을 겁니다……. 그렇습니다. 이건 절대로 꿈이 아닙니다."

더할 나위 없이 흡족한 마음으로 알료샤는 그를 포옹하려 했다. 그러나 상대방의 얼굴을 보는 순간 갑자기 멈칫 물러서지 않을 수 없었다. 대위는 목을 길게 뽑고 입술을 비죽 내민 채 몹시 흥분한 듯 창백한 얼굴로 서 있었다. 그는 무언가 말하고 싶은 듯 입술을 달싹거리고 있었으나 소리는 나오지 않았다. 그의 입술이 계속 움직이는 모습은 뭔가 괴기스러웠다.

"아니, 무슨 일이십니까?"

알료샤는 왠지 모르게 갑자기 몸을 떨며 물었다.

"알렉세이 표도로비치…… 나는…… 당신은……."

그는 마치 절벽에서 뛰어내리려 결심한 사람처럼 이상하고도 불길한 눈초리로 알료샤를 쏘아보았다. 그리고 입가에 야릇한 미소를 띤 채 더듬더듬 중얼거렸다.

"나는 말입니다…… 당신은…… 그보다도 어떻습니까? 당장 이 자리에서 마술을 하나 보여드리고 싶은데요."

갑자기 그는 빠르면서도 확고한 어조로 더듬지 않고 속삭이듯 말했다.

"아니, 마술이라뇨?"

"마술은 마술이지만 뭐 간단한 겁니다."

이등 대위는 여전히 속삭이는 어조로 말했다. 그의 입은 왼쪽으로 비뚤어지고 왼쪽 눈을 가늘게 뜨고는 못 박힌 듯이 뚫어지게 얄료샤에게 눈을 떼지 않고 있었다.

"도대체 무슨 일입니까, 별안간 마술이라니."

얄료샤는 완전히 놀란 표정으로 이렇게 말했다.

"자, 보십시오. 이겁니다!"

별안간 그는 찢어지는 듯한 목소리로 외쳐댔다. 그리고 그는 지금까지 얘기를 계속하는 동안 오른쪽 엄지손가락과 집게손가락으로 한쪽 끝을 쥐고 있던 두 장의 무지갯빛 지폐를 얄료샤에게 보이더니 별안간 맹렬한 기세로 마구 구겨가지고 오른쪽 주먹에 꽉 움켜쥐었다.

"보셨지요, 자, 어때요!"

그는 극도로 창백한 얼굴로 미친 듯이 이렇게 외쳤다. 그리고 주먹을 높이 쳐들고 구겨진 두 장의 지폐를 힘껏 땅에 내동댕이쳐버렸다.

"어떻습니까?"

그는 지폐를 가리키며 또다시 외쳤다.

"자, 바로 이겁니다."

이렇게 말하고는 오른발을 번쩍 들어 야수 같은 증오 어린 표정으로 구두 뒤축으로 지폐를 짓밟기 시작했다. 그는 한번 짓밟을 때마다 거칠게 숨을 내쉬며 이렇게 부르짖었다.

"당신의 이런 돈 따위는 이렇게! 이렇게! 이렇게! 이렇게!"

그러다가 그는 갑자기 한 걸음 뒤로 물러서더니 얄료샤 앞에 가슴을 쭉 펴고 버티고 섰다. 그의 몸 전체에서는 뭐라 표현할 수 없는 오만한 자부심이 넘쳐흐르고 있었다.

"당신을 여기 보낸 분에게 가서 말해주세요. 이 수세미는 결코 자기 명예를 팔지 않는다고요."

그는 허공을 향해 오른손을 쳐들며 이렇게 외쳤다. 그러고는 몸을 홱 돌려 달려가더니 다섯 걸음도 채 못 가서 알료샤에게 손으로 키스를 날려 보냈다. 또 다섯 걸음이 못 되어 다시 돌아보았다. 그때는 이미 일그러진 미소는 말끔히 사라지고 얼굴은 눈물로 뒤범벅이 되어 있었다. 그는 파르르 떨리는 목소리로 목이 메어 부르짖었다.

"그런 모욕의 대가로 돈을 받는다면, 집에 있는 아들 녀석에게 내가 무슨 말을 할 수 있겠습니까."

이렇게 말하고는 이번에는 뒤도 돌아보지 않고 쏜살같이 달려갔다. 알료샤는 뭐라 말할 수 없는 슬픔에 싸인 채 그 뒷모습을 지켜보고 있었다. 이등 대위도 그 마지막 순간까지 자신이 돈을 구겨 땅바닥에 내동댕이치리라곤 꿈에도 생각지 못했으리라. 알료샤는 그것을 잘 알고 있었다. 도망치듯 달려가는 이등 대위는 한 번도 뒤를 돌아보려 하지 않았다. 알료샤도 그가 뒤돌아보지 않으리라는 것을 알고 있었다. 알료샤는 이등 대위를 쫓아가서 불러 세우고 싶지도 않았다. 자신도 그 까닭을 알고 있었기 때문이다.

이등 대위의 모습이 시야에서 아주 사라져버린 다음에야, 알료샤는 두 장의 지폐를 주워들었다. 지폐는 몹시 구겨진 채 모래 속에 반쯤 묻혀 있었을 뿐 조금도 파손된 부분은 없었다. 알료샤가 구김살을 펴보니 마치 새 것처럼 다시 뻣뻣해졌다. 알료샤는 지폐를 잘 손질해서 곱게 접은 후 호주머니에 넣은 다음 부탁받은 일의 결과를 알려주기 위해 카체리나의 집을 향해 걸음을 옮겼다.

제2부

제5편 | 찬성과 반대

1. 약혼

　이번에도 알료샤를 제일 먼저 맞아준 것은 호흘라코바 부인이었다. 부인이 허둥지둥 수선을 피우는 것이 뭔가 예사롭지 않은 일이 일어난 모양이었다. 카체리나의 히스테리는 결국 기절로 끝났지만 그다음이 더 문제였다.

　"그러고 나선 굉장히 무서울 정도로 쇼크를 일으켜서 자리에 눕자마자 눈을 뒤집고 헛소리를 해대지 않겠어요. 게다가 열까지 높아져서 게르첸슈트베 선생을 부르러 사람을 보냈고 이모님들도 모셔오도록 했지요. 이모님들은 벌써 와 계시지만 게르첸슈투베 선생은 아직 안 왔어요. 모두들 그분 방에 모여서 선생님이 오시기만 기다리고 있어요. 아가씨는 지금 의식이 없는데 혹시 심한 열병에라도 걸린 거면 어쩌죠!"

이렇게 큰 소리로 떠들어대는 호흘라코바 부인의 표정은 정말 겁에 질린 것처럼 보였다.

"정말 큰일이에요, 큰일이에요!"

그녀는 말끝마다 이렇게 덧붙였다. 마치 지금까지 있었던 모든 일은 하나도 큰일이 아니었다는 듯한 말투였다. 알료샤는 침통한 얼굴로 부인의 말에 귀를 기울였다. 그러고 나서 자기한테 일어난 일을 설명하기 시작했으나 말을 꺼내기 무섭게 부인이 가로막았다. 지금 그의 말을 듣고 있을 여유가 없다는 것이었다. 부인은 그에게 리즈한테 가서 자기가 올 때까지 기다려달라고 부탁했다.

"그런데, 리즈가 말이에요. 알렉세이 씨."

부인은 알료샤에게 귓속말을 하듯 속삭였다.

"리즈가 나를 깜짝 놀라게 했지 뭐예요. 하지만 또 나를 아주 감동시키기도 했어요. 그래서 그 애 일이라면 무엇이든 용서해주고 싶어요. 아까 당신이 나가자마자 그 애가 갑자기 어제와 오늘 당신을 놀린 것에 대해 진심으로 후회하더군요. 무슨 악의를 가지고 그런 것은 아니고 장난삼아 그랬던 거죠. 그런데도 그 애가 눈물을 흘리며 진정으로 뉘우치는 바람에 나는 깜짝 놀랐어요. 그 애는 지금까지 나를 비웃고 나서 한 번도 진심으로 후회한 일은 없어요. 언제나 농담으로 얼버무렸지요. 당신도 아시다시피 그 애는 언제나 나를 우습게 보고 있어요. 그런데 이번에는 진정인 것 같아요. 정말 진정이에요. 알렉세이 표도로비치, 그 애는 당신의 말씀을 존중하고 있답니다. 그러니까 되도록 그 애에게 화를 내지 마시고 나쁘게 생각하지 말아주세요. 난 언제나 그 애를 관대하게 대하려 하고 있어요. 원래는 영리한 아이니까요. 그렇지 않나요? 조금 전에도 그 애는 당신이 옛날 소꿉동무였다는 말을 하더군요. '어릴 적부터 사귄 가장 진실한 친구예요'라고 말이죠. 아시겠어요? 글쎄 가장 진실한 친구라고 하면서, 그런데도 자기는 뭐냐는 거예요. 그 애는 이런 면에서 매우 진지한 감정을 품고 있는 데다 지난 일까지 들먹이고 있답니다. 그러나 무엇보다 기특한 것은 예기치도 못한 때에 깜짝 놀랄 만큼 기묘한 말들이 그 애의 입에서 수시로 튀어나온다는 거예요. 예를 들어 바로 얼마 전에 소나무 얘기만 해도 그래요. 그 애가 아직 어렸을 때 우리 집 정원에 소나무 한 그루가 있었어요. 하긴 지금도 있으니까 굳이 과거형을 쓸 필요는 없겠군요. 알렉세이 표도로비치, 소나무는 사람하고 달라서 아무리 세월이 흘러도 쉽게 변하지 않아요. 그런데 그 애가 이런 말을 하지 않겠어요. '엄마, 난 그 소나무를 꿈속에서처럼 기억하고 있어요'라는 거예요. 즉, '소나무를 꿈에서라는 거예요.* 그 애의 표현은 뭔가 재치가 있는 것 같아요. 소나무라는 말은 그 자체로 보잘것없지만 그 애는 그 단어에 대해 하도 기발한 말을 연결시켜서 도저히 그대로 전할 수도 없을 것 같아요. 게다가 이젠 다 잊어버렸지만, 그럼 이만 실례하겠어요. 나는 벌써 두 번이나 정신 이상이 와서 의사의 치료를 받은 적이 있답니다. 그럼 리즈한테 가서 그 애가 기

---

* 소나무와 꿈은 러시아어로 '사스나'로 동음이의어이다.

운을 차리도록 해주세요. 당신이라면 언제라도 그렇게 해주실 수 있으니까요. 얘, 리즈!"

부인은 방문으로 다가가며 소리쳤다.

"여기 네가 그렇게 모욕을 준 알렉세이 씨를 모셔왔다. 그러나 조금도 화를 내시지 않으니 안심해라. 오히려 네가 그렇게 생각하는 걸 이상하게 여기시니까."

"고마워요, 엄마(Merci, maman), 들어오세요. 알렉세이 표도로비치."

알료샤는 방 안으로 들어섰다. 리즈는 어쩐지 약간 민망한 듯이 그를 쳐다보다가 갑자기 얼굴을 확 붉혔다. 무언가 몹시 부끄러워하는 눈치였다. 그리고 이럴 때엔 언제나 그렇듯이, 그녀는 전혀 상관없는 이야기를 숨 가쁘게 마구 지껄이기 시작했다. 지금 이 순간, 그녀가 생각하고 있는 것은 그것뿐이라는 듯한 태도였다.

"알렉세이, 엄마가 방금 나에게 그 200루블 얘기랑, 당신이 그 가난한 장교한테 심부름을 갔다는 얘기를 전부 해주셨어요. 그리고 그 장교가 몹시 모욕을 당했다는 무서운 얘기도 들었어요. 엄마 얘기는 도무지 두서가 없었지만요. 얘기가 자꾸 이쪽저쪽으로 튀다가 무슨 말인지 모르겠다니까요. 그래도 나는 그 얘기를 들으면서 눈물을 흘렸어요. 그래서 어떻게 되었지요? 그 돈은 전해주셨나요? 그 불쌍한 사람은 지금 어떻게 되었어요?"

"사실, 돈을 주지 못했습니다. 얘기를 하자면 깁니다."

알료샤는 돈을 주지 못한 것이 못내 마음에 걸린다는 듯이 말했다. 그러나 그가 자꾸만 옆으로 시선을 돌리며 직접 관계도 없는 이야기를 하려고 애쓰고 있다는 것을 리즈는 똑똑히 느꼈다. 알료샤는 탁자에 기대 앉아 이야기를 시작했다. 그러나 일단 말을 시작하자 어색한 빛은 모두 사라지고 도리어 리즈의 관심을 사로잡았다. 아직도 그는 조금 전에 받은 강렬한 감동과 깊은 인상에 지배되고 있었으므로 아주 상세히, 조리 있게 이야기할 수 있었던 것이다.

예전에도 알료샤는 모스크바에 있을 때부터 아직 소녀였던 리즈를 찾아와 자기에게 새로 일어난 사건이며, 책에서 읽은 내용, 또는 소년 시절의 추억담을 이야기하는 것을 좋아했다. 때로는 둘이서 공상에 잠기거나 소설 같은 것을 꾸며내기도 했는데, 그것은 주로 경쾌하고 신나는 이야기들뿐이었다. 그래서 그들은 지금 2년 전의 모스크바 시절로 갑자기 되돌아간 것 같은 기분이었다. 리즈는 그의 얘기에서 몹시 감동을 받았다. 알료샤가 뜨거운 동정심을 갖고 일류샤의 모습을 그녀의 눈앞에 생생하게 그려 보여주었기 때문이다. 불행한 퇴역 대위가 돈을 짓밟는 광경을 상세히 설명했을 때, 리즈는 끓어오르는 감정을 억제하지 못하고 손뼉을 탁 치며 외쳤다.

"그럼, 결국 돈을 주지도 못했군요! 그냥 놓쳐버렸어요! 아, 뒤쫓아가서 붙잡지 않으시구!"

"그렇지 않아요. 리즈. 쫓아가지 않기를 잘했습니다."

알료샤는 이렇게 대답하고 의자에서 일어나더니 무언가 마음에 걸리는 것이 있는 표정으로 방 안을 한 바퀴 돌았다.

"왜 잘하셨다는 건가요? 어떤 점에서요? 그 사람들은 지금 먹을 게 없어서 당장 죽을 지경일 텐데요."

"죽지는 않을 겁니다. 어쨌든 그 200루블은 결국 그 사람들에게 돌아갈 겁니다. 내일이면 이 돈을 받을 겁니다. 틀림없이 받을 겁니다."

알료샤는 생각에 잠긴 얼굴로 걸음을 옮기며 말했다.

"그런데, 리즈."

그는 갑자기 리즈 앞에 멈춰 서서 말을 이었다.

"내가 아까 한 가지 실수를 한 것 같아요. 그러나 오히려 그 실수 때문에 일이 더 잘됐어요."

"어떤 실수요? 그리고 그것 때문에 뭐가 잘된 거예요?"

"다름이 아니라 그는 아주 겁이 많고 마음이 약한 사람이에요. 온갖 고초를 다 겪었지만 마음만은 선량한 사람이지요. 나는 지금 그 사람이 무엇 때문에 갑자기 화를 내며 그 돈을 짓밟았는지 그 이유를 생각해보았습니다. 아마 그 사람은 마지막 순간까지 그 돈을 짓밟을 생각을 하지 않았을 겁니다. 곰곰이 생각해보니 그때 그 사람은 여러 가지 점에서 화가 난 것 같습니다. 하긴 그 사람 입장에서는 그럴 수밖에 없었지요. 우선 내 앞에서 돈을 보고 그토록 기뻐서 어쩔 줄 몰라 하며, 그걸 나한테 숨기지 않은 자신에 대해 스스로 화가 났던 거예요. 만일 그때 속으로는 기뻤을지라도 그렇게까지 노골적으로 드러내지 않고 다른 사람들처럼 시무룩하게 돈을 받았더라면 그래도 마지못해 받는 척하며 그 돈을 집어넣었으리라고 생각합니다. 그런데 그 사람은 너무나도 솔직하게 기쁨을 드러내 보였기 때문에 자기 자신에게 화가 난 겁니다. 아아, 리즈, 그는 정말 순수하고 착한 사람이에요. 그리고 이런 경우에는 바로 그것이 불행의 원인이 된 거죠!

그 사람은 말을 하는 동안 계속 힘없는 가느다란 음성으로 소곤대면서도 말을 굉장히 빠르게 하더군요. 그리고 쉴 새 없이 키득거리는가 하면 또 훌쩍훌쩍 울기도 하고……. 정말입니다. 그만큼 기뻤던 겁니다. 자기 딸들 얘기도 하더군요……. 다른 지방으로 옮겨가면 취직할 수 있다는 이야기도 했어요. 그렇게 자기 속을 다 보여준 것이 부끄러워진 겁니다. 그래서 결국 나라는 인간이 미워진 거예요. 그는 정말 부끄럼을 잘 타는 가난뱅이 중의 한 사람이었습니다. 그러나 그분이 화를 낸 가장 큰 이유는 나를 지나치게 빨리 친구로 생각하여 너무 빠르게 나한테 항복해버린 데 스스로 굴욕감을 느꼈기 때문입니다. 처음에는 내게 덤벼들며 위협까지 하다가 돈을 보자마자 나를 껴안으려 했거든요. 정말 나를 껴안으려고 몇 번이나 두 손을 내 몸에 가져다댔으니까요. 그래서 그 사람은 자기의 굴욕을 뼈저리게 느낀 겁니다. 그런데 바로 이때 내가 중대한 실수를 하고 말았어요. 다름 아니라 내가 갑자기 이런 소리를 했거든요. 다른 고장으로 이사를 가는데 여비가 부족하면 돈을 더 줄 수도 있고, 나도 가진 돈을 얼마든지 빌려드릴 수 있다고요. 이 말이 그에게 충격을 준 모양이에요. '무엇 때문에 너까지 나에게 은혜를 베풀겠다는 거냐?' 하는 생각이 들었겠지요.

　이봐요. 리즈. 학대받고 모욕받으며 살아온 사람들은 다른 사람들이 무슨 커다란 은인이나 되는 것 같은 눈으로 자기를 바라보면 참을 수 없는 고통을 느낀다더군요……. 장로님께서 이런 말씀을 하신 걸 들은 적이 있습니다. 어떻게 설명하면 좋을지 모르겠지만 나 자신도 그런 경우를 여러 번 목격했습니다. 또 이렇게 말하는 나 자신도 그런 느낌을 받은 적이 있구요. 그러나 무엇보다 중요한 점은 그 사람이 마지막까지 돈을 짓밟으리라고는 생각지 못했다 할지라도 어쩐지 그런 걸 예감하고 있었을 거라는 거죠. 그랬기에 그토록 기뻐하며 좋아했던 거겠죠. 결국 이렇게 좋지 않게 끝났습니다만, 어쨌든 일은 잘된 겁니다. 오히려 일이 잘된 거라고 생각합니다. 더 이상 바랄 나위 없이 잘된 거라구요."

"그게 무슨 뜻이죠?"

　리즈는 놀란 눈으로 알료샤를 쳐다보면서 이렇게 소리쳤다.

"그건 말이죠. 리즈. 만약에 그 사람이 돈을 짓밟지 않고 그냥 받았다면 집에 돌아가 1시간도 못 돼 자신의 굴욕을 통감하고 울음을 터뜨리고 말았을 겁니다. 실컷 울고 나서, 내일 아침, 날이 새기가 무섭게 나한테 달려와서 아까 한 것처럼 그 돈을 내동댕이치고 무섭게 짓밟아버릴지도 모릅니다. 그러나 오늘은 비록 '자살행위'나 다름없는 짓을 했다는 걸 알면서도 어쨌든 떳떳한 자부심을 가지고 돌아갔을 겁니다. 그러니까 내일이라도 이 200루블을 가지고 가서 억지로라도 손에 쥐어주는 것쯤은 쉬운 일이지요. 그 사람은 자기가 비겁하지 않다는 것을 충분히 증명한 셈이니까요. 그는 돈을 짓밟을 때, 내가 내일 다시 그 돈을 가져오리라는 것을 꿈에도 짐작하지 못했을 겁니다. 그렇지만 그 돈이야말로 그 사람에게 절대적으로 필요한 것입니다. 물론 지금은 의기양양하겠지만, 그래도 자기가 큰 도움의 기회를 놓쳐버렸다고 오늘 중으로 후회할 겁니다. 밤이 되면 더욱더 돈 생각이 간절해져서 꿈까지 꾸겠지요. 아마도 내일 아침엔 나한테 달려와서 용서라도 빌고 싶을 겁니다. 바로 그때 내가 그를 찾아가서 '당신은 참으로 자부심이 강한 분이라는 걸 충분히 보여주셨으니, 제발 이 돈을 받아주십시오'라고 말하는 거예요. 그러면 그 사람도 돈을 받지 않을 수 없겠지요."

알료샤는 기쁨에 도취된 어조로 "그러면 그 사람도 돈을 거절할 수 없겠지요!"라는 말을 했다. 리즈는 저도 모르게 손뼉을 쳤다.

"아, 정말 그렇군요. 이제 알겠어요. 알료샤, 당신은 어떻게 그런 것까지 다 알고 계세요? 나이도 젊은데 다른 사람의 마음을 꿰뚫어보시네요……. 저는 어림도 없는 일이에요."

"이제부터 가장 중요한 것은 비록 그 사람이 우리한테 돈을 받는다 해도 우리들과 대등한 위치에 있다는 자부심을 갖도록 하는 일입니다."

여전히 기쁨에 도취된 알료샤가 말했다.

"아니, 대등하다기보다 한 단계 더 높은 위치에 있다는……."

"'한 단계 더 높은 위치'라는 말이 멋지군요. 알렉세이, 어서 말을 계속하세요!"

"내 표현이 서툴렀나 보군요. '한 단계 더 높은 위치'라는 건, 그렇지만 그런 건 문제가 아니지요. 왜냐하면……."

"그럼요, 물론이에요. 알료샤, 용서해주세요. 제발. 저 알료샤, 난 지금까지 당신을 별로 존경하지 않았어요. 아니, 존경하기는 했지만 어디까지나 대등한 위치에서였어요. 하지만 앞으로는 한층 더 높이 존경하겠어요. 제발 화내진 마세요. 내 말이 좀 '지나쳤다'고 해서."

그녀는 감정에 북받쳐 말을 이었다.

"나는 이렇게 우스꽝스런 어린 소녀에 지나지 않지만, 당신은…… 당신은…… 그렇지만요, 알렉세이, 당신은……, 당신은……. 역시 우리라고 말하는 편이 낫겠군요. 우리들의 이런 판단 속에 그 사람을, 그 불행한 사람을 모욕하는 부분은 없을까요? 마치 높은 곳에서 내려다보듯이 그 사람의 마음속을 여러모로 해부해보았으니 말이에요. 우리는 그 사람이 틀림없이 돈을 받을 거라고 단정해버리지 않았느냐 말이에요."

"아닙니다. 리즈. 그런 모욕 같은 것은 전혀 없었어요."

마치 그런 질문을 예상하기라도 한듯 알료샤가 딱 잘라 말했다.

"이리로 오는 동안 나는 이미 그걸 생각해보았어요. 우리나 그 사람이나 모두가 다 그 사람과 똑같은 인간인데 어떻게 멸시할 수 있겠습니까. 우리도 그 사람보다 결코 나을 게 없어요. 설사 나은 점이 있다고 하더라도 그 사람의 입장에 처하게 되면 결국 그와 똑같아지고 맙니다……. 리즈, 당신은 어떤지 모르지만 나 자신은 여러 모로 보아 천박한 마음의 소유자라고 생각합니다. 그런데 그 사람은 천박하기는커녕 아주 섬세한 영혼을 지닌 사람입니다. 그러니까 그 사람에 대한 모욕이란 조금도 있을 수 없는 겁니다! 어느 날 장로님이 이런 말씀을 하셨습니다. '인간이란 어린애 돌보듯 늘 보살펴야 한다. 어떤 사람은 병원에 입원해 있는 환자처럼 간호하며 돌볼 필요가 있다'고 말입니다."

"아아, 알렉세이 표도로비치. 정말 그래요. 우리 환자들을 돌보듯이 인간을 대해요."

"그럽시다. 리즈. 나도 그럴 생각입니다. 아직 마음의 준비가 완전히 되어 있지는 못하지만, 나는 때로는 무척 참을성이 없고 또 때로는 사리를 판단하지 못할 때도 있어요. 그러나 당신은 그렇지가 않습니다."

"어머나, 알렉세이. 나는 얼마나 행복한지 모르겠어요."

"리즈, 당신이 그렇게 말하니 나도 기쁩니다."

"알렉세이 표도로비치, 당신은 정말 좋은 분이에요. 어떤 때는 학자 냄새가 나는 것도 같지만, 그러나 잘 보고 있으면 그렇지도 않아요. 저 문 쪽으로 가서 밖을 좀 보고 오세요. 문을 살짝 열고 어머니가 엿듣고 있지 않나 보고 오세요."

갑자기 리즈는 신경질적인 성급한 어조로 소곤거렸다. 알료샤는 가서 문을 열어보고 아무도 엿듣지 않는다고 말했다.

"그럼 이리 오세요. 알렉세이."

리즈는 얼굴을 점점 더 붉히면서 말을 이었다.

"손을 주세요. 네, 그렇게. 당신에게 중대한 사실을 고백하겠어요. 어제 드린 편지, 실은 농담이 아니라 진심으로 써 보낸 거예요."

리즈는 한 손으로 눈을 가렸다. 그렇게 고백하기가 무척 부끄러운 모양이었다. 별안간 그녀는 알료샤의 손을 잡더니 열렬히 세 번 입을 맞췄다.

"아아, 리즈, 그건 참 반가운 일입니다!"

알료샤가 기쁜 듯이 외쳤다.

"나도 당신이 그걸 진심으로 썼다는 걸 확신하고 있었어요."

"어머나, 확신하고 있었다구요!"

리즈는 갑자기 그의 손에서 입을 떼었으나, 여전히 손을 잡은 채 얼굴을 빨갛게 물들이면서 행복에 겨운 듯 생글생글 웃었다.

"기껏 내가 손에 입을 맞추니까 겨우 한다는 말이 '참 반가운 일'이라구요?"

그러나 그녀의 투정은 공평하지 않았다. 알료샤는 완전히 당황하고 있었던 것이다.

"나는 항상 당신 마음에 들고 싶지만, 어떻게 하면 좋을지를 모르겠어요."

알료샤는 얼굴을 붉히며 이렇게 중얼거렸다.

"알료샤, 당신은 정말 냉정하고도 무례한 분이세요. 제멋대로 나를 신부감으로 정해놓고 마음을 턱 놓고 있으니 말이에요! 당신은 내가 그 편지를 진심으로 썼다고 확신하고 있었다니, 그런 법이 어디 있어요. 그러니 대담하다고 할 수밖에 없잖아요."

"그렇지만 내가 그걸 확신했다는 게 그렇게 나쁜 일입니까?"

알료샤는 갑자기 웃었다.

"아니에요. 그 반대예요. 나쁘기는커녕 정말 잘하셨어요."

리즈는 행복에 겨운 듯한 상냥한 눈으로 그를 바라보았다. 알료샤는 여전히 그녀에게 손을 내맡긴 채 그 자리에 서 있었다. 그러다가 갑자기 몸을 굽혀 그녀의 입술에 키스했다.

"어머나, 지금 이게 무슨 짓이에요?" 하고 리즈가 외쳤다. 알료샤는 몹시 당황했다.

"혹시 내가 잘못했다면 용서하세요……. 내가 무척 어리석은 짓을 했나 봅니다. 당신이 나더러 냉정하다고 하는 바람에 그만 키스를 해버린 겁니다. 어쨌든 좀 쑥스러운 결과가 되었군요."

리즈는 웃음을 터뜨리며 두 손으로 얼굴을 감쌌다.

"수도사의 옷을 입고서!" 하는 소리가 웃음소리 사이로 튀어나왔다. 그러나 그녀는 갑자기 웃음을 멈추더니 진지하고도 준엄한 표정을 지었다.

"알료샤, 우리 키스는 좀 더 기다리기로 해요. 아직 그런 나이가 아니잖아요? 우리는 아직 한참 더 기다려야 해요."

리즈가 갑자기 이렇게 결론을 내렸다.

"그보다 한 가지 물어보고 싶은 게 있어요. 당신처럼 현명하고 생각이 깊고 재치 있는 분이 어째서 나처럼 병에 걸린 어리석은 바보를 신부감으로 택하셨나요? 아아, 알료샤, 나는 정말 행복해요. 나는 그럴 만한 가치가 없는 여자예요."

"아니, 충분합니다. 리즈. 나는 며칠 내로 수도원에서 아주 나올 겁니다. 속세로 나오면 결혼을 해야 해요. 그건 나도 잘 알고 있습니다. 장로님께서도 그렇게 말씀하셨구요. 그런데 나는 당신보다 더 나은 여자를 구할 수도 없을 거고……. 또 당신 말고는 나를 상대로 택할 여자도 없습니다! 나는 이 문제를 곰곰이 생각해봤습니다. 첫째로 당신은 나를 어릴 때부터 잘 알고 있습니다. 둘째, 당신은 내게 전혀 없는 여러 가지 장점을 가지고 있어요. 당신은 나보다 훨씬 명랑하고 또 무엇보다도 훨씬 순결합니다. 나는 이미 너무나 많은 일을 경험해버렸습니다. 아아, 당신은 잘 모르겠지만 나역시 카라마조프의 핏줄을 이어받았으니까요. 당신이 나를 비웃거나 놀리는 것은 아무것도 아니에요. 아니, 얼마든지 비웃어주세요. 나는 그쪽이 더 기쁩니다. 당신은 어린애처럼 웃고 있지만, 속으로는 순교자와 같은 생각을 하고 있으니까요."

"순교자라뇨? 그건 무슨 말이에요?"

"그렇습니다. 리즈, 당신은 좀 전에도 이렇게 물으셨죠. 우리가 그 불행한 사람의 마음을 이리저리 해부하는 것은 그 사람을 모욕하는 것이 아니냐고요. 그것이 바로 순교자다운 질문이에요. 뭐라고 표현하면 좋을지 모르지만, 그런 질문을 할 수 있는 사람은 스스로 고난을 견딜 수 있는 사람입니다. 당신은 그렇게 바퀴 달린 의자에 앉아 있으면서도 많은 일을 생각하고 있음이 분명합니다."

"알료샤, 손을 이리 주세요. 왜 움츠리세요?"

너무나도 행복에 겨워 힘이 빠져나간 듯한 가냘픈 목소리로 리즈는 말했다.

"그건 그렇고 알료샤, 수도원을 나오시면 어떤 옷을 입으시겠어요? 웃지 마세요. 화를 내지도 마세요. 이건 나한테 아주 중요한 문제거든요."

"옷에 대해선 아직 생각해보지 않았지만, 당신만 좋다면 무엇이든지 따르겠습니다."

"나는 당신이 짙은 남색 빌로드 윗도리에 흰 조끼, 부드러운 회색 펠트 중절모자를 쓰면 좋겠어요. 그건 그렇고 아까 내가 어제의 편지는 진심이 아니라 모두 거짓말이라고 했을 때, 당신은 정말 그렇다고 생각하셨나요?"

"아니, 그렇게 생각하지 않았어요."

"아이 참, 당신은 어떻게 해볼 수가 없군요. 미운 사람!"

"실은 당신이 나를 사랑하고 있다는 걸 알고 있었지만 당신이 나를 사랑하지 않는다는 말을 그대로 믿는 척했던 거죠. 그러는 편이 당신에게도 좋을 것 같아서요."

"그건 더 나빠요! 아주 나쁘기도 하지만 너무 좋기도 해요. 알료샤, 나는 당신이 너무너무 좋답니다. 아까 당신이 오셨을 때, 나는 점을 쳐보았어요. 내가 어제 보낸 편지를 돌려달라고 했을 때, 당신이 태연스레 그걸 꺼내주시면(당신이라면 충분히 그럴 수 있잖아요), 당신은 나를 조금도 사랑하고 있지 않을 뿐만 아니라 아무것도 느끼지 못하는 바보 같고 한심한 소년에 지나지 않으니까 나의 인생은 끝나는 거라고 말이에요. 그런데 당신이 그 편지를 암자에

507

두고 왔다고 해서 얼마나 기뻤는지 몰라요. 당신은 내가 편지를 돌려달라고 할 줄 알고 일부러 암자에 두고 온 거죠? 그렇죠? 내 말이 맞나요?"

"천만에요. 리즈. 그 편지는 아직도 여기 가지고 있습니다. 아까도 여기 이 호주머니 속에 들어 있었죠. 자, 보세요."

알료샤는 웃으면서 편지를 꺼낸 뒤 멀찌감치 떨어져서 그녀에게 보여주었다.

"하지만 당신에게 돌려주진 않을 테니 거기서 구경만 하세요."

"어머나, 거짓말을 하시다니요. 수사님이 거짓말을 하다니……."

"거짓말을 했는지도 모르지요."

알료샤는 웃었다.

"당신에게 편지를 내어주기 싫었던 거죠. 이건 나한테 아주 소중한 거니까요."

갑자기 알료샤는 열정적인 목소리로 이렇게 덧붙이고는 또다시 얼굴을 붉혔다.

"이건 앞으로도 영원히 아무에게도 내줄 수 없어요!"

리즈는 감격과 환희에 찬 표정으로 그를 바라보았다.

"알료샤. 문밖에서 어머니가 엿듣고 있지 않나 보고 오세요."

그녀는 다시 속삭이듯 말했다.

"그러지요. 리즈. 그렇지만 안 그러는 편이 좋지 않을까요? 설마 어머님이 그런 점잖지 않은 행동을 하시겠어요?"

"뭐가 점잖지 못한 행동인가요? 어머니가 딸을 염려하여 엿듣는 건 점잖지 못한 행동이 아니라 당연한 권리예요."

리즈가 발끈해서 말했다.

"미리 말해두지만요. 알렉세이. 내가 어머니가 되어 나 같은 딸을 두게 되면, 나도 반드시 딸을 위해 몰래 엿들을 거예요."

"정말인가요. 리즈? 그건 좋지 않은데."

"아니, 뭐가 좋지 않다는 거죠? 세속적인 세상 얘기라도 엿든다면 몰라도, 만약 자기 딸이 젊은 남자와 단둘이 문을 닫은 채 방에 있는 경우라면 다르잖아요. 잘 들어보세요. 알료샤, 나는 결혼하면 그때부터 당장 당신을 감시할 테니까요. 그리고 당신한테 오는 편지도 모두 읽어볼 거예요. 이 점은 미리 알아두세요."

"그야 물론이죠, 당신이 그렇게 하고 싶으시다면……."

알료샤가 중얼거렸다.

"하지만 그건 좋은 일이 아니에요."

"아, 그렇게 사람을 모욕하시긴가요! 알료샤, 우리 처음부터 싸우는 건 그만해요. 그보다 솔직하게 말씀드리는 게 좋겠군요. 그야 물론 엿듣거나 몰래 감시하는 건 좋지 않은 일이죠. 나도 내가 옳지 않고 당신이 옳다는 것도 잘 알지만, 그래도 역시 나는 엿들을 것만 같아요."

"그럼 마음대로 해봐요. 그렇지만 나는 그런 짓을 절대로 안 할 겁니다."

알료샤는 웃었다.

"알료샤, 당신은 내 말에 복종하시겠어요, 안 하시겠어요? 이것도 미리 다짐을 받아둬야 하니까요."

"기꺼이 복종하겠습니다, 리즈. 맹세해요. 그렇지만 중요한 문제에 대해서만은 다릅니다. 근본적인 문제에 대해서 우리의 의견이 상반되더라도 나는 나의 의무가 명령하는 대로 행동할 테니까요."

"물론 그렇겠죠. 그렇지만 알료샤, 나는 오히려 반대로 그런 근본적인 문제의 경우뿐만 아니라 대부분의 문제에서도 당신에게 양보할 생각이에요. 지금 여기서 맹세할게요. 무슨 일에서나 당신을 한평생 따를 거예요."

리즈가 열정적으로 외쳤다.

"그리고 나는 그걸 다시없는 행복으로 생각하겠어요. 뿐만 아니라 절대로 당신 하는 일을 엿듣거나 하지 않겠어요. 어떤 일이 있어도 그러지 않겠다고 맹세해요. 편지도 절대 읽지 않겠어요. 당신이 옳고 나는 그렇지 못하니까요. 사실 당신이 하는 일을 감시하고 싶어 못 견딜 거예요. 나는 그걸 잘 알아요. 당신이 좋지 않은 일이라고 생각하니까요. 이제 당신은 나를 이끌어주는 하느님 같은 존재예요……. 그건 그렇고, 알렉세이 표도로비치, 어째서 당신은 이 며칠 동안, 어제도 오늘도 그렇게 우울한 얼굴을 하고 계신가요? 당신에게 여러 가지 걱정거리와 불행한 일이 있다는 건 알지만, 그것 말고도 무슨 특별한 슬픔이 있는 것 같아요. 혹시 남에게 말할 수 없는 무슨 걱정거리라도 있으신가요?"

"그래요, 리즈. 남에게 말할 수 없는 슬픔도 있어요."

알료샤는 침울한 목소리로 말했다.

"그런 걸 다 알아맞히는 걸 보니 정말 나를 사랑하는군요."

"대체 무슨 슬픔이기에? 무슨 일이에요? 말해줄 수는 없나요?"

리즈는 조심스럽게 애원하는 듯한 어조로 말했다.

"나중에 말하기로 하죠. 리즈……. 나중에……."

알료샤는 당황한 목소리로 대답했다.

"지금 말한다 해도 아마 이해하지 못할 거예요. 그리고 나 자신도 제대로 말할 수 없을 것 같고요."

"나도 알아요. 아버님과 형님들 때문인 거죠?"

"네, 형님들까지도……."

알료샤는 깊은 생각에 잠긴 듯 말했다.

"난 어쩐지 당신의 형님 이반 표도로비치가 마음에 안 들어요."

리즈가 갑자기 이렇게 말했다.

알료샤는 조금 놀랐으나 거기에 대해서는 아무런 대답도 하지 않았다.

"우리 형님들은 스스로 파멸의 길로 가고 있답니다."

그는 말을 이었다.

"아버지도 마찬가지예요. 그리고 다른 이들까지도 파멸시키고 있어요. 일전에 파이시 신부님께서 말씀하신 것처럼 거기에는 '카라마조프의 원시적 힘'이 작용하고 있는 거예요. 마치 대지(大地)와 같은 흉포하며 노골적인 힘이지요……. 이러한 힘 위에도 과연 하느님의 의지가 작용하고 있는지 어떤지, 나는 알 수가 없어요. 과연 내가 수도사일까요? 수도사? 리즈, 내가 과연 수도사라고 할 수 있나요? 당신은 방금 나보고 수도사라고 했지요."

"네, 그랬어요."

"그렇지만 어쩌면 나는 하느님을 믿지 않는지도 몰라요."

"당신이 믿지 않는다구요! 무슨 말씀이세요!"

리즈는 낮은 소리로 조심스럽게 물었다. 그러나 알료샤는 대답하지 않았다. 너무나도 뜻밖이라 알료샤의 이 말 속에는 무언가 신비스럽고, 너무나도 주관적인 무엇이 숨어 있었다. 그것은 어쩌면 알료샤 자신도 분명히 알 수 없는 것이긴 하지만, 이미 오래전부터 그를 괴롭혀왔다는 데는 의심의 여지가 없었다.

"그런데다 지금 나의 벗이며 또 이 세상에서 가장 훌륭하신 분이 이 세상을 떠나려고 하고 있습니다. 아아, 내가 그분하고 얼마나 정신적으로 가깝게 연결되어 있는지, 리즈, 당신이 알아준다면! 나는 혼자 외롭게 남게 됩니다……. 리즈, 나는, 당신에게 오겠어요……. 앞으로 우린 언제나 함께 있어요."

"네, 함께 있어요. 언제나 함께! 앞으로 한평생을 둘이 함께 살아요. 자, 알료샤, 나한테 키스해주세요. 허락할게요."

알료샤는 그녀에게 키스했다.

"그럼 이제 그만 가보세요, 안녕!"

리즈는 그에게 성호를 그어주었다.

"그분이 돌아가시기 전에 서둘러 가보세요. 내가 당신을 너무 오래 붙잡아둔 것 같군요. 오늘 나는 그분과 당신을 위해 기도하겠어요! 알료샤, 우리는 행복할 거예요. 행복하고말고요. 그렇죠?"

"그렇게 될 겁니다. 리즈."

리즈의 방을 나선 알료샤는 호흘라코바 부인한테는 들르지 않는 편이 낫겠다고 생각하고 작별 인사도 없이 그대로 밖으로 나가려 했다. 그러나 문을 열고 계단으로 나서자 어디서 나타났는지 바로 호흘라코바 부인이 그의 앞을 막고 서 있었다. 부인의 첫마디를 듣고 알료샤는 그녀가 일부러 거기서 기다리고 있다는 것을 짐작했다.

"알렉세이 씨, 이건 정말 큰일이에요. 그건 철부지 아이들의 어리석은 잠꼬대에 불과해요. 설마 그따위 터무니없는 공상을 믿지 않으시겠죠⋯⋯. 어리석어요. 정말 어리석기 짝이 없어요!"

부인은 그에게 대들었다.

"그렇지만 리즈에게만은 그런 말을 하지 마세요. 그런 말을 했다간 리즈는 다시 흥분할 거예요. 지금 리즈에겐 그게 가장 몸에 해로우니까요."

"분별 있는 젊은 분의 말씀으로 들어두겠어요. 그러니까 방금 그 애의 말에 동의한 것은 그 애의 건강을 염려하여 공연히 그 애의 신경을 건드리지 않으려고 배려한 거라고, 그렇게 봐도 되겠죠?"

"아닙니다. 결코 아니에요. 나는 어디까지나 진지한 마음으로 리즈와 이야기한 겁니다."

알료샤가 딱 잘라 말했다.

"진지하게 그랬다니요. 그건 있을 수 없는 일이에요. 생각할 수도 없어요. 앞으로 절대로 당신을 우리 집에 들이지 않을 것이고,

나는 그 애를 데리고 이곳을 떠날 테니 그렇게 아세요."

"아니, 그렇게까지 하실 필요는 없습니다. 이건 아직 먼 미래의 일이에요. 아직도 1년 반은 더 기다려야 하는데요."

"물론이죠. 알렉세이 씨. 그건 맞는 말이에요. 하지만 그 1년 사이에 당신은 그 애와 몇천 번은 싸우고 헤어지고 할 거예요. 그렇지만 나는 불행해요. 불행한 여자라구요. 물론 그것이 허황된 일이라는 걸 알지만 너무나 충격적이에요. 나는 지금 그리보예도프의 《지혜의 슬픔》 마지막 장면에 나오는 소피야의 아버지 파무소프 같아요. 그리고 당신은 차츠키, 그 애는 소피야라고 하면 되겠군요. 그뿐인가요. 나는 당신을 만나려고 일부러 이 계단 위로 달려왔는데, 그 연극에서도 대부분 큰 사건은 계단에서 일어나거든요. 당신과 그 애의 이야기를 전부 들었어요. 정말이지 기가 막혀 쓰러질 것만 같았어요. 그러고 보니 어젯밤의 그 무서운 고열도, 아까 그 애의 히스테리도 이제 까닭을 알겠네요. 딸의 사랑이 바로 어머니에게는 죽음이라는 말은 바로 이걸 두고 하는 말이군요. 차라리 관속에 들어가 눕고 싶은 심정이에요. 그리고 또 가장 중요한 것은 그 애가 편지를 써 보냈다는 거예요. 도대체 어떤 편지인가요? 지금 당장 여기서 보여주세요. 지금 당장요."

"아니, 그럴 수는 없습니다. 그보다 카체리나 이바노브나의 몸 상태는 어떤가요? 그걸 알려주세요."

"여전히 헛소리를 하며 누워만 있어요. 아직도 정신을 차리지 못하고 있지요. 이모님들은 여기 와 계시지만 그저 한숨만 내쉬며 나한테 공연한 거드름만 피우고 있어요. 게르첸슈투베 선생도 오셨지만 놀라서 어쩔 줄 모르니, 나로서는 그 사람을 어떻게 도와야 할지 모르겠어요. 그래서 다른 의사를 또 한 사람 부를까 하는 생각까지 했어요. 그래서 결국 그 사람을 우리 집 마차로 되돌려 보내고 말았지요. 그런데 느닷없이 편지 사건이 튀어나오니 어쩌면 좋아요. 물론 아직도 1년 반 후의 일이긴 하지만, 모든 위대하고 성스러운 이름과 지금 세상을 떠나시려는 조시마 장로님의 이름 앞에서 맹세할 테니, 제발 그 편지를 내게 보여주세요. 알렉세이 표도로비치, 나는 그 애의 어머니예요! 원하신다면 당신 손에 들고 제게 보여만 주세요. 그저 한번 읽어보기만 할 테니."

"아니, 보여드리지 않겠습니다. 리즈가 설사 허락한다 해도 나는 보여드릴 수 없습니다. 내일 다시 올 테니, 원하신다면 그때 다시 논의하기로 하지요. 오늘은 이만 실례하겠습니다."

알료샤는 이렇게 말한 뒤 계단에서 거리로 달려 나갔다.

2. 기타를 든 스메르자코프

　사실 알료샤에게는 시간이 없었다. 리즈와 작별 인사를 할 때부터 이미 그의 머릿속에는 한 가지 생각밖에 없었다. 그것은 다름 아니라 분명 자기를 피하려고만 하는 큰형 드미트리를 지금 곧 찾아내야 한다는 생각이었다. 이제는 시간도 늦어서 오후 2시가 지나고 있었다. 알료샤의 마음은 지금 수도원에서 숨을 거두려는 그의 위대하신 장로 옆으로 달려가고 있었지만, 드미트리 형을 꼭 만나야 한다는 생각이 그를 압도해버렸던 것이다. 무언가 피할 길 없는 무서운 파국이 곧 닥쳐올 거라는 확신이 시시각각 그의 머릿속에서 커가고 있었다. 그리고 도대체 그 파국이 어떤 것이며 또 지금 이 순간 형을 만나 무슨 얘기를 하려는 건지 그것은 알료샤 자신도 명백히 설명할 수 없었을 것이다. 비록 내가 없는 사이에 은인이 세상을 떠나신다 하더라도, 적어도 내 힘으로 구할 수 있는 것을 구하지 않고 그냥 지나쳐 돌아와버렸다는 자책감만큼은 한평생 느끼지 않아야 한다는 생각이었다. 또 그렇게 하는 것이 그분의 위대한 가르침을 실천하는 것과 다를 바 없는 것이다. 그의 계획은 불시에 드미트리 형을 찾아서 그를 붙잡는 것이었다. 즉, 어제처럼 울타리를 뛰어넘어 그 정자에 미리 잠복할 계획이었다. '만약에 형이 거기 없으면 집주인 노파한테도 아무 말 않고 거기 숨어서 기다리기로 하자. 만약 형이 여전히 그루센카가 오는 것을 감시하고 있다면, 반드시 그 정자에 올 것이 아닌가.' 그러나 알료샤는 이 모든 계획을 자세히 생각해보지도 않고 오늘 중으로 수도원에 돌아가지 못하더라도 이 계획만은 실행에 옮기기로 결심한 것이다.

모든 일이 제대로 잘되어서 그는 어제와 거의 같은 장소에서 울타리를 넘어 살그머니 정자까지 갔다. 그는 누구의 눈에도 띄지 않기를 바랐다. 주인 노파건 포마건 만일 거기서 형을 만나면 형의 편을 들면서 형의 명령대로 행동할지도 모르기 때문이었다. 그렇다면 알료샤를 정원에 들여보내지 않을 수도 있고, 아니면 알료샤가 형을 찾고 있다는 걸 재빠르게 형에게 알려줄지도 모른다. 정자에는 아무도 없었다. 알료샤는 어제 앉았던 자리에서 기다리기로 했다. 그는 다시 정자를 둘러보았다. 어째선지 어제보다 더 낡고 초라해 보였다. 그러나 어제와 다름없이 화창한 날씨였다. 초록색 탁자 위에는 어제 코냑 잔이 엎어졌는지 둥근 반점이 새겨져 있었다.

지루하게 사람을 기다릴 때면 으레 그렇듯이 아무 쓸모없고 부질없는 상념이 그의 머릿속에 떠올랐다. 예컨대 '왜 자기는 이 정자에 와서 다른 자리에 앉지 않고 하필이면 어제와 똑같은 자리에 앉았을까?' 하는 따위였다. 마침내 그는 몹시 불안해지면서 슬픈 기분에 빠져버렸다. 그러나 정자에 자리 잡은 지 15분이 되기도 전에 갑자기 어딘가 가까운 곳에서 기타를 치는 소리가 들려왔다. 그전부터 거기 앉아 있었는지, 아니면 방금 그곳에 와서 앉았는지, 아무튼 정자에서 스무 발짝도 안 되는 수풀 속에 누군가 있는 것이 분명했다. 알료샤는 문득 기억나는 것이 있었다. 어제 드미트리 형과 헤어져 이 정자를 나갈 때, 왼쪽 울타리 옆 수풀 속에 작은 초록색 벤치가 눈에 띄었다. 지금도 누군가 그 벤치에 앉아 있는 게 분명했다. 대체 누구일까? 갑자기 일부러 꾸민 것처럼 달콤한 남자의 목소리가 기타 반주에 맞춰 들려오기 시작했다.

억누를 수 없는 힘으로
나는 그 님을 사랑하노라,
신이여, 불쌍히 여기소서,
그녀와 나를!
그녀와 나를!
그녀와 나를!

문득 노랫소리가 멎었다. 테너의 목소리나 노래의 가락 모두가 저속한 것이었다. 그런데 이번에는 교태를 부리는 듯한 여자의 목소리가 수줍으면서도 달콤하게 들렸다.

"파벨 씨, 왜 그토록 오랫동안 우리 집에 오시지 않으셨나요? 저희들을 경멸하시는 건가요?"

"천만에요."

남자는 공손하게, 그러면서도 위엄을 지키려는 목소리로 대답했다. 짐작컨대 남자가 거드름을 피우고 여자가 남자의 비위를 맞추고 있는 모양이었다.

'남자는 스메르자코프 같은걸. 목소리만 들어도 알 수 있어. 그리고 여자는 이 집 딸일 거야. 모스크바에서 돌아왔다는, 그 긴 옷자락을 끌고 다니며 마르파에게 수프를 얻으러 다니는 그 딸일 거야.'

알료샤는 생각했다.

"나는 시라면 어떤 거든 다 좋아해요. 제대로 지은 것이라면."

여자의 목소리가 계속 이어졌다.

"왜 그다음을 부르지 않으세요?"

남자가 다시 노래를 부르기 시작했다.

황제의 왕관과도 같은
나의 사랑하는 그대
주여, 불쌍히 여기소서
그녀와 나를!
그녀와 나를!

그녀와 나를!

"저번에 불러주신 시가 더 좋았어요. 지난번에는 '나의 어여쁜 그 님'이라고 하셨죠. 그렇게 부르시는 편이 훨씬 더 상냥하게 들려요. 오늘은 아마 그 구절을 잊으셔나 봐요."

여자가 말했다.

"시라는 건 헛소리에 불과한 겁니다."

스메르쟈코프가 무뚝뚝하게 말했다.

"어머, 무슨 말씀을 그렇게 하시나요? 나는 시를 좋아하는걸요."

"시는 그저 시에 지나지 않을 뿐, 사실은 아무것도 아니에요. 생각해보세요. 도대체 운(韻)을 맞춰 말을 하는 사람이 세상에 어디 있습니까. 만일 정부에서 그런 명령을 내려 모든 사람이 운율에 맞춰 말을 한다면, 우리는 하고 싶은 말도 제대로 할 수 없을 거예요. 시란 아주 쓸모없는 겁니다. 마리야 씨."

"어쩜, 그렇게 모든 면에서 훌륭하세요! 정말 당신은 모르는 게 없군요."

여자의 목소리는 점점 더 교태를 부리고 있었다.

"어릴 때부터 그런 운명을 타고나지 않았더라면 나는 좀 더 많은 걸 할 수 있었을 겁니다. 좀 더 많은 걸 알고 있었을 겁니다. 누군가 스메르쟈시차야의 배 속에서 태어난 애비 없는 자식이라고 헐뜯는 놈이 있으면 당장 결투를 신청해 총으로 쏴 죽이고 싶어요. 모스크바에서도 내 앞에서 그런 욕을 하는 놈이 있었는데 그건 그리고리 때문에 거기까지 그런 소문이 퍼진 거지요. 그리고리 노인은 내가 나의 출생을 저주한다고 비난하면서, '너는 그 여자의 자궁을 찢은 거야'라고 말합니다. 내가 자궁을 찢었대도 상관없지만, 나는 그저 이 세상에 태어나지 않게 배 속에서 그냥 자살해버리지 못한 게 안타까울 뿐이에요. 시장에 나가면 사람들이 나를 보고 너의 어머니는 머리를 새둥지처럼 하고 돌아다녔다느니, 키는 넉자반 남짓했다느니, 하는 소리를 합니다. 당신의 어머니까지 맞대놓고 그런 무례한 소리를 한다니까요. 그저 무엇 때문에 '작다'라고 하면 무방할 텐데, '남짓하다'는 말을 하는 이유는 대체 뭡니까. 표현을 좀 애처롭게 해보려는 거겠지만, 그런 건 이른바 농부들의 눈물, 농부들의 감정이라는 겁니다. 도대체 러시아 농부들이 교육받은 사람들에 대해 어떤 감정을 가질 수 있겠습니까. 그런 무식한 인간들은 아무런 감정도 가질 수 없어요. 나는 어릴 적부터 그 '남짓하다'는 말을 들을 때마다 벽에다 머리를 때리고 싶은 기분이 들었어요. 나는 러시아 전체를 증오합니다."

"그렇지만 당신이 육군 사관 후보생이라든가, 젊은 경기병이라면 아마 그렇게 말씀하지 않을 거예요. 장검을 빼들고 러시아를 지키려고 하겠지요."

"나는 말입니다. 마리야 씨. 경기병 따위가 되고 싶은 생각은 추호도 없을뿐더러 도리어 군인이라는 것들을 모조리 없애고 싶은 심정입니다."

"그렇다면 적이 쳐들어오면 누가 우리를 지켜주나요?"

"지킬 필요가 없죠. 1812년에 프랑스 황제 나폴레옹 1세가 대군을 이끌고 러시아로 진격해왔을 때, 차라리 그때 프랑스 사람들한테 완전히 정복되었더라면 좋았을 겁니다. 우수한 국민이 우매한 국민을 정복해서 병합해버려야 하는 거예요. 그렇게 했더라면 지금쯤 완전히 달라졌을 겁니다."

"그럼, 그 사람들이 우리보다 훨씬 훌륭하다고 생각하세요? 나는 절대 우리 러시아 멋쟁이 한 사람과 영국 청년 세 사람을 바꾸자고 해도 절대로 바꾸지 않겠어요."

마리아가 몹시 지친 표정으로, 하지만 상냥하게 말했다.

"그야 사람마다 취향이 다르니까요."

"그렇지만 당신은 외국 사람 같아요. 좋은 집에서 태어난 고상한 외국 사람요. 부끄러움을 무릅쓰고 드리는 말씀이에요."

"원하신다면 말씀드리지요. 도덕적 타락이라는 점에서 러시아 사람이나 외국 사람이나 조금도 다를 바 없습니다. 모두가 똑같은 악당에 지나지 않아요. 다만 외국 놈들은 번쩍번쩍 빛나는 에나멜 구두를 신고 있는데 반해 러시아 악당들은 거지처럼 악취를 풍기면서도 그걸 아무렇지도 않게 생각한다는 점이 다를 뿐이지요. 어제 표도르 씨가 말했듯이 러시아 놈들은 그저 두들겨 패야 해요. 하긴 그 사람이나 그 아들이나 모두가 정상은 아니지만요."

"그래도 이반 씨를 무척 존경한다고 스스로 말하지 않았나요?"

"그렇지만 그 사람은 나를 더러운 머슴쯤으로 취급하고 있어요. 나를 무슨 모반이라도 일으킬 사람처럼 생각하는 모양인데 그건 그 사람의 착각입니다. 주머니에 얼마만큼의 돈만 있었어도 벌써 옛날에 이곳을 떴을 겁니다. 드미트리 씨로 말하면 그 행실로 보나, 지혜로 보나, 빈털터리라는 점으로 보나 여느 머슴보다 나을 것 없는 인간이고, 무엇 하나 제대로 할 줄 모르는 위인인데도 모든 사람들의 존경을 받고 있으니까요. 나 같은 건 한낱 시골 요리사에 지나지 않지만 혹시 운이 좋으면 모스크바의 페트로프카 거리에서 카페를 열 수도 있죠. 내 요리 실력은 특별하고, 모스크바에도 외국인을 빼놓고는 그만한 요리를 할 수 있는 사람은 없으니까요. 그런데 드미트리 씨는 가난뱅이 귀족이지만, 그가 어느 훌륭한 백작의 아들에게 결투를 신청하면 그 아들은 기꺼이 응해줄 겁니다. 하지만 그 사람의 어디가 나보다 낫습니까? 그건 나와는 비교도 할 수 없을 정도로 멍청하다는 거겠지요. 사실 아무 소용도 없는 일에 얼마나 많은 돈을 낭비했는지 모르니까요."

"결투라는 건 정말 멋있는 것 같아요."

갑자기 마리야가 말했다.

"그건 또 왜요?"

"무서우면서도 용감하니까요. 특히 두 사람의 젊은 장교들이 한 여자 때문에 서로 권총을 겨누고 있다는 것은 그야말로 한 폭의 그림 같은 거예요. 아아, 나 같은 여자에게도 구경을 시켜준다면 꼭 한번 보고 싶어요."

"자기가 겨냥할 때야 좋지만 반대편에서 이마빼기를 똑바로 겨냥할 때면 그야말로 후회하게 될 겁니다. 그때는 당장 그 자리에서 도망치고 싶어질걸요. 마리야 씨."

"그럼, 당신이라면 도망치시겠어요?"

그러나 스메르자코프는 그런 질문에는 대답할 가치가 없다는 듯이 잠시 침묵을 지켰다. 이윽고 다시 기타가 울려 퍼지고 아까처럼 일부러 꾸민 것 같은 목소리가 마지막 구절을 부르기 시작했다.

아무리 그대가 말리신다 해도
나는 이곳을 떠나리
환락의 수도에서
삶을 즐기리!
나의 슬픔이여, 안녕
슬픔도 근심도 잊고
영원히 슬퍼하지 않으리!

이때 뜻밖의 일이 생겼다. 알료샤가 갑자기 재채기를 한 것이다. 벤치에서 들려오던 소리가 뚝 끊겼다. 알료샤는 자리에서 일어나 그쪽으로 걸어갔다. 과연 그것은 스메르자코프였다. 화려한 옷차림을 하고 다소 지저분한 머리에는 포마드를 바르고, 윤이 나는 에나멜 구두를 신고 있었다. 기타는 벤치 위에 놓여 있었다. 여자 역시 짐작했던 것처럼 이 집 딸 마리야였다. 130cm 정도 되는 긴 꼬리가 달린 엷은 하늘색 원피스를 입고 있었다. 아직 나이가 어린 데다 얼굴도 꽤 예쁘장한 편이었지만, 아깝게도 얼굴이 너무 통통하고 주근깨투성이였다.

"드미트리 형님은 곧 돌아오실까?"

알료샤는 될 수 있는 한 침착하게 말했다. 스메르자코프는 천천히 벤치에서 일어났다. 마리야도 따라 일어났다.

"내가 드미트리 표도로비치에 대해 어떻게 알겠습니까? 내가 그분의 문지기라면 모르지만요."

스메르자코프는 또박또박 끊어지는 나직한 목소리로 상대방을 얕보듯이 말했다.

"혹시 알고 있는지 물어본 거야."

알료샤는 이렇게 변명했다.

"나는 그분이 어디 계신지 전혀 알지도 못하거니와 알고 싶지도 않습니다."

"그렇지만 형님의 말에 따르면 자네는 집 안에서 일어나는 일을 죄다 형님에게 알려주고, 또 그루셴카가 오면 곧 알려주기로 약속했다던데?"

스메르자코프는 천천히 눈을 들어 태연하게 그를 쳐다보았다.

"그건 그렇고 어떻게 지금 이리로 들어오셨죠? 대문은 1시간 전에 빗장을 걸어놨는데요."

그는 알료샤의 얼굴을 가만히 응시하며 물었다.

"골목길에서 울타리를 넘어 곧장 정자 쪽으로 들어왔어."

알료샤는 마리야를 보며 다시 말했다.

"나를 용서하게. 형님을 한시 바삐 만나봐야 해서."

"아아뇨, 저한테 용서하고 말고가 어디 있어요!"

알료샤가 사과하는 바람에 기분이 좋아진 마리야가 말꼬리를 길게 끌며 말했다.

"드미트리 씨도 곧잘 울타리를 넘어서 정자 쪽으로 가시는걸요. 저희들이 모르는 사이에 벌써 정자에 가 계시곤 해요."

"나는 지금 열심히 형님을 찾고 있는 중인데, 어떻게든 형을 만나야 해. 형님이 어디에 계신지 말 좀 해주게. 실은 형님 자신을 위해서 매우 중대한 일이 있어."

"그분은 저희한테 아무 말씀도 없으셨어요."

마리야는 분명치 않은 어조로 말했다.

"나는 그저 이웃이어서 자주 놀러 오곤 합니다만, 그분은 언제나 주인 영감님에 대해 꼬치꼬치 캐물으시며 나를 괴롭히곤 합니다. 집에서 무슨 일이 있었느냐, 누가 왔다 갔느냐, 그것 말고 또 알려줄 만한 일은 없느냐, 하고 귀찮게 물으십니다. 두 번씩이나 죽여버리겠다고 협박까지 했다니까요."

스메르자코프가 다시 입을 열어 말했다.

"뭐, 죽여버리겠다고?"

알료샤가 깜짝 놀라 말했다.

"그분 성격으로 봐서 그만한 일쯤은 아무것도 아닙니다. 당신도 어제 직접 보시지 않았습니까? 만약 내가 그루센카를 집 안에 들여놓고 하룻밤을 지내게 하면 제일 먼저 나부터 살려두지 않을 겁니다. 나는 그분이 무서워서 견딜 수가 없어요. 더 이상 무서운 꼴을 당하지 않으려면 경찰에 신고할 수밖에 없을 것 같습니다. 정말 무슨 일을 저지를지 모르니까요."

"저번에도 이분을 보고 '맷돌에 갈아버리겠다'고 했다니까요."

마리야가 덧붙였다.

"그건 그냥 말뿐일 거야……. 지금 곧 형님을 만날 수만 있다면 그 얘기도 형님한테 할 수 있을 텐데……."

알료샤가 말했다.

"다른 건 몰라도 이건 말씀드릴 수가 있지요."

무슨 생각이라도 한 듯이 스메르자코프가 갑자기 입을 열었다.

"나는 그저 이웃 친구라는 이유로 여기 오곤 합니다. 이웃끼리 드나들어서 나쁠 것도 없으니까요. 그건 그렇고, 오늘 아침 일찍 나는 이반 표도르비치의 심부름으로 오제르나야 거리에 있는 드미트리표도르비치 댁에 갔습니다. 편지는 없고 그저 함께 식사를 하고 싶으니 광장 근처 레스토랑으로 나와주었으면 좋겠다는 분부였습니다. 내가 도착한 것은 아침 8시경이었지만, 드미트리 표도르비치는 댁에 안 계시더군요. '계셨는데 금방 나가셨습니다.' 집주인이 그렇게 말했지만 아무리 봐도 서로 짜고 하는 듯한 말투였습니다. 그러니까 어쩌면 지금쯤 그 레스토랑에서 이반 표도르비치와 식사하고 계실지도 모릅니다. 이반 표도르비치는 식사하러 집에 오시지 않았으니까요. 영감님 혼자서 1시간 전에 점심을 드시고 지금은 누워서 쉬고 계십니다. 그렇지만 제발 부탁이니, 내 얘기나 내가 이런 소리를 하더라는 말은 절대 하지 마십시오. 다짜고짜 나를 죽이고 말 테니까요."

"그러니까 오늘 이반 형님이 드미트리 형님을 레스토랑으로 초
대했단 말이지?"

알료샤가 재빨리 물었다.

"그렇습니다."

"광장에 있는 '수도'란 레스토랑 말인가?"

"바로 그 집입니다."

"바로 거기 계실지도 모르겠군!"

알료샤가 매우 흥분한 어조로 외쳤다.

"고맙네, 스메르자코프. 이건 중요한 정보야. 그럼 당장 가봐야
겠어."

"제발 내가 알려줬다고 하지 말아주세요."

스메르자코프는 등 뒤에 대고 말했다.

"알았어. 우연히 들은 것처럼 할 테니까."

"아니, 어디로 가세요? 제가 문을 열어드릴게요."

마리야가 소리쳤다.

"아닙니다. 이쪽이 가깝습니다. 다시 울타리를 넘으면 돼요."

이 정보는 알료샤의 마음을 크게 뒤흔들어놓았다. 그는 곧장 레
스토랑으로 향했다. 수도사의 복장으로 들어가자니 쑥스러웠지
만, 현관 밖에서 사정을 설명하고 형들을 불러내는 것은 별 문제
가 아닐 것 같았다. 그러나 그가 레스토랑으로 다가갔을 때, 갑자
기 창문이 하나 열리더니 바로 이반 형이 얼굴을 내밀고 밑에 있

는 그에게 소리쳤다.

"알료샤, 너 지금 곧 이리 들어와줄 수 없겠니? 그래 주면 무척 고맙겠다."

"나도 들어가고 싶지만 이런 옷을 입고 있으니 어찌해야 좋을지 모르겠군요."

"내가 있는 곳은 별실이니 그냥 현관으로 들어오려무나. 내가 곧 내려갈 테니."

1분 후에 알료샤는 형과 마주 앉았다. 이반은 혼자서 식사를 하고 있었다.

3. 서로를 알게 되는 형제

그러나 이반이 앉아 있던 곳은 별실이 아니라 칸막이로 막아놓은 창가의 좌석이었다. 그래도 칸막이 때문에 손님들에게 보이지는 않았다. 이 방은 출입문에서 첫 번째 방으로, 맞은편 벽에는 술병들을 늘어놓은 선반이 있었다. 종업원들이 쉴 새 없이 방 안을 드나들고 있었으나 손님이라고는 퇴역 장교처럼 보이는 노인 한 사람이 구석 자리에 앉아 차를 마시고 있을 뿐이었다. 그 대신 다른 방들에서는 여관 겸 식당인 곳에 있게 마련인 요란한 소음이 가득 차 있었다. 종업원을 부르는 소리, 술병 뚜껑을 따는 소리, 당구 치는 소리가 들려오는가 하면 한쪽에서는 풍금 소리가 들려왔다. 알료샤는 이반이 식당에 자주 다니지 않으며 또 별로 좋아하지도 않는다는 것을 잘 알고 있었으므로 이반이 여기 와 있는 것은 드미트리 형과 약속이 있는 거라고 짐작했다. 그러나 드미트리 형은 보이지 않았다.

"생선 수프든 뭐든 주문해야지. 너라고 차만 마시고 살 수는 없지 않니!"

이반은 알료샤를 불러들인 게 무척 만족스러운 듯 큰 소리로 말했다. 자신은 이미 식사를 마치고 차를 마시고 있었다.

"생선 수프를 주세요. 그리고 나중에 차도 마시겠습니다. 마침 배가 고팠거든요."

알료샤가 유쾌하게 대답했다.

"버찌잼은 어떠냐? 이 집에 있는데. 너 생각나니? 어릴 때 플레노프네 집에 살 때 너 버찌잼을 아주 좋아했는데?"

"그런 것까지 기억하고 계시다니. 버찌잼도 주세요. 지금도 좋아해요."

이반은 종업원을 불러 생선 수프와 차, 버찌잼을 주문했다.

"나는 모두 기억하고 있어. 알료샤. 네가 열한 살 되던 해까지는 무엇이든 다 기억하고 있지. 그때 나는 열다섯 살이었으니까. 열다섯과 열하나라는 나이 차이 때문에 그때는 형제끼리 서로 친구가 되지 못했지. 그때 내가 너를 좋아했는지 어떤지도 모를 정도니까. 모스크바에 가서도 처음 몇 년 동안은 네 생각을 전혀 하지 않았어. 그리고 그 후 네가 모스크바에 왔을 때에도 어디선가 한 번 만났을 뿐이고, 내가 여기 돌아온 지 그럭저럭 석 달이 지났지만 여태 우리는 한 번도 마음을 터놓고 얘기한 적이 없었어. 내일이면 나는 이곳을 떠날 계획인데, 지금 여기 앉아서 어떻게 해야 너를 좀 만나 작별 인사를 할 수 있을까 생각하던 참이었지. 그런데 마침 네가 이 앞을 지나간 거야."

"그럼, 형님은 나를 무척 만나고 싶어 하셨군요."

"물론이지. 나는 너와 친해지고 싶어. 그리고 나라는 인간을 올바로 알려준 다음 이곳을 떠나고 싶어. 서로의 마음을 알 수 있는 것은 이별 직전이 가장 적합하다고 생각해. 지난 석 달 동안 네가 나를 어떤 눈으로 지켜보고 있었는지 나도 잘 안단다. 네 눈 속에는 뭔가 끊임없는 기대가 서려 있었어. 나는 그걸 도저히 참을 수가 없었고 그래서 너를 가까이 할 수 없었던 거야. 그러나 그러는 사이에 나도 너를 존경하게 됐어. 젊은 녀석이 제법 확고하고 건실하구나 하고 생각했지. 알료샤, 나는 지금 웃으며 말하고 있지만 진심이야. 사실 너는 확고하고 의젓한 사람이야. 그렇지 않니? 나는 확고하게 버티는 인간을 좋아해. 비록 그 입장이 어떻든, 그리고 그 사람이 너 같은 애송이라도 말이야. 나중에는 무엇을 기대하는 것 같은 너의 눈도 오히려 좋아졌어. 너도 무엇 때문인지는 모르지만 나를 좋아한다고 느꼈는데, 그렇지 않니? 알료샤?"

"당연히 좋아하죠. 드미트리 형님은 이반 형님이 '무덤'이라고 말하지만 나라면 이반 형님을 '수수께끼'라고 말하겠어요. 지금도 형님은 나에게 수수께끼 같은 존재지만, 오늘 아침부터 그 수수께끼가 조금은 풀린 것 같네요."

"대체 그게 무슨 말이냐?"

이반이 웃었다.

"화를 내시진 않겠죠?"

알료샤도 따라 웃었다.

"그래, 말해봐."

"형님도 역시 스물세 살 먹은 다른 청년과 조금도 다를 것이 없다는 점이에요. 역시 젊고, 활기차고, 성성한 청년이에요. 하지만 아직도 성숙하지 못한 철부지에 지나지 않는다 이 말이죠! 이렇게 말한다고 형님을 모욕하는 건 아니겠죠?"

"천만에 오히려 내 생각과 딱 일치해서 놀랄 지경인걸!"

이반이 열띤 어조로 유쾌하게 대답했다.

"사실은 말이야. 오늘 아침 그 여자와 헤어진 다음, 난 혼자 그것만 생각하고 있었단다. 그런데 별안간 네가 내 마음속을 들여다보듯이 그런 말을 하니 놀랄 수밖에. 내가 지금 여기 앉아서 무슨 생각을 하고 있었는지 아니? 내가 비록 인생에 대한 믿음을 잃고 사랑하는 여성에게 실망하고 사물의 질서를 의심한 끝에, 더 나아가 이 세상의 모든 것을 무질서하고 저주받은 악마의 소산이라고 확신하여 환멸의 공포를 남김없이 맛본다 해도, 그래도 나는 끝까지 살기를 원할 거야. 일단 인생이라는 술잔에 입을 댄 이상 마지막 한 방울까지 다 마셔버리기 전에는 결코 입을 떼지 않을 거야. 어디로 갈지는 모르지만 그래도 서른 살이 될 때까지는 내 청춘이 모든 것을 정복해버릴 거라고 나는 확신해. 인생에 대한 어떤 혐오도, 어떤 환멸도 모두 다.

나는 수없이 자문해보았어. 나의 이 거칠기 짝이 없는 광적인 삶에 대한 열망을 때려 부술 만한 절망이 과연 이 세상에 존재할까? 결국 그런 절망이 존재하지 않는다고 결론을 내렸지. 하기는 이것 역시 서른 살까지의 이야기고, 서른 살이 지나면 나 자신도 그런 생의 의욕을 느끼지 않을 것 같지만 말이야. 폐병쟁이 같은 도덕주의자들은 그런 삶을 살고자 하는 삶에 대한 열망을 저열하다고 떠들고 다니지. 시인이라는 자들은 특히 그래. 바로 이 삶에 대한 열망은 어느 의미에서 카라마조프 집안의 특징이야. 이건 사실인걸. 아무리 아니라고 우겨도 이러한 특징은 네 핏속에도 틀림없이 숨어 있어. 하지만 어째서 그게 저열하다고 하는 걸까? 알료샤, 우리가 사는 지구 위에는 구심력이라는 것이 아직도 무서울 만큼 많이 남아 있고, 나는 살고 싶어. 나는 논리를 거역하더라도 살고 싶을 뿐이야. 비록 사물의 질서를 불신한다 해도, 봄이 오면 싹이 터오는 끈적끈적한 새 잎이 내게는 무척 소중해. 푸르디푸른 하늘이 소중하고 때로는 어떤 이유도 모르면서 사랑해버리는, 그런 종류의 인간도 내게는 소중한 거야. 그리고 지금은 이미 오래전에 그 의의를 상실하고 말았지만, 낡은 관습 때문에 남몰래 속으로 존경하고 있는 그런 종류의 공명심이 소중한 거야. 자, 생선 수프가 나왔구나. 천천히 먹어. 맛이 제법 괜찮은 수프니까. 이 식당 요리 솜씨가 아주 좋거든.

난 말이다, 알료샤. 유럽으로 가고 싶어. 여기서 곧 출발할 거야. 내가 가는 곳은 결국 무덤에 지나지 않는다는 걸 잘 알고 있지만 그 무덤은 무엇보다, 세상의 무엇보다도 고결한 묘지란다. 알겠니? 거기에는 고결한 인간들이 잠들어 있어. 그들 위에 서 있는 비석들은 그 하나하나가 과거의 불타는 듯한 삶을 말해주고 있어. 자신의 위대한 공적, 자신의 진실, 자신의 투쟁, 학문을 향한 열정을 나타내주고 있지. 나는 땅바닥에 엎드려 그들의 묘비에 입 맞추며 눈물을 흘릴 거야. 하지만 동시에 그 모든 것이 이미 오래전부터 그저 묘비일 뿐 더는 아무것도 아니라는 것을 확신하게 되겠지. 그리고 또 내가 눈물을 흘린다고 해도 그건 결코 절망 때문이 아니라 그저 내가 흘린 눈물로 행복감을 맛보려는 데 지나지 않아. 이를테면 자기 감동에 도취되어보자는 거지. 나는 봄날의 끈적끈적한 새 잎을, 푸르디푸른 하늘을 사랑해. 그저 그뿐이야. 여기에는 이성이나 논리 같은 것은 없어. 다만 마음속 깊은 곳에서 우러나오는 젊고 싱싱한 힘에 대한 사랑이 있을 뿐이야. 알겠니, 알료샤? 내 이 어리석은 넋두리를 조금은 이해할 수 있겠니?"

이반이 갑자기 웃어댔다.

"이해하다뿐이겠어요. 형님. 마음속 깊이 우러나오는 사랑이란 말은 정말 멋지군요. 형님이 그토록 강한 삶에 대한 욕망을 가지고 있다니, 저도 정말 기쁩니다."

알료샤가 외쳤다.

"지상에 사는 모든 사람은 무엇보다 먼저 삶을 사랑해야 한다고 생각해요."

"인생의 의미보다 삶 그 자체를 사랑해야 한다는 말이지?"

"물론입니다. 형님 이야기처럼 논리에 앞서 우선 사랑을 해야하는 거예요. 반드시 논리보다 앞서야만 해요. 그때 비로소 삶의 의미도 알게 되는 거죠. 이건 오래전부터 내 머릿속에 있던 거예요. 형님은 벌써부터 인생의 반을 성취한 셈입니다. 형님은 삶을 사랑하고 있으니까요. 이제 그 나머지 반을 이룩하기 위해 노력하셔야 합니다. 그러면 형님은 구원받게 될 거예요."

"넌 벌써 나를 위한 구제 사업을 시작했는지 모르지만, 나는 아직도 구원의 단계에까지 이르지 않았을지도 몰라. 그건 그렇고 네가 말하는 나머지 반이라는 건 또 무엇이냐?"

"그건 형님이 지금 말씀하시는 그 죽은 자들을 소생시키는 일이죠. 하긴 아직도 그들은 죽지 않았을지도 모르지만요. 저는 이제 차를 한 잔 마실게요. 난 이렇게 형님과 둘이서 이야기할 수 있어서 참 기쁘네요."

"보아하니 넌 뭔가 영감에 사로잡힌 것 같구나. 나도 너 같은 수도사한테 '신앙고백'을 듣고 있으니 참 좋구나. 알렉세이 넌 정말 착한 사람이야. 네가 수도원을 나오려고 한다는 말이 사실이니?"

"그렇습니다. 장로님께서 나를 속세로 내보내셨어요."

"그럼 다시 속세라는 곳에서 만날 수 있겠구나. 내가 서른이 되어 술잔에서 입을 떼려고 할 무렵에 어디서든 한번 만날 수 있겠지. 그런데 아버지는 일흔이 되어서도 술을 안 끊으시려는 것 같아. 아니 여든이 되어서도 허무한 꿈속을 헤매고 있겠지. 본인 입으로도 매우 심각한 문제라고 하면서도 그렇게 말했으니까. 비록 어릿광대에 지나지 않지만 말이다. 아버지는 육욕 위에 서 있으면서도 자기 딴에는 반석 위에 두 발을 딛고 있다고 생각하고 있거든……. 하기는 누구나 서른이 지나면 그 밖엔 서 있을 발판이 없을 테니까. 하지만 그렇다 쳐도 일흔까지는 너무나 추악해. 그저 서른까지가 적당하지. 왜냐하면 스스로를 기만하면서도 '인간다운 외모'만은 간직할 수 있으니까. 그런데 너 오늘 드미트리 형 만나지 못했니?"

"아니요, 만나지 못했어요. 스메르자코프는 보았습니다만."

알료샤는 스메르자코프와 만났던 이야기를 자세하게 설명해주었다. 이반은 매우 근심스러운 표정이 되어 귀를 기울이기 시작하더니 사이사이 몇 마디 묻기까지 했다.

"스메르자코프는 자기가 한 말을 드미트리 형님한테 절대 하지 말아달라고 당부하더군요."

알료샤가 덧붙였다.

이반은 이마를 찌푸리고 골똘히 생각에 잠겼다.

"스메르자코프 때문에 이마를 찌푸리시는 겁니까?"

알료샤가 물었다.

"그래, 그놈 때문이야. 하지만 그깟 놈은 아무래도 상관없어. 사실 나는 드미트리 형을 만나보고 싶었는데, 이젠 그럴 필요가 없겠군……."

이반은 내키지 않는 듯한 목소리로 말했다.

"형님은 정말 그렇게 빨리 떠날 계획이신가요?"

"그래."

"그럼 드미트리 형님이나 아버지는 어떻게 되는 겁니까? 두 분 사이는 어떻게 결말이 날까요?"

알료샤는 불안한 듯 중얼거렸다.

"또 그 진절머리 나는 얘기! 대체 그 일에 내가 무슨 상관이 있단 말이냐? 내가 드미트리 형의 감시인이라도 된다는 거냐?"

이반이 짜증스러운 목소리로 말했으나 곧 쓴웃음을 지었다.

"동생을 죽인 카인이 하느님한테 한 대답과 똑같구나. 그렇지 않니? 아마 너도 지금 그렇게 생각했을 거야. 하지만 될 대로 되라지. 사실 나는 그 사람들의 감시인으로 여기 남아 있을 수는 없단다. 내 볼일을 모두 마쳤으니까 여기를 떠나는 거야. 너마저 내가 드미트리 형을 질투하고 있다느니, 지난 석 달 동안 형의 아름다운 약혼녀 카체리나를 가로채려 했다느니, 그런 생각을 하고 있는건 아니지? 제기랄, 내겐 내 볼일이 있었을 뿐이야. 이젠 일을 마쳤으니 떠나는 것뿐이고. 아까 내가 볼일을 마친 건 너도 직접 보았으니 알겠구나."

"아까 카체리나 씨와의 일 말인가요?"

"그래, 나는 이제 깨끗이 손을 떼었어. 그래, 그게 도대체 무슨 법석이냐 말이다. 나는 카체리나한테 볼일이 있었을 뿐이지, 드미트리 형하고는 전혀 상관이 없어. 그런데 너도 알다시피 드미트리 형은 나와 무슨 약속이라도 한 듯이 자기 멋대로 행동했어. 내가 부탁한 적도 없는데 드미트리 형은 자기 마음대로 카체리나를 나한테 넘겨주고 엄숙히 축복까지 해주었으니 말이다. 얼마나 우스운 얘기냐. 이봐, 알료샤, 너는 잘 모르겠지만, 나는 지금 완전히 해방된 거야. 여기 앉아 식사를 하면서 비로소 자유롭게 된 이 순간을 축복하기 위해 샴페인이라도 터뜨려야 하나 하고 생각했을 정도야. 정말이야. 거의 반년이나 질질 끌던 문제를 단번에, 단숨에 결정을 내고 말았으니까. 결심만 하면 이렇게 쉽사리 끝장낼 수 있다는 걸 어제까지만 해도 전혀 생각지 못했으니 말이야!"

"그건 형님 자신의 연애 문제를 말씀하시는 건가요?"

"그래, 원한다면 연애라고 해도 좋아. 그렇게 부르고 싶다면 말이야. 나는 그녀에게 반해 있었던 거지. 나는 그 여자 때문에 무척 고민했고 그 여자 또한 나를 무척이나 괴롭혔어. 나는 그 여자 때문에 정말 정신이 없었지만……, 대번에 모든 게 획 날아가버리고 말았어. 아까는 내가 터무니없이 격한 어조로 떠들어댔지만 밖에 나와서는 나도 모르게 껄껄 웃음이 나더구나. 정말 그랬다니까. 난 진실을 말하고 있단다."

"지금도 신나서 말하고 계시는데요."

갑자기 명랑해진 것 같은 형의 얼굴을 보며 알료샤가 말했다.

"그리고 또 내가 그 여자를 조금도 사랑하지 않는다는 걸 어떻게 미리 알 수 있었겠니! 하하. 하지만 이제 그렇지 않다는 걸 깨닫게 된 거야. 물론 그녀가 무척 마음에 들었던 건 사실이야. 아까 내가 연설조로 한바탕 떠들어댔을 때 역시 나는 그 여자가 몹시 좋았어. 그리고 솔직히 말해서 아직도 그녀를 무척 좋아해. 그러면서도 그 여자에게서 떠나온 게 이리 마음이 홀가분할 수가 없어. 너는 내가 괜한 허세를 부린다고 생각하니?"

"아니요. 그렇지만 그건 연애가 아니었을지도 모르지요."

"알료샤."

이반이 웃으며 말했다.

"연애에 대한 토론은 그만하자! 너와는 어울리지 않으니까. 아까도 너는 도중에 말참견을 했었지. 정말 놀랐다니까. 아, 너한테 고맙다고 키스를 한다는 걸 그만 잊고 있었구나. 그건 그렇고 나는 그 여자 때문에 이만저만 괴로운 게 아니냐! 그야말로 불구덩이 옆에 앉아 있는 거 같았지. 아아, 그 아가씨도 내가 자기를 사랑한다는 걸 눈치채고 있었어. 그녀 역시 나를 사랑했어. 드미트리 형을 사랑한 게 아니야."

이반은 쾌활한 어조로 이렇게 말했다.

"드미트리 형에 대한 그녀의 감정은 일종의 자학이지. 내가 그녀에게 한 말은 모두 진실이야. 하지만 무엇보다 중요한 것은 그녀가 형을 전혀 사랑하지 않을 뿐만 아니라 오히려 자기가 괴롭히고 있는 나를 사랑한다는 사실을 깨달으려면 적어도 15년에서 20년은 족히 걸릴 거라는 점이야. 아니 어쩌면 평생 깨닫지 못할지도 몰라. 아까와 같은 경험을 하고서도 말이야. 아무래도 상관없어. 나는 그저 조용히 일어나서 훌쩍 떠나가버리면 그만이니까. 그런데 그녀는 지금 어떻게 하고 있니? 내가 나온 후에 어떻게 됐어?"

알료샤는 카체리나가 히스테리 발작을 일으킨 얘기를 하고 아마 지금도 정신을 잃은 채 헛소리를 하고 있을 거라고 말했다.

"호흘라코바 부인이 거짓말을 한 것은 아닐까?"

"그런 것 같진 않아요."

"잘 알아볼 필요가 있겠군. 그렇지만 히스테리로 사람이 죽었다는 얘기는 한 번도 들은 적이 없어. 히스테리 발작 좀 일으켰다고 큰일나는 건 아니지. 히스테리는 하느님께서 여자를 사랑하는 마음에서 주신 선물이니까. 나는 두 번 다시 거기에 가지 않을 거야. 이제 새삼스레 얼굴을 내밀 필요도 없어졌고."

"그런데 아까 형님은 그 여자에게 이렇게 말씀하셨죠. 그 아가씨는 한 번도 형님을 사랑한 적이 없다고."

"일부러 그렇게 말한 거야. 알료샤, 샴페인이라도 시켜서 내 해방을 축하하는 게 어떠냐? 아아, 지금 내가 얼마나 기쁜지 너는 모를 거야!"

"아닙니다. 형님. 술은 마시지 않는 편이 좋을 거 같아요. 게다가 어쩐지 우울해지는군요."

갑자기 알료샤가 이렇게 말했다.

"그래, 넌 오래전부터 슬픈 얼굴을 하고 있었어. 이미 오래전에 나도 알고 있었지."

"그럼 내일 아침엔 떠나시는 겁니까?"

"아침이라니? 난 아침이라고는 말하지 않았어……. 아니, 그렇지만 아침이 될지도 모르지. 사실 내가 오늘 여기서 식사를 한 것은 다만 영감과 함께 식사하기가 싫어서야. 그 정도로 나는 그 영감이 보기 싫단다. 하긴 그 이유만으로도 벌써 떠나버렸어야 하는 건데. 내가 떠난다고 해서 네가 그렇게 걱정할 필요는 없어. 출발하기까지 우리 둘을 위한 시간은 아직 얼마든지 있으니까. 그야말로 영원한 시간, 불멸의 시간이지!"

"내일 출발하신다면서 영원이라고 말씀하시니 이상하네요."

"그게 너하고 나 사이에 무슨 문제가 되겠니?"

이반이 웃었다.

"아무튼 우리들의 얘기를 할 시간이 충분하다는 말이야. 우리는 우리들의 얘기를 하러 온 거니까. 왜 그렇게 놀란 표정이니? 자, 대답해봐. 무엇 때문에 우리가 여기에 온 거지? 카체리나에 대한 사랑이며 아버지의 얘기며, 드미트리 형에 대한 얘기를 하러 온 걸 테지? 외국 얘기나 비참한 러시아의 현실에 대해 얘기하기 위해서는 아닐 테고? 나폴레옹 황제 얘기를 하려고 온 것도 아닐 테지? 어때, 우린 그런 얘기를 하려고 온 건 아니잖아?"

"물론 그런 얘기 때문은 아닙니다."

"그럼, 뭣 때문에 왔는지 너도 잘 알고 있구나. 다른 사람에겐 그들 나름의 화제가 있겠지만, 우리 같은 풋내기에겐 다른 것이 필요해. 우리는 무엇보다도 영원한 문제를 해결해야만 하거든. 바로 그것이 우리의 당면 과제니까. 오늘날 러시아의 젊은 세대는 오직 영원에 관한 문제에만 몰두하고 노인들은 모두 하나같이 실질적인 문제에만 열중하고 있는 바로 지금이 기회라고 할 수 있어. 너만 하더라도 도대체 무엇 때문에 석 달 동안 그처럼 기대에 찬 눈초리로 나를 바라보고 있었던 거니? 아마 내가 '신앙을 가지고 있는지 아니면 신앙이라는 걸 전혀 가지고 있지 않은지' 알고 싶어서였겠지. 나는 지난 석 달 동안의 너의 그런 시선이 결국 그 문제 때문이라고 생각했어, 그렇지, 알렉세이?"

"어쩌면 그럴지도 모릅니다. 설마 절 비웃는 건 아니죠?"

알료샤는 미소를 지었다.

"내가 너를 비웃다니! 석 달 동안이나 그런 기대를 가지고 나를 바라보던 귀여운 동생을 실망시키고 싶은 마음은 조금도 없단다. 알료샤, 내 얼굴을 똑바로 보렴! 나 역시 너와 조금도 다를 것 없는 애송이야. 단지 다른 점은 너처럼 수도사가 아닐 뿐이지. 그런데 러시아의 애송이들이 여태까지 해온 일이 무엇인지 아니? 물론 애송이라고 해서 모두에게 해당되는 얘기는 아니지만……. 예를 들면, 이 더러운 술집에 모여 한구석을 차지하고 있다고 치자. 서로 여태까지 한 번도 만난 적이 없을뿐더러 일단 이곳을 나가면 40년이 지나도 서로 만날 수 없을 친구들이지. 그런데도 그들은 이곳에서의 짧은 시간을 이용해서 도대체 무슨 토론을 하는지 아니? 우주의 문제를 논하는 거야. 즉, 신은 있느냐, 영생은 있느냐 없느냐라는 문제를 논하고 있다는 말이야. 신을 믿지 않는 자들은 사회주의니 무정부주의니 하면서 전 인류를 새로운 조직으로 변화시키느니 하는 얘기를 꺼내는데, 결론은 모두 매한가지여서 결국에 가서는 같은 문제로 귀착되고 말지. 다만 출발점만 다르다는 것뿐이야. 이렇게 우리 러시아의 수많은 젊은이들은 오로지 영원의 문제를 논하는 데만 정신을 팔고 있는 거야, 그렇지 않니?"

"그렇습니다. 신은 있느냐, 영생은 있느냐 하는 문제와 지금 형이 말한 것처럼 출발점이 다른 동일한 문제들이, 진짜 러시아인들에게 있어서 무엇보다도 중요한 문제이고, 또 그것은 당연히 그래야만 한다고 생각합니다."

알료샤는 온화하지만 여전히 상대의 마음을 살피려는 것 같은 조용한 미소를 머금은 채 형의 얼굴을 바라보며 대답했다.

"그런데 알료샤, 이따금 러시아에서 태어난 것 자체가 달갑지 않다고 느껴질 때가 있지만, 그건 그렇다 치고 지금 러시아의 젊은 애들이 하고 있는 짓보다 더한 어리석은 짓은 상상조차 할 수 없을 지경이야. 그러나 나는 알료샤라는 러시아 청년 하나만은 무척 좋아하지."

"그럴 듯하게 얘기를 끝내시네요."

알료샤가 갑자기 웃으며 말했다.

"그건 그렇고, 한번 말해보렴. 무엇부터 시작해야 좋을지 네가 말을 해. 신의 문제부터 시작할까? 신이 있는지 없는지 하는 문제, 어때?"

"좋을 대로 하세요. 형님 말대로 서로 다른 출발점에서부터 시작해도 좋구요. 그렇지만 형님은 어제 아버지 집에서 신은 없다고 분명히 단언하셨죠?"

알료샤는 형의 눈치를 살피며 이렇게 말했다.

"어제 내가 아버지 집에서 식사를 할 때 그렇게 말한 것은 일부러 너를 좀 놀려주고 싶어서 그랬던 거야. 아니나 다를까, 네 눈동자에서 막 불꽃이 일더구나. 그러나 지금은 너하고 마음 놓고 토론하고 싶구나. 이건 어디까지나 진정으로 하는 말이야. 나는 너와 친해지고 싶어, 알료샤. 나에겐 친구가 없으니까. 그래서 너하고 한번 터놓고 이야기하고 싶은 거야. 나도 어쩌면 신을 인정할지도 모르잖니?"

"그야 물론입니다. 형님의 말이 농담만 아니라면요."

"농담이라니? 어제 장로의 암자에서도 내가 농담을 한다고들 말하더구나. 너도 알겠지만, 18세기에 어떤 늙은 무신론자가 '신이 만일 존재하지 않는다면 일부러 만들어내야 한다(S'il n'existait pas Dieu, il faudrait l'inventer)'라고 말했어. 그래서 정말 인간은 신이라는 걸 만들어냈지. 그러나 이상하고도 놀라운 것은 신이 실제로 존재한다는 것이 아니라 그러한 생각, 신은 반드시 필요하다는 생각이 인간과 같이 야만적이고 못돼먹은 동물의 머릿속에 불쑥 떠올랐다는 점이야. 그만큼 이 생각은 신성하고 감동적이며 현명하고 인간의 명예가 될 만한 일인 거지. 그런데 나 자신으로 말한다면 인간이 신을 만들었느냐, 신이 인간을 만들었느냐 하는 문제들은 이미 오래전부터 생각지 않기로 작정했어. 그래서 이 문제에 대해 러시아의 젊은이들이 요즘 세워놓은 공리(公利)에 대해서도 역시 거론하지 않으마. 그런 공리는 모두 유럽의 가설에서 끄집어낸 거니까 모두 죄라고 할 수 있지. 왜냐하면 유럽에서는 가설에 지나지 않는 것도 러시아에서는 순식간에 공리가 되어버리거든. 이건 젊은 애들에 국한된 얘기가 아니라 그들의 선생인 대학교수들에게도 해당되는 거야. 러시아의 대학교수는 거의 모두 젊은 애들이니까. 그러니 가설은 모두 빼놓기로 하자. 그렇다면 우린 지금 무슨 문제를 토론하면 좋겠니? 문제는 우선 되도록 빨리 나 자신의 본질을 밝히는 거야. 다시 말해 내가 어떤 인간이고, 무엇을 믿고, 무엇에 희망을 걸고 있는가를 너에게 설명하는 것이 아닐까, 안 그러니? 그래서 내가 내 생각을 말하겠어. 단순 명료하게 신을 받아들일 거야.

다만 여기서 한 가지 유의해둘 것이 있어. 만약 신이 존재하고 신이 정말로 이 지구를 창조했다고 한다면 그럴 경우, 우리가 이미 다 알고 있듯이 신은 이 지구를 유클리드 기하학의 원리에 따라 창조했고, 인간의 두뇌로는 겨우 삼차원 관념밖에 이해할 수 없도록 창조했다는 거지. 그런데도 기하학자나 철학자들 중에서 이것을 의심하는 사람들이 옛날에도 있었고 지금도 있어. 아주 뛰어난 학자 중에서도 전 우주, 아니 훨씬 넓게 봐도 전 존재는 단지 유클리드 기하학에 의해 창조되지 않았다고 의심하지. 게다가 개중에는 한 걸음 더 나아가서 유클리드 법칙에 따르면 이 지상에선 절대로 서로 만날 수 없는 두 개의 평행선도 무한(無限) 속 어느 곳에 가서는 서로 마주칠지 모른다는 대담한 공상을 하는 자가 있을 정도니까. 그래서 솔직히 고백하지만, 나한테는 이런 문제를 해결할 아무런 능력이 없다고 생각했어. 잔인하지만 내 지성은 유클리드적이야. 지상적인 것이지. 그러니 이 지상 이외의 문제를 어떻게 풀 수 있겠니?

알료샤, 너한테도 친구로서 충고하지만, 결코 그런 문제는 아예 생각하지 않는 것이 좋아. 특히 신에 관한 문제, 신의 존재 여부에 관한 것은 삼차원의 관념밖에 지니지 못한 인간의 두뇌로는 엄두도 낼 수 없는 거니까. 그래서 나는 신을 인정해. 기꺼이 인정할 뿐만 아니라 우리에게 전혀 미지의 것인 신의 예지와 그 목적까지도 인정해. 그리고 생명의 질서도, 의의도 믿어. 우리를 언젠가는 하나로 융합시켜준다는 영원한 조화 또한 나는 믿어. 그리고 우주의 궁극적인 목표이며 언제나 신과 함께 있는 그 말씀, 또 동시에 그 자체가 신 자신이기도 한 그 말씀을 믿어. 또한 그와 유사한 모든 무한성을 믿는단다. 여기에 대해서는 참으로 경솔한 말들이 많이 만들어져 있지만 말이야. 어떠냐? 나도 제대로 된 길을 걷고 있는 것 같지 않니? 그렇지만 놀라지는 마. 내가 궁극적으로 결론을 내자면 이 신의 세상이라는 것을 받아들일 수 없어. 그것이 존재한다는 것은 알고 있지만, 그래도 절대로 그것만은 받아들일 수가 없어. 내 말을 오해하지는 않았으면 해. 내가 받아들일 수 없는 것은 단지 신이 창조한 세계, 다시 말해 신의 세계를 인정할 수 없다는 거지.

미리 말해두지만, 나는 어린애같이 이런 걸 믿고 있어. 언젠가 먼 훗날에는 이 고뇌와 상처도 아물고, 인생의 모순이 빚어내는 온갖 굴욕적인 희극도 가련한 신기루처럼 무력하고 미미한 존재인 인간의 유클리드적 지성의 한낱 원자처럼 사라지겠지. 마침내는 세계의 종국에 이르러 영원한 조화의 순간에 말할 수 없이 고귀한 현상이 출현해서, 그것은 모든 사람의 가슴에 흘러넘치고 모든 사람들의 원한을 풀어주고 인간의 모든 악행과 서로 흘리게 한 피를 보상해줄 거야. 게다가 그것은 인간에게 일어난 모든 일을 용서할 뿐만 아니라 그런 일들을 정당화하기에 충분할 거라고 생각해. 그러나 모든 것이 그렇게 된다 하더라도 나는 그것을 받아들일 수 없고 인정하고 싶지도 않아.

비록 두 개의 평행선이 일치해서 내 눈으로 그것을 본다고 해도, 분명히 일치했다고 내 입으로 말한다 해도 나는 역시 그것을 인정하지 않을 거야. 이게 나의 본질이야, 알료샤. 이것이 바로 나의 명제지. 진심으로 하는 말이야. 나는 일부러 이 대화를 말할 수 없이 어리석은 방법으로 시작했지만 결국에는 고백하고 말았구나. 하긴 네가 원하는 것이 바로 이 고백이니까. 네게 필요한 건 신에 대한 문제가 아니야. 너는 그저 사랑하는 형이 무엇을 통해 살고 있는지 알고 싶었을 뿐이야. 그래서 나도 이렇게 이야기한 거지."

이반은 갑자기 그 어떤 독특한, 전혀 예상치 못했던 감정을 느끼며 장황한 얘기를 마무리 지었다.

"그런데 형님은 무엇 때문에, '말할 수 없이 어리석은 방법'으로 시작하신 건가요?"

알료샤는 생각에 잠긴 눈으로 형을 바라보며 말했다.

"그건 첫째로 러시아적인 형식을 따르기 위해서였어. 러시아인은 누구나 이런 종류의 대화를 할 때마다 어리석은 논법으로 풀어가니까. 게다가 어리석으면 어리석을수록 그만큼 근본적인 문제에 접근할 수 있기 때문이야. 어리석음은 명석함의 어머니라는 말이 있지. 어리석음이란 단순하고 소박하지만 지혜라는 것은 언제나 요리조리 빠져나가면서 교활하게 자기 정체를 숨기려고 하거든. 결국 나는 절망이라는 결론에 도달하고 말았지만 어리석은 이야기를 하면 할수록 내게 유리해지는 거야."

"형님, 무엇 때문에 이 세계를 인정하지 않는지 그 이유를 설명해주시겠습니까?"

알료샤가 말했다.

"물론 설명해주고말고. 그건 비밀도 아니고 사실은 그 이야기를 하려고 너를 여기까지 끌고 온 거니까. 얘, 알료샤, 나는 너를 타락시켜서 너의 견고한 신앙을 뒤흔들려는 건 아니야. 어쩌면 나는 너의 힘을 빌려 나를 치료하고 싶은지도 모르지."

이반은 갑자기 아주 얌전한 어린 소년처럼 생긋 웃었다. 알료샤는 지금까지 형이 그런 미소를 짓는 것을 한 번도 본 적이 없었다.

4. 반역

"너한테 고백할 게 하나 있어."

이반이 말을 시작했다.

"나는 사람이 어떻게 자기랑 가까운 사람을 사랑할 수 있는지 도무지 이유를 알 수가 없어. 내 생각에는 먼 곳에 있는 사람은 사랑할 수 있어도 가까이에 있는 사람은 도저히 사랑할 수 없을 것 같아. 언젠가 책에서 '자비로운 요한'이라는 성인의 얘기를 읽은 적이 있어. 어느 굶주린 나그네가 얼어 죽게 되어 그를 찾아와서 몸을 녹이게 해달라고 간청하자, 성인은 그 나그네와 함께 침대로 들어가서 그를 꼭 껴안아주고 무슨 무서운 병으로 썩어 문드러져 고약한 냄새를 풍기는 그의 입에다 입김을 불어넣어주었다는 거지. 그런데 이 성인이 그런 짓을 한 것은 거짓된 착란 때문이야. 스스로 그런 고행을 한 것은 의무 관념에서 강요된 거짓 사랑 때문이라고 나는 확신해. 누군가를 사랑하려면, 그 본인은 그 앞에 모습을 드러내지 않아야 해. 그 인간이 조금이라도 얼굴을 드러냈다간 사랑 같은 것은 순식간에 끝나고 마는 거야."

"조시마 장로님도 여러 번 그런 말씀을 하셨어요."

알료샤가 말했다.

"장로님 역시 인간의 얼굴은 아직 사랑의 경험에 익숙하지 않은 많은 이들에게 쉽게 사랑의 장애가 된다고 말씀하셨습니다. 그렇지만 실제로 우리 인류 안에는 많은 사랑이 있고 그중에는 거의 그리스도의 사랑과 같은 것도 있어요. 이건 나도 잘 알아, 형님."

"그렇지만 나는 아직까지 그런 걸 알지도 못하거니와 이해할 수도 없어. 게다가 수없이 많은 사람들도 나와 마찬가지일 거라고 생각해. 문제는 인간의 나쁜 성질 때문에 이런 일이 일어나느냐, 아니면 인간의 본질이 그렇게 생겼기 때문이냐 하는 점이지. 내가 생각하기에 그리스도의 사랑은 이 지상에 있을 수 없는 일종의 기적이야. 하기는 그리스도는 신이었지만 우리는 신이 아니니까. 예를 들어 내가 깊은 고뇌에 빠져 있어도 다른 사람들은 내가 얼마나 고통 받고 있는지 결코 알 수가 없어. 왜냐하면 타인이란 내가 아니라 어디까지나 그저 타인이기 때문이지. 게다가 인간은 남의 고통은 절대로 인정하려 들지 않거든. 마치 그게 영예로운 일이라도 되는 듯이 말이야. 왜 인정하려 들지 않는지 아니? 그건 다름 아니라 내 몸에서 악취가 풍긴다든지, 내가 바보 같은 얼굴을 하고 있다든가, 또는 언젠가 그 사람의 발을 밟았다든지 하는 그런 사소한 이유 때문이야.

게다가 고뇌라고 해도 거기에는 여러 가지 종류가 있거든. 나를 철저히 비참하게 만드는 굴욕적인 고뇌, 이를테면 굶주림 같은 고통이라면 아마 자선을 행하는 사람도 인정해줄 테지만 보다 고상한 고뇌, 그러니까 이념을 위한 고뇌 같은 극소수의 경우를 제외하고는 좀처럼 인정해주지 않게 마련이야. 그것은 내 얼굴이 그 자선가가 상상하던 얼굴, 즉 그의 상상 속 수난자의 얼굴과는 전혀 닮지 않았기 때문이지. 결국 이런 이유로 해서 나는 그 사람의 호의를 잃게 되지. 그러나 이것은 그 사람이 악의가 있어서가 절대 아니야. 거지들은, 특히 귀족에서 거지로 전락한 사람들은 절대로 사람들 앞에 모습을 나타내지 말고 신문지상을 통해 구걸해야 마땅한 거야. 때로는 멀리서도 사랑할 수는 있지만, 아주 가까이에 있는 사람을 사랑한다는 건 거의 불가능한 일이야. 만약 발레 무대 위에서 비단으로 된 누더기를 걸친 거지가 갈기갈기 찢긴 레이스를 하늘거리며 우아한 춤을 추면서 구걸을 한다면 잠자코 앉아서 구경을 할 수도 있겠지. 그러나 그것은 어디까지나 구경으로 끝나는 거지 그 사람을 사랑할 수는 없는 거야. 그건 그렇다 치고 이런 얘기는 그만두기로 하자. 나는 다만 너에게 나의 관점을 설명하기만 하면 되는 거니까.

나는 인류 전반의 고뇌에 대해 말하고 싶지만 일단 아이들의 고뇌에 대해서만 이야기해볼게. 이것은 내 논지의 규모를 10분의 1로

줄이는 거지만 어쨌든 아이들에 대해서만 얘기하기로 하자. 그만큼 나한테는 불리하긴 하지만 말이야. 첫째로 아이들은 가까이 있어도 모두 사랑할 수 있어. 추하건 밉건 아이는 모두 사랑할 수 있어. 하긴 얼굴이 미운 아이는 하나도 없다고 생각하니까. 둘째로 내가 어른들의 얘기를 하고 싶지 않다고 말한 것은 그들이 추악해서 사랑받을 자격이 없을 뿐만 아니라 그들에게는 천벌이라는 게 존재하기 때문이야. 그들은 선악과를 따 먹었고 그래서 선과 악을 구별하게 되었고, 그리하여 '하느님처럼' 되어버렸어. 그리고 지금도 역시 과실을 따 먹고 있지. 그러나 아이들은 아직 아무것도 먹지 않았으니까 아직까지는 순결한 존재들이지. 알료샤, 너는 아이들을 좋아하니? 알고 있어. 좋아할 수밖에. 그러니까 지금 내가 왜 아이들 얘기만을 하려는지 너도 알 수 있을 게다.

그런데 만약 아이들도 마찬가지로 이 세상에서 무서운 괴로움을 겪고 있다면 그것은 당연히 그 아버지들 때문일 거야. 선악과를 따 먹은 자기 아버지들 대신에 벌을 받는 셈이지. 그러나 이러한 논의는 저세상에서나 할 얘기지, 이 지상에 사는 인간의 생각으론 도무지 이해할 수가 없는 얘기야. 죄 없는 자가 다른 사람 때문에 고통을 겪는다는 건 도대체 말이 되지 않거든. 특히 죄 없는 자가, 그것도 죄와는 인연이 먼 어린아이가 다른 사람 때문에 고통을 받는다는 건 있을 수 없는 일이야. 이렇게 말하면 네가 깜짝 놀랄지 모르지만, 알료샤, 나도 역시 아이들을 굉장히 좋아한단다. 또 한 가지 주목할 점은 잔인하면서도 정열적이고 육욕이 왕성한 카라마조프적 인간이 때로는 굉장히 아이들을 좋아할 때가 있다는 거야. 아이들이 어릴 때는, 예를 들어 일곱 살 정도까지는 어른들과 너무나 다르기 때문에 전혀 다른 본성을 가진 별개의 생물 같단다. 나는 감옥살이를 하고 있는 한 강도를 알고 있지만, 그는 밤마다 강도질을 하며 일가족을 몰살하기도 하고 때로는 아이들을 몇 명씩 한꺼번에 목 졸라 죽이기도 했어. 그런데 옥살이를 하는 동안에 그는 이상하게도 아이들이 좋아져서 형무소 안뜰에서 놀고 있는 아이들을 철창 너머로 바라보는 것이 일과처럼 되어버렸어. 그래서 나중에는 조그만 어린애 하나를 사귀어 철창 밑까지 오게 했고 그래서 그 애하고 아주 친해졌다지 뭐니. 내가 왜 이런 얘기를 하는지 너는 모르겠지? 아, 어쩐지 머리가 아프고 기분이 우울해지는구나."

"정말 이야기하는 형 표정이 이상해요. 마치 넋이 나간 사람 같아요."

알료샤가 불안한 듯 말했다.

"그런데 나는 최근에 모스크바에서 어떤 불가리아 사람에게 이런 얘기를 들었어."

동생의 말에는 아랑곳하지 않고 이반은 말을 계속했다.

"불가리아에서는 터키인과 체르케스인들이 슬라브족의 폭동이 두려워 가는 곳마다 잔악한 행위를 자행하고 있다는 거야. 집에 불을 지르고, 사람들을 죽이고, 여자들을 폭행하고, 포로의 귀를 울타리에 못 박은 채 밤새껏 그대로 내버려두었다가 아침이 되면 교

554

수형에 처하는 등 도저히 말로 다 할 수 없는 짓들을 한다는 거야. 사실 인간의 잔인한 행위를 '야수적'이라고 흔히 말하지만 이쯤 되면 오히려 야수에게 불공평하고도 모욕적이지. 야수는 결코 인간처럼 잔인한 짓을 하지 않으니까. 그처럼 예술적으로 기교를 부려가며 잔인한 행위를 할 수는 없거든. 호랑이는 그저 물어뜯는 재주밖에 없지 않니. 호랑이 머리에서는 사람의 귀를 밤새도록 못에 박아둔다는 생각 자체가 나오지 않으니까.

　그런데 이 터키인들은 아이들을 괴롭히면서 관능적인 쾌락을 느낀다는구나. 칼로 산모의 배를 가르고 태아를 끄집어내는 것쯤은 아무것도 아니고, 심한 경우에는 어머니가 보는 앞에서 젖먹이를 공중에 던져 올렸다가 떨어져 내려오는 것을 총검으로 받는다는 거야. 아마 아이 엄마가 보는 앞에서 그런 짓을 한다는 것이 놈들에게 한껏 쾌감을 주는 거겠지. 그런데 알료샤, 한 가지 매우 흥미로운 장면이 있단다. 두려움에 떠는 어머니의 팔에 안긴 젖먹이를 보고 마을에 침입해온 터키인들이 재미있는 장난을 하나 생각해낸 거야. 그들은 어린애를 웃겨보려고 머리를 쓰다듬어주기도 하고 얼러보기도 하는 거야. 그러다 마침내 성공해서 아이가 웃기 시작하면 바로 그 순간에 터키인 하나가 아이 얼굴에 권총을 겨누는 거야. 그러면 아이는 까르르 웃으면서 권총을 잡으려고 그 조그마한 손을 내밀거든. 그때 이 '예술가' 놈은 아이 얼굴에다 대고 방아쇠를 당겨서 그 조그만 머리를 산산이 부숴버리는 거야. 그야말로 예술적이라고 할 수 있겠지, 안 그래? 게다가 터키인들은 단것을 무척 좋아한다는 거야."

"형님, 도대체 왜 그런 얘길 하시는 거죠?"

알료샤가 물었다.

"내 생각에는 말이다. 만약 악마라는 것이 존재하지 않고 인간이 창조해낸 거라면, 인간은 자기 모습과 비슷하게 악마를 만들어 냈을 거야."

"그렇다면 신의 경우도 마찬가지겠군요."

"저런, 너는《햄릿》에 나오는 폴로니어스의 대사로 내 말을 받아치는구나."

이반이 소리 내어 웃었다.

"그만 네게 말꼬리를 잡혀버렸지만, 아무래도 좋다. 그런데 인간이 자기 모습에 따라 신을 만들어냈다면 너의 하느님은 아주 훌륭할 게다. 그런데 너는 방금 나에게 무엇 때문에 그런 얘기를 하느냐고 물었지? 실은 말이다, 나는 어떤 종류의 사실들을 수집하는 애호가라고 할 수 있지. 신문이라든지 사람들의 얘기 중에서 그런 일화들을 닥치는 대로 기록해두는데, 이젠 꽤 많이 수집을 해두었지. 물론 지금 말한 터키인의 이야기도 그중 하나지만, 이런 건 모두 외국인의 것이고 나한테는 러시아 것도 많아. 그중에서는 이 터키인 이야기보다 더 걸작인 것도 있어. 너도 알다시피 우리나라 사람들은 때리는 것을 좋아하잖니. 그것도 가죽채찍이나 회초리로 때리는 경우가 많은데, 이건 민족적 특성에서 기인한 거지. 우리나라에선 귀에 못을 박는 짓 따위는 상상할 수도 없는 일이니까. 우리도 역시 유럽 사람이긴 하지만, 채찍이니 회초리니 하는 건 이제 러시아적인 것이 되어버려서 이미 우리에게서 뺏어갈 수는 없지.

요즘 외국에서는 사람을 때리는 행위가 아주 적어졌더구나. 인정이 많아졌기 때문인지 아니면 인간을 때려서는 안 된다는 법률이라도 만들어졌는지 분명치 않지만, 그 대신 그들은 우리와 마찬가지로 국수주의적인 것으로 그걸 메우고 있어. 그건 우리 러시아에선 도저히 불가능하다고 생각될 정도로 너무 민족적이야. 하긴 우리 러시아에서도 특히 상류 사회에서 종교 운동이 시작된 후부터 점차 인식되고 있는 것 같기는 하지만 말이야. 나는 프랑스에서 번역된 재미있는 작은 책을 한 권 가지고 있는데 얼마 전, 그러니까 5년 전쯤 스위스 제네바에서 한 살인범을 사형시킨 이야기가 들어 있어.

이 악당은 리샤르라는 스물세 살 된 청년인데, 사형 집행 직전에 자기 죄를 뉘우쳐 기독교에 귀의했다는 거야. 리샤르는 본시 누군가의 사생아였는데, 여섯 살밖에 안 되었을 때 부모가 스위스 어느 산속의 양치기에게 그를 '선사'했다는 거야. 양치기들은 그를 부려먹으려고 키운 셈이지. 그 애는 양치기들 사이에서 야생 동물처럼 자랐어. 그들은 그 애한테 아무것도 가르쳐주지 않았을 뿐만 아니라 일곱 살 때부터 벌써 양치기를 시켰다는 거야. 비가 오건 날씨가 춥건 입을 것도 제대로 주지 않고 먹을 것도 먹이지 않았어. 줄곧 그들은 아이를 학대하면서도 조금도 뉘우치거나 후회하는 기색이 없었지. 오히려 자기들 딴에는 그럴 권리가 있다고 생각했어. 왜냐하면 리샤르는 무슨 물건처럼 그들이 선물로 받은 것이기 때문에 먹을 것도 줄 필요가 없다고 여긴 거지. 리샤르의 증언에 따르면 그 아이는 성서에 나오는 방탕아처럼 돼지가 먹는 사료라도 좋으니 실컷 배부르게 먹어보는 게 소원이었다는군. 하지만 그들은 그것조차 먹여주지 않고, 어느 날 돼지 먹이를 훔쳐 먹었다고 사정없이 두들겨 팼다는 거야.

그는 이렇게 소년 시절과 청년 시절을 보낸 뒤, 어른이 되어 힘이 생기자 이번엔 스스로 강도질을 시작했어. 이 야만인은 제네바에서 막노동으로 돈을 벌어서 죄다 술을 마시며 깡패처럼 지내다가 결국은 강도질을 하고 어떤 노인을 죽이기에 이른 거지. 그는 곧 체포되어 재판에서 사형 선고를 받았어. 그쪽 사람들은 감상적인 동정심 따윈 전혀 없는 족속들이니까. 그런데 감옥에 들어가자마자 교회 목사님이니 무슨 기독교 단체의 회원인지 뭔지 자선가 귀부인들이 몰려와서는 그에게 글을 가르치고 성경 강의를 시작했지. 그리고 그를 어르고 타이르고 귀찮게 설교를 하며 압력을 가하고 해서 나중에는 그도 진심으로 자신의 죄를 깨닫고 세례까지 받게 되었어. 그는 직접 재판소에 편지를 보내어 자기는 한때 깡패였지만, 덕분에 하느님이 자기의 마음을 비춰주시고 은총을 내려주셨다고 썼어. 그러자 제네바 전체가, 제네바의 모든 자선가와 모든 신앙 깊은 사람들이 법석을 떨기 시작했지. 상류 사회의 사람들, 교양 있는 사람들이 모두 감옥으로 달려가서 리샤르를 포옹하고 키스하며 말했어.

'당신은 우리 형제입니다. 당신은 하느님의 은총을 받았습니다!'

그러면 리샤르는 그저 감격해서 울 뿐이었지.

'그렇습니다, 저는 하느님의 은총을 받았습니다! 저는 소년 시절과 청년 시절에 돼지 사료만 얻어먹어도 기뻐했습니다만, 이제는 저 같은 놈에게도 하느님께서 은혜를 내려주셨으니 저는 주님의 품 안에서 죽을 수 있습니다.'

'그렇고말고, 리샤르. 너는 주님의 품 안에 안겨 죽어야 해. 네가 돼지 먹이를 탐내어 훔쳐 먹고 얻어맞았을 때 네가 한 일은 아주 좋지 않은 것이야. 어쨌든 훔친다는 것은 하느님께서 금지하신 거니까. 그때 네가 하느님을 전혀 몰랐다는 건 네 잘못이 아니더라도, 남의 피를 흘리게 했으니 넌 죽어 마땅한 거야.'

드디어 최후의 날이 왔어. 지칠 대로 지쳐버린 리샤르가 눈물을 흘리면서 '오늘은 내 생애에서 가장 복된 날입니다. 나는 주님에게로 돌아갑니다'라고 쉴 새 없이 되풀이하자, 목사와 재판관, 자선가 귀부인들이 외쳐댔어.

'그렇고말고, 네 생애에서 가장 복된 날이지. 오늘은 주님 앞으로 가는 날이니까!'

그들은 모두 리샤르를 태운 죄수 마차의 뒤를 따라서 마차를 타거나 걸어서 단두대에 도착하자마자 소리쳤어.

'자, 그럼 죽어라, 형제여. 주님의 품 안에서 죽어라, 너한테는 주님의 은총이 내렸으니까.'

그리하여 형제들의 빗발치는 키스를 받은 리샤르는 형장으로

559

끌려 들어가 단두대에 앉혀졌어. 그러고는 하느님의 은총을 받았다는 이유로 형제의 대우를 받으며 목이 싹둑 잘렸다는 거야.

이건 정말 서구인의 특성을 잘 나타내는 의미심장한 이야기지. 이 작은 책은 러시아의 상류 사회에 속하는 루터파 자선가들이 러시아어로 번역하여 러시아 민중의 교화를 위해 신문 잡지의 부록으로 찍어 무료로 배포했지. 리샤르의 이야기에서 흥미로운 것은 그 나라의 국민성을 여실히 말해주고 있다는 점이야. 러시아에서는 어떤 사람이 우리의 형제가 되었다고 해서, 하느님의 은총을 받았다고 해서 그 사람의 목을 잘라버린다는 것은 상상조차 할 수 없지. 하지만 되풀이해서 말하자면 우리나라도 이에 못지않는 독자적인 특성이 있다는 걸 알아야 해. 우리 러시아에서는 남에게 매질을 가하여 고통을 주는 것이 직접적인 쾌락을 얻는 가장 손쉽고도 오래된 방법으로 알려져 있어. 네크라소프의 시 속에 농부가 채찍으로 말의 눈을, 그 '유순한 눈'을 후려치는 대목이 있는데 그런 광경은 누구나 흔히 볼 수 있는 것으로, 이거야말로 러시아적인 풍속이라 할 수 있지.

이 시인의 묘사에 따르면, 힘에 겨운 무거운 짐을 실은 허약한 말이 진흙탕에 빠져 헤어 나오지 못하고 있는 거야. 농부는 채찍으로 사정없이 말을 때리고 또 때리고, 나중에는 때린다는 동작에 취해버려 자기가 무슨 짓을 하고 있는지조차 모를 지경으로 악을 쓰며 채찍질을 하는 거야.

'힘이 들어도 끌라면 끌어야 해, 죽어도 좋으니 끌라니까!'

560

말이 버둥거리고 있으면 농부는 느닷없이 그 울고 있는 것 같은 '유순한 눈'을 사정없이 휘갈기는 거야. 그러면 말은 있는 힘을 다해 몸부림치고 간신히 마차를 끌어내려 움직이는 거야. 온몸을 떨면서 숨도 제대로 못 쉬고, 온몸을 비스듬히 뒤틀고, 경련을 일으키는 것 같은 보기 흉한 걸음걸이로 걸어가는 거야. 이 모습이 네크라소프의 시 속에 무서울 정도로 잘 묘사되어 있어. 그러나 이건 어디까지나 말에 대한 이야기야. 말은 때리라고 하느님께서 주신 거다, 타타르인들은 이렇게 우리에게 가르치며 이것을 잊지 말라고 말채찍을 선물로 주었다고 하거든.

그러나 사람들에게도 역시 매질을 할 수 있는 거야. 소위 지성인 계층에 속한다는 훌륭한 신사와 그 부인이 겨우 일곱 살밖에 안 된 자기 딸을 나뭇가지로 매질한 예가 실제로 있었거든. 내 수첩에는 이 얘기가 자세히 적혀 있어. 아버지란 자는 회초리에 울퉁불퉁한 마디가 많은 걸 보고는 이게 더 '효과적'이라면서 기뻐하고는 자기의 친딸에게 매질을 가한 거야. 확언하건대 개중에는 회초리나 채찍을 휘두를 때마다 육체적 쾌감을, 말 그대로 육체적 쾌락을 느끼며 흥분하는 사람도 있어. 그것은 매질의 수가 거듭될 때마다 기하급수적으로 점점 더해지기 마련이야. 1분, 5분, 10분 이렇게 때리는 동안 매질은 더욱더 빨라지고, 더더욱 모질어져서 아이는 '아빠, 아빠, 아빠!' 비명을 지르며 울어대지. 나중에는 울지도 못하고 그저 숨넘어가는 소리만 낼 뿐이야. 악마같이 잔인한 행동 때문에 이 사건은 결국 사회적인 스캔들이 되어 법정에까지 가게 되었지. 그래서 아버지는 변호사를 고용했지. 러시아의 민중들은 오래전부터 변호사를 '돈에 고용된 양심'이라고 부르지만, 아무튼 변호사는 자기의 의뢰인을 보호하기 위해 열변을 토했어.

'본 사건은 흔히 있을 수 있는 가정 내의 단순한 에피소드일 뿐입니다. 아버지가 자기 딸의 버릇을 가르친 것뿐이니까요. 그런데도 이런 일을 법정에서까지 논의한다는 건 우리 시대의 수치가 아닐 수 없습니다!'

이 열띤 변호에 감동한 배심원들은 일단 별실로 물러갔다가 이윽고 무죄를 선고했지. 세상 사람들은 가해자가 무죄가 되었다고 기뻐서 환호성을 질렀어. 내가 그 자리에 없었던 게 무척 유감이야! 만일 그 자리에 있었다면 가해자를 표창하는 뜻에서 장려금이라도 모으자고 제안했을 텐데 말이다! 이 얼마나 희한한 이야기냐! 그런데 아이들에 대한 얘기는 이보다 더 재미있는 게 얼마든지 있어. 나는 러시아 아이들에 대한 일화를 굉장히 많이 수집해놓고 있거든, 알료샤야.

어떤 다섯 살 먹은 계집애는 부모의 증오의 대상이 된 경우도 있어. 그 부모라는 자들은 '명예로운 관리인 데다가 교양 있는 신사 숙녀'였지. 다시 한번 말하지만 다수의 인간에게는 일종의 특이한 성질이 있는데, 바로 어린애를 학대하는 취미야. 학대의 대상은 어린애에 국한되어 있거든. 그런 잔인한 가해자들은 어린애들을 제외한 다른 모든 인간들에게는 박애심 넘치는 교양 있는 유럽 사람의 얼굴을 하고 더없이 겸손하고 친절하게 굴지. 하지만 아이들을 학대하는 일만은 멈추지 못하고 어쩌면 그런 의미에서 오히려 아이들 자체를 사랑한다고 해도 과언이 아닐 정도야. 즉, 아이들의 무력한 처지가 가해자의 마음을 유혹하는 거야. 아무 데도 갈 곳 없는, 누구에게도 의지할 수 없는 조그만 어린애의 천사와 같은 순진무구한 믿음, 이것이 폭군의 더러운 피를 끓어오르게 하는 거지. 물론 모든 인간의 마음속에는 야수가 숨어 있어. 걸핏하면 성을 내는 야수, 희생당한 피해자의 울부짖음에 욕정 같은 쾌감을 느끼는 야수, 사슬에서 풀려나 멋대로 날뛰는 야수, 음탕한 생활 때문에 통풍이나 간질환에 걸린 야수, 이러한 야수들이지. 그래서 그 다섯 살 먹은 가엾은 여자아이를, 그 교양 있는 부모는 온갖 방법을 동원해 학대했다는 거야. 무엇 때문인지 자기들도 알지 못하면서 무조건 쥐어박고 때리고 발로 차고 해서 그 아이는 온몸에 시퍼렇게 멍이 들어 부풀어 올랐지. 그런데 부모는 그 짓도 나중에는 싫증이 나서 교묘한 기술까지 동원하기에 이르렀지.

엄동설한에 아이를 밤새도록 변소에 가둬둔 거야. 그것도 단지 아이가 밤에 변소에 가겠다는 말을 하지 않았다는 이유 때문이었어. 도대체 천사처럼 잠든 다섯 살짜리 어린애가 어떻게 부모에게 그걸 알릴 수 있겠니. 그래서 잘못해서 똥을 싸면 그 똥을 아이의 얼굴에 칠하는가 하면 억지로 먹이기까지 했다는 거지. 이런 짓을 바로 그 애의 친어머니라는 여자가 했단 말이야. 그리고 이 여자는 밤중에 변소에 갇힌 가엾은 아이의 신음소리를 들으며 태연스레 잠을 잤다는 거야! 너는 이걸 이해할 수 있겠니? 자기 몸에 무슨 일이 일어나고 있는지도 완전히 이해하지 못하는 조그만 어린애 가 어둡고 추운 변소 안에서 조그만 주먹으로 터질 듯한 자기 가 슴을 두드리기도 하고 아무도 원망할 줄 모르는 천진난만한 눈물 을 흘리면서 하느님께 제발 살려달라고 기도하는 거야.

알료샤, 그래, 너라면 이 불합리한 이야기를 이해할 수 있겠니? 너는 나의 친구이자 하느님께 봉사하는 겸손한 수도사지. 도대체 무슨 이유 때문에 이런 불합리한 일이 생기는지, 어디 한번 설명해 다오!

'이런 불합리가 없이는 지상에서 인간은 생활할 수가 없다, 왜냐 하면 선악을 구별할 수 없을 테니까'

어떤 사람들은 이런 망발을 하기도 하지만, 이런 대가를 치러가 면서까지 그 저주받을 선악을 구별할 필요가 있을까? 만일 그렇다 면 인식의 세계를 통틀어봐도 이 어린애가 '하느님'께 흘린 눈물 만 한 가치도 없지 않느냐 말이다. 나는 어른들의 고뇌에 대해선 말하지 않겠다. 어른들은 선악과를 따 먹었으니 될 대로 되라지. 모두 다 악마의 밥이 된다 해도 상관없어. 하지만 이 아이들만은, 아이들만은 달라! 알료샤, 내가 너를 괴롭히는 것 같구나. 완전히 새파랗게 질려 있는 것 같아. 듣고 싶지 않다면 그만두마."

"괜찮아요. 나 역시 괴로워하고 싶으니까요."

알료샤는 중얼거렸다.

"그럼, 한 가지만 더 이야기하게 해다오. 단지 호기심에서 하는 얘기이긴 하지만 이것도 굉장히 진기한 얘기야. 바로 얼마 전에 어느 고담집(古談集)에서 읽은 건데, 연대기였는지 고대 기록이었는지 잘 기억이 나질 않는구나. 그건 다시 조사해보면 알겠지만 암튼 19세기 초 농노제가 가장 심했던 암흑 시대의 이야기야. 우리는 사실 농노 해방자이신 알렉산드르 2세에게 감사를 드려야 할 거야! 그 시대에, 즉 19세기 초에 한 장군이 살고 있었어. 그는 세도가 당당한 많은 친지를 가진 부유한 지주였지. 퇴직하고 은퇴 생활에 들어간 그는 자기 하인들을 마음대로 죽이고 살릴 수 있는 권한을 가졌다고 확신하는 그런 족속 중의 하나였지. 하긴 그 당시에도 그런 족속은 드문 편이기는 해도 더러 있긴 했거든. 그런데 이 장군은 2000명의 농노가 딸린 자기 영지에서 살고 있었기 때문에 근처의 소지주들은 자기 집 식객이나 어릿광대처럼 취급하면서 그 위세가 보통이 아니었나 봐.

이 장군의 개집에는 수백 마리의 개가 있었는데, 개를 기르는 하인들 100여 명은 모두 제복을 입고 말을 타고 다녔어. 그러던 어느 날, 농노의 여덟 살 먹은 한 사내아이가 돌팔매질을 하다가 잘못 던져서 그만 장군이 애지중지하는 사냥개의 다리를 다치게 한 거지. '어찌하여 내가 귀여워하는 저 개가 다리를 저느냐?' 하고 장군이 묻자, 실은 이러이러한 아이가 돌을 던져 개의 다리에 상처를 입혔다고 고해바쳤지. 장군은 '네가 그랬겠다' 하며 아이를 돌아보더니 '저놈을 잡아라' 하고 소리쳤어. 그래서 하인들은 그 애를 어머니 손에서 빼앗아다가 하룻밤 가둬두었어. 다음 날 아침 날이 새기도 전에 장군은 사냥 차림으로 마당에 나타났어. 그 옆에는 식객들, 사냥개들, 개를 기르는 하인들, 몰이꾼들이 모두 말을 타고 주군을 호위하듯 늘어서 있었고, 주위에는 본보기를 보여주려고 모이게 한 모든 남녀 농노가 둘러서 있었지. 그 맨 앞줄에는 나쁜 짓을 한 아이의 어머니가 서 있었어. 이윽고 그 아이가 끌려나왔어.

안개 낀 음산하고 추운 가을날이어서 사냥하기엔 안성맞춤이었지. 장군은 아이를 발가벗기라고 명령했어. 발가숭이가 된 아이는 오들오들 떨면서 얼마나 무서운지 말도 못하고 넋이 빠져 있었지. '자, 저놈을 몰아내라' 하고 장군이 명령을 내리자, '뛰어라, 뛰어!' 하고 몰이꾼들이 아이에게 외쳐댔어. 아이는 뛰어 달아나기 시작했어. 그러자 장군은 '달려들어' 하고 외치며 사냥개를 모조리 풀었지! 이렇게 아이의 어머니가 보는 앞에서 개들이 무슨 짐승이라도 쫓듯이 아이를 쫓아가서 순식간에 갈기갈기 찢어버리고 말았다는 거야! 결국 그 장군은 금고형인가 뭔가를 선고받았더군. 자, 이런 작자는 어떻게 하면 좋겠니? 총살이라도 시켜야 할까? 도덕적 감정을 만족시키기 위해서 총살형에 처해야 할 게 아니냔 말이다. 말해봐, 알료샤!"

"총살해야죠!"

알료샤가 창백해진 얼굴에 일그러진 미소를 지으며 형을 쳐다보면서 말했다.

"브라보!"

이반은 기쁜 듯이 환호성을 질렀다.

"네가 그렇게 말하다니……. 너도 정말 대단한 수도사구나! 그러니까 너의 가슴속에도 악마의 새끼가 숨어 있는 거야. 알료샤 카라마조프!"

"내가 그만 어리석은 소리를 했군요. 하지만……."

"이런 바보 같으니, 그 말, 그 '하지만'이 문제야" 하고 이반이 소리쳤다.

"이것 봐, 수도사님. 이 지상에는 그 어리석은 소리가 너무 많이 필요한 거야. 이 세상은 어리석은 것을 발판으로 하고 서 있기 때문에, 그것이 없다면 아마 이 세상에는 아무 일도 일어나지 않을 거야. 우리는 그저 우리가 알고 있는 범위 내의 것만을 알고 있을 뿐이니까!"

"그럼, 형님은 대체 무엇을 알고 계시죠?"

"난 아무것도 알지 못해."

헛소리라도 하는 것처럼 이반이 말을 이었다.

"난 아무것도 이해하고 싶지 않아. 나는 사실에만 충실할 작정이야. 벌써 오래전부터 모든 것을 이해하지 않기로 결심했어. 무언가를 이해하려고 하면 꼭 사실을 왜곡하게 되거든. 그래서 나는 사실에만 충실하기로 결심한 거야."

"무엇 때문에 형님은 나를 시험하려고 하는 건가요? 그만하시고 어서 대답해주세요."

알료샤가 갑자기 슬픈 표정으로 소리쳤다.

"물론 대답하고말고. 그 말을 하려고 너를 여기까지 끌고 왔으니까. 너는 내게 소중한 존재야. 나는 너를 놓치고 싶지 않다. 나는 너를 조시마 장로 따위에게 양보할 수 없어."

이반은 잠시 말을 끊었다가 다시 침통한 표정을 지었다.

"이봐, 알료샤, 나는 문제를 보다 분명하게 하기 위해서 어린애들의 예만 들었을 뿐이야. 이 지구를 지표에서부터 중심부까지 온통 축축하게 적시고 있는 전 인류의 눈물에 대해서는 한 마디도 하지 않았어. 나는 일부러 논제를 좁힌 거야. 나는 빈대 같은 존재에 지나지 않기 때문에 어째서 모든 것이 요 모양 요 꼬락서니가 되었는지 도무지 이해할 수 없어. 그리고 이러한 사실을 통감하는 나 자신을 보며 굴욕감을 느끼지. 결국 잘못은 인간에게 있어. 원래 인류에겐 낙원이 주어졌는데, 자기들이 불행해질 것을 뻔히 알면서도 자유를 원한 나머지 천국의 불을 훔쳐냈기 때문에 조금도 그들을 불쌍히 여길 필요는 없는 거야. 나의 비참하고 지상적인 유클리드적인 지혜에 따르면, 그저 고통만 있을 뿐 죄인은 없다는 것, 모든 것은 단순 소박하게 하나의 사건에서 다른 사건을 낳으면서 끊임없이 흐르고 흘러 균형을 유지한다는 것뿐이야. 그러나 이것은 유클리드식 엉터리 사고에 지나지 않아. 나도 이것을 알고 있기 때문에 그런 사고방식을 따라 살아간다는 것에 찬성할 수가 없어.

그건 그렇고 사실은 말이야. 죄인은 하나도 없고, 모든 건 단순하게 직접적으로 하나의 사건이 다른 사건을 낳을 뿐이라는 사실을 알고 있다고 해서 도대체 뭐가 달라지겠니? 나한테 필요한 것은 복수야. 그걸 할 수 없으면 나는 자멸해버리고 말 거야. 그 복수를 언제 하게 될지는 모르지만 어쨌든 끝도 없는 저세상이 아니라 이 지상에서, 바로 내 눈앞에서 이루어져야만 해. 나는 그것을 믿어왔으니까. 그러니까 내 눈으로 똑똑히 지켜보고 싶다는 거야. 만약 내가 그때 죽어 있다면 나를 다시 소생시켜줘야만 해. 왜냐하면 내가 없는 곳에서 그 모든 것이 이루어진다는 건 너무 분한 일이 아니니. 사실 말이지 내가 지금까지 고행을 겪어온 것은 어느 딴 사람에게, 어디서 굴러먹던 놈들인지도 모르는 이들에게 미래의 조화를 안겨주기 위한 것은 아니었어. 나는 그것을 위해 나 자신이며 나의 악행이며 나의 고통을 희생해온 게 아니란 말이지. 어디까지나 난 내 눈으로 사슴이 사자 옆에 태평하게 누워 있고 살해된 자가 일어나서 자기를 죽인 인간과 포옹하는 장면을 직접 보고 싶다는 거야. 즉, 모든 사람이 모든 사정을 깨닫게 될 때 나도 그 자리에 있고 싶다는 말이지. 이 지상의 모든 종교는 이러한 희망 위에 세워져 있는 거야. 그리고 나도 그러한 믿음을 가지고 있단다.

하지만 그렇다 해도 역시 아이들이 문제야. 그럴 경우 대체 그 아이들에게 무엇을 해줄 수 있겠니? 이게 바로 내가 해결할 수 없는 문제야. 또다시 되풀이해서 말하겠는데, 그 밖에도 문제는 수없이 많지만 나는 단지 어린애들의 경우만 예를 들었어. 그 까닭은 내가 말하고자 하는 바가 그 안에 명백히 드러나 있기 때문이지. 이봐, 알료샤, 많은 인간이 고통을 겪어야 하는 것은 그 고뇌를 통해 영원한 조화를 이루기 위해서라고 할 수도 있지만 무엇 때문에 어린애들까지 그 속에 끌어들여야 한단 말이야? 넌 그걸 나한테 말해줄 수 있겠니? 무엇 때문에 어린애들까지 고뇌를 겪어야 하고 조화를 위해 고통을 받아야 하는지, 나는 그 이유를 도무지 알 수가 없어! 무엇 때문에 어린애들까지 그런 거름이 되어 누군가를 위한 미래의 조화를 위해 희생되어야 한다는 거냐? 인간 사이에 얽힌 죄악의 연대 관계는 나도 이해 못하는 건 아니야. 그러나 어린애들이 그 연대 관계에 책임을 지는 건 이해할 수 없어. 만일 아버지의 모든 악행에 대해 그 자식에게 연대 책임을 물어야 한다는 것이 그 속사정이라면, 그런 진실은 저세상에나 있는 거니까 내가 알 바 아니야. 개중에는 우스꽝스러운 친구가 있어서, 어차피 아이들도 자라서 어른이 되면 악행을 저지를 게 아니냐고 말할지도 모르지만, 어쨌든 지금은 아직 어른이 아니잖느냐 말이다. 이제 겨우 여덟 살밖에 안 된 어린애가 개한테 물려죽은 거야.

오오, 알료샤, 나는 결코 신을 모독하려는 건 아니다! 만약 하늘 위와 땅 밑에 있는 모든 것이 하나의 찬미가 되고, 삶을 누리고 있는 모든 것과 전에 삶을 누렸던 모든 것이 조화로운 소리를 내어 '주여, 당신의 말씀은 옳았나이다. 이는 당신의 길이 열렸기 때문이었습니다!'라고 부르짖을 때, 우주 전체가 얼마나 진동할지 나도 잘 알고 있어. 그리고 그 어머니가 자기 아들을 개한테 물려죽게 만든 폭군과 얼싸안고 이 셋이 다 같이 눈물을 흘리며 소리를 합하여 '주여, 당신의 말씀이 옳았나이다'라고 외칠 때, 그때야말로 인식의 승리가 도래하여 모든 것이 명백하게 해명될 게 틀림없어. 그러나 여기엔 또 하나의 장애가 있어. 요컨대 나는 그것을 받아들일 수가 없어. 그래서 나는 이 지상에 살고 있는 동안 나 자신의 대책을 강구하기 위해 서두를 수밖에 없는 거야.

알료샤, 어쩌면 나는 자기 아들의 원수와 포옹하고 있는 어머니의 모습을 내 눈으로 직접 보고 '주여, 당신의 말씀이 옳았습니다'라고 외칠 때까지 살 수 있을지도 몰라. 아니면 그것을 보려고 일부러 다시 소생할지도 모르지. 그러나 나는 그때 '주여' 하고 외치고 싶지 않단 말이야. 아직 시간 여유가 있을 때 나는 재빨리 나 자신을 방어하기 위해 서두를 거야. 그런 최고의 조화 같은 건 깨끗하게 거부하겠어. 왜냐하면 그따위 조화는 구린내 나는 변소에 갇혀 조그만 자기 가슴을 두드리며 보상받을 길 없는 눈물을 흘리면서 '하느님 아버지께' 기도를 드린 그 학대받은 어린애의 눈물 한 방울만 한 가치도 없기 때문이야. 왜 그만한 가치도 안 되냐 하면 그건 이 눈물이 영원히 보상받지 못한 채 버려졌기 때문이야. 그 눈물은 마땅히 보상받아야만 해. 그렇지 못하면 조화라는 건 있을 수가 없는 거야. 그러나 무엇으로, 무엇을 가지고 그것을 보상할 수 있겠니? 과연 그것이 가능한 일일까? 눈물로써 복수를 한다? 과연 이게 보상이랄 수 있을까? 그러나 나는 그따위 복수 같은 건 필요 없어. 학대자를 위한 지옥이 무슨 소용이겠니. 이미 죄 없는 어린애가 온갖 학대를 당했는데 그 이후에 지옥 같은 게 무슨 소용이냐 말이다.

그리고 또 지옥이 있는 곳에 조화가 있을 리 없어. 나는 용서하고 싶어. 포옹하고 싶은 거야. 나는 더 이상 인간이 고통을 당하는 건 원치 않으니까. 만일 어린애들의 고뇌가 진리의 보상에 필요한 만큼 꼭 필요하다면, 단언컨대 모든 진리를 통틀어도 그만한 대가를 치를 가치가 없다고 말하겠어. 그런 대가를 지불할 바에는 개에게 아이를 물어뜯게 한 폭군을 그 아이의 어머니가 포옹하는 걸 반대할 거야. 어머니라 해서 그 폭군을 용서할 권리는 없으니까! 그래도 굳이 용서를 원한다면 자기 몫만 용서해주면 되는 거야. 아이의 어머니로서 끝없이 괴로워한 데 대해서만 용서해주란 말이지. 갈기갈기 찢겨진 아이의 고통을 용서해줄 권리까지 어머니에겐 없어. 가령 그 아이가 용서해준다 해도, 그 어머니에겐 폭군을 용서해줄 권리가 없는 거야. 만일 그렇다면, 만일 아무도 용서해줄 권리를 가지고 있지 않다면 도대체 그 조화는 어디에 있는 걸까? 도대체 이 세상에 타인을 용서할 권리를 가진 사람이 있을까? 나는 조화 같은 건 바라지 않아. 즉, 인류를 사랑하기 때문에 필요하지 않은 거야. 나는 차라리 보상받을 수 없는 고뇌 속에 있기를 원해. 비록 내 생각이 틀렸다 해도 보상받을 수 없는 고뇌와 풀 수 없는 분노를 품고 있는 편이 나아. 게다가 그 조화의 대가가 너무나 비싸서 내 주머니 사정으로는 그처럼 비싼 입장료를 지불할 수가 없어. 그래서 나는 나의 입장권을 빨리 돌려보내는 거야. 만일 내가 정직한 인간이라면 되도록 빨리 그 입장권을 돌려보낼 의무가 있어. 나는 그것을 실천에 옮기고 있는 중이야. 알료샤, 내가 신을 인정하지 않는 건 아니야. 그저 조화의 입장권을 정중히 돌려보낼 뿐이지."

"그건 반역입니다."

알료샤가 눈을 떨구며 나직한 소리로 말했다.

"반역이라고? 네가 그런 말을 할 거라고는 생각 못했는데……."

이반이 정색하며 말했다.

"반역하며 살아갈 수는 없잖아? 나는 살고 싶은 놈이야. 그건 그렇고 너한테 한 가지 묻겠는데, 솔직하게 대답해다오. 가령 내가 궁극에 가서 세상 사람들을 행복하게 하고 또 평화와 안정을 줄 목적으로 인류의 운명의 탑을 쌓아 올린다고 하자. 그런데 이 일을 위해서는 단 하나의 보잘것없는 생물, 아까 그 조그만 주먹으로 자기의 가슴을 두드린 그 가엾은 여자아이라도 좋아. 아무튼 반드시 그 애를 괴롭혀야 하고 또 그 애에게 보상받을 길 없는 눈물을 흘리게 한 다음에야 이 탑을 쌓을 수 있다고 가정한다면, 너는 과연 이러한 조건 아래서 그 탑의 건축 기사가 되는 것에 동의할 수 있겠니? 자, 솔직하게 말해다오."

"아니오. 나는 동의할 수 없을 겁니다."

알료샤가 조용히 대답했다.

"그리고 또 하나, 너한테서 그런 탑을 물려받은 세상 사람들이 이 조그만 희생자의 보상할 길 없는 피 위에 세워진 행복을 기꺼이 받아들이고 영원히 행복을 누릴 거라는 생각에는 동의할 수 있겠니?"

"아니, 동의할 수 없습니다. 형님."

알료샤는 갑자기 눈을 빛내며 말했다.

"형님께서는 지금 남을 용서할 수 있는 권리를 가진 사람이 이 세상에 존재하느냐고 말씀하셨죠. 그렇지만 그런 분은 존재합니다. 그분은 모든 일에 대해서 모든 인간을 용서할 수 있습니다. 왜냐하면 그분은 모든 사람을 대신해서 스스로 자기의 무고한 피를 흘리셨으니까. 형님은 그런 분이 존재한다는 것을 잊고 계시군요. 바로 그분을 기초로 하여 그 탑은 세워져 있는 겁니다. 그리고 그분을 향하여 우리는 '주여, 당신의 말씀은 옳았나이다. 이는 당신의 길이 열렸기 때문입니다!'라고 외칠 수 있는 겁니다."

"아아, 그건 '죄 없는 유일한 한 분'과 그의 피에 대한 말이구나! 천만에, 나는 그 사람을 결코 잊은 게 아니다. 나는 도리어 네가 어째서 그 사람 얘기를 꺼내지 않나 이상하게 여기고 있었지. 너희는 무슨 논쟁을 할 때면 으레 그 사람을 맨 앞에 내세우곤 하지 않니, 알료샤. 그런데 비웃지 말고 들어주렴. 내가 1년 전쯤 서사시 한 편을 쓴 게 있는데, 어떠니? 나와 10분가량 더 시간을 보낼 수 있다면 네게 들려주고 싶은데, 괜찮겠니?"

"형님께서 서사시를 쓰셨다고요?"

"아니, 실제로 쓴 건 아니야" 하고 이반이 웃었다.

"나는 지금까지 시라곤 단 두 줄도 써본 적이 없어. 다만 그 서사시는 머릿속에서 구상해서 따로 기억하고 있을 뿐이야. 그러나 정말 열심히 구상한 건 사실이지. 그러니까 네가 나의 최초의 독자, 아니 청중이 되는 거야. 사실 작가로서는 단 한 사람의 청중도 놓치지 아까운 법이거든."

이반은 싱긋 웃었다.

"어때, 이야기를 해줄까, 그만둘까?"

"꼭 들어보고 싶네요."

알료샤가 대답했다.

"제목은 〈대심문관(對審問官)〉이라고 하지. 우스꽝스러운 작품이지만 너한테 꼭 들려주고 싶다."

5. 대심문관

"그런데 이 작품에서 역시 서문이 빠질 수 없지, 이를테면 작가의 서문 말이다. 하하!"

이반은 웃었다.

"이거 뭐, 내가 대단한 작가라도 된 것 같구나! 그건 그렇고 내 서사시의 무대는 16세기란다. 너도 학교에서 배워 잘 알겠지만 그때는 시 창작을 하면서 하늘의 신비로운 힘을 지상으로 끌어내리는 것이 문학적 습관처럼 유행하던 시대였어. 단테는 말할 것도 없고 프랑스에서는 재판소의 서기니 수도원의 수도사니 하는 사람들이 여러 가지 연극을 보여주곤 했는데, 그건 주로 성모 마리아니, 성인 그리스도니, 심지어 하느님 자신까지도 무대에 등장시켰어. 그 당시에는 이 모든 것이 매우 소박하게 다루어지던 시절이었거든. 빅토르 위고의 《노트르담 드 파리》에는 루이 11세 시대에 황태자 탄생을 축하하여 파리의 의사당 건물에서 '그지없이 성스럽고 인자하신 동정녀 마리아의 훌륭한 재판(Le bon jugement de la trèsainte et gracieuse Vierge Marie)'이라는 교훈극이 시민에게 무료로 상연되었다는 이야기가 나온단다. 이 극에서는 성모께서 직접 무대에 왕림하여 공정한 재판을 주관하는 것으로 되어 있지. 그리고 우리 러시아에서도 표트르 대제* 전의 모스크바에서 주로 구약성서에서 내용을 가져와 비슷한 연극들을 간혹 상연하곤 했지. 그러나 이런 연극 이외에도 그 당시에는 여러 가지 소설이니 '종교시(宗敎詩)'가 널리 세상에 퍼져 있었는데, 그 속에서는 성도니 천사니 하는 천상의 주인공들이 필요에 따라서 활약하고 있었어. 러시아의 수도원에서도 역시 번역을 하거나 단순히 필사를 하든지 개중에는 그러한 내용의 서사시를 창작하는 사람들이 있었는데, 그것이 타타르인들이 러시아를 지배하던 시절이었으니 더욱 놀랄 일이지.

그런데 예를 하나 들면 어느 수도원에서 만든 극시에, 물론 그리스어에서 번역한 것이긴 해도 〈성모 마리아의 지옥 순례〉라는 것이 있는데 여기에는 단테 못지않은 대담한 광경들이 수없이 많아. 성모 마리아가 대천사 미카엘의 인도를 받아 지옥을 방문하고 고뇌 속을 헤매며 수많은 죄인과 그들의 고통을 직접 목격한다는 내

---

* 러시아의 서구화를 이끈 황제이다.

용이지. 그중에서도 가장 주목할 만한 것은 불바다 속에 떨어진 한 떼의 죄인들이야. 그들 중에는 영원히 다시 떠오를 수 없을 만큼 깊은 바다 속에 빠진 자들도 있는데, 그들은 '하느님한테서도 버림받은' 존재들이야. 이건 정말 심각하면서도 박력 있는 표현이야. 여기서 성모 마리아는 깊은 충격을 받아 슬픔에 잠긴 채 하느님 앞에 엎드려 지옥에 떨어진 모든 사람, 자기가 지옥에서 보고 온 모든 사람에 대해 아무 차별 없이 자비를 내려주십사고 탄원했어. 성모 마리아와 하느님 사이의 이 대화는 참으로 흥미진진한 데가 있어. 성모는 하느님 앞을 떠나지 않고 탄원에 탄원을 거듭하지. 하느님은 십자가에 못 박힌 아들 그리스도의 손과 발을 가리키며 '저렇게 가혹한 짓을 한 자들을 어떻게 용서할 수 있겠는가' 하고 물었어. 그러자 성모는 모든 성자, 모든 순교자, 모든 천사, 모든 대천사를 향해 자기와 함께 엎드려 모든 죄인에 대해 차별 없는 죄의 사면을 기원하자고 부탁했어. 그리하여 마침내 성모는 매년 성금요일(聖金曜日)에서 성신강림절(聖神降臨節)까지의 50일 간은 모든 고통을 중지한다는 허락을 받게 되었어. 그러자 지옥의 죄인들은 일제히 하느님께 감사하며 '주여, 당신은 옳으십니다!' 하고 외치는 거야. 그건 그렇고 내가 쓴 서사시도 그 당시에 발표되었다면 아마 이와 유사한 것이 되었으리라고 생각해.

　나의 서사시에도 그리스도가 무대에 등장하지. 그런데 그저 나오기만 할 뿐, 한 마디 말도 없이 그대로 지나가버리고 마는 거야. 그때는 그가 지상에 와서 나타날 것을 약속한 뒤 15세기나 지났을 때야.

'그날과 시간은 아무도 모른다. 하늘의 천사들도 모르고 아들도 모르고 오직 아버지만이 아신다.'*

예언자도 이렇게 썼고 또 그리스도 자신도 이 지상에 살아 있을 때 같은 말을 했지만, 그때부터 이미 15세기나 지났는데도 인류는 여전히 같은 신앙과 감동을 느끼며 그의 재림을 기다리고 있는 거야. 아니, 그때보다 신앙심은 더 커졌지. 왜냐하면 하늘에서 인간에게 내려준 보증이 단절된 후 이미 15세기라는 세월이 지나가버렸으니까 말이야.

믿어라, 마음의 속삭임을
하늘의 보증이 없더라도**

즉, 마음의 속삭임에 대한 믿음밖에 남지 않은 거야. 물론 그 당시만 해도 여러 가지 기적이 있었던 것은 사실이야. 기적적인 치료를 행한 성인들도 있었고, 성모 마리아의 방문을 받은 기록도 있었지. 그러나 악마도 낮잠을 자고 있었던 것은 아니니까, 이런 기적의 진실을 의심하는 자들이 인류 속에 나타나기 시작했어. 그 당시 독일 북쪽에 무서운 이단이 새롭게 일어났어. '불붙은 큰 산과 같은 (즉, 교회와 같은) 큰 별 하나가 수원(受援)에 떨어져 물이 써졌

---

* 〈마태복음〉 24:36
** F. 실러의 시 〈동경〉에서 인용하였다.

다"라는 말이지. 이들 사교는 대담하게도 그러한 기적들을 부정하기 시작했어. 그러나 신앙을 가진 사람들은 더욱 열렬히 믿었어. 인류의 눈물은 여전히 변함없이 그리스도를 원하고, 사랑하고, 기다리며 그에게 희망을 걸고, 옛날처럼 그를 위해 고난을 당하다 죽어가기를 갈망하고 있었어. 이렇게 몇 세기에 걸쳐 인류는 신앙과 열정을 가지고 '오, 주여, 우리에게 모습을 나타나소서'라고 기도하며 애타게 불렀기 때문에, 그지없이 자비로우신 그리스도는 마침내 기도를 드리는 이들한테 내려가기로 생각한 거야. 그전에도 그는 천국에서 내려와 그때까지 이 지상에 살고 있던 몇몇 성인이며 순교자들, 성스러운 은자들을 방문한 일이 있었는데, 이것은 그들의 전기에도 기록되어 있지. 우리 러시아에서도 자기 말의 진실성을 굳게 믿고 있던 추체프**가 이렇게 노래한 바 있어.

　십자가의 무거운 짐 지고 내려와
　하느님의 아들이 노예가 되어
　어머니인 대지에 축복을 주고자
　방방곡곡 두루 다니시도다

　이건 정말 그랬을 거야. 나도 그건 확신할 수 있어. 그래서 그리스도는 잠시라도 좋으니 민중 속에 모습을 드러내기로 작정하신

---

* 〈요한계시록〉 8:10~11
** 러시아 낭만주의 시기의 시인으로, 러시아 '철학시'의 시조로 일컬어진다.

거겠지. 고민하고 괴로워하며 어둠의 죄에 싸여 있으면서도 젖먹이처럼 순진하게 자기를 사랑해주는 민중 곁으로 말이야. 그러나 내 서사시는 스페인의 세비야를 무대로 하고 있어. 그리고 그 시대는 신의 영광을 위해 날마다 화형장에서 사악한 이교도들을 태워 죽이던 심문시대(審問時代)에 속해 있지.

　활활 타오르는 화형장에서
　사악한 이교도들이 불타 죽도다*

　그러나 물론 이 강림은 그가 일찍이 약속했던 하늘의 영광에 싸여 이 세상이 끝나는 날에 출현한다는 것과는 전혀 다른 거야. 결코 '동쪽에서 서쪽까지 번쩍이는 번갯불'**처럼 나타난 것은 아니었으니까. 그리스도는 잠깐 동안 자기 자식들을 방문하고 싶었던 거야. 그래서 그는 특별히 이교도들을 불태우는 불길이 무섭게 타오르는 바로 그 땅을 골랐어. 그지없이 자비로우신 그리스도는 15세기 전에 3년간 사람들 사이를 돌아다녔을 때와 마찬가지로 인간의 모습을 빌려 다시 한번 민중 속에 나타나신 거야. 그리스도는 남쪽 도시의 '뜨거운 광장'에 내려왔는데, 마침 그때는 '활활 타오르는 화형장'에서 거의 100명에 가까운 이교도들이 '하느님의 크신 영광을 위하여(a majorem gloriam Dei)' 국왕을 비롯한 조정의

---

* A. I. 폴레자예프의 시 〈코리올란〉에서 인용하였다.
** 〈마태복음〉 24

신하들, 기사들, 추기경, 아름다운 궁녀들과 세비야의 수많은 주민들이 지켜보는 가운데 대심문관인 추기경의 지휘 아래 한꺼번에 화형당한 바로 그다음 날이었어.

그리스도는 사람들의 눈을 피해 조용히 나타났어. 그런데 이상하게도 세상 사람들이 모두 그분이 주님이란 것을 알아보았어. 바로 여기는 내 서사시 중에서도 최고의 대목이라 해도 과언이 아니야. 즉, 어떻게 민중이 그를 알아보았느냐 하는 점이 그럴듯하거든. 민중은 불가항력적인 어떤 힘에 이끌려 그리스도를 향해 밀려가서 순식간에 그를 에워싸고 그의 뒤를 따라가는 거야. 그리스도는 그지없이 자비로운 미소를 지으며 말없이 군중 속을 걸어가고 있었어. 사랑의 태양이 그의 가슴속에 타오르고, 광명과 힘의 광선은 그 눈에서 흘러나와 사람들의 머리 위를 비추면서 사람들 가슴속에 사랑의 감흥을 일으켰어. 그는 군중에게 두 손을 뻗어 축복을 내렸는데, 그 자신의 몸은 말할 것도 없고 그의 옷자락에만 손이 닿아도 모든 병을 고치는 힘이 솟아나는 거야. 이때 어릴 때부터 장님인 노인 하나가 군중 속에서 '주여, 제 눈을 뜨게 하시어 저도 당신을 볼 수 있게 하소서'라고 소리쳤어. 그러자 마치 눈에 붙었던 비늘이라도 떨어져나간 듯이 장님이 눈을 떴어. 사람들은 감격의 눈물을 흘리며 그가 밟고 지나가는 땅에 입을 맞추었고, 아이들은 그의 앞에 꽃을 던지고 노래하며 '호산나!'라고 외치고 사람들은 '이분은 틀림없이 그분이셔, 틀림없이 그분이시라니까' 하고 끊임없이 외쳐댔어. '그분이 아니라면 누구시겠어.'

그가 세비야 대성당 현관 앞에서 걸음을 멈췄는데, 마침 이때 뚜껑을 덮지 않은 조그마한 하얀 관이 통곡 소리와 함께 성당으로 운반되어 들어가고 있었어. 그 관 속에는 이름 있는 시민의 외동딸인 일곱 살 난 소녀의 시체가 꽃에 덮여 누워 있었지.

'저분은 당신의 딸을 소생시켜주실 거예요.'

슬픔에 빠져 있는 어머니를 향해 군중 속에서 외치는 소리가 들렸어. 관을 맞으러 나온 신부는 미간을 찌푸린 채 의혹에 찬 눈으로 그를 바라보고 있는 거야. 갑자기 이때 죽은 아이의 어머니의 외침 소리가 울려 퍼졌어. 여인은 주님의 발밑에 몸을 던지고는 '만약 당신이 예수님이시라면 제 딸을 다시 살려주십시오' 하고 그리스도에게 두 손을 뻗으며 외쳤지. 장례 행렬이 멈춰서고 관은 그의 발밑에 내려졌어. 그리스도는 연민의 눈으로 바라보더니, 조용히 입을 열어 '탈리타 쿰(Talitha cumi)'* 하고 한번 외쳤어. 그러자 소녀는 관 속에서 일어나 앉더니 놀란 듯이 눈을 크게 뜨고 방실방실 웃으며 주위를 둘러보는 거야. 그 손에는 관에 눕힐 때 쥐어준 백장미 꽃다발이 그대로 있었어. 군중 속에서 동요와 환성과 통곡이 일어났지. 바로 이때 대심문관인 추기경이 성당 옆 광장을 지나고 있었지.

이 대심문관은 나이가 거의 아흔 살에 가까웠지만 키가 크고 허리가 꼿꼿했으며, 여윈 얼굴에 눈은 움푹 패어 있었지만, 아직도

---

* '소녀여, 일어나라'라는 뜻이다. 〈마르코복음〉 5:41

두 눈에는 불꽃과 광채가 번쩍이는 노인이었지. 그는 전날 로마 교회의 적들을 불태울 때 민중 앞에 입고 나왔던 찬란한 법의가 아니라 낡아빠진 허름한 법의를 걸치고 있었어. 그 뒤에는 우울한 얼굴을 한 보좌관들, 노예들 그리고 '성스러운' 호위병들이 일정한 간격을 두고 따라오고 있었지. 대심문관은 군중 앞에 걸음을 멈추고 멀리서 쳐다보고 있었어. 그는 모든 장면을 다 보았지. 사람들이 그리스도의 발밑에 관을 내려놓는 것도 보았고, 소녀가 다시 살아나는 장면도 보았어. 그러자 그의 얼굴이 어두워지면서 숱 많은 흰 눈썹을 험상궂게 찌푸렸고, 두 눈에서는 불길한 광채가 번뜩였어. 그는 호위병을 향해 손가락을 쳐들어 보이며 '저자를 체포하라'고 명령했어. 그의 권세는 너무나 강하여 그의 명령이라면 누구나 벌벌 떨며 순순히 복종하도록 길들여져 있었으므로 군중은 호위병들에게 순순히 길을 열어주었어. 그리하여 별안간 내습한 무덤 같은 침묵 속에서 호위병들은 그리스도를 잡아서 끌고 갔지. 군중들은 마치 한 사람이 움직이듯 일제히 늙은 심문관 앞에 이마가 땅에 닿도록 절을 했고, 심문관은 말없이 군중에게 축복을 내리고 그 자리를 떠났어. 호위병은 이 죄인을 신성재판소(神聖裁判所)로 사용하는 낡은 건물 안의 어둡고 좁다란 원형 천장의 감방으로 끌고 가서 그 안에 가둬버렸지.

날이 저물어 어둡고 무더운 '죽음과도 같은 세비야의 밤'이 찾아왔어. 대기는 온통 '월계수와 레몬 향기'로 가득 차 있었어. 그런데 캄캄한 어둠 속에서 갑자기 감방 문이 열리더니 늙은 대심문관이 손에 등불을 들고 안으로 들어오는 거야. 그는 혼자 들어왔는데, 들어오자 감방 문은 곧 닫혀버렸어. 그는 문 옆에 선 채 1, 2분 동안 그리스도의 얼굴을 뚫어지게 바라보고 있더니, 이윽고 조용히 다가와서 탁자 위에 등불을 내려놓고 말을 시작했어.

'네가 정말 그리스도냐? 네가 그리스도냔 말이다?'

그러나 대답을 듣기도 전에 그는 얼른 말을 이었어.

'대답을 안 해도 좋다. 잠자코 있거라. 하기는 대답할 말도 없을 테지. 난 네가 할 말을 너무나 잘 알고 있다. 게다가 너는 지금껏 말한 것 이외에 아무것도 덧붙일 권리가 없단 말이다. 무엇 때문에 우리를 방해하러 왔느냐? 너는 정말 우리를 방해하러 온 거지? 하지만 내일 무슨 일이 일어날지 알고 있느냐? 나는 네가 누군지도 모르고 또 알고 싶지도 않다. 네가 진짜 그리스도건 아니건 그건 아무래도 상관없어. 어쨌든 나는 내일 너를 재판에 회부하여 극악무도한 이단자로 화형에 처해버릴 테니까. 오늘 너의 발에 입을 맞춘 민중이 내일은 내가 손가락을 놀리기만 해도 네가 불타고 있는 모닥불 속에 앞 다퉈 장작을 던져 넣을 거다. 그걸 너는 아느냐? 아마 알고 있겠지.'

대심문관은 단 한순간도 죄수에게서 눈을 떼지 않고 깊은 감개를 느끼는 듯한 어조로 말했어."

"뭐가 뭔지 통 모르겠어요. 형님, 도대체 그건 무슨 뜻입니까?"

말없이 계속 듣고만 있던 알료샤가 미소를 지으며 물었다.

"그건 터무니없는 공상인가요, 아니면 그 노인의 오해인가요,

그건 도저히 있을 수 없는 모순당착(qui pro quo) 아닌가요?"

"그럼, 마지막 것으로 생각하렴."

이반이 껄껄 웃었다.

"네가 요즘 유행하는 사실주의에 물들어 공상적인 요소는 조금도 참을 수 없다면, 그래서 그걸 모순당착으로 생각하고 싶다면 그래도 좋아."

그는 다시 웃었다.

"노인은 이미 아흔 살이 되었으니까 오래전부터 비정상적인 관념을 가지고 있었는지도 모르지. 더욱이 그 죄수의 용모에 압도되기도 했을 거고 말이야. 아니, 어쩜 그것은 아흔 노인의 단순한 헛소리나 망상일지도 몰라. 아마 그 전날 100명이나 되는 이단자들을 화형에 처했기 때문에 아직도 흥분해 있었겠지. 그러나 너한테나 나한테나 그것이 모순당착이건 터무니없는 망상이건 결국은 매한가지 아니냐? 결국 그 노인은 자기 마음속에 있는 것을, 90년 동안이나 말하지 않고 있던 것을 입 밖에 내서 말한 것뿐이니까."

"그런데도 죄수는 여전히 가만 있는 겁니까? 상대방의 얼굴만 바라볼 뿐 아무 말도 하지 않나요?"

"그야 물론 그럴 수밖에 없잖아. 어떤 경우에든."

이반은 다시 웃었다.

"그리스도는 옛날에 자기가 말한 것 이외에 덧붙일 권리가 없다고 그 노인이 못 박고 있으니 말이야. 내 생각에는 바로 여기에 로마 가톨릭의 가장 근본적인 특징이 숨어 있다고 할 수 있는 것 같

아. '너는 이미 모든 것을 교황에게 넘겨주지 않았느냐 말이다. 이 제 모든 것이 교황 수중에 있으니, 제발 다시 나타나지 말라고. 적 어도 어느 시기가 올 때까지는 방해하지 말아주게'라고 말하는 거 야. 그들은 이런 뜻을 입으로만 떠드는 것이 아니라 책으로까지 쓰 고 있거든. 적어도 예수회 사람들은 말이야. 나도 예수회 신학자가 쓴 책을 읽은 적이 있어.

'도대체 너는 네가 방금 떠나온 저세상의 비밀을 우리에게 한 가지만이라도 전할 권리를 가지고 있다고 생각하느냐?'

대심문관은 그리스도한테 이렇게 묻고는 곧 자신이 대신 답하 는 거야.

'아니, 그럴 권리는 조금도 없어. 그건 네가 옛날에 한 말에 무엇 하나 덧붙이지 않게 하기 위해서도 그렇고, 또한 네가 이 지상에 있을 때 그처럼 강력히 주장했던 자유를 민중에게서 빼앗아가지 못하게 하기 위해서도 그래. 네가 지금 새로이 전하려고 하는 것은 전적으로 민중의 신앙의 자유를 위협하는 것뿐이야. 왜냐하면 그 것은 기적으로 나타나기 때문이지. 그런데 민중의 신앙의 자유야 말로 이미 1500년 전 당시부터 너에게 가장 귀중한 것이 아니었 느냐. 나는 너희들을 자유롭게 해주기를 원하노라고 입버릇처럼 말한 것은 바로 네가 아니었느냐 말이다. 이제 너는 그들의 자유로 운 모습을 보게 된 거야. 생각에 잠긴 듯한 표정으로 노인은 빙긋 이 웃으며 이렇게 덧붙였어. 사실 우리는 이 사업을 위해 얼마나 비싼 대가를 치렀는지 모른다고.'

준엄한 눈초리로 상대방을 쏘아보며 노인을 다시 말을 이었어.

'그러나 우리는 너의 이름으로 마침내 이 사업을 완성했다. 지난 15세기 동안 우리는 이 자유를 위해 온갖 고초를 겪었으나, 이제는 그것을 완성한 거야. 견고하게 완성한 거지. 너는 견고히 완성했다고 해도 믿지를 않겠지? 너는 상냥한 눈으로 나를 바라보며 화를 낼 가치조차 없다는 표정이구나. 그러나 이것만은 알아두어라. 민중은 지금 어느 때보다도 자기들이 완전한 자유를 누리고 있다고 믿고 있다. 하지만 그들은 그들의 자유를 자진해서 우리에게 바쳐준 거야. 겸손하게 우리의 발밑에다가 그것을 다 바쳤다고. 그리고 그걸 완성한 건 바로 우리란 말이다. 네가 원하는 것은 바로 이런 자유가 아니었을 테지!'

"무슨 말인지 잘 모르겠어요."

알료샤가 형의 말을 또 가로챘다.

"노인은 비꼬아 말하는 겁니까? 비웃는 건가요?"

"결코 그렇지 않아. 그들은 마침내 자유를 정복함으로써 민중을 행복하게 해주었고, 그 모든 것은 자기와 동료의 공적이라고 생각하는 거야. '왜냐하면 이제야 비로소 민중은 행복을 생각할 수 있게 되었기 때문이다. 인간은 원래 반역자로서 창조되었지만 반역자가 과연 행복할 수 있을까? 너도 여러 번 경고를 받았어' 하고 노인은 그리스도에게 말하는 거야. '너는 경고와 주의를 충분히 받았음에도 불구하고 그 경고에 귀 기울이지 않고 인간을 행복하게 할 수 있는 유일한 길을 거부해버렸단 말이다. 그러나 다행히도 너는 이 세상을 떠날 때 자기 사업을 우리에게 넘겨주고 가지 않았느냐. 그러니까 너는 이제 와서 그 권리를 우리한테서 빼앗아갈 수 없단 말이다. 그런데도 도대체 무엇 때문에 우리 일을 방해하러 온 거냐?'"

"경고와 주의를 충분히 받았다는 건 대체 무슨 뜻이죠?" 하고 알료샤가 물었다.

"바로 그것이 심문관이 말하려는 가장 중요한 대목이야. 노인은 말을 계속하지. '무섭고도 지혜로운 악마*가, 자멸과 허무의 악마가 광야에서 너를 시험한 것으로 되어 있는데, 그것이 사실인지? 그러나 그 악마가 세 가지 물음으로 너에게 한 말, 너한테 거절당했던 말, 성경에서 시험이라 불리는 그 말보다 더 진실한 말이 과연 있을 수 있을까? 만약에 이 땅에서 정말로 위대한 기적이 이루어진 때가 있다고 한다면, 그것은 이 세 가지 시험의 날, 바로 그날일 테지. 그 이유는 이 세 가지 시험 속에 다름 아닌 기적이 포함돼 있기 때문이지. 가령 여기서 이 무서운 악마의 세 가지 물음이 성경 속에서 자취도 없이 사라져버려서, 또다시 그것을 성서에 써 넣기 위해 새롭게 고안하여 창작하지 않으면 안 되게 되었다고 치자. 이것을 위해 세계의 모든 현자, 즉 정치가, 성인, 학자, 철학자, 시인 등을 모아놓고 '세 가지 물음을 고안해다오. 그러나 그것은 어디까지나 사건의 위대성에 상응할 뿐더러 세 마디의 말, 단 세 마

---

* 〈마태복음〉 4

디의 인간의 말로 전 세계와 전 인류의 미래사를 남김없이 망라해서 표현하지 않으면 안 된다' 이런 과제를 주었다고 하자. 이런 경우, 전 세계의 전지전능을 한데 묶어 짜내본다 하더라도 그 힘과 깊이에서, 강하고 현명한 악마의 광야에서 너한테 던진 세 가지 물음에 필적할 만한 것을 과연 그들이 짜낼 수 있을 것인가? 너도 그런 것쯤은 알고 있을 테지.

이 세 가지 물음으로 판단하더라도, 그 실현의 기적만으로 판단하더라도 덧없이 흘러가는 인간의 지혜가 아니라 영원하고도 절대적인 지혜를 상대로 하고 있다는 것이 판명되지 않느냐 말이다. 왜냐하면 이 세 가지 물음 속에 인간의 전 미래사가 하나로 통합되어 예언되어 있을 뿐 아니라 지구 전체에 미치는 인간 본질의 해결할 수 없는 역사적 모순을 한꺼번에 모아놓은 세 가지 이미지가 나타나 있기 때문이지. 그야 물론 미래를 알 수 없으므로 그 당시만 해도 이런 것을 잘 몰랐을 테지만, 그로부터 15세기라는 세월이 흐른 오늘날의 우리는 이것을 알고 있지. 이 세 가지 물음 속에 무엇 하나 증감할 수 없을 만큼 모든 것이 예언되었고, 또 그 예언대로 모두 맞아 들어가고 있다는 것을 잘 알 수 있지 않느냐 말이다. 도대체 어느 쪽 말이 옳은가 너 자신이 판단해봐라. 네가 옳은가, 아니면 그때 너를 시험한 자가 옳은가?

첫째 질문을 상기해봐라. 말은 좀 다를지 몰라도 뜻은 이런 거니까. '너는 지금 세상으로 나가려 하고 있다. 그것도 자유의 약속이니 뭐니 하는 걸 가졌을 뿐 맨손으로 나가려 한다. 그러나 원래가 어리석고 비천한 인간들은 그 약속의 뜻을 이해하지 못하고 오히려 두려워하고 있다. 왜냐하면 인간이나 인간 사회에 있어 자유보다 더 견디기 어려운 것은 지금까지 없었으니까! 이 메마른 벌거숭이 광야에 뒹구는 돌들을 보라. 만일 네가 이 돌을 빵으로 변하게 할 수만 있다면 온 인류는 점잖은 양 떼처럼 너의 뒤를 따를 것이다. 그리고 네가 혹시 빵을 주지 않을까 영원토록 전전긍긍하리라.'

그러나 너는 민중한테서 자유를 빼앗기를 원치 않았으므로 이 제의를 거부해버렸던 것이다. 너의 생각으로는 만약 그 복종이 빵으로 살 수 있는 것이라면 어떻게 거기 자유가 존재할 수 있겠느냐 하는 것이었다. 그때 너는 '사람은 빵만으로 살 수 없다'고 반박했지만 그러나 다름 아닌 그 빵의 이름으로 이 지상의 악마가 너한테 반기를 들고 너와 싸워 승리를 거두게 될 것이며, 모든 사람들은 '이 짐승을 닮은 자야말로 하늘에서 불을 훔쳐 우리에게 준 자다'라고 환호하면서 그 악마의 뒤를 따라가고 있는 것을 너는 모르느냐?

수백 년이 지난 후에 인류는 자기의 지혜와 과학의 입을 빌어 '범죄라는 것도 없고 따라서 죄악도 없다. 다만 굶주린 인간이 있을 뿐이다'라고 선언하게 되리라는 걸 너는 모르느냐?

'먼저 먹을 것을 우리에게 달라. 그리고 나서 선행을 요구하라!'

이렇게 쓴 깃발을 치켜들고 사람들은 너를 반대하여 폭동을 일으킬 것이다. 그리고 그 깃발에 의하여 너의 신전은 파괴되어버릴 것이다. 그리하여 너의 신전이 서 있던 자리에는 새로운 건물이,

다시금 새로운 바벨탑이 세워질 것이다. 물론 옛날의 그것과 마찬가지로 이 탑도 완성되지 못하겠지만, 그렇다 하더라도 너는 이 새로운 탑의 건설을 사전에 막아 사람들의 고통을 천 년은 줄일 수 있었을 것이다. 왜냐하면 그들은 천 년 동안 그 탑을 세우느라고 고통 받은 끝에 우리한테 돌아온 것이 분명하니까! 그때 그들은 또다시 땅속 묘지 안에 숨어 있는 우리를 찾아낼 거다. 그때는 우리가 또다시 박해를 받아 고난의 길을 가고 있을 테니까. 그들은 우리를 찾아내서 '우리에게 먹을 것을 주십시오, 우리에게 천국의 불을 가져다주겠다고 약속한 사람이 거짓말을 했습니다'라고 외칠 테지. 그러면 그때 우리는 비로소 그들의 탑을 완성시켜줄 것이다. 왜냐하면 그들에게 먹을 것을 주는 자만이 그 탑을 완성시킬 수 있는데 바로 우리가 너의 이름으로 그들에게 먹을 것을 주기 때문이다. 그러나 '너의 이름으로'라는 건 거짓말에 지나지 않는 거다. 그들이 자유를 누리고 있는 한 어떤 과학도 그들에게 빵을 줄 순 없는 거야!

그러나 결국에 가서는 그들도 자기의 자유를 우리의 발밑에 가져다 바치며 '우리를 노예로 삼아도 좋으니 제발 먹을 것을 좀 주십시오'라고 애원할 게 틀림없어. 즉, 자유와 빵은 어떠한 인간에게도 양립할 수 없다는 것을 그들 자신이 깨닫게 되는 거지. 또한 그들은 자기네들끼리 그것을 공평하게 분배할 수는 도저히 없기 때문에, 또한 그들은 자기들이 너무나 무력하고 너무나 악할뿐더러 한 푼의 값어치도 없는 반역자들이기 때문에 절대로 자유를 누릴 수 없다는 것을 깨닫게 될 테지. 너는 그들에게 하늘의 양식을 약속했지. 그런데 다시 되풀이하지만 그 무력하고도 죄 많은 비천한 인간들의 눈으로 볼 때, 과연 하늘의 빵이 지상의 빵만 하겠느냐 말이다! 설사 수천수만의 인간이 하늘의 빵을 얻기 위해 너의 뒤를 따른다 하더라도, 하늘의 빵을 위해 지상의 빵을 멸시할 수 없는 수백만 수천만 명의 인간은 도대체 어떻게 된다는 거냐? 아니면 너에겐 위대하고 강력한 의지를 지닌 수만 명의 인간만이 귀할 뿐, 약한 의지를 가지긴 했지만 너를 사랑하는 수백만 명의 인간들은, 아니, 바닷가의 모래알처럼 수많은 인간들은 조금도 귀하지 않다는 거냐? 우리에겐 무력한 인간도 귀중하다. 그들은 방탕한 반역자들이긴 하지만, 나중에 가선 오히려 이런 인간들이 유순해지기 마련이니까. 그들은 우리를 경탄의 눈으로 바라보고 우리를 신으로 받을 것이다. 왜냐하면 우리는 그들의 선두에 서서 그들이 그처럼 두려워하는 자유를 달갑게 참아내고 그들 위에 군림할 것을 동의했기 때문이야. 그리하여 마침내 그들은 자유롭게 된다는 것을 가장 큰 공포로 여기게 될 것이란 말이다.

그러나 우리는 그들에게 '우리 역시 그리스도의 종이며, 너희들 위에 군림하는 것도 그리스도의 이름으로 하는 것이다'라고 선언할 거야. 이렇게 우리는 다시금 기만할 것이지만, 이제는 무슨 일이 있어도 너를 우리에게 가까이 오지 못하게 할 테니까 문제될 건 하나도 없지. 그러나 이 기만 속에 우리의 고민이 존재하고 있는 거야. 왜냐하면 우리는 영원히 거짓말을 해야만 하니까. 광야에서의 첫째 물음은 바로 이런 뜻을 지니고 있는 거야. 너는 네 자신이 무엇보다도 가장 존중하는 자유 때문에 그것을 거부했던 거야. 그 밖에도 이 물음 속에는 현세의 위대한 비밀이 숨어 있지. 만약 네가 '지상의 빵'을 받아들였더라면 개개의 인간 및 전 인류의 영원하고도 공통적인 번민에 대하여 해답을 줄 수 있었을 것이다. 그것은 '누구를 숭배할 것이냐' 하는 의문이지. 자유를 누리는 인간에게 가장 괴롭고 해결하기 어려운 문제는 우선 급하게 자기가 숭배할 인물을 찾아내야 한다는 거야. 그런데 인간이란 존재는 태생적으로 숭배할 만한 가치를 지닌 대상을 찾게 되어 있어. 왜냐하면 이 가련한 생물들은 그들 각자가 숭배 대상을 찾을 뿐만 아니라 만인이 함께 떠받들고 만인이 다 함께 무릎을 꿇을 수 있는 그런 대상을 찾기 때문이지.

이런 공통적인 숭배의 요구야말로 세상이 시작된 그날부터 개개의 인간 및 전 인류의 가장 큰 고민거리가 되어왔어. 숭배의 공통성이라는 것 때문에 사람들은 서로 칼을 들고 싸워왔지. 그들은 각자 자기들만의 신을 만들어서 서로 자기 쪽으로 불러들였어. '너희 신을 버리고, 이리 와서 우리 신 앞에 무릎을 꿇어라. 그렇지 않으면 너희들도, 너희 신도 죽여버리겠다'고 하면서. 이런 상태는 이 세상이 끝날 때까지, 이 세상에서 신이라는 신이 모두 사라진 뒤에도 계속될 거다. 신이 없으면 그들은 우상 앞에라도 무릎을 꿇지 않을 수 없는 자들이니까. 너는 인간 본성의 이 근본적인 비밀을 알고 있었을 게다. 아니, 몰랐을 리가 없어. 그런데도 너는 모든 인간을 무조건 네 앞에 무릎 꿇게 하기 위해 악마가 너한테 권한 절대적인 유일무이한 깃발, 즉 지상의 빵이라는 깃발을 거부했어. 더욱이 하늘의 빵과 자유의 이름으로 그것을 거부해버리지 않았느냐 말이다. 그리고 또 네가 무슨 일을 했는지 잘 생각해봐라. 너는 걸핏하면 자유라는 이름을 내걸었어! 거듭 말하지만 인간이라는 가련한 생물들에게는 자유라는 타고난 선물을 넘겨줄 사람을 한시 바삐 찾아내는 것이 가장 큰 고민거리란 말이다.

그러나 그들의 자유를 지배할 수 있는 자는 그들의 양심을 편안하게 해줄 수 있는 자에 한하는 거야. 너에겐 빵이라는 절대적인 깃발이 주어졌으니까, 빵을 주기만 하면 사람들은 네 발밑에 엎드릴 게다. 왜냐하면 빵보다 더 확실한 것은 없으니까. 하지만 만약 그때 누구든 너 이외에 인간의 양심을 지배하는 자가 나타나면 오, 그때는 너의 빵을 내던지고서라도 인간은 자기의 양심을 사로잡는 자의 뒤를 따를 게 틀림없어. 이 점에 있어선 네가 옳았어. 왜냐하면 인간 삶의 비밀은 그저 사는 것뿐만 아니라 무엇을 위해서 사느냐 하는 데 있기 때문이지. 무엇 때문에 사느냐 하는 굳건한 의식이 없다면, 설사 빵이 산더미같이 쌓여 있더라도 결코 인간은 살기를 원치 않을 거야. 이 지상에 남아 있기보다는 차라리 자멸의 길을 택할 게 틀림없어. 그러나 실제는 어떤가? 너는 인간의 자유를 지배하기는커녕 오히려 더욱 큰 자유를 그들에게 부여하지 않았느냐 말이다! 그래 너는 인간이 선악의 의식에 있어서의 자유로운 선택보다는 안식을 (때로는 죽음까지도) 더욱 귀중하게 여긴다는 것을 잊었던 게다. 그야 물론 인간에겐 양심의 자유보다 더욱 매력적인 것은 없지만, 그것만큼 괴로운 것 또한 없다. 그런데 너는 인간의 양심을 영원히 평안케 할 확고한 기반을 주는 대신 이상하고 아리송한 수수께끼 같은, 인간의 힘에는 너무나 벅찬 것들만 안겨주었다. 따라서 너의 행위는 인간을 조금도 사랑하지 않는 것과 유사한 결과를 가져오게 된 거다. 도대체 그런 행동을 한 것은 누구냐 말이다. 그건 다름 아닌 인류를 위해 자신의 생명을 던진 네가 아니냐?

너는 인간의 자유를 지배하려 하지 않고 오히려 너는 그 자유를 증진시켜 괴로움을 심어주고 그 괴로움을 통해 인간의 마음의 왕국에 영원한 무거운 짐을 지워주었던 거다. 너는 너에게 매혹된 인간이 자유 의지로써 너를 따라올 수 있도록 인간의 자유로운 사랑을 바랐다. 그 결과 인간의 확고한 고대의 율법을 물리치고, 그 후부터 무엇이 선이고 어떤 게 악인지 자유 의지에 따라 스스로 결정하지 않으면 안 되게 된 거다. 게다가 지도자라고는 그들 앞에 너의 모습밖에 없었던 거야. 그러나 너는 이러한 것을 생각해보진 않았느냐? 만일 선택의 자유라는 무거운 짐이 인간을 압박할 때, 인간들이 네게 등을 돌리고 너의 모습도, 너의 진리도 배척하게 될 것이라는 것을. 그들은 결국 진리는 네 속에 없다고 외치게 될 것이다. 왜냐하면 너는 그처럼 많은 걱정거리와 풀 수 없는 과제들을 그들에게 줌으로써 그들로 하여금 혼란과 고통 속에서 허우적거리도록 했기 때문이지. 사실 그 이상으로 잔인한 일은 도저히 불가능한 일이니까. 이렇게 너는 스스로 자기 왕국이 붕괴되는 기초를 만들어놓았으니 어느 누구도 비난하거나 원망할 수도 없을 거다. 그렇지만 과연 네가 권고받은 것이 이런 것이었을까?

이 지상에는 세 가지 힘이 있다. 즉, 이들 무력한 폭도들의 양심을, 그들의 행복을 위해 영원히 정복하고 사로잡을 수 있는 힘은 이 지상에 세 가지밖에 없단 말이다. 그 세 가지 힘이란 바로 기적과 신비와 권위를 말하는 거다. 너는 이 세 가지를 모두 거부함으로써 스스로 모범을 보여주었다. 그때 그 무섭고도 지혜로운 악마가 너를 성전 꼭대기에 세워놓고 이렇게 물었지.

'만약에 네가 하느님의 아들인가 아닌가를 알고 싶거든 여기서 뛰어내려봐라. 왜냐하면 밑에 떨어져 몸이 부서지지 않도록 도중에 천사가 받아준다고 책에 씌어 있으니까. 그때 너는 하느님의 아들인가 아닌가를 알게 될 것이고 하느님 아버지에 대한 너의 믿음이 얼마나 깊은지도 알게 될 것이다.'*

그러나 너는 이 권고를 물리쳤고, 술책에 빠져 밑으로 뛰어내리거나 하지 않았다. 물론 너는 신의 아들로서 긍지를 지키며 훌륭하게 행동했을지 모른다. 그러나 인간은, 그 무력한 폭도의 무리들은 결코 신이 아니다.

오오, 그때 만일 네가 한 걸음이라도 앞으로 나서서 뛰어내릴 자세를 취하기만 했더라도 너는 하느님을 시험한 것이 되어 당장

---

* 〈마태복음〉 4:5~6

에 모든 신앙을 잃고 네가 구원하러 온 그 대지에 부딪혀서 온몸이 산산이 부서져 너를 유혹한 그 지혜로운 악마를 기쁘게 해주었을 것이 틀림없다. 그러나 되풀이해 말하지만 너는 그것을 알고 있었던 거지. 유혹을 이겨낼 수 있는 힘이 다른 사람에게도 있을 것이라고 너는 정말 한순간이나마 생각한 적이 있는가? 인간의 본성이란 기적을 부정할 수 있도록 만들어져 있을까? 특히 생사가 걸린 그런 무서운 순간에, 가장 무섭고 가장 근본적이고 가장 괴로운 정신적 의혹에 자유로운 양심의 결정만으로 행동할 수 있도록 인간이 창조되었을까. 물론 너는 자신의 이 언행이 역사에 기록되어 땅 끝까지 영원히 전해지리라는 것을 알고 있었으므로, 다른 사람들도 너를 본받아 기적을 구하지 않고 하느님과 함께 있을 것이라고 기대했던 거야. 그러나 기적을 부정할 때 인간은 신까지도 함께 부정한다는 걸 너는 몰랐던 거야. 왜냐하면 인간은 오히려 신보다도 기적을 구하기 때문이지. 인간이란 기적 없이는 살 수 없는 존재야. 그래서 그들은 제멋대로 기적을 만들어내고, 마침내는 마술사의 기적이나 무당의 요술에도 금방 무릎을 꿇어버리는 거지. 다른 사람보다 몇 배나 더한 반역자고 이교도고 불신자라 할지라도 이 점에서는 다 똑같을 거란 말이다. 너는 많은 사람들이 '십자가에서 내려와봐라. 그럼 네가 하느님의 아들이라는 걸 믿겠다'라고 희롱하며 소리쳤을 때도 십자가에서 내려오지 않았어. 그때도 역시 인간을 기억의 노예로 삼기를 바라지 않고 기적의 구속을 받지 않는 자유로운 신앙을 갈망했기 때문에 내려오지 않았던 거야. 당신이 원한 것은 강력한 힘에 지배를 받는 인간의 노예와 같은 삶에서 오는 기쁨이 아니고 자유로운 인간이었어. 하지만 이런 점에서마저 너는 인간을 지나치게 높이 평가했어. 그들은 처음에 반역자로 태어났지만 역시 노예인 것이 분명했기 때문이지. 주변을 잘 둘러보고 판단해라. 그때부터 15세기나 지났으니 네가 네 자신의 높이까지 끌어올린 상대가 과연 어떤 존재들인지 보란 말이다. 나는 단언할 수 있다. 네가 생각한 것보다 인간은 훨씬 약하고 비열하단 사실을. 인간이 네가 한 것과 같은 일을 할 수 있다고 생각하는가?

그런 방식으로 그들을 존중하면서 너의 행위는 오히려 그들을 동정하지 않는 것처럼 되어버렸어. 그것은 네가 그들에게 지나치게 많은 걸 요구해서 그렇게 된 거야. 자신보다 인간을 더 사랑했다고 했지. 그런 것들이 네가 할 일이라고 생각한 건가? 네가 만일 그들을 그렇게 사랑하지 않았다면 그들에게 그렇게 많은 것을 요구하지도 않았을 것이다. 그렇게 되면 인간도 부담을 덜 느꼈을 것이고 그래서 그들을 사랑하는 결과가 되었겠지. 인간은 본디 힘이 없고 비열하니까. 지금 그들은 여러 곳에서 우리의 권위에 대항하여 반기를 들고 있고, 그것을 자랑스러워하지만 그런 건 아무래도 좋아. 그런 것 따위는 어린애들의 자랑에 불과하니까. 초등학생들의 자랑일 뿐이지. 그것은 교실에서 소란을 일으켜서 선생을 쫓아내는 유치한 어린애들이 하는 짓과 같아. 하지만 얼마 지나지 않아서 아이들의 기쁨은 끝나고, 그들은 그것 때문에 혹독한 대가를 치르겠지. 그들은 성전을 무너뜨리고 피로 대지를 물들이겠지만 결국 이 아이들도—그들이 반역자이지만—그 반역을 끝까지 지탱할 수 없는 의지가 빈약한 반역자라는 걸 알게 될 거야. 결국 자신들을 반역자로 만든 신은 자신들을 비웃으려고 한 게 분명하다는 사실을 아둔하게 눈물을 흘리며 깨닫게 되는 거지.

그들이 이런 소리를 하는 건 절망에 빠졌기 때문이지만 일단 내뱉은 말은 전부 신을 모독하는 것이 되어서, 결국에는 더 불행해지겠지. 인간의 본성은 신에 대한 모독을 이겨낼 수 없게 되어 있어서 마침내 그런 본성이 자신에게 복수를 할 것이고. 그래서 불안, 혼란, 불행 같은 것이 바로 지금 우리가 겪는 숙명이 되어버리지. 네가 그들의 자유를 위해서 그렇게 고난을 겪은 뒤에도 역시나 인간의 운명은 변하지 않아. 위대한 예언자*는 비유와 환상으로 가득한 계시록에서 심판의 날에 참석한 모든 자들을 둘러보았는데, 각 지파별로 1만 2000명이었다고 했지. 그러나 그들의 수가 그것밖에 되지 않는다면 그들은 인간보다는 신이라고 해야겠지.** 그들은 너의 십자가를 지고 몇십 년간 메뚜기와 풀뿌리만을 먹으며 아무것도 없는 황야에서 견뎠지. 그래서 너는 물론 자유의 아들, 자유로운 사랑의 아들, 너 자신을 위해 스스로 원해서 성스러운 희생을 한 아들들을 자랑스럽게 가리킬 수도 있겠지.

하지만 그들은 몇천 명밖에 되지 않는 신과 마찬가지인 인간들

---

* 세례 요한을 가리킨다.
** 〈요한계시록〉 7:4~8

임을 명심해라. 그렇다면 나머지 인간은 어떻게 되는 거지? 그런 거룩한 인간들이 참고 견딘 것을 약한 인간들이 견디지 못했다고 해서 연약한 영혼들을 꾸짖을 수는 없지 않은가? 자유라는 무서운 선물을 받아들일 수 없었다고 해서 연약한 영혼들을 비난하는 건 아니지 않느냐는 거지. 실제로 너는 선택된 자들만을 위해 선택된 자들에게만 강림한 것인가? 만약에 그렇다면 그건 신비이며, 우리 는 도저히 이해할 수 없는 부분이야. 그리고 그것이 진실된 신비라 면, 우리도 신비를 선전하며 '인간에게 중요한 것은 마음의 자유 로운 판단이나 사랑이 아니라 양심에 벗어나더라도 무조건적으로 복종하는 신비'라고 가르쳤을 것이다. 그리고 우리는 그렇게 했지. 우리는 너의 위업을 수정해서 그것을 기적과 신비와 권위 위에 세 웠지. 사람들은 또다시 자신을 양 떼처럼 끌어주고, 큰 고통을 준 무서운 선물을 결국 없애줄 자가 나타난 것에 기뻐하며 어쩔 줄 몰라 했지.

우리가 그렇게 배우고 또 그런 식으로 한 것이 옳은지 그른지 말 해보거라. 우리가 그렇게 겸손하게 인간이 무력하다는 것을 인정 하고 사랑으로 인간의 짐을 덜어주고 연약한 본성을 이해하고 우 리의 허락을 얻으면 그들의 죄까지 용서받을 수 있도록 했는데 우 리가 인류를 사랑하지 않았다고 말할 수 있겠는가! 너는 왜 우리 를 방해하러 지금 나타났느냐? 왜 그대는 내 마음속을 들여다보는 것처럼 부드럽게 내 얼굴을 바라보는 거지? 화를 내고 싶으면 어 서 내거라. 나는 너의 사랑을 원하지 않아. 왜냐하면 나는 그대를 사랑하지 않으니까. 그대에게 숨길 이유가 없어. 내가 지금 누구를 상대하는지 모르는 것 같나? 너는 내가 무엇을 말하려는지 벌써 다 알겠지. 네 눈을 보면 알 수 있거든. 이런데도 내가 너에게 우리의 비밀을 감추는 것이 무슨 의미가 있을까? 어쩌면 너는 내 입으로 직접 그것을 말하길 바라고 있는지도 모르지. 그렇다면 내가 말하겠어. 우리는 너와 손을 잡은 게 아니라 악마와 손을 잡았어! 이게 바로 우리의 '비밀'이야. 우리는 이미 오래전부터 너를 버리고 그와 함께했지. 8세기 전부터 그랬으니까. 예전에 네가 거세게 거절했던, 그가 이 지상의 왕국을 손가락질하며 너에게 권유했던 그 마지막 선물을 그 '악마'에게서 받은 지 8세기가 되었어. 우리는 악마에게 로마와 황제의 칼을 받고, 우리가 이 지상의 유일한 왕이라고 선언했다. 아직은 이 사업이 완벽하게 이루어지지는 못했지만 그건 우리의 잘못이 아니야. 비록 이 사업이 아직 초기이기는 하지만, 어쨌든 시작된 것은 사실이야. 완성되기까지는 오래 기다려야 하고 이 지구는 수많은 고통을 겪어야겠지만, 그래도 우리는 끝내 황제가 될 것이고 그때는 우리가 인류의 행복에 대해서도 생각할 수 있을 것이다.

그런데 너는 그때 이미 황제의 칼을 손에 넣을 수 있었는데 왜 마지막 선물을 거절했느냐? 그때 그 악마가 건넨 세 번째 충고를 받아들였다면 너는 인류가 원하는 모든 것을 만족시켰을 것이다. 그렇지? 즉, 인류가 누군가를 찬양하고 누구에게 양심을 맡길 것인지, 그리고 모든 인간을 개미집에서 공동 생활을 하는 개미처럼 하나로 통합할 수 있는 방법은 무엇인지 등을 해결할 수 있었을 것이다. 세계적 통합의 요구는 인류의 제3의 고민이며, 또한 마지막 고민이기 때문이다. 시대에 상관없이 인류는 수단과 방법을 가리지 않고 세계적인 통합을 이루기 위해 항상 노력해왔지. 거룩한 역사를 가진 국민은 많았지만, 이들은 높은 위치를 얻을수록 더 불행해졌다. 왜냐하면 다른 사람보다 훨씬 강할수록 인류의 세계적 통합의 요구를 더 강하게 의식했기 때문이지. 티무르나 칭기즈칸 같은 위대한 정복자들은 우주를 정복하기 위해서 폭풍처럼 대지를 휘저었지만, 그들도 인류의 세계적이고 보편적인 결합의 요구를 표현한 것에 머물렀지. 전 세계와 황제의 홍포(紅袍)*를 갖게 되었을 때, 비로소 세계적 왕국을 세울 수 있고 세계적인 안식도 줄 수 있어. 왜냐하면 인간의 양심을 지배하고 그들의 양식을 마음대로 할 수 있는 사람이 아니면 아무도 인간을 지배할 수 없기 때문이지.

우리는 황제의 칼을 얻었고 그것을 손에 넣으면서 너를 버리고 그를 따르게 되었다. 오, 인간의 자유로운 지식, 과학 그리고 인육을 먹는 무법천지가 앞으로도 더 지속될 것이고, 우리의 도움 없이 바벨탑을 건설하면 결국 미개한 식인 세계로 종결되겠지. 하지만 결국 한 마리의 야수가 우리의 발을 핥으며 피눈물을 쏟을 것이 분명해. 그렇게 되면 우리는 그 야수 위에 앉아서 축배를 들 것이

---

* 옛 로마의 황제와 추기경이 입던 붉은 복장으로 제위를 뜻한다.

다. 그 잔에는 '신비'라고 적혀 있겠지. 결국 인류는 평화와 행복의 왕국을 건설하게 되는 것이지. 너는 자신의 선민들을 자랑스러워하지만 그들은 선택받은 소수일 뿐이야. 그러나 우리는 모두에게 안식을 줄 수 있지. 뿐만 아니라 그 선민들이 될 수 있었던 강자들 중에서 대부분은 너를 기다리다가 지쳐서 그 정신과 열정을 다른 세계에 쏟았고, 앞으로도 그렇게 되겠지. 그래서 그들은 결국 너에게 맞서며 자유의 반기를 높이 들 거야. 하긴 너도 그런 깃발을 든 적이 있었지.

이와 반대로 우리 진영은 모두가 행복해지고, 자유로운 세계에서는 반란이나 살육이 없어질 거야. 맞아, 그들이 자유를 버리고 우리에게 복종하면 그제야 그들은 진실로 자유로울 것이라고 우리는 설득할 거야. 우리의 말이 옳을지, 거짓이 될지, 어떻게 생각하나? 그들은 스스로 옳다고 확신하겠지. 너의 그 자유 때문에 노예의 공포와 혼란에 빠졌던 걸 기억하면서 말이지. 자유, 자유로운 지식, 과학은 그들을 밀림 안으로 데리고 가서 큰 기적과 풀리지 않는 신비 앞에 세울 테고, 그들 가운데 가장 거칠고 반항심이 많은 자들은 스스로 자살하겠지. 또한 반항적이지만 겁이 많은 자들은 서로를 죽일 것이고, 그 외에 힘이 없고 불쌍한 자들은 우리에게 기어와서 이렇게 울부짖겠지.

'맞습니다. 당신들이 옳습니다. 하느님의 신비를 지배하는 것은 오직 당신들뿐입니다. 당신들에게 돌아올 것이니 제발 우리를 우리로부터 구원해주십시오.'

그들은 우리에게 빵을 받고, 우리가 그들이 얻은 빵을 거뒀다가 기적도 베풀지 않고 다시 나눠준다는 것을 확실하게 깨닫겠지. 또 그들은 우리가 돌을 빵으로 변하게 하지 않았다는 것도 깨닫게 되겠지. 그러나 그들은 빵보다도 우리에게 빵을 받는 것에 더 큰 기쁨을 느낄 거야. 우리가 없었을 때는 그들이 얻은 빵이 그들의 손에서 돌로 변했지만 우리에게 돌아왔을 때는 그 돌이 다시 빵으로 변했다는 걸 잊을 수 없기 때문이지. 영원한 복종이 어떤 의미인지 그들은 뼛속 깊이 느낄 거야! 이걸 이해하지 못하면 인간은 영원히 불행할 수밖에 없어.

그러니 이런 몰이해를 만든 건 도대체 누구지? 말해봐! 양 떼를 흩어지게 하고 낯선 곳으로 쫓은 건 도대체 누구지? 그 양 떼는 다시 모여서 이번에는 영원히 복종하게 될 테고, 그렇게 되면 우리는 대단하지는 않지만 조용한 행복을 나눠줄 것이다. 연약한 생물로 태어난 그들에게는 그게 어울리는 행복이기 때문이지. 결국 우리는 그들을 설득하여 자부심을 느낄 수 없게 만들 거야. 왜냐하면 네가 그들을 부추겨서 자부심을 갖게 만들었기 때문이지. 우리는 그들이 힘이 없고 가련한 어린아이일 뿐이고, 어린아이의 행복이 가장 달콤하다는 것을 그들에게 증명하고 말겠다. 그렇게 되면 그들은 겁을 먹고 암탉에게 모여드는 병아리처럼 두려움에 몸을 떨며 우리에게 달려들어서 우리를 찬양하겠지. 그들은 감탄의 눈으로 우리를 바라보며 공포에 가득 찬 채 날뛰던 수많은 양 떼를 제압할 정도로 큰 힘과 뛰어난 지혜를 가진 우리를 자랑스러워하겠지. 우리가 화를 내면 어쩔 줄 몰라 하며 가냘프게 몸을 떨면서 여자처럼 울고, 우리가 웃으면서 부르면 기뻐하고 웃으며 진실로 행복한 것처럼 어린이의 노래를 부르며 즐거워할 것이다. 우리는 그들에게 일을 시키겠지만, 노동이 없는 시간에는 어린애처럼 놀이와 노래와 춤으로 즐겁게 시간을 보내도록 하겠다. 그래, 우리는 그들의 죄까지 용서할 것이다. 그들은 힘이 없고 의지도 약한 자들이므로 우리가 그들의 죄를 허락하면 우리를 어린애처럼 사랑하게 될 것이다. 우리의 허락을 받으면 무슨 죄를 지어도 모든 죄가 씻어질 것이라고 우리는 그들에게 말할 것이다. 죄를 허락하는 것은 우리가 그들을 사랑해서이며, 그 죄에 대한 벌은 우리가 받겠다고 할 것이다. 그렇게 되면 그들은 하느님 앞에서 자신들의 죄를 대신 맡아준 은인이라고 우리를 떠받들 것이고, 우리에게 아무것도 숨기지 않으려고 할 것이다. 아내가 있으면서 첩을 삼는 것도, 아이를 낳거나 낳지 않는 것도, 모두 복종의 여부에 따라서 허가하거나 금지할 것이다. 그래서 그들은 기쁘게 우리에게 복종할 것이다. 그들은 가장 괴로운 양심의 비밀까지 모두 우리에게 말할 것이고, 우리는 모든 문제를 해결할 것이다. 그러면 그들은 우리가 해결한 것을 기뻐하며 받아들이겠지. 왜냐하면 모든 것을 자신이 해결해야 하는 큰 부담과 깊은 고민으로부터 벗어날 수 있기 때문이지. 모든 사람은 행복해질 것이다. 그들을 이끄는 10만 명의 사람들을 제외하고 몇십 억의 사람들이 행복해질 것이다. 오직 우리만이, 비밀을 지키는 우리만이 불행을 참아내기 때문에 그 행복이 가능해질 것이다.

수십억의 어린애들은 행복하고, 10만 명의 선악을 감별하는 저 주받은 수난자가 생기겠지. 수난자는 너를 위해서 소리 없이 죽을 테지만, 그들이 저세상에서 찾을 수 있는 건 죽음뿐이지. 하지만 우리는 비밀을 지키고 그들의 행복을 위해 영원한 보상으로서 천국을 미끼로 삼아서 그들을 유혹해야 해. 저세상에 뭔가가 있어도 그들에게는 차례가 돌아가지 않을 것이기 때문이지.

사람들의 예언에 따르면 너는 다시 이 세상으로 돌아올 것이고, 다시 모든 것을 거느릴 것이며, 선택받은 훌륭하고 힘센 자들을 거느리고 올 것이라고 했어. 그러나 그들은 자신을 구원한 것뿐이지만 우리는 모두를 구원해준 것이라고 말할 거야. 이런 예언도 있지. '마침내 야수에 올라타서 신비를 손에 쥔 간부(姦婦)는 모욕을 당할 것이고, 힘없는 자들은 또다시 반란을 일으켜 그 간부의 붉은 옷을 찢고 추한 몸을 벌거벗길 것'*이라는 예언이지. 그러나 그때 나는 일어나서 죄 없는 수십억의 행복한 아기들을 너에게 보여주겠다. 그들의 행복을 위해서 그들의 죄를 맡은 우리는 네 앞을 막고 '우리를 심판할 수 있으면 심판해보라!'고 외칠 거야.

알아두어라, 나는 네가 두렵지 않다. 나도 황폐한 광야에서 메뚜기와 풀뿌리를 먹으며 지낸 일이 있다. 너는 자유를 내걸고 인류를 축복했고, 나 역시 자유를 축복했지. '수를 채우고' 싶어서 나머지

---

* 〈요한계시록〉 17~18

607

당신의 선택받은 사람들 속에, 거룩하고 힘센 사람들 사이에 끼고 싶어 했지. 하지만 갑자기 제정신이 들어보니 너의 광기에 봉사하기 싫어졌어. 그래서 나는 광야에서 돌아와 네 위업을 비판하는 사람들 편에 섰어. 오만한 자들의 무리에서 벗어나 겸허한 사람들의 행복을 위해서 겸허한 사람들에게 돌아온 셈이지. 얼마 뒤에 내가 말한 일들은 이뤄질 것이고, 우리의 왕국도 결국 세워질 것이다. 다시 반복하지만 내일이 되면 너도 순한 양 떼를 보게 될 것이다. 내가 손을 드는 시늉만 해도 그들은 달려와서 너를 불태울 장작더미에 빨간 숯을 던질 것이다. 우리가 당연히 화형시킬 사람이 있다면, 그것은 바로 너란 말이야! 나는 내일 너를 불에 태워 죽일 것이오. 딕시(Dixi)······.”*

여기에서 이반은 말을 멈췄다. 그는 이야기하면서 줄곧 흥분해서 정신없이 떠들어댔다. 그러나 말을 마친 뒤 그는 문득 빙긋 웃었다.

알료샤는 내내 말없이 듣다가 이야기가 끝날 때쯤 몹시 흥분해서 형이 하는 말을 몇 번이고 가로막으려다가 간신히 참고 있는 것 같았다. 그는 결국 벌떡 일어나 둑이 터지는 것처럼 말했다.

“하지만····· 그건 말도 안 돼요!”

그는 얼굴을 붉히면서 외쳤다.

“형님의 서사시는 형님이 뜻한 것과 반대로 그리스도에 대한 찬

---

* ‘나는 할 말 다 했다’는 뜻의 라틴어이다.

양은 될 수 있을지 몰라도 비난은 될 수 없어요. 그리고 형님이 말하는 그 자유론을 믿을 사람도 없어요! 그런 식으로 자유를 해석하는 이유가 뭡니까? 그것이 러시아 정교의 해석인가요? 그것은 로마의 해석이 아니고 로마 전체도 아니에요. 로마 전체라고 하면 거짓말이죠. 그건 가톨릭의 가장 나쁜, 종교재판의 심문관이나 예수회 회원 같은 사람들의 사상일 뿐이에요! 게다가 형님이 말한 심문관과 같은 그런 허황된 인간은 절대 없어요. 자신이 대신 맡았다는 인간의 죄는 대체 뭡니까? 인류의 행복을 위해 비밀을 지키고 자처해서 저주를 감당한 사람은 대체 누구일까요? 그런 사람이 대체 언제 있었나요? 우리도 예수회에 대해 압니다. 예수회 사람들이 악명 높은 건 맞지만, 과연 형님의 시에 나오는 그런 사람일까요? 전혀 달라요, 절대 그렇지 않습니다……. 그들은 단지 로마 교황을 황제로 모시고 온 세계에 왕국을 세우려고 애쓰는 로마의 군대일 뿐이에요. 그들의 유일한 이상에는 신비도 없고, 고상한 비애도 없어요……. 권력과 더러운 세속의 부귀영화 그리고 민중의 노예화를 목적으로 삼는 아주 단순하고 자잘한 욕망을 지닌 집단일 뿐이지요. 그 노예화도 미래의 농노제처럼 지주는 그들 자신이 되려는 속셈이고요. 그들의 사상은 고작 이런 정도예요. 아마 그들은 하느님도 믿지 않을 거예요. 그래서 형님이 말한 고뇌하는 심문관은 단지 환상일 뿐이에요."

"그래, 진정하렴, 진정해."

이반이 웃었다.

"그렇게 흥분은 하지 말고. 네가 환상이라고 한다면 환상이라고 하자꾸나! 당연히 환상이라고 하자구. 하지만 한 가지 묻고 싶구나. 너는 진짜 최근 몇 세기 동안 일어난 가톨릭 운동이 더러운 행복을 원하는 권력이라고만 생각하니? 파이시 신부가 네게 그런 말을 했냐?"

"아니요, 그렇지 않습니다. 파이시 신부님은 오히려 형님과 비슷하게 말씀하셨어요……. 하지만 물론 핵심은 달라요. 그것과는 전혀 다른 의미였어요."

알료샤가 순간 말을 바꾸었다.

"네가 '전혀 다른 의미였다'고 아무리 변명해도 그건 귀한 정보가 확실하구나. 그런데 더 물어볼 게 있다. 너희 예수회 회원이나 심문관들은 왜 추악한 물질적 행복을 위해 뭉친 거지? 왜 그들 중에는 거룩한 비애와 고뇌를 안고서 인류를 사랑하는 수난자가 한 명도 없는 거니? 추악한 물질적 행복을 추구하고 있는 자들 중에도 한 명 정도는 내가 말한 늙은 심문관 같은 사람이 있었을 거라고 예측할 수 있는 것 아니니? 그는 광야에서 풀뿌리를 먹으면서 자신을 자유롭고 완벽한 존재로 만들려고 자신의 욕망을 극복하기 위해서 필사적으로 계속 노력했어. 하지만 평생 동안 인간을 사랑하고, 어느 날 갑자기 깨달음을 얻어서 자유 의지의 완성에 이르는 것도 대단한 정신적 기쁨이 아니라는 것을 알게 된 거야. 왜냐하면 자기 혼자서 의지의 완성에 이르게 되면 신의 창조물인 수억 명의 나머지 인간들은 비웃음을 받으려고 창조된 존재라는 사실을 인정할 수밖에 없기 때문이야. 그들은 자신에게 주어진 자유를 누릴 능력도 없고, 불쌍한 반역자들 중에서 바벨탑을 완성할 초인이 나올 리도 없으며, 거룩한 이상주의자가 바랐던 조화로운 세계는 결코 아둔한 인간들을 위해서가 아니라는 걸 깨달았기 때문에 광야에서 돌아와서 현명한 사람들 편에 섰던 거야. 그런데 너는 이런 일이 생길 수 없다는 거냐?"

"누구 편에 섰다는 거죠? 현명한 사람들은 도대체 누구를 뜻하는 건가요?"

알료샤는 자신도 잊은 채 흥분해서 소리쳤다.

"그들에게는 그런 지혜가 아예 없어요. 신비와 비밀이 없다는 뜻이에요. 있는 건 무신론뿐이에요. 그들의 비밀은 고작 그것이 전부예요. 형님이 말하는 늙은 심문관은 하느님을 믿지 않아요. 노인의 비밀은 그것이 전부라구요!"

"그래도 달라지지 않아! 너도 이해하는 것 같구나. 사실 그의 비밀은 오직 그것뿐이야. 하지만 그렇다고 해도 그런 인간에게는 그것이 크나큰 괴로움이거든. 그는 광야에서 고행을 하면서 인생을 낭비했지만 인류에 대한 사랑이라는 불치병을 못 고쳤으니까 말이야. 그는 인생의 마지막에 이르러서야 그 거룩하고 소름끼치는 성령의 힘이 나약한 반역자들, 즉 '비웃음의 대상이 되기 위해서 창조된 미완성의 시험적 생물'들을 그나마 버틸 수 있는 질서 속에서 살 수 있게 할 수도 있다는 것을 이해하게 되었던 거야. 그러자 그는 지혜로운 성령, 죽음과 파괴의 끔찍한 성령의 행동을 따르는 것이 옳다고 깨달았지. 그래서 거짓말과 속임수를 앞장서서 받아들이고 의식적으로 인간들을 죽음과 파괴로 이끄는 것이 지당하며, 또한 그들이 어디로 끌려가는지 모르도록 속이면서 그동안에 그 불쌍한 장님들이 다소 행복을 느끼도록 해주어야 한다고 생각했어. 그런데 특히 짚고 넘어가야 할 것은 이런 속임수도 노인이 평생 그 이상을 맹렬하게 받들어온 그리스도의 이름으로 이뤄진다는 거야! 정말 불행이 아니냐? 만일 그 '오직 더러운 행복만을 위해 권력을 원하는' 군대 전체의 지도자로 그런 사람이 단 한 명이라도 나타난다면 그 한 명으로 비극은 이미 충분하지 않겠어? 게다가 그런 사람이 한 명이라도 우두머리가 된다면 모든 군대와 예수회를 포함해서 온 로마의 가톨릭 사업에 대한 참된 지도적 이념, 이 사업의 최고 이념을 만들어내기에 충분할 거란 말이지. 나는 이런 '유일한 인간'은 모든 운동에 앞장섰던 사람들 중에서 늘 존재했다고 강하게 믿어. 역대 로마 교황 가운데에서도 이런 보기 드문 인물들이 있었을 거야. 그렇게 집요하리만큼 자신의 방식대로 인류를 사랑하는 이 저주받은 늙은 심문관은 지금도 자기처럼 '유일한 사람'들의 무리 속에서 지금도 존재하고 있을지 모르지. 그런데 이런 부류의 무리는 결코 우연히 존재하는 것이 아니라 예전부터 비밀을 지키려고 조직된 종파나 비밀 결사로서 존재하는 것이 확실해. 연약하고 불쌍한 인간들로부터 그 비밀을 지키는 것은 그들의 행복을 위해서니까 말이야. 그래서 이것은 반드시 존재할 것이고, 또 존재해야만 해. 내 생각에는 프리메이슨 같은 단체도 그 조직의 바탕에 이런 비슷한 비밀이 있을 거라고 생각해. 가톨릭이 프리메이슨을 왜 미워하냐면 그들을 자신들의 경쟁자라고 생각하거나, 그들이 전체적 이념을 끊어버렸다고 생각하기 때문이야. '양 떼가 하나이니 목자도 하나'여야 한다는 거야. 그런데 내가 이렇게 내 사상을 옹호하다 보니 마치 네 비평에 벌벌 떠는 삼류 소설가가 된 기분이 드는구나. 그러니 이제 그만하자."

"어쩌면 형님은 프리메이슨 회원일 수도 있겠군요."

갑자기 알료샤가 이렇게 말했다.

"형님은 하느님을 믿지 않아요."

덧붙여 말하는 알료샤의 목소리에는 깊은 슬픔이 담겨 있었다. 형이 경멸 어린 시선으로 자신을 보는 것을 알료샤는 느꼈다.

"그런데 형님의 그 서사시의 결말은 어떻게 됩니까?"

알료샤는 시선을 아래로 하며 갑자기 물었다.

"그것으로 그냥 끝인가요?"

"나는 이렇게 마무리하려고 해. 대심문관은 말을 끝내고 한동안 '죄수'의 대답을 기다렸어. 그는 상대의 침묵이 몹시 괴로웠지만 죄수는 가만히 노인의 눈을 바라보며 반박도 하지 않고 그냥 계속 귀를 기울여 듣고 있었어. 노인은 끔찍하고 고통스러운 말이라도 상관없으니 어떤 말이라도 하기를 기다렸지. 하지만 죄수는 아무런 말도 하지 않고 갑자기 다가와서 아흔 살이 된 노인의 핏기 없는 입술에 가만히 입을 맞췄어. 그게 대답이었어. 노인의 몸이 떨리고 입술 근처에는 경련이 일어난 것 같았어. 그는 철문으로 가서 문을 열고 이렇게 말했어. '자, 이제 나가거라. 그리고 다시는 오지 마라. 무슨 일이 생겨도 다시 오지 마라!' 그래서 '도시의 캄캄한 광장'으로 풀려난 죄수는 그곳을 조용히 떠났어."

"그 노인은 그래서 어떻게 됐나요?"

"노인의 가슴속에서는 입맞춤의 잔상이 사라지지 않았지만 그는 계속 자신의 이념을 지켜갔어."

"그리고 형님도 그 노인과 같은 편이지요?"

"알료샤, 이건 모두 쓸데없는 농담이야. 시는 단 한 줄도 써본 적이 없는 형편없는 대학생이 쓴 엉망인 시일 뿐인데, 너는 왜 그렇게 심각하게 생각하니? 너는 내가 정말 예수회 사람들을 찾아가서 그리스도의 위업에 비판을 하는 자들과 한통속이 될 거라고 생각하는 거냐? 전혀. 나는 달라! 예전에 너에게 서른 살까지만 살면 끝이라고 말했었지? 서른 살이 되면 술잔을 마룻바닥에 던져버릴 거야!"

"하지만 습기가 끈적끈적한 어린잎들은 어떻게 하나요? 그리고 소중한 무덤과 파란 하늘은요? 사랑하는 여자는요? 그럼 형님은 앞으로 어떻게 살겠다는 거예요? 어떻게 그런 것들을 사랑할 수 있느냐는 말입니다."

알료샤는 슬픈 목소리로 물었다.

"가슴과 머릿속에 그런 지옥을 품고 과연 그렇게 할 수 있을까요? 형님은 분명히 예수회 사람들을 만나기 위해 이곳을 떠나려는 게 확실해요. 그렇지 않다면 자살할지도 몰라요. 도저히 견딜 수 없을 테니까요."

"아니, 모든 것을 견딜 수 있는 힘이 있어!"

이반이 냉소적으로 웃으며 말했다.

"어떤 힘인데요?"

"카라마조프의 힘이야. 카라마조프의 저열한 힘이지."

"방탕에 빠져서 끝없이 추락하며 영혼을 질식시키는 힘을 말하는 건가요? 그런 거예요, 형님?"

"그럴 수도 있지. 그러나 서른 살까지는 피할 수 있겠지. 벗어날 수 있을지도 몰라. 하지만 그때부터는……."

"어떻게 피한다는 거죠? 형님 같은 생각으로는 불가능해요."

"역시 카라마조프 식으로 하면 될 거야."

"'모든 것이 허용된다'는 말인가요? 정말 모든 것이 허용되는 건가요, 그런가요, 형님?"

이반은 인상을 찌푸리다가 기이하게도 얼굴색이 파리하게 변했다.

"어제 미우소프가 분통을 터뜨렸던 말을 네가 끌어내는구나. 드미트리 형이 순박하게 끼어들어서 그런 말을 몇 번이나 반복해서 물었지."

그는 얼굴을 일그러뜨리며 미소를 지었다.

"모든 것이 허용된다고 할 수도 있지. 일단 한 말이니 군이 번복하지는 않으마. 드미트리 형의 표현도 그리 나쁜 것은 아니군."

알료샤는 물끄러미 그를 바라보았다.

"알료샤, 출발을 결심하고 생각했지. 이 드넓은 세상에서 그래 도 너는 내 친구라고 여겼어."

이반은 문득 예상 밖의 감정에 휩싸인 듯 말했다.

"하지만 이제는 네 마음속에도, 귀여운 은둔자의 마음속에도 내가 설 곳은 없다는 걸 깨달았어. 하지만 '모든 것이 허용된다'는 공식은 번복하지 않겠어. 어떠냐, 너는 이 공식 때문에 나를 부정할 테냐? 응?"

알료샤는 일어나서 형에게 다가가 조용히 입을 맞췄다.

"이건 문학적 표절이야!"

이반이 문득 기뻐하며 외쳤다.

"넌 내 서사시에서 그 입맞춤을 훔쳤어! 어쨌든 고맙다. 그럼 알료샤, 이제 일어나자. 너도, 나도 가봐야 할 시간이 됐구나."

그들은 밖으로 나오면서 식당 현관에서 멈췄다.

"알료샤, 그러니까 말이다."

이반은 비장하게 말했다.

"만일 내가 정말 끈적이는 어린잎에 마음이 이끌려도 너를 떠올려야만 그걸 진짜로 사랑할 수 있어. 네가 이 세상 어느 곳에 있다는 그것만으로도 내가 살 의욕을 잃는 일은 없을 거야. 하지만 이런 얘기는 더 듣고 싶지 않지? 내 사랑의 고백이라고 생각해도 괜찮다. 이제 그만 헤어지자. 너는 오른쪽으로, 나는 왼쪽으로 가는 거야. 우린 더 할 말도 없다, 그렇지? 만약 내일 내가 안 떠나고— 확실히 떠나기는 하겠지만—어쩌다가 또 너를 만나게 되면 이런 문제는 더 말하지 않았으면 좋겠다. 정말 이건 간절하게 부탁하마. 그리고 드미트리 형에 대해서도 아무 말 하지 마라."

그는 갑자기 빠르게 이렇게 덧붙였다.

"이제는 전부 속 시원하게 털어놓았으니 더 이상은 말할 것이 없어, 맞지? 그리고 너에게 약속할 게 있어. 내가 서른 살 무렵 '술잔을 마룻바닥에 던져버리고' 싶어졌을 때 그때 나는 네가 어디에 있든지 다시 너와 이야기를 하기 위해 돌아올 거야. 내가 그때 미국에 있더라도 꼭 너를 찾아오마. 너와 얘기하려고 일부러 돌아오는 거란다. 네가 그때 어떤 사람으로 변해 있을지 한번 만나는 것만으로도 무척 즐거울 거야. 어떠냐, 이건 굉장히 진지한 약속이야. 우리는 정말 이렇게 헤어져서 앞으로 7년에서 10년 정도 못 만날 수도 있어. 이제, 어서 너의 세라피쿠스 신부*에게 가거라. 죽어가고 있잖아. 만일 네가 없을 때 그가 죽으면 내가 이유 없이 너를 붙잡았다고 나를 원망할 테니까. 잘 가거라, 한 번 더 입 맞춰주고, 그래, 이제 됐어. 이제 가거라."

이반은 몸을 돌려서 뒤도 보지 않고 성큼성큼 걸었다. 물론 어제와는 다른 종류의 이별이었지만 큰형 드미트리가 알료샤에게서 떠날 때와 흡사한 구석이 있었다. 이 기이한 느낌은 깊은 슬픔에 빠진 알료샤의 머릿속을 화살처럼 스치고 사라졌다. 그는 형의 뒷모습을 보면서 잠깐 그 자리에 그냥 서 있었다. 그는 갑자기 이반

---

* 괴테의 《파우스트》 마지막 장면에서 인용하였다.

이 몸을 흔들면서 걸어간다고 생각했다. 뒤에서 살펴보니, 오른쪽 어깨가 왼쪽 어깨보다 조금 처진 것이 보였다. 전에는 알지 못했던 점이었다.

어쨌든 알료샤도 몸을 돌려 수도원을 향해서 거의 뛰다시피 걸었다. 날이 완전히 저물어서 불길한 기운이 느껴졌다. 그의 마음속에서 설명할 수 없는 무언가 새로운 것이 점점 커져가는 것이 느껴졌다. 그가 수도원의 숲에 들어서자, 어제저녁처럼 바람이 불더니 수백 년이나 된 늙은 소나무를 음침하게 흔들어댔다. 그는 거의 뛰다시피 빨리 걸었다. '페터 세라피쿠스, 이 이름을 형님이 어디서 가져온 것 같은데 도대체 어디서 가져온 거지' 하는 의문이 갑자기 알료샤의 머릿속에 떠올랐다. '이반, 불쌍한 이반, 형을 언제 다시 만날 수 있을까? 아, 벌써 암자가 보인다! 맞아, 저곳에 계신 분이 바로 페터 세라피쿠스야. 내 영혼을 그분이 구원해주실 거야. 영원히 악마로부터!'

알료샤는 그 뒤로 일생 동안 몇 번씩 이때의 일을 추억하며 의문을 가졌다. 이반과 헤어진 뒤, 드미트리 형에 대해서 어떻게 그렇게 까맣게 잊어버렸던 것일까. 그날 아침, 불과 몇 시간 전만 해도 그는 드미트리 형을 꼭 찾아내려고 했고, 찾지 못하면 그날 밤에 수도원으로 돌아가지 못하더라도 읍내를 떠나지 않겠다고 결심했었는데 말이다.

6. 아직은 몹시 막연하지만

이반은 알료샤와 헤어진 뒤 아버지 표도르의 집을 향해 걸었다. 그는 이상하게도 갑자기 참을 수 없을 정도의 우울감이 몰려왔고 아버지의 집이 가까워질수록 더 심하게 우울해졌다. 그런데 정작 이상한 것은 우울함보다도 왜 우울한지 그 이유를 이반도 알 수 없다는 것이었다. 전에도 우울한 적이 있었으므로 이런 순간에 우울함이 느껴진다고 해서 별로 이상하지는 않았다. 내일이면 그를 이 집으로 끌어당긴 모든 것과 인연을 끊고 방향을 바꾸어 예전처럼 미지의 새로운 길을 홀로 떠날 것이다. 희망도 있었지만 그 희망이 대체 무엇인지 그 자신도 몰랐고, 인생에 대해 많은 기대를 가지면서도 그 기대와 희망이 무엇인지 확실히 설명할 수 없었다.

새로운 미지의 세계에 대한 불안감이 그의 마음속에 웅크리고 있었던 것은 분명했지만 지금 이 순간 그를 괴롭히는 감정은 이전과는 전혀 다른 종류의 것이었다.

'아버지의 집에 대한 혐오감 때문일까?'

이반은 생각했다.

'맞는 것 같아. 이제는 그 집만 떠올려도 진절머리가 나. 그 추악한 문을 넘는 것도 오늘이 마지막이겠지만 그래도 불쾌한 건 똑같아. 아니야, 꼭 그렇지만은 않을 거야. 그렇다면 알료샤와 헤어져서 그런 걸까? 그 애와 그런 얘기를 해서일까? 벌써 몇 년 동안 세상에 대해 입을 다물고 말할 필요가 없다고 여겼는데, 어쩌다가 그런 필요 없는 말을 꺼내서 그런지도 모르지.'

그것은 청년다운 미숙함과 허영심에서 생기는 청년의 분노였을 수도 있다. 즉, 어린 알료샤에게 자신이 생각하는 것을 제대로 표현하지 못해서 생긴 불만이었을 수도 있다. 게다가 이반은 알료샤에게 내심 기대를 하고 있었던 것이다. 물론 자신에 대한 불만도 분명히 있었을 것이다. 그러나 결국 이 모든 것이 우울함의 원인이 아닌 것처럼 느껴졌다.

'우울함 때문에 가슴이 답답한데 나는 무엇을 원하는지도 알 수가 없으니 차라리 아무런 생각도 하지 말자.'

이반은 생각을 하지 않으려고 노력했지만 그것도 뜻대로 되지 않았다. 더 화가 나는 것은 이 우울함이 뭔가 갑자기 생긴 것 같으면서도 완전하게 외적인 모양을 가지고 있는 것이었다. 이반도 그것을 확실하게 느낄 수 있었다. 자신도 모르게 사람이나 물건이 주변에 서 있거나 튀어나와 있는 느낌과 비슷했다. 예를 들자면 대화를 나누거나 일하는 데 몰입해서 무언가가 눈앞에 튀어나와 있는 것을 오랫동안 알지 못하고 있다가 마음이 불안해서 살펴본 뒤 결국 그 방해물을 없애버리지만, 그것은 아주 하찮고 우스운 물건인 경우가 대부분이다. 엉뚱한 곳에 둔 채 잊어버린 것이나 책꽂이에서 튀어나와 있는 책 같은 것과 같았다.

결국 이반은 굉장히 불쾌하고 불안한 상태로 아버지 집에 도착했다. 그가 대문까지 열다섯 걸음 정도 되는 곳에서 갑자기 문을 쳐다보았을 때 지금까지 자신을 괴롭히고 불안하게 한 원인이 무엇인지 금방 알 수 있었다. 하인 스메르자코프가 대문 앞 벤치에 앉아서 시원한 저녁 바람을 쐬고 있었는데 이반은 그를 보자마자 하인 스메르자코프가 자신의 마음속에 웅크리고 있었고, 바로 그것 때문에 그렇게 자신이 참을 수 없이 우울해졌음을 깨달았다.

갑자기 모든 것이 햇빛 아래에 분명하게 모습을 드러내듯 분명해졌다. 알료샤가 조금 전에 스메르자코프를 만났다는 얘기를 들은 순간에도 어둡고 음침한 그림자 같은 생각이 그의 가슴을 쑤셔대서 반사적으로 증오심이 생겼다. 이야기에 심취하느라 스메르자코프에 대한 생각은 잠시 잊어버렸으나 그때도 마음 한쪽에 그 생각이 남아 있다가 알료샤와 헤어진 뒤 집으로 혼자 걷기 시작하자 잊고 있었던 그 무서운 감각이 다시 살아나서 자신을 휘감았던 것이다.

'저런 하찮은 녀석 때문에 이렇게 불안해하다니!'

그는 견딜 수 없는 증오를 느끼면서 생각했다. 요즘 들어서 이반은, 특히 지난 2~3일 간 스메르쟈코프가 싫어서 견딜 수가 없었다. 그에 대한 감정이 증오에 가깝게 변해가고 시간이 지날수록 더 강해짐을 이반도 느끼고 있었다. 이렇게 증오가 커지게 된 것은 이반이 처음 돌아왔을 때와 전혀 다른 상황이 되었기 때문이었다. 이반은 그때만 해도 스메르쟈코프에게 관심이 많았고 독특한 사람이라고 생각했다. 이반이 먼저 스메르쟈코프에게 말을 걸었고 그럴 때마다 사물을 보는 그의 기이한 관점, 아니 그보다 뭔가 모르게 불안정한 생각에 매번 놀랐다. 그리고 도대체 무엇이 이 사색가의 마음을 그렇게 헤집어대는지 궁금했다.

두 사람은 철학적인 주제로 대화를 나누었고, 〈창세기〉에서 태양, 달, 별들은 나흘째 되는 날에 만들어졌다고 나와 있는데 그렇다면 어떻게 첫날에 빛이 있었는지, 그리고 그것을 어떻게 해석해야 하는지도 화제로 삼은 적이 있었다. 하지만 얼마 뒤 이반은 태양이나 달, 별에 문제가 있는 게 아니라는 걸 깨달았다. 물론 태양, 달, 별이 흥미로운 주제이긴 했지만, 스메르쟈코프와는 상관이 없는 것들이고 그에게 필요한 것은 그런 것이 아니라는 걸 확신하게 되었다. 어찌 됐든 이 하인에게는 정도에 따라 다르지만 끝없는 자존심, 더욱이 상처받은 자존심이 뿌리 깊이 박혀 있었다. 이반은 그 점이 몹시 못마땅했으며 그에 대한 혐오감은 바로 거기에 있었다.

그런 뒤에 아버지 집에 갈등이 생기고 그루센카가 나타나고 드미트리 형과 문제가 생겨서 여러 골칫거리들이 이어졌을 때, 그런 일들에 대해서도 두 사람은 대화를 나누었다. 스메르자코프는 그런 이야기를 나눌 때면 크게 흥분했지만, 그런 문제들이 어떻게 해결되면 좋을지에 대해서는 좀처럼 입을 열지 않았다. 때때로 그의 소망이 무의식적으로 나타날 때도 있었는데, 그의 소망이라야 언제나 모호하고 논리도 없고 무질서해서 사람을 더 헷갈리게 만들었다. 스메르자코프는 먼저 생각해두었던 암시적인 질문을 해서 뭔가를 알아내려고 했지만, 왜 그렇게 하는지 말하지 않았다. 그리고 자신의 질문에서 가장 중요한 부분에 이르면 갑자기 입을 다물거나 전혀 다른 이야기로 넘어가버렸다.

그러나 강한 혐오감이 들 정도로 이반을 화나게 만든 결정적인 것은 최근에 스메르자코프가 이반을 대하는 역겨울 정도의 뻔뻔한 태도였다. 게다가 그런 태도는 시간이 갈수록 노골적이고 심해졌다. 하지만 그가 이반에게 무례하게 행동한 것은 아니었다. 오히려 언제나 공손하게 말했다. 그런데 스메르자코프는 자신과 이반 사이에 뭔가 끈이 있다고 여기는 것 같았다. 두 사람 사이에 어떤 약속이 있고 두 사람만 그 약속을 알고 있으며 주변 사람들은 아무것도 모르는 것처럼 말했다. 이반은 마음속에서 점점 커지는 혐오감의 원인이 무엇인지 오랫동안 알지 못했는데, 요즘 들어서야 왠지 조금씩 감이 오는 것이다.

구역질나는 혐오감 때문에 이반이 스메르자코프를 못 본 척 소리 없이 대문으로 들어서자 스메르자코프가 벤치에서 일어났다.

이반은 그 모습을 보고 그가 자신에게 어떤 얘기를 하려고 한다는 것을 바로 눈치챘다. 이반은 그를 바라보며 멈춰 섰다. 그러나 방금 마음먹은 것처럼 무시하지 못하고 발을 멈춘 자신에게 분노가 끓어올랐다. 그는 분노와 혐오감에 사로잡혀서 거세당한 사람처럼 뼈쩍 마른 스메르자코프의 얼굴과 닭 벼슬처럼 빗어 넘긴 앞머리를 바라보았다. 왼쪽 눈으로 살며시 윙크를 한 스메르자코프는 '지나가다가 그냥 지나치지 못하는 걸 보니 역시 우리 같은 현명한 사람들은 대화를 나눌 게 있나 봐요' 하는 것처럼 은근한 미소를 짓고 있었다.

이반은 순간 몸을 부르르 떨었다. '꺼져, 이 자식, 널 상대할 시간 없어, 바보 같은 놈!' 이런 욕지거리가 금방 튀어나오려고 했지만, 실제는 전혀 다른 말이 나와서 자신도 놀랐다.

"아버지는 아직 주무시나, 아니면 일어나셨나?"

이반은 자신도 예상 못한 나직하고 부드러운 목소리로 말하며 벤치에 앉았다. 나중에 회상한 바에 따르면 그날 그는 거의 공포를 느꼈다고 한다. 스메르자코프는 이반 앞에서 뒷짐을 지고 마주 선 채 자신만만하게 상대방을 바라보았다.

"아직 주무십니다."

그는 차분하게 대답했는데 흡사 '먼저 물어본 사람은 당신이지 내가 아닙니다'라는 듯한 어투였다.

"도련님은 참 놀랍습니다."

잠시 가만히 있다가 스메르자코프가 불쑥 이렇게 말했다. 그러고는 어딘지 거들먹거리며 고개를 숙이고 오른쪽 발을 내밀더니 반짝이는 구두코를 이쪽저쪽으로 움직였다.

"내가 어디가 그렇게 놀라운가?"

이반은 스스로를 억누르는 듯 무뚝뚝하게 말했지만, 갑자기 강한 호기심에 이끌리고 있음을 느꼈고 그 호기심이 풀리기 전에는 자리에서 일어날 수 없을 것 같아 자신에게 혐오감이 들었다.

"왜 체르마쉬냐에 가지 않으십니까?"

스메르자코프는 문득 눈을 치켜뜨면서 친근하게 웃었다. '왜 내가 웃는지 당신이 현명하다면 알 수 있을 거예요.' 그의 가늘게 뜬 왼쪽 눈이 이렇게 말하는 듯했다.

"내가 체르마쉬냐에 왜 가야 하지?"

이반은 의아해하며 물었다. 스메르자코프는 잠깐 말없이 조용했다.

"주인님께서 도련님에게 간곡하게 부탁하셨잖습니까!"

그는 당황하지 않고 대답했지만 이런 대답이 그리 중요하다고 생각하는 것 같지는 않았다. '무슨 말이라도 해야 하니 하찮은 문제라도 얘기해서 둘러대는' 식이었다.

"빌어먹을, 할 말이 있으면 똑바로 해!"

결국 이반은 인자한 태도를 버리고 거칠게 돌변하여 화를 내며 외쳤다. 스메르자코프는 앞으로 내민 오른발을 왼발에 붙이면서 자세를 바로잡았지만 여전히 침착하고 여유 있는 미소를 지은 채 상대를 바라보았다.

"중요한 것은 아니고요……, 그저 이야기나 나누려고……."

거의 1분 정도 두 사람은 침묵했다. 이반은 자리에서 일어나 화가 났다는 걸 알려야겠다고 생각했고, 스메르자코프는 그 앞에 선채 그런 모습을 기다리는 것 같았다. 이반에게는 그 모습이 '당신이 화내는 걸 어디 한번 볼까요?' 하는 것처럼 느껴졌다. 결국 이반은 자리에서 일어났다. 스메르자코프는 기다렸다는 듯 그 순간에 말을 꺼냈다.

"도련님, 저는 난감한 상황에 처했는데 어떡해야 좋을지 모르겠습니다."

그는 말끝마다 힘주어 말을 하고 한숨을 내쉬었다. 이반은 다시 벤치에 앉았다.

"두 분이 고집을 피우며 애들처럼 그러니까요. 도련님의 아버님과 드미트리 형님 두 분 말이에요. 주인어른께서는 일어나시면 저에게 1분마다 '그래, 그 여자 안 왔어? 왜 아직도 안 온 거지?' 하며 성가시게 물으십니다. 자정이 될 때까지, 아니 자정이 지나서도 계속 물어보십니다. 그런데 결국 그루센카가 안 오면—그 여자는 오지 않을 생각일 테니까—다음 날 아침이 되면 또 제게 무섭게 달려들어서 '안 왔어? 왜 오지 않는 거냐고? 도대체 언제 온다고 하던?' 하시며 제가 잘못한 것처럼 화를 내셔요. 게다가 드미트리 형님은 날이 지면, 아니 날이 저물기 전에 총을 들고 옆집에 나타나서 '이 악당아, 만약 그 여자가 여기 오는 것을 바로 알려주지 않으면 너부터 죽을 줄 알아라' 하시며 겁을 주십니다. 그렇게 밤이 지나고 아침이 되면 다시 주인어른께서 저를 괴롭히십니다. '안 왔어? 이제 올 것 같아?' 하며 마치 그 여자가 오지 않는 것이 저 때문인 것처럼 말하세요. 이렇게 두 분의 고집이 갈수록 더 고약해지니 저는 너무 무서워서 살 수가 없고, 정말 죽고 싶은 심정입니다. 정말 그분들 때문에 지긋지긋해요."

"너는 왜 끼어들었지? 왜 드미트리 형에게 이런저런 소식들을 날라다주었냐고?"

이반이 화가 나서 쏘아붙였다.

"끼어들지 않을 방법이 없었죠. 정확히 말하면 제가 원해서 끼어든 것은 절대로 아닙니다. 저는 거절할 용기가 없어서 처음부터 말도 못하고 그저 벙어리처럼 지냈어요. 그분께서 마음대로 저를 옛날이야기에 나오는 심복 '리처드'로 만들었어요. 그때 이후로 드미트리 형님은 저만 보면 '이 사기꾼 녀석아, 그 여자가 오는 것을 놓치면 너를 죽일 테니 각오해!' 이 말씀만 반복하십니다. 도련님, 이러다가는 내일 제가 분명히 대단한 발작을 일으킬 것 같습니다."

"대단한 발작이라니?"

"간질병 발작 말이에요. 몇 시간, 아니 하루나 이틀쯤 발작이 계속될 수도 있어요. 예전에는 사흘이나 계속된 적도 있었으니까요. 그때는 다락방에서 떨어져서 그랬는데 끝났다 싶으면 다시 시작되고 하면서 사흘 간 정신을 잃었었죠. 주인어른께서 게르첸슈투베라는 의사를 부르셨는데 의사 선생님이 머리에 얼음찜질도 해주고 약도 주셨어요. 그땐 거의 죽을 뻔했습니다."

"하지만 간질병은 원래 발작이 언제 일어날지 알 수 없는 병이 아니냐? 너는 어떻게 내일 발작이 일어날 거라고 말하는 거지?"

이반은 속이 타서 신기해하며 물었다.

"물론 미리 알 수 없죠."

"그때 발작은 다락방에서 떨어져서 시작된 거라며?"

"다락방을 날마다 오르내리니까 내일 거기서 떨어질 수도 있습니다. 만약 다락방에서 떨어지지 않는다면 지하실 계단에서 떨어질 수도 있고요. 지하실에도 날마다 가니까요."

이반은 한참동안 스메르쟈코프를 쳐다보았다.

"헛소리 그만해라. 내가 네 속을 다 알지. 도대체 네 말은 알아들을 수 없다니까."

그는 낮은 목소리로 위협하듯 말했다.

"그러니까 네 말은 내일부터 사흘 동안 간질 발작을 일으키겠다는 거구나, 맞지?"

스메르쟈코프는 땅을 보며 다시 오른쪽 구두를 움직이다가 왼쪽 발을 내밀고 고개를 들고 조용히 웃었다.

"만약 제가 그렇게 발작을 흉내 낸다고 해도—겪어본 사람이라면 그리 어려운 일은 아니에요—목숨을 지키기 위해서 충분히 할 수 있는 거죠. 내가 아파서 누워 있으면 그루셴카가 주인어른을 찾아와도 '왜 알리지 않았냐'고 아파 누워 있는 저에게 물어볼 수는 없을 테지요. 드미트리 형님도 저한테 그렇게 막 대하지는 않으실 거고요. 아픈 사람한테 그러면 부끄러운 짓이 되지요."

"에라, 이놈의 자식아!"

이반은 증오심에 얼굴을 찡그리며 자리에서 일어났다.

"너는 왜 목숨만 걱정하는 거냐? 드미트리 형이 그렇게 협박을 했다 해도 홧김에 한 말이야. 드미트리 형은 절대로 너 따위를 죽이지 않아. 만약 사람을 죽인다고 해도 너 같은 놈은 아니야!"

"저는 파리 새끼처럼 그분에게 죽을 거예요. 근데 더 무서운 건 만일 그분이 주인어른에게 무슨 짓을 하게 되면 저까지 공범으로 몰리게 될까 봐 걱정입니다."

"네가 왜 공범으로 몰린다는 거지?"

"왜냐하면 그분에게 신호 방법을 몰래 가르쳐드렸기 때문이죠."

"신호? 무슨 신호? 그걸 누구에게 가르쳐줬다는 거냐? 빌어먹을, 답답하게 하지 말고 똑바로 얘기해봐!"

"그럼 전부 말씀드려야겠네요."

스메르쟈코프는 기묘한 표정으로 마치 학자처럼 침착하고 느긋하게 말했다.

"저와 주인어른 사이에는 비밀이 한 가지 있거든요. 도련님도 아시잖아요, 요즘 주인어른께서는 밤이면, 아니, 어떤 날은 초저녁부터 방문을 걸어 잠그시거든요! 요즘 도련님이 저녁에는 2층 도련님 방으로 일찍 올라가버리시고, 어제처럼 종일 방에만 계시니 주인어른께서 갑자기 문단속을 더 신경 쓰시는 걸 모르실 수도 있어요. 주인어른께서는 그리고리가 와도 목소리를 확인하지 않으면 문을 절대로 열어주시지 않아요. 하지만 그리고리는 찾아오는 일이 거의 없기 때문에 방 안에서 주인어른의 시중을 드는 것은 저뿐이에요. 그루셴카 때문에 난리가 난 후, 주인어른께서 직접 내리신 명령이거든요.

지금은 저도 주인어른의 지시에 따라 밤이면 바깥채로 나가서 잠을 자지만, 깊은 밤까지 안 자고 망을 보거나 때로 뜰 안을 돌고 있습니다. 그루셴카가 오기를 기다리기 위해서이지요. 주인어른께서 며칠째 미친 사람처럼 그 여자가 오기만 기다리고 계시니까요. 주인어른은 그 여자가 드미트리 형님을—주인어른께서는 늘 미치카라고 부릅니다—무서워해서 밤이 깊으면 뒷골목으로 올 거라고 생각하십니다. '그러니까 너는 자정까지, 아니 자정이 지나서라도 망을 보다가 그녀가 오면 내 방문을 두드리거나 뜰에서 창문을 두드려야 한다. 처음에는 작게 두 번 두드린 다음, 빠르게 세 번 연이어 두드리면 그 여자가 온 걸로 알고 내가 조용히 문을 열어주겠다' 이렇게 말씀하셨어요.

그리고 제가 만일 급하게 전해야 할 일이 생길 경우를 대비해서 또 한 가지 신호를 알려주셨죠. 두 번 빠르게 두드린 다음, 잠시 간격을 두고 한 번 세게 두드리는 방법이에요. 그렇게 하면 무슨 급한 사정이 생겨서 제가 주인어른을 뵙기를 원하는 걸로 알고 즉시 문을 열어주시면 제가 들어가서 보고하기로 했습니다. 그루셴카가 직접 올 수 없으면 사람을 시켜 소식을 전할 경우가 있어서 그런 것이죠. 또 드미트리 형님이 언제 올지 모르니 그런 경우에도 그분이 와 있다는 것을 주인어른께 알려드려야 해요. 만일 그루셴카가 찾아와서 주인어른과 함께 방 안에 있는데 드미트리 형님이 갑자기 나타나면, 주인어른께서는 그분을 정말 무서워하기 때문에 저는 연달아 문을 세 번 두드려서 알려드려야 하거든요. 다섯 번 두드리는 첫 번째 신호는 '그루센카 씨가 오셨다'는 의미이고 먼저 두 번 두드리고 나중에 한 번, 이렇게 세 번 두드리는 두 번째 신호는 '급히 보고할 일이 있다'는 의미입니다. 주인어른께서 몇 번이나 제게 시범을 보이며 가르쳐주신 신호 방법이죠. 이 드넓은 세상에서 이 신호를 아는 건 저와 주인어른 두 명뿐이므로 주인어른께서는 누구냐고 외칠 것도 없이─주인어른께서는 소리 지르는 걸 정말 싫어하십니다─재빨리 문을 열어주시는 거지요. 그런데 이 중요한 비밀을 이제는 드미트리 형님도 알게 되었습니다."

"어떻게 알게 된 거지? 네가 알려줬겠지? 감히, 왜 그런 짓을?"

"너무 무서워서요. 그분에게는 말하지 않을 수가 없었습니다. 그분은 늘 저에게 '나를 속이고 있지? 뭔가 나에게 숨기는 게 분명해. 똑바로 말하지 않으면 다리를 부러뜨리겠다!' 하고 으름장을 놓습니다. 그래서 어쩔 수 없이 그 신호를 알려드렸어요. 제가 그분에게 노예처럼 복종한다는 걸 보여드리고 그분을 속이는 게 아니라 무엇이든 전부 보고한다고 믿게 하려고요."

"만일 드미트리 형이 그 신호를 써서 방으로 들어가려고 하면 그때는 네가 못 들어가게 막아야 해."

"그런데 제가 발작으로 누워 있으면 그분이 아무리 난폭하게 하더라도 그걸 알면서도 못 들어가게 막을 수 없잖아요?"

"망할 놈 같으니! 너는 왜 자꾸 발작을 일으킬 거라고 생각하는 거냐? 나를 놀리는 거냐?"

"도련님을 놀리다니요, 제가 어떻게 감히 그런 짓을 할 수 있나요? 게다가 이렇게 무서운데 농담할 생각을 하다니요? 그냥 발작이 일어날 것 같은 예감이 든다는 거예요. 무섭다는 생각만 해도 발작이 일어나거든요."

"헛소리 그만해! 만일 네 녀석이 아파 누워 있으면 대신 그리고리가 망을 보겠지. 미리 알려주면 그리고리는 절대로 형님을 방에 들여보내지 않을 거야."

"주인어른의 명령이 없으면 그리고리에게 절대 그 신호를 알려줄 수 없습니다. 그리고 그리고리가 형님을 들여보내지 않을 거라고 하셨는데 때마침 그 사람은 어제의 일로 병이 나서 내일은 마르파에게 치료를 받을 거예요. 그런데 치료가 꽤 재미있어요. 마르파는 약술을 직접 만들 줄 아니까 항상 약술이 떨어지지 않게 준비해두고 있죠. 어떤 약초를 보드카에 담가서 만든다고 들었는데 아주 독한 술이에요. 그 노파가 비법을 알고 있어서 그리고리가 해마다 서너 번씩 중풍에 걸린 것처럼 허리를 못 움직일 때 그 약으로 고치거든요. 마르파는 그때마다 수건을 약술에 적신 다음 반시간 정도 영감님의 등이 발갛게 부풀어 오를 때까지 문지르고 주문을 외우면서 병에 있는 술을 영감님에게 마시게 한답니다. 그런데 남은 술을 전부 마시게는 하지 않고 조금 남기라고 한 다음에 자신도 같이 마시지요. 그런데 두 사람은 술도 못하는지라 그대로 그

632

자리에서 쓰러져서 오랫동안 잠을 자요. 잠이 깨면 그리고리는 늘
병이 낫지만, 오히려 마르파는 잠이 깬 뒤 머리가 아프다고 하네
요. 그래서 내일 그들이 치료를 시작하면 드미트리 형님이 오는 소
리도 못 듣고 그러니 못 들어가게 막을 수가 없는 거지요. 두 사람
은 모두 잠에 빠져 있을 테니까요."

"헛소리 집어치워. 일부러 모의라도 한 것처럼 그런 일들이 한
꺼번에 일어나다니……. 너는 지랄 같은 발작을 일으키고 그 사람
들은 잠에 빠져 정신을 못 차리고!"

이반이 외쳤다.

"일부러 네가 일을 그렇게 꾸민 거지?"

이반은 갑자기 이렇게 말하며 위협하듯 얼굴을 찌푸렸다.

"제가 그런 일을 어떻게 계획하겠습니까……. 더구나 무슨 이유
로 그런 일을 꾸밀까요? 오직 드미트리 형님에게 모든 일이 달려
있는 게 아닐까요? 그분이 무슨 짓이든 하려고 하면 그렇게 할 수
있으니까요. 제가 그 형님을 주인어른 방에 일부러 들어가라고 할
이유가 없지 않습니까?"

"그럼 형님이 무엇 때문에 아버지를 찾아온다는 거냐? 그리고
몰래 올 까닭도 없지 않냐? 네가 말한 대로 그루센카가 절대로 안
온다면 말이야."

이반은 화가 나서 얼굴색이 파래져서 말했다.

"나는 여기서 지내면서 네 말처럼 그 더러운 여자는 절대 안 올
거라고 장담할 수 있게 되었어. 아버지는 지금 그저 환상에 빠져

계시지. 그 여자가 오지 않을 텐데 형이 무엇 때문에 아버지를 공격하며 행패를 부리냐는 말이지. 어서 말해봐! 아무래도 난 네 속셈을 알아야겠다."

"도련님도 그분이 어떤 목적을 가지고 있는지는 잘 알면서 저에게 굳이 물어볼 필요는 없으실 텐데요? 그분은 그냥 화가 나서 오실 수도 있지만 제가 아파서 누워 있는 것을 아시면 그때는 의심이 생겨서 어제처럼 못 참고 집 안을 전부 뒤질 수도 있어요. 그 여자가 혹시나 자신을 피해서 몰래 와 있는 건 아닐까 하고 말이에요. 더구나 그분은 주인어른이 3000루블을 넣어둔 봉투가 있다는 것도 알고 있죠. 그 봉투는 세 겹으로 봉한 뒤에 노끈으로 묶었고, '나의 천사 그루센카에게, 만약 그대가 내게 와준다면'이라고 주인어른이 직접 쓰셨어요. 그리고 다시 사흘 뒤, '사랑스러운 병아리에게'라고 덧붙였지요. 이 점이 께름칙하거든요."

"헛소리 집어치워!"

이반은 거의 실성한 듯 소리를 질렀다.

"드미트리 형은 돈을 훔칠 사람이 아니야. 돈 때문에 아버지를 죽일 사람이 아니라구. 어제는 원래 성격이 급한 데다 바보처럼 사람이 많이 흥분해서 그런 것이고, 그루센카 때문에 아버지를 죽일 수 있을지는 모르지만, 강도질을 하려고 오다니! 말 같지도 않은 소리 작작해!"

"하지만 도련님, 그분은 지금 돈 때문에 아주 어려운 상태예요. 사정이 얼마나 급한지 목구멍에서 손이 나올 지경이라고요. 도련님은 지금 그 형님이 얼마나 곤경에 처해 있는지 모르세요."

스메르자코프는 굉장히 침착하고 단호하게 설명했다.

"게다가 그분은 그 3000루블을 자기 돈이라고 생각하고 있어요. '아버지는 내게 3000루블을 줘야 해'라며 저에게 직접 말한 적도 있으니까요. 그리고 또 하나 분명한 사실이 있습니다. 도련님께서 직접 판단하세요. 그루센카는 마음만 먹으면 주인어른과 결혼을 할 거예요. 그 여자가 원하기만 한다면 이건 확실하게 이루어질 수 있어요. 어쩌면 그 여자는 그걸 원할 수도 있고요. 그 여자가 오지 않을 거라고 했지만 오느냐, 안 오느냐의 문제가 아니라 주인어른의 부인이 정식으로 되고 싶을 수도 있지 않을까요? 그 여자의 남편인 삼소노프라는 장사치는 대놓고 그 여자에게 그렇게 하는 게 머리 좋은 거라면서 낄낄댔다는 이야기를 저도 들은 적이 있거든요. 그리고 그 여자도 머리가 좋아서 드미트리 형님 같은 돈도 없는 남자와 결혼하지는 않을 거예요. 도련님도 이런 상황을 전부 생각한다면 주인어른이 돌아가신 뒤, 드미트리 형님, 도련님, 알렉세이 도련님은 단돈 1루블도 못 받게 된다는 걸 아실 겁니다, 단돈 1루블도요! 왜냐하면 그루센카가 주인어른과 결혼한다면 모든 재산을 전부 자기 명의로 바꾸고 혼자서 독차지할 테니까요. 그러나 이렇게 되기 전에 주인어른이 돌아가시면 도련님들은 각각 4만 루블 정도의 돈을 받을 수 있어요. 유언장이 아직 작성되지 않았으니 주인어른께서 그토록 증오하는 드미트리 형님도 같은 돈을 받을 수 있어요. 그분은 바로 이 점을 잘 알고 있죠."

이반의 얼굴이 일그러지면서 부르르 경련을 일으키더니 갑자기 발갛게 변했다. 그는 재빨리 스메르자코프의 말을 가로챘다.

"그렇다면 도대체 넌 그걸 알면서도 무엇 때문에 나에게 체르마쉬냐에 가라고 하는 거냐? 무슨 꿍꿍이가 있어서 그런 소리를 한 거야? 내가 거길 간 사이에 무서운 일이 일어날 텐데."

이반은 힘겹게 가쁜 숨을 몰아쉬었다.

"그건 분명합니다."

스메르자코프는 조용하게 말했지만 모든 걸 다 안다는 말투였다. 그리고 두 눈을 크게 부라리며 이반을 바라보았다.

"뭐가 분명해?"

이반은 겨우 자신을 억누르면서 눈을 무섭게 뜬 채 위협하듯 물었다.

"저는 도련님이 가엾어서 드린 말씀입니다. 제가 만약 도련님이었다면 이런 일에 끼어드느니 전부 포기하고 떠났을 테니까요."

스메르자코프는 눈을 무섭게 뜬 채 서 있는 이반을 친숙하게 바라보며 대답했다. 두 사람 모두 잠시 말이 없었다.

"너는 바보 천치에다가 무서운 악당이야."

이반은 갑자기 벤치에서 일어났다. 그리고 문안으로 들어가려고 하다가 갑자기 멈추고 스메르자코프를 바라보았다. 그러자 돌연 분위기가 묘하게 변했다. 이반은 얼굴에 경련이 이는 것처럼 입술을 깨물고 주먹을 움켜쥐었다. 스메르자코프에게 당장이라도 덤벼들 것처럼 보였다. 스메르자코프는 그런 낌새를 재빨리 눈치채고 뒤로 물러섰고, 그 순간은 아무 일도 없이 지나갔다. 이반은 뭔가를 망설이는 것처럼 조용하게 문 쪽으로 몸을 돌렸다.

"미리 말해두지만 나는 내일 모스크바로 떠날 거야. 그것도 내일 아침 일찍······. 내가 할 말은 이게 전부야!"

그는 증오심을 감추지 않은 채 분명한 목소리로 한 마디 한 마디 말했다. 나중에 그는 자신이 왜 그런 말까지 했는지 스스로도 이상하게 생각했다.

"좋은 생각이십니다."

스메르자코프는 뭔가를 각오하듯 바로 말했다.

"집에 무슨 일이 일어나면 모스크바에 전보를 보내서 오시게 할 수도 있지요."

이반은 다시 걸음을 멈추고 스메르자코프에게 몸을 돌렸다. 이번에는 스메르자코프에게 변화가 생겼다. 뻔뻔하고 오만하던 지금까지의 표정이 사라지고 이상한 호기심과 기대가 떠올랐다. 하지만 그것은 겁을 내며 아부하는 듯한 표정이었다. '더 하실 말씀은요? 덧붙일 말씀이라도?' 뚫어지게 이반을 바라보는 그의 눈에는 이런 질문이 담겨 있었다.

"체르마쉬냐에 있으면 전보를 쳐서 나를 부르겠지? 무슨 일이 생기면 말이야?"

이반은 스스로도 이유를 모르는 채 갑자기 목소리를 높여서 외쳤다.

"체르마쉬냐에 가 계셔도 알려드릴 거예요."

스메르자코프는 당황한 것처럼 속삭이면서 중얼거렸지만 이반을 똑바로 쳐다보았다.

"그럼 네가 나에게 체르마쉬냐로 가라고 계속 권하는 건 모스크바는 멀고 체르마쉬냐는 가까우니 여비를 아끼라고 그러는 거 같구나. 아니면 내가 괜히 멀리 오가는 게 불쌍해서 그러는 것이냐?"

"실은 그렇습니다."

스메르자코프는 음흉하게 웃으며 뭔가를 중얼거리면서 뒤로 물러서려 했다. 그러자 이반이 갑자기 크게 웃어서 스메르자코프는 흠칫 놀랐다. 그는 계속 웃으면서 빠른 걸음으로 문안으로 걸어갔다. 그 순간에 그의 얼굴을 본 사람이라면 누구든 그가 즐거워서 웃는 게 아니라는 것을 쉽게 알 수 있었을 것이다. 이반도 그 순간에 자신의 마음을 결코 설명할 수 없었을 것이다. 그의 몸짓이나 걸음은 경련이라도 일으킨 사람처럼 보였다.

7. 현명한 사람과 나누는 이야기는 즐겁다

더욱이 말하는 태도에서도 역시 그런 모습이 보였다. 이반은 표도르와 거실에서 만나자마자 갑자기 두 손을 내저으며 "2층에 있는 내 방에 가는 중이에요, 아버지 방에 가는 게 아니에요. 이따 뵐게요"라고 말하고는 얼굴도 보지 않고 그냥 지나가버렸다.

이반이 그 순간에 노인에 대해 증오심을 느낄 수는 있지만 그렇게 대놓고 적대감을 드러내자 표도르도 당황했다. 게다가 노인은 이반과 급하게 나눌 얘기가 있어서 일부러 거실에 나와 있었다. 노인은 쌀쌀맞은 인사를 받고 말없이 선 채로 위층으로 올라가는 아들의 모습이 보이지 않을 때까지 한심하다는 눈빛으로 바라보았다.

"저 녀석은 왜 저러는 거냐?"

스메르자코프가 뒤를 이어 들어오자 노인이 물었다.

"무슨 일로 화가 난 것 같은데, 도련님 마음을 알 수가 있나요."

하인은 피하는 듯 중얼거리며 말했다.

"망할 놈! 실컷 화내라고 해! 너도 사모바르나 가져다놓고 나가 보거라. 그런데 다른 일은 없는 거지?"

그리고 스메르자코프가 방금 이반에게 하소연한 것처럼 여러 가지 질문을 계속 퍼부어댔다. 그 질문이란 노인이 기다리고 있는 그 여자에 대한 것들이므로 새삼스럽게 또 옮기지 않겠다.

30분 뒤에 집의 문단속이 전부 끝났다. 정신 나간 노인은 설레는 마음으로 이 방 저 방 다니면서 약속 신호인 노크 소리가 다섯 번 들리기를 간곡하게 기다리다가 때로 캄캄한 창밖을 바라보기도 했다. 하지만 창밖에는 캄캄한 어둠 이외에 아무것도 없었다.

이반은 밤늦은 시간에도 잠을 이루지 못하고 생각에 빠져 있다가 새벽 2시 무렵이 돼서야 겨우 잠들었다. 지금은 그의 복잡한 마음에 대해서는 자세히 다루지 않겠다. 게다가 그의 영혼을 깊이 들여다볼 때도 아니다. 그의 영혼에 대해서는 앞으로 언급할 기회가 있을 것이기 때문에 지금 독자들에게 전하고 싶어도 꽤 어려운 일이 될 것이다. 왜냐하면 지금 그의 머릿속에는 생각이라고 할 수 없는, 끝없이 막연하고 엉망진창으로 뒤얽힌 상념들이 가득했기 때문이다. 이반도 자신의 마음이 갈피를 잡을 수 없을 정도로 혼란스러운 상태라는 것을 알고 있었다. 게다가 예상치 못한 갖가지 기이한 욕구마저 그를 괴롭혔다. 예를 들어 자정이 지난 시간에 갑자기 아래층으로 내려가 바깥채로 뛰어나가서 스메르자코프를 죽을 만큼 때려주고 싶은 충동이 치밀어 올랐다. 하지만 왜 그런 충동을 느끼는 거냐고 물으면 하인이 이 세상에 없을 무례한 사람이라는 것 이외에는 타당한 이유가 없었다.

그날 밤, 그는 말로 표현하기 어려운 굴욕적인 공포에 사로잡혀 육체적으로도 힘이 빠진 느낌이 들었고 머리가 아프고 현기증도 났다. 마치 누구에게라도 당장 복수하려는 것처럼 증오가 그의 가슴을 옥죄었다. 조금 전 알료샤와 나눈 대화가 떠오르자 동생에게도 증오가 생겼고 때로는 자기 자신에게도 분노가 치밀어 견딜 수가 없었다. 하지만 카체리나에 대해서는 아무런 생각이 나지 않았다. 낮에 그녀를 만나서 "내일 모스크바로 떠나겠다"고 호언장담을 했을 때도 마음속으로는 '헛소리하기는, 네가 어딜 가. 지금 네가 큰소리를 치는 것처럼 그렇게 쉽게 떠나지는 못해' 하고 자신에게 속삭인 것을 분명하게 기억하고 있었던 만큼 이렇게 그녀를 잊을 수 있는 것이 더욱 이상했다.

오랜 세월이 흐른 뒤, 그날 밤을 떠올릴 때마다 이반은 자신에게 참기 힘든 혐오감을 느끼는 게 있었다. 그것은 그날 밤 자신이 소파에서 갑자기 일어나서 누가 몰래 엿보지 않을까 겁을 내는 것처럼 조용히 방문을 열고 계단까지 나가서 귀를 기울이며 아래층 방에서 서성이는 아버지를 감시했다는 것이다. 그는 오랫동안, 거의 5분 정도를 정체 모를 호기심 때문에 가슴을 두근대며 숨을 죽인 채 귀를 기울였다. 그러나 그가 왜 그런 짓을 하고 왜 귀를 기울였는지는 자신도 알 수 없었다.

그는 평생 그런 행동을 '저열한' 짓이라고, 자신의 인생에서 가장 더러운 짓이었다고 마음속 깊이 생각했다. 그때는 아버지 표도르에 대해 증오를 전혀 느끼지 않았고 다만 억누를 수 없는 호기심만 있었다. 아버지가 아래층에서 어떻게 서성일까, 혼자서 무슨 일을 하고 있을까 하는 호기심을 품고, 아버지가 지금쯤은 분명히 어두운 창밖을 바라보다가 갑자기 방 한가운데에 걸음을 멈추고 누가 노크를 하는지 초조하게 기다리고 있을 거라고 상상했다. 이반은 이런 마음으로 아버지를 살피기 위해 두 번이나 계단에 나갔던 것이다.

2시경, 세상이 고요해지고 표도르도 잠이 들자 이반은 몹시 피로해서 자신도 어서 잠을 자야겠다고 생각하고 잠자리에 들었다. 그는 그대로 잠이 들어서 꿈도 꾸지 않고 깊은 잠에 빠졌다. 날이 터오는 7시 무렵, 그는 일찍 잠에서 깼다. 눈을 뜨자 이상하게 온몸이 활력으로 가득 찬 듯했고 재빨리 일어나서 옷을 갈아입은 뒤 트렁크를 꺼내 짐을 꾸렸다. 어제 세탁소에서 속옷도 전부 찾아다 놓은 뒤여서 모든 것이 순조롭게 진행되어 갑작스러운 출발에 방해가 되는 것은 아무것도 없다고 생각하니 저절로 미소가 떠올랐다.

이런 출발은 그에게도 갑작스러운 것이었다. 어제 그가 카체리나와 알료샤 그리고 스메르자코프에게 오늘 떠날 거라고 말하기는 했지만 어젯밤 잠자리에 들 때까지도 실제로 떠날 생각은 아직 없었던 것이다. 그는 아침에 눈을 뜨자마자 지난밤에 트렁크를 꺼내 짐을 꾸릴 생각을 하지 않았다는 것을 확실하게 기억했다.

어찌 됐든 그는 트렁크와 짐을 전부 꾸렸다. 마르파가 9시쯤 올라와서 평소처럼 물었다.

"차는 어디서 드시겠어요? 방에서 드시겠습니까, 아래층에서 드시겠습니까?"

아래층으로 내려간 이반은 겉으로 보기에는 꽤 즐거워 보였지만 그의 행동에는 어딘지 모를 어수선하고 불안한 기색이 있었다. 하지만 이반은 아버지를 보고 기분 좋은 인사를 건네고 건강이 어떠냐고 물은 뒤, 그가 대답하기도 전에 1시간 뒤에는 모스크바로 영원히 떠나버리겠다고 말하고 마차를 불러달라고 부탁했다. 하지만 노인은 아들이 떠난다고 하는 말에 거짓으로라도 서운해해야 한다는 생각도 없이 놀라지도 않은 채 듣고만 있었다. 오히려 갑자기 자신의 중요한 용무가 생각난 듯이 법석을 떨어댔다.

"너도 그러는 게 어디 있니! 어제 말해주었으면 좋았을 텐데……. 하지만 뭐 상관없다. 지금도 늦지 않았다. 그런데, 애비한테 효도하는 거라고 생각하고 네가 체르마쉬냐에 들러주는 건 어떠냐? 체르마쉬냐는 볼로비야 역에서 왼쪽으로 12km만 가면 되는데……."

"죄송하지만 그건 안 돼요. 철도까지 89km나 되고, 모스크바로 가는 열차는 오늘 저녁 7시라서 기차 타는 것도 시간이 벅찬걸요."

"그러면 내일이나 모레 차를 타고 가고 오늘은 체르마쉬냐에 들르거라. 네가 조금만 애써주면 애비가 안심이 되지 않냐. 이곳에서 볼일이 없으면 내가 진작 다녀왔을 텐데, 그곳 일이 무척 급한 모양인데 나도 여기 일이 있으니 움직일 수 없지 않냐. 그 베기체프와 자치킨의 두 지역에 걸쳐 내 임야가 있는데 그곳은 무법천지거든. 그런데 마슬로프 부자가 나무를 벌채하고 그 대가로 8000루블 정도밖에 생각을 안 하지 않겠니. 작년에는 1만 2000루블을 주겠다는 사람도 있었는데 일이 성사가 안 됐어. 그자는 그곳 사람이 아니어서 처음에는 흥정이 쉽게 됐는데도 결국 그렇게 되었단 말이지. 지금은 그곳 사람 중에 흥정을 하려는 사람이 아무도 없어. 그 지방에서 마슬로프 부자와 경쟁할 부자가 아무도 없거든. 그자는 자기네가 생각한 금액으로 사겠다고 마음을 먹었더라. 그런데 갑자기 지난 목요일 일린시키 신부에게 고르스트킨이라는 새 상인이 나타났다는 소식을 받았어. 고르스트킨은 나도 예전부터 잘 아는 사람인데, 그자가 그곳 출신이 아니라 포그레보프 사람이라는 게 중요해. 마슬로프를 두려워하지 않을 거라는 뜻이지. 고르스트킨이 그 임야를 1만 1000루블에 사겠다는 거야, 그런데 듣고 있는 거냐? 신부가 편지에 쓰기를 그자가 앞으로 일주일 정도만 머물 예정인 것 같으니 네가 그자를 만나서 흥정을 했으면 좋겠다."

"아버지가 신부님에게 직접 편지를 쓰면 그 신부님이 흥정을 해주지 않을까요?"

"그 신부는 장삿속이 없어서 그런 데 소질이 없으니 하는 말이지. 사람이야 믿을 만하지만. 그런 사람이라면 당장 2만 루블 정도는 영수증 없이도 맡길 수 있어. 하지만 장삿속에는 눈이 어두워서

까마귀한테도 속아넘어갈 거야. 그런 사람이 학자라니 참 놀랍지 않냐. 그런데 그 고르스트킨은 겉보기에는 소매 없는 푸른 외투를 입고 다녀서 평범한 농사꾼처럼 보이지만, 실제는 상종 못할 악당놈이야. 난 그게 걱정이라고. 그놈은 뻔뻔하게 거짓말을 하는데 그게 그놈의 특징이야. 어느 때는 이유도 알 수 없는 거짓말을 하염없이 늘어놓는다니까! 재작년에는 부인이 죽어서 두 번째 부인을 얻었다고 들었는데 실제는 그것도 전부 거짓말이었어. 기가 막힐 노릇이지! 부인이 죽기는커녕 멀쩡하게 살아 있는데 지금도 사흘에 한 번은 그자를 때린다는 거야. 그러니 이번에 1만 1000루블에 내 임야를 사겠다는 말도 진짜인지 거짓말인지 알아봐야 해."

"그러면 저도 쓸모가 없겠는데요, 저도 사람 보는 눈은 없으니까요."

"잠깐 기다려봐, 너는 할 수 있어. 내가 그자의 습관을 전부 가르쳐주마. 나는 고르스트킨과 예전부터 거래를 해서 잘 알고 있지. 우선 붉은 수염은 더럽고 힘없어 보여도, 그 수염을 덜덜 떨면서 화를 내고 말하면 흥정할 생각이 있다는 거니까 거래가 성공할 거야. 하지만 왼손으로 수염을 만지며 빙긋빙긋 웃으면 그때는 너를 속이려는 수작을 꾸미는 거야. 그 작자 두 눈을 아무리 자세히 봐도 성경의 '어두운 비구름 뿌연 안개' 같아서 아무것도 알아낼 수 없어. 그러니 너는 그 수염만 잘 보면 된다. 내가 그에게 편지를 쓸 테니 편지를 가져가서 그에게 주어라. 그의 이름은 고르스트킨이지만 진짜 이름은 랴가브이*야. 하지만 그자를 만나서 랴가브이라고 부르면 안 된다. 그러면 엄청 화를 내니까. 만약 그와 얘기를 해서 일이 잘 풀릴 것 같으면 나에게 편지를 해라. '거짓말을 하는 것 같지는 않습니다' 이렇게만 쓰면 된다. 처음에는 1만 1000루블을 계속 주장하다가 나중에 1000루블 정도는 물러나도 좋아. 그러나 그 아래로는 절대 안 된다. 너도 생각해보렴, 8000루블과 1만 1000루블이면 3000루블이나 차이가 나질 않냐. 그런 차액은 흥정만 잘하면 그냥 생기는 거란 말이야. 사실 사려는 사람은 안 나타나고 나는 돈이 궁하거든. 그자가 진짜로 사려고 하는 것 같다는 편지만 받으면 그때는 내가 시간을 쪼개서라도 그리로 가서 결판을 낼 거다. 하지만 아직은 신부의 생각인지도 모르니 내가 그곳까지 갈 필요는 없는 거 아니냐. 그럼, 내 말대로 하겠냐?"

"하지만 시간이 없어요, 죄송해요."

"참 내, 이 애비를 좀 도와다오. 네 수고는 잊지 않으마! 너희는 모두 인정머리라고는 없구나! 하루나 이틀이면 되는데 왜 안 되는 거냐? 지금 너는 어디를 가는 거야, 베니스에라도 가는 거니? 네가 좀 늦는다고 베니스가 하루 이틀 사이에 전부 무너지는 것도 아니지 않냐? 알료샤를 보내도 되긴 한다만 흥정에 그 애가 무슨 소용이냐? 너에게 부탁하는 건 그래도 네 머리가 좋기 때문이야. 네 머리가 좋다는 걸 내가 모를 줄 알았지? 임야를 흥정하는 데 네가 문외한일 수도 있지만 너는 눈치가 빠른 편이지. 그자가 정말 살 생

---

* 사냥개이다.

각이 있는지 없는지만 확인하면 되는 거야. 내가 말해준 대로 수염이 덜덜 떨리면 진심이라고 생각하면 된다."

"아버지는 그 저주받을 체르마쉬냐로 일부러 저를 쫓아내려고 이러시는 거죠, 네?"

이반은 화를 내는 듯 쓴웃음을 지으며 소리쳤다.

표도르는 아들의 증오를 눈치채지 못한 것인지, 아니면 일부러 모르는 척 가장하는 것인지 오직 이반의 웃음을 보고 끈질기게 말을 이었다.

"그럼 가는 거지, 응? 정말 가는 거지? 내가 편지를 한 장 써서 주겠다."

"모르겠어요, 가게 될지 가지 않을지 모르겠습니다. 가는 길에 정할게요."

"가는 길에라니, 지금 정해라. 지금 여기서 결정하거라. 그곳에 가서 얘기가 잘되면 몇 자만 적어서 신부에게 맡기면 그 사람이 바로 내게 편지를 부칠 테니까. 그다음에는 너를 절대로 붙잡지 않을 테니 베니스든 어디든 네가 가고 싶은 대로 가면 된다. 신부가 볼로비야 역까지는 마차를 태워줄 거야."

노인은 무척 기뻐하며 편지를 쓰고 마차를 부르면서 이반에게 코냑과 간단한 안주를 권했다. 그는 즐거울 때 기분이 겉으로 드러나지만 오늘은 자제하는 것처럼 보였다. 예를 들어 드미트리에 대해서는 아무 말이 없었고 아들과 헤어지는 걸 서운해하지도 않을 뿐더러 무슨 말을 해야 할지도 모르는 것처럼 보였다. 이반도 그런 아버지를 눈치채고 이렇게 생각했다.

'아버지도 나에게 싫증이 날 만하지.'

노인은 아들을 배웅하기 위해 현관까지 나왔을 때에야 입을 맞추려고 아들에게 다가섰지만 이반은 입맞춤을 피하려는 것처럼 악수를 하기 위해 손을 내밀었다. 노인도 금세 눈치를 채고 점잖게 굴었다.

그는 계단에서 반복해서 말했다.

"그럼 잘 가라, 조심하고! 내가 죽기 전에 다시 오겠지? 반드시 오너라, 언제든 반갑게 맞이할 테니. 부디 몸조심하고 잘 가라."

이반은 여행용 마차에 탔다.

"이반, 잘 가라! 애비를 나쁘게 생각하지 말아다오!"

노인은 마지막으로 이렇게 말했다.

스메르자코프와 마르파, 그리고리 등 집안 식구 모두가 작별 인사를 하기 위해 나왔다. 이반은 그들에게 10루블씩을 쥐어주고 마차에 앉았다. 그때 스메르자코프가 깔개를 바로잡기 위해 뛰어왔다.

"너도 이제 알겠지……. 내가 체르마쉬냐에 가는 것을."

이반은 불쑥 이런 말을 했다. 자신도 모르게 어제저녁처럼 말을 내뱉고 만 것이다. 그리고 이상하게 신경질적으로 웃기도 했다. 그는 시간이 흘러도 오랫동안 그때 일이 머리에서 떠나지 않았다.

"그렇다면 '현명한 사람과 나누는 얘기는 즐겁다'는 말이 맞는군요."

스메르자코프는 이반의 얼굴을 싸늘하게 쳐다보며 단호하게 대답했다.

마차는 집을 떠나자 빠르게 달렸다. 나그네의 마음은 뿌옇고 혼란스러워졌다. 그는 주변의 들판과 언덕, 울창한 나무와 맑은 하늘, 하늘 높이 나는 기러기 떼를 유심히 바라보았다. 그러자 갑자기 기분이 좋아져서 마부에게 말을 건넸다. 그는 마부의 대답에 큰 관심을 가지고 있는 것처럼 보였으나 잠시 뒤에 생각해보니 마부의 대답은 그저 한 귀로 흘리고 하나도 듣지 않았다는 것을 깨달았다. 그는 입을 다물었다. 공기는 깨끗하고 시원했으며 하늘도 맑게 개어 있어서 기분이 상쾌했다. 갑자기 알료샤와 카체리나가 떠올랐지만 그는 웃으면서 가만히 입김을 불어서 그 다정한 환상을 날려버렸다.

'언젠가 다시 만나겠지.'

그는 역참에서 말을 바꿔 타고 다시 볼로비야로 향했다.

'현명한 사람과 나누는 얘기는 즐겁다는 말은 무슨 의미일까?'

갑자기 이런 생각이 나자 그는 숨이 막힐 것 같았다.

'그리고 나는 무엇 때문에 그 녀석에게 체르마쉬냐로 간다고 알려준 걸까?'

마침내 그는 볼로비야 역에 도착했다. 이반은 마차에서 내리자마자 역마차 마부들에게 휩싸였다. 그는 체르마쉬냐까지 12km의 시골길을 사설 역마차로 가기로 결정하고 곧 마차를 준비시켰다. 그런 뒤 역참 안으로 들어가 주변을 둘러보다가 역참지기의 부인 얼굴을 살며시 보고 갑자기 현관 계단으로 되돌아서 나왔다.

"이보게, 체르마쉬냐에는 안 가겠네. 그런데 7시까지 철도역에 도착할 수 있나?"

"그럼요, 마차를 끌어올까요?"

"빨리 가져오게. 그리고 내일 읍내로 들어갈 사람은 없는가?"

"없기는요, 여기 있는 미트리도 내일 들어가는걸요."

"미트리, 내 심부름 좀 해주지 않겠나? 다름이 아니라 우리 아버지인 표도르 카라마조프 씨에게 들러 내가 체르마쉬냐에는 가지 않았다는 말을 전해주면 되네. 그렇게 할 수 있나?"

"당연하지요, 꼭 들르겠습니다. 저는 표도르 씨를 예전부터 잘 알고 있습니다."

"자, 이건 담뱃값으로 주는 돈이니 받게나. 아버지한테는 보나마나 못 받을 테니까."

이반이 즐겁게 웃자 미트리도 함께 웃었다.

"물론 주실 리가 없지요. 고맙습니다, 분명히 그렇게 전해드리겠습니다."

오후 7시, 이반은 기차를 타고 모스크바로 떠났다.

"지나간 일들은 모두 잊자. 과거로부터 소식이나 기별을 받을 수 없도록 영원히 떠나자. 돌아보지 말고 오직 새로운 세상, 새로운 곳을 향해 가자!"

그러나 그의 영혼은 기뻐지기는커녕 문득 짙은 어둠에 둘러싸였고 그의 마음은 지금껏 한 번도 느껴본 적 없는 깊은 슬픔을 느꼈다. 그가 밤새 생각에 빠져 있는 동안에도 기차는 줄곧 달렸다. 새벽에 기차가 모스크바 시내로 들어서자 그는 문득 정신이 들었다.

'나는 저열한 인간이다!'

갑자기 그는 마음속으로 이렇게 뇌까렸다.

한편, 표도르는 아들을 떠나보낸 뒤 매우 흡족해했다. 그는 행복한 마음으로 2시간 동안 코냑을 마시고 있었다. 그런데 갑자기 아주 이상하고 불쾌한 사건이 일어나서 표도르와 온 집안사람들의 마음을 혼란스럽게 만들었다. 그것은 무엇 때문인지 모르겠지만 스메르자코프가 지하실에 들렀다가 계단 위에서 굴러떨어진 것이었다. 때마침 뜰 안에 있던 마르파가 그 소리를 들어서 불행 중 다행이었다. 마르파는 그가 떨어지는 것을 직접 본 것은 아니었지만 그가 외치는 소리를 들었던 것이다. 예전부터 여러 번 들었던 소리였고, 발작을 일으키면서 쓰러지는 간질병 환자의 독특하고 이상한 울부짖음이었다. 그가 계단을 내려가다가 발작을 일으킨 것일까? 그렇다면 의식을 잃고 그대로 아래로 굴러떨어지는 게 당연한 일이었다. 그게 아니면 발을 헛디뎌서 떨어진 충격으로 간질병 환자인 그가 발작을 일으킨 것일 수도 있지만, 마르파는 어쨌든 그가 지하실 바닥에서 입에 거품을 물고 온몸에 경련을 일으키면서 몸부림치는 것을 발견했다. 처음에 집안사람들은 그가 팔이나 다리를 다치고 몸에 타박상을 입었을 것으로 생각했지만 마르파의 말대로 '하느님 덕분에' 아무런 일 없이 무사했다. 단지 지하실에서 그를 '지상'으로 옮기는 것이 어려워서 이웃 사람들의 도움을 받아야 했다. 표도르도 계속 이 소동을 지켜보았는데 그는 몹시 놀라서 어쩔 줄 몰라 하며 직접 돕기까지 했다.

그러나 병자는 좀처럼 의식을 회복하지 못하고 발작을 멈추었다가 다시 발작을 하곤 했다. 사람들은 그래서 작년에 그가 다락방에서 떨어졌을 때와 똑같이 될 거라고 결론을 지었다. 마르파는 작년에 머리에 얼음찜질을 해주었던 것을 기억하고 지하실에 남아 있는 얼음을 꺼내왔다. 표도르는 저녁에 게르첸슈투베 선생을 부르기 위해서 사람을 보냈다. 곧 의사가 왕진을 와서 병자를 자세히 진찰한 뒤—이미 소개했던 것처럼 그는 이 지방에서 가장 따뜻하고 친절한 의사로 존경을 받는 노인이었다—이건 꽤 특이한 발작이기 때문에 생명이 위험할 수도 있다고 말했다. 병자는 바깥채의 그리고리와 마르파의 옆방으로 옮겨졌다.

이런 일을 겪은 뒤에도 표도르는 하루 종일 갖가지 재난을 연이어 겪었다. 식사는 마르파가 대신 요리했는데 스메르자코프의 훌륭한 솜씨와 비교하면 마르파가 만든 수프는 '구정물' 수준이었고 닭고기는 너무 질겨서 씹을 수가 없었다. 마르파는 주인어른의 심한 꾸중—당연한 꾸지람이긴 하지만—을 듣고 닭이 원래 오래된 닭이었고 자신은 요리를 배운 적이 없으니 당연하지 않느냐고 대들었다.

저녁이 되자 그에게는 한 가지 걱정거리가 또 추가되었는데, 벌써 이틀 전부터 몸이 아팠던 그리고리가 때마침 이런 때 허리를 못 쓰게 돼서 그만 몸져누웠다는 보고를 받은 것이었다. 표도르는 일찍 차를 마시고 안채에 혼자 틀어박혔다. 그는 두렵고 불안한 마음에 가슴이 두근댔다. 오늘 밤에는 분명히 그루센카가 올 것 같아서 언제 오려나 하고 기다리고 있었던 것이다. 왜냐하면 오늘 아침 일찍 스메르자코프가 '오늘은 분명히 오겠다고 약속했습니다'라는 전갈을 주었기 때문이었다. 성미 급한 노인은 초조한 마음에 심장이 두근거렸고 빈방들을 돌아다니며 귀를 쫑긋 기울였다. 드미트리가 어디에서 망을 보고 있을 수도 있으니 귀를 곤두세워야 했다. 그리고 그녀가 창문을 두드리면—스메르자코프는 이틀 전에 그녀에게 노크하는 방법을 가르쳐주었다고 보고했다—1초도 밖에서 머물지 않게 빨리 문을 열어주어야 했다. 표도르는 만약 그녀가 무엇에 놀라서 도망가면 큰일이라는 생각이 들자, 마음이 몹시 불안해졌다. 하지만 또 이렇게 달콤한 희망에 빠진 적은 이제껏 한 번도 없었다. 그는 지금 확신에 차서 이렇게 단언할 수 있었다.

　오늘 밤에는 그녀가 분명히 올 것이다…….

제2부

제6편 | 러시아의 수도사

1. 조시마 장로와 그의 손님들

알료샤는 가슴에 고통을 느끼면서 장로의 방에 들어선 순간 깜짝 놀라서 멈춰 섰다. 이미 의식을 잃은 채 혼수상태에 빠졌을 거라고 걱정했던 환자는 예상 밖에 안락의자에 앉아 있었다. 장로는 매우 쇠약하고 지쳐 있었지만, 그래도 꽤 활기찬 얼굴로 그를 찾아온 손님들에게 에워싸여서 조용하고 즐거운 대화를 나누고 있었다. 그러나 장로가 침대에서 일어난 것은 알료샤가 도착하기 15분 전이었고, 이미 손님들은 그전부터 수도실에서 장로가 깨어나기를 기다렸다. 파이시 신부가 '장로님께서는 오늘 아침 약속한 대로 사랑하는 사람들과 마지막 이야기를 나누려고 다시 한번 일어나실 것입니다'라며 확고하게 예언했기 때문이다.

파이시 신부는 죽어가는 장로가 한 모든 약속과 말을 굳게 믿고 있었기 때문에 의식 불명 상태가 아니라 호흡이 멎어버린다고 해도 장로가 다시 일어나 작별을 전하겠다는 약속을 분명히 지킬 것이라고 확신했다. 혹여 장로가 이미 운명한 것을 보았다고 해도 그는 장로가 다시 살아나서 약속을 지킬 거라고 믿으며 언제까지나 기다렸을 것이다.

그날 아침, 조시마 장로는 잠들기 전에 그에게 이렇게 말했다.

"마음에서 사랑하는 사람들과 그간 나누지 못한 이야기를 하고, 그들의 정겨운 얼굴을 보면서 다시 한번 내 마음을 전하기 전에는 절대로 죽지 않을 거야."

조시마 장로와의 마지막 만남이 될지도 모르는 이 대화를 듣기 위해서 모인 수도사들은 모두 4명이었다. 그들은 오래전부터 정성을 다해 장로를 섬긴 그의 친구들이었다. 그들 중에는 이오시프 신부와 파이시 신부 그리고 암자의 책임자인 미하일 신부가 있었는데 이 사람은 나이가 그다지 많지 않았고 평민 출신으로 배움도 평범한 보통 수도사였지만 의지가 강했고 소박하며 굳은 신앙을 가지고 있었다. 그는 겉으로는 무뚝뚝하게 보였지만 마음속으로는 이미 깊은 오성(悟性)을 가지고 있었고, 그런 자신의 신앙이 다른 사람에게 알려지는 것을 무척 창피하게 생각했다.

네 번째 사람은 안핌 신부였는데 그는 가난한 농민 출신이었고, 몹시 늙었으며 키가 작고 문맹이나 다름없는 사람이었다. 조용하고 과묵해서 다른 사람과 별로 말도 하지 않았다. 겸손한 사람들 중에서도 가장 겸손한 사람이었는데 자신의 지혜로는 도저히 닿을 수 없는 어떤 거룩하고도 강력한 힘에 겁을 먹은 것처럼 보였다. 조시마 장로는 늘 두려움에 떨고 있는 이 늙은 수도사를 몹시 아껴서 평생 특별히 더 존중하며 그를 대했다. 예전에 장로는 이 늙은 수도사와 함께 몇 년 동안 러시아 전국의 성지를 돌아보기까지 했지만, 수도사에게 말을 건네는 일은 아주 드물었다. 러시아 전국을 돌던 오래전, 즉 40년 전 조시마 장로가 사람들은 잘 모르는 코스트로마의 작은 수도원에서 첫 수도 생활을 시작할 무렵에, 수도사가 된 지 얼마 되지 않았지만 그 가난한 수도원을 위해서 성금을 모으기 위해 안핌과 같이 전국을 순례했던 것이다.

주인이나 손님 할 것 없이 모두가 장로의 침대가 놓인 두 번째 방에 앉았다. 앞서 밝힌 대로 이 방은 몹시 좁아서 4명의 손님은 첫 번째 방에서 의자를 가지고 와서 장로의 안락의자에 바짝 붙어 앉아야 했다. 견습 수사인 포르피리는 시중을 맡았기 때문에 계속 서 있었다. 날은 이미 어두워져서 성상 앞의 램프와 촛불이 방을 밝히고 있었다. 알료샤가 영문을 모른 채 문턱에 서 있으니 장로는 기쁘게 미소를 짓고 손을 건넸다.

"어서 오너라, 잘 왔다, 우리 얌전한 아이가 이제 돌아왔구나. 네가 올 거라고 생각했다."

알료샤는 장로에게 다가가서 이마가 바닥에 닿도록 정중하게 절을 한 뒤, 갑자기 울음을 터트렸다. 마음속에서 무언가가 터져 나오며 영혼이 떨려오는 것 같았다. 그는 소리 높여서 마음껏 울어 버리고 싶은 마음이었다.

"왜 그러니, 아직 울기엔 이르지 않니."

장로는 오른손을 알료샤의 머리에 얹고 살며시 웃었다.

"나는 일어나서 의자에 앉아 이야기를 나누고 있다. 아직 20년 정도는 더 살 수 있을 것 같은데. 어제 브이셰고리예에서 리자베타라는 어린 딸을 안고 온 그 착한 부인이 말한 대로 말이야. 오, 주여, 그 어머니와 귀여운 딸에게 축복을 내려주소서!"

그는 이렇게 말하고 성호를 그었다.

"포르피리, 그 부인이 낸 성금을 내가 말한 곳에 주었느냐?"

이것은 어제 장로를 숭배하는 그 쾌활한 여인이 자신보다 더 가난한 사람에게 전해달라고 준 60코페이카에 대한 말이었다. 그런 성금은 자신에 대한 자발적인 징벌의 의미로 바치는 것으로, 꼭 스스로 일을 해서 번 돈이어야만 했다. 장로는 엊저녁에 포르피리에게 얼마 전 화재로 집이 몽땅 타버려서 아이들 3명과 구걸을 하고 있는 어느 상인의 과부에게 그 돈을 전하라고 했던 것이다. 장로가 말한 대로 포르피리는 '익명의 자선가'가 주는 것으로 하고 그 돈을 직접 전달했다고 말했다.

"알료샤, 이젠 일어나거라. 얼굴 좀 보자. 집에서 형님은 만났니?"

장로는 알료샤를 향해 계속해서 말했다. 알료샤는 장로가 '형님들'이라고 칭하지 않고 '형님'이라고 정확하게 한 사람을 가리켜 묻는 것이 이상하게 여겨졌다. 어느 형인지 묻는 걸까? 어쨌든 장로가 어제와 오늘 자신을 읍내로 보낸 것은 두 형님 중에서 한 사람 때문인 것은 분명했다.

"둘 중의 한 사람만 만났습니다."

알료샤가 대답했다.

"내가 묻는 건 어제 내가 이마가 땅에 닿도록 절한 큰형이다."

"그 형님은 어제 만나보았고, 오늘은 찾지 못했습니다."

"빨리 찾아야 한다. 내일 또 가서 찾아보아라. 만사를 제쳐두고 서라도 그 일부터 빨리 서둘러라. 무서운 일이 일어나기 전에 미리 막을 수 있을 거야. 나는 어제 그 사람이 앞으로 겪을 큰 고통에 대해 머리를 숙인 거란다."

장로는 문득 말을 멈추고 생각에 잠겼다. 이상한 말이었다. 어제 그 상황을 본 이오시프 신부와 파이시 신부는 서로 바라보며 눈짓을 했다. 알료샤는 더 이상 견디기 힘들었다.

"장로님, 스승님. 장로님 말씀은 너무 모호합니다. 도대체 형님을 기다리고 있는 건 어떤 고통입니까?"

알료샤가 몹시 흥분해서 말했다.

"너무 자세히 알려고 하지 마라. 어제 나는 무서운 기운을 느꼈단다. 어제 그의 눈빛은 자신의 운명을 보여주는 것 같았지. 그 사람의 눈빛은 심상치 않았어. 나는 그 눈을 보고 그가 자신에게 벌이려는 재앙을 알고 가슴이 서늘해졌단다. 나는 자신의 운명을 그대로 보여주는 눈빛을 평생 동안 한두 번 봤는데, 그들의 운명은 슬프게도 내 짐작대로 맞더구나. 알렉세이, 내가 너를 읍내로 가게 한 것은 동생으로서 네가 그에게 도움이 될 거라고 생각해서였단다. 하지만 우리의 모든 운명은 하느님에게 달려 있지. '밀알 하나가 땅에 떨어져 죽지 않으면 한 알 그대로 남아 있고 죽으면 수많은 열매를 맺느니라'고 한 말을 잘 기억해야 한다. 알렉세이, 난 지금까지 마음속으로 너를 여러 번 축복했었다. 그건 네 얼굴 때문이지. 이것도 알아두렴."

장로는 다정하게 웃으며 말을 이었다.

"나는 너에 대해 이렇게 생각한단다. 수도원 밖으로 네가 나간다 해도, 너는 속세에서도 수도사처럼 살 거야. 수많은 적들을 만나게 되겠지만, 그 적들도 너를 사랑하게 될 거다. 너에게 인생은 많은 불행을 안겨주겠지만, 그 불행 속에서 행복을 찾을 수 있을 것이고 인생을 축복할 수도 있을 것이며, 다른 사람들에게도 인생을 축복하게 해주어라. 이게 가장 중요해, 알았느냐? 너는 그런 사람이란다. 자, 여러분."

장로는 감동의 미소를 지으며 손님들에게 말했다.

"나는 이 청년의 얼굴이 왜 이토록 내게 사랑스러운지 지금까지 알렉세이에게 말하지 않았습니다. 지금에야 말하지만 내게 이 청년의 얼굴은 어떤 사람에 대한 기억이자 예언과도 같습니다. 내 인생이 시작되던 어린 시절에 내게 형님이 한 분 계셨지요. 그런데 그만 열여덟 살의 나이에 바로 내 눈앞에서 죽었습니다. 그런 일이 있은 뒤 점점 나이를 먹으면서 나는 그 형님이 내 운명에서 하느님의 계시이자 숙명이었다는 것을 조금씩 확신하게 되었습니다. 만약 형이 내 인생에 없었다면, 아니 그 형이 처음부터 없었다면 나는 수도사가 되지 않았을 것이고 보람을 주는 이런 길도 걷지 못했을 겁니다. 처음 그가 나타난 것은 내가 어렸을 때이지만 이제 내 순례의 마지막에는 거의 그가 재림이라도 한 것처럼 그런 존재가 내게 나타났습니다. 여러분, 그것은 정말 놀라웠습니다. 나는 알렉세이가 나의 형님과 외모는 닮지 않았지만 정신적으로는 많이 닮아서 알렉세이를 바로 그 청년, 즉 내 형님으로 착각한 적이 많았습니다. 신비하게도 내 순례의 마지막에 무언가를 생각하고 통찰할 수 있도록 형님이 내게 찾아온 것처럼 느껴졌습니다. 이런 공상에 빠진 내가 스스로도 놀라울 정도였지요. 포르피리, 지금 내가 한 말 들었지?"

그는 곁에 있는 견습 수사에게 물었다.

"내가 너보다 알렉세이를 더 사랑해서 네가 실망하는 걸 여러 번 봤지만, 이제 너도 그 이유를 알겠지? 하지만 나는 너 역시 사랑한단다. 알았느냐? 나도 네가 실망하는 것을 보고 무척 마음이 아팠다. 그럼 여러분, 나는 이제부터 그 청년, 즉 내 형에 대해서 조금 이야기하려고 합니다. 왜냐하면 내 인생에서 형만큼 감동적이며 예언적인 사람은 아무도 없었기 때문입니다. 지금 내 마음은 깊은 감동에 쌓여서 내 일생이 생생하게 눈앞에 펼쳐지고 있어요."

여기서 미리 밝힐 것은, 장로가 그 생애의 마지막에 자신을 찾아온 손님들에게 한 이야기는 부분적으로 기록되어서 보존되고 있다는 사실이다. 알료샤는 장로가 세상을 떠나고 얼마 되지 않아서 기억을 되살려 이때의 일을 기록해두었다. 그러나 그날의 이야기만을 기록했는지, 아니면 그 이전의 이야기도 추려서 덧붙인 것인지는 확실하게 말하기 어렵다. 게다가 이 기록에 있는 이야기는 고운 문체여서 마치 장로가 친구들에게 자신의 인생을 소설처럼 들려준 것 같지만, 사실은 그와 다르다. 왜냐하면 그날 밤의 대화는 손님과 주인이 함께 나눈 것이었고, 비록 손님들이 주인의 말을 가로채는 일이 별로 없었다고 해도 그들 역시 자신의 의견을 말하거나 자신들의 이야기도 했을 것으로 보이기 때문이다. 게다가 장로는 숨이 차서 가끔 말이 끊기고 잠시 쉬려고 자리에 눕기까지 했으므로, 그의 이야기가 흐르는 물처럼 전개되었을 리도 없다. 장로가 물론 침대에 계속 누워 있었던 것은 아니고 손님들도 자리를 떠나지 않았다. 성경을 봉독하기 위해 한두 번 이야기가 중단된 적은 있었는데 파이시 신부가 성경 봉독은 주관했다. 또 한 가지 주목해야 할 것은 그들 중에서 누구도 그날 밤에 장로가 죽을 거라고 예상하지 못했다는 것이다. 장로는 낮에 깊이 자고 일어났기 때문에 인생의 마지막 밤에 친구들과 함께 이야기를 나눌 새 힘을 얻은 것처럼 보였다. 그것은 그의 몸에 거의 믿지 못할 활력을 준 마지막 감동이라고 부를 만한 것이었다. 그러나 그것이 오래 지속될 수는 없었다. 그의 생명을 잇는 줄이 문득 툭 끊어졌기 때문이다. 그러나 이것에 대한 이야기는 다음에 하기로 하고, 지금은 알렉세이 카라마조프가 기록한 장로의 이야기를 전달하겠다. 그렇게 해야 좀 더 간결하고 지루하지 않을 것이기 때문이다. 그러나 다시 한번 반복하자면 알료샤가 이전의 이야기에서 추려서 여기에 덧붙였다는 사실이다.

2. 조시마 장로의 전기에서

: 수도자이자 사제인 고(故) 조시마 장로의 말을 바탕으로
알렉세이 카라마조프가 엮음

⑴ 조시마 장로의 형

나는 먼 북쪽 지방의 어떤 현에 있는 시에서 태어났다. 아버지는 귀족이었지만 명문가 자제도 아니었고 지위도 높은 편이 아니었다. 아버지는 내가 두 살 무렵에 돌아가셔서 아버지에 대한 기억은 남아 있지 않다. 아버지가 어머니에게 남긴 것은 작은 목조 가옥과 얼마 되지 않는 재산이었다. 대단하지는 않았지만, 그래도 어머니가 아이들을 데리고 옹색하지 않게 지낼 수 있을 정도였다.

우리는 지노비로 불리던 나와 형인 마르켈, 두 형제뿐이었다. 나보다 여덟 살이 많은 형은 집중력이 좋고 성격은 급한 편이었지만 착해서 남을 깔보지 않았으며 이상할 정도로 말이 없었다. 특히 집에서 어머니나 나, 하인들을 대할 때는 더 그런 편이었다. 중학교

에서는 공부를 잘했고, 친구들과 싸우지 않았으나 누군가와 친하게 지내는 성격도 아니었다. 어머니의 기억대로라면 형은 그런 사람이었다. 형이 만으로 열일곱 살이 되었을 무렵, 즉 세상을 떠나기 반년 전에 형은 자유사상 때문에 모스크바에서 우리 고장으로 유배를 온 정치범인 유형수를 자주 만나러 다녔다. 그 정치범은 유명한 학자로 대학에서도 철학자로 이름이 있는 사람이었다. 그는 무슨 이유에서인지 마르켈 형을 좋아해서 자기가 지내는 곳에 드나들도록 허락했다. 그해 겨울, 형은 날마다 그와 함께 지냈고 얼마 뒤 이 유형수는 청원이 받아들여져서 관직에 복귀하려고 페테르부르크로 가게 되었다. 그에게는 유력한 몇몇의 후원자들이 있었던 것이다.

그 뒤 사순절 때, 마르켈은 단식을 하려고 하지 않았다.

"모두 엉터리 같은 잠꼬대지, 하느님은 절대 없어."

그는 이렇게 조소와 욕설을 했고, 그래서 어머니와 하인들 그리고 어린 나까지도 겁에 질리곤 했다. 그때 나는 겨우 아홉 살이었지만 형의 그런 말에 많이 놀랐다. 우리 집에는 4명의 하인이 있었는데 그들은 모두 알고 지내던 지주의 명의로 산 농노였다. 나는 어머니가 이 4명 중에서 요리를 맡던 아피미야라는 절름발이 노파를 60루블에 다시 팔고, 해방 농노인 하녀 하나를 고용했던 것을 아직 기억한다. 그런데 사순절 제6주가 되자, 형이 갑자기 병에 걸렸다. 형은 평소에도 허약한 데다 키가 크고 여위어서 폐병에 걸리기 쉬운 체질이었다. 그러나 얼굴은 아주 품위 있게 생긴 편이었다. 처음에는 감기라고 생각했는데, 의사가 진찰을 한 뒤 어머니에게 귓속말로 급성 폐결핵이라서 봄을 넘기지 못할 거라고 말했다. 어머니는 울면서 형을 붙잡고 무척 조심스럽게—형을 놀라게 하지 않으려는 의도였다—제발 단식을 하고 교회에 가서 성찬도 받으라고 애걸했다. 형은 그때까지는 자리에 드러누울 정도는 아니었다.

형은 그 말을 듣고 굉장히 화를 내고 교회에 욕설을 했지만 그러는 중에도 무언가를 깊이 생각하는 듯했다. 그는 곧 자신의 병이 깊다는 것과 그래서 어머니가 자신에게 기력이 남아 있는 동안에 단식을 해서 성찬을 받게 하려고 한다는 것을 알았다. 그도 물론 자신이 병에 걸렸다는 것은 이미 알고 있었다. 그보다 1년 전에, 어느 날 형은 식사를 하다가 어머니와 나에게 차분한 말투로 이렇게 말했다.

"나는 어머니나 동생과 함께 이 세상에서 살 수 없어요. 앞으로 1년도 살지 못할 것 같아요."

형의 말이 예언처럼 적중한 것이다.

사흘 후 고난주간이었다. 그 주의 화요일 아침부터 형은 교회에 나갔다.

"어머니, 나는 단지 어머니를 위해서, 어머니를 기쁘게 하고 안심시키려고 교회에 가는 거예요."

형은 어머니에게 이렇게 말했다. 어머니는 슬픔과 기쁨에 겨워 갑자기 눈물을 흘렸다.

'녀석이 갑자기 변한 걸 보니, 앞으로 얼마 살지 못할 것 같아.'

어머니는 이렇게 생각했다. 그러나 형은 교회에 얼마 다니지 못하고 곧 드러누워서 참회와 성찬을 집에서 받아야만 했다.

날씨는 화창했고 세상은 향기로웠다. 그해는 다른 때보다 부활절이 늦게 있었다. 나는 형이 밤새 기침을 하고 잠도 제대로 자지 못했지만 그래도 아침에는 언제나 옷매무새를 단정히 하고 안락의자에 앉아 있었던 것을 기억한다. 투병 중이었지만 언제나 즐겁고 명랑하게 미소 지으며 앉아 있던 형의 모습이 나는 지금도 기억하고 있다.

형은 정신적으로 완전히 변했다. 갑자기 마음속에 큰 변화가 일어난 것이다! 늙은 유모가 형의 방에 들어가서 "도련님, 성상 앞에 있는 등불을 밝힐까요?" 하고 물으면, 전에는 그런 일을 허락하지도 않고 켠 등불도 일부러 꺼버렸던 형이었다. 그런데 형이 이렇게 말했다.

"할멈, 어서 켜세요. 빨리 켜줘요. 전에는 성등(聖燈)까지 켜지 말라고 했으니 내가 참 못된 놈이었어. 할멈이 불을 켜고 기도하면 나도 할멈을 보며 기쁘게 기도를 드리겠어요. 그럼, 우리 둘이 함께 하느님 앞에 기도를 드릴 수 있잖아요?"

형이 이런 말을 하는 것을 우리는 이상하게 생각했다. 어머니는 방에 들어가서 흐느끼기만 했지만, 그래도 형의 방에 들어갈 때는 눈물을 닦고 밝은 표정을 지어 보이려고 애썼다.

"어머니, 울지 마세요."

형은 늘 이렇게 말했다.

"나는 앞으로 오래 살 수 있을 거예요. 영원히 어머니와 같이 즐겁게 살고 싶어요. 인생은, 그리고 산다는 것은 정말 즐겁고 기쁘니까요!"

"아들아, 뭐가 그리 즐거우냐. 매일 밤 가슴이 터지도록 기침을 하고 온몸에 열이 나서 숨쉬기도 쉽지 않은데."

"어머니, 울지 마세요. 인생은 천국과 같아요. 우리는 모두 천국에 살면서도 그것을 모를 뿐이에요. 만약에 우리가 그것을 알려고만 한다면, 내일이라도 당장 이 땅은 천국이 될 거예요."

우리는 형이 너무나 거룩하고 꿋꿋해서 깜짝 놀랐고, 형의 말에 감동해서 눈물을 흘렸다.

친척들이 병문안을 오면 형은 이렇게 말했다.

"여러분은 모두 소중합니다. 내가 무얼 했다고 이런 사랑을 주시나요? 나 같은 인간을 무엇 때문에 사랑하십니까? 또 왜 나는 지금까지 그걸 몰랐을까요? 왜 전에는 그것을 고맙게 생각하지 않았을까요?"

그리고 형은 하인들에게 늘 이렇게 말했다.

"너희는 정말 친절해. 왜 너희는 이렇게 정성껏 내 시중을 드는 거지? 내가 과연 이런 시중을 받을 만한 사람일까? 만약 하느님이 날 돌봐주셔서 살아나기만 하면 이번에는 내가 너희의 시중을 들어줄 거야. 사람은 서로 돕고 보살피며 살아야 하니까."

형이 이렇게 말할 때마다 어머니는 고개를 저었다.

"마르켈, 네가 그렇게 말하는 건 병이 들어서 그런 거야."

"어머니, 사랑하는 어머니, 세상에서 주인과 하인을 구분 짓는 것이 완전히 사라지지는 않겠지요. 하지만 내가 우리 집 하인들의 시중을 들지 말라는 법은 없잖아요? 그들이 나를 위했던 것처럼 나도 그들을 위할 거예요. 어머니, 나는 이렇게 말하고 싶어요. 우리는 누구나 다른 사람에게 죄를 짓는다고요. 나는 그중에서 가장 죄를 많이 지은 인간이에요."

형의 말을 들은 어머니는 자신도 모르게 웃었다. 그리고 한바탕 울고 난 뒤 다시 미소를 지었다.

"얘야, 네가 어째서 가장 죄가 크다는 거냐? 세상에는 살인범이나 강도 같은 죄인이 많은데, 대체 네가 나쁜 일을 한 게 없는데 왜 죄가 크다는 거니?"

"어머니, 나에게 피를 주신 사랑하는 어머니―형은 그때 예상 밖으로 다정하게 말을 했다―어머니, 내 사랑이자 내 기쁨이며 나의 피처럼 귀중한 어머니, 우리는 누구든지 사람에 대해, 모든 것에 대해 죄를 지어요. 어떻게 설명해야 할지 모르겠지만, 어쨌든 그 사실이 나는 괴로워요. 우리는 어째서 그걸 모르고 사는 동안 화만 냈을까요?"

형은 이렇게 날이면 날마다 강한 감동과 환희에 둘러싸여서 사랑이 가득한 마음으로 아침에 일어나는 것이었다.

얼마 후, 의사가 왕진을 오기 시작했다. 의사는 에이젠슈미트라는 늙은 독일인이었는데 그가 올 때마다 형은 농담처럼 이렇게 물었다.

"의사 선생님, 이 세상에서 아직 하루 더 살 수 있을까요?"

"하루라니, 너는 여러 날 더 살 수 있다. 아직도 몇 달, 아니 몇 년 도 더 살 수 있어."

"몇 달이나 몇 년은 살아서 뭐해요!"

형은 종종 이렇게 외쳤다.

"날수를 따질 필요가 뭐가 있어요! 온갖 행복을 모두 경험하는 데 사람은 하루면 충분해요. 그런데 왜 우리는 싸우고, 무안을 주 고, 서로 앙심을 품고 살까요? 차라리 뜰에 나가서 산책하고, 서로 사랑하고, 칭찬하고, 입을 맞추며 우리의 삶을 축복해야 하지 않을 까요?"

"댁의 아드님은 이미 이 세상 사람이 아닙니다."

현관까지 배웅을 한 어머니에게 의사가 말했다.

"병이 도져 정신 착란까지 온 것 같습니다."

형의 방에 있는 창문은 뜰을 향해 있었는데, 뜰에는 이미 나뭇가 지에 어린 싹이 솟아나고, 오래된 나무는 땅에 그늘을 드리우며 늘 어서 있었다. 형은 때 이른 새들이 나뭇가지에 날아와 창가에서 지 저귀는 것을 애정 어린 시선으로 바라보다가 갑자기 새들을 향해 용서를 빌기 시작했다.

"하느님의 새들아, 행복한 새들아, 나를 용서해다오. 너희에게 나는 너무나 많은 죄를 지었구나."

우리 중에서 그의 말을 이해할 수 있는 사람은 그 당시 아무도 없었지만 형은 기쁨에 겨워 눈물까지 흘렸다.

"아, 내 주변에는 하느님의 영광이 이토록 넘친다. 새들, 나무, 풀밭, 하늘……. 그런데 나는 혼자 치욕스럽게 살면서 이 모든 걸 더럽히고 영광과 아름다움을 모른 척했어."

"얘야, 너는 스스로 너무 많은 죄를 지려 하는구나."

어머니가 울면서 말했다.

"어머니, 나의 소중한 어머니, 나는 슬퍼서 우는 게 아니라 기뻐서 눈물이 나는 거예요. 어머니에게 설명하기 힘들지만 내가 모든 사람에 대해 죄인이 되는 건 내가 그것을 원하기 때문이에요. 나는 어떻게 해야 모든 사람을 사랑할 수 있는지도 잘 모른답니다. 하지만 내가 모든 사람에게 죄를 지었다고 해도, 모두 나를 용서해주지 않나요? 바로 이것이 천국이에요. 나는 지금 천국에 있는 것 같아요."

이것 이외에도 여러 가지 일이 많았지만 내가 전부 기억하고 있지 않고 세세히 이곳에 기록할 수도 없다. 그러던 어느 날, 내가 혼자서 형의 방에 갔을 때가 떠오른다. 방에는 형만 있었다. 날 맑은 저녁 무렵이어서 해가 지면서 방 안을 사선으로 그리듯 비추고 있었다.

형이 내게 손짓해서 나는 형의 옆으로 가까이 다가갔다. 그러자 형은 내 어깨에 두 손을 올리고, 애정과 감동을 담은 시선으로 나를 들여다보았다. 형은 아무런 말을 하지 않고 1분 정도 나를 그렇게 보다가 결국 말했다.

"자, 이제 나가서 놀아라. 부디 내 몫까지 살아야 해."

나는 형의 말대로 놀러 나갔고 그 후 살아오면서 몇 번이나 대신 살아 달라던 형의 말을 떠올리며 울어야 했다. 그 당시에는 이해하지 못했지만 그 밖에도 형은 감탄이 절로 나오는 아름다운 말을 많이 남겼다.

부활절이 지나고 3주 뒤, 형은 세상을 떠났다. 말을 할 수 없는 상태였지만 의식은 또렷해서 마지막 순간까지도 형은 조금도 변하지 않았다. 그는 행복해 보였고, 눈은 쾌활한 기색이었으며, 주변을 둘러보다가 우리를 발견하고는 미소를 지으며 가까이 오라고 손짓했다. 그래서인지 읍내에는 형의 죽음에 대해 많은 소문이 퍼졌다. 이런 일들은 그 당시 나에게 커다란 충격이었지만, 그렇게 대단한 일은 아니었다. 물론 나는 형의 장례식에서 많이 울었다. 나는 아직 나이 어린 소년이었지만, 이런 일들은 나에게 지울 수 없는 인상을 남겼고 마음속에 은밀한 생각이 자리 잡게 하였다. 이런 생각의 싹은 언젠가 때가 왔을 때 문득 고개를 들고 어떤 부름에 대답하게 되어 있으며, 이것은 그대로 이루어졌다.

⑵ 조시마 장로의 인생에서 성경의 의미

나는 어머니와 둘만 남게 되었다. 친절한 지인들이 어머니에게 조언하기를, 아들이 하나밖에 없으니 살림이 그리 어렵지 않고 그나마 재산이 있을 때 아들을 페테르부르크로 보내라고 했다. 그들은 이런 시골에서 자라면 출세할 기회가 없다고 했다. 그리고 나를 페테르부르크의 육군 사관학교에 보내서 훗날 근위 사단에 들어 갈 기회를 만들어주라고 어머니에게 권했다. 어머니는 단 하나 남 은 아들과 헤어질 수 없어서 오래 고민했지만, 많은 시간을 울고 난 뒤 마침내 내 미래를 위해 결단을 내리셨다. 어머니는 나를 데리고 페테르부르크에 가서 학교에 입학시켰는데, 그 후로 나는 영원히 어머니를 뵐 수 없었다. 어머니는 3년 동안 두 아들을 생각하며 슬 픔 속에서 지내시다가 세상을 떠나셨다.

어린 시절에 내가 집에서 얻은 것은 어느 것과도 바꿀 수 없는 소중한 추억이었다. 인간에게는 부모님의 집에서 보낸 어린 시절 의 추억보다 더 소중한 것은 없다. 비록 가난할지라도 사랑과 신뢰 가 있는 집이라면 대부분 그렇다. 아니, 화목하지 못한 가정이라도 그 사람이 소중한 것을 찾아낼 수만 있다면 무엇과도 바꾸지 못할 수많은 추억을 만들 수 있다. 이쯤에서 나는 우리 가정에 대한 여 러 가지 추억 중에서 성서에 대한 기억을 말하고 싶다. 부모님의 집에서 자랄 때 나는 아직 어렸지만, 그래도 성서를 아주 좋아했 다. 그 무렵 내게는《신약 및 구약 성서에서 고른 104가지 이야기》 라는 제목의 아름다운 그림이 가득 그려진 책이 있었는데, 나는 그 책으로 독서에 입문했다. 그 책은 지금도 내 방의 선반 위에 꽂혀 있다. 나는 그 책을 내 과거의 소중한 기념품으로 간직하고 있다.

그보다도 나는 아직 글을 읽지 못했을 때, 즉 내가 아직 여덟 살 이 되지 않았을 무렵에 처음으로 깊은 감동을 느꼈던 것을 아직도 기억한다. 그해의 고난주간 월요일, 어머니는 나를 데리고—그때 형은 무엇을 하고 있었는지 기억이 안 난다—미사에 참석했다. 지금도 그때 일을 떠올리면 모든 것이 분명하게 생각난다. 날씨는 아주 맑았고 향로에서 향의 연기가 아스라이 위로 피어올랐다. 둥근 천장에 달린 작은 창문에서는 성당 안으로 햇빛이 비치고 있었다. 연기가 너울대며 위로 올라가서 둥근 천장 아래 맴돌며 그 햇빛 속에 섞였다. 나는 그런 모습을 감격에 겨워 바라보면서 태어나 처음으로 하느님 말씀의 씨앗을 의식적으로 깨닫고 내 영혼 속으로 그것을 받아들이게 되었다.

작은 아이가 커다란 책을 들고—그 시절의 내게는 그 소년이 큰 책을 겨우 들어서 옮기는 것으로 보였다—교회당 가운데로 나오더니 그것을 성서대 위에 올리고 책장을 넘기며 읽었다. 그때 나는 처음으로 무언가를 깨닫게 되었다. 하느님의 교회에서 '읽는 것'이란 무엇인지 처음으로 알게 되었다.

우스에 정직하고 신앙이 깊은 욥이라는 사람이 살았다. 그는 엄청난 부자였기 때문에 낙타와 양과 나귀가 셀 수 없을 만큼 많았다. 그의 아이들은 늘 즐겁게 뛰어놀았고, 그도 아이들을 무척 사랑했기 때문에 하느님께 아이들을 위해 기도했다. 아이들이 장난을 치다가 죄를 지을지도 몰랐기 때문이었다.

그러던 어느 날, 악마가 하느님의 아들들과 함께 하느님 앞으로 가서 땅 위와 땅 밑을 살펴보고 왔다고 말했다.

"너는 내 종인 욥을 만났느냐?"

하느님께서는 이렇게 물으며 위대하고 거룩한 자신의 종인 욥을 악마에게 자랑했다. 악마는 그 말을 듣고 히죽거리며 이렇게 대답했다.

"제게 그 사람을 맡겨주세요. 당신의 거룩한 종이 당신에게 불평하고 당신을 저주하는 것을 보여드리겠습니다."

그래서 하느님은 자신이 사랑하는 강직한 종을 악마에게 맡겼다.

악마는 욥의 아이들과 가축을 모두 죽이고, 벼락을 맞은 것처럼 빠르게 그의 엄청난 재산을 한순간에 없애버렸다. 욥은 옷을 갈기갈기 찢으면서 땅에 엎드려 크게 소리쳤다.

"내가 어머니의 배에서 벌거벗고 나왔으니 벌거벗은 채 땅으로 돌아갈지어다. 하느님께서 주신 것을 하느님께서 다시 가져가신 것뿐이니, 하느님의 이름은 영원히 찬양 받을지어다!"

친애하는 여러분, 지금 내가 눈물을 흘리는 것을 용서해주시길. 내가 흘리는 눈물은 내 어린 시절이 지금 다시 눈앞에 선하고, 마치 여덟 살이었던 어린 시절의 내가 내 속에서 살아 숨 쉬는 것 같아서, 그때처럼 경탄과 혼란과 기쁨을 분명하게 느끼기 때문이오.

그때 낙타 떼와, 하느님에게 말을 한 악마, 자신의 종에게 시련을 주신 하느님, 그리고 "오, 주여, 주님이 내게 벌을 주셨나이다. 그러나 주님을 영원토록 찬송할지어다!"라고 소리친 그 종, 이런 것들이 나의 상상력을 전부 차지했던 것이다. 그리고 〈나의 기도를 받아주소서〉라는 성가가 조용하고 아름답게 교회 안에 울려 퍼지고, 신부가 든 향로에서는 향이 다시 너울거렸다. 마침내 사람들은 무릎을 꿇고 엎드린 채 기도를 올렸다.

그때부터 나는 이 성스러운 이야기—심지어 나는 어제도 그 책을 읽었지만—를 읽을 때마다 감동을 받아서 눈물이 났다. 이 이야기에는 거룩하고 신비한 수많은 일들이 얼마나 많은지!

그 뒤 나는 이 이야기를 비웃고 헐뜯는 자들의 소리를 들었지만, 그런 이야기는 모두 교만한 자들의 말들이었다.

"하느님은 왜 자신의 성자 중에서 가장 사랑하는 자를 악마에게 내주고, 그 아이들을 빼앗고, 그도 질병과 악성 종기 때문에 상처가 생겨서 고름을 사금파리로 긁는 무서운 벌을 주었을까? 대체 무슨 목적으로 그랬을까? 단지 악마에게 '보아라, 나의 성자는 나를 위해 저런 고통도 견딘다!'라고 자랑하려는 것 아닌가!"

그러나 여기에 바로 신비함이 있다. 갑자기 나타났다 사라지는 땅 위의 것이 영원한 진리와 하나가 되었다는 사실이 바로 위대함인 것이다. 조물주가 천지를 창조하는 동안 날마다 '내가 창조한 것은 선하다'라고 칭찬하며 감탄하셨듯이 욥의 기특함을 보고 다시 자신의 창조물을 찬양하신 것이다. 그리고 욥이 하느님을 찬양한 것은 단지 하느님에 대한 봉사인 것이 아니고, 하느님의 영원한 창조물에 대한 봉사였다. 그것은 처음부터 그가 그런 사명을 지녔기 때문이다. 아, 이 얼마나 거룩한 책이며 이 얼마나 위대한 교훈이란 말인가! 이 성서란 얼마나 고마우며 얼마나 위대한 기적인가! 그리고 이 책은 인간에게 얼마나 큰 힘을 주는가!

성서에는 인간과 세계 그리고 인간의 성격이 마치 돌에 새겨진 것처럼 분명하게 드러나 있다. 게다가 영원히 모든 것에 이름을 부여하고 그것을 지적하고 있다. 이렇게 이 책은 얼마나 수없이 많은 신비를 일으키고 계시하였는가! 하느님께서는 욥을 다시 일깨우고 그에게 재산을 돌려주셨다. 그리고 다시 세월이 많이 흘러 그에게는 새 아이들이 태어났고, 그는 아이들을 사랑했다. 하지만 나는 이런 생각을 했다. '아, 과연 그럴 수 있을까! 아이들을 모두 빼앗기고, 아이들을 모두 잃고도, 어떻게 새 아이들을 사랑할 수 있을까! 비록 새로 태어난 아이들이 사랑스럽다 해도 전의 아이들을 생각하면 그는 완벽한 행복을 느낄 수 있을까?'

맞다, 그것은 가능하며 다시 행복해질 수 있다. 오래된 슬픔은 점점 조용하고 감동으로 가득 찬 기쁨으로 변해가는 것이 인간이 가진 생명의 위대한 신비라고 할 수 있다. 젊었을 때 피가 끓는 것 같은 정열 대신 온화하고 평온한 노년기가 찾아오는 것이다. 나는 날마다 떠오르는 아침 해를 축복하고 전과 같이 내 마음은 아침 햇살을 향해 노래를 부르지만, 지금은 오히려 지는 저녁 해를, 비스듬하게 비추는 저녁 햇살을 더욱 사랑한다. 그리고 그 햇살과 함께 고요하고 부드러운 감동에 겨운 추억을, 나의 긴 축복받은 인생 중에서 떠오르는 그리운 사람들을 사랑한다. 그런 모든 것 위에는 사람을 감동시키고, 화해시키고, 용서하는 하느님의 진리가 있다. 나의 인생은 이제 끝나려고 한다. 나는 그것을 잘 알고 느낀다. 그러나 얼마 남지 않은 하루가, 내 지상에서의 날들이 이미 새롭고 끝없는 미지의, 그러나 곧 찾아올 내세에서의 삶과 하나로 이어지고 있다는 것을 나는 안다. 그러한 새로운 삶을 예감하면, 나의 영혼은 기쁨으로 떨려오고, 지성은 밝게 빛나며, 마음은 환희에 넘쳐 올게 된다.

　사랑하는 여러분, 내가 지금까지 수없이 들었고 특히 요즘 자주 듣는 말이 있다. 우리나라의 성직자들, 특히 시골의 성직자들이 여기저기에서 자신들의 적은 수입과 낮은 지위에 대해 늘어놓는 불평에 대한 말이다. 그들 중에는 신문이나 잡지의 힘을 빌려서―나도 직접 읽었지만―수입이 너무 적기 때문에 이제는 성경 말씀을 민중에게 가르칠 수가 없다고 한다, 비록 루터파나 다른 이교도들이 양 떼를 가져간다고 해도 우리의 수입이 적기 때문에 멋대로 가져가도록 내버려둘 수밖에 없다고 말하는 것을 주저하지 않는 자들도 있는 실정이다.

　오, 주여, 그들이 소중히 여기는 수입을 조금이라도 늘려주시옵소서. 왜냐하면 그들의 불평에도 일리가 있으니까. 그러나 진실을 말하자면, 만일 이 문제에 대해 누군가 책임을 져야 한다면 우리 자신에게 그 절반의 책임이 있다. 왜냐하면 비록 여유 시간이 없고 계속 노동과 예배에 묶여 있다는 그들의 말이 일리가 있긴 하지만 밤새도록 그런 것은 아니고, 일주일에 단 1시간 정도는 하느님을 생각하는 여유가 있을 것이기 때문이다. 게다가 11년 동안 계속 일을 하는 것은 아니다! 처음에는 어린아이들만 일주일에 한 번 정도 저녁 때 자신의 집에 모이게 하는 것이 어떻겠는가? 그렇게 하면 아버지들도 소문을 듣고 점점 모일 것이다. 그 일을 하려고 굳이 큰 집을 짓지 않아도 된다. 그냥 자신의 집에 모이게 하면 된다. 그들이 자신의 집을 더럽힐까 봐 걱정하지 않아도 된다. 고작 1시간 정도의 모임이니까.

　사람들이 다 모이면 이 책을 펼치고, 어려운 말을 쓰지 말고 거만하게 굴지도 말고 진심을 다해서 친절하게 읽으면 된다. 이때 자신이 읽는다는 것을, 그리고 사람들이 정신을 바르게 하고 그것을 듣고 이해하는 것을 기쁘게 생각하고, 자신도 이 책의 말씀에 귀를 기울여야 한다. 그리고 가끔 읽다가 멈추고, 그들이 이해하지 못하는 말들을 설명해야 한다. 걱정하지 않아도 된다. 그들은 무엇이든지 이해할 테니까. 정교(正敎)를 믿는 사람들은 무엇이든지 다 이해할 것이다. 아브라함과 사라, 이삭과 리브가의 이야기를 읽어줄 것이며, 또 야곱이 어떻게 라반에게 가게 되었는지가 담긴 이야기와 그가 꿈에 하느님과 싸운 이야기, '이 얼마나 두려운 곳인가'라고 한 이야기*도 읽어주고, 민중의 경건한 마음에 깊은 감동을 주어야 한다. 특히 어린아이들에게는 이런 이야기를 들려주면 좋을 것이다.

　형들이, 피를 나눈 동생 요셉, 즉 나중에 해몽을 잘하는 거룩한 예언자가 되는 귀여운 소년 요셉을 노예로 팔아넘기고 아버지에게 들짐승이 동생을 잡아먹었다고 하며 피가 묻은 옷을 보여준다. 그 뒤에 형들이 곡물을 사기 위해서 애굽으로 갔는데, 그때 요셉은 형들이 몰라볼 정도로 훌륭한 통치자로 자라서 그들을 괴롭히고

---

* 구약 〈창세기〉이다.

죄를 뒤집어 씌워서 형제 중의 한 명인 베냐민을 잡아서 가둔다. 그러나 이것은 모두 그가 형들을 사랑해서였다.

"나는 형님들을 사랑합니다. 내가 형들을 괴롭히는 것은 사랑하기 때문입니다."

그는 옛날에 자신이 불에 탈 것 같은 사막의 어느 우물가에서 장사꾼들에게 노예로 팔렸던 것과, 그때 형들에게 낯선 땅에 노예로 팔지 말아달라고 두 손을 빌며 애원했던 일을 영원히 잊을 수 없었지만, 이렇게 세월이 흐르고 난 뒤 서로 만나니 다시 그들에게 끝없는 사랑이 솟아올랐다. 요셉은 형들을 사랑했으면서도 그들을 괴롭히고 박해했다. 결국 요셉은 터질 것 같은 마음의 고통을 참지 못하고 그들 곁을 떠나 침대에 몸을 던지고 울음을 터트린다. 잠시 뒤, 그는 눈물을 닦고 그들 앞에 밝은 얼굴로 나타나서 이런 말을 한다.

"형님들, 나는 당신들의 동생 요셉입니다!"

그다음에는 늙은 아버지 야곱이, 사랑하는 아들 요셉이 살아 있다는 소식을 듣고 얼마나 기뻐했는지에 대해서 읽어주는 것이 좋겠다. 야곱은 그 소식을 듣고 즉시 고향을 떠나서 애굽으로 갔는데, 결국 낯선 땅에서 죽고 말았다. 그때 그는 평생 동안 자신의 경건하고 소심한 마음속에 사람들 모르게 간직하던 위대한 말을 이세상에 유언으로 남겼다. 바로 그것은 그 자손, 즉 유대 민족에서 이 세상의 거룩한 희망이며 화해자인 구세주가 탄생할 것이라는 예언이었다!

사랑하는 여러분, 이미 여러분들이 오래전부터 잘 알고 있는, 나보다 몇백 배나 더 유려하고 훌륭하게 이야기할 수 있는 것을 내가 마치 어린아이에게 얘기하듯이 신나서 말하는 것을 불쾌하게 생각하지 말고 용서하길 바란다. 나는 단지 기쁨이 넘쳐서 이런 이야기를 하는 것이다. 그리고 내가 흘리는 눈물도 이 위대한 성경을 아주 사랑하기 때문에 그러는 것이니 용서하길 바란다. 이 책을 민중들에게 읽어주는 하느님의 사도들도 함께 눈물을 흘리는 것이 좋을 것 같다. 그렇게 하면 듣는 사람들의 마음에도 분명히 감동이 생겨서 떨리는 것을 볼 수 있을 것이다. 단지 작은 한 알의 씨앗이 필요할 뿐이다. 이것을 민중의 가슴에 뿌리면 그 씨앗은 죽지 않고 가슴속에서 살아서, 반짝이는 한 점의 빛처럼 어떤 어둠, 어떤 죄악 속에서도 살아남을 것이다. 그러나 필요 없는 설명을 하거나 설교를 하지 말아야 한다. 그들은 모든 것을 있는 그대로 이해할 것이기 때문에, 그럴 필요가 조금도 없다. 여러분은 그것을 민중들이 이해할 능력이 없다고 여기는가? 그렇다면 시험 삼아서 그다음 이야기를 들려주어야 한다. 아름다운 에스더와 거만한 와스디의 불쌍하면서도 감동적인 이야기나 고래 뱃속에 들어갔던 예언자 요나의 기적 같은 이야기도 괜찮다.

그리고 또 그리스도의 이야기도 잊지 말고 얘기해주어야 한다. 이것은 오직 〈누가복음〉에서 선택해야 한다. 나도 줄곧 그렇게 해왔다. 그리고 〈사도행전〉 중에서는 사울*이 개종한 이야기—무슨 일이 있어도 이 이야기는 꼭 읽어주어야 한다—를, 그리고 마지막으로 〈성자전〉 중에서는 하느님의 아들 알렉세이의 인생과 하느님을 직접 본 가장 거룩하고 행복한 순교자이자 그리스도의 숭배자인 애굽의 마리아**의 인생을 읽어주어야 한다. 이런 간단한 이야기가 민중의 마음에는 깊은 감동을 준다.

일주일에 1시간이면 충분하다. 자신의 적은 수입에 연연하지 말고 단지 1시간만 쓰면 된다. 그러면 우리나라의 민중이 자비심이 많고 감사할 줄 아는 사람인지 깨달을 수 있다. 민중은 성직자들의 열정과 감동에 넘치는 그 말들을 언제나 기억하다가 100배 크게 보답할 것이다. 그들은 스스로 나서서 성직자의 밭일이나 집안일을 도울 것이고, 이전보다 훨씬 더 그를 존경할 것이다. 이미 그의 수입은 늘어난 것과 같다. 이런 것이 지나치게 고지식한 방법이기 때문에 가끔 무슨 헛소리를 하느냐고 비웃을까 봐 남에게 말하는 것을 머뭇거렸지만, 실은 이것이 그 어떤 것보다도 확실한 방법이다!

하느님을 믿지 않는 사람은 하느님의 종인 민중도 믿지 않는다. 그와 반대로 신의 종인 민중을 믿는 사람은, 예전에는 절대 믿지 않았을지언정 민중이 거룩하게 여기는 것을 분명하게 볼 수 있다. 오로지 민중과 그들의 미래의 정신력만이 어머니 대지로부터 분리되어 있는 우리나라의 무신론자들을 바른 길로 다시 이끌 수 있다. 그리스도의 말씀이어도, 실제 사례를 들지 않으면 무슨 소용인

---

* 사도 바울의 본명이다.

** 황야에서 47년을 보낸 성녀이다.

가? 하느님의 말씀이 없다면 민중에게는 오직 파멸만이 있을 뿐이다. 왜냐하면 민중의 영혼은 하느님의 말씀을 간절하게 원하며 모든 훌륭한 것에 목말라하기 때문이다.

나의 젊은 시절, 지금으로부터 거의 40년 전에, 나는 안핌 신부와 함께 러시아 전역을 순례하며 우리 수도원을 위해 성금을 모았던 때가 있다. 어느 날, 우리는 배가 지나는 큰 강가에서 어부들과 같이 밤을 보냈다. 그때 얼굴에 귀티가 흐르는 젊은 농부 한 명이 우리 곁에 앉았다. 열여덟 살 정도로 보이는 청년이었는데, 그는 다음 날 아침 어느 장사꾼의 짐을 실은 배를 끌기 위해 서둘러 목적지를 향해 가는 중이었다.

나는 그 청년이 맑은 눈으로 감격에 겨워서 앞을 보고 있는 것을 발견했다. 조용하고 따뜻한 7월의 밝은 밤이었기 때문에 드넓은 수면에서는 물안개가 끼어서 사람들의 마음을 기분 좋게 만들었다. 가끔 물고기들이 철벅거리는 소리가 들렸지만 새들도 잠들고 주변은 고요하고 엄숙한 기운이 흘러서, 마치 만물이 하느님에게 기도를 하는 것처럼 느껴졌다. 그날 밤, 잠을 자지 않은 건 나와 그 청년뿐이었다. 우리는 하느님의 소유인 세상의 아름다움과 그 거룩한 신비에 대해 대화를 나누었다. 단 하나의 풀잎, 한 마리의 곤충, 한 마리의 개미, 한 마리의 꿀벌. 지성을 갖추지 못한 이런 모든 존재들이 신기할 만큼 자신들의 길을 알아서 하느님의 신비를 증명하고 또 끝없이 그것을 실천하는 것이다. 이런 대화를 나누는 동안 나는 귀여운 청년의 마음이 뜨겁게 불타는 것을 알았다. 그는 숲과 숲속의 새들을 무척 좋아한다고 했다. 그리고 자신은 사냥꾼이기 때문에 새들이 우는 소리를 전부 구분할 수 있고, 어떤 새든지 가까이 부를 수 있다고 했다.

"숲에 있을 때 저는 가장 행복해요. 정말 행복할 뿐이에요."

"그렇지."

나는 대답했다.

"전부 다 유쾌하고 아름답지. 또 웅장하고. 모든 것이 다 진리이기 때문이야. 저 말을 좀 보게. 저렇게 큰 짐승이 인간의 옆에 아무렇지 않게 서 있으니까 말이야. 또 소도 보게나. 늘 생각에 잠긴 것처럼 고개를 숙이고 사람에게 우유를 주고, 또 사람들을 위해서 일을 하지. 말과 소의 얼굴을 봐. 얼마나 엄숙한 표정인가! 툭하면 인정사정없이 채찍으로 때리는 인간을 어쩌면 그리 따르는 것일까! 악의는 전혀 없는 저 표정, 인간을 언제나 믿는 저 아름다운 얼굴! 저런 짐승들에게는 아무런 죄가 없어. 이런 생각만으로도 가슴이 벅차오르네. 왜냐하면 인간을 제외한 모든 것에는 죄가 없으니까. 그리스도께서는 우리 인간들보다 그들과 먼저 함께하셨네."

"그랬을까요?"

청년이 물었다.

"그렇다면 소나 말에게도 그리스도가 함께하신다는 건가요?"

"함께하시고말고. 하느님 말씀은 모든 창조물을 위해 존재하는 거니까. 세상 만물은 잎사귀 하나에까지 그 말씀을 따르면서 하느님의 영광을 노래하고 그리스도를 위해 기쁨의 눈물을 흘리는 거

685

라네. 그러나 자신은 그것을 모르고 있을 뿐이야. 단지 죄를 모르는 일상생활의 신비 때문에 그것이 이뤄지고 있는 것뿐이거든. 숲에는 무서운 곰들이 이리저리 돌아다니고 있네. 사납고 난폭한 곰이지만, 그것은 곰의 죄가 아니네."

여기까지 말한 뒤 나는 그에게 숲속 작은 암자에 은둔하면서 수도를 하던 어떤 위대한 성자에게 어느 날 곰이 나타난 이야기를 했다. 그 거룩한 성자는 곰을 불쌍하게 여겨 머뭇거리지 않고 다가가서 빵을 한 개 주면서 말했다.

"이제는 가라. 그리스도께서 너와 함께하시니까."

그러자 그 흉악한 짐승은 성자를 해치지 않고 고분고분하게 그곳을 떠났다. 청년은 곰이 성자를 전혀 해치지 않고 떠났다는 것과 곰에게도 그리스도가 함께하신다는 말을 듣고 몹시 감동했다.

"아, 정말 좋은 이야기예요. 하느님이 창조하신 것은 전부 아름답고 훌륭해요."

청년은 황홀한 듯이 감동에 젖어서 앉아 있었다. 내가 한 말을 잘 이해하는 것 같았다. 마침내 그는 내 곁에서 순수하고 평화롭게 잠들었다.

나는 잠들기 전에 그 청년을 위해 기도했다.

'주여, 이 청년에게 축복을 내리소서! 당신께서 창조하신 인간들에게 평화와 빛을 주시옵소서!'

(3) 수도사가 되기 전 조시마 장로의 청년 시절 회상—결투

페테르부르크의 사관학교에서 오랜 시간을, 거의 8년을 보냈다. 그곳에서 새 교육을 받으면서 유년 시절에 받은 인상들을 대부분 덮어버렸지만, 그러나 아무것도 잊지 않았다. 나는 여러 가지 새로운 습관과 어설픈 생각을 받아들여서 거의 야만에 가까울 정도로 잔인하고 둔한 사람으로 변했다. 우리는 겉치레를 중시하는 예절이나 사교술, 프랑스어 등을 열심히 배우면서도 우리를 시중드는 사병들은 짐승만도 못하게 여겼다. 물론 나도 그렇게 생각했고, 다른 누구보다 더 심했던 것 같다. 왜냐하면 모든 면에서 나는 동료들보다 감수성이 가장 예민했기 때문이다.

우리가 장교가 되어 학교를 떠날 때 즈음에는 자신이 속한 부대의 명예를 위해 목숨도 버릴 결심을 했지만, 진정한 명예란 과연 무엇인지 아는 사람은 없었다. 비록 알고 있었어도 내 스스로 가장 먼저 그것을 조롱거리로 삼았을 것이다. 우리는 주로 음주와 싸움질, 어리석은 용기 따위를 자랑스러워했다. 그렇지만 우리가 나쁜 본성을 가진 인간들은 결코 아니었다. 동기생들 모두는 착했지만 단지 행동이 나빴을 뿐이다. 그중에서도 내가 제일 못된 사람이었다. 내 마음대로 할 수 있는 수입이 생긴 것이 가장 큰 문제였다. 그래서 나는 젊은 혈기에 취해서 거리낄 것 없이 쾌락을 좇는 생활에 빠져서 돛을 전부 올린 범선처럼 내달렸다. 그런데 당시에 내가 책을 읽으며 큰 만족을 느꼈다는 것은 이상한 점이었다. 하지만 성서는 한 번도 펼친 적이 없었지만 어디를 가든지 항상 그것을 소지하고 다녔다. 성경책만큼은 무의식적으로 소중하게 간직했다. '한 시간 뒤에, 하루 뒤에, 한 달 뒤에, 일 년 뒤에' 다시 읽겠다는 그런 마음이었다.

이런 식으로 4년이 흐른 뒤에 나는 그때 부대가 주둔하던 K시에서 살게 되었다. 이 K시의 사교계에는 신기한 일도 많고, 사람도 많아서 즐거웠으며 손님을 잘 대접했고 화려했다. 어느 곳을 가든지 나는 환대를 받았다. 천성적으로 활발한 성격인 데다 돈을 잘 쓴다는 소문이 났기 때문이었는데 이런 점은 사교계에서는 나름 의미가 있었다.

그런데 바로 그즈음, 나중에 모든 일의 발단이 된 사건이 발생했다. 나는 젊고 아름다운 아가씨와 사귀게 되었다. 그 여자는 그 지방 유명인사의 딸이었고, 지혜롭고 품위 있으며 밝은 성격이었다. 그녀의 부모는 지위가 높고 재산이 많았으며 상당한 권력을 지닌 존경받을 만한 사람들이었고 늘 나를 따뜻하고 기쁘게 대해주었다. 마침내 아가씨도 나에게 호감이 있음을 알게 되었고 나는 황홀한 상상으로 불타올랐다. 하지만 나중에 알게 된 것은 내가 진실로 그녀를 열정적으로 사랑한 것이 아니라 단지 그녀의 고상한 성격과 지성미를 존경한 것이었다. 나도 미처 깨닫지 못한 부분이었다. 어쨌든 그 무렵에 나는 이기심 때문에 청혼을 하지 못했다. 그 당시만 해도 나는 한창 젊었고 돈이 많아서 자유롭고 방탕한 독신 생활의 유혹을 저버리는 것이 괴롭고 두려웠다. 물론 좋아한다는 암시를 그녀에게 비치기는 했지만 결정적인 이야기는 하지 않고 있었다.

그런데 그때 갑자기 나는 다른 지역으로 두 달 동안 파견을 가게 되었다. 두 달이 지난 뒤 돌아오니 그녀는 이미 결혼한 뒤였다. 그녀가 결혼한 사람은 교외에 사는 부유한 젊은 지주였고—물론 나보다는 나이가 많았지만—더구나 페테르부르크의 상류 사회에 친지들이 많다는 것이 나와 달랐다. 또 그는 내가 갖추지 못한 교양을 겸비했고 성격도 좋았다. 나는 예상 밖의 사실을 접하고 큰 충격을 받아서 어안이 벙벙했다. 무엇보다 큰 충격을 받은 것은 이미 오래전에 그 젊은 지주와 약혼을 했다는 것을 그때서야 비로소 알게 되었다는 것이다. 전에 여러 번 그녀의 집에서 그 남자를 만났지만 자만심에 눈이 어두워 그 사실을 전혀 몰랐던 것이다.

'누구나 다 아는 사실을 왜 나만 모르고 있었던가!'

무엇보다 이런 생각 때문에 나는 마음의 상처를 받았다. 나는 갑자기 억제할 수 없는 증오로 불타올랐다.

지금까지 뱉은 수많은 사랑의 고백과 그 비슷한 말을 생각하면 얼굴이 불에 데기라도 한 것처럼 뜨거워졌다. 그때 그녀가 나를 말리거나 자신의 입장을 밝히지 않은 것은 나를 조롱한 거라고 결론을 내렸다. 물론 시간이 흐른 뒤에 여러 가지로 반성해보니 그녀가 나를 조롱한 것이 아니라 반대로 그런 말이 나올 때마다 화제를 다른 데로 옮기거나 농담으로 돌리려고 노력했다는 것을 깨달았다. 하지만 그때는 그런 것을 생각할 정도의 마음의 여유가 없었고 마음속에 복수심만 불타고 있었다. 지금 생각해도 놀랍지만, 이런 분노와 복수심은 나 자신에게도 무척 고통스러운 것이었고 결코 유쾌하지도 않았다. 나는 본성이 활발하고 누구에게나 화를 오래 낼 수 없는 성격이라서 더 큰 고통을 느꼈다. 그들을 증오하기 위해서 의식적으로 나 자신을 계속 부추기고, 그런 결과로 나는 결국 추악하고 바보 같은 인간이 되었다.

나는 기회가 오기를 기다렸다. 그러던 어느 날, 사람들이 많은 곳에서 말도 안 되는 트집을 잡아서 나의 연적을 모욕하는 것에 성공했다. 그 무렵의 중요한 사건*에 대한 그의 생각을 조롱했던 것이다. 사람들이 말하기를, 나의 조롱이 제법 교묘하고 재치 있었다고 한다. 그를 비웃은 뒤 나는 지나치게 그에게 설명을 강요했다. 그때 내가 지나칠 정도로 예의 없이 굴어서, 결국 그는 우리 두 사람 사이에 큰 차이가 있는데도—사회적인 지위, 관등, 나이를 따지면—나의 도전을 받아들일 수밖에 없었다. 나중에 알게 됐지만, 그도 역시 나에게 질투를 느껴서 나의 도전에 응했다고 한다. 예전에 그는 아내와 결혼하기 전에 나를 질투했고, 만약 나에게 모욕을 당하고도 용감하게 결투를 신청하지 못했다는 말이 아내에게 들어가면 자신을 무시할 거고 자연스레 남편에 대한 애정도 흔들릴 거라고 생각했다고 한다.

나는 친구들 중에서 나와 같은 부대에 근무하던 중위를 결투 입회인으로 골랐다. 그때도 결투는 엄중하게 금지되고 있었지만 장

---

* 1826년 '데카브리스트의 난'이다.

교들 사이에서는 마치 유행처럼 여겨지고 있었다. 이렇게 편견은 야만스럽게 자라나서 인간의 마음속에 자리를 잡는지도 모르겠다. 그때는 6월 하순이었고, 우리의 결투는 다음 날 아침 7시에 그 도시의 교외에서 하기로 결정했다. 그런데 그때 나의 운명을 바꾼 숙명적인 사건이 생겼다. 결투를 하기로 한 저녁, 화가 난 짐승처럼 추한 꼴로 숙소로 돌아온 나는 당번을 서던 아파나시에게 분노를 터뜨려서 있는 힘껏 그의 얼굴을 두 번이나 후려쳤다. 그의 얼굴은 온통 피로 범벅이 되고 말았다. 그가 내 밑에서 일한 것은 그리 오래되지 않았지만 전에도 나는 그를 두들겨 패곤 했었다. 하지만 그날처럼 잔혹하게 때린 적은 없었다.

여러분은 이런 말을 도저히 믿을 수 없다고 할 수도 있지만, 40년이 지난 지금도 나는 그 일을 떠올리면 고통스럽고 부끄럽다.

나는 자려고 누웠다. 3시간 정도 자고 눈을 뜨니 이미 날이 밝아 오고 있었다. 나는 더 자고 싶은 생각이 없어서 일어나 창가로 다가가서 창문을 열었다. 내 방의 창문은 정원을 향해 있었는데, 창밖을 보니 때마침 해가 뜨고 있어서 세상이 아름답고 따스하게 보였고 어딘가에서 새들이 지저귀고 있었다.

'대체 어떻게 된 거지?'

갑자기 나는 생각했다.

'내 마음속에 더럽고 비열한 것이 느껴지는 것은 무슨 이유일까? 남의 피를 흘리게 하려고 하기 때문일까? 아니 그렇지는 않을 것 같았다. 그렇다면 죽는 것이 두렵고, 상대방에게 죽임을 당하게

되는 것이 두려워서일까? 아니, 그렇지 않다, 그것과는 전혀 다른 것이었다.'

그리고 나는 곧 핵심을 알 수 있었다. 어젯밤 내가 아파나시를 때린 것이 마음에 걸려서 그런 것이었다. 어제저녁의 모든 일이 머릿속에 다시 또렷하게 떠올랐다. 내 앞에 아파나시가 와서 서고, 나는 무턱대고 있는 힘껏 그의 얼굴을 후려쳤다. 그는 대열 속에 서 있는 것처럼 부동자세로 반듯하게 서서 손을 아래로 뻗은 채 고개를 들고 눈을 부릅뜨고 있었다. 한 번 때릴 때마다 휘청댔지만 손으로 막으려고 들지 않았다. 아, 이것이 대체 인간이 저지를 수 있는 짓일까? 인간이 인간을 때리다니, 이런 범죄가 또 어디 있단 말인가! 예리한 바늘이 영혼을 뚫은 것만 같았다. 나는 넋이 나가서 우두커니 서 있었다. 창밖에서는 눈부신 햇살이 빛나고, 나뭇잎은 기쁘게 넘실거렸으며, 새들은 하느님을 찬양하는 노래를 부르고 있었다. 나는 두 손으로 얼굴을 감싼 채 침대에 엎드려 울음을 터트렸다.

그때 나는 형 마르켈의 모습과 그가 죽기 전 하인들에게 한 말을 떠올렸다.

"너희는 정말 친절해. 왜 너희는 이렇게 정성을 다해 내 시중을 드는 거지? 내가 정말 그런 정성을 받을 자격이 있을까?"

'그래, 과연 내게 그럴 자격이 있을까?'

내 머릿속에 이런 생각이 떠올랐다가 사라졌다.

'나는 무슨 자격으로, 나와 같은 인간을, 하느님의 모습을 본떠

서 만들어진 다른 인간을 나에게 시중들게 하는가?'

처음으로 이런 질문이 내 머릿속에 생겨났다.

'어머니, 내 사랑이자 기쁨이자 피처럼 소중하신 어머니, 우리는 누구나 모든 사람에게, 모든 일에 대해 죄를 짓는 거예요. 사람들은 다만 그것을 모르고 있지요. 사람들이 만약 그걸 알면 당장 이 땅은 천국이 될 거예요'라고 했던 형의 말을 떠올리고 나는 눈물을 흘리며 생각에 잠겼다.

'오, 하느님, 이것이 진실입니까? 정말 나는 그 누구보다 다른 모든 사람들에게 죄를 많이 지었습니다. 이 세상에서 가장 나쁜 사람입니다.'

이렇게 생각한 순간, 모든 진리가 갑자기 밝게 빛나며 내 앞에 환하게 떠올랐다. 지금 나는 도대체 무슨 짓을 하는 것인가? 나에게 아무런 잘못도 하지 않은 착하고 똑똑하고 고상한 신사를 죽이려는 것인가? 그리고 그의 아내에게 행복을 빼앗고 고통을 주면서 그 여자도 죽이려는 것인가?

나는 침대에 엎드려 베개에 얼굴을 묻은 채 시간이 가는 줄도 몰랐다. 나의 친구인 중위가 두 자루의 권총을 들고 나를 데리러 왔다.

"벌써 일어났군. 잘됐네, 이제 갈 시간이야. 어서 가자고."

갑자기 나는 어쩔 줄을 모르고 당황했지만 마차를 타기 위해 밖으로 나갔다.

"잠시 기다리게. 곧 돌아올 거야, 지갑을 두고 왔어."

나는 그에게 말했다. 그리고 혼자 숙소로 돌아와서 바로 아파나시의 작은 방으로 뛰어들었다.

"아파나시, 내가 어제 네 얼굴을 두 번이나 때린 걸 용서해라."

그는 겁을 먹은 것처럼 눈을 크게 뜨고 나를 바라보았다. 그러나 나는 그것만으로는 부족해서 예복을 입고 있었는데도 전혀 신경 쓰지 않고 그의 발아래에 몸을 굽히고 이마를 바닥에 대고 한 번 더 말했다.

"부디 나를 용서해줘!"

그러자 아파나시도 크게 놀란 것 같았다.

"중위님, 아니 나리, 도대체 왜 이러시는 겁니까! 제가 어떻게 감히……."

그는 조금 전에 내가 했던 것처럼 얼굴을 두 손으로 감싸고 창문 쪽으로 몸을 돌려서 몸을 떨면서 울었다. 나는 달려 나가서 마차에 타면서 외쳤다.

"가자고! 자네는 누가 이길 거라고 생각하나? 바로 자네 앞에 있는 내가 이길 걸세!"

나는 말로 표현할 수 없는 기쁨에 가득 차서 크게 웃으며 말했지만 무슨 말을 했는지는 기억이 잘 나지 않는다.

친구는 나를 바라보며 이렇게 말했다.

"자네는 대단해! 군복의 명예를 지킬 수 있을 거야."

그렇게 우리는 약속한 장소에 도착했다. 이미 그곳에는 상대가 먼저 와서 우리를 기다리고 있었다. 나와 상대는 서로 열두 발자국 정도 거리를 둔 채 마주 보았다. 상대가 먼저 쏘기로 했다. 나는 밝은 얼굴로 눈도 깜박이지 않고 그의 앞에서 명랑하게 그를 바라보았다. 나는 내가 어떤 일을 해야 하는지 잘 알았다. 마침내 권총이 발사됐다. 그러나 총알은 내 뺨을 스치고 나는 귀를 조금 다쳤을 뿐이었다.

나는 외쳤다.

"아, 정말 잘됐소! 당신이 살인을 안 해도 되니까."

나는 내 권총을 들어서 몸을 돌리고 숲을 향해서 멀리 있는 힘을 다해 던졌다.

"권총이 있을 곳은 바로 저기야!"

나는 그렇게 외치고 상대에서 다시 돌아섰다.

"용서하세요, 이 어리석은 애송이를 용서해주십시오. 나는 이유도 없이 당신을 모욕했고 내게 권총을 쏠 것을 강요했습니다. 나는 당신보다 열 배는 더 나쁜 사람입니다. 아니, 그보다 더 나쁜 인간일지도 모릅니다. 이 말을 당신이 세상에서 가장 사랑하는 부인에게 전해주세요."

내가 말을 마치기도 전에 나머지 세 사람이 소리 높여 외쳤다.

"말도 안 되는 짓이오! 싸우지 않을 거라면 왜 나를 이곳까지 불렀소?"

상대는 화를 냈다.

"나는 어제까지 헤아릴 수 없는 바보였지만, 오늘은 조금 똑똑해진 것뿐입니다."

나는 유쾌하게 대답했다.

"어제 일은 나도 믿지만, 오늘 일은 당신이 말한 대로 받아들이기 어렵소."

"브라보! 나도 당신과 같은 생각입니다. 당연하지요!"

나는 박수를 치며 외쳤다.

"도대체 당신은 나를 쏠 거요, 안 쏠 거요?"

"그만하겠습니다. 만약 원하신다면 한 번 더 쏘셔도 됩니다. 하지만 쏘지 않는 것이 당신에게도 더 좋겠지요."

그러자 양쪽 참관인들 중에서 특히 나의 참관인이 말했다.

"결투장에서 적에게 용서를 구하다니 부대의 명예를 이렇게 더럽힐 수가 있나! 에잇, 이럴 줄은 꿈에도 생각 못했네!"

결국 나는 웃음을 거둔 채 그들 앞에 나섰다.

"여러분, 자신의 어리석음을 뉘우치고 많은 사람 앞에서 자신의 잘못을 사죄하는 사람이 당신들에겐 그다지도 이상한가요?"

"하지만 왜 결투장에서 그러느냔 말이야!"

내 참관인이 다시 외쳤다.

"바로 그 점이 중요합니다."

나는 그들에게 말했다.

"왜냐하면 나는 이곳에 도착하자마자 상대가 총을 쏘기 전에, 다시 말해 상대가 무서운 살인을 하기 전에 나의 죄를 사죄하는 것이 당연합니다. 그러나 그런 일은 사실 거의 불가능하지 않습니까. 왜냐하면 상류 사회는 이미 우리들에 의해 아주 추악하게 변했으니까요. 열두 발자국의 거리에서 상대가 쏜 총을 맞은 뒤에야 결국 내 말이 세상 사람들에게 의미 있게 다가갈 겁니다. 만약 내가 여기 도착하자마자 상대가 총을 쏘기 전에 그런 짓을 했다면 세상 사람들은 '겁쟁이로군, 권총을 보고 겁을 먹었어. 저런 놈이 하는 변명은 들을 가치가 없다'고 단정해버리지 않겠어요? 하지만 여러분……."

나는 문득 이렇게 소리쳤다. 그것은 진심으로 하는 말이었다.

"하느님이 우리에게 주신 주변의 선물을 보세요. 맑은 하늘, 청명한 공기, 부드러운 풀, 귀여운 새들…… 자연은 아름답고 이토록 순수하지 않습니까. 그런데 우리는, 오직 우리만 어리석게도 하느님을 믿지 않고 천국을 모르지요. 우리가 그것을 이해하려고 한다면 금방 아름다운 천국이 나타날 것이고, 우리는 서로 부둥켜안고 눈물을 흘릴 것입니다."

나는 말을 더 하고 싶었지만 그럴 수 없었다. 숨이 막힐 듯한 달콤하고 생생한, 전에는 한 번도 경험해보지 못한 행복이 마음속에 가득했던 것이다.

"당신이 한 말은 모두 이치에 맞는 훌륭한 말입니다. 더구나 거룩함이 가득하군요. 당신은 참 특이하군요."

상대가 나에게 말했다.

"저를 조롱하십시오. 하지만 언젠가 당신도 나를 칭찬할 겁니다."

나는 웃으면서 그에게 말했다.

"아니, 나는 지금도 주저하지 않고 칭찬할 수 있습니다. 자, 우리 악수할까요? 당신은 진정 진실한 사람인 것 같군요."

"아닙니다. 지금은 아닙니다. 앞으로 내가 더 훌륭한 인간이 되면, 정말 당신의 존경을 받을 만할 때 그때 하기로 합시다. 그때는 정말 기쁘게 악수할 수 있을 것입니다."

우리는 집으로 돌아왔다. 나의 참관인은 집으로 돌아오면서 계속 나를 거세게 비난했지만, 그럴 때마다 나는 그에게 입을 맞췄다. 곧 내 동료들이 소식을 듣고 나를 재판하기 위해 그날 모여들었다.

"군복을 더럽혔으니 지금 제대 신청을 해야 해."

그들은 이렇게 말했지만 나를 변호하는 사람도 있었다.

"하지만 어쨌든 상대가 쏜 총알 앞에서 당당히 서 있었잖은가."

"하지만, 그런 다음에는 총알이 무서워서 결투장에서 용서를 구했어."

그러자 내 편을 드는 동료들은 이렇게 반론했다.

"만약 그가 정말 총알이 두려웠다면 용서를 구하기 전에 먼저 총을 쏘지 않았을까? 하지만 그는 장전이 된 총을 숲으로 던졌지. 그런 걸 보면 이번 일은 좀 다르지, 정말 특이해."

나는 유쾌하게 그들을 바라보면서 이야기를 들었다.

"여러분. 제대 신청에 대해서는 걱정하지 않으셔도 됩니다. 이미 절차를 끝냈으니까요. 오늘 아침에 연대 본부로 제대 신청서를 보냈습니다. 제대 허가가 떨어지면 나는 곧바로 수도원으로 들어갈 것입니다. 내가 연대를 떠나는 이유도 수도원에 가기 위해서입니다."

나는 그들에게 말했다. 내 말이 끝나자 모두 크게 웃었다.

"그러면 처음부터 그렇게 말하면 좋았잖아. 이 문제는 이제 해결되었군. 수도사를 재판에 넘길 수는 없으니까."

그들은 이렇게 말하며 계속 웃었다. 그러나 결코 비웃는 것이 아니라 따뜻하고 즐거운 웃음이었다. 나를 가장 날카롭게 비판했던 사람까지 좋아해주었다. 제대 명령이 내려올 때까지 한 달 동안 내가 가는 곳마다 모두 "신부님"이라고 나를 불러서 따뜻하게 나를 안아주는 느낌이었다. 만나는 사람들 대부분이 다정한 말을 건넸지만 어떤 사람은 나를 생각해서 결심을 바꾸라고 얘기하기도 했다.

"도대체 자네는 어떻게 하려고 그러는 건가?"

그런 반면 나를 이해하고 지지하는 사람도 있었다.

"아니, 그는 우리의 영웅이야. 적의 총알을 의연하게 견뎠고 권총을 쏠 수 있었지만 전날 밤에 수도사가 되는 꿈을 꾸어서 그렇게 된 거야."

사교계도 비슷한 반응이었다. 그전에는 그냥 친절하게 대할 뿐 나에게 특별한 관심을 갖지 않던 사람들까지 갑자기 나와 친하게 지내고 싶어 했고, 또 자신의 집으로 초대하기도 했다. 사람들은 나를 놀리면서도 또 나를 사랑했다.

한 가지 말해두고 싶은 것은, 모든 사람들이 우리의 결투를 큰 소리로 지껄였지만 부대 본부에서는 모르는 척했다는 것이다. 왜냐하면 나와 결투를 한 사람이 우리 부대의 장군과 가까운 친척이었고, 또 결투가 장난처럼 끝난 데다가 내가 제대 신청서를 제출해서 모든 것을 정말 농담으로 끝냈기 때문이었다. 나는 세상의 비웃음에는 신경 쓰지 않고 이 사건에 대해 아랑곳하지 않고 큰 소리로 떠들어댔다. 그것은 그들의 비웃음이 나쁜 마음에서 비롯된 것이 아니라 선량한 마음에서 나온 것임을 알고 있었기 때문이었다. 나에 대한 이야기는 대부분 저녁 파티의 부인들이 모이는 곳에서 회자되었다. 부인들은 유독 내 이야기에 관심을 가졌고 남자들로부터 이야기를 들으려고 했다.

"하지만 어떻게 자신이 모두에게 죄를 지었다고 할 수 있는 거예요? 그렇다면 나도 당신에게 죄를 지었나요?"

사람들은 나를 앞에 두고 빈정거렸다.

"아니요, 여러분은 절대로 이해하지 못합니다. 오래전부터 세상이 나쁜 길에 빠져서 허황된 거짓을 진실이라고 믿고, 다른 사람에게 거짓을 강요하고 있으니까요. 그래서 나는 굳은 결심을 하고 태어나서 처음으로 진심에서 우러난 행동을 했습니다. 그 결과 여러분은 나를 유로지비로 생각하지 않았습니까? 물론 여러분이 나를 사랑하긴 하지만, 그러면서도 나를 비웃고 있는 거지요."

"어떻게 당신을 사랑하지 않을 수 있나요?"

그 집 안주인이 웃으면서 말했다. 그곳에는 사람들이 많았는데, 갑자기 여자들 중에서 젊은 부인이 일어났다. 그 부인은 내가 결투를 신청한 원인을 제공한 여자로, 얼마 전까지 미래의 내 아내로 생각했던 바로 그 여자였다. 나는 이곳에 그녀가 온 것을 몰랐던 것이다. 그녀는 일어나서 나에게 다가와 손을 내밀었다.

"실례지만, 나는 당신을 비웃지 않은 첫 번째 사람이에요. 오히려 그때 당신의 행동을 눈물로 감사드리며, 깊은 존경을 표하는 바입니다."

그녀의 남편도 내게 가까이 걸어왔다. 그러자 그 자리에 있는 사람들 모두 다가와 나에게 입이라도 맞출 것 같았다. 나는 기뻤지만 그때 갑자기 다른 사람들과 함께 나에게 다가오는 나이가 지긋한 신사가 눈에 들어왔다. 나는 예전부터 그의 이름은 알았지만 별로 마주친 적이 없었던지라, 그날 저녁까지 한 번도 말을 나눈 적이 없었다.

⑷ 비밀스러운 방문자

오래전부터 그는 그 시에서 관리 생활을 해왔기 때문에 사회적인 지위도 높았고 모든 사람에게 존경을 받았으며 돈도 많았을 뿐 아니라 자선가로서 명성을 떨치고 있었다. 그는 고아원과 양로원에 많은 돈을 기부했고, 그가 죽은 뒤에야 밝혀졌지만 그 외에도 이름을 밝히지 않은 채 많은 자선 활동을 했다. 그의 나이는 쉰 살 정도였고 엄격해 보이는 인상이었으며 말수가 적은 편이었다. 결혼한 지 10년이 안 되었지만 부인은 아주 젊었고 나이 어린 아들이 셋이었다. 파티가 있은 다음 날 저녁, 혼자 방에 있었는데 갑자기 문이 열리고 바로 그 신사가 들어왔다.

여기서 한 가지 짚어둘 것은, 그때 나는 이미 전에 살던 곳에서 이사를 했다는 것이다. 나는 전역 신청을 하고 곧바로 어떤 나이 든 미망인 집으로 옮겨서 하숙 중이었다. 내가 그 집으로 이사를 한 것은 결투에서 돌아온 뒤 곧바로 아파나시를 부대로 돌려보냈기 때문이다. 그런 일이 있은 뒤에 그를 보는 것이 부끄럽기도 했다. 세속의 미숙한 인간들은 자신이 바른 행동을 하고도 부끄러워하는 법이니 말이다.

방으로 들어온 신사가 말했다.

"요즘 나는 며칠간 여러 장소에서 날마다 당신의 이야기를 듣고 호기심을 느끼게 되었습니다. 그래서 오늘은 직접 만나 친밀하게 이야기를 나누고 싶어서 이렇게 찾아왔습니다. 죄송하지만 저의 소원을 들어주실 수 있을까요?"

"물론입니다. 정말 영광으로 생각합니다."

나는 이렇게 말했지만 속으로는 몹시 당황스러웠다. 왜냐하면 그의 태도는 처음부터 나를 놀라게 했기 때문이다. 모두 호기심을 가지고 내 얘기를 들어주었지만, 이렇게 진지하고 심각하게 여기고 나를 찾아온 사람은 없었다. 더욱이 그는 스스로 우리 집으로 찾아왔다. 그는 의자에 앉아서 계속 말을 이었다.

"나는 당신에게서 위대한 정신력을 발견했습니다. 왜냐하면 당신은 모두의 조롱거리가 될 것이 분명한데도 용감하게 진리를 위해 투신했으니까요."

"저를 너무 과대평가하시는 것입니다."

"아닙니다. 과대평가가 아닙니다. 그런 일을 하는 것은 생각보다 훨씬 어렵습니다. 이렇게 직접 찾아오게 된 것도 그런 사실에 깊은 감동을 받았기 때문입니다. 결투장에서 상대에게 용서를 구하려고 마음먹었을 때 어떤 심정이셨는지 궁금합니다. 이런 무례한 질문을 해도 화를 내지 않으신다면, 그리고 그때 일을 기억하신다면, 그 부분에 대해 자세히 얘기해주실 수 있을까요? 내 질문이 무례하다고 생각하지 말아주세요. 내가 이렇게 묻는 것은 나에게도 말하지 못할 이유가 있기 때문입니다. 하느님께서 만약 우리가 가까워질 수 있도록 허락하신다면, 앞으로 설명할 기회가 있을 거라고 생각합니다."

그가 말하는 동안 나는 계속 그의 눈을 바라보았다. 그러자 이번에는 내가 그 신사에 대해 강한 믿음과 이상한 호기심을 느꼈다. 그에게도 예사롭지 않은 비밀이 있다는 걸 느꼈기 때문이다.

"내가 상대에게 용서를 구하려고 마음먹었을 때 어떤 심정이었는지 물어보셨지만 그것보다는 지금까지 아무에게도 말하지 않았던 것을 처음부터 이야기하는 것이 낫겠습니다."

나는 아파나시와 있었던 일과 그에게 무릎 꿇고 용서를 구한 일까지 전부 말했다.

"이 정도면 선생께서도 짐작하겠지만 집에서 이미 결심했었기 때문에, 결투에 섰을 때는 마음이 홀가분했습니다. 우선 결심하고 시작하니, 그때부터는 두렵기는커녕 도리어 기쁘고 즐거웠습니다."

내 이야기가 끝나자 그는 아주 밝은 표정으로 나를 바라보았다.

"정말 즐거웠습니다. 앞으로 자주 찾아뵙겠습니다."

그날 이후 그는 거의 날마다 저녁 무렵에 나를 만나러 왔다. 만약 그가 자신의 이야기도 들려주었다면 우리는 더욱 친밀해졌을 것이다. 그러나 그는 자신의 이야기는 하지 않았고 항상 나에 대해서만 이것저것 캐물었다. 하지만 나는 그를 정말 좋아했고, 진심으로 그를 믿었으며 내 모든 것을 숨기지 않고 전부 이야기했다.

'그의 비밀을 알아서 뭐 하겠어. 그는 착한 사람이 분명한데.'

나는 이렇게 생각하고 말았다. 게다가 그는 사회적인 지위도 높았고, 나보다 연배가 훨씬 높은데도 기꺼이 나를 찾아오고 내 앞에서 거만하게 행동하지도 않았다. 그는 무척 현명했기 때문에 나는 그에게 여러 가지로 배울 게 많았다.

그는 갑자기 이렇게 말했다.

"나는 오래전부터 인생이 천국이라고 생각했습니다."

그리고 곧바로 이렇게 덧붙였다.

"사실 나는 그것만 계속 생각하고 있어요."

그는 상냥하게 미소 지으며 나를 바라보았다.

"그것에 대해서 나는 당신보다 더 굳게 확신합니다. 왜 그렇게 생각하는지는 나중에 이야기하겠습니다."

그가 하는 말을 듣고 나는 분명히 그가 나에게 뭔가를 고백하려고 하는 것이 있음을 알았다.

"천국은 우리들 마음속에 숨어 있습니다. 이렇게 말하는 내 마음속에도 숨어 있지요. 그래서 만약 내가 그럴 마음만 먹으면, 내일이라도 천국은 확실하게 나타나서 영원히 사라지지 않을 것입니다."

그는 열정을 가지고 말했고, 마치 나에게 질문하듯이 신비스러운 눈길로 나를 바라보았다. 그리고 그는 말을 계속했다.

"그래서 인간은 누구나 자신이 지은 죄 외에도 모든 사람에 대해 죄가 있다는 당신의 생각은 절대적으로 맞습니다. 그렇게 한순간에 갑자기 당신이 그런 생각을 완벽하게 깨달을 수 있었다는 게 참 신기합니다. 사람들이 그 생각을 이해할 수 있는 때부터, 하늘의 나라는 그들에게 이미 단지 공상이 아니라 살아 움직이는 현실이 될 것입니다. 이것은 불변의 진리입니다."

"아, 그렇지만 그것이 언제 이루어질까요? 정말 언젠가는 이루어질 날이 올까요? 정말 우리의 공상에 지나지 않을까요?"

나는 슬픈 기분으로 이렇게 외쳤다.

"그렇게 말하는 것을 보니 당신도 그것을 믿지 않군요. 자신이 그렇게 설교하면서도 스스로 믿지 않는군요. 잘 들으세요. 당신이 말하는 그 꿈은 분명히 이루어집니다. 그렇게 믿어야 합니다. 그러나 지금 당장 이루어지지는 않습니다. 모든 일에는 특별한 법칙이 있으니까요. 이것은 정신적이면서도 심리적인 문제에 해당합니다. 전 세계를 다 고치려면 우선 스스로 심리적으로 새로운 길로 가야 합니다. 인간이 모든 인간에게 진실로 참된 형제가 되지 않으면 진정한 평화는 이루어지지 않습니다. 과학의 힘이나 이익을 내

세워 유혹해도 결코 모든 인류에게 공평하게 재산과 권리가 분배되지는 않습니다. 언제나 자신에게 돌아오는 것이 적다고 불평하고, 상대방을 원망하고, 그래서 질투하며 싸우게 될 것입니다. 당신은 언제 이루어지는지 물으셨지만, 이루어지는 것은 분명히 이루어집니다. 다만 인간의 고립 시대가 끝나야 합니다."

"고립이라고요?"

"지금, 특히 19세기 들어 전 세계에 만연하는 고립을 말하는 것입니다. 하지만 고립의 시대는 아직 끝나지 않았고, 그 시기도 아직 오지 않았습니다. 왜냐하면 지금은 모두가 각각 떨어져서 개성을 살리는 삶을 추구하고, 가능하면 혼자서 충족하는 삶을 살려고 노력하기 때문입니다. 그러나 그들의 노력에도 불구하고 그 결과는 만족한 삶을 누리지 못하고 자기 상실감만 느낍니다. 그들이 자신의 존재를 나타내는 완전한 자아를 실현하는 대신에 도리어 고립에 빠지게 되어서 그런 겁니다. 현대 사회의 인간은 모든 것이 각각 파편화되어 각자의 구멍에 숨은 채 타인과 떨어져서 자신을 숨기고, 자신이 가지고 있는 것도 서로 숨깁니다. 그래서 결국 스스로 사람들에게서 등을 돌리고 사람들을 거절하는 것입니다. 혼자서 아무도 모르게 재산을 모으고 이렇게 속삭입니다.

'나는 이제 이만큼 강해지고 이 정도로 안정되었다.'

그러나 아둔하게도 재산이 많아질수록 자신이 자살과 같은 무기력의 수렁으로 빠져드는 것을 모르고 있습니다. 오직 자신만 믿고 공동체에서 소외되어 하나의 개체로서 타인의 도움이나 자신 외의 인간, 또 인류 전체까지 믿지 않게 자신을 길들이면서 오직 자신의 돈과 자신이 얻은 권리를 잃지는 않을지 두려움에 떨면서 안절부절못하게 되지요. 참다운 생활은 소외된 개인이 노력해서 되는 것이 아니고, 인류 전체가 화합할 때 이루어집니다. 그러나 세계 어디에 가도 인간의 지성은 이런 사실을 비웃으며 인정하려 하지 않지요. 하지만 이런 무서운 고립 상태도 언젠가는 종말을 맺을 것이고, 모든 사람은 인간이 분리되어 떨어져 지내는 것이 얼마나 기이한 일인지 깨닫는 날이 분명이 올 것입니다. 시대의 흐름이 그렇게 변해서, 사람들은 자신이 얼마나 오랫동안 어둠 속에서 빛을 안 보고 살아왔는지 깨닫고 깜짝 놀라게 될 것입니다. 그리고 그때는 천상에 '사람의 아들'의 깃발이 나부낄 것입니다. 그때까지는 신앙의 깃발을 귀중하게 여겨야 합니다. 비록 자신 혼자일지라도, 또 유로지비처럼 보일지라도, 자발적으로 모범을 행하면서 인간의 영혼을 소외로부터 형제애와 화합의 길로 끌어내야 합니다. 그렇게 하는 것이 이 거룩한 사상을 살리는 길입니다."

저녁마다 우리 둘은 열정적이고 감동에 겨운 대화를 하면서 보냈다. 이미 나는 사교계에 나가지 않았고 이웃을 찾는 일도 별로 없었으며, 나에 대한 사람들의 관심도 점점 사라지고 있었다. 나는 그들을 비난하려고 이런 말을 하는 것이 아니다. 그들은 아직 나를 사랑했고, 또 친절하게 대해주었다. 하지만 사교계를 지배하는 것이 유행이라는 것은 부인할 수 없는 사실이다. 결국 나는 이 비밀스러운 방문자를 감동 어린 눈으로 바라보게 되었다. 그의 높은 지성이 나에게 즐거움을 주었고, 그가 마음속에 어떤 계획을 가지고 있고 용감한 행동을 준비하고 있을지도 모른다는 것을 예감했다.

어쩌면 그는 내가 자신의 비밀에 대해 대놓고 호기심을 보이거나 단도직입적으로 묻거나 은연중에 그것을 알아내려고 애쓰지 않는 모습이 마음에 들었는지도 모른다. 그러나 결국 나는 그가 무언가를 나한테 고백하려고 하는데 무척 고통스러워한다는 것을 깨달았다. 그가 나를 찾아오기 시작한 지 한 달 정도 지났을 무렵에는 그 시도는 너무나 확연해졌다.

"당신은 아십니까? 요즘 사람들이 내가 이렇게 자주 당신을 방문하는 것에 대해 이상하게 여기며 호기심을 품기 시작했어요. 그렇지만 그들이 마음껏 생각하게 그냥 둡시다. 곧 모든 것을 알게 될 테니까요."

어느 날 그는 나에게 물었다. 그는 때로 문득 무서운 흥분 상태에 빠지는 경우가 있었는데, 그런 때면 대부분 바로 자리에서 일어나 자신의 집으로 가버리곤 했다. 또 어떤 경우에는 나를 오랫동안 뚫어져라 바라보기도 했다. 그래서 '이제 무슨 말을 하려고 하는군' 하고 내가 이런 생각을 하면 그는 갑자기 마음이 변한 것처럼 평범하고 아무것도 아닌 일상적 이야기를 꺼냈다. 또 그는 자주 머리가 아프다고 했다. 한번은 오랫동안 열을 올리며 이야기하고 나서, 갑자기 안색이 창백해지면서 경련을 일으킨 것처럼 일그러졌다. 그 와중에도 그는 내 얼굴을 뚫어지게 바라보았다.

"왜 그러시나요? 어디가 불편하신가요?"

내가 이렇게 물어본 것은 바로 조금 전 그가 머리가 아프다고 말했기 때문이었다.

"나는…… 실은…… 나는…… 사람을 죽인 적이 있습니다."

그는 이렇게 말한 뒤 미소를 지었지만 얼굴은 창백했다.

'이 사람은 왜 웃는 것일까?'

다른 생각을 하기도 전에 이런 생각이 문득 스쳤다. 나도 얼굴이 창백해지는 것 같았다.

"무슨 말씀이세요?"

나는 그에게 외쳤다.

그는 여전히 미소를 지으며 창백한 얼굴로 말을 이었다.

"이 첫마디를 꺼내기가 정말 힘들었습니다. 그러나 이제 말을 하고 나니, 길이 보이는 것 같군요. 이제는 그냥 앞으로 걷기만 하면 되겠지요."

나는 한동안 그의 말을 믿을 수 없었다. 물론 시간이 흐르고 나도 그가 한 말을 믿게 되었지만, 그렇게 믿게 된 것은 그가 사흘을 내리 찾아와 모든 일을 상세히 얘기하고 난 뒤였다. 나는 처음에 그가 정신 이상이 온 것은 아닐까 생각했지만, 결국 더없는 슬픔과 놀라움을 느끼면서 그 사실을 받아들였다. 그는 14년 전에 어떤 부유한 여인, 젊고 아름다운 지주의 부인에게 무서운 죄를 지었다. 그 여인은 영지에서 도시에 나왔을 때 지낼 만한 집을 한 채 시내에 마련해두었다. 그는 그 여인을 너무나 맹렬하게 사랑해서 마침내 자신의 마음을 고백하고 결혼해달라고 애원했다. 그러나 그 여인은 이미 마음을 준 다른 남자가 있었다. 그 남자는 명문가 출신으로 계급이 높은 군인이었고, 그 당시 일선에서 복무 중이었지만 곧 돌아올 것으로 기대하고 있었다. 그래서 그녀는 그의 청혼을 거절하고 앞으로는 자신을 찾아오지 말라고 부탁했다. 그는 그녀의 집에 찾아가지는 않았지만, 그 집의 구조를 잘 알고 있었기 때문에 어느 날 들킬 위험에도 정원을 통해 그 집 지붕으로 대담하게 기어올라갔다. 그러나 흔하게도, 가장 과감하게 저지른 범죄는 훨씬 더 성공하기 쉬운 법이다. 그는 지붕으로 난 창문을 통해 다락방으로 들어간 뒤, 다시 사다리를 타고 내려가 거실로 들어갔다. 그는 사다리 밑에 있는 쪽문을 하녀들이 깜빡 잊고 가끔 잠그지 않는다는 것을 알고 있었다. 그는 그날도 하녀들이 부주의하기를 바랐고, 과연 그의 예상대로였다. 그는 아래로 내려가서 어둠 속을 더듬어 아직 불이 밝혀진 그 부인의 침실로 다가갔다. 때마침 하녀 둘이 주인의 허락도 없이 이웃집 명명일 파티에 참석한 터였다. 다른 하인들은 아래층 하인방과 부엌에서 잠들어 있었다. 그는 잠든 그 부인을 보는 순간, 마음속에 욕망이 들끓었지만 복수와 질투에서 비롯된 분노에 사로잡혀서 이성을 잃고 술에 취한 사람처럼 그 여인의 심장에 단도를 찔렀다. 여인은 비명도 지르지 못하고 죽었다. 그런 뒤, 그는 악마처럼 무섭고 교활하게 하인들에게 혐의가 가도록 꾸몄다. 우선 그는 여자의 지갑을 훔치고 베개 밑에서 열쇠를 꺼내 장롱을 열고 몇 가지 물건을 훔쳤다. 그리고 귀중한 서류는 내버려두고 현금만 훔쳐서 누가 봐도 무식한 하인이 한 짓처럼 꾸몄다.

또 꽤 부피가 큰 금붙이를 몇 개 훔쳤지만 그것보다 열 배는 비싼 작은 부피의 물건은 그대로 두었다. 그리고 자신이 기념으로 가져갈 물건도 몇 가지 챙겼는데, 이것에 대해서는 뒤에 이야기하겠다. 그는 이렇게 무서운 범죄를 저지른 뒤, 자신이 들어왔던 길을 다시 더듬어서 밖으로 나갔다.

다음 날 큰 소동이 벌어졌을 때뿐만 아니라, 그 뒤 그의 인생에서 그를 범인으로 생각하는 사람은 아무도 없었다. 게다가 그가 그 여인을 좋아했다는 사실을 아는 사람도 없었다. 그는 늘 말수가 적은 편이었고 사교성도 없어서 자신의 마음을 털어놓을 친구가 없었기 때문이다. 그는 살인이 일어나기 전 2주일 간, 그 여자를 방문한 적이 한 번도 없었기 때문에 사람들은 단지 피해자와 그를 조금 알고 지내는 사이로 여겼다.

혐의는 농노 출신인 하인 표트르가 뒤집어썼다. 그리고 뜻하지 않게도 표트르의 혐의를 입증하는 사실들이 계속 밝혀졌다. 죽은 여인은 자신의 영지에서 차출할 신병(新兵)으로 이 하인을 군대에 보내려고 했는데, 그 이유는 이 하인이 혼자였고 행실이 좋지 않았기 때문이다. 여인은 그런 자신의 생각을 숨기지 않았고, 표트르도 물론 그 여인의 생각을 알고 있었다. 그가 이 일로 크게 화가 나서 술집에서 잔뜩 술을 마시고 주인을 죽이겠다고 큰 소리로 외치는 것을 본 사람들도 있었다. 게다가 그는 주인 여자가 죽기 이틀 전에 집에서 도망쳐 시내에 숨어 있었다. 그는 살인 사건이 일어난 다음 날, 교외로 나가는 길에서 만취해서 쓰러진 채 발견되었는데 그의 주머니에는 칼이 들어 있었고 우연인지 오른손에는 피가 묻어 있었다. 그는 코피가 난 것이라고 변명했지만 아무도 그의 말을 믿으려 하지 않았다. 하녀들은 파티에서 돌아올 때까지 현관을 열어두었다고 자백했다. 이외에도 이런 비슷한 증거가 여러 가지 나타났기 때문에 결국 죄 없는 하인은 구속되었다. 그는 곧 재판을 받을 예정이었지만 구속되고 일주일 뒤 열병으로 의식불명이 되어 병원에서 죽어버렸다. 재판관과 검찰, 시민들 모두 병원에서 죽은 하인이 범인이 분명하다고 생각했다.

하지만 그때부터 하느님의 형벌이 시작되었다. 이제는 내 친구가 된 비밀스러운 방문자는 처음 얼마간은 양심의 가책을 느끼지 않았다고 고백했다. 그도 물론 오랫동안 괴로워한 것은 사실이었지만, 양심의 가책 때문이 아니라 단지 자신이 사랑하는 여인을 죽였다는 것, 그 여자가 세상에 없다는 것, 욕정의 불길은 여전히 피를 타고 흐르지만 그 여자를 죽였기 때문에 자신의 사랑마저 죽였다는 절망감에서 괴로워했던 것이었다. 그러나 자신이 아무런 죄도 없는 사람의 피를 흘리게 한 것이나 사람을 죽인 것에 대한 후회는 거의 하지 않았다. 그것보다 자신이 죽인 여자가 만약 그대로 살아남았다면 분명히 다른 사람의 아내가 되었을 것이고 그것은 도저히 참을 수 없는 일이었기 때문에, 그는 오랫동안 자신의 양심을 걸고 생각해볼 때 그렇게 할 수밖에 없었다고 확신했다.

물론 처음 얼마 동안은 그 하인이 붙잡혔다는 것만으로도 마음이 괴로웠지만, 피고의 갑작스러운 질병과 죽음으로 마음이 완전히 편안해졌다. 그가 죽은 건은 체포되거나 그로 인한 공포 때문이 아니라 주인집을 나온 뒤, 술에 취한 채로 밤새 눅눅한 땅바닥에 누워 있어서 감기에 걸렸기 때문이라고 생각해서였다. 물건을 훔치고, 돈을 훔친 것도 그다지 그를 괴롭히지 못했다. 왜냐하면 물건을 가지고 싶어서 훔친 게 아니었고 단지 혐의를 벗기 위한 방법이었기 때문이다. 훔친 돈도 그리 많지 않았기 때문에 그는 그돈을 모두, 아니 훔친 것보다 더 많은 액수의 돈을 그 도시에 있는 고아원에 기부했다. 그것은 도둑질을 한 것에 대한 양심의 가책을 덜기 위해서 일부러 그렇게 한 것이었지만 얼마 동안 이상하게도, 아니 꽤 오랫동안 그는 진실로 마음이 평안해짐을 느꼈다. 이것은 그가 나에게 직접 한 말이다.

그 뒤로 그는 자신이 맡은 일에 전력을 쏟기로 했다. 그는 앞장서서 어려운 일이나 힘든 일을 맡아서 하며 2년 정도를 보냈다. 그는 원래 성격이 강한 편이어서 과거의 일은 거의 다 잊어버렸고, 가끔 기억이 되살아나도 생각 자체를 하지 않으려고 애썼다. 그는 그 도시에 여러 가지 시설을 세우고 봉사 활동을 하면서 자선 사업에도 힘을 기울였다. 더불어 페테르부르크와 모스크바에서도 많은 일을 하여 두 도시의 자선 단체 임원으로 선출되기도 했다.

그러나 고통스러운 날들은 다시 찾아왔고, 결국 그는 그의 힘만으로는 더 견딜 수 없는 지경에 이르렀다. 바로 그즈음해서 그는 아름답고 똑똑한 아가씨에게 마음이 끌렸고 곧 그 아가씨와 결혼했다. 그 나름대로는 결혼을 하면 외로운 고뇌를 없앨 수 있을 거라고 생각했던 것이다. 인생의 새로운 길에서 아내와 자식을 위해 열심히 맡은 바 임무를 다하면 무서운 기억으로부터 벗어날 수 있을 거라는 기대했다. 그러나 현실은 그의 기대와는 전혀 달랐다. 결혼한 뒤 한 달도 채 되지 않아서 이미 '아, 아내는 나를 이렇게 사랑하는데, 만약 아내가 그 일을 알게 되면 어떡하지?'라는 생각이 계속 그를 괴롭혔다. 아내가 임신했다는 사실을 처음 알렸을 때. 그는 매우 당황했다.

'지금 나는 새로운 생명을 만들었지만, 이미 생명을 뺏은 몸이라니.'

연이어 아이 셋이 태어났다.

'내가 어떻게 감히 그들을 사랑하고, 기르고, 교육할 수 있단 말인가! 내가 어떻게 감히 아이들에게 선행을 논할 수 있는가? 나는 살인자가 아닌가!'

별 탈 없이 자라는 아이들을 보고 쓰다듬어주고 싶은 마음이 생길 때도 '나는 아이들의 순진한 얼굴을 마주 볼 수 없다. 나는 그럴 자격이 없다'라는 생각을 했다.

마침내 그는 자신에게 희생된 자의 피가, 자신이 죽인 젊은 생명의 복수를 울부짖는 그 피가, 무서운 모습으로 마음을 습격해서 도무지 견딜 수가 없었다. 날마다 그는 악몽에 시달렸다. 원래 강한 기질을 타고난 그였기에 오랜 시간 이 고통을 인내했다.

'남모르는 이 고통으로 내 모든 것을 속죄하리라.'

그러나 그 소망은 결국 헛된 것이었다. 시간이 지날수록 고통은 더욱더 심해졌다. 세상 사람들은 그의 엄격하고 어두운 성격을 두려워하면서도 그의 자선 사업 때문에 그를 존경했다. 그러나 사람들의 존경을 받으면 받을수록 더욱 견디기 힘들었다. 그가 나에게 고백하기를 자살할 고민까지 했다는 것이다. 그러나 그의 머릿속에서는 자살 대신 다른 공상이 떠올랐다. 처음에는 도저히 불가능하고 생각도 할 수 없는 일처럼 여겨졌지만, 점점 마음속 깊이 들어와 떨칠 수 없게 되었다. 그 공상은 바로, 용감하게 일어나서 대중 앞에서 자신이 살인자라고 고백하는 것이었다.

이 공상은 3년 동안 여러 가지 모습으로 나타났다가 사라지길 반복했다. 결국 그는 자신의 범죄를 고백하기만 하면 자신의 영혼은 나을 수 있고 영원한 평화를 얻을 것이라도 굳게 믿게 되었다. 하지만 이것을 어떻게 실행할 것인가? 그는 그것을 생각하면 마음속이 순식간에 공포로 가득 찼다. 그때, 나의 결투 사건이 일어났던 것이다.

"나는 당신을 보면서 결심했습니다."

나는 그를 바라보았다.

"아니, 그게 진심입니까? 그런 하찮은 사건이 당신에게 그런 결심을 하게 만들었다는 말인가요?"

나는 박수를 치며 이렇게 외쳤다.

"이렇게 결심을 하는 데 3년이란 시간이 걸린 셈이지요. 당신의 사건은 단지 나를 자극했을 뿐입니다. 나는 당신과 가까워지면서 나를 꾸짖고, 또 당신을 동경했습니다."

그는 엄숙한 표정을 지으며 말했다.

"하지만 당신의 고백을 누구도 믿지 않을 거예요. 벌써 14년이 흘렀으니까요."

"증거가 있어요. 확실한 증거를 가지고 있습니다. 그들에게 증거를 내보이겠습니다."

나는 눈물을 흘리며 그에게 입을 맞추었다.

"그런데 한 가지만, 꼭 한 가지만 당신의 생각을 말씀해주세요. 아내와 아이들을 어떻게 하면 좋을까요? 아내는 슬픔을 견디지 못하고 죽을지도 모릅니다. 그리고 아이들도 신분이나 재산은 유지할 수 있을지 모르지만 살인자의 자식이라는 낙인이 영원히 생길지도 모르잖습니까? 아이들의 마음속에 내가 어떤 기억을 남기게 될지 생각해보세요!"

그는 마치 내 말 한 마디에 전부가 걸린 것처럼 부탁했다.

나는 침묵했다.

"그렇게 그들과 헤어져야만 합니까? 그들을 영원히 버려야만 하나요? 영원히, 당신도 알다시피 영원히 말이에요!"

나는 조용히 마음속으로 기도를 반복했다. 마침내 나는 자리에서 일어났다. 왠지 무서워졌다.

"어떻게 해야 좋을까요?"

그는 나를 바라보았고 나는 대답했다.

"가세요. 모든 사람들에게 고백하세요. 전부 지나가고 오로지 진실만이 남습니다. 아이들도 크면 당신의 결심이 얼마나 훌륭한 것이었는지 깨닫게 될 거예요."

그는 마음을 굳게 먹은 표정으로 돌아갔다. 그러나 그 뒤에도 전처럼 결심을 하지 못하고 2주일 동안 날마다 저녁에 나를 찾아와 항상 마음의 준비만 반복했다. 그런 그의 태도에 나는 정신적으로 완전히 지쳐버렸다. 어떤 때는 단호하게 결심을 한 것처럼 나타나서 감격에 겨워 이런 말을 하기도 했다.

"이제 알았습니다. 나에게 천국이 찾아오려고 하는 것 같아요. 내가 고백하는 것과 동시에 천국이 찾아올 것입니다. 나는 14년 동안 지옥에서 살았지만 이제는 정말 그 고통을 이겨내고 싶어요. 나는 고통을 기꺼이 감수하고 인생을 다시 시작할 것입니다. 인간은 거짓된 모습으로 이 세상을 살 수도 있지만, 그렇게 하면 원래대로 되돌아갈 수 없지요. 지금처럼 이웃은커녕 내 아이들도 사랑할 수 없습니다. 아, 아이들도 내 고통이 어느 정도였는지 이해하고 나를 비판하지는 않겠지요. 하느님께서는 힘과 함께하시는 것이 아니라 진리와 함께하시니까요."

"물론 이해합니다. 모두 당신의 영웅적인 행동을 이해할 것입니다. 지금 이해하지 못하더라도 시간이 흐르면 분명히 이해하게 될 것입니다. 왜냐하면 당신은 진리에 봉사한 것이니까요. 이 속세의 진리가 아닌 훨씬 더 거룩한 진리를 추구한 것입니다."

그는 큰 위로를 받은 것처럼 돌아갔지만, 다음 날 다시 창백하고 고통에 가득 찬 얼굴로 나를 찾아와 조소하듯 말했다.

"내가 이곳에 올 때마다 당신은 '고백을 아직도 하지 않았군!'

하는 것 같은 호기심이 가득한 눈으로 나를 보는군요. 그러나 조금 더 기다려주세요. 그리고 나를 너무 경멸하지 마세요. 당신이 생각하는 것처럼 그렇게 쉽지 않습니다. 어쩌면 영원히 고백하지 못할 지도 모릅니다. 그렇게 되면 당신은 나를 고발할 건가요?"

그러나 나는 어리석은 호기심에 차서 그를 보기는커녕 그를 보는 것도 두려워하고 있었다. 나는 심신이 지쳐서 거의 병이 날 정도였고, 마음속에는 눈물이 흐르고 있었다. 밤에는 제대로 잠을 이루지 못할 정도였다. 그가 말을 계속했다.

"지금 나는 아내에게서 오는 길이에요. 과연 당신은 '아내'란 어떤 존재인지 아십니까? 내가 집을 나설 때 아이들은 '아버지, 안녕히 다녀오세요. 빨리 와서 동화책을 읽어주세요, 네?' 이렇게 말했어요. 당신은 아마도 모를 겁니다! 타인의 불행을 진심으로 이해하는 사람은 없으니까요."

그의 눈은 번득였으며 입술은 경련을 일으키는 것처럼 떨렸다. 그러다가 문득 주먹을 쥐고 테이블 위에 놓인 물건들이 흔들릴 정도로 테이블을 쾅 내리쳤다. 평상시에는 매우 점잖았기 때문에 그가 이런 행동을 하는 것은 처음 있는 일이었다.

"정말 그럴 필요가 있는 일일까요?"

그는 고함을 쳤다.

"왜 내가 그래야 할까요? 죄를 뒤집어쓴 사람은 아무도 없고, 나 때문에 누군가 시베리아로 가지도 않았는데 말이지요. 그때 그 하인은 열병으로 죽었잖습니까. 그리고 나는 내가 지은 죄 때문에 그

동안 고통을 겪은 것만으로도 이미 충분히 벌을 받지 않았을까요? 그리고 아무도 내 말을 믿지 않을 것이고, 어떤 증거를 들이대도 믿어주지 않을 거예요. 그런데 왜 꼭 자수를 해야 하는 거지요? 내가 지은 죄 때문이라면 평생 동안 고통을 받겠습니다. 하지만 아내와 아이들에게만은 고통을 주고 싶지 않습니다. 그들까지 나와 함께 파멸시키는 것이 과연 맞는 걸까요? 이런 때에 진리는 어디 있습니까? 세상 사람들은 과연 진리를 제대로 인정할까요? 그것을 올바로 평가하고 존중할까요?"

'이럴 수가 있나! 이 사람은 이 순간에 세상 사람들의 존경 따위를 따지고 있다니!'

나는 마음속으로 탄식했다. 그러자 나는 그가 너무도 불쌍해서, 만일 내가 위로할 수 있다면 그와 운명을 함께해도 좋다고 생각했다. 그는 거의 정신이 나간 것처럼 보였다. 그가 그런 결심을 하기 위해서 어떤 대가를 치러야 하는지, 나는 단지 이성이 아닌 온 마음으로 직감하고 전율을 느꼈다.

"내 운명을 결정해주세요!"

그가 또 외쳤다.

"가서 고백하십시오."

나는 그에게 속삭였다. 나는 숨이 막혀서 목소리가 제대로 나오지 않았지만 그래도 단호하게 속삭였다. 그런 뒤 테이블 위에 놓인 성경을 들고 〈요한복음〉 12장 24절을 읽어주었다.

"내가 진실로 너희에게 말하노니, 밀알 하나가 땅에 떨어져 죽지 않으면 한 알 그대로 남아 있고 죽으면 수많은 열매를 맺느니라."

나는 그가 오기 직전에 읽고 있었던 그 구절을 읽었다.

"맞습니다."

그는 쓸쓸한 미소를 지었다.

"하지만 이런 책에는."

그는 잠깐 말을 끊었다가 다시 이었다.

"무어라 형언할 수 없는 무서운 말이 많지요. 다른 사람에게 그것을 들이대는 건 무척 쉽습니다. 하지만 이건 누가 쓴 거죠? 설마 사람이 쓴 건 아니잖아요?"

"성령께서 쓰신 것입니다."

"당신이 그렇게 말하는 것은 아주 쉽겠지요."

그는 다시 한번 쓸쓸한 미소를 지었는데, 그 미소는 증오로 가득 차 있었다. 나는 다시 책을 들고 다른 곳을 펼쳐서 〈히브리서〉 10장 31절을 보여주었다. 그는 그 부분을 읽었다.

"살아 계신 하느님의 벌하시는 손에 떨어지는 것은 무서운 일입니다."

그는 읽고 난 뒤 그 책을 던졌다. 그는 몸을 덜덜 떨었다.

"무서운 말씀입니다. 더 이상 아무 할 말이 없습니다. 어떻게 이렇게 꼭 맞는 구절만 고르셨습니까."

그는 의자에서 일어났다.

"그럼, 안녕히 계세요. 아마 다시는 못 올지도 모릅니다. 천국에서 다시 만나기로 합시다. '살아 계신 하느님의 벌하시는 손에 떨어진' 지 벌써 14년이 흘렀네요. 지난 14년은 정말 그렇게 불러야 맞겠지요. 내일은 그 손을 향해서 제발 나를 놓아달라고 애원하겠습니다."

나는 그를 안고 작별의 입맞춤을 하려고 했지만 그럴 용기가 생기지 않았다. 그의 얼굴이 일그러져 있었고 고통으로 가득 차 보였기 때문이다. 그는 밖으로 나갔다.

'아, 그는 도대체 어디로 갈까?'

나는 성상 앞에 엎드려서 우리의 부탁을 망설이지 않고 들어주시는 보호자인 동시에 구원자이신 성모 마리아께 그를 위해서 흐느끼며 기도를 올렸다. 내가 눈물을 흘리며 기도를 드리는 동안 30분 정도의 시간이 흘렀다. 밤이 깊어서 거의 자정에 가까운 시간이었다. 그때 갑자기 문이 열리고 그가 다시 왔다. 나는 깜짝 놀랐다.

"어디 다녀오셨습니까?"

"제가…… 뭔가 두고 간 것 같아서…… 아마도 손수건을…… 아니, 두고 간 게 없다고 해도 잠시 앉아 있게 해주십시오."

그는 의자에 앉았고 나는 그 앞에 섰다.

"함께 앉으시지요."

그가 말했고, 나도 앉았다. 그렇게 2분 정도가 지났다. 그는 슬며시 내 얼굴을 바라보다가 문득 쓸쓸하게 웃었다. 지금도 나는 그때 일을 기억하는데, 그가 벌떡 일어서서 나를 힘차게 끌어안고 입을 맞췄던 것이다.

"기억하게. 내가 자네에게 두 번이나 왔었다는 것을. 알겠지, 이 것을 꼭 기억해두게나."

그는 말했다. 그가 나를 자네라고 부른 것은 처음 있는 일이었다. 그리고 그는 다시 나갔다.

'틀림없이 내일 하겠군.'

내 예상은 맞았다. 나는 그날 저녁에도 그다음 날이 그의 생일이라는 것을 몰랐다. 나는 지난 며칠 간 외출하지 않아서 그런 말을 들을 기회가 없었다. 그의 생일에는 매년 그의 집에서 성대한 잔치가 벌어졌는데, 그 마을 사람들 대부분이 모였다. 이번에도 역시 그랬다. 그는 식사를 마치고 방 한가운데로 걸어 나갔다. 그는 손에 종이를 한 장 들고 있었다. 그것은 그가 일하는 관청의 장관에게 낼 정식 자백서였다. 때마침 장관도 그 자리에 있어서, 그는 그 자백서를 그곳에서 온 모든 사람들 앞에서 큰 소리로 읽었다. 자백서에는 범행 일체가 소상하게 적혀 있었다.

"저는 극악무도한 범인인 저를 스스로를 인간 사회에서 추방시키려고 합니다. 하느님께서 이렇게 저를 찾아주셨으니 저는 기쁘게 형벌의 고통을 받으려고 합니다."

그의 자백서는 이렇게 끝맺고 있었다. 그리고 그 자리에서 자신의 범죄를 증명하는, 14년 동안 간직한 물건들을 모두 테이블 위에 늘어놓았다. 혐의를 피하기 위해 훔쳤던 금붙이들과 피해자에게서 가져온 큰 목걸이와 십자가—목걸이에는 약혼자의 사진이 들어 있었다—와 수첩 그리고 두 통의 편지도 있었다. 그중 한 통의 편지는 약혼자가 곧 돌아온다는 소식을 전하는 내용이었고, 다른 한 통은 여자가 다음 날 부치려고 테이블 위에 놓아둔 답장이었다. 그는 살인을 한 뒤에 이 편지 두 통을 집으로 가져왔던 것이다. 그러나 그는 무엇 때문에 자신에게 불리한 증거를 없애지 않고 14년 동안이나 간직했던 것일까? 그리고 그 결과는 이랬다.

처음에 사람들은 깜짝 놀라서 공포를 느꼈지만 아무도 믿지 않았다. 모두 호기심을 가지고 경청했지만 병자가 하는 헛소리를 들은 것처럼 며칠이 지난 뒤에는, 어느 집에서나 그 사람은 불쌍하게도 미친 것 같다고 결론을 내렸다. 사법 당국에서는 그 사건을 조사해야 했지만 역시 당분간 조사를 보류하기로 결정했다. 훔친 물건들과 편지는 조사할 만한 가치가 있었지만 그 증거물이 확실하다고 밝혀져도 역시 그것만으로 유죄 선고를 내릴 수는 없다고 결론 내렸다. 게다가 그 증거물도 피살자가 자신의 친구인 그에게 보관해달라고 했을 수도 있는 일이었다. 나중에 들은 얘기는, 피살자의 친구들과 친척이 그 증거물의 출처를 확인해주어서 거기에 대한 의문의 여지는 전혀 없었다고 한다.

어쨌든 이 사건은 다시 미해결인 채로 사라질 운명이었다. 그리고 닷새 정도가 흐른 뒤, 이 불행한 사람이 갑자기 병이 들어서 생명이 위독하다는 것이 알려졌다. 무슨 병인지는 정확하게 알 수 없지만 사람들이 말하기를 심장 부정맥이라고 했다. 그러나 곧 사실이 밝혀졌다. 의사들은 그의 부인의 간곡한 부탁을 받고 환자의 정신 상태를 진찰했는데 정신 착란이라는 진단을 내렸다.

사람들은 내게 앞 다투어 어떻게 된 것인지 물었지만 나는 아무런 대답도 하지 않았다. 그러나 내가 그에게 문병가고 싶다고 말하자 사람들은—특히 그의 아내는—기를 쓰고 말리면서 허락하지 않았다. 그의 아내는 나에게 이렇게 말했다.

　"남편이 이렇게 미친 건 당신 때문이에요. 남편은 항상 우울한 편이긴 했지만, 특히 작년부터 이유 없이 흥분하면서 더 이상해졌어요. 그런데 당신이 나타나서 그이를 완전히 망쳐놨어요. 당신이 그이에게 이상한 생각을 불어넣었기 때문이에요. 지난 한 달간 계속 당신 집에 갔었으니까요."

　그의 아내뿐만 아니라 그 도시의 모두가 나에게 달려들어 나를 비난했다.

　"모두가 당신 때문이오!"

　나는 침묵했고, 속으로는 오히려 무척 기뻐했다. 왜냐하면 나는 자신에게 반기를 들고 자신에게 벌을 준 이 불행한 사람에 대한 하느님의 자비를 분명하게 보았기 때문이다. 나는 그가 진짜 정신이상이라고 생각하지 않았다. 그러는 중에 결국 나는 그와의 면회를 허락받았다. 병자가 나와 작별 인사를 하고 싶다고 간곡하게 부탁했기 때문이었다. 나는 그의 방에 들어선 순간, 그의 목숨이 며칠은커녕 몇 시간도 남지 않았다는 것을 알았다. 그는 몹시 야위어 안색은 누렇고 손을 떨면서 숨을 헐떡이고 있었지만 얼굴은 감동과 기쁨이 가득해 보였다.

　"마침내 뜻을 이루었네! 자네가 몹시 보고 싶었는데 왜 오지 않았는가?"

그가 이렇게 말했다. 나는 사람들이 그를 만나지 못하게 했다고 말하지 않았다.

"하느님께서 나를 불쌍히 여기셔서 곁으로 불러주시는 거야. 죽을 때가 멀지 않았다는 걸 나도 알지만, 나는 몇십 년 만에 처음으로 기쁨과 평안을 느끼고 있다네. 내가 해야 할 일을 끝낸 다음부터 내 마음속에는 천국이 생겼다네. 이제는 주저하지 않고 아이들을 사랑할 수 있고 입을 맞출 수도 있어. 그러나 아내나 판사, 그 밖의 사람들은 내 말을 믿지 않았네. 그러니 아이들도 믿지 않을 거라네. 이걸 봐도 하느님께서 베푸신 아이들에 대한 자비를 알 수 있네. 비록 내가 지금 죽더라도, 내 이름은 아이들에게 아무런 흠결을 남기지 않을 걸세. 지금 이 순간에도 나는 벌써 하느님 곁에 와 있는 것 같아서, 나는 천국에 있는 것처럼 즐겁다네. 나는 내가 해야 할 일을 하고야 말았어."

그는 끝내 더 말을 이어가지 못했다. 그는 숨을 가쁘게 몰아쉬면서도 내 손을 꼭 잡고 불타는 눈으로 나를 바라보았다. 우리는 길게 얘기할 수가 없었다. 그의 아내가 계속 우리를 살펴보러 들어왔기 때문이었다. 하지만 그는 틈이 생길 때마다 내게 이렇게 속삭였다.

"자네, 내가 그날 밤에 자네를 두 번째 찾아갔던 걸 기억하나? 내가 꼭 기억해두라고 했잖은가. 자네는 내가 왜 다시 돌아갔는지 아는가? 실은 난 자네를 죽이려고 다시 갔었네!"

나는 놀라서 몸을 떨었다.

"나는 그때 자네의 집에서 어둠 속으로 뛰쳐나와서, 거리를 걸으며 나 자신과 싸워야 했네. 갑자기 자네가 미워서 참을 수 없었네. '오로지 나를 구속하는 자는 그자뿐이다'라고 생각했었지. '그자는 나의 심판관이다. 그가 모든 걸 알고 있으니, 나는 내일이라도 형벌을 받아야 할지 모른다.' 하지만 자네가 나를 밀고할까 봐 두려워한 건 아니네. 정말 그런 생각은 하지 않았다네. 단지 '내가 만일 자수하지 않으면, 어떻게 그를 다시 본단 말인가?'라는 생각을 했던 거지. 혹시라도 자네가 이 세상의 끝에 가 있다고 해도, 자네가 살아 있는 동안은 역시 마찬가지가 될 테니 말이야. 자네가 모든 일을 알고 있으니 나를 심판할 거라는 생각이 들어서 나는 도무지 견딜 수 없었네. 나는 자네가 모든 일의 원인이라도 되는 양, 자네에게 모든 죄가 있기라도 한 것처럼 자네를 증오했네. 그래서 자네에게 되돌아갔지. 그때 자네 방의 테이블 위에 칼이 놓여 있던 걸 기억했거든. 나는 의자에 앉아 자네에게도 앉으라고 권했지. 그리고 1분 동안 깊이 생각했네. 내가 만일 자네를 죽였다면, 이전에 지은 죄는 자백하지 않아도 되지만 자네를 죽였기 때문에 분명히 파멸하고 말았을 거야. 그러나 그런 일은 전혀 생각하지 않았고 또 생각하기조차 싫었다네. 나는 단지 자네가 미웠을 뿐이고 모든 일에 대해 자네에게 복수하고 싶었네. 그러나 하느님께서 내 마음속 악마를 없애주셨네. 어쨌든 잘 기억하게나, 자네가 그때처럼 죽음에 다가선 적은 없었다는 것을 말이야."

726

1주일이 지난 뒤, 그는 죽었다. 그 도시의 사람들 대부분이 묘지까지 관을 따라갔다. 대주교는 감동적인 조사(弔辭)를 했다. 사람들은 그의 생명을 가져간 무서운 병에 대해 탄식했다.

도시 사람들 전부는 장례식이 끝난 뒤 나에게 적의를 드러내며 나를 손님으로 초대하는 것을 거절했다. 물론 그들 중에는 그의 고백을 믿는 사람도 있었다. 처음에는 극소수였지만 점점 믿는 사람이 늘어났다. 그들은 나에게 종종 찾아와서 호기심과 관심을 보이며 여러 가지를 물었다. 인간에게는 반듯한 사람의 타락과 오욕을 좋아하는 성미가 있기 때문이다. 그러나 나는 끝내 입을 다물었다. 그리고 곧 그 도시를 떠나서 다섯 달 뒤에는 하느님의 은총을 받고 이 거룩하고 확고한 길로 들어서게 되었다. 나는 이토록 확실하게 이 길을 보여주신 '하느님의 눈에 보이지 않는 손'을 축복했다. 그러나 많은 고통을 겪은 하느님의 종 미하일을 기억하고 지금까지 날마다 기도드린다.

3. 조시마 장로의 담화와 설교 중에서

(5) 러시아의 수도사와 그 의미

신부, 수사 여러분, 대체 수도사란 무엇인가? 요즘 같은 문명사회에서 이 수도사라는 말에 어떤 이들은 비웃음을 던지고, 또 어떤 이들은 심지어 욕설을 퍼붓기도 한다. 그리고 이런 현상은 날이 갈수록 더 심해져간다. 슬프게도 수도사들 중에는 무위도식하는 게으른 자, 난봉꾼, 무뢰한 그리고 파렴치한 부랑자들도 많은 것이 사실이다. 교육을 받은 속세의 사람들은 이런 사실을 지적하면서 다음과 같이 말한다.

"수도사, 너희들은 게으르고, 사회에 아무런 소용도 없는 족속들이며, 남의 노력에 빌붙어 사는 뻔뻔한 거지들이야."

그러나 수도사 중에도 겸손하고 온화한 자들은 많아서, 그들은

728

고독과 고요 속에서 열렬하게 기도하기를 원한다. 세상 사람들은 이런 수도사들에게는 관심을 갖지 않고 완전히 무시해버린다. 그러므로 내가 만일 이처럼 고독한 기도를 원하는 겸손한 수도사들 중에서 다시 한번 러시아의 구원자가 나타날 것이라고 말하면 그들은 얼마나 놀랄까! 그런 수도사들은 정적 속에서 '그 해, 그 달, 그 날, 그 시간'을 위해 준비하는 것이 사실이다. 그들은 지금 고독 속에서 먼 옛날의 신부, 사제, 순교자들로부터 전해 내려오는 순수한 신의 진리 그대로 그리스도의 모습을 선하고 아름답게 간직하고 있다. 그리하여 때가 되면 중심을 잃고 흔들리는 세상의 진리 앞에 그들은 그리스도의 모습을 드러낼 것이다. 이것은 진실로 거룩한 사상이다. 언젠가 이 별은 동쪽 하늘에서 찬연히 빛날 것이다.

나는 수도사에 대해 이렇게 생각한다. 내 생각이 정녕 거짓이며 자만일까? 신의 백성 위에 군림하고 있는 속세와 그 안에서 살아가는 인간들을 보라. 하느님의 모습과 하느님의 진리가 왜곡되어 있지는 않은가? 그들은 과학을 말한다. 그러나 그들이 찬양하는 과학이란 인간 오감의 대상일 뿐이다. 인간 존재의 귀중한 축을 이루는 정신세계는 한편으로는 과학이 거둔 하찮은 승리감에 의해, 다른 한편으로는 신에 대한 과학의 혐오에 의해 완벽히 거부당하고 사라졌다. 세상은 자유를 선언했다. 요즘 들어 특히 그렇게 되었다. 과연 그들의 자유에서 우리는 무엇을 발견할 수 있을까? 오직 예속과 자멸뿐인 것이다! 그들은 이렇게 외치고 있다.

'너희도 욕구가 있으면 그것을 만족시켜라. 너희도 귀족이나 부자들과 같은 권리를 가지고 있으니. 욕구를 충족하는 것에 대해 두려움을 갖지 마라. 아니, 더욱 그것을 증대시켜야 한다.'

이것이 바로 현재 그들이 가르치는 것이다. 그들은 여기에 자유가 있다고 여긴다. 그러나 욕구를 증대시키는 권리는 어떤 결과를 가져올까? 부자에게는 고독과 자살이, 가난한 자들에게는 질투와 살인뿐이다. 왜 그럴까? 그들이 단지 욕구 충족의 권리만을 주고 어떻게 그것을 충족시켜야 하는지에 대한 방법을 주지 않았기 때문이다. 그들의 주장은 이렇다. 즉, 인간과 인간 사이의 거리는 좁혀지고 사상은 대기를 통해 전달되니까 인류는 시간이 흐르면서 점점 가까워져서 형제와 같은 관계를 갖게 될 것이라고.

아, 결코 이런 인간들의 결합은 믿으면 안 된다. 세상 사람들은 자유를 욕망의 증대와 빠른 충족으로 이해하면서 그들의 본질을 왜곡한다. 그것은 현명하지 못하고 의미 없는 희망과 습관, 가당치 않은 공상을 수없이 파생시키기 때문이다. 단지 사람들은 서로의 선망이나 욕망, 허영을 위해 살아갈 뿐이다. 그들은 파티, 마차, 말, 관직, 노예 같이 부리는 하인, 이런 것들이 필수적으로 있어야 한다고 여긴다. 그래서 이를 갖추려고 자신의 생활과 품성, 인간애까지 모두 버리려고 한다. 그런 욕구가 충족되지 않으면 자살하기까지 한다. 그렇게 부유하지 못한 사람들에게서도 같은 현상이 나타나지만, 가난한 자들은 술로 욕구불만이나 질투를 달랜다. 그러나 곧 그들은 술 대신 인간의 피를 마실 것이다. 그렇게 될 수밖에 없지 않은가.

나는 이것이 과연 참된 자유로운 인간인지 묻고 싶다. 나는 '이상을 위해 헌신하는 투사'를 한 명 알고 있는데 그가 나에게 말하길, 감옥에서 담배를 피울 수 있는 권리를 빼앗기자 담배를 피우고 싶은 마음을 참기 힘들어서 담배를 얻을 수 있다면 자신의 '이상'을 팔았으면 좋겠다고 생각했다고 한다. 이런 사람들이 겉으로는 '인류를 위해 싸우겠다'고 큰소리치고 있다. 과연 이런 자들이 어디서 무슨 일을 할 수 있는가? 힘 안 들이고 빠른 시간에 할 수 있는 일이라면 몰라도 힘들고 인내가 필요한 일은 결코 오래 계속할 수는 없을 것이다. 그래서 그들은 자유를 얻는 대신에 예속에 빠지게 되고, 인류의 결합에 기여하는 대신 당연하게도 고립과 고독에 빠지게 되는 것이다. 이런 말은 내가 젊었을 때 내 스승이었던 신비스러운 방문자가 해준 말이다. 그래서 인류에 대한 봉사나 인간의 형제적 결합 같은 사상은 점점 이 세상에서 사라지고, 심지어 이제는 비웃음의 대상이 된 것이다. 아무렇게나 생각한 수많은 욕망을 충족시키는 데만 익숙한 인간이 어떻게 자신의 습관에서 벗어날 수 있는가? 그리고 또 어디로 갈 수 있는가? 그래서 그들은 더 많은 물질을 축적하는 것에는 성공했지만, 세상에서의 기쁨은 점점 잃는 결과에 이른 것이다.

수도사들이 걷는 길은 이것과는 정반대다. 사람들은 복종과 단식, 더 나아가 기도까지 조롱하지만 오로지 그런 것들에만 진정한 자유에 이를 수 있는 길이 있다. 우리는 필요 없는 욕망을 버리고 자존심에서 우러난 교만한 자신의 의지를 복종으로 억누르면서, 하느님의 힘을 빌려서 정신의 자유를 얻고 정신적인 환희까지 함께 얻는 것이다.

어느 쪽이 위대한 사상을 널리 알리고 봉사할 수 있는 것일까. 고립된 부자인가, 물질의 전횡과 습관으로부터 벗어난 사람인가?

수도사는 고립된 생활을 하기 때문에 종종 비난의 대상이 된다. "너는 너의 구원을 위해 수도원 안에서 숨어 지내고, 인류에 대한 형제애적 봉사를 잊은 것이 아니냐?"

그러나 어느 쪽이 과연 형제애적인 사랑을 위해 노력하고 있는지 금방 알 수 있다. 왜냐하면 그들은 비록 모르고 있지만 고독에 빠진 것은 우리가 아닌 그들이기 때문이다. 오래전부터 우리 수도사들 중에서 민중의 지도자들이 많이 배출되었다. 그런데 지금이라고 그런 사람이 나타나지 않으리라는 법이 있는가? 온화하고 겸손한 금욕과 침묵의 고행자들이 다시 나타나 거룩한 사업에 헌신할 것이다. 러시아의 구원은 민중에게 달려 있다. 그리고 러시아의 수도원은 옛날부터 민중과 함께했다. 만약 민중이 고립되어 있다면 우리도 고립되어 있는 것이다. 우리처럼 민중도 하느님을 믿는다. 하느님을 믿지 않는 실천가는, 그가 비록 순수한 열정과 비상한 두뇌를 가졌다 해도 러시아에서는 아무것도 이룰 수 없을 것이다. 이것을 잘 기억해두어야 한다! 곧 민중은 무신론자를 상대로 싸우고 그를 물리칠 것이다. 그래서 정교 아래에 결합된 러시아가될 것이다. 민중을 소중하게 여기고 그들의 마음을 지켜야 한다.

침묵 속에서 민중을 가르쳐라. 수도사로서 여러분이 할 일은 이것이다. 민중이 하느님을 구현할 백성이기 때문이다.

⑹ 주인과 하인에 대하여—그들은 정신적으로 형제가 될 수 있는가?

안타깝게도 나는 민중에게도 죄가 있음을 부정하지 않는다. 부패와 타락의 불길은 무서운 속도로 번져 상류층으로부터 아래로 퍼져나가고 있다. 민중에게도 고립이 물들기 시작했다. 고리대금업자와 사회에 해를 입히는 사람들이 늘어나고, 장사꾼들도 지위를 얻고 싶어 했으며, 교양이 없는 자가 교양 있는 신사처럼 굴었다. 그리고 그러기 위해서 오래전부터 내려온 전통을 무시하고 조상이 섬겨온 신앙까지 수치스럽게 여기게 되었다. 그리고 문턱이 닳도록 귀족의 집을 드나들지만, 그들은 언제나 부패한 농민일 뿐이었다. 민중들은 음주로 망가져가면서도 그 습관에서 쉽사리 벗어나지 못한다. 그들은 자신의 아내와 아이들에게까지 잔인한 행동을 서슴지 않는다. 이것은 모두 음주가 불러온 결과이다.

나는 공장에서 바짝 야위고 지쳐서 등까지 구부정한 여남은 살 정도의 아이들을 많이 보았다. 그 아이들은 일찍 악행에 빠져 있었다. 숨 막히는 공장 건물, 요란한 기계 소리, 종일 이어지는 노동, 음담패설 그리고 술, 또 이어지는 술. 정말 이런 것들이 어린아이의 영혼에 어떤 필요가 있을까? 그들에게는 밝은 태양과 아이다운 놀이, 어디에나 있는 밝은 모범, 비록 한 방울일지언정 그들에게 먹일 사랑이 필요하다. 여러분, 이런 나쁜 전통이 없어지도록,

아이들에게 행해지는 학대가 사라지도록 여러분은 서둘러 계몽에 나서야 한다.

하느님께서는 러시아를 구원하실 것이다. 민중은 타락하여 악취로 가득 찬 죄악 속에서 헤어나지 못하더라도 그들은 자신들이 짓는 악취에 찬 죄악이, 하느님의 저주를 받으며 죄를 짓는 자신이 잘못된 것을 충분히 알고 있기 때문이다. 우리나라의 민중은 진리와 하느님을 아직도 열렬하게 믿으며, 하느님을 받아들이고 감동의 눈물을 흘린다. 그러나 상류층은 그렇지 않다. 과학을 따르는 그들은 이성으로만 올바른 사회를 만들려고 한다. 예전처럼 그리스도의 힘에 기대지 않고, 지금은 범죄도, 죄악도 없다고 큰소리친다. 그들의 사고방식에서는 당연한 것처럼 보인다. 하느님이 존재하지 않으면 범죄라는 것이 없기 때문이다.

유럽에서는 이미 민중이 자본가에게 폭력으로 대항하고 있다. 민중의 지도자들은 도처에서 그들을 피 흘리게 하면서, '너희의 분노는 마땅한 것'이라고 가르친다. 그러나 그들의 분노는 잔인하기 때문에 저주받을 것이다. 그러나 하느님께서는 지금까지 여러 차례 구원하신 것처럼 러시아를 분명히 구원하실 것이며, 구원은 민중으로부터, 그들의 신앙과 겸손에서 나올 것이다.

여러분, 민중의 신앙을 지키려고 노력하라. 이것은 절대로 공상이 아니다. 나는 평생 우리나라의 위대한 민중이 지닌 탁월한 자질에 깊이 감동했다. 나는 내가 직접 보았기 때문에 감히 단언할 수 있다. 나는 그것을 볼 때마다 거지나 다름없는 참혹한 모습에도 찬

탄하지 않을 수 없다. 그들은 200년 동안 농노 시대를 거쳤지만 결코 비굴하지 않고, 태도나 거동이 자유롭지만 예의에 어긋나지 않는다. 그리고 복수심이 크지 않고 시기하지도 않는다.

"당신은 훌륭합니다. 부자이고, 머리가 좋고, 재능도 있습니다. 진심으로 좋은 일입니다. 하느님께서 당신을 축복하시길 빕니다. 나는 당신을 존경합니다. 나는 내가 인간임을 알고 있습니다. 그래서 나는 당신을 시기하지 않고 존경합니다. 또 그렇기 때문에 나도 인간으로서의 품격을 당신에게 보여줄 수 있습니다."

이렇게 그들이 말하지 않아도—왜냐하면 아직 그들은 그렇게 말할 줄 모르기 때문이다—실제로 그렇게 행동하고 그렇게 실천한 것을 내가 직접 보아왔다.

여러분은 안 믿을지 모르지만 러시아의 민중은 가난해질수록, 신분이 낮을수록 그 이면에 이런 위대한 진리를 더욱 확실하게 가지고 있다. 왜냐하면 부농이나 착취자 같은 사람들은 이미 대부분 타락했기 때문이다. 이것은 주로 우리가 열정을 잃어버리거나 게을러지는 데서 일어나는 것임을 깨달아야 한다.

하느님께서는 당신의 하인인 인간들을 분명히 구원해주실 것이다. 왜냐하면 러시아는 그 겸손함 덕에 위대하기 때문이다. 나는 우리나라의 미래를 생각하며 그것을 이미 눈으로 본 것처럼 느낀다. 언젠가는 우리나라의 타락한 부자들도 가난한 사람들 앞에서 자신의 부를 부끄럽게 생각할 것이고, 가난한 자들은 그런 겸손한 태도를 보고 그들의 마음을 이해하게 되어서 그들에게 양보하고 기쁨과 사랑으로 그 아름다운 반성에 답할 것이다. 분명히 이런 결과가 올 것이라고 믿어도 좋다. 이런 방향으로 가고 있다.

인간의 정신적인 존엄에서만 평등을 찾을 수 있으므로 러시아 민중들만이 이것을 이해한다. 우리가 만일 서로 형제의 관계라면 동포들의 다정한 결합도 이루어질 수 있지만, 그런 결합이 이루어지기 전에는 결코 분배가 공평해질 수 없다. 우리가 그리스도의 모습을 귀중하게 지키고 그것이 고결한 다이아몬드처럼 전 세계에 아름답게 빛나기를. 이처럼 이루어지이다, 아멘!

여러분, 나는 예전에 감동적인 경험을 한 적이 있었다. 전국을 순례할 때, 예전에 당번병이었던 아파나시를 헤어진 지 8년 만에 K시에서 만났다. 그는 시장에서 우연히 나를 보고 기뻐서 어쩔 줄 모르며 얼싸안을 듯이 손을 잡았다.

"수사님, 혹시 나리가 아니세요? 이런 곳에서 나리를 만나게 되다니!"

그는 나를 자신의 집으로 데리고 갔다. 오래전 제대를 하고 결혼해서 아이가 둘이나 있었고 아내와 함께 시장에서 작은 노점을 하며 푼돈을 벌고 있었다. 방 내부는 소박했지만 정갈했고 기쁨이 넘치고 있었다. 그는 나를 의자에 앉게 하고 사모바르를 내온 뒤, 아내를 부르러 사람을 보내는 등 파티라도 열 것처럼 법석을 떨었다. 그는 아이들을 내게 데려와서 말했다.

"수사님, 아이들에게 축복을 내려주세요."

"내가 감히 축복을 내릴 수 있겠나? 나는 수도승이니까 아이들을 위해 하느님께 기도를 드리겠네. 그런데 아파나시, 나는 그날 이후 날마다 자네를 위해 기도했네. 내가 이렇게 된 것은 전부 자네 덕분이니까."

나는 그때의 일을 그에게 자세히 설명했다. 그는 어쩐 일인지 내 얼굴을 뚫어지게 바라보더니 예전에 자신의 상관이자 장교였던 사람이 지금 이런 모습으로 자신의 앞에 있는 게 잘 이해되지 않는 모양이었다. 그는 결국 눈물을 보였다.

"왜 우는 건가? 나에게 자네는 잊지 못할 사람이네. 나를 위해 기뻐하게나. 내 미래는 빛과 기쁨으로 넘친다네."

그는 말없이 계속 한숨을 쉬면서 감격에 겨워 고개를 끄덕였다.

"그런데 나리의 재산은 어떻게 하셨나요?"

"수도원에 기부했다네. 우리는 공동생활을 하니까."

차를 마신 뒤, 나는 작별 인사를 전했다. 그러자 그는 갑자기 50코페이카 은화를 꺼내서 내 손에 쥐어주며 서둘러 이렇게 말했다.

"이건 순례하시는 나그네에게 드리는 것입니다. 혹여 필요하실지 모르니까요."

나는 그 은화를 받고 그들에게 인사를 한 뒤, 즐겁게 밖으로 나왔다. 그리고 걸으면서 이런 생각을 했다.

'이제 우리는 전부, 그는 집에서, 나는 길을 걸으면서 하느님께서 우리를 다시 만나게 하신 것에 감사드리며 즐겁게 고개를 끄덕이며 한숨을 쉬기도 하고, 기쁘게 웃기도 할 것이다.'

그렇게 만난 이후로 나는 그를 만나지 못했다. 나는 그의 주인이

었고 그는 내게 하인이었지만, 지금 이렇게 두 사람이 큰 감동에
겨워 다정한 입맞춤을 주고받은 순간 우리 사이에는 거룩한 인간
적인 결합이 이루어졌다.

　나는 이에 대해 여러 생각을 했고 이런 결론을 내렸다.

　'이렇게 위대하고 순수한 결합이, 마침내 도처에서 러시아 사람
들 사이에 실현되리라는 생각은 상상조차 할 수 없는 일인 걸까?
나는 믿는다. 그것은 이루어질 것이고 머지않아 그 시기가 올 것이
라고.'

　나는 하인들에 대해 좀 더 덧붙여 말하고 싶다. 내가 청년이었을
때는 하인들에게 종종 화를 냈다. 요리사가 지나치게 뜨거운 요리
를 가져오거나 당번병이 옷에 솔질을 하지 않았다는 등의 이유였
다. 그러나 그때 어린 시절에 들었던 그리운 형의 사상이 갑자기
내 마음에게 이런 속삭임을 들려주었다.

　'다른 사람이 나의 시중을 들고 있다는 이유로, 또 가난하고 무
식하다는 것 때문에 내가 다른 사람들을 막 부릴 자격이 과연 있
단 말인가?'

　나는 그때 이렇게 간단하고 명확한 생각이 나의 머릿속에 이렇
게 늦게 떠오른 것이 스스로도 놀라울 정도였다. 하인 없이 사는
것이 속세에서는 불가능하겠지만, 자신의 하인들에게는 비록 그
들이 하인이 아닐 때보다 정신적인 자유를 주어야 한다. 주인 스스
로, 하인들을 위해서 하인의 하인이 되어서는 안 되는 것이냐고 하
인들에게도 이해를 시켜야 한다. 주인이 자신이 주인이라는 자만

심을 갖지 않고 하인들에게 불신을 갖지 않도록 하는 것이 왜 불가능할까? 하인들을 피붙이처럼 여기고, 가족의 일부분으로 받아들이면서 즐거움을 함께 나누는 것이 왜 불가능한 것일까? 그것은 가능하며, 앞으로 있을 위대한 인류 결합의 기반이 될 것이다. 인간은 그때가 되면 지금처럼 자신을 위해 하인을 데리고 있지 않게 될 것이고, 자신과 대등한 인간을 하인으로 삼으려 하지 않고 오히려 복음서의 가르침을 따라서 진실로 모든 사람의 하인이 되기를 소망하게 될 것이다. 종국에 이르러서는 인간은 오늘날처럼 잔인한 쾌락—탐욕, 음욕, 허영, 자만, 시기가 넘치는 서로의 경쟁이 아닌, 교화와 자비의 행위 안에서만 오직 기쁨을 느낄 수 있을 것이다. 이것이 공상에 불과한 것일까? 나는 결코 이것이 공상이 아니며 이미 그때가 다가왔음을 확신하고 있다.

사람들은 웃으면서 이렇게 물을 것이다.

"그런 때가 정말 올까요? 도대체 언제 그때가 온다는 거죠?"

그러나 나는 그리스도와 함께 그것을 이룰 수 있을 것이라고 굳게 믿는다. 인류의 역사를 살펴보면, 10년 전만 해도 불가능하다고 생각했던 사상이 얼마나 많았는가? 신비로운 시기가 찾아오고 갑자기 나타나 전 세계를 휩쓸어버린 예는 수없이 많다. 이런 일이 우리나라에서도 일어나서 러시아 민중이 전 세계에 빛나고, '장인'이 필요 없다고 버린 돌이 이제는 중요한 주춧돌이 되었다고 모든 사람이 경탄하며 말할 것이다. 우리를 비웃는 사람들에게 나는 이렇게 묻는다.

"만약 우리의 소망이 한낱 공상에 지나지 않는다면, 당신들이 그리스도에게 기대지 않고 자신의 머리로만 세우려는 건물은 언제 완공될 수 있습니까? 그 평등한 사회는 언제 실현되는 거지요?"

그들이 만약 자신들이 인류의 결합을 위해서 노력한다고 단언할지언정, 그것을 진심으로 믿는 사람은 그들 중에서도 가장 단순한 사람에 지나지 않을 것이다. 하지만 그렇게 두뇌가 단순할 수 있는 것일까? 사실 그들에게는 공상적 경향이 우리보다 더 많은 게 사실이다. 그들은 공평한 사회를 만들려고 하지만 그리스도를 부정하면 결국 전 세계를 피바다로 만드는 결과만을 얻을 것이다. 왜냐하면 피는 피를 부르게 되고, 칼을 쓴 자는 칼로 망할 것이기 때문이다. 그러므로 만약 그리스도의 위대한 약속이 없었다면 인간은 이 땅에서 단 두 사람만 남을 때까지 서로 살인을 저지를 것이다. 그리고 마지막 두 사람까지 잘난 척하다가 서로를 돕지 않고, 그중의 한 사람이 상대를 죽이고 결국 자신까지 파멸하게 될 것이다. 온순하고 겸손한 자들 덕분에 언젠가는 이런 일이 끝날 것이라는 그리스도의 약속이 없었더라면 정말 그대로 되었을 것이다.

지금도 기억하는 속세에서의 그 결투 사건이 있은 뒤, 아직 군복을 입고 있을 때, 내가 하인에 대한 이러한 문제를 얘기하자 모두 깜짝 놀라며 내게 이렇게 물었다.

"네? 그럼, 우리가 하인을 안락의자에 앉히고 그들에게 차 시중을 들어야 한다는 말인가요?"

그래서 나는 그들에게 이렇게 말했다.

"그렇게 못할 것도 없지 않습니까? 가끔이라면 말이지요."

그러나 그들은 내 말을 모두 무시했다. 그들의 질문도 즉흥적이고 나의 대답도 정확하지는 않았지만, 그래도 나는 어떤 진리가 담겨 있었다고 생각한다.

(7) 기도와 사랑 그리고 다른 세계와의 접촉에 대하여

청년이여, 기도하는 것을 잊지 마라. 그대들이 기도할 때마다, 그 기도가 진심이라면 분명히 새 감정이 샘솟을 것이다. 그리고 그 감정 안에 지금껏 알지 못했던 새 사상이, 그대에게 새로운 용기를 심어줄 사상이 들어 있다. 그래서 그대는 기도가 수양의 일종이라는 것을 깨닫게 될 것이다.

또 기억해야 할 한 가지는, 날마다 시간이 생기는 대로 마음속으로 기도하는 것이다.

'주여, 오늘 주님 앞에 나타난 모든 사람들을 불쌍히 여기소서.'

왜냐하면 매시간, 아니 매순간 수천 명에 이르는 사람들이 이 지상의 삶을 등지고 하느님 앞에 영혼이 불리고, 그들 중의 대부분은 슬픔과 고뇌를 가진 채 이 세상을 떠나기 때문이다. 하지만 누구도 그것을 슬퍼하지 않고 또 그들이 이 세상에 살았는지에 대해서도 모른다. 그때 그런 사람의 명복을 비는 그대의 기도가, 지구 반대편 끝에서 출발하여 하느님에게 닿을 것이다. 비록 그대가 그들을 잘 모르고, 그들이 그대를 모른다고 해도 말이다.

하느님 앞에 공포를 느끼며 서 있는 그 누군가의 영혼에게, 자신과 같은 인간을 위해서도 기도를 해주는 사람이 있으며, 자신 같은 인간을 사랑해주는 누군가가 이 땅 어딘가에 있다고 느끼는 것만큼 커다란 위안은 없다. 또 하느님께서도 두 사람을 더 자애롭게 바라보실 것이다. 그대가 그를 불쌍히 여긴다면, 끝없이 자비로운 사랑을 지닌 하느님께서는 그를 얼마나 가엾이 여기실 것인가. 그대를 봐서라도 그를 용서하실 것이다.

형제들이여, 인간이 짓는 죄를 두려워하지 마라. 죄 지은 자라도 사랑하라. 그것은 이미 하느님의 사랑에 가깝고 이 지상에서 가장 위대한 사랑이다. 또한 하느님의 모든 창조물을, 그 모두와 작은 부분까지 사랑하라. 잎사귀 하나, 햇살 한 줄기까지도 사랑하라. 동물을 사랑하고, 식물을 사랑하고, 모든 사물을 사랑하라. 만일 그대가 모든 사물을 사랑하게 되면 그때 그 사물에서 하느님의 신비를 깨달을 수 있다. 그것을 발견하기만 하면, 그 이후에는 날마다 더 깊이, 더 많이 깨달을 수 있다. 그리고 마침내 모든 것을 감싸는 우주적 사랑으로 전 세계를 애정으로 안을 수 있게 된다.

동물을 사랑하라. 하느님께서는 그들에게 기본적인 사고력과 온유한 기쁨을 주셨다. 동물을 괴롭히고 학대해서 그들에게 기쁨을 빼앗고 하느님의 뜻을 거스르면 안 된다. 인간이여, 결코 동물 위에 군림하려고 하지 마라. 동물에게는 아무런 죄가 없지만 인간은 큰 힘을 가졌으면서도, 지상에 나타났기 때문에 땅을 오염시키고 그곳에 더러운 발자국을 남긴다. 슬프지만 우리 모두가 그렇다!

특히 아이들을 사랑하라. 그들은 천사처럼 순진하고 우리의 마음을 감동시켜서 순결하게 정화시키기 위해 사는 존재이며, 우리를 이끄는 지표이다. 아이들을 모욕하는 것은 슬픈 일이다. 나에게 아이를 사랑하도록 가르친 것은 안핌 신부이다. 말이 별로 없고 다정한 그는 나와 함께 순례를 할 때도 우리가 받은 동전으로 과자나 사탕을 사서 아이들에게 나누어주었다. 그는 아이들 곁을 지날 때면 영혼의 떨림을 느꼈다.

우리는 우리와 다른 생각을 대하면 때때로 의혹을 느낀다. 특히 남이 저지른 나쁜 짓을 보면 그런 사람을 강압으로 붙잡아둘 것인지, 또는 겸손한 사랑으로 보듬어야 할 것인지에 망설이게 된다. 그러나 어떤 경우에도 겸손한 사랑으로 사로잡겠다고 결심하라. 일단 그렇게 결심하면 전 세계를 포용할 수 있을 것이다. 겸손한 사랑은 모든 힘 중에서도 가장 강력하고 가장 무서운 힘이다. 날마다, 매시간, 매순간, 부지런히 반성하고 자신이 아름답도록 마음을 써야 한다.

예를 들어 아이들 곁을 지날 때, 화를 풀기 위해 험한 말을 하고 분노에 가득 차서 지나간다면 비록 화를 낸 쪽에서는 그 아이를 알아볼 수 없더라도, 아이는 이쪽을 분명히 보고 있을지도 모른다. 그러면 아이의 순수한 마음에 그 추악한 모습이 영원히 새겨질 수도 있다. 즉, 이쪽에서는 모르고 있는 사이에 아이의 마음에 나쁜 씨앗을 뿌리게 되는 것이다. 그래서 그 씨는 점점 자랄 것이다. 이런 모든 원인은 그대들이 아이에 대해서 세심하게 주의를 기울이지 않아서이고, 실천적인 사랑을 그대들의 마음속에서 애지중지 기르지 않아서이다.

형제들이여, 사랑은 스승과 같다. 그러나 일단 이것을 얻으려면 방법을 배우는 것이 우선이다. 사랑을 얻는 것은 매우 어렵기 때문에 값비싼 대가를 치러야 하고 오랜 시간 동안 노력을 해야 얻을 수 있다. 또 우리가 얻은 사랑은 즉흥적인 것이 아니고 영원히 이어지는 것이다. 즉흥적인 사랑은 누구나 할 수 있고 심지어 악당도 할 수 있다.

나의 형은 새들에게 용서를 구했는데 그것은 전혀 쓸모없는 행동 같아 보이지만 실은 필요한 일이었다. 세상 모든 것은 바다처럼 모든 것이 흘러가서 합해지기 때문에, 한쪽을 건드리면 세상의 다른 한쪽까지 그것이 메아리로 돌아온다.

비록 새들에게 용서를 비는 일이 우스워 보일지는 모르지만, 만일 사람들이 지금보다 조금 더 훌륭하고 아름다워진다면, 새들도, 아이들도 그 밖의 다른 동물도 더 행복해질 수 있다. 다시 반복하면 세상 모든 것은 바다와 같다. 이것을 깨달으면 인간도 완전한 사랑을 자각하고 양심의 가책을 느껴 말로 표현할 수 없는 기쁨을 느끼면서 새들에게 자신의 죄를 용서해달라는 기도를 하게 될 것이다. 다른 사람들이 보기에는 그것이 무의미할지 모르지만 우리는 이런 기쁨을 귀하게 여겨야 한다.

내 친구들이여, 하느님께 기쁨과 즐거움을 바라고 구하라. 아이처럼, 하늘을 나는 새들처럼 즐거운 마음을 가져라. 그러면 다른 사람의 죄가 당신의 일을 방해하지 않을 것이다. 그러므로 다른 사람이 당신의 할 일을 방해하고, 완성을 방해할지 몰라서 두려워하지 않아도 된다. '죄와 모독이 너무 강력하다. 나쁜 환경이 너무 강력하다. 그런데 우리는 지나치게 약하고 의지할 데가 없으며 나쁜 환경의 방해를 받아서 우리의 이 훌륭한 사업을 도무지 이룰 수 없다'고 낙심하면 안 된다. 그대들은 이런 굳세지 못한 마음을 물리칠 수 있도록 노력하라! 이럴 때 구원의 단 한 가지 방법은, 스스로 인간의 모든 죄를 자신의 책임으로 떠맡는 것이다. 친구들이여, 진리란 이런 것이다. 모든 죄와 모든 사람에 대해 진심으로 책임을 인정하면 그것이 진실이고 모든 사람에 대해 자신에게 죄가 있음을 알게 된다. 그러나 자신의 게으름과 나태함을 다른 사람에게 전가하면 결국 사탄의 교만에 물들어 하느님께 불평하게 될 것이다.

나는 사탄의 교만에 대해 이렇게 생각한다. 교만은 지상의 우리가 이해하기 어렵기 때문에 자칫 잘못을 저지르고 거기에 물들기 쉽고, 그런 와중에도 거룩하고 훌륭한 일을 하는 것처럼 생각하기 쉬운 것이다. 더불어 우리 인간 본성의 강력한 감정이나 행동 속에도, 이 지상에서는 우리가 이해하기 어려운 것이 많기 때문에, 이 사실을 자신의 잘못을 정당화하는 명분으로 삼으면 안 된다. 하느님은 영원한 심판자이기에 인간이 이해할 수 있는 것을 물으실 뿐, 이해하지 못하는 것을 묻지 않으신다. 이제 그대들이 이것을 이해하면 모든 것을 바르게 볼 수 있고 싸움을 하지 않을 것이다.

이 땅의 우리는 방향을 잡지 못한 채 방황하고 있다. 만약 고귀한 그리스도가 우리에게 없었다면, 우리도 대홍수가 나기 전의 인류처럼 길을 잃은 채, 결국 파멸했을 것이다.

수많은 것들이 이 지상에서 우리 인간으로부터 숨어 있지만, 우리에게는 다른 세계, 고귀한 천상의 세계와 진실로 소통할 수 있는 소중한 감각을 부여받았다. 그리고 우리의 생각과 감정의 바탕은 이 지상에 있는 것이 아니고 다른 세계에 있다. 이런 이유 때문에 철학자들이 이 세상에서 사물의 본질을 이해할 수 없다고 말하는 것이다. 하느님은 다른 세계에서 씨를 받아서 이 지상에 뿌리고, 자신의 화원을 만들었다. 그래서 싹이 틀 수 있는 것은 모두 싹이 트고 자라서 지금도 삶을 이어가지만, 그것은 오직 신비한 저세상과 접촉의 감각을 지녀서이다. 인간 내부의 이 감각이 만약 약해지거나 사라진다면 그 사람의 내부에서 자란 것도 역시 죽게 될 것이다. 그렇게 되면 인간은 생명에 대한 관심을 잃게 되고, 결국 그것을 증오할 것이다. 나는 그렇게 생각한다.

(8) 사람은 사람을 심판할 수 있는가? 마지막까지 믿음을 지키는 것에 대하여

인간은 그 어떤 것에도 심판자가 될 수 없다는 것을 특히 유념하라. 왜냐하면 심판자 스스로, 자신도 지금 눈앞에 있는 사람과 같은 죄인, 자신이야말로 이 사람의 범죄에 대해 누구보다 책임이 있다는 것을 자각하지 않으면 이 지상에 죄인의 심판자라는 것은 있을 수 없기 때문이다. 이 사실을 깨닫게 되면 마침내 심판자가 될 수 있다. 언뜻 생각하면 이치에 올바르지 않게 느껴지지만, 이것은 불변의 진리이다. 만일 내가 올바른 사람이었다면 지금 내 앞의 죄인은 아예 존재하지 않았을지 모른다. 그대 앞에서, 그대의 뜻대로 심판받게 될 죄인의 죄를 스스로 책임질 수 있다면 주저하지 말고 실천하여 그를 위해 고통 받을 것이며, 죄인에게는 아무런 원망도 하지 말고 용서하라. 비록 법에 따라 심판을 받게 된다고 해도 사정이 허락하면 이런 정신을 가지고 행동하라. 그러면 죄인은 심판대에서 내려온 뒤, 그대의 심판보다 더 가혹하게 스스로를 심판하게 될 것이다.

만약 죄인이 그대의 입맞춤을 아무렇지도 않게 생각하고 오히려 그것을 조롱하며 물러나더라도, 그것에 마음이 흔들리면 안 된다. 그것은 그에게 아직 때가 되지 않은 것일 뿐, 그런 때는 언젠가 분명히 온다. 또 오지 않는다고 하더라도 마찬가지다. 만약 그가 깨닫지 못하면, 다른 사람이 대신 깨닫고 괴로워하며 자신을 심판하고 꾸짖을 것이고 그렇게 진리는 이루어질 것이다. 우리는 이것을 믿어야 한다. 옛 성인들의 모든 기대와 모든 신앙이 바로 이 점에 있는 것을 깨달아야 한다.

쉬지 않고 실천하라. 밤에 잠들기 전, '내 할 일을 다 하지 못했다'는 생각이 들면 곧바로 일어나서 그 일을 끝내야 한다. 그리고 주변의 사람들이 모두 나쁘고 잔혹하기만 해서 그대의 말을 듣지 않으면 그들 앞에 엎드려 용서를 구해야 한다. 왜냐하면 그대의 말을 듣지 않는 것은 그대에게도 책임이 있기 때문이다. 만약 상대가 화를 내서 도저히 설득하지 못할 때에는 조용하게 견디며 그들에게 봉사해야 한다. 그러나 결코 희망을 잃지 말아야 한다.

그리고 모든 사람이 자신을 버리거나 강제로 내쫓으면 혼자 땅에 엎드려 흙에 입을 맞추고 눈물로 땅을 적셔라. 그렇게 하면 비록 고립된 그대를 누구도 듣지도 못하고, 보지도 못한다 해도, 땅은 그 눈물로 열매를 맺게 해줄 것이다. 끝까지 믿음을 가져야 한다. 가령 이 지상의 모든 사람이 타락하여 믿음을 가진 자가 오직 그대 혼자뿐이라도 혼자인 그대가 하느님을 찬양하고 예배하면 된다. 만일 그런 사람을 한 명 더 만나서 두 사람이 되면, 그때는 이미 생명 있는 사랑의 세계가 나타난 것이니, 서로 감동해서 얼싸안고 하느님을 찬양할 것이다. 비록 두 사람에게나마 하느님의 진리가 실현되었기 때문이다.

또 만약 그대가 죄를 저질러서—비록 수많은 죄가 쌓였든, 의도치 않았는데 우발적으로 저지른 단 하나의 죄이든 간에—뼛속까지 뉘우치며 슬퍼할 때는 자신 이외의 다른 사람을 위해 기뻐하고 올바른 사람을 위해 기뻐하라. 자신은 죄를 저질렀지만, 정직하고 올바른 사람은 죄를 짓지 않은 것에 대해 기뻐하라.

만약 다른 사람의 악행이 복수를 하고 싶을 정도로 참을 수 없는 분노와 슬픔을 느끼게 해도, 그러한 감정을 두려워하지 말고 피해야 한다. 그런 때는 그 사람의 악행에 대한 책임이 자신에게도 있음을 떠올리고, 자신을 위해 곧 고통을 찾아나서야 한다. 그 고통을 견디고 끝까지 참으면 그때는 분노도 사라지고 자신에게도 잘못이 있다는 것을 진실로 깨닫게 된다.

왜냐하면 그대는 죄가 없는 오직 하나뿐인 인간으로, 나쁜 사람들에게 골고루 빛을 비출 수 있는데도 나태했기 때문이다. 만약 그대의 빛으로 다른 사람들의 앞길을 환하게 비추었다면 악행을 저지른 자도 그 빛에 이끌려 죄를 저지르지 않았을 테니까. 그리고 만일 그대가 빛을 비추었지만 사람들이 죄악에서 구원을 받지 못한다 하더라도, 끝까지 마음을 굳게 먹고 하늘이 주신 빛의 힘을 의심하지 마라. 지금 구원을 받지 못해도 곧 구원을 받을 수 있다고 믿어야 한다. 만약 끝까지 구원을 받지 못하면 그의 자손이 구원을 받게 될 것이다. 사람은 죽지만 그 진리는 사라지지 않을 것이고 올바른 사람은 죽어도 그 빛은 뒤에 남는다.

구원자가 죽고 난 뒤에, 마침내 사람은 구원을 받을 수 있다. 인류는 예언자를 거부하거나 박해하지만, 다른 한편으로는 자신들이 괴롭힌 순교자를 사랑하고 존경한다. 그렇게 한 만큼 그대들은 전체를 위해서 일하고, 미래를 위해서 더욱 노력하라. 하지만 결코 대가를 바라서는 안 된다. 그대들이 굳이 대가를 바라지 않아도 이미 이 세상에서 거룩한 대가를 주고 있다. 올바른 사람만이 가질 수 있는 마음의 즐거움이 바로 그것이다. 지위가 높은 사람이나 권력이 있는 사람을 두려워하지 말고 항상 지혜롭고 강하고 아름답게 행동하라. 모든 일에서 그 경계와 때를 아는 절도를 보여라. 특히 이것을 배워라. 고립 속에서 혼자 있을지언정 기도하라. 즐겁게 땅에 엎드려 땅에 입을 맞추는 행동을 사랑하라. 모든 사람과 모든 사물을 사랑하라. 거기에서 감동과 환희를 느껴라. 기쁨에 가득 찬 눈물로 땅을 적시고 그 눈물을 사랑하라. 또 그 환희를 부끄러워하지 말고 소중하게 생각하라. 그것은 하느님의 거룩한 선물이자 극소수의 선택받은 인간에게만 주어지는 것이기 때문이다.

(9) 지옥과 지옥불에 대한 신비적 고찰

사랑하는 여러분, '지옥이란 무엇인가?'에 대해 생각할 때, 나는 그것이 '사랑할 수 있는 힘을 잃어버린 데서 오는 괴로움'이라고 풀이한다. 시간적, 공간적으로 셀 수 없는 무한한 세계에서 어떤 정신적인 존재가 이 지상에 출현했을 때, 그는 '나는 존재한다, 고로 사랑한다'라는 말을 자신에게 할 수 있는 능력이 생겼다. 그에게는 생명 있는 존재를 사랑할 수 있는 실천적인 기회가 한번 생기는데, 그것을 위해 이 땅에서의 생활이 한정적으로 생긴 것이다.

그런데 이 행복한 존재는 한없이 귀중한 하느님의 그 선물을 받아들이지 않고, 사랑도 하지 않고, 인정하지도 않은 채 비웃는 듯 힐끗 쳐다보고 결국 감동을 느끼지 않았다. 이런 인간이지만 일단 이 지상을 떠나게 되면 부자와 나사로에 대한 비유에서 나타난 것처럼 아브라함의 가슴을 보고 아브라함과 이야기도 할 것이고, 또 천국을 숭배하며 하느님에게 갈 수도 있다. 그러나 누구도 사랑한 적이 없는 사람이 하느님 앞에서, 자신이 남들의 사랑을 무시하는 동안 사랑을 실천해온 사람들과 나란히 서는 것은 그 자체만으로 큰 고통이다. 왜냐하면 그는 그제야 마침내 눈을 뜨고 마음속으로 이런 생각을 할 것이기 때문이다.

'이제 알겠어. 내가 그렇게 사랑하고 싶어 했지만, 내 지상에서의 삶은 이미 끝나서 나의 사랑에는 이미 위업을 이룰 힘도 희생을 할 여력이 없다는 것을 말이야. 지금 내 마음에는 지상에서 내가 멸시했던 정신적인 사랑에 대한 욕망이 불처럼 타오르지만, 아브라함은 그것을 끄기 위한 생명수(능동적인 지상 생활이라는 선물)을 단 한 방울도 주지 않아. 이제 나에게는 지상에서의 생활도 없고, 그것을 위해 쓸 시간도 없다! 내가 빌고 다른 사람을 위해 내 목숨을 내놓을 준비가 되어 있어도 이제 그것은 불가능하다. 사랑을 위해 희생할 수 있는 생활은 이미 끝났고 그 생활과 이곳의 생활은 이제 끝없는 심연만이 존재할 뿐이다.'

사람들은 대개 지옥의 불은 물질적이라고 말한다. 나는 이런 신비를 파헤칠 생각도 하지 않지만 그것을 파고드는 것은 무서운 일이다. 그러나 내 생각에는 그것이 물질적인 불이라면, 그곳에 떨어진 사람들은 기뻐할 것이다. 왜냐하면 물질적인 고통 때문에 일시적으로 더 큰 정신적 고통을 잊을 수 있기 때문이다. 게다가 정신적인 고통은 외부에 있지 않고 내면에 있기 때문에 그것을 없애는 것은 불가능하다. 그리고 그것을 없앨 수 있다고 해도, 그 때문에 사람들은 더욱 큰 불행을 느낄 것이다. 천국의 의로운 자들이 그들의 고통을 보고 그들을 용서하고, 끝없는 사랑으로 자신의 곁으로 부른다고 해도, 오히려 그 때문에 그들의 고통은 더욱 커지기 때문이다. 그들의 마음속에, 그 뜻에 보답하려는 능동적인 사랑을 갈망하는 불이 더 크게 타오를 것이기 때문이다. 그러나 이미 그것은 불가능하지 않은가. 하지만 나는 마음속으로 그것이 불가능하다는 인식 그것이야말로 결국 그 고통을 어느 정도 덜어내는 데 도움이 될 것이라고 조심스럽게 생각해본다. 보답할 가능성이 없으면서도 의로운 사람들의 사랑을 받아들일 때, 이 순종과 겸손함 속에서, 자신이 지상에서 경멸했던 능동적인 사랑의 이면을 발견할 수 있기 때문이다. 여러분, 나는 이것을 더 구체적으로 설명하지 못하는 것이 매우 유감이다.

그러나 불쌍한 인간들은 지상에서 자신의 목숨을 스스로 끊어버리는 자들이다! 나는 그들이 가장 불쌍하다고 생각한다. 하느님께 그들을 위해 기도하는 것은 죄악이라고들 하고, 교회도 겉으로는 등을 돌리고 있다. 하지만 나는 마음속으로 그들을 위해 기도해도 괜찮다고 생각한다. 그리스도께서도 이런 사랑에 대해 화를 내시지는 않을 것이다. 이제 와 고백하면 나는 평생 그런 사람들을 위해 기도했고 지금도 날마다 기도한다.

아, 그러나 지옥에서도 거만하고 난폭한 태도를 여전히 가진 자들이 있다! 재론의 여지가 없는 지식과 확고한 진실을 보고도 악마와 그 오만한 정신에 완전히 잠식당한 무서운 인간들도 있다. 지옥은 이런 인간들에게 그들 자신의 의지로 만들어진 것이지만, 그들은 만족하지 않는다. 그들은 스스로 자청한 수난자들이다. 그들은 하느님과 생명을 저주하고 스스로를 저주한다. 가령 사막에서 굶주린 사람이 자신의 피를 빨아먹는 것과 마찬가지로 그들은 악의에 차서 자신의 오만을 먹는 것이다. 그러나 만족을 모르는 그들은 용서를 거부하고 자신을 부르는 하느님을 저주한다. 그들은 증오에 찬 시선으로 살아 계신 하느님을 보며, 살아 있는 하느님이 사라지기를 바란다. 그리고 신이 자신과 자신의 창조물을 아주 없애버리길 요구한다. 그래서 그들은 영원히 자신의 분노 속에서 불타며 죽음과 허무를 원한다. 그러나 그들에게는 죽음조차 허용되지 않는다.

알렉세이 카라마조프의 수기는 여기까지가 끝이다. 다시 반복하면, 이 수기는 미완성이고 파편적이다. 예를 들어 전기적 자료는 장로의 청춘 시대의 초기에 한정되어 있다. 그의 설교나 의견 중에는 이전에 여러 곳에서 설파된 것들이 하나로 묶여 있는 것을 알수 있다. 장로가 죽기 직전, 몇 시간 동안에 한 말들은 정확하게 나뉘어 있지 않지만 알렉세이 표도로비치가 이전의 설교 중에서 뽑아서 이 수기에 함께 실은 것과 비교해보면 그때의 담화의 정신과 성격을 이해할 수 있다.

장로의 임종은 갑자기 일어났다. 그날 밤, 장로의 방에 모인 사람들은 그의 임종이 임박했다는 것을 잘 알았지만 그래도 그렇게 갑자기 찾아올 것이라고는 전혀 짐작하지 못했다. 아니, 그와는 달리 앞에서도 말했듯이 친구들은 그날 밤 장로가 생기 있어 보이고 말이 많은 것을 보고, 오래 이어지지는 못하겠지만 건강이 많이 좋아졌다고 생각했다. 나중에 사람들이 의아해하며 전하기를, 임종하기 5분 전까지도 전혀 예상하지 못했다고 한다.

장로는 갑자기 극렬한 가슴의 통증을 느끼는 것처럼 얼굴이 창백해지며 두 손으로 심장을 움켜쥐었다. 사람들은 모두 일어나서 그에게 달려갔다. 그러나 그는 고통스러워하면서도 여전히 미소를 지은 채 모두를 바라보며 가만히 안락의자에서 내려와서 무릎을 꿇었다. 그리고 엎드려서 얼굴을 땅에 대고, 두 팔을 벌리고 기쁨이 넘치는 몸짓으로 자신이 가르친 것처럼 대지에 입을 맞추고 기도를 드리며, 조용하고 기쁘게 하느님께 영혼을 바쳤다.

　　장로의 죽음은 곧 암자에 퍼졌고 수도원도 알게 되었다. 고인과 가까운 사람들은 직책상 참관할 의무가 있는 사람들이었고, 옛 의식에 따라서 유해를 관에 넣을 준비를 시작했다. 나머지 수도사들은 전부 대성당에 모였다. 훗날 전해지는 얘기에 따르면, 장로의 죽음은 날이 밝기 전에 읍내에 퍼져서, 날이 밝은 후에는 읍내 사람의 대부분이 이 사건에 대한 이야기를 했다고 한다. 거리에서 수많은 사람들이 수도원으로 몰려왔다. 그러나 이 이야기는 다음 편에서 하기로 하고, 지금은 그로부터 하루가 지나기 전에 모든 사람에게 예상치 못한 일이 일어났다는 것을 미리 말해두려고 한다. 그 사건은 수도원과 읍내 사람들에게 몹시 기이하고 불안함을 주는 애매한 사건이었기 때문에, 오랜 세월이 흐른 지금까지 많은 사람의 마음을 불안하게 한 그날이 생생하게 기억되고 있는 것이다.

제3부

제7편 | 알료샤

1. 시체 썩는 냄새

고인 조시마 장로의 유해는 정해진 의식에 따라 매장할 준비를 했다. 모두 알고 있듯이, 수도사나 고행자의 유해는 물로 씻을 수 없도록 되어있다. 교회 의식 규범에도 '수도사가 하느님의 부름을 받으면, 지명을 받은 수도사(즉 의식을 행하도록 지목된 사람)가 뜨거운 물에 적신 해면으로 죽은 사람의 이마부터 가슴, 손, 발, 무릎에 성호를 그으면서 몸을 닦아야 하며, 그 외에는 아무것도 하면 안 된다'라고 되어 있다.

이런 모든 일을 집행하는 사람은 파이시 신부였다. 그는 뜨거운 물로 몸을 씻은 뒤, 수도원의 법의를 입히고 다시 망토 같은 겉옷으로 감쌌는데, 규정대로 십자형으로 감으려고 그것을 여기저기 가위로 조금 잘랐다. 그리고 머리에는 그리스 십자가가 달린 두건을 씌웠다. 두건은 단추를 채우지 않은 채 열어 두었고, 장로의 얼굴은 검은 천으로 덮은 뒤, 구세주의 성상을 손에 쥐어 주었다. 새벽에 이런 형상을 한 유해는 이미 오래전부터 준비해 둔 관에 넣었다. 이 관은 장로가 살아생전에 수도승들과 일반 방문객들을 만나던 수도실 안의 큰방에 하루 동안 안치하기로 결정했다.

고인인 장로는 엄격한 의미로는 성직자이면서 수도사(주교)였기 때문에 빈소를 지키는 수도사들은 〈시편〉이 아닌 복음서를 낭독해야 했다. 고인을 위한 진혼미사를 마치자 이오시프 신부가 낭독을 시작했다.

파이시 신부도 밤낮없이 고인을 위해 하루 종일 복음서를 낭독하고 싶었지만, 암자 책임자인 신부와 함께 정신없이 바빠서 다른 일에 신경을 쓰고 있었다. 왜냐하면 수도원 안의 수도사들을 포함해서 수도원에 달린 숙박소와 읍내에서 온 수많은 사람들에게서 뭔가 심상치 않은 전대미문의 흥분과 기대가 갑자기 생기고, 시간이 흐르면서 더욱 분명해졌기 때문이다. 그래서 파이시 신부와 수도실 책임자는 이런 흥분과 동요를 가라앉히려고 총력을 기울였다.

날이 완전히 밝자 이번에는 병자들, 특히 읍내 쪽에서 병든 아이들을 데리고 오는 사람들이 모여들었다. 그들은 분명히 이제 신비스러운 치유의 기적이 일어날 것이라고 믿고 예전부터 이 순간을 기다려 온 것 같았다. 읍내의 모든 사람들이 조시마 장로를 얼마나 위대한 성자로 믿었는지, 장로가 살면서 얼마나 존경받았는지 비로소 분명하게 알 수 있었다. 군중들 중에는 평민 계급과 거리가 먼 사람도 있었다.

이렇게 지나칠 정도로 노골적이고 급하게 드러난 신자들의 열광적인 기대, 아니 고집에 가까운 불안한 희망은 파이시 신부에게는 선을 넘는 것으로 여겨졌다. 그는 오래전부터 예감하긴 했지만, 결과는 그의 예상을 훨씬 뛰어넘는 것이었다. 수도사들 중에서 흥분에 들뜬 자들을 만날 때마다 파이시 신부는 그들을 이렇게 타일렀다.

"그렇게 섣부르게 위대한 기적을 바라는 건 속세의 경박한 사람들이라 하는 거라오. 아무쪼록 우리는 경거망동하지 말아야 합니다."

그러나 그의 말을 귀담아듣는 사람은 아무도 없었다.

파이시 신부는 이 사실을 주목하며 꽤 불안을 느껴야 했다. 그러나 솔직히 그조차도 주변 사람들이 지나치게 섣부른 기대를 가진 것에 분노하면서도(경거망동이라고 생각하면서도) 마음속으로는 흥분한 사람들과 비슷한 기대에 젖어 있었다. 이것은 스스로도 어쩔 수 없는 사실이었다. 그러나 그는 특히나 몇몇 얼굴을 대할 때마다 몹시 언짢아지고는 했다. 그것은 그들이 그에게 직관적으로 큰 의혹을 주었기 때문이다.

파이시 신부는 장로의 암자에 모여든 군중 중에서 여전히 이 수도원에 머무는 오브도르스크에서 온 수도사나 라키친을 발견하고 혐오감을 억누를 수 없었다. 그는 물론 곧 자신의 그러한 생각을 책망했지만, 갑자기 그 두 사람이 어딘지 수상하다는 느낌이 들었다. 그러나 실은, 그런 의미에서 수상한 사람은 그들뿐인 것이 아니었다.

오브도르스크에서 온 수도사는 흥분한 사람들 중에서도 가장 야단법석이었다. 그는 여기저기에서 눈에 띄었다. 그는 어디서나 질문을 퍼붓고, 어디서나 귀를 기울이며, 어디서나 무슨 비밀을 가진 듯한 얼굴로 사람들과 수군댔다. 그의 얼굴을 굉장히 초조해 보였고, 자신의 기대가 빨리 나타나지 않는 것에 대해 안절부절 하는 것 같았다. 반면에 라키친은, 나중에 알았지만 호흘라코바 부인의 특별한 부탁으로 일찍 암자에 나타났다고 한다. 호흘라코바 부인은 마음씨는 착했지만 주책스러워서, 아침에 조시마 장로가 죽었다는 소식을 듣자마자 굉장한 호기심을 느끼고 라키친을 재빨리 수도실로 보내서 그곳에서 벌어지는 '모든 일'을 세세하게 관찰하여 30분마다 편지를 보내도록 했던 것이다. 물론 부인이 수도원에 직접 못 가는 사정이 있기도 했지만, 라키친을 청렴하고 신앙심이 깊은 청년으로 믿고 있었기 때문이었다. 라키친은 그 정도로 주변 사람들의 마음을 능수능란하게 맞추었고, 자신에게 조금이라도 유리하다고 판단하면 상대의 마음에 드는 인간으로 변하는 재주가 있었다.

맑게 갠 하늘에는 태양이 눈부시게 반짝였다. 참배자들은 거의 대부분 수도실 부근의 무덤 주변에 몰려 있었다. 주로 무덤은 성당 주변에 있었지만, 수도실 주변 곳곳에 흩어져 있기도 했다. 파이시 신부는 수도실 근처를 돌아보다가 문득 알료샤를 생각했다. 날이 밝아오기 전부터 꽤 오랫동안 알료샤가 보이지 않았기 때문이다. 여기까지 생각했을 때, 수도실 뜰의 구석진 울타리 옆에 있는 알료샤가 눈에 들어왔다. 알료샤는 오래전에 세상을 떠난, 수많은 고행으로 유명해진 어떤 수도사의 묘석 위에 앉아 있었다. 그는 수도실에 등을 돌리고 울타리를 향해 앉아 있어서 마치 묘비 뒤에 몸을 숨긴 것처럼 보였다.

파이시 신부는 그 옆으로 가까이 다가가서 그가 얼굴을 두 손으로 감싸고 소리를 죽여, 하지만 온몸을 떨며 슬프게 우는 것을 알았다. 파이시 신부는 잠깐 그 곁에 서 있었다.

"자, 알료샤, 이제 그만해라. 그만 울어." 그는 마침내 감격에 겨운 목소리로 말했다. "왜 우는 거니? 슬퍼하지 말고 기뻐해야 한다. 넌 오늘이 그분의 가장 거룩한 날이라는 것을 알지 않느냐? 그분께서 지금 이 순간에 어디에 계실지 생각해 보거라."

알료샤는 아이처럼 울어서 통통 부은 얼굴을 들고 파이시 신부를 살짝 바라보았지만, 곧 말없이 얼굴을 돌리고 다시 두 손으로 얼굴을 감쌌다.

"그래, 실컷 우는 게 더 좋을지도 몰라." 파이시 신부는 생각에 잠겨 말했다. "어쩌면 우는 게 더 나을지도 몰라. 그리스도께서 그 눈물을 너에게 보내 주신 거니까."

파이시 신부는 알료샤의 곁을 떠났지만 애정이 담긴 마음으로 알료샤를 생각하며 마음속으로 중얼거렸다.

'너의 그 슬픈 눈물은 비록 영혼의 휴식일지라도 그래도 너의 사랑스러운 마음을 위로해 줄 거다.' 그는 알료샤를 바라보면 자신도 눈물이 흐를 것 같아서 서둘러 자리를 떴던 것이다. 그러는 동안에 시간은 흘러서 고인을 위한 수도원의 의식과 미사는 순서대로 진행되었다. 파이시 신부는 이오시프 신부와 교대해서 관 옆에서 복음서 낭독을 했다.

그러나 오후 3시가 되기 전, 이미 '제6편'의 끝에서 잠시 말했던 사건이 발생했다. 어느 누구도 예상하지 못했던 이 사건은, 사람들의 기대와 반대되는 것이어서, 거듭 반복해서 말하지만 이것에 대한 어리석고 자질구레한 이야기가 지금도 읍내와 이 지방 일대까지 퍼져서 마치 어제 일어났던 일처럼 생생하게 회자되고있다.

이쯤에서 나는 다시 한 번 나의 개인적 의견을 덧붙인다. 나는 이 어이없고 사람을 미혹시키는 사건을 상기할 때마다 혐오스러움을 느낀다. 게다가 이 사건은 사실은 의미가 없는 지나치게 자연스러운 현상이었다. 그래서 이것이 이 소설의 주인공-미래의 주인공이지만- 알료샤의 영혼과 마음에 이처럼 큰 영향을 주지 않았다면 물론 나도 이런 사건에 대해서는 언급할 필요가 없었을 것이다. 그러나 이 사건은 사실 그의 영혼에 전환점이 되어서, 그의 일생 동안 어떤 목적 위에 그 이성을 확고하게 형성해 주었던 것이다.

다시 하던 이야기를 계속하겠다. 날이 밝기 전, 매장 준비를 끝낸 장로의 유해는 관에 들어갔다. 방문객을 위해 응접실로 썼던 옆방으로 그 관을 옮겼을 때, 관 옆에 선 사람들 사이에 창문을 열어 두어야 하는지에 대한 의문이 생겼다. 그런데 누군가가 우연하게 생각한 이 질문에 대답하는 사람이 없었고, 또 누구도 주의하지 않았다.

그들 중에서 몇몇이 이 질문에 귀를 기울였다고 해도 거룩한 성자의 유해가 썩어서 악취가 난다고 생각하는 것은 도무지 있을 수 없는 일이었다. 그런 질문을 한 사람은 조롱을 당하지는 않았지만, 신앙심이 약하고 천박하다고 동정심이 생길 정도였다. 그럴 만한 것이 사람들은 그와는 정반대의 것을 기대했기 때문이었다.

정오가 지나고 얼마 되지 않아서 이상한 기미가 나타나기 시작했다. 관이 안치된 방에 드나들던 사람들은 자신들의 마음속에서 생긴 의혹을 처음에는 조용히 가슴속에 감춘 채 누구에게 발설하는 것을 몹시 두려워하는 듯했다. 그러나 오후 3시가 되어 가자 이제는 부인하기 힘들 정도로 냄새는 뚜렷해졌고, 이 소식은 곧 수도실에 알려져 참배자들 사이에 알려졌다. 수도원에도 빠르게 전해져서 수도사들은 전부 놀랐고, 마침내 순식간에 읍내에도 퍼져서 신앙을 가진 사람이든 신앙이 없는 사람이든 간에 모든 사람들을 흥분시켰다.

신앙이 없는 자들은 기뻐했지만, 신앙을 가진 자들 중에서도 도리어 그들보다 더 기뻐한 사람도 있었다. 이미 고인이 된 장로가 가르친 대로 '사람은 올바른 자의 타락과 치욕을 기뻐하기 마련'이어서였다.

처음에는 관 속에서 조금씩 풍기던 시체 썩는 냄새가 시간이 지나면서 점점 심해져서, 오후 3시가 되자 의심할 여지없이 분명해진 것이었다. 이렇게 되자 사람들 사이에, 수도사들 사이에서까지 즉시 생긴 무례한 소동과 추태는 이 수도원의 과거를 살펴보아도 전무후무한, 도저히 상상도 해보지 못했던 것이었다. 아마도 다른 사람이었다면 절대로 이런 일은 벌어지지 않았을 것이다.

몇 해가 흐르고 난 다음에 몇몇의 지각 있는 수도사들은 그날의 사건을 상기하면 어떻게 그런 치욕적인 일이 생길 수 있었는지 새삼 놀라고 공포에 빠졌다. 물론 전에도 엄한 계율이 있었고 경건하게 생활했기 때문에 모든 이로부터 인정받은 수도사나 신앙심이 깊은 장로가 죽으면, 그 거룩한 관에서도 모든 시체에서 그러하듯이 매우 자연스럽게 썩는 냄새가 난 적은 종종 있었지만 이번처럼 수치스러운 소동이 일어나지는 않았다. 소동은커녕 어떤 동요도 일어나지 않았던 것이다.

이 수도원에도 물론, 옛날에 세상을 떠난 성인들 중에서는 시신에서 아무런 냄새가 나지 않았다는 전설이 전해지는 사람이 있기도 했다. 그런 성인에 대한 기억은 아직도 수도원에 생생하게 남겨져서, 감동적이고 신비한 기적처럼 수도사들의 마음에 새겨져 있었다. 때가 되면 그들은 하느님의 은총을 받아서 더 거룩한 영광이 기필코 그들의 무덤에서 일어날 것이라는 걸 약속처럼 기다렸다.

그런 사람들 중에서 특히 기억에 남는 수도사는 백다섯 살까지 산 장로 욥이었다. 이름난 고행자, 거룩한 정진자, 침묵수행자였던 그는 1801년 즈음에 세상을 떠났다. 이 수도원을 처음 방문하는 순례자들은 누구나 그의 무덤으로 안내를 받았다. 안내자는 그 무덤에 특별한 경의를 표시하고, 어떤 위대한 기억이 기대된다는 신비한 암시를 건넸다(그 무덤은 그날 아침 알료샤가 앉았다가 파이시 신부에게 발견된 그 무덤이다).

이 외에도 조시마 장로에게 장로직을 넘기고 최근에 세상을 떠난 바르소노피 장로에 대한 기억도 수도원에서는 생생하게 전해졌다. 그는 생전에 수도원을 찾는 모든 순례자들에게 유로지비로 존경을 받았다. 이 두 사람에 대해서는 이렇게 전해진다. 그들은 관 속에 있을 때도 마치 살아 있는 것처럼 얼굴이 환히 빛났고, 장례를 치를 때도 전혀 부패하지 않았다고 한다. 더욱이 몇몇은 그들의 시신에서 은은한 향기까지 풍겼다고 말했다.

이렇게 감동적인 추억이 많지만, 조시마 장로의 관 옆에서 생긴 그렇게 경솔하고 어리석으며 악의 가득한 소동의 직접적인 원인을 설명하는 것은 어렵다. 개인적인 의견으로는, 이 사건에는 각기 다른 여러 가지 원인이 뭉쳐서 한꺼번에 작용했다고 생각한다.

예를 들어 그런 이유 중의 한 가지로 장로 제도를 유해한 새 제도라고 생각하는 오래된 적대감을 꼽을 수 있다. 이것은 뜻밖에도 많은 수도사들의 마음속에 깊이 감춰져 있었다. 그리고 더욱 중요한 요인들 중의 한 가지는, 성자로서 고인의 거룩한 지위에 대한 질투였다. 이 거룩함은 장로가 살아 있었을 때는 지나치게 확고해서 누구도 반박을 할 수 없었다.

고인이 된 조시마 장로는, 기적보다 사랑의 힘으로 사람들의 마음을 이끌어서, 자신을 사랑하는 사람들로 자신의 주변에 어떤 세계를 만들었다. 그렇지만, 오히려 그것 때문에 시기하는 자들과 적을 만들게 되었다. 그런 사람들 중에는 대놓고 반감을 드러내는 사람도 있었고, 몰래 뒤에서 수군대는 사람도 있었다. 그런데 이런 반대파들은 수도원뿐만 아니라 상류층 사람들 중에도 있었다. 장로는 누구에게도 해를 입히지 않았지만, '왜 사람들은 그에게 성인 대접을 하지?'라는 의문은 늘 그의 주변을 떠돌았다. 그런 의문이 자꾸 반복되면서 결국 엄청난 증오가 만들어진 것이었다. 내가 생각하기에는 바로 이런 이유들 때문에 많은 사람들이, 그렇게 빨리, 만 하루가 되기 전에 장로의 시신에서 썩는 냄새가 나는 것이 좋아서 법석을 떤 것 같다. 이와 마찬가지로, 지금껏 장로에게 헌신적인 사랑을 바친 사람들 중에서도 이 사건 때문에 자신이 모욕을 당한 것처럼 상처받은 사람들도 있었다. 그 사건은 다음과 같았다.

시신이 썩어가는 것이 확실해지자, 고인이 된 장로의 수도실에 들어오는 수도사들을 보면 그들이 왜 들어왔는지 대번에 알 수 있었다. 그들은 들어왔지만 잠시 머물다가, 무리를 지어 밖에서 기다리는 군중에게 소문이 사실임을 알리려고 서둘러 나가 버렸다. 밖에서 기다리는 사람들 중에는 슬프게 고개를 흔드는 사람도 있었지만, 그 밖의 사람들은 악의에 찬 시선으로 기쁜 기색을 대놓고 드러내기도 했다. 그리고 아무도 그들을 비난하지 않고, 그것을 감싸는 사람도 없었다. 참 이상한 일이었다. 수도사들의 대부분은 죽은 장로를 깊이 존경했던 사람들이었다. 그러나 이번에는 하느님 께서 순간이나마 소수파가 승리하게 허락하신 것이 분명했다.

얼마 뒤, 수도사가 아닌 상류 계급 사람들도 상황을 확인하기 위해 수도실에 들어왔는데 그들은 주로 교양 있는 조문객들이었다. 평민들은 수도실 입구에 모여 있었으나 안까지 들어오는 사람은 많지 않았다. 오후 3시가 지나자 참배자들이 많이 몰려와서 엄청난 무리를 이루었는데 이것이 그 소문 때문이라는 건 분명한 사실이었다. 다른 때였으면 이런 날에 수도원을 찾을 리가 없는 사람들, 그런 생각도 하지 않을 사람들까지 일부러 마차를 몰고 오고 있었다. 그중에는 지체 높은 귀부인도 몇몇 있었다.

그래도 겉으로 지켜야 할 예의는 여전히 지켜졌다. 엄숙한 표정의 파이시 신부는 분명하게 한 마디 한 마디 또박또박하게, 주변의 일에는 무관심하다는 듯이 여전히 큰 소리로 복음서를 낭독했다. 그는 이미 어떤 예사롭지 않은 일이 일어난 것을 알고 있었다. 하지만 마침내 처음에는 속삭임이었던 사람들의 목소리도 점점 커져서 그도 들을 수 있게 되었다.

"하느님의 심판은 인간의 판단과는 다른 것 같아!"

갑자기 파이시 신부의 귀에 이런 말이 들렸다. 이 말을 처음 한 사람은 나이가 지긋한 읍내의 관리였는데 신앙심이 매우 깊은 것으로 알려져 있었다. 그는 수도사들이 속삭이던 말을 큰 목소리로 반복했던 것뿐이었다. 이미 수도사들은 절망적인 말을 하고 있었다. 무엇보다 나쁜 것은 이런 말을 할 때마다 의기양양한 만족감이 얼굴에 드러나서 시시각각으로 더 분명해졌다는 것이다. 마침내 그들은 형식상의 예의도 무시했다. 사람들은 자신에게 무시할 권리가 주어지리라도 한 것처럼 생각하는 것 같았다.

"어떻게 이런 일이 일어날 수 있을까?"

수도사들 중에는 동정하듯이 이렇게 말하는 사람도 있었다.

"작은 몸에는 뼈와 가죽만 남았는데, 도대체 어디서 썩는 냄새가 나는 걸까?"

"하느님께서 일부러 우리에게 보여 주시는 게 분명해."

다른 수도사가 말을 이었다. 그리고 이 의견은 아무런 반박 없이 그 자리에서 수긍되었다. 왜냐하면 썩는 냄새는 자연스러운 현상이지만, 죄를 많이 지은 사람의 시체라고 해도 분명히 이보다는 늦게, 적어도 24시간이 지난 뒤에 썩는 냄새가 났기 때문이다. 그러나 이번처럼 빠른 부패는 '자연을 넘어선 것'이니 만큼 하느님의 위대한 손이 하신 일이라고 해석해야 한다는 게 그들의 생각이었다. 이 의견은 부정할 수 없는 힘으로 사람들에게 충격을 주었다.

도서 담당자 이오시프 신부는 고인이 된 장로의 각별한 사랑을 받아왔고, 평소에는 온화한 성격이었지만, 이런 독설가들을 향해서 꼭 그런 것은 아니라고 반박했다. 성자의 유해가 썩지 않는 것은 러시아 정교의 교의가 아니고 하나의 견해일 뿐이라는 것이었다. 예를 들어 정교가 가장 널리 전파된 아토스에서도 시체 썩는 냄새가 난다고 이렇게 혼란에 빠지지는 않는다, 하느님이 구원한 자에 대한 축복의 증거는 그 시체가 썩지 않는 것이 아니고 시체

768

를 땅에 묻은 뒤 몇 년이 지나서 부패했을 때 나타나는 뼈의 색깔이라고 주장했다.

"만일 밀랍처럼 뼈가 노랗게 변해 있으면, 이것은 하느님께서 고인을 성자로 축복하셨다는 가장 큰 증거이고, 만일 뼈가 거무죽죽하게 변해 있으면, 하느님께서 그 사람에게 영광을 베풀지 않았다는 것이다. 예전부터 빛과 순결 속에서 분명하게 정교를 지켜온 위대한 성지 아토스 사람들은 이런 신조를 가지고 있다."

이오시프 신부는 이런 결론으로 끝맺었다.

그러나 이오시프 신부의 신중한 말은 효과가 없었고, 비웃음을 얻었다.

"새로운 것이라면 무작정 따르는 엉망진창 학자의 헛소리니까 귀담아들을 필요가 없다."

수도사들은 이렇게 결론을 내렸다.

"우리는 예전부터 내려오는 교의를 따르면 돼. 요즘은 해괴한 새로운 주장이 다 나타나니까 그것을 전부 따를 수는 없지 않나."

"아토스처럼 러시아에도 훌륭한 성인들이 많았어. 아토스는 터키인의 지배를 받으면서 전부 다 잊어버린 거야. 거기서는 벌써 예전부터 정교의 순수성이 흐려져 버렸지. 그들에게는 종(鐘)도 없지 않은가."

비웃는 것을 즐기는 사람들은 이렇게 말했다.

이오시프 신부는 시름에 잠겨 그 자리를 떠났다. 그에게는 자신이 내세운 의견에 자신이 없어 보였고, 스스로도 의심하는 것 같았다. 그는 마음속에 혼란을 느끼면서 바야흐로 온당하지 못한 일이 일어난 것을 직감했다. 이미 반항의 기운이 공공연하게 드러나고 있었다. 이오시프 신부가 반박을 시도한 뒤, 일부 수도사들의 신중론도 사라져 버렸다. 그렇게 되면서 조시마 장로를 사랑했고, 장로제도를 순종적으로 따르던 사람들까지 갑자기 주눅이 들어서, 시선이 마주치기라도 하면 겁에 질려서 상대의 눈치만 살피게 된 것이다.

그와는 반대로 장로 제도가 실정에 맞지 않는 새로운 제도라며 반대한 사람들은 만족스러운 표정이었다.

"바르소노피 장로의 시체에서는 썩은 냄새가 나지않고 그윽한 향내만 풍겼었지."

그들은 악의에 차서 이렇게 말했다.

"그분은 장로여서가 아니라, 스스로 올바르게 행동했기 때문에 그런 영광을 얻게 된 거야."

이런 말이 잇따르자 이번에는 조시마 장로를 비난하고 비판하는 의견이 뒤를 이었다.

"그의 가르침은 옳지 않았어. 그의 가르침은, 인생은 눈물겨운 인종(忍從)의 의무가 아니고 위대한 기쁨이지."

그중 가장 분별력이 없는 사람들은 이렇게 말했다.

"그의 신앙은 요즘 유행을 따랐기 때문에, 물질적인 지옥의 불을 인정하지 않아."

이런 말이 나오면 그들과 같은 지각없는 사람들도 맞장구를 쳤다.

"단식도 엄격하게 지키지 않았어. 단 음식도 주저하지 않고 먹었고, 차를 마시며 버찌 잼도 먹었는데, 특히나 그걸 좋아해서 귀부인들이 늘 보내주었지. 고행하는 수도사가 차를 마시다니, 가당키나 한 일인가."

장로를 시기했던 사람들은 이런 비난도 했다.

"거만하게 앉아서 말이야." 가장 악의에 찬 사람들은 냉혹하게 말했다. "자신이 성인인 것처럼 사람들이 무릎 꿇는 것을 아주 당연하게 대했지."

"그 사람은 고해의 비밀을 함부로 했어."

장로 제도를 심하게 반대한 사람들은 이렇게 빈정댔다. 게다가 이런 말을 하는 사람들은 수도사들 중에서도 가장 나이가 많은 편이었으며 신앙적인 면으로도 매우 엄격해서 진정한 의미의 금욕과 침묵의 고행자라고 할 수 있었다. 그들은 조시마 장로가 살아 있을 때는 계속 입을 다물고 있다가 이제야 말문을 연 것이다. 이 자체만으로도 무서운 일이었다. 왜냐하면 그들이 하는 말은 아직 신념이 확고하지 않은 젊은 수도사들에게 큰 영향을 주었기 때문이다.

오브도르스크의 성(聖) 실리베스트르 수도원에서 온 수도사는 이런 말을 모두 열심히 들었다. 그는 계속 한숨을 내쉬고 고개를 가로저으며 마음속으로 이런 생각을 했다.

'그래, 어제 페라폰트 신부님이 하신 말씀이 옳은 거였어.'

바로 그때 때마침, 페라폰트 신부가 들어왔다. 페라폰트 신부의 등장은 마치 사람들의 동요를 더욱 부추기려고 일부러 나타난 것처럼 여겨졌다.

앞에서도 밝힌 것처럼, 페라폰트 신부는 양봉장 옆에 있는 나무로 된 수도실에서 밖으로 거의 나오지 않았다. 그는 성당에도 거의 나오지 않았는데, 수도원 측에서는 그를 '유로지비'라고 여겨서 수도사들에 대한 일반적인 규칙을 그에게만은 강요하지 않고 관대하게 대해 주었다.

그러나 사실은, 수도원 측에서는 그에게 관대하게 대할 수밖에 없었다. 왜냐하면 밤낮없이 기도만 드리는(그는 잠을 잘 때도 무릎을 꿇은 채였다) 거룩한 금욕과 침묵의 고행자인 그에게 스스로 복종을 원하지 않는데 일반적인 규칙을 요구하는 것은 오히려 수치스러웠기 때문이었다. 만약 수도원 측에서 일반적인 규칙만은 지켜야 한다고 강요한다면 수도사들은 이런 말을 할 것이다.

"우리 수도원에서 가장 신앙심이 강한 분이 바로 그분이다. 우리가 규칙을 따르는 것보다 그분은 몇 배나 더 어려운 고행을 하고 있다. 그분이 성당에 나오지 않는 것은 자신이 성당에 나와야 할 때를 잘 알기 때문이다. 그분에게는 그분만의 규칙이 존재한다."

수도원 측에서는 이런 불평이나 항의를 생각해서 페라폰트 신부에게 관대하게 대했던 것이다.

모두 다 알고 있듯이 페라폰트 신부는 조시마 장로를 매우 싫어했다. 그런데 갑자기 그의 수도실에 '하느님의 심판은 인간의 심판과는 다르다', '자연을 초월한 것'이라는 소식이 들렸다. 그에게 처음으로 이런 소식을 전해 준 사람들 중에는 그 전날에 그를 찾아왔다가 큰 충격을 받아서 그의 수도실에서 나온 오브도르스크의 수도사도 있었음은 당연하다.

그러나 앞서 밝혔듯이 꿋꿋하게 관 앞에서 복음서를 낭독하던 파이시 신부는 수도실 밖에서 벌어지는 일에 대해서는 알 수 없었지만, 그래도 중요한 점은 모두 마음속으로 정확히 꿰뚫고 있었다. 그는 자신을 둘러싼 주위 사람들을 너무 잘 알고 있었던지라 조금도 흔들리지 않고 두려움도 없이 다음에 생길 일을 기다리면서, 이미 자신의 마음속에 비치는 이 소동의 귀추를 예리한 통찰력으로 바라보았다.

바로 그때, 입구 쪽에서 이곳의 예의를 무너뜨리는 요란하고 시끄러운 소리가 문득 그에게 들렸다. 그리고 문이 열리고 페라폰트 신부가 나타났다. 뒤를 이어서 읍내에서 온 많은 사람들과 함께 수도사 여러 명이 현관의 층계 밑으로 몰려드는 것이 암자 안에서도 분명하게 보였다. 그러나 그들은 암자 안에는 들어오지 못한 채, 층계 밑에서 페라폰트 신부가 어떤 말을 하고, 어떻게 행동할 것인지 잔뜩 긴장한 채 기다렸다. 그들은 스스로가 무례하다는 것을 알고 있었지만, 페라폰트 신부가 이곳으로 왔기 때문에 분명히 무슨 일이 일어날 것이라고 상상하고 공포를 느끼고 있었다.

페라폰트 신부는 문턱에서 두 팔을 위로 올렸다. 그리고 그의 오른팔 밑으로 오브도르스크에서 온 수도사의 예리한 작은 눈이 반짝였다. 그는 결국 호기심을 억누를 수 없어서 홀로 신부를 따라서 층계를 올라왔던 것이다. 그를 제외한 다른 사람들은 큰 소리가 나며 문이 열린 순간, 예기치 못한 겁에 질려서 서로 밀치며 뒷걸음질을 쳤다. 그러자 페라폰트 신부는 두 팔을 높이 들더니 큰 소리로 말했다.

"내가 사탄을 쫓으리라!" 그리고는 방을 한 바퀴 돌면서 벽과 구석진 곳을 향해서 성호를 그었다. 그를 따라온 사람들은 이런 행동이 어떤 의미인지 알 수 있었다. 그가 어느 곳에 들어가면, 반드시 이런 동작으로 악마를 쫓기 전에는 앉지도, 말하지도 않는다는 것을 알고 있었기 때문이다.

"사탄아, 물러가라! 사탄아 물러가라!" 그는 성호를 그을 때마다 반복해서 이렇게 말했다. "내가 너를 쫓고 또 쫓아내리라!"

그는 평소처럼 허름한 법의를 입고 새끼줄로 허리를 동여맨 차림이었다. 삼베로 만든 속옷 밑으로는 회색 털이 난 가슴이 드러나 있었다. 신발도 신지 않은 맨발 차림이었다. 그가 두 손을 흔들자, 법의 밑에 달린 고행용 쇠사슬이 요란한 소리를 냈다.

파이시 신부는 복음서 낭독을 중단하고 그에게 한 걸음 다가가 무언가를 기다리는 것처럼 멈춰 섰다.

"신부님, 무슨 일이십니까? 왜 질서를 어지럽히시는 겁니까? 무슨 일로 온순한 양 떼의 마음을 흐려놓으십니까?"

결국 그는 엄격한 시선으로 바라보며 이렇게 말했다.

"무슨 일이냐고? 무슨 용건이냐고 묻는 건가?" 페라폰트 신부는 신들린 듯이 외쳤다. "이곳에 있는 손님들, 부정한 악마를 쫓으려고 왔네. 내가 없는 동안 얼마나 그들이 모여들었는지 볼까? 모두 자작나무 빗자루로 쓸어버려야겠어."

"마귀를 쫓겠다고 하지만 신부님이야말로 마귀에게 봉사하고 있을지 모릅니다." 파이시 신부는 두려워하지 않고 계속 말했다. "또 '나는 성자다'라고 말할 수 있는 자가 어디 있을까요? 신부님 께서는 그런 분이십니까?"

"나는 성자가 아니야. 더러운 인간이지. 그래서 나는 안락의자 에 앉지 않고 우상이 되어 절을 받지도 않지!" 페라폰트 신부는 벼 락이 치는 것처럼 소리를 질렀다. "요즘 사람들은 진정한 신앙을 망가뜨리고 있어. 고인이 된 그대들의 성인 말이야." 그는 관을 손 가락질하며 사람들에게 외쳤다. "악마를 물리치기 위해서 귀신을 쫓는 약을 사람들에게 먹였어. 그래서 방에 거미 새끼 같은 악마들 이 들끓게 된 거야. 그리고 이번에는 스스로 냄새를 피우는군. 하 느님의 위대한 계시를 우리는 여기에서 볼 수 있어."

페라폰트 신부는 다음과 같이 지적했다. 조시마 장로가 고인이 되기 전의 일이었다. 수도사 한 명이 밤마다 악마에게 시달리는 꿈 을 꾸다가 마침내 잠을 자지 않을 때도 악마를 보게 되었다. 그가 극한의 공포에 둘러싸여 조시마 장로에게 이 일을 고백하자, 장로 는 기도를 쉬지 말고 열심히 하라고 권유했다. 그러나 기도도 효과 가 없자, 장로는 기도와 정진을 계속하면서 약을 먹어보라고 했다. 그때 많은 사람들이 이 일에 의문을 가지고 고개를 저으며 수군댔 는데, 페라폰트 신부는 그중에서도 심한 편이었다. 그때 장로를 비난하던 몇몇이 페라폰트 신부에게 달려가서 장로의 '유례없는 권유'를 알려주었기 때문이었다.

"신부님, 나가시오!" 파이시 신부가 명령했다. "심판은 하느님이 하시는 것이지 인간이 하는 것이 아닙니다. 지금 이곳에서 우리가 보는 '계시'는 신부님이나 나, 그리고 그 밖의 어떤 사람도 이해할 수 없을 것입니다. 나가세요, 그리고 양 떼를 혼란에 빠뜨리지 마세요."

파이시 신부는 강경하게 반복해서 말했다.

"그 사람은 수도사로서 지켜야 할 재계를 지키지 않았기 때문에 이런 계시가 나온 거야. 지나칠 정도로 분명하니까 숨기려 하지 말게." 하지만 이성을 잃고 흥분한 광신자는 도무지 진정할 기미가 보이지 않았다. "달콤한 과자에 빠져서 부인들을 시켜서 몰래 주머니에 과자를 넣어오게 하고, 차도 마셨지. 그리고 뱃속은 달콤한 것으로, 머리는 교만한 생각으로 가득 차올랐지. 바로 그렇기 때문에 이런 수치를 당한 거야."

"신부님, 말씀이 경솔하십니다." 파이시 신부가 언성을 높여 말했다. "당신의 엄격한 재계와 고행은 존경스럽지만, 그 경솔한 말씀은 속세의 철없는 젊은이와 다를 게 없군요! 자, 이제 나가 주세요. 신부님, 이건 명령이오!"

파이시 신부도 말을 끝마칠 무렵에는 거의 소리 지르다시피 했다.

"나간다. 나가!" 페라폰트 신부는 조금 물러서는 듯싶었지만, 여전히 적의를 품은 채 말했다. "당신들은 대단한 학자들이니까! 지식을 가졌다고 나 같은 인간을 무시하는 거야. 나는 무식함에도 불구하고 여기까지 왔는데, 이곳에 와보니까 과거에 내가 알던 것까지 모두 잊어버렸어. 하지만 하느님께서 이 하찮은 나를 그대들의 대단한 학문에서 지켜 주셨어."

파이시 신부는 상대를 내려다보며 꼿꼿하게 기다렸다. 페라폰트 신부는 잠시 입을 다물었다가 갑자기 침울해져서 오른손을 턱에 괴고, 장로의 관을 바라보며 노래를 부르듯이 말했다.

"내일은 모두 이 사람을 위해 〈우리를 도우시는 보호자〉(사제의 장례식에 부르는 성가)를 부르겠지. 참 대단한 찬송가야. 하지만 내가 죽으면 〈지상의 기쁨〉(수도사의 장례식에 부르는 성가)이나 부르겠지."

그는 울먹이며 한탄했다.

"그렇게 잘난 척을 하더니……. 이곳은 참 허황되구나!"

그는 미치광이처럼 외치고 손을 휘두르더니 돌아서서 재빨리 층계를 내려갔다. 밑에서 기다리던 사람들이 웅성거렸다. 어떤 이는 그의 뒤를 따랐지만, 어떤 이들은 그 자리에서 그대로 서성였다. 암자의 문이 아직 열려 있었고, 페라폰트 신부를 뒤쫓아 나온 파이시 신부가 현관 앞에서 그를 지켜보았기 때문이다. 그러나 지나치게 흥분한 이 늙은 신부는 아직 토해낼 울분이 남아 있는 것 같았다. 페라폰트 신부는 수도실에서 약 스무 걸음쯤 이동하더니 문득 지는 태양을 향해서 걸음을 멈추고 두 팔을 높이 올린 채, 누가 다리라도 걸어 넘어뜨린 것처럼 엄청난 소리를 외치며 쓰러졌다.

"주님께서 이기셨도다! 그리스도께서 지는 태양을 이기셨도다!"

그는 태양을 향해 두 손을 뻗으면서 미치광이처럼 소리치고, 얼굴을 땅에 묻은 채 온몸을 떨며 흐느꼈다. 그리고 두 팔을 벌려 아이처럼 소리를 내어 통곡했다. 모든 사람들이 그에게 달려갔고, 기쁨에 겨운 아우성과 울음소리가 널리 울려 퍼졌다. 모든 사람들이 광적인 흥분 상태에 빠진 것이다.

"이 분은 성인이시다! 이 분은 올바른 분이시다!"

사람들은 주저하지 않고 환호성을 질렀다.

"이분이야말로 장로의 자리에 앉아야 할 분이다."

누군가 증오에 찬 목소리로 이렇게 덧붙였다.

"이 분은 장로를 하지는 않으실 거야. 먼저 거절하실걸. 그런 저주받을 새 제도에 봉사하시지 않을 거야. 어리석은 자들의 흉내를 내실 리가 없어."

누군가 이렇게 맞장구를 쳤다.

그들을 내버려 두면 어떤 말이 나올지 예측하기 힘든 상황 중에 때마침 저녁 기도를 알리는 종소리가 들렸다. 모두 빠르게 성호를 그었다. 페라폰트 신부도 일어나서 연이어 성호를 그으며 뒤도 돌지 않고 자신의 수도실을 향해 걸었다. 그는 여전히 알 수 없는 말을 하고 있었다. 몇몇이 그의 뒤를 따랐을 뿐, 대부분의 사람들은 저녁 미사에 참석하기 위해서 서둘러 흩어졌다.

파이시 신부는 복음서 낭독을 이오시프 신부에게 부탁하고 아래층으로 내려왔다. 늙은 미치광이의 흥분된 괴성으로 신념이 흔들릴 그는 아니었지만, 웬일인지 마음이 몹시 서글프고 뭔가 다른 생각에 괴로웠다. 파이시 신부도 그것을 느꼈다. 그는 조용히 걸음을 멈춘 채, 자문해 보았다.

'나는 왜 이토록 서글플까?'

그때 그는 이렇게 갑작스러운 슬픔을 느끼는 이유가 아주 하찮고 특수한 사실 때문임을 깨닫고 놀라워했다. 다름이 아닌 암자 수도실 입구에 몰려온 사람들 사이에서 흥분한 알료샤를 보았는데, 그는 이 청년을 발견하고 어떤 아픔을 느꼈던 것이 떠올랐다.

'대체 어떻게 이 젊은이가 지금 내 마음에 이렇게 큰 의미란 말인가?'

그는 더욱 놀라며 자문했다. 바로 그때 그의 곁을 알료샤가 스쳐 갔다. 어디론가 몹시 서두르며 가는 것처럼 보였지만, 성당을 향하고 있지는 않았다. 두 사람의 눈이 마주쳤다. 알료샤는 얼른 시선을 피하고 아래를 보았다. 파이시 신부는 그가 보이는 이런 태도만으로, 지금 이 순간, 이 젊은이가 급격한 변화를 겪고 있다는 것을 알 수 있었다.

"알료샤, 너도 시험에 든 건 아니지?" 파이시 신부는 갑자기 그렇게 물었다. "그래, 너마저 신앙이 부족한 사람들과 같은 건 아니겠지?"

파이시 신부는 슬픈 목소리로 말했다.

알료샤는 걸음을 멈추고 파이시 신부를 우두커니 바라보다가,

다시 시선을 돌리고 눈을 아래로 피했다. 그는 옆으로 돌아서서 자신에게 묻는 상대의 얼굴을 마주하지 않았다. 신부는 그를 주의 깊게 관찰했다.

"어딜 가는 데 그리 급한 거냐? 저녁 미사 종소리를 못 들었느냐?" 그는 다시 한 번 물었다. 그러나 얄료샤는 여전히 대답하지 않았다. "혹시 암자를 떠나려고 하느냐? 설마 허락도 받지 않고, 축복도 받지 않고 나가려고 하는 건 아니지?"

문득 얄료샤는 일그러진 웃음을 보이며, 자신의 마음과 지혜를 지배했던 장로가 죽기 직전에 자신의 장래를 부탁한 파이시 신부를 이상한 눈빛으로 바라보았다. 그리고 여전히 아무런 말도 없이 갑자기 경의를 표하는 것조차 잊은 듯이 한 손을 내젓더니 빠르게 암자에서 바깥으로 통하는 문 쪽으로 걸었다.

"다시 돌아올 거야!"

파이시 신부는 슬픔과 놀라움에 휩싸인 채 얄료샤의 뒷모습을 보면서 중얼거렸다.

2. 그런 기회

파이시 신부가 '귀여운 소년'이 다시 돌아올 것이라고 생각한 것은 물론 잘못된 것이 아니었다. 어쩌면 알료샤의 심리 상태를 참되고(완전하지는 않지만) 예리하게 통찰한 것일 수도 있다. 그러나 솔직히 말하자면, 내가 진심으로 사랑하는 이 젊은 주인공의 일생에서 이런 기이하고 모호한 순간의 의미를 지금 정확하게 전달하는 것은 매우 어렵다. 알료샤에게 던진 질문 -'너마저 신앙이 부족한 사람들과 같은 건 아니겠지?'- 파이시 신부의 슬픈 질문은, 나는 알료샤를 대신해서 결코 그는 신앙이 부족한 사람들과 다르다고 자신 있게 대답할 수 있을 것이다. 더불어 이것에 대해서는 정반대로 해석하는 것이 더 옳다. 즉 그의 모든 동요는 지나칠 정도로 두터운 신앙심에서 기인한 것이다.

그러나 그에게 동요가 일어난 것은 사실이었고, 그것은 꽤 오랜 시일이 흐른 뒤에도 알료샤 스스로도 이 슬픈 하루를 자신의 인생에서 가장 괴로웠던 운명적인 날로 기억할 정도로 가슴 아픈 날이기도 했다.

그러나 만약 어떤 사람이 '그에게 이런 슬픔과 불안이 생긴 것은, 장로의 시신이 곧 중병 환자를 고치는 기적을 나타내는 대신, 반대로 너무 일찍 부패한 것이 아닌가?'라고 솔직하게 묻는다면, 나는 주저하지 않고 '맞다, 그것은 사실이다'라고 대답할 것이다. 다만 나는 독자들에게 너무 섣불리 젊은 주인공의 순진한 마음을 비웃지 말라고 부탁하고 싶을 뿐이다. 물론 나도 그를 위해 용서를 구하고 싶지 않고 그의 단순하고 소박한 신앙을 아직 나이가 어리다던가, 또는 이전에 배운 학문이 부족해서라고 변명하고 싶지 않다. 오히려 반대로 그의 천성을 진심으로 존경한다는 것을 분명히 밝혀두고 싶다.

물론 세상의 젊은이들 중에는 마음의 여러 가지 인상을 신중히 받아들이고, 불타지 않고 온화하게 사랑하는 방법을 알고 그 지성도 정확하지만, 나이에 견주면 사려와 분별이 지나쳐서 반대로 값싸게 여겨지는 사람도 있다. 나의 주인공의 마음에 생겼던 일을 이런 젊은이들이 겪으면 피하려고 노력했을 것이 분명하다. 그러나 그것이 분별없을지라도 위대한 사랑에서 생기는 것이라면 이런 감격에 몰입하는 것이 피하는 것보다 훨씬 훌륭하다. 특히 젊은 시절에는 더욱 그렇다. 나는 언제나 지나칠 정도로 사려와 분별을 따지는 젊은이는 믿음이 없어 보이고, 그래서 처음부터 인간으로서도 천박하다고 생각한다.

이런 내 생각에 대해 사려와 분별이 있는 사람들은 이렇게 따질 것이다.

'세상의 모든 청년들이 다 그런 편견을 믿을 리가 없고, 또 당신의 젊은 주인공이 다른 모든 청년들의 모범이 될 수도 없는 일 아닌가?'

나는 이렇게 대답하고 싶다.

'맞다, 나의 주인공은 그런 편견을 믿었고, 거룩하고 굳건한 신앙이 있었지만, 그래도 나는 역시 그를 위해서 변명하고 싶지 않다.'

이미 나는 주인공을 위해서 용서를 구하거나 변명을 하지 않겠다고 섣불리 언명했지만 앞으로 이야기를 이해하는 데 도움을 주려면 어느 정도는 설명이 필요할 것이다. 그래서 나는 이렇게 말한다. 기적은 문제가 아니다. 그는 마음속으로 성급하고 경솔한 기대로 기적을 바라지 않았다. 그리고 그 시절 알료샤에게는 신념의 승리를 위해서 기적이 필요하지 않았다. 그럴 필요가 전혀 없었던 것이다. 또 전부터 마음속의 이념이 한순간에 다른 이념을 압도하기를 원한 것 때문도 아니었다.

아, 절대로, 분명히 그런 것은 아니었다. 이 일에서 그의 마음을 차지했던 것은 어떤 얼굴, 오직 한 개의 얼굴뿐이었다. 그가 사랑했던 장로의 얼굴, 그가 숭배했던 의로운 사람의 얼굴이었다. 그의 젊고 순수한 마음에 깃든 '모든 인간과 모든 사물'에 대한 사랑은

1년 전부터 그날에 이르도록 계속 오직 그가 사랑하던 장로에게만 집중되었다. 그 사랑은 비정상적이었거나 적어도 격정적인 것이었는지 모르지만 어쨌든 지금은 고인이 된 조시마 장로에게만 집중되었었다. 사실 조시마 장로는 오랜 세월 동안 의심할 필요 없이 하나의 이상이 되어 그의 눈앞에 서 있었기 때문에 그의 젊은 힘과 노력은 온통 이상을 향할 수밖에 없었다. 그래서 이따금 '모든 사람, 모든 사물'을 까맣게 잊어버리기도 했다(스스로도 시간이 흐른 뒤에 비로소 생각났지만, 바로 그 전날 자신을 걱정시키고 괴롭힌 형 드미트리도 그는 까맣게 잊었다. 그리고 그 전날 밤 그렇게 열심히 생각했던 일류샤의 아버지에게 2백 루블을 전달하는 것도 완전히 잊어버리고 있었다).

거듭 말하지만 그에게 필요했던 것은 새로운 기적이 아닌 '최고의 정의'였다. 그런데 그의 신념에 따라 무참히 짓밟혔기 때문에 그의 마음은 참혹했던 것이다. 이 '정의'가 알료샤의 마음속에서 진전하고, 기적이 일어나 자신이 존경하던 스승의 시신에서 당장 나타나 줄 것이라고 믿었던 것도 결코 무리한 것은 아닐 것이다. 게다가 수도원 안의 모든 사람들, 알료샤도 높은 지성을 지닌 수도사로서 숭배하던 파이시 신부까지 그렇게 생각하고 또 기대했다. 알료샤는 전혀 의혹을 갖지 않고 모든 사람들과 마찬가지로 자신의 꿈에 기적을 입혔던 것이다. 그가 만 1년 동안 수도원 생활을 하면서 이 꿈은 마음속에 더 확실하게 만들어져서 이런 기대는 거의 습관처럼 되었다.

그러나 그가 열망하는 것은 정의, 정의일 뿐이었고 단순한 기적은 아니었다!

그런데 세상에서 누구보다 가장 추앙받아야 할 그분이 당연히 받을 영광은 받지 못한 채 모욕과 수치를 당하고 있는 것이다.

무엇 때문에 그렇게 된 걸까? 누가 심판하는 것일까? 도대체 누가 이런 심판을 내릴 수 있을까? 아직 경험이 없는 순진한 그의 마음을 괴롭힌 의문은 이것이었다. 그가 진정으로 분노와 모욕을 느꼈던 것은 그 의로운 사람들 중에서도 가장 의로운 자인 장로가 자신보다 훨씬 낮은 위치에 있는 천박한 군중으로부터 대놓고 증오와 조롱을 당한 것이었다.

기적이 일어나지 않아도 상관없었다. 기적이 전혀 나타나지 않고, 그의 기대를 충족시키지 않아도 좋다. 그렇지만 이 불명예와 치욕은 무엇 때문이란 말인가? 그리고 저 악의로 가득한 수도사들의 말처럼 '자연을 초월한' 급속한 시신의 부패는 무엇 때문인가? 또 지금 그들이 페라폰트 신부와 한편이 되어 당당하게 외치는 '하늘의 계시'란 무엇이며, 그들이 그런 말을 할 권리는 어디 있는가? 하느님께서는 왜 '가장 필요한 순간'(알료샤는 이렇게 생각했다)에, 자신의 손을 뒤로 감추고, 눈에 보이지 않고 말도 하지 못하는 냉혹한 자연의 법칙에 모든 것을 맡긴 것일까?

알료샤는 바로 이런 이유 때문에 마음속으로 피를 흘려야만 했다. 앞에서도 말한 것처럼 그의 눈앞에 가장 먼저 떠오른 것은 세상에서 가장 사랑하는 얼굴이었다. 그런데 바로 그 얼굴이 모욕당하고 명예가 땅에 떨어진 것이다. 주인공의 이런 불만 어린 생각은 경솔하고 지각없는 것이라고 여겨질 수도 있다. 그러나 나는, 벌써 세 번이나 반복하자면(이것 또한 역시 경솔하다는 비난을 받을 수 있지만, 그 점은 스스로 미리 시인한다) 나는 젊은 주인공이 이런 순간에 신중하지 못한 것을 오히려 기쁘게 여긴다. 왜냐하면 바보가 아니라면 분별심은 언제든 생기지만, 사랑은 이런 뜻밖의 순간에 젊은이의 마음속에서 샘솟지 않으면 결코 솟아나지 않기 때문이다.

하지만 나는 어떤 기이한 현상에 대해 말해 두려고 한다. 그것은 알료샤에게 운명적이고 절망적인 순간에 그의 마음속에 갑자기 떠오른 생각이다. 그의 마음속에 떠오른 현상은, 어제 이반 형과의 대화에서 받은 어떤 괴로운 인상이었다. 그의 마음속에 지금 이 순간에 그것이 떠올랐던 것이다.

하지만 그의 영혼 속에서 근본적이고 자연발생적인 신앙이 움직였다는 것은 아니다. 그는 자신의 하느님을 사랑했고, 비록 지금 갑작스레 하느님에 대해 불판이 생길 뻔했지만, 그의 신앙은 굳건했다. 그러나, 어제 이반 형과 나눈 대화에서 참을 수 없이 불길한 인상을 받은 것이 막연하지만 지금 문득 그의 마음속에 되살아나서 점점 영혼의 수면으로 떠오르고 있었다.

이미 주변에는 황혼이 물들고 있었다. 라키친은 암자를 나와 소나무밭을 지나서 수도원 쪽으로 걸어가다가 나무 밑에 엎드린 알료샤를 발견했다. 그는 깊이 잠든 것처럼 움직이지 않았다. 라키친은 가까이 가서 말했다.

"알렉세이, 여기 있었군. 자네도 정말……."

라키친은 여기까지 말하고 어이가 없어서 입을 다물었다.

그는 '자네도 그 지경까지 간 거야?'라고 물으려고 했다. 알료샤는 라키친을 바라보지 않았지만, 그가 몸을 움직이는 걸 본 라키친은 자신의 말을 듣고 그 말의 뜻을 이해했다는 것을 알아챘다.

"대체 왜 그러는 거야?" 그는 내심 놀란 것처럼 계속 물었지만, 얼굴에는 이미 미소를 띠고 있었고 그 미소는 점점 조롱 섞인 것으로 변했다.

"자네, 듣고 있나? 난 두 시간도 넘게 자넬 찾아다녔어. 갑자기 자네가 사라져 버렸잖은가. 대체 여기서 뭘 하는 건가? 심각하게 왜 그러는 거야. 날 좀 잠깐 보게!"

알료샤는 고개를 들고 일어나 앉은 뒤, 등을 나무에 기댔다. 그는 울지 않았지만 얼굴에는 고통과 불안한 기운이 감돌았다. 알료샤는 라키친을 외면한 채 다른 곳을 보고 있었다.

"자네는 잘 모르겠지만 얼굴이 엉망이네. 호감을 주던 온화한 표정은 남아 있지가 않아. 누구에게 화가 난 건가? 누가 자네에게 무례한 말을 했나?"

"제발 저리 가!"

알료샤는 갑자기 이렇게 말했지만, 여전히 라키친을 외면하고 손을 내저으며 피곤한 표정이었다.

"아니, 이런 일이 생기다니! 죄가 많은 세속의 사람들처럼 말하는군. 천사 같은 자네가 말이야. 사람을 너무 놀라게 하지 말게나.

이건 진심이야. 이곳에 온 뒤로는 웬만한 일에는 놀라지 않는데. 난 자네가 교양 있는 사람이라고 생각했는데……."

알료샤는 마침내 그를 바라보았다. 그러나 여전히 방심한 듯한 표정이었고, 라키친이 무슨 말을 하는지 이해하지 못한 얼굴이었다.

"그래, 자네는 그 늙은이가 썩는 냄새를 풍겼다고 이렇게 풀이 죽은 건가? 설마 그 늙은이가 기적을 만들 거라고 믿었던 거야?"

라키친은 굉장히 진지한 얼굴로 다시 물었다.

"믿었어. 지금도 믿는다고. 난 그렇게 믿고 싶었어. 앞으로도 믿을 거고. 또 묻고 싶은 게 남았나?"

알료샤는 흥분해서 외쳤다.

"없네. 더는 아무것도 묻지 않겠네. 젠장, 요즘은 열세 살 먹은 초등학생도 그런 말은 안 믿는다고. 하지만 그런 건 어쨌든 상관없어. 자네는 지금 하느님께 화가 나서 반항하고 있는 거군. 하느님께서 계급도 올려 주시지 않았고, 경축일에 주는 훈장도 주시지 않았다는 거지! 자네도 참 어이없네!"

알료샤는 눈을 가늘게 뜨고 한동안 라키친을 바라보았다. 그러자 그의 눈 속에서 갑자기 빛줄기가 보였다. 그러나 그것은 라키친을 향한 분노는 아니었다.

"나는 하느님에게 반항하는 게 아니야. 단지 '하느님이 만드신 세계를 인정하지 않는 것'뿐이지."

알료샤는 갑자기 일그러진 미소를 지었다.

"무슨 말인가? 세계를 인정하지 않는다고?" 라키친은 알료샤의 대답을 듣고 잠깐 고개를 갸웃했다. "자네 잠꼬대하나?"

알료샤는 아무런 대답이 없었다.

"그런 시시한 이야기는 이제 그만하세. 이제부터 실질적인 문제를 이야기하지. 어떤가, 자네 오늘 식사는 한 건가?"

"글쎄…… 아마 먹었을 거야."

"얼굴을 보니 뭘 좀 먹고 체력을 보충해야겠군. 자네 얼굴을 보자니 측은해질 정도야. 어젯밤에 한숨도 못 잤지? 암자에서 모임이 있었다는 건 나도 들었네. 그리고 곧 그 소동이 일어났으니, 아마 먹은 건 성찬식의 얇은 빵 한 조각뿐일 거야. 지금 내 주머니에 소시지가 몇 개 있다네. 만일을 생각해서 아까 읍내에서 나올 때 몇 개 가져왔네. 하지만, 자네는 소시지를…….."

"좀 주게."

"저런, 저런! 어떻게 된 거야! 아주 방어벽을 쌓고 완벽하게 반역을 할 셈이로군! 알료샤, 그걸 경멸할 이유는 없어. 그럼, 내 집으로 가자고. 나도 보드카 한 잔이 간절하니까. 내가 피곤해서 말이야. 설마 보드카까지 달라고는 못하겠지만, 혹시 자네도 한 잔 하겠나?"

"보드카도 좋고 다 좋아."

"뭐라고? 별소리를 다 듣는군." 라키친은 깜짝 놀라서 알료샤를 보았다. "소시지나 보드카도 다 괜찮긴 하지. 이런 좋은 기회를 놓치면 안 되겠군. 자 어서 가자고."

알료샤는 조용히 라키친의 뒤를 따랐다.

"만일 자네 형 이반이 이런 모습을 본다면 굉장히 놀랄걸. 그나 저나 자네 형 이반이 오늘 아침 모스크바로 떠났다고 하던데, 알고 있는가?"

"알아."

알료샤는 귀찮은 듯이 대답했다. 그러자 갑자기 형 드미트리가 머릿속에 떠올랐다. 그러나 한순간일 뿐이었다. 이 순간에 무언가 급박한 일을, 잠시도 머무를 수 없는 일종의 의무, 무서운 의무를 생각했지만 그런 생각도 그의 마음속 깊이는 파고들지 못하고 어떤 인상도 남기지 못하고 곧 머릿속에서 까마득하게 잊혀졌다. 그런데도 이때의 일은 시간이 흐른 뒤에도 알료샤의 기억 속에 남았다.

라키친은 이렇게 속삭였다.

"자네 형 이반은 언젠가 나를 '자유주의자를 흉내 내는 무능한 멍청이'라고 평가했고 자네도 언젠가 홧김에 '뻔뻔한 인간'이라고 한 적이 있었지. 어쨌든 이제부터 나는 자네들의 재능과 양심이 어떤 도움이 되는지 지켜보려고 하네."

그는 다시 크게 말했다. "이봐! 수도원 옆으로 빠져 나가서 샛길을 통해서 읍내로 가자고. 앗! 난 잠시 호흘라코바 부인에게 들러야겠네. 그런데, 내가 오늘 일어난 일을 전부 부인에게 적어서 보냈는데, 부인이 연필로 회답을 써서 당장 보냈다네. 그 부인은 편지를 쓰는 걸 매우 좋아해. 그런데 뭐라고 편지가 왔을 것 같나?

'나는 조시마 장로처럼 위대한 분이 '그런 꼴'이 될 거라고는 꿈에도 몰랐어요!' 이런 내용이야. 정말 그렇게 씌어 있었어! '그런 꼴'이라고 말이야. 부인도 역시 화가 난 거야. 정말 전부 다! 아니, 잠시만."

그는 갑자기 이렇게 말하고 걸음을 멈추더니 알료샤의 어깨를 잡아서 멈추게 했다.

"알료샤." 라키친은 갑자기 마음속에 떠오른 새로운 생각에 사로잡혀서 알료샤의 눈을 바라보았다. 그는 겉으로는 웃었지만 새로운 생각을 말하는 것이 두려운 것처럼 보였다. 라키친도 알료샤에게 일어난 너무 기묘하고 갑작스러운 변화를 좀처럼 믿기 힘들었던 것이다. "알료샤, 자네는 어디로 가는 게 좋은가?" 마침내 라키친이 알료샤의 비위를 맞추려는 듯 조심스럽게 물었다.

"어디든 좋아. 자네 좋을 대로 하게나."

"그럼 그루센카에게 갈까? 어떤가, 가겠나?"

라키친은 불안한 기대감으로 몸을 떨어가며 결국 이렇게 물었다.

"좋아, 그루센카에게 가자."

알료샤는 침착하게 대답했다. 라키친에게는 너무나 뜻밖의 일이었다. 알료샤가 조금도 망설이지 않고 침착하게 자신의 제안에 동의할 것이라고는 꿈에도 생각하지 않았기 때문에 하마터면 뒤로 물러설 뻔했다.

"뭐, 뭐, 뭐라고! 이건 정말!"

그는 크게 놀라서 이렇게 외치더니, 재빨리 알료샤의 팔을 잡고,

혹시 알료샤의 마음이 변하지 않을까 걱정되어서 샛길로 끌고 들어갔다. 두 사람은 조용히 걷기만 했다. 라키친은 말을 하는 것조차 조심스러웠다.

"그녀는 무척 기뻐할 거야. 무척……."

그는 그렇게 중얼거리다가 다시 침묵했다.

그러나 라키친이 알료샤를 끌고 가는 것은 그루셴카를 기쁘게 해주려는 것이 아니었다. 치밀한 그는 조금이라도 자신에게 이익이 되지 않으면 어떤 일도 하지 않았다. 이때에도 그는 두 가지의 목적이 있었다. 첫 번째 목적은 올바른 사람의 치욕을 보고 싶다는 복수의 의미가 있었고 어쩌면 알료샤가 '성인에서 죄인'으로 분명하게 타락하는 것을 볼 수 있을 수도 있었다. 두 번째 목적은 그에게 매우 유리한 물질적인 목적이었는데 여기에 대해서는 뒤에서 다루기로 하겠다.

'결국 기회가 왔어.' 그는 심술궂은 기쁨을 느끼며 이런 생각을 했다. '이런 기막힌 기회를 놓치면 안 돼. 좀처럼 오지 않는 기회니까.'

3. 파 한 뿌리

그루셴카는 소보르나야 광장에서 가깝고 읍내에서도 가장 번잡한 곳에서 살았다. 모로조바 부인의 집 마당에 있는 별채였고, 그리 크지 않은 목조 건물에 세 들어 있었다. 모로조바의 집은 큰 2층 석조 건물이었지만 몹시 낡아서 흉해 보였다. 부인은 나이가 많지만 아직 결혼하지 않은 두 조카딸과 함께 조용히 살았다. 그녀가 굳이 이 별채를 빌려 줄 필요는 없었지만, 누구나 다 아는 그루셴카의 보호자인 동시에 부인의 친척이기도 한 상인 삼소노프의 심기를 건드리고 싶지 않아서 4년 전 그루셴카를 자신의 집에 들였다. 이것은 모두 아는 사실이었지만 들리는 소문에 따르면, 질투심이 강한 삼소노프가 처음에 자신의 '애인'을 모로조바 부인의 집에 맡긴 것은 노파가 자신의 집에 세 든 젊은 여자의 생활을 날카롭게 감시해 줄 것이라는 속셈 때문이라고 했다. 그러나 곧 이 예리한 눈도 소용이 없음을 알게 되어 마침내 부인도 그루센카와 자주 부딪히지 않게 되었고 그녀의 행동을 성가시게 감시하지도 않게 되었다.

4년 전, 삼소노프가 여윈 체격에 겁먹은 것처럼 수줍어하고 늘 슬픈 표정으로 생각에 잠긴 열여덟의 소녀를 현청 소재지에서 이 집으로 데리고 온 후로 참 여러 가지 일들이 일어났다.

그러나 이 소녀의 과거를 아는 이 고장 사람들은 많지 않았고, 알고 있다고 해도 믿을 만한 것은 아니었다. 요즘 들어서 많은 사람들이 이 '뛰어난 미인'(그루센카는 4년 동안 이렇게 변했다)에게 흥미를 가졌지만 그녀에 대해 자세히 아는 사람은 거의 없었다.

다만 그루센카가 열일곱 살 때 어떤 장교에게 유혹 당했지만 이내 버림받았고, 그 장교는 다른 지방으로 떠나서 다른 여자와 결혼했고, 그루센카는 그동안 가난과 치욕 속에서 지내게 되었다는 소문이 떠돌 뿐이었다. 그때 그루센카가 가난의 구렁텅이에서 삼소노프 노인에게 구원받은 것은 사실이었지만 소문에 의하면 그녀가 성직자 집안에서 태어났다는 얘기도 있었다. 다시 말하면 일정한 교회가 없는 어떤 보제(補祭)나 또는 그와 비슷한 신분의 사람의 딸이었다고 한다.

4년 동안 감수성이 풍부하고 상처를 입은 고아 같은 이 소녀는, 혈색이 좋고 탐스러운 러시아 미인으로 변했다. 더불어 대담하고 결단력이 있었고 오만했고 자존심도 강했다. 이재에 밝아서 사업가 같은 장사 수완도 지녔다. 또 인색하고 신중해서, 들리는 소문에 따르면 어떻게 모았는지는 알 수 없지만 이미 엄청난 재산을 모았다고 했다.

그러나 단 한 가지, 절벽 위의 꽃처럼 지난 4년 동안 그 후견인인 노인 외에는 그루셴카의 사랑을 얻은 사람이 아무도 없다는 건 누구나 굳게 믿는 사실이었다. 이것은 분명한 사실이었다. 왜냐하면 그루셴카의 사랑을 얻으려는 사람은 많았지만(특히 지난 2년간), 그들이 한 모든 노력은 허사였기 때문이다. 그중에는 기가 센 젊은 이 여인에게서 조롱과 함께 거절을 당하고 우스꽝스러운 추태까지 보이며 참혹하게 물러섰던 사람들도 몇이나 되었다.

또 이런 일도 잘 알려져 있었다. 이 젊은 여인이 특히 1년 전부터는 '투기'에 빠져서 이 분야에서도 굉장한 재능을 보였기 때문에 나중에는 사람들에게 '유대인보다 더한 여자'라는 말까지 듣게 되었다.

하지만 그녀는 비싼 이자를 받으며 돈놀이를 하지는 않았다. 예를 들어 표도르 카라마조프와 한패가 되어서 실제의 10분의 1도 안 되는 헐값에 어음을 전부 사들인 것은 세상이 전부 아는 사실이었는데, 그중에는 열 배가 넘는 이익을 얻은 것도 있었다.

늙은 홀아비인 삼소노프는 1년 전부터 두 다리가 부어서 제대로 걷지 못한 채 누워 있었다. 그는 백만장자의 홀아비였지만 몹시 인색해서 다 큰 자식들에게는 마치 폭군처럼 군림하면서도, 자신의 보호가 필요한 사람들에게는 꽤 부드럽게 굴었다. 그도 처음에

는 이 여자를 가혹하게 대했다. 이에 대해 '단식일 음식만 먹인다'
고 뒷담화를 하는 사람도 있었지만 그루센카는 일단 자신의 정절
에 대한 절대적인 믿음을 노인에게 줌으로써 교묘히 자신의 해방
을 이뤄냈던 것이다. 이제는 이미 고인이 된 지 오래된, 대단한 수
완가였던 이 노인도 성격이 유별나서 굉장히 인색하고 돌 같은 완
고함이 있는 사내였다. 그래서 그루센카에게 혼이 빠질 정도로 반
해서 그녀 없이는 살 수 없었지만(마지막 2년 동안은 특히 더 심했
다), 큰돈은 나눠 주려고 하지 않았다. 그는 아마 그루센카가 헤어
지자고 위협을 해도 끝까지 고집을 부렸을 것이다.

적은 돈이긴 하지만 얼마쯤은 나누어 주긴 했는데, 이런 사실이
세상에 알려지자 모두 깜짝 놀랐다.

"네가 여자지만 빈틈이 없으니." 그는 8천 루블 정도를 그루센
카에게 주면서 말했다. "네가 잘 굴려 봐라. 하지만 지금껏 해왔던
것처럼 해마다 주는 생활비 외에는 내가 죽을 때까지 더는 한 푼
도 못 받을 줄 알아야 돼. 네 앞으로는 유언장에도 아무것도 남기
지 않을 거야."

그리고 그는 정말 말한 대로 했다. 그는 임종을 맞으며 자신의
전 재산을 평생 하인처럼 부려먹은 아들들과 며느리, 손자들에게
모두 나눠 주고 그루센카에 대해서는 유언장에 한 마디도 언급하
지 않았다. 물론 이런 사실은 나중에 알려진 것이었다. 그는 다만
자본을 어떻게 굴려야 하는지에 대해서만 그루센카에게 도움을
주었고, 사업을 어떻게 해야 하는지 가르쳐 주었을 뿐이었다.

표도르 카라마조프는 처음에는 투자 관계로 그루센카를 만나게 되었지만, 마침내 자신도 모르는 사이에 미쳐 버릴 만큼 그녀에게 빠지고 말았다. 삼소노프는 그 당시 이미 중태였는데도 이 말을 듣고 재미있다는 듯이 크게 웃었다고 한다. 여기서 주의해야 할 것은, 그루센카가 노인에게는 아무것도 숨기지 않고 진심으로 대했다는 것이다. 그녀가 이 세상에서 그렇게 대한 사람은 아마 그 노인뿐이었을 것이다. 그러나 노인은 최근 들어서 드미트리 표도르비치가 나타나서 그루센카에게 사랑을 고백했을 때는 지난번처럼 웃지 않았다. 오히려 그와는 반대로 엄숙하고 진지하게 그루센카에게 이런 충고를 했다.

"만약 네가 그 부자 중에서 한 사람을 선택해야 한다면 그 늙은 이를 선택하는 게 좋아. 하지만 그 늙은 호색한이 분명히 너와 결혼을 하고, 미리 어느 정도 재산을 네 앞으로 해준다는 조건이 있어야만 해. 그리고 그 대위와는 만나지 마라. 득이 될 게 없으니까."

이미 자신의 죽음이 가까워짐을 느꼈던 늙은 호색한은 그루센카에게 이렇게 충고했는데, 그는 이 충고를 하고 다섯 달이 흐른 뒤, 죽었다.

참고로 그루센카를 사이에 둔 카라마조프 부자의 어리석고 추잡한 경쟁은 그 당시 읍내 사람들 중에는 모르는 사람이 없었지만, 이 부자에 대해 그루센카가 보인 태도의 진실이 무엇이었는지 아는 사람은 별로 없었다.

그루센카의 두 하녀까지 그 비극적인 대사건(이 사건에 대해서는 뒤에 언급하기로 하겠다)이 벌어진 뒤 법정에 불려갔을 때, 그루 센카는 단지 드미트리가 죽이겠다고 협박하는 바람에 무서워서 그를 상대한 것이라고 증언했다. 그루센카가 데리고 있는 하녀는 두 명뿐이었다. 한 명은 그녀의 생가에서 데려온 허약하고 귀머거 리인 나이 든 식모였고, 또 한 명은 이 노파의 손녀딸로 그루센카 의 잔시중을 드는 스무 살의 건강한 처녀였다.

그루센카는 아주 검소하게 살았기 때문에 방안의 치장도 초라 한 편이었다. 그녀가 살던 별채에는 세 개의 방이 있었지만 방 안 에는 주인의 소유물인 20년대에 유행했던 마호가니 의자와 테이 블만 있었다.

이미 주위가 어두워졌을 때, 라키친과 알료샤가 그루센카의 방 에 들어섰지만 방에는 불이 켜져 있지 않았다. 그루센카는 응접실 의 크고 딱딱한 마호가니 소파에 누워 있었는데 그 소파는 구멍투 성이였고, 등받이에 낡은 가죽이 씌워져서 흉물스러웠다. 그녀의 머리 밑에는 침대에서 가져온 두 개의 하얀 닭털 베개가 놓여 있 었다. 그루센카는 두 손을 머리 밑에 받치고 몸을 쭉 뻗은 채 가만 히 누워 있었다. 누구를 기다리는지 검은 비단옷을 정갈하게 입고 머리에는 엷은 레이스 장식을 했는데, 그녀에게는 썩 잘 어울리는 차림이었다. 어깨에는 역시 레이스로 만든 숄을 걸치고 순금으로 만든 큰 브로치로 앞자락을 여미고 있었다.

그루센카는 누군가를 기다리는 중이었다. 그녀는 우울하게 소 파에 누워 있었고, 얼굴은 약간 핼쑥해 보였다. 그녀는 초조감으로 입술과 눈이 뜨겁게 달아오르는 것을 느끼며 오른쪽 발끝으로 계속 소파의 팔걸이를 차고 있었다.

라키친과 알료샤가 나타났을 때 조금은 소란스러웠다. 그들은 홀에 들어서자 그루센카가 소파에서 일어나서 겁에 질린 채 외치는 소리를 들었다.

"누가 온 거야?"

손님을 맞으러 나온 하녀가 방 안을 향해 외쳤다.

"그분이 아니에요. 다른 분들이에요. 그분과는 상관없는 손님들이에요."

"무슨 일이지?"

라키친은 알료샤를 응접실로 안내하며 중얼거렸다.

그루센카는 여전히 놀라움이 가시지 않은 채 소파 옆에 서 있었다. 길게 드리운 밤색 머리카락이 레이스 장식 아래로 내려와서 어깨를 덮었지만, 그녀는 머리카락이 흘러내린 것을 모르고 손님들을 자세히 살피며 누군지 확인할 때까지 머리를 올리려고 하지 않았다.

"어머, 라키트카, 당신이군요! 난 또 누구라고, 정말 깜짝 놀랐어요. 그런데 누구와 온 거지요? 같이 온 분은 누구세요? 맙소사, 이게 누구야!"

그루센카는 그제야 알료샤를 알아보고 호들갑을 떨었다.

"어서 촛불을 가져와요."

라키친은 이 집에서는 무엇이든 명령할 수 있을 정도로 가까운 사이라는 것을 보여주듯이 거리낌 없이 말했다.

"촛불, 그래, 촛불을 가져와. 페냐, 촛불을 가져오너라. 그런데 왜 이런 때 저분을 데려온 거예요!"

그루센카는 턱으로 알료샤를 가리키며 다시 한 번 외쳤다. 그리고는 거울 쪽으로 돌아서서 두 손으로 흐트러진 머리를 재빨리 다듬었다. 그녀는 어쩐지 약간 불만족스러워 보였다.

"내가 잘못 왔나요?"

라키친은 금세 화난 듯이 물었다.

"사람을 깜짝 놀라게 하니까 그렇죠, 라키트카." 그루센카는 미소를 지으며 알료샤 쪽을 바라보았다. "알료샤, 무서워하지 말아요. 난 당신이 여기 와줘서 정말 기뻐요. 정말 예상치 못한 손님이에요. 그런데 라키트카, 아까는 정말 많이 놀랐어요. 난 또 미차가 온 줄 알았어요. 사실은 아까 내가 그를 속였거든요. 항상 내가 그에게 내 말을 믿겠다는 다짐을 받아놓고는 거짓말을 했어요. 오늘 저녁은 삼소노프 영감님에게 가서 늦게까지 돈 계산을 해야 한다고 했거든요. 사실 난 일주일에 한 번씩 항상 영감님에게 가서 밤 늦게까지 계산을 하고 있어요. 방문을 잠그고, 그가 주판으로 계산을 하면 난 옆에서 장부에 기록을 해요. 그는 나만 빼고 아무도 믿지 않아요. 아마 미차는 내가 그곳에 간 줄 알 거예요. 하지만 난 집에서 이렇게 홀로 좋은 소식을 기다리고 있어요. 그런데 페냐가 왜 당신들을 들어오게 한 걸까? 페냐, 페냐, 빨리 밖에 나가서 대문을 열고 대위님이 근처에 계신지 보고 와, 혹시 숨어서 지켜보고 있을 수도 있으니까. 정말 무서워 죽겠어!"

"아무도 없어요, 아그라페나 님. 방금 살펴봤어요. 또 계속 문틈으로 밖을 보고 있어요. 저도 무서워서 이렇게 떨리는걸요."

"덧문은 모두 닫았니? 커튼도 내려야 할 것 같아, 이렇게!" 그루셴카는 직접 두꺼운 커튼을 내렸다. "이렇게 안 하면 그가 불빛을 보고 곧장 올 거야. 알료샤, 오늘은 당신의 형 미차가 정말 무서워요."

그루셴카는 큰 목소리로 떠들었다. 크게 걱정하는 것 같았지만 한편으로는 무척 행복해 보였다.

"왜 오늘따라 미차가 그렇게 무서운 거예요?" 라키친이 물었다. "다른 때는 그리 무서워하지 않았는데. 오히려 미차를 마음대로 하지 않았나요?"

"아까 말했잖아요, 좋은 소식을 기다리고 있었다고. 그래서 지금 미차가 나타나면 아주 난처해요. 하지만, 그는 내가 영감님에게 갔을 거라고 믿지 않을 거예요. 그냥 그런 느낌이 들어요. 아마도 자신의 아버지 집 뒤뜰에 숨어서 내가 나타나는지 지켜보고 있을 거예요. 만일 그렇다면 그가 여기에는 오지 않을 테니까, 오히려 잘 됐어요! 하지만 난 정말 영감님 집에 다녀왔어요. 미차가 그곳까지 데려다줬어요. 그때 나는 늦게까지 그곳에 있을 테니까 12시가 되면 꼭 와서 집에 데려다 달라고 말했어요. 그래서 그는 돌아갔지요. 난 영감님과 10분 정도 앉아 있다가 다시 집으로 왔는데, 얼마나 무서웠는지, 혹시 미차를 만나지 않을까 해서 막 뛰어왔어요. 그를 만나면 큰일이거든요."

"그런데 어디를 가려고 그렇게 치장을 한 거예요? 참 이상한 머리 장식이군!"

"라키친, 당신이 더 이상해요. 난 좋은 소식을 기다린다고 했잖아요. 소식이 오면 곧장 달려가야죠. 그렇게 되면 다시는 날 만나지 못할 거예요. 그래서 언제든지 나가려고 이렇게 차려입었어요."

"그럼, 어디로 간다는 거예요?"

"지나치게 많이 알면 빨리 늙는 법이에요."

"하지만 그렇게 들뜬 걸 보니 굉장히 기쁜 것 같은데. 당신의 그런 모습은 지금까지 본 적이 없어요. 무도회에라도 가는 것처럼 차려입었군."

라키친은 그렇게 말하며 그녀를 훑어보았다.

"무도회에 대해서는 잘 알지도 못하면서."

"그럼 당신은 아나요?"

"무도회를 본 적은 있지요. 재작년에 삼소노프 영감님의 아들 결혼식 때 합창대석에서 봤어요. 하지만 라키트카, 이렇게 귀하신 분이 서 계시는데 당신을 상대하고 있을 수는 없지 않아요? 진짜 손님은 이분이잖아요. 알료샤, 난 이렇게 당신을 보면서도 내 눈을 믿을 수가 없어요. 아, 당신이 직접 나를 찾아오다니, 난 정말 당신이 이렇게 올 거라는 생각도 못했어요. 어떻게 당신이 여길 다 왔을까! 안타깝게도 지금은 시기가 좋은 건 아니지만 그래도 정말 기뻐요. 자, 여기 소파에 앉으세요. 맞아요, 그렇게요. 당신은 나의 젊은 달이에요. 그런데 난 아직도 도무지 모르겠어. 이봐요, 라키트카, 어제나 그제께 이분을 데려왔더라면 좋았잖아요! 하지만 어쨌든 난 기뻐요. 그저께가 아니라 지금 바로 데려온 게 차라리 잘된 걸지도 몰라."

그루센카는 가볍게 알료샤와 나란히 소파에 앉더니 기뻐서 어쩔 줄 모르는 듯이 알료샤를 바라보았다. 사실 그녀는 진심으로 기뻤고, 거짓말이 아니었다. 그녀의 두 눈은 뜨겁게 반짝이고 입술에는 미소를 짓고 있었는데, 그것은 소박하고 즐거운 미소였다. 알료샤는 그녀가 이렇게 선량한 표정을 지으며 자신을 맞아 줄 거라고는 예상하지 못했다. 그는 어제만 해도 거의 그녀와 만난 적이 없어서 그녀에 대해 무서운 여자라는 선입견이 있었다. 더불어 바로 어제 카체리나에게 한 독살스럽고 교활한 행동을 보고 큰 충격을 받아서 지금 그녀에게서 전혀 다른 사람 같은 예상 밖의 인상을 받고 몹시 놀란 터였다. 알료샤는 지금 슬픔에 빠져 있긴 했지만 그의 눈은 자신도 모르게 그루센카의 얼굴을 자세히 관찰하고 있었다.

그녀의 행동도 어제와는 다르게 무척 호감을 샀다. 어제의 그 역겨울 만큼 달콤한 어투나 거들먹거리는 요염한 몸짓은 거의 찾아볼 수 없고 모든 것이 수수하고 솔직하게 느껴졌다. 몸짓도 크고 유쾌하며 믿을 수 있었다. 그러나 그녀는 몹시 흥분한 상태였다.

"아, 오늘은 어떻게 모든 일이 이렇게 척척 맞을까요!" 그루센카는 다시 중얼거렸다. "그런데 알료샤, 난 당신이 온 게 왜 이렇게 기쁜지 모르겠어요. 당신이 물어도 난 대답하지 못할 거예요."

"설마! 왜 기쁜지 모른다고?" 라키친이 비웃었다. "이 친구를 데려오라고 나를 못살게 군 게 누군데, 목적이 있었던 거 아닌가?"

"전에는 목적이 있었지만, 지금은 다 지나간 일이에요. 지금은 그렇지 않아요. 어쨌든 당신들에게 뭘 좀 대접해야겠어요. 라키트카, 이제 나도 착한 사람이 되었어요. 자, 당신도 앉아요. 왜 그렇게 서 있는 거예요? 아니, 벌써 앉아 있었네요. 라키트카는 자신에 대해서 잊지 않으니까 걱정할 필요가 없지. 알료샤, 보세요, 잔뜩 화가 나서 우리 앞에 앉아 있는 걸. 아마 내가 자신한테 먼저 앉으라고 권하지 않아서 화가 난 것 같아요. 아, 라키트카는 우리 집에 오면 저렇게 화를 자주 낸다니까." 그루센카는 이렇게 말하고 소리 내서 웃었다. "라키트카, 화내지 말아요. 나는 지금 기분이 엄청 좋답니다. 그런데 알료샤, 당신은 왜 슬픈 얼굴이지요? 내가 무섭나요?"

그녀는 반은 놀리는 듯이 미소를 지은 채 알료샤의 눈을 들여다보았다.

"이 친구야말로 슬픈 일이 있어요. 승진을 못했으니까."

라키친은 낮은 목소리로 말했다.

"승진이라고요?"

"이 친구의 장로님이 썩는 냄새를 풍기기 시작했어요."

"썩는 냄새? 그런 헛소리는 그만둬요. 또 무슨 더러운 얘길 하려고요? 그럼 명청이 같은 소리는 그만둬요! 그런데 알료샤, 당신 무릎에 나를 앉혀 줘요, 이렇게!" 그루센카는 갑자기 일어나더니 애

교를 부리는 고양이처럼 알료샤의 무릎에 앉아서 오른팔을 부드
럽게 그의 목에 휘감았다. "기분을 좋게 해드리는 거예요. 신앙심
이 깊은 귀여운 도련님! 하지만 이렇게 무릎에 앉아도 정말 괜찮
을까요? 화내지 않겠지요? 안 된다면 하면 빨리 내릴게요."

알료샤는 침묵했다. 그는 몸을 움직이는 것조차 두려워서 움직
이지 않았다. '안된다고 하면 빨리 내릴게요'라는 말을 들었지만,
온몸이 마비가 된 것처럼 아무런 말을 하지 못했다. 그러나 이때
그의 마음속에서 휘몰아치던 것은 맞은편에서 혐오스럽다는 듯이
자신을 보는 라키친이 기대하거나 상상하는 것과는 전혀 다른 것
이었다. 지금 그의 마음에 가능성을 모든 감각이 통째로 삼켜 버려
서 지나치게 큰 영혼의 슬픔이, 만일 그가 이 순간에 자신을 충분
히 바라볼 수 있다면 지금 자신이 모든 유혹과 시련으로부터 자신
을 방어할 수 있는 매우 굳건한 무장을 하고 있음을 스스로 알 수
있었을 것이다. 그러나 그는 형언할 수 없는 모호한 정신과 그의
가슴을 짓누르는 슬픔이 있음에도, 갑자기 마음속에 생긴 새롭고
이상한 감각에 놀랐다.

다름이 아니라 이 여자, 이 '무서운' 여자는 지금까지 여자에 대
한 생각이 그의 마음에 떠오를 때마다 늘 경험했던 공포 때문에
자신을 겁먹게 하지 않았고, 또 반대로 지금까지 가장 두려워하던
여자, 지금 자신의 무릎에 앉아서 자신을 안고 있는 이 여자가 지
금까지 전혀 예측하지 못했던 어떤 이상한 감각을 그의 마음속에
생기게 한 것이다. 그것은 이상하고 어처구니없이 큰 호기심, 작은

두려움이나 공포도 섞이지 않은 순수한 호기심이었다. 그것이 가장 중요했고, 그를 놀라게 한 큰 이유였다.

"그런 헛소리는 이제 집어 쳐요." 라키친이 외쳤다. "빨리 샴페인이나 줘요. 샴페인을 대접할 의무가 있다는 건 당신이 더 잘 알지 않소!"

"맞아요. 이봐요 알료샤, 이 사람에게 당신을 나에게 데려오면 내가 샴페인을 대접한다고 약속했어요. 이제 샴페인을 마십시다. 나도 마시고 싶어요. 페냐, 페냐, 샴페인을 가져와. 미차가 두고 간 것 있잖아. 빨리 가서 가지고 와! 나는 구두쇠지만 한 병은 대접하겠어요. 하지만 라키친, 당신을 위해서 대접하는 게 아니에요. 당신은 독버섯이지만 이분은 귀공자거든요! 지금 내 마음은 다른 일로 가득하지만 어쨌든 좋아요. 당신들과 함께 마시고, 실컷 떠들면서 우울함을 떨쳐내고 싶어요."

"그런데, 지금이라고, 그게 무슨 뜻이오? 어떤 소식이라는 건 뭐예요? 물어봐도 되지요? 아니면 비밀인가요?"

라키친은 자신에게 하는 모욕적인 말은 계속 못 들은 척하면서 대놓고 호기심을 드러내고 다시 말했다.

"전혀, 비밀이라니. 당신도 아는 일인데."

그루셴카는 갑자기 걱정되는 것처럼 말하며 알료샤에게서 몸을 약간 젖혀서 라키친 쪽으로 얼굴을 돌렸지만 그의 무릎에 여전히 앉은 채였고 한쪽 팔로 그의 목을 휘감고 있었다.

"다른 게 아니라, 장교님이 와요, 라키친, 나의 장교님 말이에요."

"아, 그 얘기는 들었지, 그런데 벌써 온다는 거요?"

"지금 모크로예에 와 있어요. 나에게 사람을 보내겠다고 연락이 왔어요. 바로 아까 그가 직접 보낸 편지를 받았는데 그렇게 쓰여 있었어요. 그래서 그 심부름꾼을 기다리고 있었어요."

"그래요? 그런데 왜 모크로예에 왔어요?"

"그 얘기는 길어요. 그리고 이제 당신과는 그만 말하고 싶어요."

"그럼 미차는 지금…… 일이 재미있게 되어 가는군. 미차는 아는 거요, 모르는 거요?"

"그가 뭘 알겠어요! 전혀 모르고 있어요! 만약 그가 안다면 날 죽으려고 할 거예요. 하지만 난 지금 그런 건 두렵지 않아요. 그가 휘두르는 칼도 무섭지 않단 말이에요. 라키트카, 그러니까 입 다물어요. 내 앞에서 드미트리 씨 얘기하지 말아달라고 부탁할게요. 그는 나에게 가슴 아픈 상처만 주었으니까요. 지금은 그런 생각을 정말 하고 싶지 않아요. 하지만 알료샤를 생각하는 건 좋아요. 알료샤의 얼굴을 자꾸만 들여다보고 싶어요. 자, 나를 보고 웃어요, 귀여운 도련님! 기운을 내요. 그리고 바보 같은 나에게 웃어 주세요. 아, 웃었다. 정말 웃었어요! 어쩜 이렇게 눈길이 부드러울까! 알료샤, 난 당신이 그저께 일 때문에, 그 젊은 아가씨 때문에 나에게 화가 난 건 아닐까 걱정했답니다. 그날 나는 정말 개였으니까! 정말 나는 개나 마찬가지였어요. 하지만 그렇게 한 건 잘했어, 물론 좋은 일은 아니었지만 그래도 잘한 일이라고 생각해요."

그루셴카는 뭔가가 떠오른 듯이 미소를 지었다. 그러나 그 미소에는 잔인한 그림자가 스쳤다.

"미차가 그러는데 그 여자가 나더러 채찍으로 때려야 할 여자라고 그랬다더군요. 정말 내가 심하게 굴었던 것 같아요. 하지만 그 여자는 달콤한 엿으로 날 꾀려고 일부러 사람을 보내서 불렀어요. 그러니까 그렇게 한 건 잘한 것 같아요." 그녀는 다시 미소지었다. "그렇지만 난 그 일 때문에 당신이 화가 났을 거라고 내내 걱정했어요."

"이번엔 정말 솔직하군." 라키친이 진심으로 놀란 것처럼 참견했다. "알료샤, 정말 이 사람은 자네를 두려워한다네. 햇병아리 같은 자네를 말이야."

"라키친, 물론 당신 눈에는 이분이 햇병아리로 보이겠죠. 당신에게는 양심이 없으니까요. 알겠어요? 하지만 상관없어요, 나는, 나는 이분을 진심으로 사랑하니까요. 믿어주시겠죠, 알료샤! 내가 당신을 진심으로 사랑한다는 것을."

"정말 뻔뻔해! 알료샤, 이 여자는 지금 자네에게 사랑 고백을 하는 거야!"

"그게 어때서요? 이 분을 사랑하는 게 잘못인가요?"

"그 장교는 어떻게 할 건데? 모크로예에서 온다던 좋은 소식은."

"그건 이것과 다른 문제예요."

"거참, 여자들은 다 이런 식인가 봐?"

"라키친, 제발 신경 건드리지 말아요." 그루셴카는 화를 내며 외쳤다. "이건 전혀 다른 문제예요. 알료샤를 사랑하는 건 다른 방식이란 말이에요. 알료샤, 물론 나도 얼마 전까지 당신에게 짓궂은 마음을 가졌던 게 맞아요. 나는, 심보가 사납고 더러운 여자이지만, 그래도 간혹 당신을 내 양심의 거울처럼 생각했어요. '이제는 나를 더러운 여자라고 경멸할 거야' 항상 이렇게 생각했어요. 그저께 그 아가씨 집에서 뛰쳐나와서 돌아올 때도 그렇게 생각했어요. 알료샤, 오래전부터 난 당신에 대해 이렇게 생각했어요. 미차는 그걸 알아요. 내가 말했으니까. 미차도 역시 나와 같은 생각이에요. 당신은 믿지 않을지 모르지만, 당신을 보면 나는 가끔 부끄러워져요. 내 모든 것이 부끄러워서 견딜 수 없어져요. 왜 그런지, 언제부터 내가 그런 생각을 하게 되었는지 모르겠어요. 기억이 나질 않아요."

페냐가 테이블 위에 쟁반을 놓았다. 쟁반에는 마개가 열린 술병과 술이 담겨진 세 개의 잔이 있었다.

"샴페인이군." 라키친이 말했다. "아그라페나 씨, 좀 흥분하신 것 같은데 샴페인 한 잔 마셔요. 마시면 흥겹게 춤추고 싶어질 거예요. 이런 것도 제대로 못해서야." 그는 술병을 들여다보며 이렇게 말했다. "노파가 부엌에서 미리 잔에 따라서 보냈군. 게다가 병은 마개도 막지 않아서 미지근하잖아! 어쩔 수 없지! 이거라도 마셔야지."

그는 테이블로 다가가 술잔을 한 번에 들이켜고, 직접 한 잔 따랐다.

"샴페인은 웬만해서는 구경하기 어렵거든." 그는 혀로 입술을 핥으며 말했다. "알료샤, 어서 남자답게 마시게. 그런데 뭘 위해 건배하지? 천국의 문? 그루센카, 당신도 잔을 들고 천국의 문을 위해서 건배합시다."

"천국의 문이라니 그건 무슨 뜻인가요?"

그녀는 잔을 들었고, 알료샤도 자신 앞의 잔을 들어서 한 모금 마신 뒤 그대로 다시 내려놓았다.

"역시 마시지 않는 게 나을 것 같아."

그는 조용하게 미소를 지었다.

"아까는 허풍을 떤 거였군."

라키친이 말했다.

"그럼 나도 마시지 않겠어요." 그루센카가 말을 받았다. "사실은 나도 마시고 싶지 않아요. 라키트카, 당신이나 마셔요. 알료샤가 마신다고 하면 나도 마시겠지만요."

"꽤나 조신하시군." 라키친이 비아냥댔다. "더구나 남자의 무릎에 앉아서 말이야! 이 친구는 슬픈 일이 있어서 안 마신다지만, 당신은 왜 그러는 거지? 이 친구는 자신의 하느님에게 반항하려고 소시지를 먹겠다고 한 거야."

"그게 무슨 말이에요?"

"이 친구의 스승인 장로님이 오늘 돌아가셨어. 위대한 성인 조시마 장로님."

"조시마 장로님이 돌아가셨어요?" 그루센카가 소리쳤다. "어머, 어쩌나, 난 몰랐어요!" 그녀는 신성하게 성호를 그었다. "아, 내가 무슨 짓을 한 거야, 이분의 무릎에 앉아 있었다니!" 그루셴카는 재빨리 알료샤의 무릎에서 내려와 소파로 옮겨 앉았다.

알료샤는 놀라서 한동안 그루셴카를 바라보았다. 그의 얼굴에는 천천히 밝은 빛이 비추는 것 같았다.

"라키친." 그는 갑자기 단호하게 소리 높여 말했다. "내가 하느님께 반항을 한다는 둥 하면서 놀리지 말게. 난 자네에게 나쁜 감정을 갖고 싶지 않아. 그러니 자네도 착하게 나를 대해 주면 안 되나? 난 자네가 지금껏 갖지 못한 소중한 보물을 잃었어. 그러니까 자네는 지금 이러쿵저러쿵 할 자격이 없어. 여기 이분을 봐. 이분이 날 동정하는 건 자네도 보았지? 내가 여기 온 건 인간의 사악한 마음을 보기 위해서였네. 스스로 그렇게 생각한 건 무엇보다 내가 비열하고 사악하기 때문이야. 그런데 난 뜻밖에도 여기서 진실한 누님을 발견했어. 사랑이 가득한 영혼을, 소중한 보물을 발견한 거야. 이분은 날 가엾게 생각해 주었어. 아그라페나 씨, 지금 나는 당신과 얘기를 하는 거예요. 당신은 내 영혼을 수렁에서 건져주셨어요."

알료샤의 입술이 떨리고 숨이 가빠졌다. 그는 말을 멈추었다.

"마치 그루셴카가 구세주라도 된 것처럼 말하는군." 라키친은 독기 어리게 웃으며 말했다. "하지만 이 여자는 자넬 잡아먹으려고 했어, 대체 그런 줄은 알고 그런 말을 하는건가?"

"그만해요, 라키트카." 그루셴카가 일어났다. "두 분 모두 가만히 계세요. 이제 모든 걸 말할 테니까. 알료샤, 당신에게 가만히 있으라고 한 건, 당신의 말을 들으니 부끄러워서 참을 수가 없어서예요. 난 당신의 말처럼 그렇게 착한 여자가 아니라 못된 여자예요. 나쁜 여자란 말이에요. 그렇지만 라키트카, 당신에게 그만하라고 한 건 당신이 거짓말만 하니까 그런 거예요. 분명히 한때는 이분을 잡아먹으려는 비열한 생각을 한 것도 맞지만, 지금은 아니에요. 당신이 지금 말한 것은 거짓이에요. 지금은 전혀 달라요. 그리고 이제는 당신이 하는 말은 듣기 싫어요, 라키트카!"

그루센카는 기이한 흥분에 휩싸여 외쳤다.

"둘 다 미쳐 가는군, 미쳤어!" 라키친은 두 사람을 바라보며 어이없다는 듯이 중얼거렸다. "여기 정신 병원인가? 왜들 이러나? 모범생 같은 얼굴에는 금세 눈물이라도 날 것 같군."

"진짜 울 거예요, 울고말고요." 그루센카가 단호하게 말했다. "이분은 나를 누님이라고 불렀어요. 난 죽을 때까지 절대 잊지 않을 거예요. 라키트카, 물론 나는 못된 여자이지만, 그래도 남에게 파 한 뿌리를 주었다는 것을 알아야 해요."

"파 한 뿌리? 쳇, 정말 돌아버린 것 같군."

라키친은 두 사람의 감격에 겨운 모습을 보고 놀라움과 모욕을 당한 듯한 분노를 느꼈다. 그러나 그가 만약 차분하게 생각했다면 어떤 깨달음을 얻었을 것이다. 평생 그리 쉽게 생기지 않는, 인간의 마음에 깊은 감동을 주는 움직임이 지금 두 사람에게 동시에 일어났다는 것을 말이다. 그러나 자신과 관련된 모든 일에 대해 매우 예민한 직감력을 가진 라키친도, 다른 사람의 기분이나 감정을 이해하는 것에는 매우 무딘 편이었다. 나이가 어리고 경험이 미숙해서였기도 했지만, 무엇보다 그가 가진 지나친 이기주의 때문이었다.

"그런데 알료샤." 그루센카는 알료샤를 돌아보며 갑자기 발작하듯이 웃었다. "금방 내가 파 한 뿌리를 주었다고 한 말은 라키트카에게 으스대느라고 한 말이지 당신에게 한 말은 아니었어요. 당신에게는 다른 뜻으로 얘기한 거예요. 비유일 뿐이지만, 비유치고는 꽤 멋진 얘기이죠. 내가 어렸을 때, 마트료나—지금도 우리 집의 식모인 노파에게 들은 이야기인데 한번 들어봐요. 아주 옛날에, 어떤 곳에 마음씨가 고약한 할머니가 있었어요. 그런데 그 할머니가 죽자 좋은 일은 한 게 없어서, 악마가 할머니를 불바다 속에 던졌어요. 그 할머니를 지키는 천사는, 하느님께 말씀드릴 좋은 일이 없었는지 고민한 끝에 겨우 한 가지를 생각해 내고 하느님께 말했대요. '살아 있을 때 이 노파는 자신의 밭에서 파 한 뿌리를 뽑아서 구걸하는 여자에게 주었습니다.' 그러자 하느님께서 이렇게 말씀하셨대요. '그럼 네가 그 파를 불바다 속의 노파에게 내밀어서, 그걸 붙잡고 나오라고 하거라. 만일 밖으로 나오는데 성공하면 그 노파를 천국에 보내겠지만, 그 파가 끊어지면 노파는 불바다 속에 있어야 한다.' 그래서 천사는 노파에게 달려가서 그 파를 내밀었어요. '자, 이 파를 꼭 붙드세요. 내가 잡아당길 테니까.' 그리고 조심스럽게 끌어당기기 시작했어요. 그런데 천사가 거의 다 끌어올렸을 즈음, 불바다에 있던 다른 죄인들이 노파가 파를 잡고 올라가는 것을 보고 함께 나오려고 모두 그 파에 매달리기 시작했어요. 마음씨가 고약한 노파는 죄인들을 발로 차면서 외쳤어요. '나를 올려주는 것이지, 너희가 아니야. 이건 내 파고, 너희 것이 아니야.' 그런데 노파가 그렇게 말하자 그 파가 끊어져 버렸어요. 결국 노파는 다시 불바다에 떨어져 아직도 그 속에서 타고 있다고 해요. 그래서 천사는 어쩔 수 없이 울면서 그곳을 떠났다고 해요.

비유를 이렇게 한 건데, 알료샤, 나는 이걸 전부 외웠어요. 왜냐하면 나도 그 노파처럼 심술궂으니까요. 라키트카에게는 나도 파를 준 일이 있다고 자랑했지만, 알료샤, 당신에게는 이렇게 말하고 싶어요. '난 평생 파 한 뿌리만 주었을 뿐이에요. 착한 일은 그것뿐이에요.' 그러니까 알료샤, 날 칭찬하지 말고 착한 여자라고 생각하지 말아 줘요. 나는 마음씨가 고약한 여자니까 당신에게 칭찬을 들으면 부끄러워서 견딜 수가 없어요. 이제 전부 다 털어놓아야겠어요. 잘 들어봐요, 알료샤, 나는 당신을 이 집으로 오게 하려고, 만일 당신을 우리 집까지 데려오면 25 루블을 준다고 약속하고 부탁했어요. 잠깐, 라키트카, 잠시 기다려요!"

그루센카는 테이블 쪽으로 종종걸음으로 다가가 서랍을 열고 지갑을 꺼내어 25 루블짜리 지폐를 뽑았다.

"아니, 이건 무슨 말도 안 되는 소리야!"

라키친은 몹시 당황해서 이렇게 소리쳤다.

"받아요, 라키트카, 약속했잖아요. 스스로 요구했던 것이니 거절하지 말아요."

그녀는 그에게 돈을 던졌다.

"물론 거절할 이유는 없어."

라키친은 몹시 난감한 듯이 보였지만 그래도 겉으로는 태연한 척하며 말했다.

"멍청한 인간들 덕분에 현명한 사람이 이익을 보는 건 당연하지."

"이제 그 입 다물어요, 라키트카! 이제부터 내가 말하는 건 당신들으라는 게 아니에요. 어서 저쪽에 가서 조용히 앉아 있어요. 당신은 우리를 좋아하지 않으니까 가만히 있으면 되는 거예요."

"내가 왜 당신들을 좋아해야 하는 거요?"

라키친은 불쾌함을 드러내며 화를 냈다. 그는 25루블짜리 지폐를 호주머니에 넣었지만, 알료샤를 보는 것이 몹시 부끄러웠다. 사실은 알료샤가 모르게 나중에 그 돈을 받으려고 했는데 이렇게 수치를 당하니 화가 났던 것이다. 지금까지는 그루센카가 핀잔을 해도 비위를 거스르지 않는 것이 현명하다고 생각했다. 그녀가 자신에게 어떤 권력을 가진 것처럼 생각했기 때문이었다. 그러나 그도 이번에는 참지 못하고 그만 화를 내고 말았다.

"인간이 인간을 사랑하는 데 무슨 이유가 있어야 할 거 아니오. 그런데 나를 위해서 당신들이 해 준 게 있나?"

"이유가 없어도 사랑해야죠, 알료샤처럼."

"대체 어딜 봐서 이 친구가 당신을 사랑한다고 확신하는 거요? 이 친구가 당신에게 보여 준 게 뭐가 있다고 이렇게 법석을 떠는 거요?"

그루센카는 방 가운데에서 흥분해서 말했다. 그 말투에는 히스테릭한 기운이 맴돌았다.

"그만해요, 라키트카. 당신이 우리에 대해 아는 게 뭐가 있다고! 그리고 날 당신이라고 다시는 부르지 말아요. 감히 당신이 어떻게 그런 말을 할 수 있나요? 어디서 그런 뻔뻔함이 생겼는지 모르겠 다니까. 빨리 구석에 앉아서 하인처럼 가만히 있어요!

알료샤, 하지만 당신에게는 전부 숨기지 않고 말하겠어요. 내가 얼마나 못된 여자인지 당신이 알 수 있도록. 라키트카가 아니라 당 신에게 하는 말이에요. 난 당신을 파멸시키려고 했어요. 알료샤, 이건 한 치의 거짓도 없는 사실이에요. 당신을 데려오면 돈을 준다 고 라키트카를 매수했으니까요.

그런데, 내가 왜 그런 짓을 했는지 아시나요, 알료샤? 당신은 아 무것도 모른채 항상 외면하며 눈을 아래로 깔고 내 곁을 지나쳤어 요. 나는 지금까지 백 번도 넘게 당신을 보았고 만나는 사람마다 당신에 대해서 물었어요. 당신의 얼굴이 내 마음에 붙어서 떠나지 않았어요. '날 무시하는구나. 그래서 나를 쳐다보지도 않는구나.' 이렇게 생각했어요. 그러자 마침내 '내가 무엇 때문에 그런 애송 이를 두려워할까?' 스스로 어이가 없을 지경에 이르렀어요. '그래, 어디 보자. 언제든 움직이지도 못하게 사로잡아서 마음껏 비웃어 줄 거니까.' 나는 앙심을 품고 기회가 오기만 기다렸어요. 당신은 믿지 않겠지만, 이 고장에 사는 사람 중에서 야비한 목적을 품고 내 집에 접근하거나 그런 말을 하는 사람은 이제는 아무도 없어요. 나를 마음대로 할 수 있는 사람은 저 늙은 영감님 한 명뿐이죠. 악마의 장난으로 인연이 생겨서 그 늙은이에게 팔려왔지만 다른 남자는 한 명도 없어요.

그런데 당신을 한 번 본 그때, 나는 저 애송이를 한 번에 잡아먹고 마음껏 웃어야겠다고 생각했어요. 내가 얼마나 천박하고 개 같은 여자인지 알겠죠? 그런데 당신은 나를 누님이라고 부르는군요.

그런데 예전에 나를 버렸던 남자가 이번에 돌아와요. 그래서 나는 지금 이렇게 앉아서 그 사람에게 올 연락을 기다리고 있어요.

나를 배신했던 그 남자가 내게 어떤 의미인지 아세요? 5년 전 삼소노프 영감님이 나를 이곳으로 데려왔을 때, 나는 문을 닫고 방안에 틀어박혀서 누구도 나를 보거나 내 목소리를 못 듣게 했어요. 나도 꽤 어리석었지요. 여기에 앉아서 흐느끼면서 밤새도록 자지 않고 누워 있었으니까요. 그리고 '나를 배신한 그 사람은 지금 어디에 있을까? 아마 다른 여자와 나를 비웃겠지. 어디 두고 보자. 언제든 만나면, 만나기만 한다면 반드시 갚아 줄 테다!' 라고 생각했어요. 한밤중에 어둠 속에서 베개에 얼굴을 묻고 그 생각을 반복하면서 흐느꼈답니다. 일부러 가슴을 쥐어뜯으며 불타는 증오심으로 마음을 달랬어요. '갚아 줘야지, 꼭 갚아 줄 거야.' 이렇게 어둠속에서 혼자 외쳤어요.

그러다가 갑자기 정신을 차리고 생각했어요. '지금의 나에게는 복수할 방법이 없지 않은가? 지금 그는 나를 비웃겠지. 아니, 나는 벌써 잊어버렸을 거야.' 이런 생각을 하면, 침대에서 일어나 바닥에 몸을 던지고 끝없이 눈물을 흘리며 날이 밝을 때까지 몸부림치곤 했어요. 그렇게 한 뒤 다음날 아침에 일어날 때는 나는 개보다 못한 여자가 되어 온 세상을 집어삼킬 것 같은 악독한 기분이었지요.

그래서 어떻게 했는지 아세요? 그때부터 난 돈을 모았어요. 의리도 없고, 정도 없는 여자가 되어서, 몸은 점점 살찌기 시작했어요. 조금 영리해졌을 거라고, 당신은 생각하지요? 그런데 그렇지 않았어요. 이 넓은 세상에서 누구도 알지 못하지만, 밤이 되어 주위가 어두워지면, 지금도 가끔 5년 전의 소녀로 돌아가서 이를 악물고 밤새도록 울곤 해요. 그러고는 '어디 두고 보자, 기필코 갚아줄 거야!' 이렇게 다짐해요. 알료샤, 내 말을 듣고 있나요? 내가 어떤 여자인지 이제 분명히 알았을 거예요!

그런데 한 달 전, 뜻밖의 편지를 받았어요. 그가 곧 오겠다고, 얼마 전에 홀아비가 되었는데 나를 보고 싶다고 했어요. 아, 그때는 정말 숨이 막힐 것 같았어요. 어떡해야 좋을지 생각하는데, 갑자기 이런 생각이 들었어요. '만일 그가 와서 휘파람을 불면서 나를 찾으면, 나는 무슨 잘못을 하고 혼이 난 개처럼 그 사람 곁으로 가지 않을까?' 이렇게 생각하니, 나를 믿을 수가 없었어요. '내가 그렇게 어리석은 여자인가? 나는 과연 그 사람에게 달려갈 것인가?' 이런 생각을 하니 지난 한 달 간 나에게 화가 나서 참을 수 없었어요. 5년 전보다 더 화가 났어요.

알료샤, 이제 당신도 알았지요? 내가 얼마나 거칠고 포악한지 나는 전부 사실 그대로 말했어요. 미차를 희롱한 것도, 사실은 그에게 달려가려는 나를 막으려고 그런 거예요. 그대로 있어요, 라키친. 당신은 나에 대해 어떤 말도 할 권리가 없어요. 당신에게 한 말이 아니니까요. 나는 당신들이 오기 전에, 누워서 기다리면서 생각했어요. 앞으로 일어날 내 운명을 결정하려고 했어요. 당신들은 지금 내가 무슨 생각을 하는지 모르겠지요, 그리고 알료샤, 그 아가씨에게 그저께 일 때문에 내게 너무 화내지 말라고 전해 주세요. 아, 지금 내 마음이 어떤지 이 세상에 아는 사람은 없어요. 어떻게 알겠어요. 난 오늘 칼을 가지고 그곳에 갈 수도 있어요. 아직 결심한 건 아니지만······."

그루센카는 이렇게 '애처로운 말'을 한 뒤, 더 이상 견디지 못하고 두 손으로 얼굴을 감싼 채 소파에 있는 베개에 몸을 던지고 아이처럼 흐느꼈다. 알료샤는 일어나서 라키친에게 다가갔다.

"라치킨, 화내지 말게. 그녀에게 화가 나겠지만 나쁘게 생각하지 말게. 자네도 지금 이야기 들었지? 인간에게 그렇게 많은 것을 기대할 수는 없어. 무엇보다 연민을······."

알료샤는 억누를 수 없는 충동에 휩싸여서 말했다. 그는 자신의 마음에 끓어오르는 것을 말하지 않고는 참을 수가 없어서, 라키친에게 말한 것뿐이었다. 만일 라키친이 없었으면 그는 허공을 향해 말했을 것이다. 그러나 라키친이 냉소적으로 바라봤기 때문에 알료샤는 말을 멈췄다.

"이보게, 하느님의 사도, 알렉세이, 자네는 어젯밤에 가득 채워둔 장로의 설교라는 탄환을 지금 나에게 쏘는군."

카친은 증오로 가득한 미소를 지으며 이렇게 말했다.

"라키친, 비웃지 말게나. 조롱은 하지 마. 돌아가신 그분을 그렇게 이야기하지 말아 주게. 그분은 이 세상의 누구보다 훌륭하셨어!" 알료샤가 울먹이며 소리쳤다. "나는 심판자로서 이렇게 말하는 게 아니야. 내가 가장 나쁜 피고 중의 한 사람이니까. 그분이 느낀 고통과 비교하면 나는 정말 아무것도 아니야. 내가 여기 온 것은 스스로를 파멸시키고, 그래도 '괜찮아, 아무렇지도 않아'라고 말하려고 그랬던 거야. 모두 내가 마음이 약해서 그런 거였지. 그런데 여기 이분은 5년 동안 무서운 고통을 겪고, 가장 소중한 사람이 찾아와서 진심으로 말 한 마디를 던지자, 이미 모든 걸 잊고, 모든 것을 용서하고 이렇게 울고 있잖아! 자신을 버린 남자가 돌아와서 자신을 부르니까 이분은 모든 것을 용서하고 흔쾌하게 그 남자를 만나러 가려고 하잖아! 아마 칼은 가져가지 않을 거야. 분명히 가져가지 않을 거라고. 하지만 나라면 그렇게 못할 거야. 자네는 혹시 어떨지 모르겠지만, 나는 그렇게 못할 거야. 나는 오늘, 아니 지금 이 순간 좋은 교훈을 얻었어. 사랑에 관해선 이분이 우리보다 훨씬 더 훌륭해. 자네는 지금 이 분이 얘기한 걸 전에도 들은 적이 있나? 없었지? 듣지 못했을 거야. 들었다면 자네도 벌써 오래전에 모든 걸 알았을 테니까. 그리고 또 한 명, 그저께 이분에게 모욕을 당한 그 아가씨도 이분을 용서할 거야. 상황을 알면 용서할걸세. 상황을 알면 말이야. 이분의 영혼은 아직 평안을 찾지 못했으니, 우리가 이분을 위로해야만 해. 그 영혼에는 혹시 소중한 보물이 숨어 있을 수도 있어."

알료샤는 거기까지 말하고 침묵했다. 숨이 막히는 것 같았다. 라키친은 증오로 불타고 있었지만 놀라서 알료샤를 바라보았다. 조용하던 알료샤가 이런 웅변을 늘어놓았다는 것은 정말 예상 밖의 일이었다.

"굉장한 변호사가 되셨군! 혹시 자네 이 여자에게 반했나? 아그라페나 씨, 우리의 자랑스러운 고행자께서 당신에게 반한 것 같소. 당신은 결국 이 사람을 정복했군!"

라키친이 뻔뻔하게 웃으면서 외쳤다.

그루센카는 베개에 묻었던 머리를 들고 알료샤를 보았다. 울어서 부은 얼굴에는 감동한 미소가 맴돌았다.

"알료샤, 나의 천사여, 저런 사람은 그냥 둬요. 당신에게 그런 소릴 하다니 어떻게 그럴 수 있어요!" 그녀는 몸을 돌려서 라키친을 보았다. "아까 당신에게 무례하게 말한 걸 사과하려고 했지만, 이제는 그러고 싶지 않아요. 알료샤, 이리 와서 내 옆에 앉아요." 그녀는 기쁘게 미소를 보이며 알료샤에게 손짓했다. "그래요, 여기 앉아서, 말해 봐요." 그녀는 알료샤의 손을 잡고 상냥하게 웃으면서 그를 바라보았다. "대답해 봐요, 나는 정말 그를 사랑하는 걸까요? 나를 배신했던 그 사람을 사랑하는 걸까요? 아까 당신들이 오기 전까지 나는 이 어둠 속에 누워서 과연 내가 그를 사랑하는지 아닌지 나에게 물었어요. 알료샤, 나를 위해서 내 마음을 정해 주지 않을래요? 이제 시간이 얼마 없어요. 난 당신이 정해 주는 대로 따르겠어요. 그 사람을 용서할까요, 용서하지 말까요?"

"하지만 당신은 이미 용서하신 것 아닙니까?"

알료샤가 웃으며 말했다.

"맞아요, 난 이미 용서한 거나 마찬가지예요." 그루셴카는 생각에 잠겨서 중얼거렸다. "아, 얼마나 비굴할까요! 자, 그러면 내 비굴한 마음을 위하여!"

그녀는 테이블에서 샴페인 잔을 들어서 한 번에 마시더니 잔을 위로 들어서 힘껏 바닥에 던졌다. 술잔은 큰 소리를 내며 깨졌다. 그러자 한 줄기의 잔인함이 그루셴카의 미소에 스쳤다.

"하지만 용서하지 않았을 수도 있어요." 그녀는 눈을 아래로 깔고 마치 스스로에게 말하는 것처럼 어딘가 모르게 위협하듯이 말했다. "어쩌면 나는 그 사람을 용서하려고 할 뿐인가 봐요. 내 마음과 더 싸워야 할 것 같아요. 알료샤, 나는 5년 동안 내 눈물을 정말 많이 좋아했어요. 나는 내가 받은 모욕을 사랑했던 것이지, 그를 조금도 사랑하지 않았던 것일 수도 있어요!"

"그 사람도 부러워할 건 아니군."

라키친이 비아냥댔다.

"라키트카, 걱정하지 말아요, 당신은 그렇게 되고 싶어도 그럴 수 없으니까. 당신은 내 신발이나 닦아요, 그게 당신에게는 제격이에요. 내게 당신이 필요하다면 그런 일뿐이에요. 당신은 나 같은 여자 곁에는 평생 가까이 가지도 못할 거예요. 하긴 그도 그렇게 될 수도 있지만……."

"그도? 그럼 왜 옷을 차려입은 거요?"

라키친이 약 올리며 말했다.

"옷차림으로 놀리는 건 그만해요. 라키트카, 당신은 내 마음을 아무것도 모르잖아요! 마음만 먹으면 이런 옷은 금세 찢어버릴 수 있어요." 그녀는 과장된 목소리로 소리쳤다. "당신은 내가 왜 이렇게 차려입었는지 모를 거예요. 그 사람에게 가서 '당신은 내가 이런 옷을 입은 걸 본 적이 있나요?' 이렇게 말하려고 그런 것인지도 모르지요. 그가 날 버렸을 때, 난 열일곱 살 먹은 깡마른 울보였어요. 나는 그의 곁에 앉아서 실컷 유혹하고 이렇게 말하는 거예요. '자, 내가 이제 얼마나 매력적인지 알았죠? 하지만 맛있는 국물은 수염에 묻고 흐를 뿐, 그 입으로는 들어가지 않아요.' 내 옷차림에는 그러니까 이런 목적이 있을 수도 있잖아요, 라키트카." 그루셴카는 악의를 담고 미소 지으며 말했다.

"알료샤, 난 이렇게 난폭하고 독해요. 이런 옷쯤은 얼마든지 찢고, 스스로 얼굴을 지지거나 상처를 내서 아름다움을 망치고 거지가 되어서 구걸을 할 수도 있어요. 내가 결심하면 누구와도 결혼하지 않을지도 모르죠. 또 내일이라도 삼소노프에게 받은 돈과 물건 등을 모두 돌려주고 남은 인생은 가정부로 살 수도 있어요. 라키트카, 내가 그렇게 못할 것 같아요? 내가 그만한 용기도 없을 것처럼 보여요? 전혀요, 지금이라도 당장 그렇게 할 수 있어요. 그러니까 제발 나를 건드리지 말아 주세요. 그런 사내를 거절하는 건 일도 아니니까요. 얼굴에 침을 뱉고 다시는 내 앞에 나타나지 못하게 할 거예요."

그녀는 이 마지막 말을 하고 비명을 지르다시피 했으나, 또 자신을 억누르지 못하고 두 손으로 얼굴을 감싼 채 배게 위로 쓰러져 흐느끼며 몸부림쳤다. 라키친이 일어나며 말했다.

"가봐야겠어. 너무 늦었네, 꾸물대다가 수도원 문이 닫힐지도 몰라."

그루센카는 이 말을 듣고 자리에서 일어났다.

"알료샤, 설마 이대로 돌아가는 건 아니지요?" 그녀는 놀란 것처럼 슬프게 외쳤다. "그럼 나는 어떡하라고요! 내 마음을 이렇게 흔들어서 찢어버리고 당신은 이 괴로운 밤에 나를 혼자 남겨둘 건가요?"

"하지만 이 친구가 당신 집에서 계속 있을 수는 없지 않소? 하지만 본인이 원한다면 그럴 수도 있지! 나는 혼자서 돌아가야겠어."

라키친은 독기 서린 웃음을 웃었다.

"입 다물어요! 악당아!" 그루센카는 화를 내며 외쳤다. "당신은 이분이 오늘 내게 해준 것 같은 말을 해본 적이 있기라도 하냔 말이에요."

"이 친구가 오늘 무슨 말을 했기에?"

"이분이 어떤 말을 했는지는 외울 수도 없고, 알 수도 없어요. 하지만 나는 느꼈어요. 이분은 내 마음을 통째로 뒤집었어요, 나를 동정한 사람은 이분이 처음이에요. 그리고 이분뿐이에요. 정말이에요. 오 알료샤, 나의 천사, 당신은 왜 더 빨리 내게 오지 않았어요?" 그녀는 미친 듯이 흥분해서 문득 그에게 무릎을 꿇었다. "나는 지금껏 당신 같은 사람을 기다렸어요. 난 당신 같은 사람이 분명히 나타나서 나를 용서해 줄 거라고 믿었어요. 나처럼 더러워도 비열한 욕망을 갖지 않고, 진심으로 사랑해 줄 사람이 있을 거라고 믿었지요."

"내가 당신에게 뭘 했다는 건지요?" 알료샤는 그녀에게 몸을 굽혀서 그녀의 손을 따스하게 잡고 감동어린 표정으로 미소를 지으며 말했다. "나는 당신에게 파 한 뿌리를 주었을 따름입니다. 작은 파 한 뿌리만 드렸습니다. 단지 그뿐이에요!"

그도 이렇게 말한 뒤 눈물을 흘렸다. 바로 그때, 현관에서 갑자기 소란스러운 소리가 들리더니, 누군가가 현관으로 들어왔다. 그루셴카는 소스라치게 놀라서 소파에서 일어났다. 페냐가 야단을 떨며 방으로 들어왔다.

"아씨, 아씨, 마차를 타고 사람이 왔어요." 페냐는 숨을 몰아쉬며 기쁜 듯이 말했다. "모크로예에서 아씨를 데리러 방금 삼두마차가 도착했어요. 치모페이라는 마부가 지금 다른 말들로 바꾸고 있어요. 그리고 편지가, 아씨, 편지가 왔어요!"

페냐는 손에 편지 한 통을 들고 있었다. 그녀는 말하는 동안 계속 편지를 허공에 흔들고 있었다. 그루셴카는 페냐에게서 그 편지를 낚아채 촛불 옆으로 가져갔다. 편지는 두세 줄 남짓한 짧은 내용이었다. 그루셴카는 단숨에 그것을 읽었다.

"나를 부르는군요!" 그녀는 일그러진 얼굴에 병적인 미소를 지으며 창백한 안색으로 외쳤다. "휘파람 소리가 들려요! '자, 강아지야. 이리 와라. 꼬리를 흔들면서' 하는 소리요."

그녀는 결심을 하지 못하는 듯 잠시 그 자리에 서 있었지만, 한순간일 뿐이었다. 그녀는 바로 온몸의 피가 얼굴로 솟구쳐서 뺨이 붉게 상기되었다.

"가야겠어요!" 그녀가 소리쳤다. "아, 지난 5년간의 생활도 이젠 작별이군요! 알료샤, 당신과도 헤어지네요. 내 운명은 이렇게 결정되었어요. 자 어서 돌아가세요, 돌아가 주세요. 그리고 다시는 내 앞에 나타나지 마세요. 그루센카는 새 삶을 향해 떠나요. 그리고 라키트카! 당신도 이제는 날 꾸짖지 말아요. 어쩌면 난 죽으러 가는 걸 수도 있으니까! 아, 마치 술에 취한 것 같아요!"

그녀는 갑자기 두 사람을 남겨두고 침실로 들어갔다.

"결국 우리도 쓸모가 없어진 모양이야!" 라키친이 불평했다. "자, 가자고. 꾸물대다가 또 히스테릭한 소리를 들어야 하니까. 눈물을 보이며 말하는 건 이제 지긋지긋해."

알료샤는 라키친에게 이끌려서 집 밖으로 나왔다. 들에는 포장을 씌운 여행용 마차가 서 있었고 말을 갈고 있었다. 어떤 사람이 등불을 들고 바쁘게 뛰어다니는 중이었다. 열린 대문 안으로 말 세 필이 끌려 들어오고 있었다. 라키친과 알료샤가 현관 층계를 내려서자, 그루센카의 침실 창문이 열리고 그녀의 밝은 목소리가 그들에게 들렸다.

"알료샤, 미차 형님에게 안부 전해 주세요. 그를 괴롭혔지만 너무 나쁘게 생각하지 말라고요. 그리고 '그루셴카는 당신처럼 훌륭한 분을 버리고 비열한 사내에게 갔다!'고, 내가 이렇게 말했다고 전해 주세요. 그리고 또요. 그루셴카는 한 순간, 아주 짧은 한 순간 진심으로 미차를 사랑했었다고요. 이 한 순간을 평생 잊지 말라고 전해 주세요. 평생!"

마지막 그녀의 말은 흐느낌 같았다. 창문이 큰소리를 내며 닫혔다.

"흥!" 라키친은 비웃으며 중얼거렸다. "마침내 자네 형 미차에게 마지막 공격을 했군. 평생 잊지 말라고? 너무 잔인하지 않은가!"

알료샤는 그의 말을 못 들은 것처럼 아무런 말이 없었다. 그는 서두르는 듯이 라키친과 나란히 서서 빠르게 걸었다. 그는 무아지경에라도 빠진 것처럼 기계적으로 걸었다. 라키친은 갑자기 아물지 않은 상처를 손으로 건드린 것 같은 찌르는 통증을 느꼈다. 그가 알료샤를 그루셴카에게 데려갈 때는 이것과는 전혀 다른 것을 기대했다. 그런데 그가 기대했던 것과는 완전히 다른 일이 일어난 것이다.

"그 폴란드인, 그 장교 말이야." 그는 다시 스스로를 억누르며 이렇게 말했다.

"지금은 장교도 아니라고 하더군. 시베리아의 중국 국경 지대의 어느 세관에서 일했다니까, 아마도 하찮은 거지같은 폴란드인일 거야. 소문에 따르면 이번에 실직하고, 그루셴카가 돈이 좀 있다는 소문을 듣고 다시 돌아왔다고 하더군. 바로 이것이 기적의 실체지."

알료샤는 이번에도 역시 전혀 귀담아듣는 것 같지 않았다. 라키친은 더는 참을 수가 없었다.

"자네는 타락한 계집을 구원했다고 생각하는가?" 그는 악의적으로 알료샤를 놀리듯이 말했다. "자네는 막달라 마리아를 진리의 길로 이끌었다고 생각하나? 마귀 일곱 마리를 쫓은 기분인가? 오늘 아침 우리가 기대하던 기적이 이제 실현되었다고 생각하고 있나 보군!"

"라키친, 그런 소리는 그만하게."

알료샤는 마음의 고통을 한 마디에 담아서 말했다.

"자네는 아까 25루블 때문에 나를 경멸하는군. 내가 소중한 친구를 팔았다고 생각하나 보군. 하지만 자네는 그리스도가 아니고 나 역시 유다는 아니지 않은가?"

"라키친, 그게 무슨 말인가? 나는 벌써 잊었네, 정말이야." 알료샤가 말했다. "자네 말을 듣고서야 이제 생각했네."

라키친은 알료샤의 이 말을 듣고 마침내 화를 냈다.

"젠장, 자네 같은 인간은 전부 악마가 잡아갔으면 좋겠어!" 라키친은 큰 소리로 말했다. "내가 왜 자네 같은 인간과 어울렸을까! 다시는 자네를 보고 싶지 않네, 자네 혼자서 가. 자네는 그쪽으로 갈 거지?"

라키친은 어둠 속에 알료샤를 혼자 두고 몸을 돌려서 다른 길로 걸어갔다. 알료샤는 시내를 벗어나자 들길을 걸어서 수도원을 향해 걸었다.

4. 갈릴리의 가나

알료샤는 수도원의 관례로는 꽤 늦은 시간에 암자 입구에 도착했다. 문지기는 그를 특별 출입구로 들여보내 주었다. 시간은 벌써 9시였다. 바쁘게 하루를 보낸 뒤 모든 사람에게 찾아온 휴식과 평화의 시간이었다. 알료샤가 조심스럽게 문을 열고 장로의 관이 안치된 수도실 안에 들어섰다. 수도실 안에는 관을 향해 서서 외롭게 복음서를 읽는 파이시 신부와 젊은 수습 수사 포르피리뿐이었다. 포르피리는 어젯밤의 담화와 오늘의 소동으로 많이 지쳐서 옆방 마루에서 젊은이답게 깊이 잠들어 있었다. 파이시 신부는 알료샤가 들어오는 소리를 들었지만, 바라보지는 않았다.

알료샤는 문으로 들어서자 오른쪽 구석에 가서 무릎을 꿇고 기도를 드렸다. 그의 마음은 무엇인가로 가득 차 있었지만 이상하게 멍해서 뚜렷한 감정은 없었다. 게다가 여러 가지 다양한 감각이 느릿느릿 지속적으로 맴돌면서 번갈아서 나타나곤 하는 것이었다. 그러나 그의 마음은 달콤하고 평화로웠다. 알료샤는 이런 감정에 그다지 놀라지 않았다. 그는 다시 눈앞의 관을 바라보았다. 자신에게는 무엇과도 바꿀 수 없는 망토에 덮인 사자(死者)를 보았지만, 오늘 아침처럼 울고 싶고 가슴이 아픈 슬픔은 이미 그의 마음에서 사라졌다. 그는 방에 들어서자마자 성물(聖物) 앞에 선 것처럼 관 앞에 엎드렸지만 그의 머리와 가슴은 말할 수 없는 희열로 빛나고 있었다. 암자의 창문이 열려 있어서 신선한 공기가 감돌았다.

'창문을 연 것을 보니 냄새가 더 심해졌나 보다.'

알료샤는 그런 생각을 했다. 그러나 바로 몇 시간 전까지 무섭고 부끄럽게 여겨지던 썩은 냄새도, 이제는 슬픔이나 분노를 불러일으키지 않았다.

그는 조용히 기도를 시작했지만, 곧 그 기도가 거의 기계적이라고 생각했다. 그의 마음속에는 단편적인 상념들이 떠올라 별처럼 빛나다가 곧 사라지고, 또 다른 상념이 나타났다. 그러나 그의 영혼은 완벽하고 확실한, 슬픔을 치료하는 무언가가 지배하고 있었다. 그는 스스로도 그것을 느끼고 있었다.

때로 그는 불꽃처럼 뜨겁게 기도했다. 마구 감사와 사랑을 쏟아 놓고 싶었다. 그러나 기도를 시작하자마자 문득 마음이 다른 데로 움직여서 생각에 잠기게 되어, 기도와 그 기도를 방해한 것을 모두 잊어버렸다. 그래서 이번에는 파이시 신부의 복음서 낭독을 들으려고 했지만 누적된 피로 때문에 자신도 모르는 사이에 꾸벅꾸벅 졸고 말았다.

"사흘째 되던 날 갈릴리의 가나에서 혼인이 있었는데," 파이시 신부가 낭독했다. "예수의 어머니도 그곳에 있었고, 예수와 그 제자들도 초대를 받았다."

'혼인? 혼인이라, 무슨 말일까?' 알료샤의 머릿속에 그런 생각이 회오리처럼 스쳤다. '그에게도 역시 행복이 찾아와서…… 잔치에 갔어……. 맞아, 그녀는 칼을 품지 않았어, 칼을 품었을 리 없어……. 그건 다만 넋두리를 한 것뿐이야……. 그렇고말고……. 그런 넋두리는 분명히 용서해야 해. 넋두리는 마음을 위로해 주니까…… 넋두리마저 없으면, 인간에게 슬픔은 견딜 수 없는 짐일 거야. 라키친은 자신이 받은 모욕을 생각하면 늘 뒷골목을 걷겠지……. 하지만 큰길은…… 인간이 걸을 큰길은 넓고, 반듯하고, 수정처럼 깨끗하고, 그 길의 끝에는 태양이 빛나지. 그런데 지금 읽는 건 뭐지?'

'……포도주가 모자라서, 예수의 어머니가 예수에게 말하되, 저희에게 포도주가 없으니…….' 라는 대목이 알료샤에게 들렸다.

'아, 맞아, 내가 이 구절을 잘못 듣고 넘겼구나. 이 구절은 놓치고 싶지 않았어……. 난 특히 이 구절이 좋아. 갈릴리의 가나에서 생긴 첫 번째 기적…… 아, 그 기적, 얼마나 고마운 기적인가! 그리스도께서 찾아간 것은 인간의 슬픔이 아닌 기쁨이었다. 그리스도께서는 첫 번째 기적을 인간을 도우려고 행하셨지……. '사람을 사랑하는 자는 그들의 기쁨도 사랑하느니라……' 돌아가신 장로님께서는 항상 이런 말씀을 하셨어. 그분의 사상 가운데 가장 중요한 한 가지였지. 미차도 '기쁨이 없이는 살 수 없다'고 했어……. 맞아, 미차가 말했지, '진실되고 아름다운 것은 모든 것을 용서하는 마음으로 가득하다.' 장로님께서는 이렇게 말씀하셨지……'

"예수께서 이르시되, 여인이여, 나와 무슨 상관이 있소이까, 아직 때가 되지 못했나이다. 그 어머니가 하인들에게 말하되, 그가 너희에게 어떤 말씀을 하던 그대로 행하라, 하니라……."

'그대로 행하라…… 맞다. 어느 가난한 사람들의 즐거운 잔치다. 아주 가난한 사람들의 즐거운 잔치…… 혼인 잔치에 포도주가 모자라다고 했으니, 가난한 사람들일 게 분명해……. 역사가들이 기록한 것에 따르면, 그 당시 게네사렛 호수(〈누가복음〉5장) 부근에는 상상도 안 될 정도로 가난한 사람들이 살았어……. 그런데 그곳에 있던 또 다른 위대한 존재, 즉 위대한 영혼을 가진 예수의 어머니는 예수께서 오직 위대한 사업을 하려고 이 땅에 오신 게 아님을 잘 알았지. 자신들의 보잘것없는 혼인 잔치에 무지하지만 교활함을 몰라서 기쁘게 예수를 초대한 소박하고 단순한 유쾌함을 예수께서도 함께 즐길 수 있다는 것을 잘 알았지.

'아직 때가 되지 못했나이다.' 예수께서는 부드럽게 미소 지으시며 말씀하셨어. 분명히 그는 어머니를 향해 온화한 미소를 지었을 거야. 사실 예수께서는 가난한 사람들의 혼인 잔치에 포도주를 넉넉하게 해주려고 오신 것은 아니지 않은가. 그러나 예수께서는 혼

쾌히 어머니의 부탁을 받아서 기적을 행하셨다…… 아, 그 다음을 읽으시는군.'

"예수께서 저희에게 말하시길, 항아리에 물을 채우라 하셨다, 물을 가득 채우니, 이제는 떠서 연회장(宴會長)에 가져다주라 하시니, 가져다주었고, 연회장은 물로 만든 포도주를 마시고 어디서 가져왔는지 알지 못하되 물 떠온 하인들은 알더이다. 연회장이 신랑을 불러서 말하기를 사람마다 먼저 좋은 포도주를 내고, 취한 뒤에 나쁜 것을 내는 법이거늘 그대는 지금까지 좋은 포도주를 두었도다, 하였느니라……."

'그런데 어떻게 된 것일까? 어떻게 점점 방이 넓어질까……. 아하, 그렇지……. 이건 혼인이니까, 결혼 잔치니까 그렇구나……. 그러니까 그랬지. 저기에 손님들이 있고, 신랑과 신부도 앉아 있고, 그리고 또 사람들이 즐거워 하는구나……. 그런데 그 즐거운 연회장은 어디일까? 저건 또 누구일까? 대체 뭐하는 사람일까? 이것 봐, 다시 방이 넓어지는군……. 누가 저 큰 식탁에서 일어나는 걸까? 아니, 저분은…… 저분은 어떻게 이곳에 오셨을까? 관 속에 누워 계셔야 하는데…… 하지만 분명히 여기 계신 건 그분이다……. 일어서서 나를 보고 이리 걸어오신다……. 아!'

맞다. 그는 알료샤에게 다가왔다. 잔주름으로 뒤덮인 얼굴로, 마르고 작은 체격의 노인이 조용히 즐거운 것처럼 웃었다. 이미 관은 그곳에 보이지 않는다. 그는 어제 저녁에 손님들과 담화를 나누었을 때와 같은 옷을 입고 있었다. 환한 표정이었고 두 눈은 밝게 빛났다.

'대체 어떻게 된 걸까? 아마 저분 역시 갈릴리 가나의 혼인 잔치에 초대를 받아서 여기에 참석한 게 분명해……'

"맞아, 나도 초대를 받았단다." 알료샤의 머리 위에서 부드러운 목소리가 들렸다. "그런데 왜 여기에 숨었지? 네가 보이지 않는구나. 자, 이리로 나와서 사람들이 있는 곳으로 가자."

'그분의 목소리야. 조시마 장로의 목소리다……. 이렇게 날 부르는 것을 보니 분명해!'

장로는 그의 손을 부드럽게 잡아서 이끌었다. 알료샤는 무릎 꿇었던 것을 펴고 일어났다.

"즐거워하자." 여윈 노인이 말했다. "우리도 새 포도주를, 거룩하고 새로운 기쁨의 포도주를 마시자. 보거라, 많은 손님들이다! 저곳에 신랑과 신부가 있구나. 또 저기에는 지혜로운 연회장이 지금 새 술을 마시는구나. 왜 그렇게 놀라서 나를 보는 거지? 나는 파한 뿌리를 적선해 줬기 때문에 초대를 받았단다. 이곳에 온 대부분의 사람들은 파를 주어서, 단지 작은 파 한 뿌리를 적선했기 때문에 초대를 받은 사람들뿐이다……. 그런데 우리의 일은 잘 되니? 너도, 조용하고 얌전한 소년인 너도, 오늘 파 한 뿌리를 주었잖니? 그것을 원하는 여자에게 말이야. 어서 시작해라, 얌전한 아이야, 너의 일을 시작해라. 저곳을 봐, 우리의 태양이 보이지? 그분이 보이느냐?"

"무섭습니다……. 무서워서 감히 쳐다보지 못 하겠습니다……."

알료샤가 속삭이며 말했다.

"두려워하지 마라. 우리에겐 저분의 그 거룩함이, 그 숭고함이, 무서울 수 있지만, 저분은 한없이 자비로우시다. 지금도 저분은 우리를 사랑하셔서 우리와 함께 즐기시는 거란다. 그리고 손님들의 즐거움이 이어지도록 저렇게 물을 포도주로 변하게 해서 새 손님을 기다리시잖니. 저분은 영원히 쉬지 않고 새 손님을 잔치에 부르시지. 저길 봐, 또 새 포도주가 오는구나. 저기 새 그릇을 가져오는 것이 보이지?"

알료샤의 마음속에서 무엇인가가 타올라서, 가슴이 벅찰 정도로 차올랐다. 영혼의 깊은 곳에서 기쁨의 눈물이 샘솟았다. 그는 두 손을 내밀며 뭐라고 외쳤는데, 그 순간 잠에서 깼다.

다시 관과 열린 창문이 보이고, 조용하고 엄숙하게 음미하는 듯한 복음서를 낭독하는 소리가 들렸다. 하지만 알료샤는 그 소리를 들으려고 하지 않았다. 그는 무릎을 꿇은 채 잠이 들었는데 이상스럽게도 지금은 두 발로 서 있었다. 그는 문득 무엇에 등을 떠밀린 듯이 빠르고 정확하게 세 발자국 앞으로 걸어가서 관 앞에 붙어 섰다. 이때 그의 어깨와 파이시 신부가 부딪쳤지만, 그는 그걸 알지 못했다. 파이시 신부는 순간 책에서 잠시 눈을 뗐지만, 이 청년의 마음에 이상한 변화가 생겼다는 것을 알고 곧 눈을 책으로 옮겼다. 알료샤는 30초 정도 관 속을 들여다보았다. 장로는 가슴에 성상을 얹고, 머리에는 그리스 십자가가 달린 두건을 쓰고 관속에 누워 있었다. 방금 전에 들은 그의 목소리가 아직도 알료샤의 귀에 울렸다. 그는 가만히 귀를 기울이며 다시 그 목소리가 들리기를 기다렸다. 그러다가 문득 그는 몸을 돌려서 수도실 밖으로 나갔다.

그는 현관 앞 층계 위에서도 멈추지 않고 빠르게 걸어서 내려갔다. 그의 영혼은 환희에 가득 차서 자유와 공간과 광활함을 원하고 있었다.

그의 머리 위에는 가만히 빛나는 수많은 별들을 흩뿌린 푸른 하늘이 아득하고 넓게 펼쳐져 있었다. 하늘 한가운데에는 파란 두 줄기 은하수가 지평선을 나누고 있었다.

산뜻하고 조용한 밤이 대지를 뒤덮고 수도원의 흰 탑과 금빛의 둥근 지붕이 하늘을 배경으로 사파이어 빛으로 빛났다. 아름다운 가을꽃들은 건물 주변의 화단에서 아침이 될 때까지 잠들어 있었다. 지상의 고요는 하늘의 고요 속으로 녹아들고 대지의 신비는 별들의 신비와 서로 맞닿아 있었다.

알료샤는 뜰에 선 채 이런 것들을 보다가 갑자기 땅에 쓰러졌다.

그는 왜 스스로 대지를 안았는지 알지 못했다. 왜 이토록 드넓은 대지에 그리고 모든 것에 입을 맞추고 싶은 충동을 억제할 수 없는지 설명할 수 없었다. 그는 울면서 대지에 입을 맞추었고 자신의 눈물로 대지를 적셨다. 그리고 이 대지를 사랑하겠노라고, 끝없이 변하지 않고 사랑하겠다고 열정적으로 맹세했다.

'대지를 너의 기쁨의 눈물로 적시고 그 눈물을 사랑하라.'

그의 영혼 속에서는 이런 소리가 울렸다. 그는 무엇 때문에 울었을까? 맞다, 그는 하늘에서 자신을 향해 빛나는 별을 봐도 저절로 환희의 눈물이 솟아올랐다! 그는 이처럼 광적인 흥분 상태가 조금도 부끄럽지 않았다. 그리고 마치 하느님의 끝없는 세계로부터 던져진 실들이 한꺼번에 그의 영혼에 집중된 것처럼 그 영혼은 타계(他界)와의 접촉 속에서 떠는 것 같았다. 그의 전부에 대해서, 모든 사람을 용서하고, 그와 동시에 자신도 용서를 구하고 싶었다. 맞다! 그것은 결코 자신을 위해서가 아닌 모든 사람, 살아있는 모든 것을 위한 것이었다.

'그리고 다른 사람들 역시 나를 용서할 것이다.'

그의 마음속에서는 다시 이런 소리가 울렸다. 그러나 그는 저 무한한 창공처럼 확실한 그 무언가가 그의 영혼 속으로 시시각각 흘러드는 것이 또렷하게 느껴졌다. 그것은 그의 머릿속에 하나의 이상처럼 군림하려고 했다. 그것은 평생 동안, 그리고 영원히 지속될 것이다.

그가 대지에 쓰러졌을 때는 나약한 청년일 뿐이었지만, 대지에서 일어났을 때는 평생 흔들리지 않는 강한 힘을 가진 투사로 변해 있었다. 그는 환희를 느낀 바로 그 순간, 갑자기 그것을 의식하고, 직감적으로 깨달은 것이었다. 알료샤는 그 뒤로도 평생을 거쳐 이 순간을 결코 잊을 수 없었다.

'그때 누군가가 내 영혼을 찾아왔다.'

그는 훗날 확고한 신념을 가진 채 이렇게 말했다.

사흘이 지나고, 그는 장로가 자신에게 '속세에 나가 살라'고 명한 뜻을 받들어 수도원을 나왔다.

제3부

제8편 | 미차

1. 쿠지마 삼소노프

드미트리는 그루센카가 새로운 생활을 시작하기 위해 떠나면서 마지막 인사를 전해 달라고 부탁했고, 또 자신이 사랑을 바쳤던 짧은 한순간을 평생 잊지 말아달라고 당부한 그는, 그녀에게 어떤 변화가 생겼는지 모른 채 심한 혼란에 빠져서 돈을 구하기 위해 전전긍긍 중이었다.

그는 훗날 자신이 말한 것처럼 지난 이틀간 상상도 못할 상태였기 때문에 열병이라도 걸리진 않을까 걱정될 정도였다. 전날 아침, 알료샤는 결국 그를 찾을 수 없었고 그래서 이반도 같은 날 음식점에서 계획했던 형과의 만남을 이루지 못했다. 그가 하숙하는 집 사람들은 그의 지시대로 그의 행방을 아무에게도 가르쳐 주지 않았기 때문이었다. 그는 훗날 자신이 표현한 대로, 이틀 동안 '운명과 맞서서 자신을 구하려고' 말 그대로 백방으로 뛰어다녀야 했다. 뿐만 아니라 단 한 순간일지언정 그루셴카의 감시에 소홀해지는 것이 그에게는 몹시 두려운 일이었지만, 그는 급하게 볼 일이 있어서 읍내를 몇 시간 떠나기도 했다. 이런 모든 일은 훗날 기록의 형태로 아주 자세하게 밝혀졌지만 지금 여기서는 그의 운명 위에 벼락처럼 떨어진 그 무서운 파국이 생기기 전 이틀간, 다시 말해 그의 인생에서 가장 무서웠던 이틀 동안 생긴 일들 중에서 특별히 필요한 부분만 사실대로 간략하게 살펴보기로 하겠다.

그루셴카가 비록 한순간일지언정 그를 진심으로 사랑했다는 말은 사실이었다. 하지만 그와 동시에 때로는 잔인하고 무자비하게 그를 괴롭히기도 했다. 그에게 무엇보다 고통스러웠던 것은 여자의 속마음을 전혀 알 수 없다는 것이었다. 그녀의 비위를 맞추거나 강압적으로 그것을 알아내는 것은 불가능했다. 그녀는 무엇에도 굴복하지 않았고 오히려 화를 내며 완전히 돌아서리라는 것을 그는 이미 잘 알았다.

그때 그는 그루셴카에 대해 지나치게 당연한 의혹을 품었다. 그것은 그녀 역시 마음속으로 어떤 투쟁을 겪는 것이 아닐까, 무엇을 몹시 망설여서 어떤 일을 하려고 마음은 먹지만 결심을 하지 못하는 것은 아닌지 하는 점이었다. 그래서 그는 이런 심정의 그녀가 분명히 자신처럼 욕정에 휩싸인 사내를 증오할지도 모른다고 생각할 때마다 심장이 얼어버리는 것 같은 느낌에 사로잡혔다. 그것은 아주 근거가 없지는 않았으며 사실은 정말 그랬을 수도 있다.

그러나 그는 그루센카가 과연 어떤 고민을 하는지 도대체 알 수 없었다.

그에게는, 자신을 괴롭히는 문제가 결국 그녀가 '자신 즉 미차를 선택할 것인지, 아니면 아버지 표도르를 선택할 것인가'였다. 언급한 김에 한 가지 확실하게 짚어두겠다. 그는 아버지 표도르가 그루센카에게 정식으로 청혼(만일 아직 안했다면)할 것을 굳게 믿었다. 다 늙은 호색한이 단지 3천 루블의 돈으로 여자를 꾀여내는 데 성공할 것이라는 건 도저히 믿을 수 없었다. 미차가 이런 결론에 도달한 것은 그루센카의 본성을 너무 잘 알았기 때문이었다. 그러므로 그녀가 망설이는 모든 것은 다만 아버지와 아들 중에 어느 쪽을 선택할 것인가, 또 어느 쪽이 자신에게 유리할 것인가, 하는 것을 결정하지 못하는 데서 기인한다고 생각한 것도 수긍이 갔다.

그리고 그 장교, 그루센카의 인생에 결정적인 영향을 준, 그루센카가 흥분과 공포 속에서 기다리던 그 남자에 대한 생각은 이상하게도 지난 며칠간 그의 머리에 전혀 떠오르지 않았다. 물론 그루센카가 요즘 그 사내에 대해 미차에게 한 마디도 하지 않았지만, 그녀가 이미 한 달 전에 옛날 애인에게서 편지를 받은 것은 그도 잘 알았고 편지의 부분적인 내용도 알고 있었다. 처음에 그루센카가 갑자기 짓궂게 그에게 편지를 보여주었을 때, 그는 놀랍게도 그 편지를 그다지 대수롭게 생각하지 않았다.

그 이유에 대해서는 설명하기 쉽지 않지만, 아마도 이 여자를 상대로 피를 나눈 아버지와 추하고 무서운 싸움을 하느라 너무 지쳐서 그때는 자신에게 지금보다 더 무섭고 위험한 일이 생길 거라고는 상상도 못했을 것이다. 그래서 그는 5년간 자취를 감추었다가 갑자기 어디선가 튀어나온 사내의 존재는 아예 신경 쓰려고 하지 않았다. 게다가 그 사내가 빠른 시일 안에 나타날 것이라고는 생각조차 하지 못했다. 뿐만 아니라 미차가 본 그 장교의 첫 번째 편지에는 이 새 경쟁자가 찾아올 가능성은 매우 모호하게 암시되어 있을 뿐이었다. 그 편지는 전반적으로 너무 모호하고 거만하며 감상적인 내용으로 가득했기 때문이었다. 한 가지 지적하자면 그때 그루센카는 그 사내가 언제 도착할지 좀 더 자세히 기록한 편지의 마지막은 미차에게 보여주지 않았다. 게다가 미차는 시베리아에서 보낸 그 편지에 대해 그 순간 그루센카의 얼굴에 자존심이 강한 멸시의 기색이 비치는 걸 빨리 알아챘다. 그 뒤, 이 새로운 경쟁자와 그루센카 사이의 관계가 어떻게 진전되었는지 그녀는 전혀 말하지 않았기 때문에 시간이 흐르면서 미차는 그 장교의 존재를 완전히 잊어버렸다.

그는 그저 이렇게 생각했다. 즉 무슨 일이 일어나더라도, 또 상황이 어떻게 변해도, 아버지 표도르와의 마지막 충돌은 이미 다가와 있었고 이 문제부터 먼저 해결해야 했다. 그는 가슴이 얼어붙는 심정으로 그루센카의 결심을 초조하게 기다렸다. 그리고 그 결심은 어떤 정신적인 영감에 의해 우발적으로 이루어질 것이라고 굳게 믿었다.

만일 그녀가 갑자기 '나를 어디로 데려가 줘요. 나는 영원히 당신의 것이에요'라고 말하면, 그것으로 전부 끝나는 것이었다. 그때는 빨리 그녀의 손을 잡고 이 세상의 끝으로 데려갈 것이었다. 그렇다, 가능한 빨리, 가능한 멀리 데려가야 한다. 이 세상 끝까지는 못 가더라도 러시아의 끝에라도 데려가서 그곳에서 그녀와 결혼하는 것이다. 그래서 이곳 사람이나 그곳 사람이나, 그 밖에 어떤 사람이라도 그들에 대해서는 알 수 없도록 남모르게 둘이서만 살려고 했다. 그때는, 그때야말로 새 삶이 시작될 것이다! 그는 또 하나의 새 삶, '순결한' 새 삶(그것은 분명히 순결한 삶일 것이다. 맞지 않은가!)을 감격과 함께 무아지경 속에서 상상했다. 그렇게 새롭게 태어나서 새롭게 시작하는 것을 원했다.

처음에 자신이 원해서 빠진 그 치욕의 나락에서 견딜 수 없을 정도로 고통을 겪어서, 그런 처지에 놓인 대부분의 사람들처럼, 그 역시 무엇보다 삶의 터전을 바꾸는 것에 희망을 걸었던 것이다. 이런 사람들만 없으면, 이런 환경만 아니었다면, 이런 저주스러운 곳에서 벗어날 수만 있다면 그는 다시 태어나서 새 인생의 길로 들어설 수 있을 것 같았다. 그에게는 이것이 바로 희망이자 동경이었다.

그러나 이런 모든 일은 두 가지 경우 중에서 한 가지에 불과했고, 문제가 '행복한' 마무리가 되어야 비로소 가능한 것이다. 이와는 다른 또 하나의 마무리, 또 하나의 무서운 결과를 예측할 수도 있었다. 만일 그녀가 갑자기 '이제 나가 주세요. 나는 방금 당신의 아버지 표도르와 얘기를 마치고 그와 결혼하기로 했어요. 당신은 이제 필요 없어요'라고 말한다면, 그때는…… 그때는…… 그러나 그때는 어떻게 될 것인지 미차 스스로도 알 수 없는 일이었다. 그는 마지막 순간까지 대책이 없었다. 그를 위해서 이 점은 밝혀두어야겠다. 그에게는 결정적인 계획이 없었다. 즉 '범행'은 계획적이지 않았다. 그는 몰래 그루센카를 감시하고 미행하면서 괴로워했지만, 자신의 운명이 행복한 마무리를 맺게 되는 첫 번째 경우만 예상하고 그것에 대한 준비만 했다.

게다가 그는 다른 생각들은 머릿속에서 몰아내려고 했다. 그러나 이때 그와는 전혀 다른 근심거리가 이미 생겼다. 전혀 새롭고 이차적인, 그러나 역시 운명적이고 도무지 해결할 수 없는 상황이 생겼던 것이다.

그것은 다름이 아닌, 만일 그루센카가 '나는 당신의 것이에요. 나를 데리고 어디로든 달아나 줘요'라고 말한다면, 그는 과연 그녀를 어떻게 데려갈 것인가, 또 그것을 실행하는 데 필요한 돈은 어디서 구하는지의 문제였다.

표도르가 몇 년 간 주던 돈은 바로 이때 한 푼도 남지 않고 다 떨어졌다. 물론 그루센카에게는 돈이 있었지만, 그는 이 점에 대해서는 무서울 정도로 자존심이 있었다. 그는 여자의 돈을 쓰지 않고 자신의 능력으로 여자를 데리고 도망가서 자신의 돈으로 새 삶을 꾸리고 싶었다. 그래서 여자의 돈을 쓰는 것은 상상도 할 수 없었다. 그런 일은 생각하는 것만으로도 괴로워서 혐오감이 밀려왔다. 그러나 여기서는 이 사실을 설명하거나 분석하는 것은 그만하고, 단지 그 무렵의 그가 어떤 마음이었는지에 대해서만 다루기로 하

846

겠다.

그가 치사하게 빼돌린 카체리나의 돈에 대해 남모르는 양심의 가책을 느껴서 자연스럽게 이런 생각을 하는 것은 자연스러운 일이다. '나는 이미 한 여자에게 비열한 짓을 했는데, 또 그런 일을 하면 다른 여자에게까지 비열한 놈이 되잖아.' 훗날 그가 고백한 대로, 그때 그는 이런 생각을 했다. '또 만일 그루센카가 이런 사실을 알게 되면 비열한 남자는 만나지 않겠다고 할 게 확실해.' 자, 그렇다면 그 돈을 어디서 마련할 것인가? 이 운명적인 돈을 어떻게 마련한단 말인가? 만일 돈을 구하지 못하면 그때는 모든 것이 물거품이 되고, 아무것도 할 수 없게 될 것이 분명하다. '단지 돈이 없다는 단 한 가지의 이유로 그렇게 되면 얼마나 한심한가!'

미리 말해 두면, 중요한 것은, 그가 그 돈을 어떻게 마련할 것인지 어디에 그것이 있는지 이미 예전부터 알고 있었을 수도 있다는 것이다. 어디에 그것이 있는지, 그러나 이 문제는 나중에 정확하게 밝혀질 것이므로 여기서는 자세히 다루지 않겠다.

그러나 그의 가장 큰 불행은 바로 이 점에서 비롯되었으므로, 모호하지만 간단하게 설명해 두겠다. 즉, 지금도 어디엔가 있을 그 돈을 구하려면, 그 돈을 손에 넣을 수 있는 자격을 얻으려면 일단 카체리나에게 3천 루블을 갚아야 했다. 그렇게 하지 않으면 '나는 좀도둑, 악당이 된다. 나는 악당으로서 내 새로운 삶을 시작하고 싶지 않다' 미차는 이렇게 생각했다. 그러므로 필요하다면 세상을 뒤집는 경우가 있더라도, 일단 이 3천 루블만은 카체리나에게 갚아야 했다. 그가 마지막으로 이런 결심을 하게 된 것은 그의 인생에서 가장 바빴던 몇 시간, 바로 알료샤와 마지막으로 만났던 이틀 전 저녁 길에서였다. 그것은 바로 그루센카가 카체리나에게 모욕을 준 그날로, 미차는 그 이야기를 듣고 자신이 비열함을 인정하고 만일 그것으로 카체리나의 마음이 조금이라고 풀린다면, 자신이 그렇게 깨달은 것을 카체리나에게 전해 달라고 알료샤에게 부탁한 것이다.

그날 밤, 동생 알료샤와 헤어진 뒤에 그는 무아지경 상태에서 이렇게 생각했다.

'만약 사람을 죽이고 강도짓을 한다 해도 카체리나의 돈은 꼭 갚아야 해. 세상 사람들 전부 나를 살인자나 강도라고 생각해도 좋아. 시베리아로 유형을 가더라도 괜찮아. 단지 카체리나가, 저 남자는 나를 배신했을 뿐 아니라, 내 돈을 훔쳐서, 그 돈으로 순결한 삶을 시작한다고 그루센카와 도망갔다는 말을 듣는 건 도저히 참을 수 없어!'

"그 짓은 죽어도 못해."

미차는 어금니를 깨물며 혼자 중얼거렸다. 어느 때는 이러다가 정말 뇌염에 걸려서 죽을지도 모른다는 생각을 할 정도였다. 그러는 와중에도 그는 여전히 투쟁 중이었다.

그런데 이상한 점이 한 가지 있었다. 이렇게 결심한 그에게는 절망만 남아 있고 아무것도 남지 않았을 것이라고 전부 생각할 것이다. 가진 거라는 몸뿐인 그가 3천 루블이나 되는 큰돈을 갑자기 어떻게 마련하겠는가.

그런데 그는 3천 루블이 자신에게 생길 것이고, 하늘에서 떨어진 것처럼 자신의 손으로 저절로 들어올 것이라고 마지막까지 믿었다. 드미트리처럼 상속받은 돈을 쓸 줄만 알고, 돈을 어떻게 버는지 아무 생각도 없는 사람에게는 이런 생각이 가능할 법도 하다.

그는 이틀 전에 알료샤와 헤어진 뒤부터 현실과 가당치 않게 먼 망상의 회오리바람이 생겨서 모든 생각을 엉망진창으로 만들어놓았던 것이다. 그래서 그는 터무니없이 무모한 일을 시작하게 되었다. 그러나 드미트리 같은 상황에 처한 인간에게는, 도무지 불가능해 보이는 꿈같은 계획도 가장 실체적으로 느껴질 뿐 아니라 쉽게 성공할 것처럼 여겨질 수 있다.

그는 갑자기 그루센카의 보호자인 상인 삼소노프를 찾아가서 어떤 계획을 보여주고, 그 계획을 담보로 해서 한 번에 필요한 금액을 받아내리라고 생각했다. 그는 이 계획이 가진 상업적인 가치를 전혀 의심하지 않았다. 다만 상대편에서 이 계획은 단순한 상업적인 측면에서 생각하지 않으면, 과연 자신의 이 엉뚱한 행동을 어떻게 여길 것인지의 여부가 불안할 뿐이었다. 미차는 이 상인의 얼굴을 알았지만 가까이 지내지 않았고 서로 대화를 나눈 적도 없었다. 그러나 그는 무엇 때문인지 이미 오래전부터, 만일 그루센카가 '믿을 만한' 남자와 결혼해서 착실하게 살고 싶다고 하면, 이제 죽음이 코앞에 닥친 이 늙은 상인도 결코 반대하지 않을 거라고 생각했다. 반대하기보다 오히려 그것을 바랄지도 모르며, 기회만 오면 스스로 나서서 도와줄 지도 모른다고 그는 믿었다.

어떤 소문을 듣고 그렇게 생각하게 되었는지, 아니면 그루센카가 한 말을 듣고 그렇게 예상하는 것인지, 어쨌든 미차는 이 노인이 그루센카를 위해 아버지 표도르보다는 자신을 택할 것을 바라고 있을 거라고 결론을 지었다.

이 이야기를 읽는 많은 독자는, 드미트리가 이렇게 도움을 계산하고, 자신이 빠져 있는 여자를 그 보호자에게서 빼앗으려고 계획하는 행동을 비열하고 뻔뻔하다고 생각할 수도 있다.

그러나 나는 이 사실을 지적하겠다. 그것은 미차가 판단하기에 그루센카의 과거는 이미 깨끗하게 정리된 것으로 보였다. 그는 그루센카의 과거를 무한한 동정의 눈길로 보았다. 그러므로 일단 그루센카가 '당신을 사랑해요. 당신을 따르겠어요'라고 말하기만 하면, 그 순간부터 그녀는 곧 새로운 그루센카가 되고, 드미트리도 어떤 결점도 없이 미덕으로 가득한 완벽하게 새로운 인간으로 다시 태어나 서로의 죄를 용서하고 새로운 삶을 시작할 수 있을 거라는 공상에 스스로 정열이 불타올랐던 것이다.

드미트리는 그루센카의 타락했던 생활을 변화시키는 운명적인 영향을 준 인물이 상인 쿠지마 삼소노프라고 생각했다. 그러나 그루센카는 이 노인을 사랑하지 않았을 뿐 아니라, 노인도 지금은 '과거'의 사람이 되어 사내구실이 끝났으므로, 지금은 전혀 존재하지 않는 것이나 같다고 그는 생각했다. 게다가 미차는 이 노인을 인간으로 여기지 않았다. 왜냐하면 이 고장 사람이라면 모두 알듯이 노인은 환자일 뿐이었고, 그루센카에 대해서도 이제는 아버지 같은 관계일 뿐, 결코 예전의 위치가 아니었기 때문이다. 그리고 그 것은 이미 오래된 일이어서 그렇게 된 것은 1년이 넘었던 것이다.

미차의 이런 생각에는 지나치게 순진한 구석이 많았다. 그에게 는 여러 가지 결점이 있지만, 무척 순박하고 단순한 남자였다. 이 런 순박함이 미차에게 다음과 같은 확신을 갖게 했다. 늙은 쿠지마 삼소노프는 지금 저승으로 떠날 날이 얼마 남지 않아서 스스로와 그루센카, 그리고 지난 일을 진심으로 뉘우치는 중이었다. 그래서 그루센카에게는 이제 절대로 해를 끼치지 않을 노인을 넘어서 친 절한 친구이자 보호자가 될 만한 사람은 아무도 없다고 믿었다.

미차는 알료샤와 들판에서 이야기를 나누고 난 뒤, 그날 밤 거 의 잠을 자지 못했지만, 다음 날 아침 10시쯤 삼소노프의 집을 방 문해서 하인에게 자신이 찾아온 것을 전하라고 말했다. 그 집은 매 우 크고 음침한 낡은 2층 집이었는데, 마당에는 여러 채의 작은 건 물과 바깥채가 있었다. 그 집의 아래층에는 이미 처자식이 있는 두 아들과, 그의 나이 든 누이동생, 그리고 아직 결혼하지 않은 딸들 이 살았다. 바깥채에는 두 명의 관리인이 살았는데, 그중의 한 명 은 역시 가족이 많았다. 이렇게 아래층과 바깥채에는 많은 사람들 이 살았지만, 노인은 2층을 혼자서 쓰면서 자신을 간호하는 딸도 그곳에서 생활하지 못하게 했다. 그래서 딸은 지병인 해수병을 앓 고 있었지만, 정해진 시간에는 물론이고 아버지가 아무 때나 초인 종을 누를 때마다 아래층에서 2층으로 빨리 달려가야만 했다.

2층에는 상인 계급에 전해지는 오래된 풍습에 따라서 살림을 갖춘 큰 방이 여러 개였다. 방안에는 마호가니로 만든 볼품없는 안락의자와 보통 의자가 길게 줄을 지어서 벽을 따라 놓여 있었고, 갓이 씌워진 유리 샹들리에가 있었고, 창문 사이의 벽에는 음침한 거울이 걸려 있었다.

노인은 한쪽에 멀리 떨어진 작은 침실 하나만을 사용했고 나머지 방들은 모두 사용하지 않았다. 노인의 방에는 머리에 스카프를 쓴 노파가 시중을 드는 것 이외에는, 젊은 하인 한 명이 문간의 긴 의자에서 대기했다. 노인은 다리가 부어서 거의 걸을 수 없었고, 가끔 가죽을 씌운 의자에서 일어나서 노파의 부축을 받으며 방안을 한두 차례 걸어 다닐 뿐이었다. 그는 이 노파에게도 엄격했고, 말도 거의 하지 않았다.

그는 '대위님'이 찾아왔다는 말을 들었을 때도 단번에 만남을 거절했다. 그러나 미차는 끈질기게 다시 주인에게 전해 달라고 부탁했다. 그러자 삼소노프는 젊은 하인에게 자세히 물었다.

"그래, 행색은 어떻더냐? 술에 취했더냐? 한바탕 소란을 피울 것 같지는 않고?"

"술에 취하진 않았는데, 그냥 돌아갈 기세가 아닙니다."

노인은 이런 말을 듣고도 만남을 거절했다. 이런 경우를 대비해서 일부러 연필과 종이를 미리 준비했던 미차는 종이에 깨끗한 글씨로 '아그라페나 알렉산드로브나와 중요한 관계가 있는 중대한 문제에 대해 의논드리려고 합니다'라고 써서 노인에게 보냈다.

노인은 잠시 생각을 한 뒤, 손님을 응접실로 모시라고 하인에게 명령했다. 그리고 아래층에 있는 작은 아들에게 노파를 보내 곧 2층으로 올라오라고 했다. 작은 아들은 키가 2미터가 넘는 거인이었다. 그는 엄청난 장사였는데 깨끗하게 면도를 하고 유럽식 옷차림을 했다. 삼소노프는 터키 풍 윗옷을 입고 수염을 기른 모습이었다. 아들은 별말 없이 곧 2층으로 올라왔다. 아버지 앞에서는 가족 전부 꼼짝도 못 했다.

노인이 아들을 부른 것은, 대위를 두려워해서가 아니라(그는 절대로 소심하지 않았다). 다만 만일을 대비해서 증인으로 참관시키려는 것이었다.

노인은 마침내 아들과 하인의 도움을 받아서 비틀거리며 응접실로 걸었다. 노인은 미챠에게 큰 호기심을 느낀 듯이 보였다. 미챠가 주인을 기다리던 응접실은 혼자 있으면 주눅이 들 정도로 음침하고 넓은 방이었다. 발코니가 있는 창문이 위와 아래에 두 개나 있었고, 벽은 대리석으로 장식되었으며, 천으로 된 갓을 씌운 큰 유리 샹들리에가 세 개 매달려 있었다.

미챠는 입구에 있는 작은 의자에 앉아서 신경질적인 초조함을 겨우 참으며 자신의 운명을 기다렸다. 미챠가 앉은 의자에서 20미터 정도 떨어진 반대편 문으로 노인이 나타나자 그는 일어나서 육중한 군대식 걸음으로 성큼성큼 다가갔다. 그의 차림새는 훌륭했다. 프록코트는 단추를 전부 채웠으며 손에 든 모자는 동그란 것이었고, 검은 장갑을 끼고 있었다. 그의 모든 것은 사흘 전, 조시마 장로의 암자에서 가졌던 모임, 즉 아버지 표도르와 두 동생이 한 곳에 모였던 가족회의 때의 옷차림과 같았다.

노인은 거만하고 위엄있는 태도로 그 자리에서 멈춰 서서 그가 다가오는 것을 기다렸다. 미차는 자신이 노인에게 다가가는 동안, 노인이 자신을 훤히 꿰뚫어볼 것이라고 직감적으로 알았다. 그와 동시에 미차는 삼소노프의 얼굴이 부은 것을 보고 깜짝 놀랐다. 노인의 두꺼운 아랫입술은 축 늘어져서 흡사 둥근 빵 같았다.

노인은 엄숙하게 아무런 말도 하지 않고 손님에게 허리를 굽히고 난 뒤 소파 옆의 안락의자에 앉으라고 손짓을 하고, 자신은 아들의 팔에 기댄 채 고통스럽게 기침을 하며 미차의 맞은편에 있는 소파에 겨우 앉았다. 노인의 그 고통에 찬 노력을 보는 동안 미차는 곧 후회했다. 거물 앞에서 자신이 폐를 끼치는 것에 대해 순진한 부끄러움을 느꼈던 것이다.

"그래, 나에게 어떤 용무가 있는 건가요?"

겨우 자리를 잡은 노인은 근엄하고 예의 있는 어조로 천천히 말했다.

미차는 흠칫 놀라서 일어서려다가 다시 자리에 앉았다. 그리고 곧 신경질적으로 손과 몸을 움직이며 흥분해서 크게 말했다. 절벽에서 멸망의 심연을 내려다보면서 마지막 살 길을 찾지만, 만약 그것마저 실패하면 당장 뛰어내리기라도 하려는 남자 같았다. 삼소노프 노인은 즉시 모든 것을 알 수 있었지만 그의 얼굴은 여전히 조각처럼 싸늘했다.

"고상하신 삼소노프 씨, 아마 나와 내 아버지 표도르 카라마조프의 분쟁에 대해서 여러 번 들었을 것으로 생각합니다. 아버지는 어머니가 내게 남긴 유산을 가로챘습니다. 아시겠지만 지금 읍내에서는 온통 이 얘기로 떠들썩하지요. 왜냐하면 이곳 사람들은 너도나도 쓸데없는 이야기를 떠들어대거든요. 그리고 또 이것은 그루센카를 통해서도…… 아, 실례했습니다. 아그라페나 씨, 내가 존경하는 아그라페나 씨를 통해서도……."

미차가 이렇게 이야기를 시작한 것은 좋았지만 그는 첫마디부터 허둥댔다. 그러나 그가 한 말을 여기에 전부 기록하는 것은 중단하고 핵심만 적기로 하겠다. 그는 3개월 전에 특별히(그는 '일부러'라는 말 대신에 '특별히'라는 말을 사용했다) 현청 소재지의 어떤 변호사와 상의했다고 했다.

"그는 유명한 변호사 파벨 코르네플로도프입니다. 이미 들은 적이 있으시겠지만, 정말 해박한 사람이고, 전국에서도 손꼽히는 인물이라고 해도 과언이 아니지요. 그는 당신에 대해서도 잘 알더군요. 그는 당신을 매우 훌륭하게 말했습니다."

미차는 이 부분에서 말문이 막혔다. 그러나 이야기를 끝내지 않고, 곤란한 부분은 건너뛰며 이야기를 점점 진행시켰다.

변호사 코르네플로도프는, 미차가 언제든 제시할 수 있는 증거에 대해 자세하게 묻고 다각도로 검토한 결과(미차가 설명한 증서에 대한 내용은 매우 모호해서, 그는 이 부분도 얼렁뚱땅 넘겼다.) 체르마시냐 마을은 어머니가 남긴 미차의 것이 분명하므로, 소송을 제기해서 수치라고는 모르는 노인을 이길 수 있다고 확신했다.

"왜냐하면 모든 문이 닫힌 것은 아닌지라 법률가는 어디로든 빠져나갈 수 있는 구멍을 잘 알기 때문입니다."

그는 표도르에게서 6천 루블, 아니 7천 루블의 돈을 더 받아낼 수 있다고 했다.

"체르마시냐 마을은 여전히 적어도 2만 5천 루블, 아마 2만 8천 루블의 가치를, 아니 3만 루블의 값어치는 충분해요. 그런데 나는 그 뻔뻔한 영감으로부터 지금까지 1만 7천 루블도 제대로 받질 못했어요!"

그때 미차는 법률에 대해서는 전혀 몰라서 이 문제를 포기하다시피 했는데, 이제야 도리어 저편에서 소송을 시작했으니 너무나 기가 막힌다는 것이었다. 이 부분에서 미차는 또 혼란스러워져서 이야기를 건너뛰었다.

"고상하신 삼소노프 씨, 그러니까 당신께서 그 악당에 대한 권리 전부를 취득하실 마음은 없으신지요? 제게는 3천 루블만 주시면 됩니다. 어떤 일이 생겨도 소송에 질 일은 없습니다. 그 점은 내 명예를 걸고 약속하겠습니다. 소송에 지는 것은 고사하고 3천 루블의 밑천으로 6천이나 7천 루블의 이익을 얻을 수 있지요."

이 부분에서 가장 중요한 점은 이 일을 '오늘 내로' 끝내야 한다는 것이었다.

"저, 저 공증인에게 같이 가도 좋고, 무슨 일이라도…… 그러니까 한마디로 말하자면 어떤 일이라도 다 하겠습니다. 원하시는 대로 증서도 모두 넘겨드리겠고 어떤 서명이라도 하겠습니다. 지금 서류를 작성하시겠어요? 가능하시면, 정말 그러시다면 오늘 오전 중으로…… 그 3천 루블을 제게 주셨으면…… 당신과 어깨를 나란히 할 수 있는 자본가는 이 읍내에는 없어요. 나를 살려 준다 생각하시고…… 당신께서는 이 불쌍한 인간을, 착한 일을 위해서, 아니 고상한 사업을 위해서 구해 주시면 됩니다. 왜 그래야 하는지는 당신이 잘 아시겠지만 친딸처럼 돌보시는 그 여인에 대해, 내가 누구에게도 부끄럽지 않을 만큼 고결한 감정을 가지고 있기 때문이지요. 그렇지 않았다면, 당신이 그 여인을 아버지처럼 돌보지 않았다면 나는 이곳에 오지 않았을 것입니다.

그리고 이번 일은, 우리 세 사람이 이마를 부딪친 거라고 할 수 있지요. 운명은 참 이상한 것입니다. 삼소노프 씨! 리얼리즘입니다! 삼소노프 씨, 이게 바로 리얼리즘이에요! 하지만 당신은 이미 예전에 제외되었어야 하니까 이제는 우리 둘 사이의 싸움입니다. 제 표현이 서투를 수도 있지만, 나는 문학가가 아니잖습니까. 당신도 아는 것처럼 두 사람 중에서 한 사람은 나고, 한 사람은 그 늙은 악당이지요. 그러니까 어느 한쪽을 선택하셔야 합니다. 나를 선택하든지, 그 악당을 선택하세요. 당신 손안에 모든 것이 달려 있습니다. 세 사람에 대한 운명의 제비는 두 개 뿐이에요. 용서하세요. 이야기가 그만 옆길로 샜지만 당신은 이해하실 것으로 생각합니다. 당신의 얼굴만 보아도 이해해 주신다는 것을 알겠습니다. 만약 이해 못하신다면, 나는 오늘 당장에라도 뛰어내려 죽겠습니다, 예!"

미차는 이 터무니없는 연설을 '예!'라고 끝냈다. 그런 뒤 의자에서 일어나서 자신의 멍청한 제안에 대한 대답을 기다렸다. 그러나맨 마지막 말을 했을 때 그는 갑자기 전부 무너지는 것 같은, 형언할 수 없는 절망감에 휩싸였다. 무엇보다 나쁜 것은 자신이 멍청한말만 했다는 깨달음이었다.

'참 이상한 일이야. 이곳에 오는 도중에 모두 괜찮게 여겨졌는데지금은 이렇게 멍청한 짓이 되었으니!'

절망으로 가득한 그의 머릿속으로 이런 생각이 스쳤다. 그가 말하는 동안 노인은 움직이지 않고 자리에 앉아서 얼음처럼 싸늘한눈으로 계속 미차를 바라보았다. 1분 정도 미차가 기다린 뒤, 삼소노프는 결국 단호하고 퉁명스럽게 말했다.

"미안하지만, 나는 그런 일은 하지 않습니다."

미차는 문득 다리의 힘이 전부 빠지는 것처럼 느껴졌다.

"그럼, 나는 대체 어떻게 해야 할까요. 삼소노프?" 그는 창백하게 미소를 지으며 중얼거렸다. "이제 나에게 파멸의 길 뿐이군요, 그렇지요?"

"안됐네요."

미차는 여전히 장승처럼 버틴 채 움직이지 않고 노인을 바라보았다. 갑자기 그는 노인의 얼굴에 무언가가 움직이는 것을 발견하고 자신도 모르게 흠칫 놀랐다.

"우리는 그런 일은 잘 모릅니다." 노인은 천천히 말했다. "소송을 한다거나, 변호사를 부르는 건, 정말 여간 어려운 일이 아니지요. 진정 원하신다면 마침 적당한 사람이 한 명 있으니, 그 사람과 의논해보세요."

"그래요? 그게 누구입니까? 삼소노프 씨, 지옥에서 살아 돌아온 기분이에요."

미챠는 갑자기 잘 움직이지 않는 혀로 이렇게 말했다.

"이곳 사람은 아닙니다. 지금은 여기에 살지 않고요. 원래는 농민으로 태어났고, 요즘은 재목 장사를 하는데 랴가브이(사냥개)라는 별명으로 불리고 있지요. 카라마조프 씨와는 벌써 1년 전부터 바로 그 체르마시냐에 있는 삼림 매매 때문에 흥정을 하지만 가격이 안 맞아서 성사가 안 된 것 같습니다. 아마 당신도 들은 적이 있을 거예요. 바로 그가 지금 이곳에 나타나서 현재 일린스키 신부 댁에 묵고 있어요. 볼로비야 역에서 12km 떨어진 곳의 일린스코예 마을입니다. 나에게 편지를 보내서 그 삼림 매매 건에 대한 내 의견을 묻더군요. 카라마조프 씨도 직접 거기로 가서 그를 만나려고 하는 것 같더군요. 그러니까 당신이 카라마조프 씨보다 먼저 랴가브이를 만나서, 지금 내게 한 제의를 그 사람에게 하면 아마 이루어질지도……."

"좋은 생각입니다!" 미챠는 무척 좋아하며 삼소노프의 말을 가로챘다. "반드시 그분이어야 합니다. 과연 그분이 적임자이시군요! 사고 싶지만 값이 워낙 비싸서 실랑이를 하는 중에 갑자기 소유권 증서를 보여 준다, 그 말씀하시는 거죠? 하 하 하!"

미챠는 문득 짧게 끊어지는 무표정한 웃음을 웃었다. 그 웃음이

859

얼마나 뜬금없었는지 삼소노프까지 놀라서 머리를 떨었을 정도였다.

"삼소노프 씨, 어떻게 감사를 드려야 할지 모르겠습니다."

미차가 흥분해서 이렇게 말했다.

"별 말씀을……."

삼소노프를 고개를 숙이며 말했다.

"당신은 잘 모르시겠지만, 당신은 나를 구했습니다. 아, 내가 당신을 찾아온 것도 사실은 어떤 예감 때문이었습니다. 이제 나는 그 신부님 댁을 찾아가야겠습니다!"

"감사할 것까지야."

"서둘러야겠습니다. 몸도 불편하신데 폐를 끼쳤습니다. 이 은혜는 절대로 잊지 않겠습니다. 이건 러시아 남자로서 말씀드리는 겁니다. 삼소노프 씨, 러시아 남자로서 말이에요!"

"그렇겠지요."

미차는 노인과 악수를 하며 팔을 흔들다가 노인의 눈에 악의 가득한 빛이 스치는 것을 보았다. 미차는 자신도 모르게 손을 뺐지만, 곧바로 지나치게 의심이 많은 자신을 나무랐다.

'피곤해서 그런 걸 거야.'

"그녀를 위해서입니다. 삼소노프 씨도 아시겠지만, 이건 그녀를 위한 거예요!"

그는 응접실이 떠나갈 정도로 외치고는 절을 하고 돌아선 뒤, 뒤도 보지 않고 빠르게 문으로 걸어갔다. 그는 기쁨으로 온몸을 떨었다.

'모든 것이 끝나는 줄 알았는데 수호천사가 구해 준 거야.'

그의 머릿속으로 이런 생각이 스쳐갔다.

'게다가 그런 사업가가 그렇게 점잖고 엄숙한 노인일까! 방법을 알게 됐으니 이제 분명히 성공할 거야. 이 길로 당장 가서 오늘 밤 안에 돌아와야지. 밤중이어도 돌아와야 해. 어쨌든 일은 꼭 성공할 거야. 그 노인이 나를 놀릴 이유가 없잖아!'

미챠는 하숙집을 향해 걸으며 속으로 이렇게 생각했다. 다른 생각을 할 수가 없었다. 상대방인 랴가브이(참 희한한 이름이다!)에 대해 잘 아는 노련한 사업가의 실질적인 조언이므로 틀림없을 것이다. 그런데, 혹시 노인이 나를 조롱하진 않았을까? 슬프게도, 후자가 유일하게 정확한 해석이었다.

나중에, 즉 그 비극적인 대사건이 일어난 뒤에, 늙은 삼소노프는 웃으면서 고백했는데, 그때 자신은 그 대위를 조롱했을 뿐이라고 했다. 그는 악의로 가득하고 잔인하며, 남을 비웃기를 좋아했고 병적일 정도로 타인에게 반감을 가지고 있었다. 그때 이 늙은이가 미챠를 그런 방식으로 조롱한 것은, '대위'의 기뻐하는 바보 같은 얼굴 때문이었는지, 어린애의 꾀와 같은 제의에 삼소노프가 응할 것이라는 '낭비가이며 방탕아의' 멍청이 같은 확신 때문이었는지, 이 '망나니'가 돈을 요구하기 위해 끌어들인 그루센카에 대한 질투 때문이었는지 정확한 원인은 모르겠다. 하지만, 노인 앞에 서 있던 미챠가 다리의 힘이 빠지는 것을 느끼며, 이제 나는 끝이라고 생각한 순간, 바로 그 순간, 노인은 크나큰 증오심을 가지고 그를 보면서 조롱하려고 생각했던 것이다. 미차가 나가자 노인은 증오심으로 얼굴이 파래져서 아들을 보면서 이렇게 명령했다.

"저 망나니가 다시는 눈앞에 나타나지 못하게 해라. 대문 안에 들여놓지 마라. 그대로 두면……."

노인은 이 협박조의 말을 끝까지 마무리하지 않았지만, 가끔 생기는 아버지의 분노에 익숙한 아들조차 겁이 나서 소름이 돋을 지경이었다. 그리고 한 시간이 지나도 노인은 화를 삭이지 못하고 몸을 떨어대더니, 저녁때가 되자 열이 나서 의사를 부르러 사람을 보냈다.

2. 사냥개(랴가브이)

한편 미차는 전력을 다해서 '달려야' 했지만 마차 삯이 없었다.
아니, 사실은 20코페이카 동전이 두 개 있었지만 그가 가진 재산
의 전부, 이것이 몇 년 동안 호탕하게 낭비하며 산 결과 그에게 남
은 전부였다.

그의 하숙방에는 오래전에 고장된 낡은 은시계 하나가 굴러다
녔다. 그는 그것을 쥐고 시장에서 가게를 하는 어떤 유대인의 시계
방으로 갔다. 유대인은 6루블을 시계 값으로 주었다.

"이것 참 예상 밖이군!"

그는 기쁨에 어쩔 줄 몰라 하며 소리쳤다(그의 기분은 여전히 들
뜬 상태였다). 그는 6루블을 받고 집으로 달려갔다. 그는 하숙집으
로 돌아와서 집주인에게서 3루블을 빌리고 필요한 돈을 마련했다.

하숙집 사람들은 항상 주머니를 털어서라도 흔쾌히 미차에게 돈을 빌려주었다. 그들은 그 정도로 그를 좋아했다.

미차는 기쁨에 넘쳐서 그들에게 자신의 운명이 오늘 결정될 것이라고 말했다. 그리고 방금 전에 삼소노프에게 제의했던 자신의 '계획'과 그것에 대한 늙은 상인의 조언, 자신의 미래 희망, 그 외에도 여러 가지 얘기를 순서도 없이 그들에게 말했다. 주인집 사람들은 전부터 그의 비밀 얘기를 전부 들었기 때문에 그를 식구처럼 생각했고, 오만하고 자존심이 센 나리라고 생각하지 않았다.

이렇게 9루블의 돈을 준비한 미차는 곧 볼로비야 역까지 가는 우편마차를 부르기 위해서 사람을 보냈다. 그런데 바로 이 일 때문에 다음과 같은 사실이 기억되고, 기록되었다. 즉 '사건이 일어나기 전날 정오에 미차는 돈이 전혀 없었다. 그래서 돈을 구하려고 시계를 팔았고, 하숙집 주인에게 3루블을 빌렸으며, 이런 상황을 본 증인들이 있다.'

나는 이 사실을 특별히 언급해 두겠다. 내가 이런 말을 하는 이유는, 뒤에서 알 수 있을 것이다.

미차는 이제 드디어 전부 해결될 거라는 즐거운 기대로 들떠 있었지만, 볼로비야 역으로 가는 동안 혹시 자신이 없는 사이 그루센카가 무슨 사고를 치는 건 아닌지 두려운 생각이 들어서 온몸이 떨려왔다. 만일 오늘 같은 날 그녀가 표도르를 찾아가기로 결심한다면 어떻게 할 것인가? 그래서 그는 그루센카에게 아무 말도 하지 않았고, 하숙집 사람들에게 누가 와서 자신에 대해 물어도 어디

갔는지 절대 알려주면 안 된다고 부탁하고 출발했다.

'무슨 일이 있어도 오늘 밤 안에 꼭 돌아와야지.'

마차에 흔들리며 그는 여러 번 이렇게 되풀이했다.

'그리고 그 랴가브이를 이곳으로 데려와서…… 서류를 만드는 게 좋겠어.'

미차는 심장이 얼어붙는 것 같은 느낌으로 이런 공상을 했다. 그러나 그의 공상은 슬프게도 그의 '계획'대로 실현될 운명이 아니었다.

일단 그는 볼로비야 역에서 시골길을 가는 동안, 많은 시간을 써버렸다. 시골길은 12킬로미터가 아니라 거의 18킬로미터는 되는 것 같았다. 그리고 일린스코예 마을에 가니 신부는 이웃 마을에 가서 집에 없었다. 미차는 어쩔 수 없이 지친 말을 달려서 이웃 마을로 갔다. 그렇게 신부를 찾는 동안 날이 어두워졌다.

일린스키 신부는 키가 작고 내성적이었지만, 무척 친절했다. 그가 설명하기를 랴가브이는 처음에는 자신의 집에서 지냈지만 지금은 수호이 포숄로크라는 마을에 갔고, 역시 재목 매매에 대한 일로 오늘은 산지기가 있는 오두막에서 머물기로 되어 있다고 했다.

신부는 지금 곧 '나를 구해 주는 셈치고' 랴가브이가 있는 곳으로 데려가 달라는 미차의 부탁을 듣고, 싫은 내색을 보였지만, 호기심을 느끼고 마침내 그를 수호이 포숄로크까지 데려다 주겠다고 허락했다. 그런데, 신부는 흡사 일부러 그러기라도 하는 것처럼 이곳에서 1킬로미터 '남짓'한 곳이니 걸어서 가자고 했다. 미차는 물론 기꺼이 승낙하고 큰 보폭으로 걸어갔다. 그래서 신부는 불쌍하게도 거의 뛰는 것처럼 그를 뒤따라야 했다. 신부는 그리 나이 들지는 않았지만 매우 섬세하고 신중했다.

미차는 이내 신부에게 자신의 '계획'을 들려주었다. 그리고 초조하고 흥분된 어조로 랴가브이에 대한 조언을 구하며 계속 얘기했다.

신부는 신중하게 귀담아들을 뿐 말은 거의 없었다. 미차가 질문을 하는 것에 대해서만 모호하게 '잘 모르겠어요, 내가 뭘 아나요'라고 자꾸 얼버무렸다. 미차가 유산에 대한 문제로 아버지와 부딪친 이야기를 하자 신부는 깜짝 놀랐다. 왜냐하면 신부는 표도르와 서로 도움을 주고받는 사이였기 때문이다.

그래도 미차가 어떻게 그 농부 출신의 장사꾼 고르스트킨을 갸라브이라고 부르는지 묻자, 신부는 친절하게 대답해 주었다. 그는 랴가브이라고 불리는 게 맞지만 랴가브이라고 부르면 몹시 화를 내를 내는 걸로 봐서 랴가브이가 아닐 수도 있다. 그러므로 꼭 고르스트킨이라고 불러야 한다고 했다.

"그렇게 안 하면 분명히 아무것도 이룰 수 없을 거예요. 당신이 하는 말도 듣지 않을 거예요."

미차는 갑자기 묘한 기분이 들었지만 삼소노프가 그를 랴가브이라고 불렀다고 해명했다. 이 말을 들은 신부는 화제를 곧 다른 곳으로 돌렸다. 만약 신부가 그때 느낀 자신의 추측을 드미트리에게 말했다면 오히려 일은 잘 풀렸을 수도 있다. 신부의 추측은 만약 삼소노프가 자신이 랴가브이라고 부르는 미천한 농부에게 미차를 보냈다면 거기에는 어떤 이유가 있지 않을까, 아니면 미차를 조롱하려고 그런 것이 아닐까, 하는 추측이었다.

그러나 미차는 '하찮은 일'에 신경을 쓸 시간적인 여유가 없었다. 그는 서두르며 걸음을 한결같이 재촉했다. 그리고 가까스로 수호이 포숄로크 마을에 도착하자, 자신들이 걸었던 길이 1km도, 1.5km도 아닌 3km에 달한다는 사실을 깨달았다. 그는 화가 났지만 꾹 참았다. 두 사람은 오두막으로 들어갔다. 산지기는 신부와 아는 사이여서 오두막의 반을 쓰고 있었고, 현관을 사이에 두고 맞은편에 있는 더 깨끗한 방은 고르스트킨이 쓰고 있었다. 그들은 깨끗한 방으로 들어가서 동물의 기름으로 만들어진 양초를 밝혔다.

오두막에는 난로를 지피고 있어서 따뜻했다. 소나무로 만든 테이블 위에는 불꺼진 사모바르와, 찻잔이 놓인 쟁반, 마시고 남은 보드카 병, 먹다 남은 빵 조각 등이 널브러져 있었다. 손님으로 온 이 방의 투숙객은, 베개 대신 웃옷을 말아서 머리에 베고 벤치 위에 누워서 큰소리로 코를 골고 있었다.

'물론 깨워야겠지, 내 용무는 아주 급하니까. 그래서 나는 이렇게 서둘러 달려왔고, 또 오늘 안으로 급히 돌아가야 하니까 말이야.'

미차는 마음이 꽤 급했다. 그러나 신부와 산지기는 말도 없이 묵묵히 서 있었다. 미차는 잠을 자는 사람의 곁으로 다가가 그를 깨우기 시작했다. 랴가브이는 손으로 흔들어 봐도 깨어나지 않았다.

'엄청 취했군. 큰일이야, 어쩌면 좋을까! 아, 어떻게 해야 한단 말인가!'

그는 문득 무서운 초조감에 휩싸여 잠든 사람의 팔다리를 잡아당기기도 하고, 머리를 흔들기도 하고, 심지어는 안아서 일으켜 의자에 앉히려고도 했다. 그러나 한동안 애쓴 노력 끝에 얻은 결과는 라가브이의 무슨 뜻인지도 모르는 잠꼬대와 분명하진 않지만 격렬하게 퍼붓는 욕설뿐이었다.

"안되겠습니다. 잠시 기다리는 게 좋을 것 같습니다." 마침내 신부가 말했다. "확실히 제정신이 아닌 것 같습니다."

"종일 마셨답니다."

산지기도 말했다.

"젠장, 빌어먹을!" 미차는 외쳤다. "내가 얼마나 절박한지, 내가 얼마나 절망적인지, 당신은 모른단 말이오!"

"안되겠어요, 아침까지 기다리는 게 낫겠습니다."

신부가 반복해서 말했다.

"내일 아침까지요? 맙소사, 그건 절대로 안 돼요!"

미차는 절망에 빠져서 또 만취한 술꾼을 깨워 보려고 했지만, 곧 자신의 노력이 소용이 없다는 걸 깨닫고 그만두고 말았다. 아직도 잠이 덜 깬 산지기는 시무룩해 보였다.

"현실은 사람들을 이렇게 끔찍한 비극 속으로 끌어들이는 것이냐!"

미차는 완벽하게 절망에 사로잡혀서 중얼거렸다. 그의 얼굴에는 비 오는 것처럼 땀이 흘렀다. 신부는 그에게 지금 이 사내를 깨운다고 해도, 이렇게 만취한 사람과 무슨 이야기를 하겠느냐면서

"더욱이 당신의 용무는 매우 중요한 것이니, 내일 아침까지 미루는 것이 낫겠습니다."라고 지나치게 당연한 의견을 말했다. 미차는 어쩔 수 없이 두 팔을 벌리고 신부의 말에 수긍했다.

"신부님, 나는 이 방에 촛불을 밝히고 앉아서 쉬면서 기회를 엿보겠습니다. 저 사람이 눈을 뜨면 이야기를 하겠어요. 물론 초 값은 내가 지불하겠어요." 그는 산지기를 바라보았다. "그리고 숙박료도 내겠어요. 드미트리 카라마조프가 시답잖은 인간이 아니라는 걸 알게 될 거예요. 그런데 신부님, 어디에 앉아야 할지 모르겠네요, 신부님은 어디서 주무시겠어요?"

"괜찮습니다. 나는 집으로 돌아가려고요. 저 사람의 말을 빌려서 타고 가려고 하니 걱정하지 마세요." 신부는 산지기를 가리키며 말했다. "그럼, 저는 이만 돌아가겠습니다. 일이 잘 되기를 기도하겠습니다."

그래서 그 얘기는 이렇게 마무리되었다. 신부는 산지기의 말을 빌려 타고 돌아갔다. 그는 성가신 일에서 빠져나온 것이 무척 기뻤지만, 내일 자신의 은인이나 마찬가지인 표도르 파블로비치에게 이 이상한 사건을 알려야 하는지, 어떻게 해야 하는지 망설이며 난감한 듯이 고개를 저었다.

'알리지 않으면, 만약 이 일을 그분이 알게 되면 화가 나서 앞으로는 나를 모르는 척할지도 모르지.'

산지기는 몸을 긁으며 말도 없이 자신의 방으로 돌아갔다. 미차는 자신이 말한 대로 '기회를 엿보기' 위해서 긴 나무 의자에 주저

앉았다. 깊은 우수가 짙은 안개처럼 그의 마음을 뒤덮었다. 그것은 무서울 정도로 깊은 우수였다! 그는 움직이지 않고 앉아서 생각에 빠졌지만 어떤 묘안도 떠오르지 않았다. 촛불은 희미하게 타올랐고, 귀뚜라미의 울음소리는 시끄러웠으며, 지나치게 불을 지핀 방은 참을 수 없을 정도로 숨이 막혔다. 그때 갑자기 그의 눈앞에 정원이 떠올랐다. 정원 뒤쪽에 좁은 오솔길이 보였다. 그러자 아버지가 살고 있는 집의 문이 살며시 열리고, 그루센카가 그 안으로 뛰어 들어갔다. 그는 의자에서 벌떡 일어섰다.

"비극이야!"

미차는 이를 갈면서 외쳤다. 그리고 무의식중에 잠든 사나이 옆에 다가가서 우두커니 그 얼굴을 들여다보았다. 그는 아직 노인이 되지 않은 여윈 농부였고, 얼굴이 몹시 길었으며, 아마 빛의 머리카락은 곱슬거렸고 붉은 턱수염은 가늘고 길었다. 푸른 무명 셔츠에 검은 조끼를 입었고, 호주머니에는 은시계 줄이 나와 있었다.

미차는 무서운 혐오감을 느끼며 그 얼굴을 바라보았다. 무슨 이유에서인지는 알 수 없었지만, 그의 곱슬거리는 머리카락이 유난히 그의 신경에 거슬렸다. 그러나 무엇보다 화가 나는 것은, 자신 즉 미차가 전부 희생했고, 모든 중요한 일을 젖혀두고 지친 몸으로 조금도 지체할 수 없는 급한 일로 이렇게 왔는데, 이 망나니는 '그의 운명이 자신의 손에 쥐어진 줄도 모른 채, 마치 다른 별에서 온 사람처럼, 태평하게 코만 곤다'는 것이었다.

"아, 야릇한 운명이야!"

미차는 이렇게 외치고 갑자기 이성을 잃고 술에 취한 농부를 다시 깨우기 시작했다. 그는 미친 듯이 농부를 잡아당기고, 찔러보기도 하고, 심지어는 때리면서 무슨 수를 써서라도 그를 깨우려고 노력했다. 그러나 그렇게 5분 정도 헛수고를 하고 난 뒤, 아무런 소득도 없이 그는 절망에 빠져서 힘없이 의자로 되돌아와서 주저앉았다.

"어리석어, 어리석은 짓이야!" 미차는 소리쳤다. "게다가 이 얼마나 비열한 짓인가!"

그는 무슨 생각을 했는지 갑자기 이렇게 덧붙였다. 머리가 쑤시는 것처럼 지끈거렸다. '다 그만두고 차라리 돌아갈까?' 하는 생각이 머릿속으로 떠올랐다. '아니야, 이미 늦었어. 어쨌든 아침까지 기다리자, 오기로라도 남아야지, 오기로라도! 하지만 이렇게까지 하면서 여기까지 왜 찾아왔을까? 이젠 돌아가고 싶어도 탈 것이 없으니 여기서도 떠날 수도 없구나! 아, 아무것도 모르겠다!'

그러나 두통은 더욱 심해졌다. 그는 움직이지 않고 앉아 있으면서, 자신도 모르는 사이 졸다가 앉은 채로 잠이 들었다.

아마 두어 시간, 아니 그 이상 잠을 잤을 것이다. 그는 갑자기 참을 수 없이 머리가 아파서 잠에서 깼다. 비명이라도 지를 만큼 참을 수 없이 아팠다. 양쪽 관자놀이를 무언가로 쑤시는 것 같아서 금세 머리가 쪼개지는 것 같았다. 그는 눈을 떴지만 한동안 정신을 차리지 못하고, 자신의 몸이 어떻게 되었는지도 알 수 없었다. 결국 그는 난로에 불을 너무 많이 지펴서 산소 결핍이 왔고, 하마터면 질식해서 죽을 뻔했다는 걸 알았다. 그러나 만취한 사나이는 여전히 코를 골며 잠들어 있었다. 촛불은 다 타서 금방이라도 꺼질 것 같았다.

미차는 큰 소리를 지르며, 비틀거리면서 현관을 지나 산지기의 방으로 달려갔다. 산지기는 금방 눈을 떴다. 그리고 건넌방이 가스로 가득 찼다는 말을 듣고 곧 처리를 하러 나오긴 했지만, 그 태도가 지나치게 태연해서 미차는 화가 날 정도로 놀랐다.

"저 사람이 죽으면, 저 사람이 죽게 되면…… 그때는…… 그때는 어떻게 할 거요?"

미차는 산지기에게 미친 듯이 외쳤다.

그들은 방문과 창문을 전부 열고 굴뚝 마개까지 열었다. 미차는 복도에서 물통을 들고 와서 일단 자신의 머리를 적신 뒤, 헝겊을 물에 담가서 랴가브이의 이마에 얹었다. 그러나 산지기는 여전히 별것도 아니라는 것처럼, 창문을 열고 "이제 괜찮을 겁니다."라고 무뚝뚝하게 말하고 불이 켜진 무쇠 등잔을 미차에게 남긴 채 다시 잠자리로 돌아갔다. 미차는 머리에 냉수 찜질을 하며 하마터면 질식해서 죽을 뻔한 주정뱅이를 돌보기 위해 30분 정도 바쁘게 움직였다. 그는 밤새 잠을 자지 않기로 굳게 마음먹었지만 너무 피곤했기 때문에, 잠시 쉬려고 자리에 앉자마자 그만 자연스레 눈이 감겨서 자신도 모르게 의자 위에 다리를 뻗고 죽은 듯이 잠들었다.

그는 꽤 늦은 시간에 일어났다. 이미 아침 9시가 된 것 같았다. 오두막에 있는 두 개의 창으로 눈부신 햇살이 들어왔다. 지난밤 그

곱슬머리 사내는 이미 외투까지 입고 의자에 앉아 있었다. 그 앞에는 새로 끓인 사모바르와 새 술병이 놓여 있었다. 어제 먹다 남긴 술을 다 마신 뒤 새 술병의 술도 이미 반도 넘게 마신 것 같았다. 미차는 벌떡 일어났다. 그 순간 이 망할 사내가 또 정신을 차릴 수 없을 정도로 취했다는 것을 알았다.

미차는 눈을 부릅뜨고 잠시 사내를 노려보았다. 사내는 말없이 교활하게 이쪽을 보았는데, 그 태도는 무례할 정도로 태연했고 상대를 멸시하는 듯 거만한 구석이 있었다. 그는 사내의 곁으로 가까이 갔다.

"실례합니다. 사실은…… 나는…… 아마 이곳 산지기에게 들으셨을 줄 압니다……. 나는 육군 중위 드미트리 카라마조프입니다. 지금 당신이 흥정하는 그 산림의 주인인 카라마조프 노인의 아들입니다."

"거짓말 그만해!"

사내는 침착하고 단호하게 외쳤다.

"거짓말이라니요? 표도르 카마라조프를 모르시나요?"

"당신이 말하는 표도르 카라마조프는 몰라!"

그는 혀 꼬부라진 소리로 천천히 말했다.

"산 말입니다. 당신이 우리 아버지에게 산을 사려고 하는 거 아닌가요? 아직 잠이 덜 깨신 것 같은데 정신 차리세요. 일린스코예 마을에 있는 파벨 신부가 나를 이곳으로 데려다 주었습니다. 당신은 삼소노프 노인에게 편지를 보냈지요? 그 사람이 당신에게 가라고 해서 왔습니다."

미차는 숨을 몰아쉬며 말했다.

"거짓말!"

랴가브이는 또다시 분명하게 한 마디씩 끊어서 외쳤다. 미차는 다리가 얼어붙는 것 같았다.

"무슨 말씀을, 이건 농담이 아닙니다. 아마 술에 많이 취하신 것 같은데, 그래도 제대로 말도 하고 남의 말을 들을 수도 있잖아요…… 그렇지 않다면…… 아, 도무지 뭐가 뭔지 알 수 없구나!"

"너는 페인트장이야!"

"그런 농담을! 나는 카라마조프, 드미트리 카라마조프입니다. 당신에게 의논할 일이 있어서…… 당신에게 좋은 일이 있어서…… 아주 좋은 일이 있어서 왔습니다. 뿐만 아니라 바로 그 산에 관련된 이야기입니다."

랴가브이는 거들먹거리며 턱수염을 매만졌다.

"가당치 않은 소리. 이것저것 일을 부탁했더니 야비한 짓만 하고, 너는 악당이야!"

"분명히 말씀드릴게요! 당신은 착각하고 있어요!"

미차는 절망에 사로잡혀서 두 손을 움켜쥐었다. 랴가브이는 줄곧 수염만 쓰다듬다가, 문득 교활하게 눈을 반쯤 뜨며 말했다.

"그것보다 너한테 물어볼 게 있어. 사람을 골탕 먹여도 된다는 법이 어디에 있어? 대답해 봐! 그래서 네가 악당이란 거야, 알겠냐?"

미차는 불쾌한 것처럼 뒤로 물러났다. 갑자기 무언가로 '뒤통수를 한 방 얻어맞은 것' 같은 느낌이었다. (훗날 미챠가 스스로 한 말이다) 그때 그의 머릿속에 문득 스치는 것이 있었다. '갑자기 횃불 같은 한 줄기 빛이 비쳐서 나는 전부를 깨달았다'고 그는 나중에 말했다. '그래도 나는 판단력 있는 사람이 아닌가. 그런 내가 어떻게 이런 어리석은 일에 홀려서 여기까지 왔단 말인가! 게다가 거의 하루 동안 랴가브이의 열도 내려 주다니!' 그는 당혹스러워서 그 자리에 우두커니 서 있었다.

'아, 이 주정뱅이는 엄청나게 취했어. 그리고 아직 일주일쯤은 계속해서 술을 마셔댈 거야. 그렇다면 내가 여기서 이렇게 기다리는 게 소용없잖아? 만일 삼소노프가 일부러 나를 이리로 보냈다면? 그뿐 아니라 만약 그루센카가······ 아 정말 이게 무슨 미친 짓을 한 건가!'

랴가브이는 앉은 채로 그를 보면서 히죽거리며 웃었다. 만약 다른 때였다면 미챠는 분통이 터져서 그를 때려죽였을 것이다. 그러나 그때 미챠는 아이처럼 주눅이 들어 있었다. 그는 조용히 의자에서 외투를 집어 들고 조용히 입은 뒤 그 오두막을 나왔다. 건넌방의 산지기는 보이지 않았고 다른 사람도 보이지 않았다. 그는 호주머니에서 50코페이카를 꺼내서 숙박비와 초 값, 그리고 폐를 끼친 비용을 테이블 위에 놓고 나왔다.

오두막을 나오니 주변은 모두 숲이었고 아무것도 없었다. 그는 오두막에서 어디로 가야 할지, 오른쪽으로 갈지, 왼쪽으로 갈지 판단하지 못하고 무턱대고 걸었다. 지난밤에 신부와 함께 올 때 너무

서두른 탓에 오가는 길에는 아예 신경을 쓰지 못했다. 그는 누구에게도, 심지어는 삼소노프조차 원한을 품지 않았다. 단지 '물거품처럼 사라진 이상(理想)'을 가슴에 간직한 채 어디로 가는지도 모르고 비틀거리며 숲속의 좁은 오솔길을 걷고 있을 뿐이었다. 지금으로서는 작은 아이라도 그를 한 방에 넘어뜨릴 수 있을 것이다. 그만큼 그는 정신적, 육체적으로 기력이 거의 없는 상태였다.

그는 어떻게 해서 숲에서 빠져나올 수 있었다. 가을 추수를 끝낸 을씨년스럽게 벌거벗은 들판이 저 멀리까지 아득하게 펼쳐져 있었다.

'아, 절망뿐이구나! 어느 곳이든지 온통 죽음만이 나를 감싸고 있어!'

그는 쉬지 않고 무작정 걸으면서 이렇게 반복했다.

미차를 구해 준 것은 삯 마차를 빌려서 시골길을 지나던 어떤 늙은 상인이었다. 미차는 그들에게 길을 물어보았다. 그들도 역시 볼로비야 역을 향해 가는 중이었다. 몇 마디를 나눈 끝에 서로 합의가 이루어져서 미차는 마차에 타게 되었다. 3시간이 지난 뒤, 그들은 목적지에 도착했다. 미차는 볼로비야 역에서 곧 읍내로 가는 역마차를 준비시켰지만 문득 견딜 수 없이 허기가 몰려왔다. 마차에 맬 말을 준비하는 동안, 그는 오플렛을 주문했다. 그는 그것을 눈 깜짝할 사이에 먹고, 큰 빵 한 개와 소시지도 모두 먹은 뒤, 보드카도 세 잔이나 연이어 마셨다.

뱃속이 차오르자, 기운이 생기고 마음도 한결 가벼워졌다. 마부를 재촉해서 읍내로 달리던 중에, 그는 '빌어먹을 돈'을 그날 중으로 구하기 위한, 다시는 '바꿀 수 없는' 새로운 '계획'을 생각했다.

"대체 고작 3천 루블 같은 하찮은 돈 때문에 한 사람의 운명이 망가지다니, 에잇, 생각만 해도 기가 막히네!" 그는 씹어뱉는 듯이 외쳤다. "오늘 안에 꼭 끝장을 봐야지!"

그는 만약 그루센카에 대한 생각, 그루센카에게 무슨 일이 생기지 않았을까 하는 생각이 계속 머릿속에 떠오르지 않았다면 다시 완전히 유쾌한 기분이 되었을 수도 있다. 그러나 그녀에 대한 생각은 예리한 칼처럼 계속해서 그의 마음을 찌르고 있었다.

마침내 마차는 읍내에 도착했다. 미차는 곧바로 그루센카에게 달려갔다.

3. 금광

그루셴카가 그날 저녁 수선을 피우며 라키친에게 이야기한 것
이 바로 미차의 이 방문이었다. 그루셴카는 애가 끓게 '소식'을 기
다리고 있어서, 미차가 이틀 연속 나타나지 않자 마음을 놓고 자신
이 떠날 때까지 제발 찾아오지 않기를 바라고 있었다. 그런데 미차
가 갑자기 나타났던 것이다.

그 다음의 일은 우리가 알고 있는 것과 같다. 그루셴카는 그를
따돌리려는 작정으로, 자신을 쿠지마 삼소노프의 집까지 데려다
달라고 부탁했다. '장부' 계산 때문에 꼭 가야 한다고 고집을 부렸
다. 미차는 곧 그녀를 데려다주었고, 삼소노프의 집 앞에서 헤어질
때 그루셴카는 11시가 지나서 다시 데리러 와 달라고 부탁했다.
미차는 흔쾌히 그 부탁을 수락했다.

'삼소노프의 집에 있을 테니 아버지에게는 가지 않겠군. 혹시 거 짓말일 수도 있지만……'

그는 문득 이렇게 생각했지만, 그루셴카가 거짓말을 하는 것 같 지는 않았다. 그는 질투가 심했고 사랑하는 여자가 없을 때는 곧 뭔지 모를 최악의 상황을 생각하곤했다. 자신이 없는 동안 여자에 게 무슨 일이 생기지는 않을까, 또 여자가 자신을 '배신'하지는 않 을까 하는 등의 최악의 경우만 상상했다. 그러나 그렇게 애 태우다 가 분명히 배신했을 것이라고 단정짓고 서둘러 여자에게 달려가 서, 우선 여자의 얼굴을, 즐겁게 웃는 여자의 친절한 얼굴을 보면 금방 기운이 솟아서 모든 의혹을 날리고 기쁘면서도 부끄러운 심 정이 되어 스스로 자신이 질투한 것을 후회했다.

미차는 그루셴카를 데려다주고 난 뒤, 곧 자신의 하숙집으로 달 려갔다. 그에게는 그날 안에 마무리해야 할 일이 많았다. 그러나 어쨌든 그의 마음은 한결 가벼워져 있었다.

'자, 이제 서둘러 스메르자코프에게 어젯밤 별 일 없었는지 물어 봐야지. 만일 그루셴카가 아버지에게 갔었다면 큰일이니까!'

그의 머릿속에는 그런 생각이 스쳐 지나갔다. 하숙집에 도착하 기도 전에 질투심이 불안한 마음속에서 다시 생기기 시작했다.

질투!

"오델로는 질투심이 강한 것이 아니었다. 오히려 그는 남을 너 무 쉽게 믿었다."

푸시킨의 말이다. 이 말에서 우리의 위대한 시인의 깊은 통찰력을 알 수 있다. 단지 오델로는 정신적으로 깊은 혼란에 빠져서 그의 모든 인생관이 흐려진 것뿐이다. 오델로의 이상이 망가졌기 때문이다. 하지만 오델로는 숨어서 엿듣거나 문틈으로 엿보는 짓은 하지 않았다. 그는 지나칠 정도로 사람을 믿었다. 그에게 아내의 부정을 알리기 위해서는 모든 수단과 노력을 동원해서 그를 부추기고, 기름을 붓고, 부채질을 해야 했다.

그런 사람은 정말 질투가 강한 사람이 아니다. 정말 질투가 강한 사람이, 어떤 양심의 가책도 느끼지 않고, 정신적인 타락과 굴욕 속에도 태연하게 몸을 던질 수 있는지, 감히 상상도 하지 못하겠다. 하지만 그들이 모두 야비하고 추악한 영혼을 가진 사람들인 것은 아니다. 오히려 순결한 마음과 순수한 사랑, 자신을 희생하려는 정신을 가진 사람일수록 한편으로는 테이블 아래 숨어서 엿듣고, 야비한 사람을 매수해서 염탐꾼 노릇을 시키거나, 몰래 뒤를 쫓거나 소지품을 뒤지는 등의 온갖 야비한 행동을 거리낌 없이 하는 법이다.

오델로는 어떤 일이 있어도 배신은 받아들일 수 없었다. 받아들일 수 없었던 것이 아니라 타협할 수 없었던 것이다. 그의 마음이 아이처럼 미움을 모르고 순진하다고 해도 그럴 수는 없었을 것이다. 그러나 진실로 질투가 강한 사람은 그렇지 않다. 그런 질투꾼들이 너그럽게 배신과 타협하고 쉽게 상대를 용서할 수 있는지는 정말 상상하기도 어려울 정도이다!

질투가 강한 사람은 상대를 누구보다 빠르게 용서한다는 것을 여자라면 이런 것은 누구나 알고 있을 것이다. 진짜 질투꾼은 어이가 없을 정도로 간단하게(물론 무서운 장면이 한바탕 지나가고 난 뒤에) 용서한다. 예를 들어, 증거가 확실한 부정이나 심지어 자신이 직접 본 포옹이나 입맞춤도 전부 용서할 수 있다. 단지 그것은 이번이 '마지막'일 때, 즉 자신의 경쟁자가 금방 세상 끝으로 사라지고 그날부터 영원히 나타나지 않는다거나 자신이 여자를 데리고 아무도 없는 곳으로 도망칠 수 있다는 확신이 생겼을 때 비로소 가능하다. 그러나 이런 타협도 일시적일 뿐이며, 그는 경쟁자가 정말로 사라졌다고 해도 이틀도 되지 않아서 또 다른 새로운 경쟁자를 만들어 내서 다시 질투를 시작할 것이다. 물론 이런 질투꾼이 아닌 사람은 감시를 해야 하는 사랑이 얼마나 즐거울 것이며, 그렇게 애를 써서 뒷조사를 해야 하는 사랑이 무슨 가치가 있느냐고 의심스러워하겠지만, 진짜 질투꾼은 그런 사실을 결코 알지 못한다. 그런데 그런 질투꾼들 중에는 고매한 정신을 지닌 사람들도 적지 않다. 여기서 주목해야 할 것은, 바로 이런 고매한 정신을 지닌 사람들이 골방에 숨어서 엿듣거나 엿볼 때, 한편으로는 그 '고매한 정신'으로 스스로 빠진 오욕의 깊이를 확실히 이해하는 반면, 그 골방에 숨어 있는 순간은 절대로 양심의 가책을 느끼지 않는다는 것이다. 미차도 마찬가지여서 그루센카의 얼굴을 보자마자 질투심은 눈 녹듯이 사라져 버리고, 순식간에 남을 잘 믿는 고상한 인간으로 변하는 것이다. 뿐만 아니라 자기 자신의 추한 감정을 경멸하기까지 했다. 그러나 이것은 그루센카에 대한 그의 사랑에는 그 자신이 부여하는 것보다 훨씬 고상한 그 무엇이 들어 있음을 의미하는 것이다. 그러나 그 대신 그루센카의 모습이 눈앞에 없으면, 미차는 그녀가 비열하고 교활한 배신행위를 하고 있지나 않을까 의심하기 시작하는 것이었다. 그리고 이미 그때에는 양심의 가책 같은 건 전혀 느끼지 않았다.

이리하여 그의 마음에는 또다시 질투의 불길이 타오르기 시작했다. 어쨌든 급히 서둘러야만 했다. 우선 소액이라도 좋으니 당장 필요한 돈을 마련해야 했다. 어제의 9루블은 여비로 다 써버리고 말았다. 돈이 한 푼도 없어 가지곤 그야말로 꼼짝도 할 수가 없다. 그러나 그는 방금 마차 속에서 새로운 계획과 더불어 당장 필요한 돈을 어디서 마련할 것인가를 이미 생각해 두었던 것이다.

그는 결투용 고급 권총 두 자루를 장탄한 채 소유하고 있었다. 이때까지 그가 그것을 담보로 잡히지 않은 것은 그가 자기의 소지품 중에서 그것을 가장 아끼고 좋아했기 때문이다. 그는 꽤 오래전부터 '수도'라는 요리점에서 어느 젊은 관리와 알고 지냈는데, 우연히 거기서 들은 정보에 의하면 이 부유한 독신남은 굉장한 무기 애호가여서 보통 권총은 물론이고 연발 권총이며 단도 등을 사모아 가지고 자기 방 벽에다 걸어 놓고는 친구들한테 보여주며 자랑을 하고, 권총의 구조와 장전법, 발사법 등을 장황하게 설명하는 것을 좋아한다는 것이다.

미차는 당장 그 관리한테도 달려가서 권총을 담보로 10루블을 빌려 주지 않겠느냐고 물었다. 젊은 관리는 기뻐하면서 이왕이면 아주 팔아버리면 어떠냐고 간청했지만 미차는 승낙하지 않았다. 그러자 그 청년은 이자 같은 건 절대 받지 않겠다고 말하고 그에게 10루블을 내주었다. 그리고 두 사람은 친구가 되어 기분 좋게 헤어졌다.

미차는 서둘러 걸었다. 그는 한시바삐 스메르자코프를 불러내려고 아버지 집 뒤쪽에 있는 그 정자를 향해 달려갔다. 이리하여 또다시 다음과 같은 사실이 판명되었다. 즉 이제부터 필자가 얘기하려는 엽기적인 사건이 일어나기 3, 4시간 전만 해도 미차는 한 푼도 가진 돈이 없었기 때문에 자기가 애지중지하던 물건을 담보로 10루블을 빌려오기까지 했지만, 그로부터 불과 3시간 뒤에는 몇 천 루블의 돈을 갖고 있었다. 그러나 아직 여기에 대해서 이야기하는 것은 아직 시기상조인 것 같다.

표도르의 이웃에 사는 마리아 콘드라치예브나의 집에서는 스메르자코프가 앓아누웠다는 소식이 미차를 기다리고 있었다. 미차는 이 얘길 듣고는 깜짝 놀라고 마음이 혼란에 빠졌다. 스메르자코프가 지하실로 굴러 떨어졌다는 얘기며 간질병의 발작, 의사의 왕진, 표도르의 배려에 대한 얘기도 자세히 들었다. 동생 이반이 오늘 아침 모스크바로 떠났다는 이야기도 관심 있게 들었다. '그렇다면 나보다 먼저 볼로비야 역을 통과했겠군' 하고 미차는 생각했다. '그건 그렇고 이제부터 누가 나를 위해 감시를 하고, 정보를 제공해 준단 말인가?' 미차는 그 집 모녀에게 어젯밤에 무슨 이상한 일이 없었느냐고 꼬치꼬치 캐물었다. 그들 모녀는 그가 무엇을 알고 싶어 하는지 잘 알고 있었기 때문에 아무도 온 사람이 없었으며, 어젯밤에는 이반도 집에 들어와 자고 갔으니까 '모든 것이 평상시와 조금도 다름이 없었다.'고 설명해 줌으로써 미차의 의혹을 풀어 주었다.

미차는 생각에 잠겼다. 오늘도 무슨 일이 있어도 망을 보아야 할 텐데, 그 장소를 어디로 하는 게 좋을까? 여기로 할까? 아니면 삼소노프의 집 문 앞에서 할까? 미차는 어느 쪽도 감시를 소홀히 해서는 안 되겠다고 결심했다. 그러나 지금은, 지금의 당면 문제는 아까 마차 속에서 생각해낸 새롭고 확실한 계획을 먼저 실천에 옮겨야만 했다. 이번 일만은 틀림없이 성공할 거라고 확신하는 이상, 그 계획의 실행을 미루는 것은 더 이상 불가능했다. 그래서 미차는 그 일을 위해 꼭 한 시간만 할애하기로 마음먹었다. '한 시간이면 모든 것을 다 알아볼 수 있을 것이다. 그리고 나면 우선 삼소노프의 집으로 달려가서 그곳에 그루셴카가 있는지 확인하고, 그 다음 곧 이곳으로 돌아와서 밤 11시까지 망을 보기로 하자. 그 다음에 또다시 삼소노프의 집으로 가서 그루셴카를 집까지 바래다주도록 하자.' 미차는 이렇게 결정을 내렸다.

그는 하숙집으로 돌아가서 세수를 하고 머리를 빗고 옷을 매만져 갈아입은 다음, 호흘라코바 부인을 찾아갔다. 아아, 슬픈 일이기는 하지만, 미차의 계획은 이 부인에게 3천 루블을 빌리는 것이었다. 여기서 중요한 것은 호흘라코바 부인이 그의 간청을 거절하지 않을 것이라는 이상한 확신이 그의 마음속에 갑자기 일어났다는 것이다. 만약 이런 확신이 있었다면 왜 처음부터 자기의 교제범위에 속하는 그 부인을 찾지 않고 말도 제대로 통하지 않는 딴 세계의 삼소노프를 찾아갔을까 하는 의문이 일어날지도 모른다. 그러나 여기에는 그럴만한 까닭이 있었다.

그것은 다름 아니라 지난 한 달 동안 그는 호흘라코바 부인과 거의 교제를 끊고 있었다. 하기는 그 전부터도 그다지 친한 사이가 아니었고, 미차는 그녀가 자기를 싫어한다는 것을 잘 알고 있었다. 호흘라코바 부인은 애초부터 미차를 미워했다. 그 이유라는 것도 미차가 카체리나의 약혼자로 남아 있다는 한 가지 사실 때문이었다. 어떤 이유에서인지는 모르지만 그녀는 카체리나가 미차를 버리고 '그토록 몸가짐이 세련되고 기사처럼 인격이 완성된' 이반과 결혼하기를 열렬이 바라고 있었다. 그런 만큼 그녀는 미차의 일거일동에서 참을 수 없는 증오를 느끼고 있었던 것이다.

한편 미차는 그 나름대로 그녀를 조소하고 있어서 언젠가 한 번은 이런 말을 한 적도 있었다. "그 부인은 무척 활기 있고 소탈한 여자이긴 하지만 교육을 조금도 받지 못했나 싶을 만큼 무식해서 탈이란 말이야." 그런데 그날 아침 마차 속에서 멋들어진 생각이 그의 마음속에 떠올랐다. '만약 그 부인이 나와 카체리나의 결혼을 히스테리 발작을 일으킬 정도로 싫어한다면 지금 내가 부탁하려는 3천 루블을 거절할 이유가 없지 않은가. 나는 그 돈을 받자마자 카체리나를 버리고 여기서 영원히 떠나버리고 말 테니까. 그렇게 제멋대로 살아온 상류사회 부인들은 어떤 변덕스런 소망을 갖게 되면 그것을 충족시키기 위해 무슨 짓이든 사양하지 않는 법이거든. 게다가 그 부인은 돈도 꽤 많으니까.' 미차는 이렇게 판단했다.

그런데 부인에 대한 그의 '계획'이라는 것은 전과 마찬가지로 체르마시나에 대한 그의 권리를 양도하겠다는 것이었다. 그러나 어제 삼소노프와 흥정했을 때처럼 상업적인 목적은 가지고 있지 않았다. 즉 3천 루블 대신에 그 배액인 6천 내지 7천 루블의 이득을 얻을 수 있다는 말로 부인을 유혹할 생각은 추호도 없었다. 그저 부채에 대한 정당한 담보로서 제공하겠다는 것뿐이었다.

미차는 이 새로운 생각을 하면 할수록 환희에 가까운 기쁨에 도취되고 있었다. 그러나 이것은 무슨 일을 시작할 때나 어떤 갑작스런 결심을 했을 때는 언제나 그랬다. 미차는 항상 자기의 새로운 착상에 열정적으로 몰두하는 습성이 있었다. 그럼에도 불구하고 호흘라코바 부인의 집 층계를 올라섰을 때, 그는 등골이 오싹해지는 것 같은 공포감을 맛보았다. 이것은 그야말로 나의 마지막 희망이며, 그밖에는 달리 아무런 방법이 없다. '만약 이것마저 성취되지 않으면 겨우 3천 루블 때문에 도둑질을 하거나 살인강도질이라도 하는 수밖에 없는 것이다.' 그는 이 모든 것을 비로소 완전히 자각하기에 이른 것이다. 그가 현관의 초인종을 울린 것은 7시 반경이었다.

처음에는 모든 상황이 그에게 미소를 지어 보이는 것 같았다. 하녀를 시켜 부인을 만나 뵙고 싶다고 전하자마자 그는 곧 집 안으로 안내되었다. '마치 나를 기다리고 있었던 것 같군.' 그의 머릿속에 이런 생각이 스치고 지나갔다. 아니나 다를까, 미차가 응접실로 발을 들여놓기가 무섭게 여주인이 달려 나와서 마침 그를 기다리고 있는 참이라고 말하는 것이었다.

"그렇잖아도 기다리고 있던 참이에요. 정말 기다렸답니다! 그야 물론 당신이 나를 찾아와 주시리라곤 생각조차 할 수 없는 일이지요, 안 그렇습니까? 그런데도 나는 당신을 기다리고 있었어요. 드미트리 씨. 아마 저의 예민한 직관력에 놀라셨겠죠. 나는 당신이 오늘 아침부터 틀림없이 찾아오실 거라고 확신하고 있었는걸요."

"그것 참 놀랄 일이군요, 부인." 미차는 엉거주춤 의자에 앉으며 말했다. "그건 그렇고……, 나는 매우 중대한 용건으로 부인을 찾아온 겁니다. 그야말로, 가장 중대한 일이지요. 아니, 그것은 나한테만, 즉 나 혼자에게만 중대한 겁니다. 게다가 긴급을 요하는 일이라서……."

"당신께서 중대한 용건으로 오셨다는 건 나도 잘 알고 있어요! 드미트리 씨. 이건 무슨 예감도 아니고 기적이 일어나길 바라는 시대착오적인 기대도 아닙니다. 조시마 장로에 대한 일을 아시죠? 어쨌든 그건 아니에요. 이건 어디까지나 수학적인 문제예요. 왜냐하면 카체리나 아가씨에게 그런 일이 일어났는데, 당신이 오시지 않을 리 있겠어요? 절대로 그럴 수는 없어요. 이건 산수처럼 분명한 일인걸요."

"실생활에서의 리얼리즘이란 말이군요. 부인, 바로 그 말씀대롭니다! 그건 그렇고 우선 제 얘기부터……."

"바로 리얼리즘이란 말이 맞아요. 드미트리 씨. 이제 나는 철저하게 리얼리즘의 편이 되고 말았답니다. 나는 지금까지 지나치게 기적에만 치중해 왔었죠……. 그런데 조시마 장로님께서 돌아가셨다는 소식은 들으셨겠지요."

"아니오! 금시초문입니다! 부인." 미차는 다소 놀라는 모습이었다. 그의 뇌리에 문득 알료샤의 모습이 어른거렸다.

"오늘 아침 날이 밝기 전에 돌아가셨어요. 그런데 글쎄……."

"부인." 하고 미차는 부인의 말을 가로막았다. "나는 지금 말할 수 없는 절망 상황에 빠져 있기 때문에, 만약 부인께서 도와주시지 않으면 모든 것이 무너져 버리고 맙니다. 우선 나부터 파멸되고 만다는 사실 외에는 아무것도 생각할 수 없는 형편입니다. 진부한 표현이라서 죄송합니다만 지금 제정신이 아닙니다. 난 지금 열병에 걸린 것과 다름없어서……."

"알고 있어요. 당신이 어떤 상황에 있는 나도 잘 알고 있어요. 잘 알고말구요. 당신은 지금 그런 상태에 있을 수밖에 없을 거예요. 어떤 말을 하시려는지 다 알고 있다니까요. 드미트리 씨. 나는 벌써 그전부터 당신의 운명을 염려해 왔기에, 당신의 운명에서 눈을 떼지 않으며 여러모로 관찰해 왔거든요. 아시겠어요? 이래봬도 난 전 경험이 많은 영혼의 의사랍니다."

"부인, 당신이 경험 많은 의사시라면 저는 경험 많은 환자랄 수 있겠군요." 미차는 상대방의 비위를 맞추려고 간신이 이렇게 말했다. "만약 부인께서 그토록 나의 운명을 주시해 오셨다면 파멸에 직면한 그 운명도 구해 주실 것 같다는 생각이 드는군요. 그러나 그러기 위해서는 우선 내 계획부터 들어 주셨으면 고맙겠습니다. 실은 그 계획을 말씀드리려고 이렇게 실례를 무릅쓰고 용기 내어 찾아온 겁니다. 그리고 또 부인께 무엇을 바라고 있는가도 들어 주시면 더 바랄 것이 없습니다. 부인, 내가 찾아온 것은 다름 아니라……."

"그런 설명을 계속하실 필요 없어요! 그런 건 이차적인 문제니까요. 도와주겠다는 말이 나와서 말이지, 내가 남을 도와주는 건 당신이 처음은 아니에요. 당신도 내 사촌 동생 벨리메소바의 일을 들으신 적이 있으실 테죠! 그 사람의 남편이 파멸의 위기에 직면했을 때, 당신의 그 그럴듯한 표현을 빌려온다면 '만신창이가 되었을 때' 내가 어떻게 한 줄 아세요? 나는 그때 종마(種馬) 기르기를 권고했어요. 그래서 지금은 아주 번창일로에 있지요. 드미트리씨! 당신은 말 사육에 관한 약간의 지식이라도 갖고 계신가요?"

"아니, 전혀 없습니다. 부인. 그런 지식은 전혀 알지 못합니다." 미차는 안절부절못하며 신경질적으로 이렇게 외치고는 자리에서 일어나려고까지 했다. "부인, 제발 내 얘기를 좀 들어 주십시오. 단지 2분만 자유롭게 말할 기회를 주시면 제가 왜 여기 찾아오게 된 것인지 계획을 모두 말씀드릴 수 있습니다. 게다가 나는 지금 정말 급합니다. 급히 서둘러야 하기 때문에!" 부인이 다시 입을 열 것 같은 눈치였으므로 미차는 그것을 막으려고 발작적으로 이렇게 외쳤다. "나는 절망한 나머지 당신을 찾아온 것입니다. 절망의 구렁텅이에 빠지고 말았으므로 부인한테서 3천 루블을 차용할까 해서 온 겁니다. 그러나 부인, 이 돈을 빌리는 데는 안전한 담보를 제공하겠습니다. 그러니 내 이야기부터……."

"그런 얘기라면 나중에 하세요, 나중에!" 호흘라코바 부인도 지지 않고 손을 흔들어 댔다. "아까도 말씀드린 것처럼 당신이 무슨 말을 하시려는지 나는 이미 죄다 알고 있다니까요. 당신은 돈이 필요하다, 3천 루블의 돈이 필요하다고 말씀하시지만, 나는 그보다 더 많은 돈이라도 드리겠어요. 헤아릴 수 없을 만큼이라도 내어 드려서 당신을 구해드리죠. 드미트리 씨. 하지만 그 대신 내가 하는 말대로 해주셔야 해요!"

미차는 또다시 의자에서 벌떡 일어났다.

"부인, 당신이 이토록 친절하신 분이신 줄은!" 미차는 가슴이 벅차올라 이렇게 외쳤다. "아아, 당신은 나를 살려주셨습니다. 당신은 한 사람을 자살로부터, 권총으로부터 구해주신 겁니다. 부인, 죽어도 이 은혜는 잊지 않겠습니다."

"나는 3천 루블보다 훨씬 더 많은 돈을, 헤아릴 수 없을 만큼 많은 돈을 당신한테 드리겠어요." 미차의 감격에 들떠 환히 빛나는 얼굴을 바라보며 호흘라코바 부인은 소리쳤다.

"헤아릴 수 없을 만큼이라고요? 그렇지만 난 그렇게 많은 돈은 필요 없습니다. 내게 필요한 것은 그 운명과도 같은 3천 루블뿐입니다. 물론 나는 무한한 감사와 함께 금액에 상당하는 보증을 하겠습니다. 그 계획이란 다름 아니라……."

"그만 해두세요! 드미트리 씨, 나는 일단 말씀드린 건 반드시 실행할 테니까요." 자선가다운 순수한 긍지를 풍기면서 호흘라코바 부인은 이렇게 딱 잘라 말했다. "당신을 구해드리겠다고 약속한 이상 나는 반드시 당신을 구해 드릴 거예요. 벨리메소바의 경우처럼 당신도 구해드리겠어요. 그런데, 드미트리 씨, 당신은 금광에 대해 어떻게 생각하시나요?"

"금광이라뇨, 부인! 나는 그런 건 한 번도 생각해 본 적이 없습니다만."

"그러니까 내가 당신을 대신해서 생각해봤답니다. 생각하고 또 생각해 본 거예요! 나는 꼬박 한 달 동안 이 목적을 가지고 당신을 관찰해 왔어요. 나는 당신이 옆을 지나가는 것을 볼 때마다 이분이야말로 금광에 알맞은 정력가라고 수없이 되풀이하며 생각하곤 했답니다. 나는 당신의 걸음걸이까지 연구한 결과, 당신은 틀림없이 금광을 발견하실 수 있는 분이라는 결론을 내린 거죠."

"금광이라고요? 나는 그런 것은 아직 한 번도 생각해본 적이 없는데요."

"걸음걸이로 알 수 있나요, 부인?" 하고 미챠는 미소를 지었다.

"물론이에요. 걸음걸이로 알 수 있지요. 그럼, 당신은 걸음걸이로 사람의 성격을 알 수 있다는 의견을 부정하시는 건가요? 이것은 자연과학에서도 확인된 것이에요. 이봐요! 드미트리 씨. 나는 이래봬도 완전한 리얼리스트라니까요. 나는 오늘 수도원에서 완전히 충격에 빠지게 된 그 사건이 있고 난 뒤부터 완전히 리얼리스트가 되고 말았어요. 나는 실제적인 사업에 헌신할 생각이에요. 덕택에 나의 고질병이 완전히 나아진 거죠. 투르게네프의 제목대로 '이젠 그만!'이에요."

"그렇지만 부인, 당신이 나한테 친절하게 빌려 주기로 약속한 그 3천 루블은……."

"그건 걱정 마세요. 드미트리 씨." 호흘라코바 부인은 곧 그의 말을 가로막았다. "그 3천 루블은 이미 당신 호주머니에 들어와 있는 것이나 마찬가지예요. 아니, 3천 루블 정도라 아니라 3백만 루블이지요. 그것도 아주 단 시일 내에! 내가 좋은 생각을 알려드리지요. 당신은 금광을 찾아내서 수백만이라는 큰돈을 버신 다음 이쪽으로 돌아오시는 겁니다. 그리하여 훌륭한 사업가가 되어 우리를 선행의 길로 이끌어 주시는 거예요. 도대체 사업이란 사업은 모두 유대인에게 넘겨줄 순 없잖아요? 결코 그럴 수는 없어요. 그러니까 당신은 여러 가지 건물을 세우고, 여러 가지 사업을 일으키세요. 가난한 사람을 도와주어 그들로부터 축복을 받게 되겠지요. 드미트리 씨, 지금은 철도의 시대가 아닙니까. 당신은 곧 유명인이 되어 재무부에 없어서는 안 될 중요한 인물이 되실 겁니다. 실제로 나는 러시아의 화폐 가치가 떨어지고 있는 게 근심스러워 밤에도 제대로 잠을 못 잘 지경이니까요. 이런 면에서 나를 알아주는 사람은 거의 없습니다만……."

"부인, 부인!" 드미트리는 갑자기 어떤 불안스러운 예감에 이끌리며 또다시 말을 가로챘다. "나는 기꺼이 진심으로, 당신의 충고에 따르겠습니다. 당신의 그 현명한 충고를 따르겠습니다. 부인, 나는 정말 당신 말씀대로 금광을 찾아 떠나게 될 겁니다. 그때는 다시 한 번 상의를 드리러 찾아뵙겠습니다. 그러나 지금은 부인께서 관대하게 약속해 주신 그 3천 루블……, 아아, 그 돈만 있으면 나는 해방의 몸이 될 수 있습니다. 되도록 가능하시면 오늘 중으로, 아니, 지금 그 돈을 주실 수 있다면……. 부인, 아시다시피 나는 한시도 지체할 수가 없습니다! 한 시간도……."

"그만 해두세요. 드미트리 씨. 다 알고 있다니까요." 호흘라코바 부인은 끈덕지게 그의 말을 제지했다. "요컨대 문제는 하나예요. 당신이 금광에 가시느냐 안 가시느냐에 달려 있다구요. 자, 완전히 결심이 되셨으면 수학적으로 확답을 해주세요."

"가고말고요! 가겠습니다. 부인, 나중에……. 부인이 원하시는 데라면 어디든지 가겠습니다. 부인……. 그러나 지금은……."

"잠깐만 기다리세요!" 호흘라코바 부인은 이렇게 외치더니 벌떡 자리에서 일어나 수많은 서랍이 달린, 화려한 테이블 쪽으로 달려가서 무척 서두르는 듯한 표정으로 무언가를 찾으며 서랍을 하나씩 뒤지기 시작했다.

'3천 루블!' 미차는 심장이 죄어드는 흥분을 느끼며 생각했다. '그것도 지금 당장 증서도 아무것도 없이……. 저게 바로 귀부인다운 태도라는 거야! 정말 멋진 여자군! 그저 말이 많은 게 한 가지 흠이긴 하지만…….'

"바로, 여기 있군요!" 호흘라코바 부인은 미차한테로 돌아오며 이렇게 탄성을 질렀다. "바로 이거예요. 내가 찾던 건!"

그것은 가느다란 끈이 은제 성상으로 흔히 십자가와 함께 목에 걸고 다니는 그런 종류의 물건이었다.

"드미트리 씨, 이건 키예프에서 만들어진 것이지요." 부인은 자못 경건한 어조로 말을 이었다. "위대한 순교자 성(城) 바르바라의 유물이지요. 제발 제 손으로 당신의 목에 걸게 해주세요. 이것으로 새로운 생활과 새로운 사업을 시작하시려는 당신을 축복해 주고 싶은 거예요."

이렇게 말하면서 부인은 정말로 그 성상을 미차의 목에 걸어 주고는 위치까지 바로잡아 주었다. 미차는 완전히 어리둥절해져서 몸을 앞으로 내밀어 그녀의 일을 도왔다. 그리하여 마침내 성상은 넥타이와 셔츠 사이를 거쳐 가슴 위에 늘어지게 되었다.

"자! 이젠 언제든지 떠나셔도 괜찮아요!" 호흘라코바 부인은 다시 자리에 앉으면서 엄숙한 얼굴로 말했다.

"부인, 나는 정말 기쁩니다. 부인의 이 친절에 대해서……, 뭐라 감사를 드려야 할지 모를 지경입니다. 그러나……, 아아, 지금 내게 시간이 얼마나 귀중한지 그걸 부인께서 알아주신다면! 당신의 관대한 마음만 믿고 이토록 기대하고 있는 그 돈은……, 아아, 부인, 당신이 이토록 친절하게 더할 나위 없이 관대하게 대해 주시니." 미차는 감격한 나머지 이렇게 외쳤다. "모든 걸 다 부인에게 고백하겠습니다. 하기는……, 부인도 오래전부터 아시고 계시겠지만……, 나는 이 읍내에 사는 어떤 여자를 사랑하고 있습니다.

그래서 나는 카차를, 아니 이젠 카체리나 씨라고 불러야겠군요. 어쨌든 나는 그녀를 배반했습니다. 지금까지 나는 그녀에게 비인간적이고 불성실한 남자였습니다만, 나는 이 읍내에 와서 다른 여자를 사랑하게 되었습니다. 부인은 그 여자를 멸시하고 계실지도 모릅니다. 당신도 이미 모든 것을 다 알고 계시겠지만 나는 무슨 일이 있어도 그 여자를 버릴 수가 없습니다. 절대로 버릴 수가 없어요. 그래서 바로 그런 이유로 지금 3천 루블이란 돈이……."

"모든 것을 단념하도록 하세요. 드미트리 씨!" 호흘라코바 부인은 매우 단호한 어조로 그의 말을 가로챘다. "단념하셔야 합니다. 특히 여자 같은 건 깨끗이 버려야 해요. 당신의 목적은 금광이니까, 특히 그런 곳으로 여자를 데리고 갈 수는 없지 않겠어요. 장차 당신이 부귀와 영화에 싸여 돌아오실 때에는 가장 화려한 상류사회에서 마음에 드는 배필을 찾으시게 될 겁니다. 그야말로 편견이라곤 없는 현대적인 아가씨일 겁니다. 바야흐로 고개를 쳐들고 있는 여성운동도, 그 무렵에는 충분히 성숙할 테니까 반드시 새로운 여성들이 나타날 거예요……."

"부인, 그건 제 문제하곤 별개의 얘깁니다! 그건 다른 얘기예요……." 미차는 두 손을 맞잡고 애원하듯 외쳤다.

"아니, 다를 게 없어요. 드미트리 씨. 당신에게 필요한 건 바로 그것이에요. 당신 자신은 의식하지 못하고 있지만, 당신이 갈망하고 있는 건 바로 그것입니다. 나도 오늘날의 여성운동에 대해서 전혀 무관심한 것은 아니에요. 여성이 사회에 진출하여 가까운 미래

895

에 정치에 참여할 수 있게 되는 것, 이것이야말로 나의 이상입니다. 나에게도 딸이 있으니까요. 그러나 내게 이런 면이 있다는 것을 알아주는 사람은 거의 없어요. 나는 이 문제에 대해 러시아의 유명한 풍자문학가에게 편지를 보낸 적까지 있었답니다. 이 작가는 여성의 사명에 대해서 여러 가지 많은 것을 깨우쳐 주었기 때문이죠. 그래서 나는 작년에 한두 줄 가량 익명으로 편지를 써 보낸 적이 있어요. - '나의 문호여! 현대의 여성을 대신하여 당신에게 키스와 포옹을 보냅니다.' 그리고 끝에는 '한 어머니부터'라고 서명했어요. 실은 '현대의 어머니로부터'라고 쓸까도 잠시 망설였지만, 결국 그저 '어머니'라고만 하고 말았지요. 그러는 편이 더 정신적인 아름다움이 많으니까요. 게다가〈현대〉(러시아의 급진적인 사상을 대변하던 잡지)를 연상시키지나 않을까 해서죠. 요즘의 검열 문제를 생각하게 되니까요. 요즘의 검열제도는 하나의 쓰라린 기억이니까요. 아니, 갑자기 왜 그러시나요?"

"부인!" 드디어 미차는 자리에서 벌떡 일어나 두 손을 합장하고 힘없이 애원하기 시작했다. "부인께서 그렇게 친절하게 약속하신 것을 언제까지나 자꾸 그렇게 질질 끌기만 하시니, 나를 울리실 작정이십니까?"

"아아, 우세요. 드미트리 씨. 어서 실컷 우세요! 그건 아름다운 감정의 표현입니다. 이제 당신 앞에는 새 생활의 길이 멀고도 까마득하게 놓여 있어요. 눈물은 반드시 당신의 마음을 후련하게 해줄 겁니다. 하지만 후일에 돌아오실 때는 기뻐하시게 될 거예요. 나와 기쁨을 나누기 위해서 일부러 시베리아에서 달려오신다면 얼마나 좋을까요."

"하지만 부인, 내게도 한 마디 말할 여유를 주십시오." 갑자기 미차는 울부짖듯이 소리쳤다. "마지막으로 다시 한 번 애원합니다. 제발 좀 대답해 주십시오. 약속하신 그 돈을 오늘 받을 수 있는지 없는지를. 만일 오늘이 안 되시면 언제 그것을 받으러 오면 될까요?"

"무슨 돈 말씀이신가요? 드미트리 씨."

"아까 내게 약속해 주신 그 3천 루블 말입니다. 당신이 그토록 관대하게 약속해주신……."

"3천? 3천 루블이라고요? 아니! 무슨 말씀을 하시는 거예요? 내게 3천 루블이나 되는 돈이 어디 있겠어요!" 호흘라코바 부인은 시치미를 떼고 침착하고도 놀라는 표정으로 이렇게 말했다. 미차는 어안이 벙벙했다.

"아니, 그게 무슨 말씀이신가요? 부인께서……, 조금 전에 말씀하시지 않았습니다. 그 돈은 이미 내 호주머니 속에 들어온 것이나 마찬가지라고……."

"오오, 그런 건 오해예요, 드미트리 씨. 당신은 내 말을 잘못 이해하셨군요. 그렇게 말씀하시는 걸 보니 내 말을 잘못 오해하신 게 분명해요. 나는 금광 이야기를 했을 뿐이에요. ……내가 3천 루블보다 많은 돈을, 아니 그보다 훨씬 많은, 헤아릴 수도 없을 만큼 많은 돈을 약속한 건 사실이에요. 이제 죄다 생각이 나는군요. 그렇지만 그건 어디까지나 금광을 염두에 두고 한 말이었어요."

"그럼, 그 돈은, 그 3천 루블의 돈을 어떻게 되는 겁니까?" 미차
는 어설프게 부르짖었다.

"오오, 당신이 현금이란 뜻으로 들으셨으면 큰일이군요. 내겐
그런 큰돈은 없어요. 지금 현금이라곤 한 푼도 없어요. 드미트리
씨. 나도 지금 돈 때문에 관리인과 싸우고 있는 중이랍니다. 이렇
게 말하는 나 자신도 며칠 전에 미우소프 씨한테 5백 루블을 빌려
온 형편이에요. 그러니 내게 돈이 있을 리 있겠어요. 그리고 말입
니다. 설혹 내가 돈을 가지고 있더라도 당신한테 빌려 드리진 않을
거예요. 게다가 나는 어느 누구한테도 돈을 빌려 주지 않는 주의거
든요. 돈을 빌려 준다는 건 싸움의 화근이 되니까요. 특히 당신에
겐 빌려드릴 수 없는 이유가 있어요. 바로 당신을 구해 내기 위해
도 그럴 수 없다는 거예요. 그러니 당신한테 필요한 건 오직 금광
뿐이에요. 금광! 금광! 오직 금광뿐이라니까요!"

"에잇, 빌어먹을!" 갑자기 미차는 버럭 고함을 지르며 주먹으로
테이블을 힘껏 내리쳤다.

"어머나!" 호흘라코바 부인은 질겁하도록 놀라 소리치면서 응
접실 한 구석으로 몸을 피했다.

미차는 퉤 하고 침을 뱉고 빠른 걸음으로 방을 뛰쳐나갔다. 저택
을 빠져나가, 거리로, 어둠 속으로 빠르게 걸어갔다. 그는 미친 사
람처럼 가슴을 치면서 걸어갔다. 이틀 전 어두운 한길에서 알료샤
와 마지막으로 만났을 때도 그는 동생 앞에서 똑같은 곳을 두들겨

보인 바로 그 자리였다. 그가 가슴의 그 부분을 두들긴 것이 어떤 뜻을 지니고 있으며 또 그 동작으로 해서 무엇을 표현하려고 했는지 이건 지금 현재 세상의 어느 누구에게도 알려지지 않은 수수께끼였다. 이것은 그때 알료사에게도 말해주지 않은 비밀이었지만 그러나 이 비밀 속에는 그에게 있어 모욕 이상의 것, 즉 파멸과 자살이 내포되어 있었다. 만약 3천 루블이란 돈을 마련하여 카체리나에게 갚아 줌으로써 양심의 가책에 시달리며 몸에 지니고 다니는 이 모욕을 제거해 버리지 못한다면 곧 거기에는 파멸과 자살이 남아 있는 것이나 다름없다고 그는 생각하고 있었다. 이 모든 사실은 후에 독자들에게 충분히 설명될 예정이다.

아무튼 최후의 희망마저 사라져 버린 지금, 그토록 육체적으로 강인했던 이 사내는 호흘라코바 부인의 집을 나와 불과 몇 걸음 걷기도 전에 마치 조그만 어린애처럼 엉엉 소리 내며 울음을 터뜨리고 말았다. 그는 정신없이 걸으며 주먹으로 눈물을 씻어냈다. 이윽고 광장까지 왔을 때 갑자기 정면으로부터 무엇과 충돌한 것 같은 느낌이 들었다. 그와 동시에 어떤 노파가 악다구니를 퍼붓는 소리가 들려왔다. 그는 하마터면 이 노파를 넘어뜨릴 뻔했던 것이다.

"에그머니, 이거 사람 잡겠군. 눈은 뒀다 뭘 할 거야? 이 망할 놈 같으니라구."

"아니, 할멈 아니오?" 어둠 속에서 노파를 알아본 미차가 소리쳤다. 그것은 삼소노프의 병시중을 들고 있는 늙은 하녀였다. 미차는 어제 이 하녀를 눈여겨 보아 두었던 것이다.

"그렇게 말씀하시는 당신은 누구신지요?" 노파는 조금 전과는 전혀 다른 목소리로 말했다. "하도 어두워서 뉘신지 알아볼 수가 없군요."

"당신은 쿠지마 삼소노프 씨 댁에서 그 분의 병간호를 하고 있지요."

"맞습니다. 나리. 지금 프로호르이치 님 댁에 용무가 있어 갔다 오는 길입니다. 그런데 당신이 뉘신지 통 기억이 나질 않는군요."

"그보다도 할멈! 한 가지 물어볼 게 있는데 그루센카가 아직 그 집에 있소?" 미차는 조바심 나는 마음을 참지 못해 이렇게 물었다. "내가 아까 그 아가씨를 데려다 주었는데."

"네, 오셨습니다. 나리. 하지만 잠깐 앉으셨다가 곧 다시 가버리셨어요."

"뭐? 가 버렸다고?" 미차가 외쳤다. "언제 갔지?"

"오시자마자 곧 돌아가신걸요. 그저 잠깐 앉아서 무슨 얘길 했는지 주인 영감님을 한바탕 웃기시더니 곧 달아나 버렸어요."

"거짓말 마, 빌어먹을 할망구 같으니!" 미차는 호통을 쳤다.

"아이구머니!"

노파는 비명을 질렀으나, 미차의 모습은 벌써 사라지고 보이지 않았다. 그는 전속력을 다해서 그루센카가 살고 있는 집을 향해 달려갔다. 그가 도착한 때는 그루센카가 모크로예 마을로 떠난 지 15분도 채 지나지 않았을 때였다. 페냐는 부엌일을 하고 있는 마트료나 할머니하고 부엌에 앉아 있었는데, 거기 느닷없이 웬 남자가 뛰어든 것이다. 미차의 모습을 보자 페냐는 찢어지는 듯한 목소리로 소리를 질렀다.

"소리는 왜 질러?" 하고 미차는 버럭 고함을 쳤다. "그루센카는 어디있지?" 그러나 공포에 질려 실신한 듯한 페냐가 미처 입을 열기도 전에 그는 털썩 페냐의 발밑에 무릎을 꿇었다.

"이봐, 페냐, 제발 부탁이니 좀 가르쳐 다오. 그루센카는 어디 있지?"

"정말 저는 몰라요. 나리. 저는 아무것도 몰라요. 당장 죽이신다 해도 모르는 건 몰라요." 페냐는 열심히 맹세하며 주기도문을 외웠다. "아까 두 분께서 함께 나가셨잖아요……."

"그 다음에 다시 돌아왔어."

"아니에요. 돌아오시지 않았어요. 하늘을 두고 맹세해요. 절대로 돌아오시지 않았어요!"

"거짓말 마!" 미차는 소리쳤다. "네가 무서워하는 꼴만 보아도 알 수 있어. 그 년은 어디 있는 거야?"

그는 화살처럼 밖으로 달려 나갔다. 간이 콩알만 해진 페냐는 그토록 쉽게 궁지를 벗어난 것이 기뻤으나, 그녀는 미차가 너무 급히 서두르고 있었기에 망정이지 그렇지만 않았더라면 틀림없이 자기도 무사하지 못했으리라는 것을 잘 알고 있었다. 그러나 미차는 부엌으로 달려 나갈 때에도 또 하나의 심상찮은 행동을 하여 페냐와 마트료나를 다시 한 번 놀라게 했다. 그것은 다름 아니라 탁자 위에 놋쇠로 된 절구가 놓여 있고, 그 안에는 역시 놋쇠로 만든 공이가 들어 있었는데, 미차가 달려 나가면서 한 손으로는 문을 열고 또 한 손으로는 놋쇠공이를 나꿔채 코트 주머니에 쑤셔넣고는 그대로 휙 사라져 버렸던 것이다.

"아아, 큰일 났어요. 누군가를 죽이려나 봐요!" 페냐는 두 손을 맞잡으며 이렇게 소리쳤다.

4. 어둠 속에서

대체 미차는 어디로 달려갔을까? 그것은 뻔한 일이었다. '아버지의 집이 아니고 어디 갈만한 곳은 없다. 삼소노프의 집에서 곧장 아버지한테도 간 거야. 이젠 의심의 여지도 없어. 모든 계략과 속임수가 이젠 다 드러나는구나.' 이런 상념이 회오리바람처럼 미차의 마음속에서 소용돌이쳤다. 마리아 콘트라치예브나의 정원에는 들러볼 생각도 하지 않았다. '거긴 가 볼 필요도 없어, 암! 없고 말구, 공연히 소란을 피울 필요는 없어. 곧 배반하고 고자질할 게 분명하니까. 마리야 콘트라치예브나도 저쪽 편이고, 스메라자코프도 역시 마찬가지야. 모두 매수당한 게 틀림없어.'

그의 머릿속에는 또 하나의 행동 계획이 떠올랐다. 그는 골목길을 지나 아버지의 집을 크게 한 바퀴 돌아서 드미트롭스카야 거리로 나와 조그만 다리를 건너서 호젓한 뒷골목으로 빠져나왔다. 그 길은 인기척이라곤 없는 텅 빈 뒷골목이었는데 한쪽으론 이웃집 채마밭 울타리가 있었고 또 한쪽으론 아버지 집의 둘러싼 높고 튼 튼한 울타리가 있었다. 여기서 그는 한 장소를 선택했다. 그곳은 옛날 리자베타 스메르자스차야라는 미친 여인이 기어넘은 동일한 그 지점인 것 같았다. 미차도 소문으로 그 이야기를 전해 듣고 있 었으므로, '그런 여자도 넘었다는데' 하는 생각이 퍼뜩 그의 머릿 속에 떠올랐다. '나라고 못 넘어갈 리 있나!' 과연 그는 껑충 뛰어 올라 울타리 위에 올라타고 앉았다.

뜰에는 가까운 곳에 목욕탕이 있었는데, 불이 켜진 안채의 창문 도 잘 보였다. '역시 그렇군. 아버지 침실에 불이 켜져 있는 것을 보니 그년이 저기 들어가 있는 게 틀림없어!' 미차는 울타리 위에 서 정원으로 뛰어내렸다. 그는 그리고리 영감이 앓아 누워있고, 스 메르자코프 또한 어쩌면 앓고 있을 게 분명하므로 아무도 들을 리 가 없다는 것을 알고 있었음에도 불구하고 본능적으로 몸을 숨기 고 그 자리에 서서 숨을 죽인 채 바짝 귀를 기울였다. 그런 주위에 는 죽음과 같은 침묵이 깔려 있었고, 마치 일부러 그렇게 꾸며놓은 것처럼 바람 한 점 불지 않는, 그지없이 조용한 밤이었다.

'오직 고요의 속삭임이 들려올 뿐.' 어째선지 이런 시구가 머리 에 떠올랐다. '내가 울타리를 뛰어넘는 소리를 아무도 듣지 못했 으면 좋으련만. 아무도 듣지 못한 것 같긴 한데.' 그는 잠시 동안 거기에 서 있다가 살금살금 풀밭 위를 걷기 시작했다. 그는 자기 발걸음 소리 하나하나에 귀를 기울이고 소리를 죽여 가며 나무와 덤불숲을 돌면서 정원을 걸었다. 이렇게 5분가량 지나서 그는 불이 켜져 있는 창문 밑에 다다랐다. 그는 창문 바로 밑에 키가 큰 말오줌나무와 커다란 나무딸기 덤불이 몇 그루 자라고 있던 것을 기억하고 있었다. 안채에서 정원으로 나오는 출입문은 꼭 닫혀 있었는데, 그는 그 곁을 지나면서 일부러 유심히 그것을 보아 두었다. 드디어 덤불이 있는 곳에 다다르자, 그는 그 뒤에 몸을 숨기고 숨을 죽였다. '여기서 좀 더 기다려야지' 하고 그는 생각했다. '혹시 내 발소리를 듣고 귀를 기울이고 있다면 잘못 들은 것으로 여기게 해야 하니까 제발 기침이나 재채기가 나오지 않으면 좋으련만.'

그는 2분가량 기다렸으나 가슴이 너무 세차게 뛰어서 때로는 숨이 막힐 것만 같았다. '안 되겠다. 가슴의 고동은 쉽게 가라앉지 않을 거야' 하고 미차는 생각했다. '이젠 더 이상 기다릴 수가 없어.' 그는 덤불 뒤에서 몸을 숨기고 있었다. 덤불의 반은 창문에서 비치는 불빛을 환하게 받고 있었다. '나무딸기라! 아, 어쩌면 열매가 이리도 붉을까.' 자기도 모르게 그는 혼자 이렇게 속삭였다. 이윽고 그는 한 걸음씩 발소리를 죽여 가며 창가로 다가가서 발돋움을 했다. 그러자 아버지 표도르의 침실 내부가 환히 들여다보였다. 그것은 빨간 병풍으로 한가운데를 막아 놓은 조그만 방이었다. 표도르는 이 붉은 병풍을 늘 '중국식 병풍'이라고 부르고 있었는데, 문득 그 '중국식 병풍'이라는 말이 퍼뜩 미차의 머리에 떠올랐다. '그렇다. 저 병풍 뒤에 그루셴카가 있겠군.' 그는 아버지의 거동을 눈여겨 살펴보았다. 노인은 미차가 지금까지 한 번도 본 적이 없는, 줄무늬가 있는 새 비단 가운을 입고 허리에는 술이 달린 비단 허리띠를 두르고 있었다. 가운 깃 밑으로는 깨끗하고 화려한 네덜란드제 셔츠가 보이고, 금으로 만든 커프스 단추가 번쩍이고 있었다. 그리고 머리에는 전에 알료샤가 본 것과 같은 붉은 붕대를 동여매고 있었다. '어지간히 멋을 부리고 있군!' 하고 미차는 생각했다.

표도르는 생각에 잠긴 듯 창문가에 서 있었으나, 그러나 갑자기 머리를 쳐들고는 무언가에 귀를 기울이는 것 같았다. 그러나 아무 소리도 들리지 않자 탁자로 다가가서 유리병에 담긴 꼬냑을 반잔쯤 따라서 단숨에 들이켰다. 그리고는 땅이 꺼지도록 한숨을 내쉬고 다시 얼마 동안 그대로 서 있다가 맥 빠진 걸음걸이로 창문과 창문 사이에 걸려 있는 거울 앞으로 다가가서 빨간 붕대를 오른손으로 살짝 치켜 올리고 아직 채 아물지 않은 멍든 자국이며 상처 부분을 자세히 살펴보기 시작했다. '아버지는 혼자 있군.' 미차는 생각했다. '아무리 봐도 혼자인 것 같아.'

표도르는 거울에서 떠나자 갑자기 창문 쪽으로 몸을 홱 돌려 물끄러미 바깥을 보기 시작했다. 미차는 날쌔게 그늘 속으로 몸을 숨겼다.

'어쩌면 그루센카는 저 병풍 뒤에서 자고 있는지도 몰라.' 이런 생각이 그의 가슴을 찔렀다. 표도르는 창가에서 물러났다. '아버지가 창문 밖을 내다본 것은 그루센카가 오지 않았을까 해서였을 거야. 그렇다면 아직 그루센카는 오지 않은 게로군. 그렇지 않다면야 어둠 속을 내다볼 리가 없지. 분명 기다리다가 초조해진 거야!' 미차는 다시 창문 가까이로 달려가서 방안을 들여다보기 시작했다. 노인은 침울한 표정으로 탁자 앞에 앉아 있었다. 조금 뒤 노인은 팔꿈치를 세우고 오른쪽 손으로 뺨을 괴었다. 미차는 뚫어지게 그를 지켜보고 있었다.

'혼자야, 혼자인 게 틀림없어!' 그는 다시 이렇게 되풀이했다. '만약 그년이 여기 있다면 얼굴 표정이 저렇지는 않을 테니까.' 참으로 기묘한 일이기는 하지만 그루센카가 여기 와 있지 않다는 것을 알게 되자 오히려 그의 가슴 속에서 이상한 분노가 치솟기 시작했다.

'아니야, 그년이 여기 와 있지 않아서 이러는 게 아니야.' 미차는 이렇게 단정하고 곧 스스로에게 해명했다. '즉 그루센카가 여기 와 있는지 아닌지 그걸 확실히 알 수가 없어서 화가 나는 거야.' 미차가 후일 스스로 상기한 바에 의하면, 그 순간 그의 두뇌는 놀랄 만큼 명석해져서 아주 사소한 점에 이르기까지 하나도 빠짐없이 자세히 고찰하고 비교해 보았던 것이다. 그러나 번민이, 미지와 망설임에 대한 번민이 걷잡을 수 없는 속도로 자꾸만 그의 가슴 속에서 커져 갔다. '도대체 그루센카는 여기 있는 것일까, 없는 것일까?' 이런 의혹이 그의 마음속에서 애타게 끓어올랐다. 갑자기 그는 결심을 하고 손을 내밀어 창문을 조용히 두드리기 시작했다. 처음 두 번은 약하게, 다음 세 번은 좀 빠르게, 이것은 스메르자코프와 노인 사이에 약속된 암호로 그루센카가 여기 왔다는 것을 알리는 신호였다. 노인은 깜짝 놀라 고개를 갸우뚱하더니 벌떡 자리에서 일어나 창문가로 달려왔다. 미차는 재빨리 나무 그늘 속으로 몸을 숨겼다. 표도르는 창문을 열고 밖으로 머리를 내밀었다.

"그루센카, 네가 왔니?" 그는 떨리는 목소리로 반쯤 속삭이듯이 말했다. "어디 있니, 내 귀염둥이 천사야! 대체 어디 있느냐?" 노인은 너무 흥분한 나머지 숨을 헐떡거렸다.

'역시 혼자 있구나!' 하고 미차는 단정 내렸다.

"아니, 도대체 어디 있는 거야?" 노인은 다시 외치고 아까보다 목을 더 많이 밖으로 내밀어 좌우를 두리번거리기 시작했다. "자, 어서 이리 온. 널 주려고 여기 선물을 준비해 놨다. 자, 이리 와, 보여 줄 테니."

'필시 저건 3천 루블의 봉투 얘기구나.' 미차의 머릿속에 이런 생각이 퍼뜩 떠올랐다.

"아니, 대체 어디 있는 거냐. 문 앞에라도 와 있니? 그래, 내 곧 문을 열어 주마……."

노인은 거의 창문에서 온몸을 내밀다시피 하고 정원으로 통하는 문이 있는 오른쪽을 살피며 어둠 속을 더듬고 있었다. 이제 곧, 노인은 그루센카의 대답을 기다리지도 않은 채 문을 열기 위해 달려 나올 것이 분명했다. 미차는 꼼짝도 않고 옆쪽에서 노인의 얼굴을 바라보고 있었다. 그가 그토록 미워하는 노인의 옆얼굴, 축 늘어진 목, 끝이 꼬부라진 매부리코, 감미로운 기대 속에 히죽거리고 있는 그 입술 ─ 이 모든 것이 실내의 왼쪽에서 비치는 램프빛을 받아 선명히 드러나 보였다. 무시무시한 증오의 불길이 갑자기 미차의 가슴 속에서 타오르기 시작했다. '이놈이다! 바로 이놈이 바로 내 경쟁자야. 이놈이야말로 나를 괴롭히고, 내 인생을 망쳐 놓은 장본인이다.' 이것은 바로 얼마 전 미차가 무슨 예감이라고 한 듯 알료샤에게 단언했던 증오, 돌발적인 복수심에 가득 찬 그 사나운 증오의 발작이었다.

미차는 나흘 전 정자에서 알료샤와 마주 앉아 이야기를 주고받을 때, "아버지를 죽이다니, 어떻게 그런 말을 할 수 있어요." 라는 동생의 물음에 대해 "아니, 그건 나도 잘 모르겠어. 어쩌면 죽이지 않을지도 모르고, 또 어쩌면 죽일지도 몰라. 다만 걱정이 되는 건 결정적인 순간에 아버지의 얼굴이 갑자기 증오심을 불러일으키지나 않을까 하는 게 근심이야. 나는 그 축 늘어진 목이며 매부리코며 그 눈이며 그 파렴치한 웃음이 미워서 죽을 지경이란 말이야. 인간으로서 혐오감이 느껴져서 못 견디겠어. 나는 그게 불안해. 그것만은 도저히 참아낼 수 없을 것 같으니 말이야."

이러한 '인간으로서의 혐오감이' 참을 수 없을 정도로 그의 가슴에서 치솟아 오른 것이다. 미차는 거의 자기 자신을 잊고 별안간 호주머니에서 놋공이를 끄집어냈다.

"그때 하느님께서 나를 지켜 주신 거야." 후에 미차는 스스로 이렇게 말했다. 바로 그 순간 앓아누워 있던 그리고리 영감이 잠을 깬 것이다. 그는 바로 이날 저녁 스메르자코프가 이반에게 말했던 그 치료법을 시험해 보았다. 즉 어떤 강력한 비약(飛躍)을 탄 보드카를 마누라의 손을 빌려 전신에 바른 다음에, 나머지는 마누라가 중얼거리는 이상한 기도문과 함께 훌쩍 들이키고 잠자리에 들었던 것이다. 그의 마누라 마르파 이그나치예브나도 역시 그 약을 좀 마셨는데, 원래가 술을 못 마시는 여자라 곧 남편 옆에 쓰러져서 죽은 듯이 잠이 들고 말았다.

그런데 그리고리는 뜻밖에도 밤중에 눈을 떴다. 이것은 정말 뜻밖의 일이었다. 그리고 잠시 생각에 잠긴 후, 허리가 몹시 쑤셔오는데도 곧장 침대에서 일어나 앉았다. 그러고는 또 무언가를 곰곰이 생각하더니 자리에서 일어나 재빨리 옷을 입었다. '이렇게 위험한 때'에 집을 지키는 사람이라고는 아무도 없는데 자기는 편안히 잠자고 있었던 것에 대해 아마 양심의 가책을 느꼈기 때문인지도 모른다. 스메르자코프는 간질 발작으로 완전히 나가떨어진 채 옆방에 꼼짝 못하고 누워 있었다. 마르파 또한 죽은 듯이 잠자고 있었다. '마누라도 꽤 약해졌군.' 그리고리 노인은 아내의 잠든 모습을 보고 이렇게 생각했다. 그리고리는 괴롭게 신음 소리를 내며 층계 쪽으로 나갔다. 그는 단지 층계에서 뜰 안을 살펴보려고 했을 뿐이었다. 그도 그럴 것이 그는 허리가 참을 수 없이 쑤시는데다 오른쪽 발이 아파서 도저히 걸을 수가 없었던 것이다.

그러나 바로 그때 정원으로 통하는 작은 문을 저녁부터 잠그지 않은 채 그냥 내버려 두었다는 것이 생각났다. 그는 원래 정확하기 이를 데 없이 꼼꼼한 사람으로, 일정한 규칙과 여러 해에 걸친 습관에 젖어 있었기 때문에 아파서 몸을 움츠리고 발을 절면서도 층계를 내려가 정원 쪽으로 걸음을 옮겼다. 과연 문을 열려진 채 방치돼 있었다. 그는 기계적으로 정원에 발을 들여놓았다. 어쩌면 그의 눈에 무엇이 어른거렸는지 아니면 무슨 소리를 엿들었는지도 모른다. 아무튼 어떤 육감에서 그랬는지 모르지만 왼쪽을 바라보니 주인 침실의 창문이 열려 있는 것이 눈에 들어왔다. 그러나 아무도 밖을 내다보는 사람은 없었다. '어째서 창문이 열려 있을까? 이젠 여름도 아닌데.' 그리고리 노인은 이상하게 생각되었다.

그런데 바로 이 순간 것이 그의 맞은편에서 어른거렸다. 그에게서 40보쯤 떨어진 어둠 속을 사람의 그림자 같은것이 쏜살같이 움직이고 있는 것이었다.

"아니, 이럴 수가!" 그리고리는 이렇게 외치고 허리가 아픈 것도 잊은 채 괴한의 앞길을 가로막으려고 정신없이 뛰어나갔다. 그는 지름길을 택했다. 아무래도 그리고리가 괴한보다 정원의 지리를 더 잘고 알고 있었다. 괴한은 목욕탕 쪽으로 가더니 목욕탕 뒤로 빠져 울타리 위로 기어올랐다. 그리고리는 괴한의 모습을 놓치지 않으려 사력을 다해 달려갔다. 그리하여 그리고리는 괴한이 막 울타리를 넘으려는 순간 울타리에 다다를 수 있었다. 그리고리는 정신없이 그에게 달려들어 두 손으로 괴한의 발을 붙잡고 매달렸다.

과연 그의 예감은 빗나가지 않았다. 그는 괴한의 정체를 똑똑히 확인했다. 그것은 다름 아닌 '제 애비를 죽일 천하의 악당'이었던 것이다.

"살인이야!" 노인은 사방에 들릴 수 있도록 큰소리로 외쳐댔다.

그러나 그것으로 다였다. 그는 갑자기 벼락이라도 맞은 사람처럼 푹 쓰러지고 말았다. 미차는 다시 정원으로 뛰어내려 늙은 하인을 굽어보았다. 미차의 손에는 놋공이가 쥐여져 있었다. 그는 그것을 기계적으로 풀밭에 내던져 버렸다. 놋공이는 그리고리 노인으로부터 두 걸음쯤 떨어진 지점에 떨어졌다. 그러나 그것은 풀 속이 아니라 오솔길 위에서 가장 눈에 띄기 쉬운 곳이었다.

미차는 몇 초 동안 자기 앞에 쓰러져 있는 늙은 하인을 자세히 살펴보았다. 노인의 머리는 온통 피투성이였다. 미차는 손을 뻗쳐 머리를 만져보았다. 그는 그때 노인의 두개골을 박살내 버렸는지 아니면 그저 놋공이로 정수리를 때려 노인을 '실신시켰을' 뿐인지를 '확실히 확인하고' 싶은 마음이 들었던 것이다. 이것은 후에 미차 자신이 생생히 기억해낸 것이다. 노인의 머리에서는 뜨거운 피가 걷잡을 수 없이 솟구쳐 미차의 떨리는 손가락을 금세 피투성이로 만들어 버렸다. 그는 호흘라코바 부인을 방문하러 갈 때 준비했던 하얀 손수건을 꺼내서는 노인의 머리에 대고 이마와 얼굴의 피를 닦아 내려고 헛된 노력을 계속했다. 이것도 후일에야 그가 생각해 냈다. 그러나 그 손수건도 금세 피에 젖고 말았다.

"아아! 대체 나는 무엇 때문에 이런 짓을 하고 있지?" 미차는 퍼뜩 제정신으로 돌아왔다. '가령 늙은이의 두개골이 박살났다 하더라도 지금 그것을 확인할 수는 없지 않느냐 말이다. 이제 와서 그걸 확인해서 뭘 어쩌겠다고……, 그래봤자 어차피 달라질 건 아무것도 없는데…….' 그는 갑자기 절망적으로 소리쳤다. "내가 죽였대도 어쩔 수가 없어! 할아범, 하필이면 할아범이 걸려든 게 잘못이지. 그냥 누워 있으랄 수밖에!" 이렇게 큰소리로 말하고 미차는 갑자기 울타리에 기어올라 뒷골목으로 뛰어내려서는 그대로 도망치기 시작했다.

미차는 피에 흠뻑 젖은 손수건을 오른손에 둘둘 말아서 꼭 움켜쥐고 있었으나, 뛰어가면서 그것을 프록코트 안주머니에 쑤셔 넣었다. 그는 정신없이 달렸다. 이날 밤 캄캄한 한길에서 그를 만난 몇몇 사람은 맹렬한 기세로 달려가던 사내가 있었다는 것을 후일 기억해냈다. 그는 또다시 모로조바의 집을 향해 달려갔던 것이다. 이날 저녁 미차가 다녀가고 난 뒤, 페냐는 곧 문지기 나자르에게 달려가서 "제발, 부탁이니 그 대위님을 오늘도 내일도 절대로 들여보내지 말아 달라."고 애원했다. 나자르는 자초지종을 듣고 그러겠다고 약속했으나, 공교롭게도 2층 주인마님의 호출을 받아서 자리를 비우게 되었다. 가는 길에 그는 얼마 전 시골엣 올라온, 스무살 가량 된 자기 조카를 만났으므로 이 젊은이에게 자기대신 문을 지키라고 이르기는 했으나, 대위에 대해 주의를 주는 것을 깜빡 잊어버리고 말았다.

그런데 바로 이때, 미차가 달려와서 문을 두드리기 시작했던 것이다. 젊은이는 미차가 여러 차례 그에게 용돈을 준 일이 있었기 때문에 곧 알아보았다. 그는 곧 대문을 열고 그를 안으로 들어오게 하고는 유쾌하게 웃으면서 재빠르게 이렇게 알려주었다.

"아그라페나 씨는 지금 집에 안 계십니다."

"그럼, 어디 갔는데? 프로호르." 미차는 우뚝 걸음을 멈추었다.

"아까 두 시간쯤 전에 치모페이의 마차로 모크로예 마을로 떠나 셨습니다."

"무엇 때문에?" 하고 미차가 소리쳤다.

"그건 저도 잘 모릅니다만, 어떤 장교한테 가신 댔어요. 어떤 분 이 마차를 보내서 아씨를 모셔간 모양입니다."

미차는 젊은이를 버려두고 반미치광이처럼 페냐한테 달려갔다.

5. 갑작스런 결심

페냐는 할머니와 함께 부엌에 있었다. 두 사람 다 잠자리에 들 채비를 하고 있는 참이었다. 그들은 나자르만 믿고 이번에도 문단속을 하지 않고 있었다. 미차는 뛰어 들어가자마자 페냐에게 달려들어 멱살을 움켜잡았다.

"자, 빨리 말해 봐, 그년은 어디 있어? 지금 모크로예에 있는 건 누구냐 말이야?" 미차가 미친듯이 외쳐대자 두 여자는 비명을 질렀다.

"네, 네, 말씀 드릴게요. 드미트리 씨, 죄다 말씀드리겠어요." 질겁한 페냐는 엉겁결에 말했다.

"아씨는 장교님을 만나러 모크로예로 가셨습니다."

"장교라는 건 어떤 놈이야?" 미차는 호통을 쳤다.

"예전에 그 장교님 말예요. 옛날 아씨를 좋아하시다가 5년 전에 버리고 떠났던 그 장교님 말입니다." 페냐는 여전히 빠른 어조로 단숨에 털어놓았다.

미차는 멱살을 잡았던 손을 놓았다. 그는 죽은 사람처럼 창백한 얼굴을 하고 말없이 페냐 앞에 서 있었으나, 그 눈빛으로 보아 모든 것을 깨달았던 것이다. 그는 첫마디를 듣기도 전에 모든 것을 속속들이 깨닫고 그 모든 사정을 꿰뚫어 본 것이다. 그러나 가련한 페냐는 물론 이 순간 그가 알아들었는지 못 알아들었는지 그걸 관찰하고 있을 여유라고는 없었다.

페냐는 미차가 뛰어 들어왔을 때 궤짝 위에 걸터앉아 있었는데, 지금도 역시 그때의 그 자세로 몸을 사시나무처럼 떨면서 마치 목숨을 구걸이라도 하는 듯이 두 손을 앞으로 내민 채 그 자세로 얼어붙기라도 한 것 같았다. 공포 때문에 커질 대로 커진 그녀의 동공은 뚫어질 듯이 그를 응시하고 있었다. 하긴 그것도 무리는 아니었다. 그 무서운 형상에 더하여 미차의 두 손은 피투성이가 되어 있었다. 달려오는 도중에 그 손으로 이마의 땀을 닦았는지 그의 이마와 오른쪽 뺨도 피범벅이 되어 있었다. 페냐는 당장이라도 히스테리를 일으킬 것만 같았다. 한편 부엌의 노파는 벌떡 일어나 의식을 잃고 실성한 사람처럼 멍하니 미차를 바라보고만 있었다. 미차는 1분가량 그대로 서 있다가 페냐 곁에 있는 의자에 털썩 주저앉았다.

그는 자리에 앉긴 앉았지만 무엇을 생각하고 있기보다는 무엇에 크게 놀라서 그저 망연자실해 있는 상태였다. 그러나 모든 것은 대낮처럼 명백했다. 다름 아닌 그 장교였다. 미차는 그 사나이에 대해 모든 것을 알고 있었다. 그는 그루센카에게 들어서 너무나 잘 알고 있었다. 한 달 전에 편지가 왔다는 사실도 알고 있었다. 그러고 보니 한 달 동안, 꼭 한 달 동안 오늘 이 새 사나이가 도착할 때까지 자기 모르게 비밀리에 모든 일이 진행되고 있었는데도 미차는 그 사내에 대해서는 한 번도 생각한 적이 없었던 것이다. 그렇지만 대체 어쩌자고 그 사내에 대해서는 생각도 하지 않았을까? 어떻게 그 장교의 얘기를 듣자마자 간단히 잊어버렸단 말인가.

그러한 의문이 무슨 괴물처럼 그의 앞에 버티고 섰다. 그는 문자 그대로 등골이 서늘해짐을 느끼며 공포에 휩싸여 이 괴물을 지켜보고 있었다.

그러나 그는 갑자기 온순하고 상냥한 어린애처럼 조용하고 부드럽게 페냐에게 말을 걸었다. 바로 조금 전에 자기가 페냐에게 얼마나 겁을 주고 모욕을 주었는지에 대해서는 까맣게 잊어버린 듯싶었다. 갑자기 미차는 이러한 상황에 처해 있는 사람치고는 이상하게 생각될 만큼 정확한 어조로 페냐에게 여러 가지를 캐묻기 시작했다. 페냐도 그의 피 묻은 손을 놀란 눈으로 바라보고는 있었지만, 역시 이상하리만큼 차분한 어조로 미차가 묻는 말에 하나하나 대답하기 시작했다. 아니 오히려 '참된 진실'을 모두 털어 놓기 위해 서두르는 듯한 인상까지 주었다. 페냐는 그 모든 것을 자세히 설명해 감에 따라 일종의 기쁨까지 느끼기 시작했다. 그러나 결코 그를 괴롭히려는 의도는 조금도 없었고 오히려 있는 힘을 다해 진

917

심으로 그를 도우려는 심정이었다.

그녀는 오늘 하루 동안에 일어난 일을 하나도 빼놓지 않고 자세히 전해 주었다. 라키친과 알료샤가 찾아왔던 일에서부터 그녀, 즉 자신이 망을 보았던 일, 여주인이 출발하던 때의 광경, 그리고 그루센카가 창문에서 알료샤를 향해, 미차에게 전해달라면서 "비록 한순간이지만 진심으로 사랑했다는 걸 한 평생 기억해 달라고 전해주세요."라고 소리쳤던 일까지 죄다 전해주었다. 미차는 그루센카가 전하더라는 말을 듣고 갑자기 쓴웃음을 지었다. 창백한 그의 얼굴에 갑자기 홍조가 떠올랐다. 바로 그 순간 페냐는 자기의 호기심에 대한 보복 같은 것은 조금도 두렵지 않다는 듯이 미차에게 이렇게 물었다.

"어머나! 손이 왜 그렇죠. 드미트리 씨? 온통 피투성이군요?"

"아, 이거." 미차는 반사적으로 이렇게 대답하고 멍청히 손을 바라봤으나 곧 그 손도 페냐의 질문도 잊어버리고 말았다. 그는 또다시 침묵 속에 잠겨 들었다. 그가 이 집에 달려들어 온지도 벌써 20분이 지나고 있었다. 처음의 그 경악의 빛은 사라지고 그 대신 무엇인지는 모르지만 새롭고 확고한 결심이 그를 완전히 사로잡은 듯 보였다. 갑자기 그는 자리에서 일어나더니 뭔가 생각에 잠긴 듯 미소를 지었다.

"나리, 도대체 무슨 일이 있는 건가요?" 페냐는 다시 그의 손을 가리키며 물었다. 그것은 마치 그의 불행을 누구보다도 잘 이해해 줄 수 있는 가장 가까운 존재라도 되는 것 같은 동정 어린 어조였다.

미차는 다시 자기 손을 바라보았다.

"이건 피야, 페냐." 그는 이상야릇한 표정으로 페냐를 바라보며 말했다. "이건 사람의 피야. 아아, 왜 이런 피가 흘렀을까? 그렇지만……, 페냐, 여기에 울타리가 있어(그는 마치 수수께끼라도 내는 것 같은 표정으로 그녀를 보았다). 그건 높은 울타리야. 보기에도 무시무시할 정도로 높은 울타리지. 그러나 내일 날이 밝아 해가 뜨면 나는 그 울타리를 뛰어넘는 거야. 뭐, 아무래도 좋아. 어차피 마찬가지니까. 내일이면 그 소문을 듣고 죄다 알게 될 테니까. 자, 그럼 잘 있어. 오늘은 이것으로 작별이야! 나는 방해 따위는 하지 않아. 양보 하겠어. 양보할 수 있는 놈이야. 나의 기쁨이여, 잘 살아라! 한순간이나마 나를 사랑했다니 그렇다면 이 미치카 카라마조프를 영원히 잊지 말아 다오. 그루센카는 언제나 나를 미치카라고 불러주었지. 그렇지, 페냐. 너도 기억하고 있니?"

이 말을 마치자마자 그는 몸을 홱 돌려 부엌에서 나가 버렸다. 이 갑작스런 행동에 페냐는 아까 그가 뛰어 들어와 자기에게 달려들었을 때보다도 한층 더 놀라지 않을 수 없었다.

그로부터 꼭 10분 후에 드미트리 표도로비치는 아까 권총을 저당 잡힌 젊은 관리 표트르 페르호친의 집으로 들어갔다. 이미 시간은 8시 반이었다. 페르호친은 집에서 차를 마신 후 요리집 '수도'로 당구를 치러 가려고 프록코트를 갈아입고 있던 참이었다. 미차는 막 집에서 나서려는 그를 붙잡을 것이다. 그는 피투성이가 된 상대방의 얼굴을 보고 깜짝 놀라 소리쳤다.

"아니, 이거 어찌된 겁니까?"

"실은." 하고 미차는 성급히 말했다. "아까 맡긴 권총을 찾으러 왔습니다. 돈을 가져 왔습니다. 정말 미안하게 됐습니다만 좀 급한 사정이 있어서 그러니, 페르호친 씨. 제발 좀 빨리 부탁합니다."

페르호친은 더욱더 놀라지 않을 수 없었다. 미차는 두툼한 지폐 한 뭉치를 가지고 있었다. 그는 그 돈뭉치를 손에 쥔 채 방안으로 들어왔던 것이다. 그런 식으로 돈을 쥐고 다니는 사람은 이 세상엔 아무도 없을 것이다. 더욱이 그는 그 지폐 뭉치를 오른손에 움켜쥐고 마치 자랑이라도 하듯이 앞으로 내밀고 있었다. 현관에서 미차를 맞아들인, 이 집의 사환 아이는 손님이 돈을 손에 쥔 채 현관으로 들어왔다고 나중에 증언했는데, 그렇다면 그는 한길에서도 역시 돈뭉치를 쥔 오른손을 앞으로 내민 채 걸어온 것 같았다. 그가 들고 있었던 것은 무지갯빛이 도는 1백 루블짜리 지폐였다. 그리고 그 돈을 쥐고 있는 그의 손가락은 온통 피투성이였다.

꽤 시간이 흐른 뒤에, 이 사실에 관심을 가진 사람들로부터 돈이 얼마나 되어 보이더냐는 질문을 받았을 때, 페르호친은 얼핏 본 것만으로는 판단하긴 어렵지만 아마 2천 내지 3천 루블은 되었을 것이라며 아무튼 크고 제법 두툼한 돈뭉치였다고 대답했다. 훗날 미차 스스로 밝혔듯이 그때 제정신이 아닌 것 같았으나 결코 술에 취한 사람 같지도 않았다. 말하자면 몹시 흥분하여 침착성을 잃고 있었지만, 어떤 일에 주의력을 집중하고 있는 것도 같았고, 그런가

하면 뭔가를 골똘히 생각하면서도 좀체 해답을 얻지 못하고 있는 것 같기도 했다. 그는 몹시 초조한 상태로 대답도 퉁명스럽고 조리에 맞지 않았으며, 어떤 때는 자기는 조금도 슬프지 않다는 듯이 오히려 퍽 유쾌해 보이기도 했다는 것이다.

"아니, 도대체 무슨 일이십니까? 무슨 좋지 않은 일이라도 벌어졌나요?" 수상쩍은 눈으로 손님을 자꾸만 훑어보면서 페르호친은 외쳤다. "왜 그렇게 피투성이가 되신 겁니까? 넘어지기라도 하셨나요? 당신 모습이 어떤지 좀 보십시오!"

그는 미차의 팔꿈치를 잡고 거울 앞으로 끌고 갔다. 미차는 피투성이가 된 자기 모습을 보자 흠칫 몸을 떨고는 화가 난 듯 양미간을 찌푸렸다.

"제기랄! 갈수록 가관이군." 그는 화난 듯이 중얼거리고는 재빠르게 돈뭉치를 오른손에서 왼손으로 옮겨 쥐고 떨리는 손으로 호주머니에서 손수건을 꺼냈다. 그러나 그 손수건 역시 온통 피범벅이어서(그리고리의 얼굴을 닦은 손수건이었으므로) 흰 부분이라고는 거의 한 군데도 찾아볼 수 없었다. 게다가 그것은 마르다 못해 이젠 아주 빳빳하게 굳어 버려서 펼치려 해도 펴지지가 않았다. 미차는 화를 내며 그것을 마룻바닥 위에 내동댕이쳤다.

"이런, 제기랄! 뭐 헝겊조각 같은 거 없소? 좀 닦아야 할 텐데……."

"그럼, 당신은 피가 묻었을 뿐이지 다치신 데는 없군요." 하고 페르호친이 대답했다. "그렇다면 아주 씻어 버립시다. 저기 세숫대야가 있으니 쓰시도록 하시죠."

"세숫대야라구요. 그거 잘 됐군요. 그런데 이건 어디다 놓으면 좋을까?" 미차는 이상하리만큼 당황한 표정을 마치 상의라도 하듯 상대방이 얼굴을 바라보며 1백 루블짜리 지폐 뭉치를 가리켰다. 마치 페르호친이 그의 돈을 간수해 줄 장소를 정해줄 의무라도 있다는 듯이.

"호주머니에 집어넣으십시오. 아니면 이 탁자 위에 놓으시든지, 없어지진 않을 테니까."

"호주머니요? 그렇지. 그게 좋겠군. 자, 이러면 됐고……. 아니, 이게 문제가 아닙니다!" 갑자기 그는 제 정신이 돌아온 듯 이렇게 외쳤다. "그보다도 우선 그 권총 문제부터 끝냅시다. 그걸 나한테 돌려주십시오. 여기 돈이 있으니……. 실은 권총을 긴급히 쓸 데가 있어서 그러는 거요. 게다가 나는 시간이 없어요. 시간이 조금도 없어요."

그는 돈뭉치에서 맨 위의 1백 루블짜리 지폐 한 장을 뽑아 젊은 관리에게 내 주었다.

"하지만 지금 나한텐 거스름돈이 없는데요." 하고 그는 말했다. "잔돈이 없으신가요?"

"없습니다." 미차는 다시 한 번 돈뭉치를 내려다보고 나서 말했다. 마치 자기 자신의 말이 미덥지 못하다는 듯 손가락으로 위에서부터 두서너 장 들쳐보았다. "없군요! 모두 같은 것뿐입니다." 미차는 이렇게 덧붙이고는 다시금 의견을 구하듯이 페르호친을 보았다.

"그런데, 어디서 갑자기 그런 거금을 구하셨나요?" 젊은 관리는 다시 이렇게 물었다. "잠깐만 기다리십시오. 집의 사환 아이를 플로트니코프 상점에 보내 봅시다. 그 집은 늦게까지 문을 여니까 어쩌면 잔돈으로 바꿀 수 있을지도 모르지요. 애, 미샤!" 그는 문간방을 향해 소리쳤다.

"플로트니코프 상점이라구요. 거, 참 좋은 생각이군요." 미차는 무슨 좋은 생각이라도 떠오른 듯이 외쳤다. "미샤," 그는 들어온 사환에게 말했다. "너는 곧 플로트니코프의 상점으로 달려가서, 드미트리 카라마조프가 안부를 전하더라고 말하고 내가 곧 그리 가겠다고 말해줄 수 있겠니 그리고 또 있다, 너한테 부탁이 있다. 내가 갈 때까지 샴페인을 서너 상자 가량 준비해서 언젠가 모크로예 마을에 갔을 때처럼 마차에 실어 놓으라고 전해 다오. 그때는 그 가게에서 네 상자나 팔아 주었었죠." 그는 갑자기 페르호친을 보며 말했다. "그 집 사람들이 다 알아서 해줄 테니 걱정할 것 없다. 미샤." 그는 다시 소년 쪽으로 몸을 돌렸다. "그리고 말이지, 치즈와 스트라스부르파이, 훈제 연어, 햄, 캐비어, 아무튼 그 집에 있는 건 모두 준비해 달라고 해줘. 1백 루블이나 1백 20루블 어치 정도면 될 테니. 그리고 선물 준비도 잊지 말아라. 캔디와 배, 수박 두세 개, 아니 네 개쯤? 아니 수박은 한 개면 되겠다. 그리고 초콜릿, 얼음사탕, 과일사탕, 엿 - 그러니까 지난번에 모크로예로 가지고 갔던 건 죄다 준비하라고 일러라. 샴페인까지 포함해서 3백 루블쯤이었는데……, 이번에도 지난번과 똑같이 하면 되는 거야. 잊어 버리면 안 된다. 미샤, 네 이름이 미샤라고 했지?"

"잠깐만 기다리세요." 불안스런 표정으로 그의 말을 들으며 그를 바라보고 있던 페르호친이 제지했다. "당신이 직접 가서 주문하는 게 좋을 것 같군요. 이 아이가 엉뚱한 걸 주문하면 곤란하니까요."

"아 참, 그렇군요. 그럴지도 모르겠군요! 얘 미샤, 나는 너한테 심부름을 시키는 대신에 키스를 해주려고 했는데……, 만일 심부름만 해준다면 10루블을 줄 테니 빨리 다녀오너라. 샴페인이 제일 중요해. 샴페인은 꼭 신도록 해라. 그리고 꼬냑, 붉은 포도주, 흰 포도주, 전부 지난번처럼 준비하도록 해. 그 집에서도 달 알 게다, 그때처럼 하라고 하면."

"아니, 그만하고 내 말 좀 들어 보시라니까요!" 페르호친이 안절부절 못하다 다시 그의 말을 가로챘다. "이 애한텐 그저 달려가서 돈이나 바꿔 오도록 하고, 가게 문이나 닫지 말라고 일러두는 게 좋을 것 같습니다. 그런 다음에 당신이 직접 가서 주문하시란 말씀이에요. 돈을 아이에게 주십시오. 미샤, 빨리 갔다 와!"

페르호친은 일부러 서둘러 미샤를 내쫓는 듯 싶었다. 그도 그럴 것이 이 사환 아이는 손님 앞에 나온 순간 피 묻은 얼굴과 떨리는 손가락으로 돈을 움켜쥐고 있는 그 시뻘건 손을 보자 그만 눈이 휘둥그레져서 입을 쩍 벌리고 장승처럼 우뚝 선 채 미차의 말은 하나도 귀담아듣고 있는 것 같지 않았기 때문이다.

"자, 이제 가서 좀 씻으시지요." 페르호친이 매몰차게 말했다. "돈을 탁자 위에 올려놓아 두든지…… 네, 됐습니다. 그럼, 갑시다. 그 프록코트는 벗는 게 좋을 겁니다." 그는 미차가 옷 벗는 것을 도와주다가 갑자기 비명을 질렀다.

"아니, 프록코트까지 온통 피가 묻었군요!"

"그럴 리가 없는데……. 그저 소맷부리가 조금……. 아, 여긴 손수건이 들어있던 곳이군요. 호주머니에서 피가 배어나온 모양입니다. 페냐의 집에서 손수건을 깔고 앉았기 때문에 피가 스며들었군요." 그 어떤 이상한 자신감을 가지고 미차는 이렇게 설명했다. 페르호친은 양미간을 찌푸리고 그 말을 듣고 있었다.

"이런 봉변이 있습니까. 누구와 싸우셨나 보군요." 미차는 피를 씻어내기 시작했다. 페르호친은 물그릇을 들고 물을 따라 주었다. 미차는 서두르고 있었기 때문에 손에 비누칠도 못했다. 페르호친은 뒷날 그의 손이 부들부들 떨었던 것을 기억했다. 페르호친은 곧 비누칠을 좀 더 해서 세게 문지르라고 명령했다. 이때 그는 미차에 대해 점점 지배력을 발휘하는 것처럼 행동했다. 말이 나왔으니 말이지만, 이 젊은 관리는 겁이라고는 모르는 꽤 담력 있는 사람이었다.

"보십시오, 아직 손톱 밑이 덜 닦아졌어요. 그리고 이번엔 얼굴을 잘 문지르십시오. 여기 관자놀이께를……, 그리고 귀 옆도. 아니, 그런데 그 셔츠를 그냥 입고 가시렵니까? 그래 가지고 어딜 가시겠다는 겁니까. 보세요? 오른쪽 소매 끝이 온통 피투성이예요."

"그렇군요! 피가 묻었어요." 미차는 셔츠 소매 끝을 들여다보고 이렇게 말했다.

"그럼 셔츠를 갈아입으시죠."

"시간이 없습니다. 그저 이렇게 하면 됩니다. 보세요……." 타월로 얼굴과 손을 닦고 프록코트를 입으며 여전히 자신만만한 어조로 미차는 말을 계속했다. "이렇게 소매 끝을 접어 넣으면 돼요.. 그럼 프록코트에 가려 보이지 않을 테니까……. 자, 어떻습니까!"

"그럼, 이젠 무슨 일이 있었는지 좀 들려주시오. 누구와 싸우셨나요? 언젠가처럼 또 그 술집에서 한바탕하신 겁니까? 또 그때처럼 이등 대위를 끌어내 패준 거 아닙니까?" 페르호친은 지난 일을 상기하고 핀잔 어린 어조로 말했다. "대체 누굴 패준 겁니까? 혹시 죽인 건 아닙니까?"

"농담 마시오!" 하고 미차는 대답했다.

"아니, 농담이라뇨?"

"걱정할 건 없어요." 미차는 이렇게 말하고 히죽히죽 웃었다. "실은 광장에서 어떤 노파 하나를 때려눕히고 왔소."

"때려 눕혔다구요? 노파를?"

"아니! 영감쟁이지요!" 미차는 상대의 얼굴을 똑바로 바라보고는 마치 귀머거리한테라도 말하듯 큰소리로 외쳤다.

"아니 도대체 무슨 말인지, 노파랬다, 영감이랬다……. 정말 누굴 죽인 거요, 어떻게 된 겁니까?"

"아니오. 화해했어요. 한바탕 붙잡고 야단을 했지만 곧 화해했어요. 어떤 장소에서 헤어질 때는 이미 친구였지요. 바보 같은 영감인데 나를 용서해주었소. ……지금쯤은 틀림없이 날 용서했을 거요. ……그렇지만 만일 살아서 일어난다면 나를 용서하지 않을지도 모르지요." 갑자기 미차는 눈을 깜빡이며 윙크를 해 보였다. "하지만 그런 아무래도 좋소. 페르호친 씨. 그런 녀석은 악마한테 잡아먹혀도 상관없어요. 별일 아니니까 그런 얘긴 할 필요도 없어요! 특히 지금은 얘기하고 싶지 않소." 미차는 딱 잘라 단호하게 말했다.

"내가 이런 말을 하는 것은 당신이 아무하고나 닥치는 대로 싸우기 때문입니다. 그때도 아무것도 아닌 것을 가지고 그 이등 대위와 그토록 싸웠으니……. 한바탕 싸움을 하고 와서는 당장 파티를 벌이러 가다니, 그야말로 당신의 성격 그대로군요. 샴페인 세 상자라, 도대체 그걸 다 어디다 쓰려는 겁니까?"

"브라보! 자, 이제 권총을 주십시오. 정말 시간이 없습니다. 실은 당신과 좀 얘기를 하고 싶지만 워낙 시간이 없어서. 하긴 그럴 필요도 없군. 얘기를 하기엔 이미 너무 늦었으니까. 아 참, 내 돈을 어디 두었지? 내가 그걸 어디다 넣었지?" 그는 이렇게 외치고 두 손으로 호주머니를 뒤지기 시작했다.

"탁자 위에 놓지 않으셨습니까…… 당신이 직접……. 자, 저기 있지 않느냐 말이에요. 벌써 잊었나요? 당신한테는 돈도 물이나 먼지 같이만 보이는가 보군요. 자, 여기 당신의 권총이 있습니다. 참 이상하군요. 아까 5시 경에는 이걸로 10루블을 빌려 가신 분이 지금은 어느새 수천 루블이나 되는 돈을 갖고 있으니 말이에요. 2천, 아니 3천 루블은 될 것 같은데요."

"아마 3천 루블 정도일 겁니다." 미차는 돈을 바지 호주머니에 쑤셔 넣으며 껄껄 웃었다.

"그런데다 넣으면 잃어버릴 거요. 그런데 당신은 금광이라도 발견했나 보군요."

"금광이오? 아, 금광이라!" 미차는 있는 힘을 다해 이렇게 외치고는 배를 잡고 웃기 시작했다. "페르호친, 당신도 광산에 가고 싶습니까? 이 거리에는 당신이 금광으로 가겠다고 말만 하면 당장에 3천 루블을 던져 줄 부인이 있지요. 나는 벌써 받았지요. 광산을 굉장히 좋아하는 여자예요. 혹시 호흘라코바 부인을 아십니까?"

"아는 사이는 아니지만, 소문도 듣고 직접 본 적도 있습니다. 정말 그 부인이 당신한테 3천 루블을 줬단 말입니까? 정말 그걸 내던지던가요?" 아무래도 믿기 어렵다는 듯이 페르호친은 그를 노려보았다.

"그럼, 내일 아침 태양이 떠올랐을 때 - 영원히 젊음을 간직한 아폴로가 신을 찬미하고 그 영광을 축복하며 떠올랐을 때, 호흘라코바 부인을 찾아가서 내게 3천 루블을 던져 주었는지 아닌지를 물어보시오. 직접 조사해 보시란 말입니다."

"나는 두 분의 관계를 모르지만……. 그러나 그렇게 단언하는 걸 보니 정말로 주셨나 보군요. 그런데 당신은 그 돈을 움켜쥐고 시베리아 광산으로 가질 않고 몽땅 써버릴 작정이신가요? 정말 지

928

금부터 어디로 가시로는 겁니까?"

"모크로예로 갑니다."

"모크로예요? 아니, 이 늦은 시각에!"

"그전엔 무엇하나 부러울 것이 없던 젊은이가 하룻밤 자고 나니 알몸뚱이가 되었네." 갑자기 미챠는 이렇게 흥얼거렸다.

"어째서 알몸뚱이라는 겁니까. 그렇게 수 천 루블을 갖고 있으면서."

"돈을 두고 하는 말이 아닙니다. 돈 같은 건 문제가 아니에요! 나는 여자의 마음에 대해서 말하는 겁니다.

변하기 쉬운 여자의 마음
변덕스럽고 믿을 수 없어라.

난 율리시스의 말에 동감입니다. 이건 그의 말이지요."

"나는 당신이 하는 말을 이해할 수가 없군요."

"내가 술에 취하기라도 했단 말입니까?"

"취한 건 아니지만 그보다 나을 게 없군요."

"나는 정신적으로 취해 있어요. 페르호친 씨. 정신적으로 취해 있단 말이오. 하지만 그만 합시다. 이런 얘긴 그만 해줘요……."

"아니, 뭘 하시는 겁니까. 권총을 장전하시는 겁니까?"

"그냥 재 두는 거죠."

미챠는 정말 권총이 든 상자를 열고 약실 뚜껑을 열더니 열심히 화약을 채워 넣고 있었다. 이윽고 그는 총알 꺼내, 장전하기 전에 두 손가락으로 그것을 들고 촛불에 비춰 보았다.

"왜 그렇게 실탄을 들여다보는 겁니까?"페르호친은 불안스런 호기심을 느끼며 미차의 움직임을 지켜보고 있었다.

"그저 좀 상상하고 있을 뿐이오. 어떻소. 만일 당신이 이 총알을 자기 머리에 쏘아 넣기로 결심했다면 권총을 장전할 때 그 총알을 자세히 보겠습니까, 안 보겠습니까?"

"그건 봐서 뭘 하려구요."

"자기 뇌 속을 뚫고 들어갈 총알이 어떻게 생겼나 살펴보는 것도 흥미롭지 않겠습니까. ……하지만 모두 쓸데없는 짓이죠. 그저 잠깐 머리에 떠오른 망상에 불과해요. 자! 이젠 끝났습니다."그는 실탄의 장전을 마치고 삼베 조각으로 마개를 하고 나서 이렇게 덧붙였다. "페르호친 씨. 실없는 얘기죠. 모두 실없는 말이에요. 얼마나 실없는지 당신도 알아주신다면! 자, 이젠 종잇조각이나 좀 주시오."

"자! 여기 있습니다."

"아니, 깨끗하고 매끈한 게 필요합니다. 글을 쓰려구요. 아, 그게 좋겠군요."

미차는 책상 앞에서 펜을 잡고 쪽지에 무언가 두어 줄 흘려 쓰더니, 그것을 네 번 접어 조끼 주머니에 쑤셔 넣었다. 그리고 권총을 상자에 다시 집어넣고 쇠를 채운 다음 그것을 손에 들었다. 그러고는 페르호친을 바라보며 생각에 잠긴 표정으로 천천히 웃어

보였다.

"이젠, 가 봐야지!" 하고 미챠는 말했다.

"어디로 가십니까. 아니, 잠깐만 기다리십시오. 혹시 당신은 자기 머릿속에 그것을 쏘아 넣으려고 하는 것은 아닙니까! 그 총알을 말입니다." 페르호친이 불안을 못 참고 이렇게 물었다.

"총알은 문제가 아닙니다. 천만에 나는 살고 싶어요. 나는 삶을 사랑해요. 당신도 이걸 알아야 합니다. 나는 금발의 아폴로와 그 뜨거운 빛을 사랑한단 말이오. 페르호친 씨, 당신이라면 물러설 수 있겠습니까?"

"물러서다니요? 그게 무슨 말입니까?"

"양보하는 것 말입니다. 사랑하는 사람과 미워하는 사람에게 길을 비켜주는 겁니다. ― 잘들 가라, 내 옆을 지나가시오. 나는……."

"그래, 당신은?"

"그만 해둡시다. 이젠 가야겠소."

"정말 큰일인걸. 누구한테라도 말해서," 페르호친은 그의 얼굴을 뚫어지게 바라보았다. "당신을 그곳으로 가지 못하게 말려야겠군요. 하필이면 이 밤중에 모크로예로 간다는 겁니까?"

"거기 여자가 있거든요. 여자가……, 하지만 그 얘기는 그만 해둡시다. 다 끝났어요!"

"그러지 말고 내 말 좀 들어 보시오. 당신은 야만적인 인간이긴 하지만 나는 어쩐지 당신한테 호감이 가요. ……그래서 지금도 이렇게 걱정하고 있는 겁니다."

"고맙소. 그렇게 걱정을 해주다니. 당신 말대로 나는 야만적인 인간이지만, 인간은 누구나 야만인이란 말이오! 나도 장담할 수 있어요. - 모두가 야만인이라고! 아, 미샤가 돌아왔군요. 깜빡 잊고 있었어요."

미샤는 잔돈으로 바꾼 돈뭉치를 손에 들고 헐레벌떡 뛰어 들어왔다. 그리고 플로트니코프네 상점이 지금 발칵 뒤집혔다고 보고했다. 술병이며 생선이며 차를 모두 끌어내고 있어서 이제 곧 모든 준비를 마칠 것이라고 말했다. 미차는 10루블짜리 지폐 한 장을 집어서 페르호친에게 주고 또 한 장을 미샤에게 쥐어 주었다.

"그런 짓을 해서는 안 됩니다!" 페르호친이 소리쳤다. "내 집에서 이러시면 곤란해요. 게다가 어린애한테 나쁜 버릇을 길러주게 되니까요. 어서 돈을 거두십시오. 거기다 넣으세요. 쓸데없이 손을 뿌리고 다닐 필요가 어디 있습니까. 당장 내일이면 그 돈이 필요할 겁니다. 그런 짓을 하시다간 다시 또 나한테 찾아와서 10루블만 빌려 달라고 하실 게 아니냐 말이에요. 아니, 왜 그 돈을 전부 옆 주머니에 쑤셔 넣습니까? 그렇게 하면 모두 잃어버린다니까요."

"어떻습니까. 우리 함께 모크로예로 가는 건."

"내가 뭣 때문에 거길 가요?"

"그럼 지금 당장 한 병 터뜨려 인생을 위해 건배하는 건 어떤가요? 술을 한잔 들이켜고 싶군요. 특히 당신과 함께 술을 마셔 본 적은 여태껏 한 번도 없는 것 같은데, 그렇죠?"

"좋습니다. 요리집에서라면 나도 한잔 마시겠습니다. 실은 나도 거기 가려던 참이었으니까요."

"난 그럴 시간이 없다니까요. 그럼 우리 플로트니코프 상점 뒷방에서 마십시다. 그건 그렇고 내가 수수께끼 하나 내 볼까요?"

"그러시죠."

미차는 조끼 호주머니에서 아까 그 종이쪽지를 꺼내 펼쳐 보였다. 거기에는 커다란 글씨로 다음과 같이 적혀 있었다.

전 생애에 대하여 나의 모든 삶을 벌하노라, 나의 전 생애를 벌하노라!

"정말로 누구한테 가서 알려야겠습니다. 당장 가서 알려야겠어요." 종이에 적힌 것을 읽은 페르호친은 이렇게 말했다.

"그럴 시간은 없을 겁니다. 자, 함께 가서 건배나 합시다. 앞으로 전진!"

플로트니코프네 상점은 페르호친의 집에서 겨우 한 집 건너 한길 모퉁이에 자리 잡고 있었다. 그것은 돈 많은 상인들이 경영하고 있는, 이 고장에서 제일 큰 잡화점으로 가게 자체도 제법 훌륭했다. 페테르부르크의 큰 상점에 있는 식료품이면 무엇이든 이 가게에서도 구할 수 있었다. '옐리세예프 상회 직송'인 포도주, 과일, 잎담배, 차, 커피, 설탕 등 없는 것이 없었다. 상점에는 점원 세 사람이 앉아 있고 배달하는 꼬마들이 바쁘게 돌아다녔다. 이 고장은 점차 경기가 쇠퇴하면서 지주들도 뿔뿔이 흩어지고 상업도 침체

일로에 있지만 잡화점만은 여전히 활기를 띠고 있었을 뿐만 아니라 해마다 더 호경기를 맞고 있었다. 이런 상품에 대해서는 언제나 손님들이 끊이지 않았기 때문이다.

상점에서는 목을 길게 빼고 미차가 오기만 기다리고 있었다. 그들은 3, 4주일 전 미차가 역시 오늘 밤처럼 온갖 식료품과 술을 수백 루블의 현금으로 한꺼번에 사갔던 사실을 너무나 잘 기억하고 있었다. 물론 외상이라면 빵 한 조각이라도 내줄 리가 없었을 것이다. 그때에도 미차는 역시 오늘밤처럼 무지갯빛 돈뭉치를 움켜쥐고 무엇 때문에 그렇게 많은 식료품이고 술이 자기한테 필요한지 제대로 생각지도 않고, 또 생각하려 하지도 않고 값을 깎으려는 기색도 없이 무턱대로 돈을 뿌리던 것을 그들은 잘 기억하고 있었다. 그때 미차는 그루센카를 데리고 모크로예로 마차를 달려서 '단 하룻밤과 한나절 사이에 3천 루블을 다 뿌리면서 흥청망청 놀고 무일푼이 되어 돌아왔다'고 그 후 온 읍내에 소문이 자자하게 퍼졌던 것이었다. 그때 미차는 이 고장에 흘러들어온 집시 일단을 모조리 불러들였는데, 그들은 이틀에 걸쳐 곤드레만드레 취한 미차한테 막 돈을 뜯어내고 비싼 술을 아낌없이 마셨다는 것이다.

읍내 사람들은 미차가 모크로예에서 더러운 농부들에게 샴페인을 실컷 마시게 하고, 시골 계집애들과 아낙네들에겐 스트라부르그의 파이와 고급 과자를 한 아름씩 안겨 주었다고 수군거리며 그를 비웃었던 것이다. 그리고 미차 자신이 여러 사람 앞에서 노골적으로 털어놓은 하나의 고백에 대해서도 사람들은 역시 비웃고 있었다. 특히 선술집이나 요리점에서는 그것이 더 심했으나, 역시 맞대놓고 비웃는 사람은 아무도 없었다. 그의 면전에서 웃는 것은 위험한 일이었기 때문이었다. 그 고백이란 다름이 아니라, 그렇게까지 무모한 행위 끝에 그가 그루센카한테서 얻은 것이란 '여자의 발에 키스를 하는 것을 허락받았을 뿐 그 이상은 아무것도 허락받지 못했다'는 것이었다.

미차가 페르호친과 함께 그 상점에 가보니 이미 좌석에 양탄자를 깔고 작은 방울까지 달아 놓은 삼두마차가 현관 앞에 준비되어 있었고, 마부인 안드레이가 미차를 기다리고 있었다. 상점 안에서는 주문받은 물건을 거의 다 상자 하나에 꾸려 놓고, 미차가 오는 대로 곧 못질을 해서 마차에 실을 수 있도록 준비해두고 있었다. 페르호친은 눈이 휘둥그레져서 미차에게 물었다.

"아니, 벌써 이렇게 준비가 되었나요?"

"당신 집으로 가는 길에 안드레이를 만났으므로 곧장 가게로 마차를 끌고 와서 기다리라고 일러 두었지요. 시간을 낭비해선 안 되니까, 지난번에는 치모페이의 마차로 갔지만, 이번에는 그 녀석이 나보다 한발 앞서서 매력적인 공주님을 태우고 날아가 버렸거든요. 이봐, 안드레이, 꽤 늦은 것 같지?"

"기껏해야 우리보다 한 시간쯤 먼저 도착할 겁니다. 하긴 그렇게까지도 안 될지 모릅니다만, 아무튼 한 시간 이상 앞서지 못할 거예요." 안드레이는 황급히 대답했다. "아까 치모페이의 마차도 제가 준비해 주었어요. 그 녀석의 말 모는 솜씨는 잘 알고 있어요.

우리 마차하고는 종류가 달라요. 드미트리 씨. 우리보다 한 시간 이상 앞서지 못할 겁니다!" 아직 혈기 왕성한 마부 안드레이는 이렇게 열을 올렸다. 그는 빨간 머리에 깡마른 몸집의 젊은이였는데, 소매 없는 누비옷을 입고 왼손에는 무명 외투를 걸치고 있었다.

"한 시간밖에 늦지 않는다면 술값으로 50루블을 내겠다."

"한 시간 정도는 문제없습니다. 나리. 한 시간은커녕 30분도 앞서가지 못할 겁니다."

미차는 이것저것 지시하며 분주히 돌아다녔으나, 하는 말투나 명령이 두서가 없는데다 종잡을 수가 없었다. 그리고 무슨 말을 꺼냈다가도 중간에 잊어버리기 일쑤였다. 페르호친은 도저히 그냥 보고 있을 수가 없어서 자기가 나서서 도와줄 필요가 있다고 느꼈다.

"4백 루블 어치야, 4백 루블보다 적어서는 안 돼. 모두 전번과 똑같이 해야 해." 미차는 이렇게 명령했다. "샴페인은 네 상자야, 한 병이라도 적어선 안 돼."

"무엇 때문에 그렇게 많이 사는 겁니까? 그걸 다 누가 마셔요? 잠깐만 기다려." 페르호친이 외쳤다. "이 상자는 뭐가 들어 있지? 뭐가 들어 있느냐고? 정말 4백 루블 어치의 물건이 들어 있는 건가?"

분주히 왔다 갔다 하던 점원들은 그 상자에는 샴페인 반 상자와 술안주, 캔디, 과일사탕, 그리고 '당장 꼭 필요한 물건'만 들어 있고, 주요한 '주문품'은 그전처럼 따로 삼두마차에 실어서 드미트리가 도착한 뒤 적어도 한 시간 안에는 도착할 것이라고 말했다.

"한 시간 이상 늦어서는 안 돼. 틀림없이 한 시간 이내에. 그리고 과일 사탕과 엿은 되도록 많이 넣도록 해. 그곳 계집들은 그걸 좋아하니까." 하고 미차는 열을 올려 강조했다.

"엿은 괜찮겠지. 그런데 대체 샴페인을 네 상자나 뭣에 쓰겠다는 겁니까? 한 상자면 족할 텐데!" 페르호친은 거의 화를 내듯이 말했다. 그는 값을 따져 보기도 하고 계산을 요구하기도 하면서 얌전히 물러나려 하지 않았다. 그러나 결국 1백 루블 정도 값을 깎는 데 성공했을 뿐이다. 그래서 결국 모두 합해 3백 루블 어치 이상은 보내지 않기로 타협을 본 것이다.

"에잇, 제기랄, 어서 마음대로 해." 갑자기 생각을 고쳐먹기라도 한 듯 페르호친은 이렇게 중얼거렸다. "내가 안달할 게 뭐야. 어차피 거저 얻은 돈이니 마음대로 뿌리라지."

"이리 와요. 우리 경제학자님. 이리 오시라니까, 그렇게 성만 내지 마시고." 미차는 그를 가게 뒷방으로 끌고 들어갔다. "이제 곧 이리로 병을 가지고 올 텐 우리 한 잔 합시다. 어떠시오. 페르호친 씨. 나와 함께 가지 않겠소? 당신은 참 정다운 데가 있는 사람이오. 나는 그런 사람을 좋아한답니다."

미차는 등의자에 앉았다. 앞의 조그만 탁자에는 더러운 천이 씌워져 있었다. 페르호친은 맞은편 자리에 앉았다. 곧 샴페인이 들어왔다.

"나리! 굴은 어떻습니까? 조금 전에 들어온 아주 신선한 굴입니다." 점원이 굴을 권했다.

"무슨 굴이냐. 난 안 먹겠다. 아무것도 필요 없어. 페르호친은 거의 악을 쓰다시피 이렇게 소리쳤다.

"굴 같은 걸 먹을 시간은 없어." 미차가 말했다. "게다가 먹고 싶지도 않고. 그런데 말이오." 그는 갑자기 정다운 어조로 말했다. "나는 이렇게 복잡한 일은 딱 질색입니다."

"어느 누가 그런 걸 좋아합니까? 생각 좀 해보시오, 그런 농사꾼들에게 샴페인을 세 상자나 던져 주다니, 화내지 않을 사람이 어디 있단 말이오!"

"내 말은 그런 뜻이 아니오. 나는 좀 더 높은 의미의 질서를 말하고 있는 거요. 내게는 질서라는 게 없어요. ……그러나…… 모든 건 끝났습니다. 이제 와서 슬퍼할 거라곤 아무것도 없어요. 때는 이미 늦었으니 될 대로 되랄 수밖에! 내 인생은 무질서의 연속이었소. 그러니 이제라도 질서를 세울 필요가 있어요. 이건 내가 무슨 익살을 떨고 있는 것 같군, 그렇잖소?"

"익살이 아니라 잠꼬대를 하고 있군요."

이 세상의 하느님께 영광 있으라
내 마음 속 하느님께 영광 있으라!

"언젠가 이런 시가 내 영혼 속에서 터져 나온 적이 있었어요. 아니, 시가 아니라 눈물이지요. ……내가 직접 지은 겁니다. ……하지만 그 이등 대위의 수염을 잡아끌고 다녔을 때 지은 것은 아닙니다.……"

938

"아니, 또 새삼스레 그 사람 얘기를 꺼내는 겁니까?"

"왜 별안간 그 얘길 꺼내냐구요? 다 쓸데없는 소리죠! 모든 것은 끝나 가고 있소. 이제 모든 것이 다 끝날 겁니다."

"아무래도 당신의 권총이 자꾸 눈앞에 어른거려 죽겠군."

"그런 말은 때려치워요! 쓸데없는 공상은 그만두고 술이나 드시오. 나는 인생을 사랑하오. 너무나 사랑해서 진저리가 날 지경이오. 자, 이제 그만 둡시다. 삶을 위해…… 삶을 위해 건배합시다. 비열한 놈이지만 난 나 자신에게는 만족하고 있습니다. 나는 신의 창조를 축복합니다. 나는 당장에라도 기꺼이 신과 신의 창조에 바칠마음의 준비가 돼 있습니다. 그러나…… 그전에 우선 악취를 풍기는 벌레를 한 마리 죽여야 합니다. 그놈이 그 근처를 어슬렁어슬렁거리며 남의 생활을 망쳐놓지 않게 하기 위해서 말이오. ……자, 그럼 인생을 위해 건배합시다. 도대체 생명보다 귀한 것은 아무것도 없으니까요! 절대로 없지요. 절대로! 인생을 위하여! 그리고 여왕 중의 여왕을 위하여!"

"인생을 위해 건배합시다. 그리고 당신의 그 여왕을 위해서도."

두 사람은 모두 샴페인 잔을 비웠다. 미차는 기분이 좋아서 묘하게 들떠 보였으나, 한편으로는 어딘지 울적해 보였다. 그것은 마치극복할 수 없는 크나큰 걱정거리가 눈앞을 가로막고 있는 것 같은 표정이었다.

"미샤……, 저기 댁의 미샤가 들어오는군요. 얘, 미샤, 이리 와서한 잔 하렴. 내일 아침에 떠오를 금발의 아폴로를 위해 내 이 잔을 비워 다오……."

"무슨 짓이오, 어린애한테까지!" 페르호친은 역정을 내며 고함을 질렀다.

"용서하세요. 한 잔 정도는 별거 아니니까."

"제기랄!" 미샤는 잔을 비우고는 꾸벅 절하고 그대로 달아나 버렸다.

"저래 두면 오랫동안 나를 기억해 주거든."하고 미챠는 말했다. "나는 여자를 좋아하오. 여자를! 여자란 도대체 뭡니까? 페르호친 씨. 햄릿의 대사를 기억하시오? '아, 왜 이다지도 슬플까, 호레이쇼…… 아, 가련한 요리크여!' 어쩌면 나는 요리크인지도 모르죠. 정말 지금 요리크임에 틀림없어. 이윽고 해골이 될 테지만."

페르호친은 말없이 듣고 있었다. 미챠도 잠시 입을 다물었다.

"저기, 저 개는 무슨 개지." 미챠는 한구석에 웅크리고 있는, 눈이 까만 귀여운 강아지를 발견하고 점원에게 물었다.

"저건 주인마님인 바르바라 알렉세예브나의 강아지입니다." 점원이 대답했다. "아까 이리로 안고 나오셨다가 그대로 두고 가셨습니다. 곧 집으로 갖다 드려야겠군요."

"저 놈과 똑같이 생긴 개를 본 적이 있는데……, 군대에서……." 미챠는 생각에 잠긴 듯한 표정으로 중얼거렸다. "다만 그놈은 뒷다리가 부러져 이었지만……, 그건 그렇고 페르호친 씨, 당신한테 한 가지 묻고 싶은데, 당신은 지금까지 살면서 도둑질을 해본 일이 있습니까?"

"아니, 그건 또 무슨 질문이오?"

"아니, 난 그저 궁금할 따름이오. 남의 주머니나 지갑의 돈을 슬쩍 해본 일이 있느냐 말이오? 물론 공금(公金)에 대해서 한 말은 아니오. 공금이야 누구나가 다 해먹고 있으니까. 당신도 물론······."

"정말이지 말도 안 되는 소리요."

"남의 돈을 말하는 것이오. 남의 호주머니나 지갑에서 슬쩍 해본 일이 있느냐 말이오."

"아홉 살 때, 단 한번, 어머니의 돈을 20코페이카 훔친 적이 있어요. 살그머니 집어서 손에 꼭 움켜쥐었지요."

"그래서 어떻게 되었지요?"

"뭐, 그뿐이었어요. 사흘 동안 가지고 있다가 부끄러운 생각이 들어서 모두 자백을 하고 돌려드렸지요."

"그래서 그 다음엔."

"물론 매를 맞았지요. 그런데 당신은 어떻소? 당신도 훔친 적이 있나요?"

"있지요." 미차는 교활하게 눈을 껌뻑이며 말했다.

"무얼 훔쳤는데요?" 페르호친이 호기심에 이끌려 물었다.

"아홉 살 때 어머니 돈을 20코페이카 훔쳤지만 사흘 만에 다시 돌려드렸소." 이렇게 말하고 미차는 갑자기 자리에서 일어났다.

"나리, 이젠 슬슬 떠나셔야 할 텐데요." 상점 문간에서 안드레이가 불렀다.

"준비는 다 됐나? 그럼 떠나세." 하고 미차는 갑자기 서둘기 시작했다. "마지막으로 더 한 가지 일러둘 게 있는데 떠나기 전에 안드레이가 기운을 내도록 보드카를 한 잔 주게! 빨리! 보드카 외에 꼬냑도 한 잔! 그리고 이 상자는 말이야(그것은 권총이 든 상자였다). 이건 내 좌석 밑에 넣어 주고, 그럼 페르호친 씨. 잘 있으시오. 나를 나쁘게 생각지는 말아주시오."

"하지만 내일은 돌아오시겠지요."

"물론, 돌아올 겁니다."

"지금 계산을 끝내주시면 고맙겠는데요." 점원이 달려 나오며 소리쳤다.

"그렇지, 물론 계산을 해야지!"

그는 또다시 호주머니에서 지폐 뭉치를 꺼내, 무지갯빛 지폐 석 장을 뽑아서 계산대 위에 던지고는 황급히 상점을 떠났다. 점원들은 모두 뒤따라 나와서 꾸벅 절을 하고 고맙다는 인사말로 그를 전송했다. 안드레이는 방금 꼬냑을 들이켠지라 목을 울리면서 원기 있게 껑충 마부석에 뛰어올랐다. 그런데 미차가 자리에 앉자마자 뜻밖에 페냐가 그의 앞에 나타났다. 그녀는 숨을 헐떡이며 달려와서 두 손을 모으고 그의 발아래 털썩 몸을 던지며 커다란 소리로 외쳤다.

"나리, 드미트리 나리. 제발 부탁이니 우리 아씨를 죽이지 마세요. 제가 죄다 말씀드리고 말았습니다만! ……그리고 그 장교님도 죽이지 말아 주세요. 그분은 옛날에 아씨가 좋아하시던 분이에요. 이번에 아씨와 결혼하려고 일부러 시베리아에서 돌아오신 거예

942

요. ……나리, 드미트리 나리, 제발 목숨만은 살려주세요."

"아하, 이제 알겠군. 그래서 거기 가서 한바탕 소동을 벌일 참이
군 그래!" 페르호친은 혼자서 중얼거렸다. "이제야 모든 걸 알겠
소. 그만하면 알고도 남지. 드미트리 씨. 당신이 진정 인간으로 남
고 싶다면 어서 그 권총을 내놓으시오!"하고 그는 큰소리로 미차
에게 소리쳤다. "자, 어서, 드미트리. 내 말을 들으시오."

"권총이라니? 걱정 마시오. 나는 가는 길에 그걸 어디 웅덩이에
내던져 버릴 테니 걱정 말아요." 하고 미차는 대답했다. "페냐, 일
어나. 내 앞에 무릎을 꿇지 마라. 이 미차는 사람을 죽이는 짓은 하
지 않아. 내가 아무리 바보라도 앞으로 사람을 죽이는 일은 절대로
없을 거야. 자, 어서, 페냐." 그는 마차 위에 자리 잡고 앉은 그녀에
게 소리쳤다. "아까 너한테 무례한 짓을 했다만 용서해라. 이 못된
악당을 불쌍하게 생각하고 용서해주렴. 그러나 용서하지 않는대
도 하는 수 없지. 이제는 어차피 달라질 건 없으니까. 자, 가자, 안
드레이, 힘껏 달려 봐!"

안드레이는 채찍을 가했다. 말방울이 울리기 시작했다.

"잘 있으시오. 페르호친 씨! 당신에게 작별의 눈물을 바치겠소."

'취한 것도 아닌데 왜 저런 잠꼬대 같은 소리만 지껄일까!' 페르
호친은 그의 뒷모습을 전송하며 생각했다. 그는 가게 사람들이 미
차를 속일 것만 같은 예감이 들어서 나머지 식료품과 술을 싣는
것을 감시하기 위해 남아 있을까도 생각했지만, 갑자기 그러한 자
기 자신에게 화가 나서 퉤하고 침을 뱉고는 단골 요리점으로 당구

를 치러 갔다.

"사람은 좋은데 바보라서 탈이야……." 그는 길을 걸으며 혼자 중얼거렸다. "그루센카의 옛날 애인인가 하는 장교는 나도 들은 적이 있지. 그런데 거기 도착하고 나면 그때는……. 쳇, 아무래도 그 놈의 권총이 마음에 걸리는걸. 에잇! 될 대로 되라지! 내가 뭐 그의 아저씨도 아니고. 어쩌면 아무 일도 생기지 않을지도 모르지. 그저 호통을 치는 것뿐이지. 술에 잔뜩 취해 싸움이나 하고 그 다음엔 서로 화해를 하고, 고작해서 그 정도일 거야. 그런 친구는 아무 일도 해치울 수 없는 위인이니까. 그런데 '길을 양보하고 나 자신을 처벌한다'고 지껄인 건 대체 무슨 뜻일까. 뭐, 별다른 뜻은 없을 거야. 그런 소린 술집에서 취했을 때 입버릇처럼 뇌까렸을 테니까. 그러나 오늘은 취하지 않았거든. 하긴 정신적으로 취했다느니 뭐니 했지만 - 그런 놈들은 원래 그런 수작을 좋아하는 법이지. 아니, 내가 뭐 그자의 아저씨라도 된단 말인가. 아마 싸움을 한 건 틀림없어. 얼굴이 온통 피투성이였으니까. 도대체 상대는 누구였을까? 요리점에 가면 알 수 있겠지. 손수건도 온통 피투성이였는데 에잇, 제기랄, 그 손수건을 우리 집 마룻바닥에 놓고 가다니……. 나, 참 될 대로 되라지."

그는 더할 나위 없이 불쾌한 기분으로 선술집에 들어가, 곧 당구를 치기 시작했다. 게임은 곧 그의 마음을 즐겁게 했다. 두 번째 게임이 끝난 후, 그는 갑자기 친구들 중 한 사람에게 드미트리 카라마조프에게 또 돈이 생겼다, 3천 루블 가량 되는 것을 내 눈으로 보았다, 그리고 그루센카와 그 돈을 흥청망청 탕진하려고 모크로예로 마차를 몰고 갔다는 말을 했다. 이 소식은 듣는 이들에게 비상한 호기심을 불러일으켰다. 그들은 웃지도 않고 기묘하게 진지한 태도로 이야기에 끼어들기 시작해, 나중에는 게임까지 중단하고 말았다.

"3천 루블이라니? 도대체 어디서 그런 거금이 났을까" 질문이 꼬리를 물고 이어졌다. 호흘라코바 부인의 얘기는 아무래도 신빙성이 없는 모양이었다.

"혹시 아버지를 죽이고 빼앗아 온 건 아닐까?"

"3천 루블이라, 아무래도 심상치 않은 걸."

"그자는 아버지를 죽인다고 큰소리를 치며 다녔지. 여기 있는 사람들은 죄다 들었을 걸. 그때마다 3천 루블이란 돈에 대해 말했거든."

페르호친은 이런 말을 듣자, 갑자기 그들의 여러 가지 질문에 무뚝뚝하고 짤막하게 건성으로 대답하기 시작했다. 그는 요리점에 올 때만 해도 모든 걸 얘기할 작정이었으나, 미차의 얼굴이며 손이 피투성이가 되어 있었다는 것만은 하나도 입 밖에 내지 않았다. 이윽고 세 번째 게임이 시작되자 미차에 대한 얘기도 점차 시들해져 버렸다. 그러나 세 번째 게임이 끝나자 페르호친은 더는 당구를 치고 싶지 않아서 그대로 당구채를 놓고 예정했던 밤참도 집어치우고 술집을 나와 버렸다.

광장까지 이르렀을 때, 그는 자기 자신도 놀랄 만큼 당혹스런 기분이 되어 발걸음을 멈추고 말았다. 그는 문득 자기가 이 길로 표도르 카라마조프의 집으로 가서, 무슨 일이라도 생기지 않았는지 알아보고 싶은 생각이 들었던 것이다. '가봐야 아무것도 아닌 일이 뻔할텐데, 일부러 다른 집 사람을 깨워가지고 공연히 소동을 일으킬 필요가 뭐람. 제기랄! 내가 뭐 그 자의 아저씨라도 된단 말인가?'

그는 몹시 침울한 기분으로 곧장 자기 집으로 발길을 돌렸으나, 도중에 문득 페냐 생각이 떠올랐다. '에잇, 제기랄, 아까 그 여자한테 물어봤더라면 죄다 알 수 있었을 텐데.' 그는 이렇게 생각하며 자기 자신에게 역정을 냈다. 그러자 그의 마음속에선 그 여자와 얘기를 해서 모든 것을 알아내고 싶은, 참을 수 없는 욕망에 사로잡혀 마침내 그는 도중에 발길을 돌려 그루셴카가 살고 있는 모르조바의 집으로 향했다. 그는 문으로 다가가서 노크를 했다.

그러나 밤의 정적 속에 울려 퍼지는 노크 소리는 갑자기 그를 제정신으로 돌아오게 해 그를 짜증나게 만들었다. 게다가 집안사람들은 모두 잠들어 버렸는지 아무도 대답하는 사람이 없이 정적에 싸여 있었다. '여기서 공연히 창피를 당할 모양이군!' 그는 일종의 고통 같은 것을 느끼며 이렇게 생각했다. 그러나 그는 좀처럼 그곳을 떠나려 하지 않고 오히려 더욱 세차게 있는 힘을 다해 문을 두드리기 시작했다. 마을 전체에 노크 소리가 가득 찼다. "이렇게 된 이상, 일어날 때까지 두드리는 거야, 두드리고말고!" 문을 한번 두드릴 때마다 그는 미친 듯이 화를 내며 이렇게 중얼거렸다. 동시에 그는 더더욱 세차게 문을 두드렸다.

6. 내가 왔노라!

한편, 드미트리의 마차는 쏜살같이 한길을 따라 전속력으로 달리고 있었다. 모크로예 마을은 20km 남짓했으나 안드레이의 삼두마차는 빨리 달려서 1시간 15분이면 도착할 수 있을 것 같았다. 나는 듯이 빠른 마차의 질주 때문인지 미차는 서서히 생기를 되찾고 있었다. 공기는 맑고 신선했으며 구름 한점 없는 맑은 하늘에는 별들이 총총히 반짝이고 있었다. 그것은 알료샤가 대지에 몸을 던지고 '영원히 이 땅을 사랑하겠노라고 열광적으로 맹세했던' 바로 그날 밤의 일이었다. 어쩌면 그와 똑같은 시간이었을지도 모른다. 그러나 미차의 마음은 무겁고 흐려 있었다. 여러 가지 것들이 그의 마음을 괴롭히고 있었다. 그러나 이 순간 그의 전 존재는 제지할 수 없는 힘을 가지고 그 여자를 향해, 자기의 여왕을 향해 돌진하고 있었다. 마지막으로 다시 한 번 그 얼굴을 보려고 이렇게 마차를 몰고 있는 것이다. 여기서 한 가지 확실한 사실은 그의 마음에는 단 한 순간이나마 갈등이 없었다는 점이었다. 그토록 질투심이 강한 미차가 이 새로운 맞수, 즉 땅에서 솟아오른 것처럼 갑자기 나타난 그 장교라는 사내에게 조금도 질투를 느끼지 않았다고 한다면, 아마 독자 여러분은 곧이듣지 않을 것이다. 만약 그 장교가 아니고 다른 사내가 나타났다면, 그 상대방이 누구이건 간에 그는 곧 맹렬한 질투심에 사로잡혀 그 무서운 손에 또다시 피를 묻혔을 것이다. 그러나 그녀의 이 '첫사랑'인 이 사내에 대해서만큼은, 지금 이렇게 마차를 달리는 있는 동안에도 그는 질투의 증오를 품지 않았을 뿐만 아니라 가벼운 적의마저도 느끼지 않았다. - 물론 아직 상대를 본 적이 없었지만.

'이미 이 문제에 대해선 왈가왈부할 여지가 없다. 이건 그 두 사람의 권리니까. 이것은 그녀가 5년간이나 잊지 않고 간직해 두었던 첫사랑이 아닌가. 그러고 보면 그녀는 지난 5년간 오로지 그 사나이만을 사랑해 온 것이다. 그렇다면 대체 나는 무엇 때문에 거기에 가고 있는 것일까. 나 같은 게 무슨 권리가 있단 말인가, 나하고 무슨 관계가 있느냐 말이다. 양보해라, 미차. 길을 비켜 줘라! 게다가 지금 나는 어떤 처지에 있는가. 이제와선 그 장교가 있건 없건 모든 일은 이미 끝난 것이 아닌가. 그 장교가 나타나지 않았다고 해도 결국 만사는 끝난 것과 다름없지 않느냐 말이다……'

만약 그때 그에게 올바른 판단력이 있었다면 대략 이런 말로 자기 기분을 표현했을 것이리라. 그러나 그는 이미 아무것도 생각할 능력이 결여되어 있었다. 그래서 지금의 이 결심 역시 아무런 이성이 판단을 수반함 없이 저절로 생겨난 것이었다. 아까 폐냐의 첫마디를 듣기가 무섭게 그 결심은 그의 마음속에 순간적으로 떠올랐고 또 받아들여졌던 것이다. 그러나 이러한 결심을 했음에도 불구하고 그의 마음은 흐려져 있었다. 고통스러울 정도로 흐려져 있어서 이러한 결정도 그에게 안정을 주지 못했다. 너무나도 많은 것들이 그의 배후에서 그를 괴롭히는 것이었다. 이따금 자기 자신도 이상하게 여겨질 정도였다 – '나 자신을 벌하노라' 라는 선고문은 이미 자기 손으로 씌어져서 그 종이는 지금 주머니에 들어 있었다. 권총에도 실탄이 재워져 있다. 그리고 내일은 '금발의 아폴로'의 뜨거운 첫 광선을 어떻게 맞겠다는 결심도 서 있었다. 그럼에도 자신의 등 뒤에 숨어서 자신을 괴롭히는 과거를 깨끗이 청산할 수가 없었다. 이것을 그는 고통스러울 정도로 자각하고 있었다. 그리고 이 자각은 절망으로 변하여 그의 마음속을 자꾸만 후벼 파는 것이었다.

　모크로예로 가는 도중에 그는 안드레이에게 마차를 멈추게 하고 밖으로 뛰어내려 총알이 재워진 그 권총을 꺼내들고 새벽까지 기다릴 것도 없이 모든 것을 청산해 버리고 싶은 충동을 느낄 때가 있었다. 그러나 그 순간은 불꽃처럼 사라져 버리곤 했다. 게다가 삼두마차는 '공간을 가로지르며' 질주하고 있었다. 목적지가 가까이 다가올수록 또다시 그녀를 생각하는 마음이 점점 강하게

그의 마음을 사로잡아 그 밖의 모든 무서운 상념을 밖으로 몰아내
는 것이었다. 멀리서나마 미차는 그녀의 모습을 꼭 한 번 보고 싶
었다. '그루센카는 지금 그 자와 함께 있겠지. 자기의 옛날 애인인
그 사나이와 함께 있는 모습을 꼭 보아 두어야지. 내가 바라는 것
은 그것으로 충분해.'

그는 자기 운명에 그토록 숙명적인 역할을 한 이 여자에 대해 이
순간만큼 강렬한 애정을 느낀 적은 지금까지 한 번도 없었다. 그것
은 한 번도 경험해 보지 못한 새로운 감정이었다. 자기 자신도 전
혀 예기치 못했던 뜻밖의 감정이었다. 기도를 드리고 싶을 정도로
상냥한 감정, 여자 앞에서 몸도 마음도 스스로 사라져 버리고 싶을
정도로 감미로운 감정이었다. '그래, 정말 사라져 버려야 해!' 그는
히스테릭한 환희에 휩싸여 갑자기 이렇게 중얼거렸다.

마차가 달리기 시작한 지도 거의 1시간이 되어 가고 있었다. 그
동안 미차는 말없이 앉아 있었다. 안드레이는 본래 수다스러운 편
이었으나, 역시 말을 걸기가 두렵기라도 한 듯이 한 마디도 입을
놀리지 않았다. 그는 그저 열심히, 여위기는 했으나 날쌔게 달리는
밤색 말들에게 채찍질을 하고 있을 뿐이었다.

"안드레이! 만약 그 사람들이 자고 있으면 어쩌지?"

이때 문득 이런 생각이 머리에 떠올랐다. 지금까지 이런 생각은
해보지도 않았던 것이다.

"지금쯤 주무신다고 생각하는 게 옳겠죠. 나리."

미차는 괴로운 듯이 얼굴을 찡그렸다. '정말 그렇다면 어찌한단

말인가. 내가 이런 감정을 안고······ 달려가 보니······ 그들은 이미 잠들어 있다면. 어쩌면 그 여자도 장교와 함께 자고 있을지도 몰라.' 가슴 속에 증오의 감정이 끓어올랐다.

"좀 더 채찍질을 해, 안드레이! 좀 더 빨리! 안드레이!"그는 정신없이 외쳤다.

"그렇지만 혹시 아직 자지 않고 있을지도 모르지요." 안드레이는 잠시 입을 다물었다가 다시 말했다. "아까 치모페이의 말로는 거기에 꽤 많은 사람들이 모여 있다고 했으니까요."

"그 역에 말인가?"

"역이 아니라 플라스투노프네 여관 말이지요. 이를테면 사설 역관이죠."

"그건 나도 알고 있어. 그런데 왜 많은 사람들이 모여 있지? 왜 들 모여 있어? 도대체 어떤 이들이기에?" 뜻하지 않은 정보에 무서운 불안을 느끼며 미차는 자신도 모르게 으르렁댔다.

"치모페이의 말로는 모두 지체 높은 분들 뿐이라더군요. 그 중 두 분은 우리 읍내 사람이라던데, 누군지를 모르겠습니다. 그리고 또 딴 데서 오신 손님이 두 분······, 그 밖에도 또 누군가 있는 모양이더군요. 자세한 얘기는 듣지 못했습니다. 트럼프 놀이를 시작했다는 말을 하더군요."

"트럼프 놀이를?"

"예, 그러니까, 트럼프 놀이를 시작했다면 아직 자지 않을지도 모르지요. 이제 겨우 11시 전일 테니까요. 그보다 더 늦지는 않았을 겁니다."

"자, 빨리 몰아. 안드레이. 빨리!" 미차는 또다시 신경질적으로
외쳤다.

"그런데 나리, 한 가지 여쭈어 볼 말이 있는데요. 그건 도대체 무
슨 뜻입니까?" 잠시 말이 없다가 안드레이는 다시 말을 꺼냈다.
"그렇지만 제발 화는 내지 말아 주십시오."

"뭔데?"

"아까 페냐가 나리의 발밑에 꿇어 엎드려, 자기네 아씨와 누군
지 또 한 사람을 죽이지 말라고 간청하지 않았습니까. ……그래서
말입니다. 나리, 제가 나리를 그 집으로 모시고 가는 것이……, 자
꾸만 꺼림칙해서……, 어쩌면 제가 바보 같은 소리를 했는지도 모
르겠군요."

미차는 갑자기 마부의 등부에서 그의 어깨를 움켜쥐었다.

"이봐, 자넨 마부지?" 그는 미친 듯이 물었다.

"네, 마부올시다, 나리."

"그럼, 자네도 남에게 길을 비켜 줘야 한다는 것쯤은 알고 있겠
지? 나는 마부니까 누구에게도 길을 비켜 줄 수 없다. 사람이 마차
에 치건 말건 상관없다고 말할 순 없겠지. 마부는 사람을 치이게 해
서는 절대로 안 돼. 만일 인명에 해를 끼쳤다면 스스로 자기 자신을
벌해야 하는 거야. ……남에게 해를 끼쳤거나 남의 생명을 빼앗는
일이 있다면, 자기 스스로를 벌하고 깨끗이 사라져야 하는거야."

완전히 히스테리 같은 상태에 빠진 듯 미차의 입에서 이런 말이

터져 나왔다. 안드레이는 그의 태도를 여전히 수상쩍게는 생각하면서도 그래도 대화를 계속했다.

"옳은 말씀이십니다. 나리, 지당하신 말씀이지요. 사람을 치거나 괴롭혀서는 안 되죠. 아니, 사람뿐만 아니라 어떤 생물이건 그래서는 안 되지요. 생물은 어느 것이나 하느님께서 만드신 것이니까요. 가령 이 말을 예로 든다면 다른 말은 덮어놓고 때리기만 합니다. 우리 러시아 마부들도 마찬가지입니다. 그런 놈들은 자기를 억제할 줄 모르고 막 몰아대기만 하니까요. 그저 마구 모는거죠. 거기 비켜, 비켜 하면서요."

"지옥으로 말인가?" 미차는 갑자기 마부의 마을 가로채더니, 자기 특유의 버릇인 폭발적이고 단속적인 웃음을 터뜨렸다. "안드레이, 자넨 참 솔직한 사람이군." 그는 또다시 마부의 어깨를 움켜잡았다. "어디 한번 말해 보게. 이 드미트리 카라마조프는 지옥으로 갈 것 같은가, 어떤가? 자네는 어떻게 생각하지?"

"저도 알 수 없습니다. 나리. 그건 나리께 달려 있지 않습니까. 왜냐하면 나리께서……. 그보다 나리 옛날에 그리스도께서 십자가에 못 박혀 돌아가시자 십자가에서 바로 지옥으로 내려가셨지요. 그리고 지옥에서 고통당하고 있는 죄 많은 사람들을 모두 풀어 주셨지요. 그러자 지옥은 앞으로 자기한테 오 죄인은 아무도 없으리라 생각하고 끙끙 신음을 하며 괴로워했다 합니다. 그때 하느님께서 지옥을 향해서 이렇게 말씀하셨다지요. - '지옥아, 슬퍼하지 말라. 이제부터 귀족이니, 고위 재판관이니, 부자니 하는 자들이 너한테 찾아와서 또다시 내가 찾아갈 때까지 이전과 마찬가지로 언제나 가득 채울 것이니까.' 이건 사실입니다. 하느님께서 바로 그렇게 말씀하셨어요."

"민간 전설이군. 훌륭한 이야기야! 이봐, 안드레이 왼쪽 말을 좀 더 때려!"

"그러니까 나리, 지옥은 그런 사람들을 위해 만들어져 있는 겁니다." 안드레이는 왼쪽 말에 채찍질을 했다. "그런데 나리께서는 순진한 어린애와 다르실 게 없어요……. 적어도 제 생각에는 그렇다는 말씀입니다. 성을 잘 내시는 건 사실이지만, 그러나 마음씨가 정직하시니까 하느님께서도 반드시 용서해 주실 겁니다."

"그럼, 안드레이. 자네는 나를 용서해 준다는건가?"

"제가 무엇을 용서해드린다는 말씀입니까. 나리. 나리께선 제게 아무것도 나쁜 짓을 하시지 않으셨는걸요."

"아니, 그게 아니라 모든 사람들을 대신해서, 모든 사람들을 대신해서 자네 혼자 지금 이 길 위에서 나를 용서해 줄 수 있느냐 말이야? 자네의 그 소박한 마음속의 말을 들려주게!"

"아아, 나리, 별 말씀을 다하십니다. 자꾸 이상한 말을 하시니 모시고 가기가 무서워졌습니다."

그러나 미치는 마부의 말이 들리지 않았다. 그는 정신없이 기도를 드리면서 자기 혼자 열띤 어조로 기도를 중얼거리고 있었다.

"주여, 방탕의 길을 걸어온 이 무법자를 제발 받아 주십시오. 당신의 심판을 거치지 않고 통과시켜 주소서……. 제발 저를 심판하지 말아 주옵소서. 저는 제 스스로를 이미 벌하였나이다. 당신을 사랑하오니 오오 하느님, 저를 제발 심판하지 말아 주옵소서! 저는 비열한 놈이지만 당신을 사랑하고 있습니다. 저를 지옥에 보내신다 하더라도 변함없이 사랑하겠나이다. 지옥 속에서도 영원히 당신을 사랑한다고 부르짖을 겁니다. 그러니 이 세상에서의 마지막 사랑을 허락해주십시오. 당신의 그 뜨거운 태양이 떠오를 때까지 다섯 시간 만이라도 이 세상에서의 마지막 사랑을 이룰 수 있게 해 주십시오. ……저는 제 마음의 여왕을 사랑하고 있습니다. 사랑하지 않을래야 사랑하지 않을 수가 없습니다. 하느님께서는 저를 샅샅이 알고 계시지만 저는 이제부터 그 여자 앞에 몸을 던지고 이렇게 말하겠나이다. ─'네가 내 옆을 빠져나간 것은 잘한 일이다. ……부디 잘 있거라. 너의 제물인 나를 용서하고 깨끗이 잊어라. 그리고 나에 대해선 더 이상 근심하지 말아 다오!'

"모크로예입니다!" 안드레이가 채찍으로 앞으로 가리키며 소리쳤다.

어슴푸레한 어둠 사이로 넓은 벌판에 흩어져 있는 건물들의 육중한 윤곽이 거뭇거뭇 모습을 드러내기 시작했다. 모크로예는 인구가 2천 가량의 마을이었으나, 이때는 이미 마을 전체가 잠들어 있고, 군데군데 희미한 등불이 어둠 속에서 반짝이고 있을 뿐이었다.

"자, 빨리 달려, 안드레이. 달려, 내가 왔다!" 미차는 심각한 열병을 앓는 사람처럼 소리쳤다.

"아직 다들 자지 않는군요!" 마을 입구에 있는 플라스투노프네 여관을 채찍으로 가리키며 안드레이가 소리쳤다. 큰길에 면한 여섯 개의 창문에는 모두 불이 환하게 새어 나오고 있었다.

"아직 자지 않는 모양이군!" 미차도 기쁜 듯이 되뇌었다. "안드레이, 방울을 울려라! 방울을 울리며 요란하게 몰고 들어가는 거야. 누가 왔는가를 모두가 알 수 있도록 말이야. 내가 왔다! 내가 왔노라!" 미차는 미친 듯이 고함을 질러댔다.

안드레이는 지칠대로 지친 말을 후려갈겨 정말로 폭음을 내다시피 하며 높다란 층계 옆으로 마차를 몰고 가 등에서 김이 무럭무럭 나는, 기진맥진한 말들의 고삐를 힘껏 잡아 당겼다. 미차는 마차에서 뛰어내렸다. 마침 이때 잠자리에 들려던 여관 주인이 도대체 누가 이런 시간에 이토록 요란스럽게 도착하는가 하고 호기심에 가득차서 밖을 내다보았다.

"거 트리폰 보리스이치 아닌가?"

주인은 허리를 구부리고 자세히 살펴보더니 부리나케 계단을 뛰어 내려와 아첨 섞인 비굴한 웃음을 지으며 손님에게 달려왔다.

"아니, 이거 드미트리 나리가 아니십니까! 당신을 다시 만나 뵙게 되다니요!" 트리폰 보리스이치는 얼굴이 투실투실 살찐 보통 키의 건강한 농군이었다. 표정이 딱딱한데다가 융통성이 전혀 없어 보였고, 특히 모크로예의 농부들에겐 그것이 더욱 심했지만, 조금이라도 자기에게 이득이 됨직한 사람에겐, 이내 아첨 섞인 비굴한 표정으로 바꾸어 버리는 재능을 지니고 있었다. 그는 언제나 러시아식 옷차림을 하고 있어서 비스듬한 옷깃의 소매 없는 농군 외투를 입고 다녔다. 돈도 꽤 모았음에도 불구하고 언제나 좀 더 벌어서 더 큰 재산을 모으려는 공상만 하고 있었다. 이 마을의 반수 이상 농민들이 그의 손아귀에 걸려들어 빚을 지고 허덕이고 있었다. 그는 지주들에게 많은 땅을 사들여 한평생 갚을 길 없는 빚 대신 그 땅을 농부들에게 경작시키고 있었다.

그는 홀아비로 다 자란 딸이 넷이나 있었다. 그 중 하나는 과부가 되어 그의 외손자가 되는 아이 둘을 데리고 아버지의 집에 살며 마치 고용살이나 하듯이 일하고 있었다. 둘째 딸은 시골티가 철철 흐르는 여자로, 이제 거의 연금을 탈 정도로 근무한 하급관리한테 시집을 갔다. 이 여관의 한 방에 걸려 있는 몇 장의 조그만 가족 사진 중에서는 견장이 달린 제복을 입은 그 관리의 사진도 볼 수 있었다. 밑의 두 딸은 교회의 축제일이나 남의 집에 나들이를 갈 때는, 몸에 착 달라붙고 두 자가 넘는 깃이 달린 최신 유행의 하늘빛 또는 초록빛 옷을 입곤 했다. 하지만 그 다음 날이면 또 언제나처럼 날이 밝기가 무섭게 일어나서는 자작나무 빗자루로 객실을 청소하고 구정물을 내다 버리고, 숙박한 손님이 떠난 후에 쓰레기를 치우기도 했다.

이미 몇 천 루블이나 되는 거금을 모아 놓고 있음에도 트리폰 보리스이치는 여관에 드는 유흥객의 호주머니를 터는 것을 무척 좋아했다. 아직 채 한 달도 안 되었을 때, 미차가 그루센카와 한바탕 놀아났을 때 불과 24시간 사이에 미차에게 3백 루블은 안 되더라도 적어도 2백 루블 이상의 돈을 우려먹은 기억이 아직도 그에게 생생히 남아 있었다. 그래서 지금도 미차가 요란하게 현관 앞으로 마차를 몰고 들어오는 것을 보자마자 또 돈 냄새를 맡고 기뻐 날뛰며 황급히 맞아들였던 것이다.

"드미트리 나리, 당신을 또 이렇게 뵙게 되다니."

"잠깐만, 트리폰." 미차가 입을 열었다. "우선 가장 중요한 것부터 묻겠다. 그 여자는 어디 있지?"

"아그레페나 씨 말씀입니까?" 여관 주인은 날카로운 눈으로 미차를 쳐다보고 곧 모든 사정을 알아차렸다. "네, 그 분도 여기 와 계십니다만……."

"누구하고? 누구하고 와 있어?"

"딴 고장 손님들인데요. 한 분은 관리처럼 보이는데 말씨를 들으니 폴란드 사람 같더군요. 그 분이 아그페나 씨를 모셔오라고 사람을 보냈지요. 그리고 한 분은 그 관리의 친구인지 그냥 동행인지는 잘 모르겠습니다만, 두 분 다 평복을 입고 있었습니다."

"그래, 다들 한바탕 파티를 벌이고들 있나? 돈은 있던가?"

"파티를 벌이는 게 뭡니까? 형편없어요. 드미트리 나리."

"형편없다고? 그럼, 다른 사람들은?"

"읍내 손님이 두 분 오셨지요. 효르느이에서 돌아오는 길에 여기 묵으신 분들입니다. 한 분은 아주 젊은 양반인데, 성함은 잊었습니다만, 아마 미우소프 씨의 친척이라지요. 그리고 또 한 분은 당신도 아시리라 생각합니다만, 막시모프라는 지주입니다. 순례를 위해 읍내에 있는 수도원에 들렀다가 거기서 미우소프 씨의 친척 되는 젊은 양반을 만나서 함께 여행을 하고 있다고 하더군요.

"그게 전부인가?"

"그렇습니다."

"그럼 됐어. 더 할 말도 없어. 트리폰. 이번엔 정말 가장 중요한 걸 묻겠는데, 그 여자는 어디에 있지? 지금 뭘 하고 있나?"

"예, 아까 도착하셔서 그 분들과 함께 계십니다."

"어때, 즐거워 보이던가? 웃고 있나?"

"아닙니다, 별로 웃으시는 것 같지 않더군요. 아니, 오히려 따분해하시는 것 같아요. 젊은 양반의 머리를 빗겨 주고 계셨습니다."

"그 폴란드인 장교를?"

"그 사람은 젊다고는 할 수 없지요. 게다가 장교도 아니고요. 나리, 그 분이 아니라 미우소프 씨의 조카뻘 되는 그 젊은 양반…… 이름을 잊어먹어서."

"칼가노프라고 하지 않던가."

"아 참, 맞습니다. 칼가노프입니다."

"좋아. 이젠 내가 직접 확인할 테다. 트럼프 놀이를 하고 있나?"

"하다가 그만두었습니다. 차도 마시고, 그 관리 양반이 술을 주문하셨습니다."

"됐어! 트리폰. 내가 직접 가 볼 테니까. 그리고 또 하나 아주 중요한 걸 묻겠는데, 집시들을 구할 수 없나?"

"요즘은 집시라곤 통 보지 못했습니다. 당국에서 모두 쫓아 버렸기 때문이죠. 하지만 유대인들이 있는데, 심벌즈를 치고 바이올린도 켜지요. 그 자들은 로제스트벤스카야 마을에 있으니까 지금이라도 당장 불러올 수 있습니다."

"불러오게, 꼭 불러오란 말이야." 미차는 외쳤다. "그리고 그때처럼 처녀들도 다 불러오도록 해. 특히 마리아를 잊어선 안 돼. 스체파니다와 아리나도 합창을 해주는 대가로 2백 루블을 내겠네."

"그만한 돈이라면 마을 사람들을 모두 불러오겠습니다. 지금 모두 자고 있긴 하겠지만요. 그런데 나리, 이 마을 촌놈들이나 처녀들에게 그렇게 선심을 쓸 필요가 있을까요? 그런 비천한 사람들에게 그렇게 많은 돈을 뿌리시다니! 글쎄 촌놈들이 시가를 피우다니 말이 됩니까. 그건 너무 하시는 일입니다. 옆에 가면 역한 냄새만 풍기는 놈들이니 말에요. 그리고 처녀애들은 하나같이 모두 이가 들끓고 있습니다. 그보다도 나리를 위해 제 딸년들을 깨워서 공짜로 서비스해 드리겠습니다. 그렇게 많은 돈을 받고 싶은 생각도 조금도 없습니다. 방금 잠자리에 들었으니까 제가 발로 등을 걷어차서 깨우겠습니다. 그리고 나리를 위해서 노래를 부르게 하겠습니다. 요전에도 나리께서 농부들에게 샴페인을 마시라고 내주셨지요. 나 참!"

트리폰이 마치 미차를 애석히 여기는 것 같지만 그것은 어디까지나 겉치레에 지나지 않았다. 그때 그는 샴페인을 반 상자나 감췄고, 또 테이블 밑에서 주운 1백 루블 지폐 한 장도 그대로 먹어치우고 말았던 것이다.

"트리폰, 그때 내가 여기서 뿌린 돈은 1천 루블 정도뿐은 아니었겠지, 자네 기억하나?"

"암, 그렇고말고요. 나리. 어찌 그런 걸 잊을 수 있겠습니다. 아마 이 마을에 3천 루블을 뿌리고 가셨을 겁니다."

"좋아, 이번에도 그때처럼 한 판 벌이러 온 거야. 이게 보이나?"

이렇게 말하고 그는 지폐 뭉치를 꺼내서 주인의 코끝에 내밀어 보였다.

"그럼, 잘 듣고 똑똑히 따라하게. 이제 한 시간 후면 술이 올 거야. 술안주, 파이, 과자도 오구. 그건 모두 2층으로 보내 주게. 지금 안드레이가 갖고 온 저 상자도 위로 가지고 가서 뚜껑을 여는 거야. 그리고 곧 샴페인을 내오도록……. 그러나 제일 중요한 건 계집애들이야. 특히 마리아를 잊지 말도록 해."

그는 마차 쪽으로 돌아서서, 좌석 밑에서 권총이 든 상자를 끄집어냈다.

"자, 계산을 해야지. 안드레이! 이건 15루블. 마차 삯이고 또 15루블은 술값이다. 자네가 나한테 잘 해주고 마음에 들어서 주는 거니까. 카라마조프를 잊지 말아 주게!"

"나리, 이러시면 곤란합니다." 안드레이는 말을 더듬었다. "마차 삯은 5루블로도 충분합니다. 더 이상은 받지 않겠습니다. 트리폰 씨가 증인입니다. 제발 제가 한 실없는 소리는 용서해 주시기 바랍니다."

"뭐가 곤란하다는 거지?" 미차는 마부를 아래위로 노려보면서 말했다. "정 그렇다면 마음대로 하게!" 그는 5루블을 집어던지며 말했다. "자, 그럼 트리폰, 이제부터 나를 조용히 안내해서 그 사람들을 볼 수 있는 곳으로 안내해 주게. 그들은 어디에 있나? 그 하늘색 방인가?"

트리폰은 꺼림칙한 눈으로 미차를 바라보았으나, 곧 순순히 시키는 대로 실행했다. 그는 미차를 안내하여 조심스럽게 현관을 지나, 지금 손님들이 앉아 있는 방과 접해 있는 큰 방으로 들어가서 촛불을 들고 나왔다. 그리고는 다시 미차를 살그머니 그 방으로 데리고 들어가서 캄캄한 구석에다 세웠다. 거기서 미차는 저쪽 사람들은 모르게 그들을 관찰할 수 있었다. 그러나 미차는 오래 보고 있을 수가 없었다. 게다가 찬찬히 관찰한다는 것은 어림도 없는 일이었다. 그루셴카의 모습을 보자마자 가슴이 세차게 고동치고 눈앞이 뿌옇게 흐려지는 것이었다.

그루셴카는 탁자 옆 안락의자에 앉아 있었다. 그녀와 나란히 얼굴이 잘생긴 청년 칼가노프가 앉아 있었다. 그루셴카는 그 청년의 손을 잡고 웃고 있는 것 같았으나, 그는 여자 쪽엔 눈도 주지 않고 테이블을 사이에 두고 그루셴카와 마주앉아 있는 막시모프를 향해 화난 얼굴로 뭐라고 큰소리로 떠들고 있었다. 막시모프는 뭐가 우스운지 껄껄거리며 웃고 있었다. 소파에는 바로 '그 남자'가 앉아 있고, 그 옆의 벽 쪽에 놓인 의자에는 또 다른 낯선 사내가 앉아 있었다. 소파에 몸을 쭉 펴고 앉아 있는 그 자는 파이프를 입에 물고 있었다. '저 뚱뚱하게 살이 찐 얼굴이 넓적한 사내는 키가 크지 않을 듯한데 왜 그런지 뭔가 못마땅한 표정이군.' 그 순간 미차에겐 이런 생각이 머리에 떠올랐다. 그리고 그의 친구처럼 보이는 또 한 사람의 낯선 사내는 매우 키가 큰 것처럼 생각되었다. 그러나 그 이상은 아무것도 알아낼 수 없었다. 그는 권총 상자를 서랍 장 위에 올려놓은 다음, 심장이 얼어붙는 기분을 느끼면서 사람들이 이야기하고 있는 방으로 걸음을 내디뎠다.

"어머나!" 미차를 맨 처음 알아본 그루셴카가 깜짝 놀라 소리 질렀다.

7. 틀림없는 옛 애인

미차는 자기 특유의 걸음으로 성큼성큼 탁자 쪽으로 걸어갔다.
"여러분," 그는 거의 외치는 듯한 큰 소리로 말을 시작했으나 말
을 더듬기 시작했다. "나는……, 나는……, 아무것도 아닙니다! 아
무것도 아니에요." 그는 갑자기 그루센카 쪽으로 몸을 돌렸다. 그
녀는 안락의자에 앉은 채 칼가노프에게 몸을 피하고 그의 팔을 꼭
붙잡고 있었다. "나는…… 여행 중입니다. 아침까지 머무르려고
들른 겁니다. 여러분, 길가는 나그네를…… 여러분과 함께 있게 해
주시면 안 될까요? 아침까지면 됩니다. 마지막 추억으로 바로 이
방에서 함께 시간을 보내도록 해주십시오."

그는 파이프를 물고 소파에 앉아 있는 뚱뚱한 사내 쪽으로 몸을
돌리며 이렇게 말을 마쳤다. 뚱뚱한 사내는 입에서 거만하게 파이

프를 떼며 엄숙한 어조로 말했다.

"파네(폴란드 어로 신사라는 뜻), 여기는 우리가 빌린 방입니다. 이곳 말고도 빈 방이 얼마든지 있을 텐데요."

"아니, 이거 드미트리 씨 아니십니까? 어떻게 이런 곳에 다?" 갑자기 칼가노프가 이렇게 소리 질렀다. "자, 함께 앉읍시다. 잘 오셨습니다."

"안녕하시오. 당신은 참 친절하시군요. 정말 고맙습니다. 나는 늘 당신을 존경해 왔습니다……." 미차는 식탁 너머로 악수를 청하며 기쁜 듯이 대답했다.

"아이쿠, 이렇게 꽉 쥐시다니 손가락이 부러지겠군요!" 하고 칼가노프는 웃었다.

"저분은 언제나 그런 식으로 악수한다니까요." 그루센카는 아직도 다소 겁먹은 듯한 미소를 지으면서 명랑한 어조로 말했다. 그녀는 미차의 안색으로 보다 그가 난폭한 짓은 하지 않을 것 같다는 확신을 얻기는 했지만, 그래도 여전히 불안을 느끼면서도 강한 호기심을 느끼면서 그의 모습을 관찰하고 있었다. 미차가 이런 시간에 들이닥쳐 이런 식으로 말을 걸어오리라고는 도저히 예상하지 못했기 때문이다.

"안녕하시오?" 지주 막시모프가 왼쪽에서 은근한 목소리로 인사말을 걸어왔다. 미차도 그에게 달려가 인사를 했다.

"안녕하시오, 당신도 여기 계셨군요. 이런 데서 만나다니, 정말 반갑습니다. 그런데, 여러분, 나는……." 미차는 다시 파이프를 입에 문 폴란드 신사 쪽으로 몸을 돌렸다. 아마 그를 이 자리의 주인공을 생각한 모양이었다. "나는 지금 막 이리로 달려왔습니다. ……나의 마지막 날, 마지막 시간을 이 방에서 보내고 싶습니다. 그렇습니다. 바로 이 방……. 내가 전에 나의 여왕을 숭배한 적이 있는 바로 이 방 말입니다! 용서하십시오, 파네!" 그는 열광적으로 외쳤다. "나는 이리로 달려오면서 나 자신에게 맹세를 했습니다. ……오오, 제발 두려워하지 마십시오. 이것이 나의 마지막 밤입니다! 파네, 우리 사이좋게 건배나 합시다! 이제 곧 술을 날라 올 겁니다. 내가 다 가져왔습니다." 그는 갑자기 무엇 때문인지 지폐 뭉치를 꺼내보였다. "용서하십시오, 파네! 나는 음악에 젖고 싶습니다. 전번처럼 한바탕 노래와 술의 향연을 벌이고 싶습니다. ……하지만 곧 한 마리의 벌레가, 아무 쓸데없는 이 벌레가 얼마 동안 땅바닥을 기어 다니겠지만 곧 사라지고 말 겁니다! 나는 나 자신을 이 기쁨의 날에 바치고 싶습니다."

그는 거의 숨이 막힐 지경이었다. 하고 싶은 말은 아직도 많았지만, 입에서 튀어나오는 것은 괴상한 절규뿐이었다. 폴란드 신사는 꼼짝도 않고 미차의 얼굴과 지폐 뭉치를 번갈아 보다가 그 눈을 그루셴카 쪽으로 옮겼다. 그 눈에는 의혹의 빛이 나타나 있었다.

"만약 나의 크룰레바(폴란드어 발음으로 여왕이라는 뜻)가 허락만 해주신다면……." 하고 그는 입을 열었다.

"크룰레바란 뭐죠? 여왕이란 뜻인가요?" 갑자기 그루셴카가 말을 가로챘다. "당신들의 말을 듣고 있자니 우스워서 못 견디겠군요. 자, 앉으세요. 무슨 말을 그렇게 하세요. 제발, 우리를 위협하는 말은 하지 마세요. 설마 우리를 놀라게 하지는 않겠죠. 그렇다고 약속하시면 나도 당신을 환영하겠어요."

"아니! 내가 위협한다구요?" 미차는 두 손을 높이 들고 소리쳤다. "천만에요. 나 같은 건 상관하지 말고 그냥 옆으로 지나가 주십시오! 절대 방해는 안 할 테니까!" 그는 털썩 의자에 몸을 던지더니 반대쪽 벽으로 몸을 돌리고는 의자 등을 두 팔로 꼭 껴안으며 울음을 터뜨렸다. 그것은 방안에 있는 다른 사람들에게는 물론이고 그 자신에게도 전혀 뜻밖의 일이었다.

"저런, 또 시작이군요! 당신도 참!" 그루셴카가 나무라는 어조로 소리쳤다. "우리 집에 올 때는 언제나 저랬답니다. 갑자기 무슨 말을 지껄여대지만 전혀 알아들을 수가 없다니까요. 전에도 한 번 울음을 터뜨렸으니까 이번이 두 번째군요. 아아, 이게 무슨 창피에요! 도대체 무엇 때문에 우시는 거죠? 무슨 까닭이 있다면 몰라도."

"나는…… 나는…… 울고 있는 게 아니오. 자, 여러분!" 그는 잽싸게 의자에서 돌아앉으며 별안간 웃음을 터뜨렸다. 그러나 그것은 예전과 같이 단속적이고 투박스런 웃음이 아니라, 신경질적으로 떨리는, 뭔가 듣기에 거북한 웃음이었다.

"자, 그럼…… 다시 명랑해지세요. 명랑해지셔야죠!" 그루셴카는 그를 달래듯 말했다. "당신이 와 주셔서 난 정말 기뻐요. 미차, 당신이 와서 기쁘다구요. 나는 이 분도 우리와 자리를 함께 했으면 좋겠어요." 그녀는 일동을 향해 명령조로 이렇게 말했으나, 사실은 소파에 앉아 있는 사내에게 들으라고 한 말 같았다. "꼭 그렇게 해주세요! 부탁이에요! 만일 이 분이 가 버리시면 나도 가버리겠어요. 아시겠죠." 그루센카는 눈을 반짝이며 이렇게 덧붙였다.

"우리 여왕께서 하시는 말씀은 곧 법률이니까요!" 폴란드 신사는 공손한 태도로 그루센카의 손에 키스를 했다. "제발 함께 자리를 해주시기 바랍니다." 그는 미차를 향해 상냥하게 말했다. 미차는 다시 뭐라고 장광설을 늘어놓으려는 듯 벌떡 몸을 일으켰으나, 실제는 그것이 아니었다.

"자, 여러분, 그럼 모두 같이 건배합시다." 연설 대신에 그는 이렇게 외쳤다. 모두들 웃음을 터뜨렸다.

"아아, 나는 또 이 사람이 한바탕 지껄여대려는 줄 알았어요." 그루센카가 신경질적으로 말했다. "이봐요! 미차!" 그녀는 설득조로 덧붙였다. "이제 다시 공연히 벌떡 일어나거나 하진 마세요. 하지만 샴페인을 가지고 오신 건 정말 잘했어요! 나도 마시겠어요. 정말이지. 과실주 같은 건 정말 진절머리가 나요. 그보다도 당신이 오신 게 얼마나 기쁜지 몰라요. 정말이지 따분해서 죽을 지경이었거든요. 당신은 또 돈을 뿌리려고 오신 모양이군요. 하지만 그 돈은 호주머니에 넣어두세요. 대체 어디서 그렇게 많은 돈을 구하셨죠?"

미차의 손에 여전히 움켜쥐어져 있는 지폐 뭉치는 모든 사람들로부터 큰 관심을 끌고 있었으나, 특히 두 폴란드 신사에게는 그 작용이 심했다. 미차는 당황한 표정으로 그것을 재빨리 주머니에 집어넣고 얼굴을 확 붉혔다. 바로 이때 여관 주인이 마개를 딴 샴페인 한 병과 유리컵을 쟁반에 받쳐 들고 들어섰다. 미차는 병으로 손을 가져가긴 했으나 너무나 당황한 나머지 그것을 어떻게 처리해야 좋을지 모르는 것 같았다. 그러자 칼가노프가 병을 빼앗아 미차 대신 술을 따랐다.

"한 병 더, 한 병 더 가져와!" 미차는 여관 주인에게 소리쳤다. 그리고는 조금 전에 그토록 진지하게 정다운 건배를 나누자고 제안했던 폴란드 신사와 잔을 부딪치는 것도 잊고 다른 사람들이 미처 잔을 들기도 전에 혼자만 홀짝 마셔 버리고 말았다. 그러자 별안간 그의 얼굴이 돌변했다. 방에 들어올 때의 그 엄숙하고 비극적인 표정은 사라지고 대신 이상하게 어린애 같은 표정이 떠올랐다. 그는 갑자기 기운이 꺾이고 유순해진 것 같았다. 잘못을 저질러서 벌을 받았던 강아지가 용서를 받았을 때처럼 조심스러우면서도 감지덕지하는 표정으로, 줄곧 신경지적인 웃음소리를 내면서 겁먹은 것 같으나 기쁜 얼굴로 일동을 바라보고 있었다. 모든 것을 다 잊은 사람처럼 어린애 같은 미소를 머금은 채 환희의 빛을 띠고 일동을 둘러보는 것이었다.

그는 줄곧 웃음을 띠고 그루센카를 바라보고 있었다. 그러다 자기 의자를 그녀의 안락의자에 딱 붙였다. 아직도 그 정체를 파악할 수는 없었으나, 두 폴란드 신사들도 점차 윤곽이 드러나기 시작했다. 소파에 앉아 있는 폴란드 신사의 그 당당한 태도와 폴란드 사투리, 그리고 그가 입에 물고 있는 파이프는 미차를 놀라게 했다. '저건 도대체 무슨 뜻일까? 파이프를 피우는 폼이 꽤 멋있긴 하군'

미차는 생각했다. 다소 피부가 늘어진, 40대 안팎으로 보이는 이 신사의 얼굴도, 지독히 조그마한 코, 그 밑으로 보이는 가느다랗고 뾰족한, 염색한 것 같은 거만스런 콧수염도 아직은 미차의 마음에 어떤 의혹도 불러일으키지 않았다. 몰골사납게 관자놀이 앞으로 빗어 넘긴 시베리아제 신사 가발도 별로 미차를 놀라게 하지는 않았다. '가발을 쓰고 있는 걸 보니 그럴 필요가 있는가 보군.' 미차는 행복한 기분으로 관찰을 지속했다.

또 한 사람, 벽 밑에 앉아 있는 폴란드 신사는 소파에 앉은 신사보다 훨씬 젊었지만, 그는 도전적이고 불손한 태도로 좌중을 둘러보며, 말없이 멸시하는 표정으로 사람들의 대화를 듣고 있었다. 이사내 역시 미차를 놀라게 했지만, 그것은 그가 소파에 앉아 있는 신사와는 어울리지 않을 만큼 엄청나게 키가 크다는 것뿐이었다. '저 친구가 일어서면 아마 키가 2미터는 되겠군.'하는 생각이 머릿속을 스치고 지나갔다. 그리도 또한 이런 생각도 들었다. - 저 키큰 신사는 소파에 앉아 있는 신사의 친구인 동시에 호위병이기도 하기 때문에 파이프를 입에 문 작달만한 신사의 명령대로 움직일 것이다. 이러한 모든 것이 미차에게는 논의할 여지없이 당연한 일로만 생각되었다. 모든 경쟁심이 마음속에서 위축되어 사라지고만 것이다. 그루센카의 태도에서도, 그녀가 말한 두서너 마디의 수수께끼 같은 어조에서도 그는 아직 아무것도 눈치채지 못하고 있었다. 그저 그녀가 자기에게 친절히 대해주고, 자기를 용서하여 곁에 앉혀 주었다는 것을 떨리는 마음으로 감사할 뿐이었다.

그는 그루센카가 컵의 술을 마셔 버리는 것을 보자 너무나도 기뻐서 자신을 잊었을 정도였다. 그러나 갑작스런 좌중의 침묵이 그를 당황하게 했다. 그는 무언가 기대하는 듯한 눈으로 일동을 둘러보았다. '그런데 왜 우린 이렇게 멍청히 앉아만 있는 겁니까. 도대체 왜 여러분은 아무것도 시작하지 않는 겁니까?' 웃음을 띤 눈은 이렇게 묻는 것 같았다.

"이 사람이 자꾸만 엉뚱한 소리를 하고 있어서 우린 아까부터 웃고만 있었습니다." 칼가노프가 심중을 알아챘는지 막시모프를 가리키며 사정을 설명하기 시작했다.

미차는 칼가노프를 뚫어지게 쳐다보다가 곧 막시모프 쪽으로 시선을 돌렸다.

"엉뚱한 소리라구요?" 그는 무엇이 우스운지 갑자기 토막토막 끊어지는 것 같은 웃음을 터뜨렸다. "하, 하!"

"글쎄 말입니다. 이 사람은 20년대의 러시아 기병 장교가 모두 폴란드 여자한테 장가들었다고 하지 뭡니까? 그건 터무니없는 소리예요. 안 그래요?"

칼가노프는 그루센카에 대한 미차의 관계를 잘 알고 있었고 폴란드 신사에 대해서도 짐작을 하고 있었지만, 그러한 일에는 별로 관심이 없었다. 아니, 어쩌면 조금도 관심이 없었는지도 모른다. 무엇보다 그의 흥미를 끈 것은 막시모프였다. 그는 우연히 막시모프와 함께 이 여관에 들게 되어 여기서 처음 생면부지의 두 폴란드인을 만나게 된 것이다. 그러나 그루센카는 전부터 알고 있었고,

언젠가 한번 누군가와 그녀의 집에 가 본 적도 있었다. 그때 그녀는 칼가노프가 마음에 들지 않았었지만, 여기서는 무척 상냥한 눈초리로 그를 바라보고 있었다. 미차가 오기 전까지는 거의 정답게 그를 쓰다듬어 주기까지 했지만, 본인은 정작 왜 그런지 그것에 대해 무관심한 듯 보였다.

칼가노프는 아직 스무 살 미만의 청년으로, 옷을 말쑥하게 입었으며, 아주 귀엽게 생긴 하얀 얼굴에 아름다운 금발이 탐스럽게 물결치고 있었다. 그의 하얀 눈에는 아름다운 하늘빛 눈이, 슬기롭고, 이따금 나이에 어울리지 않게 깊은 표정을 띠며 반짝이고 있었다. 그러나 그는 가끔 어린애처럼 말을 하고 어린애 같은 표정을 짓기도 했는데, 그것을 스스로 자각하고 있으면서도 부끄럽게 여기지는 않았다. 그는 늘 상냥한 편이었지만, 대체로 매우 독특하여 변덕스럽기까지 했다. 이따금 그의 표정 속에는 무언가 확고하고도 집요한 것이 나타날 때가 있었다. 즉 상대방의 얼굴을 바라보거나 말을 듣고 있을 때에도 마음속으로는 집요하게 자기 자신만의 공상에만 몰두하는 것같이 보였다. 축 늘어진 맥 빠진 상태에 있다가도 아주 사소한 원인으로 해서 갑자기 흥분하는 것이었다.

"아시겠습니까. 나는 벌써 나흘째나 저 사람을 데리고 다닌단 말입니다." 그는 말을 이었다. 다소 말꼬리를 끄는 듯이 말했지만, 그때도 거드름을 피우는 기색이 없는 자연스러운 어조였다. "기억하시겠죠, 당신 동생이 저 사람을 마차에서 떠밀어 버린 때부터입니다. 그때부터 나는 저 사람에게 흥미를 느껴, 그를 시골로 데려갔지요. 그랬더니 노상 허튼소리만 지껄여대는 통에 이젠 함께 있는 것이 부끄러워 지금 데리고 돌아오는 길이지요."

"당신은 폴란드 여성을 본 일이 없기 때문에 그런 뚱딴지같은 소리를 하는 거요." 파이프를 문 폴란드 신사가 막시모프에게 말했다.

파이프를 문 신사는 러시아어가 제법 유창했다. 적어도 생각했던 것보다는 훨씬 능숙했다. 다만 그는 러시아 말을 할 때도 폴란드식 억양으로 발음하고 있었다.

"천만에요. 나 자신도 폴란드 여자와 결혼한 경험이 있는걸요." 막시모프는 이렇게 대답하고 킬킬 웃어댔다.

"그럼, 당신은 기병대에 근무한 일이 있단 말입니까? 지금 당신은 기병대 이야기를 하고 있었지요. 당신은 정말 기병장교였던 말입니까?" 칼가노프가 곧 참견을 했다.

"하긴 그러시겠죠. 하지만 이 사람이 기병 장교라니? 하하!" 하고 미차가 외쳤다. 그는 열심히 귀를 기울이면서 누가 입을 열기만 하면 재빨리 호기심 어린 눈을 그쪽으로 돌리곤 했는데, 그러면서도 상대방이 무슨 얘기를 기대하고 있는 건지 자신도 전혀 모르고 있는 것 같은 표정이었다.

"아니, 그게 아니라 말입니다." 막시모프는 미차 쪽으로 몸을 돌리며 말했다. "내 말은 그게 아닙니다. 그곳 아가씨들은…… 아주 멋지기는 합니다……."

"아니, 그런 말이 아니라니까요." 막시모프는 미차를 돌아보면서 말했다.

"우리 러시아 경기병들과 마주르카를 추곤 하는데……, 마주르카 한 곡이 끝나기만 하면 흰 고양이처럼 냉큼 남자 무릎에 올라앉는단 말입니다. 그러면 아버지와 어머니도 그것을 보고 허락을 해주는 겁니다. 그래서 경기병은 다음날 그 집을 찾아가 청혼을 하는 거지요. 바로 이런 식으로 청혼을 하는 겁니다." 막시모프는 말을 마치고 또 킬킬거리며 웃어댔다.

"그런, 엉터리가 어디 있담!" 의자에 앉아 있던 키다리 신사가 이렇게 중얼거리며 무릎에 얹었던 다리의 위치를 바꾸었다. 이때 미차의 눈에 비친 것은 두껍고 더러운 밑창이 달린, 구두약을 듬뿍 칠한 구두뿐이었다. 이 두 폴란드 신사의 옷차림은 대체로 지저분했다.

"어머나, 엉터리라뇨! 왜 그렇게 함부로 말하시나요?" 그루셴카가 발끈 성을 냈다.

"아그리피나 씨, 저 사람이 본 건 폴란드의 시골뜨기 처녀이지 귀족집 아가씨들은 아닙니다." 파이프를 문 폴란드인이 그루셴카에게 주의시키듯 말했다.

"아마 그 정도가 고작일 테지!" 의자에 앉은 키다리 신사가 멸시하는 어조로 이렇게 내뱉었다.

"또, 저런 소릴! 저 분의 말을 들어보세요. 남 이야기를 왜 방해하는 거죠. 난 저 분들의 이야기가 재미있어요." 그루셴카는 그에게 대들었다.

"아가씨, 난 방해하는 게 아닙니다." 가발을 쓴 신사는 그루셴카의 얼굴을 응시하며 거만한 태도로 말하고는 침묵을 지키면서 다시 파이프를 피우기 시작했다.

"맞습니다. 맞아요, 이 폴란드 양반의 말이 맞습니다." 칼가노프는 그것이 무슨 중요한 문제나 되는 듯이 또다시 흥분했다. "이 사람은 폴란드에 가본 적도 없는데 어떻게 폴란드 이야기를 왈가왈부할 수 있겠습니까. 이것 봐요. 당신은 폴란드에서 결혼한 것은 아니죠, 그렇죠?"

"그래요. 스몰렌스크 현에서 했지요. 그렇지만 내가 결혼하기 전에 어떤 경기병이 내 아내 될 사람과 그 어머니, 아주머니, 그리고 다 큰 아들이 있는 친척뻘 되는 여자를 러시아로 데려왔습니다. 폴란드에서 말입니다. 그 여자를 나한테 양보한 거죠. 아주 훌륭한 청년이었는데, 처음엔 자기가 결혼할 작정이었지만 그 여자가 절름발이라는 걸 알고 결혼을 단념한 겁니다."

"그럼, 당신은 절름발이와 결혼을 했다는 건가요?" 칼가노프가 소리쳤다.

"예, 그렇습니다. 그때 그 두 사람은 서로 작당을 해서 그 사실을 나한테 숨겼거든요. 난 처음 얼마 동안은 그 여자가 깡충깡충 뛰고 있다고 생각했어요. 줄곧 깡충깡충 뛰고 있어서 즐거워서 그러는 줄 알았어요."

"당신과 결혼하는 게 기뻐서 말입니까?" 칼가노프는 어린애 같은 음성으로 소리쳤다.

"예, 기뻐서 그러는 줄 알았다니까요. 그런데 그것이 전혀 다른 원인 때문이라는 걸 알게 되었지요. 나중에 우리가 결혼했을 때, 결혼식을 올린 그날 밤에 죄다 고백을 하더군요. 제발 용서해 달라고 애원하더란 말입니다. 어릴 때 물웅덩이를 뛰어넘다가 자리를 다친 게 원인이라는 겁니다. 히, 히!"

칼가노프는 갑자기 어린애 같은 목소리로 깔깔거리면서 소파에 쓰러지기라도 할 듯 웃었다. 그루센카도 요란하게 웃음을 터뜨렸다. 미차는 행복의 절정에 달해 있었다.

"여러분, 이 사람이 하는 말은 진실입니다. 지금 이 말은 절대로 거짓이 아니에요." 미차를 돌아다보며 칼가노프가 소리쳤다. "그런데 이 사람은 두 번 결혼했답니다. 지금 얘기는 첫 번째 부인 이야기예요. 그런데 두 번째 부인은 그만 도망쳐 버렸는데, 아직도 건재하다 그 말씀입니다. 당신도 그걸 아십니까?"

"설마 그럴 리가!" 미차는 남달리 놀란 빛을 띠며 막시모프를 돌아보았다.

"네, 도망쳐 버렸지요. 나는 그런 불쾌한 경험을 가지고 있답니다." 막시모프는 겸허히 그 사실을 시인했다. "어떤 프랑스 신사와 함께 말입니다. 그런데 문제는 어느새 감쪽같이 내 소유의 조그만 마을 하나로 자기 명의로 바꿔버린 겁니다. 그러고는 한다는 말이 당신은 교육을 받은 분이니까 먹고사는 것쯤은 문제가 아니라는 것이었습니다. 그렇게 해 놓고는 줄행랑을 쳐 버렸답니다. 언젠가 존경하는 주교님께서 나한테 이렇게 말씀하시더군요. '자네 첫 번째 부인은 절름발이였지만, 두 번째 부인은 발이 너무 가벼워서 탈이로군.' 히, 히!"

"제 말 좀 들어보세요. 좀 들어보세요!" 칼가노프는 열이 나서 말했다. "만일 이 사람이 거짓말을 하고 있다면 – 하긴 곧잘 하곤 하지만 – 그건 단지 사람들을 즐겁게 해주기 위해서랍니다. 그걸 나쁘다고만 할 수는 없지 않겠습니까. 나도 때로는 이 사람이 좋아질 때가 있어요. 무척 비굴하긴 하지만 그 비굴함이 아주 자연스럽단 말입니다. 안 그렇습니까? 제 말에 동의하십니까? 어떤 사람은 자기의 이득을 위해 비굴한 짓을 하지만 이 사람은 그렇지 않아요. 본디 그런 성격을 타고 났기 때문이지요. 그러면 한 가지 예를 들어 볼까요. 어제 오는 길에 한 얘기지만, 이 사람은 고골리의 「죽은 혼」이란 소설에 자기를 모델로 한 대목이 있다고 우기는 겁니다. 그 작품 속에 막시모프라는 지주가 나오지 않습니까. 그 사람을 노즈드료프가 흠씬 때렸기 때문에 재판에 회부되는 그 상대 말입니다. '술에 취해 지주 막시모프에게 채찍을 휘둘러 개인적인 모욕을 가한 죄'였지요. 그런데 말씀입니다. 이 사람은 그게 바로 자기이며, 정말 매를 맞았다고 우기는 겁니다! 이게 도대체 가능한 이야기입니까? 치치코프(「죽은 혼」의 주인공)가 여행을 한 것은 아무리 늦게 잡아도 20년대 초반이니까, 도저히 연대가 맞지 않는단 말이에요. 그때 어떻게 저 사람이 매를 맞을 수 있겠습니까? 그렇지 않습니까?"

갈가노프가 무엇 때문에 이렇게 열을 올리는지 짐작하기는 어려웠지만 그는 진짜로 흥분하고 있었다. 미차도 흥미를 느끼며 칼가노프를 따라서 흥분했다.

"하지만 저 사람이 정말로 매를 맞은 것이라면." 미차는 큰소리로 웃으며 외쳤다.

"채찍으로 맞았다는 건 아니지만, 그래도 좀……."

"그래도 좀이라는 건 또 뭡니까? 얻어맞은 거요, 아닌 거요?"

"Krura godzina, pane(지금 몇 시나 됐소)?" 파이프를 문 신사가 지루한 표정으로 의자에 앉아 있는 키다리 신사에게 물었다. 키다리 신사는 대답 대신 어깨를 살짝 흠칫했다. 두 사람 다 시계를 가지고 있지 않았던 것이었다.

"왜 말을 하지 말라는 건가요? 다른 사람들에게도 말할 기회를 주어야죠. 자기가 지루하다고 해서 다른 사람들까지 말하지 말라는 법이 어디 있어요?" 일부러 대들기라도 하듯이 그루센카가 쏘아붙였다. 이때야 비로소 미차의 마음속에 무슨 생각이 퍼뜩 스치는 것 같았다. 이번에는 폴란드 신사도 노골적으로 짜증을 내며 대꾸했다.

"Pani, ya nirs ne muven proriv, nene povedzyalem(나는 반대하는 게 아니요. 나는 아무 말도 하지 않았소)."

"그럼, 좋아요. 자, 어서 얘길 계속하세요." 그루센카는 막시모프에게 큰소리로 말했다. "왜 모두들 입을 다물고 있지요."

"별로 할 말이 있어야지요. 모두가 실없는 얘기뿐이니까요." 막시모프는 약간 거드름을 피우며 자못 만족스러운 듯이 말을 받왔다. "게다가 고골리의 작품에서는 모든 것이 다 풍자적인 형식을 취하고 있거든요. 등장인물의 이름부터 모두 비유적으로 만들었지요. 노즈드료프(콧구멍이란 뜻)도 정말은 노즈드료프가 아니라 노소프('코'라는 뜻)라는 이름입니다. 본명은 시크보르네프라고 하니까요. 다만 페나르지는 실제로도 그렇지만 이탈리아 사람이 아니라서 페트로프라는 이름의 러시아 사람이라고 합니다. 그리고 그녀는 정말 아름다운 아가씨인데, 그 예쁜 다리에 꼭 끼는 타이츠를 신고 금박 무늬가 있는 짧은 치마를 입고 사뿐사뿐 춤을 추었습니다만, 네 시간이나 추었다는 건 거짓말이고 기껏해야 4분 정도였답니다. 그렇게 해서 모든 사람들을 사로잡았던 겁니다."

"그건 그렇고, 당신은 왜 얻어맞았나요? 뭔가 이유가 있었을 텐데." 칼가노프가 큰 소리로 물었다.

"피롱 때문이지요." 막시모프가 대답했다.

"피롱이라니 그건 또 누구요?" 미차가 소리쳤다.

"프랑스의 유명한 작가 피롱 말입니다. 그때 우린 여럿이 모여 술을 마시고 있었습니다. 바로 그 장터에 있는 술집이었는데, 그들이 나를 초대해 준 거죠. 그 자리에서 내가 가장 먼저 풍자시 한 구절을 외기 시작했습니다. – '그대였던가, 이 무슨 우스꽝스런 분장은 어찌된 일인가' 그러자 부알로는 가장무도회에 가는 길이라고 대답했지만 실은 목욕탕에 가는 길이었지요. 히, 히! 그런데 모든 사람들이 그걸 자기들에 대한 말로 오해했단 말입니다. 그래서 나는 얼른 다음과 같은 풍자시를 읊었습니다. 이건 정말 제법 날카로운 구절인데 교육을 받은 사람이라면 누구나 다 알고 있습니다.

그대는 사포, 나는 파온
여기엔 이론이 없노라
그러나 나는 슬프도다
그대가 바다로 나갈 길을 모르고 있기에

그러자 모두들 더욱더 화를 내며 나에게 더러운 욕설을 퍼붓기 시작했습니다. 그래서 나는 어떻게든 수습해 보려고 한마디 했다가 오히려 봉변을 당하고 만 겁니다. 나는 피롱에 관한 그 교훈적인 일화를 하나 끄집어냈거든요. 피롱은 프랑스 아카데미 회원이 되지 못한데 대한 분풀이로 다음과 같은 묘비명을 썼다는 이야기지요.

Ci-git Piron qui ne fut rien
Pas meme academicien.

아카데미 회원도 아무것도 아닌
피롱이 여기 잠들다

그러자 모든 사람들이 나를 붙잡더니 때리더군요.
"아니 무엇 때문에요?"

"그건 내가 유식하기 때문이지요. 사실 인간이란 공연히 트집을 잡고 사람을 때리는 존재니까요." 막시모프는 교훈적인 어조로 이렇게 말을 맺었다.

"아아, 그만하세요. 그런 소린 듣기 싫어요. 난 또 무슨 재미있는 이야기가 나올까 기대했지 뭐예요." 그루셴카가 갑자기 끼어들며 말했다.

미차는 흠칫 놀라며 곧 웃음을 그쳤다. 키다리 폴란드 신사는 자리에서 일어나더니 천박한 좌석에 끼어들어 지루해 죽겠다는 표정으로 뒷짐을 지고 이 구석에서 저 구석으로 방안을 거닐기 시작했다.

"흥, 참을 수 없는가 보군요. 걷기 시작하는 걸 보니까!" 그루셴카는 멸시하는 눈초리로 그를 바라보았다. 미차는 근심스러웠다. 게다가 그는 소파에 앉아 있는 폴란드 신사가 초조한 기색으로 자기를 바라보고 있는 것을 알아차렸다.

"이봐요, 신사 양반!" 미차는 소리쳤다. "한 잔 합시다. 또 여러 분도 함께! 자, 어서 마셔요." 그는 유리잔 세 개를 앞에 모아 놓고 철철 넘치게 샴페인을 따랐다.

"폴란드를 위해서, 여러분, 여러분의 폴란드를 위해서 듭시다. 폴란드를 위해서!" 하고 미차는 외쳤다.

"Bardzo mi to milo, pane, vypiem(참으로 유쾌한 일입니다. 자, 듭시다)!" 소파에 앉은 신사는 거만하면서도 상냥한 어조로 이렇게 말하며 자기 컵을 들었다.

"저기 계신 분도……, 성함이 어떻게 되시더라, 어쨌든 폴란드 양반, 어서 잔을 드십시오!" 하고 미차는 법석을 부렸다.

"저 사람은 판 브루블레프스키입니다." 소파에 앉은 신사가 말했다. 브루블레프스키는 어깨를 흔들며 탁자로 다가와 자기 잔을 들었다.

"여러분, 폴란드를 위해 건배, 우라(만세)!" 미차는 술잔을 높이 들고 소리 높이 외쳤다.

세 사람이 함께 건배를 했다. 미차는 술병을 잡고 다시 세 잔에 가득 술을 따랐다.

"자, 이번에는 러시아를 위해서 건배합시다. 그리고 형제처럼 우의를 맺읍시다!"

"나한테도 따라 주세요." 그루셴카가 말했다. "러시아를 위해서라면 나도 마시고 싶어요."

"나도." 칼가노프가 말했다.

"그럼, 나도 빠질 수 없지요. 사랑하는 러시아를 위해서, 늙으신 할머니를 위해서!" 막시모프는 낄낄거리며 웃었다.

"그럼 다 같이 건배합시다!" 미차가 외쳤다. "어이, 주인장, 한 병 더!" 미차가 가져온 술 중 남아 있던 세 병이 한꺼번에 나왔다. 미차는 각자의 술잔에 가득히 따랐다.

"러시아를 위해서, 건배!" 그는 또 다시 소리쳤다.

두 폴란드 신사를 제외하고는 모두 건배했다. 그루셴카도 단숨에 잔을 비웠다. 그러나 폴란드 신사들은 술잔에 손도 대려고 하지 않았다.

"아니, 왜들 그러시죠?" 하고 미차가 소리쳤다. "그럼, 당신들은⋯⋯."

그러자 브루블레프스키가 자기 잔을 쳐들며 외쳤다. 그러고는 둘 다 단숨에 술잔을 비웠다.

"1772년(독일, 오스트리아, 러시아 세 나라가 폴란드를 분할해 모욕한 해) 이전의 러시아를 위해서!"

"당신들은 참 어리석군요." 무의식중에 미차는 그렇게 말하고 말았다.

"뭐라구요?" 두 신사들은 수탉처럼 미차에게 대들며 위협하듯이 이렇게 소리쳤다.

"Ale ne móno ne metsi slabositsi do svoevo krayu(그래, 자기 조국을 사랑해선 안 된단 말이오)?" 하고 언성을 높였다.

"조용히 해요. 싸우지 말아요. 싸움을 하면 가만두지 않겠어요." 그루센카가 명령조로 이렇게 외치고 발로 마루를 쾅 굴렀다. 그녀의 얼굴은 불타고 두 눈은 번쩍이기 시작했다. 방금 들이켠 한 잔의 술이 벌써 효력을 나타낸 것이다. 미차는 깜짝 놀라며 겁을 먹은 것 같았다.

"여러분, 용서하십시오! 내가 나빴습니다. 다신 그런 소리를 하지 않겠습니다. 브루블레프스키, 판 브루블레프스키, 다신 그렇게 말하지 않겠습니다."

"당신도 잠자코 입을 다물어요. 거기 앉아서, 바보 같은 소리는 그만 두세요." 그루센카는 짜증스런 격분한 목소리로 으르렁거렸다.

모두 제 자리에 앉았다. 그러나 서로의 얼굴만 바라볼 뿐 말이 없었다.

"여러분, 모두 내 잘못입니다!" 그루센카가 왜 큰 소리로 말했는지 영문을 알 수 없었으므로 미차는 또다시 이렇게 말했다. "그렇지만, 왜들 이렇게 멍청히 앉아 있나요. 자, 무엇을 하면 좋을까요? 다시 아까처럼 흥겨운 자리가 되려면."

"아아, 이거 정말 흥이 사라져 버렸는걸."

칼가노프가 입 속으로 중얼거렸다.

"아까처럼 은행 놀이를 하면 어떨까요?" 갑자기 막시모프가 키득거리며 웃었다.

"은행 놀이? 그것 참 멋진 생각이오." 미차가 얼른 말을 받았다. "글쎄, 저분들만 좋으시다면……."

"Puzino pane(이미 시간이 늦은 것 같은데요)!" 소파에 앉은 폴란드 신사가 대답했다.

"그것도 그렇군요."

브루블레스키가 맞장구를 쳤다.

"그게 대체 무슨 뜻이에요?"

"시간이 늦었다는 뜻입니다. 여러분, 시간이 너무 늦었어요." 소파에 앉은 폴란드 신사가 설명했다.

"어쩌면, 저 사람들은 뭐든지 늦었다느니 안 된다느니 그런 말밖에 모른다니까!" 그루센카는 성이 나서 버럭 외쳤다. "자기들이 따분하게 앉아 있으니까 남들도 따분해야 직성이 풀리나 보죠. 미차, 저 사람들은 당신이 오기 전부터 이런 식으로 말없이 거드름을 피우고 있었어요."

"천만에!" 소파에 앉은 신사가 외쳤다. "Tso muvishi, to seni stane Vidzen nelasken, i esrem smutn(뭐든지 하자는 대로 하겠습니다. 당신이 우울해하는 것 같아 나도 시무룩해졌던 겁니다)." 미차를 돌아보며 폴란드 신사는 말을 끝맺었다. "Estem gotub, pane(자, 시작하시죠)."

"그럼, 시작합시다. 여러분!" 미차는 얼른 맞장구를 쳤다. 그는 호주머니에서 지폐 뭉치를 꺼내더니 거기서 2백 루블을 뽑아 식탁 위에 놓았다. "내가 많이 잃어 드리죠. 자, 카드를 잡고 돈을 거십시오."

"카드는 집주인에게 가져오라 합시다." 소파에 앉은 신사가 고집을 부리며 얕잡아보는 듯이 말했다.

"Tonailepshi sposub(그게 제일 좋은 방법이지)." 브루블레프스키가 맞장구를 쳤다.

"이 집주인이요? 좋아요. 알겠습니다. 그럼, 이 집주인에게 가져오라고 합시다. 참 좋은 생각입니다. 주인장, 새 카드를 갖다 주게!" 미차가 주인에게 호령했다.

주인은 포장지도 뜯지 않은 새 카드를 가져와서는, 마을 처녀들은 벌써 다 모였고 유대인 악사들도 곧 올 것이나, 아직 식료품을 실은 마차가 도착하지 않았다고 보고했다. 미차는 자리에서 벌떡 일어나 모든 걸 일일이 지시하기 위해 옆방으로 달려 나갔다. 그러나 처녀는 이제 겨우 셋밖에 모이지 않았고, 게다가 마리아는 아직 오지 않았다. 그리고 미차는 자신이 무엇을 어떻게 지시해야 하는지 무엇 때문에 달려 나왔는지도 알 수가 없었다. 그래서 그는 선물로 가져온 상자에서 얼음사탕과 엿을 꺼내 처녀들에게 나누어 주라고 명령했을 뿐이었다. "아, 안드레이에게 보드카를 줘야지, 안드레이에게 보드카를 줘." 그는 황급히 말했다. "아까 내가 안드레이에게 너무 무례했어."

이때 뒤를 따라 나온 막시모프가 미차의 어깨를 건드렸다.

"나에게 5루블만 좀 주십시오." 하고 그는 속삭였다. "나도 은행 놀이를 하고 싶어서요. 히, 히!" "좋소, 참 좋은 생각이오. 자, 여기 10루블을 줄 테니 어서 받으시오!" 미차는 또다시 지폐 뭉치를 꺼내서 10 루블짜리 한 장을 꺼냈다. "잃거든 또 오시오, 또 오시오……."

"잘 알겠습니다." 막시모프는 기쁜 듯이 속삭이고는 방 쪽으로 달려갔다.

미차도 곧 돌아와서, 기다리게 해 죄송하다고 사과했다. 두 신사는 벌써 자리를 잡고 앉아서 카드의 포장을 뜯고 있었다. 그들은 상냥한 느낌이 들 정도로 아까보다 훨씬 친절해져 있었다.

"자, 자리에 앉으십시오. 여러분!" 브루블레프스키가 말했다.

"아니, 난 이제 하지 않겠습니다. 아까 벌써 이분들에게 50루블이나 잃었답니다."

"당신이 운이 나빴어요. 아마도 이번엔 운이 트일지도 몰라요." 소파에 앉은 신사가 그에게 말했다.

"돈을 얼마나 걸까요? 한도가 있습니까?" 미챠는 흥분하고 있었다.

"얼마든지, 1백 루블이든 2백 루블이든 마음대로 거셔도 좋습니다."

"그럼, 백만 루블쯤 걸까?" 미챠는 호탕하게 웃었다.

"대위님, 당신은 혹시 포드비소츠키의 얘기를 들어 보신 적 있습니까?"

"포드비소츠키가 누군가요?"

"바르샤바에서 어떤 사람이 누구라도 돈을 걸 수 있는 유한 은행을 시작했지요. 거기에 포드비소츠키가 와서 1천 루블짜리 금화를 보고는 은행 놀이에 돈을 걸었답니다. 그때 물주가 물었습니다. '포드비소츠키 씨, 당신은 이 자리에 금화를 걸겠습니까, 명예를 걸겠습니까? 하고 물었습니다.' '물론 명예를 걸고 하겠습니다.' 라고 대답하자, '그러시다면 좋습니다.' 물주가 패를 돌렸지요. 그런데 포드비소츠키가 이겨서 1천 루블짜리 금화를 가져가려니까 은행 쪽은 '잠깐 기다리시오'라고 그를 제지하더니 금고를 열어 백만 루블을 꺼내주었습니다. '자, 받으십시오. 손님. 이것이 당신이 딴 돈입니다' 그건 1백만 루블짜리 승부였던 셈이지요. '난 그런 승부인지 몰랐습니다' 하고 포드비소츠키가 말하자 '당신이 명예를 걸었듯이, 나도 내 명예를 걸고 지불하는 것입니다'하고 은행 쪽은 말했지요. 그래서 결국 포드비소츠키가 백만 루블의 거금을 받게 된 거지요."

"그건 거짓말이오." 칼가노프가 말했다.

"Shl Eo et noi kompanii tak muvitsi ne pekoi(칼가노프 씨, 점잖은 사람들이 있는 자리에서 그런 말을 하는 것은 실례입니다)."

"그럼, 당신한테 폴란드 도박꾼이 백만 루블을 주겠군요." 미차는 이렇게 외쳤으나 곧 정신을 차리고 "미안합니다. 내가 또 실언을 했군요. 죄송합니다. 물론 내겠지요. 명예를 걸고 백만을 낼 테지요. 폴란드의 명예를 걸고 말이오! 어떻습니까, 나도 폴란드어를 곧잘 할 줄 알지요. 하, 하! 자, 10루블 걸겠습니다. 잭!"

"나도 1루블을 여왕님께 겁니다. 하트의 여왕님에게, 아름다우신 여왕님께, 히, 히!" 막시모프는 웃으며 자기의 퀸을 내밀어 놓으며, 다른 사람들에게는 보이고 싶지 않다는 듯이 탁자에 몸을 찰싹 붙이고 그 밑에서 재빨리 성호를 그었다.

"코너(카드의 코너를 접으면 승부 금액이 4분의 1 많아짐)!" 미차는 외쳤다.

"나도 이번에도 1루블, 조금씩 걸겠어요." 막시모프는 1루블을 딴 것이 너무 기뻐서 이렇게 중얼거렸다.

"졌군!" 미차가 소리쳤다. "7에다 두 배!"

두 배 건 것도 잃었다.

"그만하세요." 갑자기 칼가노프가 말했다.

"두 배로, 또 두 배로!" 미차는 그때마다 금액을 배로 늘려갔으나, 아무리 걸어도 모조리 지기만 했다. 그러나 1루블짜리는 언제나 이겼다.

"역시 두 배로!" 미차는 맹렬히 소리쳤다.

"벌써 2백 루블이나 잃으셨군요. 또 2백 루블을 거시겠습니까?" 하고 소파에 앉은 신사가 물었다.

"아니, 2백 루블을 잃었다구요? 그럼 다시 2백 루블! 계속해서 두 배로 2백 루블!" 미차는 호주머니에서 돈을 꺼내 2백 루블을 퀸에다 던지려 했다. 그러자 칼가노프가 갑자기 그 카드를 손으로 덮었다.

"이제 그만하시라니까요!" 그는 어린애 같은, 울 것 같은 목소리로 외쳤다.

"아니, 왜 이러는 거요?" 미차는 그의 얼굴을 노려보았다.

"그만하세요. 더 보고 있을 수가 없어요. 이제 노름을 하지 마세요!"

"왜 그러지요?"

"까닭이 있어서예요. 침이라도 탁 뱉고 가 버리세요. 더 이상 노름을 계속하게 둘 순 없어요."

미차는 놀란 얼굴로 그의 얼굴을 응시했다.

"그만둬요. 미차, 이 사람 말이 옳을지도 몰라요. 그렇잖아도 벌써 많이 잃었으면서." 이상야릇한 어조로 그루센카가 말했다. 두 폴란드 신사는 크게 모욕당한 표정으로 자리에서 벌떡 일어났다.

"J artueshi, pane(농담이실 테죠, 파네)?" 키 작은 신사가 엄격한 눈초리로 칼가노프를 쏘아보면서 말했다.

"Yaksen povajashi to robitsi, pane(어떻게 감히 그런 실례의 말을 하는 거요)?" 브루블레프스키도 칼가노프에게 호통을 쳤다.

"여기가 어디라고 감히 소리를 치는 거예요!" 그루센카가 외쳤다. "정말 칠면조와 다름없다니까."

미차는 일동의 얼굴을 번갈아 바라보았다. 그러자 그루센카의 얼굴 표정이 갑자기 그의 가슴을 찔렀다. 그 순간 전혀 새로운 어떤 생각이 그의 머릿속을 스치고 지나갔다. 그것은 참으로 기묘하고도 새로운 상념이었다.

"아그리피나 씨."

키 작은 폴란드 신사가 화가 나서 홍당무처럼 얼굴이 빨개져서 입을 열었을 때, 갑자기 미차가 그 곁으로 다가가서 어깨를 툭 쳤다.

"선생, 말씀드리고 싶은 게 있는데……."

"Chevo khteshi, pane(무슨 일이오, 파네)?"

"저쪽 방으로 갑시다. 잠깐 할 말이 있어서요. 아주 좋은 얘기지요. 당신도 틀림없이 만족하실 겁니다."

키 작은 폴란드 신사는 경계하는 듯한 눈으로 미차를 뻔히 쳐다보다가 곧 동의했다. 단 브루블레프스키도 같이 간다는 조건이었다.

"경호원으로 말입니까. 그럽시다. 오히려 잘됐군요. 그 분도 필요하니까요." 미차는 소리쳤다. "자, 갑시다!"

"어디로 가시는 거예요?" 불안한 표정으로 그루셴카가 물었다.

"곧 돌아올게요." 미차는 대답했다. 그의 얼굴에는 그 어떤 대담성이, 뜻하지 않은 어떤 용기 같은 것이 빛나기 시작했다. 한 시간 전 이 방에 들어올 때와는 완전히 다른 얼굴이었다. 그는 처녀들이 합창 준비를 하고 식탁을 차리는 큰 방을 피해 오른쪽에 있는 조그만 방으로 두 신사를 데리고 갔다. 그곳은 침실이어서 궤짝이며 트렁크 외에도 무명 베개를 산더미처럼 쌓아 올린 큰 침대가 두 개 놓여 있었다. 한쪽 구석에는 조그만 탁자 위에 촛불이 타고 있었다. 폴란드 신사와 미차는 이 탁자를 사이에 두고 마주 앉았다. 장승처럼 선 브루블레프스키는 뒷짐을 지고 두 사람 옆에 버티고 섰다. 두 사람 다 날카로운 표정이었으나 분명 호기심을 느끼고 있었다.

"Chem mogen sluzhiti, pane(그래, 무슨 용건이지요)?" 소파에 앉았던 신사가 입을 열었다.

"다름 아니라, 나는 긴 말을 하지 않겠소. 여기 돈이 있습니다." 미차는 자기의 지폐 뭉치를 꺼냈다. "어떻소, 3천 루블을 드릴 테니 이걸 가지고 어디로든지 떠나 주시지 않겠습니까?" 신사는 눈을 휘둥그레져서 상대방이 속을 살피려는 듯이 미차의 얼굴을 뚫어지게 응시했다.

"3천 루블이라구?" 그는 브루블레프스키와 서로 시선을 주고받았다.

"3천입니다, 3천! 아시겠소? 보아하니 당신도 그만하면 분별 있어 보이는데, 어떻습니까, 이 3천 루블 가지고 어디로든지 떠나시는 게? 물론 두 분이서 함께 말입니다. 아시겠소? 지금 당장 이대로 떠나시는 겁니다. 그리고 영원히, 영원히 사라지란 그 말입니다. 바로 저 문으로 나가시란 말입니다. 방에 두고 온 물건이 뭡니까? 외투? 털가죽 외투? 그건 내가 갖다 주리다. 지금 곧 당신네들을 위해 마차를 준비시키겠습니다 - 그걸로 작별을 하는 게 어떻소?"

미차는 자신만만한 태도로 대답을 기다렸다. 그는 자기가 한 말의 결과를 조금도 의심치 않았다. 무언가 일종의 단호한 표정이 폴란드인의 얼굴을 스치고 지나갔다.

"그럼, 돈은, 파네?"

"돈을 이렇게 합시다. 우선 여비조로 당장 5백 루블을 마차 삯과 선금조로 드리지요 - 명예를 걸고 말합니다. 내가 무슨 짓을 해서라도 반드시 마련해 드리겠습니다!"미차는 소리쳤다.

두 폴란드인은 다시 시선을 주고받았다. 키 작은 폴란드 신사의 얼굴 표정이 점점 험악해졌다.

"7백 루블 드리죠. 7백 루블. 지금 당장 7백 루블을 주겠소!"눈치가 이상한 것을 알아차리고 미차는 액수를 올렸다. "어떻습니까? 믿어지지 않습니까? 지금 당장 3천 루블을 다 드릴 수는 없지만 틀림없이 드리겠습니다. 내일이라도 좋으니 그루센카의 집으로 오십시오. 지금은 3천 루블을 가지고 있지 않지만, 읍내에 가면 우리 집에 돈이 있으니까요."미차는 한 마디 한 마디 뱉을 때마다 기가 죽어 맥이 빠지는 것을 느끼면서 말했다. "틀림없어요. 정말 숨겨둔 돈이 있단 말입니다⋯⋯."

그 순간, 키 작은 신사의 얼굴에 일종의 비정상적이라고 할 정도의 자존심이 번뜩이기 시작했다.

"또 무슨 말이 있소?" 그는 비꼬는 투로 말했다. "Pfe! A pfe (비열한, 비열한 자 같으니)!" 이렇게 말하며 그는 침을 퉤 뱉었다.

"당신이 그렇게 침을 뱉는 건," 이미 모든 것이 끝났다고 느꼈으므로 미차는 자포자기한 어조로 말했다. "그루센카한테서 좀 더 우려낼 수 있다고 생각했기 때문일 테지. 당신들은 둘 다 불알 깐 수탉들이야. 그 정도밖엔 되지 않는단 말이오!"

"Estem do jivevo dorknentnym (이렇게 지독한 모욕은 처음이다)!" 키 작은 폴란드 신사는 얼굴이 홍당무처럼 빨개져서, 이젠 한 마디도 더 듣고 싶지 않다는 듯이 몹시 화를 내며 방에서 나가 버렸다. 브루블레프스키도 몸을 흔들며 뒤따라 나갔다. 그 뒤를 따라 미차도 풀이 죽어 난감한 표정으로 걸어 나왔다. 그는 그루센카가 무서웠다. 폴란드인들이 곧 큰소리로 외쳐댈 것이라고 예상한 것이다. 아니나다를까 신사는 방에 들어서자 연극배우처럼 그루센카 앞으로 다가섰다.

"아그리피나, Estem do jivevo dorknentnym (이런 지독한 모욕은 처음이야)!" 그가 이렇게 소리치자 그루센카는 마치 제일 아픈 곳을 찔리기라도 한 것처럼 더 이상 참을 수 없다는 듯이 분통을 터뜨렸다.

"러시아 말로 하세요! 러시아어로! 한 마디라도 폴란드 말을 쓰면 용서하지 않을 거예요! 그 전엔 러시아어로 말했잖아요. 설마 5년 동안 벌써 잊었단 말인가요?"

그녀는 화가 나서 얼굴이 빨갛게 달아올랐다.

"파니 아그라피나……"

"나는 아그라페나예요. 그루셴카라구요. 러시아 말로 하세요. 그렇지 않으면 난 듣지 않겠어요!"

신사는 자존심 때문에 숨을 헐떡이면서 엉터리 러시아어로 재빨리 설명하기 시작했다.

"아그라페나, 나는 옛날 일을 잊고 모든 걸 용서하러 왔습니다. 오늘까지의 모든 것을 잊어버릴 계획으로……"

"뭐, 용서한다고요? 그럼 나를 용서하러 오셨단 말인가요?" 그루셴카는 말을 가로채고 자리에서 벌떡 일어났다.

"Takesti, Pani(그래요. 바로 그렇습니다). 나는 마음이 좁지 않아요. 관대한 사람입니다. 그러나 당신들의 애인들을 보고 bylem zdziviony(놀랐습니다). 미차 씨가 저 방에서 나더러 손을 떼라고 하며, 3천 루블을 주겠다고 하더군요. 나는 그 자에게 침을 뱉어 주었습니다."

"뭐요? 저 사람이 날 위해 돈을 준다고 했다구요?" 그루셴카는 발작적으로 소리쳤다. "정말인가요? 미차? 어떻게 그런 무례한 짓을 할 수 있죠? 내가 무슨 돈으로 사고파는 물건인 줄 아세요?"

"이봐요, 당신!" 미차는 소리쳤다. "이 여자는 순결하오. 한 점의 티도 없이 순결해요. 나는 결코 이 여자의 애인이 되어 본 적이 없소! 그런 엉터리 같은 수작은 작작 하시오."

"당신이 뭔데 이 사람 앞에서 나를 변호하는 거예요?" 이번에는 그루셴카가 외쳐댔다. "내가 순결했던 건 덕망이 높아서도 아니고 또 삼소노프 노인이 무서워서 그런 것도 아니에요. 단지 나는 이 사람에게 긍지를 보이고 싶었던 거예요. 이 사람을 만났을 때, 넌 비열한 사내라고 말할 자격을 갖추고 싶었기 때문이죠. 그래 이 사람은 당신의 돈을 받은 건 아니겠죠?"

"그래요, 받으려고 했어요. 받으려 했단 말이오." 미챠는 소리쳤다. "3천 루블을 한꺼번에 받고 싶어 했는데, 우선 내가 7백 루블만 선금으로 준다니까 거절한 것이지요."

"그럴 테죠. 알 만해요. 이 사람은 내게 돈이 있다는 소문을 듣고, 그래서 나와 결혼하려고 찾아온 거예요."

"아그리피나!" 키 작은 폴란드 신사가 외쳤다. "나는 기사(騎士)입니다. 나는 파렴치한이 아니라 귀족이란 말입니다. 나는 당신과 결혼하려 찾아왔습니다. 그런데 와서 만나보니 옛날의 당신이 아니군요. 변덕스럽기 짝이 없는 파렴치한 여자가 되어버렸군요."

"아, 그래요. 그렇다면 어서 당신이 있던 곳으로 꺼져버려요! 지금 당장 내쫓으라고 한 마디만 하면 당신들은 쫓겨나고 말 테니까." 그루셴카는 정신없이 외쳤다. "아아, 내가 바보지, 내가 바보였어. 5년 동안 나는 왜 그토록 괴로워했던 걸까. 하지만 나는 이런 사내 때문에 나 자신을 괴롭혀 온 건 아니야. 다만 증오와 원한 때문에 나 자신을 괴롭혀 왔던 것뿐이니까! 게다가 이 사람도 옛날의 그 사람은 아니야! 그때의 그 사람은 이런 사람이 아니었어. 이 사람은 아마 그 사람의 아버지뻘이라도 되는 모양이군. 당신은 대체 그 가발을 어디서 얻어 쓴 건가요? 그때 그 사람이 매였다면, 이 사람은 수탉이라고 할까. 그 사람은 웃으며 나한테 노래를 불러주곤 했는데…… 그런데도 나는 지난 5년간 울음으로 보내다니 정말 어리석었어. 수치를 모르는 비열한 바보였어."

그루센카는 안락의자에 몸을 던지고 두 손으로 얼굴을 가렸다. 바로 이 순간 왼쪽 방에서 준비를 마친 모크로예 처녀들의 합창 소리가 울려 퍼졌다. ─ 격정적인 춤곡이었다.

"이건 마치 소돔이로군!" 브루브레프스키가 갑자기 으르렁거리듯 소리쳤다. "이봐! 주인, 저 더러운 계집들을 쫓아 버려!"

아까부터 호기심에 이끌려 문간에서 흘끔거리고 있던 주인이 고함소리를 듣자 손님들 사이에 싸움이 벌어진 줄 알고 곧 방안으로 달려 들어왔다.

"아니, 무슨 일 때문에 그렇게 고함을 치는 거요?" 주인은 납득이 안 갈 만큼 퉁명스런 어조로 브루블레프스키에게 말했다.

"돼지만도 못한 놈을 봤나!"

브루블레프스키가 호통을 쳤다.

"돼지라고 말하는 네 놈은 어떤 카드를 가지고 노름을 했지? 내가 준 새 카드는 숨기고 표시가 되어 있는 엉터리 카드로 노름을 하지 않았느냐 말이야. 나는 네 놈을 사기도박으로 고소해서 시베리아로 보내 수 있어, 이건 지폐 위조와 다를 게 없단 말이다……."

이렇게 말하고는 주인은 소파로 다가가 등받이와 쿠션 사이에서 포장도 뜯지 않은 새 카드를 끄집어냈다.

"자, 이게 내가 준 카드야. 아직 포장도 뜯지 않은 채로 있군." 집 주인은 그걸 높이 쳐들어 모두에게 보여주었다. "나는 다 보고 있었어. 내가 준 카드를 저기 쑤셔 박고 자기 것과 바꿔치기하는 것을 나는 저기서 봤단 말이야. 당신은 사기꾼이야. 그러면서 뭐, 귀족이라고!"

"나도 저 사람이 두 번이나 카드를 속이는 걸 보았어요!" 칼가노프가 소리쳤다.

"아아, 창피해. 이게 무슨 창피람!" 그루센카는 손뼉을 치며 외쳤다. 그녀는 창피한 나머지 얼굴까지 새빨개졌다. "아아, 어쩌면 저렇게도 타락한 인간이 되었을까?"

"나도 그렇게 생각했어!" 미차가 소리쳤다. 그러나 그가 이 말을 마치기도 전에 갑자기 브루블레프스키가 갑자기 낭패와 격분이 엇갈린 표정으로 그루센카를 바라보고 주먹으로 위협하며 외쳤다.

"이 화냥년 같은 게!" 그러나 그가 미처 말을 끝내기도 저에 갑자기 미차가 달려들어 두 손으로 그를 번쩍 쳐들더니 눈 깜짝할 사이에 오른쪽 옆방으로 그를 몰아냈다. 그것은 조금 전에 미차가 두 사람을 데리고 들어갔던 그 침실이었다.

"그놈을 마룻바닥에 내던지고 왔소!" 미차가 곧 되돌아와서 흥분한 나머지 숨을 헐떡이며 말했다. "그 자식 그래도 덤벼들더군. 하지만 다신 여기 나오지 못할 거요!"

미차는 양쪽 문 중 한 쪽은 닫고 다른 한쪽은 열어젖힌 채로 키 작은 신사를 향해 소리쳤다.

"신사 양반, 당신도 역시 저 방으로 가시는 게 어떻겠습니까? 제 발 부탁드립니다!"

"드미트리 나리, 저 놈들에게 돈을 뺏으세요. 지금 카드놀이에서 잃으신 것 말입니다. 당신한테도 훔친거나 다름없으니까요."

"나는 잃은 50루블을 돌려받고 싶진 않소." 갑자기 칼가노프가 옆에서 말했다.

"나도 2백 루블 따위, 필요 없어." 미차가 소리쳤다. "절대로 뺏지 않을 테니까. 그걸로 마음의 위로라도 삼으라지!"

"잘했어요. 미차! 정말 훌륭해요, 미차!" 그루센카는 외쳤다. 그 외침 속에는 폴란드 신사에 대한 무서운 증오가 서려 있었다.

키 작은 신사는 분노에 못 이겨 얼굴이 울그락불그락 하면서도 여전히 위엄만은 잃지 않은 채 문 쪽으로 걸어가다가 문득 걸음을 멈추고는 그루센카에게 이렇게 말했다.

"Pani, ejeli khrseshi isirsi za mnoyu, idzimy, esli ne, byyai zdrova(만약 나와 함께 가고 싶다면 같이 갑시다. 그게 아니면 이걸로 영원히 끝이오)!"

이렇게 말하고는 그는 분노와 야심에 허덕이면서 거만스러운 걸음걸이로 문밖으로 사라졌다. 그는 무척이나 자존심이 강한 사내였기 때문에 그런 일이 있고 난 후에도 여자가 아직 자기를 따라올 것이라는 희망을 잃지 않았던 것이다. 미차는 그가 나가자마자 문을 쾅 닫아 버렸다.

"자물쇠로 아주 잠가 가둬 버리십시오." 칼가노프가 말했다. 그러나 자물쇠 소리는 저쪽에서 났다. 그들이 스스로 문을 잠가 버린 것이다.

"잘 됐어요." 그루셴카가 또 다시 독기어린 어조로 매정하게 외쳤다. "잘 되고말고요! 제대로 갈 길을 간 거예요!"

8. 헛소리

뒤이어 천지를 뒤흔드는 요란한 술잔치가 벌어졌다. 그루센카
가 가장 먼저 술을 달라고 소리쳤다.

"마시고 싶어요. 지난번처럼 아주 곤드레만드레 취하고 싶어요.
생각나요, 미차? 그때 우리가 여기서 처음으로 친해졌던 일을!"

미차 자신은 마치 꿈속에 있는 것 같았다. 그는 '자기의 행복'을
예감한 것이다. 그러나 그루센카는 자꾸 그를 밀어 내려고 했다.

"당신도 저기 가서 즐기세요. 저 사람들한테도 춤을 추면서 즐
기라고 하고요. 그때처럼 '집도 난로도 춤추게' 흥청망청 즐기는
거예요." 그녀는 쉬지 않고 지껄여댔다. 그래서 미차도 그녀가 시
키는 대로 급히 달려 나갔다. 합창대는 옆방에 모여 있었다. 지금
까지 모두가 앉아 있던 방은 그렇지 않아도 좁은데다 한가운데를

무명 커튼으로 막고 그 안쪽에는 커다란 침대를 놓아두었다. 그리고 그 위에는 푹신푹신한 깃털 이불과 역시 무명으로 만든 베개들이 산더미처럼 쌓여 있었다. 이 집에서도 '깨끗하다'는 네 개의 방에는 모두 침대가 놓여 있었다. 그루센카는 문간 바로 옆에 자리 잡았다. 미차가 그쪽으로 안락의자를 날라다 준 것이다. '그때' 처음으로 여기서 호탕하게 놀았을 때도 그루센카는 역시 지금처럼 자리를 잡고 앉아서 춤추고 노래하는 것을 구경했다.

모여든 처녀들도 그때와 같은 얼굴들이었다. 유대인들도 역시 바이올린과 기타를 들고 찾아 왔다. 그토록 기다리던 술과 먹거리를 가득 실은 마차가 도착했다. 미차는 분주히 돌아다녔다. 아무런 관련도 없는 농부와 아낙네들까지 구경하려고 방안으로 들어왔다. 그들은 이미 잠자리에 들었다가, 한 달 전과 같은 굉장한 파티가 벌어진 것을 눈치채고 자리에서 일어나 찾아온 것이다. 미차는 이제는 낯익은 사람이면 모두 인사를 나누고 포옹을 했다. 그러자 그때의 얼굴을 상기하고는 병마개를 따서 닥치는 대로 술을 따라주었다. 샴페인을 마시고 싶어 하는 건 주로 처녀들이었고 농부들은 럼과 꼬냑, 특히 강렬한 펀치를 좋아했다. 미차는 처녀들 모두에게 돌아갈 초콜릿을 나누고, 사람들이 올 때마다 차와 펀치를 마실 수 있도록, 밤새도록 세 개의 사모바르에 계속 물을 끓이라고 명령했다. 희망하는 사람이라면 누구나 먹게 하겠다는 생각이었다.

한마디로 말해서 무질서한 난장판이 벌어진 것이다. 그러나 미차는 마치 자기 본성에 딱 들어맞기라도 한 듯 주위가 난장판이 되면 될수록 더더욱 신바람이 났다. 만일 주위의 농부들이 돈을 달라고 간청했다면 그는 곧 돈다발을 꺼내 마구 나눠줬을 게 틀림없다.

아마 그런 이유에서 미챠를 감시하려는 건지 여관 주인 트리폰은 그의 곁에 찰싹 달라붙어 주위에서 서성거리고 있었다. 그는 그날 밤에 잠을 잘 생각을 아예 하지도 않고, 술도 제대로 마시지 않고(그는 펀치 한 잔을 마셨을 뿐이었다) 자기 나름의 견지에서 눈을 크게 뜨고 미챠의 동태를 살피고 있었다. 그리고 필요한 경우에는 아첨 섞인 말로 상냥하게 미챠를 제지하며, '그때'처럼 농부들에게 '시가와 라인산 백포도주'는 물론이고 돈을 뿌리는 것은 절대 안 된다고 타일렀다. 그리고 처녀들이 함부로 리큐르를 마시고 과자를 집어 먹는다고 몹시 화를 내는 것이었다.

"나리, 저것들은 모두 이가 득실거리는 거지들입니다. 저것들 중 어떤 놈이라도 발길로 차 버린다면 도리어 감사하다고 굽실거릴 테니 두고 보십시오. 그만한 가치밖에 없는 놈들이라니까요!"

미챠는 또다시 안드레이를 상기하고 그에게 펀치를 가져다주라고 명령했다.

"난 아까 안드레이를 모욕했어." 그는 미안한 마음으로 힘없이 되풀이했다.

칼가노프는 처음에는 술도 마시려 하지 않았다. 처녀들의 합창도 마음에 들지 않는 눈치였으나, 샴페인을 두어 잔 들이켜자 갑자기 마음이 동해서 요란하게 웃어대며 방안을 돌아다니기 시작했다. 그러고는 노래도 음악도 무엇이든 다 좋다고 마구 칭찬해대는 것이었다. 거나하게 취한 막시모프도 기분이 좋아서 잠시도 칼가노프의 곁을 떠나지 않았다. 그루센카 역시 취기가 오르기 시작했는지 칼가노프를 가리키며 미차에게 이렇게 말했다.

"어쩌면 저렇게 귀엽고 사랑스러울까요?" 그러자 미차는 기쁨에 겨워 달려가서 칼가노프와 막시모프에게 키스를 했다. 오오, 참으로 그는 많은 것을 예감하고 있었다. 그루센카는 아직 암말도 하지 않았으나 무언가 하고 싶은 말을 일부러 참고 있는 것 같이 보였다. 그러나 가끔 그를 바라보는 그녀의 눈을 상냥하면서도 열정적인 빛을 띠고 있었다. 마침내 그녀는 갑자기 미차의 손을 움켜잡고 자기 쪽으로 힘껏 이끌었다. 이때도 그녀는 문 옆에 놓인 안락의자에 앉아 있었다.

"아까 당신이 어떤 걸로 이곳에 들어왔는지 아세요, 네? 그 들어오는 꼴이라니……. 난 정말 깜짝 놀랐어요. 어째서 당신은 나를 그 사내에게 양보하려 했죠? 정말로 그럴 생각이었나요?"

"나는 당신의 행복을 망치고 싶지 않았어!" 미차는 행복에 겨워 중얼거렸다. 그러나 그루센카는 그런 대답을 기다리고 있었던 것이 아니었다.

"자, 저리 가서 즐겁게 노세요!" 그루센카는 또다시 그를 쫓아냈다. "자, 울지 말아요. 또 부를 테니까."

그러면 그는 다시 달려갔다. 그루센카는 그가 어디에 있든 언제나 행방을 쫓으며 노랫소리에 귀를 기울이기도 하고 춤을 구경했다. 그러다가 15분쯤 지나면 또다시 그를 불렀고, 미차는 다시 그녀에게 달려왔다.

"자, 이제 내 옆에 와서 앉으세요. 내가 여기 있다는 걸 어떻게 알았는지 말해보세요. 맨 처음 누구한테 들으셨죠?"

그래서 미차는 죄다 이야기하기 시작했다. 이상하리만큼 열띤 어조로 앞뒤 순서도 없이 더듬더듬 얘기했다. 그는 자주 미간을 찌푸리고 하던 말을 멈춘 채 입을 다물어 버리기도 했다.

"얼굴 표정이 왜 그래요?"

그루센카가 물었다.

"아무것도 아니야…….. 거기에 환자를 하나 두고 와서…….. 만약 그 환자가 회복된다면, 그리고 회복된다는 걸 알기만 한다면, 나는 지금 당장이라도 내 수명을 10년이라도 나눠줄 용의가 있는데……."

"그까짓 환자쯤이야 아무러면 어때요. 그보다 당신은 정말 내일 권총으로 자살할 작정이었나요? 어쩌면 이토록 바보 같을까! 그까짓 일로 자살을 하다니요! 하지만 나는 당신처럼 무분별한 사람이 좋아요." 살짝 혀 꼬부라진 소리로 그루센카는 말했다. "그럼, 당신은 나를 위해서라면 무슨 일이든 다 하겠군요. 바보같이! 안 돼요! 잠깐만 기다리세요. 어쩌면 내일 내가 당신한테 좋은 얘기를 들려줄지도 모르니까요. ……하지만 오늘은 아니에요. 그건 내일에요. 당신은 오늘 듣고 싶으시겠지만 안 돼요. 이제 저쪽으로 가서 마음껏 노세요."

그러나 그녀는 다시 아무래도 납득이 가지 않는 얼굴로 미차를 불렀다.

"왜 그런 슬픔 얼굴을 하고 있나요? 당신이 슬픔에 잠겨 있다는 걸 난 알 수 있어요. 빤히 얼굴이 나타나는 걸요." 그의 눈을 뚫어지게 들여다보면서 그녀는 덧붙였다. "당신이 저기서 농부들과 키스를 하며 큰 소리로 떠들어대도 나는 당신이 어떤지 나는 다 알고 있어요. 안 돼요. 즐겁게 노세요. 나도 이렇게 즐거운데 당신도 즐거워야죠. 나는 이 중의 누군가를 사랑하고 있는데, 그게 누군지 알아맞춰 보세요. 어머나, 우리 도련님이 잠들어 버렸네요. 가엾게도 그만 술에 취해서 쓰러지고 말았군요."

그녀는 칼가노프를 두고 한 말이었다. 그는 정말로 술에 취해서 소파에 앉자마자 곧 잠들어버린 것이다. 그러나 그가 잠이 든 것은 술 때문만은 아니고 갑자기 왠지 모르게 서글픈 생각이 들었던 것이다. 그의 말을 빌린다면 '같이 어울릴 수 없는' 느낌이 들었던 것이다. 파티가 무르익어 갈수록 점점 음탕해져가는 처녀들의 노랫소리가 나중에는 그의 기분을 잡치게 하고 만 것이다. 춤도 역시 마찬가지였다. 두 처녀가 곰으로 분장하고, 손에 막대기를 든 처녀가 곰 조련사 흉내를 내며 곰에게 재주를 부르게 했다.

"마리아, 좀 더 신나게." 그녀는 소리쳤다. "아니면 몽둥이로 때려 줄 거야!"

드디어 곰은 보기 민망할 정도의 음탕한 자세로 마루에서 뒹굴었다. 그러자 빽빽이 모여든 마을 아낙네들과 농부들이 일제히 웃음을 터뜨렸다. "괜찮아요. 내버려 두세요. 마음껏 놀게들 두세요."

그루센카는 행복한 표정으로 제법 의젓하게 말했다. "저렇게 즐겁게 놀 수 있는 기회가 별로 없을 거예요. 그리고 누구든지 기뻐해서는 안 된다는 법도 없으니 말이에요!" 그러자 칼가노프는 마치 무엇에 몸이라도 더럽힌 표정이었다. "정말 못 말릴 국민 대중의 풍속이로군." 그는 자리를 물러나며 이렇게 말했다. "저건 봄 축제 때 하는 놀이인데, 여름날 밤 밤새껏 해가 떠오르는 걸 경계하며 논다는 내용이야." 그러나 다른 무엇보다 그의 기분을 잡친 것은 경쾌한 춤곡에 붙인, 이른바 '새로운' 노래였다. 그건 길 가는 어떤 귀족이 마을 처녀의 마음을 떠본다는 내용이었다.

나리는 처녀를 떠보았다네
너는 나를 사랑하느냐?

그러나 처녀들은 그 나리를 사랑해서는 안 될 것 같다.

나리는 호되게 때릴 테니까
나는 사랑할 수 없어요, 그런 사람을.

그 다음에 집시가 와서 역시 처녀들의 마음을 떠본다.

집시가 처녀를 떠보았다네.
너는 나를 사랑하느냐?

그러나 집시한테도 사랑을 줄 수는 없다.

집시는 도둑질을 좋아하니까.
나는 눈물 속에 늙고 말거야.

또 많은 사람들이 – 병정까지 찾아와서 처녀들을 떠보기 시작
한다.

병정이 처녀를 떠보았다네
너는 나를 사랑하느냐?

그러나 병정은 보기 좋게 거절당한다.

병정은 배낭을 맬 테니까
나는 싫어, 그 뒤를 따르는 것이……

그 다음 한 절은 매우 음탕한 내용이었다. 게다가 그것을 거리낌
없이 그대로 불러대자 청중들은 열광적으로 웃어댔다. 결국 노래
는 상인이 등장하면서 끝을 맺었다.

장사꾼이 처녀를 떠 보았다네
너는 나를 사랑하느냐?

결국 처녀들이 제일 좋아하는 것은 상인이라는 사실이
드러났다. 그 이유는 이러한 것이다.

장사꾼은 돈을 많이 버니까
나는 호강할 거야, 그 돈으로.

칼가노프는 벌컥 성을 냈다.

"이건 옛날 노래와 하나도 다르지 않아." 그는 큰소리로 말했다.
"도대체 누가 와서 이런 노래를 지어주는 걸까? 철도국원이나 유
대인이 와서 처녀들을 유혹하지 않는 게 이상하군. 그런 자들이라
면 모두 호락호락 넘어갈 테지."

그는 자기 자신이 모욕이라도 당한 것처럼 따분하다고 선언하
고는 소파에 앉자마자 곧 잠들어 버렸다. 그 예쁘장한 얼굴은 다소
파리한 빛을 띤 채 소파 쿠션 위에 던져져 있었다.

"보세요, 얼마나 귀여운지." 그루셴카는 미차를 소파 옆으로 끌
고 가며 이렇게 말했다. "아까 이 사람의 머리를 빗겨 주었는데, 정
말 아마처럼 탐스러운 머리예요."

그는 감동한 표정으로 허리를 굽혀 청년의 이마에 키스했다. 칼
가노프는 눈을 번쩍 뜨고 그녀의 얼굴을 바라보더니, 반쯤 몸을 일
으키며 몹시 불안한 표정으로 막시모프는 어디 있느냐고 물었다.

"그 사람이 그렇게 걱정스럽나요?" 그루셴카는 웃으며 말했다.
"그러지 말고 내 옆에 앉아 있어요. 미차, 얼른 가서 이 분의 막시

모프를 좀 데려 오세요."

　막시모프는 이따금 리큐르를 따라 마시려고 갈 때 외에는 한 시도 처녀들의 곁을 떠나지 않는다는 것이 판명되었다. 초콜릿을 벌써 두 잔이나 퍼마셨다. 얼굴을 빨갛고 코는 자줏빛으로 변하고 두 눈은 음탕한 빛을 띠며 번들거렸다. 그는 가까이 달려오더니 이제 곧 '재미있는 무도곡'에 맞춰 나막신 춤을 추겠다고 말했다.

　"이래 봐도 나는 어릴 때 상류 사회에서 추는 춤을 배웠거든요."

　"자, 어서 가 보세요. 미차, 당신도 같이 가서 함께 춤을 추세요. 나는 여기서 그 사람의 춤 솜씨를 구경할래요."

　"그럼 나도 저리 가서 구경해보겠습니다." 자기 옆에 있어 달라는 그루센카의 청을 어린애다운 순진한 방법으로 거절하며 칼가노프는 큰소리로 말했다. 그리하여 모두들 춤 구경에 나섰다. 막시모프는 정말로 나막신 춤이라는 걸 보여주었다. 그러나 미차 이외에는 거의 아무도 감탄하는 사람이 없었다. 그의 춤이라는 것은 단지 껑충껑충 뛰어오를 때마다 구두 밑창을 탁탁 치는 것뿐이었다. 칼가노프는 조금도 마음에 들지 않는 모습이었지만, 미차는 춤춘 사람에게 키스까지 해주었다.

　"수고했소, 힘들지 않소? 아니, 무엇을 찾고 있지? 과자라도 먹고 싶소, 아니면 시가?"

　"궐련으로 한 대만 주시오."

　"한 잔 들지 않겠소?"

　"방금 저기서 리큐르를 마셨어요. ……초콜릿 과자는 없나요?"

"저기 식탁 위에 얼마든지 있으니 마음대로 골라 드시오. 당신은 참 귀여운 데가 있어서 좋아."

"아니, 그게 아니라 내가 말하는 건 바닐라가 든…… 늙은이한텐 그게 필요하거든요. 히, 히!"

"없어요. 그런 특제품 과자는 없어요."

"잠깐 내 말을 좀." 갑자기 노인은 허리를 굽히고 미차의 귀에 소곤거렸다. "저기 저 계집애 말입니다. 마리아 말예요. 히, 히! 어떻게 저 애하고 사귈 수 있도록 좀 도와줄 수 없을까 해서……."

"오라! 엉뚱한 야심을 품고 있군! 그런 잠꼬대 같은 말은 하지 마시오."

"하지만 난 아무한테도 나쁜 짓은 하지 않아요." 막시모프는 기운 없이 중얼거렸다.

"알았어요. 좋다구요. 하지만 저 애들은 춤추고 노래하려고 여기 온 것뿐이니까. 그러나 어쨌든 좋아! 좀 기다려요……. 우선 먹고 마시고 흥겹게 놀아요. 돈은 필요 없소?"

"그건 나중에……." 막시모프는 히죽 웃었다.

"좋아요. 좋아……."

미차는 머리가 뜨겁게 타는 것 같았다. 그는 현관 쪽에 있는 2층 베란다로 나갔다. 베란다는 뜰과 마주하여 한쪽에 길게 이어져 있었다. 신선한 공기가 그를 살아나게 했다. 그는 혼자서 한쪽 구석 어둠 속에 서 있다가 갑자기 두 손으로 자기 머리를 와락 움켜쥐었다. 산산이 흩어졌던 상념들이 한데 결합되고 잡다한 감각도 하나도 융합되었다. 모든 것이 그의 마음속에서 환하게 빛을 발하기 시작했다. 그것은 몸서리칠 만큼 무서운 빛이었다. '그렇다, 만약에 권총으로 자살을 하려면 지금이야말로 절호의 찬스가 아닌가?' 그의 머릿속에서 이런 생각이 퍼뜩 스쳤다. '그 권총을 가지고 이리로 와서, 이 더럽고 어두운 베란다 구석에서 아주 끝장을 내버리는 거야.'

그는 1분 동안 망설이며 그 자리에 서 있었다. 몇 시간 전 마차를 타고 올 때는 그의 뒤에 치욕이 그의 등을 덮고 있었다. 그가 저지른 절도 행위와 피, 그 피……. 그 피에 쫓기고 있는 기분이었다. 그러나 그때가 오히려 마음이 홀가분했다. 훨씬 편했다! 그때는 이미 만사가 끝나버린 때였던 것이다. 그는 여자를 잃었다. 남에게 양보했다. 그루센카는 영영 그에게 없는 존재였다. 아아, 나 자신에 대한 사형 선고도 그때가 더 내리기 쉬웠다. 적어도 피할 수 없는 필연으로 생각되었다. 왜냐하면 그가 이 세상에 살아남아 있어야 할 이유가 없었기 때문이다. 그러나 지금은 어떤가. 과연 그때와 같다고 할 수 있을까?

적어도 지금은 당장 무서운 환영이 사라져 버린 것이다. 그 여자의 첫 사랑인 그 정당한 애인, 그 숙명적인 사내는 흔적도 없이 사라져 버렸다. 그 무서운 요괴는 갑자기 보잘 것 없고 우스꽝스러운 존재로 변해 버렸다. 자신이 두 팔로 손쉽게 쫓아내 가둬버렸다. 그는 다시는 돌아오지 않을 것이다. 그루센카는 지금 부끄러워하고 있다. 그리고 지금 그녀가 누구를 사랑하고 있는지는 그녀의 눈만 보고도 알 수 있다. 아, 아, 이제야 살아가야 할 가치가 있는 거다! 그러나……, 살아갈 수가 없다. 이게 무슨 저주받은 운명인가!

'오오, 하느님, 그 울타리 밑에 쓰러진 사람을 제발 살려주십시오. 이 무서운 운명의 시련을 극복하게 해주십시오. 당신은 나 같은 죄인을 위해 기적을 행하시지 않으셨습니까! 만약에 그 늙은이가 살아 있다면……. 오오, 그렇다면 나는 그 밖의 모든 수치와 모욕을 씻어버리겠습니다. 훔친 돈도 되돌려주겠습니다. 땅을 파서라도 그 돈을 마련해서 그 돈을 마련해서 돌려주겠습니다. ……그렇게 하면 모든 치욕의 흔적은 내 마음속 이외에는 남지 않을 겁니다! 하지만 틀렸어. 그건 안 돼! 도저히 있을 수 없는 비겁한 꿈이 어찌 이루어질 수 있단 말인가! 오오, 이 저주받을 운명이여!'

그러나 한 줄기, 그 어떤 밝은 희망의 빛이 그의 어두운 마음속을 비추는 것 같았다. 그는 갑자기 그 자리를 떠나 방안으로 달려들어갔다. 그 여자에게, 다시 그의 영원한 여왕인 그 여자 곁으로! '비록 치욕의 고통 속에 있을지언정, 그녀와의 사랑하는 한 시간, 아니 1분간은 나머지 인생에 필적할 만한 가치를 지니고 있는 게 아닐까?' 이런 거친 의문이 그의 마음을 사로잡았다. '그녀한테로 가자. 그녀한테로 가기만 하면 되는 거야. 그녀의 얼굴을 보고 그녀의 목소리를 듣자. 이 한 밤만이라도, 아니 한 시간, 한순간만이라도 좋으니 아무것도 생각하지 말고 모든 것을 다 잊어버리도록 하자!'

바로 베란다 입구에서 그는 여관 주인과 딱 마주쳤다. 주인은 왜 그런지 잔뜩 찌푸린 얼굴을 하고 있었다. 그는 미차를 찾으러 나온 모양이었다.

"왜 그러지, 트리폰? 나를 찾고 있었나?"

"아니, 아닙니다." 주인은 갑자기 당황한 기색으로 말했다. "제가 무엇 때문에 나리를 찾겠습니까? 그건 그렇고……, 어디 계셨습니까?"

"아니, 자네는 왜 그리 뚱한 얼굴을 하고 있나? 화나는 일이라도 있나? 잠깐 기다리게, 곧 잠을 자게 해 줄 테니. 지금 몇 시나 됐지?"

"글쎄요, 그럭저럭 3시쯤 되지 않았을까요? 아니 어쩌면 3시가 훨씬 지났는지도 모르지요."

"그럼, 끝내겠네, 곧 끝내지."

"별 말씀을 다 하십니다. 괜찮습니다. 그런 걱정은 하지 마시고 마음껏……."

'저 친구가 왜 저러지?' 미차는 잠깐 의심을 품었다가 처녀들이 춤추고 있는 방으로 달려 들어갔다. 그러나 그루센카의 모습은 보이지 않았다. 하늘색 방에도 없었다. 칼가노프가 소파에서 혼자 졸고 있을 뿐이었다. 미차는 칸막이 뒤를 들여다보았다. 그루센카는 거기에 있었다. 그녀는 한쪽 구석 궤짝 위에 앉아 바로 옆에 있는 침대에 머리와 두 팔을 던진 채 남이 들을까 봐 억지로 소리를 죽여 가며 슬피 울고 있었다. 미차를 보자 자기 옆으로 불러 그의 손을 꼭 잡았다.

"아아, 미차, 나는 정말 그 사람을 사랑했나 봐요!" 그녀는 나지막한 목소리로 속삭였다. "나는 사랑했어요. 지난 5년 동안 줄곧 사랑했어요. 정말 내가 사랑한 것은 그 사람일까요, 아니면 그에 대한 나의 원한에 불과한 것일까요? 아니에요. 나는 그 사람을, 바로 그 사람을 사랑했어요. 하지만 내가 사랑한 것은 원한일 뿐, 그 사람을 사랑한 것은 아니라고 한 말은 거짓말이에요. 미차, 나는 그때 겨우 열일곱 살밖에 안됐었지만 그 사람은 나를 정말 다정하게 대해주었답니다. 그는 노래도 곧잘 불러 주곤 했어요. ……하긴 그땐 내가 어리석은 계집애였기 때문에 그렇게 생각한 것뿐인지도 모르지만 그런데 지금은 그때의 그 사람이 아니에요. 전혀 다른 사람 같아요. 그 사람을 얼굴을 알아보지 못했을 정도라니까요. 나는 치모페이와 함께 여기 오면서 줄곧 생각했어요. '그 사람을 어떻게 맞을까? 무슨 말을 할까? 서로 어떤 식으로 얼굴을 마주하게 될까?' 하고요. 가슴이 마구 터질 것만 같았어요. 그런데 막상 와보니 그 사람은 내게 구정물을 끼얹는 것처럼 행동하지 않겠어요. 마치 학교 선생님 같은 말투로 말하는 거예요. — 아주 근엄하고 유식한 말만 하면서 거만하게 대하는 바람에 나는 그만 어안이 벙벙하더군요. 나는 한 마디도 할 수가 없었어요. 처음에는 그 키다린 폴란드인 때문에 점잔을 빼느라고 그러는 줄만 알았어요. 나는 그저 두 사람의 거동만 바라보면서 '나는 왜 저 사람한테 아무 말도 할 수 없는 걸까?' 하고 생각해 보았어요. 그 사람의 부인이 그를 나쁘게 만들었을 거예요. 나를 버리고 결혼한 그 부인 말에요. 그 여자가 그 사람을 아주 딴판으로 만들어 놓은 게 틀림없어요. 미차, 난 정말 부끄러워요. 오늘의 수치는 잊지 못할 거예요. 난 지난 5년을 저주해요. 저주하고 또 저주해요."그루센카는 또다시 울음을 터뜨렸으나 미차의 손을 꼭 움켜잡은 채 놓아주지 않았다.

"미차, 가지 말고 여기서 기다려요. 당신한테 한 가지 할 말이 있어요." 그녀는 그렇게 속삭이더니 갑자기 얼굴을 쳐들었다. "그런데 말예요. 나는 지금 누굴 사랑하는지 아세요? 그걸 나한테 말해 주세요. 나는 지금 여기서 한 사람을 사랑하고 있어요. 그게 누군지 아시나요? 어디 당신이 나한테 그걸 말해 주세요."울어서 부어오른 그루센카의 얼굴에 미소가 떠오르고 두 눈은 어둠 속에서 빛나기 시작했다. "아까 매가 한 마리 들어왔을 때, 나는 가슴이 철렁했어요. '이 바보야, 네가 사랑하는 건 바로 저 사람이 아니냐?' 내 마음이 대뜸 나에게 이렇게 속삭여 주더군요. 당신이 들어오자 모든 것이 분명해지는 것 같았어요. 그런데 저 사람은 무엇을 두려워하는 걸까? 정말 당신은 무언가에 겁을 집어먹고 말도 제대로 하지 못했으니까요. 그러나 당신이 폴란드인들을 두려워하는 건 결코 아니라고 생각했어요. '저 사람은 나를, 오직 나만을 두려워하는 거야'라고 나는 단정 내렸죠. 그도 그럴 것이 내가 창문에서 알료샤를 향해 비록 한때 미차를 사랑했지만, 지금은 다른 사람에게 사랑을 바치러 떠난다고 소리 지른 것을 페냐가 틀림없이 말했을 테니까요. 아아, 미차, 미차, 당신을 만난 후에 어떻게 딴 사람을 사랑한다고 생각할 수 있었을까요. 내가 바보였어요. 용서해주세요. 미차, 나를 용서해주시겠어요, 안 하시겠어요? 나를 사랑하시죠,

사랑해주시겠죠?"

그루셴카는 벌떡 일어나 두 손으로 미차의 어깨를 움켜잡았다. 미차는 너무나도 기뻐서 어쩔 줄 몰라 말도 안 나왔다. 그는 그저 멍청히 그녀의 눈을, 얼굴을, 미소를 바라보다가, 갑자기 두 팔로 그녀를 와락 끌어안고 미친 듯이 키스를 퍼붓기 시작했다.

"지금껏 당신을 괴롭힌 것을 용서해 주시겠죠? 나는 정말 화풀이로 당신을 괴롭혀 왔어요. 그 영감쟁이를 미쳐 날뛰게 한 것도 홧김에 일부러 그런 거예요. ……기억하세요? 언젠가 당신이 우리 집에서 술을 마시다가 술잔을 내동댕이쳐서 깨뜨린 일을. 그때 일이 생각나서 나도 아까 술잔을 깨뜨렸어요. 그리고 더럽혀진 내 마음을 위해 마신 거예요. 미차, 당신 왜 더 이상 키스를 해주지 않나요? 한번 키스하고 나서 내 얼굴만 보며 귀 기울이고 있군요. 내 말은 들으나 마나예요. 그보다도 어서 키스해 줘요! 좀 더 강하게, 네, 그렇게요. 사랑할 바에야 끝까지 사랑할 거예요. 이제부터 나는 당신의 노예가 되겠어요. 한평생 당신의 노예로 살겠어요. 노예가 되는 것도 기쁘기만 하군요. 자, 키스해 줘요! 나를 때리든 괴롭히든 당신 마음껏 해주세요. 정말 나 같은 계집은 괴롭혀주어야 마땅해요. ……잠깐만! 잠시만 기다려 줘요. 나중에 다시 해요. 지금은 내키지 않는군요……." 그녀는 갑자기 미차를 떼밀어냈다. "미차, 저쪽으로 가세요. 나도 곧 술 마시러 가겠어요. 마음껏 취하고 싶어요. 이제 취해 가지고 춤을 춰야죠. 마음껏 춤을 추고 싶어요. 그러고 싶어요."

그녀는 미차에게서 빠져나가 밖으로 달려 나갔다. 미차는 주정 뱅이와 같은 모습으로 그녀 뒤를 쫓아갔다. '에잇, 될 대로 되라지. 앞으로 무슨 일이 벌어진 대도 좋아. 이 한 순간을 위해서라면 온 세상을 바쳐도 아깝지 않으니까.' 이런 생각의 그의 머리에 떠올 랐다. 그루센카는 정말로 샴페인을 한잔 가득 들이켜서 금방 몹시 취해버렸다. 그녀는 행복스런 미소를 띠며 아까 앉았던 안락의자 로 가서 자리를 잡았다. 얼굴은 빨갛게 물들고 입술은 불타고 있었 으며, 두 눈은 정기를 잃었다. 그러나 그 정열적인 눈길은 뭔가를 호소하는 것 같았다. 칼가노프까지 가슴을 폭 찌르는 것 같은 충격 을 느끼고 그녀에게 끌려갔을 정도였다.

"아까 당신이 잠들었을 때 내가 키스를 했는데, 그걸 알았나 요?" 그녀는 혀 꼬부라진 소리로 이렇게 말했다. "아아, 난 완전히 취했어, 정말……. 당신은 취하지 않았나요? 그런데 미차는 왜 술 을 마시지 않을까? 왜 마시지 않죠, 미차? 나는 이렇게 많이 마셨 는데, 당신은 술에 입도 대지 않는군요."

"나도 취했소. 벌써 이렇게 많이, 당신에게 취한 거야. 그럼 나도 이젠 한 잔 마셔볼까?"

그는 다시 한 잔을 더 들이켰다. 그러자 – 미차 자신도 이상하게 생각되었지만 – 이 마지막 한잔을 마시자마자 갑자기 완전한 취 기에 빠져들고 말았다. 지금까지는 정신이 아주 맑았다는 것을 그 자신도 잘 기억하고 있었다. 이때부터 갑자기 모든 것이 미몽 속에 들어간 듯 그의 주위를 빙글빙글 맴돌기 시작했다. 그는 사방을 거

닐며 껄껄 웃기도 하고 아무나 붙들고 지껄여댔지만 자기 자신이
무엇을 하는지 전혀 의식하지 못했다. 다만 한 가지, 집요하게 타
오르는 불덩이 같은 감정이 그의 마음 속에서 떠오르고 있었다. 뒤
에 그는 이때 일을 떠올리며 '마치 가슴 속에 시뻘건 석탄 덩어리
가 들어앉아 있는 것 같은 느낌'이었다고 상기했다. 그는 몇 번이
나 그루센카 곁으로 다가가서 그 옆에 앉아, 그녀의 얼굴을 바라보
기도 하고 목소리에 귀를 기울이기도 했다.

그러나 그루센카는 갑자기 수다스러워져서 아무나 가리지 않고
자기 곁으로 사람을 불러 앉혔다. 합창대 중에서 한 처녀를 자기
옆으로 불러 앉혀서는 키스를 하고 보내주는가 하면, 또 어떤 때
는 한쪽 손으로 성호를 그어주기도 했다. 그런가 하면 그녀는 금방
울음을 터뜨릴 것 같기도 했으나, 그녀의 마음을 흥겹게 해준 것
은 다름아닌 그 '영감님'(그녀 자신이 이렇게 불렀다), 즉 막시모프
였다. 막시모프는 쉴 새 없이 그루센카 옆으로 달려와서는 그 손은
물론이고 '귀여운 손가락 하나하나에' 키스를 하고는 했는데, 나중
엔 옛날 민요를 직접 부르면서 거기에 맞춰 또 다른 춤을 추었다.
특히 다음과 같은 후렴 부분에서는 더욱 열정적인 춤을 추었다.

돼지 새끼는 꿀-, 꿀-, 꿀
소 새끼는 음메-, 음메-, 음메
오리 새끼는 꽥-, 꽥-, 꽥
거위 새끼는 꺽-, 꺽-, 꺽

암탉은 헛간을 돌아다니며

꼬꼬- 꼬꼬 울어댔지요.

꼬꼬- 꼬꼬 울어댔지요.

"저 사람한테 뭘 좀 주세요, 미차." 그루센카가 말했다. "뭐든 선물을 좀 주세요. 저 사람은 불쌍한 늙은이에요. 아아, 세상엔 불쌍한 사람, 모욕 받은 사람이 많아요. 미차. 난 언젠가는 수녀원에 들어갈 거예요. 정말 언젠가는 꼭 들어갈 거예요. 오늘 알료샤가 한평생 잊지 못할 말을 해주었어요. 정말이에요. ……그렇지만 오늘만은 맘껏 춤을 추고 싶어요. 내일은 수녀원에 가더라도 오늘은 춤을 추고 놀아요. 오늘은 흥청망청 놀고 싶어요. 자, 여러분 괜찮아요. 하느님도 용서해주실 테니까. 만약에 내가 하느님이라면 누구나 용서하겠어요. '내 사랑하는 죄인들아, 오늘부터 너희를 모두 용서하노라' 그리고 나는 사람들에게 용서를 빌겠어요. '여러분이 이 어리석은 계집을 용서해 주십시오.' 나는 진정 짐승과 다를 바가 없으니까요. 하지만 기도는 드리고 싶어요. 나도 남한테 파 한 뿌리를 적선한 일이 있거든요. 나 같은 어리석은 여자도 기도를 드리고 싶을 때가 있는 거예요. 미차, 마음껏 춤들을 추게 하세요. 방해하지 말고. 이 세상 사람들은 모두가 착해요. 하나도 남김없이 모두 착한 사람뿐이에요. 이 세상은 참 좋은 곳이에요. 우린 나쁜 인간이지만 이 세상은 참 좋은 곳이에요. 우린 나쁘기도 하고 좋기도 해요. ……자, 한 가지 물을 테니 대답해 주세요. 자, 모두 이리

와요. 내가 물을 테니. 자, 대답해 주세요. 내가 묻는 말에. '왜 나는 이렇게 좋은 인간일까요? 난 좋은 인간이죠? 그런가요? 난 그래서 묻는 거예요. 내가 왜 좋은 인간이냐구요?" 그루센카는 갈수록 취기가 더해서 잘 돌아가지 않는 혀로 이렇게 말했다. 그리고 마침내 그녀는 지금 당장 춤을 추겠다고 선언했다. 그녀는 안락의자에서 일어났으나 비틀거리며 몸도 제대로 가누지 못했다.

"미차, 이제 더 이상 술은 싫어요. 제발 그만 권하세요. 술을 마시니까 모든 게 빙글빙글 도는군요. 페치카도 돌고, 모든 것이 도는 것 같아요. 춤을 추겠어요. 자, 여러분 내가 춤추는 것을 보세요. 얼마나 멋지고 훌륭하게 춤을 추는지 한번……."

그것은 거짓말이 아니었다. 그녀는 주머니에서 하얀 삼베 손수건을 꺼내, 춤을 출 때 흔들려고 오른쪽 손가락 끝으로 한쪽 귀퉁이를 가볍게 잡았다. 미차는 이것저것 지시하기 시작했고 합창대처녀들은 손짓만 하면 일제히 노래를 시작하려고 조용히 대기하고 있었다. 막시모프는 그루센카 자신이 춤을 추겠다는 말을 듣고 기쁨의 탄성을 지르며 그녀 앞에서 목청이 터져라 노래하면서 깡충깡충 뛰기 시작했다.

> 가느다란 두 다리, 통통한 허리
> 꼬리는 갈고리처럼 말려 올라갔네.

그러나 그루센카는 손수건을 흔들어 그를 쫓아버렸다.

"쉬이! 조용히 해요! 그런데 미차, 왜 다들 와서 구경하지 않는 거죠? 그리고 저 방에 갇힌 사람들도 와서 구경하라고 하세요. 무엇 때문에 그 사람들을 가둬두는 거예요? 가서 말하세요. 내가 춤을 춘다고요. 그 사람들에게 내 춤을 보여주고 싶어요."

미차는 술기운에 힘입어 힘찬 걸음걸이로 폴란드 신사들이 갇혀 있는 방으로 다가가 주먹으로 쾅쾅 두드리기 시작했다.

"이봐, 포드비소츠키 형제들. 이리 나오너라. 그녀가 춤을 춘다고 너희를 부르라는데."

"이 개새끼야." 그 중 하나가 대답 대신 이렇게 소리쳤다.

"넌 개새끼보다도 훨씬 못난 놈이야! 넌 비겁한 악당에 지나지 않아. 그것뿐이라고."

"폴란드를 조소하는 건 그만두는 게 좋을 겁니다."

칼가노프가 제법 위엄 있게 말했다. 그도 역시 몸을 가눌 수 없을 정도로 취해 있었다.

"가만있어, 이 애송이야! 내가 저놈들을 욕했다고 해서 폴란드 전체를 욕한 건 아니니까. 저 개망나니가 폴란드 전체를 대표하는 건 아니니 말이야. 그러니 잠자코 사탕이나 빨고 있어요, 귀여운 도련님."

"아아, 어쩌면 무슨 사람들이 저럴까! 정말 인간답지 못하군. 왜 화해하지 않겠다는 걸까?" 이렇게 말하고 그루센카는 춤을 추려고 앞으로 나왔다. 합창대는 일제히 '아아, 나의 집, 나의 보금자리'를 부르기 시작했다. 그루센카는 목을 뒤로 젖힌 채 입술을 반쯤 벌리고 미소를 지으며 손수건을 흔들려고 했으나 갑자기 비틀거리면서 방 한가운데 우뚝 멈춰 서서 당황한 표정을 지었다.

"기운이 없어요……." 그녀는 완전히 기진맥진한 목소리로 말했다. "용서하세요. 기운이 없어서 못 추겠어요…… 미안해요……." 그녀는 합창대 쪽으로 머리를 숙여 보인 뒤, 이곳 저곳을 향해 차례차례 절을 하기 시작했다.

"미안해요……. 용서하세요……."

"술에 취하셨나 보군요. 아가씨가. 저 예쁜 아가씨가 술이 과하셨어." 이런 소리가 들려 왔다.

"아가씨께서 술에 취하신 모양이야." 낄낄거리며 막시모프는 처녀들에게 이렇게 설명했다.

"미차, 나를 데려가 주세요……. 나를 좀 잡아 줘요. 미차." 그루센카는 힘없이 말했다. 미차는 급히 달려가서 두 손을 잡고는 그 귀중한 포획물을 휘장 뒤로 서둘러 데리고 갔다.

'나는 이제 돌아가야지' 하고 칼가노프는 생각했다. 그리고 방을 나가며 양쪽으로 여닫게 된 문을 두 짝 다 닫아 버렸다. 그러나 방에서는 여전히 미친 듯한 술자리가 계속되고 있었다. 아니, 그 소동은 더욱 떠들썩해진 것 같았다.

미차는 그루센카를 침대에 내려놓고 그 입술에 키스했다.

"나는 건드리지 말아요……." 그녀는 애원하는 목소리로 말했다. "나에게 손대지 마세요. 아직은 당신 것이 아니니까……. 아까 당신 거라고 말하긴 했지만, 아직은 손대지 말아줘요. 용서하세요……. 저 사람들이 있는 데서는 싫어요. 저 사람들 옆에서는 싫어요. 그 사람이 바로 저기 있잖아요. 여기는 더러운 곳이에요."

"당신 말이라면 뭐든지 다 따르겠어! 그런 건 생각지도 않겠어. 나는 당신을 하느님처럼 떠받들겠어!" 하고 미차는 속삭였다. "정말이지 여긴 더럽고 기분 나쁜 곳이야."

미차는 그루센카를 안은 채 침대 옆 마루 위에 무릎을 꿇었다.

"나는 잘 알고 있어요. 당신은 야수 같은 데가 있지만 마음만은 착한 분이라는 걸." 그루센카는 잘 돌아가지 않는 혀로 이렇게 말했다. "이런 일은 떳떳이 해 나가야 해요. 앞으로는 모든 것을 떳떳하게 해 나가기로 해요. 우리는 정직한 인간이 되는 거예요. 짐승이 아니라 착한 사람이 되자구요. ……나를 데려가 줘요. 멀리멀리 데려가 줘요. 아시겠죠. 난 여기는 싫어요. 어디든지 멀리 가고 싶어요."

"아, 그럼 꼭 그렇게 하겠어!" 이렇게 말하고 미차는 그루센카를 안은 팔에 힘을 주며 말했다. "당신과 멀리 떠나는 거야. ……아아, 그 피에 대해 알 수만 있다면 내 한 평생을 1년과 바꾸어도 아깝지 않으련만……."

"피라니, 그게 무슨 말이죠?" 의아한 표정으로 그루센카가 물었다.

"아무것도 아니야!" 미차는 이빨 사이로 내뱉듯이 말했다. "그루센카, 당신은 정직한 사람이 되기를 원하지만, 나는 도둑놈이야.

나는 카체리나의 돈을 훔쳤어. 아아, 이 수치, 이런 수치가 어디 있단 말인가!"

"카체리나라니? 그 젊은 아가씨 말인가요? 아니, 그건 훔친 게 아니에요. 돌려주세요. 내게 돈이 있으니……, 그게 무슨 문제라고 떠들어댈 필요는 없어요. 이제 내 것은 모두 당신 거예요. 도대체 우리한테 돈 같은 게 무슨 문제가 되겠어요? 어차피 다 써버리게 마련이에요. 차라리 우린 어디로든지 가서 농사라도 짓고 사는 게 나을 거예요. 나는 이 손으로 땅을 일구고 싶어요. 우리는 일해야만 해요! 알료샤도 그렇게 하라고 했어요. 나는 당신의 정부(情婦)가 되고 싶지 않아요. 나는 당신의 성실한 노예가 되어 당신을 위해 일하겠어요. 우리 함께 그 아가씨한테 머리 숙여 사죄를 하고 떠나도록 해요. 만일 그 아가씨가 우리를 용서해 주지 않더라도 우리는 역시 떠나는 거예요. 당신은 그 아가씨의 돈을 갚아 버리고 나를 사랑해주세요. 그 여자를 사랑해선 안 돼요. ……앞으론 절대로 그 여자를 사랑해서는 안 된단 말이에요. 만일 당신이 그 여자를 사랑하면 난 그 여자를 목 졸라 죽이고 말 거예요. 바늘로 그 여자의 눈을 찔러버릴 테예요."

"나는 당신을 사랑해, 당신만을 사랑해. 시베리아에 가더라도 당신만을 사랑할거야."

"왜 하필 시베리아예요? 아니, 괜찮아요. 당신이 바란다면 난 어디든 상관없어요. 우리 함께 일하는 거예요. 시베리아엔 눈이 있죠……. 나는 썰매를 타고 눈 위를 달리는 게 참 좋아요. 말에는 방울을 달아야지. ……아, 방울 소리가 들리네요. 어디서 저런 방울 소리가 들려올까요? 마차가 오고 있나 봐요. 아아, 이젠 멎는군요."

그루센카는 힘없이 눈을 감더니 금세 잠이 들고 말았다. 미차는 여자의 가슴 위에 머리를 묻었다. 그는 방울 소리가 멎은 것도 몰랐고, 갑자기 노랫소리가 그치고 노래와 시끄러운 소음 대신에 죽음과 같은 정적이 온 집안을 휩싸고 있는 것도 모르고 있었다. 그루센카는 눈을 떴다.

"어머나, 내가 잠들었나 봐요? 그렇군요……. 방울 소리가 났었어요. 나는 그새 잠이 들어 꿈을 꾸었나 봐요. 방울 소리가 울렸는데, 나는 꾸벅꾸벅 졸고 있는 거예요. 나는 당신을 끌어안고 당신 옆에 바싹 붙어 앉아 있었어요. 어쩐지 좀 추운 것 같았어요. 그리고 흰 눈이 반짝거리고……, 달빛이 환하게 빛나는 밤이었어요. 난 어쩐지 이 세상에 있는 것 같지 않았어요. 눈을 떠보니 사랑하는 사람이 곁에 있질 않겠어요. 정말 좋아요."

"옆에 있고말고." 미차는 그녀의 옷이며 가슴이며 그 손에 키스하면서 이렇게 중얼거렸다. 그러자 그는 이상한 생각이 들었다. 그녀는 열심히 앞을 바라보고 있었는데, 그것은 미차의 얼굴을 바라보는 것이 아니라 그의 머리 너머를 꼼짝도 하지 않고 응시하는 것 같이 생각되었던 것이다. 갑자기 그녀의 얼굴에는 공포에 가까운 경악의 표정이 떠올랐다.

"미차, 저기서 우리를 들여다보는 게 누굴까요?" 그녀는 속삭였다.

미차가 뒤돌아보니 정말 누군가가 커튼을 들치고 이쪽을 살피고 있었다. 그것도 한 사람만이 아닌 것 같았다. 그는 벌떡 일어나서 빠른 걸음으로 그쪽으로 걸어갔다.

　"이쪽으로, 이쪽으로 나오시오." 크지는 않았지만 강경하고도 위압적인 어조로 누군가가 말했다.

　미차는 커튼 밖으로 나오자 곧 못 박힌 듯 얼어붙고 말았다. 방 안은 사람들로 가득 차 있었는데 그것은 아까와는 전혀 다른 이들이었다. 순간 싸늘한 오한이 그의 등골을 스쳐갔다. 그는 부르르 몸을 떨었다. 이 모든 사람들을 그는 순식간에 누군지 알아보았던 것이다. 외투를 입고 모표가 붙은 모자를 쓴, 키가 크고 뚱뚱한 사내는 경찰 서장 미하일 마카로프였다. 그 옆에 '폐병장이처럼 생긴', '반들거리는 구두를 신은' 말쑥한 멋쟁이는 검사보였다. '저 친구는 4백 루블짜리 정밀 시계를 차고 있지. 나도 그걸 본 적이 있어' 하고 미차는 생각했다. 그리고 또 안경을 끼고 키가 작은 젊은 사내는 최근에 법률 학교를 마치고 이 고장에 온 예심판사였다. 미차는 그의 이름을 잊었지만 전에 본 일이 있어서 그를 잘 알고 있었다. 그밖에 전부터 잘 아는 사이인 경찰지서장 마브리키도와 있었다. '그런데 도대체 무엇 때문에 저런 배지를 찬 친구들이 몰려온 것일까?' 그밖에도 농군 차림의 사내가 두 명 있었고 칼가노프와 여관주인 트리폰이 서 있었다.

　"여러분……, 대체 무슨 일인가요?" 미차는 이렇게 입을 열었으나 갑자기 정신을 잃은 듯 자신도 모르게 목청을 돋워 큰소리로 외쳤다. "아아, 알겠습니다! 그 일 때문이군요."

안경을 쓴 젊은 사람이 재빨리 앞으로 걸어 나와 미차에게 다가 오더니 약간 성급하면서도 위엄 있는 어조로 말하기 시작했다.

"우리는 당신에게…… 즉 이쪽으로, 이 소파에 와서 앉으십시오. 꼭 당신한테 말씀드려야 할 일이 있습니다."

"그 늙은이 때문이군요!" 미차는 정신없이 소리쳤다. "그 늙은이와 피 때문이죠! ……알……겠……습니다!"

그리고는 마치 발목이 잘리기라도 한 것처럼 옆에 있는 안락의자에 무너지듯 주저앉았다.

"알겠다고? 물론 알겠지! 네 아비를 죽인 극악무도한 놈아, 네 늙은 아비의 피가 울부짖고 있다!" 늙은 경찰서장은 미차 앞으로 나서며 갑자기 이렇게 고함을 질렀다. 그는 넋을 잃고 얼굴이 새파래져서 온몸을 후들후들 떨고 있었다.

"이러시면 안 됩니다!" 몸집이 작은 사내가 외쳤다. "미하일 씨, 이러시면 안 돼요. 안 된다니까요. ……제발 부탁이니 나 혼자만 말하게 해 주십시오. 당신이 이런 행동을 하실 줄은 몰랐습니다."

"그렇지만 이건 악몽이에요. 여러분! 이건 악몽이라구요!" 경찰서장은 계속 외쳐댔다. "저놈을 보십시오. 이 밤중에 술에 취해 가지고 더러운 계집년과 함께…… 자기 아비의 피가 묻은 손으로……. 아니 이럴 수가! 이게 어디 제정신입니까!"

"미하일 씨, 제발 부탁이니 제발 오늘만큼은 감정을 좀 억제해 주십시오." 검사보는 늙은 경찰서장에게 빠르게 속삭였다. "그렇잖으면 나는 할 수 없이 적절한 조치를 취하는 수밖에……."

그러나 몸집이 작은 예심판사는 그의 말이 끝나기도 전에 미차를 향해 커다란 목소리로 엄숙하게 선언했다.

"예비역 중위 카라마조프 씨, 나는 당신이 간밤에 발생한 당신의 친부(親父) 표도르 카라마조프의 살해 사건의 범인으로 기소되었음을 통보하는 바입니다."

그리고 그는 또 몇 마디를 했다. 검사보도 역시 뭔가 말한 것 같았으나, 미차는 그들의 말을 듣고 있으면서도 무슨 말인지를 알아들을 수가 없었다. 그는 다만 야수 같은 눈초리로 일동을 둘러보고 있을 뿐이었다.

제3부

제9편 | 예심

1. 관리 페르호친의 출세의 시작

우리는 표트르 페르호친이 과부 모조로바가(家)의 굳게 닫힌 대문을 힘껏 두드리는 대목에서 일단 묘사를 중단했었지만, 물론 그는 결국 자기의 목적을 달성하고야 말았다. 두 시간 전에 받은 충격 때문에 아직도 흥분과 '여러 가지 상념'에 사로잡혀 잠자리에 들 생각도 하지 못했던 페냐는, 또다시 요란스럽게 대문을 두드리는 소리를 듣자 히스테리를 일으킬 정도로 놀라고 말았다. 그녀는 미차가 마차를 타고 떠나는 것을 자기 눈으로 직접 보았음에도 불구하고, 그가 다시 와서 문을 두드리는 것으로 여겼다. 왜냐하면 그토록 '대담하게' 문을 두드릴 사람은 드미트리 외에는 없었기 때문이다.

페냐는 문지기한테 달려가서 - 그는 벌써 잠자리에 깨어나 소리 나는 대문 쪽으로 나가는 중이었다 – 제발 부탁이니 문을 열어 주지 말라고 애원했다. 그러나 문지기는 문을 두드리는 사람이 누구냐고 물어 누구인지 알아본 뒤, 상대방의 '매우 중대한 용건' 때문에 페냐를 만나보고 싶어 한다는 말을 듣고는 드디어 문을 열어 주기로 했다. 페르호친도 역시 그 부엌으로 안내되었다. 이때 페냐는 아무래도 마음이 놓이지 않았던지 문지기도 함께 있게 해 달라고 페르호친의 양해를 얻어 그를 들어오게 했다. 페르호친은 화살처럼 질문을 퍼부은 끝에, 곧 중요한 핵심을 알아내고야 말았다. 그것은 드미트리가 그루센카를 찾으러 나갈 때 절구에서 절굿공이를 집어 들고 갔었는데, 돌아왔을 때는 이미 절굿공이는 보이지 않고 대신 그의 손은 온통 피투성이가 되어 있었다는 사실이었다. "그래요. 그때까지도 피가 뚝뚝 떨어지고 있었어요. 피가 철철 흐르고 있더라니까요. 그 두 손에!" 페냐는 이렇게 외쳤다. 아마도 페냐는 그녀 자신의 혼란된 상상 속에서 이 무서운 사실을 무의식 중에 꾸며내고 있는 것이 분명했다. 그러나 페르호친도 피가 '철철 흐르는 것'은 보지 못했지만, 피투성이가 된 손을 제 눈으로 보았을 뿐만 아니라, 또 그 손을 씻도록 거들어주기까지 했던 것이다. 그런데 문제는 피투성이가 된 손이 그토록 빨리 말라붙었다는 게 아니라, 드미트리가 절굿공이를 들고 달려간 곳이 어디였는지, 정말 표도로에게로 달려갔는지, 그렇다면 어떤 근거로 확실한 결론을 내릴 수 있는가 하는 점이었다. 페르호친은 이 점을 캐물었다. 그러나 결국 아무것도 추궁해 낼 수는 없었지만, 그래도 어쨌든 미차가 달려 나갈 곳이라곤 아버지의 집 이외에는 없을 것이라는 점, 따라서 틀림없이 거기서 무슨 일이 생겼을 것임에 틀림없다는, 거의 확신에 가까운 결론을 얻을 수 있었던 것이다.

"그리고 그분이 다시 돌아왔을 때," 페냐는 흥분한 어조로 말을 계속했다. "난 그분에게 죄다 털어놓았어요. 그리고 나서 '표도르 씨, 왜 그렇게 손에 피가 묻었지요?'라고 물었더니, '이건 사람의 피다. 나는 지금 사람을 죽이고 오는 길이다'라고 죄다 고백을 하면서 몹시 후회를 하시더군요. 그러더니 갑자기 미친 사람처럼 뛰어 나가셨답니다. 저는 그 자리에 주저앉아서 생각해 보았죠. '저 사람은 미친 꼴을 하고 지금 어디로 달려갔을까? 그러자 퍼뜩 모크로예 마을로 가서 우리 아씨를 죽일지도 모른다는 생각이 들더군요. 그래서 저는 제발 아씨를 죽이지 말아 달라고 그분에게 애원하러 그의 하숙집을 찾아서 달려갔습니다. 그런데 가다 보니 플로트니코프네 상점 앞에서 그분이 막 출발하려는 것이 보였어요. 그런데 그때는 이미 그 손에 피가 묻어있지 않더군요." 페냐는 이 사실을 눈여겨보았기 때문에 훨씬 뒤에까지 똑똑히 기억하고 있었다. 페냐의 할머니인 식모 노파도 될 수 있는 대로 자기 손녀의 증언을 뒷받침해 주었다. 페르호친은 몇 가지 질문을 더 한 후에, 조금 전에 들어왔을 때보다 더 큰 동요와 혼란을 느끼며 그 집을 나섰다.

이제부터 당장 표도르의 집으로 가서 무슨 일이 일어나지 않았는지 물어 보고, 만일 무슨 일이 있었다면 어떤 일인지 정확히 확인한 다음, 그때 비로소 경찰서장한테 찾아가는 것이 가장 손쉽고 빠른 순서일 것 같았다. 페르호친은 그렇게 하기로 굳게 결심했다. 그러나 밤도 깊은데다가 표도르의 대문은 굳게 잠겨 있었다. 그래서 페르호친은 또다시 문을 요란하게 두드려야만 했다.

그런데 그는 표도르와는 조금 안면이 있을 뿐 그리 잘 아는 사이도 아닌데 만일 요란스럽게 문을 두드려 대문이 열렸을 때 아무 일도 일어나지 않았다면 어떻게 할 것인가. 그렇게 되는 날이면 반드시 남을 비꼬기 좋아하는 표도르는 날이 새기가 무섭게 사방으로 돌아다니며 자기와는 안면도 없는 페르호친이라는 관리가 한밤중에 들이닥쳐서, 자기가 누구한테 살해당하지 않았는가 하고 묻더라는 웃음거리를 온 읍내에 퍼뜨릴 것이 분명했다. 이런 추문(醜聞)이 어디 있겠는가! 페르호친은 이러한 추문을 세상에서 가장 두려워하고 있었다. 그러나 그를 유혹하는 감정의 힘은 너무나도 강렬한 것이었다. 그는 공연히 화가 나서 사뭇 발을 구르며 자기 자신에게 분통을 터뜨리다가, 곧 다른 방향으로 달리기 시작했다. 그의 목표는 표도르의 집이 아니라 호흘라코바 부인의 집이었다.

그는 생각했다 ─ '만약 호흘라코바 부인이 드미트리에게 3천 루블을 준 적이 없다고 부정적으로 대답을 할 경우에는 표도르의 집에 들를 필요도 없이 곧장 경찰서장을 찾아가고, 그 반대로 3천 루블을 주었다고 할 경우에는 내일 아침까지 모든 일을 미루고 그냥 집으로 가자' ─ 페르호친 같은 젊은 남자가 한밤중에, 그것도 밤 11시가 다 된 이런 시각에 전혀 안면도 없는 상류사회의 귀부인 댁을 찾아가서 이미 잠자리에 들었을지도 모를 그 부인을 깨워 가지고 그 성격상 매우 괴이하기 짝이 없는 질문을 던지겠다고 결심한 것은 표도르의 집을 찾아가는 것 이상으로 나쁜 소문이 퍼질 우려성이 있었다.

그러나 특히 지금과 같은 경우에는 아무리 정확하고 냉철한 인간일지라도 간혹 이런 엉뚱한 결심을 할 때가 있는 것이다. 게다가 이 순간의 페르호친은 결코 냉철한 인간일 수가 없었다! 갈수록 강하게 그의 마음을 사로잡는, 극복하기 힘든 불안은 마침내 고통을 느낄 지경으로 커져서 그의 의지를 거역하면서까지 그를 마구 몰아대는 것이었다. 그는 한평생 이 때의 일을 잊을 수가 없었다. 물론 그는 부인의 집을 찾아가는 자기 자신에게 끊임없이 욕지거리를 퍼부으면서 한편으론 '무슨 일이 있어도 끝까지 밝혀내고야 말겠다!'하고 이를 갈면서 열 번이나 되풀이했다. 그리하여 결국 그는 자신의 결심을 수행하고야 말았던 것이다.

그가 호흘라코바 부인의 집에 들어갔을 때는 정각 11시였다. 마당까지 들어가는 데는 제법 빨리 안내되었다. 그러나 부인께서 벌써 자리에 드셨는지 어떤지를 묻는 말에, 문지기는 대개 이맘때쯤이면 자리에 드신다는 말 외에는 더 정확한 대답을 하지 않았다. "현관으로 올라가서 면회를 요청하시지요. 부인께서 원하시면 만나주실 거고 원하시지 않으시면 거절하실 테죠."

페르호친은 집안으로 올라갔다. 그러나 여기서도 일은 수월치가 않았다. 하인은 손님이 온 것을 좀처럼 알리려 하지 않고 결국 젊은 하녀를 불러내주었다. 페르호친은 공손하면서도 강압적인 태도로, 이 고장 관리 페르호친이란 사람이 특별한 용건으로 찾아왔다, 그야말로 중대한 용건이기 때문에 실례를 무릅쓰고 이런 시각에 찾아왔다는 말을 전해 달라고 하녀에게 열심히 부탁했다. 하녀는 안으로 들어갔고 그는 대기실에 남아 기다렸다.

한편 부인은 아까 미챠가 다녀간 뒤로 기분이 크게 언짢아져서 이런 때면 찾아들곤 하는 편두통 때문에 밤새도록 고통을 받을 것이라 체념하고 있었다. 부인은 하녀의 전갈을 듣고 크게 놀랐다. 전혀 안면도 없는 '지방 관리'가 이런 밤중에 찾아왔다는 것이 그녀의 호기심을 극도로 자극하지 않은 것은 아니었지만, 그래도 부인은 짜증스런 어조로 거절하도록 하녀에게 분부했다. 그러나 페르호친도 이번만큼은 나귀처럼 완강하게 버텼다. 그는 면회를 사절한다는 말을 듣고 더욱더 끈덕지게 다시 한 번 자기가 찾아온 뜻을 부인에게 전해 달라고 간청했다. "매우 중대한 용건으로 찾아왔습니다. 만약 만나주시지 않으면 나중에 반드시 후회하시게 될 겁니다." 이 말을 그대로 전해 달라고 부탁했다. 이때의 감정에 대해서 그는 "나는 그때 마치 절벽에서 뛰어내리는 것 같은 기분이었다."고 사람들에게 말하곤 했다.

하녀는 몹시 놀란 눈으로 그를 쳐다보고 나서 다시 한 번 말을 전하려고 안으로 들어갔다. 호흘라코바 부인은 놀라면서 잠시 생각에 잠겼다. 그 사람의 외모는 어떻더냐는 물음에 하녀는 '말쑥하게 차려입은 점잖은 젊은 분'이라고 대답했다. 여기서 한 마디

해두지만 페르호친은 꽤 미남이었는데, 이것은 본인도 꽤 의식하는 사실이었다. 호흘라코바 부인은 그를 만나보기로 결심했다. 부인은 이미 가운을 입고 실내화를 신고 있었지만 그 차림 그대로 양어깨에 검은 숄을 걸쳤다. '관리'는 바로 얼마 전에 미차가 들어왔던 바로 그 응접실로 안내되었다. 부인은 뭔가 알아보려는 것 같은 엄한 표정으로 손님한테 다가오더니 앉으란 말도 없이 다짜고짜 이렇게 물었다.

"저에게 무슨 용건이신가요?"

"제가 실례를 무릅쓰고 이렇게 찾아뵙기로 결심한 것은 부인께서도 잘 아시는 드미트리 카라마조프 씨와 관련된 일 때문입니다." 페르호친은 이렇게 입을 열었으나 드미트리의 이름이 입 밖에 나오자마자 부인의 얼굴은 날카로운 짜증의 빛을 드러냈다.

"아아, 나는 언제까지, 도대체 언제까지 그 무시무시한 사람 때문에 고통을 받아야 하는 겁니까?" 부인은 미친 듯이 소리쳤다. "게다가 이런 시각에 안면도 없는 사람 집에 찾아오다니, 정말 이런 실례가 어디 있습니까……, 더욱이 그 용건이라는 것이 세 시간 전에 이 응접실로 찾아와 나를 죽이려던 그 사람의 일이 아니냐 말이에요. 점잖은 집에 왔다가 그렇게 무례하게 자리를 박차고 나가는 사람이 또 어디 있겠어요. 똑똑히 들으세요. 난 당신을 고발하겠습니다. 결코 용서하지 않겠어요! ……자, 지금 당장 나가주세요. 난 자식을 둔 어미예요. 나는……, 나는……."

"죽이려 했다고요? 그럼 그 사람은 당신까지 죽이려 했던가요?"

"어머나, 그럼 그 사람은 벌써 누군가를 죽였단 건가요?" 호흘라코바 부인은 성급히 물었다.

"부인, 제발 30 초만 제 말에 귀 기울여 주십시오. 간단히 모든 상황을 설명해드릴 테니까요." 페르호친은 확고한 어조로 대답했다. "오늘 오후 다섯 시경, 드미트리 표도로비치는 저한테 와서 10 루블을 빌려 갔습니다. 그래서 저는 그 사람에게 한 푼도 없었다는 걸 확실히 알고 있습니다. 그런데 밤 9시에 나를 찾아왔을 땐 1백 루블짜리 지폐를 한 2, 30장 움켜쥐고 있었습니다. 그리고 두 손이며 얼굴은 온통 피투성이가 되어 있지 않겠습니까. 정말 미친 사람 같더군요. 그래서 어디서 그런 돈을 얻었느냐고 물었더니, 호흘라코바 부인한테 얻었다고 하더군요. 부인께서 금광에 가라는 조건으로 3천 루블을 주었다는 거예요……"

호흘라코바 부인의 얼굴에 갑자기 심한 흥분의 빛이 떠올랐다.

"아아, 큰일이군요! 그 사람은 자기 아버지를 죽인 거예요!" 그녀는 두 손을 마주 잡으며 이렇게 외쳤다. "나는 절대로 그 사람한테 돈을 준 일이 없어요. 절대 없어요! 자, 어서 빨리 달려가세요, 서두르세요. 더 이상 말할 필요도 없어요! 그 노인을 살려 줘야 해요. 어서 그 사람의 아버지에게 달려가세요, 어서요!"

"실례지만 부인, 그러니까 당신은 그 사람한테 돈을 주지 않았단 말씀이시죠? 분명히 기억하시고 계신가요? 그 사람한테 돈을 주지 않았다는 것을?"

"안 줬어요. 절대로 안 주고말고요! 딱 거절해 버렸지요. 그 사람은 돈의 가치를 모르는 사람이에요. 그러자 그 사람은 미친 사람처럼 발을 구르며 뛰어 나가더군요. 게다가 나한테 막 달려드는 걸 나는 얼른 뒤로 물러나 버렸죠. ……이제 와선 하나도 숨기지 않겠어요. 당신이 믿기 어렵겠지만, 그 사람은 내게 침을 뱉으려고 했답니다. 어디 상상이나 할 수 있는 일인가요. 그런 그렇고 우리는 어째서 이렇게 서 있을까요? 자, 앉으세요. 죄송해요. 나는……, 아니, 그보다도 빨리 달려가 보시는 게 낫겠군요. 어서 달려가서 그 가엾은 노인은 무서운 죽음으로부터 구해줘야 해요."

"아아, 정말 어쩌면 좋을까요! 그럼 우린 이제 어찌하면 좋을까요? 무엇을 해야 한다고 생각하시나요?"

이러는 사이에 그녀는 페르호친에게 의자를 권하고 자기도 맞은편에 앉았다. 페르호친은 간단하지만 알아듣기 쉽게 사건의 전말을, 적어도 자기가 목격한 일들을 부인에게 설명하고, 좀 전에 페냐를 찾아갔던 이야기와 절굿공이에 관한 이야기도 들려주었다. 이러한 상세한 이야기는 그렇지 않아도 흥분에 휩싸여 있던 부인을 극도로 자극시키고 말았다. 부인은 연방 찢는 듯한 비명을 지르는가 하면 두 손으로 얼굴을 가리기도 했다.

"나는 이 모든 것을 처음부터 예감하고 있었답니다. 내게는 원래부터 그런 재능이 있거든요. 내가 예상하는 것은 무엇이든지 사실이 되어 나타난답니다. 나는 그 무서운 사내를 볼 때마다 '이 사람이야말로 나를 죽일 사람이다'하는 생각이 자꾸만 들더군요. 그런데 바로 실현되지 않았느냐 말예요. ……그 사람이 나를 죽이지 않고 자기 아버지를 죽인 건 틀림없이 하느님께서 날 보호해 준 덕분일 거예요. 그리고 그 사람도 나를 죽이는 것을 부끄럽게 여겼을 거예요. 왜냐하면 나는 바로 이 응접실에서 위대한 순교자 성 바르바라의 유물인 성상을 그 사람 목에 걸어 주었으니까요. …… 그러고 보니 정말 난 그때 죽음 바로 옆까지 가 있었군요. 나는 그 사람에게 바짝 다가서 있었고 그 사람은 나한테 목을 길게 내밀고 있었으니까요. 그건 그렇고 표트르 일리치 씨, 실례지만 이름이 표트르 일리치라고 하셨죠? 나는 기적이라는 걸 믿지는 않아요. 그렇지만 그 성상과 나에게 일어난 의심할 여지가 없는 기적에는 나를 완전히 뒤흔들어 놓고 말았습니다. 그래서 나는 또다시 무엇이든지 믿을 수 있을 것 같은 심정이에요. 당신은 조시마 장로의 얘기를 들으셨나요? ……아이쿠, 내가 지금 무슨 말을 하는지 모르겠군요. 하지만 그는 성상을 목에 걸고도 나에게 침을 뱉으려 했어요. 물론 침을 뱉었을 뿐 죽이지는 않았습니다만……, 그러고 나서 그쪽으로 달려간 거예요. 그런데, 우린 지금 어디로 가야 하나요? 어디로 가야 해요! 당신은 어떻게 하실 생각이세요?"

페르호친은 자리에서 일어서더니, 이제부터 경찰서장을 찾아가서 모든 것을 알리고, 그 다음부터는 그에게 맡길 작정이라고 말했다.

"아아, 그분은 정말 훌륭한 분이세요. 나도 그 서장님은 잘 알아요. 반드시 그 사람에게 가야 해요. 페르호친 씨, 어쩌면 그렇게 머리회전이 빠르신가요. 정말 잘 생각해내시는군요. 내가 당신의 입장에 있다면 도저히 그런 생각은 하지 못했을 거예요."

"아닙니다. 그리고 나도 경찰서장과는 절친한 사이입니다." 페르호친은 그대로 서서 이렇게 말했다. 그는 어떻게 해서든지 되도록 빨리 이 수다스러운 부인한테서 빠져나가고 싶은 눈치였으나, 부인은 그에게 작별할 기회를 좀처럼 주지 않았다.

"그리고 말이에요. 그리고……." 그녀는 분명치 않은 어조로 말했다. "당신이 거기서 보고 들은 일을 나한테 와서 모두 알려 줄 수 있을까요? ……무엇이 판명되고…… 어떻게 재판을 받고 어떤 선고를 받을 것인지……. 그런데 우리 러시아에는 사형제도란 게 없다지요? 아무튼 꼭 와 주셔야 해요. 새벽 세 시건 네 시건 네 시 반이건 상관없어요. 만일 내가 일어나지 않거든 하인에게 흔들어서라도 깨우라고 하세요. 아니, 난 오늘 밤 잠이 올 것 같지 않아요. 차라리 나도 당신과 함께 나가는 건 어떨까요?"

"아, 아닙니다. 그보다도 만일의 경우를 위해 당신이 드미트리 씨에게 한 푼도 돈을 빌려 준 일이 없다는 것을 손수 몇 자라도 적어 주시면 혹시 소용이 될지 모르겠네요. 만일의 경우를 위해서 말입니다."

"네, 그럼요!" 호흘라코바 부인은 기쁨에 겨운 표정으로 책상 앞으로 재빨리 달려갔다. "이런 사건을 처리하는 당신의 그 능수능란한 솜씨와 그 재빠른 기지에 정말 놀라지 않을 수 없군요. 난 정말 감동했어요. ……당신은 이 고장에서 일하고 계신다고 들었어요. 당신 같은 분이 여기서 근무하시다니 정말 반가운 일이 아닐 수 없네요……."

그렇게 말하면서 부인은 편지지 반절에 큼직큼직한 글씨로 다음과 같이 서너 줄을 속필로 적었다.

본인은 오늘 드미트리 표도로비치 카라마조프라는 불행한 분에게 (어쨌든 그가 불행한 처지에 있는 것이 사실이니까) 절대로 3천 루블이라는 돈을 빌려 준 일이 없을뿐더러 여태까지 한 번도 돈거래를 한 일이 없습니다. 나는 이 세상의 모든 거룩한 이름에 걸고 맹세하는 바입니다.

호흘라코바

"자, 여기 있습니다." 부인은 페르호친 쪽으로 홱 몸을 돌리며 말했다. "자, 어서 가셔서 구해 주세요. 이건 당신을 위해서도 크나큰 공적이 될 겁니다."

그러고 나서 그에게 세 번의 성호를 그어 주었다. 그녀는 현관까지 나와 그를 전송해 주었다.

"정말 감사해요! 당신이 나한테 가장 먼저 찾아오신 데 대해 내가 얼마나 감사하고 있는지 당신은 상상도 못 하실 거예요. 어째서 여태까지 당신을 만나 뵙지 못했을까요? 앞으로 자주 우리 집에 들러주신다면 언제라도 환영하겠어요. 당신처럼 빈틈이 없으시고 영리하신 분이 우리 고장에서 일하고 계신다니 얼마나 기쁜지 모르겠어요. 다른 사람들도 당신의 가치를 알고 존경하게 될 거예요.

결국엔 당신을 이해하게 되겠죠. 나도 힘닿는 한 당신을 위해 도와드릴 용의가 있답니다. 정말이랍니다……. 나는 젊은 분들을 좋아해요! 나는 젊은이들한테 반했어요. 젊은이들은 오늘날 고난의 길을 걷고 있는 우리 러시아의 초석이자 희망이지요. 자, 어서 가 보세요, 가 보세요…….”

그러나 페르호친은 이미 달려가고 있었다. 그러지 않았다면 부인이 쉽사리 그를 놓아 주지 않았을 것이다. 그러나 어쨌든 호흘라코바 부인은 그에게 제법 좋은 인상을 주었다. 그리고 그것은 이런 더러운 일에 말려든 데 대한 그의 불안을 어느 정도 덜어주기까지 했다. 누구나 다 아는 사실이지만 인간의 취미는 각양각색이다. 그는 매우 즐거운 마음으로 이렇게 생각했다. ‘그런데 부인은 그다지 늙어 보이지 않던걸. 오히려 그 부인이 그 집 딸인 줄 알았다니까.’

한편 호흘라코바 부인도 이 청년에게 홀딱 빠져들고 말았다. ‘어쩌면 그렇게도 명석하고 빈틈이 없을까! 요즘 젊은이들은 아무런 능력이 없다고 하지만 그런 사람들에게 그 청년을 본보기로 한번 보여주고 싶군.’ 이리하여 그녀는 ‘그 무서운 사건’을 거의 잊다시피 했으나, 잠자리에 들 때에야 비로소 자기가 ‘죽음 바로 옆’에 있었다는 것을 생각하고 ‘아이, 무서워, 아이, 무서워!’를 연방 되풀이했다. 그러나 그녀는 곧 달콤한 잠에 빠져들었다. 필자가 이 사소한 에피소드를 자세히 언급하는 것은 그럴 만한 이유가 있기 때문이다. 즉 젊은 관리와 아직 늙었다고 볼 수 없는 미망인과의 갑작스런 만남이 결과적으로 보다 치밀하고 용의주도한 청년의 출세의 실마리가 되었던 것이다. 이 사실에 대해서 지금도 이 지방 사람들은 놀라움을 금치 못하고 있다. 필자도 카라마조프 형제들에 관한 긴 이야기를 끝내고 나면 어쩌면 이 일을 따로 언급하게 될지도 모른다.

2. 경보

　우리 지방의 경찰서장인 미하일 마카로프는 7등 문관으로 전보
된 퇴역 중령인데 홀아비 생활을 하고 있는 호인이었다. 그는 이
지방에 부임해온지 불과 3년밖에 안됐지만, 일반 사람들로부터 좋
은 평가를 받고 있었다. 그 주요한 이유는 '사교계를 잘 이끌어나
가는 능력을 지니고 있다'는 것 때문이었다. 그의 집에는 손님이
끊이지 않았는데, 그는 손님 없이는 하루도 살아갈 수 없는 것처럼
보였다. 매일처럼 그의 집에는 식사 손님이 없을 때가 없었다. 반
드시 한 사람이건 두 사람이건 손님이 없으면 그는 식탁에 앉으려
하지 않았다. 여러 가지 구실, 때로는 당치도 않은 구실을 만들어
내어 정식으로 손님을 초대하곤 했다.
　대접하는 음식은 진수성찬이라고까지는 할 수 없어도 꽤 푸짐

했다. 생선 파이도 진미였고, 술도 최고급품은 아니었지만 그 대신 양이 풍부했다. 응접실에는 당구대가 놓여 있었는데 그 장식도 꽤 잘 어울렸다. 즉 독신자의 당구실에는 반드시 있어야 하는 장식으로 되어 있는, 영국산 준마를 그린 검정 테두리의 액자가 방마다 붙어 있었다. 그리고 조그만 탁자가 하나 있었는데, 거기서 매일 밤 카드놀이를 하곤 했다. 그리고 이 지방의 상류 사회 전체가 부인과 딸들을 동반하고 그의 집에 모여 댄스파티를 여는 이도 자주 있었다.

마카로프 서장은 홀아비였지만, 그래도 혼자 살고 있는 것은 아니었다. 그의 집에는 오래 전에 과부가 된 딸이, 이미 학업을 마치고 혼기가 꽉 찬 두 딸을 데리고 와서 함께 살고 있었다. 그녀는 또한 그에게 외손녀가 되는 이 두 아가씨는 이미 성숙해서 학업도 마쳤고 용모도 괜찮은데다 성격도 명랑해서 지참금이라곤 한 푼도 없다는 것을 모두 다 알고 있음에도 불구하고 이 지방의 청년들이 이 집에 뻔질나게 드나들고 있었다.

마카로프는 결코 직무 면에서는 유능한 편은 아니었지만, 맡은 바 책임을 수행하는데 있어서는 절대로 어느 누구에게도 뒤떨어지지 않았다. 솔직히 말해서 그는 교육을 거의 받아 보지 못한 사람이었고 또 자기의 행정상 권한까지도 명확히 이해하지 못하고 있을 정도로 경박한 인간이었다. 그는 몇몇 현대에 진행된 개혁에 대해서도 충분히 그 뜻을 파악하지 못했을 뿐만 아니라 어떤 때는 엄청나게 엉뚱하고 그릇되게 해석할 때도 있었다. 이것은 그가 특별히 무능했기 때문이라기보다는 단지 부주의한 성격에 기인하는 때문이었다. 왜냐하면 그에게는 언제나 사물을 차분히 생각할 수 있는 여유가 없었기 때문이었다.

"여러분, 내 성격은 군대에나 어울리지 문관으론 적합하지 않습니다." 그는 곧잘 자기 자신을 이렇게 설명하곤 했다. 그는 농노제 개혁의 확실한 근거에 대해서도 확실한 개념을 파악하지 못했다. 다만 한 해 두 해 지나가는 사이에 실제적인 지식을 접하면서 자연히 그것을 터득함으로써 이해하고자 했을 뿐이다. 그러나 그는 여전히 어엿한 지주 행세를 하고 있었다.

페르호친은 오늘 밤에도 마카로프의 집에서 누군가 손님을 만나게 될 것이라고 생각했다. 그러나 누구를 만나게 될지는 알 수 없었다. 그런데 마침 이때 경찰서장 집에는 검사가 와 있어서 이 지방의 공의(公醫)인 바르빈스키를 상대로 카드놀이를 하고 있었다. 이 의사는 최근 페테르부르크 의과 대학을 우수한 성적으로 졸업한 수재 중의 하나로, 최근 이 지방으로 부임해 온 젊은 신사였다. 검사라고는 하지만 실제로는 검사보에 지나지 않는 이폴리트 키릴로비치는 좀 색다른 인물이었다.

이제 겨우 서른다섯 살밖에 안된 한창나이였지만 뚜렷한 폐병의 징후가 보였고, 그러면서도 아이를 못 낳는 굉장히 뚱보인 마누라를 거느리고 있었다. 그는 자존심이 강하고 터무니없이 성을 잘 내는 사람이었으나, 예리한 분별력이 있었고 마음씨도 착했다. 그의 성격상의 결함은 다른 사람들이 인정하는 진가 이상으로 자기 자신의 능력을 과대평가 하는데서 오는 듯싶었다. 언제나 그가 침착성이 부족한 듯 보이는 것도 실은 그 때문이었다. 게다가 그는 고상하고도 예술적인 것에 대해서 은밀한 야심을 지니고 있었다. 이를테면 심리안이라든지 인간의 감정에 대한 특별한 지식이라든지 범인이나 범죄를 꿰뚫는 비범한 재능 같은 것을 얻고 싶어 했다.

이런 뜻에서 그는 자기 자신이 직장에서 불우한 처지에 놓여 있으며, 상관들이 자기의 진가를 알아주지 않을뿐더러 자기에게는 적이 많다고 생각하고 있었다. 그리고 기분이 우울할 때면 차라리 형사 소송 전문의 변호사가 되어 버리겠다고 아무도 알아주지 않는 위협을 늘어놓기도 했다. 그러나 뜻밖에 카라마조프의 부친 살해 사건이 발생했을 때, 그는 이것이야말로 '러시아를 뒤흔들어 놓을 대사건'이라고 생각했던 것이다. 그런데 필자는 또다시 이야기를 앞질러 가는 것 같다.

옆방에서는 이 지방의 젊은 예심판사 니콜라이 넬류도프가 이집 아가씨들과 함께 이야기를 나누고 있었다. 그는 불과 두 달 전에 이 지방으로 부임해 왔다. 나중에 이곳 사람들은 바로 '범죄'가 일어난 그날 밤에 마치 약속이라도 한듯이 경찰서장 집에 이런 인물들이 모여 있었던 사실을 이야기하며 몹시 기이하게 생각했다. 그러나 이것은 지극히 단순하고도 자연스럽게 이루어진 만남이었다. 이폴리트 키릴로비치의 아내는 이틀 전부터 이를 앓고 있었기 때문에 그는 그 신음소리가 들리지 않는 곳으로 도피해야만 했다. 또 의사 바르빈스키는 원래 밤마다 카드놀이를 하지 않고는 못

배기는 성미였다. 예심판사 넬류도프는 벌써 사흘 전부터 경찰서 장의 집을 급습하려고 벼르고 있었다.

즉 그는 경찰서장의 큰 외손녀 올가를 깜짝 놀라게 해주려는 심 술궂은 속셈을 가지고 있었다. 그는 그녀의 비밀을 알고 있었던 것 이다. 이날은 그녀의 생일이었지만 사람들을 무도회에 초대하는 것이 싫은 나머지 그녀는 일부러 이 지방 사교계에 알리지 않기도 마음먹고 있었다. 그리고 또 그녀는 자신의 나이가 알려지는 것을 몹시 두려워하고 있었는데, 그는 지금 그 비밀의 열쇠를 쥐고 있었 다. 그것을 내일 모든 사람 앞에 드러내겠노라고 암시하여 한바탕 유쾌하게 놀아보려는 게 그의 속셈이었다.

아직 젊고 애교만점인 이 젊은이는 이런 면에선 남달리 뛰어난 장난꾸러기였다. 그래서 읍내의 귀부인들은 모두 그를 '장난꾸러 기'라고 부르고 있었는데, 그 또한 그 별명을 마음에 들어 하는 것 처럼 여겨졌다. 그러나 그는 상류사회의 훌륭한 가문에 속해 있어 서 훌륭한 교육을 받았고 마음씨도 선량했다. 비록 어느 정도 향락 주의적인 데가 없지 않았으나, 언제나 예의바르고 그의 장난도 참 으로 순진한 것이었다. 겉보기엔 키가 작고 체격도 허약해보였으 며, 가늘고 창백한 손가락에서는 언제나 커다란 반지 몇 개가 반짝 이고 있었다.

한편 그는 직무를 수행할 때에는 자기의 사명과 의무를 무슨 신 성불가침한 것으로 생각하고 평소와는 딴판으로 점잔을 빼고 근 엄한 태도를 취하곤 했다. 특히 평민 출신의 살인범이나 그 밖의 흉악범들을 심문할 때는 난처한 질문을 던져서 상대를 꼼짝없이 궁지로 몰아넣는 재주가 있어서 범인들의 마음속에 존경이라고까지는 할 수 없어도 어쨌든 일종의 경이로움을 불러일으키는 것이었다.

페르호친이 경찰서장의 집에 들어서자마자 그만 어안이 벙벙해졌다. 그 자리에 있는 사람들이 이미 모든 것을 다 알고 있다는 것을 곧 알아챈 것이다. 사실 그들은 카드를 내던지고 모두들 일어서서 의논을 하고 있었다. 예심판사 넬류도프까지 아가씨들을 버려두고 달려와서 전투에 임한 듯 긴장한 표정을 짓고 있었다. 우선 페르호친이 거기서 제일 먼저 들은 소식은, 늙은 표도르 카라마조프가 그날 밤 자택에서 살해되고 돈까지 빼앗겼다는 놀라운 내용이었다. 그것은 그가 이 집으로 달려오기 직전에 다음과 같은 경로를 통해 알려졌던 것이다.

그리고리 노인은 정신을 잃고 울타리 옆에 쓰러져 있었지만 그의 아내 마르파는 자기 침대에 누워 곤히 자고 있었다. 여느 때 같으면 아침까지 내처 잠을 잤겠지만 어쩌다 갑자기 잠이 깨었다. 그녀의 잠을 깨운 것은 인사불성이 된 채 옆방에 누워있던 간질병 환자 스메르자코프가 무서운 비명을 질렀기 때문이다. 언제나 발작이 시작될 때는 그 외침 소리가 들렸으므로, 그때마다 마르파는 공포에 질려 거의 병적인 불안에 사로잡혔다. 그녀는 도무지 그 비명 소리에는 익숙해질 수가 없었다.

그래서 마르파는 잠결에 벌떡 일어나자마자 거의 정신없이 스메르자코프의 방으로 달려갔다. 그러나 방안은 캄캄해서 환자가 무섭게 신음하며 꿈틀거리는 소리만 들릴 뿐이었다. 그래서 마르파도 역시 비명을 질러 영감을 부르기 시작했다. 그러나 문득 자기가 나올 때 남편이 침대에 없었던 것을 머리에 떠올렸다. 그녀는 침대 옆으로 다시 달려가 손으로 더듬어보았으나 침대는 정말 텅 빈 채였다. '그럼 밖으로 나간 모양이군, 대체 어디로 간 걸까?' 그녀는 입구의 층계로 달려 나가서 겁먹은 소리로 남편을 불러 보았다. 물론 아무 대답도 없었고 그 대신 밤의 정적 속에서 멀리 떨어진 정원 안쪽 어딘가에서 신음 소리 같은 것이 들려왔다. 그녀는 귀를 기울였다. 신음소리는 또다시 되풀이되었다. 그 소리는 정원 쪽에서 들려오는 것이 분명했다. '아유, 저런! 리자베타 스메르자시차야가 아기를 낳았을 때와 똑같군.' 이런 생각이 그녀의 혼란한 머릿속을 스쳐지나갔다.

그녀가 겁에 질린 채 층계를 내려가서 어둠 속을 살펴보니 정원으로 통하는 문이 활짝 열려 있었다. '아마 영감이 저기 있는 모양이군.' 그녀는 이렇게 생각하고 쪽문으로 다가갔다. 그러자 뜻밖에도 "마르파! 마르파!"하고 자기 이름을 부르는 그리고리의 무서운 신음 소리가 똑똑히 들려왔다. 가냘프게 신음하는 고통스런 목소리였다. "하느님 우리를 재난에서 구해주소서." 마르파는 이렇게 중얼거리며 소리 나는 쪽으로 달려갔다. 그리하여 그녀는 마침내 그리고리를 찾아낸 것이다. 그러나 발견된 장소는 그가 처음 얻어 맞고 쓰러졌던 울타리 아래가 아니라 그곳에서 10보 가량 떨어진 곳이었다. 이것은 나중에야 판명된 사실이지만 그리고리는 정신을 차리고 거기까지 기어갔던 것이다. 그녀는 곧 남편이 온통 피투성이가 된 것을 알아보고 목청이 찢어져라 비명을 질렀다.

"죽였어……, 제 아비를 죽였어. 뭘 꽥꽥거리고 있어? 바보 같으니……. 빨리 가서 사람들을 불러와." 그는 가느다란 목소리로 두서없이 중얼거렸다. 그러나 마르파는 계속 외쳐대다가 언뜻 보니, 주인 방의 창문이 열려 있고 거기서 불빛이 흘러나오고 있었다. 그녀는 급히 그쪽으로 달려가서 주인을 부르기 시작했다. 그러나 창문 안을 들여다보았을 때 무서운 광경이 그녀의 눈에 들어왔다. 주인은 마루 위에 쓰러진 채 꼼짝도 않고 있었다. 연한 빛깔의 잠옷과 새하얀 셔츠의 가슴 언저리가 새빨간 피로 물들어 있었다. 테이블 위의 촛불은 미동도 하지 않는 표도르의 죽은 얼굴과 응혈된 피를 환하게 비추고 있었다.

이때 이미 극도의 공포에 질린 마르파는 창문 옆에서 물러나 정원 밖으로 뛰어나갔다. 그러고는 대문의 빗장을 뽑고 뒷길로 해서 이웃에 사는 마리야네로 뛰어들었다. 모녀는 모두 잠들어 있었으나 힘껏 창문을 두드리는 소리와 계속되는 외침소리에 잠이 깨어 창가로 달려 나왔다. 마르파는 목이 찢어져라 외치며 횡설수설했지만, 그래도 요점만은 알아들을 수 있게 전한 다음 빨리 좀 도와 달라고 애걸했다.

마침 그날 밤 이 집에는 집 없이 방랑하고 다니는 포마가 묵고 있었다. 그들 모녀는 곧 그를 흔들어 깨워서 범행 현장으로 달려갔다. 도중에 마리야는 그날 저녁 9시경, 온 동네가 떠나갈 정도로 귀청을 찌르는 듯한 무서운 고함소리가 들려왔던 사실을 문득 상기해냈다. 물론 그것은 그리고리가 울타리 위에 올라탄 드미트리의 발을 붙잡고 "살인이야!"이라고 외쳤을 때의 그 목소리였을 것이다. "누군가 외마디 소리를 지르더니 곧 잠잠해지더군요." 마리야는 달리면서 이렇게 말했다.

그리고리가 쓰러져 있는 현장에 닿자, 두 여인은 포마의 도움을 받아 노인을 바깥채로 옮겼다. 불을 켜 보니, 스메르자코프는 아직도 발작을 멈추지 않고 입에서 거품을 흘리며 몸을 뒤틀고 있었다. 그들은 식초를 탄 물로 그리고리의 머리를 씻어 주었다. 노인은 정신이 돌아오자 "주인어른은 살아 계신가"하고 황급히 물었다. 그래서 두 여인과 포마는 주인 방에 가보려고 정원으로 들어갔다. 그러나 이번에는 창문뿐만 아니라 방 안에서 정원으로 통하는 문까지 활짝 열려져 있었다. 이 문은 지난 1주일 동안 주인이 저녁마다자기 손으로 굳게 잠그고, 그리고리조차도 노크하지 못하도록 엄중히 단속하고 있던 문이었다.

이 문이 활짝 열려 있는 것을 보자, 그들 두 여인과 포마는 갑자기 주인 방에 들어서기가 두려워졌다. '혹시 나중에라도 무슨 시끄러운 일이 생기면 곤란하다'고 생각했기 때문이다. 그들이 다시 돌아오자, 그리고리는 곧 경찰서장에게 달려가서 알리도록 했다. 그리하여 마리아가 달려가서 경찰서장 집에 모여 있던 모든 사람들을 깜짝 놀라게 했던 것이다. 그것은 페르호친이 도착하기 불과

5분 전의 일이었다. 그러나 페르호친은 단지 자기의 상상이나 추측만을 가지고 왔을 뿐만 아니라 명백한 사실의 목격자로서 범인이 누구인가 하는 일동의 추측을 사실적인 이야기로 훌륭히 뒷받침하는 구실을 한 셈이었다. 그러나 그는 마지막 순간까지 마음속으로 이러한 추측을 믿기 어려워했다.

그리하여 일동은 모두 온 힘을 다하여 활동을 개시할 것을 결의했다. 부서장은 곧 네 사람의 증인에 대한 증언을 청취하도록 위촉되었다. 필자는 여기서 수사 과정을 일일이 설명하진 않겠지만, 그들은 일정한 수속 절차를 밟아 표도르의 집에 들어가서 현장검증을 시작했다. 아직 경험이 많지 않아 무슨 일에나 열중하기 좋아하는 공의(公醫)는 자청하다시피 하여 서장, 검사, 예심판사와 동행하게 되었다. 그러나 여기서는 간단한 설명만으로 그치기로 하겠다.

표도르는 두개골이 깨진 채 그 자리에서 즉사하고 말았음이 판명되었다. 거기에 사용된 흉기는 분명 나중에 그리고리를 해친 것과 동일한 흉기였으리라. 그들은 응급조치를 받은 그리고리로부터 토막토막 끊기는 힘없는 목소리이긴 했지만, 그가 피해를 입게 된 경위를 대략 듣고 곧 흉기를 찾기 시작했다. 등불을 들고 울타리 근처를 살펴보니 눈에 잘 띄는 정원 길 위에 놋쇠 절굿공이가 떨어져 있는 것이 발견되었다.

표도르가 쓰러져 있는 방은 별로 난동의 흔적은 없었으나, 병풍 뒤에 있는 침대 가까운 마룻바닥 위에는 보통 관청에서 쓰는 것 같은 두꺼운 종이로 만들어진 커다란 봉투가 하나 떨어져 있었다. 거기에는 '나의 천사 그루셴카에게 주는 선물, 3천 루블! 만약 네가 오기만 한다면.' 이라는 글이 쓰여 있었다. 그 조금 아래에는 '나의 귀여운 병아리에게'라고 씌어 있었는데, 아마 나중에 표도르가 직접 덧붙인 것이리라. 봉투에는 빨간 봉랍으로 세 군데나 커다란 봉인이 찍혀 있었다. 그러나 봉투는 이미 찢겨져서 안은 텅비어 있었다. 마루 위에는 봉투를 묶었던 가느다란 분홍색 리본도 발견되었다.

페르호친의 증언 중에서 특히 한 가지 사실이 검사와 예심판사에게 강한 인상을 주었다. 그것은 드미트리가 날이 밝기 전에 틀림없이 권총으로 자살할 것이라는 추측이었다. 그의 추측에 따르면, 드미트리 자신이 자살을 결심하고 있다고 직접 말했을 뿐만 아니라 유서를 써서 호주머니에 집어넣기도 했다는 일련의 사실로부터 추측한 것이었다. 그래도 페르호친이 그의 말을 곧이들으려 하지 않고 누군가에게 얘기해서 자살을 방해하겠다고 위협하자, 미차는 히죽히죽 웃으면서 '그렇게는 안 될 거요'라고 대답했다는 것이다. 그렇다면 당장 모크로예 현장으로 달려가서 범인이 자살하기 전에 체포하지 않으면 안 된다.

"그건 틀림없습니다. 틀림없어요!" 검사는 이상할 정도로 흥분하여 이렇게 되풀이했다. "그런 종류의 악한들은 곧잘 그런 짓을 벌이는 법입니다. 어차피 내일은 죽을 테니 죽기 전에 실컷 놀아 보자, 하는 식이지요." 그가 상점에서 술이며 식료품을 사 갔다는 얘기는 더욱더 검사를 흥분시켰다. "여러분, 그 상인 올스피예프

를 죽인 그 젊은 놈을 기억하시죠? 그놈은 1천 5백 루블을 강탈하
자, 그길로 이발소에 가서 머리를 지진 다음, 그 돈을 감추지도 않
고 그냥 손에 움켜쥔 채 곧장 계집애들한테로 달려가지 않았느냐
말입니다."

그러나 표도르의 가택 수색과 그 밖의 필요한 절차가 일동을 지
체시켰다. 이 모든 일에 꽤 시간이 걸렸으므로 그들은 우선 주재소
경관 마브리키시 메르초프를 모크로예로 보내기로 했다. 이 사람
은 마침 그 전날 아침 봉급을 타러 읍내에 와 있었던 것이다. 마브
리키시 메르초프에게 다음과 같은 지시가 내려졌다. 모크로예에
도착하면 조금도 떠들지 말고, 사법 관계자들이 도착할 때까지 끊
임없이 범인을 감시하는 동시에, 필요한 증인과 마을의 촌장 등을
미리 소집해 두라는 것이었다. 마브리키시 메르초프는 지시받은
대로 행동했다.

그는 예전부터 잘 아는 사이인 여관 주인 트리폰에게만 비밀의
일부를 알렸을 뿐 모든 것을 비밀리에 행동했다. 미차가 자기를 찾
고 있던 여관 주인과 어두운 복도에서 마주쳤을 때, 상대방의 얼굴
표정과 말투에 일종의 변화가 생겼다고 느낀 것은 바로 그 무렵의
일이었다. 그리하여 미차도 또 그 밖의 사람들도 누구 하나 자기들
이 감시를 받고 있다고 생각지 못했다. 권총이 든 상자는 이미 트
리폰이 훔쳐 내다가 안전한 장소에 감춰 두었다.

이윽고 새벽 네 시가 지나 거의 동이 틀 무렵이 되어서야 경찰서
장과 검사, 예심판사 등 수사진 일행이 두 대의 마차에 나누어 타

고 모크로예에 도착했다. 의사는 표도르의 집에 그냥 남아 있었는데, 아침에 피해자의 시체를 해부하기 위해서였다. 그러나 그가 남게 된 더 중요한 이유는 그 집 하인인 스메르자코프의 병세에 특별한 흥미를 느꼈기 때문이었다. "48시간이나 계속 되풀이되는, 이처럼 맹렬하고 긴 간질의 발작은 거의 드문 일입니다. 이건 연구할 만한 가치가 충분하지요."그는 모크로예로 떠나는 자기 동료들에게 흥분한 어조로 말했다. 그들은 웃으면서 그 발견을 축하해 주었다. 그러나 그와 동시에 스메르자코프는 아마 날이 밝기 전에 숨을 거두고 말 것이라고 의사가 자신만만한 어조로 덧붙이던 사실을 검사와 예심판사는 잘 기억하고 있었다. 이것으로 좀 길기는 했지만 필요하다고 생각되는 설명은 모두 끝냈다고 생각하므로 앞서 중단해두었던 이야기의 그 대목으로 돌아가기로 한다.

3. 영혼의 고뇌 속을 걷다 – 첫 번째 수난

그리하여 미차는 자리에 앉은 채 어리둥절한 눈초리로 주위의 사람들은 둘러보고 있었다. 그는 사람들이 자기에게 무슨 말을 하고 있는지 전혀 알아듣지 못하고 있었다. 갑자기 그는 자리를 박차고 일어나 두 손을 쳐들며 큰 소리로 외쳤다.

"나는 죄가 없습니다! 그 피에 대해서는 아무 죄도 없습니다! 아버지의 피에 대해선 죄가 없단 말입니다. ……죽이려고 했습니다만, 죽이진 않았습니다! 그건 내가 아닙니다!"

그런데 미차가 이렇게 외치자마자 휘장 뒤에서 그루센카가 달려 나오더니 경찰서장 발아래 무릎을 꿇었다.

"그건 나예요. 이 저주받을 년입니다! 죄는 저한테 있습니다!"
온통 눈물에 젖은 그녀는 그들에게 두 손을 내밀로 비통한 목소리로 외쳤다. "저 사람이 살인을 한 것은 나 때문입니다. 제가 저분을 괴롭혔기 때문에 그런 짓을 하게 된 겁니다. 저는 죽은 그 노인네까지도 심술궂게 괴롭혔습니다. 그래서 결국 이런 일이 생긴 겁니다. 제가 나빴습니다! 모든 화근은 내게 있어요! 제가 장본인입니다."

"물론 네가 나쁘지! 네가 이 사건의 주범이야! 이 요사스런 화냥년 같으니. 모든 잘못은 너에게 있는 거란 말이다!" 서장은 한 손으로 그녀를 위협하며 이렇게 소리쳤다. 그러나 동료들이 재빨리 서장을 단호하게 제지했다. 특히 검사는 두 손으로 그를 꽉 껴안기까지 했다.

"이러시면 모두 엉망이 되고 맙니다. 서장님." 하고 검사가 소리쳤다. "당신의 행동은 심리를 정면으로 방해하는 것입니다. 일을 망치실 작정이십니까?" 그는 숨을 헐떡거리다시피 하며 이렇게 말했다.

"단호한, 단호한 조치를 취해야 해요!" 하고 넬류도프 예심판사도 몹시 흥분한 어조로 소리쳤다. "그렇게 하지 않으면 도저히 심문할 수가 없습니다."

"나도 같이 재판해 주세요." 그루센카는 여전히 무릎을 꿇은 채 정신없이 소리쳤다. "저도 함께 벌을 주세요. 저 사람과 함께 라면 이 분과 함께 전 사형이라도 기꺼이 받겠어요!"

"그루센카, 오오, 나의 생명, 나의 피, 나의 하느님!" 미차는 그루센카 옆에 무릎을 꿇고 그녀를 힘껏 끌어안았다. "여러분, 이 여자의 말을 믿지 마십시오. 이 여자는 아무 잘못도 없습니다. 어떤 피에 대해서도 죄가 없어요. 아무 죄도 없습니다."

그는 몇 사람이 강제로 자기를 여자 옆에서 떼어놓고 그루센카도 급히 어디론가 데리고 가 버린 것을 나중에 가서야 상기할 수 있었다. 그가 제정신으로 돌아왔을 때는 이미 테이블 앞에 끌려와 있었다. 그의 뒤에도 양 옆에도 휘장을 단 사람들이 서 있었다. 테이블 맞은편 소파에는 예심판사 넬류도프가 앉아 있었는데, 그는 테이블 위에 놓인 컵의 물을 좀 마시라고 미차에게 자꾸만 권하고 있었다.

"이걸 마시면 기분이 나아질 겁니다. 마음이 진정되지요. 무서워하거나 불안해할 건 조금도 없습니다." 그는 매우 정중하게 이렇게 덧붙였다.

그러나 미차는 갑자기 판사가 끼고 있는 커다란 반지에 관심이 끌렸다. 하나는 자수정 반지이고 또 하나는 찬란한 광채를 발하는 투명하고 맑은 황색 보석 반지였다. 그는 무서운 진행되는 동안 자기의 처지와는 아무 관계도 없는 그 반지에서 한 시도 눈을 뗄 수 없었다는 사실을 그 후에도 오랫동안 놀라움을 가지고 회상하곤 했다.

간밤에 막시모프가 앉아 있던 왼쪽에는 지금 검사가 앉아 있었다. 그리고 그루센카가 앉아 있던 오른쪽 자리에는 매우 낡아빠진 사냥복 같은 괴상한 옷을 걸친, 볼이 붉은 젊은이가 앉아 있었다. 그 젊은이 앞에는 잉크병과 종이가 놓여 있었다. 그는 예심판사가 데려온 서기였다. 경찰서장은 방 맞은편 창문 가까운 한쪽 구석에서 있었다. 칼가노프도 그 창문 가까이에 있는 의자에 앉아 있었다.

"물을 좀 마십시오!" 판사는 상냥한 어조로 열 번이나 같은 말을 반복하고 있었다.

"마셨습니다. 여러분, 마셨어요……. 아니, 그보다도……. 여러분, 나를 짓이겨 주십시오. 벌을 내려 주십시오. 어서, 내 운명을 결정해주십시오! 무섭게 부릅뜬 눈으로 미차는 예심판사를 노려보며 소리쳤다.

"그럼, 당신은 친부인 표도르 카라마조프의 죽음에 대해서는 무죄라고 단언하시는 겁니까?" 판사는 부드럽기는 하지만 끈질긴 어조로 물었다.

"죄가 없습니다! 다른 피에 대해서, 다른 노인의 피에 대해서는 죄가 있지만, 아버지의 피에 대해서는 죄가 없습니다. 나는 오히려 그 죽음 때문에 울고 있습니다. 나는 죽였습니다. 한 노인을 죽였지요. 때려눕혀 죽였습니다. 그러나 다른 사람의 피, 아무 죄도 없는 아버지의 피에 대해서까지 책임을 질 수는 없습니다. ……이건 너무나 무서운 일입니다. 이마를 한 대 얻어맞은 기분입니다. 그렇지만 대체 아버지를 죽인 건 누굴까요, 누가 죽였을까요? 내가 아니라면 대체 누가 죽였느냐 말입니다! 이상합니다. 말도 안 됩니다. 도저히 있을 수 없는 일이예요!"

"이 경우 그런 살인을 할 수 있는 사람이라면, 즉……" 하고 판사는 입을 열었으나, 검사인(검사보이지만 간단히 검사라고 부르기로 한다) 이폴리트 키릴로비치가 판사에게 눈짓을 교환하고는 미

1061

차에게 이렇게 말했다.

"하인 그리고리 노인에 대해서라면 그다지 걱정할 필요가 없습니다. 그는 살아 있습니다. 의식을 회복했어요. 이건 당신의 진술과 노인의 증언에 의거해서 하는 말입니다만, 당신이 입힌 상처는 끔찍한 중상이긴 했어도 적어도 의사의 말을 빌리면 생명에는 별 지장이 없다고 합니다."

"살아 있다구요? 아니, 그 노인은 죽지 않았단 말입니까?" 미차는 가볍게 손뼉을 치며 갑자기 소리쳤다. 그의 얼굴이 환하게 빛나기 시작했다. "오오, 하느님, 나 같은 죄 많은 악당의 기도를 들어주시어 위대한 기적을 베풀어 주시니 감사하기 이를 데 없습니다. 그렇습니다. 이건 하느님께서 내 기도를 들어주신 거예요. 나는 밤새껏 빌었거든요." 그는 세 번 성호를 그은 뒤, 가쁜 숨을 몰아쉬었다.

"그런데 바로 그 그리고리로부터 우리는 당신에 대한 아주 중대한 증언을 들었습니다. 그것은 다름 아니라……." 하고 검사는 말을 이으려고 했으나, 이때 갑자기 미차가 벌떡 일어났다.

"잠깐만, 여러분, 잠깐만 기다려 주십시오. 그 여자한테 잠깐만 다녀오겠습니다……."

"무슨 소리를 하는 겁니까? 지금은 절대로 안 됩니다." 예심판사도 거의 비명을 지르듯이 외치며 자기도 의자에서 벌떡 일어났다. 가슴에 휘장을 단 사내들이 사방에서 미차를 붙들려 했다. 그러나 미차는 스스로 의자에 앉았다.

"여러분, 참으로 유감스럽군요! 나는 그저 잠깐 그 여자를 만나

보고 싶었을 뿐입니다. 밤새껏 내 심장을 죄듯이 괴롭혔던 그 피가 깨끗이 씻겨져서 이젠 내가 살인자가 아니라는 것을 그루센카에게 말해주고 싶었을 뿐이에요. 여러분, 그 여자는 내 약혼자란 말입니다!" 그는 일동을 둘러보며 기쁨에 찬 경건한 표정으로 이렇게 말했다. "아아, 여러분, 여러분께 감사드립니다! 여러분은 나를 다시 소생시켜주셨습니다. 그 노인은, 나를 품 안에 안고 다녔습니다. 세 살밖에 안된 내가 모두에게 버림받았을 때 그 사람은 친아버지처럼 내 몸을 씻어 주기도 하고 나를 친아들처럼 돌봐 주었습니다."

"그래서 당신은……." 판사가 말을 하려고 했다.

"제발, 여러분, 제발 잠시만 더 기다려 주십시오." 미차는 테이블 위에 팔꿈치를 세우고 두 손으로 얼굴을 가리면서 판사의 말을 가로챘다. "조금만 생각할 여유를 주십시오. 여러분, 너무나 뜻밖이어서 정신을 차릴 수가 없군요. 정말입니다……. 뭐니 뭐니 해도 인간은 북의 가죽이 아니니까요, 여러분!"

"그럼, 물이라도 좀……." 판사가 중얼거리듯 말했다.

미차는 얼굴에서 손을 떼더니 킬킬거리며 웃었다. 그의 눈초리는 생생하게 빛났고 눈 깜짝할 사이에 아주 딴 사람으로 변한 것 같았다. 그리고 말투까지 변하고 말았다. 이 자리에 있는 모든 사람, 예전부터 잘 알고 있던 이 사람들과 또다시 대등한 관계로 돌아간 인간이 거기에 있었다. 마치 아무런 일이 일어나지 않았던 그 전날, 어떤 사교적인 모임에서 그들을 만났다 해도 지금의 태도와 조금도 다를 것이 없었으리라. 겸해서 말해두지만, 미차도 이 지방에 처음 왔을 때 경찰서장의 집에서도 따뜻한 환영을 받곤 했다. 그 후, 특히 최근 한 달 동안 미차는 거의 서장의 집을 방문한 일이 없었고, 서장 또한 우연히 길에서 마주쳐도 잔뜩 얼굴을 찌푸리고 그저 예의상 할 수 없이 고개를 끄덕여 보이는 것이 전부였다. 미차도 그것을 잘 알고 있었다.

검사와의 교제는 더욱 거리가 멀었지만, 신경질적이면서도 공상적인 그 부인에게는 이따금 놀러간 일도 있었다. 물론 그것은 어디까지나 예의범절을 깍듯이 갖춘 방문이었다. 그러면서도 도무지 무엇 때문에 놀러 가는지 자기 자신도 분명히 모르고 있었다. 그래도 검사 부인은 언제나 친절하게 미차를 맞아 주곤 했다. 어째서인지 몰라도 그녀는 최근까지도 미차에게 흥미를 느끼고 있었다. 판사와는 아직 사귈 기회가 없었으나 한두 번 만나서 이야기를 주고받은 일은 있었다. 그것도 두 번 다 여자에 대한 화제였다.

"저, 넬류도프 씨, 내가 보기에 당신은 매우 노련한 판사인 것 같습니다." 미차는 갑자기 유쾌한 웃음을 지었다. "이번엔 내가 한번 당신을 도와드리기로 하지요. 아아, 여러분, 나는 정말 새 생명을 얻은 기분입니다. ……이렇게 소탈하게 허물없이 대한다고 해서 나무라진 말아 주십시오. 게다가 솔직히 말씀드려서 나는 조금 취해 있으니까요. 넬류도프 씨, 나는 당신을…… 내 친척인 미우소프의 집에서 만나 뵐 수 있는 영광을 누렸습니다. 여러분, 여러분, 나는 결코 대등한 입장에 있다고 생각하고 있는 건 아닙니다. 나도 물론 당신들 앞에 어떤 인간으로 앉아 있는지 잘 알고 있으니까요. 만일 그리고리가 나에 대해서 그렇게 증언했다면…… 내게는…… 아아, 내게는 무서운 혐의가 걸려 있습니다! 무서운 일입니다. 정말 무서운 일이에요. ……나도 그만한 것쯤은 잘 알고 있습니다. 그러나 여러분, 나는 이 사건에 대해서 얼마든지 해명할 마음의 각오가 잡혀 있습니다. 우린 이제라도 당장 해결해버릴 수 있습니다. 그 이유는 이렇습니다. 여러분, 내 말에 귀 기울여 주십시오. 나 자신이 분명히 무죄라는 것을 알고 있다면, 우린 당장 이 문제를 해결할 수 있으니까요! 어때요, 그렇지 않습니까!"

미차는 상대방은 마치 자기의 가까운 친구라고 생각하는 듯이 성급하게 신경질적으로 자신의 감정을 드러낸 채 수다스럽게 지껄이기 시작했다.

"그렇다면 우선 그렇게 기록해 두겠습니다. 당신은 자기에게 걸려 있는 혐의를 극력 부인하신다고요." 넬류도프는 당당한 목소리로 이렇게 말하고는 서기 쪽을 돌아보면서 기록할 사항을 낮은 목소리로 일러 주었다.

"기록한다구요? 당신들은 그런 걸 다 기록해 두고 싶습니까? 좋습니다. 전적으로 동의합니다. 여러분……, 그런데 잠시만 기다려 주십시오. 기왕이면 이렇게 적어 주시죠. '그는 폭행죄를 가했다는 점에서는 유죄, 가엾은 노인에게 중상을 입혔다는 점에서 죄인이다'라고요. 그리고 한 가지, 나는 내 마음 속에 죄가 있다는 것을 인정하고 있습니다. 그러나 이것은 적어둘 필요가 없겠지요." 그는 별안간 서기 쪽을 돌아보았다. "이건 내 사생활 문제이기 때문에 여러분과는 관계없는 일입니다. 즉 이건 내 마음 속 깊은 곳의 문제니까요……. 그러나 나는 늙은 아버지의 살해 사건에 관해서는 아무 죄도 없습니다. 그건 터무니없는 추측입니다. 정말 터무니없는 것이지요! 곧 증거를 확인하면 당신들도 사실을 알게 될 겁니다. 그땐 아마 당신들도 웃어버리고 말 겁니다. 나에 대해 혐의를 건 여러분 스스로가 우스워질 거란 말입니다!"

"좀 진정하세요, 카라마조프 씨." 예심판사는 자신의 냉정한 태도로 흥분에 들뜬 미차를 압도라도 하려는 듯이 이렇게 주의를 주었다. "나는 심문을 계속하기에 앞서, 만일 당신이 동의하신다면, 다음 사실을 인정하는지 어떤지 물어보고자 합니다. 다름이 아니라 당신은 돌아가신 아버지 표도르 카라마조프 씨와 사이가 좋지 않았다더군요. 그래서 늘 싸움만 했다면서요. ……바로 여기서 당신이 약 15분 전에 그 사람을 죽이고 싶었다고 말한 것을 나는 기억하고 있습니다. '죽이지는 않았지만 죽이고 싶었다'고 큰소리로 말하셨죠?"

"내가 그런 말을 했던가요? 아아, 여러분, 어쩌면 그랬는지도 모르겠습니다. 불행히도 나는 아버지를 죽이고 싶었습니다. 여러번 그런 생각을 했지요. ……불행한 일이지만 이건 사실입니다!"

"그렇게 생각했단 말이죠? 그럼 대체 무슨 이유로 당신은 자기 아버지에 대해서 그런 증오를 품게 되었는지 그 점을 설명해 주실 수 있겠습니까"

"여러분, 설명할 게 무엇입니까?" 미차는 눈을 내리깔고 언짢은 표정으로 어깨를 살짝 들먹였다. "나는 나 자신의 감정을 숨긴 적이 없기 때문에 그 사실은 온 읍내 사람은 모두 알고 있지요. 술집에 드나드는 친구들도 다 알고 있구요. 그리고 최근 조시마 장로의 암자에서 나는 분명히 그런 말을 한 기억이 있습니다. 또 그날 밤엔 아버지를 초죽음이 되도록 두들겨 패 주고는 다시 와서 죽여 버리고 말겠다고 사람들이 듣는 앞에서 큰 소리로 맹세했습니다. ……오오, 그런 증인이라면 얼마든지 있습니다. 거의 한 달 동안을 그렇게 외치고 다녔으니 누구나가 다 증인이 되겠지요. 사실은 엄연히 존재하니까요. 사실은 큰 소리로 말하고 있지요. 그렇지만 여러분, 감정은, 감정은 전혀 다른 겁니다. 그러니까 여러분," 미차는 얼굴을 찌푸렸다. "여러분이 내 감정에 대해서까지 심문할 권리는 없다고 생각합니다. 설사 당신네들에게 그런 권리가 있다고 하더라도 이건 나 자신이 잘 알고 있습니다만, 어디까지나 나 자신의 문제입니다. 이건 내 마음 속의 비밀입니다. 그러나…… 나는 예전에도 내 감정을 숨긴 적이 없습니다……. 이를테면 술집 같은 데서도 상대가 누구든 닥치는 대로 털어놓곤 했으니까 지금도…… 구태여 그걸 비밀로 하고 싶지 않습니다. 여러분, 이번 경우 나는 아버지를 죽인다고 공공연히 말하고 다녔지요. 그런데 갑자기 아버지가 살해되었습니다. 이렇게 되고 보면 내게 혐의가 걸리는 건 당연하지요! 하, 하! 나는 당신네들을 탓하려는 것은 아니에요. 여러분, 그건 당연한 일이니까요. 나 자신도 소름 끼칠 정도로 놀랐으니까요. 그도 그럴 것이 만일 내가 죽이지 않았다면, 이 경우 도대체 누가 죽였을까요? 그렇지 않습니까? 대체 누가 죽였을까요, 여러분!" 그는 버럭 소리를 질렀다. "나는 알고 싶습니다. 아니 여러분에게 설명을 듣고자 합니다. 여러분, 아버지는 대체 어디서 살해되었습니까? 아버지를 살해한 흉기는 무엇이었나요? 그걸 좀 설명해 주십시오." 그는 검사와 판사를 둘러보며 빠른 어조로 이렇게 물었다.

"우리가 가보니, 부친께서는 머리가 깨진 채 서재 마룻바닥 위에 쓰러져 계셨습니다." 검사가 말했다.

"아아, 무서운 일입니다, 여러분!" 미차는 갑자기 몸을 떨더니 테이블 위에 팔꿈치를 올려놓고 오른손으로 얼굴을 가렸다.

"그럼 다시 심문을 계속하겠습니다." 넬류도프가 말을 가로챘다. "그때 당신에게 그런 증오감을 불러일으킨 원인은 무엇이었습니까? 당신은 질투 때문이라고 공언하고 다닌 건 알고 있습니다만."

"그래요. 질투 때문이었지요. 그러나 결코 그것 때문만은 아닙니다."

"금전상의 다툼이었습니까?"

"그렇습니다. 그것도 원인이 있었습니다."

"그 다툼은 3천 루블의 유산을 당신한테 넘겨주지 않았기 때문이었다고 들었는데요."

"3천 루블 정도가 아니라, 훨씬 더 많습니다." 미차는 소리쳤다. "6천 루블 이상, 아니 1만 루블이 넘을지도 몰라요. 나는 모든 사람들에게 그렇게 외치고 다녔습니다. 그렇지만 나는 3천 루블만 주면 그걸로 타협하려고 결심했습니다. 내게는 3천 루블이라는 돈이 꼭 필요했기 때문이지요. 그래서 아버지가 그루센카에게 주려고 베개 밑에 준비해 두었던 그 3천 루블이라는 돈뭉치는 나한테서 훔친 돈이나 마찬가지라고 확신하고 있었습니다. 나는 그 돈이 거기 있다는 걸 잘 알고 있었습니다. 정말이에요. 여러분, 나는 그 돈을 내 것이라고 생각했습니다. 내 것과 다름없다고 여겼으니까요."

검사는 의미심장하게 판사에게 눈짓을 하고 미차가 눈치채지 못하게 살짝 눈을 껌뻑여 보였다.

"그 문제는 이따가 다시 말하기로 하고." 판사는 곧 이렇게 말했다. "우선 다음과 같은 사실에 유의하시고 그 점을 기록하는 데 동의하시기 바랍니다. 즉 당신은 그 봉투에 들었던 돈을 자기 것이나 다름없다고 생각했었다는 점 말입니다."

"어서 계속하십시오. 여러분, 그것 역시 내게 불리한 증거가 된다는 것은 나 스스로도 압니다. 그러나 나는 그 증거를 두려워하지 않습니다. 나는 나 자신에게 불리한 증언도 사양하지 않겠습니다. 내 입으로 스스로 말하겠습니다! 여러분, 당신네들은 나를 실제의 나와는 전혀 다른 인간으로 여기고 계신 것 같군요." 그는 갑자기 침울하고 슬픈 어조로 이렇게 덧붙였다. "지금 당신네들이 말하고 있는 이 사람은 명예를 아는 인간입니다. 참으로 명예를 아는 인간입니다. 무엇보다 중요한 것은 - 제발 이 점을 중요하게 여겨 주시기 바랍니다 - 지금까지 수없이 추악한 행위를 해왔습니다만, 언제나 마음속으로는 더없이 고결한 인간이었다는 사실입니다. 마음속으로는, 마음속 깊은 곳에서는…… 그러니까 한 마디로 말해서, 아니 말로는 표현할 방법을 모르겠군요. 아무튼 나는 고결함을 갈망해서 지금까지 한평생 고통 속을 살아왔습니다. 이른바 고결한 순교자, 등불을 켜든, 디오게네스의 등불을 든 고결의 탐구자라고나 할까요. 그러면서도 나는 다른 모든 사람들과 마찬가지로 지금까지 비열한 짓만을 일삼았습니다. 아니, 나만 그렇다는 겁니다. 여러분, 모든 사람이 아니라 이건 나 혼자만의 이야기입니다. 내가 말을 잘못했군요. 오직 나 혼자만……. 여러분, 난 지금 머리가 아픕니다." 그는 몹시 고통스러운 듯 미간을 찌푸렸다. "그런데 여러분, 나는 아버지의 얼굴이 몹시 싫었습니다. 그 파렴치한 오만성, 온갖 성스러운 것을 무시하는 그 뻔뻔스러운 표정, 조소와 불신이 뒤얽힌 그 추악한 얼굴. 그보다 추악한 것이 어디 있겠습니까! 그러나 이제는 그 아버지가 죽고 나니, 나도 생각이 달라지는군요."

"아니, 어떻게 달라졌다는 말씀입니까?"

"아니, 아주 달라졌다는 게 아니라 그처럼 아버지를 미워하지 말 것을 그랬다는 생각이 드는군요."

"그럼, 후회하신다는 겁니까?"

"아니에요. 후회하고는 다릅니다. 그런 건 기록하지 마십시오. 이렇게 말하는 나 자신도 그렇게 훌륭한 인간은 못 되니까요. 여러분, 나도 그리 보기 좋은 얼굴을 하고 있는 건 아니니까. 그러니까 아버지의 얼굴이 추악하다느니 뭐니 말할 권리는 없다는 그런 정도의 말입니다. 이건 사실입니다! 원한다면 이 말은 적으셔도 좋습니다."

이렇게 말한 미차는 갑자기 매우 침통한 얼굴이 되었다. 이미 아까부터 판사의 질문에 대답해 가면서 그의 얼굴은 점차 어둡고 우울한 표정으로 바뀌어 가고 있었던 것이다.

그런데 바로 이 순간 또 다시 예기치 않았던 장면이 벌어졌다. 그루센카는 아까 딴 곳으로 딴 곳으로 격리되었을 때 그리 먼 곳으로 끌려 간 것은 아니었다. 지금 심문이 진행되고 있는 하늘색 방에서 바로 세 번째 방이었다. 그것은 어젯밤 춤을 추면서 온 세상이 뒤집힐 듯이 떠들어댄 그 큰 방 뒤에 붙은, 창문이 하나밖에 없는 조그만 방이었다. 그녀는 그 방에 앉아 있었는데, 함께 있었던 사람은 막시모프 혼자뿐이었다. 막시모프는 너무나 충격을 받은 나머지 몹시 겁에 질려 구원을 얻기라도 하듯이 그녀 옆에 꼭 붙어 있었다. 그 방문 앞에는 가슴에 휘장을 단 농부 한 사람이 지키고 있었다.

그루센카는 슬픔에 잠겨 있었다. 그러나 갑자기 참을 수 없는 설움이 가슴속에 북받쳐 올라 벌떡 자리에 일어났다. 그러고는 두 손을 탁 치며 가슴이 찢어지는 것 같은 목소리로 "아아, 이 슬픔! 견딜 수가 없어!"라고 외치고는, 느닷없이 방을 뛰쳐나가 미차가 있는 곳으로 달려갔다. 그것은 너무나도 돌발적인 일이었기 때문에 아무도 그녀를 제지할 겨를이 없었다. 미차는 그녀의 비명 소리를 듣자 몸부림을 치며 벌떡 일어나 자기도 소리를 지르며 정신없이 그녀 쪽으로 달려 나갔다. 그러나 두 사람은 서로의 얼굴을 보기만 했을 뿐, 이번에도 서로 얼싸안는 것은 허락되지 않았다. 미차는 양쪽 팔을 꽉 붙들려 있었다. 미차가 너무나도 세차게 몸부림을 치면서 빠져나가려 했기 때문에, 그를 제지하는 데 서너 사람이 달려들어야만 했다. 그루센카도 역시 붙잡혔다. 그녀가 끌려 나갈 때 뭐라고 외치면서 자기 쪽으로 두 손을 내미는 것을 미차는 똑똑히 보았다. 이 소동이 끝나고 다시 제정신으로 돌아와 보니, 그는 또 다시 테이블을 사이에 두고 예심판사와 마주 앉아 있었다. 미차는 그들에게 고래고래 소리치기 시작했다.

"당신네들은 저 여자에게 어떻게 하겠다는 겁니까? 왜 저 여자를 괴롭히는 거요? 그 여자에겐 죄가 없어요. 아무 죄가 없다구요 ...."

검사와 판사는 그를 달래기 시작했다. 이렇게 시간이 10 분가량 흘렀다. 이윽고 잠시 자리를 비웠던 마카로프 서장이 헐떡거리며 방안으로 들어오더니, 흥분을 감추지 못하고 큰소리로 검사에게 말했다.

"여자를 좀 멀리 격리시켜 놓았습니다. 지금은 아래층으로 내려 갔어요. 그런데 여러분, 이 불행한 사나이한테 단 한 마디만 하고 싶은데 허락해 주시겠습니까? 여러분들 앞에서도 상관없습니다."

"그렇게 하십시오. 마카로프 서장님. 이젠 우리도 그것을 반대하지 않겠습니다."

"이봐, 드미트리 군. 내 말을 잘 듣게나." 마카로프는 미차를 바라보며 말을 시작했다. 그 흥분한 얼굴에는 아버지가 불행한 자식을 대하는 것과 같은 뜨거운 동정의 빛이 서려 있었다. "나는 지금 자네의 아그라페나를 아래층으로 데리고 가서 이 집 딸들에게 잠시 맡겨 두고 왔다네. 그 여자 옆엔 막시모프 노인이 한시도 떨어지지 않고 붙어 있지. 나는 그 여자를 타일렀어, 알겠나? 잘 설득해서 진정시켜놓았단 말일세. 자네는 자신의 무죄를 증명해야 하는 처지에 있는 만큼 자네를 방해하거나 슬프게 해서는 안 된다. 그렇지 않으면 자네 머리가 혼란해져서 불리한 증언을 하게 될지도 모른다, 이렇게 타일렀지. 자네 알겠나? 그래, 한마디로 말해서 이렇게 정리해주었더니 그 여자도 내 말을 이해하더란 말일세. 여보게, 그 여자는 참 영리한 사람이야, 착한 여자야. 그 여자는 나 같은 늙은 손에 키스까지 하면서 자네 일을 잘 부탁하지 뭔가. 그러고는 나를 이쪽으로 보내면서 제발 자기 걱정은 하지 말라고 자네에게 전해달라고 했어. 그래서 나는 이제 그 여자한테 가서 자네가 마음을 진정시키고 그 여자에 대해서도 마음을 쓰지 않고 있다는 걸 말해줘야겠네. 그러니 자네도 마음을 다스려야 해. 알겠나? 나는 그 여자를 잘못 보았던 거야. 그 여자야말로 그리스도교 신자다운 마음을 갖고 있어. 그래요, 여러분, 그 여자는 죄와는 거리가 먼 여자예요. 그래, 드미트리 군, 내가 그 여자한테 가서 뭐라고 말하지? 자네 얌전히 앉아 있을 수 있겠나?"

워낙 호인인 경찰서장은 쓸데없는 이야기까지 장황하게 늘어놓긴 했지만, 그루센카의 슬픔, 인간적인 슬픔은 그의 선량한 마음을 파고들었는지 그 눈에는 눈물까지 괴어 있었다. 미차는 벌떡 일어나 그에게 달려갔다.

"용서하십시오, 여러분, 부디, 용서하십시오!" 하고 그는 외쳤다. "당신은 정말 천사와 같은 마음씨를 갖고 계십니다. 마카로프 씨, 그 여자를 대신해서 감사드립니다. 네, 마음을 차분히 가라앉히겠습니다. 가라앉히겠어요. 쾌활해지겠습니다. 당신의 그 끝없는 호의를 믿고 부탁드리겠습니다. 내가 아주 쾌활해졌다고, 당신과 같은 수호신이 그 여자 옆에 있다는 걸 알았기 때문에 금방 웃음을 되찾을 정도로 기분이 좋아졌다고 전해 주십시오. 이제 곧 모든 문제를 결말짓고 자유로운 몸이 되면 그녀 곁으로 달려가겠습니다. 이제 곧 만날 테니까 조금만 더 기다려 달라고 해주십시오, 여러분!" 그는 갑자기 검사와 판사를 향해 말을 이었다.

"이제부터 내 마음속을 모조리 털어놓겠습니다. 무엇이든 숨김없이 말씀드리겠습니다. 이런 문제는 눈 깜짝할 사이에 해결 지어 버릴 수 있습니다. 아주 유쾌하게 결말을 낼 수 있을 겁니다 - 그래서 결국 웃음으로 마무리 지을 수 있겠지요. 안 그렇습니까? 그러나 여러분, 그 여자는 내 마음의 여왕입니다! 아아, 제발 이렇게 말하게 해주십시오. 나는 이 모든 것을 숨김없이 털어놓겠습니다. 더없이 고결한 분들과 자리를 함께 하고 있다는 것을 나도 알고 있으니까요. 그녀는 나의 빛입니다. 나의 여신에요. 아아, 당신네들이 이것을 알아주신다면! '당신과 함께라면 사형이라도 기꺼이 받겠어요!'라고 외친 것을 당신들도 들으셨겠지요. 그런데 나는 그녀에게 무엇을 주었을까요? 나는 거지와 다름없는 알몸뚱이입니다. 그런데 왜 그녀는 나 같은 남자에게 그런 사랑을 바치는 걸까요? 이토록 추악하고 더럽고 못난 놈이 과연 그런 사랑을 받을 만한 가치가 있을까요. 더욱이 그 여자는 나하고 라면 유형지까지도 함께 가겠다고 서슴지 않고 말하지 않습니까. 아까 그 여자는 나를 위해 당신들 발아래 무릎을 꿇었습니다. 그처럼 자존심 강하고 또 아무 죄도 없는 그 여자가 말입니다. 그러니 어떻게 그 여자를 존경하지 않을 수 있겠습니까. 어찌 내가 소리 높여 외치지 않을 수 있으며, 어찌 내가 그 여자한테 달려가지 않을 수 있겠습니까. 아아, 여러분, 용서하십시오! 그러나 이젠 나도 안심할 수 있습니다."

이렇게 말하고, 미차는 의자에 쓰러져서 두 손으로 얼굴을 가린 채 흐느껴 울기 시작했다. 늙은 서장은 매우 만족스런 표정이었다. 법관들도 역시 만족한 듯 보였다. 그들은 심문이 곧 새로운 단계로 접어들 것이라고 예상했던 것이다. 경찰서장을 내보낸 후 미차는 정말로 기분이 좋아진 것 같았다.

"자, 여러분, 이제는 당신들의 처분대로 따르겠습니다. 시키는 대로 하지요. 아까처럼 쓸데없는 소리만 빼 버린다면 우리는 곧 일을 끝마칠 수 있을 겁니다. 아니, 내가 또 쓸데없는 소리를 지껄였군요. 물론 나는 여러분의 처분에 순종하겠습니다만, 그러나 여러분, 여기서 필요한 것은 상호간의 신뢰입니다. ─ 당신들은 나를, 또 나는 당신들을 믿어야 합니다. ─ 그렇지 않고는 이 일은 끝나지 않을 겁니다. 이건 여러분을 위해서 드리는 말씀입니다. 자, 그럼 본론으로 들어갑시다. 여러분, 본론으로. 그렇지만 특히 당부해 둘 것이 있습니다. 너무 내 마음을 파헤치지는 말아 주십시오. 사소한 일을 가지고 나를 괴롭히지 말아 달라는 부탁입니다. 이 사건과 관계되는 사실만 물어 주십시오. 그렇게 하면 나도 곧 당신네들이 만족할 만한 대답을 해드리겠습니다. 사소한 질문은 딱 질색입니다!"

미차는 이렇게 외쳤다. 다시 심문이 시작되었다.

4. 두 번째 수난

"카라마조프 씨. 당신은 곧이듣지 않으실지 모르지만, 당신이 기꺼이 협조해주시겠다니 우리도 한결 기운이 나는군요." 예심판 사가 활기를 띠고 말했다. 그는 심한 근시였는데, 방금 안경을 벗어 버린, 툭 불거져 나온 커다란 연회색 눈에는 만족의 빛이 뚜렷이 드러났다. "당신은 지금 상호간의 신뢰라고 말씀하셨는데, 그건 정말 옳은 말씀입니다. 그런 상호간의 신뢰가 없이는 이런 중대한 사건의 경우에는 심리가 불가능할 수도 있으니까요. 즉 피의자가 실제로 자기의 무죄를 바라고 그것을 밝혀낼 것을 희망하고 그목적을 달성할 수 있을 때를 두고 하는 말입니다만, 그래서 우리도 우리의 힘이 닿는 데까지 모든 방법을 다 강구해 보겠습니다. 우리가 이 사건을 어떻게 처리하고 있는지는 당신도 잘 보아서 아시리라 믿습니다. 그렇지 않습니까, 이폴리트 씨?"

그는 갑자기 검사 쪽을 돌아보며 이렇게 물었다.

"예, 그럼요." 하고 검사는 동의했으나, 그의 어조는 예심판사의 감동적인 어조에 비해 다소 차가운 느낌을 주는 어조였다.

여기서 마지막으로 한 마디 더 말해 두지만, 최근 우리 마을로 부임해온 니콜라이 넬류도프 예심판사는 여기서 활동을 시작했을 때부터 이폴리트 검사에 대해 상당히 존경을 느끼고 있어서 거의 마음의 친구처럼 따르고 있었다. 그는 '근무 분야에서 냉대를 받고 있는' 이폴리트 검사의 비상한 심리 분석과 뛰어난 말솜씨를 무조건 인정하고 있었다. 그는 페테르크부르크에 있을 때부터 이 검사에 대한 소문을 듣고 있었다. 그러나 대신 '냉대를 받고 있는' 검사가 마음속으로 사랑하는 사람도 이 넓은 세상에서 젊은 니콜라이 판사 한 사람 뿐이었다. 모크로예로 오는 도중 그들은 당면한 사건에 대해서 미리 서로 의논하여 협의하여 둔 바가 있었으므로, 지금 이렇게 테이블 앞에 마주 앉아 있으면서도 넬류도프의 민첩한 두뇌는 자기 선배의 얼굴에 나타나는 온갖 표정의 변화며 신호를 미처 끝맺지 못한 말이나 시선이나 그 눈짓에 의해서 상대가 지시하려는 것을 대번이 알아차리고 파악할 수 있었던 것이다.

"여러분, 제발 나 혼자만 말하게 해주십시오. 사소한 질문으로 말을 중단시키지 말아 주시기 바랍니다. 그럼 단숨에 모든 걸 말씀드리겠습니다." 하고 미차가 흥분한 어조로 말했다.

"좋습니다. 어서 그렇게 해주십시오. 그러나 당신의 진술을 들기에 앞서 우리에게 흥미가 있는 한 가지 사실을 확인해 주셨으면 합니다. 다름 아니라 어제 다섯 시경, 당신이 친구인 페르호친 씨에게 권총을 저당 잡히고 10루블을 빌린 사실 말입니다."

"사실입니다. 여러분, 10루블에 권총을 저당 잡혔어요. 그게 어 쩼다는 겁니까. 어디 좀 다녀와서 읍내로 돌아오는 길에 곧 저당 잡혔습니다."

"아니, 읍내로 돌아오셨다구요? 그럼 당신은 마을 밖으로 나가 셨단 말입니까?"

"예, 여행을 좀 했습니다. 40킬로미터쯤 떨어진 곳을 다녀왔지 요. 당신들은 모르셨나요?"

검사와 예심판사는 서로 눈짓을 나누었다.

"그럼, 어디 한번 어제 아침부터 있었던 일을 순서대로 조리 있 게 말씀해주시겠습니까? 예를 들면 왜 읍내를 떠났으며, 언제 출 발해서 언제 돌아왔는지……. 그런 사실들을 죄다 말입니다."

"그럼 처음부터 말해주었으면 좋았을 텐데." 하고 미차는 큰소 리로 웃었다. "그렇다면 어제 아침부터가 아니라 그저께 아침부터 시작하지 않으면 안 됩니다. 그렇게 해야만 내가 어디에 어떻게 어 떤 목적으로 갔는지 아실 수 있을 겁니다. 여러분, 나는 그저께 아 침에 이 고장 상인인 삼소노프의 집에 방문했습니다. 확실한 저당 을 잡히고 3천 루블을 빌리려는 생각에서였지요. 갑자기 돈이 필 요해서요. 갑자기 필요한 일이……."

"이야기하는 도중에 미안합니다만," 검사가 정중하게 말을 가로막았다. "왜 갑자기 그렇게 많은 돈이, 3천 루블이나 되는 돈이 필요하게 된 건가요?"

"아아, 여러분, 제발 그런 사소한 질문은 집어치우십시오! 언제, 어떻게, 왜, 무엇 때문에 일일이 설명하다간 끝이 없습니다. 그런 걸 일일이 기록하려면 세 권의 책으로도 모자랄 겁니다. 게다가 에필로그까지 붙여야 할 테니까요!"

미차는 진실을 그대로 남김없이 털어놓으려는 더없이 선량한 마음씨로 가득 찬 인간 특유의 순박하면서도 성급한 어조로 이렇게 말했다.

"여러분," 그는 갑자기 뭔가 생각난 듯이 말했다. "제발 나의 이 못된 고집을 용서해 주십시오. 거듭 부탁드립니다. 그리고 내가 여러분을 그지없이 존경하고 있으며 또 지금 나 자신의 처지를 충분히 이해하고 있다는 것을 다시 한 번 믿어 주십시오. 내가 술에 취했다고 여기시면 곤란합니다. 난 지금 완전히 제정신을 찾았습니다. 하기는 나라는 인간이 설사 취했다고 해도 아무 상관은 없습니다만……, 나라는 인간은 바로 이런 모습이니까요. '술에 깨어서 지혜가 작동하면 – 바보가 되고, 술이 취해서 지혜가 잠들면 – 영리해지나니' 하, 하! 그러나 여러분, 내가 아직도 누명을 벗지 못한 처지에서 이런 농담을 하는 것을 실례가 된다는 것쯤은 나도 잘 알고 있습니다. 제발 나 자신의 품위라는 것을 지키게 도와주십시오. 물론 나는 지금 당신들과 다른 처지에 놓여 있다는 건 잘 압니다. 어쨌든 나는 당신들 앞에 범죄자로서 앉아 있으니까요. 따라서 여러분과는 하늘과 땅만큼이나 차이가 나지요. 여러분은 나를 심문할 임무를 띠고 있는 만큼 내가 그리고리 노인에게 저지른 일을 칭찬하며 내 머리를 쓰다듬어 줄 일은 없겠지요. 사실 말이지, 노인의 머리를 박살내 놓았는데 벌을 받지 않을 수는 없으니까요. 여러분은 그 노인을 대신해서 나를 재판하고, 비록 모든 권리까지는 박탈하지 않더라도 반년 내지 1년 동안 감옥에 나를 집어넣을 테죠, 검사님? 그러니까 여러분, 나도 처지가 다르다는 건 잘 압니다. ……하지만 생각해 보십시오. 당신네들처럼 어디를 갔느냐, 뭣하러 갔느냐, 언제 갔느냐, 어디로 들어갔느냐 하는 식으로 질문 공세를 퍼붓는다면 아마 하느님도 정신이 없으실 겁니다. 그러니까 내가 혼란을 일으키는 건 당연한 일이지요. 게다가 당신네들은 이런 식으로 질문하고 그런 사소한 일들을 들추어내 가지고 일일이 적고 계시니 대체 그것을 무엇에 쓰실 겁니까. 그건 아무 소용도 없습니다. 하지만 일단 되지도 않은 소리를 지껄이기 시작했으니 끝까지 다 말해 버리겠습니다. 당신들은 고등교육을 받은 훌륭한 분들이니까 부디 내 수다를 용서해주시기 바랍니다. 끝으로 한 가지만 부탁드리고 얘기를 마치겠습니다. 다름이 아니라 제발 상투적인 심문 방법은 잊어 달라는 겁니다. 즉 처음에는 어떻게 일어났느냐, 무엇을 먹었느냐, 어떻게 침을 뱉었느냐 하는 식으로 아주 보잘것없이 시시한 것으로부터 시작하여 '범인의 주의를 딴 데로 돌려놓은 다음' 느닷없이 '누구를 죽였지, 누구 물건을 훔쳤지?' 하고 들이대는 방식 말입니다. 하, 하! 바로 이것이 당신네들의 상투적인 수법이지요. 이게 어디서나 사용하는 당신들의 원칙입니다. 그러나 이런 교활한 수법으로는 농부들의 얼을 뺄 수 있을지는 모르지만 나는 안 될 겁니다. 나는 그런 수법쯤은 뻔히 알고 있으니까요. 하, 하, 하! 여러분, 화를 내지는 말아주십시오. 나의 무례한 언사를 용서해주시겠지요." 그는 놀랄 만큼 선량한 태도로 그들을 바라보며 이렇게 외쳤다. "미차 카라마조프가 한 말이니 용서해 줄 수 있을 겁니다. 현명한 사람이 말했다면 묵과할 수 없으시겠지만 이 미차가 한 말이니 용서해 주실 테죠. 하, 하!"

이 말을 듣고 판사 넬류도프도 함께 웃었다. 검사는 웃지는 않았지만 한 시도 눈을 떼지 않고 뚫어질 듯이 미차의 얼굴을 노려보고 있었다. 그것은 마치 아무리 사소한 말이라도, 아무리 사소한 몸짓이라도, 아무리 사소한 안면 근육의 움직임이라도 놓치지 않으려고 애쓰고 있는 듯 보였다.

"그러나 우리가 처음부터 당신을 그렇게 대하지는 않았을 텐데요." 판사는 여전히 웃는 얼굴로 이렇게 말했다. "아침에 어떻게 일어났느냐, 무엇을 먹었느냐 하는 따위의 질문으로 당신을 괴롭히지는 않았습니다. 우린 오히려 사건의 가장 본질적인 문제부터 시작했지요."

"그건 나도 압니다. 그래서 감사하고 있습니다. 그리고 또 지금 나한테 베풀어 주시는 당신네들의 호의, 그지없이 고결하고 훌륭하신 그 마음씨에 대해서는 더욱더 감사해마지 않습니다. 여기 모인 우리 세 사람은 모두 고결한 신사들입니다. 그런 만큼 우리는 신사의 품위와 명예를 지닌 상류사회의 교양 있는 사람으로서 서로 신뢰를 기초로 하여 모든 일을 처리해 나가야 할 겁니다. 아무튼 내 생애에서의 바로 이 순간! 내 명예가 손상된 이 순간에도 당신들을 나의 가장 훌륭한 벗으로 생각할 수 있게 해주십시오. 이런 말을 해도 별로 실례가 되지는 않겠지요. 여러분, 안 그렇습니까?"

"천만에요. 당신이 하신 말씀은 참으로 훌륭합니다. 카라마조프 씨." 예비 판사는 위엄 있게 동의했다.

"그러니까 여러분, 이젠 속임수를 쓰는 것 같은 그런 자질구레한 질문들은 다 집어치웁시다." 미차는 열광적으로 외쳤다. "그렇지 않으면 나중에 어떤 결과가 될지도 모르니까요. 안 그렇습니까?"

"당신의 현명한 충고를 충분히 고려하겠습니다." 하고 검사는 미차를 향해 말을 걸었다. "그렇지만 우리로서는 그 질문을 철회할 수는 없습니다. 즉 무엇 때문에 당신에게 그런 거금이, 3천 루블이라는 큰돈이 필요했는지 그것만은 꼭 알아야겠습니다."

"무엇 때문에 필요했느냐구요? 그건, 다시 말해……. 빚을 갚기 위해서였습니다."

"누구한테 진 빚이죠?"

"거기에 대서는 절대 대답할 수 없습니다. 여러분! 아시겠습니까? 나는 그것이 이야기할 수 없는 것도 아니고, 또 두려워하는 것도 아닙니다. 왜냐하면 모두가 하찮은 일, 그야말로 사소한 일이기 때문입니다. 그것을 말하지 않는 것은 나의 신념 때문입니다. 이건 어디까지나 나의 사생활이니까 나는 내 사생활까지 간섭을 받고 싶지는 않습니다. 당신들의 질문은 이번 사건과는 아무 관계가 없습니다. 사건과 관계가 없는 것은 모두 나의 사생활입니다! 나는 빚을 갚으려 했던 겁니다. 명예의 빚 말입니다. 그러나 그 상대방만은 절대로 밝힐 수 없습니다.

"실례지만 그걸 좀 기록해 두겠지만." 검사는 말했다.

"좋을 대로 하십시오. 어서 쓰세요 - 절대로 말할 수 없다고요. 그리고 이렇게 기록하세요 - 그런 말을 하는 것조차 수치스럽게 여긴다고요. 정말이지 당신들은 어지간히도 시간이 많은가 보군요. 그런 걸 일일이 다 적는 걸 보니!"

"실례지만 당신에게 다시 한 번 주의를 환기시켜 드리고 싶습니다. 혹시라도 당신이 모르고 계실까 해서." 검사는 유난히 엄한 태도로 타이르듯이 말했다.

"다름이 아니라 당신은 지금 우리가 하는 지문에 대해 답변을 거부할 충분한 권리를 가지고 있습니다. 그러나 반대로 우리는 당신이 무슨 이유에서든 답변을 거부할 경우, 당신에게 답변을 강요한 권리는 조금도 없습니다. 그것은 전적으로 당신 자신의 판단에 달린 문제지요. 그러니까 지금과 같은 경우 우리가 할 일은 당신이 어떤 종류의 진술을 거부함으로써 자기 자신이 어떤 불리한 입장에 몰아넣고 있는가를 납득이 가도록 잘 설명해 드리는 겁니다. 자, 그럼 그 다음 이야기를 계속해 주십시오."

"여러분, 나는 화를 내고 있는 게 아닙니다. ······나는······." 미차는 검사의 경고에 조금 당황하여 이렇게 중얼거렸다. "그래서 말입니다, 여러분, 나는 그때 삼소노프를 찾아갔었는데…….”

　물론 필자는 독자 여러분이 이미 다 알고 있는 그의 이야기를 새 삼스럽게 다시 설명하지는 않겠다. 미차는 지극히 사소한 점에 이르기까지 죄다 말함으로써 한시바삐 이 모든 문제를 끝내 버리려고 초조하게 서두르는 눈치였다. 그러나 검사측은 그의 진술을 그대로 기록하기 시작했으므로 자연히 그의 진술은 이따금 중단되지 않을 수 없었다. 미차는 그것에 대해 항의했으나 그래도 참고 순응했다. 그는 기분이 상하기는 했으나 아직은 호의적인 태도를 잃지 않고 있었다. 하기는 이따금 “여러분, 이건 하느님이라도 화를 내고 말 겁니다” 라든지 “여러분, 이건 공연히 내 감정을 자극할 뿐이라는 걸 모르시오?” 라고 외칠 때도 있었지만, 그러면서도 여전히 모든 것을 털어놓으려는 호의적인 태도를 그대로 유지하고 있었다.

　그리하여 그는 그저께 삼소노프 노인에게 ‘골탕 먹은’ 얘기를 죄다 털어놓았다. 그때 그는 이미 자기가 속아 넘어갔다는 것을 똑똑히 깨닫고 있었던 것이다. 그가 여비를 장만하기 위해 시계를 6루블에 팔았다는 사실은 판사와 검사에겐 금시초문이었기 때문에 대번에 그들의 비상한 관심을 불러일으켰다. 그들은 미차가 사건 전날에 무일푼이었다는 것에 대한 제2의 증거로서 이 사실을 자세히 기록해 둘 필요가 있다고 판단했다. 미차는 극도로 분개하여 점점 기분이 불쾌해졌다. 그 다음에 그는 랴가브이한테 갔던 일이며, 탄산가스가 가득한 오두막에서 하룻밤을 보낸 일이며, 그리고 읍내로 돌아왔을 때까지의 이야기를 진술했다.

검사 측에서는 묻지도 않았는데도 그는 그루센카에 대한 질투의 고뇌를 상세히 설명하기 시작했다. 검사 측에서는 말없이 귀를 기울이고만 있었으나, 미차가 오래전부터 마리아의 집 뒤뜰 덤불속에 표도르와 그루센카를 감시하기 위한 장소를 마련해 두었다는 것과 스메르자코프가 그에게 여러 가지 정보를 제공하고 있었다는 사실에 각별한 주의를 기울였다. 그들은 이 사실을 중대시하고 낱낱이 기록으로 남겼다.

미차는 자기의 질투에 대해서 소상하게 설명했다. 그는 자기 마음속에 깊이 간직했던 감정을 '세상의 웃음거리'가 되도록 모조리 폭로해 버린 것을 마음속으로 수치스럽게 생각하면서도 자기의 결백을 밝히기 위해 그 수치를 감수하고 있는 것이 분명했다. 그가 얘기를 하고 있는 동안 골똘히 이쪽을 바라보고 있던 예심판사와 특히 검사의 눈길, 특히 검사의 냉담하고 엄격한 표정은 마침내 그의 마음을 세차게 동요시키고 말았다. '요 며칠 전만 해도 나와 함께 쓸데없는 계집 얘기나 늘어놓던 이 애송이 판사나 저 폐병쟁이 검사 따위가 나를 심문할 자격이 있을까. 이건 치욕이야!' 이런 슬픈 생각이 미차의 마음속에서 떠올랐다. 그러나 그는 '참아라, 진정하라, 잠잠하라'라는 시의 한 구절을 떠올리며 자기의 마음을 억제시키고 다시금 기운을 내서 얘기를 계속하기로 했다.

호흘라코바 부인의 얘기로 넘어가자 그는 또다시 흥분하여 이번 사건과는 아무 관련도 없는 최근에 일어나 그 부인의 일화까지 거론하려고 했다. 그러나 판사는 그를 제지하고 정중한 어조로 '좀 더 근본적인 문제'로 넘어가 달라고 부탁했다. 끝으로 미차가 자기의 절망을 이야기하고 호흘라코바 부인의 집을 나왔을 때 '누구를 죽이는 한이 있더라도 3천 루블을 꼭 손에 넣어야겠다'고 생각했다는 순간을 이야기하자, 검사 측은 또다시 그를 제지하고 '죽이려고 생각했다'는 대목을 기록했다. 미차는 아무 말하지 않고 적고 싶은 대로 적으라고 내버려 두었다. 그리고 다음 이야기로 넘어가서 마침내 그루센카가 밤중까지 삼소노프의 집에 있겠다고 속여 놓고 자기가 바래다주자마자 곧 노인의 집에서 빠져나왔다는 걸 알게 된 데까지 이야기를 마치고는 "여러분, 내가 그때 페냐를 죽이지 않은 것은 다만 그럴 시간이 없었기 때문입니다"라는 말을 불쑥 내뱉고 말았다. 이 말 역시 그대로 기록되었다. 미차는 침울한 표정으로 기록이 끝나기를 기다렸다. 이윽고 아버지의 집 정원으로 달려갔는지 설명하려고 하자, 예심판사가 갑자기 그를 제지하고 옆의 소파 위에 놓아두었던 커다란 가방을 열더니 그 안에서 조그만 놋공이를 끄집어냈다.

"당신은 이 물건에 대해 알고 있습니까?" 판사는 절굿공이를 미차에게 보여주었다.

"아, 물론입니다!" 미차는 음침하게 히죽 웃었다. "알다 뿐이겠습니까! 어디 좀 보여주십시오. 에잇, 빌어먹을, 그럴 필요 없습니다."

"당신은 이 물건에 대한 이야기를 깜빡한 모양이군요" 하고 예심판사는 말했다.

"제기랄, 난 당신들에게 숨기려 했던 건 아닙니다. 어차피 그 말을 하지 않고 그냥 넘어갈 수는 없는 것 아닙니까. 나는 그저 깜빡 잊었던 것뿐입니다."

"미안하지만, 어떻게 이 물건을 손에 넣게 되었는지 자세히 말씀해주시겠습니까?"

"네, 하고말고요."

미차는 그 절굿공이를 집어 들고 달려갔을 때의 상황을 낱낱이 설명했다.

"그런데 당신은 어떤 목적으로 이런 흉기를 집어 들고 간 겁니까?"

"어떤 목적이라뇨? 아무런 목적은 없었습니다! 그저 집어 들고 달려갔을 뿐입니다."

"목적이 없었다면 도대체 무엇 때문에?"

미차는 화가 치밀어 견딜 수가 없었다. 그는 이 '애송이'판사를 바라보며 음울한 표정으로 소리 없이 웃었다. 그는 그토록 성실하게 진심을 토로하며 자기 질투의 내력을 '그따위 녀석들'한테 털어놓은 것이 더욱 더 부끄럽게 여겨졌다.

"그까짓 절굿공이는 아무려면 어떻습니까!" 그의 입에서 불쑥 이런 말이 나왔다.

"그렇지만……."

"좋아요. 혹시 개가 덤비면 쫓으려고 가져갔소. 그리고 밖이 어두워서……. 만일의 경우를 대비해서 갖고 갔지요."

"그렇게 어둠을 두려워하신다면 이전에도 밤에 나다닐 때 그런 흉기를 들고 나가셨나요?"

"에잇, 제기랄! 당신들과는 정말 말할 수가 없군요!" 미차는 극도로 화를 내며 외쳤다. 그리고 분노로 빨개진 얼굴을 서기 쪽으로 돌리더니 미친 듯이 격앙된 목소리로 말했다.

"자, 빨리 적게, 빨리…… '자기 아버지…… 표도르 카라마조프의 머리를 깨부수기 위해 절굿공이를 들고 달려갔다!'고 말이야. 자, 여러분, 이제 만족하십니까? 시원하시나요?" 그는 도전적인 눈초리로 검사와 판사를 노려보았다.

"당신이 지금 그렇게 진술을 하신 것은 우리가 한 질문에 화가 나서 그랬다는 건 우리도 잘 알고 있습니다. 당신은 우리의 질문을 쓸데없는 것이라고 짜증을 느끼겠죠. 그렇지만 이것이 가장 근본적인 문제입니다." 검사는 싸늘한 어조로 말했다.

"아니, 내 말 좀 들어보세요. 여러분! 내가 공이를 집어 든 건 사실입니다. 그러나 그런 경우 무언가를 집어 들 때 반드시 어떤 이유가 있기 때문일까요? 천만에요. 나는 그것이 무엇 때문이었는지 모릅니다. 그저 그걸 집어 들고 달렸을 뿐이에요. 여러분? 이 얘기는 이제 그만합시다. 그러지 않으면 나도 더 이상 얘기하지 않겠습니다!"

그는 테이블 위에 팔꿈치를 세우고 한 손으로 머리를 괴었다. 그는 상대를 외면하고 앉은 채 마음속의 불쾌감을 억누르며 벽을 바라보고 있었다. 사실 그는 당장이라도 자리를 박차고 일어나서

'비록 사형대에 끌려가는 한이 있더라도 다시는 한 마디도 하지 않을 테니 두고 보라'고 말하고 싶어 죽을 지경이었다.

"자, 여러분." 가까스로 그는 자신을 억누르며 갑자기 말을 시작했다. "당신네들이 하는 말을 듣고 있으니 이런 생각이 드는군요. 나는 이따금 어떤 꿈을 꾸곤 합니다. 언제나 똑같은 꿈인데 자주 꾸게 된단 말입니다. 다름 아니라 어떤 사람이 나를 뒤쫓아 오는 꿈입니다. 내가 지독히 두려워하는 사람인데 그 사람이 캄캄한 밤에 뒤쫓아 와서 나를 찾는 겁니다. 나는 겁을 집어먹은 채 들키지 않으려고 문 뒤나 찬장 뒤에 숨지요. 아주 비굴하게 말입니다. 그러면서도 그 녀석은 일부러 내가 있는 곳을 모르는 척하면서 조금이라도 오래 나를 괴롭혀서 내가 무서워하는 것을 보고 즐기려고 합니다. 지금 여러분이 그 사람과 똑같은 짓을 하고 있는 겁니다! 어쩌면 그렇게도 흡사한지 모르겠군요."

"아니, 당신은 그런 꿈을 꾸신단 말입니까?" 검사가 물었다.

"네, 그런 꿈을 곧잘 꾸곤 하지요. 그 사실도 기록해 두고 싶지 않으신가요?" 미챠는 야유하듯 웃었다.

"예, 적을 필요는 없습니다. 하지만 무척 인상적인 꿈이군요."

"그렇지만 지금은 이미 꿈이 아니라 현실입니다. 여러분, 현실 생활의 리얼리즘이란 말입니다! 나는 늑대고 당신들은 사냥꾼이지요. 자, 어서 늑대를 몰아 보십시오!"

"공연히 잘못된 비유를 하시는군요." 매우 부드러운 목소리로 예심판사가 말했다.

"잘못된 비유가 아닙니다. 여러분, 뭐가 잘못됐다는 겁니까!" 미차는 또다시 흥분하며 소리쳤다. 그러나 갑작스런 분노의 배출이 그의 마음을 한결 가볍게 해주었는지, 그의 한 마디 한 마디에는 다시 호의적인 감정이 섞이기 시작했다. "당신네들은 피의자의 말을, 당신네들의 심문으로 고통받고 있는 피고의 말을 믿지 않아도 되겠지요. 그렇지만, 여러분, 고결한 인간의 말은, 영혼의 고결한 부르짖음은 – 나는 감히 이렇게 외칩니다 – 결코 믿지 않을 수 없습니다! 당신네들도 반드시 믿어야만 합니다. 여러분은 믿지 않을 권리가 없으니까요. ……그러나 –

참아라, 마음이여
참아라, 진정하라, 잠잠하라!

자, 어떻습니까! 다시 이야기를 계속 할까요?" 그는 침울한 표정으로 갑자기 입을 다물었다.
"네, 물론 부탁드립니다." 예심판사가 대답했다.

5. 세 번째 시련

미차의 어조는 비록 무뚝뚝했으나, 그래도 자기가 진술하는 사건과 관련된 사소한 사실 하나라도 빠뜨리거나 잊어버리지 않으려고 전보다 더 한층 애를 쓰는 모습이 역력했다. 그는 어떻게 울타리를 뛰어넘어 아버지의 집 정원으로 들어갔는지, 창문 옆으로 다가갔던 일, 그리고 마지막으로 창문 밑에서 있었던 일을 상세하게 들려주었다. 그는 그루센카가 아버지한테 와 있는지 아닌지를 무척 알고 싶은 나머지 정원에서 가슴 졸이던 그 순간의 여러 가지 감정들을 눈앞에서 보듯이 상세하게 그리고 똑똑히 설명해 주었다.

그런데 이상하게도 이번엔 검사도 예심판사도 왜 그런지 매우 경원하는 듯한 표정으로 그의 말에 귀를 기울이며 매우 냉담하게 그를 바라보고 있었다. 질문의 횟수도 훨씬 줄어들었다. 미차는 그들의 얼굴 표정만으로는 도저히 그들의 의중을 파악할 수가 없었다.

'모욕을 느껴 화를 내고 있는 모양이군' 하고 그는 생각했다. '제기랄! 될 대로 되라지!' 마침내 그루센카가 왔다는 '신호'를 해서 아버지로 하여금 창문을 열게 하려고 결심했다는 대목을 이야기했을 때도 검사와 예심판사는 신호라는 말에 아무런 주의를 돌리지 않았다. 여기서 이 말이 어떤 뜻을 지니고 있는지조차 전혀 깨닫지 못하고 있는 듯 보였다. 미차도 그렇게 느낄 정도였다. 마침내 창문을 얼굴을 내민 아버지를 보자 불현듯 증오심이 치밀어 올라, 자기도 모르게 호주머니에서 절굿공이를 끄집어낸 순간까지의 이야기를 하고는 미차는 일부러 그러는 것처럼 갑자기 말을 중단했다. 그는 여전히 벽 쪽을 바라보고 있었으나, 사람들의 눈이 뚫어지게 자기를 응시하고 있다는 것을 의식하고 있었다.

"그래서요," 예심판사가 재촉했다. "당신은 흉기를 꺼내 들고, 그 다음엔 어떻게 되었나요?"

"그 다음 말입니까? 그 다음엔 죽였습니다. ……아버지의 머리를 내리쳐서 두개골을 박살내고 말았습니다. 당신네들은 이렇게 되었을 거라 생각하실 테죠?" 그의 눈이 갑자기 번쩍번쩍 빛나기 시작했다. 꺼져 가던 분노의 불길이 또다시 맹렬하게 그의 가슴 속에서 불타올랐다.

"우리 생각으로는 그렇습니다만." 예심판사 넬류도프가 말을 받았다. "그럼 당신 얘기로는?"

"내 얘기는, 여러분, 내 얘기는 이렇습니다." 그는 조용히 말하기 시작했다. "그 누구의 눈물 덕분인지! 돌아가신 우리 어머니가 하느님께 기도를 드렸기 때문인지, 아니면 천사가 그 순간에 키스를 했기 때문인지 아무튼 그건 잘 모르겠습니다만, 어쨌든 악마는 정복당하고 말았습니다. 나는 급히 창문에서 물러나 울타리 쪽으로 달려갔습니다. ……아버지는 깜짝 놀라 그때 처음으로 나를 알아보고 큰 소리를 지르며 창가에서 물러났습니다. 나는 그 순간을 똑똑히 기억합니다. 나는 정원을 가로질러 울타리를 향해 달려갔습니다. 그리고 내가 울타리를 타고 넘으려던 바로 그 순간 그리고리가 나를 쫓아와서 붙잡았습니다."

여기까지 말하고 미차는 비로소 눈을 들어 상대방을 쳐다보았다. 그들은 아주 냉랭한 표정으로 그를 노려보고 있는 것 같았다. 어떤 경련과도 같은 분노가 미차의 가슴 속을 스쳐 갔다.

"여러분은 지금 나를 비웃고 있군요!" 그는 갑자기 이렇게 말했다.

"왜 그렇게 생각하시는 건가요?"

"그건 여러분이 내 말을 한 마디도 믿으려 들지 않기 때문입니다. 물론 나도 내 이야기가 가장 중요한 대목에까지 이르렀다는 것을 압니다. 노인은 지금 머리가 깨져 거기 쓰러져 있습니다. 그런데 나는 그 노인을 죽이려고 절굿공이를 꺼내 든 비극적인 장면을 연출하고는 갑자기 창문에서 물러나 도망쳐버렸다고 이야기하고 있으니 말입니다. 이건 제법 멋진 소설 같지 않습니까. 시 속에나 나올 이야기가 아니겠습니까? 그런 애송이나 하는 이야기를 누가 믿어 주겠습니까! 하, 하! 여러분, 당신네들은 냉소적인 분들이시 군요."

이렇게 말하고 그는 의자에 앉은 채 몸을 홱 돌려 외면해 버렸 다. 의자가 삐걱거리는 소리가 날 정도였다.

"그럼 당신은 보지 못했습니까?" 마치 미챠의 흥분 따위엔 아랑 곳없다는 듯이 갑자기 검사가 물었다.

"창문 밑에서 도망칠 때 정원으로 들어가는 문이 열려 있는지 어땠는지를 보지 못했습니까?"

"아니, 문은 열려 있지 않았습니다."

"열려 있지 않았어요?"

"오히려 그 반대로 꼭 닫혀 있었습니다. 그리고 또 누가 그 문을 열 수 있겠습니까? 가만 있자, 문이라…… 잠깐만!" 그는 갑자기 제정신이 든 듯 몸을 바르르 떨었다. "그럼 당신네들이 보았을 땐 그 문이 열려 있었다는 겁니까?"

"네, 열려 있었습니다."

"당신네들이 직접 열지 않았다면 도대체 누가 그 문을 열었을까 요?" 미챠는 소스라치게 놀라서 외쳤다.

"문은 열려 있었습니다. 당신 부친을 죽인 범인은 그 문으로 들 어온 것이 틀림없습니다. 그리고 범행을 저지르고는 그 문으로 다시 빠져나갔을 겁니다." 검사는 강조하기라도 하는 듯 한 마디 씩 끊어가며 천천히 말했다. "이건 아주 명백한 사실입니다. 범행이 일어난 장소는 방안이지 결코 창문 너머로는 아닙니다. 이건 현장 검증의 결과로 보나 시체의 위치 혹은 그 밖의 상황으로 봐서 명백한 사실입니다. 이 점에 대해서는 추호도 의심할 여지가 없습니다."

미차의 놀라움은 말로 형용하기 어려웠다.

"하지만 여러분! 그건 있을 수 없는 일입니다!" 그는 완전히 당황하여 외쳤다. "나는…… 나는 들어가지 않았습니다. ……나는 확실히 단언합니다. 내가 정원에 있을 때는 물론이고 정원에서 도망쳐 나왔을 때도 그 문은 처음부터 닫혀 있었습니다. 나는 단지 창 밑에 서서 창 너머로 아버지를 보았을 뿐입니다. 그저 그것뿐입니다. 나는 그 후의 순간까지 분명히 기억하고 있습니다. 설사 기억을 못한다 하더라도 어차피 마찬가지입니다. 왜냐하면 그 신호를 알고 있는 것은 스메르자코프와 죽은 아버지뿐이니까요. 그 신호가 없이는 이 세상의 누가 와도 아버지는 절대로 문을 열어 주지 않았을 겁니다!"

"신호라뇨? 그 신호라는 건 대체 뭐죠?" 검사는 거의 히스테리에 가까운 호기심을 나타내며 이렇게 물었다. 그는 지금까지 유지하던 위엄 있고 신중한 태도를 일시에 잃고 말았다. 그는 조심조심 다가드는 듯한 비굴한 어조로 물었다. 그는 아직도 자기가 모르는 어떤 중대한 사실이 있음을 알고, 그와 동시에 그 사실을 미차가 죄다 털어놓지 않았는지도 모른다는 커다란 공포에 사로잡혔던 것이다.

"그럼 당신네들은 아직 그것을 모르고 있었군요." 미차는 조소 섞인 능글맞은 미소를 띠며 검사에게 윙크했다. "만약 내가 말하지 않는다면 그걸 누구한테서 알아내죠? 신호를 알고 있는 건 돌아가신 아버지와 나 그리고 스메르자코프, 이 세 사람뿐입니다. 아참, 하느님도 그걸 알고 있겠지요. 그렇지만 하느님께서 당신들에게 알려주지 않을 겁니다. 아무튼 흥미진진한 사실이어서, 이걸 기초로 한다면 당신들은 얼마든지 그럴듯한 추리를 해낼 수 있을 겁니다. 하, 하! 그러나 걱정하지 마세요. 당신들은 내가 어떤 사람이라는 걸 모르고 있군요. 당신들이 지금이 상대하고 있는 인간은 스스로 자기 자신을 고백해서 자신을 불리한 입장으로 몰아넣는, 그런 위인이란 말입니다. 왜냐하면 나는 명예를 소중히 지키는 기사이기 때문이죠. 그렇지만 당신들은 그렇지가 않습니다!"

검사는 미차가 뭐라고 하든 잠자코 듣고만 있었다. 그는 그저 새로운 사실을 알고 싶어 조바심하고 있을 뿐이었다. 미차는 아버지가 스메르자코프를 위해 고안해 낸 신호를 사실대로 정확히 설명해주었다. 그는 테이블을 두드려 이 신호를 설명해 보이기까지 하면서 창문을 노크하는 하는 하나하나의 소리가 어떤 의미를 가지고 있는지 말해 주었다. 그리고 또 미차가 아버지 방 창문을 두드리며 '그루센카가 왔다'는 신호를 했느냐고 묻는 예심판사의 물음에 대해서 그는 확실히 그 신호를 했었노라고 단언했다.

"자, 이제 다 얘기했으니 당신들이 그럴듯하게 추리를 해 보십시오." 미차는 여기서 말을 끊고 나서 퉁명스런 태도로 외면해 버렸다.

"그럼 그 신호를 알고 있는 것은 돌아가신 부친과 당신, 하인인 스메르자코프 외에 아무도 없단 말이죠? 그 밖에 더 아는 사람은 없습니까?" 예심판사는 다짐하듯 재차 물었다.

"그렇습니다. 하인 스메르자코프, 그리고 하느님이 계시지요. 하느님도 알고 계신다는 것도 기록하시죠. 그것도 소용이 없는 것은 아닐 테니까요. 그리고 당신네들 자신에게도 필요할지 또 압니까?"

물론 미차의 증언은 기록되고 있었지만 그동안, 문득 새로운 생각이 떠오르기라도 한 것처럼 느닷없이 검사가 불쑥 말을 꺼냈다.

"만약에 그 신호를 스메르자코프가 알고 있고, 또 당신이 부친의 죽음에 대한 혐의를 한사코 부인하는 경우, 미리 약속된 신호로 부친에게 문을 열게 한 뒤 그 범행을 저지른 것은 스메르자코프라고 할 수 있지 않을까요?"

미차는 자못 조소를 담은, 그리고 무서운 증오가 깃들인 눈초리로 검사를 바라보았다. 그의 말없는 응시가 너무나 오래 지속되자, 검사는 눈을 깜박거렸다.

"또 여우 한 마리를 잡았군요!" 미차는 마침내 입을 열었다. "악당의 꼬리를 붙들었군요. 헤, 헤! 검사님, 나는 당신의 뱃속을 빤히 들여다 볼 수 있어요! 당신은 내가 벌떡 뛰어 일어나 당신의 조언에 매달려 '예, 그건 스메르자코프의 짓입니다. 그놈이 범인입니다!'하고 목청을 돋워 소리칠 줄 아셨죠? 고백하세요, 그렇게 생각하지 않았습니까? 솔직히 고백하시면 나도 얘기를 계속하겠습니다."

그러나 검사는 자인하지 않은 채 묵묵히 기다리고 있었다.

"당신은 잘못 짚으셨어요. 난 스메르자코프가 범인이라고 하진 않겠어요!" 하고 미차는 말했다.

"그럼 그 사람을 전혀 의심하지 않는단 말입니까?"

"당신들은 의심합니까?"

"일단 그 사람에게도 혐의는 두고 있습니다."

미차는 꼼짝 않고 방바닥만 내려다보고 있었다.

"농담은 그만하시고," 미차는 우울한 어조로 말했다. "여러분! 나는 애초부터, 아까 저 커튼 뒤에서 이 앞으로 나올 때부터 '스메르자코프다!' 하는 생각을 떠올렸습니다. 이 테이블 옆에 앉아서 그 피를 흘리게 한 것은 내가 아니라고 외치면서도 나는 줄곧 마음속으로는 '스메르자코프다'라고 쉴 새 없이 외쳤지요. 스메르자코프가 머릿속에서 한 시도 떠나질 않았던 것입니다. 그리고 지금도 문득 스메르자코프라고 생각했지요. 그러나 그것은 한순간이고 곧 이렇게 생각했어요. '아니, 그건 스메르자코프가 아니야!' 여러분, 이건 절대로 그놈의 짓이 아닙니다!"

"그렇다면 그 밖에 또 의심할 만한 사람이 있습니까?" 예심판사는 조심스럽게 물었다.

"도대체 누구인지, 어떤 인물인지, 하늘의 손인지, 아니면 악마의 손인지 나는 도무지 아 수가 없습니다. 그러나…… 스메르자코프만은 아닙니다!" 미차는 딱 잘라 단언했다.

"그렇지만 당신은 왜 그토록 완강히, 그토록 끈덕지게 그 사람이 아니라고 부인하십니까?"

"그렇게 믿고 있기 때문입니다. 인상입니다. 왜냐하면 스메르쟈 코프는 천한 천성을 가진 인간인데다 겁쟁이기 때문입니다. 아니, 겁쟁이 정도가 아니라 두 발로 걸어 다니는 이 세상의 겁쟁이란 겁쟁이는 다 모아다 뭉친 겁덩어리라 할 수 있습니다. 그 녀석은 암탉에게서 태어났습니다. 나하고 말할 때도 내가 손을 쳐들지도 않는데 맞아 죽지나 않을까 해서 언제나 벌벌 떨곤 합니다. 그 녀석은 내 발밑에 엎드려 울면서 문자 그대로 내 장화에 입을 맞추고는 '제발 겁을 주진 마십쇼' 하고 애걸복걸합니다. 여러분 '제발 겁을 주지 말라.'니 도대체 이건 무슨 말입니까? 그렇지만 나는 그놈에게 은혜를 베풀어주기도 했어요. 그 녀석은 간질병에 걸린 저능아입니다. 병든 암탉이에요. 여덟 살 먹은 애라도 넉넉히 그놈쯤은 때려눕힐 수 있을 겁니다. 그는 도무지 온전한 인간이라 할 수 없습니다. 그러니까 여러분, 절대 스메르쟈코프는 아닙니다. 더욱이 그 녀석은 돈을 별로 좋아하지 않습니다. 내가 돈을 주어도 받은 적이 없다니까요……. 그런데 무엇 때문에 그 녀석이 아버지를 죽였겠습니까? 게다가 그 녀석도 아버지의 아들, 사생아인 것 같은데 말입니다. 당신네들도 그건 아시죠?"

"우리도 오래 전에 그런 얘기를 들은 적이 있습니다. 그렇지만 당신도 그 아버지의 아들이 아닙니까. 그런데도 당신은 모든 사람 앞에서 아버지를 죽이겠다고 공언하고 다니지 않았느냐 말입니다."

"반격을 가하시는군요! 그러나 더럽고 천박한 반격입니다. 난 꿈쩍도 하지 않습니다. 그런데, 여러분 내 앞에서 그런 말을 하는 것은 너무 비열하지 않습니까. 왜냐하면 그건 내가 내 입으로 여러분에게 한 말이니까요. 나는 아버지를 죽이려고 생각했을 뿐만 아니라 죽일 수도 있었고, 또 하마터면 죽일 뻔했다고 솔직히 말하지 않았느냐 말입니다. 그렇지만 나는 죽이지 않았습니다. 나의 수호천사가 나를 구해준 겁니다! —당신네들은 이 점을 고려해 볼 생각조차 하지 않고 있군요 ……그래서 나는 당신네들이 비열하다는 겁니다. 왜냐하면 나는 죽이지 않았으니까요, 죽이지 않았어요, 절대로 죽이지 않았어요! 알겠습니까, 검사님? 나는 죽이지 않았단 말입니다!"

그는 거의 숨이 막힐 지경이었다. 그가 이렇게 흥분한 것은 오랜 심문동안 한 번도 없었던 일이었다.

"그런데 여러분, 그 스메르자코프는 당신들에게 뭐라고 말했습니까?" 잠시 말이 없다가 그는 갑자기 물었다. "그걸 당신들에게 물어도 될까요?"

"무엇이든 물으셔도 괜찮습니다." 검사는 냉정하고도 위엄 있는 표정으로 대답했다. "실제적인 사건에 관련된 것이라면 어떤 것이라도 좋습니다. 거듭 말씀드립니다만, 우리는 당신한테서 어떤 질문을 받더라도 거기에 대해 만족할 만하게 대답을 해드릴 의무가 있습니다. 지금 물으신 스메르자코프라는 하인을 발견했을 때, 그는 열 번이나 계속해서 되풀이되었다는 격렬한 간질 발작 때문에 의식을 잃고 침대에 누워 있더군요. 우리와 함께 검증한 의사는 환자를 진찰하더니 어쩌면 아침까지도 버티지 못할 거라고 말하더 군요."

"흠, 그렇다면 아버지를 죽인 건 악마로군!" 미차는 갑자기 차갑 게 뇌까렸다. 그는 이 순간까지도 '스메르자코프일까, 아닐까?' 하 고 쉴 새 없이 스스로에게 묻고 있었던 것이다.

"이 문제는 뒤로 다시 미루기로 하고," 넬류도프 예심판사는 이 렇게 결정을 내렸다. "자, 이젠 당신의 진술을 계속해 주십시오."

미차는 잠시 휴식을 청했다. 심문관들은 정중하게 그의 요구를 받아들였다. 잠깐 숨을 돌리고 나서 그는 다시 진술을 계속했다. 그러나 그는 몹시 괴로운 표정이었다. 그는 정신적인 고통과 모욕 을 느꼈고 또 강한 충격에서 빠져나오지 못하고 있었다. 게다가 검 사도 이번엔 일부러 그러는 것처럼 '사소한 일들'을 가지고 미차 를 끊임없이 자극하기 시작했다. 미차가 울타리 위에 앉아 자기의 왼쪽 발을 붙잡고 늘어지는 그리고리의 머리를 절굿공이로 내리 치고는 곧 쓰러진 늙은이 옆으로 뛰어내렸다는 얘기를 하자마자 검사는 갑자기 미차의 말을 가로막고는 울타리 위에 올라앉았을 때의 상황을 좀 더 자세하게 설명해 달라고 말했다. 미차는 어이가 없었다.

"뭐, 난 그저 이렇게 앉아 있었지요. 말을 탔을 때처럼 한쪽 다리 는 이쪽으로 또 한쪽 다리는 저쪽으로 하고……."

"그럼, 절굿공이는?"

"그건 손에 들고 있었습니다."

"주머니 속이 아니었나요? 당신은 그것을 자세히 기억하고 있습니까? 그래 당신은 얼마나 세게 내리쳤나요?"

"아마 있는 힘껏 내리쳤을 겁니다. 그런데 그런 건 왜 묻습니까?"

"당신이 그때 울타리 위에서 올라앉았던 것처럼 그 의자에 앉아서 어느 쪽으로 어떻게 손을 내리쳤는지 한눈에 볼 수 있도록 한 번 해 보여 줄 수는 없겠습니까?"

"당신네들은 지금 나를 조롱하는 겁니까?" 미차는 경멸하는 눈으로 심문자들을 노려보며 이렇게 물었다. 그러나 상대방은 눈도 깜짝하지 않았다. 미차는 홱 몸을 돌려 의자를 타고 앉더니 한쪽 팔을 휘둘렀다.

"자, 이렇게 내리쳤습니다! 이렇게 죽였어요! 또 무엇을 원하십니까?"

"감사합니다. 그럼 수고스럽겠지만 한 가지만 더 설명해주십시오 – 도대체 무엇 때문에 울타리 아래로 뛰어내렸습니까? 즉 어떤 목적으로, 무엇을 하려고 그렇게 뛰어내렸지요?"

"제기랄……, 그저 난 상대가 쓰러졌기에 뛰어내린 겁니다. ……나도 몰라요. 무슨 목적이었는지!"

"그렇게 흥분해 있었으면서도요? 게다가 도망을 치는 도중이었는데도 말입니까?"

"그 노인을 구하려는 생각에서였습니까?"

"구하긴 뭘 구해요. ……아니, 어쩌면 구하려고 했는지도 모르지요. 잘 기억이 나지 않습니다."

"그럼 당신은 그때 제정신이 아니었습니까? 즉 일종의 무의식 상태였군요."

"아니, 천만에요. 결코 무의식 상태 같은 건 아니었습니다. 나는 세세한 점을 다 기억합니다. 뛰어내려서 상태를 살피려고 내려갔던 겁니다. 그리고 손수건으로 피를 닦아 주었지요."

"우리도 당신의 손수건을 보았습니다. 그럼 당신은 자신이 쓰러뜨린 상대를 살리고 싶었던 것인가요?"

"그건 나도 잘 모르겠습니다. 그저 난 살아 있는지 죽었는지를 확인하고 싶었을 뿐입니다."

"아, 확인하고 싶었다구요. 좋습니다. 그랬더니 어떻던가요?"

"나는 의사가 아니니까 살았는지 죽었는지 단정을 내릴 수가 없었습니다. 그래서 죽은 줄 알고 달아났습니다. 그런데 그는 살아난 겁니다."

"좋습니다." 하고 검사는 일단 말을 맺었다. "감사합니다. 내가 알고 싶었던 건 바로 그 점입니다. 자, 그럼 다시 그 다음을 계속해 주십시오."

아, 미차는 그때 불쌍한 마음에서 뛰어내려 쓰러져 있는 노인 옆에서 재수 없게 걸려든 영감에 대한 연민의 말을 던진 것까지 기억하면서도 이 자리에서 그런 말을 하고 싶은 생각은 전혀 없었다. 그러나 검사는 또 검사대로 다음과 같은 결론을 내렸다 — 즉 이 사나이가 그런 순간에, 그토록 흥분하고 있었음에도 일부러 뛰어내린 것은 자기 범죄의 유일한 목격자가 살아 있는지 어떤지를 정확히 알아보기 위한 데 지나지 않았다, 그런 순간에도 그러했으니 이 사나이의 힘과 결단력과 냉철한 사고력은 짐작하고도 남음이 있다 등등. 검사는 병적인 인간을 사소한 일로 자극시켜 스스로 입을 열게 만든 데 지극히 만족을 느끼고 있었다.

미차는 고통스런 심정으로 진술을 이어갔다. 그러나 곧 다시 예심판사가 그의 말을 제지했다.

"당신은 그렇게 피투성이가 된 손으로, 또 나중에 들으니 얼굴까지 피투성이였는데, 그런 꼴을 해 가지고 어떻게 하녀에게 달려갈 수 있었나요?"

"하지만 그때는 내가 피투성이인 것을 몰랐습니다!" 미차가 대답했다.

"아마 그렇겠지요. 그런 일은 흔하니까요." 검사는 이렇게 말하고 넬류도프 예심판사에게 눈짓을 했다.

"전혀 몰랐습니다. 검사님의 말이 맞습니다." 미차도 얼른 동의했다. 이야기가 다시 계속되어 '자기가 양보'하여 '행복한 두 사람에게 길을 비켜 주자'고 갑자기 결심한 대목까지 이르렀다. 그러자 이미 미차는 아까처럼 또다시 자기 마음을 털어놓고 '마음의 여왕'에 대해 이야기할 수는 없었다. 그는 '빈대처럼 자기에게 달라붙은' 이 냉혹한 인간들을 상대한다는 것이 말할 수 없이 역겨웠다. 그래서 그는 되풀이되는 질문에 매우 간단하고 무뚝뚝하게 대답했다.

"그래서 나는 자살하기로 결심한 겁니다. 무엇 때문에 살아남을 필요가 있는가 하는 의문이 저절로 떠오르더군요. 그 여자의 첫사랑, 틀림없는 첫사랑의 사내가 나타났으니 말입니다. 여자를 배반했던 사내이긴 하지만 5년이 지난 지금 정식 결혼으로 속죄를 하고 사랑을 바치려고 찾아왔던 것입니다. 그래서 나는 이제 모든 것이 끝났음을 깨달았습니다. ……게다가 등 뒤에서는 오욕이, 그 피가, 그리고리의 피가 도사리고 있었습니다. 무엇 때문에 내가 더 살아야 할 필요가 있을까. 그래서 나는 저당 잡힌 권총을 찾으러 갔습니다. 거기서 권총에 총알을 재어 동이 틀 무렵에 내 머리에 대고 쏘아 버릴 작정이었지요."

"그래서 밤에 굉장한 파티를 벌인 거군요?"

"네, 한바탕 파티를 벌인 거죠. 에잇, 제기랄, 그런 질문은 좀 작작하세요. 아무튼 자살하려 했던 것은 틀림없습니다. 여기와 가까운 마을 어귀에서 새벽 다섯 시에 결말을 지으려고 유서까지 준비해두었습니다. 페르호친의 집에서 총알을 잴 때 써 둔 겁니다. 자, 바로 이게 그 유서이니 읽어보십시오. 그렇지만 이건 당신네들을 위한 말은 아닙니다."

그는 경멸에 찬 어조로 갑자기 이렇게 덧붙이고 조끼주머니에서 유서를 꺼내 테이블 위에 내동댕이쳤다. 두 법관은 호기심을 드러내며 그것을 읽어 보고는 언제나 그렇듯이 서류 속에 첨부했다.

"당신은 페르호친 씨 댁에 가서도 역시 손을 씻을 생각을 하지 않았다던데? 그렇다면 당신은 혐의를 두려워하지 않았단 말씀인가요?"

"무슨 혐의 말인가요? 혐의를 받건 받지 않건 어차피 마찬가지지요. 이곳에 달려와서 새벽 다섯 시에 자살해 버리면 속수무책 아니냐 말입니다. 만약에 아버지 사건만 없었다면 당신네들은 아무것도 몰랐을 것이고, 또 이곳으로 오지도 않았을 게 아닙니까. 아아, 그건 악마의 짓입니다. 악마가 아버지를 죽인 겁니다. 당신네들도 악마 덕분에 이렇게 빨리 오셨지요! 아니, 정말 어떻게 이렇게 빨리 오게 된 거죠? 놀라운 일입니다. 마치 꿈만 같군요!"

"페르호친 씨가 전하는 바에 의하면, 당신은 그의 집에 갔을 때 손에…… 피투성이가 된 손에…… 당신이 돈을…… 거액의 돈을…… 1백 루블짜리 지폐 뭉치를 들고 있었다더군요. 이건 그 집에서 일하는 심부름하는 아이도 보았다던데!"

"그렇습니다. 여러분, 나도 기억합니다."

"그렇다면 여기서 한 가지 의문이 생깁니다. 그걸 좀 설명해주실까요?" 예심판사가 매우 부드러운 목소리로 입을 열었다. "도대체 당신은 어디서 그런 거액을 갑자기 손에 넣게 된 겁니까? 실제로 시간을 따져 보더라도 당신은 집에 들를 여유라곤 없었을 텐데 말입니다."

검사는 이 노골적인 질문에 다소 얼굴을 찌푸렸으나 그의 말을 가로채지는 않았다.

"그렇습니다. 집에 들르지 않았습니다." 미차는 매우 침착한 어조로 대답했으나, 눈은 마루를 향해 내리깔고 있었다.

"그렇다면 다시 한 번 질문을 하겠습니다." 넬류도프는 미차의 기분을 맞추려는 듯 차분하게 질문을 계속했다. "도대체 어디서 그런 거금을 한꺼번에 손에 넣을 수가 있었습니까? 당신 자신의 자백에 따르면 어제 오후 5시까지도……."

"단돈 10루블도 없어서 페르호친에게 권총을 저당잡혔느니, 그 다음엔 다시 호흘라코바 부인한테 3천 루블을 꾸러 갔다가 보기 좋게 거절당했다느니 어쩌니 하는 이런 쓸데없는 말들을 늘어놓으려는 거죠?" 미차는 날카롭게 상대방의 말을 가로챘다. "여러분, 돈이 없었던 것은 사실입니다. 그런데 갑자기 수천 루블의 돈이 굴러 들어온 겁니다. 어떻습니까? 그건 그렇고, 여러분, 당신네들은 내가 돈의 출처를 얘기하지 않을까 봐 전전긍긍하고 있는 것 같군요. 맞습니다. 나는 말하지 않겠습니다. 여러분이 추측하신 대로 나는 절대 말하지 않겠습니다." 미차는 단호한 태도로 딱 잘라 말했다. 심문관들은 잠시 말이 없었다.

"그렇지만 카라마조프 씨, 우리는 그것을 꼭 알아내야만 합니다." 예심판사가 부드러운 어조로 말했다.

"그건 나도 알지만 역시 말하지 않겠어요."

검사가 끼어들며 다시 한 번 주의를 환기시켰다. ─심문을 받는 자는 그쪽이 자기에게 유리하다고 생각되면 물론 묵비권을 행사할 수 있다. 그러나 그러한 경우 피의자는 그 침묵으로 말미암아 뜻하지 않은 커다란 손해를 입게 될 수도 있는데 특히 중요한 사건의 경우에는 더욱 그러하다고.

"들어보나 마나 그렇고 그렇다는 말이죠! 그만해두세요. 이제 그런 설교는 진력이 났습니다. 그런 건 조금 전에도 들었으니까요." 미차는 다시금 말을 가로챘다. "그것이 얼마나 중대한가는 나도 잘 압니다. 그것이 가장 근본적인 요점이라는 것도 알고 있어요. 그렇지만 나는 역시 말하지 않겠습니다."

"그렇다고 우리에겐 조금도 문제될 것이 없습니다. 이건 우리의 문제가 아니라 당신의 문제니까요. 결국 당신 자신이 불리해 질 뿐이지요." 예심판사가 신경질적인 어조로 말했다.

"여러분, 이제 농담은 그만합시다." 하고 미차는 눈을 들어 두 사람을 뚫어지게 노려보았다. "내가 맨 처음 진술을 시작했을 때는 모든 것이 안개속에 가려져 흐리멍덩하기만 했습니다. 그래서 나는 어디까지나 솔직하게 '우리 서로간의 신뢰'를 제안하기까지 했던 것입니다. 그러나 이제 와선 그런 신뢰란 불가능하다는 것을 깨달았습니다. 왜냐하면 우리는 어차피 이 저주스러운 벽에 부딪치지 않으면 안 되기 때문입니다. 그리고 우리는 드디어 부딪치고만 겁니다! 이젠 어쩔 수 없는 일입니다. 모든 것은 끝나고 만 겁니다! 그러나 나는 당신네들을 탓하지는 않습니다. 당신네들 역시 내 말만 믿을 수는 없으실 테죠. 그 점은 나도 충분히 이해하고 있습니다." 그는 어두운 표정으로 입을 다물었다.

"그렇다면 가장 중대한 점에 대해 침묵을 지키겠다는 당신의 결심을 고수한다 처도, 이렇게 위험천만한 상황에 처해있으면서도 그토록 침묵을 지켜야만 하는 그 강력한 동기가 도대체 무엇인지 약간의 암시라도 줄 수는 없습니까?"

미차는 생각에 잠긴 표정으로 왠지 서글픈 미소를 지었다.

"여러분, 나는 당신네들이 생각하는 것보다 훨씬 선량한 사람입니다. 그 이유를 말씀드리죠. 암시를 드리겠습니다. 하긴 당신네들에겐 그것을 들을 가치조차 없지만 말입니다. 여러분, 내가 침묵을 지키는 것은 그것이 내 명예와 관련된 일이기 때문입니다. 내가 돈을 어디서 손에 넣었는지 답변 속에는 설사 내가 아버지를 죽이고 그 돈을 강탈했다 할지라도 그 살인이나 강도와도 비교가 되지 않을 정도로 중대한 문제가 포함되어 있습니다. 그래서 말하지 못하는 겁니다. 치욕 때문에 말할 수 없단 말입니다. 여러분, 이것도 기록하시겠습니까?"

"물론 기록해야지요." 예심판사가 중얼거리듯 말했다.

"그렇지만 그 말만은, '치욕'이라는 단어는 기록하지 않는 게 좋을 것 같군요. 내가 이 말을 한 것은 사람이 좋기 때문입니다. 얼마든지 말하지 않을 수도 있었으니까요. 말하자면 당신들에게 선심을 쓴 거지요. 그런데도 당신들은 말이 떨어지기 무섭게 일일이 기록하느라 야단들이니. 아니, 좋습니다. 마음대로 적으십시오. 어서 맘대로 기록하세요." 그는 경멸스러운 어조로 말했다. "나는 당신들을 무서워하지 않아요. 나에게도 자부심은 있으니까요."

"그럼, 그 치욕이란 어떤 성질의 것인지 말씀해 주실 수 없겠습니까?" 예심판사가 더듬거리며 물었다. 검사는 몹시 얼굴을 찌푸렸다.

"안됩니다. 안 돼요. c'est fini (이것으로 끝장입니다). 공연한 수고는 마십시오. 게다가 나도 더 이상 나 자신을 수치스럽게 할 생각은 없습니다. 그러잖아도 나는 당신네들을 상대로 나 자신을 너무 깊이 드러냈어요. 당신네들은 그걸 들을 자격이 없어요. 아니, 비단 당신네들뿐만 아니라 어느 누구도……. 자, 여러분, 이제 그만둡시다. 난 더 이상 말하지 않겠습니다."

미차의 어조는 너무나 단호했다. 넬류도프도 더 이상 추궁하지 않았다. 그러나 검사의 눈을 보자 그가 아직도 미련을 버리지 않고 있다는 것을 곧 알아차릴 수 있었다.

"그럼, 이것만은 가능하겠지요. 당신이 페르호친 씨 댁에 갔을 때 수중에 있던 돈이 얼마나 되나요? 정확히 말해 몇 루블을 가지고 있었습니까?"

"그것도 말할 수 없습니다."

"당신은 호흘라코바 부인에게 3천 루블을 받았다고 페르호친 씨에게 말했다던데요."

"아마 그렇게 말했을지도 모릅니다. 하지만 여러분, 그만 합시다. 나는 그 액수를 말하지 않겠습니다."

"그럼 수고스럽지만 당신이 여길 어떻게 왔으며 또 여기 와서 무엇을 했는지 순서대로 자세히 말씀해 주실 수 없습니까?"

"아, 그거라면 여기 사람들한테 물어 보십시오. 하지만 그건 내가 얘기할 수도 있습니다."

그는 진술을 시작했다. 그러나 그의 이야기를 새삼 되풀이하지 않겠다. 그는 무뚝뚝한 어조로 얘기했다. 자기의 사랑의 기쁨에 대해서는 한 마디도 언급하지 않았다. 그러나 자살을 하려던 결심을 '어떤 새로운 사실로 인해' 포기했다는 것만은 얘기했다. 그는 동기의 설명이나 그 밖의 상세한 설명은 피하면서 대강 줄거리만 설명했다. 그리고 이번엔 심문관들도 그다지 그를 괴롭히지 않았다. 지금 그들에게 중요한 문제는 그런 점이 아니라는 것은 너무나 명백한 것이었다.

"그런 건 나중에 확인하기로 합시다. 어차피 증인들을 심문할 때 또다시 그 문제로 돌아가야 할 테니까요. 물론 증인 심문은 당신의 참관 하에 진행될 것입니다." 넬류도프는 심문을 마쳤다. "그런데 또 한 가지 당신에게 부탁이 있군요. 이 테이블 위에 당신이 가지고 있는 모든 소지품, 특히 지금 갖고 계시는 돈을 모두 내놓아 주십시오."

"돈 말입니까? 네, 알겠습니다. 나도 그렇게 할 필요가 있다는 것을 이해합니다. 좀 더 빨리 그렇게 하지 않은 게 이상할 지경이군요. 하긴 나는 아무데도 안 가고 이렇게 당신들 눈앞에 앉아 있었으니 걱정할 건 없겠지만, 자, 여기 돈이 있습니다. 손에 들고 세어 보십시오. 이게 전부일 겁니다."

그는 모든 호주머니에서 잔돈까지 모두 털어놓았다. 조끼에 달린 주머니에서도 20코페이카짜리 은전을 두 개 끄집어냈다. 세어 보니 모두 합해 836백 루블 40코페이카였다.

"이게 전부입니까?" 예심판사는 물었다.

"네, 전부입니다."

"당신은 조금 전에 증언에서 플로트니코프 상점에서 3백 루블을 쓰셨다고 하셨지요. 페르호친에게 10루블을 갚고 마부에게 20루블을 주고 카드놀이에서 200루블을 잃고, 그 다음에……."

넬류도프는 하나도 빠뜨리지 않고 죄다 따지기 시작했다. 미차도 자진해서 그것에 협조했다. 그들은 기억을 더듬어서 1코페이카도 빠뜨리지 않고 계산에 넣었다. 넬류도프가 대강 합계를 잡아 보았다.

"그러니까 여기 있는 800루블을 합하면 처음에 모두 1천 5백 루블 정도 가지고 있었던 것이 되는군요?"

"아마, 그쯤 될 겁니다." 미차는 퉁명스럽게 대답했다.

"그런데 모두들 훨씬 더 많았다고 주장하니 그건 왜일까요?"

"맘대로 말하라지요."

"그렇지만 당신 자신도 그렇게 말씀하시지 않았느냐 말입니다."

"나도 그렇게 말했지요."

"그럼 아직 심문을 받지 않은 다른 사람들의 증언을 듣고 다시 한 번 확인해 보기로 합시다. 당신의 돈에 대해서는 걱정하지 마십시오. 이 돈은 규정에 따라 보관해 두었다가, 당신이 이 돈에 대해서 확실한 권리가 있다는 것이 판명되면, 요컨대 모든 것이 증명되면…… 이 사건이…… 다 해결된 후에 당신에게 돌려주겠습니다. 자, 그럼 다음엔……." 넬류도프가 갑자기 자리에서 일어나더니 "당신의 의복과 그 밖의 모든 물건에 대해서 정밀한 검사를 할 필요가 있습니다. 이건 우리의 의무니까 하는 수 없습니다." 하고 단호하게 선언했다.

"자, 하십시오. 여러분. 원하신다면 주머니 속까지도 뒤집어 보이겠습니다." 그리고 미차는 실제로 자기 주머니를 뒤집기 시작했다.

"옷도 벗어 주어야겠습니다."

"뭐요? 옷을 벗으라구요? 아니, 그런 법이 어디 있습니까! 이대로 검사하세요! 그래선 안 됩니까?"

"드미트리 카라마조프 씨, 절대로 그럴 수는 없습니다. 옷을 벗어 주십시오."

"마음대로들 하십시오." 미차는 어두운 얼굴로 동의했다. "하지만 여기서가 아니라 저 커튼 뒤에서 해주십시오. 검사는 누가 합니까?"

"물론 커튼 뒤에서 합니다." 넬류도프는 동의한다는 뜻으로 고개를 끄덕였다. 그 조그만 얼굴에는 일종의 독특한 엄숙의 표정이 드러나 있었다.

6. 검사가 미차를 꼼짝 못하게 하다

미차에게는 전혀 뜻밖의 놀라운 사태가 시작되었다. 조금 전, 아니 바로 1분 전만 해도 미차 카라마조프한테, 즉 자기한테 이런 행동을 할 수 있으리라고는 상상도 하지 못했었다! 무엇보다도 그것은 굴욕적이었다. 심문관들은 '너무나도 사람을 멸시하는 거만한' 태도로 미차를 대했다. 프록코트를 벗는 정도라면 그래도 참을 수 있겠지만 그들은 아랫도리까지 벗어 달라고 요청했다. 게다가 그것은 요구가 아니라 명령이었다. 미차는 이 사실을 뼈저리게 느꼈다. 그는 자존심과 그들에 대한 멸시감 때문에 묵묵히 이에 복종했다. 커튼 뒤로 검사와 예심판사 그리고 몇 사람의 농군들도 따라 들어왔다. '물론 완력이 필요할 때는 대비하는 거겠지.'하고 미차는 생각했다. '그리고 그 밖의 다른 이유가 있을지도 몰라.'

'그럼 속옷도 벗는 겁니까?' 하고 미차는 매몰차게 물었으나, 예심판사는 대답하지 않았다. 그는 검사와 둘이서 프록코트, 바지, 조끼, 모자 등의 검사에 열중해 있었다. 아무래도 두 사람은 이 수색에 비상한 흥미를 느끼는 모양이었다. '도대체 예의고 뭐고 없는 자들이로군.' 그의 머리에 이런 생각이 떠올랐다. '기본적인 예의조차 무시하고 달려들다니.'

"다시 한 번 묻겠습니다. 속옷도 벗어야 합니까?"그는 더욱 날카롭고 짜증스런 목소리로 이렇게 물었다.

"염려하지 마십시오. 필요하면 우리가 말씀드릴 테니까요."예심판사는 왜 그런지 거드름을 피우는 어조로 대답했다. 적어도 미차에게는 그렇게 생각이 되었다. 그러는 사이에 예심판사와 검사는 나지막한 목소리로 무언가 열심히 논의하기 시작했다. 프록코트 뒤 왼쪽 옷자락에 커다랗게 피 묻은 흔적이 있었던 것이다. 이젠 다 말라서 뻣뻣했으나 그래도 아직 그다지 구겨져 있진 않았다. 바지 역시 핏자국이 있긴 마찬가지였다.

예심판사는 참관인들 앞에서 저고리의 깃이며 소맷부리며 바지 솔기를 손가락으로 훑어 내려갔다. 무언가를 찾고 있는 것이 분명했다. 물론 돈이었다. 무엇보다도 괘씸한 것은 미차가 옷 속에 돈을 꿰매어 두었는지도 모른다, 그런 짓을 충분히 할 수 있는 녀석이니까 하는 의혹을 감추려고도 하지 않는다는 사실이었다. '이건 그야말로 나를 도둑놈으로 취급하는 거지, 장교 대접은 고사하고' 하고 미차는 속으로 투덜거렸다.

심문관들은 이상하리만큼 노골적인 태도로 미차에 관한 의견을 주고받고 있었다. 예를 들어 커튼 뒤로 들어와 부산을 떨며 시중을 들고 있던 서기는 이미 조사를 끝낸 미차의 모자에 넬류도프의 주의를 환기시켰다.

"그리젠코라는 서기를 기억하시지요?" 서기는 말했다. "지난여름에 관청 전체의 봉급을 대신 타러 갔다가 돌아온 것까지는 좋은데, 술에 취한 나머지 돈을 잃어버렸다고 보고했었지요. 그런데 그돈이 어디서 나온 줄 아십니까? 바로 이런 모자 테두리의 리본 밑에 1백 루블짜리 지폐를 둘둘 말아 감추지 않았겠습니까. 그 테두리에 꿰매 넣었던 거죠." 그리젠코 사건은 예심판사도 잘 기억하고 있었다. 그래서 그들은 미차의 모자를 옆에 밀어 놓고 나중에 다시 자세히 검사해 보기로 결심했다. 옷도 모두 한 번 더 검사하기로 했다.

"아니, 이건?" 미차가 입고 있는 셔츠의 오른쪽 소맷부리에 피가 잔뜩 묻어 있는 것을 발견하고 예심판사가 소리쳤다. "아니, 이건 뭡니까, 피가 아닙니까?"

"핍니다." 미차는 퉁명스럽게 대답했다.

"도대체 이게 무슨 피입니까? ……그리고 소매가 왜 안으로 접혀 있지요?"

미차는 그리고리를 보살펴주다가 소매에 피가 묻어서, 페르호친의 집에서 손을 씻을 때 소매를 안으로 접어 넣었다고 설명했다.

"그렇다면 당신의 셔츠도 역시 압수해야겠습니다. 이건 증거물로서 아주 중요한 겁니다."

미차는 홍당무처럼 빨개지며 분격했다.

"그럼, 난 벌거벗고 있으란 말이오!" 하고 그는 소리쳤다.

"염려하지 마십시오. 어떻게든 우리가 마련해 드릴테니. 이젠 그 양말도 벗어 주셔야겠습니다."

"농담을 하시는 겁니까? 아니, 정말 그렇게 해야한단 말입니까?" 미차의 눈이 번쩍 빛을 발했다.

"우리는 지금 농담할 처지가 아닙니다." 넬류도프는 엄격하게 미차를 타일렀다.

"꼭 그래야 한다면 할 수 없죠…… 다만……." 미차는 이렇게 중얼거리고 침대에 걸터앉아 양말을 벗기 시작했다. 모든 사람이 다 옷을 입고 있는데 자기만 벌거숭이가 되자 그는 참을 수 없을 정도로 부끄러운 생각이 들었다. 그리고 이상하게도 옷을 벗고 나니 그는 정말로 이 사람들한테 무슨 죄를 저지른 것 같은 느낌이 들었다. 정말 그들보다 저열한 인간이 되어 버려서 이제는 자기를 멸시할 충분한 권리를 그들이 가지고 있다고 그 자신도 거의 동의하고 싶은 기분마저 들었다. '만일 모두가 옷을 다 벗고 있다면 아무 것도 부끄러울 게 없겠지만 나 혼자만 벌거벗은 꼴을 보이며 사람들의 구경거리가 되다니 이런 수치가 어디 있담.' 그의 머리에는 자꾸만 이런 생각이 떠올랐다. '정말 꿈만 같군. 나는 가끔 이런 창피한 꿈을 꾸곤 했지.'

그러나 양말은 벗는다는 것은 보통 고통스러운 일이 아니었다.

양말은 더럽기 짝이 없었고 속옷 또한 마찬가지였다. 그것을 지금 모든 사람에게 드러내야 하는 것이다. 그러나 그보다 더 괴로운 것은 그 자신이 자기 발을 좋아하지 않는다는 사실이었다. 그는 언제나 자기 발의 커다란 두 엄지발가락을 볼 때마다 어째서인지 못생겼다는 느낌을 받곤 했다. 특히 이상하게도 아래로 꼬부라진, 넓적하고 투박한 발톱 하나가 참을 수 없이 징그럽게 여겨졌다. 이제 그걸 모든 사람에게 보여야 하는 것이다. 그는 참을 수 없는 수치감 때문에 일부러 난폭하게 굴었다. 그는 자진하여 셔츠를 벗어 던졌다.

"어디 또 뒤져보고 싶은 데가 있습니까? 당신들은 수치라는 걸 모르니."

"아니, 그럴 필요는 없습니다."

"그럼, 난 이렇게 벌거숭이로 있으란 말이오?" 그는 험악한 어조로 덧붙였다.

"그렇습니다. 당분간은 별 도리가 없군요. ……미안하지만 여기 잠깐 앉아서 침대의 담요라도 두르고 계십시오. 나는…… 곧 이 물건들을 조사할 테니까요."

그들은 모든 물건을 일일이 증인들에게 보이고 조사 기록을 작성했다. 마침내 예심판사가 나가고 뒤이어 의복도 가져가 버렸다. 검사 이폴리트도 나갔다. 미차의 옆에는 몇몇의 농부들만 남아서, 그에게서 눈을 떼지 않은 채 말없이 서 있었다. 미차는 몸에 담요를 둘렀다. 추위를 느꼈던 것이다. 벌거숭이 두 발이 밖으로 드러낮지만 아무리 애를 써도 담요로 그 발을 가릴 수가 없었다. 넬류도프 판사는 왜 그런지 오랫동안, '참을 수 없을 만큼 오랫동안' 돌아오지 않았다. '사람을 강아지만도 못하게 취급하는군.' 미차는 이를 갈며 생각했다. '그 빌어먹을 검사 녀석까지 나가 버린 걸 보면, 나를 경멸하고 있는 게 틀림없어. 아마도 벌거숭이를 보고 있자니 메스꺼워진 모양이지.' 그래도 미차는 검사를 마치면 옷을 다시 돌려주리라 믿고 있었다. 그런데 예심판사는 전혀 다른 옷을 농부에게 들려가지고 방안으로 돌아왔다. 미차의 분노는 극에 달해 있었다.

"자, 여기 입을 옷을 가져왔습니다." 판사는 천연덕스럽게 말했다. 그는 자기 일을 성공적으로 끝낸 데 대해 무척 만족스러운 모습이었다. "이건 칼가노프 씨가 이 뜻하지 않은 사건을 위해 기부하신 겁니다. 깨끗한 셔츠도 당신에게 주신다더군요. 마침 이런 것들이 그 사람의 가방 속에 있어서 정말 다행입니다. 그리고 속옷과 양말은 당신 것을 그냥 쓰셔도 좋습니다."

미차는 화가 머리끝까지 솟구쳤다.

"남의 옷은 싫소!" 그는 위협적인 기세로 소리쳤다. "내 옷을 갖다 주시오."

"그건 곤란합니다."

"내 것을 주시오. 칼가노프인지 뭔지 그 작자 옷은 악마에게나 줘 버려!"

사람들은 오랫동안 그를 설득한 끝에 그럭저럭 간신히 그의 마음을 진정시켰다. 그의 옷엔 피가 묻어 있으므로 '증거물'로 삼아야 하며, 또 이 사건이 어떻게 종결될지 알 수 없기 때문에 지금은 심문관인 자기 자신들도 그에게 그곳을 입게 할 '권리가 없다'고 설명했다. 미차도 마침내 이것을 이해했다. 그는 말없이 침울한 표정으로 옷을 입기 시작했다. 그는 옷을 입으면서 이건 자기의 옷보다 고급이기 때문에 '덕을 보기는' 싫다고 중얼거렸다. "이건 굴욕적인 정도로 품이 좁군. 그래, 이런 옷을 입고 광대놀음이라도 하란 말이오. 당신들의 여흥을 위해?"

사람들은 다시 그에게 '그건 너무 과장된 말이다. 칼가노프의 키가 좀 크긴 하지만 조금밖에 크지 않으므로 바지가 좀 길어 보일 뿐이다'고 다시 그를 달래기 시작했다. 그러나 프록코트의 어깨는 분명히 좁았다.

"제기랄, 단추도 제대로 채울 수 없군." 미차는 다시 불만을 터뜨렸다. "자, 한 가지 부탁이 있소. 지금 칼가노프 씨에게 전해주시오. 내가 부탁해서 옷을 빌린 것이 아니라 당신네들이 들러붙어 나를 어릿광대로 만들었다고 말이오."

"그 분도 그걸 잘 알고 매우 유감스럽게 생각하고 있습니다. …… 자기 옷에 대해서 유감스러워하는 게 아니라, 이번 일 자체를 유감스럽게 생각한단 말입니다." 넬류도프는 입 속으로 중얼거렸다.

"그따위 동정 같은 건 집어치워요! 자, 이제부터 어디로 가는 겁니까? 계속 이대로 내처 앉아 있어야 합니까?"

그들은 다시 '저쪽 방'으로 가주면 좋겠다고 미차에게 부탁했다.

그는 증오로 얼굴을 찌푸리고 되도록 아무도 보지 않으려고 애쓰며 밖으로 나왔다. 남의 옷을 입은 그는 농부들에게나 트리폰에 대해서도 참을 수 없는 굴욕감을 느꼈다. 트리폰은 무엇 때문인지 잠시 문간에 얼굴을 내밀었다가 황급히 사라졌다. '저놈은 내 꼴을 보러 왔었군' 하고 미차는 생각했다. 그는 먼젓번 의자에 걸터앉았다. 무언가 악몽과 같은 생각이 자꾸 떠올라서 그는 제정신이 아닌 것만 같았다.

"자, 이젠 다음은 뭡니까. 매질이라도 하려는 겁니까? 이젠 그것밖에 남은 게 없는 것 같은데." 그는 이를 갈며 검사를 향해 말했다. 그는 마치 판사의 얼굴을 상대할 가치도 없다는 듯 쳐다보려고도 하지 않았다. '저 녀석은 내 양말을 필요 이상으로 세밀히 조사했을 뿐만 아니라 부하에게 명령해서 그걸 뒤집어 보이기까지 했어. 저 녀석은 일부러 그런 거야 – 내가 얼마나 더러운 것을 걸치고 다니는지 모두에게 보여주기 위해서.'

"그럼 이제부터 증인 심문으로 들어가겠습니다." 예심판사는 미차의 질문에 대답이라도 하듯이 이렇게 말했다.

"그렇군요." 검사는 뭔가 생각에 잠긴 듯한 표정으로 말했다.

"드미트리 카라마조프 씨, 우리는 당신의 이익을 위해 할 수 있는 일을 다 했습니다." 예심판사가 말을 이었다. "그러나 당신의 소지하신 돈의 출처를 밝힐 것을 그처럼 완강히 거부하셨기 때문에 우리는……."

"그런데 당신의 그 반지는 무슨 보석입니까?" 미차는 마치 깊은 명상에서 깨어나기라도 하듯 예심판사의 오른손을 장식하고 있는 세 개의 큼직한 반지 중 하나를 가리키며 갑자기 이렇게 물었다.

"반지요?" 판사는 깜짝놀라 되물었다.

"네, 그 반지 말입니다. 가운데 손가락에 낀, 가느다란 줄무늬가 많은 그 보석은 무엇입니까?" 미챠는 마치 고집 센 어린애처럼 따져 물었다.

"이건 황옥(黃玉)입니다." 예심판사는 빙긋 웃었다. "원하신다면 빼서 보여드리죠……."

"아니, 빼지 마십시오!" 미챠는 갑자기 제정신으로 돌아와 자기 자신에게 화를 내며 거칠게 외쳐댔다. "빼지 마십시오. 그럴 필요는 없습니다. ……제기랄, 여러분, 당신들은 내 마음을 아주 더럽히고 말았습니다! 설혹 내가 아버지를 죽였다고 해도 내가 그걸 당신들에게 숨기거나 속이거나 도망칠 그런 인간인 줄 아시오? 아니에요. 이 드미트리 카라마조프는 그런 일을 태연히 해치울 수 있는 인간이 아니란 말입니다. 만일 내가 죄를 지었다면 구태여 당신네들이 여기 올 때까지 기다리지도 않았을 겁니다. 그리고 당초에 예정했던 새벽녘이 되기 전에 벌써 자살해 버리고 말았을 겁니다! 나는 지금 와서 그걸 뼈저리게 통감하고 있습니다. 나는 지난 20년 동안에 배운 것보다 훨씬 많은 것을 이 저주받을 하룻밤 사이에 깨달았습니다. ……그리고 또 내가 정말 아버지를 죽였다면 어떻게 오늘 밤, 지금 이 순간 당신들과 세상을 대할 수 있겠습니까! 어떻게 이처럼 태연히 당신들과 세상을 대할 수 있느냐 말입니다.

그리고리를 실수로 죽였다는 생각만으로도 밤새도록 불안스러워 견딜 수가 없었습니다. 그러나 그것은 두려웠기 때문이 아닙니다. 절대로 당신네들의 형벌이 두려웠기 때문이 아니에요. 그건 오로지 치욕 때문입니다! 그런데도 당신네들은 또 하나의 새로운 비굴한 행위를, 또 하나의 새로운 치욕을 고백하라고 요구하고 있습니다. 그러나 비록 그걸 말함으로써 혐의가 풀린다고 해도 당신네들처럼 아무것도 볼 수 없고 아무것도 믿을 수 없는, 눈먼 두더지 같은 그런 몰인정인 사람들에게는 절대로 말하고 싶지 않습니다. 차라리 징역을 살게 해 주십시오! 아버지로 하여금 문을 열게 하고 그 문으로 들어간 자가 아버지를 죽이고 돈을 훔친 겁니다. 하지만 그자가 누구냐 하는 데 대해선 나도 갈피를 잡을 수 없고 고통스러울 뿐입니다. 그러나 그것은 적어도 드리트리 카라마조프가 아닌 것은 확실합니다. 이 점을 명심해 주십시오. 내가 당신들한테 말할 수 있는 건 이것뿐입니다. 자, 이젠 됐습니다. 더 이상 나를 귀찮게 하지 말아 주십시오. ……유형을 보내든 사형에 처하든 맘대로 하십시오. 하지만 더 이상 내 마음을 자극하지 말아 주십시오. 나는 이제부터 묵비권을 행사하겠습니다. 이제 당신들의 증인이나 부르시지요."

미차는 더 이상 입을 열지 않겠다고 단단히 결심이라도 한 듯이 느닷없이 이런 독백을 토해냈다. 줄곧 그를 주시하고 있던 검사는 그가 입을 다물자, 매우 냉정하면서도 침착한 태도로, 극히 평범한 이야기라도 하는 듯이 갑자기 말을 꺼냈다.

"당신은 방금 문을 열고 들어간 자라고 말했습니다만, 말이 났으니 한 가지 당신한테 알려드릴 게 있습니다. 이것은 매우 흥미로운 것으로 당신에게나 우리들에게나 지극히 중대한 의미를 갖는 것입니다. 그것은 다름 아니라 당신한테 부상을 입은 그리고리 노인의 증언입니다. 그때 노인은 현관으로 나오자 정원 쪽에서 이상한 소리가 들려 열려 있는 쪽문을 통해 정원으로 들어가기로 결심했다고 하더군요. 그런데 바로 그때 그는 – 당신이 말한 대로 – 당신이 부친의 모습을 보았다는 열린 창문에서 물러나 어둠 속으로 도망치고 있는 당신의 모습을 보았다고 합니다. 그런데 그 순간 그리고리가 왼쪽을 바라보니 그 창문뿐만 아니라 그 창문보다 훨씬 앞쪽에 있는 출입문이 활짝 열려 있더라는 겁니다. 노인은 의식을 회복했을 때 우리의 질문에 대해 분명히 이렇게 단언했습니다. 당신은 정원에 들어가 있는 동안 처음부터 끝까지 출입문은 닫혀 있다고 진술하셨지요. 그러나 나는 숨기지 않고 말씀드립니다만 그리고리 자신이 분명히 단언하고 증언한 바에 의하면 당신은 그 출입문을 통해서 도망쳤을 것이 분명합니다. 물론 당신이 도망치는 것을 직접 눈으로 보지는 못 했습니다. 당신을 처음 본 것은 당신 멀리 떨어져 있는 정원 속을 울타리를 향해 달려갈 때였으니까요."

미차는 그의 말이 채 끝나기도 전에 의자에서 벌떡 일어났다.

"말도 안 돼요!" 그는 격분하여 소리쳤다. "그것은 뻔뻔스러운 거짓말입니다! 그 노인이 문이 열려 있는 것을 보았을 리가 없어요. 왜냐하면 그때는 분명히 닫혀 있었으니까…… 노인이 거짓말을 한 겁니다."

"내 의무로 알고 다시 한 번 되풀이합니다만, 노인의 증언은 확고한 것이었습니다. 애매모호한 점이라곤 전혀 없었습니다. 그는 완강하게 자기 진술을 주장했습니다. 우리는 여러번 되풀이해서 물어 보았습니다만, 노인은 끝까지 자기 진술을 고수했습니다."

"맞습니다. 나도 몇 번이나 되풀이해서 확인한 걸요!" 예심판사도 흥분한 어조로 맞장구를 쳤다.

"아닙니다. 거짓말입니다! 그건 나에 대한 모함이 아니면 미친 사람의 착각입니다." 미차는 계속해서 외쳤다. "그야말로 그건 헛소리입니다. 피를 흘리고 상처를 입었기 때문에 제정신으로 돌아왔을 때 그렇게 생각되었을 뿐일 겁니다. ……그렇습니다. 그 노인은 헛소리를 한 겁니다."

"알겠습니다. 그러나 노인이 문이 열린 것을 본 건 정신을 잃었다가 제 정신을 되찾았을 때가 아니라 그보다 훨씬 전 바깥채에서 정원으로 들어섰을 때였습니다."

"아니오. 그건 터무니없는 거짓말이오. 거짓말이에요! 절대로 그럴 리가 없습니다. 그건 노인이 나를 증오한 나머지 모함하는 겁니다. 그걸 노인이 보았을 리가 없습니다. 나는 그 문으로 도망치지 않았단 말입니다." 미차는 숨을 헐떡거리며 이렇게 말했다.

검사는 예심판사를 돌아다보고, 의미심장한 어조로 말했다.

"그걸 보여주시죠."

"이 물건을 알아보시겠습니까?"

갑자기 판사는 두꺼운 종이로 만든 커다란 사무용 봉투를 꺼내어 테이블 위에 놓았다. 봉투에는 아직도 세 개의 봉인이 그대로 남아 있었다. 속이 텅 비어 있었고 한쪽 귀퉁이가 찢어져 있었다. 미차는 눈이 휘둥그레져서 바라보았다.

"그건…… 아버지의 봉투 같군요." 하고 그는 중얼거렸다. "3천 루블이 들어 있던 봉투일 겁니다. ……거기 수취인의 이름이 적혀 있다면…… 좀 보여주십시오. '내 귀여운 병아리에게' 역시 그렇군요. 3천 루블입니다!"

그는 소리쳤다. "3천 루블, 아시겠습니까?"

"물론 알고말고요. 그러나 돈은 이미 들어 있지 않았습니다. 봉투는 속이 빈 채로 마룻바닥에 뒹굴고 있었습니다. 침대 옆 병풍 뒤에 떨어져 있었어요."

몇 초 동안 미차는 잠시 어리둥절한 얼굴로 서 있었다.

"여러분, 그건 스메르자코프의 짓입니다!" 갑자기 그는 있는 힘을 다해 소리쳤다. "그놈이 죽인 겁니다. 우리 아버지를 죽이고 돈을 훔친 건 그놈입니다. 아버지의 봉투가 어디에 숨겨져 있는지 아는 건 그놈뿐입니다. ……바로 그 놈입니다. 이젠 명백합니다!"

"그렇지만 당신도 그 봉투에 대해 알고 있었고 또 그 봉투가 베개 밑에 있다는 걸 알지 않았습니까?"

"아니, 난 전혀 몰랐습니다. 나는 지금까지 한 번도 그 봉투를 본 일이 없습니다. 나는 지금 처음으로 본 겁니다. 난 스메르자코프한테서 그 말을 들었을 뿐입니다. ……아버지가 어디다 감추어 두는

지 아는 건 그놈뿐입니다. 나는 전혀 몰랐습니다." 미차는 거의 숨이 막힐 지경이었다.

"하지만 당신은 아까 진술하실 때 그 봉투가 돌아가신 부친의 베개 밑에 있었다고 우리에게 말하지 않았습니까. 당신이 베개 밑이라고 말한 걸 보면 당신은 봉투의 소재를 알고 있었다고 볼 수밖에 없지 않느냔 말입니다."

"여기 우리 조서에 그렇게 적혀 있습니다." 예심판사가 맞장구를 쳤다.

"그건 그냥 한 말입니다. 헛소리예요! 나는 베개 밑에 있었다는 걸 전혀 모르고 있었습니다. 그리고 어쩌면 베개 밑이 아니었을지도 모릅니다…… 나는 그저 되는 대로 베개 밑이라고 지껄였을 뿐이에요. ……스메르자코프는 뭐라고 하던가요? 그게 무엇보다 중요한 것입니다. 나는 일부러 거짓말을 한 겁니다. ……나는 잘 생각해보지도 않고 되는 대로 말했던 겁니다. 그런데 당신들은 지금……, 여러분, 어쩌다 아무뜻도 없이 허튼소리를 지껄이게 될 때가 가끔 있지 않습니까. 그걸 알고 있었던 건 스메르자코프 혼자뿐입니다. 그놈은 내게도 그게 어디 있는지 알려주지 않았으니까요. 아무튼 그놈이에요. 그놈이에요. 틀림없이 그놈이 죽였습니다. 이젠 모든 것이 명백해졌습니다!"

극도로 흥분한 미차는 격앙된 어조로 두서없는 말을 자꾸 되풀이하는 것이었다. "이젠 내 말을 아셨지요? 그러니 그놈을 빨리 체포하십시오. 빨리요! ……내가 도망치고 그리고리가 정신을 잃고 쓰러져 있을 때 그놈이 죽인 게 틀림없습니다. 이건 이제 분명합니다. 그놈이 신호를 해서 아버지에게 문을 열게 한 겁니다. ……왜냐하면 신호를 알고 있는 건 그놈밖에 없으니까요. 신호가 없이는 아버지는 누가와도 절대로 문을 열어 줄 리가 없으니까요."

"그러나 당신은 그때의 상황을 하나 잊고 계신 게 있습니다." 여전히 자기 자신을 억제하는 듯 하는 태도이기는 했으나 어딘가 승리감에 도취된 듯한 어조로 검사가 이렇게 지적했다. "만약에 당신이 거기 정원에 계실 때 이미 문이 열려 있었다면 구태여 신호를 할 필요가 없지 않습니까?"

"그 문이라, 그 문……." 미차는 이렇게 중얼거리더니 말없이 검사를 바라보았다. 그는 맥없이 다시 의자에 주저앉았다. 아무도 입을 열지 않았다.

"아아, 그 문…… 그건 망령이야. 하느님도 나를 버리시다니!" 그는 이미 사고력을 잃은 채 멍청히 앞을 바라보며 이렇게 외쳤다.

"자, 바로 그거예요. 드미트리 카라마조프 씨." 검사는 점잔을 빼는 듯이 말했다. "한번 잘 판단해 보십시오. 한쪽에서는 출입문이 분명히 열려 있었고 당신이 그 문으로 도망쳐 나갔다는 증언이 있는가 하면, 또 한편으로는 갑자기 당신 손에 들어온 돈의 출처에 대해 당신은 이상하리만큼 완강하게, 거의 광적인 태도로 입을 봉하고 있습니다. 그런데 당신 자신의 진술에 따르면 그 돈이 생기기 불과 3시간 전만 해도 당신은 단돈 10루블이 없어서 권총을 저당 잡히지 않았느냐 말입니다. 이러한 사정을 염두에 두고 어디 한번 당신 스스로 잘 생각해 보십시오. 도대체 우리는 무엇을 믿어야 합니까? 어디다 근거를 두어야 하겠습니까? 당신의 고결한 마음의 외침을 믿지 못하는 '냉소적이고 남을 조롱하기를 좋아하는 인간들'이라고 우리를 나무라지 마십시오. ……도리어 우리의 처지도 좀 생각해 주셔야죠……."

미차는 형용할 수 없는 흥분에 사로잡혀 있었다. 그의 얼굴은 새파랗게 질려 있었다.

"좋습니다!" 그는 갑자기 외쳤다. "여러분에게 내 비밀을 말씀드리겠습니다. 내가 어디에서 돈을 손에 넣었는지 털어놓겠습니다! ……나중에라도 당신들이 나 자신을 비난하는 일이 없도록, 나의 치욕을 털어놓겠습니다."

"그리고 우리를 믿으셔야 합니다. 카라마조프 씨." 예심판사가 감격에 찬 기쁜 어조로 말을 받았다. "특히 지금과 같은 순간에 성의에 찬 모든 고백을 해주신다면 후에 당신의 운명의 짐을 덜어 주는 데에도 적지 않은 영향을 미치게 될 것입니다. 뿐만 아니라……."

그러나 이때 검사가 테이블 밑으로 손을 넣어 그를 가볍게 찔렀다. 그래서 그는 적당한 대목에서 말을 멈출 수가 있었다. 물론 미차는 그의 말 같은 것은 귀담아듣고 있지도 않았다.

7. 미차의 크나큰 비밀, 조소를 받다

"여러분," 그는 여전히 흥분한 어조로 말하기 시작했다. "그 돈
은…… 나는 솔직히 고백하겠습니다만……, 그 돈은 내 것이었습
니다." 검사와 예심판사의 얼굴에 실망의 빛이 생생하게 피어올랐
다. 그들의 예상과는 전혀 딴판인 대답이었기 때문이다.

"당신 거라니, 어째서 당신 돈이란 말입니까." 넬류도프 예심판
사가 중얼거렸다. "당신 자신의 진술에 의하여 같은 날 5시쯤에
는……."

"빌어먹을, 같은 날 5시니 뭐니, 내 진술이니 하는 말을 다 집어
치우세요. 지금은 그런 건 문제가 아닙니다! 그건 내 돈입니다. 아
니, 내가 훔친 돈입니다. ……내 것이 아니죠. 내가 훔친 돈이니까
요. 내가 훔친 돈입니다. 그건 1천 5백 루블이었습니다. 나는 그 돈

은 언제나 몸에 지니고 다녔습니다."

"그럼, 당신은 그 돈은 어디서 훔친 건가요?"

"내 목에서요. 여러분, 내 목에서 꺼낸 겁니다. 바로 이 목에서 말입니다. ……돈은 여기, 내 목에 걸려 있었습니다. 그 돈을 헝겊에 꿰매서 목에다 걸고 다녔지요. 이미 오래전, 벌써 한 달 동안 수치와 오욕을 목에 걸고 다녔단 말입니다!"

"그렇다면 당신은 누구한테도 그 돈을…… 손에 넣게 된 거죠?"

"당신은 '훔쳤느냐?'고 묻고 싶었겠지요. 제발 좀 더 솔직하게 말씀하세요. 사실 그 돈은 훔친 거나 다름없다고 나는 생각합니다. 그렇지만 원하신다면 '손에 넣었다'고 해도 할 수 있습니다. 그러나 내 생각으로는 '훔쳤다'고 하는 편이 맞는 것 같군요. 그런데 어젯저녁 나는 드디어 그 돈을 완전히 훔치고 말았습니다."

"어젯저녁이라뇨? 당신은 방금 그 돈을 손에 넣은 것이 한 달 전이라고 하지 않았습니까?"

"네, 그렇지만 아버지한테서 훔친 돈은 절대로 아닙니다. 아버지의 돈은 아니란 말입니다. 아버지한테서 훔친 돈이 아니니 걱정하실 건 없습니다. 그건 그 여자의 돈입니다. 제발 내 말을 중단하지 말고 끝까지 들어 주십시오. 나로서는 정말 괴로운 일이니까요. 실은 한 달 전에 내 약혼녀였던 카체리나 베르호프체바가 나를 불렀습니다. ……당신들도 그 여자를 아시지요."

"물론 알고 있습니다."

"나도 그럴 줄 알고 있었습니다. 그 여자는 그지없이 고결한 여성입니다. 고결한 여성 중에서도 가장 고결합니다만, 벌써 오래전 부터 나를 미워하고 있습니다. 그렇습니다, 오래전부터……. 하기 는 나를 미워할 이유가 있습니다. 당연하고 말구요!"

"카체리나 씨가요? 판사는 깜짝 놀라서 되물었다. 검사 역시 눈 이 휘둥그레져 바라보았다.

"아아, 그 여자의 이름을 함부로 부르지 말아 주십시오! 내가 이런 일에 그 여자의 이름을 끼워 넣는 건 비열한 짓입니다. 그러 나 나는 그 여자가 나를 미워하고 있다는 것을 알고 있었습니다. ……훨씬 오래전부터…… 맨 처음부터, 내 하숙으로 처음 찾아왔 던 그날부터…… 이런 얘기는 그만둡시다. 당신네들은 이런 얘기 를 알 필요가 없으니까요. 이건 전혀 필요 없는 얘기예요. 다만 여 기서 말씀드려야 할 것은 약 한 달 전에 그 여자가 나를 불러 3천 루블을 주면서, 그것을 모스크바에 있는 자기 언니와 또 한 사람 의 친척에게 보내달라고 부탁했습니다. 이 정도 얘기면 충분하겠 군요. 마치 자기는 그걸 보낼 수 없다는 듯한 태도였습니다. 그런 데 난……. 그때가 바로 내 일생을 좌우할 운명적인 순간이었습니 다. 나는……. 아니, 한 마디로 말해서 내가 다른 여자를 사랑하기 시작했을 때였습니다. 지금의 그 여자, 지금 아래층에 앉아 있는 그루센카 말입니다. ……그때 나는 그루센카를 데리고 모크로예 로 와서 이틀 동안 그 저주받을 3천 루블의 절반을, 즉 1천 5백 루 블을 다 탕진해버리고, 그 나머지 절반은 그대로 남겨 두었습니다. 나는 그 절반을 부적처럼 언제나 목에 걸고 다니다가 어제 드디어 그것을 끌러서 다 써버렸습니다. 니콜라이 넬류도프 씨, 지금 당신 손에 있는 8백 루블은 그 잔액입니다. 그 1천 5백 루블에서 남은 돈입니다."

"실례지만 당신이 그때, 그러니까 한 달 전에 여기서 쓰신 돈은 1천 5백 루블이 아니라 3천 루블이 아닙니까? 그건 누구나 다 아는 사실 아닙니까?"

"그걸 누가 안단 말입니까? 누가 그걸 계산해 봤나요? 내가 누구한테 계산이라도 시켜보았다는 겁니까?"

"하지만 당신 스스로가 그때 꼭 3천 루블을 썼다고 모든 사람에게 공언하고 다니지 않았습니까?"

"그건 사실입니다. 내가 온 읍내 사람들에게 그렇게 지껄였습니다. 온 읍내 사람들도 그렇게 생각하고 있습니다. 그런 어쨌든 내가 실제로 쓴 돈은 1천 5백 루블이지 3천 루블이 아니었습니다. 나는 그 나머지 1천 5백 루블을 헝겊에 꿰매서 간수해두었지요. 일은 바로 그렇게 된 겁니다. 자, 여러분, 이젠 내가 어제 쓴 돈의 출처를 아셨겠지요."

"이건 정말 기적 같은 얘기로군요……." 예심판사가 중얼거렸다.

"그렇다면 한 가지 더 묻겠습니다." 마침내 검사가 이렇게 말했다. "당신은 그때, 그러니까 한 달 전에 그 사실에 대해서 누구한테든 말한 적이 있습니까? 그 1천 5백 루블이 남아 있다고 누구에게 말한 적이 있습니까?"

"아무에게도 말한 적이 없습니다."

"참으로 이상하군요. 그래 정말 당신은 전혀 아무에게도 얘기한 적이 없단 말이지요?"

"전혀 아무한테도 말하지 않았습니다."

"그런데 왜 그렇게 침묵을 지키고 있었나요? 무슨 이유로 그렇게까지 비밀로 하셨습니까? 좀 더 정확히 설명한다면 당신은 결국 우리한테 비밀을 고백했습니다. 그것은 당신의 말에 의하면 '치욕적'인 것이라고 하셨지만 실제로는 물론 상대적인 얘기입니다만 그 행위, 즉 남의 돈 3천 루블을 착복했다는 행위는, 적어도 내 견해로 보자면 그저 분별없는 행위에 지나지 않습니다. 뿐만 아니라 당신의 성격을 염두해 볼 때, 그것은 결코 그렇게까지 수치스러운 행위는 아닙니다. 그야 물론 정말 한심한 행위라는 데는 나도 동의하는 바입니다만, 그러나 불명예스러운 행위가 반드시 수치스러운 행위인 것은 아닙니다. ……요컨대 내가 하고 싶은 말은 당신이 써버린 그 3천 루블의 돈이 카체리나 양에게서 나왔다는 것은 이미 지난 한 달 동안 많은 사람들이 알고 있었던 사실이었으므로, 이렇게 말하는 나 자신도 당신의 고백을 듣기 전에 그 소문을 듣고 있었다는 점입니다. 예를 들면 경찰서장 마카로프 씨도 이미 그 소문을 알고 있으니까요. 그래서 결국 나중에는 소문이라기보다 온 읍내 전체에 쫙 퍼지고 만 겁니다. 게다가 당신 자신도 이 사실을, 즉 그 돈이 카체리나 양에게서 나왔다는 것을 어떤 사람에게 토로한 증거가 있습니다. 그러므로 당신이 지금까지, 이 순간까지 따로 남겨 두었다는 그 1천 5백 루블을 굉장한 비밀로 취급하고 있을 뿐만 아니라 그 비밀에 일종의 공포감까지 결부시키고 있다는 데 대해서는 지극히 놀라지 않을 수 없습니다. 그런 비밀의 고백이 당신한테 그렇게 고통을 준다는 것은 도저히 믿을 수가 없군요. 당신은 아까 그것을 고백하기보다는 차라리 시베리아로 징역을 가는 편이 낫다고 외치지 않았느냐 말입니다……."

검사는 거기서 입을 다물었다. 그는 몹시 흥분해서 거의 증오에 가까운 분노를 숨기려 하지도 않고 말의 수식에도 관심이 없이 가슴속의 울분을 말이 되는대로 죄다 내뱉고 말았다.

"그러나 내가 수치스럽게 생각하는 것은 1천 5백 루블을 탕진했다는 사실이 아니라 그 1천 5백 루블을 따로 떼어놓았다는 데 있는 것입니다." 미챠는 확고한 어조로 말했다.

"아니, 어째서 그렇습니까!" 검사는 짜증스럽게 웃었다. "당신은 이미 비난을 받을 만한 방법으로, 원하신다면 수치스러운 방법이라고 해도 좋습니다만, 그 수치스러운 방법으로 착복한 3천 루블에서 자기 생각대로 반을 따로 떼어둔 게 어째서 수치스러운 일이라는 것입니까? 중요한 것은 이미 당신이 3천 루블을 착복했다는 사실이지 그것을 어떻게 썼는가 하는 것은 아닙니다. 말이 나온 김에 묻겠습니다만, 당신은 왜 그런 식으로 돈을 처분했습니까. 다시 말해서 왜 그 반액을 따로 떼어 두었느냔 말입니다. 무엇 때문에, 무슨 목적에서 그랬는지 설명해주실 수 없습니까?"

"아아, 여러분, 바로 그 목적에 모든 것이 포함되어 있는 겁니다." 미챠는 소리쳤다. "비열한 동기에서 그 돈을 따로 떼어 두었던 겁니다. 즉 미리 계산하고 있었던 거지요. 왜냐하면 이런 경우 미리 계산해둔다는 것 자체가 비열한 행위니까요. ……게다가 이 비열한 행위는 만 한 달이나 계속되고 있었던 겁니다!"

"이해할 수 없군요."

"거 참, 어이가 없군요. 하지만 정말로 못 알아들으셨는지도 모르니까 다시 한 번 설명해드리지요. 자, 내 말을 잘 들어주십시오. 만약에 나의 성실함을 믿고 맡긴 3천 루블을 착복하여 썼다고 합시다. 그리고 그 돈을 다 탕진하고 나서 이튿날 그 여자에게 가서 '카차, 내가 잘못했고, 난 당신의 그 3천 루블을 죄다 써버리고 말았소'라고 말한다면 어떨까요. 과연 이게 잘하는 일이겠습니까? 아니, 이건 결코 잘하는 일이 아닙니다. 비굴하고 천박한 행위지요. 짐승과도 같은 짓입니다. 짐승과 다름없이 자기를 억제할 줄 모르는 인간입니다. 그렇잖습니까, 당연하죠? 그렇지만 아직 도둑놈은 아니겠지요? 진짜 도둑놈하곤 다르지 않느냐 말입니다. 안 그렇습니까? 남의 돈을 써 버리긴 했지만 도둑질은 안 했으니까요! 그런데 여기 두 번째 방법, 좀 더 좋은 방법이 있습니다. 잘 들어 주십시오. 그렇지 않으면 또 뒤죽박죽이 되어 버릴 테니까요. - 왜 그런지 머리가 빙글빙글 도는 것 같군요. - 그런데 여기에 두 번째 방법이 있습니다. 다름 아니라 그 3루블 중에서 1천 5백 루블, 즉 절반만 쓴단 말입니다. 그리고 다음 날 여자에게 가서 나머지 반을 내놓으면서 '카차, 이 경솔하고 더럽고 비열한 놈한테서 이 절반이라도 받아 주구려. 나는 그 절반을 쓰고 말았소. 아무래도 이 나머지 반도 써버릴 것 같으니 제발 더 이상 죄를 짓지 않도록 지켜주오!'라고 말하는 겁니까. 어떻습니까. 이 방법은? 짐승이라 불러도 좋고 악당이라 불러도 좋습니다. 그렇지만 도둑놈은 아닙니다. 정말로 도둑놈이라면 나머지 절반도 돌려주지 않고 착복해버렸을 테니까요. 그런데 만일 그 절반을 돌려주면 나머지 절반도, 즉 이미 써 버린 절반도 언젠가는 갚아주겠지, 그 돈을 마련하기 위해 한평생 열심히 일하여 언젠가는 반드시 돌려줄 것이라고 생각할 거란 말입니다. 그러니 난 비열한 인간이기는 하지만, 도둑놈은 아니란 말입니다. 누가 뭐라 해도 도둑놈은 아니에요."

"얼마쯤 차이는 있다고 하더라도," 검사는 냉랭하게 웃었다. "그렇지만 당신이 거기서 그처럼 결정적인 차이를 발견하신다니 참으로 기묘한 일이군요."

"예, 나는 거기서 결정적인 차이를 인정합니다! 누구나 다 비열한 인간이 될 수 있습니다. 아니, 어쩌면 모두가 비열한인지도 모르지요. 그러나 누구나가 다 도둑이 될 수는 없습니다. 비열한 중에서도 비열한만이 도둑이 될 수 있는 것입니다. 아아, 이 미묘한 차이를 나는 제대로 설명할 수가 없군요. ……어쨌든 도둑은 비열한 인간보다도 몇 배나 더 비열합니다. 이건 나의 신념입니다. 아시겠습니까! 나는 그 돈을 만 한 달 동안이나 몸에 지니고 다녔습니다. 마음만 먹으면 내일이라도 당장 그 돈을 돌려줄 수 있습니다. 그렇게 하면 나는 이미 비열한은 아닙니다. 그러나 나는 끝내 그것을 결행할 수 없었습니다. 날마다 결심을 하면서도 - 날마다

'어서 결행해라, 이 비열한 놈아!' 나 자신을 재촉하면서도 한 달이나 미루어 왔단 말입니다. 어떻습니까, 당신네들 생각으론 이게 잘한 일일까요?"

"그다지 잘한 일은 못 된다 하더라도 심정만은 충분히 헤아릴 수 있습니다. 거기에 대해서는 나도 이의가 없습니다." 검사는 신중하게 대답했다. "그러나 어쨌든 그런 미묘한 차이에 대한 논의는 다음으로 미루고 다시 본래의 문제로 돌아가는 것이 어떨까요? 그 문제란 다름 아니라 왜 당신은 처음에 그 3천 루블을 둘로 나누었는가, 다시 말해 왜 반만 쓰고 반은 따로 떼어두었는가 하는 점입니다. 아까 당신에게 물었지만 아직 설명하지 않았으므로 다시 묻는 겁니다. 도대체 왜 감추었지요? 그 나머지 1천 5백 루블은 어디다 쓸 생각이었습니까? 드미트리 카라마조프 씨, 나는 그걸 꼭 듣고 싶습니다."

"아, 참, 물론이지요!" 미차는 자기 이마를 탁 치며 이렇게 외쳤다. "용서하십시오. 나는 당신네들을 괴롭히기만 하고 가장 중요한 점은 설명하지 않았군요. 그것을 설명했더라면 당신들도 당장 깨달을 수 있었을 텐데요. 왜냐하면 바로 그 목적 속에 치욕이 있기 때문입니다! 자, 생각해 보세요. 그 노인이, 돌아가신 아버지가 늘 그루센카를 현혹시키고 있었습니다. 그래서 나는 질투를 했지요. 그 여자는 나와 아버지 중에서 어느 쪽을 택할까 망설이고 있다고 나는 그렇게 생각했습니다. 그리고 또 날마다 이런 생각도 했지요 – 만약에 그 여자가 갑자기 결심을 하여 나를 괴롭히지 않기

1139

로 결심하고 '난 그 노인을 사랑하지 않아요. 내가 사랑하는 건 당신이에요. 자, 나를 세상 끝으로 데려가 줘요.'하고 내게 말하면 어떻게 할까? 그러나 나는 20코페이카 은화 두 닢밖에 없었으니 어떻게 그 여자를 데리고 갈 수 있단 말인가. 그땐 파멸이 있을 뿐이다. 그때만 해도 나는 그 여자를 잘 몰랐고 제대로 이해하지 못했던 겁니다. 그 여자는 돈이 없으면 살 수 없을 테니까 내게 돈이 없으면 곧 싫증을 낼 거라고 생각했었죠. 그래서 나는 교활하게도 3천 루블 중에서 절반을 떼어놓고 태연히 바늘로 꿰맸습니다. 그런 속셈으로 꿰매 둔 것이지요. 술 마시러 떠나기 전에 꿰매 두고 나서 나머지 절반으로 술을 마시러 떠난 겁니다! 아, 이런 비열한 짓이 또 어디 있겠습니까. 자, 이젠 이해가 되셨습니까?"

검사는 껄껄 소리 내며 웃었다. 예심판사도 따라서 웃었다.

"내 생각으로는 당신이 자신을 억제하여 그 돈을 다 낭비하지 않았던 것은 오히려 현명하고도 도덕적인 처사였다고 보는데요." 판사는 키득거리며 웃었다. "그걸로 인해 큰 잘못이라고 생각할 필요는 없지 않습니까?"

"그렇지만 그 돈을 훔친 것은 사실이죠! 아니, 정말 그렇게도 이해가 안 되십니까! 나는 1천 5백 루블을 꿰맨 돈주머니를 목에 걸고 다니는 동안 매일 같이, 아니 매 시간마다 나 자신에게 '너는 도둑이다. 너는 도둑이다.' 말했습니다. 내가 지난 한 달 동안 난폭한 짓만 하고 다닌 것도, 술집에서 싸움을 한 것도, 아버지를 때린 것도 내가 도둑놈이라는 생각이 머리에서 떠나지 않았기 때문입니다. 나는 동생 알료샤에게까지 그 돈에 대해서만은 감히 고백할 용기가 나지 않았습니다. 그렇게까지 나 자신을 비열한 사기꾼이라 여겼던 겁니다. 그런데 말입니다. 나는 그걸 몸에 지니고 다니면서도 그와 동시에 매일 같이, 매 시간마다 나 자신에게 '아니다. 드미트리. 넌 아직 도둑이 아닐지도 모른다.' 라고 말하곤 했습니다. 왜 그랬을까요? 그건 다름 아니라 내일이라도 카차를 찾아가서 1천 5백 루블을 돌려줄 수 있다고 여겼기 때문입니다. 그런데 어제 페냐한테 들렀다가 페르호친의 집으로 가는 도중 처음으로 그 주머니를 뜯어내기로 결심했습니다. 그때까지는 도저히 엄두를 내지 못했지만, 마침내 주머니를 열어버리는 동시에 카체리나한테 가서 난 비열한 놈이기는 하지만 도둑은 아니라고 말하려던 꿈을 짓밟아버리고 말았으니까요. 자, 이젠 아셨지요? 이젠 이해가 갑니까!"

"하필이면 어젯밤에 그런 결심을 하시게 된 겁니까?" 예심판사가 말을 가로챘다.

"왜냐구요? 그건 참 우스운 질문이군요! 왜냐하면 나는 오늘 아침 5시, 동이 틀 무렵에 여기서 죽어버리기로 나 자신에게 선고를 내렸으니까요. '비열한 인간으로 죽든 고결한 인간으로 죽든, 어차피 죽는 건 마찬가지가 아니냐.' 생각했기 때문입니다. 그런데 그게 아니었습니다. 마찬가지가 아니라는 것이 판명된 겁니다! 여러분은 곧이듣지 않을지도 모르지만, 어젯밤 무엇보다 나를 괴롭힌 것은 내가 늙은 하인을 죽였다는 사실도 아니고 그 결과 시베리아로 유형당할지도 모른다는 불안감도 아니었습니다. 드디어 내 사랑이 결실을 보아 바야흐로 천국이 열리려는 그 찰나에도 말입니다! 물론 그런 생각이 날 괴롭히긴 했지만 그리 대단하진 않았습니다. '마침내 그 저주받을 돈을 목에서 끌러내어 죄다 탕진하고 말았으니 나는 이제 진짜 도둑이 되었구나!' 견딜 수 없는 자각에 비하면 아무것도 아니었습니다! 아아, 여러분, 진심으로 되풀이합니다만, 나는 이 하룻밤 사이에 많은 것을 깨달았습니다. 인간은 비열한 인간으로서 살아갈 수 없을뿐더러, 비열한 인간으로 죽는 것 역시 불가능하다는 것을 나는 분명히 깨달았습니다. ……그렇습니다. 여러분, 인간은 죽을 때조차 성실하게 죽어야만 하는 겁니다!"

미차는 얼굴이 창백했다. 극도로 흥분해 있었음에도 불구하고 그 얼굴에는 피로와 고통의 빛이 서려 있었다.

"카라마조프 씨, 당신의 심정을 이해할 수 있을 것 같습니다." 검사는 부드러운, 동정에 가까운 어조로 차분히 말했다. "그렇지만 내가 보기에는 그것은 단지 당신의 병적인 신경이라고 할까요? 틀림없이 그럴 겁니다. 이를테면 말입니다. 거의 한 달 동안에 걸친 그처럼 격심한 고통으로부터 탈피하기 위해 당신은 왜 그 아가씨한테 가서 1천 5백 루블을 돌려주지 않은 겁니까? 그리고 당신의 말에 따르면 당신의 처지가 그토록 비참한 것이었다면, 어째서 그 아가씨와 잘 의논하여 누구의 머리에나 자연히 떠오를 수 있는 그런 방법을 강구하지 않았습니까? 즉 아가씨에게 솔직히 과오를 고백하고 나서 필요한 돈을 빌려 달라고 요청하지 못했느냔 말입니다. 만약 당신의 곤란한 형편을 알았다면 관대한 마음씨를 지닌 그 아가씨는 틀림없이 거절하지 않았을 겁니다. 무슨 증서를 써 준다거나 아니면 상인 삼소노프나 호흘라코바 부인에게 제공했던 그런 담보를 내 주었다면 더욱 문제가 없었을 겁니다. 당신은 지금도 그 담보물을 가치 있는 것으로 여기겠지요?"

미차의 얼굴이 확 붉어졌다.

"아니, 당신은 나를 그렇게까지, 비열한 놈으로 생각한단 말입니까? 설마 그걸 진심으로 말하는 것은 아니겠지요?" 그는 검사를 정면으로 바라보며 믿을 수 없다는 듯 불만스런 어조로 말했다.

"물론입니다. 이건 진담입니다. 당신은 왜 내가 농담을 하고 있다고 생각하시죠?" 오히려 검사가 놀라는 눈치였다.

"오, 그런 비열한 짓이 또 어디 있습니까! 여러분, 당신들 때문에 내가 얼마나 고통받고 있는지 여러분은 모르고 있습니다! 내 말을 끝까지 들어 주십시오. 난 이제부터 내 마음속의 지옥을 당신들에게 죄다 털어놓겠습니다. 그렇지만 이것은 당신들에게 수치를 깨우쳐 주기 위해섭니다. 인간의 복합된 감정이 어느 정도까지 비열해질 수 있는가를 알게 되면 당신들도 깜짝 놀라실 겁니다. 실은 말입니다. 검사님, 나도 방금 당신이 말씀하신 그런 계획을 세워 본 적이 있습니다. 여러분, 나도 한 달 동안 그런 생각을 품고 있었습니다. 그래서 하마터면 카체리나를 찾아가려고 결심할 뻔했지요. 그렇지만 그 여자에게 가서 나의 변심을 고백하고, 그 변심 때문에, 그 변심을 실행에 옮기는 데 필요한 돈을 그 여자한테, 즉 카체리나한테 구걸해 가지고 - 구걸하는 겁니다. 구걸이에요 - 그

1143

여자의 경쟁자와 함께 그녀를 미워하고 모욕한 바로 그 계집과 함께 줄행랑을 치다니 — 과연 이게 가능한 일입니까. 당신은 아무래도 머리가 좀 이상해진 것 같군요, 검사님!"

"머리가 이상해진 건지는 잘 모르지만, 내가 좀 흥분해서 말이 헛나갔군요. ……바로 여자의 질투심에 관한 거라면…… 당신이 지금 말씀하신 것 같은 질투가 끼어들어 있다면…… 사실 거기에는 그와 비슷한 뭔가가 있을 겁니다." 검사는 히죽 웃었다.

"그건 어쨌든 비열한 짓입니다." 미챠는 주먹으로 테이블을 꽝 내리쳤다. "뭐라고 형용할 수 없을 만큼 추악한 짓입니다! 물론 그 여자는 나한테 그 돈을 줄 겁니다. 틀림없이 줄 겁니다. 그러나 그 것은 나에 대한 복수심 때문에, 복수의 기분을 즐기기 위해, 나에 대한 경멸을 표시하기 위해서 주는 겁니다. 왜냐하면 그 여자 역시 분노에 불탈 수 있는 악마 같은 일면을 마음속에 지니고 있으니까요! 그리고 나 또한 그 돈을 받았을 겁니다. 틀림없이 받을 겁니다! 그러나 그 대신 한 평생…… 나는 구원받지 못할 겁니다. 여러분, 미안합니다. 지금 내가 이렇게 소리친 것은 바로 얼마 전까지 내가 그런 생각을 품었기 때문입니다. 그건 바로 내가 랴가브이를 상대로 떠들어대던 그날 밤의 일입니다. 그러고 나서 어제도 하루 종일 마찬가지였습니다. 지금도 기억하고 있지만 그 사건이 일어나기 바로 직전까지……."

"무슨 사건 말입니까?" 예심판사가 호기심에 찬 어조로 물었다. 그러나 미챠는 그 말을 듣지 못했다.

"나는 당신들에게 무서운 고백을 했습니다." 미차는 침통한 표정으로 말을 맺었다. "자, 그러니 여러분, 그 고백을 인정해 주십시오. 아니, 인정으로는 부족해요. 오히려 그것을 존중해주십시오. 만일 존중해 주시지 않는다면, 이 고백조차 당신네들의 마음이 감동을 받지 않는다면, 그건 곧 당신네들이 나를 전혀 존경하지 않는 증거라고 나는 단언합니다. 나는 당신네들 같은 사람에게 그것을 고백한 것이 부끄러워 차라리 죽고 싶습니다! 자살하고 싶은 심정입니다! 그렇지만 나는 잘 압니다. 당신네들이 내 말을 믿고 있지 않는다는 것을! 아니, 당신네들은 이런 것까지도 적어두려는 겁니까?" 그는 깜짝놀라 소리쳤다.

"그렇지만 당신은 방금 이런 말을 하셨지요?" 오히려 이해할 수 없다는 표정으로 예심판사는 그를 바라보았다. "다름 아니라 당신은 마지막 순간까지 카체리나 양한테 가서 그 돈을 빌릴 생각을 하고 있었다고 말했지요. 사실 이건 우리에게 매우 중요한 진술입니다. 카라마조프 씨. 즉 사건 전체에 관해서…… 특히 당신을 위해, 당신 자신을 위해 매우 중요한 진술입니다."

"여러분, 제발 그러지 마십시오." 미차는 손을 맞잡으며 애원했다. "제발 그것만은 기록하지 마십시오. 당신들은 정말 부끄럽지도 않나요? 난 당신들 앞에서 내 가슴을 둘로 갈라 보인 거와 다름 없습니다. 그런데 당신들은 그것을 이용해서 그 틈새에 손가락을 넣어 쑤시고 있으니 말입니다. ……이 무슨 잔인한 짓입니까!"

"과히 염려하지 마십시오. 카라마조프 씨." 검사는 말했다. "지금 기록한 것은 나중에 당신 말대로 수정하겠습니다. 그런데 여기서 한 가지 더 물어볼 게 있습니다. 벌써 세 번이나 되풀이해 묻습니다만, 당신이 그 돈을 주머니 속에 넣고 꿰맸다는 얘기를 당신한테 들은 사람이 아무도 없습니까? 솔직히 말씀드려서 이건 거의 믿을 수 없는 얘기인 것 같아서 말입니다."

"아무도 없습니다. 아무도 없다고 말했잖아요! 당신들은 내가 하는 말은 전혀 이해하지 못하는군요. 더 이상 나를 귀찮게 하지 마십시오!"

"그럼, 좋습니다. 그렇지만 이 점만은 꼭 밝혀 두어야겠습니다. 아직도 시간의 여유는 충분합니다만, 그동안 한번 생각해 보십시오. 그때 3천 루블을 썼다는 이야기는 당신 자신이 퍼뜨리고 다닌 겁니다. 당신은 가는 곳마다 그렇게 떠들고 다니지 않았느냔 말입니다. 그것에 대한 증인은 수십 명은 될 겁니다. 당신이 말한 금액은 3천 루블이지 1천 5백 루블이 아닙니다. 그리고 이번에도 갑자기 돈이 생기자, 또 3천 루블을 가져왔다고 수십 명의 사람 앞에서 떠들지 않았느냔 말입니다."

"수십이 아니라 몇 백 명은 될 겁니다. 그런 말을 들은 사람은 2백 명, 아니 천 명은 될 겁니다."미차가 외쳤다.

"그것 보시오. 모든 사람이 그렇게 증언하고 있습니다. 그렇다면 이 '모두'라는 말은 나름대로 어떤 의미를 가지고 있는 게 아닐까요?"

"아무 의미도 없습니다. 내가 허튼소리를 하니까, 모두들 그저 따라 했을 뿐이지요."

"그렇지만 당신의 표현을 빌린다면 허튼소리를 해야 할 필요가 있었습니까?"

"그걸 누가 압니까. 어쩌면 자랑삼아 그랬는지도 모르지요······. 즉 나는 이렇게 많은 돈을 뿌리고 다녔다고 말입니다. 아니면 꿰매 두었던 돈을 잊고 싶었기 때문에······. 그렇습니다. 아마 그것 때문이었을 겁니다. 제기랄. 당신들은 대체 몇 번이나 그걸 묻는 겁니까? 그저 허튼소리를 했을 뿐이에요. 한번 허튼소리를 하니까 새삼스럽게 그걸 정정하고 싶지 않았을 뿐입니다. 인간이란 간혹 아무런 동기도 없이 거짓말을 하는 수가 있지 않습니까?"

"카라마조프 씨, 인간이 어떤 동기에서 거짓말을 하는지 그걸 쉽게 해명할 수는 없는 겁니다." 검사는 타이르듯이 말했다. "그보다도 당신이 목에 걸고 다녔다는 그 주머니는 큰 것이었습니까?"

"아니오. 별로 크지 않았습니다."

"예를 들어, 어느 정도의 크기였나요?"

"1백 루블짜리 지폐를 반으로 접은 정도였습니다."

"그럼 그 주머니를 보여주실 수 없을까요? 어딘가 그걸 가지고 있을 테죠."

"······에잇, 제기랄! 그런 바보 같은 소리를 작작 하세요. ······그게 어디 있는지 내가 알 게 뭡니까?"

"그러나 다시 묻겠습니다만, 당신은 언제 어디서 그걸 목에서 뗐습니까? 당신의 진술에 의하면 집에는 들르지 않으신 모양인데."

"폐냐의 집을 나와서 페르호친의 집으로 가는 도중 목에서 돈을 꺼냈습니다."

"어둠 속에서요?"

"촛불이라도 필요했다 그 말인가요? 그런 건 손가락으로도 순식간에 해치울 수 있습니다."

"길거리에서 가위도 없이 말입니까?"

"광장이었다고 생각합니다. 가위는 써서 뭐합니까. 낡은 헝겊이라 금세 찢어지고 말더군요."

"그래서 그 헝겊을 어떻게 했습니까?"

"그 자리에서 버렸습니다."

"정확하게 그게 어딥니까?"

"광장이라고 하지 않았소. 광장에서 버렸습니다! 광장의 어디쯤인지 그걸 어찌 압니까! 도대체 그걸 알아서 뭐하려는 거죠?"

"그건 매우 중요한 일입니다. 카라마조프 씨. 당신을 위해 유리한 물적 증거니까요. 왜 당신은 이 점을 이해하지 못하십니까? 한 달 전에 그걸 꿰맬 때 누가 당신을 도와주었습니까?"

"아무도 도와주지 않았습니다. 내가 혼자서 꿰맸으니까요."

"당신은 바느질을 할 줄 아시나요?"

"군인은 누구나 바느질을 할 줄 알아야 합니다. 그러나 그게 무슨 바느질이라고 할 수 있겠습니까."

"그럼, 그 재료, 주머니를 만든 헝겊을 어디서 구했습니까?"

"설마, 당신은 나를 놀리시는 겁니까?"

"천만에요. 지금이 어디 누구를 놀릴 땝니까, 카라마조프 씨."

"어디서 구했는지 모르겠습니다. 기억이 나지 않아요. 아무튼 어디선가 구했겠죠."

"그런 것쯤은 기억하고 계실텐데요."

"정말 기억이 안 납니다. 아마 속옷 같은 데서 찢어 냈을지도 모르죠."

"거 참 흥미롭군요. 내일 당신 하숙집에 가서 찾아보기로 합시다. 헝겊을 찢어낸 셔츠 같은 게 나올지도 모르니까요. 그 헝겊은 어떤 천이었지요? 두꺼운 겁니까? 얇은 겁니까?"

"어떤 천인지 알게 뭡니까. 아니, 잠깐만…… 다른 천에서 찢어 낸 것은 아니었습니다. 그건 옥양목 조각이었습니다. 하숙집 안주인의 모자로 꿰맸던 것 같습니다."

"안주인의 모자요?"

"네, 안주인한테서 가져온 겁니다."

"어떻게 가져왔지요?"

"실은 언젠가 걸레를 만들려고, 아마 펜을 닦으려고 했는지도 모르지만, 어쨌든 물어보지도 않고 모자를 가져온 일이 있습니다. 슬쩍 집어온 거지요. 아무짝에도 쓸모없는 누더기였으니까요. 그런데 마침 그 1천 5백 루블의 보관에 문제가 있었기 때문에 거기다 꿰매 넣었던 겁니다. 수없이 빨아서 낡을 대로 낡은 옥양목 조각이었지요."

"그건 확실히 기억하신단 말씀이죠?"

"확실한지 어떤지는 잘 모르겠지만, 아무튼 모자였던 것 같습니다. 하지만 그게 무슨 상관입니까?"

"그렇다면 적어도 안주인은 그런 물건이 없어진 것을 기억할 수 있겠지요?"

"아니, 전혀 기억하지 못할 겁니다. 지금 말한 것처럼 더 쓸래야 쓸 수도 없는 낡아빠진 누더기였으니까요."

"그럼 바늘은 어디서 구했습니까? 그리고 실은?"

"그만두겠습니다. 더 이상 말하고 싶지 않습니다. 이젠 됐어요!" 미차는 마침내 화를 내고 말았다.

"그러나 어쨌든 이상하군요. 당신이 광장 어느 지점에서 그…… 주머니를 버렸는지 전혀 기억하지 못한다는 건 아무래도 이상하군요."

"그럼, 내일이라도 광장을 죄다 쓸어보게끔 명령해 보시지요. 그러면 혹시 찾을지도 모르니까요." 미차는 쓴웃음을 지었다. "자, 이제 됐습니다. 여러분, 이젠 됐어요!" 그는 기진맥진한 목소리로 딱잘라 말했다. "당신들이 나를 믿지 않는다는 걸 이젠 똑똑히 알았습니다. 당신들은 눈곱만큼도 믿어 주지 않는군요! 이건 내 잘못이지 당신의 잘못은 아닙니다. 공연히 그렇게 지껄일 필요가 없었던 거예요. 무엇 때문에 내 비밀을 당신들에게 털어놓고 내가 왜 자기혐오에 빠져야 하는지 모르겠군요. 당신들에게는 내가 웃음거리로밖엔 보이지 않겠죠. 그 눈만 봐도 잘 알 수 있어요. 검사님,

나는 당신의 수법에 넘어간 겁니다. 자, 어서 승리의 찬가를 불러 보시지요. 그렇게 원하신다면……. 당신네들은 영원히 저주받을 고문자들이오!"

그는 고개를 숙이고 두 손으로 얼굴을 가렸다. 검사와 예심판사는 말이 없었다. 이윽고 미차는 고개를 쳐들고 멍청히 그들을 바라보았다. 그 얼굴에는 이미 돌이킬 수 없는 극도의 절망이 나타나 있었다. 그는 입을 다문 채 무슨 일이 일어나고 있는지 아무것도 의식하지 못한 사람처럼 의자에 앉아 있었다. 그러나 어쨌든 일은 끝내야만 했다. 곧 증인 심문으로 들어가야 했던 것이다. 어느새 아침 8시가 되어 촛불도 이미 오래전에 꺼져 있었다. 심문이 계속되는 동안 쉴 새 없이 방안을 드나들던 미하일 마카로프와 칼가노프가 이때 다시 함께 방에서 나갔다. 검사도 판사도 몹시 피로해 보였다. 날은 밝았지만 음산한 아침이었다. 하늘은 온통 구름으로 덮이고 비가 억수같이 퍼붓고 있었다. 미차는 멍하니 창문을 바라보고 있었다.

"창밖을 내다봐도 괜찮겠습니까?" 그는 갑자기 예심판사에게 물었다.

"예, 그거야 얼마든지." 판사가 대답했다.

미차는 일어나서 창가로 다가갔다. 빗줄기는 푸른빛이 도는 조그만 유리 창문을 사정없이 내리치고 있었다. 창문 바로 밑에는 진창이 된 길이 보이고 좀 더 앞에는 짙은 안개 속에 초라하게 볼품없는, 오두막들이 늘어서 있었는데, 비 때문에 더욱 초라하게 음침하게 보였다. 미차는 '금발의 아폴로'가 생각났다. 그 첫 햇살과 더불어 자살해 버리려 했던 것이다. '그렇지만 오히려 이런 아침이 더 좋았을지도 모르지' 미차는 미소를 지었다. 그러고는 갑자기 한 손을 획 내리며 '고문자'들 쪽으로 몸을 돌렸다.

"여러분!" 그는 외쳤다. "난 나 자신이 미리 파멸했다는 걸 잘 압니다만, 그러나 그 여자는? 제발 부탁이니 그 여자에 대해서 알려주십시오. 그 여자도 나와 함께 파멸해야만 합니까? 그 여자는 아무런 죄도 없습니다. 어제 그 여자가 '모든 것은 내 잘못'이라고 외친 건 제정신에서 한 말이 아닙니다. 그 여자에겐 아무런 죄도 없습니다. 정말 털끝만큼도 죄가 없습니다. 난 당신들과 마주앉아 있으면서도 밤새껏 그 여자가 걱정되어 견딜 수가 없었습니다. 앞으로 그 여자를 어떻게 하실 작정인지 그걸 지금 내게 말해줄 수 없습니까?"

"카라마조프 씨, 그 문제에 대선 조금도 걱정하실 필요가 없습니다." 검사가 매우 서두르는 어조로 황급히 대답했다. "당신이 그토록 깊은 관심을 표하고 있는 그 부인에게까지 어떤 괴로움을 끼쳐야 할 이유는 아직 발견되지 않았습니다. 앞으로의 수사가 진전된다 하더라도 역시 마찬가지일 거라고 생각합니다. 그리고 또 그러기를 바라구요. 우리로서는 이 점에 대해서 가능한 노력을 다하겠으니 절대 안심하십시오."

"여러분, 감사합니다. 여러 가지 일들이 있기는 했습니다만, 그래도 역시 당신들은 성실하고 결백한 분들입니다. 여러분은 내 마음의 무거운 짐을 덜어주셨습니다. 자, 이제부터 또 무엇을 합니까? 나는 모든 준비가 돼 있습니다."

"글쎄요, 아무튼 서둘러야겠지요. 곧 증인 심문으로 들어가야겠군요. 이것도 역시 당신의 동석 하에서 진행되어야 하므로……."

"그러나 우선 차라도 마시는 게 어떻겠습니까?" 예심판사가 말을 가로챘다. "그럭저럭 꽤 많은 일을 했으니 이제 좀 쉬어도 좋을 것 같군요."

만약 아래층에 차가 준비되어 있다면 - 마카로프 서장이 나간 것은 차를 한 잔 마시러 나간 것이 분명하므로 - 우선 차를 한 잔 마시고 나서 다시 계속하기로 결정했다. 그리고 정식 차와 '가벼운 식사'는 좀 더 시간의 여유가 생길 때까지 미루기로 했다. 과연 아래층에는 차가 준비되어 있어서 곧 2층으로 운반되었다. 미차는 처음에는 예심판사가 친절히 권하는 차를 사양했으나, 나중에는 자진해서 그 차를 맛있게 마셨다. 그러나 전체적으로 보아 그는 기진맥진한 것 같이 보였다. 원래 영웅담에 나오는 호걸 같은 체력의 소유자인 만큼, 아무리 강한 충격을 받았다하더라도 하룻밤쯤 새우며 술을 마시는 정도로는 끄떡도 없을 것 같은데도 그는 의자에 앉아 있는 것조차 힘에 겨울 정도였다. 그리고 이따금 눈앞에 있는 모든 물건이 뱅뱅 돌며 춤을 추는 것 같은 착각이 느껴지기도 했다. '조금만 더 있으면 헛소리를 하게 될지도 모르겠군.' 그는 마음속으로 중얼거렸다.

8. 증인심문, 그리고 '아귀'

　증인들의 심문이 시작되었다. 그러나 필자는 지금까지처럼 자세하게 이야기를 계속하지는 않겠다. 그러므로 소환된 증인 하나하나에게 진실과 양심에 따라 진술을 해야 한다느니, 나중에 선서를 한 후 다시 그 진술을 되풀이해야 한다느니 등의 주의를 준 얘기는 생략하기로 하겠다. 또 맨 나중에 증인 한 사람 한 사람에게 자기 진술서에 서명을 요구한 사실도 그냥 생략하기로 한다.

　그러나 여기서 유의해 두어야 할 것이 있다. 그것은 다름 아니라 심문관들이 가장 관심을 기울인 점은 여전히 그 3천 루블에 관한 문제였다는 사실이다. 즉 처음에, 한 달 전 이 모크로예에서 드미트리가 첫 주연을 벌였을 때 탕진한 돈이 3천 루블이냐 1천 5백 루블이냐, 그리고 또 어제 두 번째의 주연에서 쓴 돈이 3천이냐 1

천 5백이냐 하는 문제였다. 그러나 슬프게도 모든 사람들의 증언은 한결같이 미차에게 불리한 것뿐이었다. 그 중에 어떤 이는 깜짝 놀랄 만큼 새로운 증거를 제시하여 미차의 증언을 송두리째 뒤엎는 사람까지 있었다.

가장 먼저 심문을 받은 사람은 여관 주인 트리폰이었다. 그는 심문관들 앞에 나와서도 조금도 겁내는 기색이 없었을 뿐 아니라, 오히려 피고에 대하여 준엄한 분노의 빛을 노골적으로 나타냄으로써 자기의 증언을 의심할 여지없는 가장 정당한 것으로 보이게 하고 자기 자신에게도 일종의 위엄을 첨가해 주었다. 그는 신중한 태도로 말수도 적었고, 심문관의 질문을 잘 듣고 신중하고 정확하게 대답했다. 그는 조금도 주저하지 않고 확고한 어조로 한 달 전에 쓴 돈은 3천 루블보다 적지는 않을 것이다, 이 고장 농부들도 모두 본인한테서 3천 루블이라는 말을 들었다고 증언한 것임에 틀림없다고 딱 잘라 대답했다. "집시 계집애들에게도 돈을 얼마나 뿌렸는지 몰라요. 그것들의 주머니에 간 돈만 해도 아마 1천 루블은 될 겁니다."

"난 5백 루블도 안 된 것 같은데." 미차는 그 말에 대해 어두운 얼굴로 이렇게 반박했다. "하긴 내가 그때 돈을 세어 보진 않았으니 유감이군. 취해 있었으니까……."

이때 미차는 커튼을 등지고 테이블 곁에 비스듬히 앉아 암담한 표정으로 듣고 있었다. '그래, 제멋대로 지껄여 보라지, 이젠 어차피 마찬가지니까!' 하는 듯한, 지치고 서글픈 표정이었다.

"그것들한테 준 것만 해도 1천 루블은 훨씬 넘는다니까요. 카라마조프 씨." 트리폰은 자기 주장을 굽히지 않았다. "당신이 마구 뿌리시면 그것들이 앞을 다투어 주워 가곤 했지요. 그놈들은 도둑놈들인 데다가 사기꾼들이라 이제는 다 추방을 당해서 여기 없습니다만, 만일 그것들이 여기 있었더라면 당신한테서 얼마나 거둬들였는지 증언했을 겁니다. 저도 그때 당신 손에 많은 돈이 쥐어져 있는 걸 직접 보았습니다. 물론 세어본 것은 아니지만요. 어디 세어 보게 해주었어야 말이죠. 하여튼 얼핏 보기에도 1천 5백 루블보다 훨씬 많았던 걸로 기억합니다. ……1천 5백 루블이 뭡니까! 저도 액수가 많은 돈을 여러 번 봐왔기 때문에 그만한 눈짐작은 있습니다……."

한편 어제의 그 돈에 대해서도 그는, 드미트리가 마차에서 내리자마자 이번에도 3천 루블을 가져왔다며 자기한테 말했다고 증언했다.

"그만 해두게, 트리폰. 내가 정말 그렇게 말했나?" 미차는 항변했다. "그래 내가 정말 3천 루블을 가져왔다고 분명히 말했단 말이지?"

"말하시구말구요, 드미트리 나리. 안드레이가 있는 데서 그렇게 말하셨어요. 아, 저기 안드레이가 아직도 돌아가지 않았으니 불러서 물어보세요. 그리고 당신은 저기 홀에서 합창대에게 먹을 것을 주었을 때도 여기서 6천 루블을 뿌리고 간다고 큰소리로 외치지 않았습니까. 즉 그전 것과 합해서 6천이라는 뜻이었겠죠. 스체판과 세온도 다 들었습니다. 그리고 칼가노프 씨도 있었으니까 그 말을 기억하고 있을 겁니다……."

6천 루블이라는 증언은 심문관들에게 특히 강한 인상을 남겼다. 이 새로운 표현이 그들 마음에 든 것이다. 3천에 3천을 더하면 6천, 즉 3천 루블은 지난번에 쓴 돈이고 이번에 쓴 돈 3천, 그래서 6천 루블, 이 이상 명백한 계산이 어디 있겠는가.

트리폰이 지명한 농부들, 즉 스체판과 세몬, 마부 안드레이, 그리고 칼가노프까지 모두 심문을 받았다. 농부들도 마부도 주저하지 않고 트리폰의 증언을 입증해주었다. 뿐만 아니라 안드레이의 증언 중에서 그가 이리로 오는 도중 미차와 주고받은 대화는 특별한 관심 속에 기록되었다. 그것은 다름 아니라 '도대체 나는 어디로 가게 될까, 천당일까, 지옥일까, 그리고 저승에 가면 용서를 받을 수 있을까, 없을까' 하는 말이었다. 심리학자는 이폴리트 검사는 줄곧 야릇한 미소를 띤 채 그 모든 증언에 귀를 기울이고 있었다. 그리고 마지막에 드미트리가 어디로 갈 것인가에 대한 이 증언도 '사건 기록에 첨부하도록' 제의했다.

칼가노프는 자기가 심문받을 차례가 되자 못마땅하다는 얼굴로 들어왔다. 그는 검사나 예심판사와는 오래 전부터 잘 아는 사이였는데도 불구하고 마치 생전 처음 만난 것 같은 말투를 사용했다. 그는 처음부터 "나는 이 사건에 대해 아무것도 모릅니다. 또 알고 싶지도 않습니다."라고 잘라 말했다. 그러나 6천 루블에 대한 말은 자기도 들었다고 시인했다. 그리고 그때 자기가 미차 옆에 있었던 것도 인정했다. 그도 미차가 돈을 쥐고 있는 것을 보긴 했으나 금액이 얼마인지는 모르겠다고 증언했다. 폴란드인들이 카드놀이에서 속였다는 데 대해서는 그도 확실히 그렇다고 증언했다. 그리고 끈덕지게 되풀이되는 질문에 대하여 그는 폴란드인들이 쫓겨 나간 후 미차와 그루센카 양의 사이가 원만해졌고, 그녀도 미차를 사랑한다는 말을 했다고 진술했다.

그는 그루센카 양에 관해 말할 때, 마치 상류사회의 귀부인 얘기를 하는 것처럼 공손하고 조심스런 말투를 썼다. 그리고 한번도 '그루센카'라고 낮추어 부르지 않았다. 젊은 칼가노프가 노골적으로 증언하기를 꺼리고 있다는 것을 잘 알면서도 이폴리트 검사는 오랫동안 심문을 계속했다. 그리하여 그날 밤에 있었던 이른바 미차의 로맨스가 어떤 것이었나 하는 것도 그의 입을 통해 비로소 상세히 알아낼 수 있었다. 미차는 한 번도 칼가노프의 말을 제지하려 하지 않았다. 이윽고 퇴장을 허락받은 칼가노프는 노골적인 분노를 표출하며 방에서 나갔다.

두 폴란드인도 심문을 받았다. 그들은 자기 방에서 잠자리에 누워 있었으나 밤새도록 잠을 이룰 수가 없었다. 그러는 사이 관리들이 왔으므로, 자기들도 반드시 호출될 것이라 생각하여 급히 옷을 갈아입고 대기하고 있었다. 그들은 다소 겁을 집어먹고 있었지만, 그래도 아주 위엄 있는 태도로 방안에 나타났다. 우두머리 격인 몸집이 작은 폴란드인은 퇴직한 2등관으로 시베리아에서 수의사로 일했다는 것이 판명되었다. 성은 무샤로비치였다. 브루블레프스키는 개인적으로 개업하고 있는 치과의사였다. 두 사람은 방에 들어오자, 넬류도프 예심판사가 심문을 하고 있음에도 불구하고 옆에 있는 마카로프 서장을 향해 답변하기 시작했다. 사정을 잘 몰랐기 때문에 그들은 이 서장이 가장 높은 상관인 줄 오인한 모양이었다. 그들은 말끝마다 'pane pulkovniku(대령님)'이라고 불렀다. 그러나 몇 차례 주의를 듣고 나서야 그들도 예심판사에게 대답해야 한다는 것을 깨달았다. 그들은 간혹 발음이 조금 이상할 뿐 러시아 말을 아주 정확하게 할 줄 안다는 것이 드러났다. 무샤로비치는 그루센카의 과거와 현재의 관계에 대해 오만하고 열띤 어조로 말하기 시작했다. 그러자 미차는 금세 화를 내며 '네놈 같은 비겁자들이 내 앞에서 그런 말을 하는 것을 용서할 수 없다.'고 소리쳤다. 무샤로비치는 곧 '비겁자'라는 말에 주의를 돌리며 조서에 그것을 기입해 달라고 말했다.

"그래 비겁자다, 비겁자! 자, 어서 써 주시오. 조서에 관계없이 난 언제나 비겁자라고 부를 테니까 이것도 역시 적어 주시죠!"

예심판사는 이 말도 조서에 기입했으나 이런 불쾌한 장면에서도 칭찬을 받기에 충분한 수완과 사무적 재능을 발휘했다. 그는 엄하게 미차를 나이른 다음 사건의 소설적인 면에 관한 심문을 일절 중지하고 곧 핵심문제로 들어갔다. 핵심문제에 관한 폴란드 신사들의 증언 중에서도 특히 한 가지가 심문관들이 비상한 관심을 끌었다. 그것은 미차가 그 구석방에서 무샤로비치를 매수하려고 3천 루블을 주겠다고 약속한 사실이었다. 그는 그때 7백 루블은 지금 당장 주겠지만, 나머지 2천 3백 루블은 '내일 아침 읍내에 돌아가서' 주겠다, 이 모크로예에는 그런 거금이 없지만 읍내에 가면 돈이 있다고 장담했다는 것이다. 미차는 벌컥 화를 내며 내일 읍내에서 돈을 주겠다고 약속한 기억은 없다고 변명했지만, 브루블레프스키가 자기 친구의 진술을 입증하자 미차도 잠시 생각해 보고는 그들의 말이 맞는지도 모르겠다, 워낙 그때는 흥분하고 있었기 때문에 실제로 그런 말을 했을지도 모른다고 찌푸린 얼굴로 시인했다.

검사는 정신을 바짝 차리고 이 진술에 비상한 관심을 기울였다. 그리하여 미차가 손에 넣은 3천 루블의 절반 내지 그 일부분을 실제로 읍내 어딘가에, 아니 어쩌면 이 모크로예 어딘가에 감추어 두었는지도 모른다는 의심이 명백해진 것이다. - 나중에 검찰은 정말 그렇게 단정하고 말았다 - 따라서 미차가 8백 루블밖에 가지고 있지 않았다는, 검찰 측으로서는 다소 애매했던 점도 이것으로 해명이 된 셈이었다.

이것은 보잘것없는 증거이긴 했지만, 그래도 미차를 위해 그나마 유리했던 단 하나의 유리한 사실이었다. 그러나 이젠 그에게 이로운 그 유일한 증거마저도 무너지려 하고 있었다. 모두 합해 1천 5백 루블 밖에 없다고 스스로 단언해 놓고, 폴란드 신사에겐 내일 나머지 2천 3백 루블을 꼭 주겠다고 약속했다면, 그 2천 3백 루블은 대체 어디서 가져올 작정이었느냐는 검사의 질문에 대해 미차는 내일 '폴란드 녀석'에게 주려던 것은 현금이 아니라 체르마시냐에 있는 토지 소유권에 대한 증서였다고 딱 잘라 말했다. 그것은 삼소노프와 호흘라코바 부인에게 제공하려던 것과 똑같은 권리였다. 검사는 이 '순진한 변명'을 듣고 쓴웃음을 짓기까지 했다.

"그럼, 당신은 상대방이 현금 2천 3백 루블 대신 그 '권리'를 수락할 것이라 생각했습니까?"

"틀림없습니다." 미차는 열띤 어조로 말을 가로챘다. "생각해 보십시오. 거기서 나올 수 있는 돈은 2천 루블 정도가 아니라 4천 내지 6천 루블은 될 테니까요! 저 녀석은 당장 같은 족속의 폴란드인이며 유태인이며 변호사들을 모두 동원해가지고 3천 루블이 아니라 체르마시냐의 땅 전부를 아버지한테서 빼앗아 버리고 말 겁니다."

물론 무샤로비치의 증언은 매우 상세히 조서에 기록되었다. 그렇게 폴란드 신사들도 방면되었다. 그들은 카드놀이에서 속임수를 썼다는 데 대해서는 거의 한 마디도 심문당하지 않았다. 예심판사는 그들의 증언에 매우 감사하고 있었으므로, 사소한 일로 그들을 괴롭히고 싶지 않았던 것이다. 더욱이 그것은 취중에 카드놀이를 하다가 일어난 사소한 충돌에 지나지 않을 뿐이었고, 또 그날 밤 그런 난장판 속에서 추잡한 짓이 어디 그것뿐이었겠는가 하는 것이 그의 생각이었다. 그리하여 2백 루블의 돈은 폴란드 신사의 호주머니 속에 그대로 남게 되었다.

다음에는 막시모프 노인이 호출되었다. 그는 겁에 질린 채 종종걸음으로 다가왔다. 매우 심란하고 침울한 표정을 짓고 있었다. 그는 지금까지 아래층에서 그루셴카 옆에 말없이 앉아 있었던 것이다. "금방이라도 그루센카에게 기대서 울음을 떨어뜨린 것처럼, 푸른 체크무늬 손수건으로 연방 눈 언저리를 닦고 있더군요." 후에 마카로프 서장은 그때 일을 이렇게 말했다. 그래서 오히려 그루센카 쪽에서 그를 달래는 형편이었다. 노인은 곧 눈물을 흘리며 '가난한 죄로 10루블이라는 돈'을 드미트리로부터 빌린 것은 자기의 잘못이며, 그 돈은 언제든지 꼭 갚을 생각이라고 말했다. 드미트리한테서 돈을 빌릴 때, 그 돈이 얼마쯤 되어 보이더냐고 묻는 예심판사의 질문에 막시모프는 단호한 어조로 '2만 루블'이라고 대답했다.

"당신은 과거에 2만 루블이나 되는 거금을 본 적이 있습니까?" 예심판사는 웃으며 물었다.

"예, 보고말고요. 하지만 2만 루블이 아니라 7천 루블이었습니다. 그것은 마누라가 내 소유의 영지를 저당 잡혔을 때의 일이지요. 마누라는 멀찌감치 떨어져서 나한테 보이며 자랑을 했습니다만, 돈뭉치가 꽤 두툼하고 죄다 무지갯빛이었습니다. 드미트리 씨의 돈도 모두 무지갯빛이더군요."

그는 곧 심문을 마쳤다. 드디어 그루센카의 차례가 되었다. 심문관들은 그녀의 등장이 드미트리에게 심한 충격을 주지나 않을까 우려하는 눈치였다. 예심판사는 드미트리에게 몇 마디 훈계조로 말하기도 했다. 그러나 미차는 대답 대신 묵묵히 고개를 숙였다. 그것은 '아무 문제없을 것'이라는 암묵적인 표시였다. 마카로프 서장이 그루센카를 데리고 들어왔다. 그녀는 몹시 침울하고 딱

딱한 표정으로 들어왔으나 겉보기에는 매우 침착해보였다. 그녀는 권하는 대로 예심판사 맞은편 의자에 앉았다.

그녀의 얼굴은 매우 창백했다. 추위를 느끼는지 아름다운 검은 숄로 목을 감싸고 있었다. 사실 그녀는 가벼운 오한을 느끼기 시작했던 것이다. 그것은 이날 밤부터 오랫동안 그녀를 괴롭힌 무서운 질환의 첫 징조였다. 그녀의 엄숙한 표정과 앞을 정시하는 진지한 눈초리, 그리고 침착한 거동은 심문관들에게 무척 좋은 인상을 남겼다. 예심판사는 한눈에 거의 '매혹'당하기까지 했다. 후에 여기저기서 그 당시의 얘기가 나오면 그는 그 여자를 정말 '아름답다'고 느낀 것은 그때가 처음이었다고 고백했다. 그전에도 여러 번 그녀를 본 적이 있었지만 언제나 '시골 매춘부' 쯤으로 여기고 있던 것이다.

"그런데 그 여자의 태도는 상류 사회의 일류 귀부인 같았다니까요." 언젠가 그는 부인네들이 모인 자리에서 감격적인 어조로 이렇게 말한 적이 있었다. 그때 부인네들은 아주 불만스런 표정으로 그의 말을 듣고 있다가, 곧 그 벌로써 그에게 '살살이'라는 별명을 붙여 주었다. 그러나 그는 그것을 만족스럽게 여겼다.

방에 들어오면서 그루센카는 흘끔 미차를 훔쳐보았다. 그러자 미차도 불안스런 눈길로 그녀를 바라보았다. 그러나 그녀의 태도는 곧 미차를 안심시켰다. 우선 필요한 질문과 주의가 끝나자 예심판사는 조금 말을 더듬기는 했으나 지극히 정중한 태도로, "퇴역 중위 드미트리 카라마조프와 어떤 관계였습니까?"라고 물었다.

이 질문에 대해 그루센카는 조용하면서도 또렷하게 답변했다.

"그냥 아는 사이였습니다. 지난 한 달 동안 서로 아는 사이로 지난달부터 저희 집에 놀러오곤 했습니다."

뒤이어 던져진 호기심 넘치는 질문에 대해서도 그녀는 조금도 숨김없이 솔직하게 털어놓았다. ─ 이따금씩 그 사람이 마음에 든 적이 있었지만 결코 사랑하지는 않았다. 그때 그를 가까이한 것은 단지 '짓궂은 생각'에서였을 뿐이다. 즉 영감님에 대한 태도와 다를 바 없었다. 미차가 자기 때문에 아버지 표도르를 비롯하여 그 밖에 여러 사람을 질투하는 것도 알고 있었지만 자기는 오히려 그것을 재미있게 여기고 있었다고 솔직히 말했다. 또한 표도르와 결혼하려는 생각은 조금도 없었고 그저 그를 조롱했던 것뿐이었다고 했다. "사실 지난달에는 두 사람을 생각할 여유도 없었어요. 실은 제게 야속한 짓을 한, 다른 남자를 기다리고 있었던 거죠. ……그러나 당신네들도 그런 일에 호기심을 가질 필요가 전혀 없고 저도 그런 문제에 대해서 대답할 필요는 없다고 생각해요. 이것은 어디까지나 저 자신의 문제니까요." 하고 그녀는 말을 맺었다.

그래서 예심판사는 그녀의 말에 따르기로 했다. 그는 또다시 소설적인 점에서는 더 이상 캐묻지 않기로 하고 직접적인 문제, 즉 3천 루블에 관한 문제로 옮겨 갔다. 그루센카는 미차가 한 달 전에 모크로예에서 3천 루블을 탕진했으며, 물론 자기가 직접 돈을 세어 본 것은 아니지만 미차한테서 3천 루블을 썼다는 말을 들었다고 증언했다.

"당신과 단둘이 있을 때 그렇게 말했습니까, 아니면 다른 사람이 있는데도 그런 말을 했습니까, 아니면 당신이 있는 앞에서 딴사람에게 그런 말을 하는 걸 들으셨나요?" 검사가 옆에서 끼어들었다.

이 물음에 대해 그루셴카는 딴 사람이 있는 데서도 들었고, 딴사람한테 말하는 것도 들었고, 또 단둘이 있을 때도 들은 적이 있다고 단언했다.

"단둘이 있을 때 들은 것은 한 번뿐입니까, 아니면 여러 번입니까?" 검사는 다시 이렇게 묻고 여러 번이었다는 증언을 얻었다. 검사는 이런 증언에 대해 몹시 만족했다. 심문이 진전됨에 따라 그루셴카가 그 돈의 출처, 즉 미차가 카체리나의 돈을 착복했다는 사실을 알고 있었다는 것이 밝혀졌다.

"그런데 한 달 전에 쓴 돈이 3천 루블보다 훨씬 적었고 또 드미트리가 그 중의 절반을 자기 자신을 위해 감추어 두었다는 말을 한 번이라도 들은 적이 있습니까?"

"아뇨, 한 번도 그런 말을 들은 적이 없습니다." 그루셴카는 대답했다. 뿐만 아니라 미차는 지난 한 달 동안 한 푼도 가진 게 없다고 자주 말해온 사실까지 판명되었다. "언제나 아버지한테서 돈을 받게 되길 기다리고 있었어요."하고 그루셴카는 말을 맺었다.

"당신 앞에서…… 어쩌다 아니면 우연히…… 홧김에라도……." 하고 예심판사는 갑자기 그루셴카의 말을 가로채며 물었다. "자기 아버지를 죽일 생각이라고 말한 적은 없습니까?"

"네, 있었습니다!" 그루셴카는 한숨을 내쉬었다.

"한 번입니까, 여러 번이었습니까?"

"여러 번이었어요. 화가 날 때마다 언제나 그랬으니까요."

"그러면 당신은 피고가 그것을 행동에 옮길 것이라 믿었습니까?"

"아뇨, 전 한 번도 믿은 적이 없어요!" 하고 그녀는 딱 잘라 말했다. "전 그분의 결백한 마음을 믿고 있으니까요."

"여러분," 갑자기 미차가 외쳤다. "제발 부탁이니 여러분 앞에서라도 좋으니 아그라페나에게 한 마디만 하도록 허락해 주십시오."

"좋습니다." 예심판사가 허락했다.

"그루센카," 미차는 의자에서 엉거주춤 의자에서 일어나면서 말했다. "하느님과 나를 믿어 줘! 아버지의 살해 사건에 대해서 난 결백해!"

"주여, 당신에게 영광이 있기를!" 그녀는 감동적인 열렬한 목소리로 이렇게 말하고는 의자에 다시 앉기 전에 예심판사를 향해 이렇게 말했다. "지금 저이가 한 말을 믿어 주세요. 저는 저 사람을 잘 알아요. 저 사람은 실없는 소리를 할 때도 가끔 있습니다만, 그건 재미로 하는 말이거나 아니면 공연히 고집을 부려보느라고 그러는 것뿐입니다. 그렇지만 이이는 양심에 벗어나는 거짓말은 절대로 하지 않아요. 저이는 지금 사실 있는 그대로 말하고 있는 거니까, 그 말을 믿어 주세요!"

"고마워, 그루센카. 덕택에 나도 새로운 용기가 돋는 것 같아." 미차는 떨리는 목소리로 말했다.

어제 미차가 가지고 온 돈이 얼마였느냐 하는 질문에 대해서 그루센카는 정확히 얼마였는지는 모르지만, 어쨌든 다른 사람들에게 3천 루블을 가져왔다고 여러 번 말하는 것을 들었다고 증언했다. 또 그 돈의 출처에 대해서는 다음과 같이 설명했다. 미차는 카체리나한테서 훔쳐왔다고 자기에게 고백했지만, 자기는 그 말에 대해서 그건 결코 훔친 것이 아니니 내일이라도 돈을 돌려주면 되지 않느냐고 대답했다는 것이다. 카체리나한테서 훔쳐왔다는 것은 어느 돈을 말하는 거냐, 어제의 돈이냐, 아니면 한 달 전에 여기서 쓴 돈이냐 하는 검사의 집요한 질문에 대해 그녀는 한 달 전에 쓴 돈을 가리켜 말한 것으로 생각한다고 대답했다.

드디어 그루센카에 대한 심문도 끝났다. 예심판사는 유달리 성의 있는 어조로 그녀에게 지금 당장이라도 읍내로 돌아가도 좋다고 말했다. 그리고 자기가 만약 힘이 될 수 있는 일이 있다면, 예를 들어 마차를 주선한다든가 아니면 바래다 줄 사람이 필요하다면 자기가 알아봐 주겠다고 말했다.

"감사합니다." 그루센카는 그에게 인사를 했다. "저는 막시모프 노인과 함께 가겠습니다. 제가 그 노인을 읍내까지 모시고 가겠어요. 그리고 허락해 주신다면 카라마조프 씨의 문제가 일단락될 때까지 아래층에서 기다리고 싶습니다."

그루센카는 방에서 나갔다. 미차는 마음이 침착해졌을 뿐만 아니라 완전히 원기를 되찾은 것 같이 보였다. 그러나 그것은 일순간에 지나지 않았다. 시간이 지남에 따라 일종의 기묘한 육체적 무력감이 그의 온몸을 사로잡기 시작했다. 피로 때문에 눈꺼풀이 자꾸만 감겨졌다. 마침내 증인 심문이 끝나고 심문관들은 조서의 마지막 정리에 박차를 가했다. 미차는 의자에서 일어나 구석의 커튼 쪽으로 가서 양탄자를 씌워 놓은 커다란 궤짝 위에 누워 그대로 잠에 빠져들고 말았다. 그는 이상한 꿈을 꾸었다. 그것은 지금 있는 장소와 시간과는 너무나도 동떨어진 꿈이었다.

그는 지금 어딘지 모를 초원을 달리고 있는 것 같았다. 그곳은 이미 오래 전에 그가 근무한 지방이었다. 어느 농부 한 사람이 그를 두 마리의 말이 이끄는 마차에 태우고 진눈깨비가 휘날리는 진흙길을 달리고 있었다. 11월 초순이었다. 미차는 몹시 추위를 느꼈다. 솜 덩어리 같은 눈이 펑펑 쏟아지고 있었으나 땅에 닿자마자 녹아 버리고 말았다. 농부는 능숙하게 채찍을 휘두르며 힘차게 말을 몰았다. 굉장히 긴 아마빛 턱수염을 기르고 있었는데, 나이는 쉰 살이 채 안돼 보이는 사내였다. 그는 잿빛 윗도리를 입고 있었다. 바로 가까운 곳에 작은 마을이 있고, 검고 초라한 농가 몇 채가 보였다. 그러나 농가의 태반은 불에 타 버려서 타다 남은 기둥들만이 우뚝 우뚝 서 있었다. 그들이 마을로 들어가려니 길 양쪽에 수많은 아낙네들이 줄지어 서 있었다. 굉장히 많은 아낙네들이 줄을 지어 늘어서 있는데 거의가 다 비쩍 말라빠져 창백하고 푸석푸석한 얼굴들을 하고 있었다. 그중에서도 특히 가장자리에 서 있는 한 여자는 키가 크고 뼈가 앙상한 40 안팎의 아낙네였는데, 어떻게 보면 스무 살 정도로 보이기도 했다. 그녀는 쭈그러진 긴 얼굴에 울고 있는 젖먹이를 팔에 안고 있었다. 유방은 이미 말라버려서 젖이라곤 한 방울도 나오지 않는 것 같았다. 젖먹이는 추위에 얼어 자줏빛이 된 앙상한 조그만 주먹을 내두르며 악을 쓰고 울어대는 것이었다.

"왜 저렇게 울고 있지? 왜 저렇게 울고 있을까?" 그들 옆을 쏜살 같이 지나가며 미차는 이렇게 물었다.

"아귀(餓鬼)예요." 마부는 대답했다. "아귀가 울어대고 있는 겁니다." 마부가 어린애라고 하지 않고 농부들의 말투대로 '아귀'라고 한 것이 미차의 마음을 찔렀다. 그리고 마부가 '아귀'라고 불렀기 때문에 한결 더 애처롭게 느껴져서 더욱 그 말이 마음에 와 닿았다.

"그런데 어째서 아귀가 저렇게 울고 있지?" 미차는 바보처럼 똑같은 질문을 반복했다. "왜 저렇게 맨살을 드러내 놓고 있지? 왜 담요로 감싸주지 않는거야?"

"아귀는 꽁꽁 얼었어요. 옷도 얼어서 몸을 녹여줄 수가 없거든요."

"아니 왜 그렇게 되었지? 왜 그렇게 되었을까?" 미차는 어리석은 질문을 그치지 않는다.

"가난한데다 집까지 불타 버린 사람들이라 먹을 것이 있어야죠. 그래서 집을 다시 짓겠다고 구걸하고 있는 거랍니다."

"아니야! 아니야," 미차는 여전히 납득이 가지 않는다는 표정으로 말을 이었다. "왜 집을 불태운 어머니들이 저렇게 서 있는지?

왜 인간은 가난하지? 왜 아귀는 저토록 불행할까? 왜 이렇게 벌판은 벌거숭이인지, 왜 저 여자들은 서로 포옹하며 키스하지 않는 거지? 왜 저들은 기쁨에 겨운 노래를 부르지 않는 거지? 왜 저들은 어두운 불행으로 얼굴이 저렇게 까매졌지? 왜 저들은 아귀에게 젖을 먹이지 않는거지?"

그러면서 그는 마음속으로 이렇게 생각했다.

'지금 나는 멍청하고 미치광이 같은 질문을 반복하고 있다, 그러나 나는 꼭 이렇게 묻고 싶다, 꼭 이렇게 물어야만 한다.'

그는 예전에는 한 번도 겪어보지 못한 감동이 마음속에서 솟아오르는 것을 느끼며 금방이라도 울음을 터트릴 것 같았다.

지금부터는 아귀가 울지 않을 수 있게, 젖이 완전히 말라 버린 어머니들이 다시 울지 않게 해주고 싶었다. 이제부터는 어느 누구도 울지 않도록, 어떤 장애물이 가로막더라도 한시도 주저하지 않고 카라마조프 식의 막무가내로, 지금 즉시, 지금 즉시, 사력을 다해서 대책을 마련해 주고 싶었다.

"내가 당신 곁에 있어요. 지금부터 당신은 혼자가 아니에요. 평생 당신과 함께 할게요."

다정한 그루센카의 부드러운 목소리가 미차의 귓가에 들렸다.

그러자 갑자기 그의 마음은 순식간에 불타올라서 미지의 빛을 향해 달려가기 시작했다. 살고 싶다, 어떤 일이 있어도 살고 싶다. 그 어디를 향해 걷고 싶다. 자신을 손짓하는 것 같은 새로운 세상을 향해 걷고 싶다, 어서, 빨리, 지금, 즉시!

"뭐야? 어딜 가려고?"

이렇게 외치며 미차는 갑자기 잠에서 깼다. 그는 궤짝 위에서 일어나 앉았다. 흡사 기절이라도 했다가 다시 일어난 사람 같았지만 그는 밝게 미소 짓고 있었다.

예심판사가 그의 곁에서 그를 내려다보며 서 있었다. 조서를 읽을 테니 잘 듣고 서명을 하라고 했다. 미차는 자신이 한 시간, 어쩌면 그보다 더 많이 잠을 잔 것이라고 생각했지만, 예심판사가 하는 말은 귀에 잘 들어오지 않았다. 그는 아까 너무 지쳐서 궤짝 위에 드러누웠을 때는 없었던 베개가 지금 자신의 머리 밑에 받쳐져 있는 것을 알고 크게 놀랐다.

"누가 내게 이 베개를 주었나요? 누가 그렇게 친절하신가요?"

그는 큰 은혜라도 입은 것처럼 기쁨과 감사에 넘쳐서 울먹이며 외쳤다.

그 친절한 사람이 누구인지는 결국 알지 못했다. 아마 농부 중의 한 명이거나, 예심판사의 서기가 그를 가엾게 여겨서 베개를 주었겠지만, 어쨌든 그의 마음은 눈물에 젖어 떨려 왔다. 그는 테이블 곁으로 다가가서 뭐든 다 서명하겠다고 했다.

"여러분, 나는 진정 좋은 꿈을 꾸었습니다."

마치 다른 사람이 된 것 같은 그의 얼굴을 기쁨의 빛이 밝게 비추는 듯 했다.

9. 미차 호송되다

조서에 서명을 하자, 넬류도프 예심판사는 피고를 향해서 다음과 같은 뜻의 '구류장'을 엄숙하게 읽었다.

"몇 년 몇 월 며칠, 어디에서, 모모 지방 법원 판사는 아무개(미차)를, 이러이러한 사건의 피고로(죄상은 자세하게 기록되어 있었다) 심문한 결과, 피고는 자신의 혐의를 부인하면서도, 자신의 무죄를 입증한 증거를 제시하지 못했다. 그러나 모든 증인(누구누구)이나 모든 상황(이런저런)이 피고의 유죄를 충분히 증명하므로, 형법 제 몇 조 몇 조에 의해 다음과 같이 결정한다. 즉 피고가 사건의 심리와 재판을 회피하지 않도록 그를 모모 형무소에 구금하고, 이를 본인에게 알리는 동시에 이 구류장의 사본을 검사보에게 제출한다."

다시 말하면 미챠는 지금부터 죄수가 되어 곧 읍내로 연행되어 아주 기분 나쁜 장소에 수감된다는 것을 통보받은 것이다. 미챠는 귀 기울여 이 판결문을 읽어 주는 걸 들은 뒤, 어깨를 살짝 으쓱하며 말했다.

"어쩔 수 없군요. 여러분, 난 당신들을 원망하지 않겠습니다. 난 이미 각오했어요. 당신들도 별 수 없었다는 걸 충분히 압니다."

예심판사는 때마침 이곳에 온 경사(警査) 마브리키가 곧 그를 호송할 것이라고 미챠에게 부드러운 목소리로 전했다.

"잠시만." 미챠는 갑자기 말을 가로막았다. 그리고 억누를 수 없는 감정에 휩싸여, 방안에 있는 모든 사람들을 향해서 이렇게 말했다. "여러분, 우리는 모두 잔인하고 야비합니다. 우리는 모든 사람을, 세상의 어머니와 젖먹이 아기까지 울린 겁니다. 그러나 그 중에서도 내가 – 이제는 이런 낙인을 찍으셔도 됩니다 – 그 중에서도 내가 가장 야비한 악당입니다! 이제는 낙인이 찍혀도 관계없습니다! 나는 이제까지 날마다 가슴을 치며 회개할 것이라고 맹세하면서도 날마다 똑같이 야비한 행위만 반복했습니다. 그러나 이제나는, 나 같은 인간에게는 채찍이, 운명의 채찍이 필요하다고 깨달았습니다. 나 같은 인간은 새끼로 매어서 외부의 힘으로 묶어두어야 합니다. 나 혼자서는 영원히 사람 노릇을 못했을 겁니다!

그러나 이제 결국 벼락을 맞았습니다. 나는 당신들의 꾸짖음을, 그리고 일반사회의 멸시의 고통을 달게 받겠습니다. 난 고통을 맛보려고 합니다. 고통을 통해 나는 정화될 겁니다! 여러분, 그렇게 되면 내가 진실로 정화될 수도 있지 않겠습니까? 그러나 마지막으로 한마디만 더하겠습니다. 난 아버지의 피에 대해 무죄입니다. 내가 형벌을 받는 것은 아버지를 죽여서가 아니라 죽이려는 마음을 가졌기 때문입니다. 사실은, 죽이고야 말았을 수도 있으니까요. 그러나 난 아직 당신들과 싸울 것입니다. 당신들에게 미리 경고해 두지만, 나는 마지막까지 당신들과 싸울 것입니다. 그 다음은 하느님께서 결정하실 테니까요. 여러분, 용서하십시오. 내가 심문을 받는 동안 당신들에게 소리 질렀다고 화내지 마세요. 아, 그때 나는 아직 바보였으니까요. 1분 뒤에 나는 죄수가 됩니다. 그렇지만 이제 끝으로, 드미트리 카라마조프는 아직 자유로운 인간으로서 당신들에게 손을 내밀겠습니다. 여러분과 헤어짐으로써 나는 모든 인간과 작별하는 바입니다!"

그의 목소리는 떨렸다. 그는 정말 손을 내밀었지만, 어쩐 일인지 가장 가까이 있던 넬류도프도, 거의 반사적으로 기이하게 손을 등 뒤로 감추었다. 미차는 이 사실을 빨리 눈치채고 몸을 떨었다. 그는 내밀었던 손을 재빨리 아래로 내렸다.

"심리는 아직 끝난 게 아닙니다." 예심판사가 조금 당황해서 우물쭈물 중얼거렸다. "읍내로 돌아가서 다시 계속할 것입니다. 물론 나는 당신의 성공을…… 당신이 무죄로 판명되기를…… 바랍니다. 실은 나는, 카라마조프 씨, 나는 당신을 범죄자라고 생각하기보다…… 뭐라고 해야 할지…… 오히려 불행한 인간이라 간주했습니다. 여기 있는 우리 전부, 전부를 대표해서 감히 말씀 드리자면, 우리는 모두 당신을 근본적으로는 순결한 젊은이라고 인정하는 것을 주저하지 않습니다. 그러나 안타깝게도 당신은 어떤 열정에 지나칠 정도로 열중해 있었습니다."

예심판사의 작은 체구는 말이 끝날 무렵, 위엄 있는 모습이었다. 그 순간 미차의 머릿속에는, '젖비린내 나는 애송이'가 곧 자신의 팔을 끌고 방 한구석으로 데려가서, 얼마 전 두 사람이 나눈 '아가씨들'에 대한 얘기라도 다시 하지 않을까 하는 생각이 들었다. 어쩌면 처형장으로 끌려가는 죄수의 뇌리에도, 때로 사건과는 전혀 상관없는, 그 장소의 상황과는 어울리지 않는 엉뚱한 생각이 갑자기 떠오를 수 있으니 말이다.

"여러분, 당신들은 착하고 인간적입니다. 마지막으로 한번만 더 그루셴카를 만나서 작별 인사를 하면 안 될까요?"

"물론이지요. 하지만 사람들이 많아서…… 말하자면 지금은 참관인이 없으면 아무것도……."

"그렇다면 옆에 계셔도 좋아요!"

그루셴카가 불려 들어왔지만, 오가는 대화도 별로 없는 정말 짧은 작별 인사였다. 그것이 예심판사는 매우 불만스러운 것 같았다. 그루셴카는 미차에게 허리를 깊이 숙여 인사했다.

"나는 당신의 것이라고 말한 이상, 언제까지나 당신의 것이에요. 당신이 어디로 보내지든 나는 영원히 당신을 따르겠어요. 그럼 안녕. 당신은 무죄예요. 당신은 정말 억울한 누명을 쓴 거예요!"

그루셴카의 입술은 떨렸고 눈물이 뚝뚝 흘렀다.

"그루센카, 당신을 사랑한 걸 용서해 줘. 내 사랑을 용서해. 내 사랑 때문에 당신도 파멸로 몰아넣고 말았구나."

미차는 더 하고 싶은 말이 있는 것 같았지만, 문득 말을 멈추고 나갔다. 그를 지켜보던 사람들이 곧장 그를 에워쌌다.

그가 어제 안드레이의 삼두마차를 당당하게 몰고 왔던 아래층 현관 계단에는 준비를 마친 마차 두 대가 기다리는 중이었다. 얼굴이 푸석하고 몸매가 옹골찬 마브리키 경사는 갑자기 생긴 어떤 착오 때문에 몹시 화가 나서 쉬지 않고 고함을 질렀다. 그는 무슨 이유 때문인지 몹시 준엄하게 미차에게 마차에 오르라고 지시했다.

'이 녀석도 예전에 내가 술집에서 술을 사 줄 때와는 전혀 다른 얼굴이네.'

마차에 오르며 미차는 이렇게 생각했다. 현관문 옆에는 많은 사람들이 있었는데, 농부들과 아낙네, 마부들이 무리지어 있었다. 트리폰도 현관 층계 아래로 내려왔다. 모두들 미차를 바라보았다.

"여러분, 모두 날 용서해 주십시오."

미차는 문득 마차 안에서 그들에게 외쳤다.

"저희도 용서하세요."

몇몇이 이렇게 외치는 소리가 들렸다.

"트리폰, 자네도 날 용서하게!"

그러나 트리폰은 아예 쳐다보지도 않았다. 아주 바빠서였기 때문이었는지, 그도 여기저기 뛰어다니며 외치고 있었다. 마브리키를 수행할 마을 농부 두 명이 탈 두 번째 마차는 아직 준비가 되지 않은 것 같았다. 두 번째 마차에 탈 농부는 외투를 끌어당기며, 읍내로 가야 할 사람은 자신이 아니라 아킴이라고 고집을 부리는 중이었다. 그러나 아킴은 없었다. 사람들이 그를 찾으러 달려갔다. 농부는 여전히 완강하게 고집을 부리며 조금만 더 기다려 달라고 부탁했다.

"마브리키 나리, 이놈들은 원래 창피한 걸 모른답니다!" 트리폰이 외쳤다. "이봐, 너는 어제 아킴에게 25코페이카를 받아서 전부 술을 마셔놓고 이제 와서 그게 무슨 수작이야! 마브리키 나리, 이런 놈들을 상대하는 당신의 선량함에 정말 놀랄 뿐입니다. 이 말을 꼭 하고 싶었어요."

"그런데 마차가 두 대씩이나 왜 필요한 거지?" 미차가 참견했다. "마브리키, 한 대만으로 충분해. 난 절대로 자네들에게 반항하거나 도망가지 않을 테니, 나를 호송할 필요는 없다네."

"이보세요, 아직 모르시면 죄송하지만, 우리에게 쓰는 말투나 좀 배우세요. 난 당신에게 '자네'라고 불릴 이유가 없어요. 그러니까 제발 그 '자네'라는 말은 그만두시오. 그리고 지금 같은 충고는 나중에 하시오."

마브리키는 가슴속에 응어리진 울분을 토할 기회가 온 것을 기뻐하는 듯이, 갑자기 미차의 말을 냉혹하게 가로막았다.

미차는 얼굴이 붉어져서 입을 다물었다. 그러자 문득 무척 춥다고 느껴졌다. 비는 멈췄지만 흐린 하늘에는 여전히 구름이 많았고, 살을 에는 듯한 바람이 정면으로 불어왔다. '감기에 걸린 모양이야.' 미차는 어깨를 움츠리며 이렇게 생각했다. 마침내 마브리키가 마차에 탔다. 그는 시치미를 떼고 미차의 몸을 구석으로 밀치고는 넓게 자리를 잡았다. 사실 그는 자신이 맡은 이 일이 죽을 만큼 싫어서 몹시 기분이 나빴다.

"잘 지내게, 트리폰!"

미차는 다시 한 번 외쳤지만, 이번엔 선한 마음이 아니라 증오에서 비롯된 감정이 자신도 모르는 사이 터져 나와 외친 것임을 스스로도 느꼈다.

그러나 트리폰은 뒷짐을 진 채 미차를 똑바로 바라보며 거만하게 서 있었다. 그는 몹시 화난 표정으로 미차를 노려보며 아무 말이 없었다.

"안녕히 가세요, 드미트리 씨, 안녕히 가세요!"

갑자기 어디서 튀어나왔는지 칼가노프의 목소리가 들렸다. 그는 모자도 쓰지 않고 마차 옆으로 달려와서 미차에게 악수를 청했다. 미차는 그의 손을 겨우 잡고 악수를 했다.

"잘 지내시오, 칼가노프. 당신의 너그러운 마음을 나는 결코 잊지 않겠소!"

그는 열정적인 목소리로 소리쳤다.

마차가 덜커덩거리며 출발하자, 두 사람의 잡은 손이 떨어졌다. 방울이 울리고 마침내 미차는 호송되었다. 현관으로 달려 들어온 칼가노프는 한쪽에 주저앉아서, 고개를 숙이고 두 손으로 얼굴을 가린 채 울었다. 오랫동안 그렇게 울었다. 스무 살 젊은이가 아닌,

아직 어린 소년 같은 모습이었다.

그렇다, 그는 미차의 무죄를 거의 확신했다.

"아, 사람들이 어떻게 이럴 수 있지? 그런 짓을 하고 인간이라고 할 수 있을까!"

그는 절망에 가까운 씁쓸한 우수에 빠져 두서없이 말했다. 그는 그 순간, 살아야 할 의욕을 전부 잃었다.

"살 가치가 있을까? 그럴만한 가치가 정말 있을까!"

젊은이는 슬프게 외쳤다.

제4부

제10편 | 소년들

1. 콜랴 크라소트킨

11월 초였다. 영하 11도의 추위가 닥치면서 살얼음이 생겼고, 밤이면 꽁꽁 얼어붙은 땅 위에 싸락눈이 내렸다. 살을 에는듯한 차가운 바람이 눈가루를 뿌리며 이 작은 도시의 쓸쓸한 거리에 세차게 불었다. 장터의 광장은 특히 더 그랬다. 아침에도 하늘은 여전히 흐렸지만 눈은 그쳤다.

광장에서 멀지 않은 곳, 플로트니코프 상점 주변에 아담하고 깨끗한 집이 한 채 있었는데 그곳에는 관리를 했던 크라소트킨의 부인이 살았다. 이 고장의 현청(縣廳) 서기관을 했던 크라소트킨은 벌써 오래 전, 14여 년 전에 죽었지만, 그의 부인은 이제 서른 두 세 살 먹은, 아직 미인으로 아담하고 깨끗한 집에서 자신의 재산으로 살았다. 그녀는 상냥하고 활기찬 성격이었는데 조심스럽고 정직하게 살고 있었다. 그녀가 남편과 결혼 생활을 한 건 고작 1년이었다. 열여덟 살 무렵 아들을 하나 낳은 뒤, 곧 남편이 죽었던 것이다.

그 뒤, 즉 남편이 죽은 뒤부터 그녀는 자신의 소중한 보물인 콜랴(니콜라이의 애칭)를 키우는 데 전부를 바쳤다. 그녀는 지난 14년간 눈에 넣어도 안 아플 정도로 아들을 사랑했지만, 기쁨보다는 훨씬 더 많은 고생을 했다. 혹시 아들이 병에 걸리지는 않을지, 감기에 걸리지는 않을지, 못된 장난을 하지는 않을지, 의자에 올라갔다가 굴러 떨어지는 건 아닐지 하는 걱정 등으로 안절부절 하며 한순간도 마음을 놓을 수 없었다.

콜랴가 초등학생이 되고, 다시 읍내에 있는 중학교에 다니게 되자 어머니는 곧 아들과 함께 다시 공부를 시작해서 예습과 복습을 도왔고, 선생님들과 그 부인들과도 친하게 지냈다. 더불어 콜랴의 학교 친구들도 잘 구슬리고 그들의 마음을 맞춰 가며, 콜랴를 놀리거나 괴롭히거나 때리는 일이 없게 다방면으로 신경을 썼다. 그래서 아이들은 어머니 때문에 오히려 콜랴를 놀렸고, 응석받이라고 흉을 보았다.

그러나 콜랴는 자신을 꿋꿋하게 지켰다. 그는 담력이 센 소년이었다. 얼마 뒤, 학교에는 '어마어마하게 센 놈'이라는 소문이 퍼져서, 모든 사람이 그렇게 인정하게 되었다. 그는 민첩했고, 지는 것을 싫어했으며, 대담하고 모험적인 기질이 있었다. 학교 성적도 우수했고, 수학과 세계사는 선생님인 다르다넬로프까지 쩔쩔매게 할 정도라고 소문이 날 정도였다. 그는 모든 동급생들을 눈 아래로 보았지만, 좋은 친구였고 결코 잘난 척하지는 않았다. 그는 자신의 동급생들에게 존경받는 것을 매우 당연하게 생각했지만, 그러면서도 누구에게나 친절했다.

무엇보다 감탄할 만한 것은, 그가 모든 일에 분수를 알아서 상황에 따라서 자신을 억누르는 방법을 알고 있다는 것이었다. 선생님에 대해서도, 선생님과 제자 사이에 어떤 마지막 한계점을 결코 넘지 않았다. 그 선을 함부로 넘으면 용서받을 수 없는 실수를 하게 되어, 무질서와 소란과 불법으로 변질된다는 것을 잘 알고 있었던 것이다.

그러나 기회가 생기면 장난꾸러기처럼 제법 장난을 쳤다. 학교에서 으뜸인 불량소년처럼 나쁜 장난을 치기도 했다. 그러나 단순한 장난이 아니라 오히려 엉터리 이론을 선보이거나, 재치 있는 말과 행동을 해서 사람들을 바보로 만들고 우쭐거리는 때가 많았다.

그는 자존심이 무척 강했다. 어머니까지 자신에게 무조건 복종시키며 거의 폭군처럼 지배했다. 어머니도 기꺼이 아들에게 복종했다. 아니, 이미 오래전부터 아들에게 복종하고 있었다. 그러나 단지 한 가지 아들이 '자신을 거의 사랑하지 않는다'는 것은 도무지 참을 수 없었다. 그녀는 콜랴가 자신에게 무정하다고 생각했다. 그래서 가끔 히스테릭하게 눈물을 흘리며 아들의 냉정함을 원망했다.

콜랴는 그런 점이 싫었다. 그래서 어머니가 자신에게 애틋한 사랑을 요구하면 일부러 그러는 것이 아닐까 생각할 정도로 더 고집을 부렸다. 그러나 그것은 일부러 그러는 것이 아니라 자신도 모르게 그렇게 하는 것이었다. 그는 원래 그런 성격이었다. 사실 그의 어머니는 아들에 대해 잘못 생각하고 있었다. 콜랴는 어머니를 무척 사랑했으나, 단지 그의 중학생다운 표현을 빌리면 '양처럼 나약한 감정'이 싫은 것뿐이었다.

아버지의 유품 중에는 책장이 한 개 있었는데, 책장에는 책 몇 권이 보관되어 있었다. 콜랴는 독서를 좋아해서 이미 그중의 몇 권은 몰래 다 읽은 터였다. 어머니는 그것에 대해 별로 신경을 쓰지는 않았지만, 아이가 놀러나가지 않고 책장 곁에서 몇 시간씩이나 무슨 책을 저토록 열심히 읽는 걸까, 하고 때로 이상하게 생각했다. 콜랴는 이런 식으로 또래의 아이들이 아직 읽지 말아야 할 책까지 읽어 버렸다. 보통 그는 지나친 장난은 좋아하지 않았지만, 요즘 들어서는 어머니를 깜짝 놀라게 하는 장난을 곧잘 했다. 그렇다고 나쁜 짓을 하는 것은 아니었지만 간혹 어이가 없을 정도로 흉악하고 무모한 장난을 하기도했다.

그해 여름, 7월 방학 때였다. 어머니와 아들은 70킬로미터 떨어진 이웃 군(郡)에 사는 먼 친척 집에서 일주일 동안 지냈다. 그 집 바깥주인은 그곳의 철도역에서 근무했다. 그 역은 이 고장에서 가장 가까운 역으로, 한 달 뒤에 이반 카라마조프도 그곳에서 기차를 타고 모스크바로 떠난 곳이었다. 콜랴는 그곳에서 철도를 자세히 살펴보고 그 구조를 연구했다. 집으로 돌아가면 친구들에게 자신이 새로 얻은 지식을 자랑하려는 것이었다.

때마침 그곳에는 아이들 몇 명이 있어서 그는 곧 그들과 친구가 되었다. 그들 중 몇 명은 역사(驛舍)에 살았고, 다른 몇 명은 그 주변에 살았다. 그들은 모두 열두어 살에서 열다섯 살까지의 비슷한 나이로, 그중 둘은 이 고장에서 간 아이들이었다. 소년들은 함께 어울려 놀고 장난을 쳤다. 4, 5일쯤 역 주변에서 지내면서 철부지 소년들 사이에는 상상도 못할 엉뚱한 내기, 거기다 2루블이라는 돈을 건 내기가 시작됐다. 그 내기는 다음과 같았다.

콜랴는 소년들 중에서 나이가 가장 어려서 평소 나이 많은 아이들에게 무시를 당하고 있었으므로 자존심인지 무모한 용기인지는 모르겠지만 밤 10시 야간열차가 전속력으로 달리는 동안, 레일 사이에 움직이지 않고 엎드려 있을 수 있다고 호언장담했다. 그는 물론 미리 조사해 보고 레일 사이에 엎드리면 기차가 무사히 통과할 수 있다는 것을 알았다. 그러나 레일 사이에 엎드려 있을 때의 느낌은 어떨까! 콜랴는 자신은 충분히 해낼 수 있다고 고집을 부렸다. 처음에는 모두 비웃으면서 허풍이나 우쭐거리려고 그러는 것이라며 콜랴를 놀렸다. 그러나 그런 말들은 그의 모험심에 더 부채질을 하는 결과를 낳았다. 무엇보다 열다섯 살 소년들이 콜랴를 '어린애' 취급하며 거만하게 굴고, 친구로 생각하지 않는 것이 콜랴는 크게 분했던 것이다. 그래서 결국 밤에 역에서 1킬로미터 떨어진 곳으로 가는 걸로 결정했다. 기차는 그곳에서부터 역 구내를 완전히 벗어나 속력을 내기 시작하곤 했던 것이다. 그날 밤은 달이 뜨지 않았기 때문에 어두운 편이 아니라 깜깜할 정도였다. 콜랴는 아이들이 모이자 약속대로 레일 사이에 엎드렸다. 내기에 참가한 다섯 아이들은 둑 밑에 있는 철길 옆의 숲 속으로 들어갔다. 그들은 처음에는 마음을 졸였지만 나중에는 밀려오는 공포와 후회 속에서 기차를 기다렸다. 마침내 역을 출발한 기차의 우렁찬 소리가 먼 곳에서 들려왔다. 빨간 두 개의 불빛이 어둠 속에서 반짝이더니 가까이 다가오면서 그 괴물은 우렁찬 소리를 냈다.

"도망쳐, 도망쳐. 레일에서 도망치란 말이야!"

아이들은 숲 속에서 덜덜 떨며 콜랴에게 외쳤다. 그러나 때는 이미 늦었다. 기차는 눈 깜짝할 사이에 획 그들을 지나쳤다. 아이들은 모두 콜랴에게 달려갔다. 그는 움직이지 않고 누워 있었다. 그는 갑자기 벌떡 일어나서 아무런 말도 하지 않고 둑에서 내려갔다. 그는 둑 밑으로 내려와서 아이들을 향해 깜짝 놀라게 하려고 일부러 기절한 척 한 거라고 말했다. 그러나 시간이 흐른 뒤, 그가 자신의 어머니에게 고백한 것에 따르면 그는 정말로 기절을 한 것이었다. 그래서 그는 '용감하다'는 말을 영원히 듣게 되었다. 그는 백지장처럼 창백한 얼굴로 역에서 집으로 돌아갔다. 다음날, 약한 신경성 미열이 있었지만 기분은 유쾌했고 만족스러운 것처럼 보였다.

이 일은 바로 알려지지는 않았지만, 그들이 읍내로 돌아온 뒤 이 고장에까지 소문이 나서 학생들 사이에 화제가 되었다. 뿐만 아니라 마침내 선생님들까지 이 사실을 알게 되었다. 콜랴의 어머니는 아들이 벌을 받을까 봐 학교에 가서 선생들에게 눈물을 흘리며 애원했다. 마침내 존경받는 교사 다르다넬로프가 콜랴를 위해 열심히 변호해서 이 사건은 그냥 넘어갈 수 있었다. 다르다넬로프 선생은 중년의 홀아비였는데, 이미 오래전부터 크라소트키나 부인을 깊이 사랑했다. 이미 1년이 지난 일이지만, 그는 너무 소심했던지라 두려움을 안고 심장이 얼어붙을 정도로 긴장해서, 뻣뻣한 태도로 구혼했었다. 그러나 부인은 이 청혼을 받아들이면 아들을 배신하는 것이라고 생각해서 단호하게 거절했다. 그러나 다르다넬로프는 두세 가지 기묘한 징후로 판단할 때, 아름답고 지나칠 정도로 정숙하고 얌전한 부인이 자신을 아주 싫어하는 것은 아니라는 공상에 빠졌다. 콜랴의 지나칠 정도로 무모한 장난은 도리어 그에게 한 줄기의 빛이 열린 것 같은 느낌이었다. 다르다넬로프가 한 노력에 대해서 분명하게 언급한 것은 아니지만, 부인이 희망적인 암시를 했기 때문이다. 그러나 다르다넬로프는 고결한 신사였기 때문에, 일단은 그것만으로 충분히 행복했다.

그는 콜랴를 사랑했지만, 지나치게 감싸는 것은 비굴하다고 생각해서 교실에서는 엄격했다. 그리고 콜랴도 존경을 지킬 수 있는 거리에서 그를 대했다. 콜랴는 공부를 잘해서 학급에서는 2등이었지만 다르다넬로프에게는 차가운 태도를 취했다. 동급생들은 콜랴가 세계사에서는 다르다넬로프도 '어찌할 줄 모를' 정도의 실력을 가졌다고 굳게 믿었다.

언젠가 콜랴는 그에게 "트로이는 누가 만들었습니까?"라는 질문을 한 적이 있었다. 다르다넬로프는 단순히 그 민족이 어떤 민족이었는지, 그들이 어떻게 이동했는지, 그 시대가 얼마나 오래전의 옛날이었는지, 신화는 얼마나 황당무계한 것인지를 대충 설명했을 뿐, 누가 트로이를 만들었는지는 전혀 대답하지 못했다. 뿐만 아니라 이 질문을 무엇 때문인지는 모르지만 장난처럼 불성실한 질문으로 생각하는 것 같았다. 그러나 아이들은 다르다넬로프가 트로이의 창건자를 모른다고 확신했다. 그런데 콜랴는 아버지가 남긴 책장에 보관된 스마라그도프의 책을 읽고 트로이를 창건한 사람이 누구인지 알고 있었다. 나중에는 모든 학생들이 트로이를 창건한 사람이 누구인지 하는 것에 흥미를 느꼈지만 콜랴는 자신의 비밀을 결코 말하지 않았다. 그런 일이 있은 뒤, '모르는 것이 없다'는 그에 대한 평판은 더욱 확실해졌다.

철도 사건이 있은 뒤, 어머니에 대한 콜랴의 태도는 조금 변했다. 안나 표드로브나(크라소트키나 부인)은 아들의 이야기를 듣고 공포 때문에 기절할 지경이었다. 그녀는 심한 히스테리 발작이 생겼다. 그 발작은 며칠씩 간헐적으로 이어졌기 때문에 콜랴도 이번에는 놀라서, 다시는 그런 장난을 하지 않겠다고 맹세했다. 그는 어머니가 시키는 대로 성상 앞에 무릎을 꿇고 돌아가신 아버지의 사진 앞에서 그 맹세를 반복했다. 그때는 '용감한' 콜랴도 감동해서 마치 대여섯 살 먹은 아이처럼 큰소리로 울었다. 어머니와 아들은 그날 종일 부둥켜안고 몸을 떨면서 계속 울었다.

그러나 다음날 아침, 일어난 콜랴는 여전히 '냉정한' 아들이었다. 그래도 전보다는 훨씬 말수가 적고, 점잖고, 근엄하고, 차분해졌다. 한 달 반이 지났을 때 그는 또다시 어떤 나쁜 장난꾸러기들과 어울려서 읍내의 치안판사에게까지 이름이 알려졌지만, 그 장난도 이제는 전과는 전혀 다른 어리석고 우스운 것이었다. 더불어 콜랴가 벌인 것이 아니라 어쩌다 그 장난에 끼어든 것에 불과했다. 그러나 이 사건에 대해서는 뒤에서 다시 언급하겠다.

어쨌든 콜랴의 어머니는 여전히 안절부절못하며, 애를 태웠다. 그러나 다르다넬로프는 그녀의 근심이 강해질수록 희망을 가졌다. 미리 말해 두자면, 콜랴도 다르다넬로프의 마음을 다 알고 있었기 때문에 다르다넬로프의 이런 '감정'을 당연히 무척 경멸했다. 전에는 그도 자신의 이러한 경멸을 어머니 앞에서 주저하지 않고 드러내기도 했다. 그는 자신이 다르다넬로프의 속셈을 다 알고 있음을 은근히 내비쳤던 것이다. 그러나 철도 사건이 있은 뒤부터 그는 이 점에 대해 태도를 바꾸었다. 은근한 암시를 통해서 비아냥 거리는 것을 철저히 금하고, 어머니 앞에서 다르다넬로프 이야기를 하게 되면 공손한 태도를 취했다. 예민한 크라소트키나 부인은 곧 아들의 마음을 이해하고 무척 고마워했다. 그러나 콜랴가 있는 곳에서 누군가 다르다넬로프의 이야기를 하면 그녀는 수줍어서 얼굴을 붉혔다. 콜랴도 이런 때는 얼굴을 찡그리며 창 쪽으로 고개를 돌리거나, 자신의 구두가 해지지 않았는지 살펴보는 척하거나, '페레즈본'을 외쳐 불렀다.

페레즈본은 한 달 전에 어디선가 데려온, 털이 덥수룩하고 큰 개였다. 콜랴는 그 개를 집에 데리고 와서 무슨 이유인지 몰래 방 안에서 기르며 친구들이나 다른 사람에게 보여주지 않았다. 그는 개에게 무서운 폭군이라도 된 것처럼 엄격하게 굴면서 여러 가지 재주를 가르쳤다. 그래서 결국 이 불쌍한 개는 주인이 학교에 가면 계속 끙끙대다가 콜랴가 집에 돌아오면 기뻐서 어쩔 줄 몰라 하며 마구 짖고, 미친 듯이 날뛰면서 주인의 심부름을 하고, 바닥에 늘어져서 죽은 것처럼 흉내도 냈다. 주인의 명령 때문이 아니라 오로지 감사와 기쁨으로, 알게 된 모든 재주를 시키지 않아도 스스로 부린 것이다.

참고로 한 마디 덧붙이자면, 독자들이 이미 아는 퇴역 대위 스네기료프의 아들 일류샤가, 자신의 아버지를 '수세미'라고 놀렸다고 화가 나서 칼로 찌른 사람이 바로 이 콜랴였던 것이다.

2. 꼬맹이들

눈보라와 북풍이 사납게 부는 11월의 어느 추운 아침, 콜랴 크라소트킨은 집안에 앉아 있었다. 일요일이었기 때문에 수업은 없었지만 그는 꼭 필요한 '중요한 볼일' 때문에 11시에 외출을 해야 했다. 그러나 그는 그 시각 혼자서 집을 보는 중이었다. 왜냐하면 이 집에 사는 어른들이 특별하고 이상한 어떤 사건이 벌어져서 모두 집을 비웠기 때문이었다.

크라소트니카 부인의 집에는 그들이 쓰는 방에서 현관을 사이에 두고 떨어져 있는 두 개의 작은 방이 있었다. 그 방은 아이가 두 명 있는 어떤 의사 부인이 빌려서 살았다. 의사 부인은 크라소트키나 부인과 연배가 비슷해서 두 사람은 무척 사이좋게 지냈다. 남편인 의사는 이미 1년 전부터 여행을 떠나서 집에 없었다. 소문에 따르면 처음에는 오렌부르크로, 다음에는 타슈켄트로 갔다고 했지만 그 뒤에는 벌써 반년이 넘도록 소식이 오지 않았다. 크라소트키나 부인이 이 버려진 의사 부인의 슬픔을 위로하지 않았다면 그녀는 아마 슬픔에 겨워 울다가 지쳐서 죽었을 수도 있다.

그런데 운명은 온갖 잔인한 짓을 다 부리려는 속셈인지 토요일에서 일요일 사이의 밤에, 의사 부인의 하나뿐인 하녀 카체리나가 갑자기 새벽이 오기 전에 아이를 낳을 것 같다는 소식을 알렸다. 어떻게 그때까지 아무도 알지 못했는지 그것은 거의 기적에 가까웠다. 어쨌든 깜짝 놀란 의사 부인은 시간 여유가 있을 때 조산원에 카체리나를 데려가야겠다고 생각했다. 그녀는 이 하녀를 소중하게 생각했기 때문에 주저하지 않고 카체리나를 조산원으로 데리고 갔다. 뿐만 아니라 그곳에 남아서 시중을 들기로 했다. 그런데 아침이 되자, 무슨 이유에서인지는 모르지만 크라소트키나 부인까지 도와주어야 하는 상황이 되었다. 이런 경우 부인은 다른 사람에게 도움을 구하거나 여러 가지로 친절하게 돌봐줄 수 있는 사람이었다. 그래서 두 부인은 모두 외출해서 집에 없었다. 게다가 크라소트키나 부인의 하녀 아가피야까지 시장에 가서 집에 없었다.

그래서 콜랴는 잠시 '꼬맹이들', 즉 집에 남은 그 의사 부인의 아들과 딸의 보호자이자 감시자가 되었다. 콜랴는 집을 지키는 것은 전혀 무섭지 않았다. 더구나 페레즈본도 함께였다. 페레즈본은 응접실 의자 아래에서 '움직이지 않고' 자라는 명령을 받았다. 그래서 집안을 여기저기 돌아다니는 콜랴가 응접실로 들어올 때마다 머리를 흔들며 애교를 부리는 것처럼 꼬리로 두세 번 마루를 쳤다. 그러나 가련하게도 주인을 따라오라는 휘파람은 들리지 않았다. 콜랴가 위협하는 것처럼 노려보면, 이 불쌍한 개는 얌전하게 몸을 움츠렸다.

콜랴를 난감하게 하는 것이라면 단지 '꼬맹이들'뿐이었다. 그는 카체리나에 대한 예상 밖의 사건을 경멸어린 시선으로 바라보았다. 하지만 그는 의지할 데 없는 아이들을 아주 귀여워해서 이미 동화책 한 권을 가져다주었다. 누나 나스차는 여덟 살이었는데 책을 읽을 수 있었다. 동생인 '꼬맹이', 즉 코스차는 일곱 살이었는데 나스차가 책을 읽어 주는 것을 무척 좋아했다. 콜랴는 물론 이 두 아이들을 더 재미있게 놀게 할 수도 있었다. 그들을 나란히 세우고 군대놀이를 하거나, 온 집안을 뛰어다니며 숨바꼭질을 할 수도 있었다. 예전에는 자주 그렇게 놀았을 뿐 아니라 콜랴도 그것을 그리 싫어하지 않았다. 그래서 학교에는 콜랴가 자신의 집에 세 들어 사는 꼬마들과 말 타기를 하면서, 말이 되어 뛰기도 하고 머리를 숙이기도 한다는 소문이 퍼지기도 했다. 그러나 콜랴는 이런 공격에 대해 거만하게 반박했다. 만일 자신과 비슷한 열세 살 아이들과 말 타는 놀이를 하면 그것은 '내 나이'에 수치스러운 짓이다. 하지만 자신이 그런 놀이를 하는 것은 '꼬맹이들'을 위해서이고 그들을 사랑하기 때문에, 자신의 애정에 대해서는 누구도 왈가왈부할 수 없다고 일소했다.

'꼬맹이' 두 명은 그를 존경했다. 그러나 오늘만은 그런 놀이를 할 형편이 아니었다. 그에게는 매우 중요한, 얼핏 보면 거의 비밀스러운 어떤 볼일이 기다리고 있었다. 게다가 시간은 흐르고 있는데 아이들을 부탁하려고 마음먹은 아가피야는 시장에서 돌아오지 않았다. 그는 벌써 몇 번이나 현관을 거쳐 의사 부인의 방문을 열고 걱정스러운 것처럼 '꼬맹이들'을 들여다보았다. 꼬마들은 콜랴가 시킨 대로 책을 읽었지만, 그가 문을 열 때마다 조용히 콜랴를 바라보며, 입을 커다랗게 벌리고 방실방실 웃었다. 왜냐하면 그가 들어와서 재미있는 놀이를 할 것이라고 기대했기 때문이었다.

그러나 콜랴는 마음이 초조해서 방안으로는 들어갈 생각조차 하지 못했다. 결국 시계가 11시를 알렸다. 그는 앞으로 10분이 지나도 아가피야가 돌아오지 않으면, 더는 기다리지 않고 기필코 출발할 것이라고 마음먹었다. 물론 '꼬맹이들'에게 자신이 없다고 괜스레 겁을 먹거나, 장난을 하거나, 울면 안 된다고 다짐을 받아야 하는 것은 당연했다. 그는 이런 생각을 하며 해달 털가죽으로 깃을 대고 솜을 넣어서 만든 겨울 외투를 입고, 어깨에는 가방을 멨다. 이렇게 추운 날에는 털신을 신으라는 어머니의 간절한 여러 번의 당부가 있었지만, 응접실을 지나면서 그 털신을 경멸하듯이 한 번 바라보고 장화만 신고 나갔다.

페레즈본은 그가 외투를 입은 것을 보고 신경질적으로 몸을 떨면서, 꼬리로 강하게 마룻바닥을 치면서 불쌍한 신음을 했다. 그러나 콜랴는 자신의 개가 이렇게 흥분해서 자신에게 달려드는 것은 비록 단 1분일지언정 규율을 망치는 것이라고 생각했다. 그래서 그는 개를 그대로 의자 밑에 엎드려 있게 하고 현관문을 열고서야 비로소 휘파람을 불었다. 개는 미친 듯이 일어나서 좋아서 어쩔 줄 몰라 하며 앞장서서 달렸다.

콜랴는 현관을 지나며 꼬마들이 있는 방문을 열었다. 두 꼬마는 테이블에 앉아 있었지만 책은 읽지않고 서로 열띤 논쟁을 벌이는 중이었다. 아이들은 세상의 여러가지 일에 대해서 서로 싸우는 일이 때로 있었는데 그럴 때마다 누나 나스챠가 이겼다. 그러나 코스챠는 누나의 주장에 동의할 수 없으면 늘 콜랴에게 하소연했다. 그리고 콜랴의 판결은 두 아이에게 절대적인 판결이 되었다. 오늘 '꼬맹이들'의 말다툼은 콜랴에게 흥미로워서 그는 문 앞에서 엿들었다. 아이들은 그가 엿듣는 것을 알고 더욱 신나게 논쟁을 했다.

"그런 게 어디 있어, 난 절대로 믿지 않아." 나스챠가 약이 올라서 말했다. "산파 할머니가 갓난아기는 양배추 밭고랑에서 주워온다고 누가 그랬어? 지금은 겨울인데? 양배추가 어있어? 그러니까 산파 할머니가 카체리나에게 어떻게 딸을 줄 수 있냐고."

"휘익!"

콜랴는 휘파람을 불었다.

"아마 이런 걸 거야. 산파 할머니는 어디서 아기를 가져오는데, 결혼한 사람에게만 줄 거야."

코스챠는 나스챠를 물끄러미 보았다. 진지하게 들으면서 무엇을 깊게 생각하는 것 같았다.

"누나는 정말 멍청해." 마침내 코스챠는 침착한 어투로 이렇게 말했다. "카체리나는 결혼을 안했는데 어떻게 아기를 낳을 수 있다는 거야?"

"넌 아무것도 모르는구나." 나스챠가 화를 내면서 말을 가로막았다. "아마 카체리나는 남편이 있었겠지. 지금은 감옥에 있을지도 몰라. 그러니까 카체리나는 아기를 낳은 거야."

"하지만 카체리나의 남편은 정말 감옥에 있을까?"

무엇이든 따지길 잘하는 코스챠는 거들먹거리며 물었다.

"어쩌면 이럴 수도 있어." 나스챠는 자신이 처음 세운 가설은 전혀 잊은 것처럼 포기하고 재빨리 이렇게 말을 가로막았다. "네가 말한 대로 카체리나에게는 남편이 없을 거야. 그건 네 말이 맞을 수도 있어. 하지만 카체리나는 결혼하고 싶어서, 늘 결혼하는 것만 생각했겠지. 계속 그런 생각만 해서 남편 대신 아기가 생긴거야."

"맞다, 그럴수도 있어." 완전히 설득당한 코스챠는 이렇게 동의했다. "누나가 처음부터 그렇게 말해주지 않았으니 난 알 턱이 없잖아."

"자, 꼬맹이들아." 콜랴는 방으로 들어서며 말했다. "너희는 정말 위험한 아이들이구나, 응!"

"페레즈본도 데려왔어?"

코스챠는 웃으면서, 손가락을 탁탁 튀기며 페레즈본을 불렀다.

"얘들아, 난감한 일이 생겼어." 콜랴는 으스대며 말했다. "그래서 너희가 도와줘야 할 것 같구나. 아가피야가 지금까지 오지않는 걸 보니, 다리가 부러진 것 같아. 분명히 그럴 거야. 그런데 나는 꼭 외출해야 해. 어머니, 내가 나가도 되지?"

아이들은 걱정스러운 것처럼 서로 마주 보았다. 미소를 지은 얼굴에는 불안한 기운이 감돌았지만 두 아이는 콜랴가 자신들에게 무엇을 원하는지 금세 알아채지 못했다.

"내가 없어도 장난을 치면 안 돼. 장롱에 올라갔다가 다리를 다치진 않겠지? 단둘이 있는 게 무서워서 울지 않겠지?"

아이들의 얼굴은 아주 불안해 보였다.

"대신에 내가 좋은 걸 보여 줄게. 구리로 만든 대포란다. 진짜 화약으로 쏠 수 있지!"

아이들의 얼굴이 금세 환해졌다.

"그 대포를 보여 줘."

신이 난 코스차가 말했다.

콜랴는 자신의 가방에 손을 집어넣어서 청동으로 만든 작은 대포를 꺼내서 테이블 위에 올려놓았다.

"자, 이거야! 잘 봐라, 바퀴도 있어." 그는 대포를 테이블 위에서 굴렸다. "쏠 수도 있어. 총알을 넣은 다음 쏘면 돼."

"그럼 사람을 죽일 수도 있는 거야?"

"그럼, 누구든지 죽일 수 있지. 겨눈 다음에 쏘면 되는 거야."

콜랴는 이렇게 말한 뒤에 화약을 넣고 어디에 총알을 넣으면 되는지 설명했다. 점화구처럼 생긴 구멍을 보여주기도 하고, 반동에 대해서도 설명해 주었다. 아이들은 호기심을 느끼며 집중해서 들었다. 특히 그들을 놀라게 한 것은 반동이었다.

"그럼 화약도 있어?"

나스차가 물었다.

"그럼, 있고말고."

"그럼 화약도 보여줘, 제발."

나스차는 애원하는 것처럼 미소를 지으며 말꼬리를 길게 늘였다.

콜랴는 다시 가방에 손을 넣고 작은 병을 한 개 꺼냈다. 그 안에는 진짜 화약이 약간 들어 있었다. 종이 봉지에서는 산탄(散彈)도 몇 개 나왔다. 그는 병을 열고 화약을 손바닥에 조금 꺼냈다.

"잘 봐. 하지만 주변에 불이 없어야 돼. 그렇지 않으면 꽝 소리를 내면서 폭발하거든. 그럼 우린 모두 죽게 돼."

콜랴는 효과적으로 말하기위해 일부러 이런 경고를 했다.

아이들은 두려워하며 진지한 태도로 화약을 살펴보았다. 그러나 공포심이 오히려 그들의 흥미를 더욱 자극했다. 코스차는 화약보다 산탄에 더 관심있어 했다.

"산탄은 불이 붙지않아?"

"응, 그건 불이 붙지않아."

"그럼, 나 조금만 주면 안 돼, 응?"

아이는 애원하듯이 이렇게 말했다.

"알았어, 조금만 줄게. 하지만 내가 돌아올 때까지 엄마에게 보여주면 안 된다, 알았지? 엄마는 화약인 줄 알고 깜짝 놀라서 기절할지도 몰라. 그렇게 되면 너희는 세게 얻어맞을 거야."

"엄마는 우릴 한 번도 때리지 않았어."

나스차가 재빨리 대답했다.

"그건 나도 알지. 그냥 말을 재미있게 하려고 그렇게 말한 거야. 물론 엄마를 속이면 절대 안 돼. 하지만 이번만, 내가 돌아올 때까지만, 알았지? 애들아, 그럼 난 나가도 되지, 응? 내가 없다고 무서워서 우는 건 아니지?"

"싫어, 울 거야."

코스차는 금세 울음을 터트릴 것처럼 말꼬리를 늘였다.

"울 거야, 분명히 울고 말 거란 말이야."

나스차도 겁을 먹은 것처럼 빠르게 말하며 동조했다.

"이거 원, 골치 아픈 녀석들이네. 정말 너희 같은 꼬마들은 위험하단 말이야. 어쩔 수 없지, 병아리들아, 조금만 더, 얼마가 될지 모르지만 너희랑 함께 있어야겠다. 하지만 시간이, 시간이 자꾸 흐르는데 어떡하면 좋을까?"

"페레즈본에게 죽은 척 하라고 시켜 봐, 응?"

코스차가 부탁했다.

"그렇군, 어쩔 수 없지, 페레즈본을 이용하는 수밖에. 이리 오렴, 페레즈본."

콜랴는 개에게 명령을 내렸다. 개는 자신이 아는 재주를 전부 부렸다. 페레즈본은 곱슬거리는 털로 뒤덮인 평범한 크기의 개였다. 푸르스름한 잿빛이었는데, 무슨 이유인지는 모르지만 오른쪽 눈이 애꾸였고, 왼쪽 귀는 찢어져 있었다. 페레즈본은 짖기도 하고,

뛰기도 하고, 심부름도 하고, 뒷발로 걷거나 네 다리를 들고 눕기도 하고, 죽은 듯이 움직이지 않고 눕기도 했다. 마지막 재주를 부리고 있을 때, 방문이 열리면서 크라소트키나 부인의 하녀인 아가피야가 등장했다. 아가피야는 뚱뚱하게 살이 찐 마흔 살 정도의 여자였다. 그녀는 식료품을 가득 산 바구니를 들고 시장에서 돌아오는 터였다. 아가피야는 그 자리에 멈춰 서서, 왼손에 바구니를 들고 개가 재주 부리는 걸 구경했다. 콜랴는 눈이 빠지게 아가피야를 기다리고 있었지만, 개가 재주 부리는 걸 멈추게 하지 않았다. 마침내 얼마간 페레즈본에게 죽은 시늉을 시킨 뒤에야 개에게 휘파람을 불었다. 개는 일어나서 자신의 임무를 다했다는 기쁨을 감추지 못하는 것처럼 주변을 맴돌며 깡충깡충 뛰었다.

"저 개새끼가!"

아가피야가 꾸짖는 것처럼 말했다.

"뭐 하느라 이렇게 늦은 거야?"

콜랴는 화가 나서 물었다.

"꼬마 주제에 말버릇이 그게 뭐야?"

"꼬마?"

"네가 꼬마지 뭐야. 도대체 내가 늦은 게 너랑 무슨 상관이니? 다 이유가 있어서 늦은 건데."

아가피야는 난로 주변을 서성거리며 중얼거렸다. 그러나 화가 났다거나 못마땅한 목소리는 아니었다. 오히려 쾌활한 도련님과 농담을 할 수 있는 기회가 생긴 것이 무척 반가운 기색이었다.

"이봐, 주책바가지 할멈." 콜랴는 소파에서 일어나며 말했다. "내가 없는동안 이 꼬마들을 잘 돌봐줄 수 있어? 이 세상의 모든 성스러운 것의 이름을 걸고 맹세할 수 있냐고? 난 이제 나가봐야 해서."

"내가 왜 너한테 맹세를 해야되니?" 아가피야는 크게 웃었다. "맹세는 안 해도 내가 잘 돌볼게."

"안 돼. 당신 영혼의 영원한 구원을 걸고 맹세하지 못한다면 나는 나가지 못해."

"그럼, 나가지 마. 내가 상관할 바 아니잖아. 밖은 추우니까 그냥 집에 있어."

"얘들아." 콜랴는 아이들에게 말했다. "내가 돌아오거나, 너희 엄마가 돌아오거나 할 때까지, 이 아줌마가 너희와 함께 있을 거야. 엄마도 벌써 돌아왔어야 하는데……. 이 아줌마가 점심도 주실 거야. 아가피야, 저 꼬맹이들에게 먹을 것 좀 줄 수 있지?"

"그 정도는 할 수 있지."

"그럼, 병아리들아, 잘 있어라. 난 마음 놓고 나간다. 그런데 할멈." 그는 아가피야 곁을 지나며 속삭이듯이 거드름을 피우며 말했다. "철없는 아이들의 나이를 생각해서 주책을 부리면서 카체리나에 대해서 필요 없는 말을 하면 안 돼, 알겠지? 자, 페레즈본, 가자!"

"어서 꺼져!" 아가피야가 화가 나서 소리를 질렀다. "나 원 참, 별 웃기는 애도 다 있네! 그런 소리를 하는 네가 먼저 혼쭐이 나야 돼."

3. 학교 아이들

그러나 콜랴에게는 이미 이 말이 들리지 않았다. 그는 겨우 밖으로 나갈 수 있었다. 문 밖으로 나가자 그는 주변을 둘러보고 어깨를 움츠리며 "무척 춥군!" 이렇게 중얼거리고 큰길을 걸었다. 그는 어느 길모퉁이에서 오른쪽 골목길로 들어서서 시장이 열린 광장쪽으로 걸었다. 광장에 나서기 바로 한 집 전에 이르자 그는 그 집 문 곁으로 섰다. 그리고 주머니에서 호루라기를 꺼내서 신호를 주는 듯이 힘차게 한 번 불었다. 1분이 지나기 전에, 문에서 혈색이 좋은 한 남자아이가 뛰어나왔다. 나이는 열한 살 정도로, 깨끗하고 따뜻할 것 같은, 사치스러워 보이는 멋진 외투를 입고 있었다. 예과에 다니는 스무로프라는 아이였는데, 부유한 관리의 아들이었고 콜랴보다 두 학년 아래였다. 그의 부모는 자신의 자식이 위험한 장난꾸러기 콜랴와 함께 노는 것을 허락하지 않았다. 그래서 스무로프는 몰래 나온 것이 확실했다. 독자들이 기억하고 있듯이, 이 스무로프는 두 달 전 개울 반대편에서 일류샤에게 돌을 던진 소년들 가운데 한 명으로 그때 일류샤에 대해 알료샤에게 말한 그 아이였다.

"콜랴, 난 1시간이나 기다렸어."

스무로프가 단호하게 말했다. 두 소년은 광장을 향해 걸었다.

"늦었네." 콜랴가 대답했다. "어쩔 수 없는 사정 때문에. 그런데 나와 함께 어울리다가 나중에 매 맞는 거 아니야?"

"무슨 소리야, 난 매를 맞아본 적이 없어. 그런데 페레즈본도 데려왔어?"

"데려왔지."

"그럼 거기 가는거지?"

"응, 거기."

"아, 주치카가 있었다면!"

"주치카 이야기는 해서 뭐해. 주치카는 이미 이 세상에 없잖아. 주치카는 이미 미지의 암흑 속으로 사라졌어."

"아, 이렇게 하면 어떨까?" 스무로프가 갑자기 걸음을 멈췄다. "일류샤가 말하길 주치카도 털이 곱슬곱슬하면서 푸르스름한 잿빛이었다고 하잖아, 페레즈본을 주치카라고 하면 안 돼? 혹시 믿을 수도 있는데."

"학생이 거짓말을 하면 안 돼. 이게 첫 번째 이유고, 둘째는 아무리 좋은 목적이라도 거짓말을 하는 건 나빠. 그건 그렇고, 너는 내가 간다고 말한 건 아니겠지?"

"천만에, 나도 내가 뭘 해야 하는지는 알아. 하지만 페레즈본으로는 그 아이를 위로할 수 없을 거야." 스무로프는 한숨을 쉬었다. "그런데 그 애의 아버지가, 그 '수세미' 대위가, 오늘 코가 검은 마스티프 종(種) 강아지를 얻어서 일류샤에게 준다고 우리에게 말했어. 그는 그 강아지로 일류샤의 마음을 달래려고 하겠지만, 아마 어려울 걸."

"그건 그렇고 일류샤는 어떤 것 같아?"

"나빠, 정말 나빠! 난 그 애가 병에 걸린 것 같아. 정신은 분명한데 숨 쉬는 게 이상해. 그 숨 쉬는 소리가 안 좋아! 저번에도 걷게 해달라고 해서 구두를 신겨 주었는데, 한 발자국 걷고는 쓰러졌지 뭐야. 그런데도 '아빠, 이 장화는 처음부터 이상해서 이걸 신으면 제대로 걷지 못한다고 전에도 말했잖아요?' 이렇게 말하는 거야. 그 애는 자신이 쓰러진 걸 구두 때문이라고 하지만, 사실은 몸이 쇠약해져서 그런거야. 아마 일주일도 버티지 못할 거 같아. 게르첸시투베가 그 애를 돌보고 있어. 이젠 그 집은 다시 돈이 생겼어. 돈이 많은 것 같아."

"전부 사기꾼들이야."

"누가?"

"의사나 의술을 팔아먹는 사람들은 전부 그래. 물론 일반적으로 그렇다는 얘기지만, 개별적으로도 당연히 그래. 난 의학을 인정할 수 없어. 소용없는 짓이거든. 내가 전부 자세하게 조사해 보려고 해. 그런데 너희는 어떻게 감상적인 짓을 시작한 거야? 학급 전체가 날마다 거길 간다는 거지?"

"학급 전부는 아니야. 열 명 정도만 날마다 그 애를 보러 다녀. 그게 뭐가 어떻다고 그래?"

"이번 일에서 이해가 가지 않는 건, 알렉세이 카라마조프가 하는 짓이야. 자신의 형님이 모레 그런 범죄 사건으로 재판을 받는데, 어떻게 아이들과 어울려 감상적인 일로 시간을 보내는 걸까!"

"이번 일은 감상적인 게 아니야. 너도 지금 일류샤와 화해를 하러 가는 거잖아."

"화해? 웃기는군! 난 어느 누구도 행동을 분석하는 건 용납 못해."

"하지만 일류샤가 너를 보면 얼마나 기뻐할까. 그 애는 네가 올거라고는 생각도 못하고 있을 거야. 너는 왜 그동안 가볼 생각을 안 했어?"

스무로프는 문득 흥분해서 외쳤다.

"이봐, 그건 내 일이니까 넌 상관하지 마. 난 내가 가기로 결정해서 가는 것뿐이야. 하지만 너희는 모두가 알렉세이 카라마조프에게 끌려서 거기 간 거지? 바로 그 점이 다르지. 뿐만 아니라 내가 화해를 하러 가는 건지 그렇지 않은지 네가 어떻게 알아? 화해라는 표현 자체가 우스워."

"우리는 카라마조프에게 끌려서 간 게 아니라고, 절대 아니야. 우리는 그 애에게 가려고 가기 시작한 거야. 물론 처음에는 카라마조프 씨와 함께 갔지만, 바보처럼 끌려간 건 아니었어. 처음엔 한 명이 갔고, 다음에 또 한 명이, 이런 식으로 다니게 된 거지. 그 애의 아버지는 우리를 보고 무척 반겼어. 그런데 만약 일류샤가 정말 죽는다면 그 애의 아버지는 미쳐 버릴지도 몰라. 그 애 아버지는 일류샤가 죽을 거라는 걸 이미 알고 있어. 그래서 우리가 일류샤와 화해했을 때 많이 기뻐했지. 일류샤는 너의 얘기를 물었지만 단지 그것뿐이었어. 물은 뒤에는 아무 말도 안 했어. 어쨌든 그 애 아버지는 분명히 미치거나, 목을 매어 죽을 거야. 그는 예전에도 미친 사람 같은 짓을 하고 다닌 적이 있었어. 하지만 너도 그가 결백하다는 것을 알 거야. 그때는 우리가 오해한 거야. 자신의 아버지를 죽인 그 살인자가 그때 그 사람을 때린 게 잘못이었지."

"하지만 카라마조프 씨는 어쨌든 내게 아직도 수수께끼야. 이미 오래전에 그와 친구가 될 수 있었지만, 나는 왜 그런지 경우에 따라서 자존심을 내세우길 좋아하는 편이라서. 게다가 난 그에 대한 내 생각을 정리했어. 하지만 그건 조금 더 연구하고 밝히려고 해."

콜랴는 거들먹거리며 입을 다물었다. 스무로프도 아무 말 하지 않았다. 물론 스무로프는 콜랴 크라소트킨을 숭배했으므로 그와 대등해지는 것은 상상도 못할 일이었다. 이때도 그는 콜랴에게 큰 흥미를 가졌다. 왜냐하면 콜랴가 '스스로' 일류샤를 만나러 가는 거라고 말했기 때문이다. 그래서 콜랴가 오늘 갑자기 거길 가려고 결심한 것은, 반드시 무슨 이유가 있을 거라고 생각했다. 두 소년은 시장이 열린 광장을 걸었다. 시장에는 시골에서 온 짐마차가 이곳저곳에 세워져 있었고, 거위들이 몰려 있었다. 장사꾼 아낙네들은 천막을 드리운 점포에서 빵이나 실 같은 것을 팔았다. 일요일에 열리는 이런 시장을 이 고장에서는 좀 부풀려서 정기시(定期市)라고 불렀다. 이런 정기시는 1년에 여러 번씩 열렸다. 페레즈본은 길의 이곳저곳을, 코를 킁킁거리며 신나게 뛰었다. 그러다가 다른 개를 보면, 개들의 법칙에 따라서 서로 열심히 냄새를 맡았다.

"스무로프, 난 현실을 관찰하는 게 좋아." 갑자기 콜랴가 이렇게 말했다. "넌 개들이 만나면 서로의 냄새를 맡는 걸 봤을 거야. 거기에는 공통적인 그들의 자연법칙이 있는 거야."

"맞아, 좀 웃긴 법칙이지만."

"전혀, 절대 웃기지 않아. 너는 잘 모르는구나. 편견으로 가득한 인간에게는 어떻게 보일지 모르지만, 자연에는 우스운 게 전혀 없어. 만일 개가 생각도 할 수 있고, 무언가를 비판할 수 있는 존재라고 생각해 봐. 개들도 역시 자신들의 명령자인 인간들의 사회적 관계에서 거의 그와 마찬가지인, 아니 더 많은 우스운 점들을 발견하겠지. 아, 많으면 많았지 적지는 않을걸. 내가 이렇게 강조하는 건 우리 인간이 훨씬 더 멍청한 습관이 많다는 걸 확신하기 때문이야. 이건 라키친의 생각이지만, 정말 훌륭한 사상이야. 스무로프, 난 사회주의자야."

"사회주의가 뭐야?"

"모든 인간이 평등하고, 모두 재산을 공동으로 가지고, 결혼을 하지 않고, 자신이 좋아하는 종교와 법을 갖고……. 모든 것이 다 이런 식이야. 넌 아직 덜 자라서 이해할 수 없어. 그런데 무척 춥다."

"응, 영하 12도야. 아까 아버지가 온도계를 보고 말해 줬어."

"스무로프, 넌 영하 15도나 18도 되는 한겨울보다는 지금처럼 갑자기 추워지는 초겨울의 영하 12도가, 아직 눈이 오지 않은 초겨울이 더 춥다는 걸 느끼지 못했니? 사람들이 아직 추위에 익숙해지지 않아서 그런 거야. 사람은 어찌 됐든 습관의 동물이기 때문이지. 사회적이나 정치적 관계에서도 마찬가지로 그렇고. 습관은 위대한 원동력이야. 그런데 저 농부 행색이 정말 웃긴다!"

콜랴는 안에 양털을 덧댄 외투를 입은, 얼굴이 착하게 생긴 키 큰 농부를 가리켰다. 그는 추위를 막기 위해 자신의 마차 옆에 서서 가죽장갑을 낀 손을 부딪치고 있었다. 그의 길게 자란 잿빛 수염에는 서리가 하얗게 생겨 있었다.

"농부의 턱수염이 꽁꽁 얼어붙었네."

콜랴는 그의 곁을 지나며 시비라도 거는 것처럼 크게 말했다.

"누구 수염이든 다 얼 수밖에 없어." 농부는 경구라도 외는 것처럼 조용히 중얼거렸다.

"그렇게 놀리지 마."

스무로프가 주의를 주며 말했다.

"괜찮아. 사람이 착해서 화를 내진 않을거야."

"잘 가라."

"그럼, 아저씨 이름은 마트베이인가요?"

"맞아, 내 이름도 모른 채 부른거니?"

"몰랐어요. 그냥 그래 본 거예요."

"원 참, 이상한 아이로구나! 너 학교에 다니니?"

"네."

"선생님께 매도 맞았겠네?"

"매라고 할 것까지는 없지만 가끔은……."

"많이 아팠지?"

"아프지 않다고는 말할 수 없죠."

"이런! 가엾은 인생이네."

농부는 진심으로 한숨을 내쉬었다.

"안녕, 마트베이."

"안녕, 귀여운 녀석이네."

두 소년은 다시 걸었다.

"좋은 농부 같지?" 콜랴는 스무로프에게 말했다. "난 민중과 얘기하는 게 좋아. 늘 흔쾌히 그들의 장점을 인정하지."

"그런데 왜 우리가 매를 맞는다고 거짓말한 거야?"

"그를 위로해줘야 했으니까."

"위로라니 무슨 뜻이야?"

"스무로프, 난 똑같은 말을 두 번 물어보는 걸 싫어해. 난 처음 한 말을 이해하는 사람이 좋아. 어떤 사람은 아무리 설명해 줘도 이해를 못하거든. 농부들은 학생은 늘 매를 맞는다고, 그리고 매를 맞아야 한다고 생각한단 말이야. 그러니까 만일 학생이 매를 맞지 않는다면 그게 무슨 학생이냐고 생각하지. 그래서 내가 매를 맞지 않는다고 말하면, 그 사람은 얼마나 실망하겠어? 하지만 넌 아직 이해 못할 거야. 농부들과 얘기를 나누려면 말하는 법을 알아야 해."

"하지만 제발 덤벼드는 건 그만해. 잘못하면 또 그 거위 사건과 같은 일이 벌어질 거야."

"너는 그게 무서워?"

"웃지 마, 콜랴. 난 정말 무섭단 말이야. 아버지가 무척 화를 내시니까. 아버지는 내가 너와 어울리는 것을 금지했어."

"걱정하지 마. 오늘은 절대로 그런 일은 일어나지 않을 테니까. 나타샤, 안녕하세요!"

콜랴는 물건을 파는 어떤 여자에게 이렇게 외쳤다.

"난 나타샤가 아니야, 나는 마리야야."

장사꾼 여자가 외쳤다. 그녀는 그리 늙은 편은 아니었다.

"아, 마리야였군. 안녕!"

"저런, 망나니 같은 녀석! 머리에 피도 안 마른 녀석이 말버릇이 그게 뭐야."

"갈 길이 멀어서 당신과 얘기할 시간이 없네요. 다음 일요일에 얘기해요."

마치 장사꾼 여자가 말을 걸기라도 한 것처럼 콜랴는 손을 저었다.

"다음 일요일에도 너랑은 할 얘기가 없어. 네가 먼저 수작을 부리고는 건방지게 무슨 말이야!" 마리야는 고함을 질렀다. "한 대 맞을래? 망나니 녀석아!"

마리야와 나란히 가게를 벌이던 다른 여자들이 크게 웃었다. 그 때 갑자기 이때까지 근처에 있는 상점에서 엿듣던 남자 한 명이 화를 내며 뛰어왔다. 그는 가게 지배인 같았지만 이 고장 사람이 아니라 다른 지역에서 온 사람이었다. 그는 진한 아마빛 곱슬머리에 얼굴은 창백하고 길었으며, 곰보였다. 긴 푸른색 외투를 입고 차양이 달린 모자를 쓴 그는 젊었는데, 크게 흥분해서 주먹을 휘두르며 콜랴를 위협했다.

"난 네 놈을 알아." 그는 화가 나서 외쳤다. "너를 잘 안다고!"

콜랴는 차분하게 상대를 바라보았다. 그러나 자신이 그와 언제, 어떻게 싸웠는지 전혀 기억이 나지 않았다. 길에서 싸운 것이 한두 번이 아니었기 때문에 전부 기억할 수가 없었다.

"날 안다고요?"

콜랴가 비아냥대며 물었다.

"나는 너를 알아! 나는 네놈을 알아!"

그는 바보처럼 반복해서 말했다.

"잘 됐네요. 하지만 난 시간이 없어서 가야겠어요."

"무슨 이유로 그런 건방진 말을 하는 거지?" 그가 외쳤다. "난 너를 알아. 또 그런 건방진 말을 할 거냐, 응?"

"이것 보세요, 내가 건방진 말을 하든 말든 그게 당신과 무슨 상관인데?"

콜랴는 여전히 서서 그를 노려보며 말했다.

"왜 그게 나와 상관이 없다는 거지?"

"없어요. 그건 당신이 상관할 바 아니에요."

"그럼 누가 상관해야 하나? 누가 상관할 문제인 거야? 누가 상관할 문제냐고?"

"그건 트리폰 니키치치가 할 일이지 당신이 상관할 문제는 아니에요."

"트리폰 니키치치는 누구지?"

그는 여전히 화가 난 채였지만 바보처럼 멍한 표정으로 콜랴에게 따졌다. 콜랴는 거들먹거리며 남자를 빤히 바라보았다.

"부활절에 교회에 갔었나요?"

콜랴가 문득 근엄하게 물었다.

"부활절에? 뭐 하러? 안 갔다!"

그는 약간 당황하며 말했다.

"그럼 사바네예프는 아니요?"

콜랴는 더욱 엄하고 끈질기게 계속 물었다.

"사바네예프가 누구지? 나는 모른다."

"흥, 그럼 상대할 필요가 없겠군." 콜랴는 갑자기 얘기를 자르고 오른쪽으로 돌아서서, 흡사 사바네예프도 모르는 바보와는 더 말할 수 없다는 듯이 걸어가 버렸다.

"이봐, 거기 서라! 도대체 사바네예프가 누구야, 응?" 젊은이는 순간적으로 마취에서 깨어나 다시 흥분해서 이렇게 소리쳤다. "저놈이 대체 무슨 소리를 하는거요?" 그는 장사꾼 여자들을 보면서 멍한 얼굴로 물었다.

여자들은 웃음을 터트렸다.

"이상한 아이야."

누군가 말했다.

"저놈이 말하는 사바네예프가 대체 누구요?" 그는 여전히 오른팔을 휘두르며 험악하게 되물었다.

"그건 아마 쿠지미체프네 집에서 일했던 그 사바네예프일 거야. 분명해."

한 여자가 갑자기 말했다.

남자는 눈이 커져서 그녀를 바라보았다.

"쿠지미⋯⋯체프네?" 다른 여자가 말했다. "하지만 그는 트리폰이 아니야. 그는 트리폰이 아니라 쿠지마였어. 그런데 그 애는 트리폰 니키치치라고 하진 않았으니까 다른 사람이야."

"전혀, 그는 트리폰도 사바네예프도 아닌 치조프라고."

그때까지 아무말없이 진지하게 듣던 다른 여자가 재빨리 이렇게 참견했다. "그는 알렉세이 이바느이치 치조프야."

"맞아, 정말 치조프였어."

또 다른 여자가 자신있게 동조했다.

남자는 어리둥절해서 여자들을 번갈아가며 쳐다보았다.

"그런데 그놈은 왜 그런 걸 물어봤을까? 왜 물었던 걸까?" 그는 거의 절망에 빠져 외쳤다. "그런데 사바네예프는 대체 누구지? 도대체 누굴 말하는 걸까."

"에이, 당신도 참 둔하네. 사바네예프가 아니라 치조프라니까.

알렉세이 이바느이치 치조프야. 그게 그의 이름이야."

여자 중의 한 명이 훈계하듯이 그에게 말했다.

"치조프는 어떤 사람이오? 대체 그는 누구요? 안다면 말해 주시오."

"키가 크고, 콧물을 흘리며 여름에 장터에 나와 앉아 있는 남자라오."

"그런데 그 치조프가 나와 무슨 상관이라는 거요?"

"무슨 상관인지 내가 어떻게 알아?" 또 다른 여자가 말했다. "그렇게 말하는 당신이야말로 알고 있어야 하는 거 아니오? 그 애가 당신에게 말했지, 우리에게 말한 게 아니잖소. 당신도 어지간히 멍청하군. 그래서 정말로 모르오?"

"누구를?"

"치조프 말이오."

"치조프는 귀신이 잡아가라지, 당신이랑 같이! 그놈을 실컷 때려 줘야지. 나를 놀리다니."

"치조프를 때리겠다고? 도리어 얻어맞지나 마시오. 어쩌면 저렇게 멍청할까?"

"치조프가 아니야, 치조프는 아니라고. 짓궂은 여편네야. 난 그 꼬마를 때리겠다는 거야. 그 녀석을 잡아 와, 그 녀석을 잡아 오라니까! 감히 나를 놀려먹다니."

여자들은 크게 웃었다. 그러나 이때 콜랴는 의기양양하게 멀어져서 걷는 중이었다. 스무로프는 뒤에서 떠드는 사람들을 돌아보며 콜랴를 따르고 있었다. 그는 콜랴와 한 패거리로 엮일까 봐 겁이 났지만, 그래도 기분은 좋았다.

"사바네예프는 누구야?"

그는 콜랴가 어떤 대답을 할지 예상하면서 물었다.

"누군지 내가 어떻게 알아? 저들은 종일 저렇게 떠들 거야. 이렇게 사회 각계각층의 바보들을 놀리는 게 정말 재미있어. 저기 또 한 명의 멍청한 녀석이 있네. 저기 농부 말이야. '못난 프랑스인보다 멍청한 놈은 없다'는 말이 있지만, 멍청한 러시아인은 얼굴에 자신이 바보라고 써서 다니지. 저 농부의 얼굴에 바보라고 써있는 게 보이지, 어때?"

"내버려 둬, 그냥 지나가자."

"절대로 그냥 내버려 둘 수 없어. 자, 어디 또 한 번 놀려 볼까. 안녕하세요, 농부님!"

우람한 체격의 농부가 그들 곁을 지나는 중이었다. 둥글고 순박한 얼굴에 희끗희끗한 턱수염이 수북했다. 그는 콜랴를 바라보았다. 술을 한 잔 마신 것 같았다.

"어, 안녕! 하지만 날 놀리는 건 아니겠지?" 그는 느리게 대답했다.

"혹시 놀리는 거라면 어떡하죠?"

콜랴는 웃으며 말했다.

"놀리거나 말거나 상관없어. 뭐, 마음대로 하라지. 하고 싶으면 얼마든지 해라."

"미안합니다. 그냥 농담한 거예요."

"그래? 하느님께서 용서하실 거다!"

"그럼 아저씨도 용서하시는 거죠?"

"당연히 용서하지. 어서 가라."

"아저씨는 참 현명한 농부네요."

"너보다는 조금 현명하지."

그 농부는 예상 밖에 여전히 점잖게 대답했다.

"설마."

콜랴는 속으로 약간 놀랐다.

"거짓말이 아니란다."

"그럴 수도 있겠죠."

"정말 그래."

"잘 가요, 농부님!"

"잘 가라!"

"농부도 참 여러 가지야." 콜랴는 잠깐 말없이 걷다가 스무로프에게 이렇게 말했다. "설마 저렇게 현명한 사람을 만날 줄이야. 난이렇게 늘 농부들의 지혜를 주저하지 않고 인정하고 있지."

11시를 알리는 교회의 종소리가 멀리서 들렸다. 두 소년은 걸음을 서둘렀다. 그들은 아직도 꽤 먼 곳에 있는 퇴역 대위 스네기료프의 집까지 최선을 다해 아무 말도 하지 않고 걸었다. 그 집까지 20걸음 정도 남은 곳에서 콜랴는 갑자기 걸음을 멈추고, 스무로프에게 먼저 가서 카라마조프를 부르라고 명령했다.

"일단 눈치를 좀 살펴야지."

그가 스무로프에게 말했다.

"왜 불러내는 건데?" 스무로프가 항의하듯 말했다. "그냥 들어가도 모두 기뻐할 텐데. 왜 이렇게 추운 밖에서 인사를 하겠다는 거야?"

"그를 이렇게 추운 곳에서 만나자고 하는 데는 나만의 이유가 있어." 콜랴는 '어린 소년들'에 대해 그가 주로 쓰는 고압적인 말투로 단호하게 말했다. 스무로프는 그의 명령을 따르기 위해 달려갔다.

4. 잃어버린 개 '주치카'

콜랴는 거만하게 울타리에 기댄 채 알료샤를 기다렸다. 그는 이미 오래전부터 알료샤를 만나고 싶어했다. 지금까지 아이들에게서 알료샤에 대해 많은 이야기를 들었지만, 그럴 때마다 그는 항상 냉정하게 경멸하는 표정을 짓고, 다 들은 뒤에는 알료샤를 비판했다. 그러나 마음속으로는 알료샤와 가까워지기를 너무 간절하게 바랐다. 알료샤에 대해 들은 모든 얘기에 그는 항상 공감과 매력을 느꼈다. 그래서 그에게는 바로 지금이 매우 중요한 순간이었다. 먼저 자신의 체면을 손상시키지 않고 독립적이고 대등한 인간이라는 것을 보여주고 싶었다.

'그는 나를 열세 살 먹은 어린애로 생각하고 저런 꼬마들처럼 대할 수 있다. 알료샤는 그 애들을 어떻게 생각할까? 이번에 가까워지면 한 번 물어봐야겠다. 하지만 내 키가 작아서 영 불리해. 나보다 어린 투지코프는 키가 나보다 세 치나 더 크니까 말이야. 하지만 내 얼굴이 영리하게 생겼으니까 상관없을 거야. 물론 잘생긴 건 아니야. 내가 못생겼다는 건 나도 알아. 하지만 영리하게 생겼지. 너무 말을 많이 하지 말아야지. 그렇지 않으면 알료샤는 나를 안으면서 어린애 취급을 하려고 할 테니까. 젠장! 어린애 취급을 받으면 얼마나 창피할까.'

콜랴는 점점 흥분하면서 마지막까지 독립적인 태도를 보려고 노력했다. 그를 가장 괴롭힌 것은 그의 키가 작다는 것이었다. 얼굴이 못생긴 것은 키가 작은 것보다는 덜 걱정스러웠다. 그의 집 벽 한 모퉁이에는 지난해부터 연필로 그은 줄이 있었다. 그것은 그가 자신의 키를 표시한 흔적이었다. 안타깝게도 그의 키는 조금만 자랐을 뿐이었다. 그는 이것 때문에 때로 절망스러워지기까지 했다. 결코 얼굴은 못생기지 않았다. 창백해서 흰 피부에 주근깨가 있었지만 제법 귀엽게 생긴 얼굴이었다. 그의 작고 활기 가득한 회색 눈은 대담한 표정을 지녔고, 때로 강렬한 감정에 불타곤 했다. 광대뼈는 약간 넓었고, 입술은 작고, 아주 붉었지만 그렇게 두껍지 않았다. 작은 코는 위를 향해 들린 편이었다.

'내 코는 틀림없는 들창코야, 틀림없는 들창코라고!'

콜랴는 거울을 볼 때면 늘 이렇게 중얼대며 분한 듯이 거울 앞에서 물러났다.

'이제 보니 얼굴도 그리 영리해 보이는 것 같지 않아!'

그는 때로 이렇게 의심하기도 했다. 그러나 얼굴이나 키에 대한 걱정이 그의 마음을 전부 점령했다고 생각하면 안 된다. 오히려 반대로 거울 앞에 선 순간에는 아무리 씁쓸한 기분이 되어도, 그는 금방 잊어버리고(때로는 아주 오랫동안 잊기도 했었다) 그가 스스로 자신의 행동을 정의한 것처럼 '사상(思想)과 현실의 여러 가지 문제에 완전히 몰입하고' 있었던 것이다.

잠시 뒤, 알료샤가 나타나 빠르게 걸어서 콜랴 앞으로 다가왔다. 알료샤가 곁에 다가오기 전부터 콜랴는 그가 무척 기뻐한다는 것을 눈치챘다. '나를 만나는 게 저토록 기쁠까?' 콜랴는 흐뭇했지만 좀 이상한 생각이 들었다. 여기서 한 가지 언급해 두자면, 우리가 알료샤에 대한 이야기를 그만둔 뒤에, 알료샤의 모습은 완전히 변했다는 것이다. 그는 수도복을 벗은 뒤, 지금은 프록코트를 입고 짧게 깎은 머리에 중절모를 썼다. 그에게 이런 것들이 꽤 잘 어울려서 아주 멋진 미남으로 보였다. 그의 사랑스러운 얼굴은 언제나 활발해 보였지만, 그 활발은 이를테면 고요한 침착함을 가지고 있었다. 콜랴를 놀라게 한 것은 알료샤가 방안에 있던 차림 그대로 외투도 입지 않고 나왔다는 것이었다. 그는 서둘러서 급히 달려 나온 것이 확실했다. 그는 곁에 오자마자 콜랴에게 손을 내밀었다.

"마침내 자네도 왔군! 우리 전부 자네를 손꼽아 기다렸다네!"

"이제 곧 말하겠지만, 사정이 좀 생겨서요. 어쨌든 이렇게 만나게 되어 반갑습니다. 오래전부터 기회를 기다렸고, 또 당신에 대한 이야기도 많이 들었어요."

콜랴는 조금 숨을 헐떡이며 말했다.

"어쨌든 우리는 오래전부터 알았어야 했어. 나도 자네에 대해서는 여러 가지 들은 게 있네. 하지만 여기에는 좀 늦게 왔군."

"그런데 이곳 사정은 좀 어떤가요?"

"일류샤의 병세가 아주 안 좋아, 아마 죽게 될 것 같아."

"뭐라고요? 결국 의학도 아무 소용이 없군요? 그런 거죠?"

콜랴는 흥분해서 소리쳤다.

"일류샤는 늘 자네 얘기를 했어. 자면서 잠꼬대도 하더군. 자네는 분명히 그 나이프 사건이 일어나기 전까지, 일류샤에게 굉장히 중요한 존재였던 것 같군. 그리고 또 다른 이유가 있어. 이 개는 자네의 개인가?"

"네, 페레즈본이에요."

"그럼, 주치카는 아닌 건가?" 알료샤는 유감스러운 듯이 콜랴를 보았다. "그럼, 그 개는 잃어버린 거군?"

"난 모두가 주치카를 원한다는 걸 알아요. 이야기를 들었거든요."

콜랴는 수수께끼처럼 히죽거리며 웃었다.

"카라마조프 씨, 들어 보세요. 당신에게 모든 상황을 설명해 드릴게요. 내가 이곳에 온 이유도 바로 그래서니까요. 내가 안으로 들어가기 전에 그동안의 일을 전부 설명하기 위해서, 일부러 당신을 불러낸 거예요."

그는 활기차게 이야기를 시작했다.

"다름이 아니라 일류샤는 지난봄에 예과에 입학했어요. 그런데 예과의 학생들은 대부분 어린애들이지요. 그래서 곧 일류샤를 놀려댔습니다. 난 두 학년이나 위였기 때문에 멀리서 지켜보기만 했었지요. 일류샤는 몸집이 작고, 힘도 약하지만 그들에게 쉽게 굴복하지 않았어요. 자존심이 무척 강했기 때문에 자주 싸웠고 눈에는 불이 붙은 것 같았지요. 나는 그런 아이를 좋아해요. 그런데 아이들은 더 심하게 그 애를 괴롭혔어요. 특히 그때 일류샤는 허름한 외투를 입었고 바지는 짧아서 발목 위로 올라오고 구두는 구멍이 났었지요. 그래서 아이들은 그걸 가지고 놀렸습니다. 아이들이 그 애를 모욕한 거지요. 난 그런 짓을 가장 싫어합니다. 그래서 난 곧 그의 편을 들고 그 아이들에게 야단을 치고 때렸습니다. 그래도 아이들은 나를 숭배하지요, 아시겠나요?"

콜랴는 신나게 자랑했다.

"하지만 대부분 난 아이들을 좋아합니다. 요즘도 집에서 꼬맹이 둘을 돌보는데, 오늘 늦게 된 것도 그 녀석들 때문입니다. 그건 그렇고, 그래서 그들은 일류샤를 더 이상 때리지 않았습니다. 내가 보호해 준 것이죠. 그런데 일류샤는 보통내기가 아니었어요. 당신에게만 하는 말이지만, 그 애는 정말 여간내기가 아니에요. 하지만 마침내 그 애도 내게 노예처럼 복종하며 내가 내리는 명령이면 어떤 것이라도 듣게 됐어요. 마치 내가 하느님이라도 되는 것 마냥 내 말을 따랐고 모든 일에 내 흉내를 냈지요. 공부 시간이 끝나면 그는 내게 왔고, 난 항상 그 애와 함께 다녔어요. 일요일도 그랬지요. 우리 학교에서는 상급생이 어린 하급생과 친하게 지내면 모두 비웃지만, 그건 편견에 불과합니다. 내 생각이 이렇기 때문에 다른 사람들이 뭐라고 해도 신경 쓰지 않습니다.

난 그 애를 가르치고 깨우쳤습니다. 그 애가 내 마음에 들었기 때문에 그를 깨우쳐 주고 싶은 마음이 드는 건 당연한 일이지요? 카라마조프 씨, 당신도 저런 어린애들과 친하게 지내지만, 이를 테면 젊은 세대에 영향을 주어 그들을 유익하게 발전시키려고 그러는 거잖아요? 당신의 그런 성격을 소문으로 듣고 그 점이 몹시 흥미로웠습니다.

이제 본론을 얘기하지요. 사실 그 애의 내면에 어떤 감수성, 일종의 감상적인 면이 자라는 걸 나는 알고 있었습니다. 그런데 난 원래 그런 '나약한 양 같은 감정'은 몹시 꺼립니다. 또한 일류사에게는 모순이 있었어요. 그 애는 자부심이 강하지만, 내게는 노예처럼 복종했지요. 노예처럼 굴다가도 어떤 때는 문득 눈을 번쩍이며, 자신의 생각을 주장하면서 달려들었습니다. 내가 때로 여러 가지 생각을 가르쳐 주면 그 애는 내 생각에 동의하지 않는 것이 아니라 나에 대해 개인적으로 반항하는 거예요. 나도 그걸 매우 잘 알았지요. 내가 그 애의 '순한 양 같은 나약한 감정'에 대해 매우 냉정하게 군다는 게 마음에 들지 않았겠지요. 그래서 난 그 애를 단련시키려고 그 애가 다정하게 굴수록 더욱더 냉정하게 대했습니다. 일부러 그렇게 했어요. 그것이 내 신념이니까요. 내 목적은 냉철한 성격을 갖춰서 인간을 만드는 것이니까요. 그리고 또…… 물론 당신은 내가 전부 얘기하지 않아도 내 마음을 이해할 거라고 생각합니다.

그런데 어느 날 갑자기 나는 그가 사흘 동안 슬퍼하고 고민에 빠진 걸 알았어요. 게다가 그것은 '양 같은 감정' 때문이 아니라, 뭔가 더 강하고 차원이 높은 일 때문이었지요. 도대체 무슨 일이 생긴건지 나는 궁금했습니다. 그래서 그 애에게 물어보니, 그 애가 어떤 기회가 생겨서 당신의 아버님 – 그때는 아직 돌아가시기 전이었지요 – 의 하인인 스메르자코프를 알게 되었다고 했어요. 마침내 나는 스메르자코프가 그 애에게 바보 같은 장난, 아주 잔인하고 야비한 장난을 가르친 걸 알 수 있었습니다. 그것은 부드러운 빵에 바늘을 넣어서 누구네 집 개에게 던지면 배가 고픈 개는 씹지 않고 그것을 삼킬 테니 어떤 일이 벌어지는지 구경하라고 한 것이었지요. 그래서 둘은 그런 빵을 만들고 지금 문제가 되는 그 복슬개 주치카에게, 종일 짖어도 집안에서 아무도 먹을 것을 안 주는 그 주치카에게 던졌지요. 카라마조프 씨, 당신은 그 개가 바보처럼 짖는 소리를 좋아하나요? 난 도무지 견딜 수가 없습니다. 주치카는 빵에 달려들어서 꿀꺽 삼켰으니 어떻게 됐을까요. 주치카는 비명을 지르기 시작했어요. 온몸을 비틀고 빙글빙글 돌다가 아무데로나 달렸어요. 낑낑거리며 비명을 지르면서 결국 사라지고 말았지요. 일류샤는 나에게 이렇게 고백하고, 괴로워하며 울었어요. 그 애는 날 꼭 부둥켜안고 온몸을 떨면서 '울면서 도망갔어, 울면서 도망갔어.' 연달아 넋두리처럼 반복했습니다. 그 애는 그 개의 모습에 강한 충격을 받은 거였죠. 양심의 가책을 받는다는 걸 알 수 있어서, 나는 진지하게 그 얘기를 들었어요. 그 전에 다른 일도 있었고, 이번 기회에 확실하게 버릇을 고쳐 주려고 나는 일부러 화가 난 척하며 말했어요.

'넌 비겁한 짓을 저질렀어. 너는 치사한 녀석이야. 난 누구에게도 이 얘기는 안 할 거지만, 당분간 너와는 절교해야겠어. 난 이 문제를 고민해 보고 스무로프 – 방금 전 나와 같이 온 아이입니다. 그 애는 항상 내게 복종하지요 – 를 통해 너와 다시 어울릴 것인지, 비열한 놈으로 영원히 생각할 것인지 알려주겠다.'

그 애에게는 이 말이 엄청난 충격이었던 것 같습니다. 그때 난 너무 심한 게 아닐까 하는 생각도 했지만 그게 그때의 신념이었으니 달리 방법이 없었습니다. 이삼일이 지난 뒤, 나는 스무로프를 일류샤에게 보내서 '이제 말도 하지 않겠다'고 알렸습니다. 이건 우리 사이에서 절교를 하겠다는 말입니다. 제 마음은, 다만 그 애를 며칠 동안 혼내서 조금이라도 후회하는 것 같으면 다시 손을 내밀려고 했습니다. 그것이 내가 굳은 결심을 한 계획이었지요. 그런데 무슨 일이 벌어졌는지 아세요? 그는 스무로프가 전한 말을 듣자 눈을 번득이며 외쳤답니다.

'크라소트킨에게 전해 줘. 난 모든 빵에 바늘을 넣어서 개들에게 다 던질 거야.'

그래서 나도 '쳇, 조금도 굽히지 않는군. 그 애를 아주 따돌려야겠다'라고 생각하고 그 뒤에는 대놓고 그 애를 경멸했죠. 만날 때마다 슬며시 외면하고, 비아냥대는 것처럼 웃었습니다. 그러는 동안에 그 애의 아버지 사건이 생겼습니다. 아시는 대로, 그 '수세미' 사건입니다. 이런 일 때문에 이미 그 애에게 무서운 신경증의 원인이 발생했다는 걸 아셔야 해요. 아이들은 내가 그 애와 절교한 것을 알고 전부 그 애에게 달려들어서 "수세미, 수세미"라고 놀렸습니다. 바로 그때부터 아이들 사이에 싸움이 벌어졌는데 나는 안타까울 뿐입니다.

한번은 일류샤가 호되게 맞은 것 같았습니다. 어느 날 아이들이 학교에서 나오자마자 일류샤가 아이들 전부를 상대로 달려들었습니다. 난 열 발자국 정도 떨어진 곳에서 지켜보았습니다. 하늘에 맹세코, 난 그때 절대로 웃지 않았습니다. 아니, 오히려 그때 나는 그 애가 불쌍해서 참을 수 없었습니다. 그래서 달려가서 그 애를 도우려고 했습니다. 그런데 그 애는 그 순간, 무슨 생각인지 갑자기 연필 깎는 칼을 들고 내 넓적다리를 찔렀습니다. 바로 여기 오른쪽 다리를요. 난 움직이지 않았습니다. 카라마조프 씨, 사실을 말하면 난 때로 용감할 때가 있거든요. 그때 나는 단지, '이게 내가 너에게 친절을 베푼 것에 대한 너의 보답이냐! 원한다면 한 번 더 찔러, 가만히 있을 거니까 실컷 해!'하는 것처럼 경멸하는 듯한 시선으로 그를 바라보았습니다. 그러자 그 애도 두 번은 찌르지 못했습니다. 스스로 버틸 수가 없었던 것입니다. 자신이 한 일에 겁을 먹었는지, 그 애는 칼을 던지고 큰소리로 울면서 달아났습니다. 물론 난 고자질을 하지 않았고, 선생님이 알지 못하도록 아이들에게 단단히 명령해 두었습니다. 어머니에게조차 상처가 다 나은 뒤,

결국 이야기를 했으니까요. 상처도 대단한 것이 아니었습니다.

나중에 듣기로는, 바로 그날 그 애는 돌팔매질을 하며 싸우다가 당신의 손가락까지 깨물었다고 하더군요. 하지만 그때 그 마음이 어땠을지는 당신도 이해하리라 생각합니다. 그때 그 애의 마음이 어땠을지! 어쩔 수 없죠, 내가 바보 같았어요. 그 애가 앓아누웠을 때 찾아가서 용서한다고 말해 주지 못한 것이, 그 애와 화해하지 못한 것이 지금은 후회스럽습니다. 하지만 거기에는 특별한 목적이 있었어요. 내가 당신에게 하고 싶은 얘기는 이것뿐입니다……. 단지 내가 너무 바보 같은 짓을 한 것 같아서……."

"아, 정말 유감이네." 알료샤는 흥분해서 외쳤다. "자네와 그 애의 관계를 지금까지 몰랐던 게 참 유감이야. 그걸 알았으면 이미 자네 집에 가서 그 애 집에 함께 가자고 부탁했을 텐데. 정말 그 애는 열이 심해지면 잠꼬대에서도 자네 얘기를 했어. 나는 자네가 그 애에게 얼마나 소중한 사람인지 몰랐다네. 자네는 주치카를 못 찾은 건가? 그 애의 아버지는 물론이고 아이들까지 전부 나서서 읍내를 모두 찾아봤지만 허탕이었어. 그 애는 앓아누워서도 '아빠, 내가 병이 든 건 그때 주치카를 죽여서예요. 그래서 하느님께서 내게 벌을 내리셨어요.' 이렇게 눈물을 흘리면서 내가 아는 것만으로도 세 번씩이나 반복해서 말했어. 아무래도 그 애는 그 생각을 지울 수 없을 거야. 그래서 만일 주치카가 발견되어 그 개가 살아 있는 걸 보여주면 혹시 그 애의 병이 나을지도 모른다는 한 줄기 희망을 갖고 있는 것뿐이라네. 우리는 전부 자네에게 기대를 걸고 있어."

"그런데 왜 주치카를 찾아낼 사람이 나라고 생각한 거지요?" 콜
라는 굉장한 호기심을 느끼며 물었다. "왜 다른 사람이 아니라 나
라고 생각한 거예요?"

"자네가 그 개를 찾는다거나, 또 찾으면 데려올 거라고 말을 들
었어. 스무로프도 비슷한 말을 했고. 어쨌든 우리는 전부 어떻게
해서든지 주치카가 살아 있는 것처럼, 어디선가 본 사람이 있는 듯
이 일류샤에게 믿게 하려고 노력 중이야. 저번에 아이들이 어디서
토끼를 사로잡았는데, 그 애는 토끼를 보고 희미한 미소를 지으며
들에 놓아주라고 했어. 그래서 우리는 그 애의 말대로 했지. 방금
전에 그 애의 아버지가 마스티프 종 강아지를 얻어와서 그걸로 그
애를 위로하려고 했지만, 내 생각에는 더 좋지 않은 결과를 낳은
것 같아."

"그럼 카라마조프 씨, 한 가지 묻겠는데요, 그 애의 아버지는 도
대체 어떤 사람인가요? 나도 그를 알고 있지만, 당신은 어떻게 생
각하시나요? 어릿광대 같은가요?"

"전혀, 세상에는 깊은 감성을 가진 사람들이 있어. 그들 중에는
늘 억압을 받는 사람들이 있는데, 그런 사람들의 어릿광대짓은 가
끔 정말 비극적이야. 지금 그 아버지는 이 세상의 모든 희망을 일
류샤에게 걸고 있어. 그러니까 만약 죽기라도 한다면 그 애의 아버
지는 슬픔을 견디지 못하고 미쳐버리든가, 아니면 자살하고 말 거
야. 난 요즘 그를 보면 그런 생각만 들어."

"카라마조프 씨, 당신의 생각은 잘 알겠습니다. 당신은 정말 인간에 대해 잘 알고 계시네요."

콜랴는 감동해서 말했다.

"그런데 나는 자네가 개를 데려온 걸 본 순간, 주치카를 데리고 온 걸로 알았네."

"카라마조프 씨, 기다려 보세요. 어쩌면 우린 그 개를 찾을 수도 있어요. 하지만 이 개는 페레즈본입니다. 나는 이제 이 개를 그 애에게 데려 갈 생각이에요. 아마 그 마스티프 종 강아지보다 이 개가 일류샤를 더 기쁘게 할 거예요. 기다려 보세요, 카라마조프 씨. 곧 여러 가지 일들을 알게 되실 거예요. 아, 내가 당신을 너무 오래 붙들고 있었네요!" 콜랴는 문득 힘차게 말했다. "이렇게 추운 날씨에 외투도 입지 않은 당신을 밖에서 이렇게 오래 붙잡았다니, 난 이기적이에요! 카라마조프 씨, 사실 우린 전부 이기주의자예요!"

"걱정하지 마. 날씨는 춥지만 난 웬만해서는 감기가 걸리지 않아. 어쨌든 들어가자. 그런데, 자네 이름이 뭐였지? 콜랴라고 부르는 건 알지만, 정식 이름은 뭔가?"

"니콜라이 이바노프 크라소트킨입니다. 관청 식으로 하면 '크라소트킨 2세'죠." 콜랴는 무슨 이유에서인지 소리를 내어 웃고 재빨리 이렇게 덧붙였다. "물론 나는 니콜라이라는 이름이 싫어요."

"왜 싫어하지?"

"평범하지만 관청 냄새가 나잖아요."

"나이는 열세 살인가?" 알료샤가 물었다. "세는 나이로는 열네 살입니다. 이제 두 주일이 지나면 만으로 열네 살이 돼요. 카라마조프 씨, 당신에게 미리 내 약점을 고백할게요. 그러면 내 성격을 한 번에 파악하실 테니까요. 다름이 아니라 나는 내 나이를 묻는 게 정말 싫어요. 아니 싫은 정도가 아닙니다. 그리고 또 한 가지…… 내가 지난주에 예과 애들과 술래잡기 놀이를 했다는, 나에 대한 어이없는 소문이 퍼졌어요. 내가 그런 놀이를 한 건 맞지만 단지 나를 위해서, 내가 즐겁게 놀기 위해서 그런 놀이를 했다는 건 정말 중상모략입니다. 난 당신이 이 말을 들었다는 확실한 근거가 있어요. 하지만 그건 나 자신을 위해서 한 일이 아닙니다. 그 애들은 내가 없으면 아무것도 생각할 수 없어요. 이 고장은 언제나 허황된 소문만 퍼뜨려요. 즉 유언비어의 고장이라고 할 수 있죠."

"하지만 스스로를 위해 놀았다고 해도 그리 나쁜 건 아니지 않니?"

"스스로를 위해서…… 그렇지만 당신도 말타기 놀이를 하는 건 아니겠지요?"

"하지만 이렇게 생각하는 건 어떠니?" 알료샤가 미소를 지으며 말했다. "예를 들어서 어른들은 연극을 보기 위해서 극장을 가는데 극장에서는 갖가지 주인공들의 모험이 펼쳐지지. 때로는 강도질이나 싸움도 벌어지곤 해. 이런 것도 역시 일종의 놀이라고 생각해야 하지 않을까? 그러니까 아이들이 쉬는 시간에 하는 전쟁놀이나 술래잡기 놀이 역시 예술의 첫 단계인 거야. 그것은 어린 마음속에 자라는 예술적 욕구의 표현인 거지. 때로는 그런 놀이가 극장에서 상연되는 연극보다 더 잘 짜일 때가 있어. 단지 다른 점이라면 어른들은 배우를 보러 극장에 가는데, 놀이에서 아이들은 자신이 배우라는 점이지. 게다가 이건 아주 자연스러운 일이야."

"당신은 그렇게 생각하나요? 그게 당신의 신념인가요?" 콜랴는 알료샤를 물끄러미 바라보았다. "당신의 말은 정말 흥미로운 생각이에요. 나도 오늘 집으로 돌아가면 이 문제에 대해 더 생각해 볼게요. 사실은 당신에게 무언가 배울 수 있을 것이라고 기대했어요. 카라마조프 씨, 난 당신에게 가르침을 받기 위해 온 거예요."

콜랴는 진심으로 감동받은 목소리로 이렇게 말했다.

"나도 자네에게 배울 게 있네." 알료샤는 그의 손을 잡고 웃으며 말했다.

콜랴는 알료샤가 무척 마음에 들었다. 특히 콜랴에게 감동을 준 것은 알료샤가 그를 대등하게 대해 줄 뿐만 아니라 '어른'과 말하듯이 그와 대화를 하는 것이었다.

"카라마조프 씨, 곧 내가 당신에게 '재주' 한 가지를 보여드릴게요. 연극의 일종이죠." 그는 기이하게 신경질적으로 웃었다. "실은 내가 여기에 온 이유도 바로 이 점 때문이에요."

"일단 왼쪽으로 돌아가서, 이 집의 주인이 있는 곳으로 가자. 방이 작고 더워서 외투를 벗어야 하니까."

"괜찮아요. 잠시 들어갔다가 나올 거라서 외투를 입고 있을게요. 페레즈본은 현관에 두고 죽은 시늉을 하고 있게 할게요. '이리와, 페레즈본. 여기 누워서 죽은 척해!' 어떤가요, 죽은 거 같죠? 이제 내가 먼저 들어가서 상황을 살펴본 뒤, 적당한 순간에 휘파람을 불면, 그때 보세요. 저놈이 바로 미친 듯이 달려올 테니까요. 스무로프가 그 순간에 빨리 문을 열기만 하면 돼요. 내가 모든 준비를 하고, 그 '재주'를 보여드릴게요."

5. 일류샤의 침대 곁에서

독자 여러분도 퇴역 대위 스네기료프의 가족이 사는 방은 이미 알 것이다. 이때 좁은 방안은 이미 문병을 온 손님들로 꽉 차서 숨이 막힐 정도였다. 소년 몇 명이 일류샤 곁에 앉아 있었다. 그들은 전부 알료샤에게 끌려와서 일류샤와 화해를 했지만, 그들 역시 스무로프처럼 그것을 부정할 것이다. 알료샤는 능수능란한 솜씨를 보였는데, 그것은 양과 같은 나약한 감정에 호소하는 것이 아니라, 또 의도적이지도 않고, 우연히 그렇게 된 것처럼 보이면서 그들 모두를 데려와서 일류샤와 화해를 시킨 것이다. 예전에는 자신의 적이었던 아이들이 모두 깊은 우정과 동정을 드러내자, 앓던 일류샤는 크게 감동했다. 다만 콜랴가 오지 않은 것은 그의 마음에 무거운 짐으로 남았다. 만일 일류샤의 쓸쓸한 추억 중에서도 가장 쓸쓸한 것이라면 그것은 자신의 하나뿐인 친구였을 뿐 아니라 보호자였던 콜랴에게 칼을 들고 덤볐던 것이었다. 명석한 스무로프도 역시 그런 생각을 했다. '그는 일류샤와 가장 먼저 화해한 아이였다.'

콜랴는 스무로프를 통해 알료샤가 '어떤 용무'로 그를 찾아오고 싶어 한다고 들었을 때 일언지하에 거절했다. 그는 자신이 취해야 할 행동은 스스로 잘 아는 만큼 누구의 충고도 받고 싶지 않았고 만약 일류샤에게 가야 한다면 스스로 문병을 언제 갈 것인지 결정하겠다고 말했다. 그리고 스무로프를 시켜서 바로 '카라마조프'에게 그렇게 전하라고 말했다. 그것이 바로 2주일 전이었다. 그래서 알료샤는 크라소트킨을 찾아갈 계획을 포기했지만, 그래도 다시 한 번 콜랴에게 스무로프를 보냈다. 이번에도 콜랴는 무척 화를 내며 격렬한 어조로 그 요구를 거절했다. 만약 알료샤가 자신을 찾아오면 일류샤에게 절대로 가지 않을 것이니 더는 귀찮게 하지 말아 달라고 대답했다. 그래서 스무로프는 어제만 해도 콜랴가 이날 아침 일류샤를 찾아갈 계획이라는 것을 전혀 몰랐던 것이다. 그런데 바로 엊저녁에 콜랴는 스무로프와 헤어지면서 갑자기, 내일 함께 스네기료프 씨 집에 갈 것이니 집에서 기다리라고 했다. 그리고 자신은 예고하지 않고 찾아가고 싶으니 아무에게도 말하지 말라고 해서 스무로프는 콜랴가 시키는 대로 했다.

스무로프는 언젠가 콜랴가 "만일 주치카가 살아 있는데 그 개를 찾지 못한다면 모두 멍청한 거야."하고 무심하게 지껄인 말을 근거 삼아서 콜랴가 분명히 행방불명된 주치카를 데려올 것이라고 예상했다. 그러나 스무로프가 기회를 엿봐서 그 개에 대한 자신의 추측을 슬며시 표하자, 콜랴는 무척 화를 냈다.

"나에겐 페레즈본이 있어. 그런데 내가 남의 개를 찾아서 거리를 헤맬 바보 같아? 그리고 도대체 너는 바늘을 삼킨 개가 어떻게 살아 있을 거라고 상상하는 거야! 그건 바로 '양 같은 나약한 감정'이야!"

일류샤는 이미 2주일 동안 방 한구석 성상 옆의 작은 침대에 누워 있었다. 알료샤를 만나서 손가락을 깨문 뒤, 학교에도 가지 않았다. 바로 그날부터 앓아누운 것이다. 처음 한 달 정도는 침대에서 일어나서 방안이나 현관을 걸을 정도는 되었지만, 지금은 완전히 쇠약해져서 아버지의 부축을 받지 않으면 움직일 수도 없었다.

아버지는 아들을 몹시 걱정했다. 그는 이제는 술도 끊고 혹여 아들이 죽지나 않을까 걱정이 돼서 거의 미쳐버릴 지경이었다. 특히 아들의 팔을 부축해서 방안을 조금 걷게 하고 침대에 누인 뒤에는 현관의 어두운 구석으로 달려가 이마를 벽에 대고, 일류샤가 듣지 못하게 소리를 죽인 채 온몸을 떨면서 흐느끼는 일이 잦았다.

방으로 돌아오면 소중한 아들을 즐겁게 하고 위로하기 위해서, 옛날 얘기나 재미있는 얘기를 들려주고, 자신이 본 웃긴 사람들의 흉내를 내고 심지어 동물의 울음소리를 흉내내며 우스꽝스러움을 자아냈다.

그러나 일류샤는 아버지가 일부러 얼굴을 찡그리거나 어릿광대 노릇을 하는 게 아주 싫었다. 소년은 불쾌한 내색을 하지 않으려고 노력했지만, 자신의 아버지가 세상 사람들에게 놀림을 받는 사실을 가슴 아프게 의식했다. 또 '수세미'나, '무서운 그날'의 기억이 자꾸만 머릿속에 떠올랐다.

일류샤의 조용하고 온순한 절름발이 누나 니노치카도 역시 아버지의 어릿광대 노릇을 싫어했다(바르바라 니콜라예브나는 벌써 오래전에 페테르부르크에 있는 대학에 공부하러 떠났기 때문에 없었다). 그러나 거의 미친 것이나 다를 바 없는 어머니는 그의 어릿광대 노릇을 무척 좋아했다. 남편이 어떤 흉내를 내거나 웃긴 몸짓을 시작하면, 재미있는지 박수를 치며 웃었다. 그녀에게 위안을 주는 것은 오직 그것뿐이었다. 다른 때는 이제 모두 자기를 잊어버렸느니, 아무도 자신을 존중하지 않는다느니, 모두 자신을 무시한다느니 하고 투덜거리며 항상 울었다.

그러나 요즘은 그녀도 문득 변한 것 같았다. 방의 구석에 있는 일류샤의 침대를 보면서 때로 깊은 생각에 빠지곤 했다. 그녀는 점점 말수가 적어지고 얌전해졌다. 울 때도 거의 남이 듣지 못하도록 조용하게 흐느꼈다. 퇴역 대위는 아내의 이런 변화를 알고 무척 당황스러워 했다.

그녀는 처음에는 아이들이 찾아오는 것이 못마땅해서 화를 내기도 했지만, 마침내 그들을 아주 좋아하게 되었다. 만일 아이들이 갑자기 찾아오지 않으면 그녀는 분명히 몹시 외로울 것이라고 여겨질 정도였다. 아이들이 무슨 얘기를 하거나 놀이를 하면 그녀는 웃으며 박수를 쳤고, 이따금 자신의 곁으로 가까이 불러서 아이들에게 입을 맞추기도 했다. 그녀는 특히 스무로프를 아꼈다.

퇴역 대위는 처음부터 일류샤를 위로하러 방문하는 아이들을 열렬하게 환영했다. 그렇게 해서 일류샤가 마음의 상처를 잊고 병이 회복될 것이라는 기대를 했던 것이다. 그는 일류샤의 병세가 불안했지만 마지막 순간까지 아들의 병이 어느 날 문득 회복될 것이라고 한 치의 의심도 없이 믿었다. 그래서 그는 어린 손님들을 정중하게 맞고, 그들 주변을 오가며 성의 있게 시중을 들었다. 그리고 아이들의 말이 되어 등에 태우려고까지 했다. 그러나 일류샤가 싫어해서 그런 일은 곧 그만두었다. 그는 아이들을 위해서 생강과자나 호두를 사왔고, 차를 끓이거나 샌드위치를 만들기도 했다.

여기서 지적하자면, 그는 그 무렵 경제적으로 넉넉했다. 알료샤의 예언대로 그는 카체리나가 주는 2백 루블을 결국 받았던 것이다. 얼마 뒤, 카체리나는 그의 집안 형편과 일류샤의 병에 대해 자세히 알게 되었다. 그래서 그의 집을 직접 찾아가 모든 가족과 사귀고, 반쯤은 미친 대위의 부인까지 꼬이는 데 성공했다. 그렇게 한 뒤부터 카체리나는 그들을 돕는 데 돈을 아끼지 않았다. 아들이 죽는 건 아닌지 두려움에 휩싸인 퇴역 대위는 예전의 자존심은 잊고 순순히 그녀가 주는 도움의 손길을 받았다.

그동안 의사 게르첸시투베는 카체리나의 부탁으로 이틀에 한 번 꼴로 주기적인 왕진을 왔지만 치료 효과는 별로 보이지 않았다. 그는 환자에게 약만 엄청나게 먹였다.

그러나 바로 이날 일요일 아침, 퇴역 대위 집에는 모스크바에서 온 의사가 오기로 했다. 그 의사는 모스크바에서 유명한 의사여서 카체리나가 일부러 편지를 쓰고 큰 비용을 들여서 불러온 것이었다. 물론 일류샤만 위해서 부른 것은 아니고 다른 목적이 있기도 했지만, 그 얘기는 다음에 적당한 곳에서 다루기로 하겠다. 어쨌든 의사가 도착하고 카체리나는 일류샤의 진찰까지 부탁했다. 물론 대위도 미리 통지를 받아서 알고 있었다. 그는 자신의 아들 일류샤가 마음 쓰는 콜랴 크라소트킨이 와주기를 예전부터 기대했지만, 이렇게 갑자기 찾아올 것이라고는 예상하지 못했었다.

크라소트킨이 문을 열고 방에 들어섰을 때, 대위를 포함한 아이들 전부는 환자의 침대 주변에 모여 방금 가져온 마스티프 종 강아지를 보고 있었다. 그 강아지는 태어난 지 겨우 하루가 됐을 뿐이지만, 행방불명되어 이제는 죽었을 주치카 때문에 늘 괴로워하는 일류샤를 위로하고 즐겁게 해주려고 대위가 벌써 2주일 전부터 미리 부탁한 강아지였다. 그래서 이미 2, 3일 전부터 작은 강아지를, 그것도 일반적인 강아지가 아닌 순종 마스티프(이것이 물론 가장 중요했다)를 자신을 위해 가져다주겠다는 한 것을 이미 들어서 알던 일류샤는 그 세심하고 착한 마음에 겉으로 이 선물을 기뻐하는 듯이 보이려고 노력하고 있었다. 하지만 이 새 강아지가 오히려 일류샤에게 전에 그가 죽인 불쌍한 주치카에 대한 기억을 더 새롭게 하리라는 것을 아버지는 물론, 아이들도 깨닫는 중이었다.

강아지는 일류샤 곁에서 꿈틀대며 엎드려 있었다. 일류샤는 병색이 완연한 미소를 지으며, 마르고 가냘픈 창백한 손으로 강아지를 쓰다듬었다. 강아지가 마음에 든 것처럼 보이기도 했다. 그러나…… 역시 주치카는 아니었다. 만일 주치카와 그 강아지가 전부 있었다면 그는 완벽한 행복을 느꼈을 것이다!

"크라소트킨!"

콜랴가 들어오는 것을 처음으로 발견한 아이가 이렇게 소리쳤다. 콜랴의 등장은 방 안에 파문을 일으켰다. 아이들이 재빨리 침대 양쪽으로 갈라졌기 때문에 콜랴에게는 누워있는 일류샤의 모습이 보였다. 대위는 반갑게 맞으려고 빠르게 콜랴에게 달려갔다.

"어서 와라, 어서 와……. 정말 귀한 손님이 왔어." 그는 혀가 잘 움직이지 않는 듯한 소리로 말했다. "일류샤, 크라소트킨이 널 만나려고 왔다!"

그러나 콜랴는 빨리 대위에게 손을 내밀어 자신이 사교적인 예절을 잘 알고 있음을 보여주었다. 그는 맨 처음 안락의자에 앉아 있는 대위의 부인에게(이때 그녀는 아이들이 일류샤의 침대를 막고 자신에게는 새 강아지를 보여주지 않는다고 투덜거리며 몹시 화가 난 상태였다) 아주 예의바르게 한쪽 발을 뒤로 빼면서 절을 한 뒤, 다음에는 니노치카를 향해 역시 귀부인에게 하는 인사를 했다. 이 예의바른 행동은 병에 걸린 대위 부인에게 매우 좋은 인상을 남겼다.

"나이는 어리지만 훌륭한 가정교육을 받은 도련님이란 걸 알 수 있어요." 부인은 두 팔을 벌리며 크게 말했다. "그런데 여기 오는 다른 손님들은 서로 목말을 타고 들어오지."

"서로 목말을 탄다니, 그게 대체 무슨 말이요?"

대위는 부드럽게 말했지만 아내가 조금 걱정스러운 듯한 기색이었다.

"현관에서부터 서로 목말을 타는 것처럼 밀고 들어오잖아요. 점 잖은 집에 그렇게 들어오다니, 그런 손님들이 어디 있어!"

"대체 누가 그렇게 들어왔다는 거요, 여보."

"오늘도 저 애는 이 애의 어깨를 타고 들어왔고 또 저쪽의 저 애는 이 애의 어깨를 타고⋯⋯."

그러나 콜랴는 벌써 일류샤의 침대 옆에 서 있었다. 환자의 얼굴이 갑자기 창백해졌다. 일류샤는 침대에서 일어나 앉아 콜랴를 주의 깊게 바라보았다. 콜랴는 이미 두 달 동안 자신의 어린 친구를 만나지 못해서, 일류샤를 보고 큰 충격을 받고 문득 그 앞에서 걸음을 멈췄다. 그는 설마 이렇게 누렇게 마른 얼굴을, 이처럼 열이 나서 퀭한 눈을, 그리고 이렇게 뼈만 남은 손을 보게 될 것이라고는 상상조차 할 수 없었던 것이다.

그는 일류샤의 몹시 거칠고 가쁜 숨과 마른 입술을 슬프고 놀라움에 찬 눈으로 바라보았다. 그는 일류샤에게 한 걸음 다가가 손을 내밀고 어떻게 해야 할지 모른 채 말문을 열었다.

"영감⋯⋯ 그동안 잘 지냈니, 응?"

그러나 목소리가 자꾸 끊기려고 해서 좀처럼 평정을 유지하기 힘들었다. 갑자기 얼굴이 일그러지고, 입술 끝이 떨렸다. 일류샤는 병색이 짙은 채 미소를 지었지만, 역시 아무 말을 하지 못했다.

콜랴는 무슨 생각인지 갑자기 손을 들어서 일류샤의 머리를 쓰다듬었다.

"괜찮아질 거야!"

그는 낮은 목소리로 일류샤에게 속삭였지만, 일류샤를 위로하려고 그렇게 말한 건 아니었다. 무슨 의미로 그런 말을 했는지, 자신도 몰랐다.

두 소년은 다시 잠시 말을 하지 않았다.

"이건 뭐야, 새 강아지구나."

콜랴는 문득 무덤덤하게 물었다.

"으응…… 맞아…….''

일류샤는 숨을 몰아쉬며 느리게 속삭이며 대답했다.

"코끝이 검은 걸 보니 사납겠네. 쇠줄에 매야 해." 흡사 강아지와 그 까만 코끝이 당장에 해결할 중요한 문제라도 되는 것처럼, 콜랴는 정색을 하고 근엄하게 말했다. 그러나 그는 '어린아이'처럼 눈물이 나올 것 같아서, 내면에서 솟아오르는 감정을 억누르려고 애를 썼지만, 좀처럼 태연해질 수 없었다. "커지면 쇠줄에 매야 할 거야. 분명해!"

"저 개는 무척 커질 거야!"

소년들 중의 한 명이 외쳤다.

"당연히 커질 거야."

"순종 마스티프잖아."

"굉장하겠네."

"송아지만 할거야."

여러 명의 목소리가 한꺼번에 쏟아졌다.

"송아지처럼 커지고말고, 정말 송아지처럼."

대위가 맞장구를 쳤다. "그래서 내가 일부러 사나운 개를 데려왔지. 저 강아지의 어미도 굉장히 크고 사나워. 일어나면 이 바닥에서 이 정도나 높단다. 자, 어서 앉아라, 일류샤의 침대 끝이나 여기 의자에라도. 이렇게 와줘서 정말 고맙구나. 우린 오래전부터 널기다렸단다. 그래, 알렉세이 카라마조프 씨와 함께 온 거니?"

크라소트킨은 일류샤의 침대 한쪽 끝에 걸터앉았다. 그는 여기오는 도중에 어색하지 않게 말을 하려고 미리 준비했지만, 이제는완전히 말을 잊어버린 상태였다.

"아니에요……. 페레즈본과 함께 왔어요. 난 지금 페레즈본이라는 개를 키우거든요. 슬라브 식 이름이에요(페레즈본은 종소리가울린다는 뜻). 밖에 있어요……. 내가 휘파람을 불면 여기로 달려들어올 거예요. 나도 개를 데려왔어." 그는 문득 일류샤를 돌아보며 말했다. "너 주치카를 기억하지?"

콜랴가 갑자기 이렇게 묻자 일류샤는 흠칫 놀랐다. 그 순간 일류샤의 작은 얼굴이 굳었다. 그는 괴로운 듯이 콜랴를 바라보았다.문 쪽에 서 있던 알료샤는 얼굴을 찡그리며 주치카에 대한 말은하지 말라는 신호를 보냈지만, 콜랴는 알지 못했다. 아니, 일부러모르는 척하는 것인지도 몰랐다.

"대체 어디에 있는 거야…… 주치카는?"

일류샤가 괴로운 듯이 물었다.

"그래, 너의 주치카⋯⋯ 너의 주치카, 사라졌잖아!"

일류샤는 말을 하지 않았지만, 다시 한 번 콜랴를 주의 깊게 바라보았다. 알료샤는 다시 콜랴의 시선을 붙잡고 고개를 저으면서 눈짓을 했지만, 여전히 콜랴는 못 본 척 외면했다.

"어디론가 도망가서 아주 사라졌어. 그런 빵을 먹었으니 사라진 게 당연해." 콜랴는 잔인하게 말하긴 했지만, 그도 몹시 숨이 찼다. "그 대신 나에게는 페레즈본이란 개가 있어⋯⋯. 슬라브 식 이름이야⋯⋯. 너에게 보여주려고 여기 데리고 왔어."

"아, 하지 마!"

일류샤는 내뱉는 듯이 외쳤다.

"아니야, 너는 꼭 봐야 돼⋯⋯. 너도 보면 기분이 좋아질 거야. 그래서 내가 데려왔어. 주치카처럼 털이 복슬복슬해. 그런데 아주 머니, 개를 여기에 불러도 될까요?"

그는 알 수 없는 흥분에 싸인 채 스네기료프 부인에게 물었다.

"안 돼, 필요 없어!"

일류샤는 슬픔에 겨워 목이 메어서 외쳤다. 그의 눈에는 비난이 가득했다.

"부탁하지만⋯⋯," 대위가 벽 옆에 있는 궤짝에 앉으려다가 갑자기 일어나서 다가왔다. "부탁한다만⋯⋯ 그건 다음에⋯⋯."

그는 애원하는 것처럼 중얼거렸다.

그러나 이미 자제력을 잃은 콜랴는 서둘러 스무로프에게 외쳤다. "스무로프, 문을 열어!"

스무로프가 문을 열자 그는 휘파람을 불었다. 페레즈본이 바람같이 방안으로 뛰어 들어왔다.

"일어나, 페레즈본, 재주를 부려, 재주를!"

콜랴는 자리에서 벌떡 일어나서 외쳤다. 그러자 개는 일류샤의 침대 앞에서 뒷발을 딛고 일어섰다. 그때 전부 예상하지 못한 일이 벌어졌다. 일류샤는 몸을 떨더니 겨우 페레즈본 쪽으로 윗몸을 내밀고 숨을 가쁘게 몰아쉬며 개를 바라보았다.

"이건…… 주치카야!"

그는 문득 고통과 기쁨이 섞인 목소리로 외쳤다.

"그럼 넌 어떤 개라고 생각했니?"

콜랴는 행복한 목소리로 힘껏 외쳤다. 그리고 허리를 숙여서 개를 붙잡고 일류샤에게 번쩍 들어서 보여주었다.

"자, 이것 봐! 한쪽 눈은 안 보이고, 왼쪽 귀는 찢어져 있고, 네가 나에게 말해 준 특징과 똑같아. 난 이런 특징을 보고 이 개를 찾을 수 있었지. 그때 바로 찾았어. 주인이 없는 개였으니까." 그는 빠르게 대위와 대위 부인, 그리고 알료샤와 일류샤를 차례로 훑어보며 빠른 말투로 설명했다. "이 개는 페도토프 씨 집 뒷마당에 있었어. 그곳에 있었지만, 그들은 개에게 먹을 것을 주지 않았지. 이 개는 시골에서 도망친 개였으니까……. 그때 내가 발견한 거야. 그런데, 이 개는 네가 던진 빵을 삼키지 않았어. 삼켰으면 진짜 죽었을 거야. 죽고말고! 이렇게 아직도 살아 있는 걸 보면, 그때 이 녀석이 곧바로 뱉은 것 같아. 다만 넌 그걸 못 봤을 뿐이고. 뱉긴 했지만 혓바닥을 찔려서 비명을 지른 거야. 비명을 지르며 도망가니까, 넌 아주 삼켜 버린 줄 알았던 거야. 이 녀석이 비명을 지른 것도 당연하지. 개의 입안 피부는 아주 연약하거든. 사람의 입 속보다 더 약해. 훨씬 더 부드럽지!"

콜랴는 신나게 외쳤다. 그의 얼굴은 기쁨에 들떠 뜨겁게 불타오르며 붉게 빛났다.

일류샤는 아무런 말을 할 수 없었다. 얼굴은 백지장처럼 창백해졌고, 입은 멍하니 벌리고 금방이라도 눈이 튀어나올 것처럼 커져서 콜랴를 바라보았다. 만일 콜랴가 이런 순간이 이 환자에게 얼마나 무섭고 치명적인 영향을 주는지 알았다면, 어떤 일이 있어도 이렇게 심하게는 하지 않았을 것이다. 그러나 방안에 있는 사람들 중에서 그것을 아는 사람은 알료샤뿐이었다. 대위는 어린아이로 되돌아가기라도 한 것 같았다.

"주치카, 그럼 이게 주치카인 거지?" 그는 기쁨에 겨워 외쳤다. "일류샤, 이게 주치카야, 네 주치카라고. 여보, 이게 주치카라고 하는군!" 그는 금방 울음을 터트리기라도 할 듯이 말했다.

"난 꿈에도 몰랐어!" 스무로프가 유감인 듯이 외쳤다. "역시 크라소트킨이야! 내가 뭐랬어. 크라소트킨이 찾아낼 거라고 했잖아. 이것 봐, 정말로 찾아냈어."

"정말 찾아냈어!"

다른 아이가 기쁘다는 듯이 외쳤다.

"크라소트킨, 정말 대단해!"

또 다른 아이가 말했다.

"최고야, 정말 최고!"

아이들은 환호성을 지르며 전부 박수를 쳤다.

"그만들 해, 그만!" 콜랴는 아이들의 환호성을 멈추려고 힘껏 소리쳤다. "내가 그동안 있었던 일을 얘기할게. 다른 건 하지 않고 어떻게 이렇게 된 건지 그것만 말할 거야! 나는 이 개를 찾아 집으로 데리고 와서 남이 보지 못하게 숨겼어. 집안에 가두고 자물쇠를 채운 뒤에 지금까지 누구에게도 보여주지 않았어. 스무로프만 이 주일 전부터 알았지만 내가 페레즈본이라고 속였기 때문에 전혀 눈치채지 못했지. 그동안 나는 이 녀석에게 여러 가지 재주를 가르쳤어. 이제 곧 이 녀석이 어떤 재주를 부리는지 모두 지켜봐! 일류샤, 나는 이 녀석을 훈련시킨 뒤에 너에게 데려오고 싶었어. 그래서 '자, 이것 봐, 너의 주치카가 얼마나 근사한지' 이렇게 너에게 자랑하고 싶었어. 그런데 여기 혹시 고기가 있습니까? 이제 이 녀석이 여러분의 배꼽을 빠지게 할 재주를 부릴 거예요. 댁에 고기가 없나요?"

대위는 현관을 지나, 그들의 식사를 맡는 안주인의 집으로 달렸다. 콜랴는 소중한 시간을 낭비하지 않기 위해 서둘러 페레즈본을 향해 "죽어!"라고 외쳤다. 그러자 개는 몸을 비틀면서 반듯하게 눕더니 네 발을 위로 들고 죽은 척했다. 아이들은 좋아서 웃었다. 일류샤는 여전히 괴로운 미소를 지으며 바라보았다. 그러나 페레즈본의 재주를 보고 가장 재미있어 한 사람은 엄마였다. 그녀는 그것을 보고 크게 웃으면서 손가락을 튕겨서 개를 불렀다.

"페레즈본, 페레즈본!"

"누가 말해도 절대 일어나지 않아요." 콜랴는 자랑스럽고 기세 등등하게 외쳤다. "온 세상이 전부 고함을 쳐도 움직이지 않아요. 하지만 내가 부르면 금방 일어나죠. 일어나, 페레즈본!"

개는 벌떡 일어나서 기쁘게 컹컹대며 뛰었다. 그때 대위가 쇠고기 한 조각을 들고 들어왔다.

"안 뜨겁나요?" 콜랴는 고기를 받으며 기계적으로 재빨리 물었다. "음, 뜨겁지는 않네. 개는 뜨거운 것을 싫어해. 자, 그럼 여러분 보세요……. 일류샤, 너도 봐, 보라고. 왜 안 보는 거지? 내가 이렇게 일부러 데리고 왔는데. 일류샤, 넌 별로 보고 싶은 않은 것 같다!"

새로운 재주는 조용히 서 있는 개의 콧등에 고기를 올려놓은 뒤, 개는 콧등에 고기를 올려놓은 채 주인이 명령하지 않으면 30분이든 1시간이든 움직이지 않고 서 있어야 하는 것이었다. 그러나 페레즈본의 기다림은 오래 걸리지 않았다.

"먹어!"

콜랴가 외치자, 고기는 어느새 페레즈본의 코에서 입안으로 들어갔다. 구경하는 사람들은 모두 감탄했다.

"그럼 너는 그동안 개를 훈련시키느라 여기에 오지 않았던 거니?"

알료샤는 무의식중에 나무라는 듯이 외쳤다.

"당연하죠!" 콜랴는 아주 태연하게 말했다. "나는 이 녀석이 멋지게 훈련된 모습을 일류샤에게 보여주려고 했어요."

"페레즈본! 페레즈본!"

갑자기 일류샤는 마른 손가락을 튕기며 개를 불렀다.

"왜 그래? 이 녀석을 네 침대 위에 뛰어오르게 하자! 이리 와, 페레즈본!" 콜랴가 손바닥으로 침대 위를 치자, 페레즈본은 빠르게 일류샤의 옆으로 뛰어올랐다. 일류샤는 무턱대고 두 팔로 개의 머리를 부둥켜안았다. 개도 금세 그의 뺨을 핥았다. 일류샤는 개를 꼭 안고 침대에 눕더니 그 덥수룩한 털에 얼굴을 묻었다.

"아, 아!"

대위는 단지 소리만 지를 뿐이었다.

콜랴는 다시 일류샤의 침대 어귀에 앉았다.

"일류샤, 또 보여 줄 게 있어. 작은 대포 한 개를 가져왔어. 기억나? 내가 언젠가 대포 얘기를 하니 보고 싶다고 했었잖아. 그래서 오늘은 가져왔어."

콜랴는 이렇게 말한 뒤, 서둘러 가방에서 청동으로 만들어진 대포를 꺼냈다. 그가 서두른 것은 자신도 한없이 행복해서였다. 다른 때였으면 그는 페레즈본 때문에 생긴 흥분이 가라앉을 때까지 기다렸겠지만, 지금은 그럴 수 없을 정도였다. '이것만으로 지금 넌 기뻐하지만, 더 기쁘게 해 줄 게 남았어!' 콜랴는 이런 생각으로 온갖 자제심을 내팽개치고 서두른 것이다. 그래서 그는 자신에게 완벽하게 도취되어 있었다.

"난 이미 오래전부터 모조로프라는 관리의 집에서 대포를 보고 눈여겨 봐 두었어. 일류샤, 너를 위해서, 너에게 주기 위해 말이야. 이건 모조로프가 자신의 형에게 얻은 것인데, 그 사람에게는 아무 소용도 없는 물건이었지. 그래서 나는 아버지의 책장에서 《무함마드의 친족, 또는 유익한 바보짓》이란 책과 이 대포를 바꿨어. 그 책은 검열이 없었던 약 100년 전에 모스크바에서 출판된 책인데 아주 음탕한 내용이야. 그런데 모조로프는 그런 걸 수집하는 게 취미라서 나한테 고맙다는 말까지 하더라."

콜랴는 모두 좋아할 것을 기대하며 대포를 사람들에게 내밀었다. 일류샤도 몸을 일으켜 세웠다. 오른손에는 아직도 페레즈본을 안고, 그만 넋을 잃고 그 장난감을 바라보았다. 콜랴가 화약이 있으니, '만약 여성들이 놀라지 않으면' 당장이라도 여기서 쏠 수 있다고 설명했을 때, 모두의 흥분은 꼭대기까지 치솟았다. 일류샤의 어머니는 곧 그 장난감을 가까이서 보길 원했고, 콜랴는 그 요구를 허락했다. 그녀는 바퀴가 달린 청동 대포가 아주 마음에 드는지 그것을 자신의 무릎 위에 놓고 굴렸다. 그녀는 대포를 쏴도 좋으냐는 질문에 금세 동의했지만, 그러면서도 무엇을 하겠다는 것인지 전혀 알지 못했다.

콜랴는 화약과 산탄을 꺼내어 보여주었다. 대위는 전에 군인이었기 때문에 화약을 조금만 넣도록 직접 도와주었지만, 산탄을 쏘는 것은 다음으로 미루자고 했다. 콜랴는 대포의 포구를 사람이 없는 방향으로 돌리고 그것을 마룻바닥에 놓았다. 그리고 화약 세 알을 포구에 채우고, 성냥으로 불을 붙였다. 그러자 대포는 휘황찬란하게 발사되었다.

'엄마'는 꿈틀대며 몸을 떨었지만, 곧 즐거운 것처럼 웃었다. 아이들은 흥분해서 아무런 말없이 구경했다. 가장 기뻐한 사람은 일류샤를 지켜보던 대위였다. 콜랴는 대포를 들어서, 화약과 총탄도 함께 일류샤에게 건넸다.

"널 주려고 가져왔어! 이건 네 거야. 이미 오래 전부터 널 주려고 준비했어."

콜랴는 행복한 듯이 똑같은 말을 반복했다.

"아, 날 주면 안 돼? 그 대포는 나한테 줘!"

문득 어머니가 어린아이처럼 졸랐다. 그녀의 얼굴에는 자신에게 주지 않을까 봐 불안해하는 기운이 감돌았다. 콜랴는 주저했고, 대위도 불안한 것처럼 안절부절못했다.

"여보, 거 참." 대위는 아내 곁으로 다가갔다. "대포는 당신 거야. 그럼 당신 것이지. 하지만 일류샤에게 가지고 있으라고 합시다. 일류샤가 받은 선물이잖소. 그렇지만 당신 것이나 마찬가지인 셈이야. 일류샤는 언제라도 당신이 그걸 가지고 놀 수 있게 할 테니까. 그건 당신 것이기도 하고, 일류샤 것이기도 하단 말이오."

"싫어, 함께 가져야 하는 건 싫어요. 나는 혼자만 갖고 싶어. 일류샤 것이 아니야."

어머니는 금방 울음을 터트릴 것처럼 떼를 쓰기 시작했다.

"엄마, 엄마에게 드릴게요. 자, 가지세요." 문득 일류샤가 외쳤다. "크라소트킨, 우리 엄마에게 줘도 괜찮아?"

그가 애원하는 것처럼 콜랴를 바라보았다. 마치 자신에게 준 선물을 다른 사람에게 준다고 화를 내진 않을지 걱정하는 기색이었다.

"물론이야!"

콜랴는 진심을 다해 동의하고, 일류샤의 손에서 대포를 받아서 예의 바르게 절을 하며 일류샤의 어머니에게 직접 건넸다. 그녀는 기뻐하며 눈물을 흘렸다.

"아, 귀여운 일류샤는 어쩜 저리 착할까. 엄마를 위하는 사람은 정말 너뿐이구나!"

그녀는 감격에 겨워서 이렇게 말하고, 곧 다시 무릎 위에 대포를 놓고 이리저리 굴렸다.

"여보, 당신 손에 입을 맞추어야겠군."

남편은 아내 곁으로 가서 입을 맞추었다.

"그리고 또 한 명, 아주 귀여운 아이는, 여기 있는 이 착한 소년이에요!"

부인은 고마운 마음을 담아서 콜랴를 가리키며 말했다.

콜랴는 다시 일류샤에게 말했다.

"일류샤, 앞으로 네가 원하면 화약은 얼마든지 갖다 줄게. 이젠 우리가 직접 화약을 만들 수 있으니까. 보로비코프가 만드는 방법을 알았거든. 초석 24에 유황 10, 자작나무 숯 6을 전부 섞어서 빻은 다음 물에 부드럽게 짓이겨서 고운체로 거르면 화약이 만들어져."

"스무로프에게 그 화약 얘기는 들었는데, 아버지가 한 말에 따르면 그건 진짜 화약은 아니라고 하더라."

일류샤가 말했다.

"뭐, 진짜가 아니야?" 콜랴는 얼굴이 붉어졌다. "하지만 발화가 되잖아? 하지만 나도 잘 모르지."

"아니, 그건 아니고, 내 말은 그러니까." 퇴역대위가 미안한 표정으로 얼른 달려왔다. "진짜 화약은 그런 조성으로는 만들 수 없다는 말을 하긴 했지만 아무려면 어떠냐, 그렇게도 만들 수 없는 건 아니야."

"나는 잘 몰라요. 아저씨가 더 잘 아시겠지요. 그런데 사기로 만든 병에 불을 붙이니 멋지게 타더군요. 거의 다 타고 재가 조금 남았어요. 하지만 그건 물에 섞은 반죽이었어요. 만약 그걸 체에 걸렀으면……. 하지만 아저씨가 더 잘 아시겠지요. 나는 잘 몰라요. 그런데 불킨은 그 화약 때문에 아버지에게 매를 맞았어요. 이 얘기 들었니?"

콜랴는 문득 일류샤를 돌아보며 말했다.

"나도 들었어."

일류샤가 대답했다. 그는 큰 흥미와 기쁨을 느끼며 콜랴의 말에 집중했다.

"우리는 화약을 한 병 가득 만들었는데, 침대 밑에 그걸 숨겼다가 아버지에게 들켰어. 폭발하면 어쩌냐며 당장 불킨을 때렸지. 그리고 학교에 나를 고자질하려고 했어. 그래서 불킨은 지금 나와 놀

1254

지도 못해. 다른 아이들의 부모님도 나와 놀지 못하게 하고, 스무로프도 역시 나하고 노는 걸 부모님이 알면 큰일 나. 나는 모든 사람들에게 나쁜 소문이 나서 그들은 나를 '망나니 녀석'이라고 불러. 그때 그 철도 사건이 생긴 뒤부터 이렇게 되었지."

콜랴는 경멸하는 것처럼 히죽거리며 웃었다.

"맞아! 우리도 그 모험에 대해선 들었어." 대위가 외쳤다. "철로 위에 누웠을 때 기분은 어땠어? 기차가 지나갈 때 괜찮았어? 무섭지 않았어? 그래도 약간은 무서웠지?"

대위는 콜랴의 기분을 맞추느라 바빴다.

"특별히 그런 건 아니었어요." 콜랴는 대수롭지 않다는 듯이 말했다. "하지만 이곳에서 내 평판을 떨어지게 한 건 그 망할 거위 사건이었어."

그는 다시 일류샤를 돌아보며 말했다. 그는 자신이 하는 말에 무관심하게 굴었지만, 그래도 역시 자신을 억누를 수 없어서 때로 앞뒤가 안 맞을 말을 하곤 했다.

"맞아, 나도 그 거위 얘긴 들었어!" 일류샤는 밝게 웃었다. "얘기는 들었는데, 무슨 얘긴지는 잘 몰라. 정말 그 사람들이 널 재판소에 끌고 갔어?"

"전혀 문제가 아닌 아주 사소한 일이야. 그런 걸로 여기 사람들은 항상 그렇게 크게 떠든단 말이지." 콜랴는 아무렇게나 지껄이는 것처럼 이야기를 시작했다. "어느 날, 내가 장터를 지나는데 사람들이 마침 거위를 몰고 오더라. 나는 멈춰서서 거위를 바라보았지. 그런데 그때 플로트니코프 상점에서 점원을 하는 비쉬냐코프가 나를 보면서 '왜 거위를 그렇게 보는 거니?'하는 거야. 난 그를 올려다봤어. 얼굴은 둥글고 멍청하게 생긴 스무 살 정도의 애송이였어. 너도 알다시피 나는 결코 민중을 무시하면 안 된다는 주의잖아. 난 민중과 함께 있는 걸 좋아해. 우리가 민중과 너무 떨어져 있다는 건 분명해. 카라마조프 씨, 왜 웃는 거죠?"

"아니야, 웃었다니⋯⋯. 난 진지하게 듣고 있어."

알료샤가 진지한 표정으로 대답하자, 의심이 많은 콜랴도 금세 기운을 차렸다.

"카라마조프 씨, 내 이론은 단순하고 명쾌해요." 그는 다시 기쁜 것처럼 빠르게 말했다. "난 민중을 믿고, 그리고 항상 그들을 정당하게 인정합니다. 하지만 절대로 일정한 선을 넘도록 내버려 두지 않습니다. 이것이 Sine qua non(필수 조건)입니다. 아 참, 나는 거위 얘기를 하던 중이었지요. 그래서 나는 그 바보를 돌아보며 '거위는 무슨 생각을 할까, 그걸 생각하는 중이야'라고 대답했어요. 그러니까 그 녀석은 바보 같은 얼굴로 나를 쳐다보며 '거위가 무슨 생각을 하고 있을 것 같니?'라고 내게 물었어. 그래서 나는 '저쪽에 귀리를 잔뜩 실은 마차가 보여? 지금 부대에서 귀리가 새는데, 거위 한 마리가 바퀴 바로 밑에 고개를 넣고 귀리를 쪼아먹고 있잖아. 보여?' 이렇게 말하니까 그 녀석이 '당연히 보이지' 하더군. 그래서 내가 '그럼 지금 마차를 앞으로 밀면, 바퀴에 거위 목이 잘릴까, 잘리지 않을까?'라고 물었더니, 녀석은 '당연히 잘릴 거야'라면서 웃는 거야. '그럼 우리 그렇게 해 볼까?' 했더니 '그렇게 하자'고 대답했어.

뭐, 우린 준비하는데 시간이 오래 걸리지도 않았어. 그 녀석은 슬며시 말고삐 옆에 붙어 있고, 난 거위가 바퀴 밑에 들어가게 옆으로 가서 섰지. 그리고 때마침 이때, 귀리 주인인 농부가 누군가와 이야기를 하느라 한눈을 팔고 있어서 난 일부러 거위를 바퀴 밑으로 몰 필요도 없었지. 거위는 귀리를 먹으려고 마차 밑으로, 바로 바퀴 밑에 목을 들이밀었지. 그래서 내가 그 녀석에게 눈짓을 했고 그 녀석은 바로 고삐를 잡아당겼어. 바지직 하는 소리가 나고 거위 목은 두 동강이 났어!

그런데 하필 농부들이 그걸 보고 그 친구에게 '네가 일부러 그런 거지?' 하면서 소동이 벌어졌지. '아니요, 일부러 그런 게 아니에요.' '뭐야, 일부러 그런 거잖아!' 그러더니 '저놈을 치안판사에게 데리고 가자!' 하고 야단법석이 났어. 당연히 나도 잡혔지. '너도 거기 있었으니 함께 저지른 짓일 거야. 너를 시장에서 모르는 사람이 없어!' 무슨 이유에서인지는 모르겠지만 시장 근처에서 나를 모르는 사람이 없는 건 맞아." 콜랴는 자랑스러운 것처럼 이렇게 덧붙였다.

"그래서 우리는 판사에게 갔어. 그 거위도 가져갔어. 그 녀석은 겁이 났는지 큰소리로 울더군. 마치 여자애처럼 훌쩍거리며 울었어. 거위 장수는 '이런 장난을 그냥 두면 거위가 한 마리도 살아남지 않겠어!' 라고 고함을 질렀어. 물론 증인들도 있었어. 하지만 치안판사는 눈 깜짝할 사이에 처리했지. 즉 그 녀석은 거위 주인에게 거위 값으로 1루블을 주고 그 대신 죽은 거위를 가지라는 거야. 그리고 다시 이런 장난을 하면 안 된다고 훈계했어. 그 녀석은 여전히 여자애처럼 울면서 '나는 죄가 없어요. 저 녀석이 시켜서 한 것뿐이에요'하면서 나를 가리켰어. 난 냉정하게 '나는 절대로 시키지 않았습니다. 나는 다만 일반적인 명제(命題)를 내세우고 그것을 가정해서 말한 것뿐입니다.'라고 대답했어. 그러니까 네페도프라는 그 판사가 빙그레 웃었어. 그러나 곧 자신이 웃은 것에 대해 화를 내면서 '나는 네가 앞으로 다시 그런 일반적인 명제로 시간을 허투루 쓰지 않고, 얌전하게 집에서 책을 읽고 공부를 할 수 있도록 학교에 알리겠다'라고 말하더군. 하지만 학교에 알리지는 않았어. 그저 농담을 한 건가봐.

　하지만 이 사건은 곧 시끄럽게 퍼져서, 마침내 선생님들도 알게 되었지. 학교 선생님들은 귀가 엄청나게 넓잖아! 특히 이 일을 문제 삼아 떠든 것은 라틴어 선생 콜바스니코프야. 그러나 이번에도 다르다넬로프 선생님이 나를 편들어 줬어. 그런데 그 콜바스니코프는 요즘 마음이 뒤틀어진 당나귀처럼 누구든 못살게 굴어. 그런데 일류샤, 너 그 선생이 결혼한 건 알고 있니? 미하일로프 집안에서 1천 루블의 지참금을 받았는데, 신부는 세상에 둘도 없는 추녀라고 하더라. 그래서 3학년 아이들은 금세 이런 풍자시를 만들었어.

미남 콜바스니코프가 결혼했네

3학년 학생들은 깜짝 놀랐네

이렇게 계속 이어지는데, 어쨌든 굉장히 웃겨. 다음에 너에게 가져다줄게. 다르다넬로프 선생에 대해서는 난 아무것도 말하지 않을래. 그는 학식을 갖춘 사람이야. 그 사실은 의심할 필요가 없을 정도지. 난 그런 사람을 존경하잖아. 그가 내 편을 들어 줘서 존경하는 건 절대 아니야……."

"하지만 트로이의 창건자에 대한 문제로 그 선생을 망신 줬잖아!"

스무로프는 콜랴가 무척 자랑스러운 것처럼 자신의 일인 것 마냥 참견했다. 그는 거위 얘기 때문에 매우 만족스러웠던 것이다.

"맞아, 정말로 망신을 줬니?" 대위가 비위를 맞춰 가며 물었다. "트로이를 창건한 사람이 누구인지 하는 문제 때문이었지? 우리도 그 얘기는 들었다. 그때 일류샤가 얘기를 해줬어."

"아버지, 저 애는 모르는 게 없어요. 우리 학교에서 가장 많이 아는 아이에요." 일류샤도 맞장구를 쳤다. "겉으로는 일부러 내색하지 않지만 전 과목에서 일등을 하는걸요." 일류샤는 무한한 행복감에 빠져 콜랴를 바라보았다.

"트로이는 아무것도 아니지요. 그런 건 문제 삼을 것도 못 된다고 생각해요."

콜랴는 겸손하면서도 자랑스러운 듯이 대답했다. 그는 이제 완전히 위엄을 찾았지만 아직도 조금은 불안해 보였다. 그는 자신이 지나치게 흥분해서, 예를 들어 거위에 대한 얘기에서도 지나치게 취해 있었다고 느꼈다. 게다가 알료샤가 계속 한 마디도 하지 않고 신중한 태도를 보였으므로, 자존심이 강한 이 소년은 조금씩 불안해지기 시작했다.

'저 사람은 나를 경멸하기 때문에 침묵하는 것일까? 내가 자신의 칭찬을 바란다고 생각할까? 만일 저 사람이 그런 식으로 생각한다면 나는……'

"난 그런 건 사소한 일이라고 생각해요."

그는 다시 한 번 자신 있게 확신했다.

"나는 트로이의 창건자가 누구인지 알아."

지금까지 말을 하지 않던 소년 한 명이, 문득 이렇게 말해서 모두 깜짝 놀랐다. 그는 평소에도 말수가 적고, 부끄러워하며 아주 귀엽게 생긴 열한 살의 소년으로 성은 카르타쇼프였다. 그는 문 앞에 앉아 있었다. 콜랴는 놀라서 엄한 표정으로 그를 바라보았다. 트로이의 창건자가 누구인지는 모든 학생들에게 비밀이었고, 그 비밀은 스마라그도프의 역사책을 읽은 사람만이 알 수 있었다. 그리고 콜랴 외에는 아무도 그 책을 읽은 사람이 없었다. 그런데 어느 날, 콜랴가 한눈을 파는 사이에 카르타쇼프는 다른 책 사이에 있는 그 책을 살짝 읽어 보았던 것이다. 때마침 트로이의 창건자에 대해서 쓴 바로 그 대목이 그의 눈에 띄었다. 이것은 이미 오래전의 일이었지만, 그는 웬일인지 쑥스러워서 자신이 안다는 사실을 밝히기가 어려웠다. 혹시 무슨 일이 생기지는 않을지, 혹여 크라소트킨이 무안을 주지는 않을지 걱정이 되어서 입 밖에 꺼낼 용기가 생기지 않았던 것이다. 그러나 오늘은 더 이상 참지 못하고 그만 그것을 말해 버렸다. 그는 아까부터 그 말이 하고 싶어서 참을 수 없었다.

"그래? 그럼 누가 세운 건데?"

콜랴는 무시하는 듯이 오만하게 그를 돌아보면서 물었다. 그러나 그는 카르타쇼프의 표정에서 그가 정말 알고 있음을 빠르게 눈치 채고, 곧 이 일을 어떻게 해결할지 생각했다. 모두의 마음속에서 무언지 어색하고, 부자연스러운 기운이 감돌았다.

"트로이를 세운 건 테우크로스 · 다르다노스 · 일로스 · 트로스야." 소년은 순식간에 말했다. 그리고 그는 얼굴이 붉어졌다. 보기 민망할 정도로 붉어졌지만 아이들은 모두 그를 뚫어져라 바라보았다. 거의 1분 정도 그렇게 보던 모두의 시선이 이번에는 전부 콜랴에게 옮겨 갔다. 콜랴는 경멸을 띤 차가운 시선으로, 여전히 이 용감한 소년을 훑어 내리며 노려보았다.

"그럼 그 사람들은 도대체 어떻게 그걸 세웠지?" 그는 느리게 말했다. "도시나 나라를 세운다는 건 어떤 의미일까? 그들이 그곳에 찾아와서 벽돌을 하나씩 쌓아올렸을까?"

큰 웃음소리가 들렸다. 민망해하는 소년의 얼굴은 붉은 빛에서 다시 더 붉은 빛깔로 변했다. 아무 말을 하지 못하는 그는 금세 눈물을 흘릴 것 같았다. 콜랴는 1분 가량 소년을 그렇게 방치했다.

"한 나라의 창설 같은 역사상의 사건을 설명하기 위해서는, 먼저 그것이 어떤 의미를 갖는지 이해하는 것이 필요해." 그는 설교를 하는 것처럼 엄격하게 말했다. "하긴 난 그런 감상적인 옛날이야기는 중요하게 생각하지 않아. 게다가, 나는 대체로 세계사를 존중하지 않아." 그는 모두를 향해 대담하게 이렇게 말했다.

"뭐, 세계의 역사를 존중하지 않는다는 말이냐?"

대위가 크게 놀라면서 물었다.

"맞습니다. 세계사요. 세계사란 단지 인류가 저지른 수많은 멍청한 행동에 대해 연구하는 학문입니다. 내가 존중하는 것은 수학과 자연과학뿐입니다."

콜랴는 오만하게 말하고 알료샤를 슬며시 바라보았다. 그가 지금 두려운 것은 오로지 알료샤의 생각이었다.

그러나 알료샤는 여전히 말이 없었고 진지한 표정이었다. 알료샤가 한 마디만 하면 그것으로 끝났겠지만, 그는 아무런 말도 하지 않았다.

'그의 침묵은 어쩌면 경멸의 표시인지도 몰라.'

콜랴는 화가 나버렸다.

"우리 학교의 고전어 수업도 마찬가지예요. 그건 아무리 생각해봐도 미친 짓 같아요. 카라마조프 씨, 당신은 내 의견에 동의하지 않으시나요?"

"난 동의할 수 없어."

알료샤는 겸손하게 웃으며 말했다.

"하지만 고전은, 만약 원하신다면 제 생각을 말씀드릴게요, 치안 확보를 위한 수단일 뿐이지요. 오직 그렇기 때문에 그런 학문을 넣은 거예요." 콜랴는 다시 숨을 헐떡이기 시작했다. "라틴어나 그리스어를 들여온 것은 그것이 따분해서이고, 재능을 둔하게 만들기 때문입니다. 원래 따분했지만, 어떻게 하면 더 따분하게 만들 수 있을까? 원래 의미가 없지만, 어떻게 하면 더 의미 없게 할까? 이렇게 생각하고 그들은 고전을 생각해 낸 거예요. 이게 저의 생각입니다. 그리고 앞으로도 이 생각은 변하지 않을 거예요." 콜랴가 날카롭게 말을 마쳤다. 그의 두 뺨은 서서히 붉어지기 시작했다.

"그건 맞는 말이야."

스무로프가 열심히 듣다가 문득 확신에 차서 크게 울리는 목소리로 동의했다.

"하지만 콜랴는 라틴어도 역시 일등이에요."

문득 한 아이가 외쳤다.

"맞아요, 아버지, 저 애가 말은 저렇게 하지만 라틴어도 전교에서 가장 잘하지요."

일류샤가 맞장구를 쳤다.

"그게 뭐가 어쨌다는 건데?" 콜랴는 칭찬을 받아서 기분이 좋았지만, 그래도 역시 변명을 해야겠다고 생각했다. "물론 나도 라틴어를 열심히 공부해. 하지만 그것이 필요하기 때문이야. 시험에 통과하겠다고 어머니와 약속했거든. 또 나는 무엇이든지 한 번 시작하면 훌륭히 해야 한다고 생각해. 하지만 마음속에는, 고전주의 같은 하찮은 것들을 경멸해. 카라마조프 씨, 당신은 어떻게 생각하세요?"

"그게 왜 '하찮은 것'이지?"

알료샤는 다시 미소 지었다.

"고전은 모두 각 나라 말로 번역되어 있어서 라틴어를 공부할 필요가 없기 때문이에요. 다만 치안을 확보하기 위한 수단으로서, 사람의 재능을 둔하게 만드는 데 필요할 뿐이에요. 그러니 어떻게 '하찮은 것'이라고 하지 않을 수 있을까요?"

"도대체 누가 자네에게 그렇게 가르쳤니?"

결국 알료샤는 놀라며 물었다.

"첫 번째, 난 누가 가르쳐 주지 않아도 이 정도는 스스로 알 수 있어요. 두 번째, 내가 모든 고전은 다 번역되어 있다고 말한 건 콜바스니코프 선생님이 3학년 학생 전부에게 한 말이에요."

"의사 선생님이 왔어요!"

지금까지 가만히 있던 니노치카가 문득 외쳤다.

호흘라코바 부인의 마차가 대문 앞으로 다가오고 있었다. 아침부터 기다리던 대위는 헐레벌떡 그를 맞으러 뛰어나갔다. 알료샤는 일류샤의 곁으로 가서 베개를 손봐주었다. 니노치카는 안락의자에 앉아서 걱정스럽게 침대 쪽을 지켜보았다. 소년들은 황급히 인사를 하고 돌아갈 채비를 했다. 그들 중에는 저녁에 다시 온다고 약속하는 아이도 있었다. 콜랴는 페레즈본을 불렀다. 개는 침대에서 급히 뛰어내렸다.

"난 가지 않아, 가지 않겠어." 콜랴는 일류샤에게 외쳤다. "현관에서 기다리다가 의사 선생님이 가시면 다시 올게. 페레즈본을 데리고 다시 올 거야."

이때 의사는 이미 방안에 들어서는 중이었다. 곰 가죽으로 만든 외투를 입고, 길고 검은 구레나룻에 턱을 깨끗하게 면도한 모습은 자못 그럴듯해 보였다. 그는 방안에 들어선 뒤, 어리둥절해서 그 자리에 멈췄다. 아마도 방을 잘못 찾은 걸로 생각한 것 같았다.

"응? 이상하네. 여기가 어디지?"

그는 외투를 벗지 않고 물개 가죽 차양이 달린 모자도 쓴 채로 중얼거렸다. 많은 사람들, 누추한 방안, 구석의 빨랫줄에 매달린 빨래들, 이런 것들로 그는 매우 놀란 것 같았다. 퇴역대위는 의사에게 공손하게 허리를 숙여서 절했다.

"선생님, 여기에요. 바로 여깁니다." 그는 황송해서 어쩔 줄 몰라 하는 기색이었다. "여깁니다. 잘못 찾으신 게 아니에요. 선생님은 저희 집에 오시기로 되어 있었습니다."

"당신이 스……네……기료프?" 의사는 거만하고 큰 목소리로 말했다.

"스네기료프 씨가 당신인가요?"

"맞아요, 접니다!"

"그런가요?"

의사는 다시 한 번 꺼림칙한 시선으로 방안을 둘러본 뒤, 외투를 벗었다. 그의 목에 걸린 커다란 훈장이 모두에게 보였다. 대위는 외투가 떨어지기 전에 냉큼 받아들었다. 의사는 모자도 벗었다.

"환자는 어디에 있나요?"

그는 큰 목소리로 채근하는 듯이 물었다.

6. 조숙

"의사가 무슨 말을 할까요?" 콜랴는 밖으로 나오자 재빨리 물었다. "그건 그렇고 얼굴이 어쩌면 그런지! 그렇지요? 나는 의학이 정말 싫어요!"

"일류샤는 희망이 없어. 내 생각에는 아무래도 그럴 것 같아."

알료샤는 무척 슬프게 대답했다.

"사기꾼들! 의학은 전부 사기예요! 하지만 카라마조프 씨, 난 당신을 알게 된 것이 정말 기뻐요. 난 이미 오래 전부터 당신과 사귀고 싶었어요. 다만 유감인 것은, 우리가 이렇게 슬픈 상황에 만났다는 것이지요."

콜랴는 좀 더 열렬하고, 좀 더 과장되게 말을 하고 싶었지만 왠지 부끄러웠다. 알료샤는 그것을 알고 미소를 지으며 그의 손을 꼭 잡았다.

"난 예전부터 당신을 세상에 드문 분이라고 생각하고 존경했어요." 콜랴는 다시 혼란스러운 듯 말을 더듬으며 중얼거렸다. "나는 당신이 신비주의자이고, 수도원에 있었다는 얘기를 들었어요. 당신이 신비주의자라는 걸 알지만…… 내 마음은 달라지지 않았어요. 아마 현실 속에서 그것을 바로잡을 수 있을 거라고…… 당신과 비슷한 성격을 가진 사람들이 그렇게 되는 것은 당연하잖아요."

"자네가 말하는 신비주의란 무엇이지? 그리고 무엇을 바로잡을 수 있다는 건가?"

알료샤는 조금 놀라서 물었다.

"예를 들어 신(神) 같은 것에 열중하는 것 말이에요."

"아니, 그렇다면 자네는 하느님을 믿지 않는가?"

"꼭 그렇지는 않아요. 나도 신을 반대하는 건 아니에요. 물론 신은 가설의 하나이지만…… 나도 신이 필요하다는 건 인정해요……. 세계의 질서와 그 밖의 것들을 위해서 말이에요. 그러므로 만약 신이 없다면 신을 만들기라도 해야 할 거라고 생각해요."

콜랴는 점점 얼굴이 붉어지며 이렇게 덧붙였다. 그는 갑자기 알료샤가 '넌 네 지식을 자랑해서 네가 어른이라고 내게 증명하고 싶어하는구나' 이렇게 생각할 것처럼 느꼈다. '하지만 난 전혀 그에게 내 지식을 자랑하고 싶지 않다'는 생각을 하자 콜랴는 형언할 수 없이 기분이 나빠졌다.

"솔직히 난 이런 토론이 무척 싫어요." 콜랴는 무뚝뚝하게 말했다. "신을 믿지 않아도 인류를 사랑할 수 있잖아요, 그렇지 않나요? 볼테르는 신을 안 믿었지만 인류를 사랑했어요."

'앗, 내가 이런 말을 또 꺼냈군.'

그는 마음속으로 이렇게 생각했다.

"볼테르는 신을 믿었어. 단지 그 믿음이 그리 깊지 않았던 거야. 또 인류도 그다지 사랑하지는 않았고."

알료샤는 겸손하고 자연스럽게 낮은 목소리로 말했다. 흡사 자기 또래나 손윗사람을 대하는 것 같은 어조였다. 콜랴는 알료샤가 마치 볼테르에 대한 자신의 생각에 자신이 없는 것처럼, 자신보다 어린 콜랴에게 이 문제의 해결을 맡기는 것 같은 태도를 보이자 깜짝 놀랐다.

"그런데 볼테르를 읽었나?"

알료샤가 물었다.

"아니, 읽은 건 아니지만……《캉디드》는 러시아어로 번역된 걸 읽었어요. 오래된 번역이라서 이상하고 우스꽝스럽게 만들어져서……"(앗, 또 이런 소리를 하다니!)

"그럼, 이해했나?"

"네, 대충은요……. 그러니까, 그런데 당신은 왜 내가 그걸 이해하지 못할 거라고 생각하나요? 사실 그 책에는 저속한 부분이 많아요. 나도 물론 그 책이 철학소설이고, 사상을 나타내기 위해서 쓴 책이라는 건 이해해요." 콜랴는 이미 횡설수설하는 중이었다. "카라마조프 씨, 나는 사회주의자예요, 나는 완벽한 사회주의자예요." 문득 그는 뜬금없는 말을 한 뒤 이유 없이 입을 다물었다.

"사회주의자?" 알료샤는 웃었다. "아니, 언제 그렇게 된 건가? 아직 열세 살인데?"

콜랴는 얼굴이 굳었다.

"나는 열세 살이 아니고, 열네 살이에요. 2주일이 지나면 만으로 열네 살입니다." 그는 화가 나서 얼굴이 시뻘게졌다. "그리고 내 나이와 이 문제가 무슨 상관이 있습니까? 문제는 내 나이가 아니라, 내 신념입니다. 아닌가요?"

"자네가 나이가 좀 더 들면 그때는 나이가 사람의 신념에 어떤 영향을 주는지 스스로 깨달을 수 있을 거야. 그리고 나는 자네의 말이 아무래도 자네 자신의 생각이 아닌 것처럼 여겨지네."

알료샤는 겸손하게 침착하게 대답했지만 콜랴는 맹렬하게 그의 말을 가로막았다.

"전혀요, 당신은 복종과 신비주의를 원하는군요. 예를 들어 그리스도교가 천민 계급을 노예로 만들려고 부자와 권력을 가진 사람에게만 봉사해 온 것은 당신도 인정하시죠. 맞지요?"

"아, 난 자네가 어디서 그런 내용을 읽었는지 알겠네. 아니면 분명히 누군가 자네에게 그런 걸 가르쳐 주었겠지!"

알료샤는 외쳤다.

"천만에요. 당신은 왜 내가 책에서 읽었다고 생각하나요? 그리고 아무도 내게 가르쳐 주지 않았어요. 나도 그 정도는 스스로 알 수 있어요. 그리고 만약 원하시면 말하겠지만, 나는 굳이 그리스도를 반대하는 건 아니에요. 그리스도는 가장 인도주의적인 인격자였어요. 그가 만일 현대에 태어났다면, 분명히 혁명가의 대열에서 찬란한 활약을 했을 거예요. 분명히 그랬을 거라고요."

"자네는 도대체 어디서 그런 얘기를 들은 건가? 대체 어떤 바보와 사귄 건가?"

알료샤가 외쳤다.

"별 수 없네요. 사실을 말하면 우연하게 라키친 씨를 알게 되어서 자주 얘길 했어요. 하지만 벨린스키 노인도 그렇게 말했다고 하던데요?"

"벨린스키가? 전혀 기억이 나질 않는데…… 그 사람은 어디에도 그런 말을 쓰지 않았어."

"쓰지 않았다면 말했겠지요. 나는 그걸 누군가에게 들었어요. 하지만 그런 건 어쨌든 좋아요."

"그럼 자네는 벨린스키를 읽은 건가?"

"아니요, 그건…… 조금만 읽었어요. 하지만…… 타치아나가 왜 오네긴(《예브게니 오네긴》의 여주인공과 남주인공)과 함께 떠나지 않았는지 하는 부분은 읽었어요."

"왜 오네긴과 함께 떠나지 않았는지…… 자네는 벌써 그런 것도 이해하나?"

"당신은 나를 스무로프 같은 조무래기라고 생각했군요?" 콜랴는 신경질적으로 웃으며 말했다. "하지만 나를 그런 과격한 혁명가로 여기지 마세요. 난 라키친과도 가끔 의견이 부딪칠 때가 많왔어요. 조금 전에 타치아나 얘기를 했지만, 난 절대로 여성 해방 론자는 아니에요. 여성이란 종속적인 존재이기 때문에 순종해야 하는 게 당연하다고 생각해요. 나폴레옹이 한 말처럼, Les femmes tricottent(여자는 뜨개질이나 해라)지요." 콜랴는 이렇게 말하고 무슨 이유인지 히죽 웃었다. "나는 이 점에 대해서는 적어도 그 사이비 위인의 의견에 절대적으로 찬성해요. 또 나는 조국을 버리고 미국으로 떠나는 건 야비한 짓이라고 생각해요. 아니, 야비하다 못해 멍청한 짓입니다. 러시아에서도 얼마든지 인류를 위한 유익한 일을 할 수 있는데 왜 미국에 가야 하지요? 게다가 요즘 같은 시기에 말이지요. 지금 우리에게는 유익한 활동을 할 분야가 얼마든지 많습니다. 난 이렇게 대답했어요."

"그게 무슨 말인가? 누구에게 대답했지? 누가 자네에게 미국에 가자고 한 건가?"

"솔직히 말하면 그런 제의를 받긴 했지만 거절했지요. 카라마조 프 씨, 이건 우리끼리만 하는 얘기입니다. 그러니까 누구에게도 말하지 마세요. 당신에게만 털어놓는 거니까요. 나는 비밀경찰에 걸려서 체프노이 다리 옆의 건물에서 심하게 심문받기는 싫거든요.

체프노이 다리 곁의 그 집을
그대는 영원히 기억하리라!

기억하시나요? 참 멋진 시예요! 왜 웃으시는 거죠? 설마 내가 헛소리를 한다고 생각하는 건 아니죠?"

'하지만 만약 그가 우리 아버지의 책장에는 《경종(警鐘)》(게르르젠이 런던에서 만든 잡지) 한 권뿐이고, 내가 그 잡지의 그 부분밖에는 아무것도 안 읽었다는 걸 알면 어떻게 할까?'

콜랴는 갑자기 이런 생각이 들자 자신도 모르게 몸을 떨었다.

"아니, 그건 아니야. 웃다니. 또, 나는 자네가 거짓말을 한다고 절대 생각하지 않아. 이건 진심이야. 왜냐하면 슬픈 일이지만, 자네가 있는 그대로의 진실을 말했으니까. 그런데 자네, 푸시킨을 읽었나? 예를 들어 《예브게니 오네긴》 말이야. 자네는 조금 전에 타치아나를 얘기했었지?"

"아직 읽지는 않았지만, 읽고 싶다고 생각했어요. 카라마조프 씨, 난 편견을 갖지 않았으니까요. 모든 의견을 다 알고 싶은 거예요. 그런데 왜 그걸 물으시는 건가요?"

"아, 그냥 좀……."

"카라마조프 씨. 당신은 날 무척 경멸하지요?" 콜랴는 내뱉는 것처럼 말한 뒤, 방어 태세를 취하는 것처럼 알료샤 앞에 섰다. "그렇게 친절하게만 굴지말고 솔직하게 말씀해 보세요."

"내가 자네를 경멸한다고?" 알료샤는 놀라서 콜랴를 바라보았다. "왜 그런 소리를 하는 거야? 나는 단지 아직 생활의 때가 안 묻은 자네의 훌륭한 천성이, 그런 허황되고 멍청한 이론 때문에 비뚤어지는 것이 슬펐을 뿐이야."

"내 천성은 걱정하지 않아도 돼요." 콜랴는 어느 정도의 만족감을 느끼며 알료샤의 말을 가로막았다. "하지만 내가 의심이 많은 건 사실이에요. 멍청하고 무모할 정도로 의심이 많지요. 조금 전에 당신이 웃은 걸 보니, 당신이 아무래도……."

"아, 내가 웃은 건 전혀 다른 이유 때문이야. 내가 왜 웃었는지 얘기해 줄게. 얼마 전에 나는 러시아에 사는 어떤 독일인이 현대 러시아 학생들에 대해 쓴 비평을 읽었네. 거기에는 이런 구절이 있었지. '만일 천체(天體)를 전혀 모르는 러시아 학생에게 처음으로 천체도를 보여주면 그 학생은 다음날 이미 그 천체도를 고쳐서 돌려줄 것이다.' 이 독일인은 우리 러시아 학생들이 지식이 전혀 없으면서 어처구니없이 자신감에 차 있다는 걸 지적했어."

"맞아요, 그건 정말 맞는 말이에요." 콜랴는 문득 소리 내어 웃었다. "아주 핵심을 꿰뚫은 말이에요! 그 독일 친구, 말 한 번 잘했네요! 하지만 그 친구는 좋은 면은 못 봤군요. 당신은 어떻게 생각하시죠? 자신감, 그게 뭐 어떤가요? 자신감은 젊음에서 생기는 것이에요. 만일 그걸 고쳐야 한다면 나이를 먹으면서 자연스럽게 고칠 수 있을 거예요. 그렇지만 거기에는 소시지 족속(독일인)의 노예근성과는 다른, 불굴의 정신과 사상, 신념의 대담함이 있어요. 어쨌든 그 독일 친구는 멋진 말을 했어요! 정말 그럴듯하네요. 하지만 독일인은 역시 목을 졸라야 해요. 그들은 과학과 학문에는 뛰어나지만, 역시 목을 졸라서 죽여야……."

"왜 목을 졸라 죽여야 하지?"

알료샤는 미소를 지으며 말했다.

"내가 또 헛소리를 했는지도 모르겠네요. 아니라고 우기진 않겠습니다. 때로 나는 형편없는 어린애가 될 때가 있어요. 기분이 아주 좋으면 나 자신을 억누르지 못하고 헛소리를 지껄이곤 하지요. 그런데 우리는 여기서 필요없는 얘기만 하고 있었네요. 의사는 안에서 뭘 이리 오래 꾸물거릴까요? 일류샤 어머니와 절름발이 니노치카까지 치료하는지도 모르겠네요. 나는 니노치카가 마음에 들어요. 방금 전에도 내가 나올 때 문득 '왜 더 일찍 오지 않았어?'라고 속삭였어요. 그 목소리는 비난을 담고 있었어요! 한없이 착하고 불쌍한 여자 같아요."

"맞아! 자네도 여길 자주 오면, 니노치카가 어떤 처녀인지 잘 알 수 있을 거야! 그런 사람들을 알고, 또 그런 사람들과 친해지지 않으면 알 수 없는 많은 것을 이해할 수 있게 될 거야." 알료샤는 열을 올리면서 충고했다. "그런 것들이 자네를 다른 것보다 더 새롭게 훈련시킬 거야."

"아, 내가 왜 더 일찍 찾아오지 않았는지 후회가 되네요. 그 일에 대해서는 나를 때려주고 싶어요."

콜랴는 비통한 듯이 말했다.

"정말 유감스럽네. 그 불쌍한 아이에게 자네가 얼마나 큰 기쁨을 주었는지 자네 스스로 분명히 보았을 거야! 그 애는 자네가 오기를 정말 기다렸다네!"

"이제 그 얘기는 관두세요! 그런 말을 들으면 괴롭네요. 하지만 자업자득이겠지요. 내가 지금까지 오지 않은 건 자존심 때문이었어요. 이기적인 자존심과 야비한 고집 때문이었어요. 나는 아무리 노력해도 이 자존심을 떨치지 못할 것 같아요. 지금에야 난 그걸 알았어요. 카라마조프 씨, 나는 많은 점에서 야비한 놈입니다!"

"아니네, 비록 비뚤어지긴 했지만, 자네는 훌륭한 천성을 지녔어. 난 자네가 착하고 병적으로 예민한 소년에게 어떻게 그런 영향을 줄 수 있었는지 너무 잘 알아!"

알료샤는 흥분해서 말했다.

"아, 그렇게 말씀하시다니!" 콜랴는 외쳤다. "하지만 내가 어떤 생각을 했는지 아세요? 난 이미 몇 번이나 지금 이 자리에서도 당신이 나를 경멸한다고 생각했어요. 아, 내가 당신의 생각을 얼마나 드높게 생각하는지 당신이 알아주기만 한다면 기쁠텐데!"

"아니, 자네는 왜 그렇게 의심이 많은가? 아직 어린 나이에? 자네가 믿을지 모르겠지만, 솔직히 말하면 난 자네가 아까 방에서 얘기하는 것을 들으며, '아, 저 학생은 남을 무척 의심하는구나' 생각했네!"

"그런 생각을 했어요? 정말 예리한 눈이군요. 역시 예리해요, 역시. 분명히 내가 거위 얘기를 할 때였겠죠? 맹세하건대, 나도 그때는 스스로 지나칠 정도로 잘난 체하려고 해서 당신이 날 경멸할 거라고 생각했어요. 그래서 문득 나는 내가 미워서 그런 헛소리를 마구 지껄인 거예요.

그리고 방금 전 바로 여기서 '만약 신이 없다면 그것을 만들기라도 해야 할 것'이라고 말했을 때도, 내가 너무 급하게 내 지식을 자랑한다는 생각이 들었어요. 사실 난 그 구절을 어떤 책에서 보고 외웠으니까요. 하지만 맹세컨대 내가 그런 소리를 한 건 허영심 때문이 아닙니다. 왜 그랬는지는 잘 모르겠지만, 아마 너무 기쁜 나머지 그랬을 거예요. 물론 나도 기뻐서 이성을 잃고 남을 부둥켜안는 짓은 수치스러운 일이라는 걸 잘 알지만, 어쨌든 분명히 기뻐서 그랬어요.

그렇지만 난 지금 당신이 날 경멸하지 않는다는 걸 확신할 수 있어요. 그건 전부 내 망상이었어요. 아, 카라마조프 씨, 나는 무척 불행해요. 때로 나는 전부가, 온 세상 사람들이 나를 비웃는다는 망상에 빠지곤 해요. 그럴때는 이 세상의 모든 질서를 어지럽히고 싶어져요."

"그리고 주변 사람들을 괴롭히지?"

알료샤는 미소를 지으며 말했다.

"그래요, 주변 사람들을 괴롭혀요. 특히 어머니요. 카라마조프 씨, 이런 내가 정말 우습지요?"

"그렇게 생각하지 마. 그런 생각은 안 하는 게 좋아!" 알료샤가 외쳤다. "우습다는 게 대체 뭐지? 사람이 우습게 되거나 우습게 보이는 일은 얼마든지 있어. 요즘 재능있는 사람들은 거의 모두 우스워질까 봐 겁을 내서 스스로 불행해지는 거야. 다만 내가 놀란 건 자네가 그것을 빨리 알기 시작했다는 거야. 난 이미 오래 전부터, 자네뿐만이 아니라 다른 사람들에게서도 그런 점을 발견했어. 요즘 들어서는 아이들도 그것 때문에 괴로워하니 이건 도무지 정상적이라고 할 수 없지. 악마가 자존심이라는 탈을 쓴 채 모든 세대를 망치는 거야. 정말, 악마의 짓이 분명해!" 그를 주의깊게 바라보던 콜랴의 예상과는 달리 알료샤는 웃지 않고 이렇게 덧붙였다. "자네도 다른 사람과 마찬가지야." 알료샤는 이렇게 말을 끝맺었다. "즉 대부분의 사람들과 비슷하다는 거야. 하지만 대부분의 사람들과 같은 인간이 되어서는 안 돼, 알았니?"

"혹여 모든 사람이 다 그렇더라도요?"

"그래, 모든 사람이 다 그렇더라도 자네는 그러면 안 돼. 사실 자네는 다른 사람들과 달라. 지금도 자네는 자신의 나쁜 점과 우스운 점을 인정하는 걸 부끄러워하지 않았네. 지금 세상에 이런 걸 깨달을 수 있는 사람이 있을까? 아무도 없을 거야. 뿐만 아니라 사람들은 비판의 필요도 못 느끼지. 자네는 다른 모든 사람처럼 되지 말게나. 비록 그들과 다른 사람이 자네 혼자뿐이라도."

"정말 멋져요! 역시 내가 당신을 제대로 봤군요. 당신은 사람의 마음을 어떻게 위로해야 하는지 알고 있어요. 아, 카라마조프 씨, 난 당신을 무척 동경해요. 예전부터 당신을 만나기를 얼마나 기다렸는데요! 당신도 내 생각을 했나요? 아까 당신은, 당신도 날 생각하고 있었다고 했었죠?"

"물론, 나도 자네 얘기를 듣고, 자네를 생각했었어. 자넨 어느 정도 자존심 때문에 그렇게 물은 거겠지만, 난 아무래도 괜찮아."

"카라마조프 씨, 우리의 대화가 마치 사랑 고백과 비슷하다고 생각하지 않나요?" 콜랴는 친근하면서도 어딘가 모르게 수줍은 목소리로 말했다. "이건 우스꽝스럽지 않지요, 맞죠?"

"전혀 우스꽝스럽지도 않고, 그렇다고 해도 상관없어. 이건 좋은 일이잖아."

알료샤는 밝게 웃었다.

"하지만 카라마조프 씨, 당신도 조금 수줍은 것 같군요. 당신의 눈을 보면 알 것 같아요."

콜랴는 능청스러우면서도 행복을 느끼는 것처럼 미소 지었다.

"무엇이 수줍어서?"

"그런데 왜 얼굴이 붉어지나요?"

"그건 자네가 얼굴을 붉어지게 만드는 거야." 알료샤는 큰소리를 내며 웃었다. 알료샤의 얼굴은 정말 붉게 물들었다. "그런데 조금 부끄러운 것 같아. 하지만 왜 그런지는 나도 모르겠어." 그는 부끄러워하며 중얼거렸다.

"아, 당신이 나와 함께 있는 걸 부끄러워해서 오히려 지금 당신을 사랑하고 존경할 수 있어요! 그건 당신도 나와 같기 때문이에요!" 콜랴는 완벽한 환희에 휩싸여 소리쳤다. 그의 두 뺨은 붉게 물들고 눈은 빛났다.

"하지만 콜랴, 자네는 앞으로 많이 불행해질 거야."

문득 알료샤는 무엇 때문인지 이렇게 말했다.

"알아요, 나도 알아요. 아, 당신은 전부 미리 알고 있군요!"

콜랴는 곧 맞장구를 쳤다.

"그러나 전체적으로는 역시 인생을 축복할 거지?"

"물론이죠! 만세! 당신은 예언자예요! 아, 카라마조프 씨, 우린 마음이 정말 잘 맞네요. 지금 내가 무엇보다 기쁜 것은, 당신이 나를 당신과 대등한 인간으로 대해 주는 것이에요. 그렇지만 나와 당신은 대등할 수가 없지요. 그럼요, 대등할 수 없고말고요. 당신이 훨씬 높으니까요. 하지만 우린 서로 마음이 잘 맞을 거예요. 지난 한달 간 나는 자신에게 계속 이렇게 말했어요. '나와 카라마조프 씨는 단번에 마음이 맞아서 영원한 친구가 되지 않으면, 죽을 때까지 영원한 원수가 될 것이다!'라고 말이에요."

"그렇게 말하면서 이미 자네는 날 좋아했던 거야!"

알료샤는 즐겁게 웃었다.

"그래요, 무서울 정도로 사랑했어요! 당신을 사랑했고, 당신이 너무 좋아서 수많은 상상을 했어요. 그런데 당신은 어떻게 미래를 잘 아나요? 아, 의사 선생님이 나왔네요. 할 말이 있는 것 같아요, 얼마나 끔찍한지 얼굴을 보세요!"

7. 일류샤

의사는 다시 털가죽 외투를 입고 모자를 쓴 채 방에서 나왔다. 그는 화가 난 것처럼 불쾌한 표정이었다. 무언가 더러운 것을 만지게 될 것 같아서 끝없이 두려워하는 듯했다. 그는 현관을 바라보았다가 험악한 눈으로 알료샤와 콜랴를 바라보았다. 알료샤는 문에서 마부에게 손짓을 했다. 그러자 의사를 태우고 온 마차가 입구로 다가왔다.

대위는 의사를 따라서 달려 나와서 사죄하듯이 허리를 굽히며 마지막 말을 들으려고 그를 붙잡았다. 불쌍한 대위의 얼굴은 죽은 사람과 마찬가지였고 그의 눈은 겁을 먹고 있었다.

"선생님, 선생님…… 방금 그 말씀이 사실인가요?"

그는 이렇게 말했지만 말을 다 맺지 못하고 절망적으로 손뼉을 마주칠 뿐이었다. 그리고 의사의 말로 불쌍한 자식에게 내려진 선고가 바뀔지도 모른다는 마지막 희망을 담아서 간절하게 의사를 바라보았다.

"어쩔 수가 없네요. 나는 신이 아닙니다."

의사는 무성의하게 판에 박힌 조용한 목소리로 대답했다.

"의사 선생님…… 그럼 이제 얼마 남지 않았다는 말인가요…….
머지않았나요?"

"마음을 단단히 하는 것이 좋을 겁니다."

의사는 한 마디 한 마디 힘주어서 말하고 고개를 돌린 채 마차를 향해서 현관을 나오려고 했다.

"선생님, 제발!" 대위는 두려워하며 다시 한 번 의사를 붙잡았다. "선생님…… 그럼 이제는 어떻게 해도 가망이 없다는 말씀인가요?"

"나로서는 도저히 방법이…… 없소!" 의사는 짜증을 내며 대답했다. "그렇지만, 음…….' 그는 문득 걸음을 멈췄다. "당신이 혹시 지금 잠시도 주저하지 않고(이 '지금 잠시도 주저하지 않고'라는 말에는 엄격함이 아닌 분노가 담겨 있어서 대위는 자신도 모르는 사이 몸을 떨기까지 했다)…… 환자를 시라쿠사로 데리고 가면…… 이곳과는 다른 따뜻한 날씨 때문에 어쩌면…… 혹시라도…….'

"시라쿠사요!" 대위는 말을 잘 알아듣지 못한 것처럼 외쳤다.

"시라쿠사는 시칠리아에 있지요."

콜라가 설명을 해주려고 갑자기 큰소리로 말했다. 의사가 그를 바라보았다.

"시칠리아요? 의사 선생님." 대위는 영문을 몰라서 외쳤다. "아시다시피, 형편이 이렇습니다!" 그는 방안의 살림살이를 가리켰다. "아이들 엄마와 가족들은 어쩌고요?"

"아니, 가족들은 시칠리아에 가지 않아도 되오. 당신 가족은 카프카스로 가는 거요. 이른 봄에……. 딸은 카프카스로 보내고 부인도 류머티즘을 고치려면 역시 카프카스에서 규칙대로 온천 요양을 끝내고, 그런 뒤에 곧 파리로 가서 레펠레티에 선생의 정신과 병원에 입원하는 것이 좋을거요. 내가 그에게 소개장을 써 줄 수 있어요. 그러면 혹시라도……."

"선생님, 선생님! 아시다시피 형편이 이렇잖습니까."

대위는 아무것도 칠하지 않은 현관의 통나무 벽을 가리키며 절망적으로 두 손을 내저으며 말했다.

"그건 내 알 바 아니오." 의사는 소리 내지 않고 웃었다. "나는 단지 마지막 방법이 뭐냐고 당신이 물었기 때문에 의학이 대답할 수 있는 것을 말한 것뿐이오. 그러니 그 외의 것은, 미안하지만……."

"걱정하지 마세요, 의원님. 그 개는 물지 않아요."

의사가 문간에 서 있는 페레즈본을 불안해하며 바라보는 것을 안 콜랴가 무뚝뚝하게 외쳤다. 콜랴의 목소리에는 분노가 담겨 있었다. 그거 선생님이라고 하지 않고 일부러 '의원님'이라고 한 것은 나중에 그가 말한 것처럼 '모욕을 주기 위해서'였다.

"뭐라고?" 의사는 놀라서 고개를 들고 콜랴를 노려보았다. "이 아이는 대체 누구요?"

의사는 알료샤에게 해명을 바라는 것처럼 그쪽으로 고개를 돌리며 말했다.

"페레즈본의 주인이에요, 의원님, 저의 인격에 대해서는 걱정하지 마세요."

콜랴는 다시 분명하게 말했다.

"즈본?"

의사는 반복해서 말했다. 페레즈본이 무엇인지 몰랐기 때문이었다.

"아, 여기가 어딘지도 모르시나 보네. 잘 가시오, 의원님. 시라쿠사에서 만납시다."

"뭐 하는 녀석이야, 이 녀석은? 대체 뭐 하는 놈인 거요?"

의사는 무척 화를 내며 물었다.

"선생님, 저 아이는 이 읍내의 중학생입니다. 장난꾸러기입니다. 신경 쓰지 마세요." 알료샤는 얼굴을 찡그리며 재빨리 말했다. "콜랴, 이젠 그만해!" 그는 크라소트킨에게 외쳤다. "선생님, 신경 쓰지 않으셔도 됩니다." 이번에는 다소 초조한 듯 반복해서 말했다.

"이 녀석을 때려줘야겠어. 채찍으로 때릴 테다!"

의사는 무척 격분해서 방을 크게 쾅쾅 구리며 외쳤다.

"하지만 의원님, 페레즈본은 정말로 물 수도 있어요!" 콜랴는 파랗게 질린 얼굴로 눈을 빛내며 목소리를 떨면서 말했다. "이리 오렴, 페레즈본!"

"콜랴, 한 마디만 더하면 나는 너와 영원히 절교할 거야!"

알료샤는 명령하는 것처럼 외쳤다.

"의원님, 니콜라이 크라소트킨에게 이 세상에서 명령을 할 수 있는 사람은 딱 한 명입니다. 바로 이분입니다." 콜랴는 알료샤를 가리켰다. "나는 이분의 말을 들으려고 합니다. 안녕히 가세요!"

그는 번개처럼 그 자리를 떠나서 문을 열고 방으로 들어갔다. 페레즈본도 그의 뒤를 따라서 달려갔다. 의사는 어이가 없다는 듯 알료샤를 보면서 그대로 5초 정도 서 있더니 마침내 갑자기 침을 소리 내어 뱉고는 고함을 크게 지르며 마차 쪽으로 서둘러 걸어갔다.

"도대체 뭐 하는 녀석이야, 응? 이거 원, 어이가 없군!"

대위는 의사가 마차에 오르는 것을 도왔다. 알료샤는 콜랴를 따라서 방으로 들어갔다. 콜랴는 이미 일류샤의 침대 곁에 서 있었다. 일류샤는 그의 손을 잡고 아버지를 부르는 중이었다. 곧이어 대위도 돌아왔다.

"아버지, 아버지, 여기로 오세요. 우리는……."

일류샤는 이상한 흥분에 휩싸여 중얼거렸지만 더는 말할 기운이 없는 것처럼, 갑자기 여윈 두 팔을 앞으로 내밀어 있는 힘을 다해 두 사람, 콜랴와 아버지를 서로 안게 한 뒤 자신도 그들을 부둥켜안았다.

대위는 문득 몸을 떨면서 소리 없이 울기 시작했다. 콜랴는 입술과 턱을 떨었다.

"아버지! 아버지! 가련한 우리 아버지!"

일류샤는 고통스러운 것처럼 신음소리를 냈다.

"일류샤. 애야…… 방금 의사 선생님이 그러셨는데 넌 나을 수 있대. 행복해질 거라고…… 의사 선생님이……."

대위는 이 부분에서 말을 중단했다.

"아, 아버지! 나는 방금 의사가 한 말을 알아요…… 내가 봤어요!"

일류샤는 이렇게 외치고 아버지의 어깨에 얼굴을 묻고 두 사람을 세게 안았다.

"아버지, 울지 마세요…… 내가 죽으면 다른 착한 애를 데려오세요. 내 친구들 중에서 마음에 드는 애를 골라서 일류샤라는 이름을 붙이고 나 대신 사랑해 주세요."

"그런 말 하지 마, 영감. 넌 반드시 나을 거야!" 크라소트킨은 화가 난 것처럼 외쳤다.

"하지만 아버지, 절대로 나를 잊지 마세요." 일류샤는 말을 계속했다. "내 무덤에도 오셔야 해요. 그리고 아버지, 항상 같이 산책했던 그 큰 바위 옆에 묻어 주세요. 그리고 저녁때가 되면 크라소트킨과 함께 찾아오세요. 페레즈본도 함께. 내가 기다릴 테니까. 아버지, 아버지!"

일류샤의 목소리가 갑자기 끊겼고 세 사람은 서로 부둥켜안은 채 말이 없었다. 니노치카는 안락의자에 앉은 채 소리 없이 울고 있었다. 모두 우는 것을 보고 어머니도 문득 눈물을 펑펑 흘리기 시작했다.

"일류샤, 일류샤!"

그녀는 울부짖었다. 크라소트킨은 갑자기 일류샤와 안고 있는 상태에서 벗어났다.

"잘 있어라, 영감, 어머니가 식사 준비를 하고 나를 기다리실 거야." 그는 빨리 말했다. "어머니에게 미리 말하고 왔으면 좋았을 걸. 정말 유감이야! 아마 무척 걱정하고 계실 거야! 밥 먹고 빨리 올게. 하루 종일, 밤새도록 옆에 있을게. 그리고 많은 얘기를 해 줄게. 페레즈본도 데리고 올게. 하지만 지금은 데리고 가야겠다. 내가 없으면 엄청 짖어서 귀찮게 할 거야. 그럼, 다녀올게!"

그는 이렇게 말한 뒤, 현관으로 달려갔다. 그는 울지 않으려고 했지만 현관으로 나가자 끝내 울고 말았다. 알료샤가 그런 모습을 보았다.

"콜랴, 자네는 약속대로 꼭 올 거지? 오지 않으면 일류샤가 크게 실망할 거야."

알료샤는 다짐을 받는 것처럼 물었다.

"반드시 올 거예요! 아, 내가 왜 미리 오지 않았는지 나 자신이 미워요."

콜랴는 울면서 말했다. 이제는 우는 걸 부끄럽게 생각하지 않았다.

때마침 이때, 대위가 갑자기 방에서 구르듯이 달려오더니 등 뒤로 문을 닫았다. 그는 넋이 나간 것처럼 입술을 떨었다. 그리고 두 젊은이 앞에 서서 두 손을 위로 높이 올렸다.

"아무리 좋은 애라고 해도 싫다! 다른 애는 싫다!" 그는 이를 악물고 사나운 목소리로 소곤댔다. '예루살렘아, 내가 너를 잊는다면, 내 오른손이⋯⋯.'(구약성서 〈시편〉 137장 5절 중에서)

그는 목이 메어서 말을 맺지 못 했다. 그는 힘없이 나무 벤치 앞에 무릎을 꿇고 두 주먹으로 머리를 쥐면서 어린애처럼 울기 시작했다. 그러면서도 울음소리가 방에 들리지 않게 무척 애를 쓰며 목소리를 낮췄다. 콜랴는 큰길로 뛰어갔다.

"안녕, 카라마조프 씨! 당신도 오시는 거죠?"

그는 무뚝뚝한 목소리로 화가 난 것처럼 알료샤에게 외쳤다.

"밤에는 꼭 올게."

"저분이 예루살렘에 대해서 말했는데⋯⋯ 그게 뭔가요?"

"성경에 있는 말씀이야. '예루살렘아, 내가 너를 잊는다면' 즉, 내가, 만약 내가 가진 가장 소중한 것을 잊어버리거나, 그 대신 다른 것과 바꾸면 나를 벌하라는 의미지."

"그만하면 알았습니다! 그럼 꼭 오세요! 자, 이제 가자, 페레즈본!"

콜랴는 사납게 개를 부르더니 큰 보폭으로 성큼성큼 집으로 걸었다.

제4부

제11편 | 이반

1. 그루센카의 집에서

알료샤는 중앙 광장 방향으로 걸었다. 모로조바 주인집에 사는 그루센카를 만나기 위해서였다. 그녀는 아침 일찍 페냐를 알료샤에게 보내 꼭 와달라고 간청했다. 페냐가 말하길, 그녀가 왠지 어제부터 뭔가 큰 불안에 휩싸여 안절부절 못한다고 했다.

미차가 체포되고 두달 간 알료샤는 마음이 동할 때나, 미차의 부탁도 있어서 이미 여러 번 모로조바의 집에 갔다. 미차가 잡히고 사흘 만에 그루센카는 큰 병에 걸려서 거의 5주 동안 누워 있었다. 그중 일주일은 혼수상태였다.

그녀의 모습은 전혀 다르게 변해 있었다. 외출할 수 있게 된 뒤부터 벌써 2주일 정도가 흘렀지만 그녀의 얼굴은 아직도 마르고, 안색은 누런 빛이었다. 그러나 알료샤에게는 오히려 그런 모습이 더 매력적이었다. 그는 그루센카의 방에 들어갈 때, 그녀가 주는 첫 시선을 좋아했다. 그녀의 눈빛에는 사람의 마음을 꿰뚫는 무언가가 분명히 드러나 있었다. 무언가 정신적인 변화가 느껴졌고, 겸손하지만 흔들리지 않는 기쁜 결심의 기운이 나타나 있기도 했다. 미간에는 그리 크지 않은 주름이 만들어져서 그녀의 아름다운 얼굴에 뭔가 깊이 고민하는 듯한 기운이 깃들었고, 얼핏 보면 지나치게 엄숙한 느낌을 주기도 했다. 예전의 경박한 표정과 언행의 흔적은 사라졌다.

그리고 또 알료샤가 이상하게 여기는 것이 있었다. 이 불쌍한 여자는 그토록 불행한 일을 겪고도, 다시 말해 약혼한 바로 그 순간에 남자가 무서운 범죄 혐의로 체포되고, 자신은 병에 걸리고, 또 미차에게 내려질 불가피한 법원의 유죄 판결로 장래가 불투명한 상황이지만, 생동감 넘치는 명랑함을 유지하고 있다는 것이었다. 예전에는 거만했던 그녀의 눈빛에 이제는 평화로움이 반짝였다.

때로 그 눈에는 불길한 기운이 떠오르기도 했다. 여전히 변하지 않는 한 가지의 불안이 그녀에게 닥쳐서 쉽게 사라지지 않기도 했고, 점점 더 그녀의 마음속에서 크고 있었다. 이 불안의 원인이 되는 것은 바로 카체리나였다. 그루센카는 앓으면서도 카체리나에 대한 헛소리를 하기까지 했다. 그녀가 카체리나와 미차의 관계를 의심해서 무섭게 질투한다는 것은 알료샤도 잘 아는 사실이었다. 하지만 카체리나는 자유롭게 옥중의 미차를 찾아갈 수 있었지만 한 번도 면회를 가지 않았다. 이런 일들이 알료샤를 곤란하게 만들

1292

었다. 그루센카가 오직 알료샤에게만 마음을 털어놓고 항상 여러 가지 의논을 했지만, 그는 단 한 마디도 대답하지 못하는 일이 자주 있었기 때문이다.

그는 걱정스러운 표정으로 그녀의 방에 들어갔다. 그녀는 집에 있었는데, 미차를 만나고 30분 전에 돌아와 있었다. 그녀가 테이블 앞의 안락의자에서 일어나서 그를 맞이한 그 빠른 동작으로 생각해 볼 때, 알료샤는 그녀가 자신을 무척 기다렸다는 것을 알 수 있었다.

테이블 위에는 트럼프가 있어서 '바보게임'을 한 것을 알 수 있었다. 테이블 한쪽에 놓인 가죽이 씌워진 긴 의자에는 이불이 펼쳐져 있었고 그 위에 잠옷을 입고 모자를 쓴 막시모프가 누워 있었다. 그는 행복한 미소를 지었지만, 아프고 쇠약한 모습이었다.

두 달 전, 이 집 없는 노인은 그루센카와 함께 모크로예에서 돌아온 뒤부터 계속 여기에서 지내며 그녀 곁을 떠나지 않았다. 그때 그는 그녀와 함께 진눈깨비를 맞고 젖어서 돌아와서 긴 의자에 주저앉았다. 그리고 겁을 먹은 듯이 애원하는 것 같은 미소를 지은 채 그녀를 바라보았다. 그루센카는 슬픔에 잠겨 있었고, 열이 나고, 더구나 많은 걱정거리들 때문에 집에 돌아와서도 30분이 넘도록 막시모프의 존재를 잊고 있었다. 그녀는 갑자기 깨닫고 그를 조용히 바라보았다. 막시모프는 비굴한 표정을 지으며 그녀의 눈을 보면서 갑자기 히히히 웃었다.

그녀는 페냐를 불러서 그에게 음식을 주라고 당부했다. 그는 이

날 하루 종일 거의 움직이지 않고 앉아 있었다. 해가 지고 덧문을 닫은 페냐가 안주인에게 물었다.

"아씨, 이 분은 주무시고 가시는 건가요?"

"그래, 긴 의자에 잠자리를 봐드려."

그루센카는 노인에게 이것저것 물어본 결과, 그가 이제는 정말 갈 곳이 전혀 없는 사람인 것을 깨달았다.

"제 은인인 칼가노프 씨도 이제 나를 돌볼 수 없다고 분명히 말하면서 5루블을 주더이다."

"그럼 어쩔 수 없네요. 우리 집에서 지내세요."

그루센카는 가여운 듯이 미소를 지으며 쓸쓸히 말했다. 노인은 그 미소를 보고 자신도 모르게 울상을 지으며 고마워서 입술을 떨었다. 그래서 그때부터 이 방랑자는 그녀의 집에 식객으로 남았던 것이다.

그녀가 아픈 동안에도 그는 이 집에서 지냈다. 페냐와 음식을 만드는 그녀의 할머니도 그를 내쫓지 않고 먹여주고, 긴 의자 위에 이불을 펴주기도 했다. 그루센카도 나중에는 그와 친해져서 미차를 찾아보고 돌아온 날은(그녀는 몸이 조금 나아지자 아직 다·낫지 않았는데도 미차를 면회했다) 슬픔을 잊으려고 '막시모프 아저씨'를 상대로 온갖 하찮은 일에 대해 이야기했다. 노인도 예상 밖으로 여러 가지 재미있는 이야기를 해주었으므로 이제는 그녀에게 없어서는 안 되는 사람이 되었다.

가끔 들르는 알료샤 이외에 그루센카는 거의 아무도 만나지 않왔다. 한편 그녀의 늙은 상인은 이 무렵 병세가 매우 나빠져서 누워 지냈다. 거리에서 들리는 소문대로 그는 이제 '관에 한쪽 발을 넣고' 있었다. 그는 미챠의 공판이 있고 나서 1주일 만에 죽었다.

죽기 3주일 전, 그는 죽음이 다가온 것을 알고 아들과 며느리 그리고 아이들을 이층으로 불러서 한시도 자신의 곁을 떠나지 말라고 지시했다. 그러나 그루센카는 절대로 오지 못하게 하고 만일 오면 '부디 오래오래 행복하게 살고 나는 전부 잊으라'고 전하라고 하인들에게 지시해 두었다. 그러나 그루센카는 거의 날마다 그의 상태를 살피러 사람을 보냈다.

"마침내 오셨네요! 막시모프 아저씨, 좀 보세요." 그녀는 트럼프를 던지고 알료샤의 손을 잡으며 막시모프에게 기쁘게 외쳤다. "당신이 이제는 다시 안 올 거라고 날 막 놀렸다니까요. 아, 정말 당신이 꼭 와야 하는 곤란한 일이 생겼어요. 자, 이쪽에 앉으세요. 커피 드릴까요?"

"네, 주세요." 알료샤는 테이블 옆 의자에 앉으며 말했다. "아, 배가 고프네요."

"그럴 것 같아요. 페냐, 페냐, 커피 가져오렴!" 그루센카가 외쳤다. "아까부터 벌써 물이 끓어서 당신이 오기를 기다렸답니다. 피로시키(러시아 만두)를 가져와요, 뜨거운 걸로! 참, 알료샤, 오늘 이 피로시키 때문에 큰 소동이 벌어졌어요. 오늘 내가 피로시키를 그에게 가져갔었어요. 그런데 참 어이가 없게도, 그는 피로시키를 나에게 던지고 먹으려고 하지 않았어요. 한 개는 바닥에 던지더니 마구 짓밟았어요. 그래서 나는 '이걸 교도관에게 맡길 테니 만약 밤까지 먹지 않으면 당신을 사람에 대한 증오를 먹는 사람으로 생각하겠어요!' 하고 그냥 돌아왔어요. 그래서 또 싸웠지 뭐예요. 이 일을 어떻게 하지요, 찾아갈 때마다 꼭 이렇게 싸우게 되니."

그루셴카는 흥분해서 숨도 쉬지 않고 말했다. 막시모프는 겁을 먹었는지 눈을 아래로 깔고 미소를 지었다.

"이번에는 왜 싸우신 겁니까?"

알료사가 물었다.

"정말 어이없는 일 때문이었어요! 글쎄 그는 '옛 애인'에게 질투를 해서 '너는 왜 그놈을 몰래 숨겨두었지? 왜 그놈을 돌봐주는 거지?' 하는 거예요. 밤낮 질투를 한다니까요, 항상 질투를 해요! 언제나 질투! 지난주에는 심지어 삼소노프까지 질투를 했어요."

"하지만 형님은 '옛 애인'에 대해서는 알고 계시잖아요!"

"물론이죠, 알고 있어요. 처음부터 오늘까지 전부 다 알아요. 그런데 오늘 갑자기 화를 내잖아요. 그가 한 말은 정말 창피해서 말도 못하겠어요. 정말 어리석다니까! 내가 나올 때 라키친이 들어갔는데 혹시 그 사람이 부추기는 걸 수도 있어요. 어떻게 생각해요?"

그녀는 난처한 표정을 지으며 덧붙였다.

"형님은 당신을 사랑하세요. 정말 마음 깊이 사랑하세요. 하지만 오늘은 공교롭게도 초조했던 것 같아요."

"물론 초조할 수밖에 없지요. 내일이 공판이니까요. 내가 간 것도 내일 일 때문에 할 말이 있어서였어요. 알료샤, 내일은 어떻게 될까요? 생각만으로도 무서워요! 그가 초조할 거라고 하지만, 나부터가 정말 초조해요. 그런데 그는 엉뚱하게 옛 애인 이야기나 꺼내고! 정말 바보 같아! 그런데 막시모프 아저씨에 대해서는 왜 질투를 안 하는지 몰라!"

"제 안사람도 질투가 대단했지요."

막시모프가 말했다.

"어머나, 영감님에게?" 그루센카는 자신도 모르게 웃었다. "누구 때문에 질투를 했나요?"

"하녀들 때문이지요."

"막시모프 아저씨, 이제 그만해요. 농담할 시기가 아니에요. 속에서 불이 난다니까요. 그렇게 피로시키를 노려봐도 어쩔 수 없어요, 안 드릴 거예요. 건강에 나빠요, 보드카도 안 돼요. 정말 이 양반에게도 신경을 엄청 써야 한다니까. 우리 집은 마치 양로원 같지요?"

그녀는 큰소리로 웃었다.

"난 보살핌을 받을 가치가 없어요. 어디에도 쓸모없는 인간이지요." 막시모프는 울먹이며 말했다. "나보다 훨씬 쓸모 있는 사람에게 인정을 베푸셔야 하는데."

"어머나, 막시모프 아저씨, 어떤 사람이든 쓸모가 있어요. 누가 누구보다 더 쓸모 있는지, 어떻게 판단할 수 있나요? 알료샤, 난 그 폴란드 사람들이 빨리 없어졌으면 좋겠어요. 이번에는 그 사람들까지 잃을 것 같아요. 무슨 꿍꿍이인지 모르겠어요. 난 그 사람에게도 다녀왔어요. 사실은 미차에게 보여 주려고 일부러 그 사람에게 피로시키를 보내려고 했어요. 난 그러지도 않았는데 미차는 내가 그 사람에게 피로시키를 보냈다고 난리였어요. 그래서 일부러 보내려는 거예요. 얄밉잖아요! 어머, 페냐가 편지를 가지고 왔네. 그럼 그렇지, 역시나 그 폴란드 사람이 보낸 편지네요. 또 돈 달라는 내용이네!"

실제로 무샬로비치는 평상시처럼 미사여구를 장황하게 붙인 어처구니없이 긴 편지를 써서 3루블을 빌려달라고 부탁했다. 석 달 안에 갚을 거라는 차용증까지 함께 보냈는데, 차용증에는 브루블레프스키까지 연명으로 서명했다. 그루센카는 지금까지 '옛 애인'에게 이런 편지와 차용증을 여러 통 받았었다. 그녀가 완쾌하기 대략 2주일 전부터 이런 일이 시작되었다. 그녀는 자신이 앓고 있을 때 두 신사가 문병을 온 것을 잘 알고 있었다.

그녀가 받은 첫 번째 편지는 큰 편지지에 구구절절한 사연을 알아보기 힘들 정도로 장황하게 썼고 가문의 문장(紋章)을 새긴 도장을 찍었는데, 이해할 수 없는 어려운 미사여구가 지루하게 쓰여 있었다. 그루센카는 반 정도 읽다가 무슨 소리인지 이해하기 어려워서 그만 집어던져 버렸다. 게다가 그 무렵의 그녀는 편지를 읽을 만한 여력이 없었다. 그 다음 날, 두 번째 편지가 도착했다. 그것은 무샬로비치가 잠시 동안 2천 루블을 빌려 달라는 내용의 편지였다. 그루센카는 이 편지에도 답장을 보내지 않았다. 그러고 난 뒤,

연이어 하루에 한 통씩 온 편지는 전부 거창하고 지루한 사연들이었는데 빌려 달라는 금액은 100루블, 25루블, 10루블로 계속 줄어들어서 마지막 편지에는 단 1루블을 빌려 달라고 두 사람이 서명한 차용증을 함께 넣어서 보냈다.

문득 그루센카는 그가 불쌍해져서 저녁때 직접 그들이 있는 곳으로 달려갔다. 그녀는 두 폴란드인이 몹시 가난해져서 거지처럼, 음식도 없고 땔감도 떨어지고 담배도 없었으며 하숙집 주인에게 빚을 져서 오도 가도 못하는 상황인 것을 알게 되었다. 모크로예에서 미차에게 받아낸 200루블은 금세 사라져 버린 뒤였다.

그러나 그루센카는 두 폴란드인이 그런 상황임에도 거만하게 거들먹거리며 그녀를 맞이하고 최상급 형용사를 남발하면서 마구 허풍을 떠는 것에 놀랐다. 그녀는 그냥 웃고 '옛 애인'에게 10루블을 주었다. 그녀는 그때 이 사실을 즉시 미차에게 이야기했지만 미차는 전혀 질투하지 않았다.

그러나 그때부터 두 폴란드인은 그루센카에게 매달려 날마다 돈을 빌려달라는 편지로 그녀를 '집중 공격'했고, 그녀는 그때마다 돈을 조금씩 보내 주었다. 그런데 오늘 별안간 미차가 맹렬하게 질투를 하기 시작한 것이었다.

"내가 어리석었어요. 난 미차를 만나러 가다가 그들에게도 잠시 들렀어요. 그 신사도 병에 걸려 앓고 있더군요." 그루센카는 다급하게 다시 말했다. "난 웃으면서 이 이야기를 미차에게 전했죠. 그리고 그 폴란드인이 전에 내게 잘 불러주던 노래를 기타에 맞춰서

하더라고, 아마 그렇게 하면 내가 옛정이 생각나서 마음이 기울기라도 할 줄 알았나 보다고 했어요. 그랬더니 미차는 화를 크게 내면서 갖은 욕을 퍼부었어요. 그러니 나는 그 신사들에게 피로시키를 보낼 거예요! 폐냐, 뭐라고 했니? 또 그 여자애를 보내온 거니? 그럼 그 애에게 3루블과 피로시키를 열 개 정도 종이에 포장해서 보내 줘. 그러니까 알료샤, 내가 신사들에게 피로시키를 보냈다고 미차에게 꼭 전해 줘요."

"아니요, 절대로 얘기할 수 없습니다."

알료샤는 웃으며 말했다.

"어머, 그가 괴로워하는 것 같아요? 그는 일부러 질투하는 거예요. 그러니까 그로서는 어떻게 했든 상관없을 거예요."

그루센카는 괴로워하며 말했다.

"어째서 '일부러' 질투하는 걸까요?"

알료샤가 물었다.

"알료샤, 당신도 이해를 못하는군요. 그렇게 똑똑하면서 이 일은 도무지 이해할 수 없나요? 나는, 그가 나 같은 여자에게 질투를 해서 기분이 상한 게 아니에요. 만일 그가 조금도 질투하지 않았다면 그게 오히려 약 올랐을 거예요. 나는 그런 여자예요. 나는 질투를 한다고 화가 나지는 않아요. 내 마음에도 잔인한 면이 숨어 있어서 질투가 심하니까요. 다만 내가 약이 오른 건 그는 조금도 나를 사랑하지 않으면서 일부러 질투를 한다는 거예요. 내가 아무리 바보 같아도 장님이 아닌데 다 알 수 있는 일이잖아요. 그는 오늘 갑자기 그 카챠(카체리나) 이야기를 꺼냈어요. 그녀는 이런 여자인데 내 재판을 위해 모스크바에서 의사를 불러왔고, 학식이 있는 일류 변호사를 불러 주었고 하는 얘기들을 늘어놓는 거예요. 내 앞에서 그녀를 칭찬하는 거예요. 미챠는 그녀를 사랑해요, 뻔뻔하게도! 정작 자신이 나에게 미안한 짓을 하면서, 오히려 나에게 엉뚱한 트집을 잡아서 나를 먼저 나쁜 사람으로 만들려고 한다고요. '네가 먼저 폴란드인과 관계를 가졌으니 내가 카챠와 관계를 가져도 괜찮다'면서 나에게만 죄를 뒤집어씌울 생각인 거야. 맞아요, 분명해요! 나한테만 죄를 뒤집어씌울 생각을 하는 거라고요! 일부러 트집을 잡아서, 맞아, 분명해, 그럼, 난⋯⋯."

그루셴카는 자신이 어떻게 하겠다는 말도 하기 전에 눈에 손수건을 대고 흐느꼈다.

"형님은 카체리나 씨를 사랑하지 않습니다."

알료샤는 확고하게 말했다.

"사랑하는지 아닌지는 내가 스스로 확인하겠어요."

그루셴카는 눈에서 손수건을 떼고 서슬이 퍼렇게 말했다. 얼굴도 찡그리고 있었다. 상냥하고, 조용하고, 명랑한 그녀의 얼굴이 갑자기 험상궂고 표독스럽게 변하는 것을 보고 알료샤는 슬퍼졌다.

"이런 어리석은 소리는 이제 그만해야지!" 그녀는 문득 무뚝뚝하게 말했다. "이런 일 때문에 오시게 한 건 아니에요. 알료샤, 내일은, 내일은 어떻게 될까요? 난 그게 걱정이 돼서 견딜 수 없어요! 나만 애태우는 것 같아요! 이 일을 걱정하는 사람은 아무도 없어요. 모두 모르는 척 하잖아요. 하지만 알료샤는 걱정하겠죠? 내 일이 바로 공판이잖아요? 공판 결과는 어떻게 나올까요? 얘기해 주세요. 그건 하인이 저지른 짓이에요. 하인이 죽인 거야, 하인! 아, 하느님 그는 하인 대신 재판을 받네요. 그를 변호해 줄 사람은 아무도 없을까요? 그런데 재판소에서는 그 하인을 한 번도 조사하지 않았잖아요, 그렇죠?"

"그도 엄격한 심문을 받았습니다." 알료샤는 무거운 목소리로 말했다. "하지만 모두 범인이 아니라는 결론을 내렸지요. 지금 그는 지병을 앓고 있어요. 그때부터 병이 난 거예요. 간질을 일으킨 그때부터 정말 아파요."

"아, 어쩌면 좋을까! 그럼, 그 변호사를 만나서 사정을 직접 얘기해 주세요. 페테르부르크에서 3천 루블을 주기로 하고 데려온 사람이잖아요?"

"그 3천 루블은 우리 세 명이 냈습니다. 이반 형님, 나, 그리고 카체리나 씨 이렇게 세 명이지요. 하지만 모스크바에서 의사를 부른 2천 루블의 비용은 카체리나 씨 혼자 부담했습니다. 변호사 페추코비치는 돈을 더 달라고 할 수도 있는데, 이 사건이 러시아에 크게 알려졌고 그래서 자신의 이름이 신문과 잡지에 화려하게 알려질 것 같아서 명예를 위해 허락한 거지요. 이 사건은 워낙 유명하니까요. 나는 어제 그를 만났습니다."

"어땠나요? 그 사람에게 말하셨나요?"

그루셴카는 다급하게 외쳤다.

"그는 그저 듣고만 있고, 아무런 말도 없었습니다. 이미 분명한 견해가 있지만 내 말도 참고하겠다고 약속했습니다."

"참고하겠다니! 아, 전부 사기꾼들이야! 전부 몰려와서 그를 파멸시킬 거예요! 그런데 의사는, 카체리나 아가씨는 의사를 왜 불렀을까?"

"감정인으로 불렀습니다. 형님은 정신병자이고 발작을 해서 무의식중에 살인을 저질렀다, 이렇게 꾸미자는 것입니다." 알료샤는 조용히 미소를 지으며 말했다. "그런데 형님이 그걸 원하지 않으십니다."

"맞아요, 그래요, 만일 그가 죽였다면 그건 사실일 거예요!" 그루셴카는 외쳤다. "그때 그는 정말 미쳐 있었어요! 그리고 그건 바로 나, 못된 나 때문이었어요! 하지만, 그가 죽인 건 아니에요, 그는 죽이지 않았어요! 그런데 마을 사람들은 전부 그를 원수로 생각하고 그가 죽였다고 진술을 했어요. 가게 점원, 관리, 게다가 술집 사람들도 전에 그런 말을 들었다고 말한답니다! 전부 그를 파멸시키고 이 일을 요란하게 소문내고 있어요."

"증거가 너무 많이 생겼어요."

알료샤가 우울한 표정으로 말했다.

"그리고 그리고리 말이에요, 그리고리도 문이 열려 있었다고 우기는 중이에요. 자신이 분명히 보았다고 고집을 부리면서 좀처럼 물러서지 않아요. 내가 달려가서 바로 따졌지만, 오히려 소리를 질렀다고요!"

"맞아요, 그게 형님에게 가장 불리한 증거가 될 수도 있습니다."

"그런데 미차가 미쳤다는 말이 나와서 그런데, 정말 그는 지금 그런 것 같아요." 그루셴카는 큰 걱정거리라도 있는 듯이 비밀을 털어놓는 것처럼 속삭였다. "알료샤, 예전부터 말하고 싶었는데, 난 매일 그에게 갈 때마다 이상한 생각이 들어요. 어떻게 생각하세요? 그가 요즘 이상한 소리를 하기 시작했거든요. 무언가 자꾸 말하는데 무슨 소리인지 이해할 수 없어요. 그는 뭔가 매우 고매한 말을 하는데 내가 바보라서 이해를 못하는 건가 보다, 이렇게도 생각해 봤어요. 그런데 갑자기 무슨 아귀 이야기를 하면서, '왜 아귀는 이렇게 비참한 걸까? 나는 아귀 때문에 시베리아에 간다. 나는 아무도 죽이지 않았지만 시베리아에 가야 한다!' 이런 말을 한답니다. 무슨 일이 벌어지는 걸까요? 아귀가 뭐지요? 난 도무지 뭐가 뭔지 모르겠어요. 나는 그 말을 듣고 그냥 울었어요. 그가 말을 잘하는데다가 그도 우는 거예요. 그래서 나도 함께 울어버린 거예요. 그리고 그는 갑자기 내게 입을 맞추고 한 손으로 성호를 그어요. 무슨 의미일까요, 알료샤. 얘기해 주세요. '아귀'가 도대체 뭔가요?"

"라키친이 형님에게 가는 게 이상하다 했더니만······."

알료샤는 빙긋이 웃었다. "하지만, 그건 라키친 때문은 아닙니다. 어제는 형님에게 가지 않았으니 오늘은 이만 가봐야겠습니다."

"그래요, 그건 라키친 때문은 아니에요. 동생 이반이 그의 마음을 어지럽힌 거예요. 이반 씨가 그를 자주 찾아갔으니까, 그래서……."

그루센카는 이 대목에서 갑자기 말을 멈추었다.

알료샤는 크게 놀라서 그루센카를 바라보았다.

"찾아갔다고요? 정말 이반 형님이 그곳에 찾아갔습니까? 미차는 이반이 한 번도 오지 않았다고 나에게 말했는데."

"어머…… 어머나, 나는 왜 이럴까! 그만 말해 버렸네!" 그루센카는 갑자기 얼굴이 붉어져서 당황하면서 외쳤다. "잠시만요, 알료샤. 가만 계세요. 이제 어쩔 수 없지요, 그만 말해 버렸으니 사실대로 전부 얘기하겠어요. 이반 씨는 그를 두 번 찾아갔어요. 한 번은 이곳에 도착하자마자 바로 갔지요. 그는 즉시 모스크바에서 달려왔어요. 내가 앓아눕기 전이에요. 두 번째는 바로 1주일 전이에요. 그리고 미차에게는 자신이 온 것을 알료샤에게 알려서는 안 된다, 누구에게도 말하지 마라, 몰래 온 것이니 아무에게도 말하지 말라고 신신당부를 했대요."

알료샤는 깊은 생각에 잠겨 조용히 앉아 있었다. 그리고 무언가 고민하는 것 같았다. 그는 그루센카가 한 말에 큰 충격을 받았다.

"이반 형은 미차의 사건에 대해 한 번도 말하지 않았습니다." 그는 조용히 말했다. "지난 두 달 동안 형님은 나에게 말을 거의 하지 않았어요. 찾아가면 항상 싫은 내색이지요. 그래서 벌써 3주일이나 형님에게 가지 않았어요. 어디 보자. 만약 이반이 1주일 전에 미차에게 갔다면……. 지난 1주일 동안 미차의 마음에 변화가 생긴 것 같더군요."

"그래요, 변화가 생긴 거예요!" 그루센카는 곧 맞장구를 쳤다. "그 두 사람 간에는 틀림없이 비밀이 있는 거예요. 예전부터 그랬을 거예요! 미차도 언젠가 나에게 비밀이 있다고 말한 적이 있어요. 그건 아마 미차가 말할 수 없는 비밀일지도 몰라요. 예전에는 활발한 사람이었으니까요. 지금도 활발하지만. 그런데 미차가 머리를 내젓거나 방안을 돌아다니고, 오른쪽 손가락으로 관자놀이의 머리를 잡아당길 때는 무슨 고민이 있는 거예요. 나는 잘 아니까요. 그렇지 않고서는 그렇게 활발한 사람이, 오늘도 역시 활발해 보이긴 했지만요."

"아까는 형님이 초조해했다고 하지 않았나요?"

"초조하면서도 활발했어요. 그는 늘 초조하지만, 그건 잠시뿐이고 곧 활발해진답니다. 하지만 문득 다시 초조해지지요. 알료샤, 그는 정말 이해할 수 없는 사람이에요. 바로 눈앞에 무서운 일이 기다리고 있는데 때로는 아주 시시한 농담을 하면서 재미있는 것처럼 크게 웃어요. 마치 아이처럼 말이에요."

"미차가 이반에 대해서는 나에게 말하지 말라고 한 게 사실인가요? 말하면 안 된다고, 정말 그렇게 말한 건가요?"

"정말 그렇게 말했어요. 말하면 안 된다고. 미차는 누구보다 알료샤를 두려워해요. 그러니까 분명히 무슨 비밀이 있는 거예요. 자신도 비밀이라고 그랬어요. 알료샤, 그들에게 무슨 비밀이 있는지 알아낸 뒤에 나에게 알려주세요." 그루셴카는 갑자기 일어나서 애원하는 것처럼 말했다. "비참한 내가 어떤 운명의 저주를 받는지 좀 알려 주세요! 오늘 오시라고 한 이유가 바로 이것이에요."

"당신은 그것이 당신과 관련되어 있다고 생각하는군요? 만약 그렇다면 형님이 당신 앞에서 그런 비밀 얘기를 하지는 않았을 거예요."

"그럴까요? 그는 내게 얘기하고 싶었는데 솔직하게 말할 수 없었을 수도 있어요. 그래서 비밀이 있다고 살짝 언급하기만 하고 어떤 비밀인지 알려주지 않았던 거예요."

"그럼, 당신은 어떻게 생각하시나요?"

"어떻게 생각하냐고요? 결국 올 것이 오고야 말았다고 생각해요. 그 세 명이 나를 궁지에 몰아넣는 거예요. 카차가 있기 때문이죠. 이건 모두 카차가 벌인 짓이에요. 카차 때문에 일어난 일이지요. 미차가 카차를 '이렇고 저렇고'해 가며 칭찬하는 것도 내가 그렇지 않다고 비꼬아서 한 말이지요. 그건 그가 나를 버리려는 속마음을 미리 알려준 거랍니다. 비밀은 바로 이거예요! 세 명이 한 패가 돼서 꾸민 거예요. 미차와 카차와 이반 세 명이 말이죠. 알료샤, 이건 예전부터 물어보려고 생각하고 있었어요. 그는 한 1주일 전에 갑자기 나에게 이런 말을 했어요. 이반은 카차에게 반해서 항상 그 여자를 찾아간다고요. 그게 사실일까요? 거짓말일까요? 나를 신경 쓰지말고 솔직하게 당장 결론을 말해 주세요."

"나는 거짓말은 하지 않아요. 이반은 카체리나를 사랑하지 않아요. 내 생각은 이렇습니다."

"그래요. 나도 그렇게 생각했어요! 그는 나를 속였어요. 뻔뻔한 사람! 그가 지금 나에게 질투를 하는 건 나중에 트집을 잡으려는 거예요. 그는 정말 바보 같아요. 머리만 감추고 꼬리는 숨기지 않는 것과 같아요. 그는 뭘 숨기지 못하는 사람이니까요. 하지만 두고 보세요, 두고 보라고요! 그는 글쎄, '넌 내가 죽인 것 같지?' 이렇게 말했어요, 나에게 말이에요. 그런 말로 나를 꾸짖는 거예요! 마음대로 하라고 해! 두고 보세요, 재판 때 내가 카차를 혼내주겠어요. 그 자리에서 날카롭게 한 마디 할 거예요. 아니, 전부 털어놓을 거예요!"

그녀는 다시 서글프게 울었다.

"그루센카, 나는 이것만은 확실하게 말할 수 있습니다." 알료샤는 일어나며 말했다. "첫 번째, 형님은 당신을 사랑하고 있습니다. 형님은 이 세상의 그 누구보다 당신을 가장 사랑합니다. 오직 당신만을 사랑하지요. 그 점은 내 말을 믿으셔야 합니다. 두 번째는, 나는 형님의 비밀을 폭로하는 걸 원하지 않습니다. 하지만 만약 형님이 오늘 스스로 그걸 털어놓으시면, 나는 그것을 당신에게 얘기해주기로 약속했다고 솔직하게 말하겠습니다. 그리고 오늘 곧바로 여기에 와서 알려드리겠습니다. 하지만…… 그 비밀은…… 아무래도…… 카체리나와는 상관이 없는 일인 것 같네요. 그건 아마도 다른 일일 거예요. 확실합니다. 아무래도…… 내 생각에는 카체리나에 대한 것은 아닌 것 같아요. 그럼, 잠시 다녀오겠습니다!"

알료샤는 그루센카의 손을 잡았다. 그녀는 아직도 울고 있었다. 그녀는 알료샤가 건넨 위로의 말을 그렇게 믿는 것 같지 않았지만 슬픔을 밖으로 드러낸 것만으로도 기분이 한결 좋아보였다. 알료샤는 이대로 그녀와 헤어지는 것이 아쉬웠지만 아직 할 일이 많았기 때문에 서둘러 자리를 떠났다.

2. 아픈 발

첫 번째로 해야 할 일은 호흘라코바 부인의 집에 가야 하는 것이
었다. 알료샤는 한시바삐 그 집에서 볼일을 마치고 면회 시간에 늦
지 않게 미챠를 방문하려고 걸음을 서둘렀다. 호흘라코바 부인은
벌써 병이 난 지 3주일이나 되었다. 한쪽 발이 부었는데, 부인은 아
직 자리에 누운 건 아니지만 낮에는 매력적이면서 예의에 맞는 잠
옷을 입고 침실 소파에 편안하게 기대어 있었다.

알료샤는 호흘라코바 부인이 환자이면서 오히려 전보다 더 멋
을 부리는 걸 알아채고 자신도 모르게 악의 없는 미소를 짓기도
했다. 다양한 실내모를 쓰기도 하고, 나비 모양의 리본 장식을 달
기도 하고, 가슴이 패인 옷을 입기도 했다. 알료샤는 부인이 이렇
게 멋을 부리는 이유를 알았지만 천박하다고 생각해서 항상 애써

잊으려 노력했다. 그러나 요즘 두달 간 호흘라코바 부인을 찾아오는 손님 중에서 젊은 관리인 페르호친이 있는 것은 사실이었다.

알료샤는 벌써 나흘째 들르지 않아서 집에 들어가자마자 빨리 리즈에게 가려고 했다. 그의 볼일은 바로 리즈에게 있었다. 리즈는 어제 그에게 하녀를 보내서 '매우 중요한 일이 생겼으니' 빨리 와달라고 부탁했다. 그것이 어떤 이유 때문에 알료샤의 흥미를 끌었다. 그런데 하녀가 리즈의 방으로 알리러 간 사이, 호흘라코바 부인이 누구에게 들었는지 벌써 알료샤가 온 것을 알고 '1분만이라도 좋으니' 자신의 방으로 와달라고 부탁했다.

알료샤는 먼저 부인의 부탁을 들어주는 것이 좋을 거라고 생각했다. 그가 리즈 곁에 있는 동안 부인은 계속 사람을 보낼 것이 분명했기 때문이었다. 호흘라코바 부인은 유별나게 화려한 옷을 입고 소파에 누워 있었는데, 꽤 흥분한 것 같았다. 그녀는 탄성을 지르며 알료샤를 맞이했다.

"어머, 오랜만이에요. 정말 오랜만이에요! 일주일동안, 어머, 아니야, 나흘 전, 수요일에 오셨었지. 오늘도 리즈를 찾아오셨나요? 나 모르게 살금살금 그 애에게 가려고 했죠? 분명해요. 이봐요, 알렉세이 씨, 그 애가 얼마나 내 속을 썩이는지 당신은 모를 거예요. 하지만 그 얘기는 나중에 하기로 하죠. 그 얘기가 가장 중요하지만 나중에 하지요.

귀여운 알렉세이 씨, 내가 리즈에 대한 걸 전부 털어놓겠어요. 조시마 장로가 돌아가신 후에 하느님, 제발 그분의 영혼에 평화를! (그녀는 성호를 그었다) 그분이 돌아가신 뒤에 나는 당신을 성자처럼 생각해요. 새 양복이 제법 잘 어울리는데 어디서 그런 재봉사를 찾았나요? 하지만, 이것도 중요한 일은 아니지요. 나중에 얘기하기로 해요. 제발 내가 때로 당신을 알료샤라고 부르는 걸 용서해 주세요. 나는 이제 할머니가 다 됐으니까, 무슨 말을 해도 괜찮잖아요." 그녀는 요염한 미소를 지었다. "하지만 이것도 역시 나중에 합시다. 나에게 가장 중요한 건, 중요한 일을 잊어버리지 않는 것이니까. 제발 내가 조금이라도 필요 없는 말을 하면은 그쪽에서 주의를 주세요. '그 중요한 일은 뭐예요?'하고 물어보라고요. 아, 지금 무엇이 중요한지 내가 어떻게 알 수 있겠어요! 알렉세이 씨, 리즈가 당신과 약속을 어긴 뒤, 당신과 결혼하겠다던 저 어린애 같은 약속을 깬 뒤부터, 전부 오랫동안 바퀴의자에 앉았던 허약한 소녀의 어린애 같은 공상 속의 장난이었음을 물론 당신도 이해하셨을 걸로 알아요. 덕분에 저 애도 지금은 걸을 수 있게 되었지요. 카차가 당신의 그 불행한 형님을 위해 모스크바에서 부른 새 의사 선생님이…… 아, 내일은…… 이런, 왜 내일 얘기를 꺼냈지! 내일 일은 생각만으로도 현기증이 나요! 호기심 때문이지만…… 간략하게 말하면, 그 의사 선생님이 어제 우리 집에 오셔서 리즈를 진찰해 주셨어요. 왕진료를 50루블이나 내야 했죠.

그런데, 이것도 엉뚱한 소리네요. 또 엉뚱한 이야기를 꺼냈어요. 이제 그만 정신이 얼떨떨하네요. 나는 당황해서 정말 이제 뭐가 뭔지 모르겠어요. 모두 뒤엉켜 버려서. 나는 당신이 지루해져서 갑자

기 도망가지 않을지 걱정이 되어서 견딜 수 없어요. 이제 다시는
못 만나게 되지 않을까 싶어서요. 어머, 이 일을 어째! 내 정신 좀
봐, 이렇게 얘기만 하고 앉아서, 먼저 커피를 드려야 하는데. 율리
아, 글라피라, 커피 좀 내오렴!"

알료샤는 방금 커피를 마셨다면서 재빨리 사양했다.

"어디서 마셨나요?"

"그루센카 씨 집에서요."

"그럼…… 그럼 그 여자에게 가셨군요? 아, 그 여자가 모든 사람
을 파멸시킨 거예요. 하긴 난 잘 모르긴 하지만, 사람들은 그 여자
가 뭐 지금은 성녀가 되었다고 하대요. 좀 늦었지만, 그 전에 필요
할 때 성녀가 되었다면 더 좋았을 것을. 이제 와서 무슨 소용이 있
어요. 그래요, 가만히 들어 주세요. 알렉세이 씨, 가만히 들어 주세
요. 나는 지금 할 말이 무척 많은데, 결국 아무 말도 못하는 꼴이
되고 말 것 같아요. 아, 이 무서운 재판…… 나는 꼭 갈 거예요. 의
자에 앉은 채로 데려다 달라고 하려고요. 앉아 있을 수는 있어요.
누가 함께 가주면 아무 일도 없을 거예요. 아시겠지만, 나도 증인
의 한 명이잖아요. 아, 나는 뭐라고 말해야 할까. 뭐라고 말하면 좋
을까요? 정말 뭐라고 말해야 좋을지 모르겠어요. 나도 선서를 해
야 하잖아요. 네, 그렇죠, 맞죠?"

"맞습니다. 하지만 부인은 못 가실 것 같아요."

"앉아 있을 수 있으면 나는 괜찮아요. 아, 당신은 계속 나를 뒷
전에 두려고만 하시네! 아, 그 무서운 재판, 그 야만적인 범죄, 머

지않아서 전부 시베리아로 떠나고 말 거예요. 결혼하는 사람도 있을 것이고, 세월은 쏜살같이 흘러서 모든 것들이 금세 변할 테지요. 그러다가 결국 모두 어쩔 수 없이 나이가 들어서 관에 들어가는 거지요. 다 어쩔 수 없는 일이에요. 아, 나는 이제 지쳤어요. 그 카차…… cette charmante personne(그 매혹적인 인물)이 내 희망을 전부 부숴 버렸어요. 그 사람은 형님의 뒤를 따라서 시베리아로 떠날 거예요. 그러면 또 다른 형님은 다시 그 뒤를 따라서 이웃 마을에 가서 살면서 세 사람이 서로를 괴롭히면서 살겠지요. 나는 그렇게 생각하면 미쳐 버릴 것 같아요. 하지만 무엇보다 곤란한 것은 저 귀찮은 세상의 소문들이에요. 페테르부르크나 모스크바 같은 곳의 신문에도 몇천 번은 실렸을 거예요. 참 그렇지, 나에 대해서도 썼어요. 내가 형님의 '정부'라고요. 나는 그런 천박한 말을 입에 담을 수 없어요. 어떻게 이럴 수 있어요? 네? 어떻게 이럴 수 있나요?"

"그건 도무지 있을 수 없는 일입니다. 어디에 어떻게 실렸나요?"

"곧 보여드릴게요. 어제 받아서 바로 읽었어요. 이거 보세요, 페테르부르크의 신문 〈슬루히(風聞)〉예요. 이 〈슬루히〉는 올해부터 발행되었는데, 나는 세상의 소문을 좋아해서 구독을 신청했어요. 그런데 이번에는 내 머리 위에 벼락이 떨어졌어요. 네, 이런 소문이에요. 이곳, 이 부분에 실렸어요. 읽어 보세요."

그녀는 베개 밑에 넣어 둔 신문을 알료샤에게 건넸다.

그녀는 낙담하기보다 완전히 두들겨 맞고 지친 모습이었다. 사실 그녀의 머릿속은 엉망진창이 되었을 수도 있다. 신문 기사는 매우 눈에 잘 띄게 편집되었으며, 그녀에게는 물론 매우 낯간지러운 인상을 주는 것이었지만, 다행스럽게도 이 순간 그녀는 한 가지 일에 계속 주의를 집중할 수 없었기 때문에 1분이 지나자 신문은 까맣게 잊고 전혀 다른 화제로 옮겨 갈 수 있었다.

무서운 재판 사건에 대한 소문이 이미 러시아 전역에 퍼졌다는 것은 알료샤도 이미 알고 있었다. 아, 그는 지난 두달 간 형에 대한 것, 카라마조프 집안에 대한 것, 그리고 자신에 대한 이야기를 정확한 보도나 어처구니없는 엉터리 보도로 읽어야만 했다.

어떤 신문에는 알료샤가 형의 범행 뒤, 겁을 먹고 집을 나가서 수도원에 들어갔다는 등의 이야기가 쓰여 있었다. 어떤 신문은 이것을 반박해서, 반대로 그가 조시마 장로와 함께 수도원의 금고를 훔쳐서 '줄행랑을 쳤다'고 썼다.

참고로 〈슬루히〉에 난 이번 기사는 '스코트프리고니예프스크(슬프지만 우리의 도시는 이렇게 이름 붙여졌다. 필자는 이 이름을 오랫동안 숨겨 왔다) 특파원 발 카라마조프 사건에 대하여'라는 제목이 붙어 있었다.

기사는 짧았으며 호흘라코바 부인의 이름이 직접 언급된 대목은 없었다. 그리고 대부분 고유명사는 숨겨져 있었다. 이 소문이 풍성한 재판 사건의 피고는 퇴역 육군대위이며 뻔뻔하고 잔인한 게으름뱅이인데, 농노제 지지자이며 호색한이었고 특히 '독수공

방을 힘들어하는 귀부인'들에게 인기가 많았다고 쓰여 있을 뿐이었다. '독수공방을 힘들어하는 미망인' 중에 이미 다 큰 딸까지 있지만 지나치게 젊음으로 치장하는 한 부인은 이 사람에게 반해서 범행 불과 두 시간 전에 그에게 3천 루블을 주었다. 그것은 곧 자신과 함께 시베리아의 금광으로 도망치기를 바랐기 때문이었다. 그런데 이 범죄자는 마흔이 넘은 고뇌하는 중년 여인과 시베리아에 가기보다 차라리 아버지를 살해해서 3천 루블을 빼앗고 범행의 흔적을 지우는 것이 더 현명하다고 생각했다는 것이다. 이 어이없는 기사는 당연한 결론으로, 친아버지를 죽인 죄와 낡은 농노 제도의 악폐에 대해서 심하게 비난했다. 알료샤는 호기심으로 끝까지 읽고 다시 접어서 호흘라코바 부인에게 돌려주었다.

"네, 맞죠? 나를 지칭하는 말이 아니라면 누구겠어요?" 그녀는 다시 말을 시작했다. "그건 나예요. 나는 그 한 시간 전에 그에게 금광으로 가라고 권유했으니까요. 그런데 그걸 새삼 '마흔이 넘은 고뇌하는 중년 여인'이라고 하다니! 나는 그런 일로 권한 건 아니었어요. 이건 분명히 그 사람이 억지로 쓴 거라고요! 하느님, 제발 그 사람을 용서하소서. 저도 용서하겠습니다. 하지만 이게…… 대체 누가 한 짓인지 아시겠어요? 당신의 친구 라키친이랍니다."

"그럴 수도 있겠군요. 저는 아무것도 듣지 못했습니다만."

"그 사람이 맞아요, 그 사람. '그럴 수도 있겠군요'가 아니에요! 내가 그 사람을 집에서 쫓아냈어요. 그 이야기를 다 아시잖아요?"

"부인께서 그에게 앞으로 찾아오지 말라고 하신 건 압니다. 하지만 무슨 이유 때문에 그렇게 말씀하셨는지…… 부인에게서는 못 들었습니다만."

"그럼, 그에게서 들으셨나 보네요! 그 사람이 내 욕을 했죠? 심하게 욕한 거죠?"

"네, 맞습니다. 그 사람은 밤낮없이 누군가를 욕하고 있는걸요. 그런데 부인이 그 사람의 방문을 금지하신 이유는 그 사람에게서도 못 들었습니다. 그리고 저는 요즘 그와 거의 만나지 않습니다. 우리는 친한 친구가 아닙니다."

"그럼 그 이유에 대해서 속 시원히 말해 드리죠. 어쩔 수 없군요. 나도 지금은 후회해요. 그 일에 대해서는 나에게도 책임이 있거든요. 하지만 그것은 아주 사소한 것, 정말 하찮은 거라서 어쩌면 잘못이 전혀 없을 수도 있어요.

사실은(호흘라코바 부인은 문득 장난기가 가득한 표정으로 입가에 사랑스럽지만 어딘지 모를 수수께끼 같은 미소를 지었다), 나는 이런 의아함을 가지고 있어요…… 용서하세요, 알료샤, 나는 당신에게 어머니 같은…… 아니, 아니 정반대예요. 지금 나는 당신을 내 아버지라고 생각하고 말할게요. 이런 경우에는 어머니는 전혀 관계가 없으니까요. 마치 조시마 장로님에게 참회하는 기분이에요. 맞아요, 그게 가장 적당하네요. 아까 나는 당신은 숨은 성자라고 했으니까요.

그런데 그 불쌍한 젊은이, 당신 친구 라키친 말이에요(아, 곤란해라 나는 그 사람에게 좀처럼 화를 낼 수 없어요! 물론 화나고 밉지만 하찮은 일이에요), 한마디로 그 경솔한 젊은이가, 글쎄, 무슨 일이 생겼는지 아세요? 갑자기 나를 사랑하게 된 거예요.

나는 시간이 흐른 뒤에야 갑자기 그걸 깨달았죠. 우리는 전부터 서로 아는 사이지만, 한 달 전부터 그 사람은 자주, 거의 날마다 우리 집을 찾아왔어요. 하지만 나는 전혀 몰랐어요. 그러다가 갑자기 머릿속에 불이 켜진 것처럼 눈치를 채고 깜짝 놀랐어요.

아시는 대로, 나는 이미 두 달 전부터 그 겸손하고 멋진 청년, 이곳 관청에 근무하는 표트르 페르호친을 우리 집에 드나들게 했어요. 당신도 그를 자주 만나셨을 거예요. 정말 멋지고 성실한 청년이지요. 그는 날마다 오는 것은 아니고 사흘에 한 번 정도 오지만 (날마다 와도 상관없지요), 항상 깨끗한 옷차림이에요.

원래 나는, 알료샤, 당신처럼 재능 있고 겸손한 젊은이를 좋아해요. 그는 나라의 정치를 맡길 만한 두뇌에, 말솜씨가 아주 훌륭해요. 나는 언젠가 꼭 그를 위해 힘이 될 생각이에요. 그는 미래의 외교관이니까요. 그 무서운 날에도 한밤중에 나에게 달려와서 거의 다 죽어가는 나를 도와주었어요. 그런데 당신 친구 라키친은 항상 뭉툭한 구두를 신고 들어와서 융단 위를 질질 끌며 다녀요. 암튼 그는 나에게 암시를 주려고 했어요. 한 번은 돌아갈 때 내 손을 무섭게 꽉 쥐었어요. 그에게 손을 잡힌 뒤부터 문득 한쪽 발이 아파 왔어요.

그는 전에도 우리 집에서 페르호친 씨와 만났는데, 얼마나 심하게 대했는지 그를 조롱하고 무른 소린지는 알 수 없지만 호통도

쳤어요. 나는 무슨 일이 생길까 봐 겁이 났지만 두 사람을 바라보고 속으로는 미소 지었답니다. 그런데 언젠가 나 혼자 앉아 있었는데…… 아니, 아니야, 그때 나는 이미 병이 났었어요. 그래서 나 혼자 누워 있었는데 라키친이 찾아와서, 이 일을 어떻게 하면 좋죠, 자신이 쓴 시를 보여주었어요. 내가 앓는 발을 노래한 짧은 시였어요. 다시 말해서 내 아픈 발에 대해 시를 쓴 것인데, 잠시 기다려주세요, 뭐라고 썼더라?

예쁜 이 발이
살포시 병이 나서 앓고 있네……

뭐 이런 내용인데…… 나는 도저히 시를 외울 수 없어요…… 저기 놓아두었으니, 이따가 보여드릴게요. 정말 훌륭한 시였죠. 그건 내 발을 노래하기만 한 시가 아니고 멋진 생각이 깃든 교훈적인 시였는데 그만 잊어버렸어요. 한 마디로 말하면 앨범에라도 간직하고 싶어지는 시였어요. 물론 감사의 인사를 전했지요.

그래서 그도 아주 기분이 좋아진 것 같았는데, 내가 감사의 인사를 끝내기도 전에 갑자기 페르호친 씨가 들어왔어요. 그러자 라키친의 얼굴이 갑자기 흐려졌어요. 나는 페르호친 씨가 뭔가 그 사람에게 방해가 됐다는 것을 알 수 있었어요. 왜냐하면 라키친은 시를 다 읽은 뒤, 나에게 무슨 말을 하려고 생각했을 테니까요. 나는 이미 그것을 눈치 채고 있었답니다. 그런데 바로 그때, 페르호친 씨가 들어왔던 것이지요.

나는 곧 그 시를 보여줬어요. 하지만 누가 썼는지는 말하지 않았어요. 그는 지금도 시치미를 떼고 누가 시인인지 그때는 몰랐다고 하지만, 실은 그때 눈치 챈 것이 분명해요. 맞아요, 틀림없어요. 그는 일부러 모른 척하고 있었어요. 페르호친 씨는 곧 웃었고, 웃으면서 비평을 했어요. 터무니없는 시다, 아마 신학생이나 누가 썼나 보군, 하면서 말이에요. 정말 형편없이 혹독한 비판이었어요! 그러자 당신 친구는 웃으면 그만인 일을, 마치 미치광이처럼 되어버렸어요. 나는 그때 두 사람이 싸우지 않을까 겁이 났어요.

라키친은 대뜸 '그건 내가 썼어요'하고 말했어요. '내가 장난삼아서 쓴 시요. 물론 시를 쓰는 건 저속한 일이라고 생각하지만. 그래도 내 시는 꽤 훌륭하단 말이오! 푸시킨이 여자의 발에 대한 시를 썼다고 세상은 기념비를 세운다고 야단법석이지만, 내 시는 사상적 경향이 확실하단 말이오. 그러나 당신 같은 농노제 지지자에게는 휴머니즘 같은 것을 전혀 찾을 수 없어. 현대의 문화적 감정을 전혀 느끼지 못하거든. 당신은 시대와는 동떨어진 사람이야. 뇌물이나 받는 관리란 말이오!' 이렇게 말했답니다.

그래서 나도 크게 소리 지르며 두 사람을 말렸어요. 하지만 페르호친 씨는 아시는 것처럼 침착한 사람이라서 문득 천연덕스럽게 고상한 태도로 변하더니 조롱하는 것처럼 상대를 바라보며 듣다가 결국 이렇게 사과했어요. '나는 당신 작품인 줄 몰랐습니다. 만일 알았다면 그런 말은 하지 않았을 것입니다. 만일 알았다면 큰 칭찬을 했겠지요. 시인은 걸핏하면 화를 잘 내니까요.' 한 마디로 매우 훌륭한 태도를 가장하면서 실제로는 실컷 조롱했어요. 페르호친 씨도 나중에 그가 한 말이 모두 조롱해서 한 말이라고 했지만, 나는 그때는 그 사람이 정말 사과하는 것인 줄 알았어요.

그래서 나는 지금 꼭 당신 앞에서 이렇게 하듯이 그때도 가만히 누워서 라키친이 내 집에서 내 손님에게 욕지거리를 했으니 쫓아낸다면 그건 정당한 행위일 거라고 생각했지요. 진심이에요. 이렇게 옆으로 누워서 눈을 감고 정당한지 고민해 봤지만 답이 나오지 않았어요. 한동안 이렇게 저렇게 고민하다 보니 가슴이 두근거리더군요. 호통을 쳐야 할지 말아야 할지, 한쪽에서는 호통을 치라고 하고 다른 쪽에서는 호통을 치면 안 된다고 하고 말이에요.

그러다가 결국 또 소리가 들리자 나는 발작하는 것처럼 고함을 외치고는 그대로 기절했어요. 당연히 큰 소란이 일었지요. 그때 갑자기 나는 일어나서 라키친에게 말했어요. '당신에게 이런 말을 하는 건 가슴이 아프지만, 이제 우리 집에 오지 않았으면 좋겠어요.' 그렇게 그 사람을 쫓아냈어요. 알료샤, 내가 생각해도 정말 어리석은 짓을 저질렀어요. 사실은 그에게는 별로 화가 나지 않았으니까요. 그저 갑자기, 이 '문득 갑자기'라는 것이 중요하지만, 그렇게 하는 게 좋겠다고 생각했던 거예요. 다시 말하면 그 연극은······ 아무튼 그 연극은 무척 자연스러웠어요. 내가 울음을 터트릴 지경이었으니까요. 그 뒤로 며칠 동안 울었어요. 그리고 어느 날, 식사를 마친 뒤 문득 전부 잊었어요.

그 사람이 오지 않은 지 이미 2주일이나 되었는데, 이제 정말 그 사람은 오지 않는지 하는 생각이 들었어요. 그런데 바로 어제 저녁 무렵, 이 〈슬루히〉가 배달된 거예요. 난 읽고 나서 깜짝 놀랐지요. 누가 이런 걸 쓸 수 있겠어요? 그가 쓴 것이 확실해요. 그날 집에 가서 바로 그걸 쓴 다음 투고한 것이 신문에 실린 거죠. 이건 2주일 전에 있었던 일이에요. 그런데 알료샤, 내가 도대체 무슨 말을 하는 거죠? 정작 해야 할 중요한 이야기는 아직 한 마디도 안 했어요. 아, 왜 이런지 그런 말이 나도 모르는 사이 저절로 나오네요!"

"저는 오늘 무슨 일이 있어도 제시간에 형님에게 가야 해요."

알료샤는 모호하게 말했다.

"참, 그 말을 들으니 지금 전부 생각났어요. 그런데 알료샤, '심신상실'은 무슨 의미예요?"

"'심신상실'이요?"

알료샤가 놀라며 되물었다.

"법정 용어로서 심신상실이요. 어떤 일도 용서받는다는 심신상실, 이걸 일으킨 게 밝혀지면 무슨 일을 해도 용서받을 수 있대요."

"그런데 그건 왜 물으시죠?"

"그러니까 카차가 말이에요…… 아, 그 사람은 정말 사랑스러운 아가씨예요. 단지 그 아가씨가 누구를 사랑하는지 도대체 모르겠어요. 얼마 전에도 찾아왔는데 물어보지 못했어요. 더구나 그 사람이 요즘 들어서 나한테 꽤 서먹하게 구는지라, 단지 내 건강만 물어보고 다른 말은 아예 하지 않아요. 더구나 그 말하는 투는 정말

차가워서 '에잇 모르겠다, 될 대로 되라' 이런 생각까지 들 정도였어요. 참, 심신상실 이야기를 하던 중이었지요. 그 의사가 온 건 아시지요? 미친 사람을 감정할 수 있는 의사가 온 거요. 하긴 당신이 모를 이유가 없지. 당신이 부른 거잖아요. 아니, 당신이 아니라, 카차야! 전부 카차군요!

자, 예를 들어 여기 제정신인 사람이 있다고 해요. 그런데 그 사람에게 갑자기 심신상실이 일어났어요. 머리도 똑똑하고 자신이 무엇을 하는지도 잘 아는데, 그런데도 심신상실 상태인 거예요. 그래서 드미트리에게 일어난 것도 이 심신상실이 확실하다는 얘기지요. 새 재판이 열린 뒤부터 처음으로 이 심신상실이 알려지게 되었어요. 이것은 새 재판 제도의 혜택이지요.

그 의사는 그날 밤의 일을 나에게 물었어요. 그 금광에 대한 이야기를요. 그 당시 그 사람의 상태가 어땠는지 묻더군요. 그게 바로 심신상실 상태였을까요? 들어오자마자 '돈, 돈, 3천 루블, 3천 루블을 빌려 달라고' 떠들더니, 그대로 뛰어나가서 갑자기 사람을 죽였잖아요. '죽이고 싶지 않아, 죽이고 싶지 않아' 하면서도 그냥 죽인 거예요. 즉 이렇게 죽이지 않겠다, 죽이지 않겠다고 마음속으로는 싸우면서 죽인 거죠. 바로 그 점 때문에 그 사람은 용서받을 수 있어요."

"하지만 실제로도 형님은 죽이지 않았습니다."

알료샤는 조금 무뚝뚝하게 말을 가로챘다. 그의 불안과 초조는 점차 커지고 있었다.

"나도 그건 알아요. 그리고리 영감이 죽였을 거예요……."

"아니, 그리고리가!"

알료샤는 외쳤다.

"그예요, 바로 그 자예요. 그리고리 영감이 맞아요. 드미트리에게 맞아서 쓰려졌다가, 한참 후에 일어나서 문이 열린 걸 보고 안으로 들어가서 표도르 씨를 죽였을 거예요."

"왜 죽인 겁니까? 왜 죽였을까요?"

"이를테면 심신상실이었을 거예요. 드미트리에게 머리를 맞고 다시 정신이 들었을 때, 이미 심신상실 상태였겠지요. 그리고 들어가서 죽였어요. 그 영감은 자신이 죽인 게 아니라고 주장하지만, 그건 아마 기억을 못해서 그런 거 같아요. 하지만, 만일 드미트리가 죽였다면 오히려 그 편이 더 나아요, 훨씬 낫지요. 사실은 역시 드미트리가 죽인 게 확실해요. 그 편이 훨씬, 훨씬 좋아요! 물론 나도 자식이 부모를 죽인 걸 좋다는 건 아니에요. 나도 그런 일을 칭찬할 수는 없어요. 오히려 자식은 부모를 존경해야 하니까요.

하지만 역시 그 사람이 죽인 것이 낫다고 생각해요. 왜냐하면, 만약 그렇다면 당신도 슬퍼하지 않아도 되니까요. 그는 의식을 잃고, 아니, 의식은 있지만 자신이 무엇을 하는지 알지 못하고 죽였다고 말할 수 있으니까요. 아마 분명히 그 사람은 용서받을 거예요. 그 편이 인도적이에요. 그리고 사람들에게 새로운 재판 제도의 이런 혜택을 알려 주는 거예요.

나는 전혀 몰랐지만, 사람들이 하는 말을 들으니 그건 이미 옛날부터 그랬다고 하더군요. 어제 그 얘기를 듣고 많이 놀라서 곧 당신에게 사람을 보내야겠다고 생각했을 정도예요. 만약 그 사람이 용서받을 수 있다면 그 사람을 법정에서 바로 집으로 불러서 만찬에 초대해야겠어요. 아는 사람들을 불러서 새 재판 제도를 위해 전부 건배를 들 거예요. 나는 그 사람이 위험하지 않다고 생각해요. 더구나 무척 많은 손님들을 부를 거니까요. 그가 혹시라도 무슨 짓을 저지른다면 언제라도 바로 끌어낼 수 있을 거예요. 그 사람은 그 뒤에 어디 다른 도시의 치안판사가 되면 좋을 것 같아요. 스스로 불행을 겪은 사람은 누구보다 다른 사람의 옳고 그름에 대해 잘 판단할 테니까요.

하지만 도대체 지금 세상에 심신상실이 아닌 사람은 누가 있을까요? 당신도, 나도 우리 모두 심신상실인 거예요. 그런 예는 많아요. 어떤 사람은 앉아서 달콤한 노래를 부르다가 문득 노여움이 들어서 갑자기 권총을 뽑아서 때마침 옆에 있던 사람을 쏘아서 죽였다고 해요. 하지만 나중에 그는 용서받았지요. 나는 요즘 그런 이야기를 읽었는데 의사들도 전부 증명했어요. 요즘 의사들은 전부 그런 것을 증명한대요. 그런데 안타깝게도 우리 리즈도 지금 심신상실 상태랍니다. 어제도, 그저께도 나는 그 애 때문에 눈물을 흘렸어요. 그런데 오늘에야 그 아이가 심신상실 상태라는 걸 알았어요. 아, 정말 리즈는 지나치게 속을 썩인답니다. 그 애는 완전히 미친 것 같아요. 그 애가 왜 당신을 오라고 한 거지? 그 애가 오라고 한 건가요? 당신이 그 애를 보러 온 건가요?"

"그 애가 와달라고 했어요. 이제 그 애에게 가봐야 할 것 같습니다."

알료샤는 단호하게 말하며 일어났다.

"아니, 잠시만요 알료샤, 어쩌면 이게 가장 중요한 거예요." 부인은 갑자기 울음을 터뜨리면서 외쳤다. "나는 맹세하지만, 진심으로 당신을 믿고 리즈를 맡겨요. 그 애가 나 몰래 당신을 불러도 그런 건 괜찮아요. 하지만 당신의 형님 이반에게는 쉽게 딸을 맡길 수 없어요. 나는 지금도 역시 그 사람을 남자다운 멋진 청년이라고 생각하지만. 그런데 어떻게 해요, 나도 모르게 그 양반이 갑자기 리즈를 만나러 왔었어요."

"네? 뭐라고요? 언제 왔었나요?"

알료샤는 깜짝 놀라서 물었다. 그는 이제 자리에 앉으려고 하지 않고 서서 들었다.

"지금 이야기할게요. 혹시 그 일 때문에 당신을 오라고 했을 수도 있겠네요. 정말 왜 오라고 했는지 모르게 되어버렸지만요. 이야기는 이렇답니다. 이반은 모스크바에서 돌아와서 우리 집에 두 번 정도 왔어요. 한 번은 친척으로 찾아왔고, 한 번은 며칠 전이지만 때마침 카챠가 와서 카챠를 만나려고 찾아온 거였어요. 물론 나는 그가 매우 바쁜 것을 알고 있어서 늘 오는 걸 바라지 않았어요. Vous comprenez, cette aftaire et la mort terrible de votre papa(당신도 알다시피, 그 일과 당신 아버지의 무서운 죽음 말이에요) 그런데 우연히 듣게 됐는데 그가 문득 찾아왔어요. 그것도 나를 보러 온 것이 아니라 리즈를 만나러 말이에요.

한 엿새쯤 전에 5분 정도 있다가 가셨다고 하는데, 나는 사흘이 지난 뒤 글라피아에게서 그 얘기를 듣고 정말 큰 충격에 빠졌어요. 그래서 바로 리즈를 불렀더니 그 애는 웃고 있는 거예요. 그리고 그는 내가 누워 있는 줄 알고 리즈에게 내 건강 상태를 물어보러 왔다고 했어요. 그건 당연히 그랬겠지요. 그런데 대체 리즈는, 리즈는, 아, 주여, 그 애 때문에 얼마나 속을 썩이는지! 상상할 수 있으세요? 언제였는지…… 나흘 전 밤이었어요. 지난번에 당신이 다녀간 바로 뒤에, 그 애는 한밤중에 갑자기 발작을 일으켜서 소리를 지르고, 비명을 지르고, 히스테리 발작을 일으켰어요. 나는 어째서 한 번도 히스테리를 일으키지 않았을까요.

리즈는 그다음 날도, 또 그다음 날에도 발작을 일으켜서 그만 어제처럼 심신상실 상태가 되어버렸어요. 그리고 갑자기 '나는 이반이 미워요, 어머니, 그 사람을 집에 들여놓지 마세요. 집에 들어오지 못하게 거절하세요!' 하면서 우는 거예요.

나는 영문을 몰라서 이렇게 말했어요. '그 훌륭한 청년의 방문을 왜 거절하겠니? 그분은 그토록 똑똑하고 게다가 그런 불행을 겪고 있잖아'라고요. 왜냐하면 그런 소동은 역시 불행한 일일뿐 행복한 일은 결코 될 수 없잖아요. 그렇지요? 그런데 그 애는 내 말을 듣더니 큰 소리로 웃었어요. 더구나 무척 경멸하는 듯이 웃었지요. 하지만 나는 '웃어서 다행이다. 이제 발작도 나을 거야' 생각하고 기뻐했어요. 그리고 형님은 나한테 말도 하지 않고 그 애를 방문하거나 이상하게 굴면 해명을 듣고 확실하게 드나들지 못하게 하려고 했어요.

그런데 오늘 아침, 리즈는 일어나자마자 갑자기 율리아에게 신경질을 부리더니, 맞아요, 이 일을 어떻게 하면 좋을까요, 뺨을 때린 거예요. 얼마나 끔찍한 일인가요? 나는 우리 집 하녀에게 말도 조심해서 하는데 말이에요. 그리고 1시간 정도 지나서 그 애는 율리아의 다리를 안고 입을 맞췄어요. 그리고 율리아를 내게 보내서 '이제 엄마에게는 다시 안 간다, 앞으로 절대로 가지 않을 것이다.' 이런 말을 전하라고 했대요. 그리고 내가 아픈 다리를 끌면서 제 방을 찾아갔더니 나에게 달려들어 입을 맞추고 울다가 그만 또 아무런 말도 하지 않고 밖으로 뛰어나가는 거예요. 도대체 왜 그러는지 모르겠어요.

알렉세이 씨, 난 지금 의지할 데라고는 당신뿐이에요. 내 인생의 운명이 당신에게 달려 있어요. 제발 리즈에게 가서 얘기를 전부 들어주지 않을래요? 당신만 그걸 할 수 있어요. 그리고 돌아와서 나에게, 그 애의 엄마인 나에게 얘기해 주세요. 당신도 예상하시겠지만, 만일 이런 일이 오래 지속되면 나는 죽을 수밖에 없어요. 죽거나 집을 나가는 수밖에요. 나도 이제는 더 견딜 수 없어요. 지금까지 너그럽게 견뎌왔어요. 견디는 것도 끝이 있는 거잖아요? 그 한계에 이르면…… 그때가 무서워요. 아, 페르호친 씨가 오셨네요!" 호흘라코바 부인은 페르호친이 들어오자 문득 얼굴이 빛나면서 외쳤다. "늦었네요, 늦으셨어요! 어서 앉으세요. 그리고 빨리 얘기를 해 줘요. 내 운명을 결정해 주세요. 그래, 그 변호사는 어떻던가요? 아니, 어디 가시는 거예요, 알렉세이 씨?"

"리즈에게요."

"그래요. 잊지 마세요. 방금 내가 부탁한 걸 잊으면 안 돼요. 내 운명이 결정되는 일이니까요. 정말로 내 운명이!"

"당연히 잊지 않을 거예요, 그리고 가능하다면…… 그나저나 너무 늦었네요."

알료샤는 황급히 걸어 나가며 중얼거렸다.

"아니에요, 돌아가는 길에 꼭 들르셔야 해요. '가능하다면'이 아니라 꼭이요. 그렇지 않으면 난 죽을 거예요!"

호흘라코바 부인은 알료샤의 등 뒤에서 외쳤지만 그는 벌써 방에서 나간 뒤였다.

3. 꼬마 악마

알료샤가 리즈의 방에 들어서자, 그녀는 항상 쓰던 바퀴의자에 비스듬하게 누워 있는 상태였다. 그녀가 아직 걸어 다니지 못할 때 쓰던 그 의자였다. 그녀는 알료샤를 맞기 위해서 몸을 움직이지 않고 단지 찌르는 듯이 예리한 시선으로 뚫어지게 그를 바라보고 있었다. 눈은 약간 빨갛게 부은 듯 했고, 얼굴은 창백하고 누랬다. 알료샤는 지난 사흘간 그녀의 모습이 완전히 바뀌어서 여위어 보이는 것에 놀랐다. 그녀는 손을 내밀지 않았다. 그래서 그는 옆에 다가가 옷 위에 늘어진 그녀의 가는 손가락을 살며시 건드리고 아무 말도 하지 않고 그녀의 앞에 앉았다.

"난 전부 알아요. 당신이 바쁘게 감옥에 가려고 하는데도." 리즈는 날카로운 말투로 말했다. "어머니가 당신을 두 시간 동안 붙잡아서 방금 전에 나와 율리아 이야기를 한 것도 알아요."

"그걸 어떻게 알지요?"

알료샤가 물었다.

"엿들었어요. 아니, 왜 그렇게 날 뚫어지게 보세요? 난 엿듣고 싶으면 엿들어요. 그게 나쁜 건가요? 그래서 사과는 안 할 거예요."

"기분이 나쁜가 봐요?"

"아니요, 오히려 기뻐요. 조금 전에도 서른 번이나 반복해서 생각했지만, 나는 당신과 결혼하지 않기로 결정한 것이 정말 다행이라고 생각해요. 당신은 남편으로는 적합하지 않아요. 내가 당신에게 시집을 간다면, 결혼 뒤에 사랑하게 된 어떤 남자에게 편지를 전해 달라고 부탁해도 아마 당신은 분명히 전해 줄 거예요. 게다가 답장까지 받아다 줄 거야. 당신은 마흔 살이 되어도 역시 그런 편지를 이리저리 들고 다닐 거 같아요."

그녀는 갑자기 웃었다.

"당신은 무척 심술궂고 솔직하네요."

알료샤는 미소를 지으며 말했다.

"당신에게는 부끄럽지 않아서 솔직할 수 있어요. 나는, 부끄럽지도 않고 부끄러울 생각도 안 해요. 맞아요, 당신에게 말이에요, 당신에 대해서 말이에요. 알료샤, 왜 나는 당신을 존경할 수 없을까요? 난 당신을 무척 사랑하지만 존경은 전혀 하지 않아요. 만약 존경한다면 당신 앞에서 부끄러워하지 않고 이런 말은 하지 않겠죠? 그렇잖아요, 네?"

"그렇죠."

"그럼 내가 당신에게 부끄러워하지 않는다는 말을 믿으세요?"

"아니요, 믿지 않습니다."

리즈는 다시 신경질적으로 웃었다. 그녀는 빠르고 거칠게 얘기했다.

"나는, 감옥에 있는 당신 형님 드미트리에게 과자를 보냈어요. 알료샤, 당신은 정말 착해요! 당신에 대한 마음이 식은 걸 이렇게 빨리 인정하시니 말이에요. 그래서 오히려 당신을 더 사랑할 것 같아요."

"리즈, 오늘은 무슨 일 때문에 오라고 한 거죠?"

"당신에게 내 희망 한 가지를 말하려고요. 나는, 누군가에게 짓밟혀야 해요. 나와 결혼해서 나를 짓밟고 나를 속여서 도망쳤으면 좋겠어요. 나는 행복해지는 걸 원하지 않아요!"

"차라리 엉망진창이 되어서 망가지는 게 좋겠네요?"

"네, 망가지고 싶어요. 집에 불 지르고 싶어요. 나는 조용히 기어가서 집에 불을 지르는 걸 상상해요. 꼭 조용히 해야 해요. 전부 불을 끄려고 하지만 집은 계속 불에 타요. 나는 알고서도 모른 척하죠. 아, 모든 게 하찮고 지루해요!"

그녀는 혐오스러운 기색을 드러내며 한쪽 손을 저었다.

"그건 아무런 어려움을 겪지 않고 풍족하게 살기 때문입니다."

알료샤가 조용하게 말했다.

"그럼 가난하게 사는 게 낫다는 건가요?"

"맞아요."

"그건 돌아가신 장로님이 당신에게 가르쳐 주었겠군요. 그건 틀린 거예요. 다른 사람이 모두 가난해도 내가 부자면 전혀 상관없어요. 난 혼자서 과자를 먹고, 크림을 핥고 아무에게도 주지 않을 거야. 아, 아무 말도 하지 마세요. 아무 말도 하지 마세요." 알료샤가 말을 하려고 하지 않았지만 그녀는 손을 저으며 멈추려고 했다. "당신은 예전에도 그렇게 말하곤 했죠. 난 전부 기억해요. 이젠 지겨워요. 만일 내가 가난해지면 누군가를 죽일 거예요. 또 부자가 되어도 죽일 수도 있어요. 도무지 가만히 있을 수가 없어! 난 곡식을 수확하고 싶어요. 귀리를 수확하고 싶어요. 난 당신에게 시집을 갈 테니, 당신은 농사꾼이, 정말 농사꾼이 되면 좋을 것 같아요. 우리 함께 망아지를 길러요. 네! 당신은 칼가노프를 아세요?"

"알지요."

"그는 늘 걸어 다니면서 공상을 한다고 하더군요. 그 사람의 이론에 따르면, 사람은 왜 참다운 생활을 해야 하는가, 공상하는 게 훨씬 낫다, 공상을 하면 어떤 유쾌한 일이라도 다 하지만, 공상이 없는 생활은 지루하다는 거죠. 그렇지만 그도 곧 결혼해요. 나에게도 구애를 했어요. 팽이 칠 줄 아시나요?"

"압니다."

"그는 마치 팽이 같아요. 있는 힘을 다해 돌리고 채로 후려쳐야해요. 난 그에게 시집가서 한평생 팽이처럼 돌릴 거야. 당신은 나와 있는 게 부끄럽지 않은가요?"

"전혀요."

"당신은 내가 거룩한 얘기를 하지 않아서 무척 화가 나지요? 하지만 난 성인이 되기 싫어요. 무서운 죄를 지은 사람은 저세상에서 어떤 벌을 받나요? 당신은 잘 알겠지요?"

"하느님이 꾸짖으십니다."

알료샤는 가만히 그녀를 바라보았다.

"그건 내가 원하는 거예요. 내가 저승에 가면 전부 나를 꾸짖겠지요. 그렇게 되면 나는 그들 앞에서 갑자기 웃어 버릴 거예요. 알료샤, 나는 집을, 우리 집을 불태우고 싶어요. 내 말 전부 믿지 않으시는 거죠?"

"왜죠? 세상에는 그런 아이들이 흔해요. 열두 살 정도 되는 아이가 항상 무언가를 태우고 싶어서 실제로도 불을 지르지요. 그것도 병의 일종입니다."

"거짓말, 거짓말. 그런 애가 있지만, 난 그런 걸 말하는 게 아니잖아요."

"당신은 나쁜 것과 좋은 것을 착각하고 있어요. 그건 순간적인 위기입니다만, 아마 당신이 전에 앓았던 병 때문일 수도 있어요."

"어머나, 나를 경멸하시네요! 나는 단지 좋은 일은 하기 싫고 나쁜 짓만 하고 싶은 것뿐이에요. 병에 걸린 게 아니에요."

"왜 나쁜 짓이 하고 싶은 겁니까?"

"이 세상에 좋은 일은 아무것도 남기고 싶지 않으니까요. 아, 전부 남김없이 사라져 버리면 얼마나 좋을까! 이봐요, 알료샤. 나는 닥치는 대로 나쁜 짓을 해보려고 생각할 때가 있어요. 아무도 모르게 오랫동안 나쁜 짓을 하면 마침내 모두 알고 나를 따돌리겠죠? 그런 때가 되면 나는 아무렇지 않게 그들을 비웃을 거예요. 이런 생각을 하면 정말 즐거워요. 알료샤, 어째서 그게 그렇게 즐거울 수 있죠?"

"글쎄요. 그건 무언가 좋은 것을 눌러버리고 싶거나, 혹은 지금 당신이 말한 것처럼 불을 지르고 싶은 욕구일 것입니다. 그것도 흔한 일이지요."

"나는 말만 하는 게 아니에요. 실제로 저지를 거예요."

"그럴 수 있지요."

"아, 나는 당신이 '그럴 수 있지요'라고 말해서 더 당신이 좋아졌어요. 당신은 결코, 전혀 거짓말을 하지 않는 분이에요. 그런데 당신은 혹시 내가 당신을 놀리려고 일부러 이런 말을 한다고 생각할 수도 있겠네요."

"아니요. 그렇게 생각하지 않습니다. 어쩌면 당신은 약간 그런 욕구가 있을 수 있겠군요."

"네, 조금은요. 나는 절대로 당신에게 거짓말은 안 하니까요."

그녀는 기묘하게 눈을 반짝거리며 말했다.

알료샤는 그녀의 진지함에 무엇보다 놀랐다. 그녀는 지금까지 아무리 '진지한' 순간에도 명랑함과 장난기를 유지했는데 이때의 그녀에게는 익살스러움이나 장난기는 전혀 찾을 수 없었다.

"인간은 이따금 죄악을 사랑할 때가 있습니다."

알료샤는 깊은 생각에 빠져서 말했다.

"그래요, 맞아요! 당신은 내가 생각하는 것을 그대로 말했어요. 사람은 죄악을 좋아해요. 누구든지 전부 좋아하지요. 순간이 아니라 항상 좋아하는 거예요. 사람들은 이 일에 대해 마치 어느 날 거짓말을 하기로 약속하고 그때부터 계속 거짓말을 하는 것 같아요. 사람들은 모두 나쁜 짓을 미워한다고 하지만 마음속으로는 모두 나쁜 짓을 사랑하는 거예요."

"당신은 지금도 나쁜 책을 읽네요?"

"읽는 중이에요. 엄마가 읽고 베개 밑에 감춘 걸 몰래 가져다가 읽어요."

"그렇게 자신을 망치는 짓을 하면서 양심의 가책을 못 느끼나요?"

"나는 내 자신을 망치고 싶은걸요. 어떤 남자아이는 달리는 기차 밑에 누워 있었다고 하잖아요. 참 행운아야! 지금 당신의 형님은 아버지를 죽여서 재판을 받을 예정이지요. 그런데 사람들은 형님이 아버지를 죽인 걸 기뻐한답니다."

"아버지를 죽인 것을 기뻐한다고요?"

"기뻐해요, 전부 기뻐해요! 다들 끔찍하다고 말하지만 마음속으로는 무척 기뻐해요. 내가 그 누구보다 가장 기뻐요."

"여러 사람들이 기뻐한다는 당신의 말은 어느 정도 진실하군요."

알료샤는 조용하게 말했다.

"아, 당신도 그렇게 생각하다니!" 리즈는 감동해서 외쳤다. "정말 그 말이 수도사가 한 말인가요? 알료샤, 당신은 안 믿을 수도 있지만 난 당신을 정말 존경해요. 당신은 결코 거짓말을 하지 않으니까요. 내가 우스운 꿈을 꾸었는데 그 얘기를 해드릴까요? 나는, 때로 악마의 꿈을 잘 꾼답니다. 때로 밤중에 촛불을 켜고 방에 혼자 앉아 있으면 갑자기 주변에 악마가 잔뜩 나타나요. 방구석이나 테이블 밑에서 나타난답니다. 그리고 문을 열려고 하지요. 문밖에는 수많은 악마들이 방에 들어와서 나를 덮치려고 하지요. 드디어 살며시 다가와서 금방이라도 나에게 달려들 것 같아서 내가 빨리 성호를 그었더니 마귀 새끼들은 전부 기겁을 하며 뒤로 물러났어요. 하지만 아주 도망가지는 않고 문간에 서 있거나 구석에 앉아서 기다렸지요. 그러다가 내가 갑자기 큰소리로 하느님 욕이 하고 싶어서 욕지거리를 퍼붓자, 악마들이 금세 다시 내 주변에 몰려들어서 기쁜 얼굴로 나를 붙잡으려고 했어요. 그래서 다시 재빨리 성호를 그었더니 악마들은 뒤로 전부 물러났어요. 그게 재미있어서 숨이 막힐 것 같았어요."

"나도 똑같은 꿈을 자주 꾸었습니다."

문득 알료샤가 말했다.

"진짜요?" 리즈는 깜짝 놀라서 외쳤다. "알료샤, 날 놀리는 건 싫어요. 이건 매우 중요한 일이니까요. 전혀 다른 두 사람이 똑같은 꿈을 꾸는 게 있을 수 있는 일일까요?"

"있을 수 있다고 생각합니다."

"알료샤, 나는 농담하는 게 아니에요. 정말 이건 중요한 일이에요." 리즈는 무척 놀라서 말을 이었다. "중요하다는 건 꿈을 말하는 게 아니라 당신이 나와 같은 꿈을 꾸었다는 거예요. 당신은 나에게 거짓말을 한 적이 없잖아요. 그러니까 지금도 거짓말하면 안돼요. 정말 그랬나요? 나를 놀리는 건 아니겠죠?"

"정말이에요."

리즈는 큰 충격을 받았는지 잠시 아무 말도 하지 않았다.

"알료샤, 나에게 놀러와 주세요. 네? 더 자주요."

갑자기 그녀는 간절하게 말했다.

"나는 언제든지, 평생 이곳에 오겠습니다."

알료샤는 확실하게 말했다.

"당신에게만 얘기하는 거지만." 리즈가 다시 말문을 열었다. "나 스스로와 또 한 사람 당신에게만 이 세상에서, 오직 당신에게만 말하는 거예요. 나 자신에게 말하는 것보다 당신에게 말하는 게 마음이 훨씬 더 편해요. 당신에게라면 조금도 부끄럽지 않으니까요. 알료샤, 정말 조금도 어째서 당신에게는 부끄럽지 않은 걸까요, 네? 알료샤, 부활제 때 유대인은 아이를 훔쳐서 죽인다고 들었는데 그게 사실일까요?"

"잘 모르겠습니다."

"어느 책에서 어떤 재판에 대해 읽었어요. 한 유대인이 네 살짜리 남자아이를 잡아서 양손의 손가락을 모두 자르고 벽에 못 박아서 죽였대요. 그리고 나중에 조사를 받을 때 아이는 금세 네 시간만에 죽었다고 말했어요. 네 시간이 걸렸는데 금세라니요. 유대인은 아이가 괴로워서 신음하는 동안 그 옆에 서서 황홀하게 지켜봤대요. 훌륭한 얘기죠?"

"훌륭한 얘기라고요?"

"맞아요. 나는 때로 그런 생각을 해요. 내가 그 아이를 못 받은 건 아닌가 하고요. 아이가 매달려서 신음하면 나는 그 앞에서 설탕에 절인 파인애플을 먹는 거예요. 나는 그걸 굉장히 좋아해요. 당신도 좋아하죠?"

알료샤는 가만히 아무런 말도 없이 그녀를 바라보았다. 그 창백하고 누런 얼굴이 문득 일그러지고 눈이 빛나기 시작했다.

"하지만 나는 이 유대인 이야기를 읽은 밤에, 밤새 눈물을 흘리며 떨었어요. 어린아이가 울고 신음하는 것을 상상하면서 말이에요. 네 살이면 아이도 이미 알 만한 것은 알 나이거든요. 그런데 내 머리에서 이 파인애플 절임이 도대체 떠나지 않았어요. 날이 밝자, 나는 어떤 사람에게 편지를 써서 꼭 와달라고 간청했어요. 그가 왔을 때 나는 갑자기 남자아이 이야기와 파인애플 설탕 절임 이야기를 했어요. 전부 말했어요. 하나도 빼지 않고 전부. 그리고 이렇게 말했어요. '참 훌륭한 얘기죠?' 그러니까 그는 문득 웃으면서 이렇게 말했어요. '정말 멋진 얘기군요.' 그리고 벌떡 일어나서 나갔어요. 단지 5분 있었는데 말이에요. 그 사람이 나를 경멸한 거죠? 네, 알료샤? 말해 보세요. 그 사람이 나를 경멸한 걸까요? 아닐까요?"

그녀는 눈을 빛내며 의자 위에서 몸을 똑바로 폈다.

"그럼." 동요한 알료샤가 말했다. "당신이 스스로 그 사람을 부른 겁니까?"

"내가 부른 거예요."

"그 사람에게 편지를 썼나요?"

"네, 편지를 썼어요."

"그 아이 얘기를 일부러 하기 위해서?"

"아니요, 그건 전혀 아니에요. 그런데 그가 들어오자마자 바로 그걸 물었어요. 그러자 그 사람은 그런 대답을 하고 웃으며 일어나서 나갔어요."

"그는 당신에게 성실하게 굴었네요."

알료샤가 조용하게 말했다.

"하지만 그는 나를 경멸한 걸까요? 웃은 건 아닐까요?"

"그렇지 않습니다. 아마 그 사람도 파인애플 절임 이야기를 믿을 수 있으니까요. 리즈, 그 사람도 지금 심한 병을 앓고 있습니다."

"맞아요, 그도 믿을 거예요!"

리즈는 눈을 반짝였다.

"그는 아무도 경멸하지 않습니다. 단지 그는 아무도 믿지 않는 것뿐입니다. 믿지 않으니까 즉 경멸하는 것이 되지요."

"그럼 나도요, 나도 경멸할까요?"

"당신도 물론입니다."

"그것도 좋아요." 리즈는 이상하게 이를 갈면서 말했다. "그가 방에 들어와서 웃을 때, 난 경멸당하는 것도 좋구나, 하고 갑자기 생각했어요. 손가락이 잘린 남자아이도 좋고, 경멸당하는 것도 좋아요."

그녀는 이렇게 말한 뒤 알료샤를 똑바로 바라보며 이상하게 짓 궂은 웃음을 엄청나게 웃어댔다.

"알료샤, 나는…… 사실은 나는, 알료샤, 나를 좀 도와주세요." 갑자기 그녀는 안락의자에서 벌떡 일어나서 그에게 몸을 던지며 팔을 벌려서 그를 부둥켜안았다. "나를 도와주세요." 그녀는 신음 하는 것처럼 중얼거렸다. "방금 전에 말한 그런 얘기를 이 세상에 서 당신 이외에 그 누구에게 할 수 있겠어요? 나는 정말, 정말, 사 실을 말했어요! 나는 죽고 싶어요! 전부 싫증이 났어요! 난 더는 살고 싶은 마음이 없어요, 전부 싫어요! 알료샤, 왜 당신은, 나를 조금도, 조금도 사랑하지 않는 거죠?" 그녀는 무아지경 상태로 말 을 끝맺었다.

"아닙니다. 사랑해요!"

알료샤도 있는 힘을 다해 대답했다.

"그럼, 나를 위해 울 수 있어요, 울어 주시겠어요?"

"물론입니다."

"내가 당신의 아내가 되고 싶지 않다고 해서가 아닌, 오로지 나 를 위해서 울어 주시겠어요?"

"물론입니다."

"그래요, 고마워요! 나는 당신의 눈물 이외에는 모두 필요 없어 요! 다른 사람들은 전부 나를 괴롭히든지 말든지, 전부, 전부, 한 사람도 빠지지 않고 나를 짓밟든지 말든지 상관없어요! 나는 아무도 사랑하지 않아요. 정말 그 누구도 사랑하지 않아요. 사랑하기는 커녕 미워해요! 자, 이제 가세요, 알료샤. 이제 형님에게 가실 시간이 됐어요!" 문득 그녀는 알료샤에게서 몸을 떼었다.

"당신만 이대로 남겨 둔 채?"

알료샤는 겁이 나는 것처럼 말했다.

"형님에게 가세요. 면회 시간에 늦을 것 같아요. 가세요. 자, 모자. 미차에게나 대신 입 맞춰 주세요. 자, 가세요. 어서!"

그녀는 이렇게 말한 뒤, 거의 억지로 알료샤를 문으로 밀었다. 알료샤는 걱정스러운 표정으로 망설이면서 리즈를 바라보았다. 그때 갑자기 자신의 오른손에 편지가 쥐어진 것을 깨달았다. 고이 접어서 봉인한 작은 편지였다.

살며시 보니 '이반 카라마조프 님에게'라고 쓰여 있었다. 그는 문득 리즈를 바라보았다. 그의 얼굴은 위협적인 표정으로 변해 있었다.

"전해 줘요, 꼭 전해 주셔야 해요!" 그녀는 전신을 떨면서 미친 듯이 지시했다. "오늘 안으로 곧! 안 그러면 나는 독약을 먹고 죽어버릴 거야! 내가 당신을 부른 건 바로 그것 때문이에요!"

그녀는 이렇게 말한 뒤 문을 재빨리 닫았다. 고리쇠 소리가 달그락거리며 들렸다. 알료샤는 편지를 주머니에 넣고, 호흘라코바 부인에게 들르지 않고 곧바로 층계 쪽으로 갔다. 그는 실제로 부인에 대해서는 까맣게 잊은 채였다.

리즈는 알료샤가 나가자 곧장 고리쇠를 벗기고 문을 약간 열어서 그 틈에 자신의 손가락을 넣고는 있는 힘껏 문을 닫아서 손가락을 짓이겼다. 그녀는 10초 정도 지난 뒤에 손가락을 빼고 느리고 조용하게 바퀴의자로 되돌아가서 앉았다. 그녀는 허리를 곧게 펴고 까맣게 변한 손가락과 손톱 사이에서 흐르는 피를 조용히 들여다보았다. 그녀는 입술을 떨면서 재빨리 혼자 속삭였다.

"아, 나는 인간도 아니야, 인간도 아니야, 인간도 아니야!"

4. 찬송가와 비밀

알료샤가 감옥 문의 벨을 울렸을 때는 꽤 늦은 시간이어서 땅거미가 지는 중이었다(더구나 11월이어도 짧았다).

그러나 알료샤는 아무런 제재를 받지 않고 미차를 면회할 수 있음을 알고 있었다. 이런 일은 전부 이 도시도 다른 도시와 비슷했다. 예심 종결 뒤 처음 한동안은 친척이나 그 밖의 사람들의 면회도 정해진 수속을 밟아야 했지만, 그 뒤 점차 너그러워졌다. 아니, 너그러워졌다고는 할 수 없었지만 미차를 찾아오는 사람들에 대해서는 적어도 어느새 몇 가지의 예외가 생겼다. 때로 이 정해진 방에서 미결수와 단둘이 면회가 이루어지기도 했다. 그러나 그런 사람들은 매우 희귀했고 그루셴카와 알료샤, 라키친 정도만 가능했다.

그루셴카에게는 경찰서장 미하일 마카라포그가 특별히 호의를 베풀었다. 모크로예에서 그루셴카에게 호통을 친 것 때문에 항상 이 노인은 가슴이 아팠던 것이다. 그 뒤, 그는 진상을 알아가면서 그녀에 대한 생각을 바꾸었다.

그는 이상하게도 미차의 범죄를 굳게 믿으면서도 그가 수감될 때부터 점차 그를 보는 시선이 부드러워졌다.

"원래 선량한 사람이었는데 술과 여자 때문에 스웨덴 사람처럼 신세를 망쳤어."

그리고 그가 마음속으로 품었던 그전의 공포심은 어떤 동정으로 변했다.

한편 알료샤에 대해서는, 두 사람이 이미 오래 전부터 잘 알고 지냈기 때문에 서장이 그를 무척 좋아했다. 그 뒤 자주 감옥에 드나드는 라키친도 그의 이른바 '서장 따님'의 가장 친한 친구의 한 사람이기 때문에 거의 매일 그 집에 드나들었다. 더구나 그는 평생을 성실하고 믿음직스럽게 근무한, 사람 좋은 노인인 간수장 집에서 가정교사를 하는 중이었다.

알료샤도 예전부터 이 간수장을 알았다. 알료샤는 대부분 '고상한 이야기'를 좋아하는 이 간수장과는 오래전부터 특별히 친하게 지내며 그의 이야기 상대가 되어 주었다. 서장은 이반에 대해서는 결코 그를 존경하지 않았지만 그의 날카로운 주장을 두려워했다. 간수장 자신도, 물론 '스스로 깨달은 것'이긴 하지만 대단한 철학자였다. 그는 마음속으로 알료샤에 대한 어떤 억제할 수 없는 호감을 가졌다.

그는 지난 1년간 때마침 복음서의 외전을 연구하고 있었기 때문에, 항상 자신의 느낌을 이 젊은 친구에게 전했다. 전에는 자주 알료샤를 만나러 수도원까지 찾아가서 그를 비롯한 많은 사제들과 몇 시간 동안 이야기를 나누기도 했다. 그랬기 때문에 알료샤가 다소 늦은 시간이더라도 간수장을 찾아가면 잘 처리해 주었다.

게다가 감옥에서는 하급 교도관까지도 전부 알료샤와 친한 사이였다. 그래서 교도관도 상사의 허락만 있으면 엄격하게 굴지 않았다. 미차는 항상 호출을 받으면 감방에서 아래층의 면회실로 내려왔다.

알료샤는 방으로 들어가다가 때마침 미차를 만나고 나오는 라키친을 만났다. 두 사람은 무언가 크게 이야기하는 중이었다. 미차는 라키친을 배웅하면서 무슨 이유인지 몹시 웃었지만 라키친은 왠지 투덜거리는 것처럼 보였다. 라키친은 요즘 특히 알료샤와 만나는 걸 피했고 만나게 되도 거의 말을 하지 않고 그저 이상하게 어색한 인사만 했다. 지금도 알료샤가 들어오는 걸 보고 미간을 찡그리며 못 본 척했다. 모피 깃이 달린 크고 따뜻한 외투의 단추가 잘 끼워지지 않아서 그곳에만 정신이 팔린 척 하는 것처럼 보였다. 그리고 그는 자신의 우산을 찾았다.

"물건을 잊어버리면 안 돼."

그는 아무 말이라도 해야겠다고 생각하고 혼잣말을 했다.

"남의 물건도 잊어버리면 안 되지!"

미차는 익살스럽게 말하고 자신의 익살이 우스워서 크게 웃었다. 라키친은 단박에 화를 냈다.

"그런 말은 당신네 카라마조프 사람들 같은 농노제의 풋내기들에게나 하시오. 이 라키친에게는 그렇게 말하지 마시오!"

그는 증오로 몸을 떨면서 갑자기 버럭 소리를 질렀다.

"왜 그리 화를 내는 건가? 나는 그저 농담을 한 것뿐인데!" 미차도 크게 말했다. "참, 어이가 없네! 저런 녀석들은 모두 똑같아."

미차는 서둘러 밖으로 나가는 라키친의 뒷모습을 턱짓으로 가리키며 알료샤에게 말했다.

"지금까지 앉아서 재미있게 웃던 녀석이 금방 저렇게 화를 낸다니! 너에게는 인사도 안 하잖아. 왜 그러는 거냐, 싸운 거니? 그것보다 너는 왜 이렇게 늦은 거냐? 나는 너를 기다리다가 점심도 굶었어. 하지만 괜찮아! 이제라도 보충하면 되겠지."

"저 사람은 왜 형님을 찾아오는 겁니까? 이제 서로 친해진 겁니까?"

알료샤는 라키친이 나간 문을 턱으로 가리키며 물었다.

"라키친과 친해졌냐고? 그렇지 않아. 저 녀석은 돼지 같아! 저녀석은 나를…… 비열한 인간이라고 무시하려고 하지. 그래서 약간만 농담을 해도 사력을 다해 덤벼들거든. 저런 녀석은 익살을 좀처럼 이해하지 못해. 그게 가장 흠이야. 저런 놈의 영혼은 어떻게 저리 무미건조할 수 있을까. 평평하고 건조해. 마치 내가 처음이곳에 끌려와서 감옥의 벽을 보았을 때 느꼈던 기분이 들어. 하

지만 꽤 똑똑한 녀석이지. 그런데 알렉세이, 이제 결국 내 머리도
끝났어!"

그는 긴 의자에 앉으며 알료샤도 옆에 앉도록 했다.

"네, 마침내 내일이 공판이네요. 그럼 형님은 이제 완벽하게 희
망을 잃으신 건가요?"

알료샤는 조심스럽게 물었다.

"너 무슨 소리 하는 거냐?" 미차는 기이하게 멍한 표정으로 알
료샤를 바라보았다. "맞아, 공판 얘기를 하는 거구나! 쯧쯧, 어이없
는 얘기다! 우린 지금까지 늘 필요 없는 얘기만, 항상 이 공판 얘기
만 하면서 진짜 중요한 일은 이야기를 하지 않았어. 물론 내일은
공판이 있지. 그러나 지금 머리가 끝났다고 한 건 그 얘기가 아니
야. 머리는 그대로지만 그 머릿속에 들어 있었던 알맹이가 없어졌
어. 왜 그렇게 비난하는 시선으로 나를 보는 거지?"

"형님, 그게 무슨 말씀이세요?"

"사상 말이다, 사상! 즉 에티(윤리) 말이야. 도대체 에티카는 무
엇일까?"

"에티카요?"

알료샤는 놀라서 물었다.

"맞아. 그런 학문이 있니?"

"네, 있어요. 하지만 솔직히 말하면 어떤 학문인지 설명하기 힘
듭니다."

"라키친은 알아. 라키친은 많은 걸 알고 있단 말이야. 젠장! 녀

석은 수도사가 되려고 하지 않아. 페테르부르크에 가고 싶어 하지. 거기서 평론 분야에서 한 몫 하겠다는 거야. 고상한 경향을 지닌 평론을 말하는 걸 테지. 그래서 사회에 크게 기여하고 출세할 수도 있어. 저런 놈들은 출세하는데 타고났거든! 에티카가 뭐든지 간에 아무래도 상관없다. 나는 이제 끝이다. 알렉세이, 나는 이제 끝이 야. 넌 하느님에게 사랑을 받는 사람이다! 나는 누구보다 너를 사랑한다. 널 보면 심장이 두근거린다. 그런데 카를 베르나르는 도대체 누구지?"

"카를 베르나르요?"

알료샤는 다시 놀라며 물었다.

"아니다, 카를이 아니구나. 가만히 있어라. 내가 아무렇게나 지껄였네. 클로드 베르나르(19세기 프랑스의 생리학자)야. 클로드 베르나르가 누구야? 화학자인가?"

"아마도 학자일 거예요. 하지만 실은 저도 그에 대해서는 잘 모르겠습니다. 그저 학자라고 들었을 뿐 어떤 학자인지는 모르겠어요."

"그런 인간 따위 아무래도 좋다. 나도 모르니까." 미차는 외쳤다. "어차피 하찮은 놈팽이겠지. 그게 가장 사실에 가까울 것 같구나. 어차피 전부 놈팽이들이니까 말이야. 그런데 라키친은 캐내려고 할 거야. 작은 틈만 있어도 녀석은 캐내려 하니까. 그놈도 역시 베르나르 같아. 빌어먹을 베르나르 같으니라고! 필요 없는 녀석들만 늘어나는구나!"

"형님, 대체 왜 그러세요?"

알료샤가 다그쳐 물었다.

"그 녀석은 나와 내 사건에 대한 것을 기사로 발표하고 문단에 나설 작정이더구나. 그래서 나를 찾아오는 거지. 자신의 입으로 그렇게 말하더군. 무언가 경향성을 띤 걸 쓰고 싶다고 그랬나? '그는 살인을 할 수밖에 없었다. 왜냐하면 환경 때문에 병들고 있었기 때문이다.' 이런 식이라고 하더군. 나한테 설명해 주더라. 사회주의를 칠한다고 하더라. 하지만 그런 건 어쨌든 상관없어. 사회주의 색깔이든 뭐든 간에 그런 건 상관없지만 그 녀석은 이반을 싫어하고 증오하지. 너도 별로 좋아하는 것 같지 않더라. 그런데 내가 그를 쫓아내지 않는 건 녀석이 똑똑하기 때문이야. 그런데 그놈은 너무 으스대더군. 그래서 지금도 이렇게 말했어. '카라마조프네 인간들은 비겁한 게 아니라 철학적인 사람들이다. 왜냐하면 진짜 러시아인은 전부 철학자니까. 그러나 너 같은 인간은 학문을 배웠겠지만 철학자가 아니라 농노다' 이렇게 말해 줬지. 그러자 녀석은 증오가 가득한 표정으로 나를 보고 웃었어. 그래서 또 이렇게 말했어. 사상에 대해서는 nonest disputandum(논쟁하면 안 된다)고 말이야. 꽤 재치 있는 이유잖아? 그래서 나도 적어도 고전주의에 한몫 끼어들게 되었어."

미차는 문득 크게 웃었다.

"왜 형님은 끝났다고 생각하세요? 조금 전에 형님이 그렇게 말하셨지요?"

알료샤가 말을 가로막았다.

"왜 끝났냐고? 음! 사실은 한 마디로 요약하면, 나는 요즘 하느님이 불쌍하다. 그래서 그런 거야!"

"하느님이 불쌍하다고요?"

"상상해 봐. 그건 바로 이곳, 머릿속에 있는 신경에 대한 거지, 즉 뇌수 속 어딘가에 신경이 있어. -뭐, 아무래도 상관없어!- 꼬리 같이 생긴 것, 즉, 그 신경에 꼬리가 있어. 그래서 그 꼬리가 떨리면, 이를테면, 내가 눈으로 무엇을 본다고 가정하자. 이렇게 말이야. 그러면 그게 떨리기 시작해. 바로 그 꼬리가 말이지. 이렇게 떨리면 이미지가 나타나는 거야. 금방 나타나는 것은 아니고 잠시 한순간, 1초가 지난 뒤에 나타나지. 그러면 일종의 장면이 나타나. 아니다, 장면이 아니야. 장면은 무슨 빌어먹을! 어떤 이미지, 이를테면 어떤 물체나 사건이 나타나는 거야. 젠장, 왜 이렇게 복잡해! 그래서 나는 사물을 보고 생각하지. 왜냐하면, 그건 꼬리가 있으니까, 내게 영혼이 있어서 그런 게 아니라 내 안에 신이 있어서 그런 것도 아니야. 그런 건 모두 엉터리 같은 얘기야. 어제 라키친이 와서 설명해 줬어. 그 얘기를 들으니 마치 불에 덴 것 같았어. 알료샤, 이건 멋진 학문이야! 새 인간이 연이어 나오는 거야. 그건 나도 알아. 하지만 그래도 하느님은 불쌍해!"

"하지만 뭐, 나쁘지 않네요."

알료샤가 말했다.

"하느님이 불쌍하다는 거 말이냐? 그런데 화학이 있어. 알료샤, 화학이다! 어쩔 수 없지. 수도사님, 옆으로 조금만 비켜 주세요, 화학님이 오십니다! 라키친은 하느님을 싫어해, 소름 끼치게 싫어해! 이것이 그 놈의 약점이야! 그런데 녀석은 그걸 감추지. 거짓말을 하는 거야. 연기를 하지. 이런 일도 있었다. '그래서, 자네는 평론가가 되더라도 연기를 할 생각인가?' 내가 물으니까 그 녀석은 '아니, 그렇게 드러나게는 허용하지 않을 거예요.' 하고는 웃더라. 그래서 내가 다시 물었다. '하지만, 그렇게 되면 인간은 도대체 어떻게 되는 거지? 하느님도 내세(來世)도 없으면 말이야. 그렇게 되면, 인간은 어떤 짓을 해도 괜찮다, 이런 말이 되나?' 녀석은 '아니, 그럼 당신은 그것도 몰랐나요?'하고 웃는 거야. '똑똑한 인간은 무엇이든 할 수 있어요. 똑똑한 인간은 교묘하게 단물을 빨 수 있습니다. 그런데 당신은 살인을 했지만 어쩔 수 없이 덫에 걸려서 감옥에서 썩고 있잖아요!' 이렇게 나에게 대놓고 말을 하더군, 정말 돼지 같은 놈이야! 나도 예전 같았으면 곧바로 들어 올려서 밖으로 내던졌겠지만, 지금은 가만히 듣는 수밖에 없었다. 그 녀석은 여러 방면에서 꽤 똑똑하고 글도 꽤 잘 쓰니까. 한 주 전에 그 녀석이 어떤 기사를 나에게 읽어 주었는데, 그때 거기서 세 줄 정도를 옮겨 써 두었지. 잠시 기다려라. 바로 이거야."

미차는 황급히 조끼 주머니에서 쪽지를 꺼내서 읽었다

"'이 문제를 해결하기 위해서는, 우선 자신의 개성을 자신의 현실과 대치시켜야 한다.' 어떠냐, 너는 알 수 있니?"

"모르겠습니다."

알료샤는 호기심을 느끼고 미차를 바라보며 그의 말에 집중했다.

"나도 모르겠다. 애매하고 막연해. 하지만 그 대신 꽤 재치 있어. '지금은 전부 이렇게 써요. 왜냐하면 환경이 그러니까.' 녀석은 이렇게 말했어. 그러니까 환경이 무서운 거야. 게다가 그 녀석은 시도 쓰지, 그 비열한 놈이 말이야. 호흘라코바 부인의 발을 찬양하지, 하하하!"

"그 얘기는 들었습니다."

알료샤가 말했다.

"들었다고? 그 시를 들었다는 거니?"

"아니요."

"그 시는 내가 가지고 있어. 내가 한번 읽어 줄게. 아직 너에게는 얘기하지 않아서 모르겠지만, 거기에는 재미있는 한 가지 이야기가 있어. 그 녀석은 정말 나쁜 놈이야! 3주일 전에 그 녀석이 나를 놀리려고 '당신은 3천 루블 때문에 붙잡혔지만, 나는 어느 과부와 결혼해서 15만 루블을 갖게 되면 페테르부르크에 석조 가옥을 살 거라오.' 이렇게 말하더군.

그리고 호흘라코바 부인을 구슬리고 있다는 얘기를 하면서, 그녀는 젊었을 때부터 그렇게 똑똑하지 않았지만 마흔이 되고 완전히 바보가 되었다고 말했어. '그렇지만 매우 감상적인 여자죠. 그 점을 이용해서 그 여자를 내 여자로 만들려고 합니다. 그런 뒤, 페테르부르크에 가서 신문을 발행하려고요.' 이렇게 말하면서 추잡하고 음탕하게 침을 흘리더군. 호흘라코바 부인에게 침을 흘리는 게 아니라 15만 루블의 돈에 침을 흘리는 거지. 그 녀석이 날마다 나에게 와서는 문제없다, 문제없어, 분명히 몰락시킬 테니 두고 보라면서 잘난 척했지. 그러면서 천박하게 웃었어.

그런데 그 녀석이 갑자기 쫓겨났어. 그 표트르 페르호친이 선수를 친 거지. 페르호친, 대단해! 녀석을 쫓아낸 상으로 그 바보 같은 여자에게 입을 몇 번이라도 맞추고 싶다니까! 녀석이 그 시를 쓴 것도 계속 나에게 드나들 시기였어. '이렇게 시를 써서 손을 더럽히는 건 처음 있는 일이오. 여자를 유혹하기 위해서요. 즉 유익한 사업을 위한 일이오. 그 바보 같은 여자에게서 돈을 끌어내서 공익을 위해 크게 기여하려는 것이니까.' 이따위 소리를 하면서 말이야. 그런 놈들은 아무리 더러운 짓을 해도 꼭 공익을 위한 것이라고 떠들어대더군.

그러면서 '하지만 어쨌든 당신의 그 푸시킨보다는 잘 썼을 거요. 우스운 시에 시민적 비애를 교묘하게 보탰거든.' 이렇게 말하더군. 푸시킨에 대해서 얘기한 것은 나도 이해하지. 정말로 재치 있는 사람이면 여자의 발에 대해서만 쓰지는 않을 테니까. 그러면서 그 녀석 자신의 그 시를 엄청 자랑해! 그런 놈의 자기 자랑은 정말 들을 수가 없어. 어지간해야 말이지.

〈사모하는 님의 아픈 발이 낫기를 바라면서〉, 이런 제목이더군. 보통 꾀가 많은 게 아냐!

어떤 발인가 이 발은
약간 부은 이 발은!

의사에게 치료를 부탁하면
붕대나 감아서 병신으로 만드네.

나는 발을 두고 한탄하지 않으니
그것은 푸시킨에게 맡기면 된다.
내가 슬퍼하는 것은 머리 때문
사상을 이해하지 못하는 머리 때문.

약간 이해한 것처럼 보였을 때
발이 그것을 방해했다!
발을 고치지 않고는
어떻게 머리가 똑똑해질까.

그 녀석은 돼지야, 정말 돼지야. 하지만 그 바보 같은 자식, 꽤 재미있게 만들었어! 사실 '시민적 비애'도 재빠르게 보태져 있거든. 그러니까 쫓겨났을 때는 엄청 화가 났을거야. 아마 이를 뿌드득 소리를 내며 갔을테지!"

"그는 이미 복수를 했어요. 호흘라코바 부인에 대한 기사를 투고했으니까요."

알료샤는 〈슬루히〉에 실린 기사를 미차에게 간략하게 말해 주었다.

"맞아. 그 녀석이 분명해. 바로 그 녀석이네!" 미차는 미간을 찡그리며 맞장구를 쳤다. "그건 그 녀석이 맞아! 그 투서는…… 나는 알지…… 그루센카에 대해서도 매우 추잡한 기사를 써서 투서했어……. 그리고 그녀, 카차에 대해서도 그랬고…… 음!"

그는 마음에 걸리는 게 있는 것처럼 방안을 걸었다.

"형님, 저는 여유롭게 이럴 시간이 없습니다." 잠시 말이없던 알료샤가 말했다. "내일은 형님에게 매우 중요한 날입니다. 형님에 대한 하느님의 심판이 내려지는 날이니까요. 그런데 형님은 아무렇지도 않은 듯이 건들거리면서 필요없는 얘기만 하시니, 전 놀랐습니다."

"놀랄 거 없다." 미차는 흥분해서 알료샤의 말을 가로챘다. "그래서 그 역겨운 짐승 같은 놈 얘기를 하라는 거냐? 그 살인자 얘기를 하라는 거야? 그 얘기라면 이제 지겹도록 했잖아. 저 역겨운 스메르자시차야의 아들 얘기는 이제 더는 하고 싶지 않아! 하느님이 그놈에게 벌을 내리실 거니까 지켜봐라. 이제는 아무 말도 하지 마라!"

미차는 흥분해서 알료샤에게 다가와서 갑자기 입을 맞추었다. 그의 눈은 불타오르고 있었다.

"라키친은 이걸 몰라." 그는 미친 듯이 힘차게 말했다. "그러나 너는, 너는 무엇이든 이해하지. 그래서 너를 무척 기다렸단다. 사실은 예전부터 이 낡은 벽 안에서 너에게 하고 싶은 얘기가 많았는데 정말 가장 중요한 얘기는 못했어. 아직 때가 아니라는 생각이 들었기 때문이야. 이제 마침내 그때가 왔으니 마음속을 다 얘기하고 싶구나. 알료샤, 나는 지난 두 달간 내 안에서 새로운 인간을 느졌다. 내 안에 새 인간이 태어났다! 이 인간은 지금까지 내 안에 단단하게 갇혀 있어서 만약 이번 타격이 없었으면 결코 밖으로 나오지 못했겠지. 무서운 일이야!

나는 광산에 유배되어 20년 동안 쇠망치로 금을 캐내는 것 따위는 아무렇지도 않아. 그까짓 일은 전혀 두렵지 않아. 지금은 다른 것이 무서워. 이 새로운 인간이 어디로 가버릴까 봐 무서워! 나는 거기로 가서, 광산의 흙 밑에서 나와 비슷한 죄수나 살인자에게서도 인간의 마음을 발견하고 얼마든지 그들과 어울릴 수 있어. 왜냐하면 그곳에서도 생활하고, 사랑하고, 괴로워할 수 있으니까 나는 이 죄수들의 언 마음을 녹일 수 있어. 몇 년이 걸리든 그들을 위해 노력하고 갱도 속에서 거룩한 정신과 헌신적인 정신을 세상에 내보낼 거야. 천사를 태어나게 하고 영웅을 되살릴 수 있다고!

그런 사람들은 몇 백 명이나 될 정도로 많아. 우리는 전부 그들에게 죄를 짓고 있어! 왜 나는 그때 그 순간에 '아귀(餓鬼)'의 꿈을 꾸었는지 아니? '왜 아귀는 저렇게 참혹할까?' 이 질문은 그 때, 내게는 예언이었어. 나는 그 '아귀'를 위해서 갈 거야. 왜냐하면 우리는 전부 모든 사람에게, 모든 '아귀'에게 죄를 지었기 때문이야. 인간은 전부 '아귀'거든.

나는 모든 사람을 위해서 갈 거야. 사실 누구든지 한 사람은 다른 사람을 위해서 가야겠지? 나는 아버지를 죽이지 않았지만, 역시 가야 한다. 가만히 운명을 받아들일 거야! 나는 이곳에서 이런 생각을 하게 되었어. 이 칠이 벗겨진 벽에 둘러싸인 채로 말이야. 그러나 그런 인간은 많아. 땅 밑에서 쇠망치를 손에 든 인간들은 몇 백 명이나 돼. 아, 맞아, 우리는 쇠사슬에 묶여서 자유도 없어! 그러나 그때 우리는 큰 슬픔 속에서 다시 태어나서 기쁨을 얻는 거야. 인간은 그런 기쁨이 없으면 살아갈 수 없고, 하느님도 존재할 수 없어. 왜냐하면 신은 기쁨을 분배하시기 때문이야. 기쁨은 신의 거룩한 특권이야. 아, 인간이여, 기도 속에서 녹아라!

나는 하느님이 없이 땅 밑에서 어떻게 살 수 있을까? 라키친이 한 말은 전부 거짓말이야. 만약에 하느님이 지상에서 쫓겨나면 우리는 땅 밑에서 하느님을 만날 수 있어! 유형수는 하느님이 없으면 살 수 없어. 유형수가 아닌 사람들보다 더 불가능하지. 그러니까 우리 지하의 인간들은 땅의 깊은 곳에서 기쁨의 소유자인 신에게 비극적인 송가(頌歌)를 부른다! 기쁨의 원천인 신에게 영광이 있을지어다! 신과 신의 기쁨, 만세! 나는 신을 사랑해."

미차는 숨을 몰아쉬며 이 격렬한 이야기를 끝맺었다. 얼굴은 창백하고 입술은 떨고 있었으며 눈에서는 눈물이 흘렀다.

"맞아, 생활은 충만해. 땅 밑에도 생활은 존재해!"그는 다시 말했다. "알렉세이, 내가 지금 얼마나 살고 싶은지, 이 칠이 벗겨진 벽에 둘러싸인 채 존재와 의식에 대해서 얼마나 열망하는지, 너는 도무지 믿을 수 없을 거야! 라키친은 이걸 모르지. 그 녀석은 집을 짓고 사람들에게 세를 주면 끝이거든. 어쨌든 나는 너를 기다렸다. 그런데 고통이 도대체 무엇이냐? 나는 설사 수많은 고통이 오더라도 결코 무서워하지 않을 거야. 예전에는 무서웠지만 지금은 무서

위하지 않아. 그래서 난 법정에서도 전부 대답하지 않을 수 있어. 내 안에는 지금 무엇이든지 어떤 고통이든지 이길 수 있는 힘이 생긴 것 같아. 단지 그 어떤 순간에도 '나는 존재한다!'고 내 자신에게 말할 수 있다면 말이야. 나는 수천 가지 괴로움 안에서도 존재할 수 있다는 거야. 나는 고문에 시달리면서도 존재하는 거야! 나는 형틀에 매달린 상태에서도 역시 존재하고 태양을 볼 수 있어. 설사 보이지 않아도 태양이 있다는 것을 알아. 태양이 있다는 것, 그것은 바로 온 생명인 거야. 알료샤, 나의 천사야. 난 수많은 철학 때문에 질식할 것 같아, 젠장! 이반이……."

"이반 형님이 뭐요?"

미차는 알료샤의 말을 듣지 못한 것 같았다.

"사실은 난 예전에는 이런 의문을 전혀 갖지 않았지만, 전부 나의 내부에 잠복해 있었지. 나의 내부에서 정체 모를 이상이 날뛰었기 때문에 나는 주정을 부리고, 싸움질을 하고, 난폭한 짓을 일삼은 것인지도 몰라. 내가 싸움질을 한 것은 나의 내부에 있는 그 이상을 가라앉히려고 그랬던 거야. 이상을 가라앉히고 억제하기 위해서였던 거야. 이반은 라키친과 다르지. 그 녀석은 자신의 사상을 숨기고 있어. 그는 스핑크스 같아. 아무 말이 없거든. 늘 조용히 있지. 그런데 나는 신을 두고 괴로워해. 오로지 이 문제가 나를 괴롭히고 있어. 만약 신이 없다면 어떻게 될까? 만약 라키친이 하는 말처럼 신이 인류가 만든 인공적인 관념일 뿐이라면 어떻게 될까? 그때는, 신이 없다면 그때는 인간이 땅과 세계의 으뜸이 될 거야, 괜찮네! 하지만 신이 없이 어떻게 인간이 선량할 수 있단 말이냐? 이것이 문제야! 나는 항상 이걸 생각하지. 그렇게 되면 인간은 누구를 사랑하면 될까? 누구에게 감사해야 될까? 그리고 누구에게 감사해야 하는 걸까? 라키친은 비웃으면서 신이 없어도 인류는 사랑할 수 있다고 했지만, 그건 그 콧물 흘리는 녀석이 주장하는 것이고, 나는 그런 건 이해할 수 없어. 라키친에게는 사는 것이 아무것도 아니야. 그 녀석은 오늘도 나에게 이런 말을 했어. '당신은 무엇보다도 시민권의 확장에 대해 노력하는 것이 좋겠어요. 아니면 쇠고기 가격이 오르지 않도록 노력하든지. 인류에게 사랑을 표현하는 데는 철학보다 그게 훨씬 간단하고 가까우니까.' 그래서 나는 이렇게 놀려 댔지. '자네라면 신이 없어도 자신의 이득이 되면 아마 쇠고기 값을 올릴 거야. 1코페이카를 가지고 2루블을 벌 수 있을 거야.' 그러자 녀석은 몹시 화를 냈지. 그런데 도대체 선행은 무엇일까? 알렉세이, 가르쳐 주렴. 내게는 내 나름의 선행이 있고 중국인에게는 중국인만의 선행이 있어. 그러니까 선행은 상대적인 거야. 어떠니? 안 그래? 상대적인 것이 아니란 말이야? 꽤 복잡하지? 웃지 말고 들으렴. 나는 이 문제로 벌써 이틀 밤이나 잠을 못 자고 있단다. 나는 지금 세상 사람들이 살면서 이 문제를 전혀 심각하지 않게 생각하는 것에 놀라고 있어. 그냥 공허한 생활에 정신이 팔려 있다고! 이반은 신을 섬기지 않아. 그 녀석에게는 이상이 있지. 나 따위는 발밑도 못 따라갈 이상이 있어. 하지만 어쨌든 녀석은 말이 없어. 아무래도 이반은 프리메이슨인 것 같아. 무엇을 물어봐도 말을 하지 않거든. 녀석이 가진 지혜의 샘물을 좀 얻어 마시려고 아무리 물어도 대답을 하지 않는구나. 한 마디 하기는 했지만."

"어떤 말을 했어요?"

알료샤는 다급하게 말했다.

"내가 만약 그렇다면 전부 용서받는 거냐고 말하니까 그 녀석이 얼굴을 찡그리고 '우리 아버지 표도르 카라마조프는 돼지 같은 존 재였지만 생각은 제대로 했지요.' 이렇게 딴 소리를 했어. 이 말뿐이었어. 그 애는 라키친보다 한 수 위인 것 같아."

"맞아요." 알료샤는 쓸쓸하게 인정했다. "그런데, 이반 형님은 언제 이곳에 왔었나요?"

"그건 나중에 얘기해 주마. 지금은 다른 얘기를 하자꾸나. 나는 지금까지 이반 얘기를 너에게 전혀 하지 않았어. 항상 뒤로 미루었지. 내 문제가 정리되고 선고가 끝나면 그때는 얘기해 주마. 전부 얘기할게. 거기에는 무서운 문제가 한 가지 있어. 너는 거기에 대해 내 재판관이 되겠지? 그러나 지금은 그 얘기를 하고 싶지 않다. 지금은 말할 수 없다. 넌 내일 있을 공판 얘기를 하지만, 솔직히 나는 거기에 대해서 아무것도 모른다."

"변호사와 이야기해 보셨어요?"

"변호사가 무슨 소용이냐? 난 그 친구에게 전부 얘기했어. 그는 물렁한 도시인이야. 역시 베르나르 같은 놈이지. 내 말을 전혀 믿지 않아. 처음부터 아예 내가 죽인 것으로 정하고 덤벼들었지. 나는 전부 알아. '그렇다면 내 변호는 왜 하는거요?' 내가 물었지. 그런 녀석은 쇠똥이나 먹으라고 해. 게다가 의사까지 불러서 나를 정신병자로 만들려고 하나 봐. 내가 용납할 줄 알았나 봐. 카체리나는 또 '자신의 의무'를 끝까지 다하려고 하지만 그건 무리지." 미차는 쏠쓸한 미소를 지었다. "본성을 감추는 여자! 차가운 여자야! 그 여자는 내가 그때 모크로예에서 '말하지 못하는 분노를 숨긴 여자'라고 자기를 부른 걸 알고 있어! 누군가가 얘기한 거야.

어쨌든 좋아, 이제 증거는 해변의 모래알만큼 많아졌어. 그리고 리도 자신의 주장을 여전히 내세우고 있고. 그는 정직하지만 바보 같아. 세상에는 바보라서 정직한 인간이 참 많아. 이건 라키친의 생각이지만 말이야. 나에게 그리고리는 적이야. 때로는 친구가 되기보다 적이 되는 게 유리한 상대가 있어. 이건 카체리나에게 하는 얘기야. 하지만 걱정이야. 아, 정말 걱정이 되는구나. 그녀가 나에게 4천 5백 루블을 빌리려고 머리가 땅에 닿게 절을 한 이야기를 법정에서 할까 봐 말이야. 그녀는 끝까지 마지막 부채까지 다 안 갚으면 분이 풀리지 않을 거야. 나는 그런 희생은 원하지 않아. 그 인간들은 법정에서 나를 욕보일 것이 확실해. 정말 기가 차는구나.

알료샤, 너 그 여자에게 가서 그 일을 법정에서 말하지 말아달라고 부탁할 수 있니? 안 되니? 쳇, 어쩔 수 없지. 어쨌든 견뎌 봐야지! 하지만 난 그 여자를 불쌍하다고 생각하지 않아. 자신이 그런 걸 원했으니 자업자득인 거야. 알렉세이, 난 일장연설을 할 거야." 그는 거기서 다시 소리 내지 않고 웃었다. "단지…… 단지 그루센카가, 그루셴카가, 아! 그 여자는 지금 무엇 때문에 그런 고통을 자기가 짊어지려는 걸까?" 그는 눈물을 글썽이면서 외쳤다. "그루샤 때문에 괴로워서, 그 여자를 생각하면 몹시 괴로워서 죽을 것 같구나. 그 여자는 조금 전에도 나에게 와서……."

"나에게도 말했어요. 그 여자는 오늘 형님 때문에 몹시 화가 났어요."

"나도 알아. 내 성격은 도대체 왜 이리 못됐을까. 난 질투가 났어. 하지만 곧 후회하고 그 여자가 돌아갈 때는 입을 맞췄지. 하지만 사과는 하지 않았다."

"왜 사과하지 않으셨어요?"

알료샤가 외쳤다.

미차가 갑자기 유쾌하게 웃었다.

"말도 안 돼, 알료샤, 좋아하는 여자에게는 미안하다고 사과하는 것이 아니야! 특히 좋아하는 여자에게는 말이야. 아무리 죄를 지었어도 말이다! 여자는 알료샤, 여자는 도대체 정체를 알 수 없는 부류들이야. 하지만 난 여자에 대해서는 조금 알지! 시험 삼아 여자 앞에서 자신의 죄를 시인하고, '잘못했소, 제발 용서하시오!' 하고 말해 봐. 그럼 즉시 우박 같은 잔소리가 쏟아질 테니까! 여자는 결코 순순히 용서하지 않는 성질을 가지고 있단다. 도리어 형편없이 욕지거리를 하고 엉뚱한 말을 꺼낸데다 결코 무엇 하나 잊어버리려고 하지 않고, 하고 싶은 말을 실컷 해야 겨우 용서해 주지. 그래도 그건 아주 괜찮은 거야! 있는 것, 없는 것, 전부 들춰서 모두 남자 쪽에 넘겨씌운단 말이야.

　너에게 말해 두지만, 여자에게는 잔인함이 있단다. 우리가 사는 데 없어서는 안 되는 천사 같은 여자가 한 명도 빠지지 않고 이렇게 잔인함을 가지고 있어! 이봐, 알료샤. 드러내놓고 솔직하게 말하지만, 남자는 아무리 신분이 훌륭해도 반드시 여자 엉덩이 밑에 눌려서 살 수밖에 없어. 이건 내 신념이야. 아니, 신념이 아니라 체험이지. 남자는 마음이 너그러워야 해. 여자에게 너그럽다고 해서 남자의 체면이 깎이는 건 아니야. 그건 영웅도 마찬가지란다, 그 좋은 예가 카이사르지! 하지만 그래도 무슨 일이 있어도 사과는 절대 하면 안 돼. 이 법칙을 잘 기억해라. 여자 때문에 인생을 망친 너의 형 미차가 너에게 가르쳐 주는 거니까.

　나는 사과를 하지않고 어떻게든 그루센카를 위해 뭔가 해 줄 거야. 나는 그 여자에게 경건한 마음이야. 알료샤, 경건한 마음 말이야! 그런데 그 여자는 그걸 모르고 있어. 내 사랑이 아직 부족하다고 계속 믿고 있지. 그래서 나를 괴롭히는 거야. 사랑으로 괴롭히는 거야. 예전에는 어땠을까? 예전에 나를 괴롭힌 것은 요부와 같은 육체의 곡선뿐이었지만, 이제 나는 그녀의 영혼을 전부 내 영혼에 받아들여서 그 여자를 통해 인간으로 태어나게 된 거야! 우리가 결혼할 수 있을까? 안 그래도 질투 때문에 죽을 것 같은데. 날마다 그런 꿈을 꿔. 그 여자, 나에 대해 뭐라고 하더냐?"

　알료샤는 그루센카가 한 말을 그대로 반복했다. 미차는 열심히 들으면서 질문도 몇 번이나 했지만 결국은 만족한 표정을 지었다.

"그럼, 내가 질투하는 것에 대해 많이 화가 난 건 아니었구나?"
그는 외쳤다. "그럼, 그래야지! '저도 잔인한 마음이 있어요' 라고
말했다는 거지? 아, 나는 그런 잔인한 여자가 좋아. 하긴 지나치게
질투가 심해도 곤란하지, 싸움을 하게 되니까. 하지만, 그래도 사
랑해. 끝없이 사랑한다. 우리가 결혼할 수 있을까? 유형수에게도
결혼이 허락될까? 난 그게 궁금하구나. 나는 그 여자 없이는 살 수
없어."

미차는 어두운 표정으로 방안을 거닐었다. 방안은 꽤 어두워졌
다. 그는 문득 매우 걱정스러워졌다.

"비밀이라고, 그 여자가 비밀이 있다고 했냐? 우리 세 사람이 저
에게 어떤 음모를 꾸민다고? 카차도 관계가 있다고 했단 말이지?
아니야, 그루센카, 아니야. 잘못 생각한 거야. 그건 여자의 지혜롭
지 못한 오해일 뿐이야! 알료샤, 이제 어떻게 되도 괜찮아! 너에게
우리의 비밀을 털어놓을 거야!"

그는 주변을 한 바퀴 둘러보고 자신의 앞에 서 있는 알료샤에게
다가와서 꽤 은밀하게 속삭였다. 그러나 실제로 아무도 두 사람의
말을 엿듣지 않았다. 늙은 교도관은 구석의 나무의자에 앉아서 조
는 중이었고, 감시원이 서 있는 곳은 두 사람의 말소리가 들리지
않았다.

"우리의 비밀을 전부 얘기하마!" 미차는 급하게 속삭였다. "사
실은 나중에 밝히려고 했어. 너와 의논하지 않고 내가 뭘 결정할
수 있겠니? 너는 내가 가진 모든 것이야. 난 이반이 한 수 위라고

했지만, 너는 내게 천사야. 네 생각이 전부를 결정하는 거야. 어쩌면 너는 최고의 인간이고 이반은 아닐 거야. 알겠나. 이건 양심에 대한 문제야. 최고의 양심에 대한 문제란 말이다. 나 혼자는 감당하기 힘들 만큼 중요한 비밀이라서 너에게 말할 때까지 전부 미뤄 두었단다. 하지만 지금은 결정할 때가 아닌 것 같다. 역시 선고가 끝날 때까지 기다리는 게 좋겠어. 선고가 내려지면 그때는 내 운명을 정해 줘. 지금 정하지 말고 말이야. 지금 얘기할 테니 잘 들어 줘. 바로 결정하지는 마라. 조용히 기다리면서 가만히 있어야 해. 전부 털어놓지는 않을 거야. 그냥 핵심만 간단하게 말할 거니까 잠자코 들어라, 반문을 하지 말고 몸도 움직이지 마. 알겠니? 하지만 아, 네 시선을 어떻게 피해야 할까? 너는 입을 다물고 있어도 그 눈이 결정을 내릴 거니까. 난 그게 두렵구나. 아니, 정말 무섭다!

알료샤, 사실은 이반은 나에게 도망치라고 권유했어. 자세한 얘기는 못하지만, 모든 준비는 다 되었어. 가만히 있으렴. 결론을 말하면 안 돼. 그루센카를 데리고 미국으로 가라고 하더구나. 나는 사실, 그루센카가 없으면 살 수 없어! 만일 시베리아에 가서 그루센카를 못 만나면 어떻게 해야 하지? 유형수에게도 교회에서 결혼을 허락해 줄까? 이반은 아마 안 될 거라고 하더라. 하지만 그루센카가 없으면 내가 어떻게 그 갱도 속에서 곡괭이를 들까? 그 곡괭이로 내 머리를 부숴버릴 거야!

그러나 한편 양심은 어떻게 해야 할까? 고통이 두려워서 피하는 꼴이잖아! 신의 계시가 있었지만 그 계시를 피하는 꼴이 된 거야.

정화(淨化)의 길이 있는데 그것을 피해서 돌아가는 게 된단 말이야. 이반이 그러는데 미국에서는 '좋은 성격'만 있으면 갱도 속에서 일하는 것보다 더 많은 기여를 할 수 있다고 하더라. 미국이 무슨 소용이냐, 미국도 사람 사는 세상은 같은 거 아니냐! 미국에도 역시 사기와 속임수가 엄청나게 많다고 들었어. 그렇게 되면 나는 그저 형벌이 두려워서 도망친 게 되는 거지!

내가 너에게 이런 말을 하는 이유는, 알렉세이, 이해해 줄 사람이 너뿐이기 때문이야. 너 말고는 아무도 없어. 다른 사람에게는 어리석은 헛소리로만 들릴거야. 방금 너에게 말한 찬가 얘기도 전부 잠꼬대로 들릴테지. 사람들은 내가 미쳤거나 바보라고 할거야. 하지만 나는 미치지 않았고, 바보도 아니야. 이반도 찬가에 대해서는 알지. 그럼, 알고말고. 그런데 거기에 대해서는 말을 하지 않고 그냥 가만히 있을 뿐이야. 그 애는 그 찬가를 안 믿어. 가만히 있어, 아무 말도 하지 마. 네 눈이 어떤 말을 하는지, 난 잘 알아. 너는 이미 결론을 내렸어! 그러나 결정하지 말아 주렴. 나를 가련히 여겨 주렴. 난 그루샤 없이는 살 수 없어. 공판이 끝날 때까지 기다려 줘!"

미차는 무아지경 속에서 이렇게 말을 끝맺었다. 그는 알료샤의 어깨를 두 손으로 잡고 열에 들뜬 눈으로 동생의 눈을 바라보았다.

"죄수가 교회에서 결혼하는 것이 허용될까?"

그는 애원하는 목소리로 이미 세 번째 반복하고 있었다. 알료샤는 크게 놀라서 충격에 빠졌다.

"한 가지만 말해 주세요." 알료샤는 말했다. "이반 형님은 고집스럽게 그걸 주장합니까? 그리고 그 일을 가장 먼저 생각한 사람은 대체 누구죠?"

"이반이야, 이반이 생각한 거야. 그리고 완강하게 주장한단다! 계속 나타나지 않다가, 문득 일주일 전에 나타나서 갑자기 그런 소리를 하더구나. 그리고 강하게 주장하고 있어. 권유하는 게 아니라 명령이지. 난 이반에게도 너에게처럼 내 마음속을 전부 털어놓고 찬가 얘기를 했지만, 이반은 내가 자기 명령을 따를 것을 의심하지 않아. 도망가는 과정까지 얘기하면서 여러 가지 정보를 조사해 놓았더라. 그런데 그건 나중에 얘기하자. 어쨌든 그 애는 거의 신경질적으로 완강하게 주장 중이야. 돈이 가장 중요한데, 도망가는 비용으로 만 루블을 주겠다고 하는구나. 미국까지는 2만 루블이 필요하지만 만 루블로 멋지게 이루게 해준다면서 말이야."

"저에게는 절대로 말하면 안 된다고 하던가요?"

알료샤가 다시 물었다.

"누구에게도 절대로 말하지 마라, 특히 너에게는, 너에게는 무슨 일이 있어도 절대로 말하지 말라고 했어! 아마 분명히 네가 내 양심이 되어 나를 가로막을까 봐 두려운 것 같아. 그러니까 내가 너에게 얘기한 것을 이반에게는 말하면 안 돼. 말하면 그때는 정말로 큰일 날 거야!"

"말씀하신 대로 판결이 나올 때까지는 결정을 못하겠네요. 판결이 나오면 스스로 결정할 수 있을 거예요. 그때 형님은 형님 안에 새로운 인간을 발견하실 거예요. 그 새로운 인간이 결정할 것입니다."

"새로운 인간인지, 아니면 베르나르인지 그건 알 수 없지만, 어쨌든 그게 베르나르 방식으로 결정해 줄 거야! 그러니까 나도 그 경멸스러운 베르나르가 된 것 같은 기분이야!"

미차는 이를 보이며 쓰게 웃었다.

"그런데, 형님은 무죄가 될 가능성은 전혀 없다고 생각하세요?"

미차는 경련을 하는 것처럼 어깨를 으쓱하더니 고개를 옆으로 내저었다.

"알료샤, 이제 시간이 됐다!" 그는 돌연 서둘렀다. "간수가 밖에서 외쳤으니 바로 이리 올 거야. 늦었구나. 규칙을 위반했어. 빨리 나를 안고 입 맞춰 주렴. 나를 위해서 성호를 그어 주렴. 알료샤, 내일의 십자가를 위해서 성호를 그어 주렴."

두 사람은 서로 부둥켜안고 입을 맞추었다.

"그렇지만 이반 녀석." 미차가 문득 말했다. "나에게 도망가라면서, 내가 진짜 죽인 걸로 믿고 있어!"

그는 입가에 서글픈 미소를 지었다.

"그렇게 믿는지, 아닌지, 형님이 물어보신 건가요?"

알료샤가 물었다.

"아니, 묻지 않았어. 묻고 싶었지만 그럴 수 없었어. 그럴 용기가 생기지 않았거든. 그러나 나는 눈빛만 보면 다 알아. 그럼, 잘 가라!"

두 사람은 다시 한 번 빠르게 작별의 포옹을 했다. 알료샤가 나가려는데 미차가 다시 불렀다.

"내 앞에 서렴. 맞아, 그 자세로 말이야."

그는 이렇게 말한 뒤, 두 손으로 다시 알료샤의 어깨를 잡았다. 그러자 그의 얼굴이 문득 창백해졌다. 어둠 속에서도 알아볼 만큼 기분 나쁠 정도로 눈에 보였다. 입술은 일그러지고 눈은 뚫어져라 알료샤를 바라보았다.

"알료샤, 하느님 앞이라고 여기고 정직하게 말해 보렴. 너는 내가 범인이라고 생각하니, 아니면 그렇지 않다고 생각하니? 너 스스로는 믿니, 믿지 않니? 정말 정직하게 말해야 돼. 거짓말은 하면 안 돼!"

그는 알료샤를 향해 미친 것처럼 외쳤다.

알료샤는 무엇이 자신의 몸을 흔드는 듯 느끼면서 심장을 무언가 날카로운 것으로 찔린 것처럼 생각했다.

"형님은, 무슨 말씀하시는 거예요."

그는 난처한 것처럼 속삭였다.

"진실, 진실을 말해 보렴. 거짓말하지 마라!"

미차는 반복해서 말했다.

"저는 형님이 범인일 거라고 단 한순간도 생각하지 않았습니다."

갑자기 알료샤의 가슴속에서 떨리는 목소리가 솟구쳤다. 그는 자신이 한 말의 증인으로 하늘의 신을 부르는 것처럼 오른손을 높이 들었다.

미차의 얼굴이 갑자기 행복하게 빛났다.

"고맙구나!" 그는 의식을 잃었다가 처음으로 숨을 내쉴 때처럼 느리게 중얼거렸다. "이제야 너는 나를 소생시켰어. 사실, 지금까지 난 너에게 물어보는 게 두려웠다. 너에게는, 너에게는 말이야. 자, 이제 가라, 가도 돼! 너는 나에게 내일을 위한 힘을 준 거야. 하느님의 축복을 빌어주마! 어서 가렴. 그리고 이반을 사랑해라!" 미차의 입에서는 자신도 모르게 마지막 말이 나왔다.

알료샤는 울면서 면회소에서 나왔다. 미차가 알료샤에게 그토록 의구심을 가진 것은, 동생을 믿지 않았다는 것은, 불행한 형의 영혼에 깃든 탈출구 없는 슬픔과 절망의 밑바닥을 생생하게 알료샤에게 드러내서 보여준 것이었다.

깊고 끝없는 연민이 단박에 그를 사로잡아서 괴롭혀댔다. 그의 영혼은 꿰뚫려서 고뇌하고 고통스러워했다. '이반을 사랑해라' 조금 전에 미차의 말이 갑자기 생각났다. 맞다, 그는 지금 이반을 찾아가는 중이었다. 그는 아침부터 이반을 꼭 만나야 했다. 그는 미차 못지않게 이반이 걱정되었는데 미차를 만나고 난 지금은 이반이 더 걱정스러워졌다.

5. 형님이 아니에요!

알료샤는 이반의 집으로 가다가 카체리나가 세 들어 사는 집 근처를 지나쳐야 했다. 그녀의 집은 창문마다 불빛이 환했다. 그는 갑자기 걸음을 멈추고 들어가야겠다고 생각했다. 그는 1주일이 넘게 카체리나를 만나지 못했다. 그러나 그의 머릿속에는 그때, 어쩌면 지금 그녀의 집에 이반이 와 있을지 모르고, 게다가 공판 전날 밤이라는 생각이 들었다.

그가 벨을 누르고 중국식 초롱 불빛이 희미하게 불을 밝힌 층층대를 올라가는 중에 때마침 위에서 누군가 내려왔다. 알료샤는 그 사람이 옆을 스치는 순간, 그가 형이라는 걸 깨달았다. 카체리나를 만나고 나오는 것 같았다.

"아, 너였구나." 이반이 건조하게 말했다. "그 여자에게 가는 거냐? 어서 가 봐."

"네."

"안 가는 게 좋을 수도 있어. 그 사람은 지금 매우 '흥분'해서 네가 가면 신경이 더 예민해질 거다."

"아니요. 그렇지 않아요!" 갑자기 층계 위의 약간 열린 문틈에서 누군가 이렇게 말했다. "알렉세이 씨, 그곳에서 오는 건가요?"

"네, 형님에게 다녀오는 길이에요."

"내게 할 말이 있으신가요? 들어오세요, 알료샤. 그리고 이반도요. 다시 올라오세요, 알았죠?"

카차는 명령하는 것처럼 말했다. 이반은 잠시 머뭇대다가 알료샤와 함께 다시 올라가기로 했다.

"몰래 들었구나!"

이반은 화가 나서 입속으로 중얼거렸지만 알료샤에게도 분명히 들렸다.

"실례지만 나는 외투를 벗지 않겠습니다." 이반이 응접실에 들어서며 말했다. "그리고 자리에 앉지도 않을 겁니다. 잠시, 1분도 머무르지 않을 테니까요."

"앉아요, 알렉세이 씨."

카체리나는 말했지만 자신은 서 있는 상태였다. 그녀는 그동안 거의 변한 것이 없었지만 검은 눈이 불길한 불꽃처럼 빛나고 있었다. 알료샤는 나중에 생각났지만 이 순간 카체리나가 무척 아름답다고 생각했다.

"그가 무슨 말을 전하라고 했나요?"

"단지 한 가지일 뿐입니다." 알료샤는 그녀의 얼굴을 정면으로 바라보며 말했다. "부디 자신을 소중히 여기고 법정에서는 그 얘기를 하지 말라고, (그는 약간 중얼거렸다) 두 분 사이에 있었던 일 말이에요. 두 분이 처음 만났을 때, 그 도시에서……."

"아, 돈 때문에 고개를 숙였던 일이군요!" 그녀는 쓸쓸하게 웃으며 말했다. "도대체 뭘까요? 그는 자신을 위해서 걱정하는 걸까요, 아니면 나를 위해서일까요? 소중히 여기라니, 누구를 소중히 여기라는 거죠? 그 사람? 아니면 나? 어느 쪽을 말하는 건가요? 알렉세이 씨?"

알료샤는 상대를 이해하려고 노력하며 조용히 그 얼굴을 바라보았다.

"당신과 형 자신이에요."

그는 작은 목소리로 말했다.

"그럴 거예요." 그녀는 기이하게 독기가 서린 어투로 한 마디씩 힘을 주어 말하고 문득 얼굴이 붉어졌다. "당신은 아직 나에 대해서 잘 모르시네요, 알렉세이 씨." 그녀는 엄격하게 말했다. "하긴 나도 아직 나를 잘 모르지만요. 아마 당신은 내일 증언이 끝날 무렵이면 나를 구두로 짓이기고 싶어질 수도 있어요."

"당신은 정직하게 진술하실 거예요. 그러면 됩니다."

"여자는 때로 정직하지 않을 때도 있어요." 그녀는 부드득 이를 갈며 말했다. "나는 불과 1시간 전에도 그 냉혈한을 건드리는 걸

독벌레를 건드리는 것인 듯 무서워했는데⋯⋯ 내 잘못이에요. 그는 역시 나에게는 인간이니까요. 그런데 정말 그이가 죽인 걸까요? 그 사람이 죽였을까요?" 그녀는 문득 신경질적으로 외치면서 이반 쪽을 돌아보았다.

그 순간 알료샤는 자신이 오기 1분 전에도 그녀가 한두 번이 아니라 수십 번이나 이반에게 이 질문을 반복하고 급기야 싸움도 했다는 걸 깨달았다.

"난 스메르자코프를 만났어요. 당신이, 당신이 아버지를 죽인 범인은 그 하인이라고 해서 난 당신의 말만 믿었어요!"

그녀는 여전히 이반 쪽을 바라보며 말을 이었다.

이반은 쓸쓸하게 웃었다. 알료샤는 그녀가 이반을 '당신'이라고 부르자 자신도 모르게 몸이 떨렸다. 그는 두 사람의 관계를 꿈에도 모르고 있었다.

"이제 그만 하지요." 이반이 말을 가로챘다. "난 갑니다⋯⋯ 내일 또 오겠습니다."

그는 이렇게 말한 뒤, 몸을 돌려서 밖으로 나가더니 계단 쪽으로 큰 보폭으로 걸어갔다. 카체리나는 갑자기 명령하는 듯한 몸짓으로 알료샤의 손을 붙잡았다.

"저 사람 뒤를 따라가요! 저 사람을 쫓아가서 잡아요! 저 사람을 1분이라도 혼자 두면 안 돼요." 그녀는 다급하게 속삭였다. "저 사람이 이상해요. 당신은 저 사람이 이상해진 걸 못 느끼시죠? 환각이에요. 신경성 열병을 앓고 있어요! 의사가 말했어요. 가세요, 저 사람 뒤를 쫓으세요."

알료샤는 일어나서 이반의 뒤를 따라갔다. 그는 아직 50걸음도 가지 않았다.

"너는 왜 그러냐?" 이반은 알료샤가 자신을 따라온 것을 알고 돌아보며 말했다. "내가 미쳤으니 그녀가 빨리 따라가라고 한 거지? 난 전부 알아." 그는 애가 타는 듯이 덧붙였다.

"물론 그녀가 착각한 것이겠지만, 형님이 아프신 건 사실이에요. 방금 전 그녀의 집에서 형님의 안색을 주의 깊게 살폈는데, 병색이 완연했습니다. 형님, 정말로요!"

이반은 걸음을 멈추지 않고 그대로 걸었다. 알료샤도 그 뒤를 따랐다.

"그런데 알렉세이, 넌 사람이 어떻게 미치는지 아니?" 이반은 문득 부드럽게 물었다. 뜻밖에도 그 말에는 소박한 호기심이 서려 있었다.

"아니요, 몰라요. 미치는 것도 다양한 종류가 있을 거예요."

"그렇다면, 자신이 미쳤다는 걸 스스로 알 수 있을까?"

"그런 때는 자신을 똑똑하게 관찰하지 못할 것 같네요."

알료샤가 살짝 놀라면서 대답했다.

이반은 잠시 말이 없었다.

"나와 얘기하고 싶으면 제발 화제를 바꾸는 게 좋을 거야."

이반이 갑자기 말했다.

"참, 잊기 전에 형님에게 편지를 전해 드릴게요."

알료샤는 조심스럽게 말하면서 주머니에서 리즈의 편지를 꺼내서 이반에게 건넸다. 두 사람은 가로등을 지나치는 길이어서 이반은 글씨체를 보고 단박에 누구인지 알 수 있었다.

"아, 작은 악마가 보낸 편지구나!"

그는 독기가 밴 웃음을 보이며 편지를 뜯지 않고 찢어버리더니 바람에 날렸다. 여기저기에 종잇조각이 흩날렸다.

"아직 열여섯 살도 안 됐을 텐데, 벌써 교태를 부리다니!"

그는 다시 큰길을 걸으며 경멸하는 것처럼 말했다.

"교태를 부린다고요?"

알료샤가 외쳤다.

"알잖아, 음탕한 여자들이 하는 짓이라고는."

"무슨 말이에요, 이반. 그게 무슨 말이지요?" 알료샤는 슬픈 것처럼 열을 내며 변호했다. "그 여자는 어린아이예요. 어린애를 모욕하다니요! 그 여자는 환자예요. 많이 아픕니다. 어쩌면 그 여자도 미쳐버렸는지도 몰라요. 나는 이 편지를 전해야 했습니다. 나는 오히려 형님에게서 어떤 말을 듣고 싶었어요. 그 여자를 구하려고……"

"나는 아무것도 얘기할 게 없어. 그 여자가 설사 어린애라고 하더라도 난 그녀의 유모가 아니니까. 알렉세이, 이제 어떤 말도 하지 마. 난 그런 건 생각하기 싫다."

두 사람은 다시 잠깐 말이 없었다.

"그 여자는 내일 법정에서 어떤 태도여야 하는지 가르쳐 달라고 오늘 밤 내내 성모 마리아에게 기도할 거야."

그는 다시 문득 증오를 담아서 무뚝뚝하게 말했다.

"형님은…… 형님은 카체리나에 대한 말을 하는 겁니까?"

"맞아. 그 여자는 미차의 구세주가 될 것인지, 아니면 미차를 파멸로 데려갈 것인지, 기도를 드려서 자기 마음을 비춰 달라고 애원하고 있어. 스스로 어떻게 해야 할지 모르니까. 아직 태도를 정하지 못했어. 나를 유모로 착각하면서 자신을 달래주길 바라기도 하더라."

"형님, 카체리나는 형님을 사랑합니다."

알료샤는 슬픈 마음을 담아서 말했다.

"그럴 수도 있지. 하지만 내 마음은 그대로야."

"그 사람은 괴로워하고 있어요. 왜 형님은 그 사람에게…… 때로는…… 그런 말을 해서 기대를 갖게 하십니까?" 알료샤는 조심스럽게 비난했다. "형님이 그 사람에게 무슨 뜻이 있는 듯한 태도를 보인 걸 전 알아요. 이런 말을 하는 건 실례겠지만요."

"나는 이런 경우에 당연히 필요한 태도를 보일 수가 없어. 완전하게 인연을 끊고 솔직해질 수가 없단 말이야!" 이반은 초조하게 말했다. "그 살인자에게 선고가 내려질 때까지 기다려야 해. 만약 내가 지금 그 여자와 관계를 끊게 되면, 나에게 복수하려고 내일 법정에서 분명히 저 악당을 파멸시킬 거야. 왜냐하면 그녀는 미차를 미워하고, 또 스스로도 미워하는 걸 알기 때문이지. 지금은 전부 거짓말뿐이야. 거짓말 위에 거짓말을 쌓는거야! 내가 그 여자와 관계를 끊지 않으면 그 여자도 나에게 희망을 갖고 저 냉혈한을 파멸시키지 않겠지. 내가 미차를 재난에서 구해내려는 것을 그 여자도 알거든. 어쨌든 그 빌어먹을 선고가 내릴 때까지는 기다려!"

알료샤는 '살인자'나 '냉혈한' 같은 말을 듣고 마음이 아팠다.

"그런데 도대체 그 사람이 미차를 어떻게 파멸시킨다는 건가요?" 그는 이반의 말을 곱씹으면서 물었다. "도대체 그 사람이 미차를 말 한 마디로 파멸시킬 수 있는 증언을 한다는 건가요?"

"너는 아직 모른다. 그 여자는 확실한 증거 서류를 한 개 갖고 있어. 그건 미차가 직접 쓴 건데 형이 아버지를 죽였다는 걸 수학적으로 증명하는 거야."

"그럴 리가요!"

알료샤가 외쳤다.

"왜 그럴 리가 없니? 난 내 눈으로 똑똑히 읽었다."

"그런 증거 서류란 있을 수 없습니다!" 알료샤는 힘껏 반복했다. "그럴 리가요. 왜냐하면, 형님은 범인이 아니니까요. 형님은 아버지를 죽이지 않았어요, 형님은 아니란 말이에요!"

이반은 문득 걸음을 멈추었다.

"그럼 너는 누가 범인이라고 생각하는 거야?"

그는 얼핏 듣기에 매우 차갑게 물었다. 그 질문에는 일종의 오만함이 깃들어 있었다.

"형님 자신도 누구인지 잘 아시잖아요?"

알료샤는 가슴을 파고드는 작은 목소리로 말했다.

"누군데? 그 미치광이 머저리에 지랄병을 앓는 스메르자코프 말하는 거냐?"

문득 알료샤는 온몸이 떨려왔다.

"형님도 누군지 잘 아시잖습니까."

그의 입에서는 힘없는 말이 자신도 모르게 흘러나왔다. 그는 숨을 몰아쉬고 있었다.

"도대체 누군데, 누구 말하는 거야?"

이반은 사나운 목소리로 외쳤다. 이제껏 보여준 침착함은 완벽하게 사라진 상태였다.

"저는 그저 이걸 알고 싶을 뿐입니다." 알료샤는 여전히 속삭였다.

"아버지를 죽인 사람이 이반 형님이 아니라는걸요."

"'이반 형님'이 아니라고? 내가 아니라니, 도대체 그게 무슨 말이냐?"

이반은 무척 놀랐다.

"아버지를 죽인 사람은 형님이 아니에요, 형님이 아닙니다!"

알료샤는 단호하게 반복했다. 30초 정도의 정적이 지나갔다.

"내가 죽이지 않은 건 나도 잘 안다. 무슨 잠꼬대 같은 소리야?"

이반은 창백하게 일그러진 웃음을 희미하게 지으면서 말했다. 그는 뚫어져라 알료샤를 노려보았다. 두 사람은 여전히 가로등 옆에 서 있는 상태였다.

"아니요, 형님은 몇 번이나 자신이 범인이라고 자신에게 말씀하셨습니다."

"언제 내가 그렇게 말했어? 나는 모스크바에 있었는데? 내가 말한 게 언제야?"

이반은 넋을 잃은 것처럼 중얼거렸다.

"형님은 끔찍했던 지난 두달 간, 혼자일 때면 몇 번이고 스스로에게 그런 말을 했습니다." 알료샤는 여전히 작은 소리로 한 마디씩 끊어 가면서 말했다. 그러나 이제는 자신의 의지가 아니라 어떤 저항할 수 없는 명령 때문에 정신없이 말하는 상태였다. "형님은 자신을 책망하면서 범인은 나뿐이라고 스스로 인정했습니다. 그러나 형님은 죽이지 않았습니다. 형님은 잘못 알고 있는 거예요. 형님은 범인이 아닙니다. 제 말을 믿으세요. 형님이 아니에요. 하느님이 이것을 형님에게 말씀하시려고 저를 보내셨습니다."

두 사람은 말이 없었다. 이 정적은 1분 정도 지속되었다. 두 사람은 움직이지 않은 채 서로의 눈을 바라보았다. 두 사람 모두 얼굴이 창백했다. 문득 이반이 몸을 떨면서 알료샤의 어깨를 붙잡았다.

"너, 우리 집에 왔었지!" 그는 어금니를 깨물면서 속삭였다. "너는 그놈이 온 날 밤에 우리 집에 왔었던 거야. 솔직하게 말해 봐. 너, 그놈을 봤지, 본 거지?"

"누구요? 미차 말하는 건가요?"

알료샤는 의아하다는 듯이 물었다.

"미차가 아니야. 그런 냉혈한은 엿이나 먹으라고 해!" 이반은 정신없이 외쳤다. "그놈이 우리 집에 드나드는 걸 알았니? 어떻게 알았니? 자, 말해 봐라."

"그게 누군데요? 누굴 말씀하시는 건지 저는 모르겠습니다."

알료샤는 겁에 질려서 중얼거렸다.

"아니야, 넌 알아. 그렇지 않다면 어떻게 네가, 아니, 넌 알고 있어."

그러나 갑자기 그는 자신을 억누를 수 있게 된 듯이 그 자리에 서서 무언가 깊이 생각하는 것 같았다. 그는 소리 없이 웃으면서 입술을 일그러뜨렸다.

"형님." 알료샤는 떨리는 목소리로 다시 말했다. "제가 이렇게 말한 건 형님이 제 말을 믿어주실 거라고 믿었기 때문입니다. 형님이 죽을 때까지 저는 형님이 아니라는 말을 믿을 것입니다! 형님이 죽을 때까지요. 그 말은 하느님이 제 영혼에 형님에게 그렇게 말하라고 지시하신 것입니다. 지금 이 순간부터 영원히 형님에게 원한을 산다 해도……."

그러나 이반은 이제 완전하게 자제심을 되찾은 것처럼 보였다.

"알렉세이 군." 그는 차가운 미소를 지으며 말했다. "나는 예언자와 미치광이를 가장 싫어해. 특히 신의 사자라고 하는 것들은 정말 질색이야. 그건 너도 알지? 지금부터 나는 너와의 인연을 끊을 거야. 이게 아마 영원한 이별일거다. 제발 지금 곧바로 이 사거리에서 헤어지도록 하자. 이쪽 골목이 너의 집으로 가는 길이야. 특히 오늘 나에게 찾아오는 건 절대 안 된다! 명심해라!"

그는 몸을 돌려서 차분한 걸음으로 옆을 보지 않고 성큼성큼 걸어갔다.

"형님." 알료샤는 그 뒷모습을 보고 외쳤다. "오늘 만약 형님에게 무슨 일이 생기면 가장 먼저 저를 떠올려 주세요."

그러나 이반은 대답이 없었다. 알료샤는 형의 모습이 어둠 속에 완전히 사라질 때까지 사거리의 가로등 옆에 조용히 서 있었다. 이반이 사라지자 그는 발길을 돌려서 골목을 따라 느리게 집을 향했다. 이때는 그도, 이반도 방을 따로 얻어서 살고 있었다. 두 사람 모두 텅 빈 아버지의 집에 살고 싶지 않았기 때문이다. 알료샤는 어느 상인 집의 가구가 있는 방에 세 들었고, 이반은 알료샤와 꽤 멀리 떨어진 곳에 살았다. 꽤 부유한 어느 관리의 미망인이 소유한 훌륭한 저택의 넓고 좋은 별채를 빌려서 살았던 것이다.

그런데 이 별채에는 가정부가 한 사람뿐이었고, 그 가정부는 무척 늙어서 귀가 먹은 노파였다. 노파는 항상 류머티즘을 앓아서 저녁 6시에 자고 아침 6시에 일어났다. 이반은 지난 두 달 간 이상할 정도로 까탈스러워져서, 항상 혼자 있는 것을 즐겼다. 그는 자신의 방을 직접 치우고 다른 방은 거의 들여다보지 않았다.

그는 자신의 집 문 앞에 도착해서 초인종의 끈을 잡고 멈춰 섰다. 그는 여전히 증오로 온 몸이 떨렸다. 그는 문득 끈을 놓고 침을 뱉은 뒤, 몸을 돌려서 마을과 반대 방향으로 빠르게 걸었다.

그의 하숙집에서 2km 떨어진 곳에 있는 아주 작고 기울어진 통나무집을 향해 걸었다. 이 집에는 항상 표도르네 부엌에 수프를 얻으러 오던 이웃에 살던 마리아 콘드라치예브나가 살았다. 예전에 스메르자코프가 노래를 부르기도 하고 기타 연주를 들려주기도

했던 여자였다. 그녀는 예전 집을 팔고, 지금은 거의 농가와 비슷한 이 통나무집에 어머니와 단둘이 살았다. 병으로 사경을 헤매는 스메르쟈코프는 표도르가 죽은 뒤, 곧장 이 모녀의 집에서 의탁했다. 지금 이반은 갑자기 솟구치는 어떤 억제할 수 없는 생각에 휩싸여 그를 찾아온 것이다.

6. 스메르자코프와의 첫 만남

모스크바에서 돌아온 이반이 스메르자코프를 만나는 것은 세 번째였다.

그런 비극이 있은 뒤로 그가 스메르자코프를 만나서 처음으로 이야기를 나눈 것은 모스크바에서 돌아온 그날이었다. 그리고 한 두 주가 지나고 두 번째로 찾아왔다. 이 두 번째 방문을 마지막으로 그는 스메르자코프를 더 이상 찾아오지 않았기 때문에, 벌써 한 달도 넘게 그를 만나지 않았고 그의 소식도 듣지 못했다.

이반이 모스크바에서 돌아온 것은 아버지가 죽고 닷새가 지난 뒤였기 때문에 아버지의 관도 물론 볼 수 없었다. 그가 도착하기 바로 전날, 장례식이 치러졌다. 이반의 귀향이 늦어진 것에는 이유가 있었다. 이반의 모스크바 주소를 정확하게 알지 못했던 알료샤는 전보를 보내려고 카체리나에게 달려갔지만 그녀도 역시 몰라서 자신의 언니와 숙모 앞으로 전보를 보냈다. 이반이 모스크바에 도착하면 바로 그들 집에 방문할 것이라고 생각해서였다. 그러나 이반은 모스크바에서 도착하고 나흘이 지나서야 처음으로 그들을 찾아왔다. 물론 그는 전보를 보고 곧장 고향으로 돌아왔다.

그는 돌아오자마자 알료샤를 먼저 만났는데, 그가 알료샤와 이야기를 하면서 몹시 놀란 것은 그가 이 도시의 모든 사람들과는 정반대로 미차를 손톱만큼도 의심하지 않고 단박에 진범으로 스메르자코프를 지목했기 때문이었다. 그런 뒤 그는 경찰서장이나 검사를 만나서 예심과 구속 때의 상황을 자세히 듣고 더욱 알료샤의 생각에 크게 놀라게 되었다. 그래서 마침내 알료샤의 의견은 극단적인 형제애와 미차에 대한 연민에서 나온 것이라고 해석하기에 이르렀다. 알료샤가 미차를 열정적으로 사랑한다는 것은 이반도 알고 있었다.

이반이 형 드미트리를 어떻게 생각하는지에 대해서도 참고로 몇 마디 적어 두겠다.

이반은 형 미차를 매우 싫어했다. 때로 어떨 때는 동정을 느끼기도 했지만, 거기에는 거의 혐오스러운 경멸이 섞여 있었다. 외모를 비롯해서 미차의 전부가 그에게는 불쾌한 것 투성이였다. 그는 미차에 대한 카체리나의 사랑도 분노에 가득 찬 시선으로 바라보았다.

그가 피고가 된 미차를 만난 것은 역시 돌아온 그날이었고, 이

면회는 미차의 범행에 대한 그의 확신을 약화시킨 것이 아니라 오히려 더 굳건하게 만들고 말았다.

그때 미차는 불안에 휩싸여 병적일 정도로 흥분해 있었다. 그는 마구 떠들어댔지만 초조해했고, 하는 말은 앞뒤가 맞지 않았으며, 말투는 매몰찼다. 그는 몹시 격앙된 어투로 스메르자코프의 죄를 주장했지만 그가 하는 말은 전부 논리적이지 않았다. 그가 가장 많이 말한 것은 죽은 아버지가 자기에게서 '빼앗은' 3천 루블에 대해서였다.

"그건 내 돈이야. 그건 내 돈이었다고." 미차는 반복했다. "그러니까 만약 내가 그 돈을 훔쳤다고 해도 그건 잘못한 게 아니야."

그는 자신에게 불리한 모든 증거에 대해서는 제대로 반박하지도 않고 자신에게 유리한 사실을 설명해 줘도 횡설수설하고, 어리숙하게 굴었다. 대체로 그는 이반에 대해서나 또 다른 누군가에 대해서나 자신을 변호하려는 마음이 전혀 없고, 도리어 화를 내거나 자신에 대한 비난을 오만하게 무시하면서 욕지거리를 하고 흥분했다. 그리고리가 문이 열려 있었다고 증언한 것에 대해서는 그저 경멸하고 웃으면서 "아마 악마가 와서 열었나 보군." 하고 말할 뿐이었다. 그러나 그러한 사실에 대해 논리적으로 설명하지는 못했다.

게다가 '모든 것이 용서된다'고 주장하는 사람들에게 자신을 의심하거나 심문할 권리가 없다고 난폭하게 말하면서 첫 면회 때부터 이반을 화나게 했다. 그는 대체로 이때 이반에게 매우 적대적으로 굴었다.

이반은 미차와 면회를 마치고 곧장 스메르자코프를 찾아갔다. 그는 모스크바에서 서둘러 돌아오는 기차 안에서 출발하기 전날 밤에 스메르자코프와 나눈 마지막 대화를 계속 생각했다. 그의 마음을 여러 가지 일들이 어지럽게 만들었고, 수많은 일들이 의심스럽게 여겨졌다. 그러나 예심 판사에게 진술할 때는 우선 그 대화에 대해서는 얘기하지 않았고 스메르자코프를 만날 때까지 미뤄 두었다.

스메르자코프는 그 당시 시립 병원에 입원 중이었다. 게르첸시투베 의사와 이반이 병원에서 만난 바르빈스키 의사는 이반의 계속 질문을 하자, 스메르자코프의 간질병은 의심의 여지가 없는 것이라고 확실하게 대답했다.

"그 비극적인 사건이 있었던 날에 그가 간질병 발작을 흉내 낸 것은 아닌가요?"라는 이반의 질문에는 깜짝 놀라기까지 했다.

그들의 설명은, 이번 발작은 가벼운 것이 아니었고, 며칠동안 계속 반복되어서 환자의 목숨도 무척 위험했지만, 다방면으로 치료를 해서 겨우 생명은 건질 수 있었다는 것이다. 단지 아직 환자의 정신 상태에 '평생은 아니지만 꽤 오랫동안' (의사 게르첸시투베는 이렇게 말을 보탰다) 부분적으로 기능적인 이상이 생길 가능성이 매우 높다고 확언했다.

"그렇다면 그는 지금 미쳐 있는 거군요."

이렇게 성급하게 묻자 두 의사는 다음과 같이 대답했다.

"엄격한 의미에서는 그렇다고 할 수 없지만, 약간 비정상적인 측면이 있습니다."

이반은 그 비정상적인 것이 어떤 것인지 자신이 직접 조사해야 겠다고 생각했다.

병원에서는 금세 면회가 허용되었다. 스메르자코프는 격리실에 수용되어 침대에 누워 있었다. 그 옆에는 또 한 개의 침대가 있었고 병든 상인 한 명이 누워 있었는데 전신이 수종(水腫)으로 부어서 분명히 위태로워 보였으므로, 그 사람 때문에 이야기를 나누지 못할 상황은 아니었다. 스메르자코프는 이반을 보자 의아하다는 듯이 이를 드러내며 처음에는 겁을 먹은 듯 보였다. 이반에게는 그렇게 느껴졌다. 그러나 그것은 한순간일 뿐이었고, 그 뒤에는 이상할 정도로 침착해져서 이반을 놀라게 만들었다.

이반은 단번에 그가 매우 위독한 상태라는 것을 확인했다. 그는 몹시 쇠약해서 말하는 것조차 힘이 드는 것처럼 느리게 말을 했다. 그리고 매우 야위어서 얼굴이 누레져 있었다. 20분 정도 후에 끝난 면회 시간에도 그는 계속 머리가 아프다거나 팔다리가 쑤신다거나 하는 등의 통증을 하소연했다. 그의 얼굴은 거세당한 수도사처럼 앙상했고, 작고 일그러져 보였다. 관자놀이 부근의 머리카락은 헝클어져 있었고, 앞쪽에는 한 줌의 머리카락이 어설프게 서 있었다.

그러나 쉬지 않고 깜빡거리며 무언가 암시를 하는 것 같은 왼쪽 눈은 예전의 스메르자코프가 분명했다. '현명한 사람과 나누는 이야기는 즐겁다'는 스메르자코프의 말이 갑자기 생각났다. 그는 스메르자코프의 발치에 있는 나무로 된 의자에 앉았다. 스메르자코프는 괴로운 것처럼 침대에서 몸을 약간 움직이고, 입을 다물고 아무 말도 하지 않은 채 흥미가 별로 없는듯한 표정을 지었다.

"나와 얘기할 수 있겠어?" 이반이 물었다. "시간이 오래 걸리진 않아."

"물론 얘기할 수 있습니다." 스메르자코프는 힘없이 중얼거렸다. 그리고 겸연쩍은 이반을 위로하는 것처럼, 어쩔 수 없이 상대를 해 주는 듯한 말투로 덧붙였다. "언제 돌아오셨어요?"

"오늘 돌아왔어…… 이곳에서 일어난 소동에 나도 참여하려고."

스메르자코프는 한숨을 쉬었다.

"왜 한숨을 쉬는 건가? 너는 예전부터 알았잖아?"

이반은 갑자기 몰아세웠다.

스메르자코프는 무거운 태도로 한동안 말이 없었다.

"그야 알 수밖에 없었잖습니까! 예전부터 전부 알았지요. 단지 이런 결과가 생길 줄은 예상 못했습니다."

"이런 결과가 생길 줄 몰랐다고? 이거 봐, 모른 척하면 용서치 않겠다. 그때 너는 지하실 창고로 들어가면 단번에 간질을 일으킬 것이라고 예상했었지? 분명히 지하실 창고라고 말했었잖아!"

"도련님은 증인 심문 때 그렇게 말씀하셨나요?"

스메르자코프는 태연스럽게 물었다.

이반은 문득 울화통이 치밀어 올랐다.

"아직은 말 안했지만, 꼭 그렇게 증언하려고 해. 이거 봐, 넌 지금 나에게 해명해야 할 것들이 한두 개가 아니야. 알겠어, 난 네가 헛소리를 하게 내버려두지는 않을 거야!"

"제가 도련님에게 무슨 헛소리를 한다고 이러시는 겁니까? 저는 오로지 도련님만을 하느님처럼 의지하고 있습니다."

스메르자코프는 여전히 매우 침착하게 이렇게 말했지만 잠깐 눈을 감았다.

"첫 번째로." 이반은 말했다. "간질 발작은 예상할 수 없는 걸 나는 잘 알아. 다 조사해 봤으니 속이려고 해도 소용없다. 날짜를 예상할 수는 없지. 그런데 너는 그때 어떻게 날짜뿐 아니라 장소까지 예언할 수 있었던 거지? 만약 네가 일부러 연극을 한 게 아니라면 발작을 일으켜서 창고에 떨어질 거라는 걸 어떻게 미리 알 수 있었지?"

"지하실 창고는 하루에 몇 번씩 드나드는 곳입니다." 스메르자코프는 느리게 끌면서 말했다. "저는 1년 전에도 다락방에서 떨어진 적이 있어요. 발작할 날짜와 시간을 예측할 수는 없지만 그런 예상은 항상 할 수 있지요."

"그런데 넌 시간도 정확하게 예상했잖아!"

"도련님, 제 간질병은 여기 의사선생님에게 물어보면 잘 아시게 됩니다. 제 병이 진짜인지 꾀병이었는지 금방 아실 수 있습니다. 전 이제 거기에 대해서 더 이상 아무것도 드릴 말씀이 없습니다."

"하지만 지하실 창고는? 그 지하실 창고라는 것을 어떻게 미리 알 수 있었던 거지?"

"도련님은 그 창고에 신경이 매우 쓰이시는 것 같군요! 저는 그때 그 창고에 들어갔을 때 너무 무섭고 걱정이 돼서 참을 수 없는 지경이었습니다. 게다가 도련님과 그렇게 헤어지고, 이제는 이 세상에서 의지할 사람이 아무도 없다고 생각하니 더욱 무서웠어요. 저는 그때 창고로 들어가서 '그게 곧 일어나지는 않을까, 발작을 해서 굴러 떨어지지는 않을까' 걱정이 되었습니다. 그런데 바로 그 걱정 때문에 갑자기 경련이 목에 심하게 와서……. 그래서 그만 거꾸로 떨어졌습니다. 이 일 때문에, 그리고 그 전날 밤, 문 옆에서 도련님과 얘기를 나누면서 제 자신의 걱정이며 지하실 창고에 대한 일 같은 걸 말씀드렸음을, 저는 게르첸시투베 선생님과 예심 판사 니콜라이 씨에게 전부 소상히 말씀드렸습니다. 그리고 그분들은 그걸 모두 예심 조서에 쓰셨습니다. 이곳의 바르빈스키 선생님은 그건 그렇게 생각해서 일어난 것이다, '넘어지면 어쩌지?' 하는 불안 때문에 일어난 일이라고 많은 사람들 앞에서 특히 더 강조하셨습니다. 진짜로 발작이 일어난 것입니다. 그래서 당국에 계신 분들도 '정말 그렇군. 불안 때문에 생긴 게 분명하다'고 조서에 기록했습니다."

스메르자코프는 이렇게 말하고 정말 피곤한 것처럼 숨을 깊이 들이마셨다.

"너는 그러니까 이미 그런 것까지 진술했다는 거지?"

이반은 약간 당황해서 물었다. 그는 그때 두 사람이 나눈 대화를 폭로하겠다고 말하면서 스메르자코프에게 겁을 주려고 했다. 그런데 그가 먼저 그렇게 해버린 것이다.

"저는 아무것도 두렵지 않습니다! 어떤 것이든 사실을 있는 그대로 기록해야 한다고 생각합니다."

스메르자코프는 확고하게 말했다.

"문 옆에서 우리가 나눈 대화를 전부 얘기했나?"

"아니요, 전부 얘기했다고는 할 수 없습니다."

"간질 흉내를 낼 수 있다고 그때 나에게 자랑한 것도 얘기했나?"

"아니요, 그런 말은 하지 않았습니다."

"그럼 묻겠는데, 너는 그때 왜 나를 체르마시냐에 보내려고 했던 거지?"

"도련님이 모스크바로 떠나시는 것이 두려웠기 때문입니다. 체르마시냐 쪽이 가깝잖아요."

"거짓말하지 마! 너는 나를 떠나게 하려고 했던 거지? 재난을 피해서 떠나라고 말했었잖아."

"그때 그렇게 말씀드린 것은 오직 도련님을 생각하는 사랑과 충성심에서 비롯된 것이었습니다. 집안에 어떤 일이 생길 것 같은 불길한 예감과 도련님이 가여운 생각이 들었기 때문입니다. 도련님보다 제 자신이 불쌍해서인지도 모르겠습니다. 그래서 재난을 피해야 한다고 말씀드린 건 곧 집안에 불행한 일이 생길 거라는 것을 깨닫고 아버님을 보호하기 위해서 남아 주시길 부탁드리는 마음에서였습니다."

"그렇다면 더 확실하게 말했어야지, 바보 녀석아!"

이반은 화가 나서 소리를 크게 질렀다.

"어떻게 그보다 더 확실하게 말씀드릴 수 있었을까요? 제가 그렇게 말한 건 단지 혹시나 하는 걱정에서였는데 만약 제가 숨김없이 그대로 그런 말씀을 드렸다면 도련님께서 화를 내셨을 것이 분명하지 않습니까? 저도 물론 드미트리 님이 어떤 소동을 벌이지는 않을지, 그 돈도 자신의 것이라고 생각하시니 혹시 가져가시지는 않을지 걱정했지만, 설마 살인을 할 줄 누가 알았겠어요? 저는 단지 그분이 주인 나리의 이불 밑에 넣어 둔 그 봉투 속의 3천 루블만 가져 가실 줄 알았을 뿐 결코 사람을 죽일 줄은 몰랐습니다. 도련님도 그렇게까지는 생각하지 않으셨잖아요?"

"너도 예상 밖이었다고 하는데 내가 어떻게 미리 알고 집에 남아 있을 수 있었겠어? 어떻게 그렇게 앞뒤가 안 맞는 말만 하는 거냐?"

이반은 생각에 잠겨 말했다.

"그렇기는 하지만, 제가 모스크바보다 체르마시냐로 가라고 권유한 것만으로도 눈치를 채실 수 있었을 텐데요."

"도대체 그것만으로 어떻게 알 수 있다는 거냐!"

스메르자코프는 매우 피곤한 기색으로 다시 한동안 말이 없었다.

"제가 도련님께 모스크바보다 체르마시냐를 권한 것은 도련님이 가까이 계시길 바랐기 때문입니다. 모스크바는 너무 멀잖아요. 더구나 드미트리 님도 도련님이 가까이 계신 걸 알면 그렇게 선을 넘는 행동은 하지 않을 걸로 생각했어요. 이것만으로도 눈치채실만 하잖아요? 게다가 저에게도 무슨 일이 생기면 도련님이 빨리 오셔서 저를 보호해 주실 수 있다고 생각했습니다. 그리고리 바실리예비치가 아픈 것과 제가 발작을 두려워한다는 것을 미리 알려 드렸으니까요. 또 돌아가신 주인님의 방에 들어가는 신호를 드미트리 님이 저에게 들어서 알고 있다는 것을 도련님에게 가르쳐 드린 것도, 드미트리 님이 분명히 무슨 일을 벌일 것 같다고 예상하시고 체르마시냐에도 가시지 않고 이곳에 그냥 계시게 될 수도 있다고 생각해서였습니다."

'이 자식, 말투는 답답하지만 제법 논리적으로 말하는군. 게르첸시투베는 정상이 아니라고 했는데 그런 것 같지는 않아.'

이반은 갑자기 그런 생각을 했다.

"넌 그럴 듯하게 말해서 나를 속이려는 거지, 망할 녀석!"

"하지만 솔직히 말씀드려서 저는 그때 도련님이 다 아실 줄 알았습니다."

스메르자코프는 순진한 표정으로 말을 받았다.

"다 알았다면 난 떠나지 않았어!"

이반은 다시 화가 솟구쳐서 소리를 질렀다.

"그런데 저는 도련님이 모든 것을 예상하시고, 어디든 달아나자, 무서운 꼴을 당하지 않게 되도록 서둘러 사건을 피하자, 이렇게 생각하시는 걸로 알았습니다. 어디든 달아나서 무서운 사건에서 자신을 지키려고 말입니다."

"너는 누구나 다 너처럼 겁쟁이라고 생각하는구나?"

"용서하세요. 사실은 도련님도 저와 같은 사람이라고 생각했습니다."

"물론 눈치를 챘어야 할 일이었지." 이반은 동요해서 말했다. "맞아, 나는 네가 야비한 짓을 하겠구나 예상했었지…… 어쨌든 너는 거짓말을 했어. 또 거짓말을 하고 있는 거야." 그는 문득 자신으로 돌아와서 외쳤다. "그때 너는 마차 옆에 다가와서 '현명한 사람과 나누는 이야기는 즐겁다'고 말한 걸 기억하겠지? 너는 내가 떠나는 것을 기뻐하고 칭찬한 거잖아?"

스메르자코프는 또 한숨을 내쉬었다. 약간 얼굴이 상기된 것 같았다. 그는 조금 숨을 몰아쉬며 말했다.

"제가 기뻐한 것은 도련님이 모스크바가 아닌, 체르마시냐로 가는 것에 동의하셨기 때문입니다. 훨씬 가까우니까요. 하지만 제가 그렇게 말한 것은 칭찬을 한 것이 아니고 비난을 한 것입니다. 그걸 도련님은 알지 못하신 것입니다."

"무슨 비난이지?"

"그런 불행을 예감하면서도 자신의 부모를 버리고, 저희를 지켜주지 않으셨기 때문입니다. 왜냐하면 제가 그 3천 루블의 돈을 훔친 것처럼 의심을 받을 수도 있었습니다."

"야, 이 녀석아!" 이반은 또 욕지거리를 했다. "아니야, 가만있어봐. 예심 판사나 검사에게 그 신호 얘기도 한 거야?"

"전부 사실대로 얘기했습니다."

이반은 마음속으로 또 놀랐다.

"내가 그때 무언가를 생각했었다면." 이반은 다시 말을 이었다. "그건 네가 무언가 야비한 짓을 도모하고 있다는 것뿐이었어. 드미트리는 사람을 죽일 수는 있어도 물건을 훔치지는 않는다, 나는 그때 그렇게 믿었지. 그런데 너는 어떤 야비한 짓을 할 수 있다고 생각했었다. 사실 너는 네가 직접 그때 간질 발작을 흉내 낼 수 있다고 했었잖아? 무엇 때문에 나에게 그런 말을 한 거지?"

"뭐라고 말씀하신다고 해도 그건 제가 정직해서입니다. 저는 이 세상에 태어나서 단 한 번도 일부러 그런 흉내를 내지 않았습니다. 도련님에게 자랑을 하고 싶어서 그런 말을 한 것뿐입니다. 정말 멍청한 짓이었지요. 저는 그 무렵 도련님이 너무 좋아서 진심으로 대하고 있었습니다."

"하지만 형님은, 거리낌 없이 너를 지목하면서 네가 아버지를 죽였고, 네가 돈을 훔쳤다고 주장하고 있어."

"그거야 그분으로서 그렇게 말할 수밖에 없는 거 아니겠습니까?"

스메르자코프는 이를 드러내고 쓴웃음을 지었다.

"하지만 그렇게 많은 증거가 있는데 누가 그분의 말을 믿겠습니까? 그리고리도 문이 열려 있는 걸 보았습니다. 이렇게 된 이상 이제 어쩔 도리가 없습니다. 뭐 어떻게 되도 상관없습니다. 목숨을 연명하기 위해 죽을힘을 다해 몸부림을 치시는 거니까."

그는 말이 없다가 문득 무언가 생각난 것처럼 이렇게 말을 보탰다.

"아, 맞아요! 얘기를 다시 되돌리면, 그분은 제가 한 짓이라고 우기면서 저에게 죄를 뒤집어씌우려고 하세요. 저도 그 얘기는 들었습니다. 하지만 설사 제가 간질 흉내를 잘 낸다고 하더라도, 제가 만약 그때 정말로 도련님의 아버님을 죽일 마음을 가졌다면, 간질 흉내를 잘 낸다고 도련님께 미리 얘기할 이유가 있었을까요? 만약 그런 살인을 계획 중이었다면 그 주인나리의 아들인 도련님에게 미리 불리한 증거를 말하는 그런 멍청이가 어디 있을까요? 게다가 상대는 친아들인데요, 가당치 않은 일입니다. 도대체 이게 있을 수 있는 얘기라고 생각하시는 겁니까? 있을 수 없는 일입니다. 그런 멍청한 일은 절대 있을 수 없는 일이지요. 사실 지금도 저와 도련님의 이런 얘기는 하느님만 들을 수 있습니다. 그러나 만약 도련님이 검사나 니콜라이 판사님에게 말씀하신다고 해도 결국은 오히려 저에 대해 변호를 해주는 게 될 것입니다. 왜냐하면 예전에는 그렇게 충직했던 자가 도대체 어떻게 이런 범인이 될 수 있느냐고 생각할 테니까요. 그건 누구나 쉽게 알 수 있지요."

"이보게." 이반은 스메르자코프의 마지막 결론에 충격을 받아서 대화를 중단하려고 자리에서 일어났다. "난 전혀 너를 의심하지 않아. 너에게 죄를 뒤집어씌우는 일은 우습다고 생각해. 게다가 네가 나를 안심시켜 줘서 오히려 고마울 정도야. 오늘은 이만 돌아가지만 다시 오겠다. 그럼 몸 잘 살피고. 혹시 필요한 건 없는가?"

"여러모로 감사하게 생각합니다. 마르파가 저를 잊지 않고 필요한 것이 있으면 친절하게도 뭐든지 구해 줍니다. 친절한 분들이 매일 찾아와 주십니다."

"잘 지내게. 난 네가 간질 발작을 흉내 낼 수 있다는 말은 누구에게도 안 할 테니까. 충고해 두겠는데 너도 말을 하지 않는 게 좋을 거야."

갑자기 이반은 무슨 생각을 해서인지 그렇게 말했다.

"알겠습니다. 도련님이 만일 증언을 하지 않으신다면, 저도 그때 문 옆에서 나눈 도련님과의 대화를 이야기하지 않겠습니다."

이반은 황급히 그 자리를 떠났지만 복도를 열 발자국 정도 걸어가고 난 뒤에야 비로소 스메르자코프의 마지막 말에 모욕적인 의미가 담겨 있음을 알 수 있었다. 그는 되돌아가려고 생각했지만 그 생각도 일시적으로 떠오른 것일 뿐 금세 사라졌다. 그래서 "멍청이!" 이렇게 중얼거리고 더욱 빠른 걸음으로 병원을 나왔다.

그는 스메르자코프가 범인이 아니고 자신의 형 미차가 진범일 거라는 것을 알고 안도감을 느꼈다. 그러나 일반적인 사람이라면 반대의 감정을 느꼈어야 했다. 그런데 그는 왜 안도감을 느꼈을까? 그때 이반은 감정을 분석하고 싶지 않았고, 자신의 감정을 파헤치는 것에 대해서 혐오감을 느꼈다. 그는 한시라도 빨리 잊어버리고 싶은 기분이었다.

그는 그 뒤로 며칠동안 미차를 괴롭힌 많은 증거들을 세세하고 완벽하게 조사하고 미차의 유죄를 확신하게 되었다. 매우 시시한 사람들, 예를 들어 페냐와 그 할머니 같은 사람들이 한 진술은 소름이 돋을 정도였다. 페르호친이나 술집, 플로트니코프네 가게, 모크로예 마을의 증인들에 대해서도 새삼스럽게 언급할 필요가 없을 정도였다.

특히 미차를 괴롭힌 것은 사소한 것들이었다. 비밀 '신호'에 대한 증언은 문이 열려 있었다는 그리고리의 증언대로 예심판사와 검사를 놀라게 만들었다. 그리고리의 아내 마르파는 이반의 질문에 대해서, 스메르자코프는 자신들 옆의 칸막이 뒤에서 밤새 앓았으며, 그 자리는 '우리 침대에서 세 걸음도 떨어지지 않은 곳에 있었다'고 말했다. 자신은 꽤 깊이 잠들었지만, 자주 깨서 그가 그곳에서 신음하는 소리를 들었다고 확실하게 말했다.

"계속 신음소리가 났어요. 밤새도록 앓았답니다."

이반은 또 게르첸시투베와 만나서, 스메르자코프가 미친 사람처럼 보이지 않으며 그저 몹시 쇠약해 보인다고 말했지만, 그것은 단지 이 노의사에게 기이한 미소를 자아내게 할 뿐이었다.

"그럼 선생은 그 사람이 지금 무엇에 빠져 있는지 아십니까?" 의사가 이반에게 말했다. "프랑스어 단어를 외우고 있어요. 그 사람, 베개 밑에 노트를 숨겼는데, 누가 썼는지 프랑스어 단어가 러시아 글자로 쓰여 있어요. 하하하!"

이반은 그 말을 듣고 결국 모든 의심을 거둘 수밖에 없었다. 그는 이제 혐오하는 감정 없이는 형 드미트리를 생각할 수 없게 되었다.

단지 이상한 점 한 가지는 알료샤가 범인이 드미트리가 아니고 '십중팔구' 스메르자코프라고 끈질기게 주장하고 있는 것이었다.

이반은 항상 알료샤의 의견을 존중했으므로 아무래도 꺼림칙했다. 또 이상한 점 한 가지는 이반과 함께 있을 때 알료샤는 먼저 자신이 미차에 대한 이야기를 꺼내지 않고, 이반이 묻는 것에 대답만 하는 것이었다. 이반은 그것도 매우 신경이 쓰였다.

그러나 그와 동시에 그는 그것과는 아무 상관이 없는 다른 일에 정신을 쏟고 있었다. 그는 모스크바에서 돌아오자마자 며칠 동안 카체리나에 대해서 불꽃처럼 타오르는 열정에 몸을 맡긴 상태였다. 그러나 그 뒤에 이반의 인생에 어두운 그림자가 지게 되는 이 새로운 열정에 대해서는 지금 여기서 이야기하지 않겠다. 이것은 다른 이야기, 다른 장편 소설의 소재가 될 수 있지만, 앞으로 그 소설을 쓰게 될 수 있을지는 필자도 알 수 없는 일이다.

그렇다고 해도 이 경우에는 이반에 대해 말하지 않고 넘어갈 수 없었다. 이반은 앞에서도 언급했듯이 그날 밤 알료샤와 함께 카체리나의 집에서 나왔을 때, '나는 그 여자를 사랑하지 않는다'고 말했지만, 그것은 완전히 거짓말이었다. 그는 때로는 그녀를 죽이고 싶을 정도로 미워하기도 했지만 실제로는 미칠 듯이 그녀를 사랑했다.

그런 데에는 여러 가지 이유가 있었다. 그녀는 미차의 사건으로 심신의 충격을 받아서 다시 자신의 곁으로 돌아온 이반을 마치 구세주처럼 생각하고 정신없이 매달렸다. 그녀가 분노와 모멸과 굴욕을 느끼고 있었던 바로 그때, 때마침 예전부터 자신을 열렬하게 사랑해 주고(맞다, 그녀는 그것을 지나치게 잘 알았다) 머리도, 마음도 자신보다 훨씬 뛰어나다고 항상 생각했던 남자가 다시 돌아온 것이다.

그러나 이 반듯한 처녀는 새로운 구애자의 억제할 수 없는 카라마조프 식의 세찬 욕망을 보고 그 매력에 진심으로 끌렸지만 결코 상대의 바람대로 몸을 주지는 않았다. 동시에 그녀는 미차를 배신한 것을 항상 후회하고, 이반과 심하게 싸우게 되면(그들은 정말 자주 싸움을 했다.) 드러내놓고 그에게 이렇게 말했다. 이반이 알료샤와 이야기한 '거짓말 위에 거짓말'은 이것을 의미하는 것이었다.

물론 두 사람 간에는 허위가 많았다. 이반이 분노한 것은 바로 이 점이었다. 그러나 여기에 대해서는 나중에 말하겠다. 요컨대 그는 한때 스메르자코프에 대해 거의 잊었었다.

그러다가 이반이 스메르자코프를 처음 찾아가고 2주일 정도 지나자 다시 그 기이한 생각이 그를 괴롭혔다. 그는 쉬지 않고 자신에게 질문했다. 왜 나는 그때, 그 마지막 밤, 즉 떠나기 전날 밤에 아버지의 집에서 도둑처럼 발소리를 죽인 채 계단에 나가서 아버지가 무엇을 하는지 알려고 귀를 기울인 것일까? 왜 나중에 이 일을 떠올리면 혐오감이 드는 걸까? 왜 그 다음 날 떠나는 중에 문득 그토록 기분이 우울해지고 모스크바에 도착했을 때는 왜 '나는 야비한 인간이다!'라고 혼자서 중얼거렸을까? 지금 그는 괴로운 수많은 생각에 빠져서 카체리나도 잊겠다는 기분이었다. 문득 이러한 생각들이 그를 지배한 것이다!

그는 이런 것을 생각하면서 길을 걷다가 우연하게 알료샤를 만났다. 그는 곧 동생을 불러서 갑작스레 질문을 해댔다.

"너 기억하니? 우리가 식사를 마치고 앉아 있는데, 드미트리가 집안에 뛰어들어서 아버지를 때렸던 거 말이야? 그리고 내가 밖에서 '기대(期待)의 권리'는 보류한다고 아마도 너에게 말했었을 거야. 그래서 너에게 묻고 싶은 게 한 가지 있는데, 그때 너는 내가 아버지가 죽기를 바란다고 생각했니?"

"네, 그렇게 생각했습니다."

알료샤는 나지막하게 말했다.

"하긴 정말 그랬으니까. 그때는 굳이 짐작을 할 필요가 없었지. 그러나 너는 그때 '독사끼리 서로 잡아먹기'를, 즉 드미트리가 아버지를 죽이기를, 그것도 가능하면 빨리 그러기를 바라고 있다고 생각한 건 아니니? 게다가 나도 기꺼이 도울 마음이 있다고 생각했던 거냐?"

알료샤는 약간 얼굴이 창백해지면서 아무 말없이 형의 눈을 바라보았다.

"자, 말해 봐." 이반은 외쳤다. "나는 네가 그때 어떻게 생각했는지 알고 싶어 견딜 수가 없다. 나에게 필요한 건 진실이야, 진실!"

그는 아까부터 어떤 증오심에 휩싸여 알료샤를 노려보면서 괴로운 것처럼 숨을 몰아쉬었다.

"용서해 주세요. 저는 그때 그런 생각을 했습니다."

알료샤는 속삭이는 것처럼 말하고, '변명'은 하지 않고 입을 다물었다.

"고맙구나!"

이반은 툭 내뱉고는 알료샤를 남겨두고 혼자서 집을 향해서 성큼성큼 걸어갔다.

알료샤는 그때부터 왠지 형 이반이 갑자기 자신을 멀리하려고 노력할 뿐 아니라, 자신을 싫어하게 되었다고 깨닫고 자신도 이제 이반을 찾아가는 것을 그만두었다.

그런데 이반은 그때 알료샤는 만난 뒤, 자신의 집으로 돌아가지 않고 갑자기 다시 스메르자코프를 찾아갔다.

7. 두 번째 만남

스메르자코프는 그 무렵 병원에서 퇴원한 상태였다. 이반은 그가 새로 머무는 곳을 알았다. 그곳은 다 허물어져 가는 작은 통나무집이었는데 현관을 사이에 두고 두 개의 방이 있었다. 한쪽은 마리야 콘드라치예브나가 어머니와 함께 지내고 있었고, 나머지 한쪽은 스메르자코프가 지내고 있었다. 그가 무슨 이유로 그녀들과 함께 사는지, 그냥 신세를 지는 것인지 또는 돈을 내는지는 아무도 알 수 없었다. 나중에 세상 사람들은 아마 마리야의 약혼자로 당분간 그저 신세를 진 거라고 생각했다. 어머니도, 딸도 그를 존경하며 자신들보다 훨씬 훌륭한 사람으로 여기고 있었다.

이반은 문을 탕탕 두드리고 현관으로 들어가서 곧 마리야의 안내를 받아서 스메르자코프가 있는 '깨끗한 쪽'의 방으로 들어갔다. 방안에는 장식용 타일을 붙인 난로가 있어서 후덥지근하게 더웠다. 화려한 하늘색 벽지가 네 벽에 발라져 있었지만 지금은 모두 너덜너덜 찢어져서 그 안에서 수많은 바퀴벌레들이 무리를 지어 돌아다니며 쉬지 않고 부스럭 소리를 내고 있었다. 가구도 매우 궁상맞아서 양쪽 벽 앞에 벤치가 하나씩 있었고, 테이블 옆에는 두 개의 의자가 놓여 있는 것이 전부였다. 테이블은 흔한 목재였지만 장미꽃 무늬가 있는 테이블보가 씌워져 있었다. 두 개의 작은 창문 앞에는 각각 제라늄 화분이 한 개씩 놓여 있었고, 방의 한구석에는 성상(聖像) 여러 개를 장식한 양문 장식장이 있었다.

테이블 위에는 우그러들고 크지 않은 구리로 만든 사모바르(러시아의 찻주전자)와 두 개의 찻잔이 놓인 쟁반이 있었다. 스메르자코프는 이미 차를 마신 뒤여서 사모바르의 불은 꺼져 있었다. 때마침 그는 테이블을 마주하고 벤치에 앉아서 수첩을 바라보며 무언가 쓰고 있었다. 그의 옆에는 잉크병과 낮은 쇠 촛대가 있었고, 촛대에는 스테아린 양초가 타고 있었다.

이반은 스메르자코프의 얼굴을 본 순간, 이제 병이 완전히 나았다고 생각했다. 그의 얼굴은 예전보다 훨씬 생기가 넘쳤고, 살도 쪘고, 앞머리는 깨끗이 빗어 올리고 포마드까지 바른 상태였다. 그는 화려한 무명 잠옷을 입고 앉아 있었지만, 오래 입은 것인 듯 꽤 낡아 보였다. 그리고 이반이 지금까지 본 적이 없는 코안경을 쓰고 있었다. 이 사소한 사실이 문득 이반의 화를 더욱 부채질했다.

'뭐야, 건방진 놈, 코안경을 다 쓰고!'

스메르자코프는 느리게 고개를 들어서 손님이 들어오는 것을 안경 너머로 조용히 바라보았다. 마침내 그는 조용히 안경을 벗고 짐짓 벤치에서 가볍게 일어나는 시늉을 보였다. 어딘가 공손하지 않고, 오히려 무척 귀찮다는 것처럼 그저 인사치레로 최소한의 예의만 지키겠다는 태도였다. 이반은 즉시 그 점을 느끼고, 그것으로 모든 것을 알아채고 마음속에 새겼다. 그러나 이반을 무엇보다 화가 나게 만든 건 스메르자코프의 눈빛이었다. 그것은 증오를 숨김없이 드러낸, 불손하고 거만한 눈빛이었다. '뭐 하러 또 찾아온 거요? 얘기는 다 끝났는데, 무슨 볼일이 있어서 다시 나타난 거냔 말이오?' 이렇게 말하는 것처럼 보였다. 이반은 가까스로 자신을 억눌렀다.

"방이 매우 덥군."

그는 서서 이렇게 말하고 외투의 단추를 풀었다.

"벗으세요."

스메르자코프가 말했다.

이반은 외투를 벗어서 소파에 던지고 손을 떨면서 의자를 잡아서 재빨리 테이블 옆에 끌어다가 앉았다. 스메르자코프는 이반보다 먼저 그 소파에 앉았다.

"일단, 우리 둘뿐이지?" 이반은 엄격한 말투로 다급하게 말했다. "아무도 듣지는 않겠지?"

"듣는 사람은 아무도 없습니다. 이미 보셨겠지만 방 사이에 현관이 있어서요."

"그렇다면 내 말을 잘 들어. 그때 내가 병실에서 나올 때, 너는 도대체 나에게 뭐라고 한 거야? 네가 간질 발작을 흉내 낼 수 있다고 한 것에 대해서 내가 가만히 있으면 너도 나와 문 옆에서 여러 가지 얘기를 나눈 것에 대해 예심판사에게 말하지 않는다고 했었지? '여러 가지 이야기'가 무슨 의미지? 무슨 뜻으로 그런 말을 했어? 나를 협박하는 거였냐? 내가 너와 뒤로 손을 잡고 있기라도 하다는 거야? 아니면 내가 너를 두려워한다는 거냐?"

이반은 어떤 암시나 거래없이 정면으로 승부를 건다는 것을 상대에게 알리려는 듯 사납게 말했다. 스메르자코프의 시선이 적의를 보이며 한번 빛나더니 왼쪽 눈이 깜박였다. 그는 평상시 습관처럼 조심스럽고 절도 있게 곧 대답했다.

"솔직히 얘기하기를 원하시면, 어디 한 번 서로 속내를 털어놔 봅시다. 그때 제가 말씀드리려고 했던 것은, 도련님은 아버지가 살해될 거라는 걸 미리 알면서도 그 사실을 외면하셨다는 거였습니다. 그 뒤 세상 사람들이 도련님의 마음과 다른 여러 가지에 대해 안 좋은 말을 할 거라고 생각했기 때문입니다. 그때 제가 관리들에게 말하지 않겠다고 약속했던 것은 바로 그 부분입니다."

스메르자코프는 얼핏 보면 당황하지 않고 겉보기에는 자신을 억누르면서 말하고 있는 것처럼 보였지만, 그 목소리에는 뭔가 결연하고 완고하며 악의적인, 뻔뻔스럽고 도전적인 울림이 담겨 있었다. 그는 이반의 얼굴을 대담하게 바라보았다. 그래서 이반은 처음에는 눈이 부시는 것 같은 느낌이었다.

"뭐, 뭐가 어떻다고? 너 지금 제정신인 거냐?"

"당연합니다."

"그럼 내가 그때 살인이 일어날 것을 알고 있었다는 거냐?" 결국 이반은 이렇게 외치며 주먹으로 있는 힘을 다해 테이블을 내리쳤다. "그리고 또 '다른 여러 가지'라는 건 뭐지? 말해 봐, 이 비열한 놈아!"

스메르자코프는 입을 다물고 여전히 그 뻔뻔스러운 시선으로 이반을 바라보고 있었다.

"어서 말해라, 이 더러운 사기꾼아. '다른 여러 가지'가 뭐냐?"

"제가 아까 '다른 여러 가지'라고 한 것은 도련님도 그때 아버지의 죽음을 원하고 있었다는 것입니다."

이반은 벌떡 일어나서 스메르자코프의 어깨를 주먹으로 사정없이 내리쳤다. 스메르자코프는 그 바람에 비틀거리며 벽까지 뒷걸음질을 쳐야 했다. 그의 얼굴에는 금세 눈물이 흘렀다.

"도련님, 약한 사람을 때리다니 부끄럽지 않으십니까!"

그는 지금까지 계속 코를 푼 파란 격자무늬의 손수건으로 눈을 가리고 낮게 말하며 흐느꼈다. 1분이 지났다.

"이제 그만해! 멈춰!" 이반은 다시 의자에 앉으며 결국 명령했다. "참는 것에도 한계가 있다!"

스메르자코프는 눈에서 손수건을 떼었다. 주름진 얼굴의 모든 윤곽이 조금 전에 받은 굴욕을 적나라하게 나타냈다.

"나쁜 놈, 그럼 그때 너는 내가 드미트리와 함께 아버지를 죽일 거라고 생각했단 말이냐?"

스메르자코프는 원망스러운 것처럼 말했다.

"저는 그때 도련님의 마음을 알 수 없었습니다. 그래서 그때 문에서 도련님을 들어가지 못하게 한 거예요. 이 점에 대해서 도련님을 시험하려고 했던 것이지요."

"뭘 시험한다는 거야?"

"아버님이 조금이라도 빨리 살해되는 것을 바라고 계시는지 하는 것에 대해서 말입니다."

이반이 무엇보다 분노한 것은 스메르자코프가 고집스럽게 끝까지 유지하는 그 끈질기고 뻔뻔한 말투였다.

"네가 아버지를 죽인 거냐?"

이반이 갑자기 외쳤다.

스메르자코프는 경멸하는 것처럼 빙긋이 웃었다.

"제가 죽이지 않았다는 걸 도련님도 잘 아시지 않습니까? 저는 현명한 사람이라면 이런 얘기는 두 번 반복할 필요가 없다고 생각합니다."

"그렇다면 왜, 왜 그때 나에게 그런 의심을 가진 거냐?"

"이미 아시는 대로, 그저 너무 무서워서 의심을 했었습니다. 왜냐하면 그 무렵의 저는 겁을 먹어서 누구든 의심하게 되었으니까요. 그래서 도련님도 시험해 보려고 한 것입니다. 만일 도련님이 형님과 같은 걸 바라신다면 그때는 모든 게 끝이고, 저도 파리처럼 살해될 거라고 생각했습니다."

"이봐, 잠시만, 넌 2주일 전에는 그런 말은 하지 않았어."

"병원에서 도련님과 얘기할 때도 역시 이런 말을 하려고 했지요. 단지 구차하게 말하지 않아도 짐작하실 수 있을 거라고 생각했습니다. 도련님은 매우 현명하시니까. 노골적인 얘기는 안 좋아하실 거라고 생각했지요."

"무슨 헛소리야! 하지만 대답해 봐! 대답하라고. 나는 끝까지 물러서지 않을 거야. 왜 너는 그때 그 야비한 마음속에 나에 대해서 그 천박한 의심을 품었느냐고!"

"도련님으로서는 살인은 도저히 할 수 없고, 또 그런 생각도 하지 못하셨을 겁니다. 하지만 다른 누가 죽여줬으면 좋겠다는 생각쯤은 하셨을지도 모르지요."

"어쩌면 그렇게 예사롭게 그런 소리를 하지? 내가 왜 그걸 원할 거라고 생각하지? 내가 그런 걸 바랄 이유가 어디 있겠냐고."

"이유요? 유산이 있잖습니까?" 스메르자코프는 왠지 모르게 복수의 기운을 띠며 독기 어리게 말했다. "아버님이 돌아가시면 도련님 형제들은 한 사람 당 4만 루블 정도 나누어 가질 수 있습니다. 경우에 따라서는 그 이상이 될 수도 있지요. 그러나 만일 표도르 님이 그 아가씨, 즉 아그라페나 님과 결혼한다고 생각해 보십시오. 그 아가씨는 결혼식이 끝나자마자 그 재산을 그대로 자신의 명의로 바꿀 것입니다. 꽤 똑똑하니까요. 그렇게 되면 도련님 3형제는 아버님이 돌아가셔도 1루블도 받지 못하게 됩니다. 그런데 그 결혼은 어려웠을까요? 그 결혼은 다 된 밥이나 다름없었지요. 그 여자가 새끼손가락만 까딱해도 아버님은 여지없이 그 뒤를 따라서 곧바로 교회로 달려가셨을 거니까요."

이반은 겨우 자신을 억누르며 말문을 열었다.

"좋다. 봐라. 나는 벌떡 일어나지도 않고, 널 때리지도 않고, 널 죽이지도 않아. 그러니 어서 그 다음을 얘기해 봐. 네 말대로라면, 드미트리 형이 아버지를 죽일 것을 예상해서 오직 그걸 기대하고 있었다는 말이지?"

"그것에 기대하지 않으면 어떡하시겠습니까? 그분이 살인을 저지르면, 그 순간 귀족의 권리도 신분은 물론이고, 재산도 전부 박탈당하고 유형수가 됩니다. 그렇게 되면 아버님이 살해된 뒤 그분의 몫은 도련님과 알렉세이 님 두 분이 반씩 나눌 수 있게 되잖아요? 즉 두 분은 각각 4만 루블이 아니라 5만 루블을 받게 되는 거지요. 그러니까 도련님은 그때 누가 뭐라 해도 드미트리 님에게 기대를 했다는 게 분명하지요!"

"이거 봐, 난 지금 굴욕을 참으며 듣는 중이야! 잘 들어, 악당아! 내가 만약 그때 누군가에게 기대를 했다면 그건 오히려 드미트리가 아니고 너야. 난 맹세하지만 네가 무슨 더러운 짓을 하지는 않을지 하는 예감이 있었어. 그때의…… 나는 지금도 내 기분을 기억해!"

"저도 그때 그런 생각을 조금 했어요. 도련님은 역시 나에게도 기대를 하시겠지 하는 생각 말이에요." 스메르자코프는 비웃는 것처럼 히죽거리며 웃었다. "그래서, 도련님은 그때 제 앞에서 더욱 분명하게 자신의 정체를 드러내신 거잖아요. 왜냐하면, 만약 제가 무슨 일을 저지를지 모른다고 생각하면서도 떠나신 것은, 요컨대 '네가 아버지를 죽여도 상관없다, 나는 방해하지 않는다'라는 말씀이나 마찬가지니까요."

"이 악당! 넌 그렇게 알아들었단 말이지?"

"그것은 또 체르마시냐로 가셨기 때문이기도 해요. 생각해 보세요! 도련님은 모스크바로 가시려고 아버님이 아무리 체르마시냐로 가라고 해도 듣지 않으셨잖아요! 그런데 저 같은 시시한 인간의 말 한 마디에 당장 동의하셨어요! 도련님이 그때 체르마시냐로 가시겠다고 동의할 이유가 있었을까요! 도련님이 제 말 한 마디로 모스크바로 가는 것을 포기하고 체르마시냐로 가신 걸 보면 저에게 무언가 기대를 하신 거잖아요?"

"전혀, 맹세하지만, 난 절대로 그렇지 않아!"

이반이 이를 갈며 외쳤다.

"왜 그렇지 않지요? 사실은 정반대였는데요. 도련님은 아들이니까 그런 말을 한 나를 경찰에 끌고 가든지, 아니면 그 자리에서 제 뺨을 때리든지 했어야 하잖아요? 그런데 어이없게도 도련님은 화를 내지 않고 하찮은 제 말을 기꺼이 받아들여서 곧 떠나셨잖아요? 그건 정말 어이없는 얘기지요. 도련님은 아버님의 목숨을 지키기 위해서 남아 있어야 했으니까요. 저는 도저히 그렇게 해석할 수밖에 없습니다!"

이반은 얼굴을 일그러뜨리고 두 주먹을 부들부들 떨면서 무릎을 꽉 짚은 채 앉아 있었다.

"맞아, 그때 네 뺨을 때리지 못한 것이 후회된다." 그는 쓰디쓴 웃음을 지었다. "너를 그때 경찰에 끌고 가는 건 그때는 웬일인지 그럴 수 없었어. 누가 내 말을 믿겠니. 그리고 나 스스로도 증거가 아무것도 없었으니까. 그러나 뺨을 때리는 것쯤은…… 아, 그 생각을 못한 건 분하구나. 설사 뺨을 때리는 게 금지되어 있어도, 네 얼굴을 묵사발을 만들어 줬어야 했는데."

스메르자코프는 거의 쾌감을 느끼면서 이반을 바라보았다.

"인생에서 일반적인 경우에는 말이죠." 그는 말문을 열었다. 그것은 언젠가 표도르의 식탁 맞은편에 서서 그리고리와 신앙에 대한 논쟁을 하면서 노인을 놀리던 때와 똑같은 자기만족적이고 교훈적인 어조였다. "뺨을 때리는 일은 사실상 요즘 법률에서 엄격하게 금지되어 있습니다. 그래서 전부 때리는 걸 관두었지요. 하지만 특별한 경우, 단지 러시아뿐만 아니라 세계 어디에서도, 가장 문명이 발달한 프랑스 공화국에서조차 역시 아담과 이브 때처럼 지금도 사람을 때리는 습관이 이어지고 있습니다. 그리고 그 습관이 사라진다는 보장도 없습니다. 그런데 도련님은 그 특별한 경우에도 그런 용기가 없었던 것입니다."

"그건 그런데 넌 왜 프랑스어를 공부하는 거냐?"

이반은 테이블 위에 놓인 노트를 턱으로 가리키며 말했다.

"제가 프랑스어를 배워서 교양을 쌓으면 안 되는 건 아니잖아요? 저에게도 언젠가는 유럽의 그런 행복한 나라에 갈 기회가 올 수도 있으니까요."

"잘 들어라, 이 악당아." 이반은 눈을 빛내고 온몸을 떨면서 말했다. "나는 네놈의 협박이 무섭지 않다. 그러니까 뭐든지 네가 하고 싶은 대로 말해. 내가 지금 너를 때려죽이지 않는 것은 오로지 이번 범죄에 대해 너를 의심하기 때문이야. 너를 법정에 끌어내서 지금보다 더 너의 가면을 벗겨 버릴 거야!"

"하지만 제 생각에는 그냥 가만히 계시는 게 좋을 것 같습니다. 아무 죄도 없는 나를 어떻게 범인으로 지목할 수 있겠습니까. 그리고 누가 도련님의 말을 믿을까요? 그래도 굳이 말씀하시겠다면 저도 전부 말하겠습니다. 나도 나 스스로를 지켜야 하니까요!"

"내가 지금 너를 무서워한다고 생각하는 거냐?"

"내가 지금 도련님에게 한 말은 설령 법정에서 안 믿어 주어도 항간에서는 믿을 겁니다. 그러면 도련님의 체면도 엉망이 되겠지요."

"그것도 역시 '현명한 사람과 나누는 이야기는 즐겁다'는 뜻이냐, 그래?"

"맞습니다. 그러니까 현명한 사람이 되세요."

이반은 일어났다. 그의 몸은 분노로 부들부들 떨렸다. 그는 외투를 입은 뒤, 스메르자코프에게 한 마디도 하지 않고 얼굴을 쳐다보지도 않은 채 황급히 오두막집을 나왔다.

서늘한 밤공기가 그의 기분을 후련하게 만들었다. 하늘에는 달빛이 희고 깨끗하게 비치고 있었다. 무거운 악몽 같은 여러 가지 생각과 감정이 그의 마음속에 끓고 있었다.

'지금 곧바로 스메르자코프를 고소할까? 그런데, 뭐로 고소하지? 그놈에게는 죄가 역시 없는데. 오히려 그놈이 나를 고소할 거야. 사실, 그때 나는 왜 체르마시냐에 갔을까? 무엇 때문에? 무엇 때문에? 무엇 때문에?'

이반은 계속해서 자신에게 물었다.

'맞아, 나는 물론 무언가를 예감했어. 그놈이 한 말이 맞아.'

갑자기 다시 그의 머리에 마지막 날 밤, 아버지의 집 계단에서 아래층의 기색을 살폈던 일이 떠올랐다. 그는 그 일을 떠올리자 뭐라고 설명할 수 없는 고통을 느끼고 마치 무엇에 찔리기라도 한 듯 걸음을 멈췄다.

'맞아, 나는 그때 그걸 예감했다. 그건 진실이다! 나는 원하고 있었다. 정말 나는 아버지가 살해되기를 바랐다! 뭐? 내가 살인을 원했다고, 정말 그랬을까? 스메르자코프를 죽여라! 지금 만약 스메르자코프를 죽일 용기가 없다면, 난 살 가치도 없는 놈이다!'

이반은 집으로 돌아가지 않고 카체리나를 찾아갔다. 그가 뜻밖에 방문하자 그녀는 놀랐다. 그의 모습이 너무나 심상치 않았기 때문이었다. 그는 스메르자코프와의 대화를 자세하게 숨김없이 그녀에게 털어놓았다. 그리고 카체리나가 아무리 설득해도 마음을 가라앉힐 수가 없어서 계속 방안을 이리저리 돌아다니며 때로 화난 목소리로 괴상한 말을 해댔다. 그러다가 마침내 그는 의자에 주저앉아서 테이블에 팔꿈치를 세우고 두 손으로 머리를 감싸 쥐고 주문처럼 이상한 말을 했다.

"만약 범인이 드미트리가 아니고 스메르자코프라면 나도 그와 공범입니다. 내가 그를 사주했으니까요. 아니, 나는 정말 그를 사주했을까? 그건 잘 모르겠지만, 어쨌든 만약 범인이 스메르자코프이고, 드미트리가 아니라면, 당연히 나도 살인자입니다."

카체리나는 이 말을 듣고 가만히 일어났다. 그리고 자신의 책상으로 가서 그 위에 놓인 상자를 열어서 한 장의 종이를 이반 앞에 놓았다. 그것은 나중에 이반이 알료샤에게 형 드미트리가 아버지를 죽였다는 '수학적 증명'이라고 말한 그 종이였다.

그것은 미차가 술에 취해서 카체리나에게 쓴 편지였다. 그 편지는 그가 수도원으로 돌아가는 알료샤와 들판에서 만날 그날 밤, 즉 카체리나의 집에서 그루센카가 그녀를 모욕한 뒤에 쓴 것이었다.

그때 미차는 알료샤와 헤어지고 그루센카의 집으로 갔다. 그루센카와 만났는지는 모르지만, 어쨌든 그는 그날 밤 술집 '수도'에서 평상시처럼 실컷 술을 마셨다. 결국 취해서 펜과 종이를 가져오게 하고 자신에게 중요한 증거 서류를 쓴 것이다. 그것은 극도로 흥분한 상태에서 쓴 요설(饒舌)로, 앞뒤가 맞지 않고 난잡해서, 아무리 보아도 '주정뱅이'가 쓴 편지였다. 그것은 마치, 술에 취한 사람이 집으로 돌아와서, 나는 방금 모욕을 당했다, 나를 모욕한 사람은 천하의 쓸모없는 악당이지만 나는 그와 반대로 훌륭한 인간이다, 나는 언젠가는 그 악당에게 복수를 할 것이다, 하면서 눈물을 흘리고 주먹으로 테이블을 치면서 마누라와 가족들에게 장황하고 난잡한 넋두리를 사력을 다해 늘어놓는 그런 종류의 글이었다.

그가 술집에서 얻은 종이는 흔한 싸구려 편지지였으며, 그 뒷면에는 어떤 계산을 한 흔적이 남아 있는 것이었다. 주정뱅이가 넋두리를 늘어놓으니 당연하게도 쓸 공간이 부족했다. 그래서 미차는 여백을 가득 채우고, 마지막 몇 줄은 이미 쓴 글 위에도 세로로 썼다. 그가 쓴 편지는 다음과 같았다.

내 운명 카차! 나는 내일 돈을 수중에 넣고 당신의 돈 3천 루블을 갚겠소. 거룩한 분노를 가진 여인이여, 잘 지내시오. 내 사랑, 안녕! 이제 끝을 냅시다! 나는 내일 모든 사람들에게 부탁해서 돈을 구할 거요. 하지만 당신에게 맹세하는데 만약 돈이 구해지지 않으면 이반이 떠나자마자 아버지에게 가서 그 머리통을 부수고 베개 밑에 있는 돈을 뺏을 예정이오. 나는 감옥에 가더라도 당신의 3천 루블은 반드시 갚겠소. 그러니 당신은 나를 용서하시오. 이마를 땅에 대고 용서를 구하리다. 왜냐하면 나는 당신에게 야비한 인간이었기 때문이오. 용서하시오, 아니, 용서하지 마시오. 그러는 게 당신도 나도 마음이 편할 테니까! 나는 당신의 사랑보다 감옥이 낫소. 나는 다른 여자를 사랑하니까. 당신은 그 여자를 오늘 분명히 알았을 거요. 그러니 당신이 어떻게 용서할 수 있겠소? 나는 내 돈을 훔친 도둑을 죽이겠소! 그리고 당신들 모두와 헤어지고 시베리아로 떠나겠소. 아무도 모르게 물론 그 여자도 잊을 테요. 나를 괴롭히는 것은 당신뿐만이 아니라 그 여자도 역시 마찬가지라오. 그럼 안녕!

PS : 나는 저주했지만 그래도 당신을 존경하오! 나는 내 마음의 소리를 듣는 중이오. 양심이 한 줄기 남아서 소리를 내고 있소. 차라리 내 심장이 두 동강 났으면 좋겠소! 나는 나를 죽이겠소. 그러나 먼저 그 '개'부터 죽여야 하오. 그 '개'에게서 3천 루블을 빼앗아서 당신에게 주겠소. 나는 당신에게 악당이겠지만 도둑은 아니오! 3천 루블을 기다리시오. 그 '개'는 자신의 침대 밑에 장밋빛 리본으로 그 돈을 묶어 두었다오. 나는 도둑이 아니오. 단지 내 돈을 훔친 도둑놈을 죽이는 것이오. 카차, 나를 경멸하는 눈빛으로 바라보지 마시오. 드미트리는 도둑이 아니라 살인자요! 나는 굳세게 서서 당신의 오만을 견디지 않게 아버지를 죽이고 나를 파멸시키겠소. 당신을 사랑하지 않아도 되게 말이오.

PPS : 당신의 발에 입맞춤을 보내며, 안녕!

PPPS : 카차, 누군가 나에게 돈을 빌려 줄 수 있도록 하느님께 기도해 주시오. 그러면 내 손에 피를 안 묻혀도 될 테니까. 그러나 아무도 빌려 주지 않으면 피로 바다를 이룰 것이오! 부디 나를 죽여주시오!

당신의 노예이자 적인

D. 카라마조프

이반은 '증거 서류'를 읽은 뒤 확신에 차서 일어났다. 범인은 형이고 스메르자코프는 아니었다. 스메르자코프가 아니면, 즉 이반 자신도 아니었다. 이 편지는 문득 그의 눈에 수학적인 의미로 다가왔다. 이제 그 편지를 통해서 미차의 유죄를 의심할 이유는 완전히 사라졌다. 더불어 미리 말해 두고자 하는 것은, 미차가 스메르자코프와 공모해서 죽였을 수도 있다는 의구심은 이반의 마음에 전혀 생기지 않았다는 것이다. 또 그런 일은 사실이 아니었다. 이반은 거기서 완전히 안도했다. 다음날 아침, 스메르자코프와 그의 조롱을 되새겼을 때도 단지 경멸스러웠을 뿐이었다.

며칠이 지나자 스메르자코프가 한 말에 그렇게 화를 낸 것이 스스로도 어이없었다. 그는 스메르자코프를 무시하고 그 일을 잊기로 결심했다.

그렇게 한 달이 흘렀다. 그는 이제 누구에게도 스메르자코프에 대해서 묻지 않았다. 그러나 그가 몹시 아프며 제정신이 아닌 상태라는 것을 지나가는 이야기로 두 번 정도 들었다.

"결국 언젠가는 발작할 것입니다."

언젠가 젊은 의사 바르빈스키가 이렇게 말했었다. 이반은 그의 말을 기억하고 있었다.

그 달 마지막 주에 이반은 자신도 건강이 나빠졌다는 것을 느꼈다. 공판 전에 카체리나가 모스크바에서 부른 의사에게 진찰을 받았다. 그 무렵 그와 카체리나는 매우 악화된 관계였다. 두 사람은 서로 사랑하는 적과 같았다. 불과 한 순간일 뿐이지만, 카체리나가

격렬한 사랑으로 미차에게 돌아선 것은 이반을 미칠 정도로 흥분하게 만들었다.

기이하게도 필자가 앞에서 쓴 카체리나의 집에서의 마지막 장면까지, 즉 알료샤가 미차를 면회하고 카체리나의 집에 들렀을 때까지 이반은 한달 간 그녀가 자신이 그토록 증오하는 미차에 대한 '사랑'을 다시 시작했는데도 불구하고 그녀의 집에서 미차의 범행을 의심하는 말을 들은 적이 전혀 없었다.

그리고 또 한 가지 특이한 것은, 이반이 미차에 대해서 자신의 증오가 점차 커짐을 알면서도 그 증오심이 카체리나의 사랑의 '부활' 때문이 아니라 미차가 아버지를 죽여서였다고 생각했다는 것이다. 그는 스스로 이것에 대해 충분히 느끼고 알고 있었다.

그렇지만 그는 공판이 열리기 열흘 전, 미차를 찾아가서 형에게 탈주하라고 권유했다. 이 계획은 분명히 오래전부터 생각한 것이었다. 그가 이런 행동을 한 것은 다른 중요한 이유도 있었지만, 스메르자코프에게서 받은 치유할 수 없는 마음의 상처가 그 이유였다. 그 상처는 미차가 죄를 뒤집어쓰는 것이 이반 자신에게 유리하다, 그러면 아버지의 유산을 알료샤와 4만 루블이 아닌 6만 루블씩 나눌 수 있다고 한 스메르자코프의 말에서 생긴 것이었다.

그는 미차를 도주시키는 데 드는 비용으로 자신의 몫에서 3만 루블을 쓰기로 마음먹었다. 그때 미차에게서 집으로 돌아가다가 그는 극심한 슬픔과 번뇌를 느꼈다. 자신이 미차의 도주를 원하는 것은 단지 3만 루블을 써서 마음의 상처를 치유할 뿐 아니라 다른 이유가 있는 듯해서였다.

'속으로는 나도 똑같은 살인자가 아닐까?'

그는 이렇게 스스로 물었다. 무언가 아득하고 찌르는 것 같은 감정이 그의 마음을 차지했다. 특히 지난 한달 간 그의 자존심은 매우 심하게 고통스러웠다. 그러나 이것에 대해서는 나중에 이야기하기로 하겠다.

이반은 알료샤와 이야기를 나눈 뒤, 자신의 집 초인종을 누르려고 하다가 문득 스메르자코프를 찾아가기로 마음먹었다. 그것은 갑자기 그의 가슴속에 솟구치는 일종의 독특한 분노 때문이었다. 그는 갑자기 카체리나가 방금 전에 알료샤 앞에서 자신에게 "그 사람이(즉 미차가) 범인이라고 나에게 주장한 사람은 당신이에요, 오직 당신뿐이에요!" 이렇게 외친 것이 떠올랐다.

그는 이것을 생각하자 자신도 모르게 망연자실했다.

그는 그때까지 그녀에게 한 번도 미차가 살인자라고 한 적이 없었고, 오히려 스메르자코프에게서 돌아왔을 때는 그녀의 앞에서 여전히 자신을 의심했기 때문이다. 게다가 그녀야말로 그때 그 '증거 서류'를 보여주면서 미차의 범죄를 증명하지 않았었던가! 그런데 이제 와서 문득 그녀는 "난 스메르자코프를 직접 만났어요!"하고 외치는 것이다.

언제 만났을까? 이반은 전혀 몰랐다. 그러고 보면 그녀는 미차의 범죄를 완전히 믿지는 않았던 것이다! 게다가 스메르자코프가 그녀에게 무엇을 가르쳐 줄 수 있단 것인가? 도대체 그는 무엇을,

도대체 무슨 얘기를 한 걸까? 그의 마음속에서 무서운 기세로 분노가 불타올랐다. 왜 30분 전에는 그녀의 이 말을 대강 흘려듣고 바로 큰소리를 외치지 않았는지 자신도 알 수 없었다. 그는 초인종을 누르지 않고 스메르자코프의 집으로 발걸음을 돌렸다. '이번에는 진짜 그놈을 죽일 수도 있다.' 걸어가면서 그는 갑자기 이런 생각을 했다.

8. 스메르자코프와의 세 번째이자 마지막 만남

아직 가야 할 길은 반이나 남았는데 그날 이른 아침처럼 사나운 바람이 세차게 불더니 작은 싸락눈이 엄청 쏟아져 내렸다. 눈은 땅에 떨어져도 쌓이지 않고 바람에 흩날려서 다시 하늘로 올라갔다. 그러다가 곧 정말 눈보라로 변했다. 스메르자코프가 살고 있는 곳에는 가로등이 거의 없어서 이반은 어둠 속에서 눈보라를 알지 못하고 거의 본능에 이끌려 방향을 가늠하며 걸었다.

머리가 깨질 듯이 쑤시고 관자놀이에 통증이 있었다. 양쪽 손끝에 경련이 이는 게 느껴졌다. 마리야의 집이 가까워지자 그는 갑자기 주정뱅이 한 명을 만났다. 누덕누덕 기운 외투를 입은 키가 작은 농부였는데, 갈지자로 걸어오면서 투덜거리기도 하고, 욕을 하기도 했다. 그러다가 문득 욕설을 멈추더니 이번에는 쉰 목소리로 노래를 불렀다.

> 아, 이반은 수도(페테르부르크)로 떠났네
> 나는 그따위 놈 기다리지 않을 거야.

그러나 그는 매번 이 두 번째 구절에서 멈추고 다시 누군가를 욕하고 갑자기 또 같은 노래를 부르곤 했다. 이반은 전혀 의식하지 못하는 사이 아까부터 이 농부에게 무서운 증오를 느꼈다. 그는 문득 그 남자를 의식했다. 그러자 갑자기 농부의 머리를 주먹으로 후려치고 싶어졌다.

때마침 두 사람은 서로 스쳐 지나는 중이었다. 그 순간 농부는 크게 비틀거리더니 문득 이반에게 부딪쳤다. 이반은 사납게 그를 밀었다. 농부는 떠밀려서 언 땅 위에 통나무처럼 내던져지더니 다만 한 번 "으윽!" 하고 크게 신음소리를 내고 그대로 조용했다. 이반이 가까이 다가가니 그는 똑바로 누워 움직이지 않고 기절한 상태였다. '얼어 죽겠군!' 하고 이반은 생각했지만 다시 스메르자코프의 집으로 향했다.

그가 현관에 도착하자 마리야가 촛불을 들고 나와서 문을 열었다. 그리고 파벨 씨(즉 스메르자코프)가 중병을 앓고 있으며, 누워 있지는 않지만 제정신이 아닌지 차를 달라고 하고는 마시지 않는다고 그에게 속삭였다.

"그럼, 난폭하게 굴기도 하는가?"

이반이 건조하게 물었다.

"아니요, 전혀요. 매우 얌전해요. 단지, 너무 길게 얘기하지 마세요."

마리야가 부탁했다.

이반은 문을 열고 방안으로 들어섰다.

처음 왔을 때처럼 방안은 무척 더웠지만 가구 배치가 조금 바뀌어 있었다. 벽 앞에 있던 벤치 중 한 개가 없어지고 대신 마호가니색의 가죽을 씌운 낡고 큰 소파가 놓여 있었다. 소파 위에는 이불이 깔려있고 산뜻한 흰 베개가 보였다.

스메르자코프는 지난번처럼 화려한 잠옷을 입고 소파에 앉아 있었다. 테이블을 소파 앞으로 옮겨서 방안이 무척 좁고 답답한 느낌이 들었다. 테이블 위에는 노란 표지를 댄 두꺼운 책이 놓여 있었지만 스메르자코프는 그 책을 읽는 것은 아니고, 아무것도 하지 않고 멍하니 있었다.

그는 아무런 말없이 느린 시선으로 이반을 맞았다. 이반이 찾아온 것에 대해 전혀 놀라워하지 않는 것처럼 보였다. 그의 얼굴은 완전히 변해서 무척 여위고 누런빛을 띠고 있었다. 눈은 푹 꺼지고 아래쪽에는 푸른빛마저 감돌았다.

"자네, 정말 많이 아픈 것 같군." 이반은 걸음을 멈추었다. "길게 방해하지 않을 테니 외투도 벗지 않겠네. 어디에 앉을까?" 그는 테이블의 반대쪽으로 돌아가서 의자를 당겨서 앉았다. "왜 가만히 보기만 하는가, 나는 단지 물어보고 싶은 게 한 가지 있어서 찾아온 거네. 솔직하게 대답해 주지 않으면 절대로 안 돌아갈 거야. 카체리나가 이곳에 찾아왔었지?"

스메르자코프는 여전히 입을 다물고 조용히 이반을 바라보더니 문득 한쪽 손을 저으며 얼굴을 돌렸다.

"왜 그러는 거지?"

이반이 외쳤다.

"아무 일도 아닙니다."

"아무 일도 아니라고?"

"네, 오셨었지요. 하지만 도련님과는 상관없는 일이에요. 돌아가 주세요."

"아니, 돌아가지 않아! 언제 왔었는지 말해라!"

"난 그 여자에 대해서는 완전히 잊었어요."

스메르자코프는 경멸하는 것처럼 빙긋이 웃더니 문득 이반 쪽으로 고개를 돌렸다. 그리고 한 달 전에 만났을 때처럼 미칠듯한 증오의 눈빛으로 그를 바라보았다.

"도련님도 편찮으신 것 같군요. 얼굴 살이 많이 빠지셨고, 안색도 좋지 않네요."

"내 몸은 걱정 안 해 줘도 되니까 묻는 말에나 대답해."

"게다가 눈은 왜 누렇게 변했나요? 흰자위가 완전히 누렇게 변했네요. 무척 걱정되는 일이 있으신가 봐요?"

그는 경멸하는 것처럼 빙긋이 웃고 문득 소리 내어 크게 웃었다.

"이봐, 방금 전에도 말했지만 나는 네가 대답하기 전에는 절대로 돌아가지 않을 거야!"

이반은 무서울 정도로 흥분해서 외쳤다.

"왜 이렇게 못살게 구시는 겁니까? 왜 이렇게 나를 괴롭히시는 겁니까?"

스메르자코프는 정말 고통스러운 것처럼 말했다.

"젠장! 난 너에게는 볼일이 없어. 묻는 말에 대답만 하면 곧장 돌아갈 거야."

"저는 대답할 말이 아무것도 없어요!"

스메르자코프는 시선을 내리깔았다.

"나는 기필코 너에게 대답을 들고 말 거야!"

"도대체 무엇을 그렇게 밤낮으로 걱정하십니까!" 스메르자코프는 문득 눈을 들어서 이반을 바라보았다. 그의 얼굴에는 경멸보다는 혐오의 기운이 감돌았다. "내일 공판이 열려서 그러십니까? 그렇다면 걱정하실 것 없습니다. 도련님에게는 아무 일도 없을 테니 집에 돌아가서 안심하고 푹 쉬세요. 전혀 걱정하시지 않아도 됩니다."

"난 네가 하는 말을 못 알아듣겠다. 내가 왜 내일을 걱정해야 하지?" 이반은 놀란 듯 말했지만, 사실은 그의 마음에는 전율이 차갑게 스치고 지나갔다. 스메르자코프는 가만히 그 모습을 바라보았다.

"못 알아……들으시겠……다고요?" 그는 비난하는 것처럼 한마디씩 잘라서 말했다. "현명한 사람이 속이 훤히 들여다보이는 이런 코미디를 연출하다니, 참 유별난 취미군!"

이반은 말없이 그를 바라보았다. 이반은 이런 말투는 전혀 예상하지 못했다. 그것은 오만하기 짝이 없는 말투였다. 게다가 지난날 하인이 지금 그에게 이런 말을 하는 것은 예사로운 일이 아니었다.

"전혀 걱정하실 것 없다고 말씀드렸잖습니까. 난 도련님 얘기는 하지 않을 거니까요. 증거가 있어야지요. 이런, 손을 떠시는군요. 왜 그렇게 손가락을 떠시는 겁니까? 이제 집으로 돌아가세요. 도련님이 죽이지 않았으니까."

이반은 자신도 모르게 흠칫했다. 알료샤가 떠올랐다.

"내가 아니란 건 나도 알아."

그는 대충 얼버무리는 듯 말했다.

"아신다고요?"

스메르자코프가 곧장 말을 받았다.

이반은 벌떡 일어나서 스메르자코프의 어깨를 잡았다.

"전부 말해, 이 독벌레야! 전부 말하란 말이다!"

스메르자코프는 미동도 없었다. 그는 광적인 증오가 가득한 눈으로 이반을 가만히 노려볼 뿐이었다.

"그럼 말씀드리지요, 그분을 죽인 건 바로 도련님입니다."

그는 분노를 보이며 이반에게 속삭였다. 이반은 마치 무언가 짚이는 것이 있기라도 한 듯이 얌전하게 의자에 주저앉았다. 그리고 가증스러운 듯이 희미한 미소를 지었다.

"너는 역시 그때 얘기를 하는 거냐? 지난번에 만났을 때와 같은 얘기!"

"맞습니다. 지난번에 나에게 왔을 때도 도련님은 전부 이해하셨으니 지금도 그러실 테지요."

"네가 미친 건 나도 이해할 수 있지."

"참 심하시네요! 이렇게 마주 앉아서까지 서로 속이며 연극을 할 필요가 있습니까? 아니면 여전히 나에게 죄를 덮어씌우실 생각인가요? 도련님이 죽인 겁니다. 도련님이 주범입니다. 난 도련님의 손발 노릇만 했어요. 도련님의 충직한 하인 리샤르였습니다. 난 도련님 말을 따라서 처리한 것뿐입니다."

"처리했다? 그럼 정말 네가 죽인 거구나?"

이반은 온몸에 찬물을 뒤집어 쓴 것처럼 소름이 돋았다. 뇌가 강한 충격을 받은 것처럼 온몸에 오한이 느껴져서 떨렸다. 그러자 스메르쟈코프도 은근히 놀라서 그를 바라보았다. 아마도 이반이 크게 놀란 것에 충격을 받은 것 같았다.

"아니, 정말로 아무것도 모르셨던 겁니까?"

스메르쟈코프는 믿을 수 없다는 듯이 웃으면서 중얼거렸다. 이반은 그대로 언제까지나 그를 바라보았다. 혀가 마비된 것 같았다.

> 아, 이반은 서울로 떠났네
> 나는 그따위 놈 기다리지 않을 거야.

이 노래가 갑자기 그의 머릿속에서 울려 퍼졌다.

"사실은, 이게 꿈인가 싶어서 조금 무섭다. 내 앞에 있는 너는 환상이 아닐까 싶어서."

그가 중얼거렸다.

"환상은 여기 없습니다. 여기 있는 것은 우리 두 명과 또 한 명, 제3의 남자. 그 자는, 제3의 남자는 지금 이 자리에, 우리 둘 사이에 있습니다."

"그게 누구야? 누가 있다는 거지? 누구야, 제3의 남자가?"

이반은 주위를 살펴보며 구석까지 바쁘게 살피면서 놀란 목소리로 물었다.

"제3의 남자는 하느님입니다. 하느님의 섭리입니다. 하느님은 지금 우리 곁에 계세요. 그러니 아무리 찾아도 눈에 보이지는 않습니다."

"네가 죽였다는 건 거짓말이야!" 이반은 미친 듯이 외쳤다. "넌 미쳤거나 그게 아니면 지난번처럼 나를 놀리려는 거지!"

스메르자코프는 조금 전처럼 미동도 없이 살펴보는 눈빛으로 조용히 이반을 바라보았다. 그는 아직 자신의 의구심을 떨쳐낼 수 없었다. 이반은 역시 '전부'를 알면서 '자신에게만 죄를 뒤집어씌우려고' 연극을 하고 있다는 느낌을 떨칠 수 없었다.

"잠시만 기다려 주십시오."

결국 그는 힘없는 목소리로 말하고, 갑자기 테이블 밑에서 자신의 왼쪽 발을 꺼내서 바지를 걷어 올렸다. 그는 흰색 긴 양말에 슬리퍼를 신고 있었는데 느리게 양말대님을 풀고 양말 안으로 손가락을 넣었다. 이반은 조용히 그것을 지켜보다가 갑자기 놀라더니 공포에 휩싸여서 몸을 떨었다.

"넌 미쳤어!"

그는 외치면서 일어나서 뒤로 비틀거리며 물러나다가 벽에 등을 부딪치고 그대로 온몸이 굳은 채 서 있었다.

그는 미칠 것 같은 공포에 휩싸여 스메르자코프를 바라보았다. 스메르자코프는 공포에 떠는 이반의 반응은 안중에도 없이 여전히 양말 안을 뒤지는 중이었다. 한참 만에 손끝에 무언가를 집으려고 하다가 마침내 그것을 잡았는지 꺼내기 시작했다.

이반은 분명히 무슨 서류나 종이일 거라고 예상했다. 스메르자코프는 그것을 꺼내서 테이블 위에 올려놓았다.

"이것입니다!"

그는 나지막한 목소리로 말했다.

"이게 뭐지?"

이반이 몸을 떨며 물었다.

"직접 살펴보십시오."

스메르자코프는 여전히 나지막한 목소리로 말했다. 이반은 테이블 앞에 다가가서 종이 뭉치를 집어서 풀려고 하다가 무서운 독사라도 만진 것처럼 문득 손가락을 접었다.

"손가락을 떠시는군요. 경련이에요."

스메르자코프는 이렇게 말하고 종이 뭉치를 풀었다. 그 안에는 무지개 빛깔 백 루블짜리 지폐 세 뭉치가 들어 있었다.

"전부 여기 있습니다. 세어 볼 것도 없이 3천 루블입니다. 자, 받으세요."

그는 턱으로 돈을 가리키면서 이반에게 말했다. 이반은 의자에 주저앉았고, 그의 얼굴은 종이처럼 창백했다.

"사람을 놀래키는구나, 그런 양말에서……."

그는 기이한 웃음을 희미하게 지으면서 말했다.

"정말, 정말로 지금까지 모르셨던 겁니까?"

스메르자코프가 다시 물었다.

"정말 몰랐어. 나는 계속 드미트리가 그랬다고 생각했지. 형님! 형님! 아!" 그는 문득 두 손으로 자신의 머리를 움켜쥐었다. "그래, 너 혼자서 그런 거냐? 형님 손을 빌린 건 아니고? 아니면 누구와 함께 한 건가?"

"전부 도련님과 둘이서, 도련님과 했을 뿐입니다. 드미트리 님에게는 죄가 전혀 없습니다."

"좋다, 좋아……. 내 얘기는 나중에 하기로 하자. 왜 내가 이렇게 떨고 있을까……. 말도 제대로 할 수 없구나."

"그 무렵에는 그렇게 대담하셨잖아요. '무슨 짓을 해도 괜찮다'고 하셨잖아요. 그런데 지금은 왜 이렇게 놀라실까!" 스메르자코프는 신기한 듯이 중얼거렸다. "레모네이드라도 드시겠어요? 지금 곧장 가져오도록 할게요. 기분이 아주 상쾌해질 거예요. 하지만, 먼저 이것부터 감춰야겠다."

그는 이렇게 말한 뒤, 다시 지폐 뭉치를 턱으로 가리켰다. 그는 일어나서 문으로 가서 레모네이드를 가져오라고 마리야에게 시키려고 하다가 돈이 그녀에게 보이지 않도록 덮을 것을 찾기 위해 손수건을 먼저 꺼냈다. 그러나 오늘도 코를 풀 때 써서 손수건이 많이 더러웠으므로 이반이 들어올 때 테이블 위에 놓여 있던 그 노랗고 두꺼운 책을 들어서 돈을 덮었다. 제목은 〈우리의 성인(聖人) 이사크 신부의 말〉이었다. 이반은 기계적으로 그 책의 제목을 읽었다.

"레모네이드는 괜찮아. 내 걱정은 나중에 하고, 자리에 앉아서 얘기해 다오. 어떻게 죽였는지, 전부 얘기해 줘."

"외투라도 벗으시죠. 안 그러면 땀으로 젖을 테니까요."

이반은 그제야 겨우 깨달은 것처럼 외투를 벗어서 의자에서 일어나지 않은 채 벤치 위로 던졌다.

"말해, 어서 얘기해라!"

그는 약간 진정한 것처럼 보였다. 그리고 이제는 스메르자코프가 전부 털어놓을 것이라고 여기고 가만히 기다렸다.

"어떻게 해치웠는지 물어보시는 거죠?" 스메르자코프는 한숨을 쉬었다. "도련님의 말씀대로 자연스러운 방법이었습니다."

"제발 내 얘기는 나중에 하자." 이반은 다시 말을 가로막았지만 완전히 자제력을 되찾은 것처럼 소리를 지르지 않고 분명한 목소리였다. "어떻게 했는지 자세히 말해 다오. 처음부터 자세히, 하나도 빼면 안 된다. 자세하게, 무엇보다 자세하게 얘기해야 한다."

"도련님이 떠나신 뒤, 한참 후에 나는 지하실에 떨어졌어요."

"발작이었니, 아니면 꾀병이었던 거냐?"

"당연히 꾀병이었지요. 전부 완벽한 연극이었으니까요. 난 유유히 계단 아래까지 내려가서 누운 다음 신음했어요. 그리고 실려 나갈 때까지 몸부림을 쳤어요."

"아니, 잠깐! 그럼 이제까지, 그리고 그 뒤에도, 병원에서도 계속 연극을 했던 거냐?"

"그건 아니에요. 다음날 아침 병원에 가기 전에 정말 심한 발작을 했어요. 지난 여러 해 동안 그렇게 심한 발작은 처음이었습니다. 그래서 이틀 동안 완전히 의식을 잃었습니다."

"그래, 그래. 그 다음에는?"

"사람들은 항상 그랬듯이 나를 칸막이 뒤에 있는 침대에 뉘었습니다. 나는 그렇게 될 거라고 미리 알고 있었습니다. 왜냐하면 내가 아프면 마르파가 항상 자기 전에 자신의 방 칸막이 뒤에 내 잠자리를 만들어 줬거든요. 그 여자는 내가 태어났을 때부터 항상 잘해 주었죠. 저는 밤새 신음했습니다. 하지만 작은 소리였지요. 그러면서 드미트리 님을 기다렸습니다."

"기다렸다고? 너의 방에 오기를 기다렸다는 거냐?"

"내 방에 무슨 볼 일이 있겠습니까? 아버님 방을 말하는 겁니다. 왜냐하면 그날 밤에 그분이 찾아오신다는 걸 난 확신했으니까요. 그는 내가 없으니 어떤 소식도 듣지 못해서 담을 넘어서라도 집안에 들어갈 수밖에 없었거든요. 그런 것은 아무렇지 않게 할 수 있는 사람이니까 분명히 그렇게 할 줄 알았습니다."

"그런데 만약 형이 오지 않았으면?"

"그렇다면 아무 일도 일어나지 않았을 거예요. 그분이 오지 않았으면 나도 무슨 일이건 실행하지 않았을 테니까요."

"그래, 그래…… 좀 더 알아듣기 쉽게 말해 봐. 서두르지 말고 천천히. 그리고 무엇보다 하나라도 빼먹으면 안 돼!"

"나는 그분이 주인님을 죽이길 기다렸습니다. 그건 틀림없어요. 내가 그렇게 만들었으니까요. 그 2, 3일 전부터예요. 첫째 그분은 그 신호를 알았습니다. 그분은 그 무렵에 의심과 분노가 쌓일 대로 쌓여서 이 신호를 사용해서 집안으로 들어갈 것이 확실했죠. 그건 정말 확실했습니다. 그래서 나는 그분이 오기를 기다렸습니다."

"잠시 기다려." 이반이 말을 가로막았다. "만약 형님이 아버지를 죽이면 돈도 가져갈 거 아니냐? 너도 그렇게 생각했을 거고? 그렇다면 네가 얻는 게 뭐가 있지? 난 그걸 모르겠다."

"사실 그분은 돈이 어디 있는지 모르죠. 내가 그저 돈은 베개 밑에 있다고 가르쳐 준 것뿐이고 그것은 전부 거짓말이었습니다. 전에는 상자 안에 있었지만, 주인님은 이 세상에서 오로지 나만 믿었기 때문에 나중에 내가, 돈을 넣은 그 봉투를 성상 뒤의 한쪽 구석에 옮기시라고 말씀드렸어요. 그곳이라면 특히나 누가 갑자기 들어와도 아무도 알 수 없을 테니까요. 그래서 그 봉투는 사실 주인님 방 한쪽 구석의 성상 뒤에 있었습니다. 베개 밑에 두다니 우스운 이야기죠. 그렇게 하는 것보다 차라리 상자에 넣어서 자물쇠를 채워두는 것이 낫지요. 그러나 지금은 전부 베개 밑에 있었던 것으로 믿으니 바보 같은 생각들이지요.

그래서, 만약에 드미트리 님이 아버님을 죽이더라도 보통 살인 때 흔히 그렇게 하듯이 작은 소리에도 겁을 먹고 아무것도 못 찾고 달아나거나 아니면 붙잡힐 것이 거의 확실했습니다. 그러면 나는 언제라도, 그 다음날이나, 아니면 그날 밤에 성상 뒤에서 그 돈을 훔치고 그걸 드미트리 님에게 전부 뒤집어씌울 수 있었죠. 그렇게 되기를 언제라도 기대할 수 있었습니다."

"그러나 만약 형님이 아버지를 때리고 죽이지는 않는다면?"

"만약 죽이지 않는다면 물론 나도 돈을 그대로 두었겠지요. 하지만 또 이렇게 계산해 두었습니다. 만약 그분이 주인님을 때려서 기절시키면 난 역시 돈을 훔치고 나중에 주인님을 때리고 돈을 훔친 사람은 드미트리 님이라고 주인 나리에게 보고했을 겁니다."

"잠시 기다려 봐. 뭐가 뭔지 잘 모르겠다. 그럼 역시 드미트리에게 죽이게 하고 돈은 네가 가졌을 거란 거지?"

"아닙니다. 그분이 죽인 게 아니에요. 지금이라도 도련님에게 그분이 범인이라고 할 수는 있어요. 하지만 이제 와서 거짓말을 하고 싶지는 않습니다. 그건, 그건, 도련님이 지금까지 아무것도 모르고 있었다고 하더라도, 내 앞에서 시치미를 떼고 자신의 죄를 남에게 뒤집어씌우려고 연극을 하지 않았다고 해도, 역시 도련님은 이 모든 일에 책임이 있습니다. 왜냐하면 도련님은 살인이 일어날 것을 알고 있었는데도, 내게 그것을 맡기고, 전부 다 알면서도 떠나셨으니까요.

그래서 나는 오늘 밤, 이 사건의 주범은 도련님뿐이며, 내가 죽인 것은 분명하지만 결코 주범이 아님을 도련님 눈앞에서 증명하고 싶습니다. 법률상으로 진짜 범인은 도련님입니다!"

　　"뭐, 왜, 왜 내가 범인이라는 거지? 아! 하느님." 이반은 자신의 얘기를 뒤로 미루겠다는 결심을 잊은 채 결국 참지 못하고 외쳤다. "그건 역시 그 체르마시냐에 대한 얘기냐? 그러나 잠시만, 내가 체르마시냐로 간 것을 설사 네가 동의의 의미로 받아들였다고 하자. 대체 왜 내 동의가 필요했던 거지? 넌 지금 그것을 어떻게 설명할 수 있느냐?"

　　"도련님의 동의를 확인하면 도련님이 돌아오셔도 사라진 3천 루블 때문에 소란이 생기지도 않을 것이고, 또 드미트리 님 대신에 내가 혐의를 받거나 드미트리 님과 공범이라고 의심을 받을 경우에 도련님이 나를 변호할 것이라고 생각했습니다. 그리고 유산을 받고 나면 평생 나를 돌봐 줄 것이라고 생각했습니다. 왜냐하면 그 유산을 상속받게 된 것은 내 덕이 크니까요. 아버님이 그루셴카와 결혼했다면 도련님은 돈을 한 푼도 받지 못했을 거 아닙니까?"

　　"아, 그럼 너는 평생 나를 괴롭히려고 했었구나!" 이반은 이를 갈며 말했다. "하지만 만약 그때 내가 떠나지 않고 너를 고소했으면 어떻게 하려고 했어?"

　　"그때 도련님이 무엇을 고소할 수 있었을까요? 내가 체르마시냐에 가라고 권유한 것을요? 그건 말이 안 되지요. 게다가 우리가 얘기한 뒤에 도련님이 출발하거나 남아 있거나 마음대로 하셨을 것 아닙니까. 만일 남아 있었으면 아무런 일도 일어나지 않았을 것입니다. 나는 도련님이 그걸 원하지 않는다고 깨닫고 아무것도 하지 않았을 것입니다.

그러나 만일 도련님이 떠나실 때는 도련님이 나를 재판소에 고발하는 대신 3천 루블을 내가 가져도 좋다고 말하는 증거가 되지요. 게다가 도련님은 나중에 저를 추궁할 수도 없습니다. 왜냐하면 그렇게 되면 나는 법정에서 전부 말해 버릴 테니까요. 그렇다고 해서 내가 훔치거나 죽였다고는 말하지 않았겠지요. 그렇게 말하지는 않습니다. 도련님에게 훔치고 죽이라는 지시를 받았지만 나는 그렇게 하지 않았다고 말하는 거지요. 그래서 그때 도련님의 동의를 받고 절대로 나중에 도련님에게 괴로움을 당하지 않도록 해놓을 이유가 있었습니다.

도련님은 증거가 없지만, 반대로 나는 도련님이 아버님의 죽을 무척 바라고 있었다고 말하면 언제든지 도련님을 이길 수 있거든요. 그래서 그저 한 마디만 하면 세상 사람들은 전부 그게 사실인 줄 믿게 되지요. 그렇게 되면 도련님은 평생 치욕 속에서 사셔야 합니다."

"내가 그걸 원했다, 내가 정말 그것을 원했다, 이런 말이니?"

이반이 다시 이를 갈며 말했다.

"분명히 바라고 있었지요. 도련님이 동의를 한 것은 즉, 내가 그일을 해도 괜찮다고 허락해 주신 거나 마찬가지입니다."

스메르자코프는 조용히 이반을 바라보았다. 그는 매우 허약해져서 작은 소리로 나직하게 말했지만, 마음속에 감춘 그 무엇이 그를 부추겼고, 명백하게 꿍꿍이를 감춘 것 같았다. 이반은 갑자기 그것을 예감했다.

"그래, 그 뒤는 어떻게 된 거지?" 이반이 물었다. "그날 밤의 이야기를 해라."

"그 뒤는 뻔한 거 아니겠어요? 내가 누워서 들으니, 주인님이 소리를 지르는 것 같았어요. 하지만 그리고리 영감이 그전에 일어나서 나갔어요. 그러자 갑자기 큰 고함이 들리고 조용해지더군요. 밖은 조용하고 어두웠습니다. 나는 가만히 누워서 기다렸지만, 심장이 두근거려서 더는 참지 못하고 마침내 일어나서 밖으로 나갔어요.

왼쪽을 봤는데 주인님 방의 정원으로 향해 있는 창문이 열려 있는 거예요? 나는 주인님의 생사를 확인하려고 다시 한 걸음 왼쪽으로 걸었습니다. 그런데 주인님이 서성이며 한숨을 쉬는 게 들리는 거예요? 아직 살아계셨던 것이지요. '이런 빌어먹을!'하고 나는 생각했어요! 창문에 가까이 가서 '저예요'하고 주인님에게 말하니까, 주인님은 '왔구나, 왔어! 도망갔다!' 하셨어요. 드미트리 님이 왔다는 뜻이었어요. '그리고리를 죽였다!' 하셔서 나는 '어디에서요?'하고 속삭였습니다. '저기 구석에서'라고 하시며 그쪽을 가리키며 주인님은 여전히 작은 목소리로 속삭였습니다. '잠시 계십시오.' 나는 한 마디만 하고 정원 구석으로 갔는데 그리고리는 피투성이가 돼서 기절했더군요. 그렇다면 분명히 드미트리 님이 왔었구나 하는 생각이 문득 떠올라서 이때 단숨에 해치워야겠다고 결심했습니다.

설사 그리고리가 살아 있다고 해도 기절했기 때문에 아무것도 알지 못하니까요. 단지 걱정스러운 것은 마르파가 생각지 못하게 잠에서 깰 경우였습니다. 그 순간에 그런 생각을 하니 조금도 가만 있기가 힘들어서 숨이 막혀 왔습니다. 그래서 다시 창 밑으로 돌아가서 주인님에게 말했습니다. '그분이 여기 왔습니다. 그루센카 아가씨가 안으로 들어가고 싶어 하십니다.'

그러자 주인님은 어린아이처럼 몸을 떨었습니다. '여기? 어디야? 어디?' 이렇게 말씀하시고 한숨을 쉬었는데 내 말을 믿는 것 같지 않았습니다. '저쪽에 서 계십니다. 문을 열어 주세요!' 이렇게 내가 말하니 주인님은 반신반의하면서 창문에서 이쪽을 내려다보았는데 문을 여는 것이 무서운 것 같았습니다. 결국 나를 무서워하는 것 같은 생각이 들었습니다.

그런데 정말 우스운 건, 그때 나는 갑자기 창문을 두드려서 그루센카가 왔다는 신호를 해야겠다고 생각했습니다. 주인님은 내 말을 믿지 않았으면서 내가 창문을 두드리며 신호를 보내니 단박에 문을 열려고 달려가는 게 아닙니까?

문이 열렸습니다. 내가 안으로 들어가려고 했을 때 주인님은 앞을 가로막은 채 들여보내주지 않으셨습니다. '그 여자는 어디 있니? 그 여자는 어디에 있어?' 몸을 떨면서 나를 바라보며 말했습니다. 나를 이렇게 무서워하면 일이 잘 안 될 수도 있겠다고 나는 생각했습니다. 방에 들어가지 못하지는 않을지, 주인님이 소리를 지르지는 않을지, 마르파가 달려오지는 않을지, 그 밖에 무슨 일어 나지는 않을지, 이런 생각을 하면 너무 무서워서 다리 힘이 빠졌습 니다. 그때는 아무것도 알지 못했지만 분명히 나는 그때 주인님 앞 에 파랗게 질린 채 서 있었을 것입니다. '저쪽입니다. 그 창문 밑입 니다. 못 보신 겁니까?' 내가 주인님에게 속삭였더니 '그래, 네가 가서 데려와라, 네가 가서 데려와!' 하셔서 '그런데 저분은 무서워 해요. 고함소리에 놀라서 나무숲에 숨었습니다. 주인님이 직접 서 재에 가셔서 불러 보세요!' 하고 말했습니다. 그러자 주인님은 재 빨리 창가에 가서 촛불을 창턱에 내려놓고 부르셨습니다. '그루센 카, 그루센카, 거기에 있니?' 그렇게 부르면서도 창밖을 보려고 하 지 않으셨습니다. 나에게 떨어지지 않으려고 하는 것이었습니다. 아마 무서우셨을 것입니다. 나를 무척 무서워하면서도 내 옆을 떠 나려고 하지 않았습니다. 나는 창가로 가서 밖으로 몸을 내밀었습 니다. '아닙니다. 그분은 저쪽 숲 속에 계십니다. 주인님을 보고 웃 네요. 보이시지요?' 하고 말하니 주인님은 그제야 믿고 문득 몸을 떨었습니다. 그루센카에게 깊이 반했으니까요. 주인님은 창밖으 로 몸을 내밀었습니다.

그때 나는 주인님의 책상에 있었던 그 쇠로 만든 문진(文鎭), 기 억하시지요, 1킬로그램이 넘는 문진 말입니다. 그걸 집어서 뒤통 수를 있는 힘껏 후려쳤습니다. 주인님은 비명도 지르지 못하고 금 방 쓰러졌는데 다시 두세 번 후려쳤습니다. 세 번째 후려칠 때 두

개골이 깨지는 걸 느낄 수 있었습니다. 주인님은 피투성이가 된 얼굴을 위로 향하고 반듯하게 쓰러졌습니다.

다행스럽게도 내 몸에는 피가 한 방울도 묻지 않아서 문진을 닦아서 다시 책상에 놓고 성상 뒤로 가서 봉투에 들어 있는 돈을 꺼냈습니다. 그리고 빈 봉투를 마룻바닥에 던지고 장밋빛 리본도 그 옆에 두었습니다. 그리고 떨면서 정원으로 나가서 구멍이 있는 사과나무로 갔습니다. 도련님도 그 구멍을 기억하실 것입니다. 예전부터 나는 그 구멍을 눈여겨보았는데 그 안에 천과 종이를 미리 준비해 두었습니다. 그래서 돈을 전부 종이에 싸고 다시 천으로 감아서 구멍 속 깊숙한 곳에 넣었습니다. 그 돈은 2주일이 넘게 그곳에 있었습니다. 그리고 병원에서 퇴원하고 꺼내왔습니다. 어쨌든 그 뒤에 나는 침대로 돌아가서 누웠지만, '만약 그리고리가 죽게 되면 일은 매우 재미없어질 것이다. 반대로 살아서 정신을 차리면 딱 좋을 텐데. 그러면 그는 드미트리 님이 침입해서 주인님을 죽이고 돈을 훔쳤다는 증인이 될 게 분명해' 이런 생각이 들자 불안해져서 열심히 신음소리를 냈습니다. 빨리 마르파를 깨우려고 그랬던 거죠. 결국 마르파는 잠이 깨서 나에게 달려오다가 그리고리가 옆에 없는 걸 눈치채고 밖으로 나갔는데 정원에서 비명 소리가 들렸습니다. 그래서 밤새 소동이 생겼고, 나는 그제야 마음을 완전히 놓을 수 있었습니다."

그는 거기에서 말을 멈추었다. 이반은 움직이지 않고 그를 바라보면서 입을 다물고 끝까지 들었다. 스메르자코프는 말을 하면서 때로 이반을 살폈지만 대부분 옆을 보았다. 이야기를 마치고 그도 흥분했는지 숨을 몰아쉬었다. 얼굴에는 땀이 흥건했고 후회하는지 어떠한지는 도통 알 수 없었다.

"잠시만." 이반은 무언가 생각하면서 말했다. "그런데 문은 어떻게 된 거지? 만약 아버지가 너에게만 문을 열었다면, 그전에 어떻게 그리고리가 문이 열린 것을 볼 수 있었지? 그리고리는 너보다 먼저 보았다고 했는데?"

이반은 이상하게도 조금 전과는 다르게 전혀 노여움이 없는 매우 부드러운 목소리로 물었다. 그래서 만약 이때 누군가 문을 열고 문턱에 서서 두 사람을 보았다면, 두 사람이 무언가 일상적이고 재미난 화제로 사이좋게 이야기를 나누는 것이라고 생각했을 정도였다.

"그 문은, 그리고리가 보았을 때 열려 있었다고 한 것은 그가 그렇게 생각한 것뿐입니다." 스메르자코프는 소리 없이 히죽거리며 웃었다. "분명히 말하지만 그는 사람이 아닙니다. 고집 센 거세마 같아요. 본 것이 아니고 단지 본 것처럼 느낀 것뿐인데, 한번 우기기 시작하면 절대로 물러나지 않습니다. 그가 그렇게 생각하게 된 것은 우리에게는 아주 다행스러운 일입니다. 왜냐하면 그렇게 되면 어쩔 수 없이 드미트리 님이 범인이 되니까요."

"아니야, 잠시만." 이반은 넋이 나간 듯이 무언가 골몰하게 생각하며 이렇게 말했다. "이봐, 잠시만, 아직도 너에게 물어보고 싶은 게 많은데 잊어버렸어. 머릿속이 혼란스러워서 자꾸 잊어버리네.

참, 그래! 이것에 대해 설명해 다오. 너는 왜 빈 봉투를 마룻바닥에 던진 거지? 왜 봉투를 그냥 들고가지 않은 거야? 네가 봉투 얘기를 할 때는 그렇게 하지 않을 수 없어서 그랬겠지 했는데, 왜 그래야 했는지, 아무리 생각해도 난 모르겠구나."

"그건 이유가 있었습니다. 이를테면, 전부터 그 봉투에 돈이 있다는 것을 알고 있는 사람, 즉 사정을 잘 알고 있는 사람이라면, 설사 나처럼 직접 그 돈을 봉투에 넣고 주인님이 봉인을 해서 겉봉에 글씨를 쓴 것을 직접 본 사람이라면, 설사 그 사람이 주인님을 죽였다고 해도 죽인 뒤에 그 봉투를 열어보려고 할까요? 게다가 그렇게 다급하게 말이죠. 그런 짓을 하지 않아도 그 안에 분명히 돈이 있다는 것을 알고 있으니까요. 아마 그렇게 하지 않았을 것입니다. 나 같은 처지의 강도는 봉투를 뜯지 않고 주머니에 넣기가 무섭게 서둘러 그 자리에서 달아났을 거예요.

하지만 드미트리 님은 완전히 다르지요. 그분은 봉투에 대해서 들었지만, 직접 보지는 않았습니다. 그래서 만일 그분이 예를 들어 베개 밑에서 봉투를 찾아냈다면 당장 뜯어서 돈이 들어 있는지 확인하는 것이 당연하지요. 그리고 나중에 증거물이 된다는 것은 생각도 못하고 거기에 봉투를 버렸을 것입니다. 그분은 상습적으로 도둑질을 하는것이 아니고 지금까지 한 번도 도둑질을 한 적이 없습니다. 워낙 대대로 귀족 집안이니까요. 그래서 설사 그분이 도둑질을 결심했다고 해도 단지 자신의 것을 되찾을 뿐이지 훔치는 것은 아닙니다. 그분은 예전부터 그 일을 온 동네에 소문내지 않았습니까? '나는 영감에게 가서 내 것을 되찾아올 거야.'라고 누구에게나 큰소리를 쳤지요.

나는 심문을 받을 때, 대놓고 말하지는 않았지만 모르는 척 하면서 은근슬쩍 암시를 했습니다. 검사가 먼저 그렇게 생각한 것이지 내가 검사에게 암시를 준 것은 아니라는 식으로 말이지요. 그러자 검사는 이 암시에 꽤 매력을 느끼는 것 같았습니다."

"그럼, 너는 정말 그때 그 자리에서 그런 생각을 한 거냐?" 이반은 놀라서 자신도 모르게 외쳤다. 그는 섬뜩해져서 다시 스메르자코프의 얼굴을 보았다.

"그렇게 조급한데 그런 것을 어떻게 생각하겠어요? 예전부터 전부 생각해 두었지요."

"그렇다면…… 그럼 악마가 너를 도와준 거야!" 이반은 다시 외쳤다. "맞아, 너는 바보가 아니지. 너는 내가 생각한 것보다 훨씬 똑똑해."

그는 방안을 거닐기 위해서 자리에서 일어났다. 그는 기분이 매우 우울했다. 그러나 테이블이 앞을 가로막고 테이블과 벽 사이는 겨우 빠져나갈 수 있을 정도의 공간뿐이었으므로 그는 자리에서 한 바퀴 돌고 다시 앉았다. 문득 거닐 수도 없는 것이 그를 화나게 했을 수도 있다. 그래서 그는 조금 전처럼 거의 미친 것처럼 소리를 질렀다.

"이봐, 이 야비하고 불행한 녀석아, 내 말 잘 들어! 정말 몰라? 내가 지금까지 널 죽이지 않은 것은 단지 널 살려뒀다가 내일 법정에서 해명하게 하려고 했다는 것을? 하느님이 보고 계신단 말이다." 이반은 이렇게 말하면서 한쪽 손을 위로 들었다. "어쩌면 나에게도 죄가 있겠지. 어쩌면 나는 속으로 아버지가 죽었으면 좋겠다고 생각했을 수도 있어. 하지만 맹세하는데 나는, 네가 생각하는 것처럼 악당은 아니야. 나는 너를 전혀 사주하지 않았을 수도 있어. 아니, 난 너를 사주하지 않았다! 어쨌든 나는 내일 법정에서 자백할 거야. 전부 말할 거야. 그러니까 너도 함께 법정에 가야 해! 네가 법정에서 나에 대해 무슨 말을 해도, 또 어떤 증거를 제시해도 난 그걸 인정할 거야. 난 이제 너를 두려워하지 않아. 그것이 무엇이든 내가 먼저 인정할 테니까! 너도 자백해야만 해! 기필코, 기필코 자백해야 돼! 같이 가자! 난 그러기로 결심했어."

이반은 당당하고 패기 있게 말했다. 그의 빛나는 눈이 그의 결심을 말해 주고 있었다.

"도련님은 지금 편찮으신 거예요, 나는 압니다. 병이 든 게 확실해요. 눈빛이 완전히 누렇게 됐어요."

스메르자코프는 그렇게 말했지만 조금도 비웃는 기색이 아니었고 오히려 동정하는 것 같았다.

"함께 가야 해!" 이반은 반복했다. "만약 네가 가지 않더라도 난 혼자서라도 자백할 거다."

스메르자코프는 곰곰이 생각하는 것처럼 잠시 입을 다물었다.

"그러실 수 있을까요? 도련님은 아마도 법정에 나가지 않으실 것 같은데요."

마침내 그는 단호하게 말했다.

"내가 무엇을 결심했는지 너는 모른다!"

이반은 따지는 것처럼 외쳤다.

"하지만, 도련님. 전부 털어놓으시면 치욕을 감당하실 수 있으시겠어요? 그리고 첫째로, 도움이 전혀 되지 않아요. 나는 주저하지 않고 이렇게 말할 거예요. '저는 그렇게 말한 적이 없습니다. 도련님은 병 때문인지 – 정말 그런 것 같습니다 – 아니면 자신을 희생해서 형님을 살리려는 동정 때문인지 저를 범인으로 몰고 있습니다. 도련님은 항상 나 같은 사람은 파리나 등에 정도로 여기시니까요.' 하고 말할 거예요. 내가 이렇게 말하면 누가 도련님 말을 믿을까요? 또 증거가 있습니까?"

"입 다물어, 네가 지금 나에게 돈을 보여준 것은 나를 납득시키기 위해서 그런 거지?"

스메르자코프는 지폐 다발 위에서 이사크시린의 책을 들어서 옆에 두었다.

"이 돈을 가져가세요."

스메르자코프는 한숨을 크게 쉬었다.

"물론 가져갈 거야! 그런데 너는 이 돈 때문에 사람을 죽이고 왜 나에게 쉽게 돈을 주는 거지?"

"이제 나에게는 그런 돈은 전혀 필요하지 않습니다." 스메르자코프는 한 손을 내저으며 떨리는 목소리로 말했다. "처음 나는 이 돈을 갖고 모스크바나 외국에 가서 인간다운 생활을 시작해 보려

는 꿈을 꾸었습니다. 그것도 그 '무슨 짓을 해도 상관없다'에서 파
생된 거죠. 도련님이 가르쳐 주신 것입니다. 그 무렵 나에게 몇 번
이나 말하셨으니까요. '만약 영원한 하느님이 없다면 선행도 없을
것이고 그렇게 되면 선행은 필요 없어질 것이다.'라고 한 그 말 말
이에요. 정말 그건 도련님이 하신 말씀이 맞습니다. 그래서 나도
그렇게 생각했습니다."

"네가 생각한 거겠지?"

이반은 일그러진 웃음을 웃었다.

"도련님이 가르쳐 주신 것을 따랐습니다."

"그런데 돈을 돌려주는 걸 보니 이젠 하느님을 믿는 것 같군?"

"아니요, 믿지 않습니다."

스메르자코프는 속삭이며 말했다.

"그렇다면 왜 돌려주는 거지?"

"그만하세요, 별 일 아니니까요!" 스메르자코프는 한 손을 또 내
저었다. "도련님은 항상 입버릇처럼 무슨 짓을 해도 상관없다고
말씀하셨는데, 그렇게 말한 도련님은 지금 왜 이렇게 떠시나요?
게다가 자백하러 간다고 결심까지 다 하셨는데…… 하지만 그렇
게 되지는 않을 겁니다! 도련님은 결코 자백하러 가지 않을 테니
까요!" 스메르자코프는 당당하고 단호한 말투로 확신하는 듯이
말했다.

"두고 보면 알게 될 거야!"

이반이 말했다.

"그렇지 않을 겁니다. 도련님은 지나치게 영리하시니까요. 도련님은 돈을 좋아하시잖아요? 그러니까 두고보지 않아도 됩니다. 그리고 자존심이 강해서 명예도 좋아하시고요. 게다가 예쁜 여자는 더 말할 필요도 없지요. 하지만 도련님이 가장 좋아하는 것은 평화롭고 풍요롭게 사는 것과 누구에게도 머리를 숙이지 않는 것입니다. 그게 바로 도련님의 본심이지요. 그러니까 법정에서 치욕을 당하고 영원히 인생을 망치는 그런 짓은, 아마 할 수 없을 겁니다. 결국 도련님은 주인님을 가장 많이 닮으신 겁니다. 그분과 영혼까지 똑같이 닮으셨습니다."

"너는 바보가 아니었구나." 이반은 무언가로 한 대 맞은 것처럼 말했다. 그의 얼굴은 문득 붉어졌다. "나는 이제까지 너를 바보로만 생각했는데, 이제 보니 엄청 똑똑하군!"

그는 새삼스럽게 스메르자코프를 바라보며 말했다.

"도련님은 오만하기 때문에 나를 바보라고 생각한 것입니다. 이제 돈을 받으세요."

이반은 지폐 세 다발을 주머니에 아무렇게나 넣었다.

"내일 법정에서 보여주겠다."

"법정에서는 누구도 당신 말을 믿지 않을 거예요. 지금 도련님은 돈이 많이 생겼으니까 다들 자신의 금고에서 꺼내왔다고 생각할 거예요."

이반은 의자에서 일어났다.

"한 번 더 말하지만, 지금 내가 너를 죽이지 않는 건 오직 한 가지 이유뿐이야. 내일 네가 필요해서지. 알겠어? 이 점을 명심해."

"죽이려면 지금 당장 죽이세요!" 스메르자코프는 갑자기 기묘한 표정으로 이반을 바라보며 기묘하게 말했다. "도련님은 아마, 그것도 하지 못하실 것입니다." 그는 쓸쓸하게 웃으면서 말을 보냈다. "전에는 대담하셨지만 지금은 아무것도 못하시잖아요!"

"그럼, 내일 만나자!"

이반은 이렇게 외치고 나가려고 했다.

"잠시만…… 다시 한 번 그 돈을 보여 주세요."

이반은 지폐를 꺼냈고, 스메르자코프는 한 10초 정도 그것을 조용히 들여다보았다.

"됐습니다, 이제 가세요." 그는 한 손을 흔들면서 말했다. "도련님!" 그는 다시 이반의 등 뒤에 외쳤다.

"왜 그래?"

이반은 걸어가며 돌아보았다.

"안녕히 가세요!"

"내일 만나자!"

이반은 다시 한 번 외치고 밖으로 나섰다. 여전히 눈보라가 휘몰아쳤다. 그는 잠시 힘차게 걸었지만, 곧 다리가 휘청거렸다.

'건강이 안 좋아서 그런 거야.'

그는 이런 생각을 하며 쓸쓸하게 웃었다. 그러자 기쁨과 비슷한 감정이 마음속에 솟아올랐다. 그는 자신의 내부에 끝없는 강함이 생긴 것을 느낄 수 있었다. 최근 들어 그를 괴롭히던 마음의 동요가 결국 마침표를 찍은 것이다! 그는 결심했다.

'이제 이 결심은 결코 바뀌지 않는다.'

그는 행복을 느끼며 이런 생각을 했다. 그러다가 그 순간 무언가에 발이 걸려서 넘어질 뻔 했다. 그가 걸음을 멈추고 보니, 그가 아까 때려눕힌 농부가 정신을 잃고 쓰러져 있었다. 농부의 얼굴을 내리는 눈이 거의 다 덮을 지경이었다.

이반은 주저하지 않고 농부를 일으켜 세우고 업었다. 오른쪽으로 보이는 오두막 불빛을 향해 다가가서 문을 두드렸다. 마침내 대답하고 나온 집주인인 상인에게 3루블을 주겠다고 약속하고 농부를 파출소까지 데려가는 걸 도와달라고 부탁했다. 상인이 옷을 입고 나왔다. 그래서 이반은 무사히 농부를 파출소에 데려가서 의사의 진찰을 받게 했고, 인심 좋게 '여러 가지 경비'를 치렀다. 그러나 여기서 자세히 다루지는 않겠다. 단지 한 가지 말하고 싶은 것은 그가 그 일에 거의 1시간을 썼다는 것이다. 그러나 이반은 매우 만족스러웠다. 그의 생각은 연이어 가지를 치며 바쁘게 움직였다.

'내가 만약 내일 공판을 위해서 이렇게 결심을 하지 않았다면' 그는 문득 쾌감을 느끼며 생각했다. '농부를 구출하는 데 1시간을 쓰지는 않았을 것이다. 분명히 그 옆을 지나치면서, 얼어 죽든 말든 침을 뱉는 게 다였을 텐데……. 그런데 이렇게 나 스스로를 냉정하게 관찰할 수 있다니!' 그는 그때 더 큰 쾌감을 느끼며 이렇게 생각했다. '그런데 사람들은 나를 미치광이로 생각한단 말이지!'

그는 자신의 집 앞에 다다르자 문득 걸음을 멈췄다. '지금 곧장 검사를 찾아가서 전부 진술하는 것이 낫지 않을까?' 그러나 그는 다시 집으로 걸으면서 이 의문을 풀었다. '내일 전부 한꺼번에 얘기하자!' 그는 속으로 이렇게 중얼거렸는데, 그러자 이상하게도 거의 모든 기쁨과 자기만족이 한순간에 그에게서 사라졌다.

그가 자신의 방에 들어갔을 때 얼음처럼 차가운 것이 문득 심장에 닿은 것 같은 느낌이 들었다. 그것은 바로 이 방안에 지금 현재, 그리고 예전부터 존재하던 추억, 더 나아가 괴로울 정도로 꺼림칙한 것에 대한 전조였다.

그는 지쳐서 소파에 주저앉았다. 할머니가 사모바르를 들고 와서 그에게 차를 따라 주었는데, 마시지는 않고 할멈은 내일까지 볼일이 없다고 돌려보냈다. 소파에 앉아 있으니 머리가 어지러웠다. 병이 들어서 쇠약해진 것 같았다. 졸렸지만 불안에 휩싸여 소파에서 일어나서 잠을 쫓으려고 방안을 거닐었다.

때로는 가위에 눌리는 것 같은 기분이었다. 그러나 무엇보다도 걸리는 것은 병이 아니었다. 그는 의자에 앉아서 무엇을 찾는 듯이 때로 주변을 둘러보았다. 그리고 그것을 몇 번 반복했다.

드디어 그의 눈이 지그시 어느 한 곳을 노려보았다. 이반은 빙긋이 웃었지만 그 얼굴은 이내 분노로 붉어졌다. 그는 오랫동안 그 자리에 앉아서 두 손으로 턱을 단단히 고인 채 눈은 여전히 아까 그 한 곳, 맞은편 벽 앞에 놓인 소파를 노려보았다. 분명히 거기 있는 무언가가, 어떤 대상이 그의 마음을 초조하고 불안하게 괴롭히는 것처럼 느껴졌다.

9. 악마, 이반의 악몽

　필자는 의사가 아니지만 이반의 병이 무엇인지 독자들에게 조금은 설명해야 할 시기인 것 같다. 미리 말해 두면, 그는 이날 밤 환각증에 걸리기 직전이었다. 이 병은, 예전부터 약해져 있으면서도 거세게 저항하던 그의 육체를 결국 완전히 정복했던 것이다.

　필자는 의학에 대해 전혀 모르지만 대담하게 상상하면 그는 사실 자신의 의지를 극심하게 긴장시켜서 얼마간은 발병을 늦추고 있었던 것 같다. 물론 그때 그는 얼마든지 병을 이겨낼 수 있다고 꿈꾸었다. 그는 자신이 건강하지 않다는 걸 알았지만, 이런 경우에 자신의 인생에서 어떤 운명적인 순간, 즉 떳떳이 나가야 할 곳에 나가서 용감하고 단호하게 할 말을 다 함으로써 '스스로 자신의 결백을 증명할' 때에 앓아눕는다는 것은 혐오감이 느껴질 정도로 싫은 일이었다.

그는 모스크바에서 온 새 의사에게 진찰을 받으러 간 적이 있었다. 이미 말한 것처럼 카체리나의 우연한 충동 때문에 초빙된 그 의사는 이반의 증상을 듣고 자세히 진찰한 뒤, 그가 뇌질환이라고 진단했다. 그는 이반이 어쩔 수 없이 진술한 고백을 들어도 전혀 놀라지 않았다.

"그런 상태의 사람이 환각에 빠지는 것은 흔합니다." 의사는 단언했다. "더 자세히 진찰해야 하지만…… 어쨌든 시기가 늦어지지 않게 치료를 시작하셔야 합니다. 그렇지 않으면 큰일납니다."

그러나 이반은 의사의 권유대로 자리에 누워서 안정을 취하려고 하지 않았다.

'난 아직 걸을 수 있으니까. 즉 아직 기력이 있단 말이야. 쓰러지면 그때 조치를 취하지 뭐. 누가 됐든 좋은 사람이 간호해 줄 거야.'

그는 한 손을 내저으며 이런 생각을 했다. 그래서 이미 얘기한 것처럼, 지금 그는 자신이 환각에 휩싸였다는 것을 어렴풋하게 알면서도 맞은편 벽 앞에 놓인 소파 위의 무언가를 계속 노려보았다. 거기에는 어떻게 들어온 것인지, 한 사람이 앉아 있었다. 이반이 스메르자코프에게서 돌아왔을 때는 방안에 없던 사람이었다.

그는 어떤 신사였는데, 좀 더 정확하게 말하면 그다지 젊지 않았고, 프랑스인들의 말대로 qui frisait la cinquantaine(쉰 살 정도의) 러시아 신사였다. 길고 숱이 많은 검은 머리와 쐐기 모양의 턱수염은 다듬어져 있었는데 아직 새치는 거의 보이지 않았다.

그는 갈색 양복을 입었는데 꽤 솜씨 있는 재봉사가 지은 것 같았다. 그런데 3년이나 유행이 지난 것이어서 꽤 낡아 보였다. 아마 사교계에서 돈이 꽤 있는 사람이라면 이미 2년 전부터 이런 옷은 안 입었을 것이다. 와이셔츠도 머플러처럼 긴 넥타이도 모두 일류 신사들이 쓸 법한 것들이었지만, 와이셔츠는 가까이서 보면 꼬질 꼬질했고 넥타이도 폭이 넓어서 꽤 낡아 있었다. 체크무늬 바지도 몸에 꼭 맞았지만 요즘 유행에는 뒤처지는 좁은 것이어서 이제는 아무도 입지 않은 것이었다. 하얀색 모직 중절모도 역시 계절에 어울리지 않았다. 그리 넉넉지 않은 사람이 복장을 단정히 갖춰 입은 느낌이었다.

이 신사는 농노제 시대에 흥청거리던 옛 '흰 손' 즉 몰락한 지주 계급에 속했던 것 같다. 의심할 필요도 없이 예전에는 훌륭한 상류 사회에서 세력 있는 친구들이 있었으며 지금도 친구는 유지하고 있을 수는 있지만, 젊은 시절의 즐거운 생활은 이미 지나가고 농노제 폐지에 따라 천천히 보잘 것 없어져서 이제는 선한 친구들의 집을 돌면서 신세를 지는, 일종의 점잖은 식객이었다. 옛 친구들이 그를 집에 들이는 것은 그의 사교적이고 원만한 성품을 알았기 때문이었고, 또 비록 말석이기는 해도 어떤 사람과도 동석시킬 수 있는 반듯한 사람이기 때문이었다.

그런 식객, 즉 점잖은 신사는 재미있는 이야기를 하고 카드놀이 상대는 잘했지만 무슨 용건을 부탁받는 것을 가장 싫어했다. 그들은 대개 혼자 살았으며, 독신이거나 아이가 있는 홀아비였다. 아이가 있으면 대개는 어느 먼 숙모나 누군가의 집에 맡기곤 했다. 신사는 그런 친척이 있는 것이 좀 창피했는지 고상한 사회에서는 그 사실을 일절 말하지 않았다. 자신의 아이에게서 생일이나 성탄절 같은 시기에 때로 카드를 받고, 가끔 답장도 했지만 어느새 그 아이에 대해서도 완전히 잊게 되었다.

이 예상치 않은 손님의 외모는 온화하다고는 할 수 없었지만 역시 원만했으며 때와 장소에 따라서 분위기에 맞는 표정을 지을 수 있을 것 같았다. 시계는 차지 않았지만 검은 리본을 단 대모갑 테 안경을 썼다. 오른손의 중지에는 모조 오팔이 박힌 커다란 금반지를 끼고 있었다.

이반은 불쾌해서 입을 다물고 말을 건네지 않았다. 손님은 가만히 앉아서 기다렸다. 신사의 태도는 마치 식객이 위층 거실에서 사랑방으로 내려와 차를 마시며 주인의 말동무라도 되려고 했지만, 주인이 무슨 걱정이 있는 것처럼 얼굴을 찡그리고 생각에 잠긴 탓에 조용히 입을 다무는 그런 모습과 흡사했다. 그러나 주인이 입을 열면 언제라도 유쾌하게 상대할 준비는 되어 있었다.

문득 그의 얼굴에 근심스러운 기색이 비쳤다.

"이보게." 그는 이반에게 말했다. "실례지만, 한 가지 말하고 싶은 것이 있네. 자네는 카체리나 얘기를 들으려고 스메르자코프를 찾아갔으면서, 그 여자에 대해서는 전혀 묻지 않고 돌아왔어. 아마 잊어버렸던 것 같군."

"참, 그렇지!" 이반이 황급히 말했다. 그의 얼굴은 걱정 때문에 금세 흐려졌다. "그래, 잊어버렸어. 하지만 이제는 아무래도 괜찮아. 내일이면 전부 다 해결될 테니까." 그는 혼잣말을 하는 것처럼 중얼거렸다. "그런데 이보시오." 그는 짜증스러운 어조로 손님을 보며 말했다. "그건 당신이 아니어도 기억해 냈을거요. 왜냐하면 나는 지금 바로 그런 것 때문에 괴로웠거든. 그런데 당신이 왜 참견하는 거지? 그러면 당신이 알려준 게 되고, 내가 스스로 깨달은 게 되지 않잖아?"

"그럼 믿지 말게." 신사는 친절하게 웃으며 말했다. "신앙을 강요하면 안 되니까. 게다가 신앙 문제는 증거, 특히 물적 증거는 아무런 소용이 없어. 사도 도마가 믿은 것은 부활한 그리스도를 봤기 때문이 아니고 이미 그전부터 믿고 싶어 했기 때문이야. 이를테면 강신술사(降神術師)들을 말할 수 있는데, 나는 그런 사람들을 무척 좋아하네. 생각해 보게, 그들은, 강신술이 악마가 저 세상에서 뿔을 보여주기 때문에 신앙에 무척 보탬이 된다고 생각한다네. '이것은 저 세상이 실재한다는, 물적 증거 아닌가' 그들은 이렇게 말하지. 저 세상과 물적 증거, 기가 막힌 조합이네! 그건 그렇고, 악마가 실재한다고 증명되면 신의 실재가 증명될 수 있겠는가? 나도 이상주의자가 되고 싶군. 그러면 그들에게 이렇게 반론할 수 있을 텐데. '나는 현실주의자이지만 유물론자는 아니라서 말이야, 헤, 헤, 헤!' 하고 말이네."

"이보게." 이반은 갑자기 테이블의 저편에서 일어났다. "나는 지금 마치 꿈을 꾸고 있는 것 같아. 당연히 꿈을 꾸고 있을 거야. 어디 한번 마음껏 지껄여 보라고! 넌 지난번처럼 나를 약 올리지 못할 거야. 그러나 왠지 창피하군. 난 방안을 거닐고 싶어. 나는 지난번처럼 가끔 네가 안 보이고 목소리도 안 들리지만 네가 하는 말은 다 알아. 왜냐하면 그건 나이기 때문이야, 지껄이는 건 네가 아니라 나니까! 단지 한 가지, 지난번에 너를 만났을 때 나는 잠이 들었는지 눈을 뜨고 너를 보았는지 잘 모르겠어. 차가운 물에 수건을 적셔서 머리에 얹어두어야겠다. 그러면 아마 넌 증발할 거야."

이반은 방구석에 가서 수건을 물에 적셔서 머리에 얹고 방안을 이리저리 거닐었다.

"우리가 이렇게 금세 허물없이 서로를 부를 수 있어서 무척 기쁘네."

손님이 말했다.

"바보 같군." 이반이 웃으며 말했다. "내가 왜 너에게 존대를 해야 하지? 난 지금 정말 기분이 좋아. 단지 관자놀이가 아프군, 이마도 아프고, 그러니까 제발 지난번처럼 철학 얘기는 거절하겠네. 만약 가만히 있지 못하겠으면 재미있는 얘기나 해 주게. 식객이면 식객답게 쓸데없는 세상 이야기나 하는 거야. 정말 귀찮은 친구에게 붙들렸군! 하지만 난 네가 두렵지 않아. 두고 보라고, 언젠가는 널 꼼짝 못하게 하겠어. 난 정신 병원은 절대 끌려가지 않을 거니까!"

"'C'est charmant(나쁘진 않네)' 식객도 말이야. 맞아, 나는 나를 있는 그대로 보여주고 있어. 이 땅에서 내가 식객이 아니라면 뭐겠나? 그렇더라도 나는 자네가 하는 말을 듣고 조금 놀랐네. 진짜야, 자네는 점차 나를 실재하는 걸로 알고 지난번처럼 자네의 환상이라고 생각하지는 않게 되었어."

"나는 단 1분도 네가 실재한다고 생각하지 않았어." 이반은 사납게 외쳤다. "너는 허위이고, 나의 병이야. 환상이란 말이야. 단지 나는 어떡하면 너를 사라지게 하는지 모르는 것뿐이고. 아무래도 한참은 괴로울 거야. 넌 나의 환각이야. 나 스스로의 화신, 내 단면에 지나지 않아. 가장 역겹고 멍청한 내 사상과 감정의 화신이지. 그러니까 만약 내게 널 상대할 여유가 있다면 이런 점에서 너는 분명히 나에게 흥미로운 그 무엇이 분명해."

"실례지만, 실례지만 말이야, 자네의 모순을 한 가지 지적하겠네. 자네는 아까 가로등 옆에서 '너는 그에게 들었지? 그가 나에게 드나든다는 걸 너는 어떻게 알았지?'하면서 알료샤를 호통쳤지. 그는 나를 지칭한 말이지. 그러고 보면 자네는 한순간이긴 하지만 나의 존재를 믿었던 거야. 안 그런가?"

신사는 가볍게 웃으며 말했다.

"아, 그건 인간만이 가진 약점이라네. 나는 널 믿을 수 없었어. 난 지난번에 자고 있었는지 깨어 있었는지도 모른다고. 그때는 널 꿈에서 본 것 같아서, 현실이 아닐 거라고 생각했어."

"그런데 자네는 왜 그토록 알료샤를 몰아세운 건가? 그는 사랑스러운 젊은이야. 나는 조시마 장로의 일로 알료샤에게 죄를 지었네만."

1460

"알료샤 얘기는 그만해. 천한 신분인 주제에 건방지군!"

이반은 다시 웃으며 말했다.

"자네는 욕을 하면서 웃고 있군. 그건 좋은 전조야. 오늘은 지난 번보다 훨씬 기분이 좋은 것 같네. 나는 이유를 알아, 그건 큰 결심을 해서 그래."

"내 결심 얘기는 하지 마!"

이반은 사납게 외쳤다.

"알았네, 알았다고. C'est noble, c'est charmant(훌륭하고 멋지군). 자네는 내일 형님을 변호하러 가서 자신을 희생하려고 하는군. 그게 바로 c'est chevaleresque(기사도다운 것이지)."

"입 다물어, 발로 걷어차 줄 테다!"

"그건 약간 고맙군. 자네가 나를 걷어차면 내 목적은 이루어지는 거니까. 걷어찬다는 건 즉 자네가 나의 실재를 믿고 있다는 증거가 되지. 환상을 걷어차는 사람은 없잖은가. 농담은 이쯤 하고, 나는 아무리 욕을 먹어도 아무렇지 않지만, 설사 그렇다고 해도 나에게도 좀 더 예의바른 말을 하는 게 좋을 것 같군. 바보나 천하다는 말은 좀 심하군!"

"널 욕하는 건 곧 나를 욕하는 거야!" 이반은 또 웃으며 말했다. "너는 곧 나야. 다른 얼굴의 나란 말이야. 넌 내가 생각하는 걸 말하지. 넌 나에게 새로운 것은 조금도 들려줄 수 없어!"

"만약 내 생각과 자네의 생각이 같다면 그건 오로지 나의 명예일 뿐이네."

신사는 예의 바르게 그러나 위엄 있게 말했다.

"넌 단지 나의 더러운 생각, 게다가 멍청한 사상만 들춰내고 있어. 넌 멍청하고 비열해. 소름끼칠 정도로 바보야. 정말 나는 견딜수 없을 정도로 네가 싫어. 아, 나보고 어쩌라는 거야, 어떻게 하라고!"

이반은 이를 갈며 외쳤다.

"이봐, 나는 역시 신사로서 행동하고 신사로서 대우받고 싶네." 손님은 식객답게, 처음부터 양보하겠다는 일종의 악의 없는 야심을 드러내며 말했다. "나는 가난하지만, 뭐 그래서 매우 정직하다고는 말하지 않겠어. 대부분 타락한 천사라고 말하지. 사실 나는 내가 예전에는 왜 천사였는지 도대체 상상할 수도 없어. 또 설사 그런 때가 있었다고 해도 이젠 잊어도 될 정도로 죄가 안 되는 아주 먼 예전의 일이야. 그래서 지금은 성실한 인간이라는 평판만을 존중하고 남에게 미움을 사지 않도록 세상의 흐름에 맞추어 살려고 노력한다네. 나는 정말 인간을 좋아하네.

아, 나는 여러 가지로 무고한 죄를 덮어썼단 말이야! 내가 때로 이 지상에 내려오면 내 생활은 뭔가 정말로 실재하는 것처럼 흐르곤 해. 그것이 무엇보다 마음에 든다네. 나도 자네처럼 현실과 멀어진 것 때문에 괴로우니까, 그만큼 이 지상의 현실주의를 사랑하네.

자네들의 이 지상에서는 전부 분명하게 나뉘어 있고 전부 공식이 있고 전부 기하학적이야. 그런데 우리에게는 일종의 부정방정식(不定方程式)뿐이야. 그래서 나는 이 지상을 걸으며 공상하네. 나는 공상이 좋아. 더욱이 이 지상에서는 미신을 믿게 되지. 부디, 웃지 말게. 나는 내가 미신을 믿는 게 마음에 들어. 나는 여기서 자네들의 모든 습관을 따르고 있네. 나는 유료 목욕탕에 가는 것이 좋아졌어. 자네는 놀라겠지만, 장사꾼들이나 수도사들과 함께 욕탕에 앉아 있곤 하네.

나는 인간으로 변하는 걸 꿈꾸네. 특히 결과적으로는, 원래대로 돌아가지 못하게, 몸무게가 100 킬로그램인 뚱뚱한 장사꾼 마누라가 되어서 그 여자가 믿는 걸 나도 전부 믿고 싶네. 나의 이상은 교회에 들어가서 순수한 마음으로 촛불을 바치는 거야. 진심이네. 그때야 비로소 나의 고통은 끝나게 되네.

그리고 자네들과 함께 의사의 진찰을 받는 것도 좋았어. 지난봄에 천연두가 유행했을 때 사회보호시설에 가서 예방주사를 맞았어. 그날은 정말 유쾌했네. 슬라브 민족의 동포 운동에 10루블을 기부했을 정도였으니까. 그런데 자네는 내가 하는 얘기를 듣지 않는군. 이보게, 자네 오늘은 몸이 별로 안 좋아 보이네." 신사는 잠깐 말을 멈추었다. "나는 자네가 어제 그 의사에게 간 걸 알고 있네. 자네 건강은 어떤가? 의사는 뭐라고 했나?"

"바보야!"

이반은 한 마디로 잘라 말했다.

"하지만 자네는 무척 똑똑해. 자네는 또 고함을 치는 건가? 나는 동정하는 게 아니고 그냥 물어본 것뿐이니까 대답하기 싫으면 하지 말게. 최근에 다시 류머티즘이 심해져서 말이야."

"바보!"

이반이 다시 반복해서 말했다.

"자네는 밤낮없이 똑같은 말만 하는군. 나는 작년에 심한 류머티즘에 걸렸네. 지금도 기억나네."

"악마도 류머티즘이 걸리나 보군?"

"당연하네. 나는 때로 사람으로 변하기도 하니까. 인간의 살을 붙인 결과로 병에 걸리는 건 어쩔 수 없는 일 아닌가. 나는 악마이기 때문에 Sum et nihil hummanum a me alienum puto(모든 인간적인 현상은 인연이 있을 수밖에 없지)."

"뭐라고? '악마이기 때문에 Sum et nihil humanum……(인간적인 현상)'이 어떻다고? 쳇, 악마가 하는 말치고는 꽤 그럴싸한데?"

"이제 간신히 마음에 들었다니 기쁘군."

"그런데 그 말은 나에게서 훔친 것이 아니네." 충격받은 이반이 갑자기 정색했다. "난 그런 건 한 번도 생각하지 않았는데, 이상해……."

"C'est du nouveau nést-ce pas? (이건 새로운 거야, 그렇지 않아?) 이렇게 되면 전부 털어놓고 말하겠네. 대부분 꿈에서는, 특히 위장이나 어딘가가 좋지 않아서 악몽에 시달릴 경우, 인간은 때로 매우 예술적인 꿈을 꾼다네. 그것은 무척 복잡하고 생동감 있는 현실이나 일관된 줄거리가 있는, 인간들의 가장 고상한 현상에서 셔츠의 단추에 이르기까지, 놀랍도록 세세하게 연결된 수많은 세계야. 맹세하지만 그 섬세함은 레프 톨스토이도 쓸 수 없을 정도거든.

한편, 때로 이런 작가가 아닌 지극히 평범한 사람들, 이를테면 관리나 칼럼니스트나 수도사 같은 사람들이 그런 꿈을 꾸기도 하지. 여기에는 문제점이 많아. 어느 장관이 나에게 고백했지만, 가장 멋진 생각이 떠오르는 것은 전부 잠들어 있을 때라고 했네. 사실 지금도 그런 상황이지. 나는 자네의 환각이지만, 악몽을 꿀 때처럼 지금까지 자네의 머리에 전혀 떠오르지 않았던 독창적인 말을 하고 있어. 그러니까 나는 결코 자네의 생각을 본뜨는 것이 아니네. 그런데도 나는 역시 자네의 악몽일 뿐이고, 그 이상의 아무것도 아니네."

"거짓말하지 마. 당신의 목적은 자신이 독립된 존재이며 결코 나의 악몽이 아니라는 것을 나더러 믿게 하려는 거잖아. 그러면서도 당신은 지금 자신이 꿈이라는 걸 증명하려는 거고."

"이보게, 나는 오늘 특별한 방법을 사용했는데 나중에 설명해주겠네. 어디 보자, 내가 어디까지 얘기했지? 맞아, 나는 그때 감기에 걸렸네. 단지 자네들의 세상이 아니라 그곳에서……."

"그 곳이라니, 어디지? 이보게, 넌 언제까지 이곳에 있을 거야? 돌아가면 안 되나?"이반은 거의 절망적으로 외쳤다.

그는 걸음을 멈추고 소파에 앉아 다시 테이블에 팔꿈치를 괴고 두 손으로 머리를 꽉 움켜잡았다. 그는 물수건을 머리에서 벗겨 지긋지긋하다는 듯 팽개쳤다. 분명히 물수건도 아무 효과가 없었던 모양이다.

"자넨 신경이 망가졌어." 하고 신사는 무관심하면서도 매우 친절한 태도로 말했다. "자넨 나를 보고 감기에 걸릴 수 있다는 사실 때문에 화를 내지만, 그건 지극히 자연스러운 일일세. 당시 나는 어느 외교관의 저녁 파티에 달려가던 중이었지. 그 파티는 늘 장관 부인이 되고 싶어 하는 페테르부르크의 상류층 귀부인이 베푸는 파티였어. 나는 연미복에 흰 넥타이와 흰 장갑을 착용하고 나섰으나 아무도 모르는 저 머나먼 곳에 있었기 때문에 이 지상에 오려면 우주공간을 날아야 했단 말이야. 물론 눈 깜짝하는 사이에 날아올 수 있었지만 태양광선조차 8분이나 걸리는 거리를, 야회복에 가슴을 터놓은 조끼만 걸치고 있었으니 어떻게 될지 한번 생각해보게. 영혼들은 추위에 떠는 법이 없지만 인간의 살을 붙이고 있는 이상 어쩔 수 있어야지. 한마디로 말해서 너무 경솔했던 거야. 한데 저 우주공간에는 물과 에테르 그리고 허공이 이어지니, 정말 너무나 춥더군. 얼마나 추운지 춥다는 말로는 표현할 수 없을 정도였지. 생각해보게, 영하 150도야! 자네는 시골 아가씨들이 흔히 하는 장난을 알지? 영하 30도의 추위에 어수룩한 타지방 남자에게 도끼를 핥으라는 거야. 이 녀석의 혓바닥은 도끼날이 닿자마자 얼어붙어서 그걸 떼어내자면 혀 껍질이 벗겨져서 피투성이가 되고 말지. 그런데 이건 불과 영하 30도일 때의 이야기일세. 그러니 영하 150도쯤 되어 보라지. 도끼날에 손가락이 닿는 순간 부러져버리고 말걸. 만약…… 거기에 도끼가 있다면 말이지."

"한데 거기 도끼가 정말 있을 수 있을까?" 이반은 넋이 나간 듯이, 자못 불길한 어조로 갑자기 그의 말을 가로챘다. 그는 자기의 헛소리를 믿지 않으려고, 완전히 광기에 빠져버리지 않으려고 전력을 다하여 저항하고 있었다.

"도끼?" 손님은 어리둥절하여 되물었다.

"그래, 그런 곳에 도끼가 있으면 어떻게 되겠어?" 이반은 별안간 사납고 고집스럽게 소리치며 대들어.

"우주 공간에 도끼가 있으면 어떻게 되느냐고? Quelle idée! (거 재미있는 발상인데!) 만일 그게 좀 더 멀리 날아간다면 위성처럼 지구 주위를 돌겠지. 그 이유도 모르면서 천문학자들은 도끼의 출몰을 계산할 것이고 달력업자는 그것을 기록해 넣겠지. 그뿐이야."

"너는 바보야, 바보 천치가 틀림없어." 이반은 심술궂게 말했다. "거짓말을 해도 좀 그럴듯하게 하지그래. 그렇잖으면 앞으로 네 말을 듣지 않을 테니까. 넌 현실론으로 날 이기려는 속셈이지? 그 걸로 자신이 실재한다는 것을 내가 믿게 하려 하지만 나는 너의 실재를 믿고 싶지 않아. 믿지 않겠어!"

"나는 거짓말을 하는 게 아냐. 그건 모두 사실이야. 유감스럽게도 진실은 언제나 시시껄렁한 것처럼 보이거든. 자네는 아마도 나한테서 뭔가 위대한 것 혹은 아주 멋진 것을 기대하고 있는 모양인데 그것 참 안 됐군. 왜냐하면 내가 자네한테 줄 수 있는 것은 고작해야……"

"바보 같으니 그따위 억지논리는 집어치워."

"천만에, 억지라니. 나는 몸 오른쪽이 완전히 마비되어 신음 소리를 지르고 있는 판에. 의사도 다 찾아가 봤지만 훌륭하게 진찰해서 마치 손바닥을 들여다보듯 잘 설명해주긴 하지만 치료는 할 줄 모른단 말이야. 마침 그 자리에 열성적인 의대생이 한 명 있었는데, 그 친구 말이 '당신은 죽더라도 무슨 병으로 죽는지는 속 시원히 알게 되지 않습니까!' 하지 않겠나. 그들 수법이란 환자를 곧장 전문의에게 넘겨버리는 것이거든. 그러면서 '우리는 진찰만 하니까, 이건 전문가를 찾아가시오. 그 사람이 병을 고쳐드릴 겁니다.'라고 하는 거야. 요새는 어떤 병이건 다 고쳐 주는 옛날 의사는 완전히 사라지고 오직 전문의들만이 신문에 광고를 내고 있거든. 만일 자네가 콧병을 앓고 있으면 파리로 가라고 하지. 거기에는 유럽의 코 전문의가 있다는 거야. 그래서 파리로 가면 그 전문의라는 작자가 이리저리 진찰해보고 '나는 오른쪽 콧구멍 밖에 못 고치겠다. 왼쪽 콧구멍은 내 전문이 아니니까 비엔나로 가보라. 거기에는 왼쪽 콧구멍 전문의가 있다.'고 하지. 이렇게 되면 어떻게 하겠나? 결국 나는 민간요법으로 고쳐보기로 했다네. 어느 독일인 의사가 목욕탕에 가서 꿀과 소금을 몸에 바른 다음 문지르면 낫는다고 하기에 일부러 목욕탕에 가서 온 몸에 발라 봤지만 아무 효과가 없었어. 실망 끝에 밀라노의 마티 백작에게 편지를 냈더니 책 한 권과 물약을 보내 왔는데 역시 아무 효과도 없었어. 그런데 글쎄 말일세, 놀랍게도 맥아 추출액으로 깨끗이 낫지 않겠나. 우연한 기회에 사서 한 병 반을 마셨더니 춤이라도 출 것처럼 병이 싹 가서 버렸단 말이야.

어찌나 고맙던지 신문에 '감사문'을 꼭 써야겠다고 마음먹었어. 그런데 또 성가신 일이 생겼지 뭔가. 아무 신문도 내 글을 실어 주려고 하지 않는 거야! '이건 너무 복고풍이어서 아무도 믿으려 들지 않을 겁니다. le diable n'existe point(악마 같은 건 이제 존재할 리 없어요.). 차라리 익명으로 내는 게 나을 겁니다.' 이렇게 권하더군. 하지만 익명으로 한다면 그게 무슨 '감사문'이 될 수 있겠어. 그래서 나는 광고부 사원들을 보고 웃으면서 이렇게 말해주었네. '오늘날 같은 세상에 하느님을 믿는 건 너무 구식이지만 상대가 악마라면 상관없지 않은가' 했더니 '우린 그걸 이해합니다. 누가 악마를 믿지 않겠습니까. 하지만 역시 안되겠습니다. 우리 신문 편집 방침에 어긋나니까요. 농담 형식으로 하신다면 모르겠습니다만……' 이런 소리를 하였지만, 생각해보니 농담치고는 멍청한 농담이라고 생각했지. 그래서 결국 글은 싣지 못했어. 자넨 믿을지 모르지만 그 일은 아직도 내 가슴에 맺혀 있다네. 나에게는 가장 훌륭한 감정, 예컨대 감사의 마음까지도 단지 나의 사회적 지위 때문에 정식을 거부당해야 하다니."

"또다시 억지스런 이론을 꺼내는군!" 이반은 증오에 찬 목소리로 이를 갈았다.

"나도 제발 그런 일이 없기를 바라지만 조금은 불평을 하지 않을 수가 없더군. 나는 무고한 죄를 뒤집어쓴 인간이야. 첫째, 자네도 걸핏하면 나를 바보라고 하지 않나. 그걸 보면 자네는 아직 젊다는 걸 알 수 있어. 여보게, 세상 일이 지혜만 가지고 되는 건 아닐세. 나는 천성적으로 선량하고 쾌활한 마음을 가졌어. '나도 여러 가지 희극을 쓰지요'(고골리의 희곡 〈검찰관〉의 주인공 홀레스타코프의 대사) 자네는 나를 아예 늙은 홀레스타코프로 생각하는 것 같은데, 내 운명은 그보다 더 심각하네.

나는 태고 적부터 나 자신이 알 수 없는 숙명에 의해 부정(否定)을 하도록 운명 지워져 있지만, 나는 본시 호인이라 부정에 몹시 서툴더란 말일세. 너는 부정을 해. 부정이 없으면 비평도 없다. '비평란'이 없으면 잡지가 아니며, 비평이 없으면 '호산나'만 남는다. 그러나 '호산나'만 가지고는 인생은 부족하다. 이 '호산나'가 회의(懷疑)의 용광로 속을 거치도록 해야 해. 이런 식으로 나가는 걸세. 그러나 나는 그런데 관여하지 않기로 했네. 내가 만든 것도 아니고 나한테 책임이 있는 것도 아니니까. 하지만 그들은 속죄의 산양을 끌어다가 비평란을 쓰게 했지. 그래서 인생 1막은 끝나는 걸세. 우리는 이 코미디를 잘 이해하지.

이를테면 나로 말할 것 같으면 솔직히 나 자신의 멸망을 바라고 있네. 그런데 세상 사람들은 '아니, 너는 살아야 해. 네가 없으면 아무것도 없을 테니까. 만일 지상의 모든 것들이 원만하고 완전하다면 아무 일도 일어나지 않아. 자네가 없으면 모든 사건이 없어질 텐데, 사건이 없으면 곤란하거든.' 이런 말들을 하거든. 그래서 나는 마지못해 사건을 일으키려고 명령을 좇아 어처구니없는 일을 저지르는 거지.

그런데 사람들은 이 코미디를 무언가 심각한 것으로 여기더란 말일세. 여기에 바로 인간의 비극이 있는 거야. 물론 그들은 괴로워하고 있지. 그러나 그 대신 그들은 살아 있어. 환상적인 삶이 아니라 실질적으로 생활하고 있네. 왜냐하면 고통이야말로 인생이거든. 고통 없는 인생에 무슨 재미가 있겠는가. 모든 것이 끝없는 기도로 변해 버리고 말 걸세. 그것은 신성할지 모르지만 좀 따분하지. 그런데 나는 어떤가 하면 나는 고통을 받으면서도 살아있지는 않아. 나는 부정방정식의 X야. 어떠한 시작도 끝도 상실한 인생의 환영이란 말이야. 이젠 내 이름조차 무엇인지 잊어버렸어.

자네는 웃고 있군. 아니 웃는 것이 아니라 또 골을 내고 있는 거지. 자네는 영원히 골만 내고 있을 거야. 자네는 늘 지혜만 있으면 된다고 생각하지만, 다시 한 번 자네에게 말을 해주지. 천국에서의 생활도 신분도 명예도 다 버리고 100킬로그램이 넘는 장사꾼 마누라의 영혼으로 바뀌어 하느님의 성전에 촛불을 바쳐보고 싶어."

"아니, 그럼 넌 신을 안 믿나?" 이반은 증오에 찬 웃음을 지었다.

"뭐라고 말하면 좋을까, 자네가 그렇게 진지하게 묻는다면……."

"신은 대체 있는 거야, 없는 거야?" 이반은 다시 사납고 집요하게 달려들었다.

"그러고 보니 자네는 진지하게 묻는 거군. 그런데 이 사람아, 나는 솔직히 말해서 그것을 모르네."

"모르더라도 신을 보았을 테지. 아니, 너는 다른 존재가 아니야. 넌 나 자신의 환상이야! 너는 나 자신이야. 나 이외의 아무것도 아니야. 넌 쓰레기야!"

"원한다면 나도 자네와 똑같은 철학을 공유할 수 있어. 그게 공평하겠지. 'Je pense, donc je suis(나는 생각한다, 고로 존재한다).' 이건 나도 알고 있어. 그러나 내 주위에 있는 모든 것은, 이 세계, 신, 악마조차도 이러한 것들이 모두 독자적으로 실재하고 있느냐, 아니면 단순히 나 자신의 파생물로서 무한한 과거로부터 하나의 개성으로 존재하고 있는 나의 자아의 일관된 발전에 지나지 않느냐 하는 것은 나에게 증명되지 않았어. 하지만 이제 서둘러 말을 마쳐야겠군. 자네가 금방이라도 뛰어 일어나 나에게 덤벼들 눈치라서 말이야."

"차라리 무슨 우스운 이야기라도 한 토막 들려주는 게 어때?" 이반은 병적인 목소리로 말했다.

"그런 것이라면 마침 우리에게 꼭 맞는 것이 있지. 우스운 이야기라기보다는 전설 같은 거고 자네는 실제로 '보면서도 믿지 않는다.'고 내 불신을 책망하지만, 이 사람아, 그건 나 혼자만이 그런 게 아니라 저쪽에서는 지금 모두가 고민하고 있네. 자네들의 과학 때문이지. 원자(原子)니 오관(五官)이니 사대원소(四大元素) 하던 시대에만 해도 아직 그런대로 정돈이 있었지. 고대에도 원자는 있었으니까. 그런데 자네들이 '화학적 분자'니 '원형질(原形質)'이니 그밖에 온갖 것을 발견했다는 것을 알게 되었을 때 우리는 질려 버렸다네. 말하자면 대혼란이 일어난 거야. 제일 곤란한 건 미신과 낭설이 만연했다는 거야. 그런 낭설은 이쪽에서도 자네들만큼이나 떠돌고 있었거든. 아니 여기보다 더 심할 거야. 게다가 밀고까지 시작됐어. 우리도 어떤 '보고'를 받는 부서가 하나 있거든. 그런데 이 기괴한 전설이라는 것은 중세의 것인데 - 자네들의 중세가 아니라 우리의 중세야 - 100킬로그램이나 되는 장사꾼 마누라 외에는 아무도 믿으려 들지 않는다네. 그것 역시 자네들의 마누라가 아니라 우리의 마누라지만. 아무튼 자네들의 세계에 있는 건 모두 우리 세계에도 있지. 이건 말해선 안 되는 것이지만 우정을 생각해서 비밀 한 가지를 털어 놓겠네. 그 전설이란 천국에 관한 것이야.

언젠가 이 지상에 심원한 사상을 가진 철학자가 한 사람 있었다더군. 그는 '법률도, 양심도, 신앙도 다 부정했지만,' 무엇보다도 특히 내세를 부정했다는 거야. 드디어 그는 죽음을 맞게 되었지. 그는 곧바로 암흑과 죽음으로 가는 줄 알았지. 그런데 뜻밖에도 눈앞에 내세가 나타난 거야. 그는 깜짝 놀라 분개하면서 '이건 내 신념과 다르지 않은가.' 이렇게 말해서 그 때문에 재판을 받게 되었어. 하지만 날 원망하지는 말아주게. 나는 내가 들은 얘기를 그대로 옮기는 것뿐이니까. 말하자면 전설에 지나지 않는 것이니까. 그래서 재판 결과 천조(千兆) 킬로미터 - 우리 세계에서도 이젠 킬로미터를 사용하고 있지 - 를 걸어가라는 판결이 내려졌어. 그 거리를 걸으면 비로소 천국의 문이 열리고 모든 죄를 용서받을 수 있다는 얘기야."

"너희 세계에서는 천조 킬로미터 외에 또 어떤 형벌이 있나?" 이상하게 활기를 띠면서 이반이 그의 말을 가로막았다.

"어떤 형벌이라니? 그건 묻지 말아주게. 옛날에는 여러 가지가 있었는데, 요즘에 와서는 차차 도덕적인 것, 이를테면 '양심의 가책'이니 하는 우스꽝스러운 것이 유행하고 있다네. 이것 역시 자네들 때문이지. 즉 '풍속의 해이'에서 온 걸세. 그러니까 오직 덕을 본 것은 양심이 없는 자들뿐이지. 양심이라곤 눈곱만큼도 없으니 양심의 가책을 느낄 까닭이 없지. 그 대신 양심과 명예를 아는 똑똑한 사람들은 고통받게 되었지. 아직 기반도 안 잡힌 곳을 남의 제도로 그대로 모방해서 개혁하려는 것은 백해무익한 걸세. 옛날의 화형 쪽이 오히려 나을지 몰라.

그건 그렇고 천조 킬로미터의 암흑행을 선고받은 그 사람은 잠시 그 자리에 서서 주위를 두리번거리다가 길바닥에 가로누워 '나는 가지 않겠다. 내 신념 때문에 절대 걸을 수 없어.'라며 버텼다는 거야. 러시아의 교양 있는 무신론자와 고래의 뱃속에서 사흘 밤낮을 버텨낸 선지자 요나의 정신을 한데 합치면 길바닥에 누운 사상가의 성격이 만들어질 거야."

"대체 어떻게 누웠을까?"

"뭔가 누울 만한 것이 있었겠지. 우습지 않나?"

"대단한 놈이다." 이반은 여전히 이상한 활기를 띤 채 소리쳤다. 그는 지금 예상치 못했던 호기심을 갖고 듣고 있었던 것이다.

"그래 어때, 지금도 누워 있나?"

"그게 그렇지 않아. 그 사람은 한 천년쯤 그 자리에서 누워 있다가 일어나서 걷기 시작했지."

"에이, 저런 바보!" 이반은 신경질적으로 웃으며 소리쳤으나 무언가 열심히 생각하는 눈치였다. "그대로 언제까지 누워 있는 거나 천조 킬로미터를 걷는 거나 다를 게 뭐 있어? 10억 년쯤 걸어야 하는 거잖아."

"그보다 더 오래 걸리지. 연필과 종이만 있다면 계산해 볼 수 있을 텐데. 하지만 그 사람은 벌써 오래전에 그곳에 도착했어. 거기서부터 이야기는 시작되는 거야."

"뭐, 도착했다고? 헌데 어디서 10억 년이라는 세월을 얻어 왔을까?"

"자네는 지금 우리의 지구를 생각하는군! 그래 이 지구 역시 어쩌면 10억 번은 되풀이되었을지도 몰라. 지구는 때가 되면 얼어서 갈라지고 산산이 흩어져서 여러 가지 구성요소로 분해되었다가 다시 창공의 물이 되고 다시 혜성이 생기고 다시 태양이 생기고 다시 태양에서 지구가 생기고 – 이런 순서가 끝없이 되풀이되는지도 몰라. 게다가 모든 것이 세부에 이르기까지 전과 똑같은 모습으로 말일세. 아주 따분한 얘기지……."

"그래, 그래서, 그가 도착한 후엔 무슨 일이 생겼나?"

"그 사람 앞에 천국의 문이 열리자마자 안으로 들어갔지. 그리고 겨우 2초도 되지 전에 – 이건 그의 시계로 잰 걸 말하는 거야. 하긴 그의 시계는 벌써 여행 중에 호주머니 속에서 원소로 분해된 게 되었겠지만. 어떻든 2초도 지나기 전에 그는 이 2초 동안을 위해서라면 천조 킬로미터 뿐 아니라 천조 킬로미터의 천조 배, 거기다 다시 또 천조 배를 한 만큼 걸을 수 있다고 소리쳤어! 한 마디로 그는 '호산나'를 노래한 거지. 더욱이 그가 너무 지나쳐서 거기에 있던 고상한 사상의 소유자들은 처음엔 그와 악수를 하는 것조차 달갑지 않게 여겼을 정도였네. 어쨌든 너무 성급하게 보수주의자로 변했다 해서 말이야. 이건 러시아 기질이지. 다시 말하자면 이건 전설이야. 나는 들은 대로 전할 뿐일세. 우리들의 세계에서는 아직 그런 것에 대한 이런 사고방식이 통용되고 있거든."

"이제야 겨우 너의 정체를 알겠어!"이반은 무언가를 간신히 생각해 낸 듯 거의 어린아이처럼 기쁜 목소리로 외쳤다. "천조 년에 관한 그 일화는 바로 내가 지은 거야. 그때 나는 열일곱 살이었는데 중학교에 다니고 있었어……. 나는 그때 그 이야기를 만들어서 콜로프킨이라는 친구에게 들려주었지. 모스크바에서 있었던 일이야. ……그 일화는 너무나 독특해서 도저히 다른데서 따올 수 없었던 거야. 나는 그걸 잊어버린 줄 알았는데 지금 무의식중에 내 머리에 떠올랐어. 자네가 이야기해줘서가 아니라 나 스스로 생각해 낸 거란 말이야! 인간이란 어쩌다 보면 수천 가지 사건을 무의식적으로 머릿속으로 떠올리곤 하지. ……꿈속에서 떠올릴 수도 있어. 너는 바로 꿈이야. 역시 넌 꿈일 뿐 실재하지 않아!"

"자네가 그렇게 열심히 내 존재를 부정하는 걸로 미루어보면," 신사는 웃기 시작했다. "자네는 아직 나를 믿고 있는 게 분명하군."

"조금도 믿지 않아! 백분의 일도 믿지 않아!"

"하지만 천분의 일쯤은 믿고 있겠지. 약도 극소량이 되는 것이

제일 강할걸. 솔직히 말해 보게. 자네는 믿고 있지, 비록 만 분의 일이라도 말이야⋯⋯."

"한순간도 믿어 본 적이 없어!" 이반은 사납게 소리쳤다. "하지만 널 믿고 싶어!" 갑자기 그는 이상하게 덧붙였다.

"아하! 이제야 고백하는군. 하지만 난 호인이니까 이번에도 자네를 도와주겠네. 알겠나, 정체를 알아낸 건 자네가 아니라 내가 자네의 정체를 포착한 거란 말이야! 난 일부러 자네가 잊어버린 자네의 이야기를 들려주었어. 나를 철저히 불신하도록 말이야."

"거짓말! 네가 나타난 목적은 너의 실재를 나에게 확신시키기 위함이야."

"맞았어. 하지만 동요, 불안, 믿음과 불신의 싸움, 이런 것들은 양심이 있는 인간에게, 이를테면 자네 같은 인간에겐 너무나 고통스러운 것이어서 차라리 목매달아 죽는 편이 낫지. 난 자네가 나를 얼마간 믿고 있다는 것을 알았기 때문에 그 이야기를 들려줌으로써 자네를 철저히 불신 쪽으로 이끌어 본 거야. 자네로 하여금 믿음과 불신 사이에서 방황하게 하는 것이 내 목적이니까. 새로운 방법이지. 자네가 나를 완전히 불신하기가 무섭게 자네는 내 면전에서 내가 꿈이 아니라 실재라는 걸 믿게 될 거야. 내 목적은 고결해. 나는 자네 마음속에 매우 조그만 신앙의 씨앗을 하나 뿌리겠어. 그것은 자라서 한 그루의 참나무가 되는데, 그것은 어찌나 큰지 자네가 그 위에 앉아 있노라면 '황야의 수도하는 신부나 깨끗한 수녀들' 속에 끼고 싶어질 거야. 그것이 자네가 그렇게도 남몰래 원하는 일이니까. 자넨 메뚜기를 잡아먹으여 영혼의 구원을 얻기 위해 사막을 위해 천천히 걸어가는 거야."

"이 악당 같으니, 그럼 넌 내 영혼을 구제하기 위해 애쓰고 있단 말인가?"

"나도 때론 좋은 일도 해야 할 게 아닌가? 자네는 화를 내고 있군. 내가 보기엔 화가 난 것 같은데!"

"어릿광대 같은 놈! 그러면서 넌 언젠가 황야에서 그 메뚜기를 먹으며 17년 동안이나 황야에서 기도한 성자를 유혹한 적이 있지."

"여보게, 나는 그런 일만 해왔다네. 우주 만물을 다 잊고 그런 성자 한 사람한테만 매달려 있는다네. 그런 사람은 다이아몬드처럼 아주 값비싼 존재니까. 그런 인간 하나는 때에 따라서는 성좌(星座) 하나만큼 값어치가 있거든. 우리 세계에는 특별한 계산법이 있지. 만약 그것을 손에 넣으면 아무것도 바꿀 수 없는 가치를 가지거든. 하지만 그들 가운데서도, 자네는 안 믿을지 모르지만 발달 정도가 자네 못지 않은 사람들도 있어. 그들은 믿음과 불신 사이의 심연을 한꺼번에 볼 수 있지. 때로는 배우 고르부노프의 대사처럼 한 발짝만 더 나아가면 절벽에서 '거꾸로' 떨어질 것 같은 지점까지 가 있는 것 같기도 해."

"그래, 넌 어찌 됐어? 코를 떼일까 봐 돌아왔던 건가?"

"여보게," 손님은 점잖게 말했다. "경우에 따라서는 코를 달고 돌아오는 편이 코를 완전히 떼고 오는 것보다 좋을 때도 있네. 바로 얼마 전 어떤 병에 걸린 후작(侯爵) - 이 사람 역시 전문의의 치료를 받아야겠지만 – 이 고해성사를 받는 예수회의 신부에게 참회하면서 한 말과 같네. 나도 마침 그 자리에 있었는데 정말 재미있더군. '제발 제 코를 돌려주십시오!'하면서 후작이 자기 가슴을 치니까 신부는 뺀질거리면서 이렇게 발뺌을 하더군. '내 아들아, 만사는 헤아릴 수 없는 하느님의 섭리에 의해서 이루어지는 것이니, 때로는 커다란 불행이 비록 눈에는 보이지 않더라도 커다란 이익을 가져올 수도 있는 법, 설령 가혹한 운명이 네 코를 빼앗아 갔다 하더라도 이젠 한 평생 아무도 그대에게 코를 떼일 뻔했다는 소리를 하지 못하게 되었으니 오히려 이롭게 된 게 아니냐!' 후작은 절망하여 소리쳤어. '신부님, 그것은 위로가 되지 않습니다! 코가 제자리에만 붙어 있다면 평생토록 매일 코를 떼일 뻔해도 기뻐하겠습니다.' 그러자 신부는 한숨을 쉬면서 답했어. '아들아, 모든 행복을 다 가질 수는 없느니라. 그것은 지금도 그대를 잊지 않고 계시는 하느님을 원망하는 일이 아니냐. 왜냐하면 지금 그대가 커다란 소리로 외쳤듯이 코만 제자리에 있으면 한평생 코를 떼일 뻔해도 기뻐하며 살 각오라면 그대의 희망은 이미 간접적으로 이루어진 셈이니라. 왜냐하면 그대는 코를 잃음으로써 역시 코를 떼일 뻔한 일이 이루어진 셈이니까.'"

"흥, 말도 안 되는 소리!" 이반은 소리쳤다.

"아니, 이 사람아, 이건 오직 자네를 즐겁게 해주고 싶어서 한 얘기야. 하지만 이건 진짜 예수회의 궤변이지. 더욱이 한 마디로 틀리지 않고 이건 모두 자네한테 얘기한 그대로일세. 바로 얼마 전에 있었던 일이었는데 그 때문에 나도 속깨나 썩었지. 그 불행한 청년은 그날 밤 집으로 돌아가서 권총으로 자살을 했지 뭔가. 나는 마지막 순간까지 그 옆을 떠날 수가 없었어. ……예수회의 참회실은 내가 기분이 우울할 때 기분전환삼아 놀러가기 더할 나위 없이 기막힌 장소라네. 이건 정말이야.

또 한 가지 사건을 이야기해 주지. 이거야말로 불과 2,3일 전에 일어난 거야. 스무 살쯤 된 금발의 노르망디 처녀 하나가 신부를 찾아왔었지. 인물이며, 몸매며, 마음씨가 정말로 군침이 도는 아가씨였지. 그녀는 허리를 굽혀 고해실 너머의 신부에게 자기 죄를 고했어. 그러자 신부는 '산타 마리아 성모 마리아님, 그대는 또다시 죄를 지었단 말인가, 언제까지 그런 짓을 계속할 셈인가. 그대는 부끄럽지도 아니한가!'하고 소리쳤지. 'Ç lui fait tant de plaisir et àmoi si peu du peine!(그 사람은 매우 즐거워했고 저도 그다지 괴롭지는 않았습니다!) 하고 죄 많은 처녀는 회개의 눈물을 흘리며 대답했어.

자, 생각해 봐, 정말 기찬 대답이 아닌가! 그때 나는 그만 뒷걸음을 치고 말았어. 그건 자연 그대로의 부르짖음이었어. 청정무구함보다 낫다고 할 수 있어! 나는 그 자리에서 당장 여자의 죄를 용서하고 돌아서서 가려고 했지. 하지만 곧 다시 되돌아가지 않을 수 없었네. 그때 고해를 너머로 처녀가 그날 저녁 신부와 밀회를 약속하고 있었거든. 오직 신앙밖에 모르는 노인이었는데 순식간에 타락하고 말았어! 그건 자연이야, 자연의 진실이 승리를 한 걸세. 왜 그러나, 자네 또 화가 나서 외면을 하는 건가? 도대체 어떻게 하면 자네를 즐겁게 해줄 수 있는지 모르겠군."

"나 좀 가만히 내버려 두게. 넌 지금 마치 짓궂게 따라붙는 악몽처럼 내 머릿속을 두들기고 있어." 이반은 자기 환영에 대해서 완전히 무력한 채 애처로운 신음소리를 냈다. "난 너하고 있는 게 넌 덜머리가 났어. 못 견디게 괴로워! 널 쫓아버릴 수만 있다면 무슨 짓이든 다 하겠어!"

"다시 한 번 말하지만 요구 같은 건 하지 말아주게. 나한테 모든 위대한 것, 아름다운 것을 요구해서는 곤란해. 자네는 내가 빨간빛 속에 천둥과 번갯불 속에서 자네 앞에 나타나지 않고 이런 초라한 꼴을 나타났다고 화가 난 모양이군. 첫째는 자네의 심미안이 모욕을 받았고 둘째, 자네의 자긍심이 상처 입었을 거야. 자네와 같은 위대한 인간 앞에 어찌 이렇게 비천한 악마가 찾아올 수 있냐고 하겠지? 맞았어, 사실 자네에겐 저 벨린스키가 조소한 바 있는 그 낭만적인 기질이 있으니까. 어쩔 수 없지, 아직 젊으니까. 사실 아까 난 자네에게 올 준비를 할 때 장난삼아 카프카스에서 근무한 진짜 퇴직 4등관처럼 차리고 나타날까 생각했지만, 문득 그렇게 하기가 겁이 났어. 최소한 '북극성'이나 '시리우스' 훈장이면 모르지만 시시한 '사자'와 '태양' 훈장 같은 걸 달고 왔다고 나에게 한 방 먹일까 걱정해서 말이야.

자네는 걸핏 하고 나를 바보라고 부르지 않나. 하지만 나는 지적인 면에서 자네와 동등하다는 주장은 하지 않아. 메피스토펠레스는 파우스트 앞에 나타나서 자기는 악을 바라지만 선한 일밖에 하지 못한다고 자신에 대해 증언을 했어. 그야 제 마음이지만 나는 그와는 정반대야. 아마 이 세상에서 진리를 사랑하고 진심으로 선을 바라는 사람은 유일한 자인지도 모르지. 나는 십자가 위에서 죽은 예수가 오른쪽 옆에서 못 박혀 죽은 도둑의 영혼을 자기 가슴에 안고 승천할 때 거기서 '호산나'를 부르는 아기 천사들의 환성과 천지를 진동하는 대천사들의 우레와 같은 환성을 들었네.

그때 나도 이 천사들의 합창에 끼어 '호산나'를 부르고 싶었어! 자네도 알다시피 나는 매우 다감하고 예술적 감수성도 뛰어나거든. 그런데 그 상식이란 놈이 ― 내 성격 중에서 가장 형편없는 상식이란 놈이 나를 의무의 테두리에 가두어 놓았지 뭔가. 그래서 나는 그 순간을 놓치고 말았어! 그때 나는 이런 생각을 했어. '내가 호산나를 부른다면 어떻게 될까? 이 세상의 모든 것은 눈 깜짝할 사이에 없어지고 더 이상 아무 일도 일어나지 않을 것이 아닌가.' 결국 나는 자신의 의무와 사회적 지위 때문에 절호의 기회를 억눌러 버리고 자신의 더러운 책임을 계속 수행하지 않으면 안 되었던 거야.

어떤 사람이 선의의 명예를 독점해버렸기 때문에 내 몫으로는 단지 더러운 일밖에 남지 않게 된 거지. 나는 속임수로 살아가는 명예를 탐내지는 않네. 나는 허영을 좋아하지 않거든. 우주의 모든 존재 가운데 왜 나 혼자만이 모든 점잖은 사람들에게 저주를 받아야 하며, 그들의 발길에 채이도록 운명 지어졌을까? 인간의 탈을 쓸 때 이러한 결과를 겪어야하니 말이야. 거기에 어떤 비밀이 존재한다는 것을 알지만 사람들은 아무리해도 그 비밀을 절대로 알려주지 않는단 말이야. 만약 그 비밀이 어떤 것인지를 알고 내가 '호산나'를 불렀다간 당장 필요한 마이너스가 사라지고 온 세상에 예지가 생기는 동시에 모든 게 종말을 고하게 될 걸세. 심지어 신문이나 잡지도 폐간되고 말 거야. 왜냐하면 아무도 그걸 구독하려는 사람이 없을 테니까. 결국 나는 타협하고 자신의 천조 킬로미터를 걸어가서 비밀을 알아낼 수밖에 없지.

그러나 그때까지는 나도 세상을 등진 채 이를 악물고 내가 해야할 일을 다하게 될 걸세. 한 사람을 구하기 위해 수천 명을 파멸시키는 거지. 옛날 한 사람의 의인 욥을 얻기 위해 얼마나 많은 사람들을 죽이고 얼마나 많은 고귀한 명예를 짓밟아 버렸던지. 그 때문에 나도 무척 봉변을 당했지. 그래, 비밀이 드러날 때까지는 나에게 두 가지의 진실이 있다네. 하나는 내가 조금도 모르는 저세상 사람들의 진실이고 하나는 나 자신의 진실일세. 그러나 어느 쪽이 더 진짜인지 그건 아직 알 수가 없어. 자네 졸고 있나?"

"그럴 만하잖아." 이반은 화나는 듯 으르렁거렸다. "내 본성 속의 어리석은 생각들 – 오래전에 생명이 다 된 내 지혜로 짓씹어서 썩은 고기처럼 내던져 버린 그 모든 것을 넌 무슨 신기한 것처럼 새삼스레 제시하고 있단 말이야."

"이번에도 자네의 기분을 좋게 할 수 없군! 실은 문학적인 문구로 자네를 좀 구슬려 보려 했었는데. 하늘의 '호산나'라는 표현은 사실 그럴 듯했지. 그리고 지금 그 하이네식인 풍자적 말씨도 괜찮았을 거야. 그렇지?"

"아니야, 난 그따위 비열한 천덕꾸러기가 되었던 적이 없었어! 어떻게 내 영혼에서 너 같이 천한 것이 태어났을까?"

"여보게, 친구, 나는 아주 매력 있고 사랑스러운 러시아의 젊은 귀족을 한 사람 알고 있네. 젊은 사상가요 문학, 예술의 애호가며 '대심문관'이라는 제목이 붙은, 장래가 약속된 시의 작가이기도 하지. ……나는 그 사람만 염두에 두고 있었어!"

"대심문관 얘기를 입에 올리면 가만두지 않겠어!" 이반은 부끄러워 얼굴이 새빨갛게 되어 소리쳤다.

"그럼, '지질학상의 변동'은 어떤가? 자네도 생각나지? 그것도 멋진 서사시더군."

"입 닥쳐, 안 그러면 죽여 버릴 테다!"

"자네가 나를 죽인단 말인가? 그러지 말고 미안하지만 마저 들어 보게나. 내가 온 것도 그 기쁨을 맛보기 위해서니까. 오오, 나는 삶에 대한 갈망으로 몸부림치는 열렬한 젊은 친구들을 좋아해. '거기에는 새로운 사람들이 있다'고 자네는 지난봄 여기로 올 생각을 하면서 이렇게 단정하지 않았나. '거기에는 새로운 사람들이 있다. 그들은 모든 것을 파괴하고 식인(食人)으로 돌아가 새 출발하려 하고 있다. 바보 같은 녀석들, 나한테 물어보지도 않고! 내 생각으로는 아무것도 파괴할 필요가 없고 인간 속에서 신의 관념만 파괴하면 되는 것이다. 오직 여기서부터 착수해야 한다. 아아, 아무엇도 모르는 장님들! 만일 단 한 명의 인간도 남김없이 신을 부정해버리면 그 시기가 지질학적 시기와 비슷하게 찾아올 것을 나는 믿고 있다. 그때는 종전의 세계관, 특히 이전의 모든 도덕은 식인주의와 야만적인 행위가 아니라도 저절로 없어질 것이고 새로운 것이 나타날 것이다.

인간들은 인생이 줄 수 있는 모든 것을 인생으로부터 얻기 위해 하나로 결합할 것이다. 그러나 그것은 오직 현세에 있어서의 행복과 기쁨을 얻기 위해서이다. 인간은 신과 같은 거대한 긍지에 의해 위대해지고 거기서 인신(人神)이 출현한다. 인간은 의지와 과학으로 무한히 자연을 정복해가면서 그때마다 큰 기쁨을 느끼기 때문에 천국의 기쁨에 대한 인간의 옛 꿈을 보상해 줄 것이다. 인간은 누구나 죽으면 다시 살아나지 못한다는 것을 알고 있지만, 그래도 역시 신처럼 자존심을 가지고 태연히 죽음을 맞을 것이다. 그리고 인간은 이 자존심 때문에 인생이 순간에 지나지 않는다고 불평할 일이 아니라는 것을 깨닫고 아무런 보상도 요구하지 않고 자기 동포를 사랑할 것이다. 그 사랑은 인생의 짧은 순간에 만족을 줄 뿐이지만, 사랑의 순간성을 인식함으로써 사랑의 불꽃을 더욱 강렬하게 할 것이다. 그것은 무덤 저편의 무한한 사랑을 꿈꾸던 시절에 훨훨 타오르던 사랑의 불길에 못지않을 것이다.' 이런 식으로 말일세. 정말 근사하지 않은가?"

이반은 양손으로 자기 귀를 막고 방바닥을 내려다보면서 온몸을 부들부들 떨기 시작했다. 신사의 말은 계속 이어졌다.

"여기서 내 젊은 사상가는 이렇게 생각했지 – 지금 문제가 되는 것은 과연 그런 시대가 올 것인가 하는 점이다. 만일 온다면 모든 것이 해결되고 인류는 확고한 토대를 마련하게 될 것이다. 그러나 인류의 뿌리 깊은 무지 때문에 어쩌면 천년이 걸려도 토대를 마련하지 못할 수도 있다. 그러니까 지금 이 진리를 인정하는 자는 누구든 새로운 토대 위에서 제 마음대로 생활의 토대를 세울 수 있다. 이런 뜻에서 인간에겐 '어떤 짓을 해도 상관없다.'고 할 수 있는 것이다. 그리고 이러한 시대가 결코 오지 않는다 하더라도 어차피 신이나 영혼의 불사도 없는 것이니 그 새로운 사람은 세상에 오직 혼자뿐이라도 인신(人神)이 될 수 있다. 그리고 이 같은 새로운 지위에 오른 이상, 필요한 경우 옛날 노예와 같은 인간의 어떠한 한계도 마음껏 뛰어넘을 수 있는 것이다. 신을 위한 법률은 없다. 신이 서 있는 곳이 곧 신의 자리인 것이다! 내가 서는 곳이 곧 제일 좋은 자리인 것이다 – '무슨 짓을 해도 상관없다! 이 한마디뿐이다!' 정말 근사한 얘기일세. 그런데 만일 사기를 치려고 한다면 구태여 진리의 재가(裁可)가 필요하단 말인가! 아무튼 우리 현대 러시아인은 야단이 났네. 그들은 진리의 재가 없이는 사기 한 번 칠 마음도 먹지 못할 테니까. 그만큼 그들은 진리를 애지중지한다고 말할 수 있지……."

손님은 자기 웅변에 도취된 듯 목소리를 점점 높여 가며 주인을 비웃는 눈초리로 바라보며 말했다. 그러나 그의 말이 채 끝나기도 전에 이반은 테이블에서 컵을 집어 손님에게 획 던졌다.

"Ah, mais c'est bête enfin! (아아, 그건 바보 같은 짓이야!)" 손님은 소파에서 일어나 찻물을 손가락으로 톡톡 털면서 소리쳤다. "마틴 루터가 던졌다는 잉크병 생각이 났던 모양이군. 자기는 나를 보고 꿈이라고 하면서 그것에 대고 컵을 던지다니! 그건 여자들이나 하는 짓이지! 나는 자네가 귀를 틀어막고 있는 체하면서도 내 말을 듣고 있지 않나 생각했었는데 역시 그렇군……."

이때 별안간 밖에서 창문을 두드리는 소리가 쾅쾅하고 들려왔다. 이반은 소파에서 벌떡 일어섰다.

"저 소리 안 들리나? 열어 주게나." 손님은 소리쳤다. "저건 자네 동생 알료샤야. 아주 뜻밖의 흥미 있는 소식을 갖고 온 모양이야, 내가 장담하지!"

"입 닥쳐. 이 사기꾼아! 그게 알료샤라는 건 너보다 먼저 알았어. 아까부터 그런 예감이 들었거든. 물론 쓸데없이 온 건 아닐 거야. 틀림없이 뭔가 '소식'을 갖고 왔을 거야!" 이반은 미친 듯이 말했다.

"열어 주게. 어서 열어 줘. 밖에는 눈보라가 치고 있어. 저 앤 자네 아우가 아닌가. Monsieur, sait-il le temps qu'il fait? C'est 'a ne pas mettre un chien dehors……(자네, 이런 날씨에는 개도 문 밖에 내놓지 않는 법이네……)."

창문을 두드리는 소리는 계속되었다. 이반은 창가로 달려가고 싶었으나 갑자기 자신의 팔다리가 무엇에 묶인 것 같았다. 그는 쇠사슬을 끊어 버리려고 안간힘을 썼으나 허사였다. 창문을 때리는 소리는 점점 커지고 있었다. 마침내 이반은 팔다리의 쇠사슬을 끊고 소파 위에서 벌떡 일어났다. 그리고 지친 눈길로 주위를 둘러보았다. 양초 두 자루는 다 타들어가고 있었고, 조금 전 방문객에게 분명히 집어던진 컵은 자기 앞 테이블에 그대로 놓여 있었다. 맞은편 소파에는 아무도 없었다. 창문을 두드리는 소리는 여전히 계속되고 있었으나 방금 꿈 속에서 들은 것처럼 그렇게 크지는 않았다. 반대로 소리를 죽여 아주 조심스럽게 두드리고 있었다.

"그건 꿈이 아니었어! 맹세코 그건 꿈이 아니었어! 모든 것이 실제로 있었던 일이야!" 이반은 이렇게 소리치며 창문 쪽으로 쫓아가 조그만 창을 열었다.

"알료샤, 나한테 절대 오지 말라고 했잖아!" 그는 거친 말투로 동생에게 소리쳤다. "한 마디로 말해. 무슨 볼일이야. 한 마디로 말하란 말이야, 알겠어?"

"한 시간 전에 스메르자코프가 목을 매어 죽었어요." 알료샤가 문 밖에서 대답했다.

"현관으로 돌아와, 곧 문 열어 줄게." 이반은 이렇게 말하고 알료샤에게 문을 열어 주러 나갔다.

10. '그자가 그렇게 말했어!'

알료샤는 방안으로 들어와 이반에게 소식을 전해 주었다. 한 시간 전에 마리야가 자기 집에 뛰어 들어와서 스메르자코프의 자살 소식을 알려 주더라는 것이었다.

"사모바르를 치우려고 그 사람 방에 들어갔더니, 글쎄 그이가 벽의 못에 매달려 있지 않겠어요." 그래서 알료샤가 "경찰에 신고했습니까?" 하고 물으니까, "아무한테도 알리지 않고 곧장 달려온 거예요. 여기까지 달음질쳐 왔어요."라고 대답했다. 그녀는 미친 사람처럼 사시나무 떨듯 떨고 있었다고 했다.

알료샤가 마리야와 함께 그들의 오두막에 달려가 보니 스메르자코프는 아직도 그대로 매달려 있었다. 테이블 위에는 유서 한 통이 놓여 있었다. '나는 아무에게도 죄를 돌리지 않기 위해 나 자신의 의지로 기꺼이 내 목숨을 끊는다.'고 적혀 있었다. 알료샤는 유서를 테이블 위에 그대로 놓고 곧바로 경찰서장한테 찾아가 사건의 전말을 얘기했다. "그리고 거기서 바로 형님한테 왔어요." 하고 알료샤는 이반의 얼굴을 뚫어지게 바라보면서 말을 마쳤다. 그는 이반의 얼굴 표정에서 뭔가 충격을 받은 듯 했다.

"형님." 알료샤가 갑자기 외쳤다. "몸이 많이 편찮으신가 보군요! 저를 보고 있으면서도 제 말은 못 알아들으시는 것 같아요."

"너 참 잘 왔다." 이반은 알료샤의 외침 소리가 조금도 들리지 않는 듯이 무슨 생각에 잠긴 듯한 어조로 말했다. "나도 알고 있었어, 그 녀석이 목을 매단 걸."

"대체 누구한테서 들으셨어요?"

"그건 모르지만 아무튼 알고 있었다. 아니, 내가 알고 있었던가? 맞았어. 그자가 말했지. 그자가 방금 전에 나한테 말해줬어……."

이반은 방 한가운데 서서 방바닥을 내려다보며 여전히 생각에 잠긴 어조로 말했다.

"그자가 누구예요?" 알료샤는 자기도 모르게 주위를 돌아보며 물었다.

"살며시 사라져 버렸어."

이반은 얼굴을 들고 조용히 미소를 지었다.

"그자는 너를 무서워한 거야. 비둘기처럼 때 묻지 않은 너를 무서워한 거야. 너는 '순결한 아기천사'야. 드미트리는 너를 아기천사라고 하지. 대천사들의 천둥과 같은 환호! 그런데 대천사란 무엇일까? 어쩌면 하나의 별자리인지도 몰라. 하지만 별자리라는 것은 단지 어떤 화학적 분자에 불과한 건지도 모르지. 사자와 태양의 성좌라는 것도 있지, 그것을 모르느냐?"

"형님, 자리에 앉으세요!" 알료샤는 놀라서 말했다. "제발 소파에 앉으세요. 형님은 지금 열에 들떠 헛소리를 하고 계세요. 자, 베개를 베고 누우세요. 네, 그렇게요. 물수건을 적셔서 머리에 얹어 드릴까요? 그러면 좀 나을 거예요."

"그래, 물수건을 좀 다오. 여기 소파 위에 있을 거야. 아까 거기다 던져 버렸으니까."

"여긴 없는데요. 걱정 마세요. 어디 있는지 내가 아니까요. 여기 있군요." 방 저편 구석에 있는 이반의 세면대에서 접어둔 채 아직 한 번도 쓰지 않은 깨끗한 수건을 찾아와 알료샤가 말했다. 이반은 이상한 눈으로 수건을 바라보았다. 순간 기억이 그의 마음에 되살아난 듯이 보였다.

"가만있어 봐." 그는 소파 위에 몸을 일으켜 앉았다. "아까, 내가 한 시간 전쯤 바로 이 수건을 거기서 가지고 와 물에 적셔 머리에 얹었다가 여기에 던져 놓았는데…… 이게 어떻게 말라 있을까. 수건이라곤 방안에 그것밖에 없는데."

"형님이 이 수건을 머리에 얹으셨다고요?" 알료샤가 물었다.

"그래, 그리고 방안을 왔다 갔다 했어. 한 시간 전쯤 말이다. 그런데 초는 왜 저렇게 다 타 버렸지. 지금 몇 시냐?"

"좀 있으면 열두 시예요."

"아니, 아니, 아니야!" 이반은 갑자기 소리치기 시작했다. "그건 꿈이 아니야! 그자는 와 있었어. 저기 저 소파에 앉아 있었어. 네가 창문을 두드렸을 때, 나는 그자에게 컵을 집어던졌지. 이 컵을 말이야. 아니, 가만있자, 지난번에도 나는 잠을 잤었는데 이번에는 꿈이 아니야. 전에도 이런 일이 있었지. 알료샤, 나는 요즘 꿈을 자주 꾼단다. 그러나 그건 꿈이 아니라 현실이야. 나는 걸어 다니고 말하고 보면서도 잠을 자거든. 하지만 그자는 여기 앉아 있었어. 여기 있었어, 이 소파에 앉아 있었거든. 그자는 아주 멍청해, 알료샤, 그자는 끔찍한 바보란 말이야." 이반은 갑자기 웃음을 터뜨리고 방안을 걸어 다니기 시작했다.

"누가 바보란 말입니까? 누굴 말하는 거예요, 형님?" 알료샤는 다시 걱정스런 얼굴로 물었다.

"악마야! 그 자는 나를 찾아오곤 해. 벌써 두 번이나 찾아왔었지. 아니, 세 번이었을 거야. 그리고 나를 이렇게 놀려대는 거야. — '자넨 내가 불꽃 날개를 달고 천둥을 울리며 태양같이 빛나는 대마왕 사탄이 아니라서 화를 내고 있군.'하고. 하지만 그 녀석은 대마왕은 아니야. 그건 거짓말이야. 그놈은 평범한 악마야. 작은 놈팽이 악마야. 그놈은 목욕탕에도 간대. 그놈의 옷을 벗기면 긴 꼬리가 나올걸. 꼭 덴마크 개처럼 길이가 석 자쯤 되는, 길고 매끄러운 갈색 꼬리. 알료샤, 너 몸이 얼었겠구나. 눈 속을 걸어 왔으니. 차 마실래? 뭐? 식었다고? 생각이 있다면 사모바르를 가져오랄까? 이런 날씨엔 개도 밖에 내놓지 못하지."

알료샤는 얼른 세면대로 달려가 수건을 적셔 가지고 와서 이반은 다시 자리에 앉힌 다음 물수건을 그의 머리에 얹었다. 그리고 자기도 그 옆에 앉았다.

"아까 너 뭐라고 했지, 리즈에 대해서?" 이반은 다시 말을 시작했다. 그는 무척 수다스러워졌다. "리즈는 내 마음에 들어. 아까는 그 아가씨에 대해 나쁜 말을 했지만 그건 거짓말이었어. 나는 그 아가씨가 마음에 들어. ……난 카챠 때문에 걱정이야. 무엇보다도 그게 가장 걱정이야. 앞으로의 일이 걱정이란 말이야. 그 여잔 내 일이면 나를 걷어차 짓밟을 거야. 그 여자는 내가 자기 때문에 질투를 해서 미챠를 파멸시키려는 걸로 생각하고 있어. 정말 그렇게 생각하고 있어! 하지만 그렇지 않아. 내 일은 교수대가 아니라 십자가를 지는 거야. 아무렴, 내가 왜 목을 매냐. 알료샤, 너 아니? 난 절대로 자살할 수 없는 놈이야! 그건 비열하기 때문일까? 난 겁쟁이는 아니야. 말하자면 삶에 대한 갈망 때문에 그런 거지. 한데 스메르쟈코프가 목을 맸다는 건 내가 어떻게 알았을까. 그렇구나, 그건 그놈이 말해 줬지……."

"형님은 여기서 누군가 와 있었다고 확신하는군요." 알료샤가 의심스러운 듯이 물었다.

"저 구석 소파에 앉아 있었어. 네가 쫓아 줬으면 좋겠다만, 하긴 네가 쫓아 버린 것이나 다름없지. 네가 나타나자 사라져 버렸으니까. 알료샤, 나는 네 얼굴이 좋아. 넌 그걸 알고 있니? 그런데 그 자는 나다. 알료샤, 나 자신이야. 나의 천하고 비열하고 경멸스러운

것의 분신이란 말이지! 그래 난 '낭만주의자'야. 그놈은 그걸 눈치
챘어……. 하기야 중상이긴 하지만, 그자는 아주 바보야. 하지만
그것으로 그는 성공을 하곤 하지. 그는 교활해. 동물적으로 교활
해. 어떻게 하면 나를 화나게 할지 알고 있거든. 그 자는 내가 저를
믿고 있다고 놀리면서 귀를 기울이게 하거든. 그놈은 마치 나를 어
린아이처럼 희롱하지. 하지만 그 자는 나에 대해서 진실도 많이 얘
기했어. 나는 절대로 그런 말을 자신에게 할 수 없을 거야. 얘, 알료
샤!" 이반은 자못 진지하게 마치 흉금을 털어놓고 토로하는 듯한
어조로 덧붙였다. "사실 나는 그것이 내가 아니라 그놈이기를 얼
마나 바랐는지 몰라!"

"그자가 형님을 많이 괴롭힌 모양이군요." 알료샤는 동정의 눈
으로 형을 바라보며 말했다.

"나를 마음대로 놀리는 거야! 그런데 말이다. 그자는 아주 재치
있게 말하거든. '양심이란 무엇인가. 양심이란 나 자신이 만들어
내는 거야. 한데 왜 나는 괴로워할까? 요컨대 습관 때문이지. 7 천
년 이래 계속된 인류의 습관 때문이지. 그따위 것은 내동댕이치고
우리 모두 신(神)이 되자꾸나.' 이건 그놈의 말이야."

"그럼, 형님이 아니군요, 그렇죠?" 알료샤는 맑은 눈으로 형을
쳐다보며 참지 못하고 소리쳤다. "그런 자는 그대로 내버려 두세
요. 아주 잊어버리세요. 형님이 지금 저주하고 계시는 것을 죄다
그자에게 주십시오. 그리고 다시는 나타나지 못하게 하세요!"

"응, 하지만 그자는 지독해. 나를 비웃었단 말이야. 알료샤, 그자

는 아주 건방진 놈이야." 이반은 분한 듯 몸을 떨며 말했다. "그놈
은 나를 비방했어. 그것도 한두 가지가 아니야. 면전에서 거짓말까
지 하면서 '아, 자네는 참으로 훌륭한 일을 해 보려는군. 아버지를
죽인 건 나요. 내 사주를 받고 하인이 아버지를 죽인 거요, 하고 자
백하러 가겠단 말이지……' 이런 소리를 막 지껄이는 거야."

"형님." 알료샤가 말을 가로막았다. "진정하세요. 아버지를 죽인
건 형님이 아닙니다. 그건 거짓말입니다!"

"그자가 그렇게 말했다니까, 글쎄 그자가 말이야. 그자는 그걸
알고 있거든. '자넨 선행을 하려고 하면서도 그걸 믿지 않아. 그래
서 자넨 화를 잘 내고 괴로워하는 거야. 그 때문에 자네는 그렇게
복수심에 불타는 거야.' 이런 소리를 하지 않겠어. 그놈은 자기가
무슨 말을 하고 있는지 알고 있어."

"그건 형님이 하는 말이지 그자의 말이 아닙니다." 알료샤는 슬
픈 듯이 소리쳤다. "형님은 병 때문에 지금 헛소리를 하면서 자신
을 학대하고 있는 거예요!"

"아니야, 그자는 자기가 하는 말을 알고 있어. 그자는 - 자네는
자존심 때문에 가는 거야. 그리고 일어나서 말했지. '아버지를 죽
인 건 나요. 어째서 당신들을 무서워서 벌벌 떨고 있는 거요. 당신
들은 거짓말을 하고 있습니다. 나는 당신들의 의견을 경멸하오. 나
는 당신들의 공포를 경멸하오!' 라고. 그자는 나한테 이렇게 말했
어. '하지만 여보게, 자네는 여러 사람들한테서 칭찬을 받고 싶은
거야. 저 사람은 살인범이지만 얼마나 너그러운 마음씨를 갖고 있

는가! 형을 구하기 위해 자백을 했단다! 이런 칭찬을 받고 싶은 거지.' 하고 말하지 않겠어. 하지만 그건 거짓말이야, 알료샤." 이반은 눈을 번뜩이며 갑자기 소리쳤다.

"나는 그까짓 시시껄렁한 놈들의 칭찬은 바라지도 않아. 그건 거짓말이야. 맹세코 그건 거짓말이야. 그래서 그놈에게 컵을 집어 던졌더니 그 컵은 그놈 콧잔등이에서 박살이 나고 말았어."

"형님, 진정하세요. 이제 그만하세요!" 알료샤는 애원하듯 말했다.

"아니야, 그자는 사람을 괴롭힐 줄 아는 놈이야. 잔인한 놈이거든." 이반은 동생의 말은 듣지도 않고 말을 이었다.

"나는 언제나 그놈이 찾아오는 이유를 미리 알아챘지. '자네가 자존심 때문에 자백하러 가는 것은 괜찮지만, 그래도 자네는 스메르자코프가 유죄 판결을 받아 징역살이를 하게 되고 미차는 무죄가 되며, 그리고 자신은 도덕적 책임만 질 뿐 다른 사람들의 칭찬을 받기를 바랐었지. 하지만 이제 스메르자코프는 죽었어. 자, 그러니 자네가 내일 법정에서 혼자 아무리 지껄여 봤자 누가 그걸 믿겠어? 그런데도 자넨 가겠지. 역시 갈 거야. 가겠다고 마음먹었을 테니까. 이렇게 된 판국에 대체 무엇 하러 가려는가?' 하고 그자는 말했어. 그건 무서운 말이야, 알료샤, 나는 그런 질문을 참을 수 없어. 그런 질문을 나한테 하다니 그런 무례한 놈이 어디 있어!"

"형님," 알료샤는 두려워서 숨이 끊어질 것 같았으나 아직도 이반의 정신을 정상적으로 되돌릴 수 있다고 희망을 걸고 있는 듯 형의 말을 막았다. "어떻게 그자가 내가 오기도 전에 스메르자코프의 자살 소식을 형님께 전할 수 있었을까요? 사실 그의 죽음은 아무도 모르고 또 알 만한 시간적 여유도 없었는데."

"그자가 말했어." 이반이 의심할 여지도 없이 단호한 태도로 말했다. "그놈은 그 말밖에 하지 않았어. '자네가 만일 선행을 믿는다면 그야 나쁠 건 없지. 남이야 자네 말을 믿지 않더라도 자네 원칙대로 가는 거야. 하지만 자네도 부친 표도르와 마찬가지로 돼지 새끼가 아닌가. 선행이 대체 자네에게 있어서 뭐란 말인가. 만일 자네의 희생이 아무 소용도 없는 것이라면 대체 뭣 하러 법정에 나가는가. 그건 자네 자신이 무얼 하러 가는지 모르기 때문이야! 그런데 자넨 무엇 때문에 가는지 스스로 알기 위해서 결심을 했는가. 아직 결심을 완전히 굳힌 건 아니잖나? 자네는 밤새도록 의자에 앉아서 갈까, 가지 말까 하고 궁리를 하겠지. 그렇지만 자네는 결국 가고 말 거야. 자네 자신이 가게 되리라는 걸 알고 있거든. 어느 쪽으로 결정하든지, 그것이 자신에게서 나오지 않았다는 것을 자넨 알고 있어. 자네가 가는 건 가지 않고는 배겨 낼 수 있는 용기가 없기 때문이야. 왜 그런 용기가 없는가. 그건 자네 자신이 알아내야 해. 그것이 자네에게 주어진 수수께끼니까!' 그리고 별안간 벌떡 일어나서 가 버렸어. 네가 오니까 가 버렸어. 알료샤, 그자는 나를 겁쟁이라고 부르더라. 그 수수께끼의 해답은 즉 내가 겁쟁이란 뜻이야! '그런 독수리는 하늘로 날아오르지 못하는 법이야!' 하고 그 자는 덧붙여 말했어! 스메르자코프도 그런 말을 했었지. 그자

를 처치해 버려야 해. 카차는 나를 경멸하고 있지. '칭찬받고 싶어
서 간다.'니 그건 악질적인 거짓말이야. 알료샤, 너도 날 경멸하고
있지. 나는 지금부터 다시 너를 미워할 것 같다만! 그 냉혈한도 미
워 죽겠어! 그자는 살려두고 싶지 않아! 시베리아에서 뒈지라지!
찬송가나 부르고 있으라 그래! 나는 내일 가겠어. 그리고 그들 앞
에서 그 얼굴에 침을 뱉어 줄 테다!"

그는 미친 듯이 벌떡 일어나 물수건을 내동댕이치고는 다시 방
안을 걸어 다니기 시작했다. 알료샤는 조금 전에 이반이 한 말을
떠올렸다. ─ '나는 눈 뜨고 자는 것 같아. 걸어 다니고 말하고 보면
서도 잠을 자거든.' 지금 이반의 상태가 바로 그것이었다. 알료샤
는 이반의 곁을 떠나지 않았다. 달려가서 의사를 데리고 올까 하는
생각도 퍼뜩 떠올랐으나 형을 혼자 두고 가기가 무서웠다. 그렇다
고 형을 맡겨 두고 갈 사람이 아무도 없었다.

이윽고 이반은 차차 의식을 잃어가기 시작했다. 그는 여전히 쉴
새 없이 지껄이고 있었으나 앞뒤가 전혀 맞지 않았다. 나중엔 말조
차 제대로 하지 못하고 갑자기 비틀거렸다. 알료샤가 얼른 그를 부
축했다. 다행히 별로 저항하지 않았으므로, 알료샤는 그럭저럭 그
의 옷을 벗기고 자리에 눕혔다. 그리고 두 시간이나 더 이반의 곁
에 앉아 있었다. 환자는 몸을 움직이지도 않고 조용히 고르게 숨을
쉬며 깊이 잠들었다. 알료샤는 베개를 가지고 가서 옷도 벗지 않은
채 소파 위에 누웠다.

그는 잠자리에 들면서 미차와 이반을 위해 기도를 올렸다. 그는

이반의 병이 무엇인가 차차 알게 되었다. '명예로운 결심에서 생기는 고통, 참으로 깊은 양심의 가책이다!' 이반이 믿지 않았던 신과 그 진리가 아직도 복종을 거부하는 그의 마음을 정복해 가고 있었던 것이다. '그렇다, 스메르자코프가 죽었으니 이젠 아무도 이반 형의 진술을 믿지 않겠지만, 그래도 형은 법정에 나가 증언할 것이다!' 베개를 베고 누운 알료샤의 머리에 이런 생각이 떠올랐다. 알료샤는 조용히 미소 지었다. '하느님이 승리할 것이다!' 하고 그는 생각했다.

'이반 형은 진리의 빛 속에 되살아나든지 아니면…… 증오 속에 멸망해 버릴 것이다. 자기도 믿지 않는 일을 위해 봉사했다고 자기 자신과 모든 사람에게 분풀이하면서…….' 알료샤는 비통한 심정으로 이렇게 덧붙이고 나서 다시 이반을 위해 기도를 올렸다.

제4부

제12편 | 오판

1. 운명의 날

여러 사건들이 있은 다음날 오전 10시, 이 시의 지방법원에서 드미트리 카라마조프에 대한 공판이 시작되었다.

미리 분명히 말해두고 싶지만, 법정에서 일어난 일을 빠짐없이 옮긴다는 것은 더 말할 나위도 없거니와 순서를 잡아가며 전하는 것도 매우 어려운 일이다. 만일 모든 것을 낱낱이 상기하여 적절하게 설명을 가한다면 그것만으로 가히 한 권의 책이, 그것도 상당히 두꺼운 책이 필요하리라 생각된다. 그래서 필자가 특히 나 자신에게 깊은 감명을 주었고 특별히 기억에 남는 점만을 독자에게 전하는 바이니, 그렇다고 해서 나를 너무 탓하지는 말아 주기를 바란다. 나는 별로 대수롭잖은 일을 중요한 사항으로 생각하거나, 반대로 꼭 언급해야 할 두드러진 일을 아예 빼 버리고 말 수도 있을 것이다. 하지만 이러한 변명을 하지 않는 편이 좋을 듯하다. 어쨌든 필자는 가능한 노력을 다하겠으니, 독자 여러분도 필자가 최선을 다했음을 자연히 이해하게 될 것이라 믿고 있다.

우선 법정 안으로 들어가기에 앞서 그날 특히 나를 놀라게 한 일부터 말해 보겠다. 하기는 놀란 것은 나만이 아니었고, 나중에 알고 보니 누구나가 다 놀랐다는 것이다.

이 사건이 너무나 많은 사람들의 흥미를 끌었다는 것, 그래서 모든 사람들이 공판의 개정을 초조하게 기다렸다는 것, 그리고 이 사건이 이 고장에서 지난 두 달 동안 많은 화젯거리가 되었고 추측과 규탄과 공상의 대상이 되었다는 것은 모두 잘 알려진 일이었다. 또 이 사건이 온 러시아에서 화제가 되고 있다는 것도 알고 있었다. 그렇지만 이 사건이 이 고장 사람들뿐 아니라 전국 방방곡곡의 남녀노소 구별 없이 그토록 열광적으로 또 그토록 분노를 불러일으키며 모든 사람들의 마음을 흔들어 놓을 줄은 단 한 사람도 예상치 못한 일이었다.

사실 공판에는 이곳 현청 소재지뿐만 아니라, 그 밖의 러시아 여러 도시에서, 심지어는 모스크바와 페테르부르크까지 많은 방청객들이 속속 모여들었다. 법률가들도 왔고, 몇몇 저명인사와 상류층 귀부인까지 찾아와 방청권은 눈 깜짝할 사이에 동이 났다. 재판관석 바로 뒤에는 특히 지위가 높고 이름 있는 남자 방청객을 위해 이례적이라고 할 수 있는 특별 방청석까지 마련되었다. 여기에는 여러 귀빈들이 점령한 안락의자들이 한 줄로 배열되어 있었는데, 이러한 일은 지금까지 이 재판소에서 한 번도 허용된 적이 없었던 것이었다.

특히 부인 방청객들도 유달리 많이 몰려와서, 우리 읍에 사는 부인들은 물론 다른 고장에서 몰려온 부인들을 합치면 전체 방청객의 반은 차지했다. 여러 지방에서 모여든 법률가들만 해도 그 숫자가 엄청나게 많아서 그 대부분을 어디다 앉혀야 할 것인지 고민해야 했을 정도였다. 왜냐하면 사람들의 개인적인 연줄이나 청탁에 의해 방청권이 이미 오래전에 한 장도 남김없이 분배되고 말았기 때문이다.

나도 직접 보았지만, 법정 끝에 있는 연단 맞은편 쪽에 특별 칸막이가 임시로 설치되어, 각지에서 모여든 법률가들이 그 자리를 배정받았다. 자리를 많이 마련하기 위해 의자를 완전히 들어내는 바람에 그들은 줄곧 서 있어야 했지만 그래도 그나마 다행으로 여길 정도였다. 그래서 콩나물시루처럼 빽빽이 들어선 청중은 '심리'가 이루어지는 동안 서로 어깨를 비벼대며 선 채로 견뎌내야만 했다.

몇 사람의 부인네들, 특히 다른 도시에서 온 부인들 중에는 화려하게 성장을 하고 방청석에 나타난 사람도 있었지만 나머지 대부분은 모양을 내는 것조차 잊고 온 것 같았다. 이 부인네들의 얼굴에는 히스테릭하고 탐욕스러우며 거의 병적이라고 할 만한 강렬한 호기심이 나타나 있었다.

방청석에 모인 모든 사람들의 가장 두드러진 특징의 하나로서

대서특필해 두어야 할 것은 부인네들의 거의 전부가, 아니 적어도 그 대다수가 피고 미차의 편이어서 그의 무죄를 믿고 있었다는 사실이다. 그 주요한 이유는 미차가 여성의 마음을 사로잡는 재주가 있다는 이미지 때문이었는지도 모른다. 사실 라이벌 관계에 있는 두 여성이 법정에 등장하리라는 것은 누구나가 다 알고 있었다.

그 중에서도 무엇보다 카체리나 이바노브나에게 모든 사람들의 관심이 쏠리고 있었다. 이 여인에 관해서는 별의별 당돌한 소문이 다 나돌고 있었다. 미차가 흉악한 범죄를 저질렀음에도 불구하고 그녀는 여전히 그에 대해서 불같은 정열을 쏟고 있다는 사실이 커다란 화제가 되었다. 특히 입방아에 오르내린 것은 그녀의 높은 자존심과 – 사실 그녀는 이 고장에서 거의 아무도 방문한 일이 없었다 – '귀족 사회에 유력한 연줄이 있다'는 것이 소문나 있었다. 그녀가 직접 정부에 탄원하여 유형지까지 죄인을 따라가서 어디든 지하광산에서 그와 결혼식을 올릴 의향마저 가지고 있다는 소문까지 떠돌고 있었다. 사람들은 카체리나의 경쟁자인 그루센카가 법정에 나타나기를, 그에 못지않은 흥분을 가지고 기대하고 있었다. 두 사람의 경쟁자 – 귀족적인 자만심에 찬 아가씨와 이른바 '고급 창녀', 이 두 라이벌의 법정 대결을 무서울 정도의 호기심을 품고 기다리는 것이었다.

그런데 이 고장 부인들에게는 카체리나보다 그루센카 쪽이 더 잘 알려져 있었다. 그들은 전부터 '표도르 카라마조프와 그 불행한 아들 미차를 파멸시킨 악녀'를 잘 알고 있었다. 그리고 거의 모든 사람이 이구동성으로 '별로 미인도 아닌 더없이 평범한 러시아의 시골 처녀'에게 어떻게 부자가 다 같이 반할 수 있었는지 모르겠다며 놀라운 눈으로 보아 왔던 것이다. 아무튼 온갖 소문이 다 떠돌았다. 사실 이 고장에서는 미차의 일로 해서 심각한 가정불화까지 일어난 집이 여럿 있었음을 필자는 확실히 알고 있다.

많은 부인네들이 이 무서운 사건에 대한 견해 차이 때문에 자기 남편과 대판 싸움을 벌였던 것이다. 따라서 당연한 결과로서 이런 부인들의 남편들은 피고 미차에 대하여 동정적이긴 커녕 오히려 혐오감마저 안고 법정에 나타났다. 요컨대 남자 쪽은 여자 쪽과는 정반대로 피고에 대하여 반감을 품고 있는 것이 틀림없는 사실이었다. 그래서 몹시 엄하고 찌푸린 표정들을 하고 있었으며 개중에는 완전히 증오에 찬 얼굴을 하고 있는 사람마저 보였다. 하기는 미차가 이 고장에 머무는 동안 이들 중 많은 사람에게 개인적으로 모욕을 준 것도 사실이었다.

물론 방청객 가운데는 참으로 유쾌한 표정으로 미차의 운명 따위에는 전혀 무관심한 자도 있었지만, 그래도 역시 이 재판의 행방에 관심을 갖고 있었으며 남자들의 대다수는 미차에게 형벌이 내려지기를 바라고 있었다. 다만 법률가들은 이와 달라서, 그들에게는 사건의 도덕적인 면보다 이른바 현대의 법적인 측면이 더 중요했다.

모든 사람들은 흥분의 도가니 속으로 몰아넣은 또 하나의 사실은 유명한 페추코비치 변호사의 등장이었다. 그의 재능은 이미 도처에 알려져 있었다. 그가 지방에 나타나 굵직한 형사 사건의 변호를 맡은 것은 이것이 처음이 아니었다. 그가 변호한 사건은 예외 없이 나중에 러시아 전역에 유명해지고 오래도록 사람들의 기억에 남았다.

이곳의 검사와 재판관에 대해서도 여러 가지 일화가 전해지고 있었다. 이폴리트 검사가 페추코비치와 만나는 것을 두려워하고 있다느니, 그들 두 사람은 법조계에 첫발을 내디뎠을 때부터 적수였다느니, 자존심 강한 이폴리트는 자신의 재능을 제대로 인정받지 못하고 있기 때문에 페테르부르크 시절부터 늘 누군가에게 모욕을 받고 있는 기분에 사로잡힌 터였으므로 이번의 카라마조프 가의 사건으로 실력을 발휘해 기세를 올리려고 잔뜩 벼르고 있지만 오직 페추코비치만을 두려워하고 있다느니 하는 소문이었다.

그러나 검사가 페추코비치에 대해서 겁을 먹고 있다는 소문은 정확한 것은 아니었다. 그는 위험을 목적에 두고 의기소침하기는커녕 오히려 그 반대로 위험이 크면 클수록 자존심도 그만큼 강해져서 더욱 기세등등해지는 그런 성격의 인물이었던 것이다. 아무튼 이 검사는 대단한 열정가였으며, 병적일 정도로 감수성이 강하다는 사실만은 인정해야 할 것이다. 그는 어떤 사건이건 자기의 온 심혈을 다 기울여 임했고 자신의 운명도, 검사로서의 자질도 그 사건의 결과 여부에 따라 결정되기라도 하는 듯이 행동했던 것이다. 법조계에서는 이것을 비웃는 자도 있었다.

그러한 유별난 성질로 인해 그는 비록 전국 방방곡곡 명성을 떨치지는 못했어도 이런 시골 재판소의 하찮은 직위에 있는 사람치고는 비교적 널리 알려져 있었던 것이다. 사람들은 특히 그의 심리학적 경향을 비웃었지만, 필자의 판단으로는 이것은 모두 오해였다. 우리의 검사는 많은 사람들이 생각하고 있는 것보다는 훨씬 진지한 성격을 갖고 있었던 것 같다. 그러나 이 병적인 인물은 법조계에서 경력을 쌓기 시작한 때부터, 그리고 그 후에도 한평생 자기 지위를 구축할 수 없었던 것이다.

이 곳 재판장의 사람됨은 어떠한가를 살펴보면, 그는 교양이 풍부하고 박애적이며 실무 면에서 통달하고 있을 뿐만 아니라 현대적인 견해를 갖고 있는 인물이라 할 수 있다. 이 사람도 매우 자부심이 강한 편이었지만 자신의 출세에는 그다지 연연해하지 않았다. 그의 인생의 주된 목적은 시대의 선각자가 되는 것이었다. 게다가 그는 유력한 연고와 재산도 갖고 있었다. 이것은 뒷날 판명된 일이지만, 그 역시 카라마조프 사건에 대해서는 상당한 열의를 갖고 있었다. 그러나 그것도 어디까지나 일반적인 의미에 불과했다. 부친 살해의 현상 그 자체, 그의 분류, 그리고 우리나라의 사회 조직의 산물로서, 또한 러시아적 특성의 설명으로서 이 사건의 관찰이 그의 관심의 중심이었다. 그는 사건의 개인적인 성격이나 비극적인 요소에 대해서는, 그리고 피고를 비롯한 모든 관련자들에 대해서는 무관심하고 추상적인 태도를 취하고 있었다. 하기야 재판장으로서 이것은 당연히 가져야 할 태도인지도 모른다.

재판관이 출석하기 오래 전부터 이미 법정은 방청객으로 초만

원이었다. 이 법원은 꽤나 넓고 목소리가 잘 들리는, 우리 고장에서는 가장 훌륭한 건물이었다. 재판관석은 조금 높은 단 위에 있었고, 그 오른쪽에는 배심원들을 위한 긴 테이블과 그 뒤에 두 줄로 놓인 안락의자가 있었으며, 왼쪽에는 피고석과 변호사 석이 마련되어 있었다. 법정의 중앙, 재판장석 가까운 테이블에는 이른바 '증거품'들이 놓여 있었다.

그 위에는 피투성이가 된 표도르의 잠옷과 범행에 사용한 것으로 추측되는 구리로 만든 절굿공이, 소매 근처에 피가 밴 미차의 셔츠, 그때 피 묻은 손수건을 넣었기 때문에 뒷주머니 언저리에 핏자국이 난 양복바지, 그리고 피 때문에 뻣뻣해져서 이젠 완전히 누렇게 변색된 손수건, 미차가 페르호친의 집에서 자살할 목적으로 탄약을 재어놓았지만 트리폰에게 몰래 압수당한 권총, 그루센카에게 주려고 3천 루블의 돈을 넣고 겉봉에 메모를 해둔 봉투와 그 봉투를 묶었던 장밋빛 리본, 그밖에 일일이 기억할 수 없을 만큼의 많은 물건들이 놓여 있었다. 일반 방청석은 거기서 좀 떨어진 법정의 구석진 데 있었지만, 난간 앞에는 안락의자가 몇 개 놓여 있었다. 그것은 진술을 마친 후 계속 법정에 남아 있어야 할 증인들을 위한 것이었다.

오전 10시에 세 사람의 재판관이 나타났다. 재판장과 배심판사와 명예 치안판사였다. 곧 검사도 그 모습을 나타냈다.

재판장은 단단한 체격의 중키보다 약간 작은 키에 치질을 앓는 듯이 누렇게 보이는 안색을 한, 쉰 살 정도의 남자였다. 붉은 리본을 목에 걸고 있었으나 그것이 어떤 훈장이었는지 기억나지 않는다. 필자뿐만 아니라 아니 딴 사람의 눈에도 마찬가지였겠지만, 검사의 얼굴은 창백하다 못해 녹색에 가까운 색을 하고 있었다. 뭣 때문인지는 몰라도 하룻밤 사이에 얼굴이 몰라보게 수척해진 모습이었다. 필자가 불과 사흘 전에 만났을 때만 해도 평소와 조금도 다름이 없었기 때문이다.

재판장은 우선 정리(廷吏)에게 배심원들은 모두 출석했느냐고 물었다. 그러나 필자는 어차피 이런 식으로 기술해 나갈 수는 없다는 것을 잘 알고 있다. 왜냐하면 똑똑히 들리지 않는 대목도 있었고, 의미가 모호한 대목도 있으며, 또한 이미 잊어버린 부분도 있기 때문이다. 그러나 그 최대의 이유는 앞에서도 말한 것처럼 하나하나의 말과 경위를 빠짐없이 적어 나간다면 문자 그대로 시간과 지면이 모자라기 때문이다. 필자는 다만 쌍방의, 즉 변호 측과 검찰 측에 의한 배심원 할당이 그리 많지 않았다는 것만은 잘 기억하고 있다.

지금도 잘 기억하고 있지만, 배심원은 열두 사람뿐이었다. 그들은 이 고장 관리 네 명과 상인 두 명, 그리고 농부와 평민 여섯 명이었다. "이처럼 복잡하고 심리학적으로 미묘한 사건은 저따위 관리들과 더욱이 저런 농부들이나 평민들의 결정적인 단정에 맡기다니, 그게 어디 될 말인가요? 저따위 관리나 하물며 저런 농부들이 어떻게 이 사건의 진상을 이해할 수 있을까요?"하고 재판이 시작되기 전에 이 고장 사람들이, 특히 부인네들이 의아스러운 얼굴로 묻던 일을 필자는 기억하고 있다.

사실 배심원으로 위촉된 사람들 중 그 네 명의 관리는 모두가 늙은이들로서 그 중 한 명은 조금 젊었지만, 이 곳 사교계에서는 이름도 들은 적이 없는, 적은 봉급에 매달려 사는 자들이었다. 이제는 아무데도 데리고 다닐 수 없는 늙은 마누라와 틀림없이 맨발로 싸돌아다닐 많은 자식들을 거느리고 고작 카드놀이나 하며 한가한 시간을 메워가는 위인으로, 책이라곤 한 권도 읽은 일이 없을 것 같았다. 두 사람의 상인은 제법 심각한 표정을 지어 보이긴 했지만 왠지 묵묵히 입을 다문 채 긴장한 것 같았다.

평민과 농부들에 관해서는 새삼스레 말할 필요도 없다. 이 고장의 평민들은 거의 농부들과 마찬가지로 호미를 들고 밭농사를 짓는 자도 있었다. 그 중 두 사람은 역시 독일식 옷차림을 하고 있었는데, 그 때문인지 나머지 네 사람보다 오히려 더 초라하고 누추해 보였다. 형편이 이러했으므로 필자도 그들을 보았을 때 '이런 자들이 이런 사건에 대해 과연 무엇을 이해할 수 있을까?'하는 의문이 일었던 것이다. 아마 이런 의문은 다른 사람들도 마찬가지였을 것이다.

그래도 그들은 한결같이 미간을 찌푸리고 뭔가 묘하게 당당하고 거의 위협적인 인상을 풍기면서 자리에 앉아 있었다. 이윽고 재판장은 퇴직 9등관 표도르 카라마조프 살해사건에 대한 심리에 들어간다고 선언했다. 이때 재판관이 어떤 표정을 지었는지 필자도 기억하지 못한다. 그리고 피고를 데리고 들어오라는 명령이 떨어지자 곧 미차가 법정에 나타났다. 순간 법정은 물을 끼얹은 것같이 고요해져서 파리의 날개 소리까지 들을 수 있게 되었다. 다른 사람들에겐 어떠했는지 알 수 없으나, 필자는 미차의 외관을 보고 매우 불쾌한 기분이 들었다.

특히 불쾌했던 것은 그가 새로 맞춘 프록코트를 빼입고 아주 멋 부린 차림으로 나타난 것이다. 뒷날에 들은 이야기지만 그는 일부러 이 날을 위해 자기의 옷 치수를 알고 있는 모스크바의 단골 양복점에서 그 옷을 새로 맞췄다는 것이었다. 더욱이 그는 어린 양가죽으로 만든 검은 새 장갑을 끼고 멋진 와이셔츠를 입고 있었다. 그는 그의 버릇대로 똑바로 정면을 바라보면서 성큼성큼 걸어오더니, 겁먹은 기색도 없이 태연히 자기 자리에 가서 앉았다.

동시에 저명한 변호사 페추코비치도 모습을 나타내자, 법정 안엔 억눌린 것 같은 낮은 술렁거림이 일었다. 이 변호사는 후리후리한 키에 깡마른 몸집의 인물로서, 가느다란 두 다리와 별나게 가늘고 긴 창백한 손가락, 말쑥하게 면도질한 얼굴과 얌전하게 빗어 올린 짧은 머리, 이따금 차가운 조소인지 따뜻한 미소인지 분간할 수 없는 애매한 미소가 떠오르는 얇은 입술을 갖고 있었다. 나이는 마흔 전후로 보였다. 그의 눈은 조그맣고 무표정했으나 두 눈 사이가 지나치게 가까워서 가느다란 콧마루가 간신히 비집고 들어앉은 것 같은 느낌이었다. 이 독특한 눈만 아니라면 그 얼굴은 대체로 호감을 주었을 것이다. 한 마디로 말해서 그 용모는 누가 보아도 깜짝 놀랄 만큼 새를 닮아 있었다. 그는 연미복에 하얀 넥타이를 매고 있었다.

재판장은 먼저 미차를 향해 이름과 신분 등을 물었다. 미차는 또 렷하게 대답했지만, 웬일인지 어처구니없이 큰소리를 냈으므로 재판장은 머리를 한번 흔들며 놀란 듯 그를 바라보았다.

이어서 심문을 받기 위해 출두한 사람들, 즉 증인과 감정인들의 이름이 호명되었는데, 그 명부는 꽤 길었다. 증인들 가운데 네 사람은 출두하지 않았다. 이를테면 예심 때 증언했으나 지금은 파리에 있는 미우소프와 병석에 있는 호흘라코바 부인과 지주 막시모프, 그리고 갑자기 목을 매어 자살해 버린 스메르자코프였다. 스메르자코프의 자살에 관해서는 경찰 측에서 사망증명이 제출되었는데, 이 보고는 법정 전체에 심한 동요와 수군거림을 야기시켰다. 그러나 무엇보다도 사람들을 놀라게 한 것은 미차의 당돌한 행동이었다. 그는 스메르자코프의 자살소식을 듣자 별안간 의자에서 벌떡 일어나 법정을 향해 혼을 찢는 듯한 큰소리로 외쳤다.

"개자식에게는 죽음이 당연하지!"

변호사가 달려가서 그를 제지한 일, 재판장이 그에게 또다시 그런 방자한 행동을 되풀이하면 엄중한 조치를 취하겠다고 위협한 일 등이 지금도 필자의 기억에 남아 있다. 미차는 연방 고개를 끄덕이면서도 후회의 빛은 티끌만큼도 보이지 않고 변호사에게 몇번이나 같은 말을 되풀이했다.

"이제 안 합니다, 안 해요. 저도 모르게 그만 입 밖에…… 다시는 안 합니다!"

물론 이 짤막한 삽화는 배심원이나 일반 방청객의 심증에 있어서 피고에게 불리한 인상을 주었음은 더 말할 나위도 없다. 그는 자기 성격을 폭로함으로써 자기 자신을 모든 사람들에게 소개하고 만 것이다. 그가 이러한 인상을 준 후 서류에 의한 검사 측의 기소장이 낭독되었다.

기소장은 극히 간결하면서도 매우 상세한 것이었다. 피고는 왜 구속되어 재판에 회부되지 않으면 안 되었는가 등의 주요한 이유만 설명되었는데, 그래도 이 기소장은 필자에게 강한 인상을 주었다. 서기는 또렷하고도 명쾌한 목소리로 읽어 내려갔다. 그리하여 모든 비극이 가차 없는 빛을 받아 사람들 앞에 새로이 집약되어 재현된 것 같은 느낌이었다. 기소장이 낭독된 직후 재판장은 위엄 있게 폐부를 찌르는 듯한 목소리로 미차에게 물었다.

"피고는 자신의 유죄를 인정하는가?"

미차는 자리에서 벌떡 일어났다.

"저는 지나친 음주와 방탕한 행위에 대해서는 유죄를 인정합니다." 그는 다시금 어처구니없이 큰소리로 마치 제 자신을 잊은 듯이 부르짖었다. "나태하고 방종한 생활을 보낸 데 대해서는 죄를 인정합니다. 운명에 버림받은 그 순간, 저는 영원히 성실한 인간이 되기를 바랐습니다. 그러나 그 늙은이, 저의 아버지인 동시에 원수인 그의 죽음에 대해서는 결단코 죄가 없습니다. 또 아버지의 돈을 훔쳤다는 데 대해서도 당치 않은 소립니다. 결코 아니에요! 절대로 나는 죄를 범하지 않았습니다. 드미트리 카라마조프, 이 미차는 비열한 인간이긴 하지만 결코 도둑놈은 아닙니다!"

미차는 이렇게 소리치고 자리에 앉았으나 분명히 온몸을 부들 부들 떨고 있었다.

재판장은 다시금 피고를 향해 간단하면서도 교훈적인 어조로 쓸데없는 소리를 지껄이거나 고함을 치는 것을 삼가라고 주의를 주었다. 이어서 재판장은 심리의 개시를 명령했다. 모든 증인들이 선서를 하기 위해 출정하였다. 필자는 이때 한 번에 모든 증인을 볼 수 있었다. 다만 피고의 동생들만은 선서 없이 증언을 해도 좋 다는 허락을 받았다. 수도사와 재판장이 주의사항을 알리자 증인 들은 물러나고 되도록 서로 떨어져 앉도록 자리를 배정받았다. 이 윽고 증인 한 사람 한 사람의 심리가 시작되었다.

2. 위험한 증인

　검사 측 증인과 변호사 측 증인이 재판장에 의해 따로 구별되어
있었는지 아닌지, 또한 그들을 어떤 순서로 호출했는지, 이런 점에
대해서 필자는 알지 못한다. 필시 그러한 구별과 일정한 순서가 있
었을 것이다. 다만 필자가 알고 있는 것은 검사 측 증인이 먼저 불
려 나갔다는 것뿐이다. 거듭 말하지만 필자는 그러한 심문 내용을
순서대로 기술할 생각은 추호도 없다. 더욱이 나의 기술은 어느 정
도 필요없는 것이 될지도 모른다. 왜냐하면 검사와 변호사가 토론
에 들어갔을 때, 양자의 논고와 변론에 있어서 모든 증언의 경로와
그 의의가 한 점으로 집약되어 명확하게 그 특질을 드러내 이미
명시되었기 때문이다.

　이 두 사람의 뛰어난 변론을 필자는 적어도 필요한 곳만은 상세

히 적어 두었으므로 적당한 시기에 독자들에게 전하기로 한다. 그리고 그 변론에 들어가기 전에 갑자기 법정 안에서 발생하여 재판 결과에 충격적이고 운명적인 영향을 끼친 매우 기상천외한 사건도 겸해서 기술할 생각이다. 어쨌든 여기서는 단지 재판이 시작되던 그 순간부터 이 '사건'의 한 가지 특수성을 모든 사람들이 명확하게 인정할 수 있게 되었다는 것만을 말해 두겠다. 그것은 다름 아니라 피고의 유죄를 뒷받침하는 검찰 측의 자료가 변호인 측이 갖고 있는 자료보다 훨씬 우세했다는 점이다. 이 무서운 법정에서 모든 사실이 집약되어 피비린내 나는 공포의 전모가 점점 드러나기 시작하자마자 모든 사람들은 그것을 깨달았던 것이다. 아마 사람들은 처음부터 이것은 전혀 논쟁할 여지조차 없는 사건이라는 것, 전혀 의혹이 끼어들 여지도 없는 것이며, 사실 변론 같은 것은 아예 불필요한 것이다, 따라서 형식상으로 행하는 데 불과하다는 것, 피고가 틀림없는 유죄라는 것, 최종적으로 유죄 판결이 내려질 것 – 이런 것들을 잘 알고 있는 모양이었다.

필자가 보기에는 매력적인 피고의 무죄를 그토록 열망하고 있던 부인네들조차도 하나같이 그의 유죄를 가차 없이 확신하고 있는 것 같았다. 뿐만 아니라 미차의 범죄가 완전히 인정되지 않았다면 오히려 부인네들은 비관하였을 것임에 틀림없다. 왜냐하면 만일 그렇게 되면 마지막에 피고의 무죄가 선고되었을 때 극적인 효과가 희박하게 될 것이기 때문이었다. 정말 이상하게도 부인네들은 거의 최후의 순간까지 피고의 무죄 방면을 확신하고 있었다.

'죄를 짓기는 했지만 요즘의 유행인 인도주의와 새로운 사상 및 새로운 감정에 의해 꼭 무죄 선고를 받을 것이다' 그들은 그렇게 믿고 있었다. 그런 이유로 해서 그 부인네들은 그토록 조바심을 내며 이 법정에 몰려든 것이었다.

그러나 이와는 반대로 남자들은 저명한 페추코비치와 검사의 논쟁에 보다 많은 흥미를 느끼고 있었다. '아무리 페추코비치 같은 천재라 하더라도 이처럼 명백하고 희망도 없는 뻔한 싸움에는 어쩔 수가 없을 것이다.'라고 생각하면서도 그의 영웅적인 활동을 주의를 기울이며 지켜보고 있었다. 그러나 당사자인 페추코비치는 마지막까지, 즉 그가 변론을 시작할 때까지 여전히 하나의 수수께끼 같은 존재였다. 안목 있는 사람들은 그가 일정한 시스템을 갖고 있으므로 마음속에는 구상을 다 짜놓고 확고한 목표를 향해서 매진하고 있을 것이라고 예측했다. 하지만 그 목표가 어떤 것인지 누구도 짐작할 수가 없었다. 어쨌든 그의 굳은 신념과 자신만은 누가 봐도 한 눈에 알 수 있었다.

뿐만 아니라 이 마을에 온 지 얼마 되지도 않았는데, 그러니까 불과 사흘밖에 되지 않았는데도 재빨리 사건의 진상을 정확히 포착하고 이미 '세밀히 그것을 연구한' 수완을 보인 것이 곧 인정되어 사람들은 심히 만족해했다. 예를 들면 나중에 모두들 유쾌하게 이야기를 주고받은 일이지만 그는 정말 기민하게 검사 측의 증인들을 적당한 시기에 잘 '유도해서' 당황하게 만들었을 뿐만 아니라 특히 그들의 소행에 관한 평판에 먹칠을 함으로써 자연히 그들의 증언도 의심스러운 것으로 만들었던 것이다.

그렇지만 사람들은 그가 이 같은 일을 해치우는 것은 그저 일종의 여흥이며, 말하자면 법조계의 명예를 위해서이다, 즉 변호사로서의 상투 수단을 잊지 않고 적용하기 위한 것이다, 이렇게 생각하고 있었다. 왜냐하면 이러한 '먹칠 행위'로는 뭔가 결정적인 이익도 얻어질 수 없다는 것을 모두 확신하고 있었기 때문이다. 게다가 그 자신은 틀림없이 따로 어떤 계획을 가지고 있었을 테니까 - 말하자면 지금은 가슴 깊숙이 변호의 무기를 숨겨두고 있다가 느닷없이 그것을 들고 나올 작정이라는 것을 누구나 다 잘 알고 있었던 것이다. 그러나 그때까지는 자기의 실력을 의식하면서 그저 까불고 희롱하고 있는 듯 싶었다.

예를 들면 표도르의 늙은 하인 그리고리가 '정원으로 나가는 문이 열려 있었다.'는, 실로 중요한 진술을 한 그 심문을 할 때만 하더라도 이 변호사는 자기가 질문할 차례가 되자 집요할 정도로 상대를 꽉 붙들고 사정없이 파고드는 집요함을 보였던 것이다.

그런데 여기서 일러둬야 할 것은 그리고리가 법정의 엄숙함과 많은 방청객에도 불구하고 조금도 당황됨이 없이, 다소 오만스러움을 풍길 정도로 태연자약하게 법정에 들어섰다는 사실이다. 그리고 마치 아내 마르파와 단둘이서 허물없이 얘기하듯이 여유만만하게 진술을 했다. 이 늙은 하인을 당황하게 만드는 것은 불가능해 보였다.

우선 검사는 그에게 카라마조프네 가정상황에 대해 지루할 정도로 상세히 질문을 퍼부었다. 그 가정의 내부 사정이 환하게 드러났다. 이 증인의 태도는 극히 솔직하고 공평해 보였다. 그는 죽은 자기 주인에 대하여 깊은 존경심을 가지고 진술했지만, 미차에 대한 주인의 태도는 공평하지 못했고 양육방법은 옳지 않았다고 서슴없이 증언했다.

그리고 미차의 유년시절을 이야기하면서 "정말 어린 시절 그 아이는, 만일 내가 없었더라면 틀림없이 이한테 파먹혀 죽었을 것입니다."라고 덧붙였다. "게다가 피를 나눈 아버지로서 현재 아들의 몫으로 되어 있는 외가의 재산을 가로챈 것도 옳은 일은 못 됩니다."라는 말도 했다. 그러나 아들의 재산을 표도르가 가로챘다는 증거가 있냐는 검사의 심문에 대해서는, 누구나 의아하게 여긴 바지만, 그리고리는 아무런 근거 있는 대답을 하지 못했다. 그래도 역시 그리고리는 아들의 재산 상속에 관한 계산에 '부정'이 있었고, 아들에게 '몇천 루블은 더 주었어야 했다.'고 끝까지 주장했다.

얘기가 나왔으니 말이지, 검사는 그 뒤에도 이 문제 — 표도르 카라마조프가 미차에게 그것을 지불하지 않은 것이 사실인가 하는 문제에 특히 역점을 두고 집요하게 여러 사람에게 되풀이해서 물어 보았다. 알료샤와 이반도 예외가 아니었다. 그러나 누구에게도 확고한 증언을 얻어내지 못했다. 모두들 유산 상속의 사실을 긍정할 뿐 조금이라도 확실한 증거를 제시하는 사람은 아무도 없었다.

이어 그리고리가 드미트리가 식사 후 별안간 달려 들어와서 아버지를 구타하고는 재차 돌아와서 아예 죽여 버리겠다고 협박한 뒤 돌아갔을 때의 광경을 증언하자, 법정 안에는 음산한 공기가 감돌았다. 더욱이 이 늙은 하인은 침착하고 군소리가 없는 독특한 시골 어조로 이야기했는데 그것이 도리어 무서운 웅변이 되어 그 효과를 나타낸 것이다. 미차가 그때 자기를 밀쳐 버리고 얼굴을 때리며 모욕한 것에 대해서는 이제 화도 다 풀렸으며 이미 용서했다고 말했다.

죽은 스메르자코프에 대하여 묻자, 그는 성호를 그으면서 그는 꽤 재간 있는 젊은이였으나 어딘가 바보스러운 데가 있었고, 게다가 불치의 간질병을 이기지 못한 데다 믿음이 없었으며, 무엇보다 하느님을 믿지 않는 것은 표도르와 그의 장남에게 배웠다고 말했다. 그러나 스메르자코프가 정직했다는 점만은 열심히 주장하면서 그 증거로서는 그가 한번은 주인이 잃어버린 돈을 발견했으나 몰래 감추려고 하지 않고 곧 주인에게 갖다 바쳤기 때문에 그 포상으로 주인이 '금화'를 주었고 그 후부터는 무슨 일이든 그를 신임하게 되었다고 설명했다. 정원 쪽의 문이 열려 있었다는 데 대해서 그는 끝까지 주장을 굽히지 않았다. 그러나 그에 대한 심문 조항이 너무나 많았으므로 필자로서는 죄다 기억할 수가 없다.

마지막으로 그 유명한 변호사가 질문할 차례가 되었다. 그는 우선 표도르가 어떤 부인을 위해 3천 루블을 감추어 두었다는 그 봉투에 대해 묻기 시작했다.

"당신은 오랫동안 주인을 모시고 있었는데 자기 눈으로 직접 그 봉투를 보았습니까?"

이에 대해 그리고리는 "그런 것은 본 적도 없고 이번에 모두가 떠들어대기 전까지 남한테 그 돈에 대해서 들은 적도 없었습니다."하고 대답했다. 그러자 페추코비치는 좀 더 범위를 넓혀 그 봉투에 대해서 알 만한 증인들에게 모조리 똑같은 질문을 했다. 그것은 검사가 재산 분배에 대해 물어볼 때와 같이 집요했다. 그러나 역시 그런 말은 들은 적이 있어도 그 봉투는 직접 보지 못했다는 게 한결 같은 대답이었다. 이 문제에 있어서 변호사가 특별히 집요하다는 것은 누구나 다 대번에 알아챌 수 있었다.

"그러면 여기서 한 가지 더 물어봅시다." 페추코비치가 느닷없이 말했다. "예심 때의 진술을 보면, 당신은 그날 저녁 취침 전에 허리 통증 때문에 술을 마셨다던데 그 술의 성분은 무엇인가요?"

그리고리는 멍한 눈초리로 변호사를 잠시 바라보고 있다가 이윽고 대답했다.

"샐비어 잎을 넣어 만들었습니다."

"샐비어 잎 뿐인가요? 그 밖에 다른 것은 기억나지 않습니까?"

"질경이도 넣었습니다."

"물론 고추도 넣었나요?" 페추코비치는 계속 물어보았다.

"네, 고추도 넣었습니다."

"여러 가지가 들어갔겠지요. 그래서 그것을 모두 보드카에 담았습니까?"

"알코올에 담았습니다."

방청석에서 킥킥 하는 웃음소리가 조그맣게 들렸다.

"그것 봐요. 알코올을 사용했군요. 당신은 그것을 등에 바른 다음 당신의 부인밖에 모르는 어떤 주문을 외우면서 병에 남은 약을 마셔버렸다, 이 말이지요?"

"네, 그렇습니다."

"대강 얼마나 마셨습니까? 보드카 잔으로 한두 잔쯤?"

"컵으로 한 잔쯤 마셨을 겁니다."

"놀랍군요. 컵으로 한 잔이라구요! 어쩌면 한 잔 반쯤 되었을지도 모르겠네요."

그리고리는 입을 다물었다. 그는 무언가 의도를 눈치 챈 모양이었다.

"조그만 컵에 한 잔 반이나 되는 알코올이라면 그건 보통 기분 좋은 일이 아닙니다. 어떻게 생각합니까? 그쯤 되면 정원으로 들어가는 문이 아니라 '천국의 문이 열린 것'도 볼 수 있었을 텐데요."

그리고리는 역시 입을 열지 않았다. 법정에서는 또 웃음소리가 일었다. 재판장은 가볍게 몸을 움직였다.

"증인도 분명히 기억하지 못하는 게 아닙니까?"하고 페추코비치는 한층 더 끈질기게 상대를 물고 늘어졌다. "당신이 정원에 들어가는 문이 열려 있는 것을 보았을 때, 그때 당신은 잠을 자고 있었던 게 아닙니까?"

"두 다리로 멀쩡하게 서 있었는걸요."

"그것만으로는 잠자고 있지 않았다는 증거가 되지 않아요." 또

1524

다시 법정에서 작은 웃음소리가 들렸다. "예를 들면 그때 누군가가 당신에게 뭔가, 이를테면 올해가 몇 년이냐고 물었다면 당신은 대답할 수 있었을까요?"

"그런 건 잘 모릅니다."

"그렇다면 올해는 기원 몇 년입니까? 그리스도 탄생 후 몇 년이 되는지 알고 있습니까?"

그리고리는 자신을 괴롭히는 상대방을 가만히 바라보면서 의혹에 찬 표정을 짓고 서 있었다. 그는 사실 금년이 서기 몇 년인지 모르는 모양이었다. 그것은 실로 이상하게 여겨졌다.

"하지만 아마 이것은 알고 있겠지요. 당신의 손에 손가락이 몇 개씩 있는가는?"

"전 남의 고용살이를 하는 몸입니다." 갑자기 그리고리는 커다란 목소리로 또박또박 말했다. "높으신 나리께서 저를 놀리신다면 저로선 참을 수밖에 없습니다."

페추코비치는 다소 주춤한 기색이었다. 그러자 이때 재판장이 입을 열고 변호사에게 보다 사건에 적합한 질문을 하라고 주의를 주었다. 페추코비치는 이 말을 듣고 나서 위엄 있는 태도로 고개를 숙인 다음 이 증인에 대한 질문이 끝났다고 선언했다. 물론 방청객과 배심원들 사이에는 약기운으로 '천국의 문을 보았을' 가능성이 있을 뿐만 아니라 올해가 서기 몇 년인지도 모르는 인간의 진술에 대해 한 가닥 의심을 품지 않을 수 없었다. 따라서 변호사는 자기의 목적을 달성한 셈이었다. 그런데 그리고리가 퇴정하기 전에 또 하나의 에피소드가 발생했다. 재판장이 피고를 향해 그리고리의 증언에 대해서 무슨 할 말은 없느냐고 물었을 때였다.

"문에 관한 증언 이외에는 모두 저 사람의 말이 맞습니다." 미차는 큰소리로 대답했다. "나의 이를 잡아 준 데 대하여 고맙게 생각합니다. 내가 때린 것을 용서해준 데 대해서도 감사합니다. 이때까지 평생토록 정직 하나만으로 살아온 노인입니다. 아버지한테는 700마리의 불도그만큼이나 충실했습니다."

"피고는 말을 삼가시오." 재판장은 근엄하게 주의를 주었다.

"저는 불도그가 아닙니다요." 그리고리도 중얼거렸다.

"그렇다면 내가 불도그입니다. 바로 납니다!" 미차가 외치듯이 말했다. "만일 그게 모욕적이라면, 그 이름은 내가 인수하겠소. 그리고 저 사람에게는 사과합니다. 정말 나는 짐승이었기 때문에 저 사람에게도 잔혹한 짓을 했습니다! 하긴 나는 이솝에게도 잔인했습니다."

"이솝이란 누구를 말하는 겁니까?" 재판관이 다소 근엄한 어조로 물었다.

"아, 저 어릿광대 말입니다. ……죽은 아버지 표도르 카라마조프 말입니다."

재판장은 이번에도 근엄하게 타이르듯이 좀 더 말을 삼가라고 미차에게 경고했다.

"그런 폭언은 스스로 불리한 인상을 재판관에게 줄 뿐이오."

변호인은 증인 라키친의 심문 때에도 마찬가지로 민첩한 솜씨를 보였다. 여기서 잠시 말해두지만 라키친은 가장 유력한 참고인의 한 사람으로서, 검사도 그를 명백하게 중요시했다는 점이다. 조사한 결과 밝혀진 일이지만, 그는 모든 것을 알고 있었다. 참으로 놀랄 만큼 카라마조프 집안의 내력을 상세하게 알고 있었다.

다만 3천 루블을 넣은 봉투 얘기는 미차한테 들어서 알고 있었을 뿐이지만, 그 대신 '수도'라는 술집에서 있었던 미차의 엉뚱한 행동, 다시 말해서 당사자를 불리한 입장에 빠지게 한 언행을 상세하게 진술한 다음, 그 퇴역 대위 스네기료프의 '수세미' 사건까지 이야기했다. 그러나 유산 문제에 대해서는, 즉 아버지 표도르가 피고 미차에게 줄 돈이 있었는가 하는 특별한 점에 관해서는 라키친 역시 확실한 증언을 하지 못했고, 다만 경멸에 찬 말투로 카라마조프 집안의 혐오스런 성격에 대한 매우 일반적인 얘기로 얼버무리는 수밖에 없었다.

"도무지 엉망진창인 카라마조프네 일가 가운데서 가장 죄 많은 놈을 누가 골라 낼 수 있겠어요! 누가 잘못했는지, 누가 누구에게 빚이 얼마나 있느냐 하는 것은 도저히 가려 낼 수가 없어요. 또한 그런 집에선 아무도 자신의 위치를 이해하거나 확정할 수 없어요."

그는 피고가 범한 모든 비극은 오직 농노제와 그것을 대신할 수 있는 적절한 제도를 갖지 못하고 무질서에 빠져 있는 러시아의 낡은 생활 습관의 산물이라고 단정했다. 요컨대 그는 자기 의견을 피력할 기회를 가진 셈이었다. 이 재판을 통해서 라키친은 자기를 세상에 소개하여 많은 사람에게 두각을 나타내서 인정받게 되었던

1527

것이다. 검사는 라키친이 이 범죄에 관한 논문을 잡지에 발표하려하고 있다는 것을 알고 있었기 때문에 논고를 펼 때 그 논문 중의한 구절을 인용하기까지 했다. 그러니까 그는 그 논문을 미리 읽어본 모양이었다.

라키친이 묘사한 음침하고 운명적인 광경은 확고하게 미차의 '유죄'를 입증할 만한 것이었다. 전체적으로 라키친의 서술은 그 사상이 독창적이고 그 아이디어가 더할 나위 없이 고상하다는 점에서 방청객을 완전히 매료시켰다. 그가 농노제와 혼돈 속에서 고통을 받고 있는 러시아의 현상을 말한 대목에 이르러서는 별안간 몇 군데서 박수가 터져 나오기까지 했다. 그러나 워낙 나이가 젊은 탓에 라키친은 페추코비치로부터 즉각적인 반격을 받는 몇 마디 실언을 하고 말았다.

다름이 아니라 그루셴카에 대하여 몇 가지 질문에 대답할 때, 자기 증언이 큰 성공을 거두었다고 스스로 의식한 결과 고매한 기분이 스스로 도취된 나머지 그녀를 다소 경멸하듯이 '상인 삼소노프의 첩'이라고 말해버린 것이다. 그 후에 라키친은 이 한 마디 실언을 취소하기 위해 얼마나 비싼 대가를 치렀는지 모른다. 그는 아무리 페추코비치가 명변호사라 하더라도 그처럼 짧은 기간 내에 그렇게까지 사건의 내막을 샅샅이 탐지했으리라고는 생각지 못했던 것이다.

"몇 가지 묻고 싶은데요." 하고 변호인은 자기 질문의 차례가 돌아오자 자못 상냥하면서도 은근한 미소를 지으며 입을 열었다.

"당신은 이곳 교회 본부에서 발행한 《고 조시마 장로의 생애》라는 책자를 쓰신 라키친 씨, 바로 그 사람이지요? 나는 최근에 그 저서를 읽어 보고, 그 속에 충만한 심오한 종교적 사상과 장로님에게 바쳐진 경건한 감정에 마음속으로 만족하고 있던 참이었습니다."

"아니, 그건 출판할 생각으로 쓴 책이 아니었는데……, 나중에 보니 그만 인쇄가 되어 버려서……." 별안간 라키친은 뭔가에 기가 꺾인 듯 어물어물하더니 거의 수치심마저 보이면서 얼버무리듯 대답했다.

"아니, 그건 아주 훌륭한 책입니다! 당신과 같은 사상가는 사회의 온갖 현상을 폭넓게 대응할 수 있을 것이고 또 그렇게 하는 것이 당연합니다. 돌아가신 장로님 덕분에 더없이 유익한 당신의 책자는 널리 보급되고 상당한 이익을 가져왔으리라 생각합니다. 그러나 이에 앞서 한 가지 묻고 싶은 것은 방금 당신은 스베틀로바 양과 매우 친한 사이처럼 말했지요." 그루센카의 성은 '스베틀로바'였다. 필자는 이것을 심리 진행 중에 처음으로 알게 되었다.

"나로서는 아는 사이라 해서 모두 책임을 질 수는 없습니다. ……아직 나는 젊습니다. 게다가 잠시 만난 정도의 사람에 대해서 일일이 책임을 질 수 있는 사람은 어디에도 없을 겁니다." 라키친은 갑자기 홍당무가 되어 항변했다.

"알고 있습니다. 잘 압니다." 페추코비치는 도리어 자기 쪽에서 무안해져서 급히 사과라도 하듯이 큰소리로 소리쳤다.

"그 여인은 이 고장 엘리트 청년들을 평소 환대해왔으니까 당신도 다른 사람들과 마찬가지로 그 미모의 여성과 교제하는 데 흥미를 가졌다 해서 조금도 이상할 것이 없습니다. 그러나 한 가지 알아보고 싶은 것이 있습니다. 스베틀로바 양은 두 달 전에 카라마조프네 형제 중 막내아들 알렉세이 씨와 가까워지기를 열망한 나머지 그 당시 아직 수도원의 승복을 입고 있던 그를 자기 집에 데려와 주면 25루블의 사례금을 주겠다고 당신과 약속했었다지요? 게다가 들은 바에 따르면 그 약속이 이루어진 것은 본 사건의 대상이 된 비극이 발생한 날 저녁이었던 것으로 아는데, 당신이 알렉세이 씨를 스베틀로바 양의 집에 안내하고 그녀로부터 약속된 안내료를 받았는지 그 점을 당신 자신의 입을 통해 듣고 싶습니다."

"그건 농담이었어요. ……이상하군요. 당신이 뭣 때문에 그런 일에 흥미를 가지시는지 까닭을 모르겠군요. 나는 농담으로 받았습니다. 물론 나중에 돌려줄 생각으로 말입니다."

"그럼, 받긴 받았군요. 그러나 지금까지 돌려주질 않았겠지요……. 돌려주었습니까?"

"그건 아무것도 아닌 일입니다……." 라키친은 중얼거리듯이 대답했다. "실례지만 그런 질문엔 대답할 수 없습니다. ……물론 그 돈은 돌려줄 생각입니다."

재판장이 여기서 말을 막았으나, 변호사는 그 순간 라키친 씨에 대한 심문이 끝났다고 선언했다. 라키친은 다소 체면을 구긴 채로 증인석에서 물러났다. 그의 매우 고매했던 연설에 대한 인상은 적잖은 손상을 입었다.

페추코비치는 퇴정하는 라키친을 눈으로 전송하면서 방청객을 향해 '여러분의 고결한 고발자의 꼬락서니가 어떤지를!'하고 말하는 듯 했다. 이번에는 미차가 한 토막의 에피소드를 연출하지 않고는 배기질 못했다. 필자는 지금까지 잘 기억하고 있지만, 미차는 그루셴카에 대한 라키친의 멸시하는 말투에 격분한 나머지 "베르나르 같은 놈!"하고 외쳤던 것이다.

라키친에 대한 심문이 끝나고 재판장이 피고에게 할 말이 없느냐고 묻자 미차는 큰 소리로 외쳤다.

"저놈은 피고인 나한테도 돈을 꾸러 왔었어요! 더러운 베르나르 같은 놈! 저놈은 교활한 출세주의자랍니다. 하느님도 믿지 않아요. 저놈은 죽은 장로님까지 속여 먹었단 말이오."

물론 미차는 난폭한 말투에 또 다시 주의를 받았다. 그러나 어쨌든 라키친은 그 체면이 납작해지고 말았다. 퇴역대위 스네기료프의 진술도 실패도 돌아갔다. 하지만 그건 전혀 다른 이유에서였다. 스네기료프는 다 떨어진 남루한 옷을 입고 역시 흙투성이 구두를 신고 법정에 나타났는데, 사전에 그토록 주의와 경고를 단단히 받았음에도 불구하고 술에 취해 있었다. 그리고 미차에게 모욕을 받은 일에 대해서 질문을 받자, 그는 갑자기 답변을 거부했다.

"저런 사람은 아무래도 상관없습니다. 우리 일류샤가 그런 말은 하지 말라고 했기 때문에 아무 말도 할 수 없지만, 아무튼 천당에 가면 하느님께서 다 보상을 해주실 겁니다."

"누가 말하지 말라고 했어요? 도대체 누구를 얘기하는 겁니까?"

"일류샤, 내 아들 말입니다. '아버지, 그 사람이 아버지에게 몹쓸 짓을 했지요?' 바위 옆에서 내 아들이 그렇게 말했답니다. 그 애는 지금 죽어가고 있어요."

퇴역 대위는 별안간 소리를 내어 엉엉 울기 시작하더니 재판장 발 앞에 넙죽 엎드렸다. 그는 방청객의 폭소를 받으면서 법정 밖으로 끌려 나갔다. 그래서 검사가 노렸던 효과는 전연 수포가 되었다.

한편 변호사는 여전히 모든 수단 방법을 다 이용해서 사건과 관련된 아주 사소한 점까지 죄다 파악하고 있다는 것을 보여줌으로써 방청객을 놀라게 했다. 예를 들면 여관 주인 트리폰의 진술은 강한 인상을 주었는데, 물론 미차에게 매우 불리하게 작용했다. 트리폰은 마치 손가락을 꼽아 보이기라도 하듯이 미차가 범행 1개월쯤 전에 모크로예에 와서 소비한 돈이 3천 루블은 족히 된다고 주장했다.

"가령 3천 루블은 채 못 된다 하더라도 그것은 불과 얼마 되지 않을 겁니다. 집시 계집애들한테도 얼마를 뿌렸는지 모르니까요. 이가 득실거리는 마을 농사꾼에게까지도 50코페이카 짜리를 마구 던져대는 추태 끝에 아무리 적게 잡아도 25루블쯤은 나누어 주었거든요. 결코 그 아래론 밑돌지 않았어요. 게다가 그때 마을 놈팡이들이 저 사람의 돈을 얼마나 많이 훔쳤는지 모릅니다. 한 번 훔치는 맛을 들인 놈은 절대로 그만두지 못해요. 그런데 저 사람 자신이 마구 뿌리고 다니는 판에 훔친 놈을 잡을 수가 있었겠어요. 정말 마을 사람들은 모두 도둑놈들입니다. 양심이고 뭐고 찾아볼 수가 없어요. 그리고 마을 처녀들한테 얼마나 많은 돈이 뿌려졌는지 아십니까. 어쨌든 그때부터 마을 사람들은 모두 부자가 되었어요. 그 전에는 알거지나 다름없던 것들이."

트리폰은 이런 식으로 미차의 씀씀이를 일일이 계산하며 정확한 숫자를 제시했다. 이리하여 미차가 뿌린 돈은 1천 5백 루블 이하로서 잔금은 모두 호주머니에 넣어 두었다는 가정은 도저히 성립될 수가 없었다.

"제 눈으로 똑똑히 보았습니다. 저 사람이 3천 루블의 돈을 손에 쥐고 있는 것을 틀림없이 내 눈으로 봤다니까요. 우리들이 돈 계산을 할 줄 모른다니 어림없는 말입니다. 1코페이카라도 절대 놓치지 않습니다!" 트리폰은 '높으신 나리'의 비위를 맞추려고 필사적으로 이렇게 진술했다.

그러나 변호사는 이 증인을 심문할 차례가 되자 트리폰의 진술 따위는 전혀 반박하려 하지 않고 갑자기 화제를 바꿔 마부인 치모페이와 농민 아킴이 미차의 최초 유흥 때, 말하자면 체포되기 한 달 전쯤 모크로예에서 만취된 미차가 떨어뜨린 1백 루블짜리 지폐를 현관 마룻바닥에서 주워 트리폰에게 바쳤더니, 트리폰은 두 사람에게 각각 1루블씩 주었다는 사실을 끄집어냈다. 그리고는 숨 쉴 여유도 주지 않고 다음과 같이 물었다. "당신은 드미트리 씨에게 100루블을 돌려주었습니까?"

트리폰은 처음에는 이리저리 발뺌을 하다가 치모페이와 아킴이 불려 나오자 마침내 100루블을 주운 건 사실이라고 인정했다.

다만 그때 주운 돈을 드미트리 씨에게 즉시 돌려주었다고 말했다. "정말 정직하게 저분에게 돌려주었어요. 그러나 저분은 워낙 취해 있었기 때문에 어쩌면 기억하지 못하는지도 몰라요."하고 덧붙였다. 하지만 그는 두 농부가 불려 나올 때까지 100루블을 주웠다는 사실마저 부인했기 때문에 술 취한 미차에게 그 돈을 돌려줬다는 진술은 자연히 매우 의심적은 것이 되었다. 이리하여 검사 측이 내세웠던 가장 위험한 증인의 한 사람은 다시금 매우 수상한 인물로 간주되어 체면을 깎인 채 퇴정하고 말았다.

두 사람의 폴란드인도 역시 매한가지였다. 그들은 위세당당하게 법정에 나타났다. 그리고 먼저 자기들이 '황제 폐하를 섬기고 있었다.'는 것, 판 미차가 자기 두 사람의 명예를 매수할 목적으로 3천 루블의 돈을 제공했다는 것, 미차가 거액의 돈을 갖고 있는 것을 자기들의 눈으로 보았다는 것 등등을 큰 소리로 증언했다. 무샤로비치는 이야기를 하면서 이따금 폴란드 말을 섞었는데, 그것이 다행히도 재판장이나 검사에게 자기를 훌륭한 사람으로 돋보이게 하는 것으로 느꼈음인지, 나중엔 용기를 얻어 아예 모든 얘기를 폴란드 말로만 지껄여댔다.

그러나 페추코비치는 역시 그들을 함정에 빠뜨려 버렸다. 재심 심문을 받게 된 트리폰 보리스이치는 요리조리 빠져나가려고 안간힘을 썼으나, 결국 브루블레프스키가 카드를 슬쩍 바꿨고 무샤로비치가 카드놀이에서 속임수를 썼다는 것을 자백해야 했다. 이 것은 차례가 온 칼가노프도 그의 증언에서 확인을 했으므로 두 신사는 방청객 일동의 조소를 받으면서 톡톡히 창피만 당하고 물러나지 않을 수 없었다.

그 후로도 모든 위험한 증인들도 똑같이 이런 봉변을 당하고 퇴각했다. 페추코비치는 그들의 껍질을 하나하나씩 벗겨서 그들로 하여금 고개를 푹 숙이고 물러나게 하는 데 성공했다. 이른바 재판에 밝은 사람들과 법률가들은 감탄해 마지않으면서도 역시 이러한, 거의 확정적인 큰 죄상에 대해서 그것이 무슨 소용이 있을까 하고 의아스럽게 여기고 있었다. 왜냐하면, 거듭되는 말이지만, 사람들은 모두 한결같이 피고 측에서 볼 때 점점 더 절망적인 방향으로 기울어져 가고 있다는 느낌을 받았기 때문이다. 그러나 그들은 이 '위대한 마술사'의 자신만만한 태도에서 그가 침착성을 잃지 않고 있음을 알고 혹시나 하고 있었다. '이만한 인물'이 멀리 페테르부르크에서 그냥 여기에 왔을 리는 없다. 결코 빈손으로 돌아갈 인물이 아니다 – 이렇게 생각하며 기다리고 있었다.

3. 의학 감정과 호두 한 자루

의학 감정도 피고에게 그다지 유리한 것이 못 되었다. 게다가 이
것은 나중에 판명된 일이지만, 페추코비치 자신도 그다지 기대를
걸고 있지 않은 듯 싶었다. 애당초 이 감정은 일부러 모스크바에서
이름난 의사를 불러들인 카체리나의 주장에 의해서 이루어졌던
것이다. 물론 이 감정 때문에 피고의 변호가 불리해진 것은 추호도
없었고, 경우에 따라서는 조금쯤 유리하게 될 수도 있는 것이었다.
그러나 한편으로는 이 의사들의 몇 가지 견해 차이로 해서 약간
우스꽝스러운 일이 발생했던 것도 사실이었다. 감정인으로 온 사
람은 모스크바에서 온 그 명의와 지방 의사 게르첸슈트베, 그리고
젊은 의사 바르빈스키 등 세 사람이었다. 그러나 이 지방의 두 의
사는 단순한 증인으로 검사 측의 소환을 받아 출두했을 뿐이었다.

감정자로서 맨 처음 심문을 받은 것은 의사 게르첸슈트베였다. 그는 머리가 벗겨진 데가 남은 머리카락도 백발이었으며 중키에 건장한 골격을 가진 70세 전후의 노인이었다. 이 도시에서 매우 인기가 있었고 모든 사람에게 존경을 받고 있었다. 성실하고 착하고 신앙심이 깊은 의사로서, 종파는 '보헤미아의 형제'나 '모라비아의 형제'인 것 같았지만 필자도 확실한 것은 알지 못한다. 그는 오랫동안 이 도시에서 살아왔고 항상 상당한 위엄을 가지고 처신해 왔다. 선량하고 박애적인 성격의 소유자였기 때문에 가난한 환자나 농부들을 무료로 진료해 줄 뿐만 아니라 직접 그들의 가난한 오두막집과 농가를 찾아다니며 약값을 나누어주기도 했다. 그런 반면 그는 나귀처럼 완고한 데가 있어서 일단 마음먹으면 누가 뭐래도 요지부동이었다.

참고로 말해 둘 것은, 모스크바에서 온 명의가 이곳에 도착한 지 2,3일도 지나기 전에 의사 게르첸슈트베의 기량에 대해서 아주 모욕적인 비평을 가했다는 소문이 거의 온 마을에 퍼져 있었다는 사실이다. 모스크바 의사는 25루블 이상의 고액의 왕진료를 받았는데도 도시의 일부 사람들은 그의 내방을 기쁘게 여기며 돈을 아끼지 않고 앞을 다투어 진찰을 받았다. 물론 이 환자들은 그가 오기 전에는 모두 게르첸슈트베의 진찰을 받고 있었다. 모스크바의 명의는 가는 곳마다 그의 치료법을 사정없이 비판했던 것이다.

나중에는 환자를 대하자마자 아주 거리낌 없이 "누가 당신의 병을 이 지경으로 악화시킨 거요? 게르첸슈트베인가요? 거, 참!" 하고 말하기까지 했다. 물론 게르첸슈트베은 이 모든 사정을 죄다 알고 있었다. 이런 상황에서 세 의사가 심문을 받기 위하여 번갈아 출정했던 것이다.

게르첸슈트베는 "피고의 정신능력이 비정상적인 것이 분명합니다."라고 솔직하게 진술했다. 그리고 나서 자기의 의견 - 여기서는 생략하겠지만 - 을 말한 다음 그 이상성은 미차의 과거의 여러 가지 행위에서 뚜렷하게 증명될 뿐만 아니라 지금 이 순간에도 뚜렷이 나타난다고 주장했다. 지금 이 순간이라는 것은 무슨 뜻인가 설명하라는 요청을 받자, 노의사는 타고난 단순한 성격에서 솔직하게 설명했다.

"피고는 아까 법정에 들어설 때 상황에 맞지 않는 괴상한 태도를 취하고 있었습니다. 그는 앞을 똑바로 응시하며 군대식 걸음걸이로 들어왔습니다. 그러나 사실 피고는 원래 대단한 여성 애호가였기 때문에 부인들이 앉아 있는 왼쪽을 보았어야 합니다. 부인들이 자신을 어떻게 바라보고 있을지 깊은 관심을 가지는 게 당연할 것이기 때문입니다."

노인은 이런 독특한 논조로 결론지었다. 여기서 한 가지 부언해 둘 것은 그가 자진해서 러시아어로 말을 하긴 했지만, 웬일인지 그 한 마디 한 마디가 자꾸만 독일식으로 발음되고 말았다는 사실이다. 그렇다고 그런 일을 가지고 기가 죽는 사람은 절대로 아니었다. 그는 언제나 자기의 러시아어를 모범적인 것, 즉 '어느 러시아인보다도 낫게'말할 수 있다고 생각하는 약점을 갖고 있었기 때문이다. 그는 러시아 속담을 즐겨 인용하면서 그것이 세계의 속담 가운데 가장 훌륭하고 가장 함축성 있다고 주장하고 있었다.

한 마디만 더 말해 두어야겠다. 이 의사는 대화중에 아마 어리둥절해서 그러는지 모르겠으나, 곧잘 아주 흔한 말을 잊어버리는 경우가 있었다. 잘 아는 낱말이지만 때로는 얼른 생각이 안 나는 모양이었다. 하기는 독일어로 말할 때도 그런 일이 자주 있었다. 이럴 때마다 그는 마치 잊어버린 말을 붙잡기라도 하듯이 자기 얼굴 앞에서 손을 내젓곤 했다. 그러면 누구도 그가 잊어버린 말을 생각해 낼 때까지는 그의 말을 계속시킬 수 없었다.

피고가 법정에 들어섰을 때 부인네들 쪽을 보아야만 했을 것이라고 그가 진술하자, 방청객들 사이에서는 재미있다는 듯 수군거리는 소리가 들렸다. 이 마을의 부인네들은 모두 마음속으로 이 늙은 의사를 무척 사랑하고 있었고 그가 근엄하고 결백한 독신자로 통했을 뿐만 아니라 여성을 고상하고 이상적인 존재로 보고 있다는 것을 알고 있었기 때문에 이 뜻밖의 발언을 매우 이상하게 생각한 모양이었다.

그러나 모스크바에서 온 고명한 의사는 자기 차례가 되어 심문을 받았을 때 피고의 정신 상태가 '극도로' 비정상적이라고 강력하게 단언했다. 그는 '심신상실'과 '조증'에 대해 여러 가지 그럴 듯한 말을 한 다음, 수집한 갖가지 자료에 의해 피고는 체포되기 며칠 전부터 의심할 여지없는 병적인 심신상실 상태에 빠져 있었으므로, 그가 만일 실제로 범행을 저질렀다면 설령 그것을 의식하고 있었다 하더라도 거의 불가항력적으로 한 것으로, 다시 말해 그는 자기를 지배하고 있는 병적인 정신충동과 싸울 힘이 완전히 결여되어 있었다고 결론을 내렸다. 그리고 그는 심신상실 이외에도 조증의 징후도 인정했다. 그의 말에 따르면 그 증상은 앞으로 완전한 착란으로 즉시 이행하는 것을 예고하는 것이라고 했다. 필자는 여기서 필자 나름대로 평범한 말을 써서 전하고 있지만 의사는 매우 학술적인 전문어를 써 가며 진술했다.

"피고의 모든 행동은 양식과 논리에 어긋납니다. 나는 나 자신이 목격하지 못한 사실, 즉 범죄 행위와 그 끔찍한 사건 자체에 대해선 발언하지 않겠지만, 그저께 나와 얘기하고 있을 때까지도 피고는 부동자세로 앉아 뭐라고 말할 수 없는 표정으로 눈길을 한군데에 고정시키고 있었습니다. 그는 전혀 웃을 일이 못 되는 경우에도 갑자기 웃어댔습니다. 줄곧 알 수 없는 흥분상태에 빠지기도 하면서 '베르나르'니, '윤리'니 하는 기묘한 말과 불필요한 말을 늘어놓곤 했습니다."

그리고 의사는 피고의 조증을 인정하는 주된 이유로 다음과 같은 점을 들었다. 즉 피고는 자기가 받은 굴욕이나 실패에 대해서는 이를 용이하게 생각해 내고 가벼운 기분으로 말하고 있음에도 불구하고 자기가 속아서 빼앗겼다고 생각하는 3천 루블에 대해 언급할 때마다 거의 미친 듯이 흥분하는데, 사람들이 입증한 바에 의하면 그는 워낙 욕심이 없고 담백한 사람임을 증명하고 있다고 말했다.

"전공이 같은 학식 있는 동료의 견해에 의하면"하고 모스크바의 명의는 자신의 변론의 마지막에 가서 냉소적으로 덧붙였다. "피고가 법정에 들어올 때 부인네들 쪽을 쳐다보았어야 함에도 불구하고 정면을 보고 있었다고 하는데, 이 점에 관해서 나는 그러한 단정은 우스꽝스러울 뿐만 아니라 근본적으로 잘못된 생각이라는 것을 말씀드리지 않을 수 없습니다. 하기는 피고가 자기 운명이 결정될 법정에 들어오면서 의연하게 정면만 응시할 수는 없으며, 그것은 그 순간 피고가 비정상적인 정신 상태였다는 것에는 나도 전적으로 동감입니다만, 그와 동시에 피고가 왼쪽 부인석이 아니라 오른쪽 변호인을 보았어야 할 것으로 생각하는 바입니다. 왜냐하면 피고의 모든 희망이 변호사의 도움에 달렸고, 또한 피고의 운명도 완전히 변호사의 역량에 맡겨져 있기 때문입니다."

모스크바의 의사는 자기 의견을 적극적으로 진술했다. 그러나 마지막으로 심문받은 이 마을의 젊은 의사 바르빈스키의 당돌한 결론이 이 유식한 두 감정인의 견해와 상치한다는 점에서 일종의 특별한 우스꽝스러움을 가미해 주었다.

바르빈스키의 의견에 따르면 피고는 전이나 지금이나 한결같이 완전히 정상적인 정신 상태에 있다는 것이었다. 물론 체포되기 전에는 아주 심한 흥분 상태에 빠져 있었지만, 그것은 너무나도 당연하고 명백한 원인들, 즉 질투, 분노, 끊임없는 만취 상태 등에서 발생된 것으로 볼 수 있다는 것이다. 이 신경상의 흥분 상태를 방금 언급된 특별한 심신상실로 볼 수는 없으며, 또한 피고가 법정에 들어올 때 왼쪽을 보아야 하느니 오른쪽을 보아야 하느니 하는 점은 자신의 '조심스러운 의견에 의하면' 피고는 본인이 실제로 그렇게 했듯이 정면을 바라보는 것이 당연하다는 것이었다. 그것은 그의 운명을 좌우하는 재판장과 배심원들이 모두 정면에 앉아 있었기 때문이라는 것이었다.

"그러니까 피고가 정면을 보면서 법정에 입장한 것은 그 순간 피고의 정신 상태가 완전히 정상이었음을 증명하는 것입니다." 젊은 마을 의사는 약간 열띤 어조로 자기의 이른바 '조심스러운' 증언을 마쳤다.

"잘했어, 돌팔이 의사!" 미차가 자기 자리에서 외쳤다. "저 사람 말이 맞습니다!"

물론 미차는 저지당했지만, 젊은 의사의 견해는 재판관에게도 방청객에게도 결정적인 작용을 했다. 나중에 안 바로는, 이들은 모두 이 의사의 의견에 동의했기 때문이다. 그런데 이번엔 증인으로서 심문받은 게르첸슈트베가 뜻밖에도 예상을 뒤엎고 미차에게 유리한 발언을 했다. 이 고장에 오래 살아온 사람으로 예전부터 카라마조프 집안을 잘 알고 있던 그는 유죄를 주장하는 쪽에서 보기에 매우 흥미있는 몇 가지 진술을 한 다음에, 뭔가 마음에 짚이는 것이라도 있다는 듯 느닷없이 이렇게 부언했던 것이다.

"하지만 이 가련한 청년은 처음부터 비교가 안 될 만큼 훌륭한 운명을 향유할 수 있었을 것입니다. 왜냐하면 이 청년은 어릴 때나 성인이 된 후에나 아름다운 마음씨를 지니고 있었기 때문입니다.

1542

나는 그걸 잘 알고 있습니다. 우리 러시아 속담에 '지혜로운 사람이 있는 건 좋지만, 지혜로운 손님이 찾아오는 것은 더욱 좋다. 그때는 지혜가 두 배로 늘어나기 때문이니까'라는 말이 있습니다……."

"그러니까 지혜는 하나도 좋지만 많을수록 좋다, 이 말이죠." 하고 검사는 지루하다는 듯이 내뱉었다. 검사는 이 늙은 의사가 듣는 사람이 지루해하는 것에는 조금도 개의치 않고 느릿느릿 말을 할 뿐더러 독일식 격언을 지나치게 사랑하는 노인의 말버릇을 전부터 잘 알고 있었다. 노인은 그런 격언을 즐겨 사용했었다.

"예, 그렇습니다. 내가 말하는 것이 바로 그겁니다." 노인은 고집스런 태도로 맞장구를 쳤다. "한 사람의 지혜도 좋지만 두 사람이면 훨씬 더 좋습니다. 그런데 저 사람한테는 지혜로운 손님이 찾아오지 않았으므로 자기 지혜만을 써 버렸던 것입니다. 대관절 저 사람은 자기 지혜를 어디에 써 버렸을까요? 가만, 어디더라……. 적당한 말이 생각나지 않는군요." 늙은 의사는 자기 눈 앞에서 한 손을 내저으며 말을 계속했다. "앗, 생각났어. 바로 방탕이지."

"방탕이라고요?"

"네, 그렇습니다. 방탕입니다. 저 사람은 자기 지혜를 방탕에다 낭비했습니다. 그러다 너무 깊은 곳에 빠져서 길을 잃고 만 셈입니다. 그러나 저 사람은 남의 은혜를 아는 다정다감한 청년입니다. 아, 나는 저 사람이 아직 어렸을 적의 일을 잘 기억하고 있습니다. 부친이 아예 버린 자식처럼 방치해 두는 바람에 신발도 못 신은 채 단추도 하나밖에 없는 바지를 입고 맨발로 쏘다니고 있었지요." 이 솔직한 노인의 목소리에는 갑자기 정이 어린, 가슴을 에는 듯한 울림이 깃들였다. 페추코비치는 무엇을 예감한 듯 으스스 몸을 한번 떨더니 곧 노인의 말에 정신에 집중시켰다.

"그렇습니다. 나도 그때는 무척 젊었습니다! 그때 마흔 다섯으로 이 고장에 온 지 얼마 안 되는 때였습니다. 나도 그때 그 아이가 하도 불쌍하게 여겨져서 한 봉지쯤 사줘야겠다고 마음 속으로 생각했지요. 그런데 뭐가 한 봉지였더라. 그걸 뭐라고 하는지 잊어버렸군요. 어쨌든 아이들이 좋아하는 건데……, 뭐더라……." 늙은 의사는 다시 두 손을 내젓기 시작했다. "아무튼 나무에 열리는 건데, 그걸 주워 모았다가 아이들에게 주는 것인데."

"사과입니까?"

"아니, 아닙니다! 한 봉지, 한 봉지라니까요. 사과라면 열 개, 스무 개, 이렇게 세지요. ……수량이 많은 것입니다. 모두 조그맣고 입에 넣어서 딱 까는 것입니다."

"호두 말입니까?"

"아, 네, 호두입니다. 지금 막 그렇게 말하려던 참이지요." 의사는 자기가 낱말을 잊어버려 쩔쩔매던 일은 전혀 없었던 것처럼 태연하고 천연덕스럽게 말했다. "나는 호두 한 봉지를 그 아이에게 갖다 주었습니다. 왜냐하면 그때까지 그 아이는 누구한테도 호두 한 봉지를 받아본 적이 없으니까요. 그때 내가 손가락 하나를 이렇게 세워 보이며 '애야! Gott der Vater(아버지이신 하느님)'이라고 하니까 그 아이는 웃으면서 똑같이 'Gott der Vater'라고 했습니다. 내가 또 'Gott der Sohn(아들이신 하느님)'라고 하니까 이번에도 웃으며 잘 돌아가지 않는 혀로 'Gott der Sohn'이라고 했습니다.

내가 계속해서 'Gott der Heilige Geist(성령이신 하느님)' 하니까 역시 웃으면서 간신히 'Gott der Heilige Geist(성령이신 하느님)'라고 받아 외더군요. 그날 나는 그 아이에게 호두 한 봉지를 주고 그냥 집으로 돌아왔지만, 사흘째 되는 날 그곳을 지나려니까 그 애가 커다란 목소리로 '아저씨, Gott der Vater, Gott der Sohn'이라고 외치더군요. Gott der Heilige Geist는 잊어버린 모양이더군요. 그래서 나는 다시 가르쳐 주었습니다. 아무튼 나는 그 아이가 측은해서 견딜 수가 없었습니다. 그러나 그 아이는 그 후 다른 곳으로 떠나 버려 좀처럼 만날 수 없었습니다. 그 후 23년이라는 세월이 흘렀습니다.

어느 날 아침 이미 머리가 허옇게 세어버린 내가 서재에 앉아 있으려니까 갑자기 어느 혈기왕성한 젊은이 한 명이 들어오지 않겠습니까. 나는 그게 누군지 전혀 알아볼 수가 없었는데, 그는 별안간 손가락 하나를 세우고 웃으며 'Gett der Vater, Gott Sohn und Gott der Heilige Geist'라고 하지 않겠습니까. 그리고 '저는 방금 이 도시에 도착했습니다. 그 길로 곧 그때 호두 한 봉지에 대한 인사를 드리려고 찾아왔습니다. 그때 누구 한 사람 나한테 호두 한 봉지를 주지 않았는데, 선생님만은 저에게 호두 한 봉지를 주셨습니다.'라고 말하더군요. 그때 나는 나의 젊은 시절과 신발조차 신지 못하고 밖에서 쏘다녀야만 했던 그 가련한 어린이를 상기했습니다. 그러자 나는 가슴이 아팠습니다. 그래서 나는 말했습니다. '자넨 정말로 은혜를 잊지 않는 청년이군 그래. 자네는 어릴 때 내가 준 호두 한 봉지를 한평생 잊지 않고 있었단 말이지' 그리고 나는 그를 포옹하고 축복해 주었습니다. 물론 나는 울었습니다. 그는 애써 웃었지만 역시 눈물을 흘리더군요. 원래 우리 러시아 사람은 울어야 할 때 곧잘 웃곤 하지요. 그러나 그는 정말로 울었습니다. 나는 내 눈으로 똑똑히 보았습니다. 그런데 그토록 순진했던 청년이 지금은……아아!"

"나는 지금도 울고 있습니다. 독일 선생님, 지금도 울고 있어요. 하느님과 같은 분!"하고 별안간 미차가 피고석에서 외쳤다.

아무튼 누가 뭐라 해도 이 한 토막의 정경은 방청객들에게 좋은 인상을 주었다. 그러나 미차에게 가장 유리한 효과를 가져다 준 것은 카체리나였다. 그러나 이것은 나중에 상세히 이야기하기로 한다. 게다가 전반적으로 말해서 à dèharge(피고에게 유리한 증인), 즉 변호인 측의 증인들이 심문을 받게 되면서 운명은 오히려 미차에게 유리하게 전개되는 듯이 느껴졌다. 이것은 변호인 측도 전혀 예상하지 못한 일이었다. 카체리나에 앞서 알료샤에 대한 심문이 행해졌는데, 이 알료샤는 뜻밖에 어떤 사실을 상기하고 형 미차의 유죄를 확인케 하는 중대한 점에 대해 유력한 반증을 제시하게 되었던 것이다.

4. 행운이 미차에게 미소를 던지다

   그것은 알료샤 자신에게도 전혀 예기치 않았던 일이었다. 그는
출정하여도 선서(宣誓)하지 않아도 무방하도록 되어 있었다. 필자
는 지금도 기억하고 있지만, 검찰 측도 변호 측도 처음부터 지극히
동정어린 온화한 태도를 보이고 있었다. 전부터 그에 대한 평판이
좋았던 것만은 분명했다. 그는 어디까지나 겸손하고 자신을 억제
해 가며 증언했지만, 그의 말에는 불행한 형에 대한 뜨거운 연민이
역력하게 흐르고 있었다. 알료샤는 어떤 질문에 대답하면서 형의
성격을 설명하기를, 미차는 난폭하고 열정에 휩싸이기 쉬운 사람
인지는 몰라도 고매하고 자존심이 강하고 관대하며, 남이 요구할
때는 자기를 희생하는 것도 마다하지 않는 사람이라고 말했다. 그
러나 형이 최근 그루셴카에 대한 정열과 아버지를 상대로 한 경쟁

때문에, 이 두 가지 사이에 끼여 더 이상 참을 수 없는 상태에 빠졌다는 것은 그도 솔직히 인정했다. 물론 알료샤는 형이 돈을 탈취할 목적으로 아버지를 살해했으리라는 가정을 분연히 부정했다.

그러나 그 3천 루블이라는 돈 때문에 미치는 거의 일종의 강박에 사로잡혀 있었다는 것과, 형이 그 돈을 아버지에게 사취당한 자기 재산의 일부라고 생각하고 있었다는 것, 사리사욕이 전혀 없는 형이지만 그 형조차도 그 3천 루블의 돈이 입에 오르면 분개와 분노에 사로잡혔다는 것 등은 알료샤도 인정하지 않을 수 없었다. 검사가 '두 여성'이라고 부른 그루셴카와 카차의 경쟁에 대해서 답변을 요청하자, 그는 가능한 이 문제에 대한 답변을 피하려 했고 한두 가지 질문에 대해서는 아예 대답하고 싶어 하지 않았다.

"적어도 당신 형은 아버지를 죽일 생각이라고 당신에게 말한 적이 있습니까?" 검사가 물었다. "대답할 필요가 없다면 대답하지 않아도 좋습니다." 그는 덧붙였다.

"직접적으로 말한 적은 없습니다." 알료샤가 대답했다.

"그럼, 어떻게 말했습니까? 간접적으로 말한 적은 있나요?"

"형님은 한번 저한테 아버지를 개인적으로 증오한다고 말한 적이 있습니다. 극단의 경우…… 도저히 증오하여 견딜 수 없을 경우…… 아버지를 죽일지도 모른다며 자기 자신도 그것을 두려워하고 있었습니다."

"그래서 당신은 그 말을 듣고 그렇게 되리라 믿었나요?"

"그렇게 생각했다고 단언할 수 없습니다. 그래서는 안 된다는 식으로 생각했습니다만, 나는 설사 그런 위기가 닥치더라도, 틀림 없이 어떤 고결한 감정이 그러한 숙명적인 순간에 형을 구해주리 라 믿고 있었습니다. 그리고 실제로도 그렇게 되었습니다. 왜냐하면 우리 아버지를 살해한 것은, 분명하게 말씀드리지만, 형님이 아 니기 때문입니다." 알료샤는 온 법정이 다 들릴 만큼 큰소리로 단 언했다.

검사는 진군의 나팔소리를 들은 군마처럼 몸을 부르르 떨었다.

"분명하게 말해 두지만, 나는 당신의 신념이 철두철미 진정에서 우러나온 것이라는 점을 믿어 의심치 않습니다. 당신의 그 확신을 헐뜯는다거나 혹은 불행한 형에 대한 사랑과 혼동하지도 않겠습 니다. 그것은 꼭 알아주시기 바랍니다. 당신네 가정에서 발생한 비 극에 대한 당신의 독자적인 견해는 예심 때 들어서 이미 잘 알고 있습니다. 노골적으로 말해 당신의 생각은 매우 특수하며 검찰청 에서 수집한 다른 일체의 증언과는 전적으로 모순되는 것입니다. 따라서 대체 어떤 근거로 해서 그런 생각을 하게 되었으며, 더 나 아가 이미 예심에서 분명하게 지적한 그 인물이 진짜 범인인지, 그 리고 어째서 당신 형은 무죄라는, 그토록 확고한 신념에 도달하게 되었는지, 그 점을 꼭 설명해 주어야겠습니다."

"예심에서는 여러 가지 질문에 그저 대답만 했을 뿐입니다." 알 료샤는 낮고 침착한 목소리로 말했다. "나 스스로가 스메르쟈코프 를 범인으로 지명한 것은 아닙니다."

"어쨌든 그 사람을 지적하지 않았습니까?"

"저는 드미트리 형님의 말을 그대로 옮긴 것 뿐입니다. 저는 예심을 받기 전에 형님이 체포되던 때의 상황과 그때 형님이 스스로 스메르자코프를 지적했다는 말을 들어서 알고 있었기 때문입니다. 그렇습니다. 저는 형에게 죄가 없다는 것을 전적으로 믿습니다. 따라서 형님이 범인이 아니라면……."

"그렇다면 스메르자코프란 말이군요. 대관절 어떻게 스메르자코프가 범인이 될 수 있습니까? 어째서 당신은 형님의 무죄를 그렇게까지 확신하고 있습니까?"

"나는 어떤 일이 있든, 형을 믿습니다. 형이 저한테 거짓말을 하지 않는다는 것을 나는 잘 알고 있습니다. 나는 형님의 얼굴만 보고도 거짓이 아니라는 것을 알았습니다."

"오직 얼굴 표정만으로 말입니까? 그것이 당신의 증거 전부입니까?"

"그 이상의 증거가 없습니다."

"그럼 스메르자코프가 진짜 범인이란 것도 당신 형의 말과 얼굴 표정 이외에는 아무런 증거가 없는 겁니까?"

"네, 다른 증거는 없습니다."

검사는 이것으로 심문을 마쳤다. 알료샤의 증언은 방청객들에게 큰 실망을 안겨주었다. 스메르자코프에 대해서는 이미 재판이 시작되기 전부터 온갖 풍문이 떠돌고 있었다. 아무개가 무슨 말을 들었느니, 누구누구가 이런저런 증거를 제시했느니 하고 이 마을에 구구한 풍문이 나돌고 있었으며, 또 알료샤가 자기 형의 무죄와 하인 스메르자코프의 유죄를 밝힐만한 유력한 증거를 가지고 있다는 소문이 나돌았다. 그런데 뜻밖에도 피고의 동생으로서 당연한 정신적 신념 외에는 아무런 확증이 없었던 것이다.

이윽고 페추코비치가 심문을 시작했다. 대체 언제 피고가 알료샤에게 아버지를 느낀다든가, 아버지를 죽일지도 모른다는 말을 했는가, 또 그런 말을 들은 것은 참사가 일어나기 전 마지막으로 피고를 만났을 때였는가? 대체로 이런 변호사의 질문을 받으면 알료샤는 문득 뭔가가 생각난 듯 갑자기 몸을 부르르 떨었다.

"방금 한 가지 일이 생각납니다. 그 당시에는 분명치 못해서 금세 잊어버렸는데, 지금 문득 생각이 납니다."

그리고 알료샤는 어느 날 밤 수도원으로 돌아가는 길에 길가 나무 옆에서 형 미차와 만났을 때의 일을 열심히 이야기했다. 그때 미차는 자기 '가슴 위'를 손으로 두드리면서 나에게는 명예를 회복할 방법이 있다. 그 방법은 이 가슴에 있다고 몇 번이나 되풀이해서 알료샤에게 말했다.

"그때 저는 가슴이 두드린 것은, 무슨 절박한, 나한테도 밝힐 수 없는 무서운 굴욕의 경지에서 피할 수 있는 힘이 자기 마음속에 있다는 뜻으로 그런 말을 했으려니 하고 생각했던 겁니다. 솔직하게 말해서 나는 그때 형님이 아버지에 대해 말하고 있는 줄 알았습니다. 아버지에게 당장 달려가서 뭔가 한바탕 폭행을 가하고 싶은 충동을 느껴서 그것 때문에 무서운 굴욕을 생각하며 두려워하고 있는가 보다고 생각했지요. 그러나 그때 형님은 자기 앞가슴에

있는 무슨 물건을 가리키는 것 같은 몸짓이었습니다. 이제야 생각
납니다만, 나는 그때 심장은 거기가 아니라 좀 더 아래쪽에 있을
텐데 하는 생각을 퍼뜩 했습니다. 그러나 형님은 보다 위쪽인 이
근처, 바로 목 밑을 자꾸 두드리면서 자꾸만 그 근처를 손가락으로
가리켜 보였습니다. 저는 그때 멍청하게 다른 생각을 했습니다만,
어쩌면 형은 그때 1천 5백 루블의 지폐를 꿰매 넣은 향주머니를
가리킨 것이 아닌가 생각됩니다!"

"그렇다!" 갑자기 미차가 피고석에서 소리를 질렀다. "바로 그
거야, 알료샤, 네 말이 맞다! 그때 난 그 향주머니를 두드린 거야!"

페추코비치가 당황하여 미차 옆으로 달려가서 조용히 하라고
타이른 다음 알료샤의 발언을 꼬치꼬치 캐물었다. 알료샤는 당시
를 회상하면서 열심히 자신이 상상하는 바를 진술했다. 형님이 그
때 견딜 수 없는 치욕으로 생각했던 것은, 분명히 카체리나에게 갚
아야 할 부채의 절반인 1천 5백 루블을 돌려주지 않고 착복해서
다른 데다가, 말하자면 그루셴카가 승낙한다면 그녀를 데리고 달
아날 비용으로 쓰기로 작정한 바로 그 일을 뜻했던 것으로 생각했
다고 설명했다.

"그래요. 틀림없이 그렇습니다." 알료샤는 문득 흥분하여 이렇
게 외쳤다. "형님은 그때 나를 향해서 '이 치욕의 절반, 절반을' 형
은 몇 번이나 절반이라고 반복했습니다! '지금 당장이라도 제거할
수 있는데 불행하게도 의지가 약해서 그것을 실행할 수가 없다.'
고 외쳤습니다."

1552

"그럼 당신은 형님이 자기 가슴의 바로 그 부분을 때린 것을 확실히 기억하십니까?" 하고 페추코비치는 여유를 주지 않고 거듭 물었다.

"확실히 기억합니다. 나는 그때 심장은 더 아래쪽인데 어째서 그 위를 칠까하고 생각했을 정도니까요. 그리고 동시에 어쩌면 그런 어리석은 생각을 하고 있는가 하고 자신이 바보 같다고 느꼈습니다. 한순간의 일이었지만 지금 문득 생각나는군요. 왜 여태까지 그걸 까맣게 잊고 있었는지 모르겠습니다! 형님이 그 향주머니를 두드린 것은 치욕을 확실하게 씻을 방법이 있는데 그 1천 5백 루블을 돌려주지 않겠다는 뜻이었던 것입니다. 게다가 형님은 모크로예에서 체포됐을 때 다음과 같이 말했다는 것을, 저는 사람들에게 들어서 알고 있습니다. 카체리나에게 부채의 절반을, 그렇습니다, 절반입니다. 그 절반을 카체리나 씨에게 당장 갚아 줬다면 그녀로부터 도둑놈이라는 오명을 벗어날 수 있었는데, 그 돈을 갚을 생각은 않고 차라리 그런 오명을 쓰더라도 돈을 내놓지 않기로 한 것은 자기 일생 중에 가장 치욕적인 행위라고 절규한 것입니다. 정말 형님은 얼마나 괴로워했겠습니까! 그 부채 때문에 얼마나 괴로워했을까요!" 알료샤는 그렇게 소리치며 말을 맺었다.

물론 검사도 가만히 있지 않았다. 그는 알료샤에게 그때의 상황을 다시 한 번 상세하게 말해 달라고 요청했다. 그리고 피고가 정말로 무엇을 가리키듯이 자기의 가슴을 두드렸는지, 아니면 단순히 막연하게 주먹으로 가슴을 두드렸는지에 대해서 끈질기게 되풀이해 물었다.

"아니, 주먹이 아닙니다!" 알료샤는 외쳤다. "손가락으로 여기를, 이쪽 위를 가리켰습니다. 어째서 이 사실을 여태까지 잊고 있었는지 모르겠습니다!"

재판장은 미차에게 방금 진술한 증언에 대해서 할 말이 있느냐고 물었다. 미차는 이에 대해서 모두가 사실 그대로이며 자기는 목 바로 밑 가슴팍에 감추어 둔 1천 5백 루블을 가리켰던 것이라고 대답했다.

"그것은 치욕이었습니다. 그 치욕을 부정하진 않습니다. 나의 생애에서 가장 수치스러운 행위였습니다!"하고 미차는 외쳤다. "갚을 수 있었는데도 갚지 않았던 것입니다. 도둑놈이 되어도 상관없으니 돈을 돌려주지 말자고 그때 저는 생각했는데, 무엇보다도 수치스러운 것은 그 돈을 결국 갚지 않으리라는 것을 미리 알고 있었다는 점입니다! 알료샤가 말한 것은 전부 사실입니다. 고맙다, 알료샤!"

알료샤의 심문은 이것으로 끝났다. 아무튼 사소한 것이지만 한 가지라도 이러한 사실이 발견되었다는 것은 중대하고도 특기할 만한 일이었다. 그것은 엄연한 증거라기보다는 거의 암시에 지나지 않았지만, 아무튼 그러한 향주머니가 있었고 그 안에 1천 5백 루블이 들어 있었다는 것과 피고가 모크로예에서의 예심 때 그 1천 5백 루블을 '나의 것'이라고 주장한 것이 모두 거짓이 아니었음을 증명하는데 어느 정도 도움이 되었다.

알료샤는 기뻤다. 그는 얼굴을 빨갛게 물들인 채 지정된 자리로 돌아갔다. 그는 오랫동안 입 속으로 되풀이하고 있었다. "내가 어쩌다가 그것을 잊고 있었을까? 그렇게 중요한 것을 어떻게 잊을 수가 있었을까? 그게 이제야 별안간 생각나다니!"

카체리나에 대한 심문이 시작되었다. 그녀가 증인석에 모습을 드러내자 법정 안에서는 지금까지와 다른 웅성거림이 일었다. 부인들은 확대경이며 쌍안경을 꺼내들었고, 남자들 사이에서도 동요가 일어나 개중에는 좀 더 잘 보려고 몸을 일으키는 자도 있었다. 훗날에 와서 사람들은 그녀가 나타나자마자 미차의 얼굴이 별안간 '백지장처럼' 창백해졌다고 말했다.

그녀는 온통 검은 옷차림을 하고 정숙하게 몹시 조심스러운 태도로 지정된 자리에 가 앉았다. 그녀가 흥분하고 있다는 것을 얼굴빛만으로는 알아챌 수 없었으나, 그러나 그 확고한 결의는 어두운 느낌을 주는 검은 눈 속에서 번뜩이고 있었다. 여기서 특기해야 할 것은, 훗날 많은 사람들이 단언한 것처럼, 그 순간 그녀는 참으로 아름다웠다는 사실이다. 그녀는 조용하면서도 법정 안에 다 들리도록 또렷한 목소리로 진술하기 시작했다. 침착한 진술이었다. 아니, 적어도 침착하려고 애쓰고 있었다.

재판장은 신중한 태도로, 그녀의 마음의 상처를 건드리는 것을 두려워하는 듯, 이 커다란 불행에 충분한 유감의 뜻을 표하면서 정중하게 심문을 시작했다. 카체리나는 맨 먼저 던져진 질문에 대하여 분명하게 자기는 피고와 약혼한 사이였다고 말했다.

"저분이 나를 버리기 전까지는 말이에요." 그녀는 작은 목소리로 부언했다. 또한 친척에게 우송해달라고 미차에게 맡겼던 3천 루블에 대해서 질문이 있자, "저는 그 돈을 당장 우송해 달라고 그이에게 맡겼던 것은 결코 아닙니다. 무척 돈에 궁한 것을 알고 있었기 때문에 형편을 봐서 한 달쯤 후에 송금해도 무방하다고 생각하고 그 돈을 내준 거니까, 따라서 그런 빚을 가지고 그렇게까지 괴로워할 필요는 없었다고 생각해요." 하고 그녀는 단언했다.

필자는 모든 질문과 거기에 대한 그녀의 답변을 일일이 적지 않고 다만 그녀의 진술에 대해서 근본적인 의미만을 전하겠다.

"저는 저이가 아버지한테서 3천 루블을 받기만 하면 즉시 부쳐 주리라고 굳게 믿고 있었습니다." 하고 그녀는 답변을 계속했다.

"저는 어떤 경우에도 저이가 욕심이 없고 성실하다는 것을 항상 믿고 있었습니다. 특히 금전 문제에 관해서 더할 나위 없이 고결하고 공정하신 분이었습니다. 저이는 아버님한테서 3천 루블을 받을 수 있다고 확신하고 계셨고, 몇 번이나 저한테도 그런 말을 했습니다. 저이가 아버님과 사이가 좋지 않다는 것을 나도 잘 알고 있었습니다. 그리고 저이가 아버님에게 늘 모욕을 당하고 있다고 믿어 왔습니다. 그래도 저분은 아버지에 대해 협박하는 것 같은 말을 하신 적이 한 번도 없습니다. 적어도 제 앞에서는 그런 일이 없었습니다. 만일 저분이 저한테 와 주시기만 했어도 그 3천 루블 때문에 걱정하지 말라고 안심시켜 주었을 테지만, 저이는 그 후 우리 집에 한 번도 들러주시지 않았습니다. ……그리고 저도 부를 형편이 되지 못했습니다. 게다가 저는 저이에게 돈을 돌려 달라고 요구할 권리조차 없습니다." 갑자기 그녀는 별안간 이렇게 덧붙였다. 그 목소리에는 단호한 빛이 서려 있었다.

"실은 나도 언젠가 저이한테서 3천 루블 이상의 빚을 진 적이 있었으니까요. 그때 나는 도저히 갚을 능력도 없었습니다만, 저분은 기꺼이 저한테 빌려준 것입니다."

그녀의 목소리에는 뭔가 도전적인 어조가 느껴졌다. 마침 이때 심문할 차례가 페추코비치한테 돌아갔다.

"그건 이 도시에서 일어난 일이 아니고 당신들이 처음으로 알게 된 무렵의 일이 아닙니까?" 페추코비치는 재빨리 거기에 어떤 유리한 사실이 숨어 있을 것을 예감하고 이렇게 물었다. (여기서 괄호로 묶어서 말해두지만, 그를 페테르부르크에서 초빙해 온 것은 카체리나였다고 할 수 있었으나, 미차가 전에 저 쪽에서 그녀에게 5천 루블을 준 사실이나 '이마가 땅에 닿을 듯이 머리를 숙였던 일'에 대해서는 전혀 몰랐던 것이다. 카챠는 그것을 변호사에게 숨기고 있었다. 그녀는 최후의 순간까지 법정에서 이것을 밝힐 것인지 아닌지 결단을 내리지 못한 채 어떤 영감이 작용하기를 기다리고 있었다는 편이 옳을 것이다.)

"네, 그래요. 전 한평생 그 순간을 잊을 수 없을 거예요!" 하고 그녀는 이야기하기 시작했다. 그녀는 모든 것을 하나도 빠뜨리지 않고 말했다. 예전에 미차가 알료샤에게 들려준 그 에피소드도, '이마가 땅에 닿을 듯 정중히 머리를 숙인 일'이며 그 원인과 자기 아버지의 이야기, 자기가 미차를 방문했던 일을 죄다 이야기했다. 그러나 미차가 카차의 언니를 통해서 '카체리나가 직접 돈을 받으러 오도록'하는 조건을 붙였다는 것만은 입 밖에 내지 않았다. 그녀는 이 말만은 관대한 마음으로 숨기고자 자기 쪽에서 격정에 사로잡혀 무언가를 기대하면서 돈을 빌리기 위해 젊은 장교한테 달려갔던 일을 조금도 부끄러워하지 않고 공개했다. 이것은 실로 법정을 뒤흔드는 충격적인 사건이었다.

필자는 그때 온몸이 오싹해짐을 느끼면서 그녀의 이야기에 귀를 기울였다. 사람들은 한 마디도 놓치지 않으려고 숨을 죽이며 듣고 있었다. 이것은 이제까지 전례가 없는 일이었다. 그녀처럼 고집이 세고 남을 멸시할 만큼 기품이 당당한 여자가 이토록 솔직한 고백을 하거나 이렇듯 큰 희생을 감수하리라고는 도저히 상상할 수 없는 일이었다. 더욱이 무엇 때문에 누구를 위해서였을까? 그것은 다름이 아니라 자기를 배반하고 모욕을 준 사람을 구하기 위해서였다. 조금이라도 미차를 이롭게 하는 인상을 사람들에게 주어서 그를 구하고자 하는 마음에서였다. 사실 말이지, 자기 수중에 남은 마지막 5천 루블이라는 거금을 내주고 순진무구한 처녀 앞에 공손히 머리를 숙인 젊은 장교 미차의 모습은 확실히 동정을 받기에 충분했으며 동시에 매력적인 것이었지만, 그럼에도 불구하고 필자의 마음은 아프기만 했다. 나중에 반드시 어떤 중상이 만들어질 것 같은 나쁜 예감이 들었기 때문이었다. 사실 나중에 별의별 비방이 다 일어났던 것이다!

훗날 이 마을 사람들은 악의에 찬 웃음을 띠며 그 장교라는 자가 '정중하게 무릎만 꿇었을 뿐' 나이 찬 처녀를 그냥 돌려보냈다는 것은 도저히 믿을 수 없는 일이라고 수군거렸다. 그 이야기에는 반드시 무엇인가 '생략된 부분'이 있을 것임을 암시하는 말이 오갔다. '설사 생략된 부분이 없고 그 이야기가 말 그대로 사실이라 해도' 이 고장에서 가장 존경받는 귀부인들까지도 이렇게 말했다. "궁지에 빠진 아버지를 구한답시고 젊은 처녀가 그런 행동을 하는 것은 그리 훌륭한 일이 못 됩니다." 그처럼 총명하고 거의 병적이라고 할 만큼 민감한 카체리나 이바노브나가 과연 이런 소문을 미리 예상하지 못했을까? 아니다, 그런데도 불구하고 모든 것을 말해버리기로 결심한 것이다. 물론 카체리나가 한 이야기의 진상에 대해서 이렇듯 추잡스러운 의혹이 생겨난 것은 나중의 일이고, 법정에서 처음 들었을 때는 모든 사람들이 적잖은 감명을 받았던 것이다. 재판관들로 말하면 그들은 모두 경건한 태도로 쑥스러운 듯이 그녀의 말을 경청하고 있었다. 검사도 이 문제에 대하여 감히한 마디의 질문도 던지지 못했다. 페추코비치는 그녀에게 정중한 인사를 보내기까지 했다. 사실, 그는 거의 변론에서 이긴 것 같은 기분이 들었다.

숭고한 감정의 충동으로 5천 루블이란 돈을 몽땅 털어서 남에게 베풀어 준 사람이 훗날 3천 루블을 강탈할 목적으로 아버지를 죽였다는 것은 도저히 앞뒤가 맞지 않은 이야기였다. 페추코비치로서는 적어도 피고가 돈을 강탈했다는 혐의만은 배제할 수 있었다.

'사건'은 갑자기 새로운 빛을 띠었다. 미차에게 유리한 동정의 물결이 일기 시작했다.

그는 - 후에 사람들이 말한 바로는 - 카체리나가 증언하는 동안 한두 번 자리에서 벌떡 일어났다가 다시 주저앉아 두 손으로 얼굴을 가렸다고 한다. 그러나 카체리나가 진술을 마치자, 그는 별안간 그녀에게 두 손을 내밀고 흐느끼면서 이렇게 외쳤다.

"카챠, 당신은 왜 나를 파멸시키려는 거요?"

그는 온 법정이 떠나가도록 큰 소리로 통곡을 했다. 하지만 곧 자제하고 이렇게 외쳤다.

"나는 이미 선고를 받았단 말이야!"

그는 그 후 이를 악물고 팔짱을 낀 채 화석처럼 굳어서 피고석에 앉아 있었다. 카체리나는 법정에 그대로 남아 지정된 의자에 가 앉았다. 눈을 내리깔고 앉아 있는 그녀의 얼굴은 창백했다. 옆에 앉았던 사람들의 말에 의하면, 그녀는 마치 열병에 걸린 듯 오랫동안 떨고 있었다고 한다. 다음에는 그루셴카의 이름이 불려졌다.

필자의 이야기는, 돌발적으로 파열하여 궁극적으로 미차를 파멸시켰다고 할 수 있는 그 불상사로 가까이 다가선 것 같았다. 왜냐하면 필자가 믿기로는, 아니 법률가들조차도 나중에 그렇게 말했지만, 만일 이 비극적인 일만 발생하지 않았던들 피고는 정상 참작이 되어 어느 정도 관대한 판결을 받았을지도 모르기 때문이다. 그러나 그 일을 나중에 말하기로 하고 우선 그루셴카라는 여성에 대해 조금 기술하기로 한다.

1560

그녀 역시 검은 옷을 입고 법정에 출정했다. 어깨에 걸친 숄도 역시 검은색이었다. 그녀는 흔히 뚱뚱한 여자가 그러듯이 가볍게 몸을 좌우로 흔들면서 좌우로도 일체 눈길을 주지 않고 정면의 재판장만을 뚫어지게 바라보면서 마치 공중에 뜬 것처럼 사뿐사뿐 발소리도 없이 증언대로 다가갔다.

필자의 생각으로는 그녀는 무척 아름다워 보였고, 나중에 부인네들이 확언한 바처럼 뭔가 단단히 결심한 듯 악독한 표정도 아니었다. 그녀는 다만 스캔들에 굶주린 방청객들의 호기심과 경멸에 찬 시선을 온몸에 느끼며 초조해 하고 있었다고 생각된다. 그녀는 경멸을 참지 못하는 높은 자존심을 갖고 있었다. 누구한테 멸시를 당하고 있는 게 아닌가 하는 의혹이 일기만 해도 벌써부터 후끈 반항심에 불타는 그런 성격의 여자였다. 그러나 동시에 한편으로는 겁이 많은 점을 부끄럽게 여기기도 했다.

그러므로 그녀의 진술이 일관성이 없는 것은 당연한 일이었다. 때로는 노기를 띠고 어떤 때는 경멸에 찬 말투가 튀어나와 무섭게 거칠어지기도 했다. 그런가 하면 갑자기 진심으로 뉘우치는 빛을 보이기도 했다. 때로는 마치 자포자기라도 한 듯 '어떻게 되든 무슨 상관이야. 어쨌든 난 할 말은 다 해 버릴테니.'하는 말투가 되어 버렸다.

미차의 아버지 표도르에 대해서는 "그런 건 시답잖은 얘기예요. 그 사람이 치근거린 것뿐이니 내 알 바 아니에요!" 하고 딱 잘라 말했다가도 다음 순간에는 "모두가 내 잘못이에요. 난 둘 다, 영감님도 이이도 놀려주려고 사귀었던 거예요. 그래서 두 사람을 결국 이런 꼴로 만들어버렸어요. 모두가 저로 인해 일어난 일이에요."
하고 덧붙이기도 했다.

어쩌다가 삼소노프의 이름이 나오기라도 하면, 그녀는 "그게 무슨 상관인가요?" 하고 뻔뻔스럽고 도전적인 어조로 대들었다. "그 사람은 제 은인이에요. 제가 집에서 쫓겨났을 때, 맨발인 저를 맡아 주었으니까요." 그러나 재판장은 무척 점잖은 태도로 쓸데없는 딴 얘기는 하지 말고 질문에만 답변하라고 주의를 주었다. 그루센카는 얼굴을 붉혔지만 눈에는 요사스러운 빛이 번득이고 있었다.

그녀는 돈이 든 봉투는 직접 본 일이 없으며, 표도르가 3천 루블을 넣은 무슨 종이 꾸러미인지 봉투인지를 갖고 있다는 말을 그 '악당'에게서 들었을 뿐이라고 말했다.

"하지만 그건 바보스러운 얘기예요. 난 웃어 버리고 말았어요. 제가 그런 데를 뭣 하러 갑니까!"

"지금 '악당'이라고 한 건 누구를 말하는 겁니까?" 하고 검사가 즉각 물었다.

"그 집 하인이에요. 자기 주인을 죽이고 어제 목을 맨 스메르자코프 말이에요."

물론 그녀는 즉시 거기에 대해서 무슨 증거가 있느냐는 질문을 받았지만, 그녀 역시 이렇다 할 증거를 갖고 있지 못했다.

"드미트리 씨가 그렇게 말했습니다. 여러분도 이 말을 믿어야 합니다. 저기 저 여자, 저 훼방꾼 여자가 저 이를 파멸시킨 거예요.

모두 저 여자가 원인이에요, 저 여자가요." 마치 증오 때문에 몸부림칠 듯이 그루셴카는 덧붙였다. 그녀의 목소리에는 표독스러운 독기가 서려 있었다.

여기에서도 그녀는 그게 누구냐는 질문을 받았다.

"저기 저 아가씨입니다. 카체리나 이바노브나, 저 여자는 그때 저를 불러다가 초콜릿을 주면서 구워 삶으려 했어요. 저 사람은 정말 수치심이라고는 없는 여자예요. 정말로……."

이번에는 재판장도 엄하게 그녀의 발언을 제지하고 맘을 삼가도록 일렀으나 이미 그녀는 질투로 이성을 잃고 있었다. 질투가 불길처럼 타올라 거의 될 대로 되라는 심정이었다.

"모크로예 마을에서 피고가 체포되었을 때," 하고 검사는 그때 일을 회상하면서 물었다. "당신이 옆방에서 달려 나와 '모두가 제 탓이에요. 저도 함께 징역살이를 하겠어요!'하고 외치는 걸 모든 사람이 보고 들었는데, 그렇다면 당신은 이미 그 순간 피고가 아버지를 살해했다는 것을 확신했던 것 아닙니까!"

"그때 뭐가 어떻게 된 건지 잘 기억하지 못합니다." 하고 그루셴카는 대답했다. "그때는 모든 사람들이 저이가 아버지를 죽였다고 떠들어댔기 때문에, 저는 이렇게 된 것은 모두 내 탓이다. 나 때문에 사람을 죽였구나 하는 기분이 들었던 겁니다. 그러나 저분한테 자기에게는 죄가 없다는 말을 직접 듣고는 곧 그 말을 믿었습니다. 지금도 그렇게 믿고 있습니다. 영원히 이 신념은 변하지 않을 겁니다. 저 이는 절대로 거짓말을 할 사람이 아니거든요."

질문의 차례가 페추코비치에게 넘어갔다. 그는 여러 가지 질문을 던졌지만, 그중에서도 라키친에 관해서, 그 25루블의 사례금에 관해서 말이 나왔다.

"당신은 알렉세이 카라마조프 씨를 데려온 사례금으로 라키친 군에게 그때 25루블을 주었다고 하던데요?"

"그 사람이 돈을 받았다고 해서 조금도 이상할 것은 없어요." 그루셴카는 멸시와 증오에 찬 미소를 지었다. "그 사람은 늘 나한테 돈을 구하러 오곤 했으니까요. 매달 정해 놓고 30루블쯤은 가져갔어요. 그것도 대개 유흥비에 쓰기 위해서였지요. 하지만 내가 돈을 주지 않아도 그는 아무 걱정없이 살 만한 여유는 있었어요."

"당신은 어째서 라키친 군에게 매우 관대했던가요? 그건 무엇 때문이었습니까?" 페추코비치는 재판장이 심하게 안절부절못하며 몸을 들썩이는 것도 무시하고 계속 추궁을 이어갔다.

"저의 사촌동생이니까요. 제 어머니와 그의 어머니는 친자매지간이거든요. 하지만 라키친은 아무에게도 말하지 말아 달라고 늘 제게 당부했어요. 나와 사촌지간이라는 것을 몹시 수치스럽게 여겼거든요."

이것은 정말 새로운, 어느 누구도 예상하지 못한, 참으로 뜻밖의 사실이었다. 마을 전체는 물론 수도원 안에서도 이것을 아는 사람은 아무도 없었다. 미차조차도 모르고 있었다. 소문에 의하면, 라키친은 이때 자기 자리에 앉은 채 너무나 창피해서 안색이 보랏빛으로 변해 버렸다고 한다.

그루셴카는 법정에 들어서기 전에 라키친이 이미 미차에게 불리한 진술을 한 것을 탐지하고 몹시 화가 났던 것이다. 따라서 라키친이 조금 전에 한 연설이나 그 고매한 취지도, 농노 제도나 러시아에 있어서의 공민권에 대한 공격도, 이 순간 모든 청중의 마음속에서 완전히 말살되어 버리고 말았다. 페추코비치는 만족했다. 하느님은 또다시 미차에게 미소를 보내주고 있었다.

　대체로 그루셴카에 대한 심문은 그리 오래 걸리지 않았다. 물론 그녀가 특별히 새로운 사실을 진술하지 못했기 때문에 더욱 그러했다. 그녀는 방청객 일동의 가슴에 매우 불쾌한 인상을 주었다. 그녀가 진술을 마치고 카체리나와 좀 떨어진 자리에 앉았을 때 수많은 경멸의 시선이 그녀에게 집중되었다. 그녀가 심문을 받는 동안 미차는 마치 화석처럼 굳어져서 눈을 마룻바닥에 내리깔고 묵묵히 입을 다물고 있었다. 마침내 이반이 증인으로 출두했다.

5. 뜻밖의 파국

여기서 미리 말해 두지만, 이반은 알료샤보다 먼저 출두 요청을 받았었다. 그러나 그때 법원 정리는 재판장에게 증인이 갑자기 몸이 불편한지 아니면 발작을 일으켰는지 지금 당장 출두할 수 없으나 몸이 회복되는 대로 언제든지 법정에 나와 증언할 것이라고 보고했다. 그러나 그때는 아무도 그 말을 듣지 못했으므로 나중에 가서야 알게 되었다. 그의 출두는 처음에는 다른 사람들의 주목을 거의 받지 못했다.

이미 중요한 증인들, 특히 연적관계에 있는 두 여자들의 심문이 끝나버렸으므로 방청객들의 호기심은 어느 정도 채워져서, 이제 그들은 피로감마저 느끼고 있을 정도였다. 아직 몇 사람의 증인 심문이 더 남아 있었으나 이미 들을 만한 말은 다 들었기 때문에 그들로부터 특별히 새로운 진술이 나올 것 같지도 않았다. 시간은 자꾸 흘러가고 있었다.

이반은 이상하리만치 천천히 걸어 나왔다. 그는 마치 무슨 우울한 생각에 사로잡힌 듯이 머리를 숙인 채 아무도 보지 않았다. 그의 차림새는 나무랄 데 없이 단정하였으나 그 모습은 적어도 필자에게는 병적인 인상을 주었다. 흡사 죽어가는 사람처럼 얼굴이 흙빛을 띠었고 눈에는 광채가 없었다. 그는 눈을 들어 법정 안을 조용히 둘러보았다. 알료샤는 이때 자기 의자에서 벌떡 일어나 "아아!"하고 신음 소리를 냈다. 필자는 그것을 기억하고 있다. 그러나 그것을 주목한 사람은 별로 없었다.

재판장은 우선 그를 향해서 선서는 필요 없다는 것과 진술을 해도 되고 묵비권을 행사해도 되지만 진술은 물론 양심에 따라 해야한다는 것 등을 말해 주었다. 이반은 재판장의 말을 들으며 멍하니 바라보고 있었다. 그러나 그는 천천히 미소를 띠더니, 놀란 눈으로 그를 바라보던 재판장이 말을 마치기가 무섭게 갑자기 웃음을 터뜨렸다.

"그 밖에 또 할 말은 없나요?"이반은 커다란 목소리로 물었다.

법정 안은 조용했다. 모두들 무언가를 예감한 것 같았다. 재판장은 불안한 생각이 들었다.

"당신은 아직 건강이 완전히 좋아지지 않았나 보군요?"재판장은 눈으로 정리를 찾으며 말했다.

"염려 놓으십시오. 재판장님. 저는 상당히 건강하니까요. 여러가지 흥미있는 얘기를 해드릴 수가 있습니다."

이반은 갑자기 침착해져서 공손히 대답했다.

"무슨 특별한 정보라도 진술할 게 있습니까?" 여전히 미심쩍은 얼굴로 재판장이 물었다.

이반은 눈을 내리깔고 잠시 주저하더니 다시 머리를 들고 더듬거리는 말투로 대답했다.

"아니오……. 없습니다. 특별한 진술은 아무것도 없습니다."

그에 대한 심문이 시작되었다. 이반은 왠지 전혀 내키지 않는 듯 짤막짤막하게 대답했다. 그에겐 내심 어떤 혐오가 점점 커져 가는 느낌이었으나 그래도 답변은 논리정연했다. 그리고 대부분의 질문에 대해서는 모른다며 대답을 회피했다. 아버지와 드미트리의 금전 관계에 대해서는 전혀 아는 바 없다고 하면서 '그런 일엔 마음도 두지 않았다.'고 대답했다. 아버지를 죽이겠다고 협박한 것은 피고한테서 들었고 봉투 속에 돈이 들어 있다는 얘기는 스메르쟈코프한테서 들었다고 말했다.

"아무리 물어도 똑같은 말 뿐입니다." 이반은 피곤한 모습으로 갑자기 말을 막았다. "전 법정에서 특별히 진술할 게 없습니다.

"보아하니 당신은 건강이 좋지 않은가 보군요. 그리고 당신의 기분도 이해할 만합니다." 재판장은 말했다. 그는 검사와 변호사 쪽을 돌아보며 만일 필요하다면 질문을 하라고 하였다. 그러나 이반은 갑자기 기어 들어갈 듯한 소리로 애원했다.

"재판장님, 저를 내보내 주십시오. 몸이 몹시 불편합니다."

이렇게 말하고는 허가도 기다리지 않고 몸을 홱 돌려 법정 밖으로 나가려 하였다. 그러나 서너 발짝쯤 걸어가다가 갑자기 무슨 생각이 들었는지 조용히 웃으면서 다시 제자리로 돌아갔다.

"재판장님, 저는 꼭 그 시골 처녀와 같습니다. '가고 싶으면 가고, 가고 싶지 않으면 안 갈 테예요.' 이렇게 말하던가요? 그러면 모두들 처녀의 저고리나 치마를 들고 그 뒤를 쫓아다니지요. 처녀를 일으켜 세워 결혼식에 데려 가려는 거지요. 하지만 처녀는 '가고 싶으면 가고, 가고 싶지 않으면 안 갈 테야'하고 말한답니다. 이건 우리 러시아의 민족성이라고도 할 수 있지요."

"그래서 무슨 말씀을 하려는 건가요?" 재판장이 엄한 말투로 물었다.

"자, 이걸 보십시오." 그는 갑자기 지폐다발을 꺼냈다. "여기 보십시오. 이것이 그 돈입니다. 이건 바로 저 봉투 속에 들어 있던 돈입니다."

그는 증거물이 놓인 테이블을 턱으로 가리켰다. "이것 때문에 아버지는 살해된 것입니다. 어디에 둘까요? 사무관님, 이걸 좀 전해 주시지요."

사무관은 지폐다발을 받아들어 재판장에게 넘겨주었다.

"어째서 이 돈이 당신 손에 들어갔을까요? 이게 바로 그 돈이라면?"

"어제 스메르자코프한테서 받았습니다. 그 살인범한테서. 그놈이 목매달기 전에 나는 그자의 집에 갔었습니다. 아버지를 죽인 것

1569

도 그 놈입니다. 형이 아닙니다. 그놈이 죽였습니다. 그리고 내가 그놈을 사주했습니다. ……아버지의 죽음을 바라지 않은 사람은 아무도 없었으니까요."

"대체 당신은 정신이 있소, 없소?" 재판장의 입에서 자기도 모르게 이런 말이 흘러나왔다.

"물론 제정신이 있습죠. 여러분들과 마찬가지로, 여기 있는 모든…… 돼지들과 마찬가지로 비열한 정신을 갖고 있습니다." 이반은 갑자기 방청석을 돌아보았다. "모두들 우리 아버지를 죽이고 놀란 체하고 있군요."

그는 이빨을 뿌드득 갈며 악의에 찬 경멸을 표시했다. "서로 다시 치미를 떼고 있군요. 거짓말쟁이들 같으니! 모두들 우리 아버지가 죽기를 바라면서도. 독사가 다른 독사를 잡아먹으려는 것과 같지요. 만약에 우리 아버지를 죽이지 않았더라면 모두 화가 나서 투덜거리며 집으로 돌아갔을 겁니다. 구경거리가 필요해서요! '빵과 구경거리'라고 떠들잖아요. 하기야 나도 그런 놈이죠! 물 좀 없습니까? 제발 물 한 모금만 마시게 해주세요!" 그는 갑자기 자기 머리를 움켜잡았다.

사무관이 곧 그의 곁으로 다가왔다. 알료샤가 벌떡 일어나서 소리쳤다. "형님은 몸이 성치 않아요. 형님의 말을 믿지 마세요. 환각증에 사로잡혀 있어요!" 카체리나는 충동적으로 벌떡 자리에서 일어나 공포에 질린 채 부동자세로 이반을 쳐다보았다. 미차도 일어나 무언가 일그러진 듯한 야만적인 미소를 띤 채 동생을 쏘아보며 그의 말을 듣고 있었다.

"염려 놓으십시오. 나는 미치지 않았습니다. 단지 살인자일 뿐입니다!" 이반은 다시 말을 시작했다. "살인자한테 웅변을 기대한다는 것은 무리한 일입니다." 그는 무엇 때문인지 갑자기 이렇게 덧붙이며 얼굴을 일그러뜨리고 미소를 지었다.

검사는 몹시 당황한 듯 재판장 쪽으로 몸을 굽혔다. 다른 재판관들도 황급하게 서로 뭐라고 소곤거렸다. 페추코비치는 귀를 바짝 세우고 듣고 있었다. 법정 안은 무엇을 기대하는 듯 잠잠했다. 재판장은 갑자기 정신을 차린 듯 입을 열었다.

"증인, 당신의 말은 이해할 수 없을 뿐만 아니라 법정 안에서는 할 수 없는 말입니다. 최대한 마음을 진정시키고 말을 계속하십시오. 만일 해야 할 말이 있다면 말입니다. 당신은 무엇을 가지고 그런 자백을 증명할 셈입니까? ……그게 헛소리가 아니라면 말입니다."

"바로 저것입니다. 실은 증인이라곤 하나도 없습니다. 스메르자코프란 자식이 저세상에서 여러분에게 진술을 보내오지는 않을 거고…… 봉투에 넣어서 말입니다. 여러분은 뭐든지 언제나 봉투를 좋아하더군요. 나에게는 봉투는 하나면 됩니다. 나에게는 증인이 없습니다. 그것 하나밖에는 없습니다." 이반은 생각에 잠긴 듯이 쓸쓸하게 웃었다.

"그 자가 누굽니까?"

"재판장님, 그 자는 꼬리를 달고 있습니다. 그건 규칙에 위반인가요? diable n´ existe point!(악마는 존재하지 않는다!)란 말입니까? 별로 신경 쓰실 건 없습니다. 이건 아주 보잘것없는 악마니까요." 그는 웃음을 뚝 그치고 무슨 비밀 이야기라도 하는 듯 이렇게 덧붙였다.

"그 녀석은 틀림없이 여기 어디에 있을 겁니다. 저 증거물이 얹혀 있는 테이블 밑이라도 말입니다. 거기에 없으면 어디에 있겠습니까? 실은 이렇습니다. 내 말 좀 들어 보십시오. 나는 그 녀석에게 말했습니다. 잠자코 있지 않겠다고. 그랬더니 그놈은 지질변동에 대해 얘기하더군요. 멍청이같이! 하지만 그 악마를 용서해 주십시오. 그놈은 찬가를 부르기 시작하더군요. 말하자면 그게 더 마음이 홀가분해서 그런 거지요. 술 취한 불한당이 '이반은 페테르부르크로 떠나갔다네.'하고 소리 지르는 거나 마찬가지지요. 하지만 나는 2초의 기쁨을 위해서라면 천조 킬로미터의 천조 배라도 주겠습니다. 당신들은 나를 모릅니다! 아아, 이 모든 일이 얼마나 어리석기 짝이 없는 것입니까! 자, 그 녀석 대신에 나를 잡아 가두십시오! 나는 공연히 여기 게 온 게 아닙니다……. 어째서, 만사가 어리석은 일뿐이니까."

그는 이렇게 말하고 다시 천천히 무슨 생각에 잠긴 듯 법정 안을 둘러보기 시작했다. 그러나 이미 장내는 어수선하게 동요하고 있었다. 알료샤는 자리에서 일어나 형 곁으로 달려갔으나 벌써 사무관의 팔이 이반의 팔을 붙잡고 있었다.

"이건 또 뭐야?" 이반은 사무관의 얼굴을 쏘아보더니 갑자기 그의 어깨를 꽉 잡고 마룻바닥으로 힘껏 밀어버렸다. 그러나 곧 수위들이 우르르 달려와서 그를 붙잡았다. 그는 무서운 소리로 외치기 시작했다. 그리고 법정 밖으로 끌려 나가는 동안 무언가 알아듣지 못할 소리를 외치고 있었다.

법정 안에는 일대 소란이 일어났다. 그때의 일을 순서대로 모두 기억할 수는 없다. 나 자신도 흥분한 나머지 잘 관찰할 수 없었던 것이다. 단지 필자가 기억하는 것은 후에 소란이 가라앉고 모든 사람들이 그 진상을 깨달았을 때에야 사무관이 심한 꾸중을 들었다는 것뿐이다. 하기야 사무관은 증인이 1시간 전에 가벼운 현기증을 일으켜 의사의 진찰을 받았으나, 그동안 줄곧 건강의 이상이 없었고, 법정 안에 들어갈 때까지는 말도 조리 있게 하였으므로 그런 일이 있을 줄은 꿈에도 생각지 못했으며 뿐만 아니라 증인 자신이 꼭 증언할 것이 있다고 주장하는 바람에 어쩔 수 없었노라고 충분히 근거 있는 설명을 했다.

그러나 모두가 어느 정도 평정을 회복하기도 전에 곧 또 다른 소동이 일어났다. 카체리나가 히스테리를 일으킨 것이다. 그녀는 큰 소리로 비명을 지르며 통곡하기 시작했다. 그러나 순순히 법정 밖으로 나가려 하지 않고 몸부림을 치며 그냥 이 안에 있게 해 달라고 애원하면서 재판장에게 이렇게 부르짖었다.

"당장, 지금 당장, 한 가지 더 말씀드릴 것이 있습니다. 여기 증거 서류가 있습니다. 편집니다. 받아서 읽어보세요. 어서요! 이건 저 악당이, 저기 저 사람이 쓴 편집니다!" 그녀는 미차를 가리키며 말했다. "아버지를 죽인 건 저 사람입니다. 여러분도 이제 곧 아시게 될 거예요. 저 사람이 아버지를 죽이겠다고 저한테 써 보낸 적이 있습니다. 하지만 그 동생은 지금 병을 앓고 있습니다. 환각증을 앓고 있는 환자예요! 저는 그이가 환각증에 사로잡혀 있다는 사실을 벌써 사흘 전부터 알고 있었습니다."

이렇게 그녀는 정신없이 부르짖었다. 그녀가 재판장 앞으로 내민 증거 서류를 서기가 받아들자 그녀는 자기 자리에 털썩 주저앉아 얼굴을 가리고 발작하듯이 온몸을 뒤흔들면서 소리 없이 울기 시작했다. 그녀는 법정 밖으로 쫓겨날까 두려워서 되도록 가냘픈 신음소리마저 내지 않으려고 애쓰고 있었다.

그녀가 내놓은 서류는 미차가 '수도'란 요리점에서 쓴 편지로, 이반은 '수학적 증거'가 있는 증거라고 부르던 것이었다. 아, 재판관들도 이 편지의 수학적 증거를 인정하고 말았다! 사실 이 편지만 아니었던들 미차는 파멸을 면할 수도 있었을 것이다. 적어도 그처럼 무서운 파멸은 당하지 않았을 것이다!

되풀이해서 말하지만, 필자는 그때 법정 안의 일을 자세히 관찰할 수 없었다. 지금도 그 모든 일들이 뒤죽박죽이 되어 머릿속에 떠오를 따름이다. 재판장은 그 자리에서 이 새로운 증거 서류를 배석한 재판관들과 검사, 변호사, 배심원 모두가 돌려 보게 했다. 내가 기억하고 있는 것은 다시 카체리나에 대한 심문이 시작되었다는 것뿐이다. 이제 마음이 가라앉았느냐는 재판장의 친절한 질문에 카체리나는 곧 큰소리로 소리쳤다.

"네, 저는 괜찮습니다. 여러분의 질문에 똑똑히 답할 각오는 되어 있습니다." 이렇게 덧붙였으나 그녀는 행여나 재판관들이 자기 말을 안 듣는 건 아닐까 몹시 걱정하는 기색이었다. 재판장은 이 편지가 무슨 편지며, 어떤 상황에서 받았는지 자세히 설명해 달라고 그녀에게 요청했다.

"제가 이 편지를 받은 것은 범행 하루 전날입니다, 하지만 저 사람이 이 편지를 쓴 것은 그보다 하루 전날, 그러니까 범행 이틀 전에 쓴 것입니다. 자, 보세요, 무슨 계산서에 쓰지 않았습니까!" 그녀는 숨 가쁘게 얘기했다.

"그때 저 사람은 저를 미워하고 있었습니다. 자기가 비열한 짓을 하고도 저 창녀에게 가버렸으니까요. 그리고 나한테 3천 루블의 빚이 있었거든요. 네, 그래요. 저 사람은 자기의 비열한 짓은 생각 않고 그 3천 루블의 빚이 마음에 걸려 못 견디었던 거예요. 그 3천 루블의 내력은 이랬답니다. 제발 제 말을 끝까지 들어 주세요. 저 사람은 아버지를 살해하기 3주일 전 어느 날 아침 저를 찾아왔어요. 그때 저는 저 사람이 돈이 필요하다는 것도, 무엇에 필요하다는 것도 다 알고 있었어요. 저 창녀를 꾀어 어디로 달아나려는 데 필요했던 거지요. 저는 그때 저 사람이 변심해서 나를 차 버리려 하고 있다는 것을 알고 있었습니다. 그래서 그 돈을 저 사람 앞에 내밀었습니다. 모스크바에 있는 우리 언니한테 부쳐달라는 구실로 일부러 돈을 주었어요. 그때 저는 돈을 주면서 저 사람의 얼굴을 쳐다보았습니다. '한 달 후 라도 상관없으니' 마음 내킬 때 보

내면 된다고 말했지요. 나는 저 사람의 얼굴을 맞대 놓고 '당신은
나 대신 그 창녀를 꾀려는 데 돈이 필요하겠지요. 자, 여기 있습니
다. 내 손으로 이 돈을 드립니다. 만약 이 돈을 받을 만큼 파렴치한
인간이라면 주저 말고 받아가세요!' 이렇게 말한 것이나 다름없
습니다. 그걸 저 사람이 어떻게 그걸 모르겠습니까? 나는 저 사람
의 정체를 폭로하고 싶었어요. 그런데 어떻게 되지 아세요? 저 사
람은 돈을 받았어요. 그리고 그걸 가지고 그 창녀와 몽땅 써버리고
만 거예요. 하룻밤 사이에……. 그러나 저 사람은 내가 모든 사실
을 알고 있다는 것을 잘 알고 있었어요. 내가 돈을 준 것은 저 사람
이 나한테서 그걸 받을 만큼 염치가 있는 사람인가 어떤가 시험해
보고 싶어서 하는 짓이라는 것도 알고 있었던 거예요. 내가 저 사
람의 눈을 들여다보았더니 저 사람도 내 눈을 들여다보았어요. 저
사람은 모두 알아챘던 거예요. 그러면서도 내 돈을 받아 가지고 간
거예요."

"그건 사실이오, 카챠." 갑자기 미챠가 소리쳤다. "나는 당신의
눈을 보고 당신이 나를 모욕하려 한다는 걸 알았어. 그런데도 나는
그 돈을 받고 말았지! 여러분, 이 비열한 놈을 경멸하십시오! 나는
경멸을 받아도 마땅한 놈이오!"

"피고인!" 재판장은 소리쳤다. "한 마디만 더 하면 법정에서 퇴
장시키겠소."

"그 돈이 저 사람을 괴롭힌 거예요." 카챠는 경련을 일으키는 듯
조급하게 말을 계속했다. "그래서 저 사람은 나한테 그 돈을 갚으

려 했지요. 네, 갚으려고 했어요. 그건 사실이에요. 하지만 그 창녀 때문에 돈이 필요했었어요. 그래서 아버지를 살해했지만 역시 나한테 돈을 갚지 않고 저 여자와 함께 그 마을로 가서 결국 붙들리고 만 거예요. 아버지를 죽이고 훔친 돈마저 그 마을에서 탕진해버렸지요. 그런데 저 사람은 아버지를 살해하기 하루 전날 나에게 이 편지를 써 보냈어요. 술에 취해서 쓴 것이지요. 나는 당장에 알았어요. 저 사람이 증오에 사로잡혀 있다는 것을요. 그리고 자기가 아버지를 살해하더라도 내가 이 편지를 누구에게도 보여주지 않으리라는 것을 틀림없이 알고 쓴 거예요. 그렇지 않으면 이 편지를 썼을 리가 없지요. 저 사람은 내가 자기에게 복수를 하거나 자기의 파멸을 바라지 않는다는 걸 알고 있었던 것입니다. 하지만 읽어 보세요. 주의해서 읽어 보세요. 그러면 저 사람이 모든 것을 편지에 미리 적어 두었다는 걸 아시게 될 거예요. - 아버지를 어떤 방법으로 죽일 것인지, 아버지의 돈이 어디에 있는지를 말입니다. 자, 보세요. 한 글자도 빠뜨리지 말고 잘 보세요. 그 가운데 '이반이 떠나면 곧 아버지를 죽일 것이다.'라는 구절이 있을 테니까. 그건 저 사람이 아버지를 죽일 방법을 곰곰이 연구했다는 증거가 아니겠어요?"

카체리나는 표독스럽고 조롱하는 듯한 미소를 지으면서 재판관에게 설명했다. 그녀는 그 숙명적인 편지를 구석구석 검토하여 그 속에 담긴 낱말을 빠짐없이 연구했음이 분명했다.

"저 사람도 취하지 않았더라면 저에게 그런 편지를 쓰지 않았을 거예요. 하지만 보세요. 거기에는 모든 것이 다 적혀 있습니다. 모든 것이 편지의 내용 그대로입니다. 아버지를 죽인 것도, 모든 것이 한 치의 오차도 없이 그대로 행해졌어요. 살인 계획서라고요!"

그녀는 정신없이 소리쳤다. 물론 그녀는 자기에게 어떤 결과가 닥쳐와도 좋다고 생각하고 있었다. 어쩌면 한 달 전부터 그 결과를 내다보고 있었는지도 모른다. 왜냐하면 그때 이미 그녀는 증오에 몸을 떨며 '이것을 법정에 가서 공개할까?'하고 생각하고 있었기 때문이다. 그러나 지금 그녀는 낭떠러지에서 뛰어내린 것과 마찬가지였다. 지금도 나는 기억하고 있지만, 그 자리에서 곧 서기가 편지를 큰소리로 읽자마자 사람들은 큰 충격을 받았다.

"이것이 당신이 쓴 편지임을 인정합니까?" 미차를 향해 이런 질문이 던져졌다.

"예, 제 것입니다!" 미차는 큰소리로 대답했다. "술에 취하지 않았으면 안 썼을 텐데! 카차, 우리는 서로 여러 가지 일로 미워했소. 하지만 맹세하지만 나는 당신을 미워하면서도 사랑하고 있었소. 그런데 당신은 나를 사랑하지 않았어!"

그는 절망 속에서 두 손을 마주잡고 자리에 털썩 주저앉았다. 검사와 변호사가 번갈아 심문을 하기 시작했다. 그것은 주로 '왜 당신은 좀 전에 그런 증거를 감추고 지금과는 전혀 다른 태도로 증언을 했느냐?'는 것이었다.

"맞습니다. 좀 전엔 제가 거짓말을 했습니다. 명예와 양심을 등지고 거짓말만 했습니다. 아까는 저 사람을 구하고 싶었던 거예요. 저 사람이 그토록 나를 미워하고 경멸했으니까요!" 카차는 정신

나간 여자처럼 소리쳤다.

"네, 저 사람은 저를 끔찍하게 경멸해 오기 시작한 거예요. 나는 그걸 눈치 챘어요. 나는 그때 바로 그것을 느꼈지만 오랫동안 그걸 믿으려 하지 않았어요. 나는 저 사람의 눈빛 속에서 '암만 그래도 너는 그때 네 발로 나를 찾아왔었지.'하는 말을 수없이 읽었습니다. 그래요, 저 사람을 몰랐던 거예요. 내가 왜 그때 자기를 찾아갔는지 저 사람은 조금도 알지 못했어요. 단지 비열한 것밖에 생각할 줄 모르기 때문이에요. 저 사람은 남을 자기 식으로 판단하고 자기처럼 생각하는 거예요." 카차는 완전히 이성을 잃고 이를 부드득 갈았다.

"저 사람이 나와 결혼하려고 했던 것은 단지 내가 재산을 상속받게 되었기 때문이에요. 다른 이유는 하나도 없어요! 나는 언제나 그럴 거라고 생각해 왔어요. 아아, 저 사람은 짐승이에요! 저 사람은 그때 내가 자기에게 돈을 얻으러 갔던 일을 부끄럽게 여겨서 한평생 쩔쩔맬 거라고 믿고, 높은 데서 나를 영원히 경멸할 수 있다고 확신하고 있었던 거예요. 그래서 나와 결혼할 생각을 하게 된 것입니다. 그래요, 그건 틀림없어요. 저는 저의 사랑으로, 무한한 사랑으로써 저 사람을 정복해 보려고 했었어요. 심지어 저 사람의 배신까지 참아보려고 했습니다만 끝내 아무것도 몰라주더군요. 하긴 무엇을 이해할 수 있을까요! 저 사람은 비열한 악당이에요! 나는 그 편지를 이튿날 저녁에 받았습니다. 요리점에서 보내왔더 군요. 그러나 나는 그날 아침까지도 모든 것을 용서할 생각이었어요, 모든 것을, 저 사람의 배신까지도!"

물론 재판장과 검사는 그녀를 진정시키려고 애를 썼다. 그녀의 히스테리를 이용해 그런 증언을 듣는 것이 그들에게도 떳떳하지 못하다고 생각되었던 모양이다.

필자는 지금도 기억하고 있지만, "당신이 얼마나 괴로운지 우리도 이해합니다. 우리도 감정이 있다는 걸 믿어 주십시오." 하는 등등의 말을 재판부에서 하던 것을 들었다. 하지만 그들은 역시 이 히스테리로 거의 광란상태에 빠진 여자한테 여러 가지 필요한 증거를 이끌어냈던 것이다.

마침내 그녀는 이반 표도로비치가 지난 두 달 동안 '비열한 살인자'인 자기 형을 구하려고 너무나 애를 쓴 나머지 거의 미칠 지경에 이르렀다고 극히 명확하게 진술했다. 이러한 명확성은 순간적이기는 하지만 이렇게 긴장된 상태에서도 이따금 나타나는 현상이다.

"그이는 무척 괴로워했습니다." 그녀는 소리쳤다. "그이는 줄곧 형의 죄를 덜어 주려고 애쓰면서도 자기도 아버지를 사랑한 일이 없으니, 어쩌면 자기도 아버지가 죽는 것을 바라고 있었는지도 모른다고 고백했습니다. 아아, 그 얼마나 깊은 양심을 지닌 사람입니까! 그래서 자기 양심 때문에 고통을 받았던 거예요! 그이는 무슨 일이든 나한테 모든 걸 털어놨어요. 매일 나를 찾아와 유일한 친구로서 저와 이야기했습니다. 네, 저는 그이의 유일한 친구임을 영광으로 생각하고 있습니다."

그녀는 도전하듯 눈을 반짝이면서 느닷없이 소리쳤다. "그이는 두 번 스메르자코프를 찾아갔습니다. 언젠가 한 번은 그분이 나를 찾아와 이렇게 말했습니다. 만일 아버지를 죽인 것이 형이 아니라 스메르자코프라면(이곳에서는 많은 사람들이 스메르자코프가 죽였다고 터무니없는 소문을 퍼뜨리고 있었으니까요) 자기에게도 죄가 있는지 모르겠다고 말입니다. 왜냐하면 스메르자코프는 자기가 아버지를 좋아하지 않는 걸 알고 있었으므로 자기가 아버지의 죽음을 바라고 있다고 생각했을지도 모르기 때문이라는 것이었습니다. 그때 나는 그분께 그 편지를 꺼내 보여주었어요. 그랬더니 그분은 형이 범인이라는 것을 확신하게 되어 무척 충격을 받았습니다. 피를 나눈 형이 아버지를 죽였다고 생각하니 큰 타격을 입은 모양이에요. 한 일주일 전쯤 그이가 그것 때문에 병을 앓고 있다는 것을 알았습니다. 요즘에는 나를 찾아와서는 헛소리를 하게 되었어요. 저는 그이가 정신착란임을 알 수 있었어요. 길거리에서 사람들이 보는데도 걸어가면서 잠꼬대를 했습니다. 제가 모스크바에서 모셔온 의사는 그저께 그이를 진찰하고 환각증 같은 병에 가깝다고 말했습니다. 모든 건 저 사람 때문입니다. 저 비열한 악당 때문이에요. 그런데 어저께 스메르자코프가 죽었다는 소식을 듣고 그이는 너무나 충격을 받아 그만 정신이상을 일으키고 말았습니다. 모든 게 저 비열한 악당 때문이에요. 모든 건 저 비열한 인간을 살리려다 그렇게 된 거예요!"

오오, 이런 말이나 이런 고백은 일생에 단 한 번 — 예컨대 임종

때나 이를테면 단두대에 오르는 순간이 아니면 도저히 할 수 없는 것이다. 그러나 카차는 그 성격으로 보아 이런 순간에 그런 일을 능히 할 수 있는 여자였다. 그만큼 극성스러웠기 때문에 아버지를 구하기 위해 젊은 탕자에게 자기 몸을 내던질 수 있었던 것이다. 또 그러한 여자였기 때문에 아까 많은 방청객들 앞에서 당당하고도 정숙한 태도로 미차의 가혹한 운명을 조금이라도 경감시켜주려는 일념으로 '미차의 고결한 행위'를 얘기함으로써 자기 자신과 처녀의 명예까지 희생시킬 수 있었다. 그래서 그녀는 지금 또 자신을 희생시켰는데, 그것은 이미 다른 남자를 위한 것이었다. 아마 그녀는 비로소 이 다른 남자가 자기에게 얼마나 소중한 사람인지를 느끼고 깨닫는 것 같았다! 그녀는 그 사람이 걱정되어 그를 위해 자신을 희생한 것이다. 그 사람이 아버지를 죽인 건 형이 아니라 자기라고 증언함으로써 자신을 파멸시켰다는 생각이 갑자기 떠오르자, 그녀는 그와 그의 명예와 체면을 구하기 위해서 자기 자신을 희생시켰다!

그런데 여기서 한 가지 무서운 의문이 그녀의 머릿속을 번개처럼 스쳐갔다. 미차와의 옛 관계를 말할 때 거짓말을 한 것이 아닐까 하는 의문이었다. 아니다, 그녀는 자기가 이마가 땅에 닿도록 절을 했기 때문에 미차한테 멸시를 받았다고 큰소리로 말했지만, 그건 고의적인 중상은 아니었다. 그녀 자신도 그렇게 믿고 있었다. 자기가 이마를 땅에 댄 순간부터, 그때까지는 자기를 존경하던 미차가 자기를 비웃고 멸시하기 시작했다고 굳게 믿고 있었던 것이다. 그래서 그녀는 단지 자존심을 위해, 상처받은 자존심 때문에 광적인 사랑을 미차에게 쏟기 시작했다. 그것은 사랑이라기보다 복수와도 같은 것이었다. 아아, 어쩌면 이 분열된 사랑도 진정한 사랑으로 자라났을지도 모른다. 아마 카차 자신이 무엇보다도 그렇게 되기를 바랐을 것이다. 그러나 미차의 배신이 그녀의 영혼 깊숙이 상처를 주고 말았으므로 그 영혼이 그를 용서하지 않았다.

그러던 중 뜻하지 않게 복수의 기회가 날아든 것이다. 치욕을 당한 여자의 가슴 속에 그토록 오랫동안 쌓여있던 사무친 감정들이 별안간 한꺼번에 밖으로 터져 나왔다. 그녀는 미차를 배반했지만, 동시에 자기 자신도 배반한 것이다. 물론 그녀는 마음속의 말을 다 털어놓자 갑자기 긴장이 탁 풀려 부끄러워 견딜 수가 없었다. 또다시 히스테리가 발작했고 그녀는 울며불며 마룻바닥으로 쓰러졌다. 결국 그녀는 법정 밖으로 끌려 나가고 말았다. 바로 그 순간, 이번에는 그루센카가 통곡을 하며 자기 자리에서 벌떡 일어나 미차 곁으로 달려갔다. 사람들이 미처 말릴 겨를도 없었다.

"미차!" 하고 그녀는 울부짖었다. "그 뱀 같은 년이 당신을 물고 말았어요! 그녀는 드디어 자신의 본색을 드러내고 말았어요!" 그녀는 분해서 온몸을 부르르 떨며 재판장을 향해 이렇게 소리쳤다. 재판장의 손짓에 따라 사람들은 그녀를 붙들어 법정 밖으로 끌어내려고 했다. 그러나 그녀는 완강히 뿌리치면서 미차가 있는 쪽을 향해 필사적으로 뒷걸음질을 치려 했다. 미차도 소리를 지르며 그녀 쪽으로 가려 했지만 결국 두 사람은 제지당하고 말았다.

사실 이런 광경을 본 부인들은 정말 만족했으리라 생각한다. 참으로 보기 드문 장면이었으니 말이다. 이어서 모스크바 의사가 등장했던 것으로 기억한다. 아마 재판장은 이반의 치료를 지시하려고 미리 사무관을 보내 부른 것 같았다. 의사는 재판관에게 환자가 매우 위험한 환각증 발작을 일으키고 있으니 즉시 병원으로 옮겨야 한다고 진술했다. 그리고 검사와 변호사의 질문에 대하여 그는 환자가 그저께 자기를 찾아왔을 때 머지않아 이런 발작을 일으킬 것이라고 경고했지만, 환자가 치료를 원하지 않았다는 것 등을 증언했다.

"환자는 확실히 정상적인 정신상태가 아니었습니다. 환자 자신이 나한테 말했지만, 그는 대낮에 환상을 보고 길거리에서 이미 고인이 된 사람들을 만나기도 하고 밤마다 악마가 찾아오기도 한다는 것이었습니다." 라고 의사는 말을 맺었다. 자기의 진술을 마치고 이 저명한 의사는 물러갔다. 카체리나에 의해서 제시된 편지는 증거품에 첨가되었다. 재판부는 합의 끝에 심리를 계속하기로 하고 이 뜻밖의 증인 카체리나와 이반의 진술을 조서에 기록하기로 하였다.

그러나 필자는 다른 증인들의 증언은 쓰지 않기로 하겠다. 나머지 증인들의 증언은 그 나름대로 독특한 점이 있긴 하지만 한 증언을 반복하거나 뒷받침한 것에 지나지 않았다. 그러나 되풀이해서 말하지만, 모든 증언은 검사의 논고 속에 집약되어 있으므로 이젠 그 논고에 대한 얘기로 넘어가 보기로 하겠다. 방청객들은 모두 흥분하여 열광하고 있었다. 그들은 궁금함을 참지 못하는 모습으로 어서 빨리 대단원의 막이 내리기를, 즉 검사의 논고와 변호사의 변론 및 재판장의 판결이 나오기를 기다리고 있었다.

페추코비치는 카체리나의 진술에 확실히 타격을 받은 것 같았다. 반면에 검사는 더욱 기고만장했다. 심리가 끝났을 때 약 1시간 정도의 휴정이 선언되었다. 마침내 논고의 시작 선언이 있었다. 검사 이폴리트의 논고가 시작된 것은 꼭 밤 8시 정각이었다고 생각된다.

6. 검사의 논고, 성격 묘사

이폴리트는 논고를 시작하였다. 그는 이마와 관자놀이에 병적
인 식은땀을 흘리고, 온몸에 오한과 발열을 번갈아 느끼면서 신경
질적으로 바르르 떨고 있었다. 이것은 후에 자신이 밝힌 일이다.
그는 이 논고를 자기의 'chef d´ oeuver', 즉 일생의 대걸작 '백조의
노래'라고 생각하고 있었던 것이다. 사실 그는 그로부터 9개월 후
악성 결핵으로 세상을 떠났다. 그러므로 만일 그가 자신의 마지막
을 예감하고 있었다고 한다면, 그는 실제로 자기 자신을 임종의 노
래를 부르는 백조에 비길 수 있는 충분한 권리를 가지고 있었을지
도 모른다. 그는 이 논고에 자기의 전심전력을 기울이며 모든 지성
을 다 쏟았다. 그 때문에 그는 뜻밖에도 자기 마음속에 시민적인
감정과 '저주받을' 의문이 숨어 있었음을 입증해주었다.

어쨌든 여기서 중요한 것은 그의 논고가 어디까지나 솔직했다는 것이다. 그는 전적으로 피고의 유죄를 믿고 있었다. 그는 누구의 요청을 받은 것도 아니고 단순한 직무상의 요구 때문도 아니라, 진정으로 피고의 유고를 인정하고 '복수'를 주장하면서 '사회를 구하고 싶은' 염원에 불타고 있었던 것이다. 이폴리트 검사에게 반감을 품고 있던 이곳 부인들조차 큰 감명을 받았다고 고백했을 정도였다. 그는 토막토막 끊기고 떨리는 목소리로 말하기 시작했으나, 이윽고 곧 그 목소리에 차츰 힘이 생기기 시작하여 논고가 끝날 때까지 변함없이 온 법정에 우렁차게 울려 퍼졌다. 그러나 논고가 끝나자마자 그는 하마터면 실신하여 쓰러질 뻔했다.

"배심원 여러분," 검사는 논고를 시작했다. "이 사건은 온 러시아를 뒤흔들어 놓았습니다. 그러나 이것은 그렇게 놀랄 일도 아니고 또 특별히 무서운 것도 아니라는 생각이 듭니다. 특히 우리에게 있어서 더욱 그렇게 느껴지는 것이 아닐까요. 우리는 이런 사건에 만성이 되어 있기 때문입니다. 그러나 우리의 공포는 오히려 이런 무시무시한 사건을 보고도 거의 공포를 느끼지 않게 되었다는 데 있는 겁니다! 그러므로 우리는 어떤 개인의 죄악에 놀랄 것이 아니라 우리 자신의 그러한 습관을 무서워해야 할 것입니다. 이러한 사건, 다시 말해 좋지 않은 미래를 예언해주는 이러한 시대의 상징에 대해서 우리가 그토록 미온적이고 무관심한 태도를 취하게 되는 원인이 대체 어디에 있는 것일까요? 그건 우리의 냉소적인 마음에 있는 겁니까, 아니면 아직 장년기에 있으면서도 그토록 일찍

노쇠해버린 사회의 이성과 상상의 지나친 소모에 있는 겁니까? 아니면 또 우리의 도덕적인 기초가 근본부터 흔들리고 있기 때문입니까? 그것도 아니라면 결국 우리나라 국민이 이러한 도덕성을 전혀 가지고 있지 않기 때문인가요? 본인도 이 의문에 감히 대답하지 않겠습니다. 더욱이 이 의문은 많은 고통을 수반하고 있어서 모든 시민은 이 의문 때문에 괴로워하지 않을 수 없을뿐더러 또 당연히 괴로워할 의무가 있는 것입니다.

우리나라 신문은 아직 그 역사가 짧아서 지금도 대담성이 부족하지만, 그래도 사회에 대해 어느 정도 기여를 했다고 봅니다. 왜냐하면 만일 그것이 없다면, 우리는 방종한 의지와 도덕의 퇴폐로 말미암아 생겨나는 공포를 다소나마 상세히 알 수가 없었기 때문입니다. 신문, 잡지는 끊임없이 이들 공포를 게재함으로써 지금 폐하의 치세의 선물인 새로운 공개 재판을 보러 온 사람들뿐 아니라 모든 사람들에게 그것을 보도해 주고 있기 때문입니다. 우리가 거의 날마다 거기서 읽고 있는 것이 무엇입니까? 아아, 그것은 이번 사건마저 빛을 잃게 하고 거의 평범하게 여기게 만드는 가공할 만한 사건들의 보도인 것입니다. 그러나 무엇보다도 중요한 것은 우리 러시아의 국민적인 형사 사건의 대부분이 어떤 일반적인 것, 다시 말해 우리 사회에 뿌리내리고 있는 모든 불행을 증명하고 있다는 사실입니다. 따라서 보편적인 악으로서의 이 불행과 싸운다는 것은 우리에게 매우 곤란한 일이 아닐 수 없습니다.

여기에 상류사회에 속하는 한 사람의 훌륭한 청년 장교가 있습니다. 그는 자기의 생활과 출세의 길로 내딛기가 무섭게 아무런 양심의 가책도 없이 비열하게도 야음을 틈타 자기의 은인이라고 할 수 있는 하급 관리와 그 하녀를 찔러 죽였습니다. 그것은 자기의 차용 증서와 함께 그 관리의 돈을 빼앗기 위해서였습니다. 그 돈은 '사교계의 쾌락과 장래의 출세를 위해 필요했다.'는 것입니다. 그는 두 사람을 죽인 다음 시체의 머리 밑에 베개를 베어주고 유유히 사라졌습니다. 그리고 또 용감한 공적으로 많은 훈장을 받은 어떤 젊은 용사는 마치 살인강도처럼 대로상에서 은혜를 입은 장군의 모친을 살해했습니다. 게다가 그는 자기 동료를 끌어들이기 위해 '그 여자는 나를 친아들처럼 사랑하고 있으니까 내 말이면 무조건 믿고 전혀 경계하지 않는다.'라고 말했습니다. 이 젊은이는 물론 악당임에 틀림없습니다. 다만, 요즈음 세상에 유독 이 사람만을 악당이라고 말할 수는 없다고 본인은 주장하는 바입니다. 다른 사람도 비록 살인은 하지 않는다 해도 마음속으로는 이 사람과 똑같이 생각하고 또 똑같이 느끼고 있는 것입니다. 마음속은 그자와 똑같은 파렴치한입니다.

  어쩌면 그는 고독 속에 양심과 단둘이 마주했을 때 '대체 양심이란 뭐냐? 피를 흘리는 것을 죄라고 하는 것은 어쩌면 편견이 아닐까?'하고 자문했을지도 모릅니다. 어쩌면 사람들은 내 의견에 반대해서 소리칠지도 모릅니다. 너는 병적으로 히스테릭한 인간이다. 너는 러시아를 향해 해괴망측한 중상을 퍼부으며 헛소리를 하고 있는 터무니없는 놈이라고 말할지도 모릅니다. 아아, 만일 실제로 그 사람들의 말대로라면 아마도 내가 누구보다도 먼저 기뻐할 겁니다! 아, 나를 믿지 않아도 좋습니다. 나를 환자라고 생각해도 좋습니다. 그러나 나의 이 말만은 기억해 주시기 바랍니다. 말일 내 말 속에 10분의 1이라도, 20분의 1이라도 진실이 있다면 ― 그건 무서운 일입니다. 보십시오. 여러분, 보십시오. 우리나라 청년들이 잇달아 자살하고 있는 것을. 그들은 '죽음 뒤에는 무엇이 있을까?'하는 햄릿식의 의문을 털끝만큼도 가지고 있지 않습니다. 그들은 우리의 영혼과 사후에 우리를 기다리고 있는 모든 것에 관한 명제를, 그들의 내부에서 이미 오래전에 말살하고 그것을 매장한 다음 그 위에 모래를 덮어 버린 것 같습니다.

끝으로 우리나라의 방종한 생활 풍조와 수많은 호색한들을 보십시오. 본건의 불행한 희생자 표도르 카라마조프도 그들 중 어떤 자에 비하면 거의 순진한 어린아이와 다름없습니다. 더구나 우린 모두 그를 잘 알고 있습니다. '그는 우리와 함께' 살고 있었으니까요. 그렇습니다, 언젠가는 우리나라와 유럽의 일류 지성들이 러시아의 범죄 심리를 연구할 것입니다. 이 문제는 그럴 만한 가치가 있습니다. 그러나 이 연구는 좀 더 훗날 한가한 때, 즉 현재의 비극적 혼돈이 비교적 멀리 뒤로 멀어졌을 때 비로소 이루어질 것입니다.

그때가 되면 사람들은 우리들보다 훨씬 이지적으로 공평하게 관찰할 수 있게 될 것입니다. 그러나 지금은 그저 놀라든지, 아니면 놀란 체하면서 오히려 그 광경에 혀를 차며 게으르면서도 냉소적이고 퇴폐적인 기분을 자극하고 색다르고 강렬한 감각을 사랑하든지, 아니면 어린아이처럼 그 무서운 환영을 뿌리치며 끔찍한 광경이 사라질 때까지, 베개 속에 머리를 처박고 있다가 곧 다시 쾌락과 유희 속에서 모든 것을 잊어버리든지, 이 세 가지 중의 하나일 것입니다. 그러나 우리도 언젠가는 진지하고 사려 깊게 삶을 시작해야 합니다. 자기 자신에 대해서도 사회는 보는 것과 똑같은 시선을 쏟아야 합니다. 우리도 우리나라의 사회적 사건에 대해서 적어도 어느 정도의 이해는 가져야 하고, 최소한 어떤 견해를 가지거나 적어도 가지도록 노력해야 합니다.

전 시대의 대문호 고골리는 자기의 최고의 걸작《죽은 혼》의 결말에서 러시아 전체를 미지의 목적을 향해 질주하는 트로이카에 비유하고, '아아, 트로이카여, 새와 같은 트로이카여, 누가 너를 고안해 냈느냐!'고 외치면서 자랑스러운 기쁨을 느끼며 이렇게 덧붙이고 있습니다. - 이 쏜살같이 질주하는 트로이카를 만나면 다른 나라 국민들이 모두 경의를 표하며 길을 비켜준다고 말입니다. 그렇습니다. 여러분. 경의를 표하건 표하지 않건, 비켜 주는 건 좋습니다. 그러나 천재가 아닌 내 눈으로 볼 때는, 이 위대한 예술가가 이렇게 이야기를 맺은 것은 어린애 같은 순진한 낙천주의의 발작 때문이었든지, 아니면 단순히 그 당시의 검열을 겁냈기 때문이었다고 밖에는 볼 수 없습니다. 왜냐하면 만일 그 트로이카에 그의 주인공 소바케비치나 노즈드료프 또는 치치코프 같은 사람들을 매어 놓았더라면 누가 몰고 가든 그런 말을 가지고는 목적지에 닿을 리가 없기 때문입니다. 게다가 그것은 구식 말이어서 오늘날의 말에는 도저히 미치지 못 합니다. 요즘 말은 훨씬 단수가 높단 말입니다."

여기서 이폴리트 검사의 연설은 박수로 말미암아 중단되었다. 러시아 트로이카의 비유에 내포된 자유주의가 방청객들의 마음에 들었던 것이다. 하기야 그 박수는 두서너 군데서 일어났을 뿐이었으므로, 재판장도 청중에게 '퇴정을 명한다.'고 위협할 필요까지는 없었다. 다만 박수가 난 쪽을 한번 노려보는 것으로 그쳤을 뿐이었다. 그러나 이폴리트 검사는 그만 우쭐해지고 말았다. 그는 지금까지 한 번도 박수를 받아 본 적이 없었던 것이다. 그토록 오랫동안 자신의 말을 사람들이 이렇게 경청해 준 경험이 없었던 그가, 갑자기 온 러시아를 향해 열변을 토할 기회를 얻은 것이다.

"사실상," 그는 말을 이었다. "이번에 갑자기 러시아에 비극적인 명성을 떨친 카라마조프 일가는 대체 어떤 집안일까요? 나는 너무 과장하는지도 모르겠습니다만, 우리나라 현대의 지식 계급에 있는 공통적인 근본 요소가 이 가족 속에서 깃들어 있는 것 같이 생각됩니다. 물론 모든 요소가 다 그렇다는 것은 아니고 '단 한 방울의 물에 비친 태양처럼' 현미경으로나 볼 수 있는 조그마한 섬광입니다만, 그러나 역시 그것은 무엇인가를 반영하고 있습니다. 또 뭔가를 말해주고 있습니다.

그 방종하고 음란하며 불행한 노인, 그토록 비참한 최후를 마친 이 '한 집안의 아버지'를 보십시오. 귀족 태생이지만 가난한 식객으로 인생행로를 출발하여 뜻하지 않은 우연한 결혼을 통해 아내의 지참금으로 어느 정도의 재산을 만든 그는 상당한 지능의 소유자였지만, 근본은 혐오스러운 사기꾼이었습니다. 그리고 무엇보다도 고리대금업자였습니다만, 세월이 흘러감에 따라 즉 재산이 불어감에 따라 점점 배짱이 커져서 굴종과 추종은 자취를 감추고 결국에는 조소적이면서도 악의에 찬 냉소가에다 호색한이 되고 말았습니다.

삶에 대한 갈망은 맹렬해진 반면 정신적인 면은 깨끗이 말살되고 만 것입니다. 그리하여 결국 육체적 쾌락 이외엔 인생에서 아무것도 인정하지 않게 되었으며 자기 자식들도 그런 식으로 교육했습니다. 그는 아버지로서의 의무 관념 같은 건 전혀 가지고 있지 않았을 뿐더러 오히려 그런 것을 비웃고 있었습니다. 그는 자신의 어린 자식들을 하인에게 맡겨 뒤뜰에서 기르게 하고 누가 그 아이들을 데려가면 기뻐하기까지 했으며, 이내 그들을 잊어버리고 말았습니다.

그 노인의 도덕률은 모두 'Aprés moile déuge(내가 없을 땐 될 대로 되라).'였습니다. 그는 시민이라는 개념에 완전히 반대되는 가장 좋은 본보기였습니다. 또한 가장 완전하고도 악의에 찬 개인주의의 본보기였습니다. '온 세상이 다 타 버려도 나만 무사하면 괜찮다.'는 심보였으니까요. 그는 흥겨운 마음으로 만족을 느끼며 아직 20년이건 30년이건 그렇게 살기를 갈망하고 있었던 것입니다. 그는 자기 아들의 돈을 가로채서, 즉 어머니가 아들에게 물려준 재산을 넘겨주지 않고 그 돈으로 아들의 연인까지 뺏으려 했습니다.

그렇습니다. 나는 페테르부르크에서 오신 변호인 폐추코비치 씨에게 피고의 변호를 양보하고 싶지 않습니다. 나도 진실 그대로를 말하자면, 그 노인이 아들의 마음속에 심어 준 그 수많은 울분을 나 자신도 잘 이해하고 있습니다. 그러나 그 불행한 노인에 관해서는 이제 그만 두기로 합시다. 이제 그는 그 보복을 받았습니다. 그런데 우리가 생각해야만 하는 점은 그가 아버지였다는 점입니다. 현대의 전형적인 아버지의 중의 한 사람이라고 말했다고 해서, 내가 과연 사회를 모욕하는 것일까요? 물론 현대의 수많은 아버지들 대부분은 그처럼 냉소적이지는 않습니다. 왜냐하면 그들은 더 나은 교육을 받고, 더 나은 교양을 지니고 있기 때문입니다. 그러나 슬프게도 그들 역시 표도르와 거의 다름없는 철학을 갖고 있습니다.

나는 아마 염세주의자인지도 모르겠습니다. 그래도 상관없습니다. 나는 여러분한테 용서를 받을 수 있다는 조건하에 이 논고를 시작했습니다. 그러니 미리 약속해 두기로 합시다. 여러분께서는 나를 믿지 않아도 좋으니 내가 하고 싶은 말을 죄다 하게만 해 주십시오. 그리고 내가 하는 말을 다소나마 기억해 주시면 더 바랄 것이 없습니다.

그럼 이번에는 한 집안의 아버지였던 그 노인의 아들들에 관해 말하기로 합시다. 그들 중 한 사람은 지금 여기 피고석에 앉아 있습니다. 그에 대해서는 나중에 다시 충분히 말하기로 하고 나머지 두 사람에 대해 잠깐 간단하게 말하겠습니다.

두 사람 중 형이 되는 사람은 현대적인 청년 중 한 사람입니다.

그는 훌륭한 교육을 받은 제법 날카로운 지력의 소유자이긴 하지만 아무것도 믿을 만하지 않고 많은 것을, 인생의 매우 많은 것을 부정하고 말살하고 있습니다. 그 점에 있어서는 아버지를 꼭 빼닮았지요. 그에 대한 소문은 우리도 잘 알고 있어서 그는 이 도시의 사교계에서 환영을 받고 있습니다. 그는 자기 생각을 감추려 하지 않았을 뿐만 아니라 오히려 그와는 반대로 탁 터놓고 자기 의견을 공공연히 말하고 있었습니다. 따라서 나도 지금 그에 대해 다소 노골적으로 말할 수 있는 용기를 얻은 셈입니다. 그러나 이것은 물론 한 개인으로서가 아니라 카라마조프가의 일원으로서 논하는 것입니다.

그런데 어제 이 고장의 변두리에서 간질에 시달리던 한 남자가 자살을 했습니다. 그는 이 사건과 밀접한 관계를 가진 사람으로, 그 집 하인 노릇을 했지만 어쩌면 표도르의 사생아일지도 모르는 스메르자코프입니다. 그는 예심 때 발작적으로 눈물을 흘리면서 이반 카라마조프가 그 무절제한 사상으로 자기에게 얼마나 큰 영향을 주었는지 설명했습니다. '그분의 생각에 의하면 이 세상에서는 무슨 일이든지 다 용서받는다는 것입니다. 이제부터 아무것도 금지되는 것이 없다고 늘 가르쳐 주었습니다.'라고 그는 말했습니다. 아마 이 남자는 그러한 주장을 배우고 완전히 머리가 돌아 버렸던 것 같습니다. 물론 그의 지병인 간질병과 주인집에서 일어난 무서운 소동이 그의 정신착란을 부채질한 건 말할 필요도 없습니다.

그러나 이 남자는 지극히 흥미 있는 말을 했습니다. 그것은 매우 총명한 관찰자의 말이라고 해도 손색이 없을 정도로 훌륭한 것이었기 때문에 나도 지금 그것을 인용하는 것입니다. 즉 그는 '세 아들 중에서 성격적으로 아버지와 가장 많이 닮은 것은 이반 도련님입니다.'라고 말했습니다. 나는 이 말을 인용하는 것으로 일단 성격 묘사를 끝내기로 하겠습니다. 왜냐하면 이 이상 더 말한다는 것은 아무래도 점잖지 못한 일로 여겨지기 때문입니다. 아아, 나는 이제 이 이상의 결론을 끌어내어 이 청년의 미래에는 오로지 파멸이 있을 뿐이라는 불길한 예언을 할 생각은 없습니다. 본능적인 정의의 힘이 그의 젊은 마음속에 살아 있어서 가족에 대한 사랑의 감정이 불신이나 냉소적인 생활태도에 의해서도 말살되지 않았음을, 오늘 우리는 이 자리에서 이 법정에서 확인할 수 있었습니다. 이 불신이나 냉소적인 태도는 그의 참되고도 괴로운 사색의 결과라기보다는 오히려 아버지한테 물려받은 유전의 결과라고 보아야 할 것입니다.

다음은 셋째 아들에 대해서 말씀드리겠습니다. 그는 경건하고 겸손한 청년으로, 우울하고 퇴폐적인 인생관을 지닌 그의 형과는 정반대의 사람입니다. 그는 우리나라의 사상적 지식 계급에 속하는 이론가들이 기묘하게 이름 붙인, 이른바 '민중의 근본'이라는 것에 합치하려고 애쓰는 청년입니다. 아시다시피 그는 수도원에 들어가 있었으며, 이제 조금만 더 있었으면 아주 수도사가 될 뻔했던 사람입니다. 그의 마음속에는 무의식적이긴 하지만 일찍부터 겁약한 절망이 나타나 있었던 것 같습니다. 오늘날 우리나라의 불행한 사회에서는 대부분의 사람들이 이러한 절망을 안고 있습니다. 그들은 냉소적인 태도와 사회의 퇴폐를 두려워한 나머지 모든 악을 유럽 문명에 전가시키는 오류를 범하면서 이 겁나는 절망에 이끌려 이른바 '어머니인 대지'로 달려가는 사람이 많습니다. 다시 말해 유령을 무서워하는 어린아이처럼 대지의 모성적인 포옹에 몸을 던지는 것입니다. 설혹 평생을 나태와 무위 속에 지내는 한이 있더라도 그 무서운 환영만 보지 않으면 된다는 식으로 허약한 어머니의 시들어버린 젖가슴에 매달려서 편안히 잠들기만을 갈망하고 있습니다. 나 개인으로서는 이 선량하고도 재능 있는 청년이 모든 면에서 행복을 누리기를 바랍니다. 나는 그의 순수한 이상주의와 민중의 본원에 대한 동경이 세상에서 흔히 보듯이 후에 정신적인 면에선 암흑의 신비주의에 빠지지 않고, 또 정치적인 면에서는 맹목적인 사이비 애국주의로 빗나가지 않게 되기를 바랍니다.

이 두 가지 요소는 그의 형을 괴롭히고 있는 유럽 문명, 희생의 대가 없이 성취되어 잘못 이해된 유럽 문명 때문에 생기는 철 이른 퇴폐보다도 훨씬 더 심각한 해악을 끼칠 수 있기 때문입니다."

사이비 애국주의와 신비주의에 대해 또다시 두서너 군데서 박수가 일어났다. 물론 이폴리트는 완전히 무아지경에 빠져들었다. 그러나 그의 연설은 사건과는 다소 거리가 멀었을 뿐만 아니라 말 자체도 애매한 느낌이 들었다. 어쨌든 증오심에 불타고 있는 결핵 환자인 그는 하다못해 평생에 한 번만이라도 마음껏 자기 의견을 토로하고 싶었던 것이다. 그 후 이 도시에 떠돈 소문에 의하면 이 폴리트는 전에 한두 번 여러 사람 앞에서 이반과 논쟁하다가 궁지에 몰린 일을 잊지 않고 이런 때 복수해 주자는 야만적인 감정에 사로잡혀 이반의 성격 묘사를 거론했을 것이 틀림없다고 했다. 그러나 그러한 단정이 옳은지 그른지 필자는 알지 못한다. 아무튼 지금까지는 서론에 지나지 않은 것이었고, 이제부터 그의 논고는 거침없이 사건의 핵심으로 다가섰다.

"자, 그럼 이제부터 현대적인 가장인 표도르의 장남으로 돌아가야겠습니다." 이폴리트는 말을 이었다. "그는 지금 우리 앞 피고석에 앉아 있습니다. 우리는 그의 생활과 업적과 행위를 눈앞에 보고 있습니다. 마침내 때가 와서 모든 것이 표면에 드러나고 만 것입니다. 그의 두 동생이 '유럽주의'와 '민중의 근본'을 신봉하고 있는 데 반해 그는 현재 있는 그대로의 러시아를 대표하고 있습니다. 아아, 그러나 러시아 전체를 대표하는 것은 아닙니다. 만일 러시아 전체라면 그야말로 큰일이지요. 그러나 그에게는 러시아, 즉 어머니인 러시아가 느껴집니다. 러시아의 체취가, 러시아의 목소리가 들려옵니다.

네, 그는 분명히 솔직합니다. 그의 내부에는 선과 악이 놀라운 형태로 섞여 있습니다. 그는 문명과 실러를 사랑하면서도 한편으로는 술집에서 난동을 부리며 술 취한 친구의 수염을 쥐어뜯습니다. 아아, 그러나 그도 착하고 선량한 사람이 될 때가 있습니다. 그러나 그것은 그가 유쾌하고 쾌적한 마음일 때에 한합니다. 뿐만 아

니라 그는 더없이 고상한 이상에 감동될 수도 있습니다. 그러나 이
상은 반드시 저절로 실현되어야 한다는 조건이 붙어 있습니다. 하
늘에서 자신의 눈앞에 떨어져야 합니다. 더욱이 중요한 것은 그것
을 공짜로, 다시 말해 어떠한 대가도 지불함이 없이 공짜로 얻어야
한다는 것입니다. 그는 지불하는 것은 무척 싫어하지만, 그 대신
공짜로 얻기는 무척 좋아합니다. 모든 일에서 그러합니다.

아아, 한번 그에게 주어 보십시오. 인생에서 얻을 수 있는 가능
한 모든 행복을 주어 보십시오. 실제로 얻을 수 있는 행복이어야만
합니다. 그보다 조금이라도 헐하게는 타협하지 않습니다. 그리고
어떤 경우에도 그 성격을 억제하려 하지 말고 내버려 두십시오. 그
러면 그는 역시 선량하고 훌륭한 사람이 될 수 있다는 것을 증명
해 보일 겁니다. 그는 결코 탐욕스럽지 않습니다. 그러나 될 수 있
는 대로 많은, 되도록 많은 돈을 줘 보십시오. 그가 그 비천한 금속
을 얼마나 경멸하면서 하룻밤 사이에 무절제한 주연 속에 몽땅 탕
진해 버리는지 알게 될 것입니다. 만일 꼭 필요할 때 돈을 주는 사
람이 아무도 없더라도 어떻게 해서든 그것을 손에 넣는 것을 보시
게 될 것입니다. 그러나 그 얘기는 뒤로 미루고 다시 순서에 따라
이야기를 진행하겠습니다.

우선 위 앞에 아버지에게 버림받은 불쌍한 어린애가 있습니다.
그는 아까 존경할 만한 이곳 시민, 유감스럽게도 외국 태생이긴 합
니다만, 이곳 시민이 말씀하신 대로 '신도 신지 않고 뒷마당에서'
뛰놀고 있었습니다. 다시 한 번 되풀이합니다만, 나도 피고를 변호

하는 점에 있어서는 남에게 뒤지고 싶지 않습니다! 나는 고발자인 동시에 변호인입니다. 그렇습니다. 나도 인간입니다. 나는 자기가 태어난 집과 유년 시절의 첫인상이 인간의 인격에 얼마나 큰 영향을 주는지 잘 알고 있습니다. 그런데 그 아이는 이미 성장해서 훌륭한 청년이 되고 장교가 되었습니다.

그는 난폭한 행동을 하고 결투를 하기도 해서 이 풍요한 러시아의 변경 도시로 전근되어 거기서 근무하며 또 방탕한 생활을 보내고 있었습니다. 물론 배가 크면 항해도 큰 법이어서 밑천이 필요합니다. 우선 무엇보다도 돈이 필요했던 것이지요. 그래서 오랫동안 논쟁한 끝에 마침내 아버지한테서 마지막으로 6천 루블을 받기로 타협했고 그 돈이 송금되어 왔습니다. 여기서 한 가지 지적해 둘 것은 그가 아버지에게 증서를 써주었다는 사실입니다. 말하자면 앞으로는 더 이상 요구하지 않겠으며 아버지의 유산 싸움은 이 6천 루블로 결말을 짓겠다는 뜻의 문서가 남아 있습니다.

그때 그는 처음으로 고결하고 훌륭한 교양을 지닌 어떤 젊은 처녀를 만났던 것입니다. 나는 여기서 그 내용을 상세히 되풀이하는 것을 자제하겠습니다. 이것은 여러분들이 조금 전에 들은 바와 같이 명예와 자기희생에 관한 문제이기 때문에 더 이상 거론하지 않는 게 좋을 것 같습니다. 경솔하고 음탕하긴 하지만 그래도 참된 고결함과 고상한 이상 앞에 무릎을 꿇은 이 청년 장교의 모습은 우리들 앞에 매우 바람직하게 비쳤습니다. 그런데 바로 그 다음, 같은 법정에서 메달의 뒷면이 드러나고 말았습니다. 나는 여기에도 다시 추측을 삼가서 왜 그렇게 됐는지 분석은 않기로 하겠습니다. 그러나 거기에는 그렇게 되지 않을 수 없는 몇 가지 이유가 있었습니다. 그 여성은 오랫동안 간직해 두었던 분노의 눈물을 흘리면서 남자 쪽이 먼저 자기를 경멸했다고 진술했습니다. 즉 그는 무절제하고 부주의한 행위, 그러나 어디까지나 고결하고 관대한 그 돌발적인 행위 때문에 그녀를 멸시했던 것입니다. 이 여성의 약혼자인 그는 누구보다도 먼저 조롱 띤 미소를 지었습니다.

그녀는 그때 그가 흘린 이 조소만큼은 도저히 참을 수가 없었던 것입니다. 그녀는 그가 자신을 배신한 것을 알면서도 – 여자가 장차 어떤 일이라도, 심지어 변심조차도 참고 견디는 것이 당연하다고 믿었기 때문입니다만 – 일부러 그에게 3천 루블을 주었습니다. 그리고 그 돈은 약혼자의 배신행위를 돕기 위해 제공하는 돈이라는 것을 분명히 그가 알아채도록 했습니다. '자, 어때요? 돈을 받겠습니까? 그토록 파렴치한이 될 수 있나요?' 여자는 시험하는 눈초리로 그에게 말없는 질문을 던졌습니다. 그는 상대방의 얼굴을 보고 그 속셈을 훤히 알아채고도 아까 본인이 여러분 앞에 인정했습니다만 태연하게 그 돈을 착복하여 애인과 함께 불과 이틀 동안에 죄다 탕진해버리고 만 것입니다.

도대체 우리는 어느 쪽을 믿어야 할까요? 첫 번째 이야기, 마지막 남은 생활비를 내고 자선에 몸을 던진 고결한 충동일까요? 아니면 저 가증스러운 선행의 이면 쪽일까요? 인생에서 양 극단을 만났을 때에는 그 중간에서 진리를 구하는 것이 보통입니다만, 이 경우에는 결코 그럴 수가 없습니다. 첫 번째의 경우 그는 진실로 고결했고, 두 번째의 경우 그는 진심으로 비열했다는 것이 무엇보다도 정확할 것입니다. 그러면 왜 그럴까요? 그는 진폭이 넓은 카라마조프식 성격이기 때문입니다. 즉 나는 이 말을 하고 싶었습니다. 그와 같은 인간은 극단적 모순을 양립시킬 수가 있고, 두 심연을 동시에 들여다볼 수가 있습니다. 우리 위에 있는 천상의 심연과 우리 발밑에 있는 가장 천하고 악취 나는 타락의 심연을 동시에 볼 수가 있는 겁니다.

카라마조프 집안을 가까이에서 깊이 관찰해 온 청년, 즉 라키친 군이 아까 진술한 훌륭한 의견을 여러분을 기억하고 계실 겁니다. 라키친 군은 '끝없이 분방한 성격을 가진 그들에게는 저열한 타락의 감각이 고상하고 고결한 감각과 마찬가지로 필요불가결한 것'이라고 말했는데, 그건 옳은 말입니다. 사실 그들에게는 이 부자연스러운 혼합이 항상 필요한 것입니다. 두 개의 심연, 동시에 이 두 개의 심연을 본다는 것 – 이것이 없으면 그는 불행하고 또 불만스러워합니다. 그는 존재에 충실해질 수 없습니다. 그는 극단적입니다. 어머니인 러시아의 대지처럼 광대합니다. 그는 여러 가지를 내부에 공존시키고 있습니다. 여러 가지 잡다한 것들과 함께 타협하며 살 수가 있는 것입니다.

배심원 여러분, 말이 나온 김에 한마디 더 언급하고 넘어가겠습니다. 우리는 방금 3천 루블에 대해 말했습니다만, 생각해 보십시오. 그런 성격의 소유자인 그가 그런 수치, 그런 불명예, 그런 극단적인 굴욕을 감수하면서 그때 그 돈을 받아 가지고 바로 그날 중으로 3천 루블의 반을 따로 떼어 향주머니 속에 꿰맨 후 온갖 유혹과 극도의 궁핍과 싸우면서도 그 후 한 달씩이나 그 돈을 목에 걸고 있었다고 합니다! 여러 술집에서 술에 취해 있을 때에도 경쟁자인 자기 아버지의 유혹으로부터 애인을 빼앗기 위해 꼭 있어야 하는 돈을 누구라는 목표도 없이 빌리러 거리로 뛰쳐나가야 했을 때에도 그는 절대로 그 주머니에 손을 대지 않았다는 것입니다. 그토록 질투하고 있던 노인의 유혹에서 애인을 구해내기 위해 그 향주머니를 열어야 했을 텐데 말입니다. 그리고 애인의 곁을 떠나지 않고 잘 감시하고 있다가 그녀가 마침내 '나는 당신 거예요.'라고 말하는 것을 기다렸다가 지금의 무서운 환경에서 벗어나 조금이라도 먼 곳으로 도망가자고 애원할 때를 기다렸어야 했을 겁니다. 그러나 그는 그렇게 하지 않았습니다. 그는 자기 향주머니에 손도 대지 않았던 것입니다. 대체 무슨 이유로 손을 대지 않았을까요?

그 첫째 이유는 앞에서도 말했듯이 '나는 당신 거예요. 어디든지 데려가 주세요.' 여자가 이렇게 말했을 때 둘이 함께 도망갈 비용으로 필요했기 때문입니다. 그러나 첫째 이유는 피고 자신의 말에 의하면 둘째 이유 때문에 힘을 잃고 말았습니다. '내가 이 돈을 갖고 있는 동안은 비열한 사나이기는 해도 도둑놈은 아니다. 왜냐하면 언제든 자기가 속여서 가져간 돈의 반을 내밀며 "자, 보다시피 나는 돈을 절반이나 써버렸소. 이건 내가 의가 약하고 부도덕한 인간이라는 증거요. 원한다면 나를 비열한 사나이라고 불러도 좋소.

그러나 비록 비열하기는 해도 나는 결코 도둑놈은 아니오. 왜냐하면 만약 내가 도둑놈이라면 이 나머지 반도 당신에게 가져오지 않고 처음의 반처럼 모조리 착복해 버리고 말았을 테니까'라고 말할 수가 있기 때문입니다 – 이 얼마나 놀라운 변명입니까?

미친 듯이 난폭하면서도 그런 굴욕을 겪으면서까지 3천 루블의 유혹을 물리칠 수 없었던 인간이 갑자기 이처럼 굳은 인내심을 발휘하여 1천 루블이 넘는 돈을 건드리지도 않고 목에 걸고 있었다니 말입니다. 이것이 지금 우리가 분석하고 있는 성격과 조금이라도 일치할까요? 아닙니다. 그럼 진짜 드미트리 카라마조프라면 설령 실제로 돈을 향주머니에 꿰매 넣기로 결심했다 하더라도 그런 경우 어떤 행동을 취했을 것인지 지금 여러분에게 이야기하겠습니다.

우선 첫 유혹이 생겼을 때 – 즉 이미 그 돈의 처음의 절반을 함께 써버린 새 애인을 또다시 위로해 줄 일이 생겼을 때, 그는 향주머니를 열고 우선 1백 루블쯤 꺼냈을 겁니다 – 왜냐하면 꼭 절반, 즉 1천 5백 루블을 돌려줘야 한다는 법은 없으며 1천 4백 루블이어도 상관없기 때문입니다. 결국 피장파장이니까요.

'나는 비열한 인간이지만 도둑놈은 아니다. 1천 4백 루블이라도 돌려주려 왔으니까. 만약 도둑놈이라면 죄다 먹어 치우고 한 푼이나마 돌려주겠는가?'하고 말할 겁니다.

그러나 한참이 지나자마자 다시 주머니를 열어 두 번째의 1백 루블을 꺼냅니다. 뒤이어 세 번째, 네 번째 하는 식으로 불과 한 달이 지날 무렵에는 드디어 마지막 1백 루블만을 남긴 채 죄다 써버리고 말았을 겁니다. 그래서 이 1백 루블만이라도 돌려주자, 어차피 마찬가지니까. '비열한이지만 도둑놈은 아니다. 2천 9백 루블은 써버렸지만, 1백 루블은 갚았거든. 도둑놈이라면 그 돈조차 갚지 않는다.' 이렇게 말할 겁니다. 그리고 나중에 무일푼이 되고 나면, 그때는 마지막 1백 루블에 눈독을 들이고, '1백 루블쯤 가져가서 무슨 소용이 있나, 차라리 이것도 써버리고 말자!' 하고 혼잣말로 중얼거릴 것입니다. 우리가 아는 진짜 드미트리 카라마조프라면 틀림없이 이렇게 했을 겁니다. 그러나 향주머니에 대한 이야기는 상상도 할 수 없을 만큼 실제와 모순되고 있습니다. 무슨 가정이든 못하겠습니까마는 그래도 이것만은 정말 터무니없는 얘기입니다. 그러나 이 문제는 나중에 다시 거론하기로 하겠습니다."

이폴리트 검사는 부자간의 재산 시비와 가족 관계에 대해서 이미 법정에서 밝혀진 사실을 순서대로 진술한 다음, 이 유산 분배 문제에 있어서 누가 옳고 그르다는 것을 지금까지의 증거로 보아 단정짓기 불가능하다고 결론을 지었다. 그러고 나서 미차의 머릿속에 고정 관념처럼 박혀 버린 3천 루블 문제에 대해 의학적으로 감정하기 시작했다.

7. 범행의 경로

"의사의 감정은 피고가 정신이상인데다 조증이라는 것을 우리에게 입증하려고 애쓴 것 같습니다. 그렇지만 나는 피고가 분명히 제정신이었다고 주장합니다. 그리고 실은 이것이 더 좋지 않았던 것입니다. 만일 그가 제정신이 아니었다면 아마 그는 좀 더 영리하게 행동했을 것입니다. 피고가 조증이라는 데 대해서 저도 동의합니다만, 그것은 오직 한 가지 점에서만 그렇습니다. 피고는 아버지한테서 3천 루블을 더 받아야 한다고 생각하고 있었다는 점입니다. 그러나 그 3천 루블에 대해서 피고가 항상 광분하고 있었다는 것을 설명하기 위해서는 그가 광분하기 쉬운 성격을 가지고 있었다는 것보다 좀 더 적절한 이유를 발견할 수 있다고 생각합니다. 나 개인적으로는 젊은 의사 바르빈스키 씨의 의견에 전적으로 찬

성합니다.

　그분의 말에 따르면, 피고는 완전히 정상적인 인지적 능력을 갖고 있었고, 지금도 마찬가지다. 다만 극도로 격분해서 증오감에 사로잡혀 있었을 뿐이라고 했습니다. 바로 그것입니다. 피고가 항상 이성을 잃어버릴 만큼 분격했던 이유는 3천 루블이라는 돈 때문이 아닙니다. 거기에는 어떤 특별한 원인이 숨어 있어서 그의 분노를 자극시켰던 것입니다. 그 원인은 바로 질투였던 것입니다!"

　여기서 이폴리트 검사는 그루센카에 대한 피고의 파멸적인 정열을 마치 그림으로 그려 보이듯이 묘사했다. 그는 피고가 '젊은 여자'한테 가서 그 여자를 '때려주려 했던' -그는 피고의 말을 그대로 인용했다 - 바로 그 첫 대목부터 설명하기 시작했다.

　"그러나 피고는 때려주기는커녕 여자의 발아래 무릎을 꿇고 말았습니다. 이것이 이 연애의 발단이었습니다. 그와 동시에 피고의 아버지인 노인도 그 여자한테 열정을 느끼고 있었습니다. -그야말로 놀라운 운명의 일치였습니다. 왜냐하면 두 사람 다 전부터 이 여자를 보기도 하고 알고도 있었는데 하필이면 때를 같이해서 두 사람의 마음이 불타기 시작하여 카라마조프 특유의 억제할 수 없는 정열에 사로잡히고 말았으니까요. 그러나 그 여자 자신이 조금 전에 '나는 양쪽을 모두 놀리고 있었습니다.'라고 고백한 바와 같이 그녀는 갑자기 두 사람을 골려 주고 싶었던 것입니다. 처음에는 그렇게 생각하지도 않았습니다만, 갑자기 그런 생각이 그 여자의 머리에 떠올랐던 것입니다. 그래서 결국은 두 사람 다 그 여자 앞에서 패배자로서 무릎을 꿇게 된 것입니다. 돈을 신처럼 숭배하고 있던 노인은 여자가 자기 집에 찾아오면 주려고 3천 루블의 돈을 준비했습니다만, 나중에는 여자가 자기 정식 아내가 되어준다면 자기의 이름으로 된 모든 재산을 기꺼이 여자 발아래 던지고 싶을 만큼 후끈 달아올라버렸습니다. 여기에는 확실한 증거가 있습니다.

그런데 피고는 어떤가 하면, 그것은 명백한 비극이었습니다. 지금 우리가 눈앞에 보고 있듯이 말입니다. 그러나 그것은 젊은 여자의 '희롱'이었던 것입니다. 마성을 지닌 그 여자는 불행한 젊은이에게 가냘픈 희망마저 주지 않았던 것입니다. 참된 희망은 피고가 경쟁자였던 자기 아버지의 피로 물든 두 손을 그 여자에게 내밀며 무릎을 꿇은 그 마지막 순간에 처음으로 주어졌습니다. 바로 이런 상태에서 피고는 체포되었던 것입니다. "저도 그이와 함께 감옥에 보내주세요. 제가 저이를 이렇게 만든 겁니다. 제가 누구보다도 제일 큰 죄인이에요!" 피고가 체포되는 순간, 그녀는 진정으로 뉘우치고 이렇게 외쳤습니다.

이 사건을 묘사하려고 한 재능 있는 청년 라키친 군은 이 여주인공의 성격에 대해 참으로 간단명료한 비평을 내렸습니다. '그녀는 자기를 유혹한 후 버린 약혼자의 변심 때문에 너무나도 빨리 환멸과 기만과 타락을 경험하고 이어서 빈곤을 겪으면서, 뒤이어 청렴한 가족들의 저주를 받다가 마지막으로 지금도 그녀가 은인으로 받들고 있는 어느 부유한 노인의 보호를 받게 되었습니다. 그녀의 젊은 마음은 많은 선량한 요소를 갖고 있었지만 이미 일찍부터 분노가 숨겨져 있었습니다. 그리하여 재산을 모아야겠다는 타산적인 성격이 형성되고 사회에 대한 냉소와 복수심이 형성된 것입니다.'라고 라키친 군은 말했습니다.

이러한 성격론을 듣고 보면 그 여자가 단지 희롱 삼아서, 짓궂은 장난 때문에 두 사람을 조소했으리라는 점을 수긍할 수 있습니다. 그래서 지난 한 달 동안 희망 없는 사랑에 고민하며 도덕적으로 타락했고, 약혼녀를 배반하고 명예를 믿고 내준 남의 돈을 착복한 피고는 그 밖에도 끊임없는 질투 때문에 거의 자기 자신을 잃고 광란상태에 이르렀던 것입니다. 더욱이 그 질투의 상대는 누구였습니까? 다른 사람도 아닌 자기의 친아버지였습니다!

그러나 무엇보다도 참을 수 없었던 것은 미치광이 같은 노인이 그 3천 루블의 돈으로 피고가 사랑하는 여자를 유혹하고 있다는 점이었습니다. 게다가 그 돈은 피고가 자기 것으로 생각하고, 즉 어머니가 자기에게 물려준 유산인 줄 알고 아버지를 비난하고 있던 바로 그 돈이었습니다. 그렇습니다. 이것은 피고로선 도저히 견디기 어려운 일입니다. 그 점은 나도 동의합니다. 이러한 경우에는 사실 조증이 일어날 수도 있을 테죠. 그러나 문제는 돈에 있는 것이 아니라 그 혐오스러운 냉소적인 태도로 그 돈이 이용되고 그것에 의해서 그의 행복이 파괴되었다는 데에 있는 것입니다!"

다음으로 이폴리트 검사는 왜 피고가 점점 아버지를 죽이려고 생각하게 되었는가 하는 문제로 옮겨 가서 사실에 의해 그것을 검증해나갔다.

"처음에는 그저 술집에서 큰소리만 쳤습니다. 한 달 내내 그렇게 큰소리만 치며 돌아다녔습니다. 그는 어울리는 것을 좋아했습니다. 그리고 모든 것을, 아무리 무엄하고 위험한 생각이라도 속시원히 털어놓기를 좋아했습니다. 허심탄회하게 얘기하기를 좋아했고 게다가 왠지는 모르지만 그들에게서 자기의 근심 걱정을 동정해서 맞장구를 치고 자기 기분을 거스르지 않기를 요구했습니다. 그렇게 하지 않으면 화를 내고 술집이 부서지게 난동을 부렸습니다. (여기서 퇴역 대위 스네기료프의 일화가 언급되었다.) 지난 한 달 동안 피고를 만나서 그의 말을 들은 사람은 그것이 단순한 위협이나 공갈이 아니라는 것, 그런 위협은 그가 미친 듯이 흥분했을 때 충분히 실행으로 옮겨질 수도 있으리라는 것을 예감하게 되었습니다." 여기서 검사는 수도원에서의 가족 회합과 피고와 알료샤와의 대화, 그리고 피고가 식사 후에 아버지 집에 들어가 폭행을 가했을 때의 충격적인 광경을 묘사했다. "나도 피고가 아버지하고의 불화를 살인으로 처리해 버리려고 미리 용의주도하게 계획을 세우고 있었다고는 단언하고 싶지 않습니다. 그러나 그러한 생각은 몇 번이나 피고의 마음을 엄습했습니다. 그는 이것을 골똘히 숙고했습니다. 여기에 대해서는 사실적인 증거와 징인, 그리고 피고 자신의 자백도 있습니다. 배심원 여러분."하고 검사는 덧붙였다. "사실 나는 피고가 미리부터 몇 번이나 그런 파멸의 순간을 생각했으나, 그것은 다만 마음속으로만 생각하고 하나의 가능성으로 인정했을 뿐, 아직 실행의 시기도 방법도 정해진 바 없었을 것이라고 확신하고 있었습니다. 나는 바로 오늘까지도, 카체리나 이바노브나가 법정에 제출한 그 운명적인 문서를 보기 전까지만 해도 동요하고 있었던 것입니다. 여러분, 여러분께서도 그 여자가 '이것은 계획서입니다. 살해 계획서입니다!'하고 부르짖는 것을 들으셨을 겁니다. 그 여자는 불행한 피고의 비통한 편지를 이렇게 불렀습니다. 사실 이 편지는 충분히 살인의 계획과 그 계획의 모든 의미가 숨겨져 있습니다.

이것으로 미루어볼 때 피고는 그 무서운 계획을 감행하기 이틀 전에 아버지가 만일 그 다음날 돈을 주지 않을 때는 '이반이 떠나자마자' 아버지를 죽이고 '장밋빛 리본으로 묶은 봉투에 들어있는' 그 돈을 베개 밑에서 꺼내기로 마음속으로 맹세했던 것입니다. 이건 미리 계획되었다는 사실로 인정할 수밖에 없습니다. 어떻습니까? 범죄는 돈을 약탈하기 위해서 수행된 것이 틀림없습니다. 이것은 여러 사람 앞에서 선언되고 문서로 기록되어 서명된 것입니다. 피고도 자기의 서명을 부인하지 않았습니다. 혹시 취중에 쓴 것이라고 말할 사람이 있을지도 모릅니다. 그러나 그렇다고 해서 그것이 죄를 경감시킬 수는 없는 것입니다. 오히려 취하지 않았을 때 생각했던 것을 취중에 썼다고 말할 수 있습니다. 술에 취하지 않았을 때 생각지도 않았다면, 술에 취했다고 해서 쓸 리도 없는 겁니다.

그러면 그는 왜 술집 여기저기서 자기 계획을 떠벌리고 다녔을까요? 그런 것을 미리 계획하고 있는 인간이라면 혼자 숨기고 있었을 게 아니냐고 말할 수도 있을 것입니다. 그건 사실입니다. 그러니까 그가 떠들고 다닌 것은 아직도 구체적인 범행이나 계획이 결정되어 있지 않고 다만 희망과 충동만 있을 때의 일입니다. 그래서 나중에는 그도 그런 소리를 덜하게 되었습니다. 이 편지를 쓸때 그는 '수도'에서 실컷 술을 마셨지만 여느 때와 달리 말수도 적고 잠깐 당구를 쳤을 뿐 한쪽 구석에 앉아서 아무하고도 얘기를 하지 않았습니다. 다만 이 고장 점원 한 사람을 내쫓았을 뿐입니다. 그러나 이것마저도 무의식적인 행동이었습니다. 그는 원래 남한테 싸움을 걸기를 좋아하는 버릇이 있어서 술집에 가면 으레 그런 소동을 벌였습니다.

하기는 최후의 결심을 했을 때, 피고는 자기가 너무 도시에 떠벌리고 다녔으므로 이 계획을 실행에 옮기는 경우 이내 발각과 고발로 이어지지 않을까 하는 걱정이 의당 머릿속에 떠올랐을 겁니다. 하지만 이제 와선 어쩔 도리가 없었습니다. 자기가 이미 떠벌린 사실은 취소할 수 없는 거니까요. 전에도 나를 구해준 요행이 이번에도 나를 살려주겠지 하고 자기의 운에 기대를 걸었던 겁니다! 그가 여러 가지 수단을 강구하며 숙명적인 순간을 피하려고 했다는 사실과 피비린내 나는 결말을 피하려고 했다는 것은 나도 인정합니다. '나는 내일 누구한테서든 3천 루블을 부탁해 볼 작정이오.' 이렇게 그는 독특한 어조로 쓰고 있습니다. '그러나 만일 아무도 빌려주지 않으면 피를 보는 수밖엔 없다.' 다시 한 번 되풀이해서 말합니다만, 그는 취중에 쓴 그대로를 취중이 아닐 때 실행에 옮긴 겁니다."

이렇게 말하고 이폴리트는 미차가 범죄를 피하기 위해 돈을 구하려고 애쓴 전말을 상세히 설명했다. 그는 미차가 삼소노프를 방문했던 일이며 랴가브이한테 찾아간 일 따위를 증거로 들어가며 말했다. "이 여행을 위해 시계를 팔아버린 그 장본인은 사실 그때 1천 5백 루블이나 가지고 있었다고 하니 어떻게 그 말을 믿을 수 있겠습니까! 도시에 남아 있는 사랑의 대상이 혹시 자기가 없을 때 아버지에게 가버리지나 않을까 하는 질투와 의심에 시달리며, 피곤에 지쳐 굶주린 상태로, 냉소만 당한 채 마침내 이 도시로 돌아왔습니다. 다행히 여자는 아버지한테 가 있지 않았으므로 그는 자기가 직접 그 여자를 삼소노프의 집으로 데려다주었습니다. 이상하게도 그는 삼소노프에 대해서만은 질투를 느끼지 않았습니다. 이것은 이 사건 중에 가장 특이한 심리적 특성입니다! 그 다음에 그는 뒷마당의 감시 장소로 달려갔습니다. 거기서 그는 스메르자코프가 간질 발작을 일으켰고 또 한 사람의 하인이 병들어 누워 있다는 것을 알았습니다. 방해자는 죄다 제거된 데다가 그는 더욱이 그 '신호'를 알고 있었으니 이런 유혹이 어디 있었겠습니까! 그러나 그는 아직도 자기 자신에게 저항했습니다.

그는 이 고장에 잠시 머물면서 우리들의 존경을 받고 있는 호흘라코바 부인을 찾아갔던 것입니다. 일찍부터 그의 운명을 동정하고 있던 이 부인은 가장 현명한 충고를 시도했습니다. 즉 방탕과 추잡한 사랑과 난잡한 술집행 등 젊은 정력의 비생산적인 낭비를 버리고 시베리아의 금광으로 가는 것이 좋겠다고 하며 '거기에는 당신의 그 폭풍 같은 힘과 모험을 갈구하는 낭만적인 성격의 배출 구가 있을 겁니다.'라고 말했던 것입니다.'

이폴리트 검사는 이 대화의 전말을 이야기하고, 뒤이어 그루셴 카가 삼소노프의 집에 있지 않다는 것을 피고가 알게 된 순간을 설명했다. 그리고 여자가 자기를 속이고 지금 표도르한테 가지나 않았을까 하고 생각했을 때 극도로 신경이 곤두선, 질투심 많은 미 차가 불행히도 갑자기 광란 상태에 빠져 버린 사실을 설명한 후, 마지막으로 이 사건의 파멸적인 의미를 강조하면서 말을 맺었다.

"만일 그때 하녀가 그루셴카가 '옛 애인'을 만나러 모크로예에 갔다고 말했더라면 결코 아무 일도 일어나지 않았을 겁니다. 그러 나 하녀는 겁에 질려 당황한 나머지 그저 아무것도 모른다고만 말 했습니다. 그때 피고가 그 자리에서 하녀를 죽이지 않은 것은 자기 를 배신한 여자의 뒤를 미친 듯이 쫓아갔기 때문입니다. 그러나 여 기서 한 가지 지적해 둘 일이 있습니다. 피고가 앞뒤를 가릴 수 없 을 만큼 제정신이 아니었음에도 불구하고 그래도 역시 절굿공이 를 집어들고 나갔다는 점입니다. 왜 하필이면 절굿공이를 집었을 까요? 다른 도구를 집어 들지 않고.

그가 한 달 동안이나 이 계획을 숙고하고 준비해 왔다면 무엇이 든 흉기 같은 것이 눈에 띄면 당장 그것을 집어 들었을 것이 틀림 없습니다. 그리고 그런 종류의 어떠한 물건이 흉기로 사용될 수 있는가 하는 것은 이미 한 달 이상이나 생각해 왔을 겁니다. 그렇기 때문에 그 절굿공이를 보자마자 주저 없이 흉기로서 집어 들었던 것입니다. 그러므로 그가 이 무서운 절굿공이를 집어 든 것은 무의식적으로 모르고 집었다고는 생각할 수 없는 일입니다.

이윽고 그는 자기 아버지의 정원에 나타났습니다. 장애물도, 보는 사람도 없었습니다. 밤은 깊어서 주위는 캄캄할 뿐이었습니다. 질투의 불길이 이글이글 타올랐습니다. 그 여자가 저 안에 있다, 자기의 경쟁자인 아버지 품에 안겨 있다, 어쩌면 지금 자기를 비웃고 있을지도 모른다, 이런 의혹이 일어나자 숨이 막힐 지경이었습니다. 이제는 의심뿐만이 아니었습니다. 의심은 고사하고 자기가 속은 것이 명백했습니다. 그녀는 지금 저기, 불 켜진 방안에, 칸막이 뒤에 있는 것이 분명했습니다. 이때 불행한 피고는 '살며시 창가로 다가가서 들여다보고는 얌전히 단념하고 무슨 끔찍한 잘못을 저지르지 않도록 현명하게 불행을 피해 황급히 그곳을 떠났다.'고 주장하고 있습니다.

우리에게 그렇게 믿으라는 얘기입니다. 피고의 성격을 알고 그의 정신 상태가 어떠했는지 이해하고 있는 우리에게 말입니다. 게다가 여기서 중요한 것은, 그가 곧 문을 열고 방으로 들어갈 수 있는 신호를 알고 있었다는 것입니다! 여기서 이폴리트는 그 '신호'와 관련해서 스메르자코프에 대해 상세하게 설명할 필요성을 느끼고, 이 하인에게 살인 혐의를 두려고 하는 가설을 충분히 규명한 다음 즉시 이 문제를 깨끗이 결말짓기 위해 잠시 논고를 중단하고 옆길로 접어들었다. 그러나 이 같은 시도를 하는 그의 태도는 매우 주도면밀하여 사람들은 그가 이 혐의에 대해 경멸의 빛을 보이고 있음에도 불구하고 역시 마음속으로는 거기에 중대한 의의를 부여하고 있음을 깨달았다.

8. 스메르자코프론

"첫째, 이런 혐의가 어떻게 생겼을까요?" 먼저 이폴리트는 이런 질문으로 입을 열었다. "스메르자코프가 범인이라고 맨 처음 말한 사람은 피고 자신입니다. 그는 체포된 순간에 그렇게 말했던 것입니다. 그러나 그는 그 소리를 외친 그 순간부터 오늘 이 순간에 이르기까지 스메르자코프의 범죄를 증명할 만한 사실을 하나도 제시하지 못했습니다. 사실증명은커녕 상식적으로 수긍할 만한 사실의 암시조차 제시하지 못했습니다.

피고 이외에 스메르자코프의 범죄를 확신하는 사람은 불과 세 사람뿐입니다. 즉 피고의 두 동생과 그루센카 양뿐입니다. 그 중 이반은 오늘에야 비로소 그런 의혹을 진술했는데, 그것은 틀림없이 정신착란과 열병의 발작으로 건강하지 못한 상태에서 한 증언입니다. 무엇보다 지난 두 달 동안, 우리도 잘 알다시피, 그는 형의 범죄를 확신하여 그 생각에 반론할 생각조차 하지 못했으니까요. 하지만 이 문제에 대해서는 나중에 이야기하기로 하겠습니다. 그리고 이반의 동생은 아까도 우리에게 말했듯이, 스메르자코프의 범죄에 대한 자기의 생각을 증명할 만한 사실을 조금도 갖고 있지 않습니다. 단지 피고의 말과 눈빛에 의해서 그렇게 믿고 있을 뿐이며, 이와 같은 놀라운 증언은 좀 전에 두 번씩이나 그의 입을 통해서 확언된 바 있습니다.

그리고 스베틀로바 양의 증언은 한층 더 놀라운 것인지도 모릅니다. 그녀는 이렇게 말했습니다. '피고의 말을 믿어 주세요. 저 사람은 거짓말을 할 사람이 아닙니다.' 피고의 운명에 지나친 이해관계를 갖고 있는 이 세 사람의 스메르자코프에 대한 사실적 증언은 이것이 전부입니다. 그럼에도 불구하고 스메르자코프의 유죄론은 여태까지 세간에서 수없이 입에 오르내렸고 지금도 마찬가지입니다. 과연 이것은 믿을 수 있는 일이겠습니까? 과연 이것은 상상이나 할 수 있는 일입니까?"

이 때 이폴리트 검사는 '흥분과 광기의 발작으로 스스로 자기 목숨을 끊은' 스메르자코프의 성격을 간단히 묘사할 필요를 느꼈다. 검사의 설명에 의하면 그는 지능이 좀 낮지만 막연하게나마 약간의 교양을 지니고 있었고 자기의 지능으로 감당할 수 없는 철학 사상에 매혹되어 현대적인 책임과 의무감에 사로잡힌 인간이었다는 것이었다.

이런 것을 실제로 그에게 가르쳐 준 것은 실제적으로는 고인이 된 그의 주인, 어쩌면 그의 아버지였을지도 모르는 표도르 파블로비치의 방탕한 생활이었고, 이론상으로 가르친 것은 그를 상대로 여러 가지 이상한 철학적 얘기를 해준 아들 이반이었다. 아마 이반은 심심풀이로, 또는 마음 속 응어리진 냉소의 배출구가 없었기 때문인지 즐겨 스메르자코프에게 그런 얘기를 했던 것이다. "그는 최근에 주인집에 있을 때의 자기의 정신 상태를 자기 입으로 직접 말해주었습니다." 하고 이폴리트는 설명했다.

"이에 대해 다른 사람들도 똑같은 증언을 하고 있습니다. 예를 들면 피고 자신은 물론 피고의 동생과 하인 그리고리, 그리고 그와 아주 가깝게 지낸 사람들이 모두 마찬가지입니다. 뿐만 아니라 간질병으로 건강이 극도로 쇠약했던 스메르자코프는 '암탉처럼 겁이 많았다.'고 합니다. '그 녀석은 내 발 아래 엎드려 내 발에 입을 맞추었습니다.'라고 피고도 진술했지만, 그때만 해도 피고는 그러한 증언이 자신에게 불리하다는 것을 미처 의식하지 못하고 있었던 것입니다. '그 녀석은 간질병에 걸린 암탉입니다.'라고 피고는 그 독특한 말투로 스메르자코프를 평했습니다.

그래서 피고는 그를 자기의 앞잡이로 삼고 – 이것은 피고 자신도 증언하고 있습니다. – 마구 공갈을 쳐서 결국 피고의 앞잡이 노릇을 하도록 만들었던 것입니다. 그리하여 그는 자기 주인을 배신하여 돈 봉투의 소재와 주인 방에 들어가는 신호를 피고에게 알려주고 말았습니다. 하긴 그가 아무리 고해바치지 않으려고 해도 그렇게 하지 않을 수가 없었던 것입니다. '그분은 나를 죽일 것 같았습니다. 나를 죽일 것만 같은 생각이 들었습니다.'라고 그는 예심 때 이렇게 말했습니다. 그때는 이미 공갈 협박을 하며 자기를 괴롭히던 자가 두 번 다시 복수하러 올 염려가 없었는데도 그는 여전히 부들부들 떨고 있었습니다.

'그분이 밤낮 저를 의심하고 있어서 항상 무서워서 벌벌 떨며 어떻게든 노여움을 가라앉히려고 무슨 비밀이든 빨리 고해 바쳤습니다. 그렇게 되면 제가 자기에게 나쁜 생각을 품지 않다는 것을 알고 나를 용서해 주리라 생각했었지요.' 이건 스메르자코프 자신의 입으로 한 말입니다. 나는 그 말을 기록해 두었기 때문에 정확히 기억하고 있습니다. '저는 그 사람이 호통을 치기만 하면 얼른 그 앞에 무릎을 꿇곤 했었지요.'

그는 본디 정직한 젊은이여서 주인이 잃어버린 돈을 주워 준 이후 주인의 깊은 신임을 받고 있었습니다. 따라서 이 불행한 스메르자코프는 은인으로 좋아하던 자기 주인을 배신한 것에 대해 후회하며 몹시 괴로워했다고 보아야 할 것입니다. 박식한 정신과 의사가 증언한 것을 들어보면 간질병으로 심한 고통을 받는 사람은 항상 병적인 자책에 빠지기 쉽다고 합니다. 그들은 아무 근거도 없이 어떤 사람에게 무슨 '죄'를 지은 것처럼 생각하고 그로 인하여 늘 양심의 가책을 느끼며 괴로워합니다. 그들은 흔히 과대망상에 빠져 모든 잘못과 범죄를 자기 탓으로 돌립니다. 그리고 이런 사람들은 공포와 두려움 때문에 실제로 범죄자가 되는 수도 있습니다. 뿐만 아니라 그는 자기 눈앞에서 일어나는 여러 가지 사건으로 해서 무언가 좋지 않은 일이 일어날 것을 예감하고 있었습니다.

표도르 카라마조프 씨의 둘째 아들 이반이 사건 발생 직전에 모스크바로 떠나려 했을 때, 그는 제발 가지 말라고 애원했습니다. 그러나 그때도 그 겁약한 성격으로 말미암아 그는 자기가 두려워하는 바를 분명히 단적으로 말하지 못하고 가볍게 암시를 주는 데 그쳤습니다. 그러나 이반은 그 암시를 알아차리지 못했던 것입니다. 여기서 한 가지 주의할 것은 그가 이반을 자기 보호자처럼 생각하고 이 사람만 집에 있으면 아무런 불상사도 일어나지 않으리라고 믿고 있었다는 점입니다. 드미트리의 '취중' 편지 속의 한 구절을 떠올려보십시오. '이반이 떠나면 아버지를 죽이겠다'는 표현만 보아도 알 수 있듯이 이반의 존재는 온 집안 식구들에게 평온과 질서의 보증처럼 생각되었던 것입니다. 그런데도 이반은 떠나버렸고 스메르자코프는 젊은 주인이 떠난 약 한 시간 뒤에 간질 발작을 일으키게 되었습니다. 여기서 또 하나 지적해야 할 것은 여러 가지 공포와 절망으로 시달리고 있던 스메르자코프가 사건 발생 며칠 전에 곧 간질 발작을 일으키지 않을까 하고 예감하고 있었다는 것입니다. 이러한 발작은 전에도 언제나 정신적으로 긴장하거나 동요했을 때 발생했다고 합니다. 물론 이러한 발작의 시일을 예측할 수는 없는 일이지만, 간질병 환자라면 누구나 발작의 기미를 미리 느낄 수 있다는 것은 이미 의학이 증명하고 있는 일입니다.

그래서 이반이 집을 떠나기가 무섭게 스메르자코프는 자신이 버림받은 것 같은 외로움과 불안을 느끼며 무슨 일을 하러 지하실로 갔습니다. 충계를 내려가면서 그는 생각했습니다. '혹 발작이 일어나지 않을까? 여기서 발작을 일으키면 어떡하지?' 그러자 바로 그러한 기분, 그러한 상상, 그러한 의심 때문에 언제나 발작 직전에 일어나는 목의 경련이 일어나서 그는 정신을 잃고 바닥으로 굴러 떨어지고 말았습니다. 그런데 이렇게 자연스런 일조차 의심스러운 일로 의심해서, 그건 일부러 발작을 일으킨 체한 것이라고 넌지시 지적하는 사람들이 있습니다. 그러나 만약에 일부러 그렇다면 무엇 때문에 그가 그런 짓을 했겠느냐는 의문이 곧 생겨납니다. 어떤 계산이, 어떤 목적이 있었을까요? 나는 이제 의학을 들추진 않겠습니다. 과학도 거짓말을 하고 실수도 한다, 의사는 진짜인지 꾀병인지 가려낼 수 없다 — 이렇게 말하는 사람이 있다면 그건 그대로 내버려 두고 그가 왜 꾀병을 앓게 되었을까, 하는 질문에 대해 먼저 대답해 주시기 바랍니다. 만약 살인을 계획했다면 왜 간질 발작 따위를 일으켜 온 집안사람들의 주의를 미리 자기에게 집중시키는 행동을 했을까요?

배심원 여러분, 여러분도 아시다시피 범행이 있었던 날 밤에 표도르 파블로비치의 집안에는 다섯 명이 있었습니다. 첫째는 표도르 카라마조프 자신인데, 그가 자살하지 않은 건 명백합니다. 둘째로 하인 그리고리인데, 이 사람도 하마터면 죽을 뻔했습니다. 셋째로 그리고리의 아내인 마르파, 그녀가 주인을 죽였다고 생각하는 건 부끄럽기 짝이 없는 일입니다. 남은 사람은 피고와 스메르자코프 두 사람뿐입니다. 그런데 피고는 범인이 아니라고 우기고 있기 때문에 그렇게 되면 스메르자코프가 범인일 수밖에 없는 것입니다. 그 외에 범인으로 지목할 만한 사람이 없으니까요. 이리하여 어저께 스스로 목숨을 끊은 가엾은 남자에 대한 '교활하고' 터무니없는 유죄설이 나오게 되었던 것입니다. 말하자면 단순히 달리 혐의를 걸 만한 사람이 없었기 때문에 그가 의심을 받은 데 지나지 않는 것입니다. 만약에 어떤 다른 사람에게, 누구든 여섯 번째 사람에게 그림자만큼이라도 의심스러운 점이 있었더라면 피고는 스메르자코프를 범인이라고 내세우기가 부끄러워 그 여섯 번째 사람에게 혐의를 씌웠을 것입니다. 왜냐하면 스메르자코프에게 살인 혐의를 덮어씌우는 것은 불합리하기 그지없기 때문입니다.

여러분, 이제 심리 분석은 그만합시다. 의학적인 설명도 논리도 그만두겠습니다. 오직 사실을, 오직 사실에 눈을 돌려 그것이 우리에게 무엇을 말하는지 살펴봅시다. 스메르자코프가 살인을 했다면 도대체 어떻게 죽였을까요? 혼자 했겠습니까? 아니면 피고와 공모했을까요? 먼저 스메르자코프가 혼자 죽였을 경우를 생각해 봅시다. 그가 죽였다면 물론 어떤 목적과 이득이 있어야 합니다. 스메르자코프는 피고가 갖고 있는 증오나 질투 같은 살인의 동기가 없기 때문에 그가 살인을 했다면 그건 틀림없이 돈 때문이었을 것입니다. 즉 자기 주인이 봉투 속에서 3천 루블을 넣어 둔 것을 보고 그것을 차지하기 위함이었을 것입니다.

그러나 그렇다면 범행을 계획한 그가 다른 사람에게, 그것도 누구보다 이해관계를 많이 갖고 있는 피고에게 돈과 신호와 봉투가 있는 장소와 거기 적혀 있는 말과 그걸 묶은 끈 등에 대해 죄다 알려준 것을 어떻게 생각해야 할까요? 특히 주인 방으로 들어가는 '신호'를 가르쳐 준 것은 이상한 일입니다. 그는 단지 자기 자신을 배반하기 위해서 그런 짓을 했을까요, 아니면 그 방안에 들어가서 돈 봉투를 훔쳐낼 우려가 있는 경쟁자를 만들기 위해서였을까요? 그저 무서워서 가르쳐 준 것이라고 말하는 사람도 있을지 모릅니다. 하지만 이건 또 어떻게 설명해야 할까요? 그토록 대담하고 짐승 같은 행위를 예사로 계획하고 실행할 수 있는 사람이 세상에서 자기 혼자밖에 모르는 일을, 자기만 잠자코 있으면 쥐도 새도 모를 일을 공공연히 남에게 밝힐 수 있겠습니까. 아니 아무리 겁쟁이라도 그런 일을 계획한 이상 누구한테도 절대 말하지 않았을 것입니다. 적어도 봉투와 신호에 대해서는 말입니다. 이것을 밝힌다는 것은 장차 자기 자신을 배반하는 것과 다름없기 때문입니다. 만약 그런 정보의 제공을 강요받았다면 거짓말로 적당히 둘러대고 그 점에 대해서는 언급을 하지 않을 수도 있을 것입니다!

다시 되풀이해서 말합니다만, 만일 그가 하다 못해 돈 얘기만이라도 하지 않고 있다가 주인을 죽이고 돈을 훔쳐갔다면 세상에 그가 돈이 탐나서 살인을 했다고 의심할 사람은 아무도 없었을 것입니다. 왜냐하면 그 사람 외에는 아무도 그 돈을 본 사람이 없고 그런 돈이 집안 어느 구석에 있었는지 아무도 아는 이가 없기 때문입니다. 비록 그가 살인자로 고발을 당했다 하더라도 무언가 다른 동기에서 죽였다고 볼 것이 틀림없습니다. 그러나 그에게서 다른 동기를 미리 눈치챈 사람이 없을 뿐 아니라 그와는 반대로 그가 주인의 신임을 받고 있다는 것을 세상 사람들은 모두 알고 있었습니다. 그러니까 만일 혐의를 받더라도 당연히 그는 가장 나중에 해당될 사람이며, 그건 동기가 있다고 자기 입으로 노골적으로 떠들어대는 사람일 것입니다. 요컨대 의심받아야 할 사람은 피해자의 장남 드미트리 카라마조프일 것입니다. 살인과 도둑질은 스메르자코프가 하고 혐의는 아들에게 씌운다 - 이거야말로 스메르자코프에겐 유리한 일이 아니겠습니까? 하지만 범행을 계획하면서도 드미트리에게 돈과 봉투와 신호에 대한 것을 가르쳐주었다 - 이게 이치에 맞는 말입니까? 이건 명백한 일입니다!

스메르자코프는 계획한 범행의 날이 오자 일부러 간질의 발작이 일어난 체하며 쓰러져 버렸다고도 볼 수 있겠지요. 하지만 이건 무엇 때문일까요? 첫째로 아무도 집을 지킬 사람이 없으므로 몸조리를 하려고 생각했던 하인 그리고리가 그것을 뒤로 미루고 집을 경비하게 됩니다. 둘째, 아무도 집을 지킬 사람이 없다는 것을 알고 아들의 침입을 노골적으로 몹시 두려워하고 있던 주인이 불안해하면서 경계를 더욱 엄중히 하게 됩니다. 그리고 마지막으로 - 이것이 가장 중요한 일입니다만 - 스메르자코프는 언제나 다른 이들과 떨어져 혼자 부엌에서 기거했고 출입문도 따로 사용하고 있었는데, 간질의 발작을 일으키면 곧 별채 한 끝에 있는 그리고리의 방으로 옮겨져 그들 부부의 침대에서 세 걸음밖에 안 되는 칸막이 뒤에 눕혀집니다. 그가 발작을 일으키기만 하면 주인과 성격이 꼼꼼한 마르파가 나서서 언제나 그렇게 보호해 주곤 합니다. 그런데 그 칸막이 뒤에 누워 있으면 진짜 환자처럼 보이기 위해 신음 소리를 내어 밤새도록 그리고리 부부를 깨워야 했을 것입니다. 이것은 그리고리 부부가 증언한 사실입니다. 그래서 이러한 일들이 그가 자리에서 벌떡 일어나 주인을 살해하기에 편리하다고 할 수 있겠습니까!

또 어떤 사람은, 그가 꾀병을 부린 것은 혐의를 받지 않기 위함이었고 돈과 신호 얘기를 피고에게 알려준 것은 피고를 유혹함으로써 제 발로 걸어와 범행을 저지르게 하려는 속셈일지도 모른다고 주장할지도 모르겠습니다. 그러나 피고가 아버지를 살해하고 돈을 가지고 달아날 때는 소음을 일으켜 증인이 될 만한 사람들을 깨우게 될 것입니다. 그러면 그때 스메르자코프도 어슬렁어슬렁 일어나서 나갈 생각이었을까요? 하지만 무엇을 위해서일까요? 다시 한 번 주인을 죽이고 이미 가져간 돈을 다시 빼앗기 위함이었겠습니까? 여러분, 여러분은 지금 웃고 계십니다. 나 자신 이런 가정을 내세우기는 부끄러운 일이지만 글쎄, 피고는 그렇게 주장하고 있으니 말입니다.

피고는 자기가 그리고리를 쓰러뜨리는 소동을 일으킨 다음 집 밖으로 나가자 스메르자코프가 일어나 안채로 들어가서 주인을 죽인 후 돈을 훔쳐갔을 것이라고 주장하고 있습니다. 흥분한 나머지지 제정신을 잃어버린 아들이 창문 안을 들여다보기만 하고 신호까지 알고 있으면서도 그 돈을 몽땅 스메르자코프에게 양보하고 물러가리라는 것을 어떻게 미리 계산할 수 있었을까 하는 문제에 대해서는 새삼 언급하지 않겠습니다. 여러분, 나는 진지하게 묻고자 합니다. 스메르자코프는 도대체 언제 그 범죄를 저지른 것일까요? 그 시간을 말씀해 주십시오. 그렇지 않으면 그를 고발할 수 없기 때문입니다.

'어쩌면 그 발작은 진짜였는지 모르지만 병자가 갑자기 제정신이 들어 비명소리를 듣고 밖으로 달려 나갔을지도 모른다.', 만약 그렇다면 어떻게 되겠습니까? 그가 주위를 둘러보고 '슬슬 주인이나 죽이러 가볼까.' 이렇게 혼자 말했다고 합시다. 하지만 그때까지 기절하여 누워 있던 사람이 어떻게 그동안 일을 알 수 있었겠습니까? 그러나 여러분, 아무리 그렇다 해도 이러한 공상에도 한계가 있는 것입니다.

어쩌면 영리한 사람들은 이렇게 말할 것입니다. '만약 둘이 공모해서 죽이고 돈을 나누어 가졌다면 어떻게 되는가?' 그렇습니다. 참으로 그럴듯한 의문입니다. 첫째, 이러한 의심을 뒷받침할 만한 증거가 얼마든지 있습니다. 즉 한 사람은 살인을 하고 온갖 어려움을 도맡아서 겪는데 또 한 사람은 간질을 일으킨 체하고 누워 있었다. 한데 이것은 모든 사람에게 의심을 품게 하고 주인과 그리고 리에게 미리 경계심을 불러일으키기 위함이었다, 이겁니다. 두 공모자가 도대체 어떤 동기에서 그런 미치광이 같은 계획을 생각해

냈을까요? 참으로 이상한 일입니다. 어쩌면 스메르자코프는 적극적인 공모자가 아니고, 말하자면 협박에 못 이겨 다만 살인에 반대하지 않겠다고 동의한 데 지나지 않았을 겁니다. 그는 소리 한번지르지 않고 반항도 하지 않았다는 비난을 받을까 봐 드미트리가범행을 할 동안 간질을 일으킨 체하고 누워 있기로 억지로 타협한것일지도 모릅니다. '당신 마음대로 죽이십시오. 나는 모른 체하고있겠습니다.' 이런 속셈이었을지도 모릅니다.

그러나 발작을 일으키면 작은 집안에 소동을 불러오게 될 텐데그걸 알면서도 드미트리가 거기에 동의할 리 있겠습니까. 하지만한 걸음 물러나서 그가 그런 승낙을 했다고 칩시다. 그렇다하더라도 역시 드미트리 카라마조프가 살인을 한 장본인이고 스메르자코프는 수동적인 공범자, 아니 공범이라기보다는 단지 공포심 때문에 본의 아니게 묵인한 자에 지나지 않습니다. 이 점 재판관들께서도 반드시 인정하실 겁니다. 그런데 사실은 어떻습니까? 피고는체포되자마자 오로지 스메르자코프 '한 사람'에게만 모든 죄를 뒤집어씌우고 있습니다. 자기와 공모한 것이 아니라 스메르자코프를 단독범으로 몰아세우고 있는 것입니다.

'그것은 그놈 혼자서 한 짓이다. 그놈이 죽이고 돈을 강탈했다.모든 게 그놈 짓이다!'라고 피고는 주장하고 있습니다. 세상에 범행을 저지르자마자 서로 죄를 떠넘기는 공범도 있습니까. 그런 일은 절대로 없습니다. 게다가 그것은 카라마조프 자신에게 매우 위험한 일이란 것을 생각해 보십시오. 살인을 한 장본인은 스메르자코프가 아니라 그 자신이기 때문입니다. 공모자는 단지 그것을 묵인한 채 칸막이 뒤에서 자고 있었을 뿐입니다. 그런데 피고는 이 사람에게 모든 죄를 덮어씌우려고 하고 있습니다. 그렇게 하면 스메르자코프가 몹시 화가 나서 자기방어를 위해 곧 사실을 밝힐 염려가 있지 않느냐 말입니다. '둘이서 공모를 한 건 사실이지만 나는 죽이지 않았다, 무서워서 못 본 체 했을 뿐이다.'라고 말할지도 모릅니다. 스메르자코프는 자기가 어느 정도로 죄가 있는지 법정에서 가려줄 테니까 설혹 처벌을 받는다 해도 모든 죄를 자기한테 뒤집어씌우려는 장본인보다는 비교도 할 수 없는 훨씬 가벼운 벌을 받을 것이라 생각했을 것입니다. 그러나 그렇다면 하는 수 없이 그가 자백을 했을 텐데 우리는 그런 소리를 전혀 들어본 적이 없습니다. 살인을 한 장본인이 그에게 죄를 뒤집어씌워 그가 혼자 저지른 범행이라고 주장하고 있음에도 불구하고 그는 공모 사실을 전혀 입 밖에 내지 않았습니다. 뿐만 아니라 돈 봉투와 신호에 대한 것은 자기 자신이 피고에게 직접 알려주었고, 만일 자기가 아니었더라면 피고는 아무것도 몰랐을 것이라고 말했습니다.

만일 그가 정말로 공범이고 자기에게도 죄가 있다면 예심 때 대번에 순순히 그 얘기를, 다시 말해 자기가 모든 것을 피고에게 알려주었다는 사실을 그리 쉽게 말할 수 있었겠습니까? 오히려 이리저리 말을 둘러대며 반드시 사실을 왜곡하거나 축소시키려 했을 것입니다. 그럼에도 불구하고 그는 사실을 왜곡하지도, 축소하려 애쓰지도 않았습니다. 그런 행동을 할 수 있는 것은 오직 아무 죄도 없거나 공모죄를 뒤집어쓸 염려가 없는 자만이 가능한 것입니다. 그런데 그는 자기의 지병인 간질병과 이 돌발적인 사건으로 일어나는 병적인 우울증의 발작으로 간밤에 목매달아 죽었습니다. 그에 앞서 그는 독특한 말투로 '나는 아무에게도 죄를 돌리지 않기 위해 나 자신의 의지로 기꺼이 내 목숨을 끊는다.'는 유서를 적었습니다. 범인은 카라마조프가 아니라 나다, 이렇게 간단하게 덧붙일 수 있었을 텐데 그렇게 하지 않았습니다. 그의 양심은 한편으로 가책을 느끼면서도 다른 한편으로는 그렇지 않았던 것일까요?

그런데 바로 좀 전에 이 법정에 3천 루블의 돈이 제출되었습니다. '이 돈은 내가 어젯밤 스메르자코프한테서 받은 것입니다.' 이반 카라마조프 씨는 이렇게 말했습니다. 그런데 배심원 여러분, 여러분도 조금 전에 벌어진 비참한 광경을 기억하고 계실 테니 상세하게 다시 설명하지는 않겠습니다만, 감히 한두 가지 의견을 말씀드리려 합니다. 저는 매우 사소하기 때문에 누구나 미처 생각하지 못하고 넘겨 버리기 쉬운 점을 지적하고자 합니다.

첫째, 스메르자코프는 양심을 가책을 받아 어제 돈을 내놓고 자살을 했다는 것입니다. 만일 양심의 가책이 없었다면 돈을 내놓지 않았을 것입니다. 물론 스메르자코프는 어젯밤 처음으로 자신한테 자기 죄를 고백했다고 이반 카라마조프 씨가 증언했습니다. 그렇지 않다면 이반이 지금까지 침묵을 잠자코 있었을 리가 없지 않습니까? 그런데 나는 다시 되풀이하지만, 어째서 그는 그 유서에 모든 진실을 밝히지 않았을까요? 내일이면 무고한 피고에게 무서운 재판이 있다는 걸 알면서도 말입니다.

　돈만 가지고는 증거가 되지 않습니다. 이미 1주일 전에 이반 카라마조프 씨가 현청 소재지로 사람을 보내어 금리 5푼이 붙은 5천 루블짜리 증권 두 장을 현금으로 바꿔 간 사실을 아는 사실은 나 이외에도 이 법정에 두 사람이나 있습니다. 우리는 이 사실을 우연한 기회에 알게 되었습니다. 내가 이 말을 하는 것은 누구나 어떤 때에 돈을 가질 수 있으며, 3천 루블의 돈을 제출했다고 해서 반드시 이것이 바로 그 돈, 즉 바로 그 상자나 봉투에서 나온 돈이라는 증거는 되지 않는다는 것입니다. 그리고 이반 카라마조프 씨는 어제 진범으로부터 그런 중대한 소식을 듣고서도 시치미를 떼고 있었습니다. 왜 그는 이것을 즉시 신고하지 않았을까요? 왜 그는 오늘 아침까지 기다렸을까요? 나에게는 그 이유를 추측해 볼 권리가 있다고 생각됩니다. 그는 지난 1주일 동안 건강을 해쳐서 의사나 가까운 사람들에게 환영과 죽은 사람이 보인다고 고백했습니다. 그런 것으로 미루어 보아 좀 전에 심한 증세를 보였던 환각증의 일보 직전에 이르러 있었던 것입니다.

　이런 상태에서 그는 난데없이 스메르자코프의 부음을 듣고 이런 생각을 하게 된 것입니다. '그 녀석은 이제 죽은 인간이니 죄를 뒤집어씌우고 형을 살리자. 돈이 내 수중에 있으니 돈다발을 가지고 가서 스메르자코프가 죽기 전에 준 것이라고 말하자.' 여러분께서는 비록 죽은 사람이라도 남에게 죄를 덮어씌우는 것은 좋지 않다, 아무리 형을 구하기 위해서라도 거짓말을 하는 것은 불명예스러운 일이라고 말씀하시겠지요. 옳은 말씀입니다. 그러나 그가 무의식중에 거짓말을 했다면 어떻게 하겠습니까? 갑자기 하인의 부음을 듣고 충격을 받고 완전히 실성해서 만약 실제로 그랬던 것처럼 생각했다고 한다면 어떨까요? 여러분은 좀 전의 광경을 보셨을 겁니다. 그 사람의 정신 상태가 어떤지 보셨을 겁니다. 그는 똑바로 서서 말을 했지만, 그의 정신은 어디에 있었습니까? 이 광인의 증언에 뒤이어 나타난 증거품이 피고가 카체리나 양에게 보낸 편지입니다. 즉 범행의 상세한 계획서입니다. 우리는 이제 범행 계획서나 그 작성자를 새삼스레 찾을 필요가 없어졌습니다. 배심원 여러분, 범행은 여기 씌어있는 그대로 실행된 것입니다!

자기 애인이 방안에 있다고 확신한 피고가 아버지의 창문 앞에서 겁을 집어먹고 얌전히 도망쳐 왔다니 이는 너무나 어처구니없고 자연스럽지 못한 일입니다. 그는 방안으로 침입해서 범행을 결행했습니다. 자기가 증오하는 사랑의 경쟁자가 눈에 띄자마자 분노의 불길에 휩싸여 홧김에 아버지를 죽이고 말았을 것입니다. 아마 절굿공이를 가지고 일격에 해치웠겠지요. 그러고 나서 방안 구석구석을 찾아보았으나 여자는 거기에 없었습니다. 그러나 베개 밑에 손을 넣어 돈이 든 봉투를 끄집어내는 것을 잊지 않았습니다. 내가 이런 말을 하는 것은 여기서 한 가지 사실에, 내 생각으로는 매우 중대한 의의를 지닌 한 가지 사실에 여러분의 주의를 집중시키고자 하기 때문입니다.

만약에 그가 경험 있는 살인자였다면, 또 돈만 노린 살인자였다면 그 봉투를 과연 시체 옆에 그대로 내버려 두었을 리가 있겠습니까? 예컨대 스메르자코프가 돈을 강탈할 생각으로 죽인 것이라면 그 시체 옆에서 봉투를 뜯어보느라고 애쓸 것도 없이 그것을 가지고 곧바로 도주했을 것이 틀림없습니다. 그는 그 봉투 속에 돈이 있다는 것을 확실히 알고 있었기 때문입니다. 그가 보는 앞에서 돈을 봉투에 넣어 봉인했으니까요. 사실 그 봉투를 그냥 가져가 버렸다면 강탈 사건이 있는 줄 몰랐을 것입니다. 배심원 여러분, 나는 감히 질문하고 싶습니다. 스메르자코프가 그런 실수를 하겠습니까? 빈 봉투를 마룻바닥에 그대로 내버려 두었을까요?

아닙니다. 그런 실수를 하는 자는 분노가 폭발하여 앞뒤를 제대로 분간하지 못할 만큼 흥분한 살인자입니다. 도둑이 아니라 지금까지 물건을 한 번도 훔친 적이 없는 살인자가 틀림없습니다. 게다가 베개 밑에서 돈을 꺼냈지만 그것은 훔치는 것이 아니라 잃었던 물건을 도둑에게서 도로 찾는 것일 뿐입니다. 왜냐하면 드미트리 카라마조프는 이 3천 루블을 자기 소유로 생각했기 때문입니다. 그래서 이것은 그를 광란의 상태까지 이르게 했습니다. 그는 지금까지 한 번도 본 일이 없는 봉투를 손에 넣자마자 그 속에 과연 돈이 있는지 없는지 확인하기 위해 그것을 찢은 다음 돈을 호주머니 속에 넣고 방바닥에 떨어져 있는 찢겨진 봉투가 나중에 자기의 죄상을 말해줄 유력한 증거물이 될 줄도 모르고 그냥 도주해 버렸던 것입니다.

범인이 스메르자코프가 아니라 카라마조프였기 때문에 그런 걸 미처 생각지도 못했고 상상도 할 수 없었던 것입니다. 하긴 그런 데까지 그가 어찌 생각이 미쳤겠습니까? 그는 달아났습니다. 그런데 자기를 뒤쫓는 하인의 고함 소리가 들려왔습니다. 늙은 하인이 그를 붙들고 놓지 않자 그는 절굿공이로 그를 때려 눕혔습니다. 피고의 말에 따르면 그는 불쌍한 생각이 들어 쓰러진 하인 곁에 뛰어내렸다고 했습니다. 불쌍한 생각이 들어, 동정심 때문에 그 노인을 도울 방법이 없을까 살펴보려고 뛰어내렸다니 과연 여러분은 이 말을 믿을 수 있겠습니까? 그에게 그 순간이 그와 같은 동정을 표시할 상황이었겠습니까? 천만에요. 그가 뛰어내린 것은 오직 범행의 유일한 증인이 살아 있는지 아닌지를 확인하기 위함이었던 것입니다. 그 밖의 어떤 감정도, 어떤 동기도 부자연스럽습니다!

그런데 여기서 주의해야 할 사실은 그가 그리고리를 간호하기 위해서 손수건으로 열심히 그의 머리를 닦아 주다가 노인이 죽었다고 생각하고 온몸이 피투성이가 된 채 정신 나간 사람처럼 다시 자기의 애인 집으로 달려갔다는 사실입니다. 어째서 그는 자기 몸이 피투성이 된 것도 생각지 않고, 자기의 범행이 곧 발각될 거라는 점도 미처 생각지 못했을까요? 그러나 피고는 자기가 피투성이라는 걸 전혀 깨닫지 못했다고 합니다. 그건 그렇다고 인정할 수 있고 또 얼마든지 있을 수 있는 얘기입니다. 이런 경우 범죄자에게 흔히 있는 일이니까요. 한편으로는 악마처럼 치밀하고 흉악한 계산을 하면서도 또 한편으로는 가장 단순한 것을 소홀히 여긴 것입니다. 그때 그는 오직 그 여자가 어디에 있나 하는 생각만 하고 있었습니다. 한시바삐 여자의 소재를 알고 싶어 그 집으로 달려가 보니 뜻밖에도 놀라운 소식을 들었던 것입니다! 여자가 '틀림없는 옛 애인'과 함께 모크로예로 떠났다는 사실 말입니다.

9. 질주하는 트로이카, 검사 논고의 결론

검사 이폴리트는 논고가 여기까지 이르자 신경질적인 변론가가 자주 쓰는 방법, 즉 엄밀하게 시간에 따라 서술하는 방법을 선택했다. 다시 말하면 그들은 자신의 자유로운 충동을 억제하기 위해서 일부러 엄밀한 틀을 정했던 것이다.

이폴리트는 그루센카의 '확실한 옛 애인'에 대해서 특별히 상세하게 설명하고 이 문제에 대해서 몇 가지 흥미로운 생각을 이야기했다.

"그때까지 모든 남자들에게 미칠 것 같은 질투를 느꼈던 카라마조프는 이 '확실한 옛 애인'에 부딪치자 문득 풀이 죽고 위축됐습니다. 특히 기이하게 생각되는 것은 이 뜻밖의 경쟁자에게서 벌어질 새 위기에 대해 그때까지 조금도 주의하지 않았던 것입니다. 그는 항상 그것을 먼 미래의 일로 여겼습니다. 카라마조프는 항상 현재만 살았기 때문입니다. 그는 그 남자의 존재를 '허상의 인물'이라고 생각했던 모양입니다. 그러나 그의 상처받은 마음은 한순간에 전부 깨달았습니다. 이 여성이 왜 새 연인의 존재를 숨겼는지, 왜 아까도 자신을 속였는지. 새로 나타난 이 경쟁자가 그녀에게는 결코 상상이나 만들어낸 얘기가 아니고 오히려 여자의 전부이자 이 세상의 모든 희망이라는 것을 깨닫고 금세 꼬리를 내린 것입니다.

배심원 여러분, 어쩐지 나는 피고의 마음속에 숨은 이 예상 밖의 일면을 그냥 무시하고 싶지 않습니다. 피고는 무슨 일이 있어도 이런 심경의 변화가 생기지 않을 것 같은 사람이지만, 그 순간 그의 마음속에는 문득, 진실을 원하는 억누를 수 없는 욕구와 이를 인정해야 한다는 생각이 들었습니다. 여성에 대한 존경, 그녀 마음의 권리! 게다가 그것은 그 여자 때문에 자신의 아버지의 피를 손에 묻힌 바로 그 순간에 벌어진 일입니다! 그리고 그 피가 그 순간에 복수를 외친 것입니다. 왜냐하면 그는 자신의 영혼과 이 세상에서의 모든 운명을 망친 그 순간에 자신도 모르게 이렇게 느끼고 물었을 것이기 때문입니다. '나는 그녀에게 무엇이었나? 나 스스로의 영혼 이상으로 사랑하는 이 여자에게 이런 경우 나는 어떤 의미일까? 이 옛 애인, 즉, 예전에 자신이 버린 여자에게 후회의 정을 내비치며 다시 찾아와 새 사랑을 바치고 결백한 언약을 맹세하면서 행복한 생활의 부활을 약속하는 이 분명한 옛 애인과 비교해서, 나는 과연 어떤 존재일까? 그리고 나처럼 불행한 남자가 이제 이

여자에게 무엇을 줄 수 있나? 무엇을 제시할 수 있는가?'

카라마조프는 전부 깨달았습니다! 자신의 범죄가 모든 방법을 전부 막았고 자신은 이미 사형 선고를 받은 죄인일 뿐이며 세상 살 가치가 없는 인간이라는 것을 깨달은 것입니다! 이 자각은 그를 압도하고 그를 조각냈습니다. 그래서 그는 금세 광기에 어린 어떤 계획을 생각해냈습니다. 그것은 카라마조프의 성격으로 보면 무서운 환경에서 벗어날 수 있는 오로지 하나뿐인 운명적인 해결법으로 생각되었을 것입니다.

그것을 해결할 수 있는 방법은 바로 자살이었습니다. 그는 관리 페르호친 씨에게 저당 잡힌 권총을 찾으러 달려 나갔습니다. 그는 달려가면서 방금 아버지의 피를 손에 묻히면서 탈취한 돈을 호주머니에서 전부 꺼냈습니다. 맞습니다, 이제 그에게 가장 필요한 것은 돈이었습니다. 카라마조프는 죽는다, 카라마조프는 권총으로 스스로 목숨을 끊는다, 사람들의 뇌리에 남겠지! 분명히 그는 시인이었습니다! 그렇기 때문에 그는 자신의 목숨을 양초에 켠 촛불처럼 태운 것입니다!

'그녀에게 가자, 그녀에게 가자. 거기서, 아, 거기서 온 세상이 깜짝 놀랄 정도로 큰 잔치를 열자. 모든 사람의 뇌리에 남아서 오랫동안 세상의 화제가 될 만한 전대미문의 큰 주연을 베풀자. 거친 고함소리와 미칠 듯한 집시의 노래와 춤 속에서 잔을 들어 내가 숭배하는 여자의 새 행복을 축하하자! 그리고 곧 그 자리에서 여자의 발아래에 엎드려서 그 앞에서 내 머리통을 박살내는 거다, 내 인생에게 사형을 내리는 거다. 그러면 여자도 언젠가는 미차 카라마조프를 추억하며 미차가 자신을 사랑한 걸 깨닫고 불쌍하게 미차를 애도하겠지.'

여기에는 그림 같은 아름다운 풍경, 낭만적인 흥분, 카라마조프 특유의 야성적인 자유로움과 감수성이 넘쳐흐릅니다. 배심원 여러분, 그러나 거기에는 다른 무엇도 있습니다. 영혼 속에서 외치고, 끝없이 마음의 문을 두드리며, 죽도록 가슴을 괴롭히는 그 무언가가 있습니다. 그 무엇은 바로 양심입니다. 배심원 여러분, 그것은 바로 양심의 재판입니다. 그것은 무서울 정도의 양심의 가책입니다!

그러나 권총은 전부 해결할 것입니다. 권총이 유일한 탈출구입니다. 권총 이외에는 구원할 방법이 없습니다. 그 순간 카라마조프가 저 세상에는 뭐가 있을까 하고 생각했는지 또 카라마조프가 햄릿처럼 저 세상에서는 어떻게 되는 걸까 라고 생각했는지 나도 알 수 없습니다.-아니, 배심원 여러분, 저 세상에는 햄릿이 있지만 이 세상에는 당분간 카라마조프가 있을 뿐입니다!"

여기서 이폴리트는 미차가 준비하는 모습이며 페르호친의 집에서 있었던 일, 식료품 가게와 마부들과의 교섭, 이런 광경을 자세히 설명했다. 증인들이 뒷받침한 여러 가지 말과 행동을 그는 인용했다. 그래서 이 묘사는 청중들이 확신하는 데 큰 영향을 주었다. 무엇보다 이렇게 모아진 모든 사실들이 사람들을 움직였다. 미칠 것 같은 혼란에 빠져서 더 이상은 자신의 몸도 지킬 수 없는 이 남자의 유죄는 반박할 수도 없이 뚜렷했다.

"이제 그는 자신을 지키지 않아도 되었습니다." 이폴리트는 말했다. "그는 두세 번 전부 자백할 뻔했던 적이 있었습니다. 거의 자신의 죄를 암시했지만, 전부 다 말하지는 않았습니다. (이 부분에서 증인들의 진술이 인용되었다.) 그는 중간에 마부에게. '이보게, 자네는 지금 살인자를 태운 거야!' 이렇게 소리치기도 했습니다. 그러나 역시 전부 말할 수는 없었습니다. 그는 우선 모크로예 마을에 가서 그 극시(劇詩)를 완성해야 했기 때문입니다.

그런데 무엇이 불행한 미챠를 기다리고 있었을까요? 모크로예에 도착한 그는 몇 분도 되기 전에 알아차렸고 결국 완벽하게 깨달았습니다. '확실하다'고 했던 자신의 경쟁자는 어쩌면 전혀 '확실하다'고 말할 만한 상대가 아닐 수도 있다, 자신이 새로운 행복을 축복하고 축배하는 것을 원하지 않고, 받아들일 마음도 없다는 것 말입니다.

그러나 배심원 여러분, 여러분은 예심에 의해 이미 사실을 아실 것입니다. 경쟁자에 대해서 카라마조프의 승리는 시비할 필요도 없었습니다. 여기서, 아, 여기서 그의 영혼은 전혀 새로운 국면을 맞게 된 것입니다. 그것은 그의 마음이 그때까지 경험했던 것을 비롯해서 앞으로 경험하게 될 전부 중에서 가장 무서운 국면이었습니다. 배심원 여러분, 나는 확신합니다!" 이폴리트는 외쳤다. "상처받은 본성과 죄를 지은 마음은 이 땅의 그 어떤 심판보다 완벽하게 그에게 복수했습니다! 더불어 법정과 이 세상의 형벌은 본성의 형벌을 덜어주며, 이 순간 범죄자의 영혼을 절망의 구렁텅이에서 구해 주는 것이기 때문에 없으면 안 됩니다. 왜냐하면 그녀가 자신을 사랑하고 자신을 위해 분명히 옛 애인을 마다하고 '미차'에게 새 생활을 권유하면서 자신에게 행복을 약속하고 있다는 걸 알았을 때, 카라마조프가 어떤 공포와 정신적 고통을 느꼈을지는 상상도 할 수 없기 때문입니다. 더욱이 그것을 알게 된 때가 언제였습니까? 그때는 그에게 전부 끝을 알리고 전부 불가능하게 되었을 시점이었습니다!

이 부분에서 나는 그 당시 피고가 처한 상태의 진정한 본질을 확인하려고 중요한 사실 한 가지를 지적하고자 합니다. 피고가 사랑하는 여성은, 마지막 순간까지 그가 체포되는 바로 그 순간까지 그에게는 벼랑에 핀 꽃이었고, 몹시 원하면서도 도무지 손에 넣을 수 없는 존재였습니다.

그런데 왜, 왜 그는 그때 자살하지 않았던 것일까요? 그는 왜 결심했던 계획을 포기했을까요? 왜 자신의 권총이 어디에 있는지조차 잊었을까요? 그것은 사랑에 대한 이 무서운 갈망과 그때 바로 그 자리에서 이 갈망이 충족될 수 있을 수도 있다는 희망이 그를 말렸기 때문입니다.

그는 큰 파티에 정신이 흐려지기는 했지만, 자신과 더불어 축배를 드는 애인 옆에 딱 붙어 있었습니다. 어느 때보다 아름답고 매혹적인 그녀의 곁을 떠나고 싶지 않았기 때문입니다. 그녀를 황홀함에 빠져서 바라보고 싶었습니다. 그녀를 앞에 두고 그는 거의 녹

아버릴 것 같았습니다. 이 열정적인 갈망은 한순간, 체포된다는 공포뿐만 아니라 양심의 가책도 압도했습니다! 그러나 그것은 불과 한순간뿐이었습니다.

나는 범인의 그 당시 정신 상태를 상상할 수 있지만, 그의 마음은 세 가지 요소에 압도되어서 노예처럼 완전히 굴복했습니다. 첫 번째 요소는 만취와 혼탁한 공기, 난장판과 춤추는 발소리, 요란한 노랫소리, 그리고 술에 취해서 붉어진 얼굴로 노래하고 춤을 추며 그를 보고 웃어 주는 그 여자였습니다. 두 번째 요소는, 무서운 결말은 아직 멀었다, 적어도 가까이 오지는 않았다. 겨우 내일이나 아침이 되어야 붙잡으러 오겠지, 하고 그를 위로하는 막연한 희망 때문이었습니다. 그리고 아직 몇 시간은 남았다, 그 정도 시간이면 충분하다, 충분하고도 넉넉하다, 몇 시간이 지난 뒤에 천천히 생각해도 늦지 않을 것이다. 그는 이런 생각을 했습니다.

아마도 그는 교수대로 끌려가는 죄인과 마찬가지 기분이었겠지요. 그런 죄인들은 아직도 먼 길을 지나서 몇 천 명이나 되는 구경꾼 앞을 걸어가서 모퉁이를 돌아서 다시 다른 길로 나간다, 그 길 끝에 이르러야 그 무서운 광장이 있다, 이렇게 생각하기 쉽습니다! 사형수는 그 치욕스러운 마차를 타고 행진을 시작할 때, 자신의 앞에는 아직도 끝없는 생명이 있다고 생각할 것입니다. 나는 이런 상상을 합니다.

그러나 마침내 집들은 사라지고 마차는 점점 형장에 가깝게 다가갑니다. 그러나 그는 여전히 놀라지 않습니다. 다음 길까지 돌아가자면 아직도 멀다. 그래서 그는 여전히 늠름한 모습으로 주위를 둘러보며 자신을 보는 수 천 명의 차갑고 호기심에 가득한 군중들을 내려다봅니다. 그리고 자신도 그들과 같은 인간이라고 생각합니다. 마침내 다음 거리로 돌아가는 모퉁이에 도착합니다. 아! 그래도 아직은 걱정하지 않습니다. 아직도 갈 길이 남았습니다. 많은 집들이 아무리 뒤로 사라져도 그는 역시 아직은 집이 남아 있다고 생각합니다. 이렇게 마지막까지 형장에 도착할 때까지 계속합니다.

생각해 보자면 그때 카라마조프는 그런 심정이었을 것입니다. '아직 당국의 손길이 뻗치지는 않았을 거야. 아직 피할 방법은 있을 거야. 뭐, 아직은 변명의 계획을 세울 여유는 있을 거야. 아직도 항변의 방법을 생각해 낼 여유는 있을 거야. 그러니까 지금은, 지금은 여자가 이토록 아름다운데!' 이렇게 생각했겠지요. 물론 그의 마음은 우울하고 공포스러웠을 것입니다. 그러나 그는 그 돈의 절반을 감출 여유는 있었습니다. 그렇지 않으면 방금 아버지의 베개 밑에서 꺼낸 3천 루블의 절반이 어디로 없어졌는지 설명할 수 없습니다. 그가 모크로예에서 처음 온 것이 아니었고, 이미 예전에도 그곳에서 2주일간 지낸 적이 있었기 때문에 이 오래된 큰 목조 집을 곳간에서 복도 구석까지 전부 알고 있었습니다. 내가 상상하기에는 그 돈의 일부를 체포되기 직전에 그 집안의 어느 틈이나 갈라진 곳, 마룻바닥 아래나 또는 다락에 감춘 것 같습니다.

왜냐고요? 뻔합니다. 끝이 곧 다가올 수 있기 때문입니다. 물론 그는 그 끝을 어떻게 맞을 것인지 생각하지 않았고, 또 생각할 여유도 없었습니다. 게다가 머리가 지끈거리고 마음은 계속 그 여자에게 이끌리고 있었습니다. 그러나 돈은, 돈은 어떤 환경에 처해도 필요한 것입니다. 인간은 돈만 있으면 어느 곳에서나 대접을 받습니다.

여러분은 이런 경우 이런 계산을 하는 것이 자연스럽지 않다고 생각하십니까? 그러나 그의 주장을 들으면, 그는 범행을 하기 한 달 전에, 그가 가장 불안해하고 위태로웠던 시기에 3천 루블 중에서 절반을 향주머니에 넣고 꿰맸습니다. 이것은 당연히 사실이 아닙니다. 이에 대해서는 곧 설명하겠지만, 그러나 그렇다고 해도 카라마조프에게 그런 생각은 익숙한 것이고, 늘 마음속으로 생각했던 것입니다. 뿐만 아니라 그 뒤에 그는 예심판사에게 1천 5백 루블을 주머니에(예전부터 그런 것은 존재하지 않았습니다) 넣어 두었다고 했는데, 그것은 그 순간 갑자기 영감이 떠올라서 향주머니를 생각했을 수도 있습니다. 왜냐하면 그 2시간 전에 그는 돈의 절반을 무슨 일이 있을 때 자신이 갖고 있으면 좋지 않다고 하면서 잠시 아침까지 모크로예의 어느 곳에 감추었기 때문입니다.

배심원 여러분, 두 개의 심연을 기억하십시오. 카라마조프는 그 두 개의 심연을 동시에 볼 수 있습니다! 우리는 그 집안을 수색했지만 돈은 발견할 수 없었습니다. 그 돈은 지금도 거기 있는지 알 수 없고, 또 그 다음날 사라져서 지금 피고가 가지고 있을 수도 있습니다.

어쨌든 그는 체포될 때 그 여자와 같이 있었고, 그 앞에 무릎을 꿇고 있었습니다. 여자가 침대에 눕자 그는 두 손을 내밀면서 한순간 전부 잊었고, 심지어 경찰이 곁에 오는 소리도 듣지 못했습니다. 그는 아직 대답할 말을 생각하지 않았습니다. 그도, 그의 머리도 갑자기 붙잡혔습니다.

그래서 그는 재판관 앞에서 자신의 운명을 결정할 사람들 앞에 섰습니다. 배심원 여러분, 우리는 직업상 범죄자 앞에서 거의 공포를 느끼고 그 사람이 무서워질 때가 자주 있습니다. 그것은 그의 동물적인 몸부림을 볼 때입니다. 범죄자는 모든 것이 끝났다고 생각하면서도 여전히 적과 싸우고, 동시에 앞으로도 마지막까지 싸우려고 합니다.

모든 자기 보존의 본능이 동시에 눈을 뜨면, 그는 자신을 지키기 위해서 뭔가 알고 싶은 것처럼 꿰뚫어 보는 것 같은 고통에 찬 눈길로 여러분을 보면서 여러분의 표정과 생각을 읽으려고 합니다. 또, 적이 어느 쪽에서 공격할지 대비하면서 자신의 어지러운 마음속에서 한순간에 수천 가지 방법을 생각합니다. 그러면서도 그것을 감히 입 밖으로 내는 것을 두려워합니다. 잘못 말할까 봐 두려워하는 것입니다! 인간의 영혼을 추락시키는 이 굴욕적인 순간, 영혼의 지옥을 다니며 자신의 구원을 바라는 동물적인 욕망, 이것은 공포입니다. 그것은 때로는 예심판사의 마음에도 죄인에 대한 연민과 전율을 가져옵니다.

실제로 그때 우리는 그것을 목도했습니다. 처음에 그는 어리둥절해했습니다. 그러다가 공포 때문에 자신의 명예를 더럽히는 말을 두세 마디 했습니다. '피다! 결과다!' 이런 말을 하더니 곧 자신을 억눌렀습니다. 무슨 말을 해야 할지, 어떤 대답을 해야 할지, 그에게는 전혀 준비가 되어 있지 않은 상태였습니다.

그냥 '아버지의 죽음에 대해서는 무죄입니다'라는 근거 없는 부정만 준비됐을 뿐, 그것이 당장의 방벽이었고 그 방벽의 저쪽에서 그는 다시 방벽을 쌓으려고 생각했습니다. 처음 자승자박 같은 말을 외치고 난 뒤, 그는 우리의 질문에 앞서 다급하게 이렇게 말을 보탰습니다. 즉, 하인 그리고리의 죽음만 자신이 책임질 것이 있다고 해명한 것입니다. '내가 그의 피를 흘리게 했습니다. 그러나 아버지는 누가 죽였을까요? 여러분, 누가 죽인 걸까요? 만약 내가 아니라면 누가 한 짓일까요?' 이렇게 말입니다.

어떻다고 생각하십니까? 그것과 똑같은 질문을 하러 간 우리에게 반대로 이렇게 물었습니다. 그는 '만약 내가 아니라면'하고 먼저 말했습니다. 이것은 동물적이고도 교활한 지혜라고 할 수 있습니다. 이것은 카라마조프적인 단순함과 다급함입니다! 내가 죽이지 않았다고, 내가 죽였다고 생각하면 가만 두지 않겠다, 그냥 두지 않는다. '나도 죽일 마음은 있었습니다. 여러분, 죽이려고 생각하기는 했습니다' 그는 다급하게 이렇게 털어놓았습니다. 그는 당황했습니다. 그래요, 많이 당황하고 있었습니다!-'그러나 나는 죄가 없습니다. 나는 죽이지 않았습니다!' 그는 한 발자국 양보해서 죽일 마음은 있었다고 말했습니다. 그것은 마침내 나는 이렇게 아주 정직한 인간이니까 범인이 아니라는 것을 믿어 달라는 의미였습니다.

사실 이런 경우에는, 죄인은 가끔 믿지 못할 만큼 경솔해져서 함정에 빠지기 쉽습니다. 그 점을 노려서 예심판사가 자못 예사로운 표정을 지은 채 '그럼 스메르자코프가 죽인 걸까?'하고, 단순한 질문을 했습니다. 그러자 예상한 대로 그는, 우리가 앞질러서 불시에 기습을 했다고 생각하고 화를 냈습니다. 그는 아직 준비가 충분하지 않았고, 또 스메르자코프를 들추기에 가장 좋은 기회도 잡지 못했습니다. 그는 평상시처럼 금방 극단으로 나가서, 스메르자코프는 죽이지 못한다, 그 사람은 살인을 저지를 사람이 아니라고 열심히 항변했습니다.

그러나 그것을 믿으면 안 됩니다. 그것은 그의 교활한 지혜일 뿐입니다. 그는 결코 스메르자코프가 범인이라는 생각을 단념한 것이 아닙니다. 단념은커녕 오히려 반대로 다시 한 번 꺼낼 생각이었습니다. 왜냐하면 스메르자코프 외에는 아무도 끌어들일 사람이 없었기 때문입니다. 그러나 지금은 좋은 기회를 놓쳤으니 다음 기회를 포착해야겠다고 생각했을 것입니다.

그래서 그는 다음날이나 또는 며칠이 지난 뒤에 적당한 기회를 보아서 자신이 '어떤가요? 나는 당신들보다 훨씬 더 강하게 스메르자코프설을 부정했습니다. 그건 기억하실 것입니다. 그러나 이제는 나도 그가 죽였다는 것을 확신합니다. 그가 한 짓입니다. 바로 그가 범인입니다!' 이렇게 외치려고 했던 것입니다. 그러나 얼마간은 우리에게 동의하며 우울하게 화를 내며 부정하지요. 그동안에 불안과 분노를 이길 수 없어서 결국 자신은 아버지의 방 창문을 들여다보기만 하고 가만히 돌아갔다고 하는, 멍청하고 터무니없는 변명을 했습니다.

그는 아직 상황을 파악하지 못했던 것입니다. 정신을 차린 그리고리가 어떤 진술을 했는지 몰랐습니다. 마침내 우리는 몸을 수색했습니다. 그것은 그를 화나게 했지만, 오히려 그에게 힘을 주었습니다. 3천 루블의 돈이 전부 발견되지 않고 겨우 1천 5백 루블만 발견했기 때문입니다. 그리고 당연하게도 화가 나서 입을 다물고 부정을 계속하는 동안에 그는 비로소, 갑자기 그 향주머니에 대한 생각이 머리에 떠올랐던 것입니다. 물론 그는 자신의 허구가 자연스럽지 못하다고 생각해서 고심했습니다. 어떻게 해서라도 더 자연스럽게 보이게 해서 그럴듯한 이야기가 될 수 있도록, 고민을 계속했습니다.

이런 경우에 예심에서 가장 먼저 해야 할 일은, 가장 중요한 과제는 무엇일까요? 그것은 상대에게 준비할 사이를 주지 않고 불리하고, 자연스럽지 못하고, 모순투성이인 말을 하도록 기습하는 일입니다. 예고 없이 그리고 넌지시 무언가 새로운 사실이나 상황을 알려주어서 그에게 은연중에 말하게 하는 것이 중요합니다. 단지 그 사실은 매우 중요한 의미를 지니고 있고 더욱이 그때까지 범인이 전혀 예상하지 못한 뜻밖의 내용이어야 합니다.

그런 사실은 이미 준비되어 있었던 것입니다. 맞습니다, 예전부터 준비되어 있었습니다. 그것은 바로 다시 깨어난 하인 그리고리의 진술이었습니다. 그는 문이 열려 있었고 피고는 거기로 도망쳤다고 주장했는데, 피고는 이 문에 대한 일을 전혀 기억하지 못했습니다. 따라서 그 효과는 매우 컸습니다. 그는 깜짝 놀라면서, 우리를 향해 소리쳤습니다. '스메르자코프가 죽었습니다, 그런 짓을 한 건 스메르자코프입니다!'

이렇게 그는 미리 준비한 가장 소중한 비장의 무기를 꺼냈지만, 그것은 정말 어처구니없는 형태로 나타났습니다. 왜냐하면 스메르자코프는 그가 그리고리를 때려눕히고 달아난 뒤가 아니면 범행을 할 수 없었기 때문입니다.

그래서 우리는 피고에게, 그리고리는 쓰러지기 전에 문이 열려 있는 걸 보았고, 또 그는 자신의 침실에서 나올 때 칸막이 뒤에서 스메르자코프의 신음 소리를 들었다고 말했습니다. 그러자 카라마조프는 어깨가 축 처지더군요. 존경하는 나의 동료로서 뛰어난 두뇌의 소유자인 넬류도프 예심판사가 나중에 나에게 알려준 얘기지만, 그는 그 순간 눈물이 날 정도로 피고가 가련했다고 합니다. 피고가 상황을 만회하려고 존재하지 않는 향주머니 얘기를 급하게 꺼낸 것은 바로 이때였습니다. 이렇게 된 이상 할 수 없네요, 제 이야기를 한번 들어보세요, 하고 말이지요.

배심원 여러분, 이미 얘기했지만, 한 달 전에 돈을 향주머니 안에 넣어서 꿰맸다는 이 꾸며진 이야기는 어처구니없을 뿐만 아니라 도무지 있을 수 없는 속임수입니다. 이처럼 사실이 아닌 설명이나 불합리한 거짓말은 현상금을 걸고 찾아도 찾을 수 없을 것입니다.

이렇게 의기양양해하는 이런 종류의 소설가를 덫에 걸어서 움직이지 못하게 하는 것은 무엇보다 이야기의 자세한 부분입니다. 현실에는 이런 세부사항이 항상 넘쳐나지만 이를 의식하지 못하는 불행한 작자에 의해서 항상 무의미하고 불필요한 하찮은 일로 치부되어서 한 번도 기억나지 않았습니다. 맞습니다. 그들은 그 순간 그런 세부사항을 생각할 여유가 없습니다. 그들의 머리는 그냥 큰 전체를 만들어내는 겁니다. 그래서, 지금 그런 하찮은 질문을 해서 어떡하겠다는 거야? 하며 겨우 코웃음만 치는 거지요.

그러나 바로 그 부분이 함정입니다. 먼저 피고에게 질문합니다. '당신은 그 주머니의 재료를 어디에서 마련했습니까, 누가 꿰맸나요?'

피고는 답변합니다. '내가 꿰맸습니다.'

'그렇다면 천은 어디서 구했나요?'

그러면 피고는 화를 크게 내며, 그런 필요 없는 질문을 하는 것은 자신을 모욕하는 것과 마찬가지라고 말합니다. 그런데 그것이 진심입니다. 진정한 진심입니다! 그러나, 그들은 전부 그런 식입니다.

'내 셔츠를 찢었지요.'

피고가 대답합니다.

'아, 그래요, 그럼 내일 당신이 벗어놓은 옷 중에서 그 찢어진 셔츠가 있는지 찾아봅시다.'

어떠신가요, 배심원 여러분, 만약 실제로 그 셔츠가 나타나면—

만약 그런 셔츠가 실제로 있다면 분명히 피고의 가방이나 일용품 상자 안에 있어야 하니까요-그것은 이미 확실한 사실이 됩니다. 그의 주장을 뒷받침하는 강력한 사실인 것입니다. 그러나 그는 그런 것을 차분하게 생각할 수 없습니다.

'기억이 잘 나지 않지만, 어쩌면 셔츠를 찢은 것이 아니라, 안주인의 모자였을 수도…….'

그는 이렇게 말합니다.

'그 모자는 어떤 모자인가요?'

'내가 안주인의 집에서 집어왔습니다. 안주인 집에서 굴러다니더군요. 낡은 베 조각으로 만든 것입니다.'

'그렇다면 분명히 그렇게 기억하는 것이지요?'

'아니, 분명히 그렇게 기억하는 것은 아닙니다.'

그는 이렇게 말하면서 화를 냅니다. 하지만 생각해 보십시오. 그런 일을 기억하지 않을 이유가 없지 않습니까! 인간에게는 가장 무서운 순간, 예를 들어 처형장에 끌려갈 때 오히려 이런 자잘한 일들이 기억에 남는다고 합니다. 전부 잊어버리고 있던 사람이 중간에 얼핏 눈에 뜨인 초록빛 지붕이나, 십자가에 앉은 까치나, 이런 것들이 오히려 생각이 난다고 합니다. 사실 그는 향주머니를 만들 때 남의 눈을 피해서 만든 것이 분명합니다. 바느질을 하면서, 자신의 방에 누군가 들어오지는 않을지, 누구에게 들키지는 않을지, 그런 두려움 때문에 야비하게 고민한 일을 기억해야 할 것입니다. 작게 문을 두드리는 소리만 들려도 헐레벌떡 칸막이 뒤로 숨었을 것이 확실합니다.—그의 방에는 칸막이가 있으니까요.

그러나 배심원 여러분, 내가 왜 이런 일을, 이런 하찮은 사실을 여러분에게 얘기하는 걸까요?" 이폴리트는 갑자기 외쳤다. "다름이 아니라, 피고가 이 지경에 이르러서까지 이 바보 같은 허구를 완고하게 주장하기 때문입니다! 그에게는 운명적인 그날 밤 이후 꼬박 두 달간, 피고는 아무것도 확실하게 밝히지 못했습니다. 꿈같은 그전의 진술을 뒷받침할 만한 현실적 상황은 전혀 추가하지 못하는 것입니다. 그런 것은 사소합니다, 명예를 걸고 당신들은 내 말을 믿어야 합니다, 그는 이렇게 말합니다!

아, 그것을 믿을 수 있다면 우리도 얼마나 기쁠까요. 명예를 걸고서라도 믿고 싶은 마음이 간절합니다! 사실, 우리는 인간의 피를 원하는 승냥이가 아닙니다. 제발, 피고에게 이익이 될 만한 사실을 한 개라도 좋으니 들어 주십시오. 그렇게 된다면 무척 기쁠 것입니다. 그러나 그것은 오관(五官)으로 느낄 수 있는 현실감 있는 사실이어야 합니다. 친동생이 주장하는 것처럼, 피고의 표정에서 얻은 결론이나, 피고가 어둠 속에서 자신의 가슴을 친 것은 향주머니를 가리킨 것이 분명하다는 식의 주장으로는 어렵습니다. 우리는 새로운 사실을 바랍니다. 그리고 새로운 증거가 나타날 때는 누구보다 먼저 기소를 취소하겠습니다. 곧바로 취소하겠습니다. 그러나 지금은 정의가 외치고 있으므로 우리는 최후까지 종전의 주장을 지켜야 합니다. 결코 물러날 수 없습니다."

이폴리트는 이렇게 말하고 결론을 내렸다. 그는 열병에 걸린 것처럼, 피를 위해, '야비한 약탈을 목적으로' 친자식에게 살해된 아버지의 피를 위해 울부짖었다. 그는 비극적이고 또한 용서할 수 없는 사실의 총체적 의미를 분명하게 지적했다.

"여러분은, 천재로 알려진 피고의 변호인에게서 어떤 말을 들으시더라도(이폴리트는 더 이상 억누를 수 없었다.) 또, 그가 여러분의 마음을 흔드는 감동에 겨운 웅변을 아무리 많이 쏟더라도, 여러분은 지금 우리의 신성한 정의의 법정에 계신다는 것을 기억해야 합니다. 여러분은 우리의 정의의 수호자이고, 우리의 신성한 러시아와 그 기초와 그 가족 제도와 그 거룩한 것의 수호자라는 것을 깊이 기억하셔야 합니다! 그렇습니다, 여러분은 지금 이곳에서 러시아를 대표하고 있으며, 여러분의 판결은 이 법정뿐만 아니라 러시아 전역에 울려 퍼질 것입니다. 그리고 러시아는 자신의 변호인이자 심판관인 여러분의 판결을 듣고, 그로 인해서 격려를 받거나 낙담하기도 할 것입니다.

러시아를 괴롭히면 안 됩니다. 그런 기대를 배신해서는 안 됩니다. 우리의 운명의 트로이카가 전속력으로 질주하는 그 끝에는 어쩌면 파멸이 기다리고 있을 수도 있으니까요. 이미 오래전부터 러시아인들은 두 손을 위로 들고 외치면서, 미친 것처럼 달리는 방약무인한 트로이카의 질주를 막기 위해서 노력해 왔습니다. 설사 다른 국민들이 일단 거침없이 질주하는 그 트로이카에게 길을 비킨다 해도 그것은 그 시인(고골리)이 바란대로 경의를 표하려고 그런 것이 아니라 단순히 공포 때문에 그런 것입니다. 이 점을 특히 명심하시기 바랍니다.

또는 공포 때문이 아니고, 공포에 대한 혐오감 때문일 수도 있습니다. 아직은 그러니까, 사람이 길을 비켜주는 동안은 그래도 괜찮습니다. 그러나 미래에, 갑자기 길을 비켜주는 것을 그만두게 될수도 있습니다. 스스로를 구하기 위해서, 개화와 문명을 위해서, 광포하게 질주하는 환영(幻影) 앞에서 완강한 장벽이 되어서 우뚝서서 그 미친 듯한 방종의 질주를 막으려고 할 수도 있습니다! 유럽에서는 그 불안한 소리가 이미 들려옵니다. 그 소리는 이미 울려퍼지고 있습니다. 여러분, 자식의 친부 살해가 무죄라는 판결을 내리면서 그 소리를 더 도발하고, 점점 커지는 그 증오를 부채질하는 일이 없도록 간절히 바랍니다!"

이폴리트는 한마디로 말해서 무척 흥분 상태였지만 충분히 감동적으로 논고를 마무리 지을 수 있었다. 사실 그가 청중에게 준 감동은 대단했다. 그는 논고가 끝나자 재빨리 법정에서 나갔고 앞서 말했듯이 별실에서 거의 정신을 잃고 쓰러질 지경이었다.

법정에서는 박수 소리가 들리지는 않았지만 진지한 사람들은 전부 감격했다. 단지 부인네들은 별로 만족스러워하지 않았지만 그래도 검사의 웅변에는 전부 감탄했다. 게다가 그들은 논고의 결과는 전혀 두려워하지 않고 단지 페추코비치에게 기대를 전부 걸었으므로 '저 사람이 변론을 시작하면 당연히 확실하게 완벽한 승리일 것이다!'고 안심했다.

사람들은 전부 미차를 바라보았다. 그는 두 주먹을 쥐고 이를 악문 채로 고개를 숙이고 검사의 논고가 끝날 때까지 가만히 입을 다물고 있었다. 그러나 어쩌다가 고개를 들고 열심히 귀를 기울일 때도 있었다. 특히 그루셴카의 이름이 나올 때는 분명히 그렇게 했다. 검사가 그녀에 대해서 라키친의 의견을 전했을 때는 그의 얼굴에 경멸과 분노의 미소가 생겼다. 그는 충분히 들리는 소리로 "베르나르 같은 녀석!"하고 내뱉었다.

검사가 모크로예에서의 심문 때 미차를 괴롭힌 경위에 대해 이야기하자 그는 매우 호기심 가득한 표정으로 열심히 들었다. 논고 중에서 어떤 대목에 이르러서는 펄쩍 뛰면서 무슨 소리를 외치려고 하다가 겨우 자신을 억누르고 단지 경멸하는 것처럼 어깨를 으쓱해 보일 뿐이었다.

이 논고의 끝부분, 특히 검사가 모크로예에서 피고를 심문했을 때의 검사의 공훈은 나중에 이곳 사교계에서 화제가 되었고 이폴리트는 웃음거리가 되고 말았다.

"그 사람 결국 참지 못하고 자기 수완에 대해서 자랑을 하더군."

재판장은 잠시 휴정을 선언했는데 그것도 겨우 15분 내지 20분 뿐이었다. 방청객 사이에서 말소리와 고함소리가 들려왔는데 필자는 대화를 기억한다.

"완벽한 논고네요!"

한 무리 중에서 신사 한 명이 험악한 표정을 지으며 말했다.

"하지만 지나치게 심리 분석에 치우친 것 같습니다."

이렇게 대답하는 소리도 들려왔다.

"하지만, 전부 사실이니까요, 반론할 수 없는 진실입니다!"

"맞아요, 저 사람은 능력있는 수완가예요."

"정말 논리정연하게 정리했더군요."

"우리 생각까지 정리해 주었어요." 다른 목소리가 말했다. "논고의 시작에서 우리도 표도르 카라마조프와 같다고 말했잖아요."

"논고의 마지막에서도 그랬지요. 하지만 그건 거짓입니다."

"그리고 애매모호한 부분도 꽤 있었어요."

"좀 지나치게 열을 내더군요."

"불공평한 것 같아요, 불공평합니다."

"아니에요, 어쨌든 잘했어요. 그 사람은 오랫동안 오늘이 오기를 기다리다가 결국 울분을 토해낸 것이지요."

"변호사는 어떻게 말할까요?"

다른 무리에서는 이런 말들을 나누고 있었다.

"하지만 페테르부르크에서 온 변호사에게 들으라는 듯이 그런 소리를 한 것은 좀 지나쳤어요. '마음을 뒤흔드는' 이런 식으로 이야기한 걸 기억하시오?"

"맞아, 그건 좀 서투르더군."

"너무 성급했어요."

"워낙 예민한 사람이에요."

"우리는 이렇게 웃지만, 피고는 어떤 기분일까요?"

"맞아, 미챠는 어떤 기분일까?"

"그런데, 변호사는 어떻게 말할까?"

또 다른 무리는 이런 말을 나누고 있었다.

"저 끝에 앉은 확대경을 가진 여자는 누구지? 저 뚱뚱한 부인 말이야."

"어떤 장군의 부인인데 이혼했어. 내가 잘 알아."

"확대경을 들고 있는 게 이상하더라니."

"쓰레기 같은 여자야."

"아니야, 제법 매력적인데."

"저 여자 옆에 앉은 두 사람 곁에 있는 여자 말이야. 그쪽이 나은걸."

"그나저나 모크로예에서는 기특하게도 미차의 꼬리를 잡은 거지?"

"기특한지는 몰라도 또 그 얘기를 꺼냈으니 말인데. 검사는 그때도 여러 번 집집마다 찾아다니며 자랑을 했지."

"지금도 말을 안 할 수가 없었어. 정말 자부심이 대단하더군."

"워낙 불행한 사람이거든, 하하!"

"거기다 화도 잘 내. 그 논고는 미사여구가 많고 문장도 지나치게 길었어."

"게다가 위협도 했지. 위협만 했잖아? '저 세상에는 햄릿이 있지만 이 세상에는 당분간 카라마조프가 있을 뿐입니다' 하고 말이야. 진짜 어이가 없었네."

"그런 말은 자유주의자들을 비아냥댄 거야. 무서워하거든!"

"게다가 변호사도 두려워하죠."

"아, 페추코비치 선생은 무슨 말을 할까?"

"무슨 말을 해도 러시아의 농부들에게는 안 통할걸요."

"자네는 그렇게 생각하는가?"

또 다른 쪽에서도 대화가 진행 중이었다.

"하지만 트로이카 얘기는 제법 괜찮았어. 남의 나라 이야기를 한 부분 말이야."

"다른 나라에서 기다리진 않을 거라고 했는데, 그 점은 진짜야."

"그건 무슨 의미지?"

"지난주의 일인데, 영국 의회에서 한 의원이 허무주의자 문제로 우리 러시아인을 야만 국민이라고 불렀을 뿐 아니라, 그자들을 개화시키기 위해 이제 좀 간섭해도 좋은 시기가 되지 않았는지 정부에 질문을 했었어. 이폴리트는 그 의원을 두고 한 말이야. 분명해, 그 의원 얘기야. 지난주에도 그런 말을 했었어."

"하지만, 그건 영국의 도요새들이 감히 할 수 있는 일은 아니네."

"도요새? 어째서 할 수 없지?"

"우리가 크론시타트 항을 폐쇄하면 그들은 굶어죽을 수밖에 없어, 도대체 어디서 곡물을 구할 수 있겠어?"

"미국이지. 요즘에는 미국에서 수입하지 않은가."

"정말?"

이때 벨이 울려서 전부 서둘러서 자신의 자리로 돌아갔다. 페추코비치가 나타났다.

10. 변호사의 변론, 양날의 검

이름이 널리 알려진 변호사의 첫마디가 울리자 장내는 물을 끼얹은 것처럼 조용해졌다. 방청객의 시선이 전부 그에게 몰렸다. 그는 매우 진솔하고 확신에 찬 어조로 간단명료하게 변론을 시작했으며 전혀 오만한 구석이 없었다. 말을 꾸미려고 노력하지 않았고 비통한 말투나 감정에 호소하는 문구도 쓰지 않았으며, 마치 서로 공감하는 친밀한 사람들끼리 이야기를 나누는 것 같은 말투였다.

그의 목소리는 아름답고 탄력 있었으며 정감이 깃들어 있었다. 그 목소리 자체에서 이미 성실함과 진솔함을 알 수 있었다. 그러나 곧 이 웅변가가 갑자기 비장한 심경으로 뛰어넘어서 '알 수 없는 신비한 힘으로 사람들을 감동시킨다'는 것을 모두 깨닫게 되었다.

그가 하는 말은 이폴리트처럼 논리적이지는 않았지만 필요 없이 장황하지 않았고 오히려 정확했다. 단지 부인들의 마음에 들지 않는 한 가지는 변호사가, 변론하는 동안 기묘하게 등을 구부리고 있다는 것이었다. 절을 하는 것도 아니고, 마치 방청객들을 향해 그대로 날기라도 할 듯한 자세로 그 긴 등을 중간 정도에서 구부렸는데, 가느다란 등 한가운데에 손잡이라도 달려서 그것 때문에 직각으로 구부러진 것처럼 느껴졌다.

그는 처음에는 산만한 말투로 사실을 마구잡이로 끌어와 체계 없이 말하는 듯 했지만 끝부분에 이르러서는 훌륭하게 마무리하곤 했다.

그의 변론은 크게 둘로 나눌 수 있었다. 전반은 비판이자 검사의 논고에 대한 반박이었기 때문에 때로는 짓궂기도 했고 신랄한 부분도 있었다. 그러나 후반에 접어들면서 별안간 논조와 전력이 변하더니 한순간에 감동적으로 고조시켰다. 법정에 가득 찬 사람들은 그것을 기다렸다는 듯이 감격해서 소란스러워졌다.

변호사는 이내 문제의 핵심에 돌입했다. 먼저 자신의 활동 무대는 페테르부르크지만 피고를 변호하기 위해서 러시아의 각 도시를 찾아다닌 것은 이것이 처음이 아니라고 말하고, 자신이 변호의 수고를 아끼지 않는 피고들은 전부 죄 없는 사람들이라고 확신하거나 미리 그렇게 예감했거나 둘 중의 하나였다고 설명했다.

"이번 사건도 그러합니다. 처음 신문 기사를 읽을 때부터 나는 피고에게 매우 유리한 무언가를 느낄 수 있어서 마음이 강하게 끌렸습니다. 한마디로 말해서 나는 무엇보다도 어떤 법률상의 사실이 흥미로웠습니다. 그런 사실은 보통 재판 사건에서 흔하게 볼 수 있지만, 이번 사건만큼 완전한 형태와 지극히 개인적인 특징을 가진 예는 드물다고 생각합니다. 이런 사실은 변론의 끝에 가서 공표해야 할 성질이지만, 처음부터 말씀드리겠습니다. 왜냐하면, 나는 효과를 숨기거나 인상을 적당히 손질하지 않고 바로 본론으로 들어가는 결점을 가지고 있기 때문입니다. 이것은 내 입장에서는 무모할 수 있지만, 그 대신 성실한 태도를 가졌다고 생각합니다.

나의 생각과 결론은 이러합니다. 즉 피고를 불리하게 만드는 사실이 압도적으로 쌓여 있지만, 동시에 그 사실을 하나씩 관찰하면 비판할 만한 것은 전혀 없다는 것입니다!

세상의 소문을 듣고 신문의 보도를 보면서 나의 이런 신념은 점점 더 확고해졌습니다. 마침 그때 뜻밖에도 피고의 친척에게서 변호해 달라는 부탁을 받았습니다. 그래서 나는 빨리 이곳에 달려와서 그 신념을 더욱 굳건하게 할 수 있었습니다. 내가 이 사건의 변호를 맡은 것은 이 무서운 사실의 누적을 깨뜨리기 위해서입니다. 다시 말하면, 기소의 이유가 된 사실들이 전부 증거가 충분하지 않고 동시에 허풍일 뿐이라는 걸 입증하기 위해서입니다."

이렇게 말한 변호사는 별안간 목소리를 높였다.

"배심원 여러분, 나는 처음으로 이곳에 왔습니다. 따라서 내가 느낀 인상에는 어떤 선입견도 없습니다. 피고는 거칠고 건방진 성격을 가진 사람인 것 같은데, 나는 지금까지 그에게서 한 번도 모욕을 받은 일이 없습니다. 그런데 이 도시의 많은 사람들은 전에 그에게서 모욕을 당한 적이 있어서 처음부터 피고에게 악감정을 품었던 것입니다. 물론 이곳 사람들의 도덕적 감정이 분개한 것도 당연하다는 것을 나도 잘 압니다. 피고는 난폭하고 거리낌이 없는 사람이었으니까요.

그러나 피고가 이곳의 사교계에서 받아들여졌던 것도 사실입니다. 뛰어난 재능을 가지신 검사의 가정에서도 환영을 받았을 정도였습니다. (변호사가 이렇게 말하자 청중 사이의 두세 곳에서 웃음소리가 들렸다. 그 소리는 금세 사라졌으나 그래도 사람들의 귀에 들렸다. 이곳 사람들은 그 사정을 알았지만, 검사는 어쩔 수 없이 미차를 받아들였던 것이다. 그것은 검사의 부인이 왠지 그에게 관심이 있었기 때문이다. 부인은 매우 높은 식견을 지닌 훌륭한 여성이었지만 공상에 잘 빠지고 고집이 센 편이어서 때로는 주로 사소한 일로 남편에게 대들기도 했다. 실상은 미차가 그렇게 방문을 자주 하지도 않았다.) 그러나 그럼에도 불구하고 나는 감히 이렇게 가정하려고 합니다. 저의 논적인 검사께서는 독립적인 지성과 공명정대한 성격을 지니셨음에도 우리의 불행한 피고에 대해서 무언가 그릇된 선입견을 가지고 계실 수도 있습니다. 물론 그것은 있을 법한 일입니다. 불쌍한 피고는 그러고도 남을 만한 짓을 저질렀습니다. 사람은 도덕적 감정, 특히 미적 감정(美的感情)에 상처를 받으면 때로는 어떤 타협도 용서하지 않는 경우가 있습니다. 물론 우리는 그 환하게 빛나는 논고를 통해서 피고의 성격과 행위에 대해서 예리한 분석을 들었고 사건에 대해서 엄격한 비판의 태도를 보았습니다. 특히 사건의 진상을 설명하려고 펼친 깊은 심리 분석은 만약 존경하는 논적이 피고의 인격에 대해서 조금이라도 악의적이고 의식적인 편견을 갖고 계셨다면 도무지 불가능하다고 할 정도로 깊은 통찰로 가득했습니다.

그러나 이런 경우 사건에 대해서 매우 의식적인 악의를 가진 태도보다 더욱 나쁘고 치명적인 것이 있습니다. 그것은 일종의 예술적, 유희적 본능에 빠졌을 경우입니다. 특히 심리적 통찰력은 풍부하게 타고난 경우 더욱 심각합니다. 나는 페테르부르크에 있었을 때 이곳으로 출발하기 전에 이미 충고를 받았습니다. 아니, 나 스스로 누구의 주의를 받지 않았더라도 이곳에서 나의 반대 측에 서는 사람이 깊고 꼼꼼한 심리 분석의 명수이며, 일찍이 아직 젊은 우리 법조계에 일종의 특별한 명성을 가진 분이라는 것을 알았습니다.

그러나 여러분, 심리학은 심오한 학문이면서 양쪽에 날이 있는 도끼와도 같습니다. (이 순간 청중 속에서 웃음소리가 들렸다.) 물론 여러분은 이 판에 박힌 비유를 너그럽게 생각해 주실 거라고 생각합니다. 나는 그리 웅변에 재주가 없는 편입니다. 그러나 지금 검사의 논고 중에서 우선 한 가지 예를 들어보겠습니다.

피고는 한밤중에 어두운 정원을 달려 나가서 담을 넘으려고 하다가 자기 발을 붙잡고 매달리는 하인을 절굿공이로 때리고는 자신도 다시 뛰어내려 5분 정도 피해자 곁에서 그를 보살폈습니다. 그것은 그가 죽었는지 살았는지 확인하기 위한 것이었습니다. 그런데 검사는, 피고가 그리고리 노인 옆에 뛰어내린 것은 가련한 생각이 들어서였다는 피고의 진술을 믿으려고 하지도 않습니다.

'아니, 그 순간에 그런 감정이 생길 수 있을까? 그건 자연스럽지 않다. 그가 뛰어내린 것은 자신의 범행에서 유일한 증인이 살아 있는지 죽었는지 확인하려고 그런 것이다. 따라서 이것은 피고가 이미 범행을 저지른 것을 입증하는 것이다. 이런 경우에는 어떤 다른 동기, 다른 충동, 다른 감정이 있을 수 없다.'

이렇게 검사는 말했습니다. 과연 이것은 심리학적인 설명에 따른 것입니다.

그러면 지금 그 심리 분석을 사실과 한번 대조해 보기로 합시다. 단, 다른 측면에서 보는 것입니다. 그러면 역시 검사의 주장과 다르지 않게 그럴듯하게 들릴 것입니다. 범인이 아래로 뛰어내린 것은 증인이 살아 있는지 죽었는지 확인하기 위한 경계심 때문이었다고 가정해 보기로 합시다. 그런데 검사 자신이 목격한 것에 의하면 피고는 자신의 손으로 죽인 아버지의 서재에 이 범죄를 입증하는 가능성이 많은 증거물, 즉 3천 루블이 들어 있는 겉봉에 써놓은 봉투를 찢어서 버리고 오지 않았습니까? '만약 그가 그 봉투만 가져갔다면 이 세상의 누구도 그런 봉투가 있었다는 것을 모르고, 그 안에 돈이 들어 있었다는 것도 몰랐을 것이다. 따라서 그 돈을 도둑맞은 것도 전혀 알려지지 않았을 것이다.' 이것은 검사 스스로 한 말입니다.

이렇게 본다면, 어떤 경우에서 피고는 전혀 경계심이 없이 당황해서 앞뒤를 잊고 방바닥에 증거물을 남긴 채 달아나면서, 2분 뒤에는 또 한 사람을 때려죽였다는 갑작스런 냉혹하고 타산적인 계산을 나타낸 것입니다.

그러나 그것도 그렇다고 합시다. 그것이야말로 심리학의 미묘한 영역이니까요. 그런 상황이 되면 인간은 누구든지 카프카스의 독수리처럼 잔인하고 예민해지는가 하면, 다음 순간에는 곧 불쌍한 두더지처럼 눈먼 겁쟁이가 되기도 합니다. 그러나 만약 그가 범행을 저지르고 그 범행을 목격한 자의 생사를 확인하려고 뛰어내릴 정도로 잔혹하고 계산적인 사람이라면, 왜 새 희생자를 상대로 5분이나 허비해서 다시 새로운 증인을 만드는 위험을 불사했을까요? 왜 그는 피해자의 머리에서 흐르는 피를 손수건으로 닦아서 그 손수건이 증거로 남는 짓을 했을까요?

그가 그렇게 계산적이고 잔인한 사람이라면, 오히려 담에서 뛰어내렸을 때 쓰러진 하인의 머리를 다시 한 번 그 절굿공이로 때려서 숨을 끊어지게 해서 목격자를 제거하고 자신의 마음에서 불안을 전부 없앴어야 하지 않을까요? 그리고 또, 그는 범행 목격자의 죽음을 확인하려고 정원에서 뛰어내리면서 그 자리에 또 다른 증거품, 즉 그 절굿공이를 남겼습니다.

그 절굿공이는 두 여자에게서 들고 온 것이라서 그들은 뒷날 그것을 자기들 것이라고 진술하여 피고가 그것을 자기들의 집에서 가져갔다는 사실을 증언할 수 있었습니다. 더욱이 피고는 그 절굿공이를 길에 두고 잊어버렸거나 방심한 상태에서 떨어뜨리지도 않았습니다. 왜냐하면 그것은 그리고리가 쓰러진 곳에서 열다섯 걸음이나 떨어진 곳에서 발견되었기 때문입니다. 도대체 무엇 때문에 그런 짓을 했을지 하는 의문이 자연스럽게 생깁니다. 그 이유는 바로 이렇습니다. 그는 한 인간을, 오랜 세월 동안 부리던 하인을 죽인 것을 슬퍼하며 저주의 말과 함께 그 흉기를 멀리 던져 버린 것입니다. 그렇지 않다면 그렇게 힘껏 던질 이유가 어디 있을까요? 또, 만약 그가 한 인간을 죽인 것에 대해서 고통과 연민을 느낄 수 있었다고 한다면, 그것은 물론 자신의 아버지를 죽이지 않았기 때문입니다. 만약 이미 자신의 아버지를 죽인 뒤였다면 제2의 피해자에게 연민을 느끼고 다시 뛰어내릴 이유가 없습니다. 그때는 이미 다른 감정이 생기는 것이 당연합니다. 타인에 대한 연민은커녕 자신부터 구해야 한다는 감정이 생겨야 합니다. 그건 당연히 그렇게 되어야 하는 것입니다. 반복하지만, 그는 5분간 그런 식으로 시간을 낭비하는 대신에 한 번에 피해자의 두개골을 때렸을 것입니다. 그런데 연민의 감정이나 선한 감정이 일어날 여지가 있었던 것은 그전에 양심에 부끄럽지 않았기 때문입니다.

이렇게 본다면 지금 제가 말한 것은 완전히 다른 심리학입니다. 배심원 여러분, 지금 내가 일부러 심리 분석을 한 것은, 인간의 심리는 마음대로 자유롭게 해석할 수도 있음을 알기 쉽게 보여드리기 위해서입니다. 문제는 심리학을 누가, 어떻게 이용하느냐에 따라 다르다는 것입니다. 심리학은 가장 성실한 사람들도 무의식적으로 소설가로 만들 수 있습니다. 배심원 여러분, 나는 심리 분석의 남용과 악용을 감히 경고 드리겠습니다."

이 부분에서 다시 청중들 속에서 동의를 드러내는 웃음소리가 들렸다. 그것은 전부 검사를 향한 웃음이었다. 필자는 변호사의 변론을 처음부터 끝까지 소개하는 대신에 그중에서 가장 중요한 부분만 요약해서 소개하겠다.

11. 돈은 없었다, 강도 행위도 없었다

변호사의 변론 중에서 모든 사람들을 깜짝 놀라게 한 것은 그 불길한 돈 3천 루블은 처음부터 없었으며 그렇기 때문에 피고가 그 돈을 뺏을 수도 없었다는 주장이었다.

변호사는 변론을 진행했다.

"배심원 여러분. 다른 지방에서 이곳에 온, 어떤 선입견도 없는 사람들은 이 사건에서 어떤 특징을 발견하고 경이로움을 느낍니다. 그것은 피고의 강도죄를 추궁하면서, 도대체 무엇을 뺏겼는지에 대한 의문은 사실상의 증거를 전혀 제시하지 못한다는 것입니다. 3천 루블이 강탈당했다고 했습니다. 그러나 그 돈이 실제로 있었는지에 대해서는 아무도 모릅니다.

생각해 보시기 바랍니다. 첫째, 어떻게 우리가 돈이 있었다는 것을 알게 되었습니까? 그리고 누가 그것을 보았습니까? 지금까지 그 돈을 자신의 눈으로 보고, 서명된 봉투에 들어 있었다고 말한 것은 스메르자코프 단 한 명뿐입니다. 그는 사건이 발생하기 전에 피고와 피고의 동생 이반 카라마조프 씨에게 그 얘기를 했습니다. 그리고 스베틀로바 양도 그것을 들어서 알았습니다. 그러나 세 사람이 다 자신의 눈으로 그 돈을 본 것은 아닙니다. 본 것도 역시 스메르자코프 단 한 명입니다.

그런데, 이 부분에 의문이 한 가지 생깁니다. 말하자면 설령 그 돈이 정말로 있었고 그것을 스메르자코프가 보았다고 해도 그가 마지막으로 본 것이 언제인지 하는 것입니다. 만약 주인이 그 돈을 베개 밑에서 꺼내서 스메르자코프 몰래 다시 문갑 안에 넣었으면 어떻게 되는 것입니까?

스메르자코프의 말에 따르면 그 돈은 이불 밑, 즉 베개 밑에 있었다고 합니다. 그렇다면 피고는 그 돈을 베개 밑에서 꺼냈어야 합니다. 그런데 이불은 조금도 흐트러지지 않았습니다. 이것은 예심 조서에 자세히 기록되어 있습니다. 피고는 어떻게 이불에 아무런 흔적을 남기지 않았을까요? 뿐만 아니라 그날 밤 특별히 깔아둔 눈처럼 희고 화사한 시트를 어떻게 피가 범벅이 된 손으로 더럽히지 않았던 것일까요?

그래도 방바닥에 봉투가 떨어져 있었던 건 맞지 않느냐고 말할 수 있습니다. 이 봉투에 대해서도 말할 가치가 있습니다. 나는 조금 전에 재능있는 검사가 자신의 입으로, 여러분도 기억하시겠지만, 자신의 입으로 이 봉투에 대해서 하신 말에 크게 놀랐습니다. 여러분도 들으셨겠지만 검사는 그 논고에서, 스메르자코프가 범인이라는 가정의 부조리를 설명하려고 봉투 문제를 인용해서 '만약 이 봉투가 없었다면, 이 봉투를 강탈자가 가지고 도망쳐서 증거물을 방바닥에 남기지 않았다면, 그 봉투가 있었다는 것도 또한 그 안에 돈이 있었다는 것도 아무도 몰랐을 것이고, 따라서 그 돈을 피고가 빼앗았다는 것도 몰랐을 것'이라고 말씀하셨습니다. 그러니까 검사는, 단지 겉봉에 글을 쓴 이 찢어진 종잇조각 한 장이 피고의 강도 짓을 증명하는 것이며 '그것만 없었다면 아무도 강도 행위가 있었다는 것은 물론이고 돈이 있었다는 것도 몰랐을 것'이라고 인정한 것입니다.

그러나 방바닥에 이 종잇조각이 떨어져 있었다는 사실이, 과연 그 봉투에 돈이 있었다는 것과 그 돈을 빼앗겼다는 것을 입증할 수 있을까요? '그러나 봉투에 돈이 있었다는 건 실제로 스메르자코프가 본 것 아니냐'고 대답하실 수도 있습니다. 그렇다면, 그가 그 돈을 마지막으로 언제 보았을까요? 도대체 언제 봤을까요? 지금 나는 바로 그 점에 대해 묻는 것입니다. 나는 스메르자코프를 만났는데, 그는 그 돈을 범행이 발생하기 이틀 전에 보았다고 했습니다! 그렇다면, 이렇게 가정할 수 있습니다. 말하자면, 표도르 노인은 혼자 집에 틀어박혀서 애인이 오기를 애타는 심정으로 기다리다가 무료한 나머지 갑자기 봉투를 꺼내서 개봉해 버리자고 생각한 거지요. '봉투만 보아서는 믿지 않을 수 있다. 무지갯빛 지폐

30장이 더욱 효과가 있을 것이다. 분명히 군침을 흘릴 것이다.' 이렇게 생각하고 봉투를 찢고 돈을 꺼내지 않았을까요? 주인의 손이 보란 듯이 봉투를 방바닥에 버린 것입니다. 그게 무슨 증거가 되지 않을지 걱정할 필요는 당연히 없습니다.

배심원 여러분, 어떻습니까? 이런 가정, 이런 사실은 매우 있을 법한 일이 아닌가요? 이것이 왜 불가능하다고 생각하십니까? 만약 이와 비슷한 일이 있다면 강도죄는 자연스럽게 사라질 것입니다. 돈이 없는데 어떻게 뺏는단 말입니까? 만약 봉투가 방바닥에 떨어져 있었다는 것이 그 안에 돈이 들어 있었다는 증거가 된다면, 그와 반대로 봉투가 방바닥에 떨어져 있었다는 것은 이미 그 안에 돈이 없었다는 것이다, 즉 주인이 그 전에 이미 돈을 꺼냈기 때문이다, 이렇게 주장하지 못할 이유가 없지 않습니까?

'그렇다고 해도 만약 표도르 카라마조프 자신이 봉투에서 돈을 꺼냈다면 그 돈은 도대체 어디 있을까? 어디 두었기에 집을 수색해도 결국 못 찾았을까?' 이런 반박을 하실 수 있는데, 첫째, 그의 문갑에서 일부의 돈이 발견되었습니다. 둘째, 표도르는 이미 그날 아침이나 그전날 밤에 돈을 꺼내서 다른 용도로 쓰거나 지불을 하거나 어딘가에 부쳤을 수 있습니다. 그리고 마지막으로 자신의 생각이나 행동 계획을 완전히 바꾸고, 게다가 그것을 스메르자코프에게 알릴 필요가 전혀 없다고 생각했을 수도 있습니다. 만약 이런 가정이 설령 가능성만으로도 성립될 수 있다면, 어떻게 그렇게 집요하게, 그토록 단정적으로 피고를 규탄하겠습니까? 그가 갑자기 강도질을 할 목적으로 아버지를 죽였다거나, 실제로 강도 짓을 했다는 말을 어떻게 할 수 있을까요?

이것은 이미 창작에 속하는 범주입니다. 만약 무엇을 잃어버렸다는 것을 증명하기 위해서는, 그 도둑맞은 것을 보여주거나 그렇지 않으면 적어도 그것이 존재했다는 분명한 증거를 제시할 수 있어야 합니다. 그런데 그런 것을 본 사람이 아무도 없습니다.

얼마 전에 페테르부르크에서 이런 사건이 생겼습니다. 고작 열여덟 살 먹은, 아직 어린애에 불과한 젊고 가난한 행상꾼이 대낮에 도끼를 들고 환전상(換錢商)에 뛰어들어서 매우 전형적이고 잔혹한 방법으로 주인을 살해하고 1천 5백 루블을 가지고 도망쳤습니다.

그는 5시간 뒤에 붙잡혔는데, 단지 15루블만 썼고, 거의 전액에 가까운 나머지 돈은 고스란히 보관하고 있었습니다. 게다가 범행을 저지른 뒤에 가게로 돌아온 점원은 단순히 돈을 도둑맞은 것뿐만 아니라 도둑맞은 돈이 어떤 돈인지도, 즉 무지갯빛 지폐가 몇 장, 푸른색이 몇 장, 빨간색이 몇 장, 금화가 몇 개라는 것까지 자세하게 경찰에 신고했습니다. 과연 붙잡힌 범인은 신고한 대로 같은 지폐와 금화를 가지고 있었습니다. 더욱이 범인은 자신이 사람을 죽이고 돈을 강탈했다는 것을 정직하게 솔직하게 자백했습니다.

배심원 여러분, 내가 증거라고 할 수 있는 것은 이런 것입니다! 그렇게 되면 나는 그 돈을 눈으로 보고 손으로 만져보아서 알 수 있어서 그 돈이 없으면 말도 할 수 없습니다. 그렇다면, 이번 경우는 어떻습니까? 게다가 이 일은 인간의 생사가 달린 문제입니다.

인간의 운명이 좌우되는 문제입니다.

'그럴 수도 있지만, 그는 그날 밤 유흥에 돈을 탕진했다. 게다가 1천 5백 루블을 가지고 있었다. 도대체 이 돈은 어디서 구한 걸까?' 이렇게 생각하실 수도 있습니다. 그러나 1천 5백 루블만 발견되고 나머지는 아무리 찾아도 발견할 수 없었다는 것은 그 돈이 전혀 별개의 돈이었다는 것, 봉투에도 어디에도 들어간 적이 없는 돈이었다는 것을 입증하는 것이 아니고 무엇입니까?

시간적으로(그것도 매우 엄격하게) 계산해 보아도, 피고는 하녀들이 있는 곳에서 곧바로 관리 페르호친 씨의 집으로 뛰어갔고, 중간에 자신의 집이나 그 어디에도 들르지 않았으며 그 뒤에도 계속 사람들과 함께 있었다는 것은 예심에서도 확인되고 또 증명된 것입니다. 그렇다면, 피고가 3천 루블 중에서 절반을 따로 떼어서 시내 어디에 감추는 것은 불가능합니다. 이것이 즉 검사에게 돈의 절반을 모크로예 마을에서 어딘가의 벽 틈 사이에라도 감추었겠지 하는 가정의 바탕이 된 것입니다. 그렇다면 차라리 래드클리프의 괴기 소설에 나오는 우돌포 성(城)의 지하실에 숨겼다고 말하는 편이 낫지 않을까요, 여러분? 그런 억측은 현실과 지나치게 떨어져 있고 지나치게 소설적입니다. 그래서 이 오직 한 개의 가정, 모크로예에 숨겼다는 가정만 사라지면 강도죄는 순식간에 사라집니다.

왜냐하면 그렇게 되면 1천 5백 루블이 어디로 갔는지 알 수 없기 때문입니다. 만약 피고가 어디에도 들르지 않았다는 것이 증명된다면 대체 그 돈은 어떤 기적으로 사라진 것일까요? 더욱이 우리는 그런 판에 박힌 소설로 한 인간의 인생을 파괴시키려고 하지 않습니까!

'그렇다고 해도 그는 자신이 가진 1천 5백 루블의 출처를 충분히 설명하지 못했다, 게다가 그날 밤까지 그가 돈이 없었다는 것은 전부 다 아는 일이다.'라고 여러분은 말하실 수도 있습니다. 그러나 대체 누가 그것을 알고 있었다는 것입니까? 피고는 돈의 출처에 대해 명료하고 분명하게 진술했습니다.

배심원 여러분, 만약 여러분이 내 의견을 듣겠다고 하시면 말씀드리겠습니다만, 이 이상 정확한 진술은 없었고, 또 있을 이유도 없습니다. 뿐만 아니라 그 진술은 피고의 성격과 정신과 가장 잘 일치합니다. 그런데 검사는 자작 소설이 더 마음에 드신 것입니다. 피고는 의지가 약해서 약혼자가 주는 3천 루블을 염치도 없이 받는 사람이니까, 그 절반을 향주머니 안에 넣어서 꿰맬 이유도 없다, 또 설령 그랬다고 해도 이틀 만에 한 번씩 향주머니를 풀어서 100루블씩 꺼내어 한 달 만에 전부 쓴 것이 분명하다고 검사는 말했습니다. 더욱이 이 주장은 어떤 반박도 허용하지 않는 완고한 어조로 진행되었습니다. 그러나 만약 사건의 진상이 전혀 그와 반대여서, 다시 말해서 검사가 창작한 소설과 전혀 달라서, 거기에 완전히 다른 인물이 존재한다면 어떻게 되는 것일까요? 문제는 바로 검사가 전혀 다른 인물을 만들어 냈다는 것입니다!

혹시 여러분은 이렇게 반박할 수도 있습니다. '피고가 범행이 일어나기 한 달 전, 카체리나 베르호프체바 양에게서 받은 3천 루블을 모크로예 마을에서 한번에, 하룻밤 사이에 1코페이카도 안 남기고 모두 써버린 것에 대해서 확실한 증인이 있다. 그렇다면 피고가 절반을 따로 남겨둘 수 없지 않은가' 그런데 그 증인은 어떤 사람들인가? 그 증인들이 어느 정도 정확한지는 이미 이 법정에서 밝혀지지 않았습니까? 더욱이 남이 들고 있는 빵은 항상 크게 보이는 법이지요.

게다가 그 증인들 중에서 돈을 센 사람은 아무도 없습니다. 단지 자신의 눈으로 대충 판단한 것뿐입니다. 사실 막시모프 같은 증인은 피고가 2만 루블을 가지고 있었다고 말했잖습니까? 배심원 여러분, 심리분석은 양날의 검과 같습니다. 그러므로 그 반대쪽 날을 대면 어떤 결론을 얻을 수 있는지 살펴보려고 합니다.

이 비극적인 사건이 일어나기 한 달 전에 피고는 카체리나 이바노브나에게서 3천 루블을 송금해 달라는 부탁을 받았습니다. 그런데, 과연 그 여자는 그 돈을 아까 말한 대로 모욕과 경멸이 섞인 마음으로 부탁했을까요? 그 점이 문제입니다. 이 문제에 대해서 그 여자의 처음 증언은 그렇지 않았습니다. 완전히 달랐습니다. 두 번째 증언 때 우리는 처음으로 증오와 복수의 울부짖음을 들었습니다. 오랫동안 간직했던 증오의 외침을 들었습니다. 그런데 증인이 처음에 불확실한 증언을 했다면 두 번째 증언도 역시 불확실한 것일 수도 있다는 결론에 도달하게 됩니다. 검사는 두 사람의 로맨스에 대해 언급하는 것을 '원하지 않는다, 감히 원하지 않는다'고 말했습니다. 그래도 좋습니다. 나도 그 문제에 대해서는 언급하지 않겠습니다.

그러나 다음의 한 가지는 인정해야 합니다. 즉, 우리의 결백하고 도덕심이 강하며 존경할 만한 카체리나 베르호프체바 양이 분명하게 피고를 파멸시키려고 법정에서의 첫 증언을 가볍게 뒤집었습니다. 그렇다면 그 바뀐 증언은 공평하고 냉정한 것이 아니라는 점은 확실하다는 것입니다. 여러분, 복수심에 휩싸인 여자는 대부분 과장하기 마련이라고 판단할 권리가 우리에게 없다고 하시지는 않으시겠지요?

맞습니다, 분명히 그 여자는 돈을 주었을 때 가졌던 굴욕과 모멸을 과장하고 있습니다. 사실 여자는 그 돈을 받을 수 있는, 특히 피고 같은 경박한 인간이 쉽게 받을 수 있는 그런 태도로 돈을 준 것이 확실합니다. 피고는 무엇보다도 그때 계산상 자신의 소유가 될 3천 루블을 곧 아버지에게서 받을 수 있을 것이라고 기대에 차 있었습니다. 그것은 정말 경솔한 판단이었습니다. 그러나 그 경솔함 때문에 피고는 아버지가 꼭 3천 루블을 자신에게 줄 것이다, 그 돈을 받으면 부탁받은 돈은 언제라도 보내줄 수 있으며 부채도 깨끗하게 정리할 수 있을 것이라고 믿었던 것입니다.

그런데 검사는 피고가 그날 받은 돈을 나누어서 절반을 주머니 안에 넣고 꿰맸다는 말을 전혀 인정하지 않았습니다. '그것은 피고의 성격과 맞지 않다. 피고가 그런 감정을 가졌을 리가 없다'고 검사는 말했습니다. 그런데 당신은 카라마조프의 성격은 크고 넓다고 외치지 않았습니까? 당신은, 카라마조프는 두 개의 심연을 동시에 본다고 하지 않았습니까?

정말 카라마조프는 두 개의 측면과 두 개의 심연을 가진 천성입니다. 그래서 호화스럽게 놀고 돈을 여기저기 뿌리고 싶은 제어할 수 없는 욕구를 느끼면서도 만약 다른 측면에서 다른 것에 자극을 받으면 곧 그만둘 수 있는 것입니다.

다른 측면은 즉 사랑입니다. 바로 그 순간 화약처럼 불타오른 사랑입니다. 그런데 그 사랑을 위해서는 돈이 절실했습니다. 애인과의 유흥에 필요한 것보다 훨씬 더 필요했습니다. 만약 그 여자가 '나는 당신의 것이에요, 당신 아버지는 싫어요' 이렇게 말하면 그는 여자와 함께 도망가야 합니다. 그러기 위해서는 여러 가지 비용이 수반됩니다. 이것이 유흥보다 훨씬 더 중요한 문제였습니다. 카라마조프가 이것을 모를 이유가 없지 않습니까?

그렇습니다. 그를 괴롭힌 것은 바로 그 걱정이었습니다. 그는 매우 걱정스러워했습니다. 그가 돈을 반으로 나누어서 만약의 경우를 대비해서 반을 감춘 것이 왜 믿을 수 없는 이야기입니까?

그런데, 시간은 점점 흘러가는데 표도르 파블로비치는 피고에게 3천 루블을 주지 않았을 뿐만 아니라 반대로 그의 애인을 유혹하기 위해서 그 돈을 준비했다는 소문까지 들렸습니다. '만약 아버지가 그 돈을 주지 않으면 나는 카체리나에게 도둑이 된다'고 그는 생각했습니다.

그래서 항상 향주머니에 넣고 다니는 1천 5백 루블을 카체리나 앞에 내놓고 '나는 야비한 사나이일 수는 있지만 도둑은 아니다'

선언하고 싶었던 것입니다. 이런 이유로 피고는 1천 5백 루블을 소중하게 간직하면서 결코 주머니를 열지도 않았고 또 100루블씩 꺼내지도 않았다는 사실에 대해서 이중의 이유가 성립됩니다. 검사는 왜 피고에게도 명예심이 있다는 걸 부정하십니까?

맞습니다. 그는 명예를 중요시합니다. 어쩌면 그것은 잘못된 방향에서 비롯된 명예심일 수도 있습니다. 그러나 어쨌든 명예심을 가지고 있습니다. 더욱이 그것은 정열이라고 부를 수 있을 만큼 강렬한 것이었습니다. 피고는 그것을 증명했습니다. 그러나 상황이 악화되어서 질투의 고통이 극에 이르자 평소의 의심, 즉 전부터 생각했던 의문 두 가지가 끓고 있던 피고의 머리에 더 괴로운 모습을 드러냈습니다. '만약 이것을 카체리나에게 돌려주면, 그루센카는 어떻게 데려가야 하나?'

피고가 그 한 달 동안 무절제하게 술을 마시며 술집이란 술집을 전부 휩쓸고 다닌 것도, 말하자면 그 괴로움을 못 견뎠기 때문입니다.

결국 이 두 가지 의문은 한계점에 도달해서 결국 그를 절망에 빠뜨렸습니다. 그는 동생을 아버지에게 보내서 마지막으로 그 3천 루블을 요구했지만, 그 대답을 듣기도 전에 자신이 뛰어들어서 여러 사람이 있는데서 아버지를 폭행했습니다.

그리하여 이제는 누구에게서도 돈을 받을 수 있는 희망은 사라지고 말았습니다. 구타당한 아버지가 돈을 줄 리 없었습니다. 그날 밤 그는 자신의 가슴을, 바로 향주머니를 걸어 둔 곳을 두드리며,

자신은 야비한 사나이가 되지 않는 방법이 있지만 마침내 야비한 사나이가 되고 말 것이 분명하다, 왜냐하면, 그 방법을 쓸 정신력이 없고 그럴 만한 배짱도 없음을 스스로 잘 알아서이기 때문이라고 자신의 동생에게 말했습니다. 왜 검사는 알료샤 카라마조프 씨의 진술을 믿지 않을까요? 그는 그렇게 결백하게, 그렇게 성의 있게, 아무런 잔재주를 부린 자취도 없이 정직하게 진술하지 않았습니까?

그와는 반대로, 왜 검사는 돈이 어느 틈 사이에, 우돌프 성의 지하실 같은 곳에 숨겨져 있다는 것을 나에게 믿으라고 할까요? 같은 날 밤에 동생과 이야기를 나눈 뒤 피고는 그 운명적인 편지를 썼습니다. 그 편지는 피고의 죄를 증명하는 가장 중요하고 유력한 증거가 되었습니다! 사람들에게 부탁하고 아무도 빌려주지 않으면 이반이 출발하는 즉시 곧 아버지를 죽이고 베개 밑에서 장밋빛 리본으로 묶은 봉투를 꺼내려고 한다. 이건 분명한 살인 계획서이다, 범인이 그가 아니면 누구겠느냐, '편지의 내용대로 실행되었다!'고 검사는 울부짖었습니다.

그러나 우선 첫째로, 편지는 술에 잔뜩 취한 상태에서, 더욱이 몹시 흥분한 상태에서 써졌습니다. 둘째, 봉투에 대해서는 역시 스메르자코프에게 듣고 쓴 것이며 그는 봉투를 본 적이 없었습니다. 셋째, 그 편지는 피고가 쓴 것이 분명하지만 정말 쓰여 있는 것처럼 실행되었을까요? 그것을 어떻게 증명할 수 있습니까? 피고는 실제로 베개 밑에서 봉투를 꺼낸 것일까요? 과연 돈을 발견했을까요? 아니 그보다, 과연 돈이 진짜로 들어 있었을까요? 피고는 돈을 빼앗기 위해서 달려간 것일까요? 이 점에 대해서 잘 생각해 주십시오!

그는 돈을 강탈하기 위해서 간 것이 아니라, 오로지 자신을 괴롭히는 여자의 행방을 확인하기 위해서 달려간 것입니다. 계획한 대로, 즉 편지에 쓰인 대로 그런 뜻을 가지고 달려간 것이 아니었습니다. 미리 생각해 둔 강도질을 하려고 그런 것이 아니라 갑자기 질투심에 휩싸여서 자신도 모르는 사이 달렸던 것입니다. '그렇다 해도 역시 달려가서 아버지를 죽이고 돈을 빼앗은 것은 분명하다'라고 여러분은 말씀하실 수 있습니다. 그런데, 마침내 그가 살인을 저질렀을까요? 어떨까요? 나는 강도 혐의를 분연히 부인하겠습니다. 빼앗긴 것을 분명하게 증명할 수 없다면, 강도 혐의를 씌울 수 없습니다. 이것은 원칙에 의한 것입니다! 또, 그는 살인을 저질렀을까요? 강도짓은 하지 않고 살인만 저질렀을까요? 그것은 과연 증명되었습니까? 그것도 허구일 수는 없을까요?"

12. 더욱이 살인도 없었다

"배심원 여러분, 한 인간의 목숨이 관련된 일이므로 신중하게 생각해 주십시오. 검사는 마지막까지, 즉 오늘 공판이 시작될 때까지 피고가 완전히 예정된 계획에 따라서 살인을 했는지 판단하지 못했고, '만취해' 쓴 이 운명적인 편지가 오늘 법정에 제출되기 전까지 주저했다고 틀림없이 말했습니다. 이것은 우리도 확실히 들었습니다.

'편지에 쓰인 대로 실행했다!'라고 검사는 주장합니다. 그러나 나는 반복해서 말하겠습니다. 그가 달려간 것은 오로지 여자를 찾으려고, 여자의 소재를 파악하기 위해서였습니다. 이것은 분명한 사실입니다. 만약 그 여자가 집에 있었다면, 그는 어디로도 달려가지 않고 곁에 남아서 그 편지에서 다짐한 일을 하지 않았을 것이 확실합니다. 그는 갑자기 아무 생각 없이 달려 나갔기 때문에, '만취해' 쓴 편지는 전혀 기억하지 못했을 수도 있습니다.

'그러나 절굿공이를 들고 가지 않았느냐'고 반문하실 수 있습니다. 하지만 검사는 단 한 개의 절굿공이를 바탕으로 피고가 그 절굿공이를 흉기로 알고 들고 갔다는 이유를 설명하려고 장황하게 심리 분석을 늘어놓았습니다. 그런데 이때 내 머리에는 아주 평범한 생각이 떠올랐습니다. 그것은, 만약 이 절굿공이가 눈에 잘 띄는 선반 위에, 피고가 들고나간 그런 선반 위가 아닌, 어느 벽장에라도 들어 있었다면, 그때는 피고의 눈에 띄지 않았을 테니 그는 그 흉기 없이 맨손으로 달려갔을 것입니다. 그렇게 됐다면 누구도 죽이지 않았을 것입니다. 도대체 어떻게 그 절굿공이를 흉기 소지 및 범행의 계획성을 보여주는 증거라도 단정할 수 있는 것입니까?

피고가 예전에 여러 군데의 술집에서 아버지를 죽이겠다고 하긴 했지만, 이틀 전 밤에, 술에 취해서 편지를 쓴 날 밤, 술집에서도 조용했고, 어떤 가게의 상인과 말다툼을 벌였을 뿐이었습니다. 피고는 '역시 싸움을 하지 않고는 견딜 수 없는 사람'이라는 것입니다.

그러나 나는 그 점에 대해서 이렇게 대답하려고 합니다. 만약 피고가 계획대로, 즉 편지에 쓴 대로 아버지를 죽일 마음이었다면, 그는 아마 상인과도 싸우지 않았을 것이고, 처음부터 술집에도 가지 않았을 것입니다. 왜냐하면, 그런 일을 계획하는 인간은 정적과 고독을 찾아서 남의 시선을 집중하지 않도록 몸을 사리고, '가능한 한 사람들이 자신을 잊게 하려고' 노력하기 때문입니다. 그것은 계산이 아니라 본능적인 것입니다.

　배심원 여러분, 심리학은 양날의 검입니다. 그리고 우리도 심리학을 이해하는 것이 가능합니다. 지난 한달 간 피고가 여러 곳의 술집에서 막 지껄인 내용은 흔히 아이들이나 술꾼들이 싸움을 하면서, 서로 '너, 죽여 버리겠어!'라고 말하는 것과 비슷합니다. 그러나 그들은 서로를 정말 죽이지는 않지 않습니까. 그러므로 이 운명적인 피고의 편지도 마찬가지입니다. 술에 취해서 흥분해서 쓴 것입니다. 주정꾼이 술집에서 나와서 '죽일 테다, 네놈들을 전부 죽여 버리겠다!' 이렇게 외치는 것과 같은 것이 아니겠습니까!

　왜 그렇지 않다고 할 수 있는가? 왜 그럴 리 없다는 것인가? 왜 이 편지는 운명적인 것이고, 반대로 반쯤은 농담일 수도 있다고 해서는 안 되는가?

　그것은 바로 그 아버지의 시체가 발견되었기 때문입니다. 흉기를 들고 정원에서 도망치는 피고를 증인 한 명이 보았기 때문입니다. 그리고 그 증인 자신이 피고에게 해를 당했기 때문입니다. 그렇기 때문에 전부 편지에 쓴 대로 실행한 것이 되었고, 그 편지는 반쯤 농담이 아니라 운명적인 것이 되었습니다.

　덕분에 우리는 '정원에 있었으므로 분명히 그가 죽였다'는 결론에 도달했습니다. 거기에 있었으므로 '분명하다'는 것입니다. 요컨대 '거기에 있었으므로' '분명하다'는, 이 두 개의 단어에 기소 이유의 모든 것이 담겨 있습니다. 그러나 설사 '거기에 있었다고 해도' 그것이 '분명하다'는 것을 뜻하지 않는다면 어떻게 될까요?

물론 나는 여러 가지 사실들을 짜 맞출 수 있다면 그것은 확실히 설득력이 있다고 생각합니다. 그러나 그 사실들을 개별적으로 검토해 보시기 바랍니다.

이를테면, 피고가 아버지의 방 창문 앞에서 도망갔다는 진술을 왜 검사는 믿으려고 하지 않을까요? 갑자기 범인의 마음을 감싼 '경건한' 감정과 정중한 기분에 대해서 검사가 아까 비꼰 것을 상기하십시오. 그러나 만약 실제로 그런 감정이, 비록 경의는 아니어도 일종의 경건한 감정이 생겼다면, 어떻게 하실 겁니까? '그 순간, 어머니가 나를 위해 기도해 주신 것이 틀림없다'고 피고는 예심 때 진술했습니다. 이렇게 그는 그루셴카가 아버지 집에 없는 것을 확인하고 곧바로 도망쳤던 것입니다.

'그러나 창 너머로는 그런 것을 알 수 없다'고 검사는 반대하실 수 있습니다. 하지만, 왜 확인할 수 없을까요? 피고가 신호를 보내서 창문은 열려 있었는데요? 그때 표도르 씨가 뭐라고 하면서 소리를 지르는 것을 듣고 방안에 그루셴카 양이 없다는 것을 짐작했을 수도 있지 않습니까? 왜 우리는 자신이 상상하는 대로, 상상하고 싶은 대로 전부 가정해야 합니까? 현실에서는 가장 섬세한 소설가도 놓칠 수 있는 수많은 사실들이 한순간에 일어날 수 있습니다.

'그건 그렇다. 그러나 그리고리는 문이 열려 있는 것을 보았다. 그러므로 피고는 집안에 있었다. 따라서 그가 죽인 것이 분명하다'고 말할 수 있습니다. 배심원 여러분, 그런데 바로 그 문은……

그 문이 열려 있었다고 증언한 사람은 꼭 한 명뿐입니다. 더욱이 그 증인이란 사람의 상태는…… 하지만 괜찮습니다. 문이 열려 있었다고 가정합시다. 피고가 모른척하고, 이런 경우 흔하게 있는 자기 방위를 위해서 거짓말을 했다고 합시다. 그의 입장에서 보면 그 것도 전혀 이해하지 못할 것은 아닙니다. 그래서 피고가 집안에 들어갔다고 가정합시다. 그래서 어떻게 됐다는 이야기입니까? 도대체 왜 집에 들어가면 틀림없이 죽인 것이 되어야만 합니까?

그는 거칠게 이 방 저 방을 마구 헤매고 다녔을 수 있습니다. 아버지를 밀어서 쓰러뜨렸을 수도 있고 어쩌면 구타도 했을 수 있습니다. 그러나 그루센카 양이 없다는 것을 확인한 뒤 기뻐하며 달려나갔을 수 있습니다. 그녀가 없었기 때문에 아버지를 죽이지 않아도 된 것을 기뻐하며 달아났을 가능성도 있는 것입니다. 그렇기 때문에 그는 1분 뒤에 담에서 뛰어내려서, 분노하고 해친 그리고리 곁에 있었습니다. 그래서 그는 결백한 감정으로 동정과 연민을 느낄 수 있었습니다. 즉, 아버지를 죽이고 싶은 유혹을 뿌리치고, 결백한 감정과 죄를 짓지 않은 사실에 스스로 기뻐했기 때문입니다.

검사는 모크로예 마을에서의 피고의 끔찍한 상태를, 웅변하듯이 소름 끼칠 정도로 묘사했습니다. 즉 사랑이 다시 그의 눈앞에 펼쳐지고 그를 새 생활로 부르지만 그의 등 뒤에는 피범벅이 된 아버지의 시신이 뒹굴고 다시 그 뒤에는 형벌이 기다리기 때문에 피고는 이미 사랑을 나눌 수 없다는 이야기입니다. 그래도 검사는 역시 그의 사랑을 인정하고 그것을 자신의 특기인 심리 분석을 통해 설명했습니다. '만취했을 때나 범인이 형장에 끌려가는 순간에도 시간은 여유 있다고 생각하는 심리' 말입니다. 그러나 다시 묻지만, 검사는 이 부분에서도 또 한 명의 인물을 창조하신 게 아닐지요? 만약 자기 아버지의 피를 흘린 것이 맞다면, 그 순간에 아직도 연애를 생각하고 법관에 대한 속임수를 생각할 정도로, 피고는 그렇게 사납고 모진 인간일까요?

아닙니다, 전혀 그렇지 않습니다. 그는 여자가 자신을 사랑하고, 새로운 행복을 약속하며 부르고 있음을 알게 된 순간, 나는 맹세할 수 있습니다, 그는 그때 자살하겠다는 욕구를 두 배 아니 세 배로 강력하게 느꼈을 것이고 분명히 자살했을 것입니다. 단지 그때 그의 등 뒤에 아버지의 시체가 있었다면 말입니다! 그리고 결코, 권총을 둔 곳도 잊지 않았을 것입니다!

나는 피고의 품성을 잘 알고 있습니다. 검사가 비방한 포악함이나 둔하고 냉혹한 마음은 그의 성격과 전혀 맞지 않습니다. 그러면 자살하려고 했을 것입니다. 그건 틀림없습니다. 그가 자살하지 않은 것은 '어머니가 기도해 주셨기' 때문이고 아버지의 피에 대해서 무죄였기 때문입니다. 그는 그날 밤 모크로예에서의 충직한 하인 그리고리를 해친 것만 탄식하면서 노인이 정신을 되찾아서 일어나기를, 자신이 가한 타격이 치명적이지 않기를, 그래서 자신도 죄를 면할 수 있기를 마음속으로 하느님께 기도하고 있었던 것입니다. 왜 사건을 이렇게 해석하면 안 되는 것일까요? 피고가 거짓말을 한다는 분명한 증거를 우리는 갖고 있습니까?

실제로 아버지의 시체가 있다, 또 그가 달아났다, 그가 죽이지 않았으면 도대체 누가 그 노인을 죽였는가 하는 것에 대해서 여러분은 지적하실 것입니다.

반복해서 말하지만, 거기에 검사 측의 논리가 전부 포함됩니다. 즉, 피고가 죽이지 않았으면 도대체 누가 그런 것일까? 피고를 대신할 만한 사람이 없다는 것입니다. 배심원 여러분, 정말 그렇습니까? 과연 피고 외에는 혐의를 받을 만한 사람이 없을까요? 아까 듣기에는 그날 밤 그 집에 있었거나 드나든 사람을 헤아려서 결국 다섯 명의 이름을 알았습니다. 그중의 세 명은 결백하다는 것에 나도 동의하는 바입니다. 살해된 본인과 그리고리 노인과 그의 아내, 이렇게 세 명입니다.

그렇다면 나머지는 피고와 스메르자코프뿐입니다. 그런데 검사는, 피고가 스메르자코프를 들추는 것은 달리 지목할 사람이 없기 때문이다, 만약 그 외에 누구든 여섯 번째 사람이 있었고, 그 그림자라도 보였다면 피고는 스메르자코프에게 죄를 씌우기 부끄러워서 당장 그 여섯 번째 사람을 지목했을 것이라고 주장했습니다.

그러나 배심원 여러분, 그렇다면 그와 반대되는 결론을 내리면 왜 안 될까요? 여기 피고와 스메르자코프, 두 사람이 있습니다. 그런데 내 입장에서는 여러분들이 피고에게 죄를 지우는 것은 단지 그밖에 죄를 지울 사람이 없기 때문이며, 그런 한 명이 눈에 띄지 않는 것은 여러분이 선입견 때문에 스메르자코프는 전혀 혐의가 없다고 아예 제쳐두었기 때문입니다. 스메르자코프를 지목하는 것은 당사자인 피고와 그의 두 동생, 그리고 그루센카 양뿐입니다. 그러나 이외에도 스메르자코프에 대해서 언급하는 사람들이 몇 사람 있습니다. 그것은 막연하지만 사회에서 뭔가의 의문과 혐의가 숙성한다는 증거입니다. 뭔가 개운하지 않은 소문이 거리에서 들려옵니다. 어떤 기대감이 느껴집니다.

그리고 마지막으로 몇 가지 사실이 대립하는 것도 그것을 뒷받침합니다. 물론 그것은 솔직하게 말하면 아직 확실하지는 않지만, 매우 독특한 성격을 가지고 있습니다. 첫째, 범행 당일에 일어난 간질 발작인데, 검사는 왠지 그 발작의 진실성을 열심히 변호하려고 노력하고 있습니다. 다음은 재판 전날 스메르자코프가 갑자기 자살한 것입니다. 그리고 다시 피고의 바로 아래 동생이 오늘 법정에서 그 앞의 두 사람에 견줄 만큼 갑자기 진술한 증언입니다. 그는 그때까지 형의 범죄를 믿었는데 오늘 별안간 돈까지 꺼내서 역시 스메르자코프를 범인으로 지목했습니다.

그렇습니다, 물론 나도 이반 카라마조프 씨가 환각증을 앓는 환자이며 그의 진술은 죽은 사람에게 죄를 떠넘기며 형을 구하려는 절망적인 시도일 수도 있다는 것을, 게다가 열에 들떠서 생각해 낸 시도일 수도 있다는, 재판관 및 검사 여러분의 생각에 찬성합니다.

그러나 또다시 스메르자코프의 이름이 나왔다는 것에 왠지 어떤 수수께끼가 느껴집니다. 배심원 여러분, 아무래도 아직 충분히 설명되지 않은, 분명하게 규명되지 못한 그 무언가가 있는 것 같은 기분입니다. 어쩌면 앞으로 그것이 설명될 때가 있을 수도 있습니다. 그러나 여기서는 더 이상 파고들지 않고 나중에 다시 한 번 다루도록 하겠습니다.

조금 전에 재판장님께서는 심리를 계속한다고 결정하셨지만, 그것을 기다리면서 나는 여기서 잠깐 죽은 스메르자코프의 성격 분석에 대해 한 마디 지적하려고 합니다. 검사가 시도하신 스메르자코프 성격론은 진실로 섬세하고 매우 예리한 주장이었습니다. 그러나 나는 검사의 천재성에는 경의를 표하지만 그 분석의 본질에는 도무지 동의할 수 없습니다.

나는 스메르자코프를 찾아가서 그와 이야기를 나누었습니다. 내가 그에게서 받은 인상은 전혀 달랐습니다. 그의 건강이 안 좋은 것은 확실합니다. 그러나 그 성격과 마음은 검사가 결론을 내리신 것처럼, 그다지 약한 인간은 전혀 아닙니다. 더욱이 나는 그의 내부에 겁이 많고 마음이 약한 점을, 검사가 그토록 특징적으로 설명하신 나약한 점을 발견할 수 없었습니다.

그에게는 처음부터 순박한 데가 전혀 없고, 오히려 나는 어린애 같은 천진함 속에 숨어 있는 무서운 질투와 매우 많은 것을 꿰뚫을 수 있는 지력을 발견했습니다.

그렇습니다! 검사는 지나치게 가벼울 정도로 그를 단순한 저능아로 치부해 버렸지만, 나는 그에게서 매우 강한 인상을 받았습니다. 그가 철저하게 속이 검고 야심이 많으며, 복수심이 강하고 사악할 정도의 질투심을 지닌 인간이라는 확신을 얻고 돌아왔습니다. 나는 두세 가지 정보를 수집했는데 그는 자신의 출생을 증오하고 창피하게 생각하고 '스메르자스차야에게서 태어났다'는 것을 생각할 때마다 이를 갈았습니다.

그는 어린 시절의 은인인 늙은 하인 그리고리 부부도 존경하지 않았습니다. 그리고 러시아를 저주하고 프랑스에 가서 귀화하고 싶어 했습니다. 프랑스에 가고 싶지만 자금이 부족하다고 전부터 항상 말했다고 합니다.

그는 자신 이외에는 아무도 사랑하지 않았고 이상할 만큼 자존심이 강했습니다. 좋은 옷과 깨끗한 셔츠와 반짝반짝 빛나는 구두를 문명이라고 여겼습니다. 또한 자신을 표도르의 사생아라고 여기고 있었기 때문에-이 부분에는 꽤 많은 증거가 있습니다- 정실 자식들과 비교해서 자신의 처지를 증오하는 것은 얼마든지 있을 수 있는 일이지요. 그들은 전부 가졌는데 자신은 아무것도 없었고, 그들은 온갖 권리가 주어져서 유산까지 상속받는데 자신은 한낱 요리사일 뿐이라고 생각했을 것입니다.

그는 나에게, 표도르 카라마조프 씨가 봉투에 돈을 넣는 것을 자신이 도와주었다고 했습니다. 그는 물론 그 돈의 용도를 혐오스럽게 생각했을 것이 분명합니다. 그 정도의 돈이 있으면 자신이 새로운 생활을 시작하는 데 충분했을 테니까요. 뿐만 아니라, 그는 빛나는 무지갯빛 지폐로 3천 루블이라는 큰 돈을 생전 처음 보았습니다-나는 특별히 이 점에 대해 집요하게 물었습니다-. 네, 질투가 많고 자부심이 강한 인간에게는 절대로 큰 돈을 보여주면 안 됩니다. 그런데 그는 난생 처음으로 그런 큰 돈을 보았던 것입니다. 무지갯빛 지폐 다발의 인상은 금방 그 결과로 드러나지는 않았지만 그의 상상력에 병적인 영향을 준 것만은 확실합니다.

재능이 풍부하신 검사는 스메르자코프에게 살인죄를 적용하는 데 대한 여러 가지 찬성론과 반대론을 꼼꼼하게 살핀 결과, 그가 간질 발작을 흉내 낼 이유가 어디 있겠냐고 의문을 제기했습니다. 맞습니다. 그것은 꾀병이 아니었을 수도 있습니다. 발작은 지극히 자연스럽게 일어나서 매우 자연스럽게 잦아들었고 병자는 얼마 지나지 않아서 정신을 차렸을 수도 있습니다. 설령 완전히 낫지는 않았더라도 곧 제정신을 차리고 의식을 회복하는 것은 간질 환자에게 흔한 일입니다. 검사는 스메르자코프가 살인을 할 틈이 언제 있었느냐고 반문하셨지만, 그 시간을 지적하는 것은 그렇게 어렵지 않았을 것입니다. 즉, 그리고리 노인이 담을 넘어서 달아나는 피고의 다리를 잡고 온 동네에 다 들리도록 큰 목소리로 '애비를 죽인 녀석아!'라고 외치는 순간, 그는 갑자기 정신을 차리고 깊은 잠에서 깨어났을 수도 있습니다. 왜냐하면 그는 단지 잠들었을 뿐이니까요. 간질 발작 뒤에는 항상 깊은 잠이 수반됩니다.

조용한 어둠 속에서 발생한 이 심상치 않은 외침은 스메르자코프의 잠을 충분히 깨웠을 수 있습니다. 더욱이 때마침 그의 잠은 그렇게 깊지 않았을 수 있습니다. 물론 그 1시간 전부터 잠에서 깨어나고 있었을 수도 있습니다. 그래서 그는 일어나자마자 아무 생각 없이 거의 무의식적으로 무슨 일일까 궁금해서 소리가 난 쪽으로 가보았습니다. 그의 머리는 여전히 발작으로 인해서 멍한 상태였고, 사고 능력도 아직 흐렸지만 어쨌든 그는 정원으로 나가서 불빛이 새나오는 창문으로 다가갔습니다.

주인은 물론 그가 온 것을 기뻐하면서 무서운 사건에 대해 알렸습니다. 그때 별안간, 희미했던 판단력이 한꺼번에 확 깨어났던 것입니다.

그는 놀라서 당황한 노인으로부터 자세한 경위를 들었습니다. 그의 혼란에 빠진 병적인 머릿속에서는 점차 한 가지 생각이 구체적으로 만들어졌습니다. 그것은 무섭지만 지극히 매력적이고 논리적인 생각이었습니다. 말하자면, 주인을 죽이고 3천 루블의 돈을 빼앗은 뒤 그 죄를 큰아들에게 씌우려는 것이었습니다. 이런 경우, 큰아들 외에는 혐의를 씌울 만한 사람이 없다, 큰아들 외에는 의심을 살 만한 사람이 없다, 실제로 그는 이곳에 왔었고 확실한 증거도 있다, 그는 이렇게 생각했습니다. 돈에 대한 무서운 욕망이 완전 범죄의 가능성과 함께 숨 막힐 정도로 그의 마음을 휘감았습니다.

맞습니다, 이런 뜻밖의 억누를 수 없는 충동은 기회만 있다면 언제든지 찾아올 수 있습니다. 더욱이 무엇보다 무서운 것은 그 생각이 1분 전까지만 해도 살인은 꿈에도 생각해 본 적이 없는 '살인자'의 머릿속에 별안간 일어난다는 것입니다!

스메르자코프도 그런 충동에 휩싸여 주인의 방으로 들어간 뒤, 그 계획을 실행한 것이 확실합니다. 그럼 그는 어떤 흉기를 썼을까요? 그런 건 전혀 문제되지 않습니다. 맨 처음 눈에 들어온 정원의 돌일 수도 있습니다. 무엇 때문에, 어떤 목적이 있어서 그런 짓을 저질렀을까요? 무엇보다도 3천 루블은 그가 새로운 생활을 시작하는 데 충분했습니다.

아니, 나의 이런 주장은 결코 모순되지 않습니다. 돈은 실제로 있었을 수 있으니까요. 그리고 오직 스메르자코프만 그 돈이 어디 있는지 알고 있었습니다.

그럼 돈이 든 봉투는, 방바닥에 버려진 봉투는 어떻게 된 것일까요? 검사는 이 봉투에 대해서 매우 자세하게 설명하셨습니다. 즉, 방바닥에 봉투를 버린 것은 상습적이지 않은 도둑이며 카라마조프 같은 인간이 할 수 있는 짓이다, 스메르자코프는 절대 아니다, 만약 그였다면 이런 범죄의 증거물을 버리지 않았을 것이라고 말입니다.

배심원 여러분, 이 말을 들으면서 나는 문득 언젠가 들은 이야기를 다시 듣는 것 같은 기분이 들었습니다. 맞습니다! 실은 드미트리 표도로비치라면 봉투를 그런 식으로 버리고 갔을 거라는 주장과 추리를 나는 바로 이틀 전에 스메르자코프를 통해서 들었습니다. 더욱이 내가 놀란 것은 그가 순진한 척하면서 변죽을 울리며 나에게 그런 생각을 주입하려고 한다, 내가 스스로 그렇게 판단하도록 계속 유도한다는 느낌이 들었습니다. 예심 때도 그는 그것을 암시하지 않았을까요? 재능이 풍부한 검사에게도 역시 그가 그런 생각을 불어넣지 않았을까요?

그렇다면 그리고리의 늙은 아내는 어떻게 된 거냐고 물으시겠지요. 노파는 그 옆에서 밤새 병자의 신음 소리를 들었다고 합니다. 당연히 들었겠지요. 그러나 그건 매우 모호합니다. 나는 어느 부인이 밖에서 개가 밤새 짖는 바람에 전혀 잘 수 없었다고 불평하는 걸 들은 적이 있습니다. 그 뒤에 알아보니 그 개는 두세 번 정도만 짖었다는 걸 알 수 있었습니다. 이런 것은 얼마든지 있을 수 있습니다. 만약 사람이 자다가 갑자기 신음소리를 들었다고 가정합시다. 잠이 깬 그는 편한 잠을 방해받았다고 불평하지만 이내 잠이 듭니다. 2시간 정도 지났을 때 다시 신음소리가 들리고 그는 다시 잠이 깼다가 또 잠이 듭니다. 이렇게 하룻밤 사이에 세 번 정도 잠이 깼다고 합시다. 그는 아침에 누군가 밤새 신음하는 통에 제대로 잠을 잘 수 없었다고 투덜델 것입니다. 그러나 그는 2시간씩 자는 사이에 일어난 일은 전혀 알 수 없고 잠이 깬 몇 분 동안만 기억할 것이므로 그것으로 밤새도록 계속 잠을 방해받았다고 생각하는 것은 당연합니다.

그렇다면 왜 스메르자코프는 유서에서 고백하지 않았는지 검사는 소리 높여 물으셨습니다. '한편으로는 양심의 가책을 느끼면서 한편으로는 느끼지 않았던 것일까요?'

그러나 유감스럽게도 양심의 가책은 이미 후회하는 마음을 의미합니다. 그러나 이 자살자에게는 후회하는 마음이 있을 수 없습니다. 절망만 있을 뿐이지요. 절망과 후회는 전혀 다른 별개의 감정입니다. 절망은 때로 증오로 가득 차 있어서 절대로 타협을 수락하지 않을 때가 있습니다. 그래서 자살자는 스스로 목숨을 끊으려는 순간, 평생 원만하던 자들에 대한 증오를 몇 배나 강하게 느꼈을 수 있습니다.

배심원 여러분, 무엇보다도 오판(誤判)의 가능성을 경계하셔야 합니다. 지금 내가 말씀드린 얘기 중에서 진실성이 결여된 곳이 있었습니까? 만일 내 얘기에 잘못된 부분이 있다면 지적해 주시기 바랍니다, 있을 수 없는 일, 앞뒤가 안 맞는 말이 있다면 지적해 주십시오.

만약 내가 설정한 가정에 작은 가능성의 실마리, 진실에 대한 암시가 미약하게라도 보인다면 부디 유죄 판결을 유보해 주십시오. 그런데 나의 작은 가정은 과연 실마리일 뿐일까요?

맹세하지만, 지금 여러분에게 말씀드린 살인에 대한 나 스스로의 설명을 나는 진심으로 굳게 믿습니다. 더욱이 화가 나고 유감스럽게 생각하는 것은 피고 위에 쌓인 많은 논고 중에서 조금이라도 반증이 제기되지 않은 것이 전혀 없는 데만 단지 그런 사실이 쌓여 있다는 이유만으로 불행한 피고가 파멸과 마주하고 있다는 것입니다.

그렇습니다, 이 누적된 사실은 진실로 무섭습니다. 그 피, 손가락에서 흐르던 그 피, 피범벅이 된 옷, '애비를 죽인 녀석아!'라는 고함에 정적이 깨진 그 캄캄한 밤, 머리가 부서져서 쓰러진 그 고함소리의 주인공, 그리고 수많은 발언과 증언과 행동과 화가 난 외침, 아, 그 전부는 엄청난 영향력이 있어서 사람들의 신념을 매수하기에 충분합니다. 그러나 배심원 여러분, 그것들은 과연 여러분의 신념도 매수할 수 있을까요? 제발 기억해 주십시오. 여러분에게는 끝없는 권한, 사람을 체포하고 심판할 수 있는 권한이 있습니다. 그러나 권리가 크면 클수록 그 적용은 점점 더 무서워집니다!

나는 내가 한 말을 전혀 양보할 마음이 없지만, 설령 한 걸음을 양보해서 불행한 한순간만, 아버지의 피로 손이 물들었다는 논고에 한순간만 동의한다고 가정합시다. 그러나 이것은 가정일 뿐이며, 반복하지만, 나는 피고의 결백을 1초라도 의심한 적이 없습니다.

그러나 지금 우리의 피고가 아버지를 살해했다고 가정합시다. 하지만 내가 그런 가정을 인정했다고 해도, 꼭 들어주셔야 할 말이 있습니다. 나는 여러분에게 그 말씀을 드리지 않으면 직성이 풀리지 않을 것입니다. 왜냐하면 나는 여러분의 마음과 이성에서 생길 큰 투쟁을 예상할 수 있기 때문입니다. …… 배심원 여러분, 여러분의 마음과 이성에 뛰어든 나를 용서하십시오. 그러나 나는 성실하고 공평하려고 합니다. 우리 함께 할 수 있는 노력을 다해 진실해지도록 합시다!"

이때 꽤 큰 박수 소리가 나서 변호사의 말이 끊겼다. 사실 그의 이 마지막 말은 지나치게 성실함이 배어 있어서 사람들은 실제로 그에게 특별히 무슨 할 말이 있으며, 그것은 분명히 매우 중요한 내용일 것이라고 생각했다.

그러나 재판장은 이 박수 소리를 듣고 만약 또 다시 '이런 일'이 반복되면 방청객 모두에게 '퇴정을 지시하겠다'고 소리높여 경고했다. 장내는 일순간에 고요해졌다. 페추코비치는 지금까지와는 완전히 다른 뭔가 새롭고 맑은, 정감 어린 말투로 변론을 계속했다.

13. 사상의 밀통자

"단지 산더미처럼 쌓인 사실만이 우리의 피고를 파괴하는 것이 아닙니다, 배심원 여러분." 그는 큰 목소리로 말했다. "맞습니다, 우리의 피고를 진정한 의미에서 파괴하는 것은 오로지 하나의 사실뿐입니다. 그것은 늙은 아버지의 시신입니다! 이것이 단순한 살인이었다면 어떻게 됐을까요? 여러분은 이번의 모든 증거를 통일된 집합체가 아닌 하나씩 떼어서 검토한 결과 그것이 하찮고 불완전한 공상적인 성격을 가지고 있다는 것을 발견하고 기소를 취하할 것입니다. 적어도 단순한 선입견으로 한 인간의 운명을 파괴하는 일을 머뭇거릴 것입니다. 진정 슬프게도 피고는 그런 선입견을 가져도 할 말이 없는 사람입니다.

게다가 이것은 평범한 살인이 아니라 자신의 아버지를 살해한 것입니다! 이것은 너무도 끔찍해서 이런 하찮은, 증거가 충분하지 않은 기소 사실이 알맞게 의미가 있고 증거도 충분한 사실인 것처럼 되었습니다. 게다가 그것은 오직 선입견에 의해서 그렇게 되었습니다. 이런 피고를 어떻게 무죄라고 할 수 있는가? 부모를 죽인 사람이 어떻게 처벌을 받지 않겠는가. 모든 사람들이 마음속에서 본능적으로 이렇게 느꼈습니다. 맞습니다. 자신의 아버지에게 피를 흘리게 했다는 것은 무섭습니다. 그것은 나를 낳아준 사람의 피, 나를 사랑한 사람의 피, 우리를 위해서 목숨을 아끼지 않는 사람의 피입니다. 어릴 때부터 우리의 병을 걱정하고, 우리의 행복을 위해 평생을 헌신했으며, 오로지 우리의 기쁨과 성공을 위해서 살았던 사람에게 피를 흘리게 하다니요! 그런 아버지를 죽이는 것은 상상조차 할 수 없는 일입니다!

배심원 여러분, 아버지는 어떤 존재일까, 참된 아버지는 어떤 사람일까요? 아버지, 이 얼마나 거룩한 말인가요? 얼마나 거룩한 사유가 깃든 이름인가요? 나는 지금 진정한 아버지란 무엇이며, 어떤 책임을 가지고 있는지 말씀드렸습니다. 하지만 이번 경우, 우리가 지금 해결하려고 골치를 썩는 이 사건에서, 죽은 표도르 카라마조프는 방금 내가 말한 아버지의 개념과는 전혀 어울리지 않는 사람입니다.

그것은 매우 불행한 일이지요. 그리고 실제로 이런 불행한 아버지도 세상에는 드물지만 존재합니다. 그러므로 이 불행을 조금 더 자세히 관찰하기로 합시다. 배심원 여러분, 눈앞의 판결이 중요할지라도 전혀 두려워하지 않아도 됩니다. 방금 전 재능이 뛰어난 검사가 말씀하신 교묘한 어투를 사용한다면, 어린아이나 겁 많은 여자처럼 어떤 사상을 확 던져서는 안 됩니다. 그런데 나의 존경하는 논적 – 그는 내가 첫 발언을 하기 전부터 논적이었습니다 – 은 그 열정적인 논고 속에서 여러 번 이렇게 외쳤습니다. '나는 피고에 대한 변호를 누구에게도 양보하지 않을 것이다. 피고에 대한 변호를 페테르부르크에서 온 변호사에게만 맡기지 않을 것이다. 나는 고발자이며 동시에 변호인이기도 하다!' 이렇게 여러 번 선언했습니다. 그런데 만약 이 무서운 피고가 어릴 적 아버지 집에서 살았을 때 단 한 사람에게 귀여움을 받아서 호두 한 봉지를 얻은 것을 23년간 은혜로 기억했다면, 그와 반대로 이런 사람은 박애로운 의사 게르첸시투베 씨가 하신 말씀처럼 '신발도 신지 않고, 단추가 하나만 남은 바지를 입고 집 뒷마당을' 뛰었던 일도 23 년간 기억하고 있었을 것입니다. 그것을 검사는 빼먹으신 것 같습니다.

아, 배심원 여러분, 왜 우리는 이 '불행'을 조금 더 자세히 관찰해야 하는 것일까요? 이미 전부 알고 있는 일을 왜 반복해야 하는 것일까요? 우리의 피고는 자신의 아버지 집에서 무엇을 보았을까요? 도대체 왜, 어떤 이유 때문에 우리의 피고를 무감각한 이기주의자이자 괴물로 생각해야 할까요? 물론 그는 제어가 되지 않는 사람입니다. 조잡하고 거친 사람입니다. 그래서 지금 그는 우리의 심판을 받고 있습니다. 그러나 그의 운명에 대해 누가 책임을 져야 합니까? 그가 훌륭한 자질과 깨끗하고 다정한 마음을 지녔으면서 그처럼 형편없는 교육을 받은 것은 누가 책임을 져야 할까요?

누가 그에게 바른 상식과 분별력을 가르쳤습니까? 그가 학문을 배우고 정진했습니까? 그가 소년이었을 때 누구든 그를 조금이라도 더 사랑한 사람이 있었나요? 나의 의뢰인은 단지 신의 비호 아래에서, 즉 정말 야생동물처럼 자랐습니다. 그는 오랜 이별 뒤에 아버지와 만나기를 원했을 것입니다. 그는 그전에 자신의 유년시절을 꿈처럼 회상하고 그 시절에 본 지겨운 환영을 떨쳐내기 위해서 노력하면서 자신의 아버지를 변호하고 끌어안으려고 진정으로 바랐을 수도 있습니다.

그런데 어떻게 되었나요? 그를 맞은 것은 쓰디쓴 조소와 질투와 금전 문제로 생긴 갈등뿐이었습니다. 그는 날마다 '코냑을 마시면서' 떠드는 역겨운 잡담과 비속한 처세에 대해 들어야 했고, 종국에는 자신의 아들 돈으로 아들의 애인을 뺏으려는 아버지를 보았습니다. 맞습니다, 배심원 여러분, 이처럼 추악하고 참혹한 일이 있을까요! 그런데 이 노인은 오히려 아들의 버릇없음과 잔인성을 다른 사람들에게 호소해서 사교계에서 그의 얼굴을 더럽히고 방해와 중상모략을 일삼았고 게다가 아들의 차용 증서를 사모아서 그를 감옥에 넣으려고 했습니다.

배심원 여러분, 나의 의뢰인은 언뜻 보면 잔혹하고, 난폭하고, 앞뒤를 생각하지 않는 사람이지만, 세상에 드문 부드러운 마음을 가진 사람이기도 합니다. 단지 그것이 밖으로 드러나지 않았을 뿐이지요. 웃지 말아주시길 부탁드립니다. 제발 나의 생각을 비웃지 말아 주세요! 재능 있는 검사는 방금 전 나의 의뢰인이 실러를 사랑한다는 것, '아름다운 것과 고매한 것'을 사랑한다는 것을 들추면서 무자비하게 조롱했지만, 내가 만약 검사라면 결코 그렇게 조롱하지는 않았을 것입니다. 그렇습니다. 그런 성품을, 너무도 오해받기 쉬운 그런 성품을 나는 최후까지 변호하려고 합니다. 이런 성품은 항상 다정한 것, 아름다운 것, 진실된 것에 굶주려 있습니다. 다시 말하면 자신의 거칠고 난폭한 성격과 반대인 이런 성품은 무의식적으로 그런 것에 배고파합니다. 진정 굶주린 것입니다.

표면적으로는 열정적이고 잔혹해 보이지만, 일단 무언가를, 예를 들어 여자를 사랑하면 고통과도 같은 사랑을 퍼부을 줄 아는 것입니다. 그리고 그것은 분명히 정신적이고 고상한 사랑입니다. 다시 한 번 부탁드리지만, 부디 웃지 말아 주십시오. 그것은 충격적이기 때문에 사람들은 그것만 보고 그 사람을 보려고 하지 않는 것입니다. 게다가 그들의 열정은 이내 사라지고 맙니다만, 무척 난폭한 사람들은 고귀하고 아름다운 여성의 곁에서 자기 혁신을 얻으려 합니다. 회개한 뒤에 더 나은 고귀하고 성실한 인간이 될 가능성을 얻으려는 것입니다. 그는 '고귀하고, 훌륭한 것'이 아무리 비웃음을 사더라도 신경 쓰지 않습니다!

나는 방금 전, 피고와 카체리나 베르호프체바 씨의 사랑 이야기는 감히 말하지 않겠다고 했습니다! 그러나 한두 마디 정도는 괜찮겠지요. 우리가 방금 전에 들은 것, 그것은 증언이 아니고 복수심에 불타는 여자의 광적인 울부짖음일 뿐입니다. 그 여자는, 그렇습니다. 그 여자는 피고의 변심을 비난할 처지가 아닙니다. 왜냐하면 그 여자 스스로 변심했기 때문입니다. 만약 그 여자가 조금이라도 깊이 생각해 보는 여유가 있었다면 결코 그런 진술은 하지 않았을 것입니다! 맞습니다, 그 여자의 말을 믿으면 안 됩니다. 나의 의뢰인은 그 여자가 말한 대로 그런 '비겁한 사람'은 아닙니다!

저 책형을 당한 거룩한 박애주의자는 십자가의 죽음을 결심하고, '나는 착한 목자이니라. 착한 목자는 그 양을 위해서 자신의 영혼을 버리나니, 이는 한 마리의 양도 죽이지 않기 위함이니라'라고 했습니다. 우리도 역시 한 사람의 영혼도 죽이면 안 됩니다!

나는 방금 아버지의 의미가 무엇인지 묻고, 그것은 위대한 언어이고 소중한 이름이라고 주장했습니다. 배심원 여러분, 언어는 공정하게 다뤄져야 합니다. 그래서 나는 대상을 내 나름의 언어로, 내 나름의 이름으로 부르려고 합니다.

살해된 카라마조프 노인 같은 아버지를 아버지라고 부를 수는 없는 것입니다. 또 그렇게 불릴 자격도 그에게는 없습니다. 아버지라고 불릴 자격이 없는 아버지에 대한 사랑처럼 멍청하고 이루어질 수 없는 것은 없습니다. 사랑은 무에서 만들어지지 않습니다. 무에서 창조할 수 있는 것은 오로지, 신만이 할 수 있습니다.

'아버지가 된 자여, 그 자식을 슬프게 만들지 말아야 하느니라!' 어느 사도(使徒)가 사랑에 불타는 마음에서 이렇게 썼습니다. 내가 지금 이 위대한 말씀을 인용한 것은 나의 의뢰인을 위한 것이 아닙니다. 모든 아버지들을 위해서 말한 것입니다. 그렇다면 도대체 누가 나에게 아버지들을 가르칠 권한을 주었습니까? 그것은 누가 주지 않았습니다. 단지 나는 인간으로서, 한 시민으로서, 'vivos voco! (살아 있는 전부에 호소한다)'라고 큰 소리로 말하겠습니다. 우리는 이 땅에 그렇게 오래 살지도 못하면서 나쁜 짓을 많이 저지르고, 나쁜 말을 많이 떠들어댑니다. 그래서 우리 모두가 한 자리에 모인 이 좋은 기회를 빌어서 서로 좋은 얘기를 나누는 것은 어떨까요?

나도 마찬가지로, 이 자리에 있으면서 생긴 기회를 이용하려고 합니다. 신의 뜻에 따라서 우리에게 주어진 이 연단은 결코 무의미하지 않습니다. 러시아 전역이 이 법정에 선 우리의 말을 듣고 있습니다. 나는 단순히 이 법정에 모인 아버지들만을 위해서 말하지 않고 모든 아버지들에게 외치는 것입니다. '아버지 된 자여, 그 자식을 슬프게 만들지 말아야 하느니라!' 그렇습니다, 우리는 먼저 그리스도의 말씀을 실천하고 비로소 자식된 자의 의무를 물어볼 수 있습니다. 그렇게 하지 않으면 우리는 아버지가 아니고 오히려 내 자식의 적이 됩니다. 또 자식은 자식이 아니고 우리의 적이 됩니다. 게다가 우리 스스로 그들을 적으로 만든 것입니다!

'너희가 남을 저울질한 그 저울로 너 자신도 저울질되리라.'

이것은 내가 말한 것이 아니고 성경에 나온 가르침으로, 즉 네가 남을 판단하면 남도 너를 판단한다는 의미입니다. 그러므로 만약 자식이 우리가 판단하는 대로 우리를 판단한다고 한다면 어떻게 자식을 혼낼 수 있겠습니까?

요즘 핀란드에서 일어난 사건인데, 한 하녀가 몰래 애를 낳은 혐의가 있어서 조사를 하니 다락 위의 한쪽 구석 벽돌 뒤에서 그 하녀의 트렁크가 발견되었습니다. 이 트렁크가 있다는 걸 아무도 몰랐는데 트렁크를 여니 하녀가 죽인 영아의 시체가 그 안에 들어 있었습니다. 이것은 하녀가 자백했는데, 그 안에서 예전에 자신이 낳자마자 죽인 영아의 해골이 두 개 더 발견되었습니다.

배심원 여러분, 이런 사람을 어머니라고 부를 수 있습니까! 맞습니다, 여자가 그 아이들을 낳은 것은 분명한 사실입니다. 그러나 과연 그 여자를 어머니라고 할 수 있을까요? 그 여자를 어머니라는 거룩한 이름으로 부를 수 있는 사람은 우리 가운데 누구일까요?

여러분, 용기를 내셔야 합니다! 배심원 여러분, 우리는 용감해져야 합니다. 오히려 우리는 오늘 그럴 의무가 있습니다. '금속'이나 '유황'이라는 단어를 두려워하던 모스크바 상인의 아내(오스크롭스키의 희곡의 등장인물)처럼, 어떤 종류의 말이나 생각을 무서워하면 안 됩니다. 오히려 최근의 진보가 우리의 발전에 크게 이바지했다는 것을 증명해 보입시다. 그리고 솔직히 말하는 겁니다. 자식을 낳은 것만으로는 아버지라고 할 수 없다, 아이를 낳아서 아이에 대한 의무를 다해야만 아버지라고 부를 수 있다고 말입니다.

물론 아버지라는 말에는 다른 의미와 다른 해석도 존재해서 '나의 아버지는 비록 냉혈한일지라도, 아이들에게는 악당이었지만 나를 낳은 이상은 역시 아버지다'라고 주장하는 사람도 있습니다. 그러나 이것은 신비주의적인 부친관이라고 할 수 있는 종류이지 이성으로는 허락할 수 없는 것입니다. 이것은 오로지 신앙에 의해서만 허락될 수 있을 뿐입니다. 더 정확하게 말하자면, 신앙에 의지해서 용인될 수 있는 것입니다. 그런 예는 이 외에도 많아서, 이성으로는 허락할 수 없는 것을 종교가 믿을 수 있도록 지시합니다.

그러나 그것은 실생활의 범주 밖에 존재하는 것입니다. 실제 생활의 범위 안에서는, 단순히 자신의 권리를 가질 뿐만 아니라 그 자체로 많은 의무를 책임져야 하는 실생활의 범주 안에서는, 우리가 만약 인도주의자, 즉 그리스도 교도가 되기를 원한다면, 이성과 경험에 따라서 옳다고 생각하고 분석의 용광로를 통과한 신념을 실천해야 하고 실천할 의무가 있습니다. 요약하면, 이성적으로 행동해야 함을 의미합니다. 꿈속이나 망상에서처럼 무분별하게 행동하면 안 됩니다. 남에게 해를 입히지 않아야 하기 때문입니다. 인간을 괴롭히거나 파멸시키지 않으려고 하는 것입니다. 그것이 비로소 참된 그리스도 교도의 행동이 됩니다. 단순히 신비주의적인 것이 아니라 이지적이고 인류애로 가득한 행동이 되는 것입니다!"

이때 법정의 이곳저곳에서 맹렬한 박수 소리가 들렸는데, 페추코비치는 자신의 변론을 중단시키지 말고 끝까지 계속하게 해달라는 듯이 두 손을 가로저었다. 법정 안은 금세 숙연해졌다. 변호사는 말을 이었다.

"배심원 여러분, 여러분은 이런 문제들이 우리의 아이들, 웬만큼 자라서 판단력이 생겼음에도 우리의 아이들과 어떤 관계도 없다고 생각하십니까? 그렇지 않습니다, 관계가 있을 수밖에 없습니다.

우리는 아이에게 이루어질 수 없는 자제를 강요할 수 없습니다!

아버지로서의 자격이 없는 아버지의 모습을, 게다가 자신의 친구인 다른 아이들의 훌륭한 아버지와 비교하게 되면 자신도 모르게 청년의 마음속에 괴로운 질문이 생기게 됩니다. 그런데 이 물음에 대해서 그에게 돌아오는 것은 판에 박힌 상투적인 대답뿐입니다. '아버지가 너를 낳았다. 너는 아버지의 피붙이다. 그러므로 너는 아버지를 사랑해야 한다'는 것이지요. '그러나 나를 낳을 때 아버지는 나를 사랑했을까?' 청년은 자신도 모르게 이런 물음을 갖습니다. 그리고 점점 더 의식하며 이렇게 물어보게 됩니다. '도대체 아버지가 나를 낳은 것은 나를 위해서 그런 것일까? 아버지는 그 순간에, 분명히 술에 취해서 욕정이 생긴 그 순간에는 나를 생각하지 않았다. 내가 남자인지, 여자인지도 알 수 없었다. 단지 나에게 음주벽을 물려줬으며, 그것이 아버지가 나에게 준 은혜일 뿐이다……. 아버지가 나를 낳고 평생 동안 나를 사랑하지도 않았는데 왜 나는 아버지를 사랑해야 한단 말인가?'

맞습니다, 여러분은 이 의문을 아마도 잔인하고 예의 없다고 생각하실 것입니다. 그러나 미숙한 청년에게 불가능한 자제심을 강요해서는 안 됩니다. '본성을 문으로 쫓아내면 이번에는 창문으로 날아온다'는 말과 같은 경우입니다. 게다가 우리는 '금속'이나 '유황'을 두려워하면 안 됩니다. 우리는 신비주의 개념이 지시하는 대로가 아닌, 이성과 박애심의 지시에 따라 문제를 해결해야 합니다.

그러면 어떻게 해결해야 할까요? 이렇게 합시다. 아들을 아버지

앞에 세우고 일부러 이렇게 질문하는 것입니다. '아버지, 가르쳐 주세요. 왜 제가 아버지를 사랑해야 합니까? 아버지, 증명해 보세요, 왜 제가 아버지를 사랑해야 합니까?' 이렇게 해서 만약 그 아버지가 제대로 알기 쉽게 대답하고 증명할 수 있으면, 그것은 신비주의적인 편견에 의지하지 않고 이성적이고 자각적이며, 엄밀하게 인도적 기반 위에 세워진 참된 가정이라고 할 수 있습니다.

그러나 만약 아버지가 그것을 증명하지 못하면 그 가정은 단번에 파탄이 날 것입니다. 그들은 아들에게 아버지가 아닙니다. 그 아들은 장차 자신의 아버지를 남으로 여기고 심지어 자신의 적으로까지 판단하는 자유와 권리를 얻습니다. 배심원 여러분, 우리의 이 연단은 진리와 건전한 이해력을 위한 학교가 되어야 할 것입니다!"

이때 변호사는 도무지 제어할 수 없는, 거의 열광적인 박수갈채로 인해 변론을 중단할 수밖에 없었다. 물론 방청객 전부는 아니었지만, 절반은 분명하게 박수를 쳤다. 어머니와 아버지들이 박수를 쳤다. 위쪽의 여자 좌석에서는 시끄럽게 외치는 소리가 들렸다. 누군가는 손수건을 흔들기도 했다.

재판장은 있는 힘을 다해 종을 울렸다. 그는 방청객의 행동에 화가 난 것 같았지만 그렇다고 아까 위협했듯이 '퇴정'을 하라고 할 수는 없었다. 왜냐하면 특별석에 앉은 고관들과 연미복에 훈장을 단 노인들까지 박수를 치고 손수건을 흔들었기 때문이었다. 그래서 겨우 소동이 가라앉았을 때 재판장은 여느 때처럼 그 '퇴정을 명령하겠다'는, 그전의 엄숙한 위협을 반복해야 했다. 페추코비치는 의기양양한 얼굴로 더욱 변론을 이어나갔다.

"배심원 여러분, 여러분은 담을 넘고 아버지의 집에 침입한 아들이 결국 자신을 낳아준 적이자 박해자인 한 인간과 마주한, 저 끔찍한 밤을 기억하실 것입니다. 그때 일은 오늘 여러 번 이 자리에서 반복되었습니다.

나는 힘껏 주장합니다. 아들이 그때 뛰어든 것은 돈 때문이 아니었습니다. 방금 전에도 말씀드렸다시피 그에게 강탈의 죄를 묻는 것은 어리석은 일입니다. 또 그가 아버지의 집에 침입한 것은 살해하려고 그런 것이 아닙니다. 결코 그런 것이 아닙니다. 만약 그가 미리 그런 마음으로 갔다면 흉기는 미리 준비했을 것입니다. 그는 자신도 무엇 때문인지 모르면서 그저 본능에 이끌려 절굿공이를 들고 나간 것입니다. 또 그가 신호로 아버지를 속였다고 가정합시다. 아버지 방에 침입했다고 가정합시다. 나는 이미 그런 전설을 앞으로도 믿을 수 없다고 말했지만, 그래도 그렇다고 합시다. 단지 1분 정도만 그랬다고 가정해 둡시다!

배심원 여러분, 나는 신 앞에 맹세합니다만, 만약 표도르가 피고의 아버지가 아니고 그저 생판 남인 박해자일 뿐이라고 한다면, 피고는 방마다 뛰어다니며 이 집에 여자가 없는 것을 확인하고, 자신의 경쟁자에게 아무런 위해도 끼치지 않고 도망쳤을 것이 확실합니다. 또는 약간 때리거나 미는 행동은 했을 수 있지만 그저 그것뿐일 것입니다. 왜냐하면 피고는 그런 경우에 그런 자를 상대하고 있을 틈이 없었기 때문입니다. 여자가 어디 있는지 확인해야 했기 때문이지요.

그러나 그 사람은 아버지였습니다. 게다가 평상시에는 항상 이름뿐이었던 아버지, 어릴 때부터 몹시 미워한 사람, 자신의 적, 자신의 박해자였습니다. 더욱이 지금은 괴물같은 연적이잖습니까! 그래서 증오심이 자신도 모르게 불타올라서 그의 판단력이 흐려진 것입니다.

모든 일은 찰나에 벌어졌습니다! 이것은 광기와 착란의 충동으로 일어난 심신상실의 일종입니다. 더욱이 자연계의 발작이기도 하고, 동시에 영원한 법칙에 복수하려는 억누를 수 없는 무의식적인 자연의 착란입니다. 자연계에서는 전부 그렇습니다.

그러나 피고는 그래도 역시 죽이지 않았습니다. 나는 이렇게 주장합니다. 나는 이것을 외치고 싶습니다. 그렇습니다. 그는 단지 지겨운 분노를 이기지 못하고 절굿공이를 한 번 휘두른 것입니다. 죽일 마음도 없었고, 또 죽였다는 것조차 몰랐습니다. 만약 그 무서운 절굿공이만 손에 잡지 않았다면, 그는 그저 부친을 때렸을 뿐 죽이지는 않았을 것입니다.

이런 살인은 살인이라고 할 수 없습니다. 이런 살인은 존속 살인도 아니고 그 무엇도 아닙니다. 아니, 그런 아버지를 죽인 것은 존속 살해에 속할 수 없습니다. 이런 살인은 단지 일종의 편견에 의해서 존속 살해라고 이름 붙일 수 있습니다!

그러나 이런 살인이 실제로 벌어졌을까요? 정말 일어난 것일까요? 나는 다시 한 번 진심으로 여러분에게 호소합니다!

배심원 여러분, 만약 우리가 그에게 유죄를 내린다면, 그는 자신에게 이렇게 말할 것입니다. '이 사람들은 나의 운명을 위해서, 나의 교육을 위해서, 나의 인간 형성을 위해서 아무것도 해준 것이 없다. 나를 더 나은 인간으로 만들려고 아무것도 해주지 않았다. 이 사람들은 나에게 먹을 것도 주지 않고, 마실 것도 주지 않았다. 벌거벗은 채 감방에 갇힌 나를 찾아오지도 않았다. 그런 사람들이 나를 유형지로 보내려는 것이다. 이제 이것으로 나는 청산을 다 했으므로 그들에게 빚을 지지 않았다. 이제는 영원히 그 누구에게도 빚이 없다. 눈에는 눈이라고 했으니, 그들이 나에게 잔인하게 군다면 나도 잔인해질 수밖에 없다.'

배심원 여러분, 그는 아마 이렇게 말할 것입니다! 맹세하건대 다시 말하지만, 여러분이 만약 유죄를 선고한다면 그것은 단지 피고의 마음을 편하게 해주는 것이 됩니다. 양심의 고통을 덜어주는 것뿐입니다. 피고는 자신이 흘린 피를 저주할 것이지만 슬퍼하지는 않을 것입니다. 동시에 여러분은 피고의 내면에 숨 쉬는, 참된 인간이 될 가능성을 죽이는 것입니다. 왜냐하면 그는 이제부터 죽을 때까지 악의를 가지고 두더지 같은 인간을 인생을 보낼 것이기 때문입니다.

여러분이 상상하는 가장 무서운 형벌로 피고를 벌하는 것은 그것으로 그의 영혼을 영원히 구원해서 살리기 위하려는 것이 아닙니까? 만약 그렇다면 여러분의 따스한 자비로 그를 억누르십시오! 그러면 여러분은 그의 영혼이 어떻게 전율을 일으키는지 알 수 있을 것입니다.

'내가 어떻게 이 자비를 견딜까! 과연 나는 이런 사랑을 받을 가치가 있을까!' 이런 피고의 영혼의 울부짖을 들을 수 있을 것입니다!

배심원 여러분, 나는 압니다. 나는 그의 마음을 압니다. 거칠지만 고귀한 마음을 가진 사람입니다. 그 마음은 여러분의 자비 앞에서 무릎을 꿇고 말 것입니다. 그 마음은 거룩한 사랑의 행위를 구하여 불타오르고 영원한 부활을 이뤄낼 것입니다.

세상에는 자신의 마음에 갇혀서 세상을 적으로 만들고 비난하는 사람들이 있습니다. 그러나 그런 사람들의 영혼에 자비를 베푸십시오. 사랑을 보여 주세요. 그 영혼은 단번에 자신의 행동을 저주하게 될 것입니다. 왜냐하면 그 영혼에는 선한 영혼의 새싹이 잠재되어 있기 때문입니다. 이런 영혼은 자라고 뻗어가서 신의 자비와 사람들의 공명정대함을 알게 될 것입니다. 그는 뉘우치는 마음과 눈앞에 놓인 수많은 의무에 몸서리치고 압도될 것입니다. 그때는, '이제 빚을 전부 갚았다'고 하지 않고 '나는 모든 이들에게 죄를 지었다. 나는 가장 가치 없는 인간이다' 이렇게 말할 것입니다. 그는 회한과 뼈를 깎는 수난의 기쁨에 눈물을 흘리면서 이렇게 소리칠 것입니다. '세상 사람들은 전부 나보다 훌륭하다. 그들은 나를 파괴하지 않고, 오히려 구해 주었지 않은가!'

맞습니다, 여러분은 쉽게 그 자비를 실천할 수 있습니다. 왜냐하면 진실에 더 가까운 증거가 없는데, '유죄'라고 선고하는 것은 여러분에게 지나치게 괴로운 일이기 때문입니다. 죄가 없는 한 사람을 벌하기보다는 오히려 죄 있는 열 사람을 용서하라, 지난 세기의 영광된 우리나라 역사에서 울리는 이 거룩한 목소리를 여러분은 들을 수 있습니까?

이제 하찮은 인간인 내가 새삼스럽게 여러분에게 러시아의 재판은 단순한 형벌이 아니라 파멸한 인간을 구제하기 위한 것이라고 말하지 않아도 너무나 잘 아실 겁니다! 만약 다른 나라에 법률과 형벌이 있다면 우리 러시아에는 영혼과 지혜를 겸비합시다. 파멸한 자들은 구원받고 다시 태어나는 것입니다. 만약 그것이 가능하다면, 러시아와 러시아의 재판이 정말로 그렇다면, 러시아는 발전할 것입니다. 제발 위협하지 말아 주십시오.

전 국민이 어쩔 수 없이 길을 양보한다는, 저 미쳐서 날뛰는 러시아의 트로이카를 들추며 위협하는 것은 그만하십시오!

미쳐서 날뛰는 트로이카가 아니라 위대한 러시아의 전차가 당당하고 용감하게 목적지를 향해서 전진하는 것입니다. 나의 의뢰인의 운명은 오직 여러분에게 달려 있습니다. 우리 러시아의 정의의 운명도 여러분에게 달려 있습니다. 여러분은 그것을 구하실 수 있습니다. 여러분은 그것을 지킬 것입니다. 여러분은 정의를 지키는 사람이 존재한다는 것을, 정의가 착한 사람에게 있다는 것을 증명하게 될 것입니다!"

14. 농부들이 고집을 부리다

그래서 페추코비치는 변론을 끝맺었다. 이제는 정말 폭풍 같은
방청객의 감동을 억누를 수 없었다. 그것을 제지하는 것은 엄두도
내지 못할 일이었다. 여자들은 울고 있었고, 남자들도 눈물을 흘
리는 사람이 많았다. 고관들도 두 명이나 눈물을 흘렸다. 재판장도
체념하고 종을 울리는 것조차 머뭇거렸다.

"이런 열광을 방해하는 건 신을 방해하는 것과 마찬가지예요."

이 말은 나중에 이곳 부인들이 소리쳤다. 웅변을 마친 변호사는
진심으로 감격했다. 그런데 바로 이때 우리의 이폴리트가 '반박을
하려고' 다시 일어났다. 사람들은 증오에 가득 찬 시선으로 그를
보았다.

"뭐라고요? 어떻게 한다고요? 다시 반박한다는 건가요?"

부인들은 서로 속삭였다. 그러나 설사 그 자신의 아내까지 포함해서 온 세계의 여성들이 전부 반대를 해도 이때의 이폴리트를 제지할 수 있는 것은 없었다.

그는 흥분해서 창백한 얼굴로 몹시 떨고 있었다. 그의 입에서 나온 첫 마디, 첫 문장은 전혀 무슨 뜻인지 이해할 수 없을 정도였다. 그는 괴로운 것처럼 숨을 몰아쉬며 횡설수설하면서 분명하지 않은 발음으로 지루하게 말했지만 마침내 침착을 되찾았다. 필자는 그의 두 번째 논고 중에서 단지 몇 가지 어구를 듣기로만 한다.

"…… 나는 소설을 썼다고 비난을 받았습니다. 그러나 변호사의 변론은 소설 위에 다시 소설을 쓴 것이 아니면 무엇입니까? 단지 시(詩)가 부족했던 것입니다. '표도르 카라마조프 씨는 연인을 기다리면서 봉투를 찢어서 방바닥에 버렸다'는 등 했을 뿐만 아니라, 표도르 씨가 이 놀라운 행동 중간에 한 말도 인용하셨습니다. 이것이 과연 서사시가 아니면 무엇일까요? 그가 돈을 꺼냈다는 증거가 도대체 어디에 있습니까? 그때 그가 한 말을 도대체 누가 들었습니까? 지능이 부족한 스메르자코프는 자신이 사생아이기 때문에 사회에 복수하려고, 일종의 바이런식 주인공으로 변했습니다. 이것이 바로 바이런식 서사시가 아니면 무엇이란 말입니까? 만약 자신의 아버지 집에 침입한 아들이 아버지를 죽였지만, 동시에 죽인 것이 아니라는 대목에 이르면, 이미 소설도 아니고 서사시도 아니며 스핑크스의 수수께끼처럼 스스로도 풀지 못할 문제입니다.

그가 죽였으면 역시 죽인 것일 뿐입니다. 죽였지만 죽이지 않았다는 것은 무슨 의미입니까? 누가 그것을 이해할 수 있습니까? 다음으로 우리는, 우리의 연단은 진리와 건전한 이해력의 학교라고 들었습니다. 그런데 이 '건전한 이해력'의 학교에서, 맹세와 함께 울려 퍼진 공리(公理)는 아버지를 죽이는 것을 존속 살해라고 부르는 것에 대해 일종의 편견일 뿐이라고 장엄하게 선언했습니다!

그러나, 만약 존속 살해가 편견이고 자식 한 명, 한 명이 자신의 아버지에게 '아버지, 나는 왜 아버지를 사랑해야 합니까?' 묻는다면 우리는 과연 어떻게 되는 걸까요? 우리 사회의 기반은 어떻게 될까요? 가정은 어떻게 되는 걸까요? 존속 살해가 모스크바 상인의 아내가 두려워한 '유황'일 뿐이라면, 점차 러시아 법정의 가장 귀하고 가장 신성한 전통은 그저 하나의 목적을 달성하려는, 다시 말하면 용서하면 안 되는 것을 용서하려고 파괴되고 무시되고 말 것입니다.

변호인은 피고를 대자비로 억누르라고 소리쳤습니다. 그런데, 이것은 범인에게 필요한 것이라서, 내일이라도 여러분은 피고가 얼마나 압도되었는지 알 수 있습니다. 그리고 변호사가 오로지 피고의 무죄만을 주장한 것은 지나치게 겸손한 것 아닙니까? 왜 자손을 포함해서 새 세대의 사람들에게 영원히 자신의 공적을 남기려고 존속 살해 기념 장학회라도 만들자고 주장하지 않으시는 겁니까? 변호사는 성서와 종교를 개정해서 그것을 전부 신비주의로 치부하고, 건전한 사상과 이성의 분석에 따라서 확증된 진정한 그리스도교는 오로지 우리에게만 있다고 말씀하셨습니다. 그래서 우리 앞에 사이비 그리스도 상이 세워졌습니다! '그대 남을 판단하듯 스스로를 판단하라'고 변호사는 말하면서, 동시에 그리스도는 스스로를 판단하는 것처럼 남을 판단하라고 가르쳤다고 추론하셨습니다. 게다가, 이것이 진리와 건전한 이해력의 연단에서 나온 말입니다!

이제는, 변론 전날에 성서를 읽는 것이, 단지 상당히 독창적인 이 책을 이 정도 터득했다는 것을 뽐내기 위해서이며, 이 책도 필요에 의해서는 어떤 효과가 있을지 모른다는 정도의 느낌인 것입니다!

그러나 그리스도는 그렇게 하지 말라고, 그런 행위는 금지하라고 명하셨습니다! 왜냐하면 그렇게 하는 것은 악의 세계이기 때문입니다. 그러나 우리는 용서해야만 합니다. 또 다른 쪽 뺨을 내밀어야 합니다. 자신을 모욕한 자가 우리는 판단하듯 그들을 판단하면 안 됩니다. 신은 우리에게 이렇게 가르쳤지만, 자식이 아버지를 죽이는 것을 금지하는 것이 편견이라고 가르치지 않았습니다. 우리는 진리와 건전한 이해력의 연단에서 우리 하느님의 성서를 수정하면 안 됩니다. 그런데 변호사는 불손하게 이 하느님을 그저 '십자가에 못 박힌 박애주의자'라고 지칭했습니다. 그것은 그리스도를 '당신은 우리의 하느님'이라고 찬양하는 러시아의 정교에 반대되는 것입니다……."

이때 재판장이, 보통의 이런 경우에 어느 재판장이나 그렇듯이,

지나치게 과장된 언사를 함부로 남발해서 직무의 한계를 벗어난 논쟁을 하지 말라고, 정신없이 앞뒤를 잊어버린 검사에게 주의를 주었다. 그러나 법정 안은 진정되지 않았다. 방청객들은 동요했고 불만 섞인 고함이 들렸다. 페추코비치는 반박이라고 여겨지는 행동은 하지 않았다. 그는 연단에 올라가서 한 손을 가슴에 대고 화가 나서 위엄에 찬 목소리로 짧게 말했다.

그는 '소설'과 '심리 분석'에 대해서 간단하게 야유를 하고, 어느 대목에서 '주피터여, 그대는 화났노라, 그래서 그대는 틀렸노라'를 인용했다. 이 문구는 방청객들에게 호의적인 웃음을 유발했다. 그것은 이폴리트가 전혀 주피터와 닮지 않았기 때문이었다. 이어서 페추코비치는 자신이 젊은 세대에게 존속 살해를 허용했다는 비난에 대해서는 반박할 필요조차 느끼지 않는다고 점잔을 빼며 말했다. '가짜 그리스도' 문제, 그리고 그가 그리스도를 신이라고 부르지 않고 '십자가에 못 박힌 박애주의자'라고 불러서 '러시아 정교의 정신을 어기고 진리와 건전한 이해력의 법정에서 해서는 안되는 말'을 했다는 비난에 대해서는, '중상'이라고 암시하며 자신이 이곳에 올 때는 이곳 법정에서 '시민의 한 명으로 그리고 건실한 국민의 한 명으로서 자질을' 비난받지 않을 거라고 굳게 믿었다고 비아냥대며 말했다.

재판장은 이 말에 대해서 그에게 마찬가지로 주의를 주었다. 그래서 페추코비치는 목례를 하고 답변을 끝맺었다. 그러자 법정 안에는 그를 격려하는 웅성거림이 시작됐다. 이폴리트는 이곳 부인들의 의견대로 '완벽하게 코가 납작해졌다'는 것이었다.

이어서 피고의 발언이 허락되었다. 미차는 일어섰지만 말을 많이 하지 않았다. 그는 육체적으로도, 정신적으로도 많이 지쳐 있었다. 아침에 법정에 들어섰을 때의 그 당당하고 활기찬 모습은 찾아보기 힘들었다. 그는 이날 자신의 운명과 관련된 어떤 것을 경험하고, 그것이 지금까지 이해하지 못했던 매우 중요한 무언가를 가르쳐 주고 알려 준 것 같았다. 목소리에는 힘이 없었고, 이제는 소리를 치지도 않았다. 그 말에서는 어딘지 새롭고 따뜻한 기운이 느껴졌다.

"배심원 여러분, 이 상황에 내가 무슨 말을 하겠습니까! 심판의 날입니다. 나는 내 위에 하느님의 오른손이 놓인 걸 느낍니다. 길을 잘못 들어선 인간의 최후가 온 것입니다 그러나 나는 하느님 앞에 선 마음으로 여러분께 말씀드리겠습니다. '나는 아버지가 흘린 피에 대해서…… 나는, 무죄입니다!' 마지막으로 다시 한 번 반복하지만, '내가 죽이지 않았습니다!' 나는 방탕하게 살았지만 선을 사랑했습니다. 계속 바르게살기를 원했지만 짐승처럼 살았습니다. 검사님, 고맙습니다. 나에 대해, 나 스스로도 모르는 많은 것을 가르쳐 주셨습니다. 그러나 내가 아버지를 죽였다는 것은 틀렸습니다, 그것은 검사님이 실수하신 겁니다! 나는 또 변호사님에게도 감사드립니다. 나는 그 변론을 들으며 눈물을 흘렸습니다. 그러나 내가 아버지를 죽였다는 것은 틀린 얘기입니다. 그런 것은 가정도 할 필요가 없는 얘기입니다!

그리고 의사들이 하는 말도 믿으시면 안 됩니다. 나는 미치지 않았습니다. 단지 영혼이 괴로워할 뿐입니다. 만약 여러분이 나를 용서하신다면, 석방시켜 주신다면, 나는 여러분을 위해서 기도하겠습니다. 조금 더 나은 사람이 될 것이라고 약속드리겠습니다. 하느님 앞에서 맹세할 것입니다. 그러나 만약 처벌을 받게 되어도, 나는 내 머리 위에서 칼을 부수고, 그 부서진 조각에 입 맞추겠습니다! 그렇지만 제발 용서해 주십시오! 신을 나에게서 빼앗아 가지 마십시오! 나는 내가 어떤 기질을 가졌는지 잘 압니다. 그렇게 된다면 나는 분명히 신을 원망할 것입니다! 나의 마음은 괴롭습니다. 여러분, 용서를 부탁드립니다!"

그는 거의 쓰러지는 것처럼 자리에 앉았다. 목소리가 갈라져서 힘겹게 말을 맺었다. 그 뒤 법정은 배심원을 위한 질문들을 정리했고, 원고와 피고에게 결론을 맺도록 요구했다. 그러나 필자는 자세한 것은 쓰지 않겠다. 마지막으로 배심원 전부는 논의를 위해서 퇴정했다. 재판장은 몹시 지친 듯 힘없는 목소리로 주의를 요구했다. "모쪼록 공평하게 숙의를 하십시오. 변호인의 웅변에 흔들리면 안 되지만 어쨌든 여러분의 책임이 막중함을 잊으면 안 됩니다."

배심원들이 퇴정한 뒤, 공판은 휴정되었다. 방청객들은 자리에서 일어나서 걷거나 하고 싶었던 말을 서로 나누고, 구내식당에서 식사를 할 수도 있었다. 시간은 꽤 늦어져서 거의 밤 1시가 되었다. 그래도 돌아가려는 사람은 단 한 명도 없었다. 모두 긴장해서 집에 돌아가서 잘 기분이 아니었다. 사람들은 두근거리는 가슴으로 재판 결과를 기다렸다. 그러나 전부 가슴이 두근거리는 것은 아니었다. 부인들은 기다리는 것이 지루했을 뿐, 마음은 태평했다. '분명히 무죄다.' 이렇게 생각했기 때문에 법정 안의 여성들은 전부 열광적으로 소리를 지를 극적인 순간에 대비해서 마음의 준비를 했다. 솔직히 말하면 남자들 중에도 분명히 무죄일 것이라고 생각하는 사람들이 많았다. 어떤 사람은 기뻐하고, 어떤 사람은 얼굴을 찡그리고 앉아 있었으며 그들 중에는 풀이 죽어서 시무룩한 표정을 한 사람도 있었다. 그들은 무죄가 되는 걸 바라지 않았던 것이다! 페추코비치는 성공을 확신했다. 그는 사람들에게 휩싸여 축하를 받았다. 모든 이들이 찬사를 하느라 야단법석이었다.

"변호사와 배심원들 사이에는 보이지 않는 줄이 이어져 있습니다."

나중에 들은 것에 의하면, 페추코비치는 어느 그룹에게 이런 말을 했다고 한다. "그것은 변론 때 벌써 연결된 것이며 확실히 예감할 수 있습니다. 나는 그것을 느꼈습니다. 분명합니다. 우리는 승리할 것입니다. 모두 마음을 놓으십시오."

"하지만, 저 농부들이 지금부터 뭐라고 말할까요?"

신사 한 명이 심각한 표정으로 모여 있는 신사들에게 다가서며 말했다. 그는 살이 쪄서 뚱뚱했으며 곰보였고, 이 근교의 지주였다.

"농부들뿐이 아닙니다. 그 중에는 네 명이나 되는 관리가 있습니다."

"맞습니다. 관리도 있어요."

군 의회의원이 끼어들며 말했다.

"그런데 여러분은 나라지예프를 아시는 겁니까? 프로호르 이바노비치 말이에요. 그 훈장을 단 상인도 배심원입니다."

"그게 어쨌다는 건데요?"

"머리가 꽤 좋은 친구입니다."

"그런데 말을 하지 않던데요?"

"말이 적은 편이지만 오히려 그 편이 좋습니다. 그 친구는 페테르부르크에서 온 사람에게 가르쳐 달라고 부탁하지 않아도 됩니다. 자신이 오히려 온 페테르부르크를 가르칠 수 있을 정도니까요. 아이가 열두 명입니다. 정말 대단하지요!"

"그런데, 저 양반들은 정말 무죄로 할까요?"

다른 그룹에서 이곳의 젊은 관리 한 명이 큰 목소리로 말했다.

"분명히 무죄입니다."

누군가 단호하게 말했다.

"무죄가 아니라면 치욕적입니다." 관리가 외쳤다. "설령 그가 죽였다고 해도 그 부친이 그런 사람 아니었습니까! 더욱이 피고는 제정신이 아니었으니까⋯⋯. 그는 절굿공이를 한번 휘둘렀을 뿐입니다. 그런데 부친이 쓰러졌지요. 단지 이런 때 하인을 들먹이는 것은 좋지 않았지요. 그건 단순히 우스운 얘기일 뿐이니까요. 내가 변호사였다면, 죽였지만 그에게는 죄가 없다, 단지 그것뿐이다, 젠장! 이렇게 말해 줬을 텐데."

"변호사도 그렇게 말했습니다. 단지, '그것뿐이다, 젠장!' 이런 말은 안 했습니다만."

"아니, 미하일 씨, 그렇게 말한 거나 마찬가지예요." 다른 사람이 맞장구를 쳤다. "걱정할 것 없습니다, 여러분. 이곳에서는 정부의 본처의 목을 벤 여배우가, 사순절인데도 무죄를 받았으니까요."

"하지만 죽인 것은 아니지 않소?"

"죽인 거나 다름없어요, 마찬가지란 말이에요! 어차피 죽이기 위해서 목을 벤 거니까."

"그런데, 변호사가 자식 얘기를 한 부분은 어땠나요? 훌륭했지요?"

"정말 훌륭했습니다!"

"신비주의에 대해 말한 것은 어떻고요. 신비주의에 대한 얘기 말입니다, 네?"

"이제 신비주의는 지겨워요." 누군가가 외쳤다. "그보다 이폴리트의 입장이 되어 보세요! 이폴리트의 운명이 앞으로 어떻게 될지 상상해 보세요! 검사 부인은 내일이라도 미차의 적이기 때문에 남편의 눈을 파낼 거예요."

"여기 왔습니까?"

"오다니요, 누가요? 여기 왔다면 당장 그 자리에서 눈을 파내기 위해서 덤볐을 거예요. 이가 아프다는 이유로 집에 있습니다, 헤헤헤!"

"하하하!"

또 다른 무리에서도 서로 이야기를 하느라 푹 빠져 있었다.

"하지만, 미차는 역시 무죄겠죠?"

"조심하지 않으면 내일 '수도'가 뒤집어지는 대혼란이 일어나서 한 열흘 정도는 밤낮으로 마시게 될 수도 있겠군."

"빌어먹을 놈!"

"빌어먹을 놈은 분명하지만 그런 녀석이 없으면 안 돼요. 그 친구가 거길 안 간다면 어딜 가겠습니까?"

"여러분, 그건 확실한 웅변이었습니다. 그러나 제 아버지의 머리를 절굿공이로 박살내는 건 나빠요. 그런 걸 용서해 주면 세상이 어떻게 될까요?"

"그런데, 전차 이야기는 어때요, 전차 말이에요?"

"그래요, 짐마차를 전차로 바꿨다더군."

"하지만 내일이 되면 전차를 다시 짐마차로 바꾸어 놓을 거예요. '전부 필요에 의해서' 달라지니까요."

"아주 완벽한 친구들이 늘어났어요. 여러분, 대체 우리 러시아에는 정의가 있을까요, 아니면 전혀 없을까요?"

그 순간 벨이 울렸다. 배심원들은 1시간 동안 협의했다. 방청객들이 다시 자리에 앉았을 때 법정에는 깊은 침묵이 깔려 있었다.

필자는 배심원들이 법정에 들어왔을 때의 풍경을 지금도 기억한다. 마침내 운명의 순간이 다가왔다. 나는 여기서 그 내용을 전부 순서대로 나열하지 않겠다. 첫째, 그런 건 전부 잊었다. 단지 필자가 기억하는 것은, "피고는 강탈을 목적으로 계획을 세워서 살해했습니까?"라고 묻는 재판장의 중요한 첫 질문에 대한 배심원의 대답뿐이다. 하지만 이 질문도 그대로 기억하는 것은 아니다.

　전부 얼어붙은 것처럼 조용해졌다. 나이가 가장 젊은 관리가 수석 배심원이었는데, 그는 얼음장 같은 법정의 침묵을 깨고 확실하게 소리를 높여 선언했다.

　"그렇습니다, 유죄입니다!"

　이어서 다른 모든 점에 대해서도 마찬가지로 유죄라는 대답이 반복되었다. 거기에는 약간의 정상 참작도 없었다. 그것은 아무도 예상하지 못한 일이었다. 거의 대부분의 사람들이 정상 참작이 이루어질 것이라고 믿었다. 죽은 듯한 법정의 침묵은 깨어지지 않았다. 유죄를 바라는 사람도, 무죄를 바라는 사람도, 전부 문자 그대로 화석처럼 굳어버린 것 같았다.

　그러나 그것은 처음 몇 분 동안뿐이었다. 마침내 무서운 혼돈이 벌어졌다. 남자들 중에서는 무척 만족하는 사람이 꽤 되었다. 그중에는 기쁨을 감추지 않고 두 손을 맞잡는 사람들도 있었다. 불만을 느끼는 사람들은 몹시 낙담해서 어깨를 으쓱하거나 속삭이기도 했지만 그래도 아직은 뭐가 뭔지 잘 모르겠다는 표정을 하고 있었다.

　그러나 부인들은 어마어마했다. 필자는 난동을 일으키는 것은 아닐까 하고 가슴이 조마조마했을 정도였다. 처음에 그녀들은 자신의 귀를 믿지 못하겠다는 듯한 표정을 지었지만, 곧 비명이 순식간에 법정을 가득 채웠다.

　"그게 무슨 말인가요? 아니, 도대체 어떻게 된 거지요?"

　부인들은 전부 자리에서 벌떡 일어섰다. 그녀들은 분명히 지금 당장 판결이 취소되고 다시 새로 하게 될 것이라고 생각하는 것 같았다.

그때 미차가 자리에서 일어났다. 그는 두 손을 앞으로 내밀면서 침통한 목소리로 울부짖었다.

"하느님과 그 무서운 심판의 날 앞에서 맹세합니다. 나는 아버지의 피에 대해서 죄가 없습니다! 카차, 나는 너를 용서하마! 형제여, 친구여, 제발 그 사람을 용서해 주십시오!"

그는 말을 끝맺지 못하고 법정 가득하게 울리는 목소리로 울기 시작했다. 그것은 평소의 그의 목소리와는 다른, 예기치 못한 새 목소리, 과연 어디서 터져 나온 것인지 모르겠는 괴이한 목소리였다.

그러나 2층 가장 뒤쪽의 구석에서 가슴을 찌르는 듯이 날카로운 여자의 울음소리가 들렸다. 그녀는 그루센카였다. 그녀는 누군가에게 부탁해서 변론이 시작되기 전에 다시 법정에 들어와 있었다. 미차는 법정에서 끌려 나갔고, 판결 발표는 내일로 미뤄졌다.

법정은 걷잡을 수 없는 소동에 휘말렸다. 그러나 필자는 이미 밖에 나와 있었기 때문에 소동을 알지 못했다. 단지 현관 출입구에서 들은 몇 마디를 기억할 뿐이다.

"20년은 광산에서 흙냄새를 맡아야 할 거야."

"적어도 그 정도는 되겠지."

"맞아, 농부들이 나귀처럼 고집을 부려서 그래"

"미차도 이제는 끝난 거야!"

에필로그

1. 미차의 탈주 계획

   미차의 공판이 끝나고 닷새가 되던 날 아침, 9시가 되지 않은 시간에 알료샤는 카체리나의 집을 방문했다. 그것은 두 사람에게 매우 중요한 용건에 대해서 마지막으로 의논을 하려는 목적이었는데 그 밖에도 그녀에게 전해야 할 말도 있었다.

   그녀는 예전에 그루센카가 찾아왔을 때와 같은 방에서 그를 맞았다. 바로 옆방에는 망상증에 걸린 이반이 인사불성 상태로 누워 있었다. 카체리나는 그 공판이 끝난 뒤, 앞으로 분명히 일어날 세상의 쑥덕공론이나 비난은 전부 무시하고 의식을 잃고 병든 이반을 자신의 집으로 데려왔다.

   동거하던 두 사람의 친척 부인들 중에서 한 사람은 공판이 끝나고 곧 모스크바로 떠났지만 한 사람은 아직 같이 살고 있었다. 그러나 혹여 두 사람이 다 떠나고 없어도 카체리나는 결심을 바꾸지 않고 환자를 간호하려고 밤낮을 가리지 않고 그 머리맡을 지켰을 것이다.

이반은 바르빈스키와 게르첸시투베의 치료를 받았다. 모스크바의 의사는 병세의 진행을 미리 알려주기를 거부하고 모스크바로 돌아갔다. 남아 있는 두 명의 의사도 카체리나와 알료샤를 격려했지만 아직은 확실한 희망을 줄 수 없는 것 같았다.

알료샤는 하루에 두 번씩 형을 문병했지만 오늘은 특별한 용무가 있어서 찾아왔다. 그는 그 용건을 꺼내기 좀 거북스러웠지만, 마음이 몹시 급했다. 다른 곳에도 급한 용무가 있어서 빨리 그곳으로 가야 했다. 두 사람은 이미 15분 정도 이야기를 나누었다. 카체리나는 얼굴빛이 창백하고 불안해 보였으며 동시에 병적으로 흥분한 상태였다. 지금 알료샤가 무슨 볼일이 있어서 일부러 찾아온 것인지 그녀는 이미 짐작하고 있었다.

"그 사람의 결심에 대한 것이라면 걱정하지 마세요." 그녀는 건조한 말투로 단호하게 말했다. "어차피 그는 그렇게 할 수밖에 없어요. 도망칠 수밖에 없어요! 저 불쌍한 사람, 명예와 양심의 주인공인 그 사람, 아니 드미트리가 아니라 문 저쪽에 누운 사람 말이에요. 형님을 위해서 자신을 희생한 사람 말이에요." 카체리나는 눈물을 흘리며 말했다. "저 사람은 이미 오래 전부터 탈출 계획을 나에게 말했어요. 사실은 저 사람은 이미 준비를 해놓았다고 했어요. 당신에게도 어느 정도는 말했지만 아마 여러 사람들과 함께 시베리아로 호송될 때 여기서 세 번째 중계 수용소에서 탈주시킬 거예요. 맞아요, 그때까지는 여러 가지 일이 남았어요. 이반은 이미 그 세 번째 중계 수용소의 소장을 만났어요. 그런데 호송대 대장이 누가 될지 알 수 없어요. 미리 알 수 없다고 하더군요. 아마 내일이면 자세한 계획서를 보여드릴 수 있을 거예요. 그것은 공판 바로 전날 이반이 무슨 일이 있을 때를 대비해서 나에게 두고 간 거예요. 아참, 그때예요. 기억하시죠, 우리가 다투다가 당신에게 들켰잖아요. 그가 계단을 내려가는데 마침 당신이 와서 내가 그를 다시 불렀던 날, 기억하세요? 그때 우리가 왜 싸웠는지 모르시겠어요?"

"아니요, 잘 모르겠습니다."

알료샤가 말했다.

"그는 물론 당신에게 감췄지만 그 다툼은 이 탈주 계획 때문에 벌어진 거예요. 그는 사흘 전부터 계획의 중요한 부분을 말해 줬어요. 그때부터 싸우기 시작했어요. 그리고 사흘간 계속 싸웠지요.

싸운 이유는 말이에요, 만약 드미트리가 유죄를 판결 받으면 그 여자와 함께 외국으로 도망갈 거라고 그가 말해서 나는 화를 냈어요. 왜 화를 냈냐고요? 그건 말 못해요. 나도 모르겠어요. 네, 물론 나는 그때 그 여자 때문에, 그 여자 때문에 화가 났어요. 그녀가 드미트리와 함께 외국으로 도망간다는 말을 들었기 때문이에요!"

카체리나는 화가 나서 입술을 떨면서 갑자기 외쳤다.

"이반은 그때 내가 그 여자 때문에 화를 내는 걸 보더니, 단번에 내가 질투를 하는 걸로 알더군요. 말하자면, 내가 아직도 드미트리를 사랑하고 있다고 생각했나 봐요. 그래서 그때 처음으로 싸웠답니다. 난 변명하고 싶지도 않았고 또 사과도 할 수 없었어요. 이반마저 내가 아직도 드미트리를 사랑한다고 알다니 정말 슬퍼서 견딜 수가 없었어요. 게다가 그 훨씬 전에, 드미트리를 사랑하지 않는다, 오로지 당신만을 사랑한다고 확실하게 밝혔는데도 말이에요! 나는 단지 그 여자에 대한 증오 때문에 화를 낸 것뿐이에요!

그리고 사흘이 지난 뒤, 마침 당신이 찾아온 그날 밤, 그는 봉해진 편지 한 통을 가져와서, 만약 자신에게 무슨 일이 생기면 즉시 이것을 뜯어보라고 하더군요. 그는 자신이 병에 걸릴 것을 직감했던 거예요! 그는 그 봉투 안에 자세한 탈주 계획서가 들어 있으니, 만약 자신이 죽거나 중병에 걸리면 나 혼자서라도 미차를 도와주라고 했어요. 그리고 만 루블쯤 되는 돈을 나에게 두고 갔어요. 검사는 누구에게 들었는지, 그가 그 돈을 환전상에 바꾸러 보낸 것을 알아내고 논고 때 그렇게 말하더군요.

난 갑자기 일어난 일인지라 큰 충격을 받았어요. 이반은 아직도 내가 미차를 사랑하는 줄 알고 늘 안절부절 하면서도, 형님을 구하겠다는 생각으로 나에게, 장본인인 나에게 드미트리의 구출을 부탁했어요.

아, 그건 바로 희생이에요! 아니, 알렉세이 씨, 이런 자기희생은 당신도 이해하지 못할 거예요! 나는 존경심을 억누르지 못하고 그의 발아래 무릎을 꿇으려고 했지만, 그렇게 되면 미차가 구제되는 걸 기뻐한다고 엉뚱한 오해를 할 것 같아서(그는 분명히 그렇게 생각했을 거예요!), 그가 그런 오해를 할 가능성이 있다는 것만으로도 느닷없이 화가 나는 바람에, 그의 발에 입을 맞추는 대신 또 싸우기 시작했어요.

아, 나는 정말 나쁜 여자예요! 난 그런 성격을 가졌어요, 고약하게 못된 성미를 가졌어요! 맞아요, 그래요. 나는 이런 짓을 하다가 결국 그에게 버려지고 말 거예요. 그도 드미트리와 마찬가지로 더 좋은 여자가 나타나면 다른 여자에게 돌아설 거예요. 하지만, 그렇게 되면, 아 그렇게 되면 난 도무지 견딜 수 없을 거예요, 죽어버리고 말 거예요!

그런데 그때, 당신이 오셔서 내가 당신에게 소리쳐서 그도 함께 불렀지요. 그때 그가 당신과 함께 들어오면서 적의 어린 시선으로 나를 노려보더군요. 그래서 나도 모르게 분노가 폭발하고 말았어요. 그래서, 기억하시죠? '드미트리 씨가 살인범이라고 주장하는 건 저 사람이에요, 저 사람뿐이에요'하고 갑자기 당신에게 소리쳤잖아요?

또 그를 화나게 만들기 위해서 일부러 그렇게 거짓말을 했어요. 그는 한 번도, 절대로 한 번도 미차가 사람을 죽였다고 주장하지 않았어요. 그건 오히려 내가 그런 걸요. 맞아요, 전부 나의 무서운 분노가 원인이 되었어요!

법정에서 그런 저주스러운 일을 준비한 것도 나였지요! 그는, 자신은 고귀한 인간이다, 설사 내가 드미트리 씨를 사랑하더라도 복수심이나 질투심 때문에 형님을 파괴하지 않는다고 나에게 증명해 보이려고 했어요. 그래서 법정에 나간 거지요. 전부 나 때문이에요, 내 잘못이에요!"

카차의 이런 고백을 처음 들은 알료샤는 지금 그녀가 극한 고통으로 괴로워하고 있다고 느꼈다. 즉 극도로 오만한 마음이 아픔을 견디며 그 자만심을 부수고 비애에 억눌려 쓰러지려는 것이었다.

미차가 유죄 판결을 받은 지금, 그녀는 감추기 위해서 노력했지만, 알료샤는 그녀의 극렬한 고통의 이유를 한 가지 더 알고 있었다. 그러나 지금 만약 그녀가 스스로 고백하고 그 굴욕을 견디려고 한다면, 오히려 알료샤가 고통스러울 게 분명했다.

그녀는 법정에서의 자신의 '배신행위'에 괴로워하는 것이었다. 그녀의 양심은 그녀에게 알료샤 앞에서 울고 통곡하며 미친 듯이 엎드려 사과할 것을 지시했다. 그것을 알료샤는 예감했다. 그러나 그는 그런 순간이 두려워서 괴로워하는 여자를 용서하고 싶었다. 그렇게 하려니 자신이 방문한 용건을 말하기가 더 힘들어졌다. 그녀는 다시 미차에 대해 말했다.

"걱정하지 마세요, 걱정할 것 없어요. 그의 일은 걱정하지 않아도 돼요!" 카차는 다시 굳세고 단호하게 말했다. "그는 뭐든지 잠시뿐이에요. 난 그의 성격을 잘 알아요. 그의 마음을 잘 알아요. 그러니 걱정하지 마세요. 그는 결국 탈주하는 것에 동의할 거예요. 그리고 지금 당장 하는 것도 아니니, 아직 천천히 생각하고 결심하면 돼요. 그때까지는 이반도 병이 나아서 자신이 직접 주선하겠지요. 그러면 나는 아무것도 하지 않아도 돼요. 걱정하지 마세요. 분명히 동의합니다. 그리고, 그는 벌써 동의한 것과 같아요. 그 여자를 혼자 두고 그가 갈 수 있다고 생각하세요? 그런데 그 여자를 유형지까지 같이 보내 주지는 않을 테니까 도망가는 것밖에 없잖아요? 단지 그는 당신을 두려워해요. 당신이 도덕적인 입장에서 탈주에 반대하지는 않을지, 그걸 두려워해요. 만약 이런 경우 당신의 허락이 필요하다면, 당신도 관대하게 허락해 주셔야만 할 거예요." 카차는 비아냥거리듯이 덧붙였다.

그녀는 잠시 말을 멈추고 살며시 웃은 뒤 다시 말했다.

"그는 저기에서 말이에요, 찬송가가 이렇다, 자신이 짊어져야 할 십자가가 이렇다, 의무는 이렇다 하는 식으로 강의를 해요. 이반이 그 무렵에 자주 나에게 이야기했어요. 그가 어떤 식으로 얘기하는지 당신이 아신다면 좋을 텐데!"

그녀는 감정을 이기지 못하고 문득 외쳤다. "그가 저 불행한 미차 얘기를 나에게 했을 때 얼마나 미차를 사랑했는지! 그 순간 또 얼마나 미차를 미워했는지! 아, 그걸 당신이 아신다면 좋을 텐데! 그런데 나는 아, 나는 그때 오만하게도 그의 말과 그의 눈물을 비웃으면서 대충 흘려듣고 말았어요! 아, 매춘부! 나는 진정 매춘부예요! 하지만 그는, 유죄를 받은 그는, 고통을 참고 견딜 결심을 했을까요?" 카체리나는 초조한 것처럼 말을 마쳤다. "더욱이 그런 사람이 고민을 할까요? 그런 사람은 결코 고민하지 않아요!"

그녀의 말에는 증오와 혐오에 찬 모멸이 배어 있었다. 그런데 사실은 그녀 스스로 그를 배반한 것이다.

'아니, 어쩌면 미차에게 미안하기 때문에, 그래서 때로는 미차가 미울 수도 있다'라고 알료샤는 속으로 생각했다. 그는 그것이 제발 '때로' 멈췄으면 좋겠다고 생각했다. 그는 카체리나의 마지막 말 중에서 도전적인 느낌을 받았지만 응수하지 않았다.

"그래서 오늘 오시라고 한 이유는, 그를 설득하시겠다는 약속을 듣기 위한 거였어요. 당신 생각에는 탈주가 결백하지 못한 일이고, 비겁한…… 그리고…… 뭐라고 해야 할까요…… 비그리스도교적인 일인가요, 그래요?" 카체리나는 도전하는 것처럼 목소리에 힘을 주어 말했다.

"아니요, 그렇지 않습니다. 형님에게 전부 말하겠습니다." 알료샤는 중얼거리며 말했다. "형님은 오늘 당신이 오기를 원했습니다." 그는 카체리나의 눈을 정면으로 바라보면서 문득 쏟아내듯이 말했다.

그녀는 몸을 떨고, 소파에 앉아서 그에게서 약간 물러났다.

"내가…… 내가 정말 그렇게 할 수 있나요?"

그녀는 얼굴이 하얗게 질려서 중얼거리며 말했다.

"물론 할 수 있습니다. 그리고, 꼭 그렇게 하셔야 됩니다!" 알료샤는 완전히 기운을 얻었는지 약간 강한 어조로 말했다. "형님에게는 당신이 필요합니다. 특히 지금은, 만약 그럴 필요가 없다면 이런 말을 해서 처음부터 당신을 괴롭히지 않았을 것입니다. 형님은 환자입니다. 정신이 이상한 것 같습니다. 그리고 밤낮으로 당신이 왔으면 좋겠다고 말합니다. 형님은 화해를 하려고 와 달라고 하는 것이 아닙니다. 단지 당신이 거기에 가서, 문에서 잠시 얼굴을 보여 주시면 됩니다. 형님도 그 뒤, 많이 변화했습니다. 당신에게 죄를 많이 지었다고 깨달았습니다. 그러나 당신에게 용서를 구하려는 것도 아닙니다. '나는 도무지 용서받으면 안 되는 인간이다' 스스로 이렇게 말하니까요. 잠시 문에서 얼굴을 보여 주시기만 하면 됩니다."

"하지만 너무 갑작스러운 일이라서……." 카체리나는 중얼거렸다. "난 얼마 전부터 당신이 그런 말을 하러 오지 않을지 짐작했어요. 그가 나를 오라고 할 것은 당연하니까요. 하지만 그렇게 할 수는 없어요!"

"그렇게 할 수 없는 일인지는 모르겠지만, 꼭 그렇게 해주셔야합니다. 상황이 이렇습니다. 기억하세요. 형님은 처음으로 당신을 얼마나 모욕했는지 깨달았고 충격에 휩싸였습니다. 태어나서 처음 겪은 일입니다. 지금까지 그렇게 완벽하게 깨달은 적은 없었습니다! 당신이 오지 않는다면 '평생 불행하게 지내야 한다'고 형님은 말했습니다. 들어 보세요. 20년형을 선고받은 형님이 아직도 행복하길 바랍니다. 불쌍하지 않으신가요? 생각해 보세요. 당신은 죄가 없이 파멸한 한 남자를 찾아가는 것입니다."

알료샤는 자신도 모르게 도전적으로 말했다. "형님은 무죄입니다. 형님 손은 피가 묻지 않았습니다! 지금부터 견딜 수많은 고통을 위해서 그를 찾아가 주세요. 찾아가서 어둠 속으로 떠나는 형을 배웅해 주세요. 문에라도 서 계십시오. 그렇게 해야만 합니다!" 알료샤는 '그렇게 해야만!'이라는 말에 특히 힘을 주어서 말했다.

"그래야만 하겠죠……. 그렇지만…… 나는 그렇게 할 수 없어요……." 카체리나는 신음하는 듯이 말했다. "그는 나를 바라보겠지요……. 난 견디지 못할 것 같아요."

"두 분의 시선은 다시 한 번 부딪혀야 합니다. 만약 지금 그 결심을 하지 않는다면, 당신은 평생 동안 괴로울 겁니다."

"차라리 평생 괴로운 것이 낫겠어요."

"가야만 합니다. 가야 합니다."

알료샤는 다시 집요하게 말했다.

"하지만, 왜 오늘이어야 하는 건가요? 왜 지금이어야 하는 거죠? 난 환자를 혼자 두고는 갈 수 없어요."

"잠시 동안이면 됩니다. 아주 잠시면 됩니다. 만일 당신이 가지 않으면 형님의 열병은 밤까지 더욱 심해질 것입니다. 나는 거짓말은 하지 않습니다. 제발 불쌍히 여겨 주십시오!"

"나를 불쌍하게 생각해 주세요."

카체리나는 괴로운 것처럼 상대를 원망하고 구슬프게 울었다.

"그럼 가시는 건가요?" 알료샤는 그녀의 눈물을 보고 단호하게 말했다. "나는 한 걸음 먼저 가서 형님에게, 지금 당신이 오신다고 말하겠습니다."

"아니요, 절대로 그렇게 말하지 마세요!" 카체리나는 깜짝 놀라서 외쳤다. "갈 거예요. 하지만 미리 말하지 마세요. 가게 되도 안에 들어가지 않을 수도 있어요……. 아직 어떻게 해야 할지 정하지 못했어요."

그녀의 목소리는 거기서 멈추었다. 숨을 쉬는 것이 힘들어 보였다. 알료샤는 나가기 위해서 일어났다.

"그러다가 누굴 만나면요?"

그녀는 다시 창백해져서 작은 목소리로 물었다.

"그러니까 지금 가시면 누굴 만날 걱정을 하지 않으셔도 됩니다. 아무도 오지 않습니다. 정말이에요. 기다리겠습니다."

알료샤는 그렇게 다짐하고 방에서 나갔다.

2. 한순간의 거짓이 진실이 되다

　알료샤는 미차가 있는 병원을 향해 서둘러 걸어갔다. 판결이 내려지고 이틀 뒤, 미차는 신경성 열병에 걸려 시립병원 수인병동(囚人病棟)에 수용되었다. 그러나 알료샤와 그 밖의 많은 사람들(호홀라코바와 리즈 같은 사람들)의 요청으로 의사 바르빈스키는 미차를 다른 죄수들과 한방을 쓰게 하지 않고 특별히 스메르쟈코프가 입원했던 작은 독실에 넣었다.

　복도 끝에는 경비원이 있었고 창문에는 쇠창살이 있었기 때문에 바르빈스키도 이 규칙에 어긋난 관대한 조치 때문에 걱정하지 않아도 되었다. 그는 착하고 정이 많은 청년이었다. 그는 미차 같은 남자가 갑자기 살인범이나 사기꾼 같은 인간들 속에 합류하는 것이 얼마나 힘든 일인지 잘 알아서 천천히 그런 생활에 익숙해지게 하려고 했다.

친척이나 친지들의 면회도, 의사나 간수는 물론 서장도 묵인하고 있었다. 그러나 요즘 미차를 찾아오는 사람은 오로지 알료샤와 그루셴카뿐이었다. 라키친도 두 번 정도 면회를 하고 싶어 했지만 미차는 바르빈스키에게 부탁해서 그를 들여보내지 못하도록 했다.

알료샤가 들어갔을 때, 미차는 병원의 가운을 입고 물에 적신 수건을 머리에 두른 채 침대에 앉아 있었다. 그는 초점이 없는 눈으로 알료샤가 들어오는 것을 보았다. 그 눈에는 공포 같은 것이 언뜻 떠올랐다.

그는 재판 당일부터 항상 깊은 생각에 빠져 있었다. 어쩌다가 한 30분 정도 아무 말도 하지 않고 옆에서 보기에도 가련할 만큼 무언가에 깊이 빠져 생각하며 괴로워해서, 눈앞에 사람이 있는 것도 잊어버렸다. 침묵을 깨고 자신이 말을 해도 언제나 갑자기, 그것도 정말 아무 쓸데없는 말을 꺼내곤 했다.

또 어쩌다 괴로운 표정을 지으며 알료샤를 볼 때도 있었다. 그는 알료샤보다 그루셴카와 함께 있는 것이 더 마음이 편한 것 같았다. 그루셴카와는 거의 말을 하지 않았지만, 그녀가 들어오면 그의 얼굴은 기쁨으로 가득했다. 알료샤는 아무 말도 하지 않고 침대에 앉은 미차 곁에 나란히 앉았다. 이날 미차는 불안해져서 알료샤를 기다렸지만, 물어 볼 용기가 생기지 않았다. 카체리나가 방문을 승낙했다는 것은 생각하지도 못할 거라고 여겼기 때문이기도 했다. 동시에 만약 그녀가 오지 않으면 엄청난 일이 벌어질 것 같은 기분이 들었다. 알료샤는 그의 그런 기분을 잘 알았다.

"트리폰 말이야." 미차는 걱정스러운 것처럼 말문을 열었다. "자신의 여관을 다 부쉈다고 하는구나. 마루 판자를 들어내고, 벽의 널빤지를 뜯고 '복도'까지 온통 쑥대밭을 만들었대. 검사가 그 1천 5백 루블이 거기 감춰져 있다고 해서 그 돈을 찾는다고 그런다고 하더라. 돌아가자마자 그런 멍청한 짓을 시작했대. 악당 같아, 정말 잘 됐어! 여기 경비병이 어제 나에게 말해 줬어. 그곳에서 왔거든."

"형님." 알료샤가 말했다. "그녀가 옵니다. 하지만 언제 올지는 모르겠습니다. 오늘일지, 아니면 2, 3일 안에 올지, 어쨌든 오기는 옵니다. 확실히 올 겁니다."

미차는 몸을 떨었다. 그리고 뭔가를 말하려다가 그대로 입을 다물었다. 그에게 이 소식은 큰 충격이었다. 그는 알료샤와 카체리나의 대화 내용을 자세히 알고 싶어서 견딜 수 없었지만 지금은 그것을 물어보기가 두려운 것 같았다. 만약 무언가 카체리나의 잔혹하고 멸시적인 말을 들으면 그 순간 칼에 찔린 사람처럼 될 것이 분명했다.

"그 사람은 여러 가지 얘기를 하다가 이렇게 말했어요. 나에게, 제발 탈주에 대해서 형님의 양심을 안심시켜 주라고요. 만일 그때까지 이반이 낫지 않으면 자신이 맡아서 주선하겠다고 했어요."

"그 얘기는 이미 들었다."

미차는 생각에 잠겨 말했다.

"형님은 그루셴카에게 이 얘기를 하신 겁니까?"

"했어. 그 사람은 오늘 아침에는 오지 않을 거야." 그는 살며시 동생을 바라보았다. "밤까지는 오지 않을 거야. 어제 내가 그 사람에게 카체리나가 여러 가지로 움직인다고 말했더니, 아무 말도 하지 않고 입을 삐죽거렸어. 그리고 '마음대로 하라고 해!' 이렇게 말했지. 중요한 일이라는 건 이해한 것 같은데, 난 그 이상은 그루셴카를 시험할 용기가 나지 않았어. 그 사람도 이제는 알고 있는 게 아닐까? 카체리나가 사랑하는 건 내가 아니라 이반이라는 거 말이야."

"알까요?"

알료샤는 자신도 모르는 사이 물었다.

"아니, 아마 모를 것 같아. 어쨌든 오늘 아침에는 오지 않을 거야." 미차는 다시 빠르게 결심했다. "그 사람에게 내가 부탁한 말이 있어. 어쨌든 이반은 누구보다 똑똑한 녀석이야. 그 애는 살아야 해, 우리는 어떻게 되도 상관없지만. 이반은 꼭 나을 거야."

"생각해 보세요, 카체리나 씨는 이반 형님을 몹시 걱정하면서도 형님이 완쾌될 것이라고 믿어요."

"그건 말하자면 죽는다고 생각한다는 증거야. 사실을 생각하는 게 무서워서 완쾌된다고 믿으려고 하는 거야."

"하지만 형님은 워낙 몸이 튼튼해서 저도 나을 것이라고 기대합니다."

알료샤는 불안해하며 말했다.

"물론이야, 꼭 완쾌할 거다. 그러나 카차는 이반이 죽을 거라고 믿고 있지. 그 사람도 불행이 계속되는구나."

침묵이 이어졌다. 미차는 무언가 중요한 문제로 고민하는 것 같았다.

"알료샤, 나는 그루센카를 무척 사랑해." 그는 갑자기 눈물 어린, 떨리는 목소리로 말했다.

"하지만, 그 사람이 그곳에 함께 갈 수는 없잖아요." 알료샤는 재빨리 형의 말을 받아서 말했다.

"그래서 너에게 할 말이 있다." 갑자기 어딘가 모르게 들뜬 듯한 목소리였다. "만약 가는 중이나 그곳에 가서 관리들에게 맞기라도 하면, 나는 가만히 있지 않을 거야. 아마 그놈을 죽이고 나도 총에 맞아 죽을 거야. 왜냐하면 그런 일은 20년이나 이어질 테니까 말이야! 여기서도 벌써 나를 '너'라고 부른단다. 간수들이 나에게 '너'라고 한다니까. 간밤에도 누워서 밤새 나에 대해 생각했어, 아무래도 나는 마음의 준비가 덜 된 것 같아! 받아들이지를 못하겠어! 나는 '찬가'를 부르고 싶었는데, 간수들에게 '너' 소리를 듣는 건 도무지 견딜 수 없어. 그루샤를 위해서는 뭐든지 참을 수 있어, 무엇이든지 간에. 그러나 매를 맞는 건…… 하지만 그 여자는 그곳에 함께 갈 수 없을 거야."

알료샤는 가만히 미소를 지었다.

"형님, 그 일에 대해서는 마지막으로 말씀드리겠습니다. 제가 거짓말을 하지 않는다는 건 잘 알고 계시겠지요. 형님, 형님은 아직 마음이 약하세요. 지금 말한 그런 십자가는 아직 짊어질 수 없으십니다. 뿐만 아니라, 마음이 약한 형님에게는 그런 거룩한 순교자의 십자가 같은 건 필요하지 않아요. 만약 형님이 아버지를 살해했다면, 십자가를 피하려고 하는 형님을 나도 슬퍼할 거예요. 하지만 형님은 무죄입니다. 그런 십자가는 형님에게는 지나치게 무겁습니다.

형님은 고통을 받으면서 자신의 내부에 또 하나의 인간을 소생시키려고 했어요. 제 생각에는 설사 형님이 어디로 도망가더라도, 그 또 한 사람의 인간을 잊지 않으면 그것으로 충분하다고 생각합니다. 형님이 이 십자가의 고통을 피하시는 것은 자신의 내부에 더 큰 의무를 느끼시는 기회가 될 것입니다. 그리고 이 끊임없는 고통은 장차 형님의 생애에서 형님이 새로운 인간으로 태어나는 것을 도울 것입니다. 어쩌면 그곳에 가시는 것보다 더 나을 수도 있습니다.

왜냐하면 그곳에 가시면 형님은 견디지 못하고 하느님께 불만을 품게 되어서, 나중에는 나는 청산을 했다는 생각을 하시게 될 테니까요. 사실 그 점에서 대해서는 변호사가 했던 말이 맞습니다. 누구든지 전부 그런 무거운 짐을 질 수 있는 것은 아닙니다. 사람에 따라서는 절대로 할 수 없는 경우도 있습니다.

꼭 제 의견을 들으셔야 한다면, 지금 말씀드린 대로입니다. 만약 형님이 탈주해서 다른 사람이, 예를 들어 호송장교나 병사가 책임을 지게 된다면, 저도 탈주를 '용서하지 않겠지만' 말입니다." 이렇게 말한 알료샤는 미소를 지었다. "그러나(이것은 그 세 번째 중계 수용소의 소장이 이반 형님에게 한 말이지만), 일이 잘 풀리면 그렇게 큰 문제는 되지 않고 아주 가벼운 벌을 받을 거라고 합니다. 물론 뇌물을 쓰는 것은 나쁜 일입니다. 이런 경우에도 나쁜 일임에는 분명하지만, 저는 이제 일절 이론을 내세우지 않겠습니다. 그러니까 만약 이반 형님과 카체리나 씨가 형님을 위해 뒤에서 움직이라고 부탁하면 저도 뇌물을 쓸 수밖에 없으니까요. 제가 이렇게 말하는 것도 형님에겐 전부 사실대로 말해야 되기 때문입니다. 그러니까 형님이 어떻게 행동하시든 간에 저는 형님의 행동을 심판할 입장이 아니라는 것이지요. 하지만, 알아주세요. 저는 결코 형님을 책망하지 않을 것입니다. 게다가 제가 이 사건에서 형님을 심판한다는 것은 우습지 않습니까? 자, 이것으로 전부 검토했군요."

"하지만 그 대신 나는 내 스스로 나를 심판해야 한단 말이야." 미차가 외쳤다. "나는 도망치겠어. 이건 네가 말하지 않아도 결정된 거야. 미차 카라마조프가 어떻게 달아나지 않고 버틸 수 있겠니? 그 대신 스스로 나를 심판해서 다른 곳에 가더라도 죽을 때까지 용서를 빌면서 기도할 거야! 이렇게 말하니까 왠지 예수회 사람들이 하는 말 같구나. 우리가 지금 이렇게 얘기를 주고받는 게 그런 것 같지 않니, 그렇지?"

"그러네요."

알료샤는 조용히 미소를 지으며 말했다.

"나는 네가 항상 진실을 말하고 전혀 숨기지 않아서 좋아!" 미차는 기쁘게 웃으면서 크게 말했다. "그러니까 나는, 우리 알료샤가 예수회 수도사라는 꼬리는 잡은 거야! 이건 너에게 키스를 퍼부어야 할 일이야! 자, 그러면 그 나머지를 들어 주렴. 내 마음의 절반도 너에게 열 테니까. 내가 깊이 생각한 결과 결심한 건 이렇다.

나는 비록 돈과 여권을 가지고 미국으로 달아나더라도 기쁨이 생기는 것도 아니고, 행복해지는 것도 아니고, 실은 전혀 다른 징역이라는 생각으로 나를 격려하고 있어. 미국은 정말 시베리아와 다를 게 없어! 시베리아보다 더할지도 몰라. 알렉세이, 솔직하게 말해서 훨씬 더 나빠! 난 미국이 싫어. 비록 그루샤가 함께 가더라도 말이야. 첫째, 그 사람을 봐라. 대체 누가 그 사람을 미국 여자라고 생각하겠니! 그 사람은 러시아 여자야, 머리끝에서 발끝까지 러시아 여자야. 그 사람은 어머니인 러시아가 그리워서 향수병에 걸릴 수도 있어. 그러면 나는 밤낮으로 그 사람이 나 때문에 힘들어하고 나 때문에 십자가를 짊어지고 있는 걸 봐야 된단 말이야. 그 사람에게 무슨 죄가 있겠니? 그리고 나도 어떻게 미국의 농부들과 같이 살겠니? 그 녀석들은 모두 나보다 좋은 인간일 수는 있지만, 역시 농부는 농부일 뿐이야. 벌써부터 나는 미국이 싫구나! 설령 그들이 전부 훌륭한 기술자라도 상관없어. 그들은 결코 내 친구가 아니야. 내 영혼의 친구가 될 수 없어. 나는 러시아를 사랑해. 알렉세이, 나는 비열한 놈이지만, 나는 러시아의 신을 사랑해! 맞아, 나는 분명히 거기서 뻗을 것 같아!" 그는 문득 눈을 반짝이면서 외쳤다. 눈물 때문에 그의 목소리는 떨렸다.

"그래서, 알렉세이, 나는 결심했어. 한번 들어 보렴!" 그는 흥분을 억누르며 말했다. "그루센카와 함께 그곳에 도착하면, 거기서 곧 어느 곳이든 인적이 드문 곳으로 가서 야생의 곰들과 함께 농사를 지으려고 해. 그곳은 아직도 어딘가 인적이 드문 곳이 있을 거야! 이야기를 들으면 그곳은 어딘가 지평선 끝에 아직도 피부가 붉은 인디언이 살고 있다고 하는구나. 우리는 거기까지, 마지막 모히칸족의 나라까지 찾아갈 거야. 그리고 나도 그루샤도 곧 문법 공부를 시작할 거야. 3년 동안 일하면서 문법을 공부할 거야. 그래서 어떤 영국인과 비교해도 뒤처지지 않도록 영어를 배우려고 해.

영어를 다 배우면 그때는 이제 미국과는 헤어져야지. 미국인이 되어서 다시 러시아로 돌아올 거야. 걱정하지 마, 이곳에는 오지 않을 거니까. 북쪽이나 남쪽의 어느 먼 시골에 숨으면 돼. 그때까지는 나도 변할 거고 그 사람도 역시 변할 거야. 미국의 의사에게 부탁해서 얼굴에 사마귀라든가 뭐 좀 만들어 달라고 해야겠어. 그들은 기술자니까 그런 것 정도는 아무것도 아닐 거야. 그렇지 않으면 한쪽 눈을 뽑아서 애꾸가 되거나 하얀 수염을 육칠십 센티 정도 길러 보거나(러시아가 그리워서 머리도 하얗게 셀 거야). 그러면 아무도 알아볼 수 없을걸. 만약 발각되면 그때는 다시 시베리아로 가면 되는 거잖아? 재수가 없으니 어쩔 수 없지. 어쨌든 돌아와서 어느 시골에 파묻혀서 농사를 지어야지. 그리고 평생 미국인처럼 지낼 생각이야. 그 대신 러시아 땅에 뼈를 묻는 셈이지. 이것이 나의 계획이다. 절대로 바꿀 수 없어. 찬성할 거지?"

"찬성하겠습니다."

알료샤는 말했다. 형의 생각에 반대하고 싶지 않았다.

미차는 잠깐 침묵하다가 다시 말했다.

"그런데, 재판에서는 정말 교묘하게 넘어갔어. 어떻게 그럴 수 있지!"

"그렇지 않더라도 유죄였을 겁니다!"

알료샤는 한숨을 쉬며 말했다.

"맞아, 이 도시의 사람들은 내게 진저리를 내는 거야. 마음대로 하라고 해. 이제 나도 정말 지겹다!"

미차는 괴로운 것처럼 신음했다.

다시 두 사람은 잠깐 동안 침묵했다.

"알료샤, 지금 곧장 나를 죽여다오!" 그가 갑자기 외쳤다. "그 사람은 올까, 오지 않을까, 말해 봐! 그 사람이 뭐라고 했니? 어떻게 말하더냐?"

"온다고 했지만, 오늘이 될지는 모르겠습니다. 그 사람도 괴로워하거든요!"

알료샤는 머뭇거리는 시선으로 형을 보았다.

"흥, 당연하지, 당연히 괴로울 거야! 알료샤, 난 그걸 생각하면 미칠 것 같구나. 그루샤는 항상 나를 보고 있어서 내 마음을 이해해. 아, 하느님, 제 마음을 진정시켜 주세요. 뭘 원하느냐고! 카차를 원한다. 도대체 나는 제정신인가? 이건 바로 카라마조프식의 모욕적인 무절제야! 그래, 나는 괴로워하는 것이 불가능하니까!

비겁한 사람, 오직 그것뿐이야!"

"아, 그 사람이 왔어요!"

알료샤가 외쳤다.

그 순간 카차가 홀연히 문간에 모습을 드러냈다. 그녀는 그곳에서 어쩔 줄 모르는 시선으로 미차를 바라보며 걸음을 멈췄다.

미차는 거의 튀어오를 것처럼 자리에서 일어났다. 그 얼굴에는 공포의 기색이 떠올랐다. 그의 얼굴이 하얗게 질리더니 이내 겁을 먹은 것처럼, 애원하는 것처럼 미소가 얼핏 입술에 스쳤다. 그 다음, 그는 자신도 모르게 카차에게 두 손을 내밀었다.

카차는 그것을 보고 재빨리 그 앞으로 달려가서 두 손을 잡고 그를 미는 듯이 침대에 앉히고 자신도 그 옆에 앉았다. 그리고 언제까지나 그 손을 붙잡고 가늘게 떨리는 손으로 꼭 잡고 있었다. 두 사람은 몇 번이나 무슨 말을 하려다가 그만두고 조용히 입을 다물고 기이한 웃음을 지으면서 움직이지 않고 서로의 얼굴을 바라보았다. 그렇게 2분 정도가 흘렀다.

"나를 용서하는 건가, 그래?" 결국 미차가 속삭이듯이 말했다. 그리고 알료샤를 돌아보고 기뻐서 얼굴을 찡그리며 외쳤다. "넌 알겠니, 내가 무엇을 묻는지! 알겠니?"

"그래서 난 당신을 사랑했어요, 당신은 정말 너그럽거든요!" 카차는 자신도 모르게 외쳤다. "그리고, 내가 당신을 용서할 건 아무것도 없어요. 오히려 내가 당신에게 용서를 빌어야 해요. 하지만 용서받든, 용서받지 못하든 간에 당신은 내 마음에 영원히 상처로

남을 거예요. 그리고 나도 역시 당신의 마음속에, 그렇지 않다는
건 거짓말이겠지요."

그녀는 숨을 들이마시기 위해서 말을 중단했다.

"내가 왜 왔는지 아세요?" 그녀는 흥분해서 다급하게 다시 말했
다. "당신의 발에 입을 맞추려고 왔어요, 당신의 손을 잡으려고 왔
어요. 이렇게 꼭, 아플 정도로. 기억하나요? 모스크바에서도 이렇
게 당신의 손을 잡았었어요. 그리고 또 당신이 하느님이고, 나의
기쁨인 것을 새삼스럽게 말하기 위해서 왔어요. 내가 미치도록 당
신을 사랑하는 걸 당신에게 말하고 싶었어요."

그녀는 괴로운 듯이 신음하며 이렇게 말한 뒤 갑자기 열정적으
로 그의 손에 입을 맞췄다.

그녀의 눈에서 눈물이 흘렀다. 알료샤는 놀라서 말없이 서 있었
다. 지금 눈앞의 광경을 전혀 예상하지 못했기 때문이다.

"사랑은 끝난 거예요, 미차!" 다시 카차가 말을 시작했다. "그렇
지만, 그 끝난 추억이 나에게는 아플 만큼 소중해요. 이건 언제까
지나 잊지 마세요. 하지만, 이제부터 1분간만이라도 할 수 있었으
면서 하지 못한 일을 해도 괜찮겠지요?" 그녀는 미소로 얼굴을 일
그러뜨리고 중얼거리듯 속삭이면서 기쁨을 담은 눈으로 미차의
눈을 바라보았다. "당신도 지금은 다른 여자를 사랑하고 나도 다
른 남자를 사랑하지만, 그래도 나는 역시 영원히 당신을 사랑할 것
이고, 당신도 그럴 거예요. 알겠어요? 맞아요, 나를 사랑하세요, 죽
을 때까지 사랑해 주세요!" 그녀는 위협이라도 하는 것 같은 떨리

는 목소리로 외쳤다.

"사랑할 거야. 그리고…… 알아, 카챠?" 미챠는 한 마디를 말할 때마다 숨을 몰아쉬며 말했다. "나는 닷새 전의 그때도, 그날 밤에도 당신을 사랑했어, 당신이 쓰러져서 실려 나갔을 때 말이야…… 죽을 때까지! 그대로, 영원히 그대로……."

두 사람은 거의 의미가 없는, 미친 넋두리 같은 말을 서로 속삭였다. 그 말은 어쩌면 진실과는 먼 거리의 것이었을 수도 있다. 그러나 그 순간만은 진실이라고 할 수 있었다. 그들도 자신들의 말을 변함없이 믿었다.

"카챠." 미챠가 문득 큰 목소리로 말했다. "당신은 내가 죽인 거라고 믿었어? 지금은 그렇지 않은 걸로 알지만, 그때…… 당신이 그 증언을 했을 때는…… 그래, 그때는 그걸 믿었지, 그런 거지?"

"그때도 믿은 건 아니었어요! 한 번도 믿지 않았어요! 당신이 미워서, 문득 스스로 그렇게 믿게 한 거예요, 그 순간에 말이에요…… 증언을 할 때는…… 그렇게 믿으려고 했었고 그렇게 믿기도 했어요……. 하지만 증언을 끝내고 보니 다시 단번에 믿을 수 없었어요. 진심이에요, 아, 깜빡 잊었네요, 나는 스스로를 벌하려고 이곳에 왔는데!" 그녀는 문득 지금까지의 사랑의 속삭임과는 다른 말투와 새로운 표정을 지으며 말했다.

"당신도 많이 괴롭지? 게다가, 여자의 몸이니까!"

마치는 자신도 모르게 말했다.

"이제 그만 갈게요." 그녀는 속삭였다. "다시 올게요, 지금은 괴로워서……."

그녀는 일어서다가 갑자기 외마디 비명을 지르고 뒤로 물러났다. 어느새 그루센카가 소리 내지 않고 방안에 들어왔던 것이다. 그것은 누구도 예상치 못했던 일이었다. 카차는 그대로 입구로 걸어 나가다가 그루센카와 스쳐 지나칠 때 문득 걸음을 멈추더니 분필처럼 하얗게 변한 얼굴로 가만히 속삭였다.

"나를 용서하세요!"

상대편은 카차를 가만히 바라보더니 잠시 뜸을 두었다가 증오가 가득한 독살스러운 목소리로 대답했다.

"흥, 우습네요! 당신도 나도 전부 서로를 미워하니까요, 두 사람 모두 못된 건 같아요. 용서하다니, 어느 쪽이 용서해야 하는 거죠, 당신인가요, 아니면 나인가요? 어쨌든, 저 사람을 도와주면 난 평생 댁을 위해 기도하겠어요."

"당신을 용서하고 싶지 않군."

미차는 비난을 담아서 그루센카에게 미친 듯이 외쳤다.

"걱정하지 않아도 돼요. 당신을 위해서 반드시 저 사람을 구할 테니까!" 카차는 재빨리 이렇게 속삭이고는 방에서 뛰어나갔다.

"당신은 저 사람을 용서해 줄 수 없다는 건가? 저쪽에서 먼저 '용서해 달라'고 했잖아."

미차는 다시 비통한 목소리로 소리쳤다.

"형님, 이분을 비난하면 안 됩니다. 형님에게는 그럴 만한 권리가 없습니다!"

알료샤가 별안간 열을 내며 형에게 말했다.

"그런 말은 거만한 여자의 입에 발린 말이에요. 진심에서 하는 말이 아니라고요." 그루센카가 날카롭게 말했다. "만약 당신을 구한다면, 무엇이든 용서하겠지만……."

그녀는 마음속의 무언가를 가만히 억누르는 것처럼 그대로 입을 다물었다. 그녀는 아직 평정을 되찾을 수 없었다. 나중에 알게 된 것이지만 그녀는 이때 정말로 우연하게 들어왔고 그런 일을 당할 거라고는 전혀 예상할 수 없었다.

"알료샤, 저 사람을 쫓아가라!" 문득 미챠가 맹렬히 동생을 돌아보았다. "그녀에게 말해……. 뭐라고 말해야 하나…… 어쨌든, 이대로 돌려보내서는 안 돼!"

"저녁 무렵 다시 오겠습니다!"

알료샤는 이렇게 말한 뒤 카챠를 뒤쫓아 갔다.

그는 병원을 나와서 카체리나를 따라잡을 수 있었다. 그녀는 총총히 걷다가 알료샤가 옆에 오자 빨리 말했다.

"안 돼요, 난 그 여자 앞에서 나를 벌할 수는 없어요! 내가 그 여자에게 용서해 달라고 한 건, 나 자신을 벌하기 위해서 그런 거예요. 그런데 그 여자는 용서하지 않았어요……. 그래서 나는 그 여자가 좋아요!"

카체리나는 증오가 가득한 목소리로 이렇게 말을 보탰다. 그 눈은 증오로 번들거렸다.

"형님도 이렇게 될 줄은 전혀 몰랐습니다." 알료샤는 중얼거리듯이 말했다. "형님은 그 사람이 안 올 줄 알고……."

"물론 그랬겠죠. 하지만 그런 얘기는 이제 그만해요."

그녀는 단호하게 말했다. "난 오늘의 장례식에 함께 갈 수 없어요. 조화만 보냈습니다. 돈은 아직 있는 거죠? 하지만, 만약 필요하면, 앞으로도 난 결코 그 사람들을 모른 척하지 않겠다고 전해 주세요……. 이제, 여기서 헤어지기로 해요. 내 걱정은 하지 말고 어서 가세요. 당신도 늦었으니까요, 오후 예배의 종이 울려 퍼지네요……. 어서 가세요!"

3. 일류샤의 장례식, 바위 옆에서의 인사

실제로도 그는 늦어버렸다. 전부 그를 기다리다가 더 기다릴 수 없어서 꽃으로 장식된 깨끗한 관을 교회 안으로 옮기고 있는 중이었다.

그것은 불쌍한 소년 일류샤의 관이었다. 그는 미차의 판결 선고가 내려지고 이틀 뒤에 마지막 숨을 거두었다.

알료샤가 문 앞으로 다가가니 일류샤의 어린 친구들이 환호하며 반겼다. 오랫동안 기다리던 아이들은 그가 온 것을 매우 기뻐했다. 소년들은 열두 명쯤 모였는데 전부 어깨에 가방을 메고 있었다.

'아버지가 무척 우실 거야. 부디 아버지 곁을 지켜 줘.'

일류샤는 죽기 전에 이런 말을 남겼는데 소년들은 그 말을 잊지 않고 기억했다. 콜랴 크라소트킨이 소년들의 앞에 서 있었다.

"카라마조프 씨, 오셔서 무척 기쁩니다!" 콜랴는 알료샤에게 손을 내밀며 외쳤다. "이곳은 정말 처참해요. 정말 보고 있을 수 없을 지경이에요. 스네기료프 씨도 오늘은 술에 취하지 않았어요. 그분이 오늘은 술을 전혀 마시지 않은 걸로 우린 전부 아는데, 마치 취한 사람 같아요……. 난 웬만한 일에는 끄떡도 없는데, 오늘은 정말 괴롭네요. 카라마조프 씨, 저, 시간 괜찮으시면 물어보고 싶은 게 한 가지 있어요, 집 안으로 들어가시기 전에 말이에요."

"그게 뭐지, 콜랴?"

알료샤는 잠시 걸음을 멈추고 말했다.

"선생님의 형님은 무죄인가요, 아니면 정말 유죄인가요? 아버지를 살해한 건 형님인가요, 하인인가요? 우리는 선생님의 말씀을 믿겠습니다. 말씀해 주십시오. 나는 이 일을 생각하느라 나흘 밤 동안 잠을 자지 못했습니다."

"하인이 죽였어, 형님은 무죄야."

알료샤가 대답했다.

"그것 봐, 내 말이 맞잖아?"

스무로프가 갑자기 외쳤다.

"그럼, 그분은 정의를 위해서 죄도 없이 희생되어 사라지는군요!" 콜랴가 외쳤다. "하지만, 사라져도 그분은 행복합니다! 나는 그분이 부러워요!"

"도대체 무슨 말이지? 왜 그런 말을? 왜?"

알료샤는 은근히 놀라서 물었다.

"나도 언젠가는 정의를 위해서 나를 희생하려고 생각 중이거든요."

콜랴는 열정적으로 말했다.

"하지만, 이런 일로 희생되는 건 소용없는 일이에요. 이런 수치스럽고 끔찍한 사건 때문에 말이지요!"

"물론…… 전 인류를 위해서 죽는 것을 원해요. 수치스러운 건 아무래도 상관없어요. 우리의 이름은 어떻게 되어도 괜찮아요. 나는 선생님의 형님을 존경해요!"

"나도 존경합니다!"

뜻밖에도 아이들 중에서 한 명이 외쳤다. 전에 트로이의 창건자를 안다던 그 소년이었다. 그는 이렇게 외치자마자 예전처럼 귀뿌리까지 작약 꽃잎같이 빨개졌다.

알료샤는 방으로 들어섰다. 일류샤는 주름이 진 흰 레이스로 장식된 하늘색 관 속에 두 손을 포개고 눈을 감고 누워 있었다. 얼굴은 야위었지만 살아 있을 때와 거의 같았다. 그리고 이상스럽게도 시체에서는 냄새가 거의 나지 않았다. 그 얼굴은 진지했고 생각에 잠긴 듯한 표정이었다. 십자로 겹쳐진, 마치 대리석으로 조각한 듯한 손은 특별히 아름다웠다. 그 손은 꽃을 쥐고 있었다. 그리고 관의 안팎은 오늘 아침 일찍 리즈 호홀라코바가 보내온 꽃으로 전부 장식되어 있었다. 그 밖에 카차가 보낸 꽃도 있었다. 알료샤가 방문을 열었을 때, 퇴역 대위는 떨리는 손에 꽃다발을 들고 사랑하는 아들의 시신 위에 꽃을 뿌리는 중이었다.

그는 알료샤가 들어오는 것도 개의치 않았다. 아무도 만나고 싶지 않았던 것이다. 훌쩍이며 우는 실성한 자신의 아내까지 보지 않으려고 했다. 그녀는 아픈 다리로 일어서서 죽은 아이를 되도록 가까이 들여다보려고 애를 썼다. 니노치카는 의자에 앉은 채 소년들의 도움을 받아서 관 옆에 다가앉았다. 그녀는 죽은 동생에게 얼굴을 붙이고 역시 소리 내지 않고 울고 있는 것 같았다.

스네기료프는 얼굴에 생기가 도는 것처럼 보였지만, 어딘지 방심한 것 같아 보이기도 하고 화가 난 것 같아 보이기도 했다. 그 몸짓과 때로 내뱉는 말투는 거의 실성한 것 같았다.

"아가, 나의 귀여운 아가야!"

그는 일류샤를 들여다보며 계속 아이를 불렀다. 일류샤가 살아 있을 때부터 그는 "아가, 나의 귀여운 아가!" 하면서 귀여워하던 버릇을 가지고 있었다.

"여보, 내게도 꽃을 줘. 그 애가 손에 쥔 그 흰 꽃을 내게 줘!" 실성한 '엄마'는 울먹이면서 외쳤다. 일류샤의 손에 쥐어진 흰 장미꽃이 마음에 들어서 그러는지, 아니면 기념으로 갖고 싶었는지, 어쨌든 그녀는 몸부림을 치며 꽃에 손을 내밀었다.

"아무에게도 주지 않을 거야. 아무에게도 줄 수 없어!" 스네기료프는 차갑게 외쳤다. "이 꽃은 이 아이 거야, 당신 것이 아니야. 모두 전부 이 아이 것이야. 당신 것은 전혀 없어!"

"아빠, 엄마에게 꽃을 주세요!"

니노치카가 눈물에 젖은 얼굴로 말했다.

"아무것도 줄 수 없다. 엄마에겐 더더욱 안 돼! 엄마는 이 아이를 예뻐하지 않았어. 그때만 해도 아이의 대포를 빼앗았잖아. 일류샤가 엄마에게 선물로 드렸지." 일류샤가 그때 자신의 대포를 엄마에게 양보한 것이 생각났기 때문인지 퇴역 대위는 문득 흐느껴 울었다. 실성한 불쌍한 '엄마'도 두 손으로 얼굴을 가리고 조용히 울었다. 아버지가 언제나 관 옆을 떠나지 않았는데 벌써 출관 시간이 다 된 것을 보고, 소년들이 한 덩어리로 뭉쳐서 관을 둘러싸고 들어올렸다.

"교회 묘지에는 묻지 않을 거야!" 갑자기 스네기료프가 외쳤다. "바위 옆에 묻을 거야. 우리들의 바위 옆에 말이야! 일류샤가 그렇게 부탁했어. 묘지에는 가져갈 수 없다!"

그는 벌써 사흘 전부터 바위 옆에 묻겠다고 고집을 부리는 중이었다. 그러나 알료샤를 비롯해서 콜랴 집주인 할머니, 할머니의 누이, 소년들까지 전부 반대했다.

"꼭 목매서 죽은 시신처럼 더러운 바위 옆에다 묻으려고 하다니, 그게 무슨 심보람." 집주인 할머니가 엄격하게 말했다. "교회 구내에는 멀쩡하게 십자가를 세운 묘지가 있잖아. 거기 묻으면 모두 기도를 할 수도 있어. 교회당 찬송가도 들리고, 신부님이 날마다 고마운 기도문 읽는 소리도 일류샤의 귀에 들어갈 테니, 마치 그 애 무덤 옆에서 읽어 주는 것과 마찬가지야."

결국 대위는 체념을 했는지 손을 흔들며 말했다.

"어디든 마음대로 메고 가!"

소년들은 관을 들어 올려서 밖으로 나가다가 엄마 앞에서 잠시 멈추고 관을 내렸다. 엄마가 일류샤와 마지막 작별을 할 수 있게 하려는 것이었다.

지난 사흘 간 항상 떨어진 곳에서 일류샤를 바라보던 그녀는 지금 바로 앞에서 소중한 일류샤의 얼굴을 들여다보고는 온몸을 떨면서 신경질적으로 흰머리를 관 위에서 앞뒤로 흔들었다.

"엄마, 일류샤에게 성호를 긋고 축복하세요, 입을 맞추세요."

니노치카가 엄마에게 말했다. 그러나 엄마는 말없이 자동인형처럼 머리를 앞뒤로 흔들기만 했다. 그 얼굴은 타오르는 슬픔 때문에 일그러졌다. 그리고 문득 자신의 가슴을 주먹으로 때렸다. 관이 들어 올려져 나갔다. 니노치카는 관이 자신의 앞을 지나갈 때 죽은 동생의 입술에 마지막으로 입을 맞추었다. 알료샤는 방에서 나갈 때 집주인 할머니에게 남은 사람들을 부탁하려고 했는데 할머니는 알료샤의 말이 끝나기도 전에 대답했다.

"알아요, 저 사람들 걱정은 하지 마세요. 나도 그리스도교 신자예요."

할머니는 이렇게 말하고 흐느꼈다. 교회까지는 그렇게 멀지 않아서 300걸음 정도의 거리였다. 맑고 고요한 날씨였다. 추위가 닥쳤지만 그리 대단한 추위는 아니었다. 예배를 알리는 종소리가 아직도 울리고 있었다.

스네기료프는 흐트러진 모습으로 허둥거리며 관을 따라서 걸었다. 그는 여름에 입는, 짧은 헌 외투를 걸쳤다. 차양이 넓은 낡은 중

산모는 쓰지 않고 손에 들었다. 그는 무언가 해결할 수 없는 걱정거리를 가진 것처럼 문득 손을 뻗어서 관을 잡으려고 관을 든 사람들을 방해하기도 하고, 관 주변을 돌아다니면서 어떻게든 사람들 틈에 끼어들려고 노력 중이었다. 눈 위에 꽃 한 송이가 떨어졌다. 그러자 그는 그 꽃을 잃어버리면 큰일이라도 나는 것처럼 달려가서 꽃을 집었다.

"아, 빵을, 빵을 잊었구나."

그러다 그는 몹시 놀라며 갑자기 외쳤다. 소년들은 그 말을 듣고 금세, 빵은 자신들이 분명히 가져와서 호주머니 안에 넣었다고 말했다. 그는 얼른 그것을 꺼내어 보고 그제야 마음을 놓았다.

"일류샤는 그렇게 말했습니다, 일류샤는." 그는 즉시 알료샤에게 설명했다. "어느 날 밤, 내가 그 애의 침대 옆에 앉았는데 그 애가 문득 '아빠, 내 무덤에 흙을 덮을 때, 빵가루도 함께 뿌려 주세요, 참새가 날아오게 말이에요. 참새가 날아오면 난 혼자가 아니라서 기쁠 테니까!' 이런 말을 하지 않겠어요."

"그건 매우 좋은 생각이네요. 가능한 자주 가져다주는 것이 좋겠어요."

"날마다 가져가겠습니다, 날마다!"

대위는 완전히 활기를 되찾고 이렇게 중얼거렸다. 마침내 일행은 교회에 도착해서 그 한가운데에 관을 내렸다. 소년들은 관을 둘러싸고 예배가 진행되는 동안 예의 바르게 서 있었다. 그 교회는 오래되고 가난해서 성상(聖像)의 금장식이 꽤 벗겨져 있었다. 그러나 그런 교회가 오히려 기도하는 데 더 좋았다. 예배가 진행되는 동안 스네기료프도 다소 조용해졌지만 역시 때로 자신도 이유를 알지 못할 불안에 휩싸였다.

그는 관 옆에 다가가서 관 덮개나 화환을 고치거나, 그 다음에는 촛대에서 초가 한 자루 떨어진 것을 보고 허둥지둥 달려가서 제자리에 세우기 위해서 오랫동안 꾸물거렸다.

그것이 끝나자 가까스로 진정된 마음으로 희미하게 불안한 빛을 보이며 멍한 표정으로 죽은 사람의 머리맡에 얌전하게 서 있었다. 〈사도행전〉(使徒行傳)이 낭송된 뒤, 그는 문득 자신의 옆에 선 알료샤를 돌아보며 〈사도행전〉은 저렇게 읽는 게 아니라고 속삭였다. 그러나 그 이유에 대해서는 말하지 않았다. 할렐루야 성가가 시작되자 그도 따라서 함께 부르더니 노래가 다 끝나기 전에 무릎을 꿇고 교회 돌바닥에 이마를 대고 오래 엎드려 있었다.

마침내 매장할 때가 되어서 사람들에게 촛불이 한 개씩 주어졌다. 넋이 나간 것 같은 아버지는 다시 허둥댔다. 슬픈 장송곡은 그의 마음에 더 큰 감동을 주었다.

그는 문득 몸을 움츠리며 소리 죽여 흐느꼈다. 처음에는 소리를 억눌렀지만 나중에 가서는 크게 통곡했다. 사람들이 마지막 작별을 하고 관 뚜껑을 닫으려고 하자, 그는 귀여운 아들의 죽은 모습을 가리지 못하게 하려는 것처럼 일류샤의 시신을 몸으로 덮으면서 그 입술에 계속 입을 맞추었다.

사람들이 겨우 그를 달래서 거의 강제로 계단에서 내려가게 하자, 그는 갑자기 손을 내밀어서 관에서 몇 송이의 꽃을 집어 들었다. 그리고 가만히 그 꽃을 들여다보더니, 갑자기 어떤 새로운 생각이 떠올랐는지 한동안 중요한 일을 잊은 듯한 표정이었다. 그래서 생각에 잠긴 것처럼, 사람들이 관을 묘지로 옮길 때도 방해하지 않았다.

교회 바로 옆의 울타리 안에 묘지가 있었다. 카체리나가 비싼 땅값을 지불해 주었다.

절차대로 의식이 끝나자 인부들이 관을 구덩이 안으로 내렸다. 그러자 스네기료프가 손에 꽃을 쥐고 나직하게 몸을 굽혀서 구덩이 안을 들여다보았다. 소년들은 깜짝 놀라서 그의 외투를 잡고 뒤로 잡아당겼다. 그는 무슨 일이 진행되는지 잘 모르는 듯했다. 사람들이 흙을 덮자 그는 문득 걱정스러운 것처럼 떨어지는 흙을 손가락으로 가리키며 중얼거렸다. 그러나 무슨 말을 하는지 아무도 이해할 수 없었다. 그러다가 문득 다시 조용해졌다. 그때 사람들이 그에게 빵을 뿌리라고 했다. 그러자 그는 몹시 흥분해서 빵을 꺼내어 뜯더니 조금씩 무덤 위에 뿌렸다.

"자, 새들아, 날아오렴. 자, 참새들아, 어서 날아오렴!"

그는 초조하게 중얼거렸다. 아이들 중의 어느 한 명이, 꽃을 들고 있으면 빵을 뜯기 불편하니 누구에게 잠깐 맡기면 어떻겠냐고 했다. 그러자 그는 꽃을 누구에게 맡기는 것은 고사하고 마치 누가 뺏기라도 할 것처럼 갑자기 경계했다. 매장이 끝나고 빵도 다 뿌려진 것을 확인하자 그는 예상 밖으로, 매우 침착하게 발길을 돌려서 집으로 걸어갔다. 그러나 그의 보폭은 점차 빨라져서 나중에는 달려가는 것처럼 급해졌다. 소년들과 알료샤가 그 뒤를 따라서 갔다.

"엄마에게 꽃을 줘, 엄마에게 꽃을 줘! 아까 무안을 주고 말이야."

그는 큰 목소리로 중얼거리며 말했다. 누군가 모자를 써야 한다고, 무척 추우니 모자를 쓰라고 하자 그 말에 몹시 화가 나는 것처럼 그는 모자를 눈 위에 팽개치면서 외쳤다.

"모자는 필요 없어, 모자는 필요 없어!"

스무로프가 모자를 들고 뒤를 쫓아갔다. 소년들은 전부 울기 시작했다. 특히 콜랴와 트로이의 창건자를 아는 소년이 가장 많이 울었다. 스무로프도 대위의 모자를 들고 엉엉 울었다. 그러나 거의 뛰는 것처럼 걸으면서도 길가의 눈 위로 붉게 보이는 벽돌을 주워서 무리를 지어서 나는 참새 떼를 향해 던질 여유는 있었다. 당연히 그것은 맞지 않았다. 그는 울면서 계속 종종걸음으로 걸었다.

절반쯤 되는 곳에 다다르자, 대위는 다시 걸음을 멈추고 깊은 생각에 사로잡힌 것처럼 한 30초 정도 서 있더니, 문득 교회당 쪽으로 몸을 돌려서 방금 떠나온 무덤을 향해서 달리기 시작했다. 소년들이 달려가 사방에서 그에게 매달렸다. 그러자 그는 패배자처럼 힘없이 눈 위에 쓰러져서 몸을 떨면서 소리 지르고 울면서 울부짖었다.

"아가, 일류샤, 나의 귀여운 아가."

알료샤와 콜랴가 그를 안아서 일으켰고 달래며 위로했다.

"대위님, 이제 그만하세요. 남자답게 참으세요."

콜랴가 중얼거리며 말했다.

"꽃이 전부 망가집니다." 알료샤도 말했다. "'엄마'가 꽃을 기다리시잖아요. 그분은 가만히 앉아서 아까 일류샤의 꽃을 얻지 못해 울고 계실 거예요. 집에는 아직 일류샤의 침대도 남아 있잖아요."

"그렇군, '엄마'에게 가야겠어." 스네기료프는 문득 생각이 났다. "침대를 치워야겠어, 침대를 치워야겠어!"

그는 정말 침대를 치워 버릴까 봐 겁이 났는지 이렇게 말하고 일어나서 집을 향해서 달려갔다.

집까지는 그리 멀지 않았다. 그들도 스네기료프와 함께 달렸다. 스네기료프는 다급하게 문을 열고 매정하게 호통쳤던 아내에게 외쳤다.

"엄마, 소중한 엄마, 일류샤가 꽃을 보냈소. 안타깝게도 임자는 다리가 아프니 말이오!"

그는 이렇게 말하면서 방금 전 눈 속에 쓰러질 때 꽃잎이 떨어진 얼어붙은 꽃다발을 그녀에게 주었다.

그러나 바로 그 순간, 죽은 아들의 침대 앞 한구석에 일류샤의 구두가 단정하게 놓인 것이 그에게 보였다. 그것은 방금 전 집주인 할머니가 가지런히 놓아두었는데, 누덕누덕 기운 흔적이 있는 오래된 적갈색 구두였다. 그는 두 팔을 위로 올리고 그 앞으로 달려가서 무릎을 꿇고 구두 한 짝을 들고 입을 맞추면서 외쳤다.

"아가, 일류샤야, 아가, 네 발은 어디로 간 거니?"

"당신은 그 애를 어디로 데리고 갔어? 당신은 그 애를 어디로 데리고 갔어?"

반쯤 실성한 대위의 아내는 비단을 찢는 것 같은 목소리로 이렇게 외쳤다.

그 순간 니노치카가 울기 시작했다. 콜랴는 집밖으로 나갔다. 그 뒤를 따라서 다른 아이들도 집 밖으로 나왔다. 마지막으로 알료샤까지 조용히 나왔다.

"마음껏 울게 내버려두는 게 좋아." 그는 콜랴에게 말했다. "이제는 도무지 위로해 드릴 방법이 없구나. 한동안 있다가 들어가자."

"맞아요, 도저히 방법이 없어요. 아, 끔찍한 일이에요!" 콜랴도 맞장구를 치며 말했다. "카라마조프 씨." 그는 다른 사람은 듣지 못하도록 문득 목소리를 낮추어 말했다. "나는 무척 슬퍼요. 만약 일류샤를 다시 살게 할 수 있다면 이 세상에 가진 걸 전부 내놓아도 아깝지 않을 것 같아요!"

"아, 나도 그래." 알료샤가 말했다.

"카라마조프 씨, 생각이 어떠세요? 오늘 밤 우리가 여기 오는 게 좋을까요? 대위님은 또 술을 엄청 마실 거예요."

"그렇겠구나. 그럼, 우리 둘만 오자꾸나. 우리 둘이 저분들 곁에, 엄마와 니노치카 곁에 1시간 정도 있어 주자. 여러 명이 몰려오면 저분들이 또 일류샤를 생각할 테니까." 알료샤가 충고했다.

"지금 저기서 집주인 할머니가 식사를 준비하는 것 같아요. 아마 추도식 만찬을 시작하려는 것 같아요. 신부님도 오실 것 같아요. 카라마조프 씨, 우리도 지금 저곳에 가야 하는 건가요?"

"당연히 가야지."

"그런데, 이상해요, 카라마조프 씨. 이렇게 슬픈 때에 별안간 크레이프(얇은 핫케이크의 한 종류)를 내놓다니요. 우리가 가진 종교적으로도 자연스럽지 않잖아요?"

"거기에 연어구이까지 나온다고 해요."

트로이의 창건자를 아는 소년이 크게 말했다.

"진지하게 부탁하는데, 카르타쇼프, 다시 바보 같은 농담으로 얘기를 방해하지 마. 너하고 말을 하는 게 아니고 네가 이 세상에 있는지 없는지 알고 싶지 않다고!"

콜랴는 화가 나는 것처럼 소년을 돌아보며 단호하게 말했다.

소년은 얼굴이 붉어졌지만 대답할 용기는 없었다. 그러는 동안에 그들은 조용히 오솔길을 걷고 있었다. 문득 스무로프가 크게 말했다.

"이것이 일류샤의 바위예요. 아까 이 아래에 묻고 싶다고 했던 바위 말이에요."

그들은 가만히 큰 바위 옆에 걸음을 멈추었다. 알료샤는 바위를 보았다. 예전에 스네기료프가 들려주었던 일류샤의 이야기, 일류샤가 아버지에게 매달리며 울면서 "아빠, 아빠, 그 사람은 정말 아빠에게 나쁜 짓을 했어요!" 하고 외쳤던 그때의 광경을 알료샤는 기억했다. 그의 가슴 속에서 무언가가 꿈틀거리며 움직인 것 같았다. 그는 진지하고 엄숙한 표정으로 일류샤 친구들의 귀엽고 밝은 얼굴을 바라보며 문득 말했다.

"이 자리에서 너희들에게 잠깐 할 말이 있어."

소년들은 알료샤를 둘러싸고 금방 기대가 가득한 눈빛으로 알료샤를 보았다.

"여러분, 우리는 이제 헤어져야 합니다. 내가 두 형님들과 함께 지내는 것도 이제 얼마 남지 않았어요. 형님 한 분은 유형을 떠날 것이고, 또 한 분은 사경을 헤매며 침대에 누워 있습니다. 하지만 나는 이제 이 도시를 떠날 거예요. 아마 오랫동안 돌아오지 못할 수도 있어요. 그러므로, 우리는 헤어져야 합니다. 하지만 우리는 이 일류샤의 바위 옆에서, 첫째는 일류샤를, 둘째는 서로를 절대로 잊지 않겠다는 맹세를 해야 합니다. 우리는 앞으로 한평생 어떤 일이 일어나도, 설령 20년간 만날 수 없다고 해도 우리가 불쌍한 소년의 장례를 치렀다는 것을 잊지 맙시다.

여러분도 기억하지요? 그는 저 다리 옆에서 여러분이 던진 돌에 맞았지만 나중에는 모든 사람들에게 사랑을 받았습니다. 그는 훌륭한 소년이었고, 착하고 용감한 소년이었습니다. 그는 아버지의 명예와 아버지가 받은 심한 모욕을 쓰디쓰게 느꼈고, 그래서 꿋꿋하게 일어섰습니다. 그러므로 여러분, 첫째 우리는 죽을 때까지 그를 잊으면 안 됩니다. 우리는 아무리 중요한 일로 바쁘더라도, 명예를 얻으려 할 때도, 큰 불행에 빠졌을 때도, 어떤 때라도, 일찍 이 고장에서 서로 마음이 통하고 솔직한 감정으로 엮여서 멋진 시간을 함께 보낸 것, 그리고 그런 감정에 의해서 저 불쌍한 소년을 사랑하는 동안 우리가 실제보다 훨씬 훌륭한 인간으로 자란 것을 절대 잊지 맙시다.

나의 사랑스러운 아기 비둘기들. 여러분을 아기 비둘기라고 부르게 허락해 줘요. 지금 여러분의 착하고 사랑스러운 얼굴을 바라보자니, 저 푸르른 잿빛 새가 생각납니다. 귀여운 여러분, 여러분은 내가 하는 말의 뜻을 잘 이해하지 못할 수도 있습니다. 나는 때로 매우 이해하기 힘든 말을 하니까. 하지만, 그래도 여러분은 언젠가는 내 말을 기억하고 때로는 그것을 깨달을 수 있을 거예요.

반드시 즐거운 날의 추억만큼, 특히 어린 시절 부모님 밑에서 지내던 날의 추억만큼, 그 뒤의 인생에서 소중하고, 힘차고, 건전하고, 이로운 것은 없습니다. 여러분은 교육에 대해서 여러 가지 까다로운 얘기를 듣지요. 그러나 어릴 때부터 간직한, 이런 아름답고 신성한 추억이 다른 무엇보다 훌륭한 교육일 수도 있습니다.

살면서 그런 추억을 많이 만든 사람은 평생 동안 구원을 받습니다. 만약 그런 것이 하나라도 우리들의 마음에 남았다면 그 추억은 언젠가 우리들을 구원할 것입니다.

어쩌면 우리는 앞으로 악한 인간이 될 수도 있습니다. 어떤 때는 눈앞에 있는 악한 짓을 물리치지 못할 수도 있습니다. 타인의 눈물을 비웃을 수도 있습니다. 아까 콜랴 군이 '모든 인류를 위해서 목숨을 내놓고 싶다'고 소리치지만 어쩌면 그런 사람들을 향해 나쁜 마음으로 비웃을 수도 있습니다. 물론 그런 일이 있으면 안 되지만, 만약 우리가 그런 악인이 되었다고 해도 이렇게 일류샤를 묻은

1770

일이며, 죽기 전의 며칠 동안 그를 사랑한 일, 지금 이 바위 옆에서 서로 다정하게 얘기를 나눈 일을 회상한다면, 설령 우리가 잔인하고 비뚤어진 인간이 되었다고 해도 지금 이 순간 우리가 착한 인간이었음을 마음속으로 조소하는 일은 없을 것입니다!

그보다 오히려 이런 추억이 우리를 큰 악으로부터 지켜 줄 것입니다. 그리고 지난날을 추억하고 '나도 그 시절에는 착했다. 용감하고 정직한 사람이었다'고 말할 것입니다. 마음속으로 비웃어도 괜찮습니다. 사람이란 흔히 착하고 훌륭한 행동을 보고 조롱하고 싶어 하니까. 그건 단지 경박한 마음의 소행입니다. 하지만 여러분, 나는 굳게 믿습니다. 여러분은 설사 웃더라도 이내 마음속으로 '아니, 웃는 것은 좋지 않다, 이것은 웃으면 안 되는 거야!' 이렇게 말할 것이 분명합니다."

"분명히 그럴 거예요, 카라마조프 씨. 나는 그 말씀을 이해할 수 있습니다, 카라마조프 씨!"

콜랴가 두 눈을 빛내면서 외쳤다. 다른 소년들도 몹시 흥분해서 역시 뭔가 외치려고 하다가 간신히 참고 감격에 겨운 눈으로 알료샤를 가만히 보았다.

"내가 이런 말을 하는 것은 바로 우리가 혹시 나쁜 인간이 되진 않을지 두렵기 때문입니다." 알료샤는 말을 이었다. "하지만 우리가 나쁜 인간이 될 수는 없겠지요? 안 그래요, 여러분? 우리는 무엇보다 먼저 착해야 합니다. 그 다음에는 정직해야 합니다. 그 다음에는 결코 서로를 잊으면 안 됩니다. 이 말을 한 번 더 반복하겠습니다. 맹세하지만 나는 결코 여러분을 한 명도 잊지 않겠습니다. 지금 나를 쳐다보는 여러분의 얼굴을 30년이 지나더라도 하나씩 회상할 것입니다. 아까 콜랴 군은 카르타쇼프 군에게 '카르타쇼프 군이 이 세상에 있는지 없는지' 알고 싶지 않다고 말했는데, 카르타쇼프 군이 이 세상에 살고 있다는 것과, 그가 트로이 얘기를 했을 때처럼 얼굴이 붉어지지 않고 지금은 아름답고 착하며 밝은 시선으로 나를 바라보는 것을 어떻게 잊겠습니까?

여러분, 사랑하는 여러분, 우리 모두 일류샤 군처럼 너그럽고 용감한 사람이 됩시다. 콜랴 군처럼 똑똑하고 용감하고 마음이 너그러운 사람이 됩시다(더욱이 그는 어른이 되면 더 지혜로워지겠지만). 또 카르타쇼프 군처럼 수줍고 똑똑하고 사랑스러운 사람이 됩시다.

물론 나는 이 세 사람만 얘기하는 것이 아닙니다! 여러분, 여러분은 한 사람 한 사람 모두 나에게는 영원히 사랑스러운 사람들입니다. 나는 여러분을 전부 내 마음속에 간직하겠습니다. 그러니 여러분도 제발 나를 각자의 마음속에 간직하세요!

그런데, 우리가 앞으로 죽을 때까지 잊지 않고 기억할 사람은 누구일까요? 또 이 솔직하고 훌륭한 마음으로 우리를 연결해 준 사람은 누구일까요? 그것은 바로 일류샤입니다. 착한 소년, 사랑스러운 소년, 우리에게는 영원히 소중한 그 소년입니다! 앞으로 우리들 마음에는 그 아이에 대한 아름다운 추억이 영원히 살아 있을 것입니다, 영원히 변하지 않고!"

"맞아요, 맞아요, 영원히 변하지 않고."

소년들은 저마다 얼굴 가득 감동의 빛을 띠면서 밝고 낭랑한 목소리로 크게 외쳤다.

"그의 얼굴도, 옷도, 다 닳아서 떨어진 신발도, 관도, 그 죄 많은 불쌍한 아버지도, 그리고 그 소년이 아버지를 위해 혼자서 용감하게 모든 학급에 맞선 것도 전부 기억합시다!"

"기억해요, 기억할게요!" 소년들은 다시 외쳤다. "그 애는 용감한 아이였어요, 그 애는 정직한 아이였어요!"

"아, 난 그 애를 정말 좋아했어!"

"맞아요, 여러분, 아, 귀여운 나의 친구, 인생을 두려워하면 안 됩니다! 뭐든지 올바르고 훌륭한 일을 했을 때는, 인생이 정말 아름답게 여겨져요!"

"그럼요, 맞아요!"

소년들은 감격해서 서로 고개를 끄덕였다.

"카라마조프 씨, 우린 선생님을 좋아해요!"

견디다 못한 어떤 목소리가 소리쳤다. 카르타쇼프의 목소리 같았다.

"우린 선생님이 좋아요. 선생님이 좋아요!"

다른 아이들도 전부 반복했다. 소년들의 눈에 눈물이 빛나고 있었다.

"카라마조프 만세!"

콜랴가 환희에 들떠서 외쳤다.

"그리고 떠난 아이를 영원토록 기억합시다!"

알료샤가 다시 정감이 깃들어 있는 목소리로 덧붙였다.

"영원히 기억할게요!"

소년들이 그의 말을 받아서 반복했다.

"카라마조프 씨!" 콜랴가 외쳤다. "우린 모두 죽었다가 다시 부활해서 새 생명을 얻고 또 서로 만날 수 있다고, 일류샤도 만날 수 있다고, 종교에서는 가르치는데 정말 그럴까요?"

"우리는 분명히 부활해서 꼭 서로 다시 만나서 유쾌하고 기쁘게 과거의 일을 얘기할 거야."

알료샤는 절반은 웃고 절반은 감동하면서 말했다.

"아, 그렇게 된다면 얼마나 좋을까요!"

콜랴는 자신도 모르게 외쳤다.

"자, 이제 얘기는 이 정도로 마치고 일류샤의 추도식에 가자. 그리고 걱정하지 말고 크레이프를 실컷 먹자. 그건 예전부터 전해지는 좋은 관습이야." 알료샤는 웃으면서 말했다. "자, 가자! 지금부터 우리는 서로 손을 잡고 가자."

"영원히 죽는 날까지 이렇게 손을 잡고 함께 가요! 카라마조프 만세!"

콜랴가 다시 한 번 감격해서 외치자 다른 소년들도 입을 모아 전부 환호성을 외쳤다.

끝

인간 본성에 대한 통찰을 담은
세계문학사상 최고의 고전소설

《카라마조프가의 형제들》은 도스토옙스키의 마지막 소설이자 그의 사상의 집대성이며 미래에 대한 예언서이다. 치밀한 구성, 심오한 사상, 인간 본성에 대한 날카로운 통찰을 담은 이 소설은 세계문학에 우뚝 솟아있는 최고의 고전이다. 이 작품의 표면적 이야기는 카라마조프 가문의 불행하고 비극적인 연대기이다. 하지만 이 범속한 가정사의 이면에는 인간 영혼의 무한한 다양성과 존재론적 의문, 인간 욕망과 도덕률의 충돌, 신과 인간의 관계, 인간 자유의 양면성 등 인간의 존재론적, 철학적 문제들에 대한 작가의 깊은 통찰이 들어있다.

창작 배경-죄 없는 아이들과 부친살해 모티프

《카라마조프가의 형제들》은 1879년과 1880년에 걸쳐 당시 러시아 문예지《러시아 통보》에 연재되었고 1881년 단행본으로 나왔다. 도스토옙스키는 이 소설에 대한 구상과 창작 의도를 오래전부터 가지고 있었지만 이 생각이 구체화된 것은 1878년《작가의 일기》를 집필하면서부터이다. 1878년 봄 도스토옙스키는《작가의 일기》를 집필하는 동안 모아둔 자료들을 하나하나 정리하면서 소설《카라마조프가의 형제들》을 쓰기로 마음을 먹고 구상에 들어간다. 그는 우선 두 가지 주제를 설정했다.

하나는 '아버지와 아이들'에 대한 테마였다. 도스토옙스키는 당시 러시아의 부조리한 사회 현실에 대해 '아이들에게는 아무런 잘못이 없으며 책임은 전적으로 아버지들에게 있다'라고 진단했다. 1878년 〈모스크바의 대학생들에게〉라는 장문의 편지에서 도스토옙스키는 '우리의 젊은이들이 지금보다 더 진지하고 정직한 적이 없었다. 하지만 문제는 젊은이들이 지금까지 지속된 우리 역사의 거짓을 이어받았다는 사실이다. 내가 보기에 여러분들은 아무런 죄가 없다. 여러분들은 여러분이 비난하고 있는 허위로 가든 찬 사회의 자녀들일 뿐이다'라고 썼다. 도스토옙스키가 생각한 러시아 젊은이들의 미래 가능성은 두 가지였다. 하나는 '유럽주의', 또 하나는 '민중 속으로'였다.《카라마조프가의 형제들》에 등장하는 둘째 아들 이반이 바로 이 유럽주의를 표방한 인물이라면, 막내 아들 알료샤는 민중을 택한 인물이다. 유럽적 이성주의와 보편적 인간의 추상적 왕국을 추종한 이반은 러시아 대지에서 분리되어 모순적 신념에 붕괴되지만, 알료샤는 '민중' 속으로 들어가 성스럽고 거룩한 신에 대한 믿음을 얻는다.

또 하나의 플롯은 '부친살해'의 주제이다. 1849년 페트라쉐프스키 사건 이후 사상범으로 몰려 시베리아 옴스크 감옥에서 지낼 당시 도스토옙스키는 퇴역 소위 일린스키를 알게 된다. 일린스키는 친부를 살해했다는 혐의로 20년 노역을 선고받고 복역중이었는데 다른 죄수들에 비해 가혹한 취급을 받으며 힘겹게 수인 생활을 하고 있었다. 도스토옙스키는 일린스키에게 인간적 연민을 느꼈고 그의 딱한 사정에 관심을 갖고 친하게 지냈다. 시베리아 유형 생활을 기록한 《죽음의 집의 기록》 1장에서 도스토옙스키는 '사실 그는 아무 죄도 없이 10년 동안 징역을 살고 있었다. 그의 무죄는 법정에서 공식적으로 인정되었다. 실제 범인들이 체포되어 자백했기 때문이다. 이 불행한 남자는 감옥에서 석방되었다. 이 비극적 사건에 대해, 그리고 그런 엄청난 혐의에 짓눌려 젊음을 빼앗긴 일린스키에 대해 더 이상 덧붙일 말이 없다'라고 썼다. 도스토옙스키는 당시 부친살해의 누명을 뒤집어쓴 무고한 일린스키의 비극적 운명에 깊은 인상과 기억을 가지고 있었다. 16년 동안 가지고 있던 이 생각은 《카라마조프가의 형제들》의 기본 플롯으로 되살아났다. 변덕스럽고 감성이 풍부하지만 경박한 첫째 아들 드미트리는 '자신의 유산을 가로채 돈이 많을 것이라고' 생각되는 아버지 표도르를 죽이겠다고 떠들고 다닌다. 아버지 표도르는 사생아 스메르자코프에 의해 살해되지만 드미트리는 부친 살해의 누명을 쓰고 20년의 시베리아 유형을 떠나게 된다.

주요 등장인물들

《카라마조프가의 형제들》은 1860년대 러시아의 지방 소도시에서 몰락해가는 지주귀족 카라마조프 가족의 비극적 이야기이다. 탐욕의 화신인 아버지 표도르 카라마조프, 감성적이며 관능적 이상주의자 큰아들 드미트리, 내성적이지만 지적이고 이성적인 무신론자 둘째 아들 이반, 수도사가 되려고 준비하는 친절하고 사려 깊은 막내 아들 알료샤, 그리고 표도르의 시중을 들며 그의 집에 거주하는 사생아 스메르자코프, 그 외에도 조시마 장로, 그루센카와 같은 등장인물들이 복잡한 플롯 속에서 다양한 사건을 겪으며 이야기가 전개된다.

표도르 카라마조프

추악하고 이기적이며 사악한 욕망 덩어리인 표도르 카라마조프는 '파괴의 원칙을 실현한' 호색한이다. 그는 아내와 자식들에 대한 가장의 역할을 철저히 부정하고 이웃과 사회에 대한 윤리적, 도덕적 의무나 책임을 느끼지 못하는 속물중의 속물이다. 사람들의 비난과 모욕에서 오히려 쾌감을 느끼며 신에 대한 믿음마저 저버린 동물적 육욕주의자이다. 그의 욕정은 끝이 없어서 그 무엇으로도 해갈시킬 수 없다. 표도르의 욕정은 육체적, 쾌락적이라기보다는 정신적 열정, 갈증이자 영원한 흥분 상태이다. 여자 보다는 '여성, 그 자체'를 사랑하는 그의 음욕은 에로스적이지는 않는 독특한 성질의 욕망이다. 아버지 표도르는 그루센카라는 여인을 두고 장남 드미트리와 추악한 갈등과 파괴적 싸움을 벌인다. 결국 이반의 정신적 사주를 받은 사생아 스메르자코프의 손에 표도르는 죽게된다. 표도르가 가진 '카라마조프적 기질(카라마조프쉬나)'은 그의 아들들이 물려받은 충동이며 이는 세상을 변형시킬 창조적 힘들의 혼란스런 분출이자 인간 세계의 모든 내적 모순이 반영된 하나의 소우주이다.

드미트리 카라마조프

큰아들 드미트리는 카라마조프가의 감성세계를 상징한다. 아버지 표도르로부터 거친 열정과 방탕함을 물려받았지만 이상과 관능 사이에서 괴로워한다. 그루센카의 아름다움에 반하여 아버지와 다투지만 드미트리는 자신만의 순수함과 고결함을 동경한다. 드미트리는 이렇게 말한다. '아름다움, 이것은 끔찍하고 무서운 것이다. 왜냐하면 그것은 무한하며 신은 수수께끼만 던져놓아서 그것을 규정하기 불가능하기 때문이다. … 아름다움! 나는 고상한 마음과 고매한 정신을 지닌 사람이 마돈나의 이상에서 출발하여 소돔의 이상으로 끝맺음하는 것도 이해할 수 없다. 정신적으로는 치욕스럽게 여겨지는 것이 마음에는 더 없는 아름다움으로 다가올 수 있다. … 놀라운 것은 아름다움이 끔찍할 뿐만 아니라 신비롭다는 점이다. 여기서 신과 악마가 싸운다. 그리고 그 싸움터는 인간의 마음이다'. 드미트리는 아버지 표도르를 극도로 증오하지만 여러 측면에서 가장 인간적이며 순수한 러시아적 인물이다. 결국 아버지 살해의 누명을 쓰고 유형을 떠나게 된다. 드미트리의 누명과 시베리아 유형은 그의 거친 에로스적 열정이 세상을 변화시키는 정신적 힘이 되기 위해서는 수난을 통한 정화, 양심의 고통이라는 정신적 변화의 과정을 겪어야 한다는 작가의 생각이 반영된 것이다.

이반 카라마조프

카라마조프가의 둘째 아들 이반은 무신론자이자 이성의 세계를 상징한다. 카라마조프가의 정열적 욕망이 지적인 방향으로 체화된 인물이다. 모스크바대학에서 수학한 당대 최고의 지식인이자 내성적 성격을 가진 이반은 인간의 이중성과 신의 존재에 대한 의문에 집착한다. 허무주의적 사고를 가진 그는 종교와 신을 부정하며 인간의 죄와 고통에 대한 문제를 신의 존재와 연결시켜 논한다. 조시마 장로는 이반을 보자마자 '이반은 신 때문에 괴로워하고 있다'고 이반의 내면을 헤아린다. 이반의 정신은 신에 대한 믿음과 불신 사이에서 분열되어 있으며, 믿음의 부족으로 개인적 비극을 겪는 '더없이 고매한 마음'을 가진 이념의 순교자이다. 이반은 악의 가장 순수한 형태인 아이들의 고통에 대해 자신만의 정교한 이론을 펼친다. 가학적인 부모에게 고통 받는 다섯 살 소녀의 눈물,

사냥개에 쫓기는 사내아이의 고통, 불가리아에서 터키인에게 대량 학살되는 갓난아이들의 울부짖음을 설명하거나 정당화할 방법은 없다는 것이다. 만약 세계의 조화가 이러한 죄없는 아이들의 눈물과 피 위에서 세워져야 한다면 그런 조화는 필요없다고 말한다. 이렇듯 신의 세계를 거부하는 이반의 시각은 극시 '대심문관의 전설'에 잘 드러난다. 이반의 생각과 사상은 특유의 논리적 강렬함으로 이복동생인 스메르자코프에게 영향을 준다. '모든 것이 허용된다'는 초인사상은 스메르자코프에 영감을 주고 아버지 표도르를 살해하도록 유도하여 광적 자기 파괴와 무존재의 악마성을 낳는다. 결국 이반은 두뇌의 병을 얻어 악마를 만나는 환각을 경험하고 자기모순에 빠진다.

알료샤 카라마조프

카라마조프의 막내 아들인 알료샤는 신성의 세계를 상징하며 유일하게 긍정적 인물로 나타난다. 신앙심이 깊고 모든 사람들에게 친절하며 선량한 이미지를 가지고 있는 그는 조시마 장로에게 가르침을 받는 견습 수도사이다. 신의 세계에 대한 확고한 믿음이 있는 알료샤는 러시아의 미래를 밝히는 건강한 인물이자 러시아 정교의 구도자적 방향을 제시한다. 도스토옙스키는 《백치》의 므이쉬킨 공작을 통해 '절대적으로 아름다운 인물'을 그리려 했지만 만족스럽지 못했고 그 부족한 형상을 알료샤에게 구현했다. 알료샤는 붉은 두 볼에 건강미가 넘치고 땅위에 굳게 서있으며 카라마조프의 본능적 생명력으로 가득 차있다. 막연한 이상주의적 구도자가 아닌 현실의 땅에 굳게 서서 '세상에 봉사하는 수도사'의 이미지를 갖고 있는 것이다. 이는 현실과 동떨어진 종교적 이상 보다는 삶 자체를 사랑하고, 현실 위에 종교적 가르침을 구현해야 한다는 도스토옙스키의 생각을 형상화시킨 것이다.

조시마 장로

조시마 장로는 수도원의 주임 사제이자 알료샤의 스승이다. 덕망과 겸양의 미덕을 갖춘 수도사로서 천리안을 지난 자, 영혼의 치료사이다. 어린 시절 형 마르켈의 죽음은 조시마 장로에게 깊은 정신적 감화를 주었고 사관학교 시절에 젊은 혈기로 결투를 한 이후 깨달음을 얻고 수도생활에 투신하였다. 인생의 경험과 고행에서 얻은 조시마 장로의 도덕적 가르침은 기도와 사랑으로 요약할 수 있다. 조시마 장로는 인간의 영혼이 신을 향해 올라간다고 말한다. 이 영적인 사다리의 계단 하나하나는 고통, 겸손, 모든 것에 대한 책임, 사랑, 부드러움, 기쁨이며 그것의 정점은 황홀경이다. '대지에 입맞추고 모든 사람, 모든 것을 끊임없이 그리고 무한히 사랑하라, 그리고 환희와 이 황홀경을 추구하라. 기쁨의 눈물로 대지를 적시고 그대의 눈물을 사랑하라. … 이 황홀경을 부끄럽게 생각하지 말고 귀하게 여길지어다. 많은 사람이 아닌 선택받은 사람에게만 주어지는 신의 선물이니라' 라고 조시마 장로는 말한다. 도스토옙스키는 조시마 장로의 감동적인 이미지와 말을 통해 자신의 종교관을 나타내고 있다.

그리스도의 침묵과 입맞춤이 갖는 철학적 의미: 〈대심문관의 전설〉

《카라마조프가의 형제들》의 백미는 제2부 〈찬성과 반대〉에 있는 대심문관의 전설이다. 이 내용은 도스토옙스키 사상의 핵심을 관통하는 주제들을 담고 있다. 신과 인간의 관계, 인간의 자유에 대한 작가의 사상적 통찰이 문학의 형식을 빌어 피력된다. 이반이 알료샤에게 들려주는 자작 극시의 형태로 전개되는 이 가상의 이야기는 16세기 에스파냐 세비아를 무대로 하고 있다. 이단자를 심문하고 종교재판을 주도했던 나이 90세의 대심문관의 독백적 언술과 무언의 침묵 속에서 그의 힐난을 듣는 청자 그리스도의 모습을 통해 이반은 자신의 확고한 무신론적 사상을 드러낸다. 도스토옙스키 자신도 '무신론에 대해 이보다 더 강력한 작품은 없다'고 이야기했듯이, 신과 인간에 대한 작가의 치열한 고뇌가 용해되어 있다.

대심문관은 신이 인간에게 부여한 자유라는 것이 인간에게 내린 축복이 아니라 무거운 부담을 주는 저주라고 주장한다. 인간은 본성이 나약하고 무기력하기 때문에 선과 악을 구분하여 자유를 선택할 수 없으며 단지 지상의 빵을 위해 자유를 교회에 반납할 수밖에 없는 존재라고 말한다. 신은 구원의 길로 자유와 사랑을 제창했지만 이 험난한 언덕길을 오를 수 있는 것은 선택된 사람에게만 가능하다. 평범한 보통 사람들에게는 자유가 어울리지 않는

다. 보통 사람들은 자유와 진실을 두려워하고 그것을 필요로 하지 않기 때문에 강제로 자유를 떠맡긴다 해도 그것을 손상시킬 뿐이다. 따라서 대심문관은 인류의 고통을 덜어주기 위해 인간의 의식을 자유로운 선택의 여지가 없는 지평으로 끌어내려야 한다고 논한다. 이를 위해 인류를 주인과 노예로 나누고 자유라는 무거운 부담으로부터 인간을 해방시키는 것이 지상낙원을 건설하는 것이고 말한다.

대심문관의 말에 대해 그리스도는 아무런 말없이 침묵만 유지할 뿐이다. 그리스도의 침묵은 대심문관의 논리와 수사에 대한 긍정이 아닌 진리에 대한 실천적 행동이다. 도스토옙스키는 '인간 삶의 진리는 가시적이어야 한다'고 말했다. 삶의 진리는 추상적인 언어나 논리적 표현이 아닌 육화된 실천 행위로 나타나야 한다는 것이다. 진리라는 이름으로 반복되는 그 어떤 종교적, 설교적 말보다는 실제 생활 속에서, 삶 속에서 보여주는 종교적, 실천적 행동이 진리에 더 가깝고 더 감화를 준다는 것이다. 대심문관을 대하는 그리스도의 침묵은 진리의 포기가 아닌 진리가 말로는 전달될 수 없음을 의미한다. 이는 추상적, 수사적, 언어적 진리를 넘어서는 육화된, 인간화된 진리의 행위이다. 그리스도의 침묵은 인간에 대한 사랑이며 이해이며 존경의 살아있는 실천이다. 침묵을 통해 사랑과 자비로 고통에서 거듭나고 구원되기를 바라는 영혼의 대화인 것이다.

원형 천장의 감옥에서 전개되는 그리스도를 향한 대심문관의 항거는 침묵하던 그리스도가 대심문관의 볼에 입을 맞추고 홀연히 자리를 떠나는 장면으로 끝을 맺는다. '세계문학에서 가장 납득하기 어려운 입맞춤'인 그리스도의 행위는, 알료샤가 죽음에서 부활한 조시마 장로의 새로운 영혼을 통해 천상과 지상의 융합을 체험하며 대지에 입을 맞추듯, 대심문관의 반그리스도의 정신에도 영혼의 문을 열어주는 인간에 대한 따뜻한 사랑과 자비의 실천적 표시이다.

《카라마조프가의 형제들》-세계문학에 우뚝 솟은 고전

'도스토옙스키는 문학의 한계를 뛰어넘은 작가들 중에서 가장 위대하다. 이 열정적이고 비정상적인 사람처럼 인간 영혼의 드넓은 신세계를 발견한 사람은 없다'고 오스트리아의 전기 작가 슈테판 츠바이크는 말했다. 잔인한 천재, 영혼의 투시자, 복음의 작가 등 다양한 수식어가 따라다니는 도스토옙스키의 문학 세계를 한마디로 정의하는 것은 매우 어렵다. 굳이 표현하자면 문학의 형식을 통한 종교철학적 인간학이라고 할 수 있을 것이다. 도스토옙스키 소설들의 중심에는 항상 신과 인간의 문제가 자리하고 있다. 도스토옙스키에게 인간은 그 자체로 세계를 구성하는 하나의 소우주이다. 그에게 있어 인간은 신과 우주 사이의 중개자이며 천상과 지상을 연결하는 합일적 존재이다. 인간은 신에 대한 맹신이 아닌 신에 대한 반역과 투쟁의 과정을 거쳐 궁극적으로는 세계화의 화해, 조화를 모색하는 운명적 존재이며, 이러한 인간의 운명은 자유라는 필연적 고뇌의 여정을 동반할 수밖에 없다는 것이 도스토옙스키의 생각이다. 인간의 자유는 신의 섭리와 인간의 세속적 본성 사이의 실존적 고통의 징표이다. 이렇듯 인간의 운명과 결부된 자유의 문제는 도스토옙스키 창작과 사상의 핵심 주제이며 바로 이 작품《카라마조프가의 형제들》에 잘 나타나 있다.

1821년　11월 11일 모스크바 마린스키 빈민구제병원에서 출생했
다.

1834년　형 미하일과 함께 체르막의 개인 학습소에서 수학했다.

1837년　페테르부르크 공병 학교에 입학했다.

1843년　기술 분야 관청에 근무하기 시작했으나 1년 만에 사직했
다.

1846년　소설 〈가난한 사람들〉을 발표하며 문학계에 데뷔했다.

이후 약 3년 동안 〈분신〉, 〈프로하르친 씨〉, 〈백야〉, 〈네토츠카 네즈바노바 (미완성)〉 등의 소설들을 발표했다.

1849년 4월 페트라솁스키 혁명모임에 참석하였다. 이곳에서 도스토옙스키는 니콜라이 고골에게 보내는 벨린스키의 편지글을 낭독했다. 4월 23일 혁명조직 단원들과 함께 체포되어 페트로파블롭스키 요새에 수감됐다. 이후 사형선고를 받았으나 같은 해 12월 22일 황제 알렉산드르 3세의 특별사면을 받아 시베리아 유형으로 감형되고 이 후 4년간 옴스크 감옥에서 수용소 생활을 했다.

1854년 형기 만료로 출소했다. 이후 시베리아에서 사병으로 복무하게 되었다. 이 시기에 시베리아의 세미팔라틴스크, 바르나울, 쿠즈네츠크 지역에서 거주했다. 하급관리의 미망인인 마리아 이사예바와 결혼했다.

1859년 트베리로 이주했다가 다시 페테르부르크로 돌아왔다. 문학 활동을 계속 이어가며 〈아저씨의 꿈 (1859)〉, 〈스테판치니코프의 마을(1859)〉, 〈상처받은 사람들(1861)〉을 발표했다. 잡지 〈시간〉과 〈시대〉를 동시 창간하고 형 미하일, 동업자인 그리고리예프, 스트라호프와 함께 경영했다.

1864년 〈지하에서 온 수기〉를 발표했다.

1866년 이후 1880년까지 도스토옙스키 최고의 걸작들을 발표했다. 〈죄와 벌 (1866)〉, 〈도박꾼 (1866)〉, 〈백치 (1868)〉, 〈악령 (1872)〉, 〈미성년 (1875)〉, 그리고 〈카라마조프가의 형제들 (1880)〉을 발표하며 세계적인 작가로서의 명성을 떨친다.

1880년 5월 8일 모스크바 트베르스키 거리에서 알렉산드르 푸쉬킨 동상 제막식에 참석했다.

1881년 2월 9일 페테르부르크에서 사망했다. 알렉산드르 넵스키 수도원의 티흐빈스키 묘지에 안장됐다.

옮긴이 장한

한국외국어대학교에서 체호프 연구로 문학 석사, 박사 학위를 받았다. 현재 한국외국어대학교에서 러시아어와 러시아 문학을 강의하며 초빙 연구원으로 활동 중이다. 번역서로는《톨스토이의 세 가지 질문》《신의 입맞춤, 도스토옙스키 소설 번역집》《초원, 체호프 소설 번역 선집》, 저서로는《러시아문학사》《러시아어, 이제 동사로 표현하자》가 있다.

카라마조프가의 형제들

초판 1쇄 펴낸 날 2019년 10월 28일

지 은 이   표도르 도스토옙스키
옮 긴 이   장한
펴 낸 이   장영재
펴 낸 곳   (주)미르북컴퍼니
자 회 사   더클래식
전   화   02)3141-4421
팩   스   02)3141-4428
등   록   2012년 3월 16일(제313-2012-81호)
주   소   서울시 마포구 성미산로32길 12, 2층 (우 03983)
E-mail   sanhonjinju@naver.com
카   페   cafe.naver.com/mirbookcompany

(주)미르북컴퍼니는 독자 여러분의 의견에 항상 귀 기울이고 있습니다.

파본은 책을 구입하신 서점에서 교환해 드립니다.
책값은 뒤표지에 있습니다.